DIE WÖLFE UND DER ADMIRAL

Wolfgang Frank

DIE WÖLFE UND DER ADMIRAL

U-Boote im Kampfeinsatz

Weltbild

Lizenzausgabe mit Genehmigung der
Verlagsgruppe Lübbe GmbH & Co. KG,
Bergisch Gladbach für
Verlagsgruppe Weltbild GmbH, Augsburg
Umgschlaggestaltung:
Uhlig, Augsburg / www.coverdesign.net
Umschlagmotiv: Scherl/SZ-Photo
Gesamtherstellung: CPI Moravia Books s.r.o., Pohorelice
Printed in the EU
ISBN 978-3-8289-0875-8

2011 2010 2009
Die letzte Jahreszahl gibt die aktuelle Lizenzausgabe an.

Den U-Boot-Kämpfern
zweier Weltkriege
zum Gedächtnis

INHALT

Aus dem internationalen Militärgefängnis Spandau schrieb der ehemalige Großadmiral Dönitz zu Franks Buch an seine Frau:
Bitte grüße Wolfgang Frank herzlich von mir. Ich schätze ihn sehr als Menschen, Schriftsteller und Seemann. Ich erinnere mich, daß er schon vor Jahren mit dem Schreiben eines Buches über die U-Bootswaffe begann. Durch sein Können und unser gemeinsames Erleben ist er der geeignete Mann für diese Aufgabe. Ich bin sicher, daß Franks Buch der U-Bootswaffe das Denkmal setzen wird, das sie verdient. Ich freue mich schon heute auf den Tag, an dem ich sein Buch werde lesen können.

In diesem Buch wird vom Leben, Kämpfen und Sterben der U-Bootwaffe erzählt von einem, der dabei war, dem das Erleben an der Front und im Stabe der Führung Möglichkeit und Recht zur Wiedergabe dessen gibt, was die Überlebenden berichten.

Konteradmiral a. D.
1939–1945 Chef der Operationsabteilung
des Befehlshabers der Unterseeboote

1.

DIE TÖDLICHEN FISCHE

Uralt wie die Menschheit ist ihre Fliegersehnsucht. Aber die Ikarussage hat kein Gegenstück. Niemand weiß, wann zum ersten Male in einer Menschenbrust der Wunsch auftauchte, den Fischen gleich, rasch und lautlos durch die geheimnisvollen Tiefen dahinzugleiten.

Es ist daher müßig, in grauer Vergangenheit, wo Sagen und verwaschene Erinnerungen des Menschengeschlechts im Niemehr-Erforschbaren verdämmern, nach jenem Urerfinder zu suchen, in dem sich vielleicht sehr früh schon die Vorstellung eines »Tauchbootes« gebildet hat.

Aber wie so oft in der Geschichte des Menschengeistes haben Krieg und Not als Anreger und Zwangslehrmeister dabei Pate gestanden.

Was die Belagerung, die Einschließung zu Lande, ist die Blockade im Seekrieg. Beide Maßnahmen bezwecken das gleiche: den Mangel, die Not, den Hunger gegen den Eingeschlossenen aufzurufen, um ihn zur Übergabe zu bewegen.

Da kreuzten dann in früheren Zeiten die Geschwader des Seeherrschers, segelbeladen, mit kanonenstarrenden Decks, Schiff bei Schiff, vor den Häfen des Blockierten auf und ab, so daß »keine Ratte sie schwimmend verlassen konnte«, und je häufiger die langschwänzigen Nager auf der Speisekarte der Eingeschlossenen erschienen, desto brennender wurde die Frage, wie die würgende Wirkung der Blockade, der Abschnürung von der Außenwelt und der freien See, zu beseitigen sei.

Solchen Stunden der Not verdankt die Phantasie ihre stärkste Beflügelung, verdanken es die Erfinder, daß Ihnen die Militärs ein willigeres Ohr leihen, verdankt – im ganzen gesehen – auch das Tauchboot seine endliche Verwirklichung; denn immer waren es die zur See ohnmächtige Landmacht oder der zur See Schwächere, die sich in dieser Lage mit dem Gedanken befaßten, ein Tauchboot zu konstruieren, ein Boot, mit dem man unter Wasser, ungesehen und überraschend, an den über Wasser unangreifbaren Gegner heranfahren und ihn auf die eine oder andere Weise – etwa durch Anbohren oder Anbringen von Sprengladungen – vernichten könnte.

Vom ersten Experiment allerdings bis zum modernen Hochseetauchboot haben die Erfinder einen langen und dornenvollen Weg zurückzulegen gehabt.

Aber was sie auch planten, wie unterschiedlich ihre Vorschläge ausfielen und wie weit getrennt voneinander sie häufig zu sehr ähnlichen Lösungen kamen – fast ausnahmslos gab ihnen erst die Notwendigkeit, eine bestehende Blockade zu lockern, den Antrieb zur Beschäftigung mit dem Tauchbootproblem.

Was sie zu bieten hatten, war nun allerdings im Anfang kümmerlich genug: festgefügte, mit gefettetem Leder überzogene Holzkisten, die mit Fischkästen viel Ähnlichkeit besaßen – wie denn auch der Dr. Cornelius van Drebel, ein holländischer Physiker und Leibarzt des Königs von England um 1620, bei einem Abendspaziergang an der Themse angesichts einiger Fischer, die ihre gefüllten Fangkästen hinter sich dreinzogen, jene Anregung empfing, der seine drei in den folgenden Jahren erbauten Tauchboote ihre Entstehung verdankten.

Zeitgenössischen Berichten nach soll van Drebel auf der Themse über die Entfernung von Westminster nach Greenwich – zwei holländische Meilen weit – unter Wasser gerudert und gesteuert haben. Die Bedeutung, die dem Gerücht über diese seltsamen Unterwasserfahrzeuge von einer seefahrenden Nation wie den Engländern beigemessen wurde, zeigt sich in dem dramatischen Niederschlag, den es fand.

Da heißt es im dritten Akt einer Komödie von Ben Jonson im Jahre 1624:

> *»They write here one Cornelius' son*
> *hath made the Hollanders an invisible eel,*
> *to swim the haven at Dunkirk*
> *and sink all the shipping there.«*

»Man schreibt uns, der Sohn eines gewissen Cornelius habe den Holländern einen unsichtbaren Aal gebaut, um damit nach Dünkirchen hineinzuschwimmen und alle Schiffe im Hafen zu versenken.«

Sie ahnten schon damals, was es bedeuten würde, Schiffe von getaucht fahrenden Booten aus angreifen zu können!

Es ist nirgends überliefert, daß diese ersten Ledersärge in irgendeiner Form zu kriegerischer Verwendung gekommen wären. Das gleiche gilt für die Seelenverkäufer, die aus den Versuchen etwa eines William Bourne, eines Le Son und Symons im Verlaufe der nächsten hundert Jahre hervorgingen.

Erst als die Nordamerikaner auf den Gedanken verfielen, ihr Land, unabhängig von London, selber regieren zu wollen, kam es zu einem neuen Kriege und damit – wie regelmäßig, wenn England einen Krieg zu führen hat – zu einer Blockade und zu Truppenlandungen im Schutze britischer Schiffsgeschütze.

Die Engländer blockierten New York.

Um diese Zeit – 1776 – lebte in der Stadt ein Mr. David Bushnell, Yankee aus Connecticut, ein Mann, der sich seit langem leidenschaftlich für alles interessierte, was mit der Entwicklung von Schießpulver zusammenhing, insonderheit für das Problem der Entzündung von Schießpulver unter Wasser.

Dieser David Bushnell entwarf nun für den Angriff gegen die blockierenden britischen Schiffe ein Unterwasserfahrzeug, dem er den Namen »Turtle« – Schildkröte – gab und das dazu bestimmt war, eine Uhrwerkmine an eins der britischen Blockadeschiffe heranzubringen.

Die »Turtle« war ein recht abenteuerliches kleines Ding, ein aus starkem Holz gefugter, kugelähnlicher Schwimmkörper, mit Bleiballast beschwert, um aufrecht schwimmen zu können, und mit einem Ballasttank zum Tauchen und Auftauchen versehen. Sie hatte einen messingnen Deckel mit drei Bulleyes als Vorläufer eines »Turmes« und barg in ihrem Innern so vielerlei Hebel, Räder und Schrauben, daß »der Insasse mit allen vieren gleichzeitig arbeiten mußte wie ein Domorganist am heiligen Ostermorgen«. Bei angestrengtester Arbeit konnte die »Turtle« kurzzeitig eine Stundengeschwindigkeit von drei Knoten – einfacher gesagt: gutes Fußgängertempo – erreichen.

Der Mann, der den Mut besaß, mit diesem Fahrzeug nicht nur zu fahren, sondern auch die den Hafen von New York blockierende britische Flotte anzugreifen, war der Sergeant Ezra Lee, ein Landsmann des Erfinders.

»Bei ablaufendem Wasser in ruhiger Nacht«, heißt es in einer Beschreibung dieser Fahrt, »lief er aus zum Angriff auf die Britische Flotte, während General Washington und sein Gefolge insgeheim auf einem Hause des Broadway in gespannter Erwartung des Ergebnisses Beobachtungsposten bezogen hatten.«

Sergeant Lee kurbelte sich indessen in seiner ungefügen Behausung hinaus in die Nacht, aus der die Umrisse der blockierenden britischen Fregatten mit ihren hochgezüchteten Takelagen und massigen Rümpfen schwarz und drohend aufragten. Ein einzelner Mann mit einem tapferen Herzen, auf nichts gestützt als das Vertrauen zu sich und seinem seltsamen Fahrzeug, griff eine Flotte an, die mit Hunderten von feuerbereiten Schlünden auf mächtigen Schiffen unbesiegbar und unüberwindlich ihre drückende Herrschaft ausübte.

Tatsächlich gelang es ihm, ungesehen unter das hohe, überhängende Heck der Vierundsechzigkanonen-Fregatte »Eagle« zu gelangen, und einmal unter dem Boden des mächtigen Schiffes, begann er sofort den Bohrer zu betätigen, der als Anker für eine Uhrwerkmine in die Bodenbeplankung hineingedreht werden sollte. Aber wie er sich auch anstrengte – der Bohrer faßte nicht. Der Boden der »Eagle« war – wie damals üblich – zum Schutze gegen Anwuchs von Algen mit Kupferplatten beschlagen. Vergeblich Kühnheit, Einsatz und Anstrengung! Welches Maß an Enttäuschung mag dieses Herz erfüllt haben!

Lee trat bei einbrechender Morgendämmerung unverrichteter Sache den Rückmarsch an.

Ein Vierteljahrhundert später erscheint vor den Regierenden im Paris des Direktoriums ein Landsmann Bushnells, der als Erfinder des Dampfschiffes berühmt gewordene James Fulton, mit dem Projekt eines Unterseebootes, findet aber keine Gegenliebe.

Doch dann tritt Napoleon auf den Plan.

Der Gegensatz zu England zeigt sich augenblicklich; allenthalben prallen französische und britische Interessen aufeinander. Der kleine Korse zögert nicht, Fultons Vorschläge einer Prüfung unterziehen zu lassen und ihm 10 000 Francs Vorschuß auf den Bau seines Bootes auszuzahlen; denn England bekriegen, heißt Englands Flotte bekriegen; dazu ist jedes Mittel recht.

1801 läuft Fultons »Nautilus« vom Stapel, Spanten aus Eisen, Beplankung Kupfer, Tauchbarkeit durch Einlaß von Wasser in Ballasttanks, Antrieb durch Handpropeller und – Notsegel; Besatzung vier Mann.

Mit diesem »Nautilus« hat der Tauchbootbau einen entscheidenden Schritt voran getan; das Boot besteht als erstes ausschließlich aus Metall.

Aber: seine Möglichkeiten sind noch höchst begrenzt; wie ein Löwenbaby ist es noch nicht viel mehr als ein drolliges Spielzeug; kaum einer ahnt die Schrecklichkeit, die es zukünftig ausstrahlen wird.

Dennoch verbucht Fulton mit seinem »Nautilus«, von dem französischen Kriegshafen Brest ausgehend, immer wieder auf zwei Briggs der britischen Blockadeflotte zum Angriff zu kommen.

Vergebens! Jedesmal wenn der »Nautilus« auch nur die Leinen loswirft, um im Hafen zu verholen, wenden draußen, benachrichtigt durch den schon damals sehr tüchtigen britischen Geheimdienst, die beiden schnellen Blockadesegler und kursen einen langen Schlag in See hinaus.

Entmutigt durch die Erfolglosigkeit Fultons, zog sich die französische Admiralität bald von seinen Plänen zurück. Der beabsichtigte Bau eines neuen, größeren, verbesserten »Nautilus« unterblieb, und der Korse, der schon von seinen Offizieren »Glück« verlangte und wohl glaubte, von einem Erfinder mindestens das gleiche erwarten zu können, schenkte, enttäuscht und verärgert, nicht nur Fultons »Nautilus«, sondern auch seinen Dampfschiffplänen keine weitere Aufmerksamkeit.

Jenseits des Kanals hingegen fand der Amerikaner in Mr. Pitt, dem britischen Premier, einen Mann, der ihm ein außerordentlich interessiertes Ohr lieh und seinen praktischen Wünschen weitgehende Unterstützung zuteil werden ließ. So gelangten denn das Dampfschiffprojekt, die »Nautilus«-Sache und der »electric torpedo« – eine Art Mine Fultonscher Erfindung – dorthin, wo in England derartige Angelegenheiten geprüft werden: in die Admiralität, jene Zentrale, von der aus Britannien seine Seeherrschaft ausübte, d. h. sein Empire praktisch beherrschte.

Sir John Jervis, zu dieser Zeit – 1804 – Seiner Britannischen Majestät Erster Seelord, als Sieger der gleichnamigen Seeschlacht zum Earl of St. Vincent erhoben, als Lehrmeister von seinem größeren Schüler Lord Nelson hoch verehrt – war einer jener britischen Admiräle, deren nüchterner Härte und entschlossener Rücksichtslosigkeit das britische Weltreich zum nicht geringen Teil seine Aufrichtung verdankte.

An diesen Mann gelangten die Fultonschen Projekte, unter ihnen das des »Nautilus«, des Tauchbootes, des unter Wasser fahrenden Schiffes. Und nun mögen wir uns vorstellen, wie er dort gesessen hat in seinem Arbeitsraum in der Admiralität, ein eisgrauer, harter, alter Mann im blauen Rock seines Königs, das Gesicht gegerbt und zerkerbt von den Stürmen und Wettern aller Meere, und nachgesonnen und geprüft – und wie ihm blitzartig eingeleuchtet, was dieser verrückte Amerikaner da in die Welt zu setzen im Begriffe stand –: ein Kampfmittel von ungeheuerster Gefährlichkeit für die britische Vormacht zur See: ein Unterseekriegsschiff, unheimlich, unsichtbar, unangreifbar für die kanonengespickten Fregatten und Korvetten Seiner Majestät.

Sir John ist Engländer, britischer Admiral, und nichts kann selbstverständlichere und unumstößlichere Grundlage aller seiner Erwägungen sein als das Wissen, daß der Bestand des Empire vor allem abhängig ist von der uneingeschränkten Überlegenheit der britischen über die Flotten aller anderen Nationen der Welt.

Darum sieht er als erster, welche Folgerungen sich für das Britische Weltreich aus einer Förderung des Fultonschen Tauchbootprojektes ergeben können. Darum hofft er, mit seiner Antwort eine mächtige Bedrohung in letzter Minute vielleicht abwehren zu können. Darum hat das, was er sagt, seherische Kräfte und die Kürze, Eindringlichkeit und Inständigkeit einer Beschwörung. Er sagt – und man sieht förmlich, wie er die Hände vor dem Fultonschen Projekt in Abwehr und Warnung erhebt:

»Don't look at it. Don't touch it! If we take it up, other nations will, and that will be the strengest blow against our supremacy on the sea that can be imagined.«
»Seht es nicht an. Laßt die Hände davon. Wenn wir das aufgreifen, werden andere Nationen dasselbe tun; und das wird der stärkste Schlag gegen unsere Vorherrschaft zur See sein, der vorstellbar ist.«

Gibt es einen besseren Beweis für den Weitblick, die Klarheit der Gedanken und die Richtigkeit der Anschauungen eines Mannes, als daß sie sich nach mehr als hundert Jahren bewahrheiten?

Aber Warner und Weise werden selten gehört, und so fand am 15. Oktober 1805 mit Einverständnis Pitts ein denkwürdiges Fultonsches Experiment statt: In Deal Harbour, unterhalb Walmer Castle, dem Wohnsitz des britischen Premiers, wurde die »Dorothea« ausgelegt, eine alte, leere dänische Brigg, und Fulton startete zu dem Versuch, einen seiner »electric torpedos« unter ihrem Boden anzubringen.

Derweilen äußerte ein voller Skepsis zuschauender englischer Seeoffizier, ihm würde es nichts ausmachen, jetzt in der Kajüte des alten Seelenverkäufers sein Frühstück einzunehmen.

Das entsprach der Durchschnittsansicht jener Tage, aber es war voreilig; denn wenige Minuten später ging der Sprengkörper hoch, zerriß die »Dorothea« in zwei Teile und wirbelte die Wrackstücke durch die Luft.

Fultons überraschender Erfolg fand seinen herbsten Kritiker wiederum in Admiral Lord St. Vincent. »Pitt«, so erklärte er rundheraus, »war der größte Narr, der je gelebt hat, weil er eine Form der Kriegführung förderte, die von denjenigen, die die Meere beherrschen, nicht gewünscht wird und die uns, wenn sie Erfolg hat, der Seeherrschaft berauben wird.«

Sechs Tage später versank bei Trafalgar unter den Schlägen Lord Nelsons die französische Flotte – mit ihr die Hoffnung Napoleons, eine Landung in England erzwingen zu können. Noch einmal war die uneingeschränkte Vorherrschaft Britanniens über die sieben Meere gesichert; alle Tauchbootsorgen und -träume schienen verweht.

Aber Gedanken, die einmal gedacht wurden, gehen nie wieder ganz verloren. An ganz verschiedenen Plätzen, in ganz verschiedenen Hirnen stehen sie wieder auf.

Der bayerische Unteroffizier Wilhelm Bauer baut mit Mitteln aus einer Spende der Schleswig-Holsteinischen Armee seinen »Eisernen Seehund«, um mit ihm die den Hafen von Kiel blockierende dänische Flotte anzugreifen. Nach ersten geglückten Versuchen geht das Fahrzeug verloren.

Ein an Hoffnungen und Enttäuschungen überreiches Erfinderleben treibt den mittellosen, genialen Mann nach Paris und London, nach Wien und Petersburg. Hohe und allerhöchste Persönlichkeiten bewundern seine Schöpfungen; praktisch geschieht nichts. Besessen von der Idee seines »Brandtauchers«, kämpft sich Bauer von Hof zu Hof, von Land zu Land, von Ministerium zu Ministerium. In Rußland endlich wird sein Boot gebaut. Es fährt, fährt über und unter Wasser, legt sich auf den Grund, steigt nach Belieben wieder auf, ist so betriebssicher, daß Bauer 1855 im russischen Kriegshafen Kronstadt ein »Unterwasserkonzert« veranstalten kann. Aber – es ist immer noch ein Boot, das mit Menschenkraft angetrieben wird, noch weit entfernt davon also, als ernst zu nehmendes Seefahrzeug gelten zu können, obgleich es bereits die Grundelemente des späteren Hochsee-U-Bootes in sich vereinigt. Das Unterwasserkonzert ist kennzeichnend für den Stand der Dinge und für die praktischen Aussichten des Mannes, der sein Leben der Tauchboot-

Idee verschrieben hat und der es endlich klein, unbekannt, vergessen und vereinsamt in sciner Heimat München zu Ende lebt.

In der Neuen Welt machen indessen die Amerikaner ihre Streitigkeiten untereinander aus. Süd- und Nordstaaten liegen miteinander im Kriege. Die Flotte der Yankees blockiert den Hafen von Charleston. Fultons Dampfschiff hat begonnen, sich durchzusetzen. Das stärkste Schlachtschiff jener Tage, die »New Ironsides«, ein Schiff von 3486 tons mit voller Segelschifftakelung und Dampfschiffmaschine, mit Holzrumpf und einem Seitenpanzer von 4 Zoll Eisen, liegt in der Nacht zum 5. Oktober 1863 im Blockadedienst vor Charleston. An Deck wandert der Wachoffizier, Ensign Howard, auf und ab. Die Wache ist lang. Man darf nicht dösen; die Nacht ist die Freundin der Blockadebrecher.

Plötzlich stutzt er. Da drüben auf dem Wasser treibt im schummerigen Licht etwas, das eine schwimmende Planke sein könnte, vielleicht ein kleines Boot? Er tritt an die Reling, legt die Hände an den Mund und ruft den undeutlich erkennbaren Schatten an. Keine Antwort. Wieder will er rufen; da blitzt es drüben auf: ein Gewehrschuß.

Der tödlich verletzt Zusammenbrechende hört noch mit verlöschendem Bewußtsein, den schwach herüberwehenden Hall des Schusses. Sekunden später zerreißt der Knall einer gewaltigen Explosion die Nacht.

Was ist geschehen?

Die »New Ironsides« ist »torpediert«!

Und wie ist das geschehen?

Die Konföderierten besitzen sogenannte »Davids« – eine Art von Halbtauchbooten, die, durch ihre kleine Silhouette nachts fast unsichtbar, die Schiffe der Blockadeflotte ungesehen und überraschend angreifen und ihre an einer langen Stange befestigten Sprengladungen an der Bordwand des angegriffenen Schiffes zur Entzündung bringen sollen. Ein solcher Angriff ist gegen die »New Ironsides« geführt worden, ohne das Schiff zu vernichten.

Dann aber kam die »Hundley«-Affäre.

Das einzige handgetriebene Volltauchboot der Südstaaten, die »Hundley«, unterschied sich nicht sehr von Fultons »Nautilus«, außer daß sie schwerfälliger und ihre Handhabung schwieriger war. Da ihr ein Turm fehlte und bei Überwasserfahrt das Vorluk offenbleiben mußte, lief sie bei fünf aufeinanderfolgenden Versuchsfahrten voll und soff, jedesmal den größten Teil ihrer Besatzung mit sich in die Tiefe nehmend, ab, so daß sie bei den Konföderierten den zweifelhaften Spitznamen der »peripatetische Sarg« erhielt.

Nachdem auf diese Art bereits fünfunddreißig Mann den Tod gefunden hatten, entschloß man sich, auf weitere Probefahrten zu verzichten und das Monstrum ohne weitere Versuche zum Angriff anzusetzen!

Tatsächlich fanden sich noch einmal sieben Tapfere, die bereit waren, den Versuch mit dem Todesfahrzeug zu wagen.

Am 17. Februar 1864 lief die »Hundley« unter Führung des Leutnants Dixon von Charleston aus, um eines der Blockadeschiffe anzugreifen. Hier, wie im Falle der »New Ironsides«, war die Sprengladung – der »Torpedo« – an einer langen Stange befestigt, die über den Bug der »Hundley« hinausragte. Beim Auftreffen auf die Bordwand des gegnerischen Schiffes sollte die Ladung durch Abziehen einer dünnen Leine zur Entzündung gebracht werden, die in das Innere des mit offenen Luken fahrenden Bootes rührte.

Den Verlauf des nun folgenden Angriffes, des ersten Angriffs eines »richtigen« Unterseebootes gegen ein Kriegsschiff, schildert Admiral David Porter in seiner »History of the Civil War«:

»Gegen 20.45 Uhr entdeckte der Wachoffizier des unglücklichen Schiffes – der nordamerikanischen Korvette ›Housatonic‹ – einen Schatten oder schwimmenden Gegenstand, der in etwa 80 Meter Entfernung sich durch das Wasser bewegte – gerade auf das Schiff zu. Keine zwei Minuten, nachdem das ›Ding‹ zuerst gesichtet wurde, war es längsseits. Inzwischen hatte man auf der ›Housatonic‹ in fieberhafter Eile die Ankerkette geslipt, die Maschinen gingen voll rückwärts; alle Mann waren auf Gefechtsstationen befohlen worden – zu spät!

Der Spierentorpedo traf das Schiff unmittelbar vor dem Großmast an Steuerbordseite, gerade in Höhe der Pulverkammer. Der Mann, der die angreifende ›Hundley‹ steuerte, kannte die verwundbaren Punkte des Dampfers und machte ganze Arbeit.

Als die Explosion losbrach, erzitterte das Schiff in seiner ganzen Länge wie bei einem Erdbeben und schien sich geradezu aus dem Wasser heben zu wollen. Dann sank es über das Heck, im Sinken nach Backbord kenternd.

Die ›Hundley‹ hatte nach der Detonation niemand gesehen, so daß man annahm, sie habe sich zurückgezogen, sei entkommen und wieder eingelaufen. Als aber der Friede kam und der Hafen von Charleston aufgeräumt und von den Wracks der vielen gesunkenen Schiffe befreit wurde, fanden Taucher, die hinabgesandt worden waren, um die ›Housatonic‹ zu suchen, die ›Hundley‹ an der Seite ihres Opfers liegen. Offenbar war sie vom Schwall der Explosion und dem Strudel der sinkenden Korvette mit hinabgezogen worden. Die gesamte Besatzung befand sich im Bootsinnern. Das war das Ende des ersten und letzten Unterseebootes, das vor Ausbruch des Ersten Weltkrieges ein feindliches Kriegsschiff versenkte.«

Indessen hatte die Einsicht, daß ein Spierentorpedo zu wenig erfolgversprechend und für die Besatzung des tragenden Fahrzeuges zu gefährlich sei, einen österreichischen Artillerieoffizier auf den Gedanken geführt, das Fahrzeug ohne Bemannung zu lassen, indem man es mit Hilfe langer Leinen vom Ufer aus steuerte. Einige Skizzen zu dieser Idee waren allerdings alles, was dieser Mann bei seinem plötzlichen Tode hinterließ und was der österreichische Marinekapitän Luppius vorfand, der das Vorhaben aufgriff und durchexperimentierte.

In Zusammenarbeit mit dem englischen, in Fiume ansässigen Werftingenieur Whitehead entstanden so die ersten unter Wasser laufenden, durch Preßluft angetriebenen, selbststeuernden Torpedos, deren sich die Marinen alsbald bemächtigten, nachdem Whitehead in Fiume von Bord eines Kanonenbootes aus eine Jacht erfolgreich mit zwei seiner Torpedos beschossen hatte.

Die Welt besaß fortab eine neue, gefährliche Waffe mehr. Alle seefahrenden Länder begannen den Wettbewerb im Bau immer besserer, größerer Torpedoträger; es entstanden die Torpedoboot- und Zerstörerflotten.

Der ideale Torpedoträger – das Unterseeboot – war indessen immer noch nicht zu brauchbarer Form gediehen, und die Männer, die in den letzten Jahrzehnten des 19. Jahrhunderts ihre Zeit darauf verwandten, hatten nicht viel Aussichtsvolles zu berichten. Bauers Höhepunkt wurde das Unterwasserkonzert. Sein Boot war immerhin schon so weit, daß es einwandfrei lenkbar genannt werden konnte. Was aber sonst in der weiten Welt entstand, war nicht viel weiter gekommen und nicht viel mehr wert als Fultons »Nautilus« von 1801.

In Frankreich erfuhr das Interesse am Unterseeboot eine starke Belebung, seit mit der Ernennung Admiral Aubes zum Marineminister die sogenannte »Junge Schule« ans Ruder kam. Als erster offizieller Versuch Frankreichs entstand die »Gymnote« – »ein wilder, kleiner Apparat«, dessen unkontrollierbare Kapriolen jedoch weder die französischen Marinestellen noch den Erbauer sonderlich erschütterten. Im Gegenteil, der Konstrukteur, Gustave Zédé, verbiß sich nur noch heftiger in sein Werk; das zweite für Frankreichs Marine gebaute Boot trug seinen Namen. Es war wieder ein Fehlschlag.

Trotzdem ließen die Franzosen nicht locker und bauten in der Zeit bis 1901 nicht weniger als 29 elektrisch angetriebene Tauchboote.

Das Problem des Antriebs stand nunmehr im Vordergrund. Wie konnte man einem Unterseeboot einen geeigneten Antrieb geben? An Verbrennungsmotoren dachte noch kein Mensch, sie steckten in den ersten Kinderschuhen. Dampfmaschinen konnten ebenfalls nur eine Teillösung bringen; denn jeder Antrieb, der an Hitzeerzeugung, damit an Feuer, damit an Sauerstoffverbrauch gebunden war, mußte als Unterwasserantrieb ausscheiden, und Elektrizität als alleinige Antriebsquelle war nicht ausreichend, da man nicht genügend dieser kostbaren Energie in einem Boot speichern konnte, so daß seine Seeausdauer außerordentlich beschränkt bleiben mußte. Das gleiche galt für Preßluftboote.

Der schwedische Ingenieur Nordenfeldt versuchte es 1886 mit einem Dampfunterseeboot als Halbtauchboot. Griechenland und nach ihm die Türkei kauften je eines dieser Boote, die beschrieben werden als »Seesägen, die keine sterbliche Macht auf ebenem Kiel zu halten vermochte«.

Zu dieser Zeit experimentierte in Amerika ein junger irischer Schullehrer, John P. Holland. Während sein erstes Modell noch ein »Unterwasserfahrrad« war, d. h. mit Fußkraft angetrieben wurde, hatte das zweite bereits einen vierpferdigen Petrolmotor. Nach einer Reihe von Versuchen, die ihm die Unzulänglichkeiten des Fahrzeuges deutlich genug machten, versenkte Holland selbst dieses zweite Kind seiner Phantasie, nicht ohne jedoch zuvor als sparsamer Mann den Motor herausgenommen zu haben.

Er baute nun ein drittes, dann ein viertes, jedes besser als das vorhergehende, aber noch keines ein wirklich brauchbares Kriegsfahrzeug, wenngleich Holland große Schritte vorwärts getan hatte.

Unstimmigkeiten mit seinen Geldgebern legten den Erfinder für lange Zeit lahm. Es ging ihm schlecht, und als 1893 der Kongreß der Vereinigten Staaten den Beschluß faßte, Konstruktionszeichnungen für den Bau von Unterseebooten einzufordern, besaß Holland nicht einmal das Geld, um die Zeichenmittel und technischen Instrumente zur Erstellung der Pläne zu kaufen.

Eine hübsche Anekdote ist hier überliefert.

»Ich weiß«, sagte Holland, immer auf der Suche nach dem fehlenden Gelde, eines Tages zu einem jungen Rechtsanwalt, mit dem er in einem Restaurant New Yorks zu Mittag aß, »ich weiß, daß ich die Ausschreibung gewinnen und der Regierung das Unterseeboot bauen kann, wenn ich nur die paar Dollar auftreiben könnte, um die notwendigen Auslagen zu bezahlen. Aber die Hartleibigkeit der Geldleute ist zum Verzweifeln. Dabei brauche ich ganze 347 Dollar und 19 Cents.«

»Wozu, zum Teufel, brauchen Sie diese 19 Cents?« knurrte der Jurist überrascht.

»Zum Ankauf eines bestimmten Zeichengerätes.«

»Hm – wenn Sie das alles schon so genau ausgerechnet haben«, meinte nach kurzem Überlegen der Anwalt, »dann will ich selbst den Versuch wagen und Ihnen das Geld leihen.«

So geschah es – Holland zeichnete sein Boot, reichte ein und gewann den Wettbewerb.

In den folgenden Jahren baute er mehrere Boote, ohne zu befriedigenden Ergebnissen zu gelangen, bis im Jahre 1898 die »Holland Nr. 9« vom Stapel lief, die, im Oktober 1900 von der US-Navy übernommen, als das erste moderne Unterseeboot bezeichnet werden kann. Dieses Boot war nun endlich imstande, nicht nur wie Bauers Modell nach Wunsch und mit Sicherheit für die Besatzung zu tauchen und aufzutauchen und über und unter der Wasseroberfläche zu fahren, sondern es besaß auch einen fünfzigpferdigen Gasolinmotor für die Fahrt über Wasser und Elektromotoren für die Tauchfahrt, ein Antriebsprinzip, das seit einiger Zeit probiert und diskutiert wurde und das – nach Ersatz der Gasolin- und Petrolmotoren durch Diesel – bis auf den heutigen Tag in Anwendung geblieben ist.

Ein Konkurrent Hollands, Mr. Lake aus Baltimore, der in jenem Wettbewerb des US-Kongresses mit seinen reichlich abenteuerlichen Vorschlägen Holland gegenüber den kürzeren gezogen, aber, dadurch keineswegs entmutigt, seine Versuche fortgesetzt hatte, gab seinem zweiten Modell, dem 1895 gebauten »Argonaut«, den schiffsförmigen, die See-Eigenschaften des Bootes verbessernden Umbau, die sogenannte »zweite Hülle«, nachdem er mit seinem »Argonaut« die erste harte Bewährungsprobe in offener See zu bestehen gehabt hatte.

Das Boot hatte nun sozusagen zwei Körper, einen inneren, den eigentlichen Tauchkörper, stark genug, um die unter Wasser auftretenden Drucke auszuhalten, und den äußeren, der mit Schlitzen versehen war, so daß das Wasser beim Tauchen freien Durchtritt hatte, den Raum zwischen Innen- und Außenkörper füllte und wieder ablief, wenn das Boot auftauchte. Dieses sogenannte Zweihüllenprinzip wird noch heute im U-Boot-Bau angewandt.

Nachdem im Frühjahr 1900 die Marine der Vereinigten Staaten

das Boot »Holland Nr. 9« übernommen und sechs weitere gleichen Typs in Auftrag gegeben hatte, folgte noch im gleichen Jahre die britische Admiralität mit der Bestellung von fünf »Hollands«; und bald kaufte jede seefahrende Nation entweder Holland-Boote oder zahlte Lizenzgebühren auf die Patente und baute größere, schnellere und bessere Unterseeboote in jedem Jahr.

Deutschland war der Entwicklung der Tauchboote mit Aufmerksamkeit gefolgt, ohne sich zunächst selbst aktiv einzuschalten. Zu neu, zu unerprobt, zu zweifelhaft in ihrem Werte erschien vorläufig die neue Waffe, als daß es gerechtfertigt gewesen wäre, ihren Ausbau stürmisch zu betreiben und in ihr einen wesentlichen Faktor in einem zukünftigen Seekriege zu erwarten. Die Kaiserliche Marine verharrte in Zurückhaltung.

Nicht so Friedrich Alfred Krupp, Deutschlands Waffenschmied!

Im Briefwechsel der Krupp-Germaniawerft taucht eines Tages das Kennwort »Leuchtboje« auf; es bezeichnet das seit Juli 1902 in aller Heimlichkeit in Bau befindliche erste Versuchsboot, das später auf den Namen »Forelle« getauft wurde. Die »Forelle« war ein winziges Ding; ganze dreizehn Meter lang, verdrängte sie etwa 16 Tonnen und hatte einzig den Zweck, der Werft als Lehrmittel zur Gewinnung von Erfahrungen für den Bau größerer Boote zu dienen.

Um es vorwegzunehmen: das gefährliche kleine Spielzeug war ein voller Erfolg. Drei Wochen nach seinen ersten Probefahrten führte es bereits aus drei Seemeilen Entfernung einen »Angriff« auf ein vor Anker liegendes Fahrzeug und einen »Unterwasserrückzug« durch.

Seine Majestät, der Deutsche Kaiser, bekundete durch eine Besichtigung der »Forelle« das »Allerhöchste Interesse«, und »am 23. September 1903 nahm Prinz Heinrich von Preußen als erster Gast des Bootes an einer Tauchfahrt teil«.

Allein die »Forelle«, das »erste in Deutschland gebaute kriegsbrauchbare Boot«, blieb nicht im Lande. Als Vorläuferin dreier größerer, für Rußland gebauter Boote ging sie nach Petersburg, von wo sie im Herbst 1904 mit der Bahn nach Wladiwostok gebracht wurde.

Inzwischen hatte sich im September 1904 auch die deutsche Kaiserliche Marine zur Bestellung eines Unterseebootes bei der Krupp-Germaniawerft entschlossen.

Die schon bei diesem ersten Auftrag geforderten Daten zeigen klar, in welche Richtung der Staatssekretär des Reichsmarineamts, von Tirpitz, die Entwicklung zu lenken wünschte. Das an der Oberfläche 237 Tonnen verdrängende, etwa 42 Meter lange Boot sollte in Überwasserfahrt eine Geschwindigkeit von 10,8 Knoten, getaucht von 8,7 Knoten erreichen und einen Fahrbereich von 1400 Seemeilen haben. Das heißt: Tirpitz verlangte das hochseefähige Unterseeboot.

Noch während des Baues von U 1 begann die Kaiserliche Marine auf eigener Werft in Danzig den Bau von Unterseebooten nach marineeigenen Konstruktionsplänen.

Während nun die ersten Bootstypen für die Überwasserfahrt noch mit Petrolmotoren ausgerüstet waren, beginnt für Deutschland nach den im Juli 1912 befriedigend abgeschlossenen Versuchen mit Dieselmotoren der Einbau dieser neuartigen Antriebsmaschinen in die zu diesem Zeitpunkt schon in ziemlich rascher Folge entstehenden Unterseeboote, so daß bei Kriegsausbruch 1914 der deutschen Seekriegführung neben den älteren und kleineren, mit Petrolmotoren ausgerüsteten Typen auch bereits eine Anzahl von dieselgetriebenen größeren und schnelleren U-Booten zur Verfügung stand, die ihre Kriegsbrauchbarkeit alsbald erweisen sollten.

1914 war mithin die grundsätzliche Entwicklung des »Tauchbootes« so weit beendet, daß es lohnt, zu betrachten, was aus den Ledersärgen Cornelius van Drebels auf dem Wege über David Bushnells »Turtle«, die »Hundley«, Fultons »Nautilus«, den »Brandtaucher« Bauers, die Boote Hollands, Lakes und den Entwicklungen der Franzosen inzwischen geworden war. Kürzer:

Was ist das – ein Tauchboot?

Wie schon sein Name – Tauchboot – Unterseeboot – sagt, ist es ein Fahrzeug, das nicht nur auf, sondern auch unter der Wasseroberfläche zu fahren vermag.

Es muß deshalb in seiner Konstruktion von den reinen Oberflächenfahrern grundsätzlich verschieden, es muß ein zweckmäßigerweise wasserschlüpfig geformter, nach allen Seiten hin gegen den Eintritt von Wasser gesicherter Hohlkörper sein, der alle für Fortbewegung, Führung und Bemannung erforderlichen Anlagen in sich beherbergt. Dieser Hohlkörper muß weiter, da er mit wachsender Tauchtiefe dem zunehmenden Druck der umgebenden Wassermassen standzuhalten hat, außerordentlich fest gebaut sein, und zwar um so fester, je tiefer das Boot tauchen soll. Von seiner Druckfestigkeit hängen Leben und Tod, Bestand oder Untergang des Bootes und der Besatzung ab; der von dem *Druckkörper* umschlossene Luftraum ist die eigentliche Lebenszelle des Unterseebootes.

Wie jedes Schiff muß auch das Unterseeboot einen gewissen Auftrieb haben, der es an der Oberfläche schwimmend erhält, und damit es tauche, muß dieser Auftrieb vernichtet, muß das Gewicht des Bootes bis zur Überwindung des Auftriebes gesteigert werden. Das geschieht durch Einlaß von Wasser in Ballasttanks, die sogenannten Tauchtanks, die im Tauchzustand des Bootes völlig mit Wasser gefüllt sind. Da nun das Gewicht des Unterseebootes im Laufe seiner Reise nicht gleichbleibend sein kann – man denke nur an Proviant-, Trinkwasser-, Brennstoff-, Schmieröl- und Munitionsverbrauch –, sind außer den Tauchtanks, die unter Wasser voll gefahren werden, sogenannte Reglertanks vorhanden, die nur teilweise gefüllt werden und in die je nach Bedarf »zugeflutet« – Wasser hineingelassen – oder aus denen »gelenzt« – Wasser hinausgepumpt – werden kann. Durch Zufluten wird das Boot schwerer, durch Lenzen leichter. Bei Unterwasserfahrt kommt es darauf an, das Boot in einen Gewichtszustand zu versetzen, in dem es auf der Grenze zwischen Auftrieb und Untertrieb »schwebt«. Des Niemandslandes zwischen zwei feindlich auseinanderstrebenden Kräften der Natur bemächtigte sich der Mensch für die Unterseefahrt!

Auf der schmalen Schneide zwischen Auftrieb und Untertrieb fristet der U-Boot-Mann sein ständig gefährdetes Leben.

Nahe dem Bug und Heck des Bootes gelegene »Trimmtanks«, die durch Rohrleitungen miteinander verbunden sind, bilden das in sich geschlossene System, mit dem das Boot auf ebenem Kiel gehalten wird. Wie die beiden Eimer an der Trage eines Milchmädchens gleich großen Inhalt haben müssen, wenn die Trage in der Waagrechten bleiben soll, so müssen auch die Trimmtanks, die den Eimern entsprechen, gleiche Füllung haben, damit das Boot auf ebenem Kiel schwimmen kann. Soll es aber in eine Schräglage versetzt werden, so braucht nur mit Hilfe einer Pumpe das Wasser aus dem einen in den anderen Trimmtank geschafft zu werden; dann sinkt das schwerere, steigt das leichtere Ende des Bootes. Diese Zustände bezeichnet der U-Boot-Fahrer als »Vorlastigkeit« bzw. »Achterlastigkeit«. Im Zusammenhang mit dieser »Lastigkeit« spielen die »Torpedoausgleichstanks« eine wichtige Rolle. Da die Torpedobewaffnung des Unterseebootes in Bug und Heck – also an den Enden des Bootes – untergebracht ist, müssen jeweils an Bug oder Heck starke Gewichtsveränderungen auftreten, wenn einer der schweren Torpedos das Rohr verläßt. Zum Ausgleich wird sogleich nach dem Schuß diejenige Menge Wasser in die Torpedoausgleichtanks hineingenommen, die dem Gewicht des Torpedos entspricht.

Eine erhebliche Anzahl von Tanks endlich dient der Aufnahme des Brennstoffs für die Überwasserfahrt, es sind die »Brennstoffbunker«, die außerhalb des Druckkörpers derart angebracht sind, daß das Seewasser von unten ständig Zutritt hat. In dem Maße, in dem der obenauf schwimmende Brennstoff verbraucht wird, strömt das Seewasser von unten nach. Dadurch wird das Boot im Laufe der Reise zwar schwerer, aber der schon oben erwähnte Verbrauch an Munition, Proviant usw. schafft seinerseits eine Gewichtsabnahme, die dieser Gewichtszunahme annähernd die Waage hält.

Die »Tiefenlage« – die Tiefe, in der das Boot unter Wasser fährt – wird durch die »Tiefenruder« – horizontale Tiefensteuerorgane – beherrscht, von denen gewöhnlich ein Paar hinten, ein Paar vorn angebracht ist. Durch entsprechende Einstellung der

Tiefenruder können Kräfte erzeugt werden, die das Boot als Ganzes nach oben oder unten drücken.

Und nun zum Antrieb! Bei Überwasserfahrt wird das Boot durch zwei Dieselmotoren angetrieben, die jeder auf eine Schraube wirken. Unter Wasser können die Diesel nicht arbeiten, da es ihnen dazu am notwendigen Sauerstoff fehlen würde. Ihre Aufgabe wird deshalb von zwei Elektromotoren übernommen, die sich aus im Bootsinnern aufgestellten Akkumulatorenbatterien speisen. Die verbrauchte elektrische Energie wird während der nachfolgenden Überwasserfahrt dadurch ersetzt, daß die Elektromotoren, nun als von den Dieseln getriebene Dynamos wirkend, die Akkumulatoren wieder aufladen.

Das Herzstück des Unterseebootes ist die »Zentrale«. Von hier aus wird es unter Wasser gefahren, von hier aus ergehen alle Befehle an die einzelnen Stationen, und hierhin laufen die Bestätigungen zusammen. Die Zentrale liegt etwa in der Mitte des Bootes unter dem »Turm«. Zu ihrem Bereich gehören auch die Sehrohre, die »Unterwasseraugen« des Bootes, der Kreiselkompaß, die Luftreinigungs- und die Preßluftanlage, eine der wichtigsten Einrichtungen an Bord, da beim Auftauchen die Tauchtanks mit Preßluft teilweise leergeblasen werden, wodurch der Auftrieb des Bootes wiederhergestellt und es wieder zum Schwimmen an der Oberfläche gebracht wird. Das vollständige »Ausblasen« der Tauchtanks besorgt ein Kompressor.

Die allgemeine Einrichtung des Unterseebootes umfaßt weiter den erforderlichen Raum für die Unterbringung von Reservetorpedos, Artilleriemunition, Unterwasserschallanlagen, navigatorischen Hilfsmitteln, Funkstation, Kochstelle, WCs, Proviantlast, Trinkwasser und Besatzung.

Daß dieser Platz in der engen Röhre des Druckkörpers nicht reichlich bemessen sein kann, liegt auf der Hand. So »wohnt« denn auch die Besatzung auf, zwischen, neben Waffenanlagen, Maschinen, Batterien, Gestängen, Meßinstrumenten, Ventilen, Handrädern, Hebern, Reservetorpedos, Munition und Proviant; so schläft sie in aufklappbaren Kojen zu beiden Seiten der »Röhre« – des Druckkörpers.

Eine Anhäufung von Waffen, Maschinen, Sprengstoffen, komplizierten Betriebsanlagen, Menschen und ihren kampf- und lebensnotwendigen Bedürfnissen, untergebracht in einer engen und langen Röhre, die ausgestattet ist mit der Fähigkeit, unsichtbar und verderbenbringend die geheimnisvolle Tiefe des Meeres zu durchwandern – das ist also das Endergebnis jenes langen Weges, der, soviel wir wissen, mit dem alten Cornelius van Drebel und seinen Ledersärgen begann.

2.

DIE DROHUNG AUS DER TIEFE

Der Krieg, der 1914 ausbrach und den man später den Ersten Weltkrieg nannte, sah das so zögernd und langsam entwickelte »Tauchboot« zum ersten Male im Einsatz. Es war eine neue Waffe, über die keine Erfahrungen, keine »Vorgänge« aus dem harten Alltag früherer Seekriege vorlagen. Niemand hatte wirklich umfassend richtige Vorstellungen davon, was man diesen Booten zumuten, was man von ihnen erwarten oder nicht erwarten durfte. Die Welt dachte in Schlachtflotten, deren Aufeinanderprall in gigantischen Artillerieduellen die Entscheidung über die Herrschaft auf den Meeren erbringen sollte. –

Die deutsche Flotte war der englischen nach Zahl und Stärke weit unterlegen. Wer aber England schlagen wollte, der mußte es zur See schlagen. Darin lag für die deutsche Flottenführung das Problem.

Um nichts anderes also ging es, auch in diesem Seekriege, als um die Beherrschung der Seewege und des auf ihnen laufenden Verkehrs. Und für diesen Kampf stand nun zum ersten Male ein neues, völlig unbekanntes Kampfmittel zur Verfügung, das »Tauchboot«, einzig zu dem Zweck entwickelt, den Kampf gegen den Seeherrscher aufzunehmen, das Tauchboot, die Waffe des »Kleinen Mannes zur See«, die folgerichtig auch nicht von England, sondern von den zur See schwächeren Mächten geschaffen worden und die imstande war, die Seewege im Rücken des Seeherrschers anzugreifen und die Seeherrschaft aus der Tiefe zu durchlöchern.

Mit 42 U-Booten, teils fertigen, teils im Bau befindlichen, ging Deutschland 1914 in den Krieg. 811 weitere wurden im Laufe des Krieges in Bau gegeben, zum erheblichen Teil aber bis Kriegsende nicht mehr fertiggestellt. Ihre Hauptaufgabe war der Kampf gegen die Handelsschiffahrt.

Um die Formen nun, in denen die U-Boote den Handelskrieg sollten führen dürfen, erhob sich alsbald ein heftiger Meinungsstreit. Im System des bestehenden Völkerrechts fanden sie nicht recht Platz. Die über den Seekrieg getroffenen Vereinbarungen bezogen sich allein auf Überwasserstreitkräfte und entsprachen den bekannten Kampferfordernissen dieser Typen, nicht aber den Notwendigkeiten einer Unterseebootkriegsführung. Es gab einfach noch keine seekriegsrechtlichen Begriffe, die dem neuen Tauchboot mit seinen außerordentlich gegensätzlichen Eigenschaften – geballte Angriffskraft bei höchster Verletzlichkeit – gerecht wurden. So wurde eine Form der Kriegführung von ihm verlangt, die seinem Wesen zuwiderlief. Es sollte »Kreuzerkrieg« führen, d. h. die Kommandanten sollten jedes Handelsschiff, auch wenn es offensichtlich einen feindlichen Hafen ansteuerte, vor der Versenkung anhalten. Neutrale auf »Bannware« – kriegswichtige Ladung – untersuchen und im Versenkungsfalle Maßnahmen für die Sicherung der Schiffsbesatzung treffen.

Anhalten und Durchsuchen konnte man aber nur in Überwasserfahrt, wobei der hochverletzliche U-Boot-Körper überraschender Artillerieabwehr durch das Handelsschiff ausgesetzt war. Und Maßnahmen für die Sicherung der Schiffsbesatzungen? – Ein U-Boot hatte einfach keinen Raum für die Aufnahme Schiffbrüchiger! Der Begriff des »Kreuzerkrieges« paßte daher nicht für das U-Boot. Was es brauchte, war das Recht, in einem bestimmten, allgemein bekannten Kriegsgebiet ohne vorherige Warnung und Selbstgefährdung alles zu versenken, was dieses Gebiet befuhr, nach dem Grundsatz: Wer meinem Feinde hilft, der ist mein Feind.

Für eine solche Kriegführung des »warnungslosen Versenkens« bot der Begriff der Blockade die rechtliche Handhabe. Die deutsche Marine wünschte dementsprechend, die von England verhängte Blockade durch eine Gegenblockade zu beantworten, und verlangte uneingeschränkten Waffeneinsatz der U-Boote gegen alle Schiffe in einem bestimmten Kriegsgebiet rings um die britischen Inseln. Die Regierung des Reichskanzlers v. Bethmann-Hollweg hingegen wünschte den Seehandel der Neutralen zu schonen und vermochte sich trotz unaufhörlicher Vorstöße der Admiralität, vorab des Großadmirals v. Tirpitz, von ihren Bedenken nicht zu lösen. In einem ständigen Wechsel halber Zugeständnisse und schnell widerrufener Freigaben schleppte sich daher der Krieg der U-Boote dahin; sie kämpften gleichsam mit einer gefesselten Hand, und der Gegner gewann Zeit zum Ausbau einer gewaltigen Abwehr. Das war ihre Tragödie.

Und England? – Die Vernichtung der drei britischen Panzerkreuzer »Aboukir«, »Hogue« und »Cressy« durch U 9 unter Kapitänleutnant Weddigen am 22. September 1914 hatte ihm sehr rasch den furchtbaren Beweis der »unverhältnismäßig hohen Offensivkraft« der neuen Tauchboote erbracht. In wenig mehr als einer Stunde hatten 28 Mann auf einem U-Boot von 400 Tonnen etwa 40 000 Tonnen britischen Panzerschiffsmaterials mit 2265 Köpfen vernichtet, von denen kaum ein Drittel gerettet werden konnte. Die Tat hatte gewirkt wie ein Donnerschlag. Wie gebannt in Begeisterung und Schrecken blickte die Welt auf die neue Waffe. Würde das Tauchboot der britischen Seeherrschaft ein Ende bereiten?!

England brauchte nicht lange, um die tödliche Gefahr zu erkennen, die ihm durch die U-Boote drohte. »Aboukir«, »Hogue« und »Cressy« und die beginnenden Angriffe auf seine Handelsschiffahrt redeten eine unmißverständliche Sprache. Die Folgerungen daraus wurden auf der Insel nüchtern, schnell und klar gezogen.

Es galt, dem U-Boot politisch und militärisch eine Kriegführung aufzunötigen, die es seiner natürlichen Vorzüge – der Unsichtbarkeit, des Überraschungsmoments, der »Allgegenwart« – beraubte und seine Schwächen – Verletzlichkeit und geringe Verteidigungskraft – zum Tragen brachte.

Entwicklung und Aufbau der militärischen Abwehr, der umfassendsten und kostspieligsten der britischen Geschichte, brauchten Zeit; die politische konnte sofort beginnen. Und sie begann! Northcliffe trat auf den Plan. Mit einer Pressekampagne ohne Beispiel stellte der mächtige britische Zeitungsmann seine gewaltige Propagandamaschine und ihre weltumspannenden Verbindungen in den Dienst der britischen Politik. Und er erreichte sein Ziel: den U-Boot-Krieg, besonders aber den U-Boot-Krieg gegen die Handelsschiffahrt, Englands Achillesferse, in aller Welt in Verruf zu bringen und ihn als völkerrechtswidrig zu brandmarken.

Das »warnungslose Versenken«, der überraschende Unterwasserangriff, gerade das, wofür das U-Boot eigentlich entwickelt wurde, galt ihm als ein Akt der Piraterie und Barbarei. Er wußte sehr wohl warum.

»Wir und unsere Alliierten«, schreibt Churchill in seinen Aufzeichnungen aus jenen Jahren, die den Titel »The World Crisis« tragen, »waren von der Beherrschung der Meere abhängig, welche uns nicht nur von den entferntesten Ecken der Welt eine ungeheure Einfuhr ermöglichte, sondern uns auch alle jene seltenen und Spezialstoffe verfügbar machte, ohne die Stahl nicht gehärtet, Sprengstoffe nicht hergestellt werden können, ohne welche die Wissenschaft ihre volle tödliche Kraft nicht entwickeln und ohne die schließlich ein Inselvolk sein tägliches Brot nicht erhalten kann ...« Das war klar genug. Zum ersten Male in seiner Geschichte war England an seinem Lebensnerv bedroht. – »1917«, fährt Churchill fort, »nahm die Bedrohung durch die U-Boote ungeheure, furchtbare Dimensionen an ... Die Drosselung der Schiffahrt war akut ... unsere Produktion vollständig von der verfügbaren Tonnage abhängig ... Wenn auch die Alliierten 1917 nicht hoffen durften, auf dem Lande zu siegen ... ein Ruin drohte in Frankreich nicht; das Schreckgespenst lauerte unter dem Meeresspiegel ...«

»Der Kampf der britischen Seeleute mit den deutschen U-Booten«, fährt Churchill fort, »ist eine der erschütterndsten Episoden der Weltgeschichte und ... Ausmaß und Einsätzen nach der größte Kampf, der je zur See entschieden worden ist. Der brutale Zug, der dem Angriff eines U-Bootes auf ein Handelsschiff naturgemäß anhaftet, und das erbärmliche Schicksal der Passagiere und Zivilbemannung verlieh dieser Art der Kriegführung einen besonderen Grad der Erbitterung. Der U-Boot-Angriff auf Kriegsschiffe ... wurde von der Royal Navy für recht und billig angesehen; die Versenkung von Handels-, neutralen und Spitalschiffen (?) jedoch war eine barbarische, hinterlistige und seeräuberische Tat, die alle erdenklichen Vernichtungsmethoden rechtfertigte ...« – Man sieht, wie verzwickt der menschliche Charakter zusammengesetzt ist: Dieselbe Royal Navy, die nach Churchills eigenen Worten »eingestandenermaßen versuchte, die ganze deutsche Bevölkerung, Männer, Frauen und Kinder, Alte und Junge, Kranke und Gesunde durch Hunger auf die Knie zu zwingen« und die sich dabei auf den völkerrechtlichen Begriff der Blockade berief, betrachtete die Durchführung einer Gegenblockade, selbst in einer begrenzten und allen Beteiligten bekannten »Kriegszone«, als eine »barbarische, hinterlistige und seeräuberische Tat, die alle erdenklichen Vernichtungsmethoden rechtfertigte«. – Die britischen Maßnahmen gegen die U-Boote erreichten ihren Höhepunkt im Jahre 1918. Aber schon für November 1917 gibt Admiral Sir John Jellicoe, der Chef der englischen U-Boot-Abwehr, eine Gegenüberstellung der auf beiden Seiten eingesetzten Kampfeinheiten: »Auf deutscher Seite fochten etwa 178 Unterseeboote.

Auf britischer Seite mußten gegen diese 178 deutschen U-Boote folgende Seestreitkräfte aufgeboten werden:

277 Zerstörer, 30 Kanonenboote, 44 P-Boote, 338 Motorboote, 65 U-Boote, 68 Küstenmotorboote, 49 Dampfjachten, 849 Fischdampfer, 687 Drifter (vor Netz treibende Fischerboote), 24 Minensucher (Raddampfer), 50 kleine Luftschiffe, 194 Flugzeuge, 77 U-Boot-Fallen ...« Dazu weit über 100 000 Minen.

Aber erst mit der Zusammenfassung der Schiffe in Geleitzügen, die 1918 durchgeführt wurde, nahmen die Versenkungsziffern entscheidend ab. Der damalige Stand der Nachrichtentechnik erlaubte noch kein planmäßiges Ansetzen ganzer U-Boot-Gruppen auf gemeldete Konvois, und das Versiegen des Stromes ungesicherter Einzelziele, die wirksame Abwehr durch die Geleitzerstörer und die ständig verstärkte U-Jagd rührten endlich die Wende herbei.

Unter den Waffen, die Deutschland gemäß Versailler Vertrag abliefern mußte und fürderhin nicht sollte besitzen dürfen, befand sich – selbstverständlich – auch das Unterseeboot.

3.

KONFERENZEN – KONTROVERSEN – KONSTRUKTIONEN

Jahre vergingen. Die Schrecken des U-Boot-Krieges, seine Taten, sein Ruhm verblaßten. Die seebeherrschende Insel jedoch hatte das, was Admiral Jellicoe »Englands schwerste Stunde« genannt hatte, den U-Boot-Krieg, nicht vergessen, und die englischen Delegierten auf den Flottenkonferenzen ließen kein brauchbares Argument aus, um den anderen Seemächten zu beweisen, daß das Tauchboot durch das Konvoi-System nutzlos geworden, durch die ständige technische Fortentwicklung der U-Boot-Abwehrmittel überholt und in zukünftigen Kriegen von vornherein dazu verurteilt sei, eine gänzlich untergeordnete Rolle zu spielen.

Deutschland ist an diesen Verhandlungen nicht beteiligt; es ist keine Seemacht von Rang mehr. Seine kleine »Reichsmarine« besteht aus einer unbedeutenden Anzahl überalterter Schiffe.

Die Erfahrung deutscher Werften, im Unterseebootbau die größte und erprobteste der Welt, liegt brach.

Einzig in einer Schiffbaufirma in Holland saßen im Konstruktionsbüro einige Deutsche, die schon an der Entwicklung der deutschen Front-U-Boote des Weltkrieges entscheidenden Anteil gehabt hatten und die nun die Erfahrungen jener Jahre in neuen Konstruktionen fortführten. Von den Zeichentischen dieses Büros wanderten Konstruktionspläne in alle Welt, nach Schweden, nach Finnland, nach Südamerika, nach Spanien, in die Türkei. Es waren Pläne verschiedener U-Boot-Typen, aber sie alle trugen die Handschrift von *Techel* und *Schürer,* jener beiden U-Boot-Konstrukteure, die, nachdem sie schon im Ersten Weltkrieg sich höchstes Verdienst erworben hatten, nun auch die Väter jener U-Boot-Typen wurden, die später den Grundstock der neuen U-Boot-Waffe der Kriegsmarine bilden und das Vorbild jener »Grauen

Wölfe« werden sollten, die im Zweiten Weltkrieg die Meere befuhren.

In der spanischen Hafenstadt Cadiz und in Abo in Finnland entstanden für private Rechnung der holländischen Konstruktionsfirma zwei Boote, ein Zweihundertfünfzigtonner, der später in die finnische Marine überging, und ein Fünfhunderttonnentyp, den die Türkei erwarb.

Deutsche Ingenieure, Werftmänner und Seeleute hatten an der Entstehung dieser beiden Boote beobachtend und erprobend Anteil. In kleinsten Gruppen von zunächst kaum mehr als einem halben Dutzend Köpfen reisen Seeoffiziere, Ingenieuroffiziere und Nachwuchsschiffbauer, als Kaufleute, Studenten, Monteure oder Angestellte des holländischen Schiffbaubüros getarnt, nach Spanien, nach Finnland und lernen dort zum ersten Male nach dem Kriege wieder die rein fahrtechnische Beherrschung von Unterseebooten kennen. Zwei »Alte Hasen« des Weltkrieges sind ihre Lehrmeister: »Roberto« Bräutigam und Papenberg, nach dem ein allen späteren U-Boot-Fahrern bekanntes Meßgerät benannt ist.

Im gleichen Jahre, am 25. Juni 1933, versammelten sich vor einer Kaserne in Kiel-Wik ein Trüppchen Offiziere, ein halbes, vielleicht ein ganzes Dutzend, und sechzig bis achtzig Feldwebel, Unteroffiziere und Mannschaften. In der Kaserne wird geklopft, gefegt, gereinigt, gemalt. Dann der Einzug. Am 1. Oktober 1933 beginnt in dem neu aufgestellten Kommando die Arbeit. Von den Mützenbändern der Truppe leuchtet golden der Name: Unterseebootabwehrschule. Die offizielle Aufgabe des Kommandos ist die Entwicklung moderner U-Boot-Abwehr. Zugleich aber findet hier die theoretisch-technische Schulung eines ersten Stammes künftiger U-Boot-Fahrer statt. Offiziere, Feldwebel und Maate – und bald auch Mannschaften – lernen an der Zeichnung, am Modell, an der Wandtafel die neuen, für die Zukunft geplanten U-Boote bis in die letzte technische Einzelheit hinein kennen und – theoretisch – beherrschen.

Im Frühjahr 1934 kann man dann in den internationalen Zügen

zwischen Trelleborg und Stockholm eine Anzahl jüngerer Herren antreffen, die einzeln oder zu zweien gen Norden reisen und ihr Reiseziel wäre, wenn man sie danach befragen würde, Abo, die Hafenstadt Abo in Finnland. Aber man fragt sie nicht, und sie selber sagen es nicht. Sie sind Zivilisten, Deutsche – aber es reisen schließlich viele Deutsche in den Sommermonaten nach Schweden und Finnland. Höchstens der Zugschaffner könnte sich Gedanken darüber machen, ob in Deutschland die Bartmode wieder aufkommt; denn einige, ja eigentlich recht viele dieser jungen deutschen Reisenden haben sich ein Bärtchen, einen Schnurrbart oder kleinen Spitzbart zugelegt.

Als sie sich auf dem Schiff nach Finnland wiedertreffen, ist des Lachens kein Ende. »Das kommt davon«, sagen die Glattrasierten zu den Bärtigen, »das kommt davon, wenn man sich allzu gut tarnen will.«

Den ganzen Sommer 1934 hindurch, bis in den August hinein, fahren dann diese jungen Leute von Abo aus das U-Boot, das dort für holländische Rechnung gebaut worden ist, und führen systematisch tauch- und waffentechnische Erprobungen durch, ehe sie es der finnischen Marine übergeben und wieder heimreisen.

Während dieser gleichen Zeit erhebt sich auf dem Gelände der Deutschen Werke und der Germaniawerft in Kiel eine Anzahl geheimnisvoller, streng bewachter Schuppen. Kein Mensch kommt hinein, der nicht einen scharf geprüften Sonderausweis vorzeigen kann. Und diejenigen, die hineinkommen, fragt man vergeblich, was im Innern dieser Schuppen geschieht. Jahr und Tag stehen sie da, abweisend, mit verschlossenen Türen ...

Im Frühjahr 1935 findet in London ein Ereignis von großer politischer Bedeutung statt: Deutschland und England schließen ein Flottenabkommen. Man erinnere sich: Die Flottenbaupolitik des Kaiserreiches, die England als gegen sich gerichtet betrachtete, hat nicht unwesentlich zum Ausbruch des erbitterten vierjährigen Ringens zwischen den beiden großen Völkern beigetragen. Das Flottenabkommen von 1935 soll, was die deutsche Seite betrifft, von vornherein und ein für alle Male klarstellen, daß bei der deutschen Wiederaufrüstung nicht an ein Flottenwettrüsten gedacht ist. Das Deutsche Reich will keine Konflikte mit England. Niemals wieder, davon ist jedermann überzeugt, darf es zu einem Krieg zwischen Deutschland und England kommen. Das Flottenabkommen ist ein Ausdruck dieser Überzeugung. Es beschränkt die Stärke der deutschen Flotte freiwillig auf 35% der englischen. Es ist klar, daß eine deutsche Flotte von nur 35% der englischen für England keine Bedrohung darstellt; die französische, um ein Beispiel zu nennen, umfaßt 60% der britischen.

Das Flottenabkommen legt neben einer Fülle anderer Punkte gleichzeitig fest, daß es Deutschland gestattet sein soll, eine U-Boot-Flotte von 45% – unter bestimmten Bedingungen von 100% – der verhältnismäßig kleinen englischen U-Boot-Flotte zu besitzen. Damit sind die Bestimmungen des Versailler Vertrages, die die deutsche Marine länger als ein Jahrzehnt in ihrer Entwicklung hemmten, gefallen und durch eine freiwillige Vereinbarung ersetzt, die jeden Konflikt zwischen England und Deutschland für die Zukunft als ausgeschlossen erscheinen läßt. Der Oberbefehlshaber der Kriegsmarine, Generaladmiral Raeder, kann endlich beginnen, seinen Plan einer homogenen, einer harmonisch gegliederten, kleinen Flotte zu verwirklichen. In einem etwa achtjährigen Programm soll dieser Aufbau allmählich vollzogen werden.

Wenig später, im Juni 1935, fällt die Stirnwand des ersten geheimnisvollen Schuppens auf dem Kieler Werftgelände. Ein mächtiger Schwimmkran, der Lange Heinrich, tritt in Tätigkeit und setzt das erste deutsche Nachkriegs-U-Boot sanft und vorsichtig zu Wasser. Am 28. Juni 1935 wird U 1 feierlich in Dienst gestellt, und von nun an folgt im Vierzehntagetakt das erste Dutzend neuer deutscher U-Boote.

Es sind Zweihundertfünfzigtonner, Abbilder jenes seinerzeit in Finnland gebauten Bootes, kleine wendige, bewegliche, leicht zu handhabende Fahrzeuge, die bald ihren Spitznamen weghaben; es sind die »Einbäume«, die später so hohen Ruhm erwarben. Auf diesen Booten lernen nun die jungen U-Boot-Fahrer das Fahren, auf ihnen erproben sie praktisch, was sie in den Schulzimmern der

Kaserne in der Wik an zahllosen Plänen und Zeichnungen theoretisch gelernt, erfaßt und aufgenommen haben.

Man muß völlig von vorn anfangen. Fünfzehn Jahre lang hat es kein deutsches U-Boot gegeben; jeder einzelne der neuen U-Boot-Fahrer war ein Kind, als der Erste Weltkrieg tobte, und muß von Grund auf angelernt werden, bis das Ausbildungsziel, die völlig sichere fahrtechnische und anlagemäßige Beherrschung der Boote erreicht ist. Das erfordert Sorgfalt, Hingabe und – Zeit. U 1 bis 6, die erste Serie der neuen Boote, dient diesem Zweck.

Die Aufstellung einer ersten Front-Unterseebootflotte wird in dieser Zeit beschlossen und befohlen. Wer wird ihr Chef? – Es fällt der Name Dönitz.

Der Mann, dem die Aufgabe zugedacht ist, nach siebzehnjähriger Pause die Tradition der deutschen Unterseeboote des Weltkrieges wiederaufzunehmen und die neu entstehenden Verbände zur Kriegsbrauchbarkeit zu erziehen und zu entwickeln, der Fregattenkapitän Dönitz, befindet sich allerdings noch als Kommandant des Kreuzers »Emden« auf der Rückfahrt von einer langen Auslandsreise, die das Schiff um Afrika und nach Indien geführt hat. Wenn er an die bevorstehende Heimkehr und die Möglichkeiten seiner zukünftigen Verwendung denkt, so wünscht er sich, sein schönes Schiff zu behalten und es so bald wie möglich ein zweites Mal dort hinunter fahren zu dürfen.

In diesem Sinne setzt er sich denn auch ein, als er nach dem Einlaufen zur Berichterstattung zum Oberbefehlshaber befohlen wird.

Auch der Kommandant der gleichfalls heimgekehrten »Karlsruhe« ist dort, und die Wünsche, die er für die nächste Reise seines Schiffes vorträgt, decken sich haargenau mit denen des »Emden«-Kommandanten. Beide halten eine Reise in die indischen und die Fernostgewässer für besonders wichtig und erfolgversprechend.

Der Oberbefehlshaber, Generaladmiral Raeder, hört aufmerksam zu. Schließlich fragt er den »Emden«-Kommandanten: »Sie glauben also, daß es richtig ist, das Schiff wieder dorthin zu schicken?«

»Jawohl, Herr Generaladmiral.«

»Schön, Dönitz. Ich bin einverstanden. Aber – Sie fahren nicht mit: Sie werden Flottillenchef der Ersten U-Flottille.« Und mit einem Schmunzeln in das Gesicht des völlig Verblüfften: »Ätsch – das haben Sie wohl nicht erwartet?«

»Nein«, sagt der Fregattenkapitän Dönitz, »daran habe ich nicht im Traum gedacht.«

An diesem Abend läßt der Fregattenkapitän Dönitz seine Gedanken rückwärts wandern, achtzehn Jahre rückwärts, einen weiten Weg. Ausgelöst durch die neue Aufgabe, die U-Boote, steigt eine Fülle von Bildern aus der Vergangenheit herauf, von Erlebnissen, die mit minutiöser Schärfe in allen Einzelheiten dem Gedächtnis unauslöschlich eingeprägt sind. Da ist vor allem die Gestalt seines Kommandanten und verehrten Lehrmeisters von U 39, des Kapitänleutnants Forstmann. Was alles hatte man nicht von ihm gelernt und mit ihm erlebt.

Das Gefecht mit der U-Boot-Falle vor St. Vincent!

Oder – wie der Wachoffizier Dönitz versucht hatte, im lecken Beibötchen bei rauher Atlantiksee an einem verlassenen Dampfer längsseits zu gehen, der noch Fahrt voraus machte! Da soff plötzlich das Beiboot ab, und die herabhängende Leine, die er ergriff, rauschte aus, bis er unmittelbar vor der großen, wuchtig mahlenden Schiffsschraube hing, den Kopf überspült, mit rasch erlahmenden Armen, Wasser, immer mehr Wasser schluckend ... Später erfuhr er, daß ihn die »Nummer Eins«, der älteste seemännische Unteroffizier, selber durch eine Leine gesichert, herausgefischt hatte.

Und ein anderes Mal: das Boot, unter Wasser gerammt, sackt rasch ab – dreißig Meter, fünfzig Meter –, wird gerade noch mit Preßluft abgefangen und dann – der Anblick nach dem Auftauchen! Oberdeck aufgerissen, Geschütz umgeworfen, Turm eingedrückt, Sehrohre umgeknickt. Danach zehn Tage Heimmarsch »blind«, ohne die Möglichkeit, vor dem Auftauchen nachzuschauen, ob die Luft auch rein ist, immer gegenwärtig, in einem Pulk von Bewachern hochzukommen, mehrfach verfolgt und mit

Wasserbomben eingedeckt, und endlich doch glücklich im Hafen.

Und dann – das eigene Kommando, das eigene Boot – UC 25 – und die Fahrten an die nordafrikanische Küste nach Kap Tenez – Kap de Fer – Kap Bone.

Der Husarenstreich in dem sizilianischen Kriegshafen Porta Augusta, in den man sich hineinmogelte und an der Pier den schönen, dicken Dampfer »Cyclops« versenkte – ein Werkstattschiff.

Kurze Zeit darauf: das neue Boot – UB 68 –, ein Fahrzeug mit notorisch schwierigen Unterwassereigenschaften. Minenaufgaben vor Malta. Ein verflixter Auftrag. Bis man überhaupt erst einmal. festgestellt hatte, wo die Einlaufwege waren, ohne dabei selbst gesehen zu werden! Dabei ölklare See, herumrutschende U-Boot-Jäger, Flieger am Himmel. Sparsamster Sehrohrgebrauch mit dem Zenithsehrohr. Sachtes, ganz sachtes Abtauchen auf dreißig Meter vor jedem Flieger. Vorsichtig! Nur keinen Wasserstrudel machen. Schweiß und Arbeit in Hülle und Fülle, bis man endlich wußte, wo die Minen hingehörten, und danach das Eierlegen, die nach Stoppuhr gegebenen Wurfkommandos im lautlos stillen Boot, das Scharren, mit dem die Mine aus dem Schacht fällt, das fernhin hallende Dröhnen, mit dem sie auf dem Grund aufsetzt ...

Endlich jener 4. Oktober 1918, der letzte Angriff des Bootes auf einen Mittelmeergeleitzug, der nachts in Sicht kam. Überwasserangriff.

Ein Dampfer bleibt auf der Strecke. Sofort vor an die Geleitzugspitze zum zweiten – zum Unterwasserangriff im Morgengrauen. Tauchen wie immer. Da stellt sich plötzlich das Boot auf den Kopf und geht wie ein D-Zug auf Tiefe, ist durch nichts zu halten, sackt, sackt. Der Wachoffizier, Leutnant z. S. Müssen, knipst plötzlich die Lampe aus, mit der er den Tiefenmesser angeleuchtet hatte.

»Müssen, verdammt, warum machen Sie das Licht aus?«

»Damit niemand sieht, wie tief wir schon sind, Herr Oberleutnant.«

Abwärts wie im Fahrstuhl.

Ramm – Ramm – platzen im überhohen Außendruck zwei Reserveluftbehälter.

Abwärts!

Rasend schnell ist die Festigkeitsgrenze erreicht. Jetzt kann nur eines noch helfen, wenn das Boot je wieder hinauf soll ans Licht und nicht zerdrückt werden in der ewigen Tiefe: »Preßluft auf alle Tanks!«

Nun geht es den umgekehrten Weg. Unaufhaltsam schießt das Boot unter dem zerreißenden Singen der Preßluft nach oben, wird an die Oberfläche geworfen wie ein Korken und liegt da – mitten vor den Rohren des Kreuzers und der Zerstörer, die den Geleitzug sichern. Und schon orgeln und pfeifen die Granaten heran.

Es braucht einige Sekunden, ehe man begreift, daß dies für das brave Boot das Ende des Krieges ist. Befehl: »Tauchen!« Von unten aber kommt: »Keine Preßluft.« Dreimal kommt das von unten: »Keine Preßluft.« Der Gegner erzielt Treffer achtern im Boot. Eine Granate durchschlägt den Turm. Es ist soweit. »Alle Mann außenbords. Boot versenken!«

Es war eine kurze, aber harte Sache; dann schwamm man neben Müssen, dem WO. – Ein Zerstörer kam. Man wurde aufgefischt, Anzug wenig respektabel: Hemd mit dunklem U-Boots-Ton, Unterhose, ein Strumpf; mehr war nicht übrig. Man zählte seine Männer, schweres, bitteres Zählen, da nicht alle mehr ihr »Hier« rufen konnten, wenn ihr Name fiel. Jeschen vor allem, der Leitende, war nicht da, er, der die Überlebenden noch einmal ans Licht emporgetrieben hatte, der wohl nicht mehr herausgekommen war, als er das Boot versenkte.

Kam die Fahrt nach Malta auf dem englischen Führerschiff, wo man mit seinen Gedanken unablässig bei jenen war, die das Boot mit sich hinabgenommen hatte in das große, schweigende Dunkel. Kam Verballa, das alte, nasse, kalte Felsenfort mit seinen dunklen Kasematten, kam der Augenblick, da das jahrhundertealte, schwere Eisentor hinter dem Häuflein U-Boot-Fahrer zuschlug, deren jeder einen schwerbewaffneten Tommy zur Bewachung neben sich hatte, kam die Vernehmung vor dem englischen Admiral.

Weiter gingen die Gedanken – den langen, von Bitterkeiten und wachsenden Haß erfüllten Weg durch die britische Gefangenschaft, der von den Vardalia-Baracken auf Malta über Gibraltar nach England führte.

Endlose Monate der Gefangenschaft endlich in Schottland und England ohne Hoffnung auf Freiheit, ja, ohne eine Aussicht als die, getreu der englischen Devise »Hang the U-Boat-Commanders!« schimpflich umgebracht zu werden.

Da fing dann der Oberleutnant Dönitz an, den einzigen Weg zu beschreiten, der überhaupt offenstand: Es gab einen Rücktransport derjenigen Gefangenen, die hoffnungslos, lebensgefährlich oder geistig erkrankt waren.

Zäh und unbeirrbar wurde nun »verrückt« gespielt, da oben im schottischen Lager von Redmire, gespielt mit der blechernen Lebkuchenschachtel, dem Deckelblatt aus Marienglas und dem kleinen in der Kantine erworbenen Porzellanhündchen. Bei Sonnenschein durfte es vor der »Hütte« sitzen; bei Schlechtwetter mußte es drinnen bleiben unter dem schützenden Marienglas. Schließlich hatte selbst der Leutnant z. S. Müssen den Eindruck, daß sein Kommandant verrückt geworden sei.

Eines Tages tatsächlich die Überführung in ein Schwerkrankenlager, wo man gleich von einem U-Boot-Kommandanten empfangen wurde, dem Kapitänleutnant von Spiegel. Aber der sagte bloß: »Verrückt hilft hier nicht weiter. Verrückt versuchen hier alle. Hast du nicht was anderes, Dönitz – vielleicht Malaria?«

So war denn zu der fortschreitenden »Verrücktheit« ein »altes Tropenleiden wieder ausgebrochen«. Und endlich – man lag angeschnallt auf einer Bahre – hörte man aus dem Munde eines englischen Arztes die Worte, auf die man so lange und so zäh und »irre« hingearbeitet hatte: »Typical case of repatriation. Put him on the list.« – »Typischer Fall von reif zur Heimschickung. Setzen Sie ihn auf die Liste.«

Endlich heimgekehrt, hatte er – unter welch bitter veränderten Verhältnissen! – vor dem gleichen Korvettenkapitän Schultze gestanden, der einst zur U-Boot-Führung im Mittelmeer gehörte und nun in Kiel die Aufgabe hatte, aus den Resten des einstigen Marineoffizierkorps geeignete Männer für den Aufbau der kleinen Reichsmarine zu gewinnen.

»Machen Sie mit, Dönitz?« hieß es da. Das war eine schwerwiegende Frage, deren Beantwortung über den ganzen Ablauf seines weiteren Lebens entschied, und doch hatte es für ihn nur eine einzige Gegenfrage von Bedeutung gegeben: »Glauben Sie, daß wir wieder U-Boote haben werden?«

»Jawohl, das glaube ich; in einigen Jahren gewiß.«

Diese Antwort war bestimmend gewesen für seinen Entschluß, dem Reich als Offizier in der Marine weiter zu dienen, und nun, nach so vielen Jahren, da sich diese Voraussage bewahrheitete, war er selbst bestimmt und berufen, den Aufbau der neuen Front-U-Boot-Waffe zu leiten!

Noch manches Bild der Erinnerung ließ der Fregattenkapitän Dönitz an diesem Abend in sich aufsteigen und vorüberziehen.

Am anderen Morgen stand das Programm fest, waren die Ziele klar umrissen, blieb dem Kapitänleutnant Godt nur das Staunen über die Schnelligkeit der radikalen Hinwendung seines Chefs zu der neuen Aufgabe und die Niederschrift der klar, flüssig und bestimmt nach wenigen Notizen und aus dem Kopfe herunterdiktierten ersten grundsätzlichen Anforderungen und Befehle für die neue U-Boot-Waffe.

Einmal in einer selbst für seinen Adjutanten überraschend heftigen Weise für die neue Aufgabe angesprungen, kannte der Fregattenkapitän Dönitz bald nur noch sie, entwickelte er ein Tempo der Arbeit, das fortab für den Aufbau der ganzen Waffe charakteristisch werden sollte.

Am 27. September 1935 wurde die 1. Unterseebootflottille »Weddigen« mit drei Booten und dem Mutterschiff »Saar« feierlich in Dienst gestellt.

4.
DAS »FREIKORPS DÖNITZ«

Vier Fahrzeuge, das Flottillenmutterschiff »Saar« und drei kleine U-Boote unter den Kapitänleutnanten Grosse, Looff und Freiwald, bildeten den Grundstock der neuen deutschen Front-U-Boot-Waffe. Unverzüglich begann der Ausbildungsbetrieb.

Der Flottillenchef, Fregattenkapitän Dönitz, besaß von der ersten Stunde an sehr klare Vorstellungen darüber, wie er diese Ausbildung führen und welches Ziel er damit erreichen wollte. Er hat viele Jahre später – als Untersuchungsgefangener im Nürnberger Militärgefängnis – rückblickend darüber berichtet. Er schreibt: »Ich war im Ersten Weltkrieg ein begeisterter U-Boot-Fahrer. Ich war ganz im Banne dieser einzigartigen Seefahrt, die den U-Boot-Mann auf sich selbst stellte und ihm in der großen Weite des Ozeans eine Aufgabe stellte, die Herzensstärke und Können erforderte; ich war im Banne dieser einmaligen U-Boot-Kameradschaft, die begründet war durch das gleiche Schicksal und die unterschiedslos gleichen Lebensbedingungen eines jeden Mannes der U-Boot-Besatzung, in der jeder auf jeden angewiesen war und keiner entbehrt werden konnte.

Für die Ausbildung und Erziehung der neuen U-Boot-Waffe hatte ich mir zwei Grundziele gesetzt: Die Waffe war so kriegsmäßig wie möglich auszubilden. Ich wollte jede Lage, die der Krieg nach meiner Vorstellung bringen konnte, den U-Booten bereits im Frieden vorgesetzt haben, und zwar so gründlich, daß die U-Boot-Besatzungen mit möglichst hohem Können und Zutrauen zu ihren Booten in einen Krieg gehen würden. Ich wollte zweitens die Besatzungen mit Begeisterung und Liebe zu ihrer Waffe erfüllen und sie zu selbstloser Pflichterfüllung erziehen.

Nur ein solcher Geist konnte bei der Schwere des U-Boot-Kampfes in einem Kriege einmal Erfolge erzielen. Das Können allein würde nicht genügen.«

Entsprechend diesen Grundzielen wurde die Ausbildung angepackt: Die U-Boote gehörten nach Ansicht ihres Chefs *»aufs* und *in* das Wasser«, und zwar bei jedem Wetter und für längere Zeitdauer in möglichst weiten Seeräumen.

Die »Saar« und ihre drei kleinen Trabanten, deren Zahl sich jedoch bald vermehrte, sahen daher nur noch wenige Hafentage. Im altvertrauten grauen Lederpäckchen stieg der Flottillenchef in See von Boot zu Boot über und stand neben seinen jungen Kommandanten, Wachoffizieren, Maaten und Soldaten auf den offenen Brücken und lehrte sie das kleine und das große Einmaleins der U-Boot-Fahrern. Und wie der Chef auf der Brücke, so schaltete der Flottilleningenieur, »Papa« Thedsen, der einstige U-Heizer und spätere Ingenieuradmiral, in der Zentrale, in Dieselraum und E-Maschinen und feilte seine L. I.s, seine Maschinisten und Heizer, bis sie das Alphabet des U-Boot-Fahrers vorwärts und rückwärts und in wie außer der Reihe beherrschten.

Gewohnheitsmäßig hieß es bald: »Montag früh 02.00 Uhr seeklar«, und dann »ging es dahin, daß die See schäumte«, ohne Atempause, bis in den späten Abend.

Keine Mühe und Anstrengung scheuend, zog der Flottillenchef seine kleine Schar in endlosen Übungen durch die Ostsee, schliff sie bis zum Umfallen und rief nach härtester Beanspruchung von Mann und Material regelmäßig unmittelbar nach dem Einlaufen die Kommandanten zur Kritik zusammen, besprach ohne Rücksicht auf Stunde und Ermüdung bis ins einzelne Fehler und Erfolge, knetete jeden bis zur Erschlaffung durch und pumpte darüber hinaus nach Schluß der dienstlichen Besprechung im kameradschaftlichen Zusammensitzen seine Offiziere voll mit dem Geiste, den er in seiner Waffe zu sehen wünschte, dem Geiste der unbedingten Einsatzfreudigkeit, der unerbittlichen Zähigkeit und Härte gegen sich selbst, des bedingungslosen und dennoch kühl rechnenden Draufgängertums.

Aus den drei Booten waren sechs geworden. An Dienstbetrieb und Übungstempo änderte sich nichts. Aber neben der Einzelausbildung begann das Fahren im Verband, begannen die gemeinsamen Übungen gegen den »Geleitzug«, den die brave »Saar« darstellte.

Jeder Tag brachte neue Lehren. Die Kriegsmäßigkeit der Ausbildung bezog sich auf alle Gebiete, auf das lückenlos ubootmäßige Verhalten im »Feindgebiet«. Da war etwa das Ungesehenbleiben. Ungesehenbleiben war für den U-Boot-Mann das halbe Leben und mehr als der halbe Erfolg. Wann mußte ein Kommandant vor einem gesichteten Flugzeug oder Fahrzeug tauchen, wann konnte er oben bleiben? Wie fuhr man den *unsichtbaren* Angriff mit dem richtigen, dem sparsamsten Sehrohrgebrauch? Wie machte man sich nachts über Wasser an den Gegner heran unter geschickter Ausnutzung von Himmelshintergrund, Beleuchtung, Wind und See? Wie mußte man fahren, um dem Gegner nur die kleinste Silhouette des Bootes zu bieten? All das ließ sich nicht allein aus dem Verstande entscheiden; es mußte tiefer dringen; die Kommandanten mußten es ins Gefühl bekommen, wann sie über Wasser gesehen wurden und wann nicht.

Dazu dann die taktischen Grunderkenntnisse etwa des ungesehenen Fühlunghaltens am Gegner, des Vorsetzens oder des Verhaltens in der Dämmerung, beim Übergang vom Tage zur Nacht, von der Nacht zum Tage. Und wie entzog man sich feindlicher Abwehr?! Wann über Wasser? Wann getaucht? Und wenn man tauchte, blieb man dann auf Sehrohrtiefe, wo man sehen konnte, oder machte man sich blind und ging auf große Tiefe? Und falls man tauchte, war es dann richtig, unter Wasser mit hoher Fahrt unter Hakenschlagen abzulaufen oder sich in geräuschloser Schleichfahrt beiseite zu schmiegen?

Es war kein Ende der Themen, der Erprobungen, der Versuche, und es konnte nicht ausbleiben, daß die Kriegsmäßigkeit des Übungsbetriebes eine erhebliche Gefährdung der Boote schon im Frieden umschloß. Im November 1936 wird U 18 beim Angriff auf ein gesichertes Ziel in der Lübecker Bucht gerammt und sinkt. Ein Jahr später kommt U 12 bei Tieftauchversuchen der U-Flottille Weddigen um Haaresbreite nicht mehr hoch. Aber Gefährdungen und selbst Verluste, so schmerzlich sie sind, müssen – das ist die Ansicht des Flottillenchefs – auch bei Friedensübungen getragen werden, wenn sie für die kriegsmäßige Ausbildung notwendig sind. Es werden dadurch größere Verluste im Kriege an der Front erspart. Falsches Sparenwollen im Frieden rächt sich bitter im Kriege.

Dann, eines Tages, bricht das aus, was in der U-Boot-Waffe der »Erste Punische Krieg« genannt wurde: Die Besetzung des Rheinlandes durch Truppen des Heeres wird befohlen.

Die U-Boote üben – wie stets – irgendwo in der Ostsee, bei Moens-Klint. Plötzlich ein Funkspruch: »Übungen abbrechen. Sofort einlaufen.«

Widerstrebend folgt der Flottillenchef. Dieser Befehl wirft ihm alle Dispositionen über den Haufen.

Spät am Vorabend des Ereignisses läuft er mit seinem Verband in Kiel ein. Und hier hieß es auf einmal: »Sofort kriegsmäßig ausrüsten.«

Hallo! Das stank!

Am anderen Mittag Auslaufen. Fahrt durch den Nord-Ostsee-Kanal. In Brunsbüttel-Innenhafen Torpedoübernahme. 04.00 Uhr früh Auslaufen gegen den »Feind«: Aufstellung in einem Vorpostenstreifen.

Nach zwei Tagen wurde das Unternehmen abgeblasen. Ungehindert, bejubelt von der Bevölkerung, hatten die Truppen des deutschen Heeres den Einmarsch in das Rheinland vollzogen. Der »Erste Punische Krieg« war beendet.

Die Ausbildung der Boote ging weiter. Neue kamen hinzu. Von der Ersten Flottille zweigte sich die Dritte ab, die Zweite wurde neu aufgestellt, die Siebente, die Neunte. Neben die »Einbäume« traten Fünfhunderter-Boote vom Typ VII und die ersten »Großen«, die »Seekühe«. Alle diese Flottillen, selbst wenn sie erst im Kader aufgestellt oder geplant waren, trugen die Namen hervorragender Kommandanten des Ersten Weltkrieges: »Weddigen«, »Saltzwedel«, »Emsmann«, »Wegener«, »Hundius«, »Loos«.

Wie aber – und das war die Sorge, die den Kapitän Dönitz neben seiner aufreibenden Ausbildungstätigkeit ständig bewegte –, wie sollten die Boote beschaffen sein, die dereinst den Bestand dieser Flottillen bilden und die nun allmählich in Bau gegeben werden sollten?

Das Oberkommando der Kriegsmarine plante Torpedo-U-Boote von etwa 2000 Tonnen. Daneben sollte ein noch größerer Typ als Artillerie-U-Boot mit 15-cm-Armierung gebaut werden.

Beide Planungen schienen dem Kapitän Dönitz verfehlt. Wie so oft schon ließ er sich Thedsen kommen, seinen Flottilleningenieur. In der kleinen Chefkammer auf der »Saar« saßen sie einander gegenüber, einem winzigen Gelaß, in dem neben der eingebauten Koje, Waschtisch, Spind und Schreibtisch kaum noch zwei Männer Platz fanden.

»Was halten Sie davon?« fragte Dönitz in seiner direkten Art, mit einer Handbewegung auf die zusammengerollten Pläne weisend, die der kleine, ein wenig zur Rundlichkeit neigende Ingenieuroffizier vor ihn hinlegte.

»Nicht viel«, erwiderte Thedsen geradeheraus, »das ist noch nicht das Richtige.«

»Warum?«

»Vor allem sind mir die Boote zu groß. Die Kampftüchtigkeit des U-Boots nimmt stark ab, wenn seine Größe ein bestimmtes Maß überschreitet. Ein U-Boot braucht Wendigkeit und Unsichtbarkeit. Wenn wir diese Eigenschaften haben wollen, dürfen wir über eine gewisse Größe nicht hinaus.«

»Richtig, Thedsen. Das ist auch meine Ansicht. Außerdem ist das U-Boot ja relativ langsam. Folglich ist es günstiger, zwei Punkte mit zwei kleineren U-Booten besetzt zu haben, als einen Punkt mit einem großen. Die Chance, etwas zu treffen und zu versenken, ist bei zwei besetzten Punkten die doppelte. –

Was halten Sie denn von dem Artillerie-U-Boot?«

Thedsen hob die Schultern. »Das U-Boot ist von Hause aus ein Torpedowaffenträger, Herr Kapitän. Ich weiß gar nicht, was die wollen. Artillerie-U-Boote! Ein einziger Treffer genügt doch, um so ein Boot tauchunklar zu machen und damit zu erledigen.«

Als die Unterredung der beiden Männer beendet ist, liegt auch ihr Gegenvorschlag fest. In einem Papier, das am nächsten Tage an das Oberkommando abgeht, beantragt Dönitz:

1. keine 250-Tonnen-Boote mehr zu bauen, da ihre Kampfkraft zu gering und ihr Fahrbereich begrenzt ist.
2. dem 500-Tonnen-Boot der Saltzwedel-Flottille neben anderen Verbesserungen entsprechend einer Anregung des Kapitän-Ing. Thedsen den doppelten Brennstoffvorrat zu geben. Damit würde dieses sehr handliche Boot auch in entfernten Seeräumen einsatzfähig werden. Große Kampftüchtigkeit bei genügendem Aktionsradius und ausreichender Bewaffnung und Geschwindigkeit würden hier in einem Typ mittlerer Größe in außerordentlich glücklicher Weise vereinigt sein. Die Masse der zur Verfügung stehenden U-Boot-Tonnage sollte daher zum Bau dieses Bootes verwandt werden.

»Für weiterreichende Seeräume«, heißt es weiter, »wird der Bau von größeren U-Booten befürwortet, dabei aber vorgeschlagen, durch Weglassen des vorgesehenen 8-Meter-Torpedo-Vorratsraumes das Boot auf die kampftüchtigere Größe von 740 Tonnen zu reduzieren und die Reservetorpedos in druckfesten Behältern am Oberdeck unterzubringen. Spezial-Artillerie-U-Boote sollten nicht gebaut werden.«

Im Oberkommando am Tirpitzufer in Berlin findet dieser Vorstoß des U-Boot-Chefs wenig Gegenliebe. Es kommt zu langwierigen schriftlichen und mündlichen Auseinandersetzungen.

Dönitz und Thedsen vermögen sich nur sehr langsam durchzusetzen. Das Ergebnis des Kampfes der Meinungen ist aber doch endlich das »verbesserte Saltzwedel-Boot«, Typ VIIc von 517 Tonnen, das sich später als Geleitzugkämpfer so außerordentlich bewähren sollte, und die 740-t-»Seekuh«.

Die Meinungsverschiedenheiten haben jedoch die schwerwiegende und vom Standpunkt des Kapitäns Dönitz aus höchst unerwünschte praktische Folge, daß während der Zeit der Auseinandersetzungen, fast ein Jahr lang, keine oder doch nur sehr wenige U-Boote in Bau gegeben werden. Es entsteht eine Baupause, und um diese zu überbrücken und, wie die Verfügung des Oberkommandos ausdrücklich vermerkt, »das Abfließen der U-

Boot-Arbeiter zu verhindern«, geht eine Anzahl weiterer 250-Tonnen-Boote in Auftrag.

Unermüdlich schreitet indessen die Ausbildung fort, arbeitet der nunmehrige »Führer der Unterseeboote« an der Fortentwicklung der Waffe und der Angriffsmethoden. Das Ergebnis seiner Überlegungen ist eine neuartige, planmäßig aufgebaute U-Boot-Taktik.

Der Erste Weltkrieg hatte nur die freie Einzelaktion der Boote im angewiesenen Operationsgebiet gekannt. Der Stand der Nachrichtentechnik erlaubte noch keine taktische Zusammenarbeit. Daher der Erfolg des Konvoi-Systems. Heute würde es – dank der Fortschritte der Nachrichtentechnik – möglich sein, die Massierung der Schiffe *im* Geleitzug mit der Massierung der funktelegraphisch herangeführten U-Boote *am* Geleitzug zu beantworten. Die operative Führung der U-Boote würde also heute ein ganz anderes Gesicht haben als zu Ende des Weltkrieges.

Von diesem Zeitpunkt ab hämmerte der Kapitän Dönitz immer wieder seinen U-Boot-Männern die Überzeugung ein: »Die U-Boot-Waffe ist *nicht* überholt; im Gegenteil – sie ist vielleicht berufen, in einem zukünftigen Seekrieg die Entscheidung herbeizuführen. Sie hat ihre großen Erfolge nicht hinter sich, sondern – das ist meine feste Überzeugung – erst vor sich.«

Zwar hatte der Führer der Unterseeboote inzwischen längst die Gepflogenheit aufgeben müssen, jeden einzelnen Kommandanten, jedes einzelne Boot persönlich einzufahren, aber stets beobachtete er von der Brücke der »Saar« aus die Angriffe der Boote, befahl abends die Kommandanten zur Kritik, »frühstückte« sie und tröstete sie dann mit einem Kirsch. So blieb der Kontakt, der jeden einzelnen Kommandanten mit dem FdU verband, ein ungemein enger und lebendiger und sein persönlicher Einfluß stark ausgeprägt. Der mitreißende Schwung und die Klarheit seiner Persönlichkeit, seine schier unerschöpfliche Arbeitskraft und Vitalität und sein unbeirrbarer Glaube an die U-Boote befeuerten jeden, der, wie seine Offiziere und Besatzungen, ständig im täglichen Dienst mit ihm zusammentraf. Sie nannten ihn den »Großen Löwen« und sich selbst das »Freikorps Dönitz«, und sie stürzten sich mit Begeisterung in ihren Dienst.

Das Wehrmachtmanöver 1937 brachte die erste Bewährung. Etwa zwanzig beteiligten Unterseebooten war die Aufgabe gestellt, einen Transportverband, der von Ostpreußen nach Swinemünde bestimmt und mit allen Schutzmaßnahmen der U-Boot-Abwehr gesichert war, »anzugreifen« und zu »vernichten«. Der Verband wurde erfaßt, angegriffen und trotz aller »Abwehr« zerfleddert.

Die Übungen greifen über die Ostsee hinaus in die Nordsee und – da auch diese sich bald als zu eng erweist – in den Atlantik.

An einem Maisonntag des Jahres 1938 fällt dem FdU zufällig in der Presse eine Verlautbarung von offizieller englischer Seite ins Auge, die ihn aufs stärkste beeindruckt und beunruhigt. Er prüft die Form, in der sie herausgegeben ist; sie scheint ihm offiziös – halbamtlich. Es ist eine Verlautbarung, die seiner Ansicht nach sehr klar erkennen läßt, daß sich die englische Politik einer Großdeutschland-Politik grundsätzlich entgegenstellen werde.

Gibt es also doch – trotz des Londoner Flottenabkommens – die Möglichkeit, ja vielleicht die Gefahr eines englisch-deutschen Konflikts?

Noch am gleichen Tage setzt sich der Kapitän Dönitz hin und bringt eine Denkschrift an das Oberkommando zu Papier.

Er verweist auf die englische Verlautbarung, um dann festzustellen, daß also die Großdeutschlandpolitik und die englische Politik der Balance of Power zueinander in Widerspruch ständen und folglich die Kriegsmarine nicht richtig handle, wenn sie annehme, daß England *nicht irgendwann* einmal Deutschlands Gegner sein könne.

Und zieht daraus die Folgerung, daß es notwendig sei, die U-Boot-Waffe beschleunigt zu vergrößern.

Am nächsten Morgen gibt er die Denkschrift seinem nächsten Mitarbeiter. »Bitte, Godt, lesen Sie das, und sagen Sie mir, was Sie davon halten.«

Der Kapitän Godt ist ein schlanker, schmaler, fast zierlich

gebauter Mann. Aus dem scharf geschnittenen Gesicht unter dem immer etwas störrischen, rötlichen und schon leicht ergrauenden Haar blicken ruhige, offene Augen. Seine Redeweise ist bedächtig und überlegend, sein Urteil geradeheraus und unbestechlich. Er liest das Papier seines Chefs mit großer Aufmerksamkeit durch und sagt endlich, indem er es zurückreicht: »Es ist dies seit 1918 das erstemal in der Marine, daß das Wort ›England‹ fällt. Im übrigen stimme ich Ihren Ausführungen voll zu. Ich bin gespannt, was Sie darauf für eine Antwort bekommen werden.«

Wenige Tage später trifft die Antwort aus Berlin ein.

An der Baupolitik »Homogene Flotte« und dem Anteil der U-Boote an der Tonnage wird nichts geändert.

Ein einziger Mann billigte und unterstützte, was der Führer der Unterseeboote wollte: der damalige Befehlshaber der Aufklärungsstreitkräfte, Admiral Densch. »Wir sollten«, sagte er, »an jedem Fluß, auf jeder grünen Wiese in grün getarnten Schuppen U-Boote bauen.« Aber weder seine, noch die Ansicht des nunmehrigen Kommodore Dönitz setzte sich durch. Es gab keine Spannung mit England, und es durfte und würde keine geben. Zu allgemein und tief eingewurzelt war die Überzeugung, daß eine neuerliche Auseinandersetzung zwischen den beiden großen Völkern nur schweres Unheil und Elend über die Welt bringen und daher niemals stattfinden würde.

Der Herbst 1938 bringt die Lösung der Sudetenkrise, den »Zweiten Punischen Krieg«. Im letzten Augenblick, an einem Sonnabendnachmittag, kurz bevor alles »an Land schießt«, trifft der Sonderbefehl für die U-Boote ein. Sofortiges Landgangsverbot. Chefs und Kommandanten zur Besprechung. Der FdU befindet sich in Urlaub, trotzdem läuft alles wie am Schnürchen. Eilige kriegsmäßige Ausrüstung und noch am gleichen Abend: Auslaufen! – Allein schon während des Marsches durch den Nord-Ostsee-Kanal trifft die Nachricht von der Münchener Zusammenkunft ein. Der »Zweite Punische Krieg« ist aus, ehe er noch begonnen.

Ein Aufatmen des Dankes geht durch das deutsche Volk, des Dankes für den erhaltenen gebliebenen Frieden. Man spürt, daß ein drohend und bleifarben am Horizont aufgezogenes Wetter sich in letzter Stunde noch einmal zerteilt und aufgelöst hat, und fühlt sich gnädig bewahrt.

Der Kommodore Dönitz, dem der kaum vermiedene Konflikt erneut und eindringlich den Unterschied in der politischen Grundkonzeption Deutschlands und Englands gezeigt hat, fährt fort, in Denkschriften und Eingaben an das Oberkommando den beschleunigten Ausbau der U-Boot-Waffe im Rahmen des Flottenabkommens zu fordern. Anträge auf Werkstattschiffe, die die U-Boote bei ihrer geplanten Ausbildung in ausländischen Gewässern begleiten sollen, werden jetzt genehmigt. Am Umfang des U-Boot-Programms ändert sich nichts.

Andere Punkte bleiben umstritten. Da ist der Ingenieur Walter in Kiel, der das »Aurol« und die Wasserstoffgas-Turbine erfunden hat. Aurol ist ein hochleistungsfähiger, für den Unterwasserantrieb geeigneter Brennstoff. Der Ingenieur Walter hat ihn dem Oberkommando angeboten und kommt eines Tages zum Führer der Unterseeboote.

»Herr Kommodore«, sagt er, nachdem er die Eigenschaften und Möglichkeiten seines Aurol eingehend dargelegt hat, »ich habe dem Oberkommando die Entwicklung und den Bau eines unter Wasser sehr schnellen U-Bootes vorgeschlagen, aber ich habe den Eindruck, daß dort die Bedeutung dieser Erfindung noch nicht voll begriffen worden ist. Ich finde nicht das Verständnis und die Unterstützung, die ich glaubte, erwarten zu dürfen. Können Sie mir helfen?«

»Unter Wasser schnell?« fragt der Kommodore. »Wie schnell könnte Ihr Boot sein?«

»Nach meinen Berechnungen, die ich vorlegen kann, würde das Boot eine Unterwassergeschwindigkeit von 23 bis 25 Seemeilen in der Stunde ausreichend lange halten können.«

Im Kopfe des Kommodore Dönitz läuft bei dieser Eröffnung sozusagen ein Kurzfilm ab: Die Schwäche der bisher bekannten U-Boot-Typen liegt in ihrer verhältnismäßigen Langsamkeit unter Wasser. Sie können bestenfalls für sehr begrenzte Zeit eine Höchstgeschwindigkeit von etwa 8 Seemeilen in der Stunde erreichen. Danach müssen sie ihre erschöpfte Batterie in Überwasserfahrt aufladen. Das bedeutet, daß sie im Unterwasserangriff nur geringe Chancen haben, an ein schnellaufendes Ziel, das ihnen nicht gerade schußgerecht kommt, heranzukommen. Und es bedeutet, daß sie in der Abwehr – also etwa bei Wasserbombenverfolgung durch feindliche U-Boot-Jäger – nur sehr langsam ausweichen können und also wesentlich leichter festzuhalten und anzugreifen sind, als wenn sie mit hoher Unterwassergeschwindigkeit ausgestattet wären. Die Bedeutung hoher Geschwindigkeit unter Wasser liegt also für jeden U-Boot-Mann auf der Hand.

Der Kommodore Dönitz sagt dem Ingenieur Walter volle Unterstützung zu, und er läßt es diesmal nicht bei einer Denkschrift bewenden. Er kennt das Schicksal vieler Denkschriften, die, ohne Frucht zu tragen, in Schreibtischen und Aktenschränken endeten.

Bei nächster Gelegenheit trägt er daher dem Oberbefehlshaber sein Anliegen persönlich vor. »Diese Erfindung«, sagt er, »ist für uns von außerordentlicher Bedeutung; ein U-Boot, das auch unter Wasser schnell ist, würde von geradezu umwälzender Wichtigkeit sein. Ich halte es daher für notwendig, dem Ingenieur Walter die größte Unterstützung zu geben.«

Generaladmiral Raeder hört aufmerksam zu. In dem mäßig vollen, gut geschnittenen Gesicht des nicht über mittelgroßen Mannes sind die klugen Augen unter dem schon etwas schütteren, in der Mitte gescheitelten Haar das Beherrschende. Sie ruhen jetzt prüfend, tragend, ein wenig zweifelnd auf dem Vortragenden.

»Es ist mir gemeldet worden«, sagt er nach einer kleinen Pause des Schweigens, »daß Herr Walter die Unterstützung der zuständigen Stellen des Oberkommandos besitzt.« Und, lächelnd: »Ich glaube Ihnen, Dönitz, daß Sie sich ein solches Boot wünschen; es wäre auch unzweifelhaft von größtem Vorteil, aber die Erprobungen, gerade bei so umstürzenden technischen Neuerungen, brauchen erfahrungsgemäß sehr viel Zeit. Und es ist keineswegs sicher, was dabei herauskommt.«

»Ich glaube, Herr Generaladmiral«, erwidert der Kommodore, »wenn nur annähernd das dabei herauskommt, was der Ingenieur

Walter und auch ich uns davon versprechen – daß dann jede Anstrengung gerechtfertigt ist.«

Nicht sehr viel später erhält der FdU abermals den Besuch des Erfinders. Seine Klagen wiederholen sich. »Es hat sich«, sagt er, »an der ablehnenden Einstellung des OKM anscheinend nichts geändert.«

Abermals stößt der FdU vor. Er besitzt die vorausschauende Phantasie, die ihm die Vorteile schneller Fahrt unter Wasser plastisch vor Augen stellt, und die Erfahrung des Frontkommandanten, der sich deutlich seines eigenen Denkens und Fühlens entsinnt: des hilflosen Zorns und der Enttäuschung, wenn einem ein schönes Ziel von dannen lief, weil man unter Wasser zu langsam war, um rechtzeitig in Schußposition zu kommen – des ohnmächtigen Stillhaltenmüssens unter den Wasserbombenserien, weil das Boot zu langsam und die Batteriereserve zu klein war, um sich der Verfolgung durch hohe Fahrtstufen zu entziehen. Seine geheime Sorge seit jenem Maisonntag 1938, der Gedanke an England, läßt ihn dabei nicht los. Er muß seine Boote so stark machen, sie müssen technisch so gut sein, wie überhaupt nur erreichbar. Wie ganz Deutschland, wie die ganze Marine wünscht er keinen Konflikt, keinen Krieg mit England. Aber seit jenem Maisonntag ist er nicht mehr sicher, daß es nicht *irgendwann* zu einer Auseinandersetzung mit der seebeherrschenden Insel kommen könnte.

So setzt er im Winter 1938/39 ein »Kriegsspiel« an, in dem er unter Teilnahme der See- und Ingenieuroffiziere der Kieler U-Flottillen den Fall eines Konfliktes mit England theoretisch »durchspielt«. Es ist seiner Erinnerung nach das einzige derartige Kriegsspiel, das sich mit einer möglichen Gegnerschaft Englands beschäftigt. Der Seeraum, den er dafür wählt, ist der Atlantik, die angenommene Taktik die Rudeltaktik mit U-Boot-Gruppen gegen gesicherte Geleitzüge.

Im Januar 1939 erstattet er über das Ergebnis eingehend Bericht. Die Forderungen, die er stellt, sind geradezu revolutionierend. »Ich brauche«, sagt er, »mindestens dreihundert operative U-Boote, weil ich sonst Entscheidendes trotz bester Einzelwirkung jedes Bootes nicht werde leisten können. Selbstverständlich ist der Zahl nach oben keine Grenze gesetzt. Diese Forderung mag als außerordentlich hoch erscheinen; ich muß jedoch melden, daß ich bei der augenblicklichen Bootszahl – und der nach der jetzigen Baupolitik zu erwartenden – nur Nadelstiche würde versetzen können.«

Wie alle früheren trifft auch dieser Vorstoß auf Ablehnung.

Die »Memelaktion« im Frühjahr 1939 – der »Dritte Punische Krieg« – bringt den U-Booten praktisch nur einige Übungen in der Ostsee vor Swinemünde. Dann folgt die Frühjahrsreise der Flotte nach Lissabon, Ceuta und weiter ins westliche Mittelmeer, an der etwa zwanzig Boote teilnehmen und die ihnen die große Probe aufs Exempel wird.

Von Cap St. Vincent bis Quessant greifen die U-Boote einen Verband aus Troßschiffen und Begleitschiffen der Flotte an, und abermals bestätigt das Ergebnis dem FdU die Richtigkeit seiner taktischen Anschauungen und Ausbildungsprinzipien. Bei aller kritischen Selbstprüfung darf er sich doch sagen, daß er auf dem richtigen Wege ist, daß die Rudeltaktik gehalten hat – und nach menschlicher Voraussicht auch im Ernstfalle halten würde –, was er sich von ihr verspricht, und daß die U-Boot-Waffe – so klein sie auch ist – sich zu einem scharfen, brauchbaren Instrument entwickelt.

Mitte Juli fährt der Oberbefehlshaber der Kriegsmarine, Großadmiral Raeder, zur Teilnahme an einer Übung der in der Ostsee zusammengezogenen U-Boote nach Swinemünde. Es ist ein heißer Sommertag, und das Land breitet sich mit dem Reichtum seiner golden reifenden Ernten vor seinen Blicken aus. Aber während er das satte Grün der Wälder, das blau aufgeschlagene Auge umschilfter Binnenseen und die weiten Getreideschläge, auf denen die ersten Mähmaschinen klappern, wie beiläufig mit Wohlgefallen wahrnimmt, arbeitet sein Gehirn an den Fragen und Sorgen weiter, die ihn seit Wochen beschäftigten. Es sind die Fragen und Sorgen, die mit der in den letzten Monaten heftig aufgebrochenen Spannung zwischen Polen und dem Deutschen Reich zusammenhängen.

Er denkt an jenen 2. Februar 1933, an dem sich der neue, vom Reichspräsidenten von Hindenburg berufene Kanzler Hitler den Chef der Reichswehr und Marine in einer programmatischen Rede vorgestellt hatte. »An der Wehrmacht«, sagte Hitler damals, »wird nichts geändert. Die Wehrmacht bleibt unpolitisch.« Und er hatte im Hinblick auf die beabsichtigte Wiederaufrüstung mit Nachdruck die Notwendigkeit friedlich vereinbarter Regelungen gerade mit England betont. Vermeidung aller Gegensätze zu England, freundschaftliches Verhältnis mit England – immer wieder war das die Quintessenz seiner Äußerungen und – wie die Praxis der vergangenen Jahre zeigte – auch seiner Politik gewesen. Da war das Flottenabkommen vom Juni 1935 mit seiner freiwilligen Beschränkung der deutschen Tonnage, die Ergänzung dieses Abkommens vom Juni 1937, das Londoner Protokoll von 1938 und endlich, im Dezember des gleichen Jahres, die Verhandlung mit Admiral Lord Cunningham, in der die Tonnage der deutschen U-Boote auf 100% der englischen U-Boot-Tonnage festgesetzt worden war. Und da war das Münchener Abkommen vom 30. September 1938, in dem die vertragschließenden Partner, Hitler und Chamberlain, programmatisch erklärt hatten, sie seien »in der Erkenntnis einig, daß die Frage der deutsch-englischen Beziehungen von allererster Bedeutung für beide Länder und für Europa ist«, und sie betrachteten das deutsch-englische Flottenabkommen als »symbolisch für den Wunsch beider Völker, niemals wieder gegeneinander Krieg zu führen«.

Und was nun Polen betraf – hatte nicht Hitler entgegen gewissen Äußerungen, die er im Kreise der Generalität getan, ihm, dem Oberbefehlshaber der Kriegsmarine, mehrfach unter vier Augen ausdrücklich versichert, daß er es in keinem Falle – auch im Falle Polens nicht – zu einem Kriege kommen lassen werde?! Hatte er nicht die Sorgen seines Großadmirals mit den Worten beschwichtigt, er habe »die Dinge politisch fest in der Hand«?

Und trotzdem: Konnte diese maßlose beiderseitige Hetze, wenn nicht bald Verhandlungen angebahnt und eine Mäßigung erreicht wurde, zu etwas anderem führen als zu einer bewaffneten Auseinandersetzung?

War es möglich, daß der Kanzler, der, wie man wußte, in der Wahl seiner Argumente und der Schärfe des Ausdrucks übertrieb, wenn er glaubte, dadurch bei seinen Zuhörern eine gewünschte Wirkung erzielen zu können – war es möglich, daß er, der so gern und mit so außerordentlichem Erfolge bluffte, auch ihn, den Oberbefehlshaber der Kriegsmarine, über seine wahren Absichten zu täuschen suchte? Daß er ihn belog?

Der Großadmiral zog bei dieser Frage, wie von etwas Unbehaglichem getroffen, die Schultern; kaum daß er sie sich gestellt, verwarf er sie wieder.

Genau wie er es in jener Vorstellungsrede vor den Wehrmachtchefs im Februar 1933 versprochen, hatte Hitler bisher sein Programm der schrittweisen Loslösung Deutschlands aus den Fesseln von Versailles friedlich vollzogen.

Aber wenn ihm, was so oft geglückt war, diesmal mißlang?! Wenn es jetzt doch zum Kriege kam, zu einem Kriege, in den nach Lage der Dinge möglicherweise auch England eingreifen würde? Doch das war ausgeschlossen. Es durfte nicht sein, und der Führer wußte, daß es nicht sein durfte. Blomberg und Fritsch hatten es ihm schon anläßlich seiner Rede vor der Generalität im November 1937 unmißverständlich gesagt: England und Frankreich durften als Gegner Deutschlands nicht wieder in Frage kommen.

Er dachte an die scharfen und drohenden Worte, die Hitler damals gebraucht und von denen nur Göring und er, Raeder, vorher gewußt hatten, daß sie mit einer bestimmten, auf die Generale von Fritsch und von Blomberg gemünzten Tendenz gesprochen werden würden. Und er dachte daran, daß die tatsächlichen politischen Handlungen Hitlers, die diesen scharfen Worten folgten, keineswegs Gewaltmaßnahmen, sondern Verhandlungen, und zwar erfolgreiche Verhandlungen gewesen waren. Hitler hatte also praktisch eingelenkt. Programmatische Worte, die er – und sei es auch nur in kleinerem Kreise – sprach, durfte man nicht auf die Goldwaage legen.

Und diese Erkenntnis hatte sich bestätigt nach jener abermaligen Rede des Führers vor den Chefs der Wehrmachtteile im Mai 1939: Auch damals waren starke und harte Worte gefallen, unter deren Eindruck er selbst, Raeder, eine Unterredung unter vier Augen erbeten und auf gewisse Widersprüche zwischen dieser Ansprache und früheren Äußerungen hingewiesen hatte.

Die Antwort, die er erhielt, hatte ihn zugleich erschreckt und beruhigt. Hitler sagte: »Ich möchte Ihnen an einem Beispiel klarmachen, warum Sie sich wegen dieser Widersprüche nicht zu beunruhigen brauchen. Ich habe drei Arten der Geheimhaltung; erstens das Gespräch unter vier Augen, zweitens die Gedanken, die ich für mich selbst behalte und drittens die Gedanken, die ich selbst nicht einmal zu Ende denke.«

Auch hier war eine versteckte Weisung erkennbar: ›Halten Sie sich an das, was ich Ihnen unter vier Augen sage. Lassen Sie sich durch Dinge, die ich in Ansprachen sage, nicht beirren.‹

Er hatte sich nach dieser Weisung verhalten; seine Überzeugung, daß Hitler keinen Krieg wollte, wurzelte in diesen Aussprachen unter vier Augen.

Wenige Stunden später, als er mit dem Kommodore Dönitz auf der Brücke des FdU-Führungsschiffes die Angriffsvorführungen der U-Boote beobachtete, wiederholte er daher, was Hitler ihm gesagt hatte.

Und er wiederholte es nochmals in seiner Ansprache nach Schluß der Übung vor dem versammelten Offizierkorps der beteiligten U-Boote: »Es wird jetzt täglich und stündlich von Krieg gesprochen. Ich kann Ihnen jedoch mitteilen, daß der Führer mir gesagt hat, es dürfe keinesfalls zu einem Kriege im Westen kommen; denn das wäre Finis Germaniae – das Ende Deutschlands.«

Erleichtert atmen die jungen Offiziere auf. Es wird also keinen Krieg geben; der Führer läßt ihnen das durch den Mund ihres Oberbefehlshabers sozusagen persönlich mitteilen. Es wird demnach alles genauso verlaufen wie vor einem Jahr bei der Sudetenkrise: eine Menge Lärm und Propagandageschrei und drohendes Waffengerassel und am Ende die Einigung in dieser oder jener Form. Selbst der Kommodore ist so stark beeindruckt von der autoritativ vorgetragenen Ansicht des Großadmirals, die sich zudem auf die direkten Äußerungen Hitlers stützt, daß er keine

Bedenken trägt, den fälligen und dringend erforderlichen Erholungsurlaub anzutreten.

Trotzdem sagt er, als er nach der Ansprache des Oberbefehlshabers bei einigen seiner jungen U-Boot-Offiziere am Tische sitzt: »Das eine steht für mich fest: Wenn es irgendwann zu einem Kriege kommt, steht England auf der Seite unserer Gegner. Darauf stellt euch innerlich ein.«

Im Laufe des August strebt die internationale Spannung mit bestürzender Geschwindigkeit ihrem Gipfel zu. Aus England und Frankreich laufen Meldungen über »Spannungsmaßnahmen« der Marinen ein. Auch der FdU, telephonisch aus dem Urlaub zurückgerufen, erhält seine Befehle.

So läuft denn Mitte August die kleine Schar der U-Boote aus den Häfen der deutschen Nord- und Ostseeküste aus zur vorsorglichen Aufstellung in See. Entsprechend ihren Befehlen stehen sie nach einigen Tagen am befohlenen Platz, unbemerkt und unangefeindet; denn noch herrscht Friede, und wenn sie in den Messen vor den Rundfunkgeräten beieinanderhocken und den immer bedrohlicher klingenden Meldungen lauschen, zeigt sich immer wieder, daß sie in ihrem innersten Herzen an einen Krieg nicht glauben können. »Voriges Jahr«, lautet eines ihrer beliebtesten Argumente, »war die Uhr viertel vor zwölf, als die Politiker sich einigten – diesmal werden sie sich vielleicht erst eine Minute vor zwölf einigen. Aber Krieg? – Nein.«

Und wie sie denken Millionen in Deutschland, in Frankreich, in England, in der ganzen Welt: Krieg? Krieg in Europa? Nach der furchtbaren Erfahrung, der grauenhaften Lehre von 1914 bis 1918? Das kann doch einfach nicht sein; das darf sich doch nicht wiederholen! Und sie beten zu Gott oder senden ihre angstvollen Stoßseufzer ins Unendliche: Laß Frieden bleiben! Laß Frieden bleiben! Verschone uns, Gott, verschone uns, Schicksal, mit Krieg!

Und die Deutschen sagen: Es ist doch nichts Unrechtes, was wir verlangen: daß Ostpreußen und die Stadt Danzig wieder zum Reich zurückkehren und uns wiedergegeben wird, was uns in der haßvergifteten Luft der ersten Zeit nach 1918 widerrechtlich genommen wurde. Haben wir nicht lange genug stillgehalten und gewartet, daß die Sieger von damals ihre feierlich gegebenen Versprechen hielten? Haben wir ihnen nicht Zeit genug gelassen, geschehenes Unrecht in verständiger Weise aus der Welt zu schaffen? – Und doch: Krieg? – Keinen Krieg! Es muß eine Möglichkeit geben, sich zu einigen und jedem sein Recht werden zu lassen.

Und die Polen sagen: Was wir bekamen, als es uns gelang, uns aus alter Knechtschaft zu erheben; was uns zugesprochen wurde vom Rat der Völker, gehört uns. Es gehört uns rechtens, und wir werden es uns nicht wieder nehmen lassen.

Und die Franzosen sagen: Wir haben Sorge, daß die Deutschen zu stark werden; es ist nicht gut für uns, wenn die Deutschen zu stark sind. Und wir haben den Polen Beistand versprochen. Und was wir versprochen haben, müssen und werden wir halten. Deutschland hat Österreich genommen, es hat das Sudetenland bekommen, dann besetzte es Memel und dann den Rest der Tschechoslowakei. Wann wird Hitler sein Versprechen vergessen und seine Wehrmacht nach Elsaß-Lothringen schicken? – Und doch: Krieg? – Impossible!

Und die Engländer sagen: Wir haben Deutschland einmal besiegt. Wir haben ihm dann, als es gute Regierungen hatte, denen man vertrauen durfte, Erleichterungen geschaffen. Wir haben sogar Hitler Zugeständnisse gemacht und zugelassen, daß unser eigener Premierminister sich der Mühe unterzog, zu Hitler nach München zu gehen, um den Frieden zu retten. Hitler hat Abmachungen mit uns getroffen. Er hat sie gebrochen. Man kann ihm nicht glauben. He is going to dominate the entire world! Und nun haben wir ihn gewarnt. Wir haben Polen Beistand versprochen. Es ist unmöglich, daß Hitler das nicht verstanden hat. Und wir werden diesen Beistand leisten!

Und die Presse aller Länder schreit das Neueste brühheiß hinaus; die Luft ist wie verpestet. Täglich wächst die dumpfe Angst der Völker. Soll der Wahnsinn Wirklichkeit werden? –

Und die Rundfunkkommentatoren geben in allen Sprachen die Stimmen der Presse, der Staatsmänner und Politiker und ihre eigenen wieder und dazu das, was sie für die Stimme ihrer Völker halten. Aber die Völker, die großen breiten Millionenmassen der Völker, haben nur Angst und fühlen doch, wie das Ungeheuerliche unaufhaltsam auf sie zukommt. Gibt es denn keinen Ausweg?!

Und die Staatsmänner und Politiker spielen ihr Spiel, das Spiel, das um den fürchterlichsten aller Einsätze geht: um Millionen Leben, um Dörfer, Städte und Fluren, um große, schöne und glückliche Heimaten mit allem, was darin ist.

Und die Soldaten? Die Soldaten wissen, daß sie tun müssen, was ihnen befohlen wird; denn der Gehorsam ist unteilbar, und sie haben Gehorsam geschworen.

In jedem Land wissen das die Soldaten. Und doch: Krieg? – Herrgott! Erhalte uns den Frieden!

In den Tagen der höchsten Spannung, Ende August 1939, reicht der FdU dem Oberbefehlshaber der Kriegsmarine erneut eine Denkschrift ein. Er meldet pflichtgemäß, getrieben von seiner täglich wachsenden Sorge vor einem Konflikt mit England, die »absolute Ohnmacht der U-Boot-Waffe angesichts ihres augenblicklichen Standes«.

»Wir befinden uns«, schreibt er, »ungerüstet in einem Zustand der Kriegsgefahr mit England. In der Hoffnung, daß dieser Zustand vorübergehend und bald beendet ist, halte ich mich dennoch für verpflichtet, zu melden, daß es nach Ansicht des FdU die Pflicht der Kriegsmarine ist, dafür zu sorgen, daß sie sich unter keinen Umständen noch einmal ungerüstet einer solchen Lage gegenübersieht, die die politische Führung, wie die augenblickliche Erfahrung zeigt, zu vermeiden augenscheinlich nicht in der Lage ist.«

Und er hängt dieser Meldung abermals die Forderung an, sofort mit dem Ausbau der U-Boot-Waffe zu beginnen und sie so schnell wie möglich auf den höchsten zulässigen Stand zu bringen.

Indessen stehen die U-Boote draußen und warten. Sie stehen an Orten, an denen zwanzig Jahre früher die U-Boote des großen

Krieges lauerten; aber wer in der weiten Welt denkt in diesen Tagen, da sich die großen Mächte dunkel und drohend gegenüberstehen und der Blitz der Entscheidung noch nicht gefallen ist, daß die kleine deutsche Kriegsmarine und in ihr die winzige U-Boot-Waffe in der kommenden Auseinandersetzung eine Rolle spielen könnte?! – Und wenn sich irgendwo doch ein Mann, außerhalb des kleinen U-Boot-Kreises selbst, Gedanken darüber machte, welcher Wert wohl den wenig mehr als tausend Mann beizumessen sei, die auf den grauen Booten bereitstanden und von denen doch immer nur ein Bruchteil gleichzeitig im Einsatz sein konnte, mußte er nicht angesichts der gewaltigen britischen Flotte, angesichts des riesigen, der Versorgung des Inselreichs dienenden Schiffsraumes, angesichts der unter unausmeßbaren Himmeln endlos sich dehnenden Meereswüsten die Bedeutung einer Handvoll deutscher Unterseeboote als sehr gering veranschlagen? Konnte von ihm billigerweise erwartet werden, daß er gerade in den Unterseebooten, deren Wert überdies in den Marinen der Welt auf das lebhafteste umstritten war, diejenige Waffe erblickte, der es bestimmt sein würde, in dem bevorstehenden Seekrieg den Löwenanteil zu übernehmen – die Waffe, von der möglicherweise eines Tages die Entscheidung des ganzen Konfliktes herbeigeführt werden würde? – Ebensogut hätte man ihm zumuten können, zu glauben, daß sich aus einer Stecknadel ein Schwert entwickeln lasse.

U-Boote – gut. Aber ihr Anteil an der Entscheidung eines jetzt oder später auszukämpfenden Seekrieges konnte nur ein sehr beschränkter sein. Das war die Meinung der Welt, soweit sie sich überhaupt darüber Gedanken machte. – Und dann kam der Krieg.

Er lief ganz langsam an, schüchtern, zögernd möchte man sagen. Er riß nicht sogleich, nicht mit einer einzigen heftigen Bewegung die Maske von seinem furchtbaren Antlitz; er hieß noch »Feldzug«, Feldzug gegen Polen, und er war »ein einziger unvorstellbar großartiger Marsch in den Sieg«. Für die U-Boote aber, die seit den letzten Augusttagen draußen auf Position standen und warteten, ob auch für sie die Stunde des Einsatzes kommen werde, und die den lebhaften Schiffsverkehr ungesehen beobachteten, für die U-Boote begann er so, wie es in einem Kriegstagebuch niedergelegt steht und von den anderen ähnlich oder genauso erlebt worden ist:

Klares, sonniges Spätsommerwetter während der letzten Augusttage; leichte Brisen um Ost; ruhige See, die nur, wenn es zeitweilig etwas frischer weht, weiße Mützen aufsetzt – Nächte mit hellem Mondschein und guter, klarer Sicht. Tauchen, Auftauchen und wieder Tauchen, je nach dem Verkehr; denn die Aufgabe ist ja vorläufig, alles zu sehen, ohne selbst dabei gesehen zu werden.

Routinemäßig läuft der Dienst mit Wachen und Freiwachen; es ist genau das Leben, das sie seit langem schon kennen, und trotzdem – hinter dieser äußeren Ruhe lauert die kaum erträgliche Spannung: Wird es Krieg geben, richtigen Krieg? Krieg – mit England?

Immer wenn das Boot an der Oberfläche steht, ist der Rundfunk da; das Gerät wird überhaupt nicht mehr abgeschaltet. Schon im Auftauchen setzt es langsam anschwellend ein, mit Musik, mit Meldungen, mit dem gerade laufenden Programm.

Der 1. September kommt und vergeht, der zweite folgt ihm. Im Boot, zwischen den Offizieren und in der Feldwebelmesse, im Unteroffiziersraum und bei den Männern, überall auf den Manöverstationen, auf der Brücke und im Turm, wo die Freiwächter, ihre Zigarette rauchend, sich um den Sehrohrschacht drängen, im Bugraum und im schmalen Gang zwischen den Dieseln, in der Stille des E-Maschinenraumes und in der Zentrale gibt es nur noch ein einziges Gesprächsthema. Selbst wenn niemand spricht, hängt es noch fühlbar, zum Greifen gegenwärtig in der nach Öl und Stahl, nach Farbe und den allenthalben verstauten Lebensmitteln duftenden Luft: Krieg mit England?

Der Wind wird frischer, wächst zur steifen Brise. Höher recken die blauen Seen ihre schimmernden Häupter. Wolkenlos spannt sich der Himmel, tiefblau. Noch wärmt die Sonne, die Septembersonne; man mißt sommerliche Temperaturen.

Rings um den Sehrohrbock auf der Brücke stehen die Ausgucks verteilt, die Augen mit scharfen Doppelgläsern bewehrt.

Der I. WO, der erste Wachoffizier, hat die Wache. Kommandant und L. I. hocken nebeneinander auf der Turmbrüstung.

Plötzlich schmettern Fanfaren aus dem Rund des Turmluks herauf, brechen jäh ab ... Man hört, undeutlich, die Stimme eines Sprechers, und dann das Klirren der Turmleitern unter jagenden Tritten. Ein junges Gesicht, rot vor Erregung; die Stimme überschlägt sich: »Herr Kaleu! Eben im Rundfunk: Krieg mit England!«

Unten, vor dem Lautsprecher, drängen sich die Männer. Atemlos, mit offenen Mündern und vor Anspannung des Lauschens starr blickenden Augen hören sie, was die ferne Stimme, metallisch schwirrend, verkündet. Als der Kommandant durch den Turm herabgerasselt kommt, richten sich alle Blicke auf ihn. Kein Wort fällt. Nur die Fanfaren des Rundfunksenders stoßen grell schmetternd in den engen Raum. Langsam wandern die Augen des jungen Offiziers von einem zum anderen. Er kennt sie alle, jeden einzelnen, und er weiß plötzlich, sie erwarten, daß er jetzt etwas sagt. Er hat nie darüber nachgedacht, was man in solchen Augenblicken wohl sagen müßte, aber nun kommen ihm die Worte ganz von selbst. »Da haben wir die Scheiße«, sagt er, »damit sich niemand täuscht, meine Herren: jetzt wird es ernst.«

Wenige Minuten später trifft die Bestätigung der schicksalsschweren Nachricht ein, ein Funkspruch der Führung: »Beginn der Feindseligkeiten gegen England sofort.« Das ist am 3. September 1939 um 15 Uhr 40. Der Kommandant liest, zeichnet langsam und sorgfältig gegen und wendet sich dann im raschen Entschluß wieder der Karte zu, die in der Zentrale unter dem gelben Lichtkegel einer Glühbirne vor ihm liegt. In seinem Kopfe läuft in Sekunden ein ganzer Film ab: Befehle für den Kriegsfall. Er legt nach kurzem Überlegen den Zeigefinger auf einen Punkt der Karte. »Da fangen wir an. Neuer Kurs 120 Grad ...«

Am Einstieg zum Turm steht der L. I., die verschmierten Lederhandschuhe in der Linken, die Rechte salutierend am Mützenschirm. Er sagt kein Wort, er blickt nur seinem Kommandanten gerade und ruhig ins Auge. »Schöne Tinte, was, L. I.?« sagt der Kommandant.

Der Leitende nickt und kneift kurz die Lippen ein. »Das hätte nicht kommen dürfen, Herr Kaleu. Aber wenn die es nicht anders wollen ... An uns soll's nicht liegen.«

»Nein«, sagt der Kommandant, »bestimmt nicht. Aber ein Spaziergang wird das nicht.«

Immer noch schmettern indessen die Fanfaren der deutschen Sender durch das Boot, klingt die Stimme des »Drahtlosen Dienstes« zu den Männern, die mit ernsten, plötzlich hart gewordenen Gesichtern den Nachrichten lauschen, dem englischen Ultimatum, der zurückweisenden Antwort der deutschen Regierung. Allmählich löst sich die Lähmung des ersten Augenblickes, und es kommt das Begreifen: Er ist also da, der Krieg, der Krieg mit England. Und auf jedem Boot ist einer, der das ausspricht, was alle denken: »Wehe denen, die so 'nen Krieg verschuldet haben« – und überall ist einer, der nach kurzem Schweigen nachdrücklich und entschlossen in die Hände spuckt und an seiner Mütze rückt: »Na, dann hilft es nichts: dann wollen wir mal ...«

Von dieser Stunde an beginnt die tödliche Jagd. Es beginnt die Arbeit an den Torpedos, das Klarmachen der Minen, der erste Suchkurs, die erste Kriegswache, das erste Anpirschen an die feindliche, die englische Küste.

Anders als für die Boote in See beginnt der Krieg gegen England in der neuen Befehlsstelle des Führers der Unterseeboote. Der Kommodore Dönitz hat sein Quartier von Swinemünde nach Wilhelmshaven verlegt. Mitten im freien Lande, zwischen Äckern und Feldern, am Rande der weithin gedehnten, von windschiefen Büschen bestandenen und von Gräben und Zäunen durchzogenen Wiesen, auf denen das schwarzweiße und rotbunte Friesenvieh weidet, am sogenannten »Toten Weg«, steht eine »Baracke C Null-acht-fuffzehn«; dort hat der FdU Unterkunft gefunden.

Am Vormittag des 3. September befindet sich der Kommodore Dönitz in einer Besprechung mit seinem Chef des Stabes, dem Fregattenkapitän Godt, dem Ersten Admiralstabsoffizier Kapitänleutnant Oehrn und dem Nachrichtenreferenten Kapitänleutnant v. Stockhausen im Lagezimmer der U-Boot-Führung, als eine Ordonnanz ein dringendes Fernschreiben hereinreicht.

Von Stockhausen überfliegt hastig den Inhalt; die blaugrauen Augen in seinem schmalen, spitzen Gesicht unter dem hellblonden Haar blicken erschreckt und verstört, als er das Papier weitergibt. Es ist eine B-Dienstmeldung des Funkentschlüsselungsdienstes, und sie umfaßt nur zwei Worte und einen kurzen Kommentar.

Der FdU nimmt sich nicht die Zeit, seine Lesebrille aufzusetzen; er hält die Meldung vor sich hin und liest. Da steht es: »TOTAL GERMANY«, und es besagt, offen an alle britischen Streitkräfte und Handelsschiffe gefunkt, daß der Engländer das Stichwort der Feindseligkeiten mit Deutschland gegeben hat. »Total Germany«: der Krieg mit England ist da.

Der Kommodore Dönitz wirft das verhängnisvolle Papier auf den Tisch und springt auf. In großer Erregung durchmißt er ein paarmal mit langen Schritten das Lagezimmer. Der Kapitän Godt greift nach der Meldung. Gemeinsam mit den Kapitänleutnanten Oehrn und v. Stockhausen liest er.

Plötzlich bleibt der FdU stehen. »Verdammt!« bricht es zornig und schmerzlich aus ihm hervor, »verdammt, daß ich das noch einmal erleben muß!« Und ohne ein weiteres Wort, drei schweigende Männer hinter sich lassend, verläßt er den Raum, überquert den schmalen Barackenflur mit den jankenden Dielen und verschwindet in seinem Arbeitszimmer.

Die drei Offiziere stehen eine Weile wortlos beieinander, ehe sie sich langsam fassen und sich daranmachen, die notwendigen Befehle und Funksprüche für die Boote in See vorzubereiten.

Fast eine halbe Stunde lang bleibt der Kommodore Dönitz in seinem Arbeitszimmer verschwunden, allein mit sich, allein mit seinen Gedanken. Niemand hat je erfahren, was er in dieser halben Stunde mit sich auszumachen hatte; als er ins Lagezimmer zurückkehrt, ist nichts mehr von dem Schock zu spüren, den er durch das »Total Germany« empfangen hat. In der ersten Sekunde seines Eintretens bereits erkennen seine Mitarbeiter die Wandlung, die sich in seinem Wesen vollzogen hat: Er ist mit sich im reinen, völlig frei, klar, entschlossen und geladen vor Energie.

»Was ist inzwischen veranlaßt worden? Welche Funksprüche sind vorbereitet? – Gut.« Damit wendet er sich der großen Lagekarte zu, die eine ganze Wand des Raumes bedeckt und die Nordsee mit ihren Küsten, die Britischen Inseln, die Biscaya und den östlichen Teil des Nordatlantik darstellt, dieser Karte, die, allmählich immer mehr ergänzt und erweitert, bis sie den größten Teil der Meere umfaßt, ihn fünf Jahre nicht mehr loslassen wird.

Nachdem die ersten Befehle hinausgegangen sind, steht er noch eine ganze Weile, das Kinn in die Linke gestützt, den Ellbogen von der Rechten unterfangen, die Schultern leicht emporgeschoben, grübelnd vor der Karte, auf der nun der BÜ-Offizier die quadratischen blauen Fähnchen mit den schwarzen Nummern gesteckt hat, die die Standorte der Boote in See bezeichnen. Mit Bitterkeit denkt er an die vielen vergeblichen Anläufe, die er in den vergangenen Jahren unternommen hat, um den beschleunigten Ausbau der U-Boot-Waffe zu erreichen. Dreißig Boote mehr hätte man haben können. Jetzt fehlen sie. Das deutsch-englische Kräfteverhältnis zur See ist so ungleich, wie nur möglich; es ist, als ob ein nackter Mann gegen einen Panzer antreten sollte.

5.

TAUSEND MANN VERSENKEN EINE FLOTTE

Mit dem Eingang des Funkspruchs, der die Eröffnung der Feindseligkeiten gegen England befiehlt, stoßen die grauen Boote aus ihren Wartestellungen vor. Aber so verschieden ihre Aufgaben, so verschieden ist auch von der ersten Stunde an ihr Krieg.

Während die mittleren und großen Boote von Stund an den »Handelskrieg nach Prisenordnung«, die Jagd auf britische und nach England bestimmte Schiffe aufnehmen, schleichen einige der »Einbäume«, des kleinen Typs, wie Fische, die zum Laichen das flache Wasser aufsuchen, unter die Küsten der Insel, in die Mündungen der Flüsse, die Buchten und Baien, und setzen in lautloser nächtlicher Arbeit ihre tödlichen Eier ab. Sie kriechen über die Sände, sie tasten und schieben und schlängeln sich über die Untiefen, durch die tieferen Fahrrinnen, über Schlick und Kies und Tang; sie wandern in gläserner Stille feindwärts, unhörbar, unsichtbar, geheimnisvoll getrieben von dem Befehl des Mannes am »Toten Weg«, der den Kommandanten ihre Aufgaben zuweist. Und wie dieser führende Wille auf den mittleren und großen Booten die Jagd freigibt, so löst er hier, auf den kleinen, die Vorsicht aus, das angespannte Lauschen des Blinden, die wache Umsicht des Spähers im Anschleichen, des Jägers auf heimlicher Pirsch, die äußerste Schärfung des Wahrnehmungsvermögens; denn jedermann auf diesen kleinsten der grauen Stahlfische weiß, daß Entdecktwerden gleichbedeutend ist mit Mißerfolg, mit Nichterfüllung des Auftrags und Vernichtung.

Nicht nur der Gegner macht diesen unsichtbaren Kampf schwer, diesen an Orientierungsmitteln armen, langen, langen Unterwassermarsch, der erst zur Hälfte beendet sein wird, wenn Häuser und Bäume, Menschen und Fahrzeuge am Ufer des Gegners zum Greifen nahe und groß im Sehrohr stehen – auch die

See selbst ist hier voller Tücken! Da kommen die gewaltigen, im Sechsstundentakt wechselnden Atemzüge des Meeres, die Ebbe und die Flut, mit ihren mächtig ziehenden, drehenden und kreisenden, schon für den normalen Überwasserfahrer schwer berechenbaren Strömen und Gegenströmen; da liegen die Flachs und die Sände, auf denen die Brandung bricht, da ist der Mahlsand, der einen ansaugt und fest einbettet, wenn man nichtsahnend zu lange darauf liegt, und der sich überall mit seinem Gewicht absetzt, im Turmumbau, in den Winkeln und Ecken zwischen Außenhülle und Druckkörper, in den runden Mündungen der Sehrohrschächte, so daß es harte Kämpfe geben kann, um das durch die Sandlast beschwerte Boot wieder vom Grunde zu lösen.

Nur selten – von Zeit zu Zeit – wagen die Kommandanten, ihre Stahlfische sachte unter die Oberfläche zu steuern und in sparsam bemessenen Augenblicken nach dem Feuerschiff zu spähen, das – der Berechnung nach – an Backbord voraus liegen muß oder nach der Ersatztonne, die an seiner Statt, schräg gelegt vom Gezeitenstrom, in den Wogen reitet.

Aber gottlob! – es gibt nicht nur Tagesstunden, die Nacht ist des Heimlichen Freund. Die Nacht bringt die Boote an die Oberfläche und erlaubt ihnen, ihre Standorte zu verbessern und genau festzulegen; denn noch brennen die Leuchtfeuer an der feindlichen Küste, noch gibt es Blitztonnen, Heul- und Glockenbojen. Selbst dieser Gegner mit seiner großen See-Erfahrung vermag sie nicht in Stundenfrist einzuziehen oder zu verändern.

So steht eines der Boote, das erst mit der Abenddämmerung des 3. September das »Feindseligkeiten mit England sofort« empfing, schon in der dritten Stunde des 4. September an seinem »Laichplatz«, kaum achtzig Meter neben einer Blitztonne, die anzusteuern ihm aufgegeben wurde, und beginnt in der hier verlaufenden engen, tiefen Fahrrinne seine todbergenden Eier abzulegen. Der Wind geht leise und schmeichelnd, kaum kühl, aus Südwesten; mit ihm kommt der Strom, eine Strömung von geringer Stärke, die die Arbeit nicht beeinträchtigt. Die Sicht ist zwar nur mittelmäßig, aber das trifft auch den Gegner – und der Himmel ist, bei Mondschein, teilweise bedeckt. Das Wasser klickert und klackt leise an dem schmalen Rumpf des Bootes. Von Land blinzeln Lichter schlecht abgeblendeter Fenster herüber.

Ohne Störung fällt Mine auf Mine, und erst als die Tiefe an der gegenüberliegenden Seite der Fahrrinne wieder abnimmt und die Sperre gelegt ist, kommt ein daherschlendernder Bewacher in Sicht, nicht mehr als ein Schatten, aber doch: der Feind, und ihm weicht das Boot lautlos aus, taucht, sobald es tiefes Wasser erreicht hat, und läuft ab, wie es gekommen. –

Die U-Boote, die am Mittag des 3. September im Atlantik, vor dem Westausgang des Kanals, die Jagd aufnehmen, haben leichten Nordwest und ebensolche See, die Wolkendecke unter dem blauen Himmel reißt immer wieder auf, so daß hell flimmerndes Sonnenlicht und dunkle, wandernde Schatten in unablässigem Wechsel die Farben der See verändern, bis Gold und Silber, Blau und Grau und Grün mit dem sinkenden Abend ins Rotgraue, dann ins Violette hinüberspielen und sich endlich im Stumpfgrau der Nacht verlieren. Nun malen Mond und Wolken Reflexe in Schwarz und Silber, aber die Kimm ist klar und die Sicht gut. Nur die Schiffahrt, die hier in den vergangenen Tagen des Wartens und Beobachtens von verheißungsvoller Lebhaftigkeit war, scheint plötzlich erstorben. Leer breitet sich ringsum die Kimm. Nirgends eine Rauchfahne, nirgends Mastspitzen. Vergebens gleiten die gläserbewehrten Augen der Ausgucke Stunde um Stunde Millimeter für Millimeter die dünne, dunkle Linie entlang, die ihren Sichtkreis begrenzt und Meer und Himmel trennt.

Und dennoch hat die Weltpresse am 4. September ihre Sensation! Der britische Passagierdampfer »Athenia« ist am ersten Kriegstage nach einer geheimnisvollen Explosion gesunken. Über die Ursache der Katastrophe ist zunächst keine Klarheit zu gewinnen. »Deutsche U-Boote«, behauptet die englische Presse, »Sabotage«, antwortet Dr. Goebbels aus Berlin, »Sabotage, eigens inszeniert, um eine neue Greuelhetze gegen Deutschland aufziehen zu können.«

Inzwischen aber klingeln die Telephone, ergehen Rückfragen, spielen die Fernschreiber. U-Boot-Führung und deutsche Seekriegsleitung erklären, da keinerlei Meldungen von den Booten in See vorliegen, übereinstimmend und in gutem Glauben, daß keine U-Boote an der Versenkung der »Athenia« beteiligt seien. Wochenlang bleibt der Fall ungeklärt, ein Lieblingskind der Propaganda beider Seiten.

Die U-Boote setzen indessen ihre Jagd fort. Die Nacht hindurch und den ganzen Morgen des 4. September kommt nichts in Sicht.

Erst am Morgen des 5. September, mehr als vierundzwanzig Stunden später, als die ersten U-Boot-Minen aus den Rohren der »Einbäume« schurrten und vor der Küste Englands auf Grund sanken, trifft U 48 einen Dampfer, der Kurs auf Schottland steuert.

Es weht eine frische Südwestbrise und treibt auf starker, langer Dünung eine schnell auflaufende, weißköpfende See vor sich her. Der Himmel ist gleichmäßig bedeckt, die Sicht gut.

Vorsichtig und sparsam stippt der Kommandant, Kapitänleutnant Schultze, im Anlaufen sein Sehrohr heraus, zuweilen ist es sekundenlang von milchig grünem Wasser überspült, trotzdem sieht er genug, um zu erkennen, daß das Schiff weder Flagge noch Neutralitätsabzeichen führt.

»Klar zum Artilleriegefecht! – Funkraum: Sofort melden, wenn der Dampfer funkt – Auftauchen!«

Und nun, mit diesem Auftauchen, beginnt hier wirklich der Krieg. Ungeachtet der schweren Brecher, die rauschend das Oberdeck überfluten, stürzen die Artilleristen sofort ans Geschütz und jagen, kaum daß das »Feuer frei!« von der Brücke kommt, die ersten Schüsse hinüber zu dem Dampfer.

Weiß und schlank steigen die Einschläge vor dem Ziel auf.

Der Dampfer dreht hart ab, er setzt die englische Flagge.

Im nächsten Augenblick knallt sein Notruf laut und hell in die Kopfhörer des Funkmaaten auf dem U-Boot.

»An Kommandant! – Dampfer funkt!« »Royal Sceptre« – chased and shelled by submarine, position ... »Dampfer gibt seinen genauen Standort.«

Nun hört der Scherz auf. Lagen die ersten, die Warnungsschüsse, vor dem Dampfer – jetzt, da er um Hilfe funkt, begeht er eine »feindselige Handlung« im Sinne des Völkerrechts und der Prisenordnung, nach der in diesem ersten Kriegsabschnitt der Seekrieg gerührt wird, und so heulen Granate auf Granate hinüber, und jeder Treffer, den die Artillerie trotz des tanzenden, in der See bockenden Bootes und trotz der Brecher erzielt, löst ein Gefühl sportlichen Triumphes aus.

Da! – Der Engländer schwingt seine Boote aus. Sofort schweigt das Feuer, und sie sehen zu und warten, bis die Kutter zu Wasser kommen und von dem Dampfer absetzen.

»Zentrale!« ruft unten der Funkmaat, »an Kommandant: Dampfer funkt immer noch!«

Tatsächlich geht noch immer das Funkgeschrei hinaus: »›Royal Sceptre‹ chased and shelled by submarine – leaving ship – position – – –.«

Der Funker da drüben ist ein schneidiger Kerl, der bis zuletzt seine Pflicht tut, wie es das englische Handbuch über das Verhalten der Handelsschiffe im Kriegsfalle aus dem Jahre 1938 befiehlt.

»Hilft wohl nichts«, sagt der Kommandant, »wir müssen ihm einen Torpedo opfern.«

Um 13 Uhr 38 fällt der Schuß, der die 5800 Tonnen große »Royal Sceptre« versenkt, den ersten Frachter unter den zweitausendvierhundertzweiundsiebzig Schiffen, die nach alliierten Angaben im Zweiten Weltkrieg den deutschen U-Booten zum Opfer gefallen sind.

Kaum ist die »Royal Sceptre« ihren letzten Kurs gesteuert, als ein neues Opfer in Sicht kommt. Aber obgleich es sich einwandfrei um ein englisches Schiff handelt, um den Dampfer »Browning« nämlich, dessen Besatzung und Fahrgäste in wilder Panik in die Boote gehen, ehe das Boot auch nur einen Warnungsschuß abgegeben hat – obwohl also jeder Grund zur Versenkung gegeben wäre, entschließt sich der Kommandant, dieses sichere Opfer zu entlassen, um, wie er in seinem Kriegstagebuch vermerkt, »gemäß Prisenordnung die Rettung der ›Royal Sceptre‹-Besatzung sicherzustellen, weil Frauen und Kinder in den Booten waren und für diese der Aufenthalt in den Rettungsbooten nicht als ›sicher‹ im Sinne der Prisenordnung angesehen werden konnte«.

Es ärgert ihn, die »Browning« laufen lassen zu müssen, aber der Kommandant ist ein korrekter Mann, sein Befehl lautet »Handelskrieg nach Prisenordnung«, und so tut er, was die Prisenordnung von ihm verlangt. Außerdem weiß er, daß der Feind die Kriegführung der deutschen Unterseeboote vom ersten Tage an unter die kritische Lupe nehmen und den ersten geeigneten Anlaß zur Eröffnung eines neuen Greuelfeldzuges benutzen wird. Das heißt: der U-Boot-Krieg nach Prisenordnung hat eine höchst politische Seite. Die Kommandanten müssen Anwürfe der »Grausamkeit«, der »Barbarei«, des »Frauen- und Kindermordes« durch gewissenhaftes Einhalten der völkerrechtlich anerkannten Kriegsregeln unmöglich machen.

Die Engländer von der »Browning« scheinen sich solcher Korrektheit von seiten des deutschen U-Bootes nicht zu versehen, sie sind blindlings in die Boote gegangen, ohne sich auch nur die Zeit zu nehmen, das am Sehrohr flatternde internationale Signal abzulesen. Dieses Signal lautet höchst harmlos: »Wenden Sie auf Südkurs. – 13 Seemeilen. – Übernehmen Sie die Besatzung des Dampfers ›Royal Sceptre‹.«

Und so ergibt sich an diesem Nachmittag des 5. September 1939 das groteske Bild, daß ein deutsches Unterseeboot mühselig hinter den eilig fortstrebenden Rettungsbooten des übereilt verlassenen englischen Dampfers »Browning« einhermanövriert, um die Insassen dieser Boote dazu zu veranlassen, ihr treibendes Schiff wieder zu besteigen.

Das Funkgeschrei der versenkten »Royal Sceptre« hat inzwischen lebhaften Widerhall gefunden. Von Frankreich, von irischen Küstenstationen, von England jagt der Funk die Nachricht an die Schiffahrt hinaus: An alle! – Achtung! – An alle! – U-Boot-Gefahr! U-Boot-Gefahr auf Positionen xyz!

Da ist er wieder, dieser schreckliche Ruf, der vor zwanzig Jahren die Herzen der Seeleute schwerer schlagen, der ihren Atem stockend gehen ließ, der wie ein Alpdruck auf ihnen lastete durch lange Jahre eines bitterschweren Kampfes, der Warnruf, der die Herde warnt, wenn irgendwo der Wolf gewittert wird: U-Boot-Gefahr ...!

Und es ist nicht nur *ein* Schiff, das an diesem Tage seinen Notschrei in den Äther hinausfunkt: »Gejagt von U-Boot«, »Verfolgt und beschossen von U-Boot«, »SOS – U-Boot!«

Die drei Buchstaben SOS lassen in friedlichen Zeiten jeden anderen Funkverkehr auf See verstummen, wenn sie in den Kopfhörern der Empfänger aufzirpen, ja, es gibt international festgesetzte tägliche Minuten der Funkstille, in denen all die vielen Funker, die die Meere befahren, und diejenigen, die im Dienste der Schiffahrt in den Küstenstationen senden und empfangen, nichts anderes tun, als aufmerksam hinauszulauschen, ob irgendwo in der weiten Welt diese drei Buchstaben in den Äther hinausgefunkt werden.

Drei kurz – drei lang – drei kurz – SOS – lautet das Signal, auf das sie alle warten in diesen täglichen Minuten, und das, falls es erklingt, wo immer möglich, Rettungs- und Hilfsmaßnahmen auslöst.

In diesen Septembertagen des Jahres 1939 hetzt ein SOS-Ruf den anderen, ja, die Eile, mit der die Notrufe einander folgen, die Schnelligkeit, mit der sie hinausgehauen werden müssen, wenn die Funker noch die lebendige Haut von Bord ihres sinkenden Schiffes bergen wollen, verändert das Signal selbst. Aus dem SOS-dididit-da-da-da-dididit wird das SSS – drei kurz, drei kurz, drei kurz, – und eine neue, schreckliche Bedeutung gesellt sich sogleich der alten hinzu: SOS hieß »save our souls« – rettet unsere Seelen – SSS heißt in furchtbarer Einfachheit: submarine, submarine, submarine – U-Boot! U-Boot! U-Boot! Und hinter diesem Signal steht unausweichlicher noch als hinter dem SOS die Vision der Vernichtung.

»Royal Sceptre« und »Bosnia« haben den Reigen der Todesfunksprüche eröffnet. Nun folgen in kurzen Abständen der Dampfer »Rio Claro«, 4086 Tonnen, vollbeladen, Eigentum der Thompsen Steam Shipping Co. Ltd. London, der Dampfer »Gartavon« aus Glasgow mit 2900 Tonnen Erzen für Glasgow von der

Gart Line Ltd., der 5055 Tonnen große Dampfer »Winkleigh« von der Tatem Steam Navigation Co., London, der Dampfer »Firby« aus Hartlepool, 4869 Tonnen groß und Eigentum der Popner Shipping Co. Ltd., und zu diesem Dampfer gehört der Funkspruch eines deutschen U-Boot-Kommandanten, des späteren Eichenlaubträgers Kapitänleutnant Herbert Schultze, an den britischen Premier: »cq – transmit to Mr. Churchill ...« »An alle: Übermittelt an Mr. Churchill: Habe britischen Dampfer ›Firby‹ versenkt auf Standort xy. Retten Sie die Besatzung, wenn's beliebt.«

Aber neben diesem grimmig-humorigen Anruf, dessen sogar im britischen Parlament Erwähnung getan wird, laufen immer neue Notrufe angehaltener, während des Absetzens ihrer Funksprüche mit Artillerie beschossener Schiffe aus Nordsee und Atlantik ein.

Am 6. September funkt der britische 7200-Tonnen-Frachter »Manaar«, der schon in diesen ersten Kriegstagen mit einem Heckgeschütz bewaffnet ist, Widerstand leistet und deshalb versenkt wird. Am 7. September rufen zwei Schiffe, die in kurzen 24 Stunden die Reise in die Tiefe antreten: die »Jukkastan«, 5809 BRT, britisch, die versinkt, nachdem sie versucht hat, das angreifende U-Boot zu rammen, und der Tanker »Olivegrove« von 4060 BRT, britisch, versenkt nach Funkgebrauch und Fluchtversuch.

Am 8. September funken in höchster Not der britische Tanker »Regent Tiger«, 10 176 BRT, und der Dampfer »Kennebec«, 5548 BRT, der gleichfalls vergeblich versucht, sich der Versenkung durch die Flucht zu entziehen.

Und so geht es weiter, Tag für Tag, Nacht für Nacht mit immer demselben Schrei letzter Not: Rettet uns – U-Boote! Die Dampfer »Neptunia«, 900 BRT, »British Influence«, 8431 BRT, »Blairlogie«, 4426 BRT, »Fanad Head«, 5200 BRT, »Vistula«, 1018 BRT, der Tanker »Vermont«, 5186 BRT, die »Yorkshire«, 10 200 BRT, »Inverliffey«, 9456 BRT, der Dänendampfer »Vendia« trotz Flucht- und Rammversuch, die Finnen »Martti Ragnar«, 2262 BRT, und »Walma«, 1361 BRT, die Schwedin »Gertrud Bratt«, 1510 BRT, der britische Tanker »Akenside«, 2649 BRT, der norwegische »Takstar« von 1830 BRT – sie alle müssen hinab in Davy Jones Großen Keller, erfaßt, aufgebracht, geprüft und, weil Banngut fahrend oder den Feind durch Funkwarnung begünstigend, versenkt durch deutsche Unterseeboote. Und ihnen folgen neue – immer neue Namen!

Allein im September versenkt die kleine Handvoll deutscher U-Boote rund 175 000 BRT feindlichen oder für den Feind fahrenden Handelsschiffsraumes.

Seit 1918 haben die Engländer versichert, daß das U-Boot durch das Konvoisystem und die Abwehrwaffen überholt sei, und nicht nur die Engländer selbst, ein großer Teil der Marinefachleute in aller Welt, auch der deutschen Marinefachleute, hat sich diese Ansicht zu eigen gemacht. 175 000 BRT im September 1939, 125 000 im Oktober, über 80 000 im November, 125 000 im Dezember sind die Antwort der U-Boote.

Inzwischen aber ist die Zeit nicht stehengeblieben. Zug um Zug hat sich der Seekrieg verschärft. Mit dem Tage der Kriegserklärung verhängen die Engländer auch wieder die totale Blockade, den »Hungerkrieg«, gegen Deutschland, sie tun überhaupt in jeder Weise genau das, was die deutsche Seekriegsleitung erwartet: Sie beginnen dort, wo sie 1918 aufhörten, sie bewaffnen ihre Handelsschiffe mit Kanonen, sie rüsten sie mit Wasserbombengleitbahnen und Wasserbomben aus, sie befehlen ihnen, sich der Durchsuchung durch Flucht zu entziehen, U-Boote mit Geschützfeuer zu belegen oder sie zu rammen, in jedem Falle aber durch Funk ihre Position zu melden und Hilfe anzufordern.

Trotzdem hält die deutsche Seekriegsleitung wochenlang an der Kriegführung nach Prisenordnung fest, fahren die Kommandanten fort, die Schiffe offen anzuhalten, zu durchsuchen und nach der Versenkung für die Sicherheit der Schiffbrüchigen zu sorgen. Sie gehen dabei in ihrer Anständigkeit und der dem Seemann eigenen Hilfsbereitschaft oftmals weit über das militärisch Vertretbare hinaus. Der FdU in seiner Baracke am Toten Weg schwebt darüber in beständiger Sorge und Angst, denn schon die Erfahrung der ersten Wochen zeigt, daß kurz nach jedem

Hilferuf englische Flugzeuge oder Seestreitkräfte erscheinen und das U-Boot rücksichtslos angreifen. Auch Verluste bleiben dabei nicht aus. Trotzdem retten die Kommandanten weiter. Sie richten gekenterte Boote auf, sie schienen und verbinden Verletzte, sie setzen Schiffbrüchige aus überfüllten in weniger volle Boote über, sie versorgen sie mit Brot, Schnaps, Zigaretten und kümmern sich darum, ob – wichtigstes von allem – Wasser vorhanden ist. Sie geben den Booten Schiffsort und Kurs zum nächsten Hafen an, sie schleppen sie stundenlang auf die Küste zu, ja, sie lassen – auch das kommt vor – der Versenkung verfallene Schiffe laufen, um das Leben englischer Besatzungen zu schonen. Da ist der Fall der »Browning«, ist der Fall jener englischen Fischdampferbesatzung, der der Kommandant befiehlt, in ihr Boot zu gehen, weil er das Schiff versenken will. Aber was dann da drüben als Rettungsboot zu Wasser kommt, ist so erbarmungswürdig, daß er es nicht übers Herz bringt, die Männer darin dem sicheren Ersaufen zu überlassen.

»Thirteen men in that boat?!« brüllt er durchs Megaphon hinüber, als er auf Rufweite heran ist, »you English are no good, sending a ship to sea with a boat like that! Come alongside!«

»Da, seht euch das an«, wendet er sich an seine Brückenwache, »dreizehn Mann in so 'nem Wrack von Boot! Mit so was schicken die Engländer Leute auf See!«

Und als die jämmerliche Nußschale längsseits kommt, läßt er eine Flasche Schnaps hinübergeben und befiehlt dem Kapitän »to take these poor guys back to that trawler of yours and make for home at full speed« – auf seinen Dampfer zurückzugehen und nach Hause zu dampfen, was die Maschine hergibt – und das mit den besten Komplimenten eines deutschen U-Boot-Kommandanten. »Good bye!«

Während aber selbst die Engländer nach dem Kriege anerkennen, daß sich die deutschen U-Boote in den ersten Kriegswochen streng an die Vorschriften der Prisenordnung hielten, während die Kommandanten noch in manchmal geradezu selbstmörderischer Weise retten und dabei sich selbst, ihr Boot und ihre Besatzung gefährden, meldet das englische Reuterbüro am 9. September, die deutschen U-Boote hätten den uneingeschränkten U-Boot-Krieg, das warnungslose Versenken, in Nichtachtung der völkerrechtlichen Bestimmungen wiederaufgenommen. Und dieser Meldung folgt am 1. Oktober der Befehl der britischen Admiralität an die Handelsschiffahrt, U-Boote bei Sicht zu rammen.

Inzwischen aber haben die U-Boote ihren ersten großen, weithin sichtbaren Erfolg errungen:

Da steht ein Boot in Wartestellung an einem der Schiffahrtstracks westlich des englischen Kanals. Zur Kaffeestunde ist ein Dampfer in Sicht gekommen, der mit hoher Fahrt dahinzackt, ein Passagierfrachter von etwa 10 000 Tonnen, der eine rötliche Flagge gesetzt hat. Der Kommandant besieht sich den fetten Braten aufmerksam durchs Sehrohr. Sollte das ein Amerikaner sein? denkt er, aber warum zackt er dann, wenn er kein Kriegsmaterial geladen hat?

Während er noch beobachtet und überlegt, ob er einen Amerikaner nach den gültigen Befehlen überhaupt angreifen dürfe und ob er also ein Risiko eingeht, wenn er dieses Schiff angreift, und womöglich einen unerwünschten politischen Zwischenfall hervorruft, schwirrt ihm plötzlich ein schwarzer Punkt ins Sehrohr, wird größer und steht nach Sekunden schon nahe und niedrig über dem Heck des Dampfers: ein Flugzeug! – Also doch: Kriegsmaterial oder Truppentransport!

»Torpedowaffe Achtung!«

Ehe jedoch der Schuß fallen kann, wird der Gegner plötzlich breiter, zeigt die volle Seite, zackt ab. Verdammt! Nun bleibt nichts übrig, als abzuwarten, bis er aus Sicht kommt, dann aufzutauchen, ihm nachzujagen und ihn bei Nacht erneut anzugreifen.

Der Kommandant zieht das Sehrohr ein. »Auf vierzig Meter gehen.«

Fragende Augen überall, als er zu seiner unterbrochenen Kaffeemahlzeit zurückkehrt. »Wartet's nur ab«, sagt er beruhigend, »wir kriegen ihn schon noch.«

Bis der Gegner aus Sicht läuft, also bis das Boot wieder auftauchen kann, vergehen lange Minuten, gerade genügend, um in

Ruhe eine Tasse Kaffee und eine Schnitte mit Butter und Jam zu vereinnahmen.

Endlich ist es soweit. Vorsichtig stippt das Sehrohr wieder aus. Wie immer will der Kommandant vor dem Auftauchen einen Sehrohrrundblick nehmen. Aber da hängt sein Auge plötzlich an einer eckigen schwarzen Rauchwolke, die an Backbord voraus auf der Kimm liegt. Seltsames Ding! Er starrt und starrt, wischt am Okular und starrt wieder, bis ihm blitzartig die Erkenntnis aufgeht, daß das gar keine Rauchwolke ist, sondern ein Flugzeugträger, der da heraufgeschwommen kommt. Er hat plötzlich ein trockenes Gefühl im Halse. Ein Flugzeugträger … meine Herren!

Noch ist die Entfernung zu groß, um Einzelheiten zu erkennen, nur die Mastspitzen eines sichernden Zerstörers kommen jetzt auch heraus.

Und dann, eines ist klar: Das Flugzeug bei dem Dampfer gehörte gar nicht zu diesem, sondern zu dem Träger! Und: ein solches Hangarschiff wird hier nicht ohne Luftsicherung zur See fahren. Also: Achtung vor Flugzeugen!

Sorgfältig prüft der Kommandant den Himmel. Sein Auge wandert durch das Blau, fährt an jedem Wolkenrand entlang, nein, bis jetzt nirgends ein Flugzeug!

»Beide Kleine, L. I.«, sagt er, »peinlich genau Tiefe halten. Jetzt kommen die dicken Sachen. Durchs Boot: Kommandant hat einen Flugzeugträger im Sehrohr. Auf die Besatzung kommt es jetzt an, daß wir ihn kriegen. Mit Fliebos und Wabos müssen wir rechnen. Ich vertraue darauf, daß keiner durchdreht.«

Mit kleinen Fahrtstufen, unter dauerndem vorsichtigem Beobachten läuft das Boot seinem Opfer entgegen. Noch immer keine Fliegersicherung zu entdecken – und ebensowenig eine Fernsicherung durch Zerstörer. Nur Nahsicherung wird jetzt erkennbar, je ein Zerstörer vor, hinter und zu beiden Seiten des Trägers, der auf westlichem Kurs zackt und immer mächtiger und höher herauskommt.

Und dann sind auf einmal auch zwei Flugzeuge da, die in unregelmäßigen Schleifen um den Verband kreisen. Immer noch ist die Entfernung viel zu groß, um zu schießen, und das Boot muß lange mit dem zackenden Träger mitlaufen, der sich zeitweilig weit entfernt. Dann lauern die fünfzig Männer in der Tiefe und fiebern dem nächsten Wort ihres Kommandanten entgegen und drücken die Daumen und hoffen, daß der Träger wieder heranzackt und ihnen die ersehnte Chance bietet.

Da! Jetzt dreht er wieder zu, dreht und dreht, immer weiter, um mindestens 70 Grad, bis er fast südlichen Kurs steuert, und nun entwickelt sich plötzlich alles sehr schnell. Der Kommandant errechnet die Schußwerte, das heißt, er muß in der Kürze der Sekunden mehr oder minder auf gut Glück geschätzte Werte annehmen, da, wie er später in sein Kriegstagebuch schreibt, »angesichts der enormen und gleichlaufenden Höhe des Trägers jedes Maß für die Entfernung fehlt und ich obendrein genau in die Sonne sehe.«

Außerdem fährt er vorsichtshalber das Sehrohr fast ständig überspült; jetzt kommt alles darauf an, bis zuletzt ungesehen zu bleiben.

Als endlich das Boot hart andreht und seine Torpedos feuert, sind seit dem ersten Sichten des Trägers fast zwei volle Stunden vergangen. Dem Kommandanten läuft der heiße Schweiß unter der mit dem Schirm in den Nacken gedrehten Mütze hervor. Kaum fünfhundert Meter voraus sieht er im Wiederabdrehen den Zerstörer der Backbordsicherung, der, schön, schnittig und ahnungslos mit etwa fünfzehn Seemeilen Fahrt und weißem Schnauzbart durch die flache Dünung schneidet.

Die Aale laufen. Nun ist es Zeit, aus dem Regen zu treten. »Schnell auf fünfzig Meter gehen!« Das Boot wird vorlastig, sinkt. Kaum ist es eingesteuert, als hell und trocken zwei Detonationen in kurzem Abstand durchs Boot gellen. Unmittelbar im Anschluß an die zweite folgt eine sehr schwere Explosion, an die sich mehrere kleinere anschließen. Treffer! »Die Geräusche«, schreibt der Kommandant, »sind so stark, daß ich den Eindruck habe, am Boot wäre etwas beschädigt. Jubel im Boot, wenngleich auch alles merklich in Erwartung ist, wie es uns nun wohl ergehen wird. Das Boot ist inzwischen auf sechzig Meter angekommen, und da diese

Tiefe sich im und am Boot in nichts bemerkbar macht, wird vorsichtig tiefer gegangen.«

Sie sind zum erstenmal so tief mit ihrem Boot. Fünfzig Meter war im Frieden, nachdem U 12 bei einem Tauchversuch um Haaresbreite verlorengegangen wäre, die vom Oberkommando ausdrücklich befohlene Höchsttauchtiefe. So haben sie jetzt keinerlei Erfahrung, keinerlei Anhalt dafür, ob nicht, wenn sie achtzig Meter erreichen, zugleich auch die Festigkeitsgrenze des Druckkörpers erreicht ist, so daß er plötzlich unter der ungeheuren Pressung durch die umgebenden Wassermassen zusammengeht, plattgedrückt wird, reißt, volläuft und sie rettungslos mit sich hinabzieht auf den Grund.

Zentimeterweise »fühlen« sie sich tiefer, wie ein Mann, der sich im Nebel durch einen Sumpf tastet, gewärtig, jeden Augenblick seine Wanderung jäh und grausig zu beenden. Sie registrieren in ihrem Innern jedes kleinste ungewohnte Geräusch: ein Gluckern am Bootskörper, ein Schurren, ein Knistern an Oberdeck, ein leises Knacken in der Innenverschalung des Bootes; und sie beobachten angespannt Ventile und Verschlüsse, ob sie dem Druck wohl standhalten, der mit der Kraft vieler Atmosphären auf ihnen lastet.

Gleichzeitig hören sie starke Schraubengeräusche, die sich rasch nähern; auch ohne Horchgerät ist ihr Singen und Mahlen und Klirren für jedermann deutlich hörbar. Das wächst an und kommt näher, schwillt, wird steiler; ist jetzt über ihnen – und da, als es gerade anfängt, abzuklingen, zerreißen vier schwere Detonationen die lähmende Stille. Die ersten Wasserbomben!

Wie von einer Riesenfaust geschüttelt, bäumt sich das Boot. Der Kommandant sieht, wie der Turm in allen seinen Teilen zittert, aber ruhig und klar, so als sei er gänzlich unbeeindruckt, gibt unten der L. I. seine Befehle, und seine Ruhe strahlt aus auf die Zentraleheizer, das Maschinenpersonal, durch das ganze Boot.

Schon ist der Zerstörer wieder da und setzt eine neue Serie, diesmal gleich ein halbes Dutzend, präzis über das Boot hin.

»Ein drittes Mal«, meldet das Kriegstagebuch, »fallen sie etwas weiter fort, so daß die starken Erschütterungen der beiden ersten Male nicht mehr eintreten ... Bis 22 Uhr dauert um das Boot herum das Konzert der Wasserbomben und Schraubengeräusche, bald sich nähernd, dann wieder sich entfernend. Im ganzen nimmt die Entfernung stetig zu.«

Es ist ein nervenzermürbendes Spiel, das die Zerstörer hier spielen. Jetzt laufen zwei an. Deutlich hörbar, kommen sie näher, und dann fallen die Bomben wie schwere Hammerschläge, von achtern beginnend, nach vorn über das Boot. Jetzt laufen sie seitlicher vorbei, und entsprechend schwächer liegen ihre Würfe, während gleichzeitig leisere Detonationen neben der Bordwand zu liegen scheinen.

Jetzt stoppt einer von ihnen, aber die Detonationsgeräusche ringsum in der Nähe und in größerer Entfernung halten an. Wieder laufen zwei an, von denen einer das Boot zwischen Bug und Turm überläuft. Aus den Kopfhörern des Horchgeräts quellen Geräusche wie von kochendem Wasser, und durch das ganze Boot klingt eine Kette von metallischen Schlägen, als wenn mit einem kleinen silbernen Hammer über die Druckkörperwand hingeklopft würde.

Dann wieder scheint es, als bildeten die Zerstörer einen Suchkreis, an dessen Peripherie sie ihre tödlichen Lasten außenbords kippten, manchmal vierzig bis fünfzig Bomben auf einmal.

Endlich, für 23 Uhr 40, meldet das Kriegstagebuch: »Schraubengeräusch wandert achteraus und wird leiser. Nur noch vereinzelte Detonationen« – und vier Minuten vor Mitternacht: »Schraubengeräusche werden schwächer und sind nicht mehr genau peilbar. Boot taucht auf.«

Bei diesem Befehl nimmt der Funker seine Kopfhörer ab und reckt die Arme. »Das habt ihr euch wohl so gedacht, meine Herren Tommies. Aber Neese seid ihr. Wissen möcht ich bloß, was aus dem Dicken geworden is.« – Ja, was ist aus dem »Dicken« geworden?!

Mit guter Fahrt setzt sich das Boot aus der Nähe der Zerstörer ab. Der L. I. veranstaltet eine eingehende Untersuchung von außen und innen und kommt schließlich zum Kommandanten.

»Man sollt' es nicht für möglich halten: nirgends eine Spur von Einwirkungen. Nur das Angriffssehrohr ist abgesoffen, die Spiegel liegen unter einer dicken Schicht von Fett, Öl und Schmutz.«

Und dann fragt er wie der Oberfunkgefreite: »Was wohl aus dem Träger geworden ist?!«

Der Kommandant zuckt die Achseln. »Hoffen wir, daß er abgesoffen ist.«

Die ganze Nacht geht dieses Gespräch durch alle Messen und Räume, und sie kommen, nachdem sie jede Möglichkeit erwogen haben, zu dem Ergebnis, daß »der Träger entweder aufgeborsten und in Brand geraten oder aber in die Luft geflogen ist«.

Aber erst am nächsten Mittag erhalten sie Gewißheit. Der englische Rundfunk bringt die Meldung, die Admiralität bedauere, den Verlust des Flugzeugträgers »Courageous« bekanntgeben zu müssen.

Die »Courageous«? – Das ist ein großer Träger von 22 000 Tonnen! Ein Sturm der Freude geht durch das Boot, ein Sturm der Freude auch durch das deutsche Volk, als ihm durch Rundfunk und die Balkenlettern der Schlagzeilen über den Zeitungen dieser erste Großerfolg eines U-Bootes bekanntgegeben wird.

In den letzten Septembertagen steht der Kommodore Dönitz eines Morgens an der Schleuse in Wilhelmshaven. Er erwartet die Rückkehr eines Bootes, U 30, Kommandant Kapitänleutnant Lemp.

Der Tag ist klar und sichtig. Im Wasser vor der Pier und dem langgestreckten roten Backsteinbau des U-Stützpunktes spiegelt sich ein blaßgrauer Himmel. Möwen schaukeln, mit hellen Rufen nach Abfällen suchend und von Zeit zu Zeit steil niederschießend, über das Hafenbecken hin.

Dann kommt das Boot. Lang, schmal und grau, eine Traube bärtiger, in graues Lederzeug gekleideter Männer auf dem Turm, schiebt es sich herein. Rufe klingen hinüber und herüber. Musik setzt ein. Der Jubel der Heimkehr bricht los.

Wenige Minuten später steht der Kommandant vor dem FdU. »Melde gehorsamst: U 30 von Feindfahrt zurück.«

»Heil, Lemp!« Der Kommodore streckt dem Offizier die Hand entgegen. »Nun, wie war's?«

Der Kommandant dankt. Er ist ein gut mittelgroßer, breiter, zum Rundlichen neigender Mann, jung, von frischen Farben. Die braunen, freundlich blickenden Augen verraten Lachlust und Humor. Aber jetzt, als er die Hand wieder zur Meldung an die Mütze legt, sind sie ernst und konzentriert auf den FdU gerichtet. »Herr Kommodore«, sagt er, »ich habe noch etwas zu melden.« Und nach einem winzigen Zögern: »Ich habe die ›Athenia‹ versenkt.«

»Was haben Sie?!« sagt der FdU erschrocken.

»Ich habe die ›Athenia‹ versenkt. Ich habe sie für einen Hilfskreuzer gehalten. Erst später sind mir Bedenken gekommen, ob ich mich nicht vielleicht getäuscht haben könnte.«

»Das ist ja eine schöne Bescherung! Damit haben Sie sich und uns eine böse Suppe eingebrockt, Lemp.«

»Das ist mir klar, Herr Kommodore.«

»Ich werde Sie vor ein Kriegsgericht stellen müssen.«

»Jawohl, Herr Kommodore.«

»Ehe nichts anderes befohlen wird, halten Sie die Angelegenheit streng geheim. Sagen Sie das auch Ihrer Besatzung.«

»Das habe ich bereits getan.«

»Gut.« Nachdenklich, prüfend sieht der FdU seinen Kommandanten aus dunklen Augen an. Endlich, mit dem Schimmer eines Lächelns um die Augenwinkel: »Sachen macht ihr ...!«

Und dann spielt der Draht. Der Kapitänleutnant Lemp wird nach Berlin befohlen. Er wird ausgequetscht wie eine Zitrone. Jede Minute des Hergangs, jeder seiner Gedanken, jede Überlegung wird peinlich genau aus ihm herausgefragt und fixiert. Aber nicht nur der »Athenia«-Fall, auch die anderen Versenkungen des Kapitänleutnants Lemp auf dieser seiner ersten Feindfahrt unterliegen der gleichen harten, sachlichen Prüfung. Und da zeigt sich, daß er, genau wie seine Kameraden, in allen anderen Fällen streng nach den Vorschriften der Prisenordnung verfahren ist und daß er in seiner Fürsorge für die Besatzungen der versenkten Schiffe sogar über das erforderliche Maß erheblich hinausging. Das Ergebnis ist eindeutig: Lemp hat die »Athenia« tatsächlich für einen Hilfskreuzer gehalten und sie in gutem Glauben versenkt. Erst nachher sind ihm Zweifel aufgestiegen, nachher, als es zu spät war ...

Das Oberkommando ordnet daher an: Der Fall »Athenia« ist streng geheimzuhalten, er wird ohne weitere Beteiligung des FdU von Berlin direkt erledigt. Ein Kriegsgerichtsverfahren ist, da Lemp in gutem Glauben gehandelt hat, nicht erforderlich.

Erleichtert kehrt der Kommandant nach Wilhelmshaven zurück, insgeheim gleichfalls erleichtert empfängt ihn der FdU und diktiert ihm zur Stärkung seines Unterscheidungsvermögens einige Tage Kammerarrest zu. Damit ist der Fall »Athenia« auch disziplinarisch abgeschlossen. Es ist eine peinliche Geschichte, aber geschehen ist geschehen. – Zugleich ergeht nochmals die strikte Weisung an alle Kommandanten, keinesfalls Passagierdampfer anzugreifen, und zwar selbst dann nicht, wenn sie im Geleit fahren oder nachts ihre Lichter abblenden.

Das führt zu sonderbaren Ergebnissen:

Im englischen Kanal läuft in diesen ersten Kriegswochen starker Transportverkehr. Die Engländer bringen ihr Expeditionskorps nach Frankreich hinüber. Der Angriff auf französische Schiffe ist den U-Booten aus politischen Gründen vorläufig noch untersagt. Abgeblendete französische Schiffe sind aber von abgeblendeten englischen Schiffen im Dunkeln nicht zu unterscheiden. Die Folge ist, daß vollbeladene große Transporter an den schußfertigen Rohren deutscher U-Boote vorüberziehen, ohne beschossen zu werden. Daraufhin gibt die deutsche Seekriegsleitung für das Gebiet des englischen Kanals den Waffeneinsatz gegen abgeblendet fahrende Schiffe frei, hält aber im übrigen an der Kriegführung nach Prisenordnung fest, und erst als die englische Regierung am 1. Oktober ihren Handelsschiffen befiehlt, die deutschen U-Boote zu rammen, folgt von deutscher Seite am 4. Oktober der Befehl, der den Booten den vollen Waffeneinsatz gegen bewaffnete feindliche Handelsschiffe freigibt. Diesem Befehl geht zweierlei voraus: Am 26. September hat der Erste Lord der Admiralität in einer Erklärung angekündigt, daß binnen kurzem die ganze englische Handelsflotte bewaffnet sein werde, und am 28. September spricht die deutsche Regierung in einer Note an die neutralen Länder eine Warnung für die Schiffahrt aus. Neutrale Schiffe sollen es vermeiden, sich verdächtig zu machen, etwa durch Funkgebrauch beim Sichten deutscher Streitkräfte, durch Abblenden, Zickzackfahren, Nichtbefolgung von Stoppaufforderungen, Aufnahme feindlichen Geleits oder ähnliche Maßnahmen, »da«, so sagt die Note, »die deutsche Regierung es außerordentlich bedauern würde, wenn bei hieraus entstehenden Kampfhandlungen Angehörige neutraler Staaten zu Schaden kommen würden. Ebenso möchte sie die neutralen Regierungen bitten, ihre Staatsangehörigen vor dem Fahren auf englischen und französischen Schiffen zu warnen.«

Zug um Zug, vorsichtig und zurückhaltend, folgt so die deutsche Seekriegsleitung in ihren Maßnahmen der englischen Kriegführung, unbeirrbar in ihrer Absicht, alles zu vermeiden, was zur Verschärfung der Kriegslage beitragen würde und zur Eröffnung einer neuen Greuelhetze gegen die U-Boote führen könnte. Erst sechs Wochen später und nach verschiedenen erneuten Warnungen erfolgt die Freigabe des vollen Waffeneinsatzes gegen bewaffnete Passagierdampfer. Und es bedarf noch weiterer vier Monate, ehe es den Booten gestattet wird, auch abgeblendet fahrende Passagierdampfer nachts anzugreifen. Zu diesem Zeitpunkt aber stand einwandfrei fest, daß gerade die Passagierdampfer des Feindes, soweit sie überhaupt in Fahrt blieben, besonders stark bewaffnet waren und nur noch als Hilfskreuzer und Truppentransporter benutzt wurden, daß es also friedliche Passagierdampfer überhaupt nicht mehr gab.

Die Boote führen indessen ihren Kampf fort. Es ist Herbst geworden. Der Anmarsch durch die Nordsee, rund um die Shetland-Gruppe hoch im Norden und wieder nach Süden, in das Operationsgebiet südwestlich Irlands, wo sich der Verkehr aus aller Welt vor den Westhäfen Englands bündelt, dieser lange, zermürbende Anmarsch ist kalt, naß und stürmisch. Tagelang arbeiten sich die Boote gegen steife Südwinde und lange, gewaltig und hoch heranrollende, graublaue weißgeäderte Seen voran. Tagelang stehen die Brückenwachen unter den beißenden Hieben der aufgeworfenen und vor dem scharfen Wind hereinfegenden Gischtfahnen, unter dem schweren, zerrenden Schutt der überkommenden Brecher und dem prasselnden Schlag heranjagender Regenböen, in denen die Sicht oft nur wenige hundert Meter weit reicht. Tagelang hat der Zentrale Heizer unermüdlich auf einem elektrischen Heizkörper die anfangs weißen und nach und nach immer unansehnlicheren Leinenlappen aufgetrocknet und durch den Turm auf die Brücke gereicht, die unentbehrlich sind, um die Doppelgläser der Ausgucks klarzuwischen, und trotzdem ist eins nach dem andern abgesoffen und unten in dem schwingenden, bockenden und heftig und unberechenbar überholenden Boot in mühsamer Kleinarbeit auseinandergenommen, ausgewischt, getrocknet und unter reichlicher Verwendung von Dichtungsmasse wieder zusammengebaut worden. Tagelang haben die Freiwächter nur schlafen können, nachdem sie sich nach erklügelten Systemen in ihren schmalen umgitterten Kojen festgespreizt und eingeklemmt hatten – und daß sie alle seit dem Auslaufen nicht aus dem Wollzeug und dem Lederpäckchen herausgekommen sind, ist ihnen so selbstverständlich, daß sie nicht einmal einen Gedanken daran verschwenden.

So sieht es auf diesem Boot aus, als gegen 7 Uhr früh, lange bevor hier, so weit im Westen, im Oktober der Tag graut, das schwache, zitternde Licht eines Fahrzeugs aus der Dunkelheit aufleuchtet.

Sofort drehen sie nach und nehmen die Verfolgung auf. Maschinentelegraphen klingeln. Die Diesel erwachen aus ihrem gleichmäßig-behaglichen Brummeln, schneller wird der Takt der Ventile, das Auf und Nieder der Kolben, schärfer der brausende Sog in den Zuluftschächten, schneller die Umdrehungen der matt blinkenden Kurbelwellen, tiefer, schäumender und brodelnder das Kielwasser hinter dem spitzen Heck, breiter und schneeiger die Bugsee, die zu beiden Seiten aufleuchtet, und breiter die phosphoreszierende Schaumschleppe, die das vorwärtsstürmende Boot hinter sich dreinzieht.

Bald lauern sie auf Sehrohrtiefe. Mächtig und ungeheuer hoch und grau nehmen sich im Okular die überkämmenden Seen aus. In kurzen Abständen schneidet das Sehrohr unter. Dann herrscht hellgrüne Unsichtigkeit, die gleich darauf wieder abgelöst wird durch den grauen Himmel und die geriefte Oberfläche des unruhigen Wassers.

In der Zentrale drängt sich die Geschützbedienung unter dem runden Einstieg zum Turm. Die Munitionsmänner reißen die Flurplatten beiseite und öffnen die Lasten, in denen die gelbköpfigen Granaten ruhen. Von oben kommt zuweilen die Stimme des Kommandanten, dazwischen die halblauten Kommandos des L. I. an die Tiefensteuerer: »Vorn oben fünf ... komm auf hinten. Na, komm schon auf ...« Dann steigen und fallen die Ruderlageanzeiger über den Skalen, und in der Lastigkeitswaage wandert die Luftblase nach rechts oder links, steht zitternd still und wandert wieder. Zuweilen auch springt die Lenzpumpe an und erfüllt mit Schlagen und Rauschen den engen Raum, oder es fragt jemand: »Ein Mann nach vorn? – ein Mann nach achtern?« und der Leitende nickt und erteilt mit kurzem »Ja« die erbetene Erlaubnis.

Endlich die Stimme des Kommandanten: »Unterdeck klarmachen zum Auftauchen. – Auftauchen!«

Da ist es plötzlich um die Stille geschehen. Preßluft singt gläsern auf. Schäumen und Rauschen der See kehrt, da das Boot steigt, mit wachsender Stärke zurück.

»Turmluk ist frei!«

Schon knacken die Trommelfelle im wechselnden Luftdruck, und dann steht der Kommandant auf der triefenden, nässeblanken Brücke und nimmt den ersten hastigen Rundblick. Alles frei!

Hinter ihm drängen die Geschützmannschaften die engen, klirrenden Eisenleitern herauf.

Drüben schiebt indessen der verfolgte Frachter heran. An seinem Steven steigen die Seen auf und brechen in weißem Schwall wieder zusammen. Berg nach Berg überklettert er, immer wieder tief die Nase eintauchend, so daß ihm das übergenommene Wasser in breiten Stürzen aus den Ankerklüsen schießt. Wenn er den

Bug aus der See hebt, leuchtet die rote Unterwasserfarbe grell herüber.

»Feuererlaubnis! Einen Schuß vor den Bug!«

»Bwau!« bellt die Kanone los. Vor dem Bug des Dampfers steigt weiß und schlank die Aufschlagsäule.

Durch das Doppelglas erkennt man eifriges Gerenne. Davits drehen sich, ein Boot wird ausgeschwungen und bemannt. Unter dem Heck des Schiffes beginnt die See weiß aufzubrausen: Die Schraube schlägt rückwärts, und hinter dem hohen, dünnen Schornstein bläst plötzlich dicker weißer Dampf ab.

»Dampfer funkt nicht«, meldet die Zentrale. Ach, herrje, sicher ein Neutraler.

Das Schiff liegt jetzt völlig still, rollt schwerfällig im Seegang und setzt sein Boot aus. Ruckweise geht es abwärts, wird von einer See gefaßt, gerät ins Schwingen, setzt dann, plötzlich weggefiert, platschend auf. Gott sei Dank, bis jetzt ist ihm nichts passiert. Es hat sich nicht auf den Kopf gestellt, es ist nicht ausgerutscht, nicht beim Aufschlagen auf die See leck geworden und nicht an der Bordwand zerschmettert, es kommt vielmehr mit unregelmäßigen Ruderschlägen schwerfällig wie eine seltsame Spinne über das unruhige Wasser herangewandert. Die Bemannung trägt dikke gelbe Schwimmwesten. Im Stern hockt am Ruder der Kapitän. Vorsichtig geht er an dem U-Boot längsseit, springt, einen günstigen Moment abpassend, an Bord und kommt auf die Brücke, unter dem Arm die Tasche mit den Schiffspapieren, deren Inhalt über sein weiteres Schicksal entscheiden wird.

»Sie sind Norweger? Nach Dublin bestimmt?« fragt der Kommandant.

»Yes, Sir, bound for Dublin«, bestätigt der Kapitän. Sein Gesichtsausdruck ist offen, harmlos, ehrlich, er spielt seine Rolle gut. Dublin – das ist Irland, und Irland ist neutral. Aber dahinter liegt England, und wer garantiert dafür, daß das Schiff nicht in letzter Stunde umbeordert wird, daß es seine Ladung nicht doch in einem britischen Hafen löscht?

Dem Kommandanten bleibt nicht viel Zeit zur Überlegung, er muß entscheiden, und für die Entscheidung sind maßgebend die

Schiffspapiere, die ganz offensichtlich in Ordnung sind. So leid es ihm tut, er muß das Schiff laufen lassen.

Kurz entschlossen reicht er dem Norweger die Papiere die rück: »Sie können Ihre Reise fortsetzen. Sie sind entlassen.«

»Yes Sir. Thank you, Sir.« Nun merkt man dem Manne doch die Erleichterung an. Sein Schiff wird nicht versenkt werden. Mit Dank und Gruß verläßt er eilends das gefährliche graue Boot, und kaum ist er von Bord und sein Kutter frei von den bauchigen Außenbunkern, da geht das Boot an und entfernt sich rasch, während die Norweger hinterdreinrufen und winken, ehe sie zu ihrem wartenden Dampfer zurückpullen und ihre Reise nach Dublin fortsetzen.

»Der ging doch bestimmt nach England«, sagt nach einer Weile der Obersteuermann, der die Wache hat. Der Kommandant nickt, nimmt die schwere Zigarre aus dem Mund und betrachtet aufmerksam den Brand. »Natürlich«, antwortet er, »aber was wollen Sie machen? Die Papiere von dem Kerl waren einwandfrei in Ordnung. Solange wir unseren Krieg nach der Prisenordnung führen müssen, können wir jeden Tag dasselbe wieder erleben.«

Am Nachmittag, als sich der Kommandant eben zu seinen Offizieren zum Kaffeetrinken in die kleine Messe gesetzt hat, kommt Backbord achteraus ein neuer Dampfer in Sicht. Kurs gerade auf das Boot zu. Bequemer kann man es wirklich nicht haben.

»Alarm!« rasseln die Glocken.

»Tauchklar!« brüllt der L. I.

»Turmluk ist zu. – Fluuten!«

Unter brausendem Zischen entweicht die Luft aus den aufgerissenen Entlüftungen.

Kurz darauf schwebt das Boot in der stillen Tiefe, abgefangen, durchgependelt und eingesteuert.

»Auf Sehrohrtiefe gehen.«

Ungeduldig wartet der Kommandant, das Auge am Okular. Allmählich wird der grüne Schimmer vor seinen Augen heller, bis plötzlich das Sehrohr freikommt. Rundblick. Aha, da haben wir ihn ja! Und nun sieht er, daß er einen Tanker von gewaltiger Länge vor sich hat, der, tief beladen, mit mächtiger Bugsee schwerfällig dahinzieht. Neutralitätsabzeichen? Keine.

»Auf Gefechtsstationen!«

Und es wiederholt sich das Spiel des Vormittags, das Auftauchen, das Hinausjagen des Warnungsschusses, das bunt flatternde Signal am Sehrohr.

Aber diesmal meldet der Funker aufgeregt an die Brücke: »Dampfer funkt SOS und Standort«, und kurz darauf: »Dampfer ist der französische Tanker ›Emile Miguet‹, 14115 Tonnen, funkt weiter SOS und Standort.«

Und im Doppelglas erkennt man, daß drüben in größter Hast die Rettungsboote ausgeschwungen und bemannt werden.

Während der Kommandant noch wartet, bis sich die Boote des Gegners von ihrem Schiff abgesetzt und in Sicherheit gebracht haben, kommt in der inzwischen hereingebrochenen Dämmerung ein weiterer Dampfer in Sicht.

Nun heißt es, sich zu beeilen!

Der Torpedo trifft den »Emile Miguet« mittschiffs. Es ist, als bekäme das gewaltige Schiff einen heftigen Stoß von unten, es biegt sich in der Mitte empor, bricht ein, sackt dann in sich zusammen und sinkt langsam tiefer.

Das Boot wartet das Ende seines Opfers nicht ab. Mit hoher Fahrt nimmt es die Verfolgung des neuen Gegners auf, der abgeblendet fährt und als dunkler Schatten vor der Kimm sichtbar ist. Knapp zwei Stunden nach der Torpedierung des »Emile Miguet« fällt der Schuß auf das neue Opfer.

Warten, warten. Keine Detonation!

Statt dessen plötzlich drüben zwei kurze, helle Blitze, denen der schwache Hall von Geschützdonner nachfolgt, und im gleichen Augenblick die Meldung aus dem Funkschapp: »Schiff ist der englische Dampfer ›Heronspool‹, 5202 Tonnen, funkt SOS!«

Fünf Minuten später schießt die »Heronspool« abermals zwei Granaten auf das U-Boot, das sie bei der glatten See und der klaren, sichtigen Nacht offenbar erkannt hat, und funkt dazu ihr »SOS – werde von U-Boot gejagt ...«

Und nun hebt ein zähes Duell an. Der deutsche Kommandant schießt einen Torpedo und wartet, schießt, als keine Detonation erfolgt, abermals und wartet wieder, schießt ein drittes Mal, ein viertes und ein fünftes, flucht wie ein Landsknecht nach jedem vergeblichen Warten und ringt sich doch jedesmal erneut den Entschluß ab, noch einen kostbaren Aal dranzugehen, und ist sich doch nicht im klaren, ob er vorbeigeschossen hat, ob seine Torpedos irgendeinen Fehler haben, ob seine Zielanlage etwa nicht funktioniert, oder ob der Gegner tatsächlich die Geschicklichkeit aufbringt, alle diese Schüsse rechtzeitig zu erkennen und auszumanövrieren.

Vierdreiviertel Stunden dauert dieses lautlose Gefecht, zweihundertundfünfundachtzig lange Minuten, in denen immer neue Hoffnung immer neuer Enttäuschung weicht. Aber der Kommandant hält verbissen am einmal gefaßten Entschluß fest: Dieses Schiff muß hinunter in den Keller! Mit jedem Aal, den es mehr kostet, wächst die Notwendigkeit, den Erfolg herbeizuzwingen. Und mit dem sechsten Torpedo wird er herbeigezwungen!

Dieser sechste Aal trifft die »Heronspool« im Vorschiff. Nun stoppt sie und sackt langsam vorn tiefer, langsam genug, um der Besatzung Zeit zum Verlassen ihres verlorenen Schiffes zu lassen.

Steifbeinig klettert der Kommandant hinab in die Röhre, um, wie sein Wachoffizier oben trocken bemerkt, »das unterbrochene Kaffeetrinken fortzusetzen«.

Tatsächlich sind vom Insichtkommen des »Emile Miguet« bis zum Verlassen der Versenkungsstelle der »Heronspool« ziemlich genau zwölf Stunden vergangen, ohne daß er die Brücke verlassen hat.

Nun ißt er, was gerade da ist, zieht den grünen Filzvorhang dicht, der sein winziges Schapp umgibt, und wirft sich auf die Koje. Nach zwei Atemzügen schläft er tief und fest.

Aber schon nach knapp drei Stunden klopft es wieder an der Verschalung neben seinem Kopfende. »Herr Kaleu! Von Brücke an Kommandant: Dampfer in Sicht.«

Mit einem Ruck fährt er auf, greift nach Schal und Mütze und saust nach oben.

Es ist 7 Uhr früh. Ganz leicht fächelt eine kleine Morgenbrise aus Südosten und ribbelt tiefblaue Flächen aus dem seidigen Grau der See auf, die in einer langen, niedrigen Dünung kaum merklich atmet. Noch ist das volle Tageslicht nicht da, der Himmel ist hoch und rein. Einzelne Wolken schwimmen mit dunklen Bäuchen darunter hin, an ihren Rändern bricht sich das rosige Morgenlicht. Die Luft ist herbstlich kühl und von scharfer Frische. Schweigend und aufmerksam lehnen die Ausgucks an der Turmverkleidung, die Doppelgläser am Auge. Der Wachoffizier meldet.

»Danke«, sagt der Kommandant, »der Tag fängt gut an. Schon vor dem Frühstück der erste Dampfer, so ist es richtig.«

Im hellen Morgenhorizont sind Mastspitzen und Schornsteinkappe des aufkommenden Schiffes eben sichtbar.

Nüchtern und lakonisch, nichts verratend von der Spannung des Anschleichens, der Erregung des Gefechts, meldet später das Kriegstagebuch den minutenweisen Ablauf des Geschehens;

»07.02 Uhr: Getaucht.

08.14 Uhr: Nach dem Auftauchen Dampfer durch Artilleriefeuer zum Stoppen gebracht. Dampfer funkt nicht, da beim ersten oder zweiten Schuß wahrscheinlich Funkanlage zerstört. Besatzung durch Flaggensignale aufgefordert, in die Boote zu gehen. Wir fahren näher an den Dampfer heran. Es ist der Franzose ›Lousiane‹, 6903 Tonnen groß.

08.35 Uhr: Dampfer mit Artillerie versenkt.

08.55 Uhr: Dampfer ›Lousiane‹ gesunken.

09.17 Uhr: Zerstörer in Sicht. Schießt. Liegt mit zwei bis drei Salven gut deckend. Alarmtauchen. Zerstörer wirft Wasserbomben. Etwa vier bis fünf Detonationen gehört. Langsam abgelaufen.

15.50 Uhr: Auf Sehrohrtiefe gegangen. Ich nehme an, daß unser Geschützdonner den Zerstörer herangelockt hat, da ›Lousiane‹ bei der Schnelligkeit des Überfalls nicht zum Funken gekommen war.«

Kaum zehn Minuten fährt das Boot wieder auf Sehrohrtiefe,

als dem Kommandanten auch schon ein neues Schiff ins Blickfeld läuft. »Hier stehen wir wie die Maus im Speck«, sagt er, »Verkehr knüppeldick«.

Der Dampfer ist der norwegische Tanker »Europe«, mit Benzin unterwegs nach Amsterdam. Seine Papiere sind in Ordnung. Er wird entlassen.

Der Abend kommt, die Nacht. Eintönig verrinnen die Stunden. Gleichmütig brummeln die Diesel. Zur Mitternacht weht Kaffeeduft stark und würzig durchs Boot: Der »Mittelwächter« ist fertig. Müde und durchfroren kommt die abgelöste Wache herunter. »Laß mich auch 'ne Tasse kriegen. Mensch, so 'n Kaffee: Prima!«

»Ist da eigentlich noch Suppe von gestern abend?«

»Scheiß auf Suppe. Anständiger Schlag Bratkartoffeln mit Spiegeleiern, das wär' jetzt richtig.«

»Immer dieselben. Zu Hause Klimmzüge am Brotkorb, und hier ist ihnen nischt gut genug.«

Eine Weile flachsen sie noch miteinander herum. Dann tappen sie durch die Röhre nach vorn und hauen sich auf die Kojen. Es wird still.

Schon am ändern Morgen lächelt ihnen abermals das Glück. Aber das Schiff, das sie diesmal vor sich haben, benimmt sich ausgesprochen merkwürdig. Es liegt gestoppt, leicht schlingernd in der flachen, langen Dünung, grau und niedrig im silbernen Morgendunst auf der Kimm.

Mißtrauisch und vorsichtig schleicht sich der Kommandant unter Wasser an diesen verdächtigen Gegner heran. Nur ganz selten stippt er das Sehrohr für Sekunden heraus, und so dauert es eine ganze Weile, bis er erkennt, wen er da vor sich hat: das Wrack des »Emile Miguet«. Was vor ihm schwimmt, ist nichts anderes als der hundertdreißig Meter lange Teil des Vorschiffes, das Achterschiff fehlt, es ist bereits abgerissen und gesunken.

»Auftauchen!«

Fünfzehn Granaten heulen hinüber, und bei der letzten schlägt eine riesige Stichflamme jäh empor. »Emile Miguets« Reste brennen. Düsterrot züngeln die Flammen aus dem in der Stichflamme auf geborstenen Deck empor. Schwerer schwarzer Rauch quillt, eine steile Säule bildend, in den klaren Himmel hinauf. Nach Stunden noch sehen die Ausgucks auf dem U-Boot-Turm dieses Zeichen der Vernichtung über der Kimm.

Am nächsten Tage ein Funkspruch, der jeden Mann alarmiert: Feindlicher Geleitzug in Großquadrat xyz. Mensch, wenn wir den erwischen! Schon gehen die Diesel auf »Große Fahrt«, ändert das Boot Kurs, stehen Kommandant und Obersteuermann in der Zentrale über dem schmalen Kartentisch und rechnen den Kollionskurs aus, der sie mit dem gemeldeten Feind zusammenführen muß.

Geleitzug, denken sie, das haben wir doch gelernt, das haben wir im Frieden doch ewig geübt, das ist doch mal was anderes, das ist genau das, was uns fehlt!

Aber am Abend geht der Funkspruch eines anderen Bootes ein: »Geleitzug zersprengt.« – So was Dummes! Nun gehn die anderen mit den dicken Sachen über den Harz! Was kann man denn tun, um doch noch an dieser fetten Beute Anteil zu gewinnen? Mit heißen Köpfen brüten Kommandant und WOs, L. I. und Obersteuermann in der Offiziersmesse mit Dreieck und Zirkel über der Karte. Wohin wird der Gegner ausbrechen? Und wohin müssen wir, um ausbrechende Schiffe zu fassen? Was würden wir selber tun, wenn wir der Gegner wären? Und was würde der Gegner tun, wenn er wir wäre? Und was tut der Gegner vielleicht nicht, weil er denkt, daß wir denken, daß er es tut?

»Nee, meine Herren«, sagt schließlich lachend der Kommandant, »ich glaube, so geht das nicht: denken, daß der Gegner denkt, daß wir denken, daß er denkt, daß wir denken ... Erknobeln mit dem Verstand läßt sich das nicht, verlassen wir uns lieber auf unsere Nase.«

Und wirklich: kurz nach Einbruch der Nacht kommen zwei abgeblendete Schiffe in Sicht.

Um 20 Uhr 32 fällt der erste Schuß und drei Minuten später, »da keine Detonation gehört wird«, der zweite, der das Schiff in der Höhe des achteren Mastes trifft. »Der Dampfer«, meldet das Kriegstagebuch, »sinkt langsam. Er war 5000 bis 6000 Tonnen groß. Die Besatzung geht in die Boote. Verfolgung des zweiten Dampfers aufgenommen.«

Es ist inzwischen völlig dunkel geworden. Der Himmel ist schwarz, nirgends eine Lücke in der dichten Wolkendecke, und der Mond noch nicht aufgegangen.

»Paßt mir gut auf«, eifert der WO seine Ausgucks an, »ihr wißt, daß sich hier ein Geleitzug aufgelöst hat, da können leicht noch Zerstörer in der Landschaft rumgurken.«

Er hat den Satz kaum beendet, als neben ihm in der Finsternis eine erregte Stimme flüstert: »Herr Oberleutnant! Da ist was Weißes an Backbord, kommt schnell näher.«

»Wo?«

»Hier. Abstand drei- bis vierhundert Meter.«

In der gleichen Sekunde sehen sie es alle, eine fahlweiße Bugwelle, die sich mit hoher Fahrt auf Gegenkurs durch die Dünung schiebt und abwechselnd wächst und zusammenfällt. Und dann sehen sie den Schatten, das kurze geduckte Vorschiff, den Turm mit den Doppelohren auf der Back, die niedrige Brücke, den Mast mit der Querrah, die schräg fallenden Schornsteine, den niedrigen, langen Rumpf, an dem die See phosphoreszierend dahinschäumt, und die Insel, die typische Zerstörerinsel, auf dem Achterdeck vor dem Heck.

Augenblickslang stehen sie alle ohne Atem. Tauchen? zuckt es durch den Kopf des WO. Sein Blick fällt auf das Turmluk. Heller Lichtschein strahlt durch die Rundöffnung nach oben. Rasch tritt er den schweren Lukendeckel nieder. »Turm! Abblenden da unten! Seid ihr denn wahnsinnig geworden?« und läßt das Luk wieder los.

»Der sieht uns nicht«, sagt in der gleichen Sekunde der Kommandant, »los, dem verpuhlen wir einen. Hart Steuerbord! Heckschuß. Rohr fünf Achtung!«

Sekundenschnell entwickelt sich jetzt die Lage, dreht das Boot ab, wandert die lange schwarze Zerstörersilhouette in die Schußbahn ein. Die Augen an die Gummiringe der Zieloptik gepreßt, steht der Torpedooffizier überm Nachtzielgerät. »Rohr fünf!!« Endlos dehnt sich noch eine Sekunde. »Lloos!«

Knips. Die Stoppuhr tickt. Warten. Stille. Nichts ...

»Fehlschuß«, sagt nach einer langen Weile der Kommandant, »Schwein gehabt, der Tommy. Kam uns wohl allen ein bißchen überraschend, nicht?«

Weiter geht die Jagd, suchen sie in der Dunkelheit nach dem zweiten Dampfer.

Bei beginnender Morgendämmerung trägt diese Zähigkeit Früchte. Ein Schiff kommt in Sicht, und wenig später schieben sich mehrere Dampfer mit östlichen Kursen über die klare Morgenkimm herauf.

»Kr Kr Kr«, jagt das U-Boot seinen Funkspruch hinaus, »feindlicher Geleitzug in Sicht. Geleitzug hat Standort xyz«.

Und dann wächst plötzlich eine Mastspitze über die Kimm, die Querrah – ein Zerstörer jagt mit Höchstfahrt auf das Boot zu, rotgelbe Blitze zucken drüben auf, Rauchbälle stehen bräunlich in der Luft und zerflattern nach Lee, und Granaten heulen und sausen heran.

»Alarm!!« Im Bersten der Aufschläge geht das Boot auf Tiefe, und es beginnt der stundenlange, nervenzerreibende Unterwassermarsch unter dem anschwellenden Singen der Zerstörerturbinen, dem harten Gellen der Wasserbombenserien und dem langen Nachhall, der durch die Tiefe dröhnt.

Einunddreißig Detonationen zählen sie, einunddreißigmal greift der Tod nach ihnen, und die Männer in der engen Röhre tief unten im Meere beobachten einander verstohlen, und jeder sieht: auch der andere ist blaß, auch der andere ist ein wenig weiß um die Nasenspitze, und so stehen und hocken sie und lauschen und warten – lauschen und warten und pressen nur die Lippen ein wenig fester ein, wenn das Singen der Zerstörerschrauben droben über das Boot hingeht und das Bersten und Brüllen der Detonationen wieder einsetzt.

Am Abend endlich wird es still. Sie können auftauchen. Sie sehen den Himmel wieder und atmen dankbar und tief die kühle, frische Luft. Noch einmal davongekommen. Und morgen? Und übermorgen? Aber daran denkt jetzt niemand, der Rückmarschbefehl ist da ...

Während so dieses Boot seine Unternehmung glücklich beschließt, eine Unternehmung, die typisch ist für den U-Boot-Krieg 1939, und während andere in gleicher Weise die Schiffahrt kontrollieren, mit Anhalten, Untersuchen, Versenken und Kämpfen, führt ein Boot eine Sonderunternehmung durch, die in aller Stille und Heimlichkeit vorbereitet worden ist und die kleine deutsche U-Boot-Waffe mit einem Schlage mitten in den Scheinwerferkegel der Weltöffentlichkeit rückt: die Unternehmung Scapa Flow.

6.

DER STIER VON SCAPA FLOW

Folgendes ist geschehen:

Im September hat ein Boot des kleinen Typs, ein »Einbaum«, mit Handelskriegs-, Aufklärer- und Beobachtungsaufgaben östlich der Orkneys und vor dem Pentland Firth gestanden, der schmalen Passage, die Schottland von der Orkneygruppe trennt und durch die der Atlantik mit seinem unermeßlichen Atem reißende Gezeitenströme in sechsstündigem Wechsel in die Nordsee hineinpumpt und wieder heraussaugt.

Erfaßt von dem gewaltigen Sog der Weströmung, hat es das kleine Boot mit seiner schwachen Maschinenleistung nicht vermocht, sich freizudampfen und sich deshalb notgedrungen durch die enge Durchfahrt mit ihren Klippen, ihren Unterwasserfelsen und ihren wilden, unberechenbaren, ziehenden, saugenden, kreisenden, steigenden, abwärtsschießenden und kreuz und quer setzenden Strömen, Schwallen und Schnellen hindurchtreiben lassen.

Da er aber schon einmal gezwungen war, zwischen Scylla und Charybdis hindurchzuschlüpfen, hat der Kommandant aus der Not eine Tugend gemacht und durch das vorsichtig geführte Sehrohr, unterstützt durch hervorragende Tiefensteuerleitung seines L. I., allerlei Beobachtungen über den Verkehr zwischen Schottland und dem Kriegshafen von Scapa Flow zusammengetragen, die, zusammen mit früher an der Ostseite und später im Westen der Inselgruppe gemachten Feststellungen, die Grundlage abgeben für eine Planung, deren Für und Wider der FdU in eingehenden Überlegungen mit seinen Mitarbeitern durchspricht.

Endlich ist dann die Zeit reif, diesen kühnen Schlag zu führen.

Wenn er an seine Kommandanten denkt, weiß der FdU, daß er mehr als einen hat, dem er diese Aufgabe anbieten könnte, mehr als einen, der sich freudig in das Wagnis stürzen und mit Schneid und Kühnheit das Beste herausholen würde. Aber an einen denkt er besonders, und diesen einen befiehlt er an einem Sonntagmorgen im Oktober auf sein Führungsschiff in Kiel, die »Weichsel«, zur Besprechung.

Zur befohlenen Stunde steht der junge Offizier in der Messe der »Weichsel« zur Meldung bereit. Sein Flottillenchef und der Kapitänleutnant Wellner, der Kommandant des »Einbaums«, sind bereits beim FdU in der Chefkammer. So wartet er und bleibt mit seinen Gedanken und Vermutungen allein.

Endlich wird er befohlen, folgt dem Läufer, tritt ein und meldet sich beim Kommodore.

Auf dem Tisch liegen Karten, und Kapitänleutnant Wellner beginnt noch einmal mit seinem Vortrag.

Der neu Hinzugekommene versucht zu folgen, aber seine Gedanken beschäftigen sich für einige Augenblicke nur mit dem Wort, das ihm in großen Buchstaben von der Karte entgegenblickt: Scapa Flow! Dann nimmt er sich zusammen und folgt den Worten des Kameraden, den Einwürfen und Erläuterungen, den lebhaft unterstreichenden Handbewegungen des Kommodore.

»Glauben Sie«, stößt der FdU plötzlich zu, »daß ein entschlossener Kommandant sein Boot in die Bucht von Scapa Flow hineinzuführen und auf dort liegende feindliche Seestreitkräfte zum Angriff zu bringen vermag?« Ein scharfer Blick aus großen, dunklen Augen, dann: »Ich will jetzt keine Antwort von Ihnen. Überlegen Sie's sich. Am Dienstag melden Sie mir, was Sie davon halten.«

Dem Kapitänleutnant verschlägt es fast den Atem. Er zwingt den Tumult der Gedanken, die ihm in diesem Augenblick durch den Kopf schießen, zu Gehorsam und Ordnung. Er begreift die Klarheit der Anlage dieses Planes. Er bewundert ihre Kühnheit. Das ist in jedem Zug der »Große Löwe«, wie er leibt und lebt.

Als er wieder draußen steht, weiß er, daß man am Dienstag eine Antwort von ihm erwartet, die nicht nur sein Urteil über die Möglichkeit einer solchen Unternehmung umfaßt, sondern zugleich ganz klar zum Ausdruck bringt, ob er selbst bereit ist, diese

Unternehmung mit seinem Boot durchzuführen. Zugleich weiß er, daß er in seiner Entscheidung völlig frei ist. Wenn er nein sagt, »es fällt kein Makel auf Sie«, hat der FdU gesagt, »wie Sie auch entscheiden – für uns bleiben Sie der alte.«

Mechanisch verstaut er Karten und Unterlagen in seiner Aktentasche, schon jetzt besessen von dem Gedanken an die Aufgabe.

Am Nachmittag beginnt er seine Arbeit. Sorgfältig, fast pedantisch rechnet er sich die gestellte Aufgabe durch. Schritt für Schritt verfolgt er die Gedanken des FdU, von Minute zu Minute mehr ergriffen von der Klarheit, Folgerichtigkeit und kühlen Kühnheit dieser Überlegungen. Noch nie hat er so gearbeitet wie heute, so zugleich beurteilend und bewundernd. Seine lebhafte Phantasie läßt ihn das magere, nüchterne Schwarzweiß des Kartendrucks umsetzen in Wasser und Fels, in Tiefen, Strömungen, Sperren und wie gegenwärtig empfundene Entfernungen. Seine seemännische Erfahrung, seine vollkommene Kenntnis des Bootes und seiner Möglichkeiten runden dies geschaute Bild bis zu voller Plastik ab. Während er überlegt, urteilt, denkt, lernt er gleichzeitig die Karte auswendig. Sein soldatischer Geist, seit Jahren geschult durch das Vorbild und die Lehre des Kommodore, erfaßt Punkt für Punkt und bis in Einzelheiten hinein das Wesentliche. Was er am Morgen rein gefühlsmäßig antworten wollte, verdichtet sich jetzt am Nachmittag in nüchtern und fiebernd zugleich durchgeführter Prüfung zum Entschluß. Aus dem »Es müßte ...« entwickelt sich das »Es muß ...«, aus diesem das »Es wird gehen.«

Als er am Abend Bücher, Karten und Papiere zusammenpackt und wegschließt, hat er den letzten Zweifel überwunden: Er wird fahren.

Am nächsten Tag steht er wieder vor dem Kommodore.

Der FdU sitzt, die Augen niedergeschlagen, hinter seinem Schreibtisch. Er antwortet nicht auf die Meldung des Jüngeren.

Sekundenlang herrscht Totenstille in dem niederen Raum auf der »Weichsel«. Durch die Bulleyes fällt das volle Licht des Mittags. Ein Möwenschrei, der schrille Heulton eines manöverierenden Torpedobootes klingen wie aus weiter Ferne herein. »Gehe rückwärts«, registriert der Kapitänleutnant mechanisch.

Der FdU hält die Stirn gesenkt, eine Stirn, auf der nicht zur Nasenwurzel, sondern zu den Augenbrauen hinab zwei dünne, gezackte Falten senkrecht fallen. Der Kommodore bewegt sich nicht. Nur seine Augen schießen einen kurzen, forschenden Blick auf den wartenden Kommandanten. Dann, wie unbeteiligt, die Frage: »Ja oder nein?«

»Jawohl, Herr Kommodore!«

Wieder ein ernster, langer Blick und dann noch einmal die eindringliche Frage: »Haben Sie sich das auch eingehend überlegt? Haben Sie an Emsmann und Henning gedacht, die dort oben bei gleichen Unternehmungen im Weltkrieg geblieben sind?«

»Jawohl, Herr Kommodore.«

»Dann rüsten Sie Ihr Boot aus.« Jetzt steht der Kommodore auf.

Ein fester, langer Händedruck. Es ist entschieden. –

Die Besatzung kommt nicht aus dem Verwundern heraus in diesen Tagen vor dem Auslaufen. Einen Teil des Proviants abgeben? So wenig Frischwasser mitnehmen? So wenig Brennstoff? – Uns kann man doch nichts vormachen, da ist doch was im Busch!

Der Kommandant befiehlt, schweigt, sagt nichts, weiß nichts.

»Übermorgen früh seeklar«, das ist alles.

Aber nicht der Besatzung allein fällt auf, daß etwas Besonderes im Werden ist. Und so geschieht etwas, das um ein Haar den dichten Schleier strengster Geheimhaltung zerreißt, auf dem die Erfolgschancen des ganzen Unternehmens beruhen.

Am hellen Mittag kommt ein Boot von einer Werfterprobung, einem Prüfungstauchen oder einem ähnlichen Vorhaben zurück. Auf der Brücke Kommandant, Offiziere, Teile der Besatzung. Rings um das Hafenbecken Schiffe, Soldaten, Zivilisten.

An der Pier, neben seinem Boot, das zur Unternehmung ausrüstet, der Kommandant.

Und plötzlich nimmt drüben auf dem U-Boot-Turm der Kamerad das Megaphon, die »Flüstertüte«, und brüllt über das halbe

Hafenbecken hin: »Hallo! Kein Tatendrang? Was hast du denn Extra's vor?«

»Ausrüsten!« brüllt der Angerufene zurück, »will raus!«

Darauf, nach einer kleinen Pause, der andere in gleicher Lautstärke: »Was hat der FdU denn mit dir vor? – Er wird ja wohl nicht so blödsinnig sein, dich nach Scapa Flow zu schicken . . .«

Der Kapitänleutnant auf der Pier hat das Gefühl, als ob ihm das Herz stehenbliebe. Heiße und kalte Schauer jagen ihm den Rücken hinauf und hinunter. Dann faßt er sich. »Nein!« brüllt er zurück, »auf so etwas Blödsinniges kommt der FdU natürlich nicht. Darauf kannst auch nur du kommen!!«

Der andere lacht und winkt mit der Flüstertüte. Er hat nichts gemerkt. –

Zur befohlenen Zeit wirft das Boot die Leinen los. Es marschiert durch den Kanal, durch die Nordsee. Die Nächte sind sehr dunkel. Es weht mit Stärken bis zu 7 und mehr aus Süden und Südost. Groß und schwer recken sich mächtige Seen ringsum auf, schaumgeädert, mit brechenden weißen Kämmen.

Die Besatzung belauert ihren Kommandanten. Er schweigt. Rauchwolken kommen in Sicht. Er unternimmt nichts. Er operiert nicht auf sie, er greift nicht an.

Das genügt. Alte Leute wissen schon. Das muß ja eine dicke Sache sein, die er diesmal vorhat. Dieser Kommandant, ihr »Alter«, und nicht angreifen?!

In dunkler Nacht stehen sie unweit der Orkneys. Auf der Brücke der Kommandant, der I. WO, Oberleutnant z. S. Endraß, die Ausgucks. Endraß fragt: »Wollen wir denn eigentlich zu den Orkneys, Herr Kaleu?«

Jetzt endlich darf der Kommandant reden. »Jawohl, Endraß, halten Sie sich fest: Wir gehen rein nach Scapa Flow.«

Der Oberleutnant z. S. Endraß ist ein immer ruhiger, schmaler, kleiner Mann, drahtig und schweigsam. Er begreift sofort, was das heißt: »Wir gehen rein nach Scapa Flow«, aber aus einem plötzlichen, klaren, sicheren und selbstverständlichen Gefühl sagt er: »Das geht klar, Herr Kaleu.« Und nach einer Sekunde schweigenden Überlegens noch einmal: »Die Sache geht klar.«

Nie so sehr wie in diesem Augenblick hat der Kommandant empfunden, was ihm die Stetigkeit, Ruhe und Zuversicht seines Ersten Wachoffiziers bedeutet. Später hat er es deutlich ausgesprochen: »Einen solchen Mann neben sich, kann man praktisch alles wagen.«

In der Frühe des 13. Oktober steht das Boot in Sichtweite der Orkneys. Es weht ein frischer, leichter Nordost, der Himmel ist schwach bewölkt, die Nacht sehr hell.

Der Kommandant befiehlt: »Auf Tauchstationen!«

Das Turmluk wird geschlossen. Die Stille der Tiefe umfängt das Boot, das sich sachte auf Grund legt, um die Zeit für den Angriff zu erwarten. »Lassen Sie alle Mann in den Bugraum kommen«, sagt der Kommandant zu Endraß.

In dem schmalen, von schirmlosen, umgitterten Glühbirnen erhellten weißgetünchten Bugraum, in dem an beiden Seiten die Klappkojen der Mannschaft mit den grünen Polstern, den blinkenden Schlingerleitern und den lederverkleideten Ketten angebracht sind, versammelt sich die Besatzung.

Er tritt mitten unter sie und sieht sie an, einen nach dem ändern. Er hat sich genau überlegt, was er sagen will, wenn er das Ziel der Unternehmung bekanntgibt. Aber es ist oft so, daß man sich etwas vorher zurechtlegt, um es im entscheidenden Augenblick dann doch anders zu machen. Der Kommandant braucht nicht viele Worte: »Wir laufen morgen nach Scapa Flow ein.« Das kommt ganz ohne Übergang heraus, als sei es die selbstverständlichste Sache der Welt.

Es entsteht eine Pause, in der man nicht einmal das Atmen der Männer hört, nur vielleicht ein feines, leises Knirschen, wenn sich das Boot auf dem Grunde bewegt. Der Kommandant umreißt knapp und klar, was ihre Aufgabe sein wird. Er läßt nicht den leisesten Zweifel darüber, daß sie schwer und gefährlich ist, aber es geht etwas von ihm aus in diesen Augenblicken, das die Männer, die bis jetzt beunruhigt waren durch die Zweifel des Ungewissen, mit freudiger Zuversicht erfüllt.

Die praktischen Anordnungen ergehen. Alle Mann mit Ausnahme einer Grundwache werden auf Ruhestation geschickt, sie sollen schlafen. Das ist ein Befehl, der etwas mehr von ihnen verlangt, als sie vermögen, aber sie klettern gehorsam auf ihre Matratzen und ziehen die Vorhänge dicht.

Eines nach dem anderen erlöschen alle überflüssigen Lichter, es gilt, Strom zu sparen. So liegen sie im Dunkeln in den schmalen, immer ein wenig feuchten, kühlen und glatten Kojen und versuchen zu schlafen. Sie wissen, bis 16 Uhr haben sie Zeit, dann soll gegessen werden, und dann geht es los.

Wenn man nur schlafen könnte! Es ist eigenartig: Außer dem gelegentlichen Flüstern der Grundwache in der Zentrale, dem sanften Klickern des Wassers und dem feinen Knirschen und Knistern, das hereindringt, wenn sich der Kiel einmal ein wenig im Strom rührt, herrscht lautlose Stille, und trotzdem scheint es allen, als sei das Boot angefüllt mit Geräuschen. Das sind die Gedanken in ihrem Innern. Keiner läßt den anderen etwas davon merken, jeder macht mit sich selber ab, was da vielleicht abzumachen ist, und die Ruhe, die jeder von ihnen bewahrt, der Gleichmut und die Selbstverständlichkeit, die jeder an jedem bemerkte, ehe sie in ihre Kojen kletterten, färbt auf alle Gedanken ab, die sie in sich bewegen.

Der Kommandant sieht mit geschlossenen Augen doch ständig die Karte von Scapa Flow vor sich. Er hat sie auswendig gelernt, Punkt für Punkt, mit jeder Einzelheit und allem, was irgend darüber zu erfahren war, nun verläßt ihn das Bild nicht mehr und steht mit geradezu quälender Schärfe vor seinem inneren Blick. Er strengt sich an zu schlafen. Es geht nicht! So liegt er lange und denkt an seine Leute, die wie er daliegen und die nun alle wissen, um was es geht.

Einmal steht er auf – es ist einfach nicht mehr auszuhalten in der Koje! – und geht leise durchs Boot.

Auch die Männer scheinen nicht zu schlafen. Es ist Unruhe in den Räumen, zuweilen klirren die Ringe an einem der grünen Vorhänge, aber keiner spricht.

In der Offiziersmesse findet er Spahr, den Obersteuermann, einen der ältesten U-Boot-Fahrer in seiner Besatzung, fröhlich und breit.

»Nanu, was machen Sie jetzt hier?«

»Ich sehe mir noch einmal die Karte an.« Sie wechseln einige leise Worte, dann legt sich der Kommandant wieder hin, er muß liegenbleiben wie die anderen: Auch seine Ruhe muß ihnen Vorbild sein.

Träge, unerträglich langsam schleicht die Zeit! –

Aber jedes Warten endet einmal: 16 Uhr! Wecken! Die Backschafter bringen das Essen, Festtagsessen, Grünkohl mit Kassler, prima!

Die Männer hauen rein, daß es eine Freude ist. Scherze fliegen hin und her, sie flachsen sich an, aber nichts an ihrem Ton, nicht die leiseste Unruhe oder Nervosität ließe darauf schließen, daß diese Handvoll Männer unmittelbar davorsteht, einen der kühnsten Handstreiche der Seekriegsgeschichte zu unternehmen.

»Die Stimmung der Besatzung ist hervorragend«, schreibt der Kommandant lakonisch ins Kriegstagebuch.

19 Uhr 15. Die Besatzung steht auf Tauchstationen. Der L. I. beginnt, das Boot vom Grunde zu lösen. Die Lenzpumpen singen und brummen. Das Boot bewegt sich, steigt, die E-Maschinen springen mit hellem Ton an. Der Kommandant geht in den Turm. Nun taucht die Spitze des Sehrohrs aus, mit angehaltenem Atem nimmt er den ersten, raschen Rundblick. Alles frei! Da gibt er den Befehl zum Auftauchen.

Der Wind ist noch leichter geworden, hat sich fast gelegt, und noch immer ist der Himmel von leichten Wolken bezogen. Aber die Nacht bleibt seltsam hell, obgleich doch Neumond ist. Der Kommandant zerbeißt einen Fluch. Das ist ja eine schöne Bescherung: Der ganze Nordhorizont besteht aus einem einzigen zuckenden, flammenden Nordlicht. Fauchend springen die Diesel an, das Boot geht auf Angriffskurs. Die Lüfter sausen. Auf der Brücke melden die Ausgucks aus allen Sektoren, was auch der Kommandant wahrnahm: Nichts zu sehen!

Zweifelnd schaut er in das phantastische Lichterspiel des Nordlichts. Soll er das Unternehmen verschieben? Einen Augenblick überlegt er. Wird es morgen dunkler sein? Vielleicht. Aber wird es auch möglich sein, die Besatzung noch vierundzwanzig

Stunden in dieser hervorragenden Angriffsstimmung zu halten? Er entschließt sich kurz: Jetzt oder nie!

Angestrengt starren nach allen Richtungen die Augenpaare über Meer und Himmel. Ist das ein Schatten dort? Nein, es war nichts! Aber dort? Und wieder nichts. Man sieht so leicht Gespenster, wenn alle Sinne aufs äußerste und schärfste angespannt sind. Mit brummenden Dieseln, einen weißen Schaumbart vor dem Bug, Schaum um die Flanken, marschiert das Boot auf die Einfahrt von Scapa zu.

Da, was ist das, da drüben? Ein Schatten? Kein Schatten? Doch ein Schatten? Die in der Anspannung aller Nerven überscharfen Augen des Kommandanten haben sich nicht getäuscht. Rechtzeitig und ungesehen von dem abgeblendeten Dampfer bringt er sein Boot in die Tiefe und beobachtet im Sehrohr den störenden Fremden.

Von unten tönt die ruhige Stimme des Leitenden Ingenieurs Wessels, der den Tiefensteuerern gedämpft seine Befehle erteilt.

Endlich ist der Schatten fort. Dafür aber hat der Wind die Wolkendecke immer weiter vor sich hergeschoben.

»Die Sicht ist ganz übel«, vermerkt der Kommandant im Kriegstagebuch, »unter Land ist alles dunkel, hoch am Himmel ist das flackernde Nordlicht, so daß die Bucht, die von ziemlich hohen Bergen umgeben ist, direkt von oben beleuchtet wird. Gespenstisch wie Theaterkulissen liegen Schiffe in den Sunden.«

Der Strom faßt das Boot, es geht jetzt alles blitzschnell, und der Kommandant segnet den Einfall, der ihn die Karte auswendig lernen ließ. Nur durch schnelle und harte Manöver – Hartruderlagen abwechselnd nach Backbord und Steuerbord mit Unterstützung der Ruderwirkung durch die Maschinen – läßt sich das Boot in der reißenden Strömung auf Kurs halten. Für Augenblicke scheint eine Kollision mit einem Sperrschiff unvermeidlich, aber dann ist es geschafft. Die Männer unten im Boot halten den Atem an, als sich der Kommandant nun übers Luk beugt und nach unten gibt: »Wir sind in Scapa Flow!«

Und nun das Kriegstagebuch:

»Es ist widerlich hell! Die ganze Bucht ist fabelhaft zu übersehen. Im Süden – bei Cava – liegt nichts. Ich laufe noch näher heran. Da erkenne ich die Bewachung von Hoxa Sound, für die das Boot als Zielscheibe in den nächsten Sekunden erscheinen muß. Damit wäre alles umsonst, zumal sich an Steuerbord immer noch keine Schiffe ausmachen lassen, obwohl sonst auf weiteste Entfernung alles klar erkennbar ist. Also Entschluß: An Steuerbord liegt nichts, deshalb: bevor jede Aussicht auf Erfolg aufs Spiel gesetzt wird, müssen erreichbare Erfolge durchgeführt werden. Dementsprechend kehrtgemacht und unter der Küste nach Norden gelaufen. Dort liegen zwei Schlachtschiffe, weiter unter Land Zerstörer vor Anker. Kreuzer nicht auszumachen. Angriff auf die beiden Dicken.«

Es sind zwei mächtige Klötze, die sich schwarz und mit scharfen Umrissen gegen den hellen Himmel abheben. Deutlich sieht man die hohen, schlanken Masten, die Aufbauten, die drohenden Rohre in den Türmen und die Schornsteine. Näher läuft das Boot heran. Der Kommandant erkennt sofort: Vor ihm liegt ein Schiff der »Royal Oak«-Klasse, ein Schlachtschiff. Mensch, ein Schlachtschiff!

Und weiter herangeschlichen an die ahnungslosen Opfer, diese schwimmenden Festungen aus Stahl, die so ruhig daliegen, als gäbe es gar keinen Krieg.

Hinter dem ersten tritt jetzt der Vorschiffsumriß des zweiten Rumpfes in das Gesichtsfeld des Bootes, massig und gewaltig wie jener. Es sind die »Royal Oak« und – wie es scheint – die »Repulse«.

Schade nur, daß sich die beiden überlappen, daß »Repulse« zu mehr als der Hälfte von »Royal Oak« überdeckt ist. Aber eine andere, günstigere Angriffsposition ist nicht erreichbar.

Augenblicklich hat der Kommandant seinen Entschluß gefaßt: Auf den weiter entfernt liegenden, auf die »Repulse« zuerst! Schon ergeht der Befehl: »Alle Rohre klar!«

»Alle Rohre sind klar«, kommt es zurück.

»Fächer aus Rohr eins bis vier: Rohr eins bis vier – fertig!«

Und Oberleutnant Endraß zielt. Genau hat er das Vorschiff der »Repulse« im Visierfaden.

»Llos!« Und er legt den Abschußhebel.

Die Erschütterung des Ausstoßes geht durch das Boot. Die Torpedos laufen. Und nun folgen diese so oft geschilderten Sekunden des Wartens, der fieberhaften Spannung: Werden die Aale treffen?! Unmöglich, hier vorbeizuschießen! Die Ziele liegen still, wie angenagelt!

Da! Am Vorschiff der »Repulse« steigt schlank und gerade die Detonationssäule des Torpedotreffers auf.

Aber was ist mit der »Royal Oak«?

Immer noch liegt der gewaltige Klotz still und unberührt vor ihren Augen.

Fehlschüsse? Unmöglich. Versager? Unfaßlich. Und doch gibt es keine andere Erklärung für die andauernde Stille an der »Royal Oak«.

00.58 Uhr sind die ersten Schüsse gefallen. Und immer noch, Minuten später, völlige Stille in der Bucht von Scapa Flow und keine Abwehr nach dem Treffer auf »Repulse«. Sind denn die Schiffe verlassen? Schläft denn ganz Scapa? Sind die Engländer jetzt immer noch nicht im Bilde, was hier, mitten in ihrem eigenen Hafen, gespielt wird? Keine Abwehr! Nirgends heranbrausende Zerstörer.

Und nun geschieht das Unfaßbare. Angesichts der sekündlich zu erwartenden Abwehr von Zerstörern, Scheinwerfern, Wasserbomben, Artillerie – und in gänzlich unvorhergesehener Weise behindert durch die Helle der Nordlichtnacht, entschließt sich der Kommandant zu einem zweiten Angriff, befiehlt er, die leergeschossenen Rohre, hinter denen schon in Schnelladestellung die neuen Torpedos hängen, nachzuladen, während er mit dem Boot eine lange, schmale Schleife über die Bucht zieht. Über Wasser. Weithin sichtbar.

Fast zwanzig Minuten kurvt er so durch den Hauptliegeplatz der britischen Flotte, Minuten, in denen unten im Boot Torpedo nach Torpedo in die aufgerissenen Verschlußklappen der Rohre gewuchtet werden. Und nicht genug damit: Der Kommandant muß auch noch auf seine jungen Leute aufpassen! Der Zweite Offizier, Leutnant z. S. v. Varendorff, spaziert plötzlich unten an

Oberdeck herum. Mitten in Scapa Flow! – »Sind Sie verrückt, Mensch?« zischt der Kommandant hinunter. »Los! Rauf mit Ihnen, aber plötzlich!«

Und immer, immer noch keine Abwehr!

Endlich steht das Boot wieder auf Schußposition, näher noch am Ziel diesmal als beim ersten Anlauf, und wieder gehen die Aale hinaus. Werden sie diesmal ...?

»Rrruummms-Rdadangg ...!!« –bersten da schon die Schläge der Detonationen von der »Royal Oak« herüber. Es ist, als wolle das Wasser von Scapa Flow gen Himmel fahren, so unwahrscheinlich hoch und breit wallt es an dem getroffenen Riesen auf.

»Da rollt, knallt, bummst und grummelt es gewaltig«, schreibt der Kommandant in sein Kriegstagebuch, »zunächst Wassersäulen, dann Feuersäulen, Brocken fliegen durch die Luft ...«

Was er so kurz Brocken nennt, sind ganze Geschütztürme, Panzerkuppeln mit schweren Rohren! Herausgehoben durch die Wucht der Detonation aus ihren Fundamenten, wirbeln sie schwerfällig und doch unbeschreiblich großartig durch die Luft und graben sich mit schäumendem Aufschlag in die See ein. Zerfetzte Stahlplatten, Teile von Aufbauten, ein ganzer Regen von vielzentnerschweren Schiffsteilen hagelt herab.

»Jetzt wird es im Hafen lebendig«, schildert der Kommandant weiter, »Zerstörer haben Lichter, aus allen Ecken wird gemorst, an Land fahren Autos über die Straße. Es ist ein Schlachtschiff versenkt, ein weiteres beschädigt. Alle Rohre sind leergeschossen. Ich entschließe mich zum Auslaufen.«

Ja, auslaufen! Jetzt gilt es, die Haut heil zu bergen, Boot und Besatzung sicher wieder hinauszubringen aus diesem Kessel mit den engen Einfahrten, in dem es zugeht wie in einem aufgestörten Bienenkorb.

Allenthalben blitzen Scheinwerfer auf. Lichter, offenbar U-Boot-Jägern zugehörig, schwirren über die Wasserfläche. An Land bleibt ein Auto stehen, wendet, daß seine Scheinwerfer breit über den Turm des Bootes hinstreichen, macht kehrt, saust mit hoher Fahrt, gellende Signale gebend, den Weg zurück, den es eben gekommen. Hat der Fahrer das Boot gesehen?

Keine Zeit zum Nachdenken! Noch geht ja alles klar. Schütternd mahlen die Diesel und treiben das Boot dem Ausschlupfloch zu. Aber als es dort ist, steht durch den engen Sund, durch den es das Freie zu gewinnen sucht, ein heftiger Gezeitenstrom herein. In breitem Schwall bricht die Strömung mit schäumenden Rändern aus der Tiefe empor, zerrt mit wütender Kraft an dem langen grauen Stahlfisch und zwingt den Kommandanten, dem Boot das Letzte an Maschinenleistung abzuverlangen. Es ist jetzt, als stelle sich das Meer selbst auf die Seite des Gegners, als wollten tausend Arme den Eindringling festhalten und der Vernichtung ausliefern. Im gleichen Augenblick läuft das Licht eines Zerstörers unbeirrbar und gerade auf das Boot zu.

»Beide Maschinen äußerste Kraft voraus«, befiehlt der Kommandant, »E-Maschinen zusetzen. Herausholen, was nur drin ist in den Böcken.«

Zugleich beobachtet er. An den Flanken schäumt das Wasser reißend achteraus, aber die Landpeilungen wandern nur ganz unmerklich aus. Wie festgeklebt hängt das Boot in den schäumenden Strudeln des Gegenstromes. Und immer noch das Licht des Zerstörers, der stetig näherkommt!

Es sind Sekunden, die sich nicht beschreiben lassen, die man nicht nachfühlen kann, wenn man sie nicht selbst erlebt hat, bei denen nur übrigbleibt, die Nervenkraft des Kommandanten zu bewundern, der fiebernd und verbissen mit dem reißenden Flutstrom kämpft, in dem das Boot bald nach rechts, bald nach links gerissen wird, und der obendrein sieht, wie sich unter dem heraneilenden Topplicht immer deutlicher die Silhouette seines Todfeindes, des Zerstörers, aus dem Dämmer herausschält.

Da! Jetzt beginnt er zu morsen! Der Kommandant beißt die Zähne aufeinander. Er kann nicht glauben, daß er erkannt ist, daß das so glänzend durchgerührte Unternehmen jetzt, im letzten Augenblick, mit dem Verlust von Boot und Besatzung bezahlt werden soll. Unter ihm schüttert der Turm unter der Wucht der höchste Touren drehenden Diesel. Hinter den Schrauben fließt ein breites, quirlendes Schaumband achteraus. Das muß ja weithin zu sehen sein. Dennoch – er kann nicht herunter mit den

Umdrehungen, wenn er überhaupt vorwärts kommen will. Mühsam, Meter für Meter, macht er mit dieser äußersten Anstrengung Fahrt voraus.

Plötzlich geschieht das große Wunder: Der Gegner fällt ab, sie sind nicht gesehen worden. Seine Lage wird weniger spitz, jetzt ist er schon von der Seite, jetzt in breiter Silhouette einzusehen, hinter dem Boot durchstoßend, kurvt er in die Bucht zurück. Wenige Minuten später, während achteraus in der großen Bucht das Wummern der Wasserbomben aufdröhnt, hat das Boot die freie See wieder erreicht, nicht ohne im Ausbrechen an der engsten Stelle um Haaresbreite noch eine vorgebaute hölzerne Landepier angefahren zu haben. Es geht um Haaresbreite, wie so vieles in dieser Nacht.

»Wir sind durch! An alle Stellen: Wir sind durch!« gibt der Kommandant nach unten mit einer Stimme, die vor Freude und Erregung ganz heiser ist. Da tönt ein Hurraschrei zu ihm herauf, in dem sich die ganze Spannung löst, unter der die Besatzung steht, die unten in der engen Röhre an Dieseln und E-Maschinen, an Rohren und Apparaten, Ventilen und Pumpen ihren Dienst erfüllte, blind, ohne die Möglichkeit, etwas von dem zu sehen, was sich oben abspielte und was für jeden von ihnen über Erfolg oder Nichterfolg, über Leben und Tod entschied.

Mit südöstlichem Kurs läuft das Boot ab: Rückmarsch Heimat!

Während der langen Wartestunden vor dem Angriff ist im Boot ein Witzblatt herumgegangen, eine der vielen Zeitungen, mit denen sich der U-Boot-Mann die Langeweile vertreibt. Eine Zeichnung darin hat den Männern besonders viel Vergnügen bereitet; sie zeigt einen Stier, der mit gesenkten Hörnern und schnaubenden Nüstern auf ein unsichtbares Ziel losstürmt. »Kein Tatendrang« hat einer gesagt, so nennen sie ihren Kommandanten. Jetzt, im Vollgefühl des Erfolges, kommt dem Oberleutnant Endraß ein Einfall. Pinsel und weiße Farbe her! Eine kleine Kletterpartie an die Außenkante des Turmes, und schon entsteht an der grauen Wand in kunstvollen Strichen das neue Emblem des Bootes: der Stier von Scapa Flow, Symbol des Angriffsgeistes, der Kraft und des schonungslosen Selbsteinsatzes.

Endraß, der jetzt kritisch sein Werk betrachtet, ahnt wohl in diesem Augenblick nicht, daß er mit seiner Malerei der ganzen Waffe ein Zeichen gegeben hat, das für alle Zukunft als »Der Stier von Scapa Flow« den U-Boot-Kämpfern Symbol des Geistes sein wird, in dem die Waffe ihren kühnsten und größten Schlag geführt hat. –

Sie marschieren durch die Nordsee.

Im Lautsprecher meldet sich der Rundfunk: »Nach Radiomeldungen der britischen Admiralität ist das Schlachtschiff ›Royal Oak‹, vermutlich durch ein Unterseeboot, versenkt worden. Auch das Unterseeboot soll nach diesen englischen Meldungen gesunken sein.«

Gesunken? Ihr Boot gesunken? Die Männer freuen sich diebisch, wie die Lausbuben. Gesunken – das möchtet ihr wohl ...

Nachmittags kommt der OKW-Bericht: »Über die von der britischen Admiralität im Rundfunk bekanntgegebene Versenkung des britischen Schlachtschiffes ›Royal Oak‹ ist, wie zu erwarten war, bisher noch keine Meldung eigener Streitkräfte eingegangen. Britischerseits wird vermutet, daß das Schlachtschiff einem deutschen U-Boot zum Opfer gefallen ist. Über Ort und Zeit der Versenkung wurde nichts bekanntgegeben.«

»Siehste«, sagen die Männer, »der Tommy geniert sich. Na, laß man, es kommt noch alles an den Tag!«

Die heimatliche Küste hebt sich ihnen entgegen, niedrig und wie verhalten, ein flacher, dünner Küstenstreif, der nur von wenigen Senkrechten – einzelnen Bäumen, Kirchtürmen, einem Schornstein, einer Windmühle – unterbrochen wird.

Abermals meldet sich der Rundfunk, diesmal mit einer Sondermeldung: »Dasselbe U-Boot, welches das britische Schlachtschiff ›Royal Oak‹ versenkte, hat durch Torpedotreffer das englische Schlachtschiff ›Repulse‹ schwer beschädigt und kampfunfähig gemacht.«

»Aha – inzwischen ist also die Erfolgsmeldung des Bootes nach oben gedrungen.«

Am 17. Oktober, während das Boot jadeaufwärts strebt, dem Stützpunkt zu, gibt das Oberkommando der Wehrmacht in einer weiteren Sondermeldung bekannt: »In Ergänzung der bisherigen Meldungen über die Versenkung des englischen Schlachtschiffes ›Royal Oak‹ wird mitgeteilt: Der Kommandant des Bootes, Kapitänleutnant Prien, hat die starken Sperren, die den Hafen von Scapa Flow schützen, durchbrochen und in dem Hafen in der Nacht durch Torpedoschuß die ›Royal Oak‹ zum Sinken gebracht. Das Schlachtschiff ist in wenigen Sekunden in die Luft geflogen.«

Prien. Da ist zum ersten Male der Name! Kapitänleutnant Prien.

In Schlagzeilen und Balkenlettern wirft die deutsche Presse die fast unglaubliche Nachricht hinaus. Der Rundfunk wiederholt wieder und wieder seine Meldungen über die Tat von Scapa Flow. Ein Rausch der Begeisterung erfaßt das deutsche Volk. Scapa Flow! Dort versank 1918 die deutsche Hochseeflotte! Eine der demütigendsten Erinnerungen seiner neueren Geschichte ist ausgelöscht! Der Name des Kommandanten Prien ist plötzlich in aller Munde. Das ganze Volk bemächtigt sich seiner in Begeisterung, Dank und hingerissener Bewunderung.

Wie zwanzig Jahre früher der Name Weddigen, so wird jetzt der des Kapitänleutnants Prien ein Begriff und geht in das Gedächtnis des deutschen Volkes ein.

Als das Boot festmacht, steht an der Pier der Oberbefehlshaber der Kriegsmarine, Großadmiral Raeder, neben ihm der FdU. Hell leuchten die kornblumenblauen Aufschläge des Admiralsmantels dem Boot entgegen. Der Großadmiral empfängt die Meldung des Kommandanten, dankt und spricht dann zur Besatzung. Hinter ihm steht der Kommodore.

Sie kommen herüber auf das Boot. Der Oberbefehlshaber schreitet die Front ab, drückt einem jeden die Hand und verleiht der gesamten Besatzung das EK II, dem Kommandanten das Eiserne Kreuz Erster Klasse. »Kapitänleutnant Prien«, sagt er, »Sie werden Gelegenheit haben, dem Führer persönlich über Ihre Unternehmung zu berichten.«

Am rechten Flügel der Besatzung stößt bei diesen Worten der Oberleutnant Endraß seinen Nebenmann, den Oberleutnant Wessels, verstohlen an und zischt, ohne daß sich seine Lippen bewegen, das eine Wort: »Ritterkreuz«. Er hat sofort begriffen, was das heißt: »Berichterstattung beim Führer.«

Der Großadmiral wendet sich indessen dem Kommodore zu und gibt hier, auf dem Boot von Scapa Flow, dem Kommodore Dönitz seine Beförderung zum Konteradmiral bekannt. Aus dem FdU wird der BdU, der Befehlshaber der Unterseeboote.

Am Nachmittag des gleichen Tages fliegen Prien und seine Besatzung nach Kiel und Berlin.

Am 18. Oktober 1939 empfängt Hitler in der Neuen Reichskanzlei die Kämpfer von Scapa Flow. Endraß behält recht: Prien wird mit dem Ritterkreuz ausgezeichnet.

Am Toten Weg prüft indessen Konteradmiral Dönitz mit der ihm eigenen unbestechlichen Klarheit das Ergebnis der Unternehmung Scapa Flow, die er mit so großen Hoffnungen geplant und angesetzt hat. Kein Zweifel: Prien und seine Besatzung haben geleistet, ja, fast mehr geleistet als was nur irgend von ihnen erwartet werden konnte. Aber die Hoffnung, der britischen Flotte mit einem Schlage weit empfindlichere Verluste beibringen zu können, hat sich nicht erfüllt.

Was, wenn Prien schon im ersten Anlauf die »Royal Oak« vernichtet, wenn es keine Torpedoversager gegeben hätte? Wenn nicht, wie Prien es ausdrückte, »drei Aale der Teufel geholt« hätte? Möglich, daß dann noch andere Schiffe das Schicksal der »Royal Oak« hätten teilen müssen. Möglich, wenn – ja, wenn es solche anderen Ziele in Scapa noch gegeben hätte!

Einen Flugzeugträger, fünf schwere Schiffe und zehn Kreuzer hatte noch am 11. Oktober ein deutsches Aufklärungsflugzeug unter Führung des Leutnants Newe in Scapa Flow gesichtet; in der Angriffsnacht waren außer der »Royal Oak« wahrscheinlich nur noch ein oder zwei Kreuzer und einige Zerstörer in Scapa, alle anderen, Flugzeugträger, Schlachtschiffe und Kreuzer waren am 13. Oktober wieder ausgelaufen. Mit anderen Worten: Hätte Prien keine Torpedoversager gehabt, es wäre ihm mangels anderer Ziele nichts übriggeblieben, als mit einem Teil seiner Torpedos wieder auszulaufen.

Das nach Lage der Dinge Mögliche also hatte Prien in Scapa

erreicht, das von der Seekriegsleitung und von ihm, dem BdU, erhoffte Ergebnis der Vernichtung eines nennenswerten Teils der britischen Flotte jedoch nicht. Das war Schicksal, eine jener Unwägbarkeiten des Kriegsglücks, die der Beeinflussung entzogen sind. Der BdU war nicht der Mann, sich mit »wenn« und »hätte« und »wäre« aufzuhalten, er hatte andere Sorgen genug.

7.
ZWISCHENSPIEL AM TOTEN WEG

Als der unerwünschte Krieg mit England ausbrach, standen dem Kommodore Dönitz etwa sechzig teils im Dienst, teils im Bau befindliche U-Boote zur Verfügung. Nicht mehr als fünfzehn davon waren atlantikfähig. Die deutsche Flotte als Ganzes befand sich noch im ersten Stadium ihres Aufbaues, die durch das Flottenabkommen von 1935 zugestandenen Tonnagezahlen waren nicht im entferntesten erreicht. Mit England als mutmaßlichem Gegner hatte niemand gerechnet; die Kriegsmarine war auf diesen Konflikt nicht vorbereitet.

England war für Deutschland – außer durch die Luftwaffe – nur in seinen Seeverbindungen angreifbar. Diese Seeverbindungen zu stören oder zu unterbinden, konnte daher allein die Aufgabe der Kriegsmarine sein. Der Bau einer Schlachtflotte, um England die Seeherrschaft streitig zu machen, verbot sich von selbst. Es blieb also nur der andere Weg übrig, die Seeverbindungen unmittelbar anzugreifen, der Weg über die U-Boote, die allein in der Lage waren, in die Haupträume der englischen Seeverbindungen trotz der englischen Überwasserherrschaft einzudringen. Und U-Boote waren verhältnismäßig billig und konnten verhältnismäßig schnell gebaut und frontreif gemacht werden.

Der BdU erinnerte sich seiner Denkschrift aus den »Spannungstagen« Ende August. Er hatte darin den Bau einer möglichst großen U-Boot-Flotte der Typen VIIc und IX und einiger U-Tanker und großen Spezial-U-Boote vorgeschlagen, und dieser Vorschlag war, nachdem ihn auch der Flottenchef, Admiral Boehm, befürwortet hatte, schon in den ersten Kriegstagen durchgegangen. Großadmiral Raeder hatte die sofortige Umstellung der Marinerüstung auf den U-Boot-Bau befohlen, er hatte im Oberkommando ein U-Boot-Amt gebildet, das bisherige Bauprogramm eingestellt und überdies befohlen, nur solche Schiffe fertig zu bauen, die kurz vor ihrer Vollendung standen.

Und nun lagen Konteradmiral Dönitz die Zahlen dieses neuen U-Boot-Programms vor. Bisher waren in jedem Monat nur etwa zwei bis vier Boote fertiggestellt worden, in Zukunft sollte ihre Zahl auf zwanzig bis fünfundzwanzig im Monat ansteigen, die Bauzeit einundzwanzig Monate betragen.

»Da haben wir es, Godt«, sagte der BdU, während er mit langen Schritten in der Baracke am Toten Weg auf und ab lief, »einundzwanzig Monate Bauzeit, das bedeutet, daß wir diese Boote erst in zwei Jahren an der Front verfügbar haben, sehr spät also für einen erfolgreichen U-Boot-Krieg.«

Er hielt plötzlich inne und unterbrach seinen ruhelosen Marsch. »Sehr spät, Godt«, wiederholte er, »wenn nicht zu spät ...« Und nach einer abermaligen Pause: »Wir werden die gleiche Erfahrung machen wie im Weltkrieg, daß das einzelne Boot je Seetag im Jahre – sagen wir 1940 – ein Vielfaches dessen versenken kann, was 1942 möglich ist.«

»Außerdem«, fuhr der BdU unvermittelt fort, »scheint mir die Zahl der Boote, die wir nach diesem Programm bekommen, noch sehr gering. Wir haben keine Marineluftwaffe, die eine halbwegs lückenlose Seeaufklärung für uns fliegen könnte, wir wissen nicht, ob die wenigen vorhandenen Seemaschinen und Flugboote das für uns leisten können, was wir brauchen. Also müssen wir damit rechnen, daß die U-Boote ihre eigenen Aufklärer sein müssen. Sie, Godt, wissen ebenso gut wie ich, was für ein schlechter Aufklärer ein U-Boot mit seiner geringen Augenhöhe ist.

Also brauchen wir große, *sehr* große Bootszahlen, wenn wir im weiten Atlantik auch nur einigermaßen einen Überblick darüber bekommen wollen, wo der Engländer seine Schiffe fahren läßt.«

»Solange wir unter der Küste kämpfen«, erwiderte der Kapitän nach einer Weile des Schweigens, »mag es selbst mit relativ kleinen Bootszahlen noch gehen ...«

Der BdU sah jäh auf. »Das ist es ja eben«, sagte er, »Wir *werden* aber nicht immer unter der Küste kämpfen. Die Abwehr – und zwar Luft- *und* Seeabwehr – wird uns zwingen, unseren Kampf in den freien Atlantik hinauszuverlegen. Und dann *stehen* wir vor dem Problem des Findens. Darauf können Sie Gift nehmen. Und nun das andere: die Torpedos. Was ist mit den Torpedos? Nicht nur Prien hat in Scapa Flow damit Kummer gehabt und wäre, wenn dort mehr Ziele gelegen hätten, durch Versager um einen größeren Erfolg gebracht worden – vom ersten Kriegstag an haben wir doch die Beobachtung gemacht, daß mit der magnetischen Abstandspistole etwas nicht stimmt. Angefangen mit Winters Angriff auf das polnische U-Boot in der Ostsee, von dem wir heute noch nicht wissen, ob er es versenkt hat oder nicht – kein Kommandant, der nicht bei der Berichterstattung Versager meldet, kein Kriegstagebuch, in dem nicht von Frühdetonierern oder ungeklärten Fehlschüssen bei völlig klaren Schußunterlagen die Rede ist.«

»Vielleicht der Tiefenlauf?« warf der Kapitän ein.

»Daran habe ich auch schon gedacht. Wenn die Torpedoinspektion eine Zündung entwickelt hat, die nicht *am* Ziel durch Aufschlag detoniert, sondern *unter* dem Ziel durch den Eigenmagnetismus des Zieles ausgelöst wird, dann ist es natürlich möglich, daß die Zündung versagt, wenn der Tiefenlauf nicht exakt funktioniert und der Torpedo das Ziel in zu großen Abstand untersteuert. Wir werden da mal Wind machen müssen und auf die Durchführung systematischer Versuche dringen. Wir können unsern U-Boot-Männern nicht zumuten, daß sie ihre Haut zu Markte tragen, wenn die Waffen, die wir ihnen mitgeben, so stumpf sind, daß sie keine Erfolge damit erzielen können. Stockhausen soll das ausarbeiten.«

»Jawohl, Herr Admiral.«

Eine Zeitlang war es still. Der BdU hatte seinen ruhelosen Marsch wiederaufgenommen.

Plötzlich verhielt er vor der Lagekarte, starrte eine Weile schweigend darauf und wandte sich dann seinem Chef des Stabes zu. »Wo stehen wir, Godt«, sagte er, »und wie geht es weiter? Mit der Prisenordnung haben wir angefangen. Seitdem hat sich die Kriegführung Schritt für Schritt verschärft. Die Engländer haben ihre Handelsschiffe bewaffnet und sie damit des völkerrechtlichen Schutzes der Haager Konvention beraubt; folglich dürfen wir sie warnungslos versenken und tun es. Sie haben ihre Schiffe nachts abgeblendet, so daß sie als Handelsschiffe nicht mehr erkennbar sind. Folglich dürfen wir auch sie versenken. Der Angriff auf Passagierschiffe und französische Schiffe war uns durch Führerbefehl verboten, weil wir ›keinen Krieg gegen Frauen und Kinder‹ führen und weil der Führer offensichtlich hoffte, durch Schonung der Franzosen doch noch den Krieg auf Polen beschränken zu können. Diese Schonung der Franzosen ist inzwischen in Fortfall geraten. Weiter: England geht, entsprechend unserer Erwartung, dazu über, das Geleitzugsystem wieder einzuführen, die ersten Meldungen darüber haben wir vorliegen. Notwendige Folge: Den U-Booten wird der Angriff auf jedes durch feindliche Schiffe gesicherte Handelsschiff freigegeben. Und nun die Erklärung der amerikanischen Kampfzone durch Roosevelt! Ein völkerrechtliches Novum. Er erklärt ein großes Seegebiet rund um England zur Kampfzone, deren Befahren amerikanischen Schiffen wegen der damit verbundenen Gefahren verboten ist. Zu erwartende Folge, daß wir uns diesem Vorgehen anschließen und gewisse Seegebiete, besonders solche, in denen der Seeverkehr sich bündelt, als besonders gefährdete Zonen behandeln werden. Mit dieser Entwicklung kann die Steigerung unserer U-Boot-Zahlen nicht Schritt halten, zumal fürs erste die Neuindienststellungen kaum ausreichen werden, um unsere Verluste zu decken.«

»Mehr als zehn Boote gleichzeitig können wir fürs erste nicht in See haben«, warf der Kapitän ein.

»Richtig. Folglich müssen wir, wenn wir überhaupt etwas Nennenswertes erreichen wollen, den Stier bei den Hörnern packen und an die Brennpunkte des Verkehrs vor den Häfen oder sogar in die Häfen *hinein* gehen. Dabei ist es für uns von Vorteil, daß die U-Boot-Besatzungen bei noch verhältnismäßig schwacher englischer Abwehr Kriegserfahrung sammeln können, und daß wir Gelegenheit bekommen, die Kinderkrankheiten an den Booten auszumerzen. Die ganze Schweinerei mit den Abgasklappen an den Typ VII-Booten wäre uns nicht passiert, wenn wir im Frieden die Tieftauchversuche hätten fortsetzen dürfen. Jetzt müssen wir die Erfahrung, daß uns die Boote bei langen Tauchzeiten auf größerer Tiefe durch die Abgasklappen langsam vollaufen, mit Verlusten bezahlen, die vermeidbar gewesen wären ...«

Der Kapitän nickte zustimmend. Täglich, mit bohrender Regelmäßigkeit, kam der BdU auf dieses Thema zurück: »Versäumnisse im Frieden werden mit Verlusten im Kriege bezahlt.« Die Sorge um seine Besatzungen und seine Boote verließ ihn nicht eine Stunde, selbst nachts rief er im Lagezimmer an: Waren Funksprüche eingegangen? Von wem? Schultze zwei Schiffe? Gut. Und Dau und Franz? – Nichts? – Und dann die drängende Stimme: »Machen Sie noch einmal an Dau und Franz: ›Sofort Standort, Lage, Erfolg melden!‹« Aber es kam nichts mehr, und die Worte: »Wir haben Sorge ...« wurden zu einem Begriff in der U-Boot-Führung, wenn ein Boot nicht mehr meldete ...

Der Admiral unterbrach ihn in seinen Gedanken: »Nun zu den mittleren und großen Booten. Sie haben selbst vorhin gesagt: Solange wir unter der Küste kämpfen können, kommen wir mit einer relativ geringen Bootszahl aus. Aber was meinen Sie, wie lange uns der Engländer *erlaubt,* mit den Booten unter seine Küsten zu gehen?!«

»Bestenfalls ein paar Monate, Herr Admiral.«

»Richtig. Dann hat er seine Abwehr stehen, und die Boote können sich dort nicht mehr halten. Sie werden unter Wasser angenagelt, sie sehen nichts mehr und kommen nicht zum Erfolg. Wir werden also von den Stellen, wo sich der Schiffsverkehr zwangsläufig bündelt, weggedrückt und müssen weiter nach Westen, in den freien Atlantik. Und dann ...«

»Haben wir keine Aufklärung.«

»Haben wir keine Aufklärung und stehen vor der Aufgabe, mit diesen Booten, deren Höchstgeschwindigkeit nur etwa der eines schnell fahrenden Radfahrers entspricht und die infolge ihrer geringen Augenhöhe selbst bei klarem Wetter nur ein paar Meilen weit sehen, eine Strecke zu bewachen, die der Luftlinie von Kopenhagen nach Neapel entspricht. Mit sechs bis acht Booten, Godt!«

»Ich habe eine Übersicht über die voraussichtlichen Kriegsbereitschaftstermine aufgestellt, Herr Admiral. Danach werden wir um Weihnachten nur zwei Boote draußen haben.«

»Da sehen Sie! Und damit soll ich Krieg führen! Zwei U-Boote gegen England! Hundert Boote könnten den Krieg entscheiden, wenn wir sie *jetzt* hätten. Der Gedanke daran macht mich ganz krank. In zwei Jahren *werden* wir sie haben. Aber dann brauchen wir fünfhundert, um dasselbe zu erreichen. – Noch eins: Das übermäßige Retten macht mir Sorge. Die Kommandanten gehen in ihrer Anständigkeit und Ritterlichkeit zu weit. In den Gebieten, wo sie jetzt kämpfen, direkt unter der feindlichen Küste, wo in jeder Sekunde Flugzeuge auftreten können und Zerstörer, Torpedoboote und Bewacher nur aus dem Hafen zu fahren brauchen, um auf dem Kampfplatz zu erscheinen, gefährden sie Boot und Besatzung, wenn sie in ihrer Hilfsbereitschaft für die Besatzungen versenkter Handelsschiffe zu weit gehen.«

Kapitän Godt wiegte bedenklich seinen Kopf. »Sie selbst, Herr Admiral, haben die Kommandanten gelehrt, streng nach den Geboten soldatischer Kampfsittlichkeit zu handeln. Wenn wir jetzt befehlen, das Retten einzustellen ...«

»Einschränken, Godt, nicht einstellen. Die Kommandanten sollen retten, wo immer, wann immer und solange es möglich ist. Aber die Sicherheit des Bootes *muß* vorgehen. Und dort, unter der englischen Küste, wo sie jetzt kämpfen und in den nächsten Monaten kämpfen werden, *sind* sie in jeder Minute gefährdet. Ein Boot, das damit beschäftigt ist, gekenterte Rettungsboote aufzurichten oder unter die Küste zu schleppen, *ist* nicht tauchklar. Jede Sekunde Verzögerung in der Tauchbereitschaft kann zu seiner Vernichtung rühren. Wir haben Meldungen von Booten, die bei Rettungsmaßnahmen überrascht und angegriffen wurden. Wir haben ungeklärte Verluste, die höchstwahrscheinlich auf solche Überraschungsangriffe bei Rettungsmaßnahmen zurückzuführen sind. Das können wir uns nicht leisten. Es ist hart, aber nicht wir haben die Kriegführung nach Prisenordnung unmöglich gemacht. Jedes Boot, das wir durch übermäßige Rettungsmaßnahmen verlieren, ist ein großer, bei unserer heutigen Bootszahl ein doppelt großer Erfolg für den Gegner. Und es kann nicht unsere Aufgabe sein, dem Gegner durch ein Übermaß an Hilfsbereitschaft *seinen* Schiffbrüchigen gegenüber Erfolge zu verschaffen.«

Kapitän Godt errötete ein wenig. Er wußte – und so faßte er seine Stellung auch auf –, daß er das dienstlich und menschlich für seinen Chef notwendige Korrektiv bildete, und das die Äußerung seiner eigenen Meinung ihm nicht nur gestattet, sondern ungeschminkt und eindeutig von ihm erwartet wurde. So antwortete er nach einer kurzen Pause des Überlegens, während der er den Stechzirkel hinter seinem Rücken ein wenig heftiger zwirbelte: »Herr Admiral, woran mir lag, war lediglich, den Kommandanten jeden Gewissenskonflikt zu ersparen. Wenn wir einen solchen Befehl herausgeben, dann müssen wir auch die Begründung mitgeben.«

»Selbstverständlich, Godt«, erwiderte der Admiral, »die Kommandanten müssen wissen, *warum* wir etwas befehlen.« Er unterbrach seine Wanderung, zog sich einen Stuhl herbei, nahm Block und Stift und warf mit seiner zugleich harten und eckigen, wie schwungvoll und harmonisch ausgerundeten Schrift den Funkspruch auf das Papier.

Kapitän Godt las. Nach geringfügigen Änderungen stand der Befehl, und im Laufe der nächsten Stunden empfingen ihn die Boote, wenn sie zu den »Programmzeiten«, in denen die Funksprüche regelmäßig übermittelt und wiederholt wurden, aus der Tiefe bis dicht unter der Oberfläche emporgestiegen oder mit angespannten Sinnen über Wasser suchten und jagten. Er kam doppelt überschlüsselt als »M-Offizier«, und die WOs setzten sich an den Schlüsselkasten, stellten die in den Geheimbefehlen angegebenen Walzen ein, drückten die Tasten und lasen den Klartext:

»Keine Leute retten und mitnehmen. Keine Sorge um Boote des Dampfers. Wetterverhältnisse und Landnähe sind gleichgültig. Nur Sorge um das eigene Boot und das Bestreben, so bald wie möglich den nächsten Erfolg zu erringen! Wir müssen hart in diesem Krieg sein ...«

Die Kommandanten lasen und gehorchten. Aber wo immer sie glaubten, in sicherer Entfernung von der Küste zu stehen, wo immer sie meinten, die örtliche Lage klar genug zu übersehen, fuhren sie fort, die Schiffbrüchigen in den Booten mit Schnaps und Zigaretten und der Kursangabe zur nächsten Küste zu versehen. Es waren schnelle Maßnahmen, die sie ergriffen, mißtrauisch und unter höchster Wachsamkeit ausgeführt, aber sie ließen nicht davon ab, wo immer sie glaubten, helfen zu können, ohne ihr Boot und ihren Kampfauftrag zu gefährden.

8.
IN FREMDEN REVIEREN

Die U-Boote kämpften entsprechend den operativen Weisungen ihres Befehlshabers in der Folgezeit einzeln in unmittelbarer Nähe der englischen Küste. Sie krochen nachts in die Flußmündungen und Hafeneinfahrten, die Buchten und Fjorde und verseuchten die Fahrwässer. Minen des Kapitänleutnants Frauenheim der bis vor die große Brücke tief im Firth of Forth eindringt, beschädigen den Kreuzer »Belfast«, Minen des Kapitänleutnants Habekost auch das Schlachtschiff »Nelson« im Loch Ewe. Torpedoversager dagegen bringen manchen Kommandanten um den möglichen, den fast sicheren Erfolg. Im November schießt ein Boot westlich der Orkneys aus naher Entfernung und günstiger Lage einen Dreierfächer auf die »Nelson«. Die Torpedos treffen und – detonieren nicht! Kein geringerer als Winston Churchill befindet sich zur Zeit dieses Angriffs an Bord …

Mittlere und große Boote stehen in den gleichen Monaten an den Zwangswechseln der feindlichen Schiffahrt, vor dem Nordkanal, dem Bristolkanal, dem Westausgang des Ärmelkanals und weiter südlich an den Verkehrsbündelungen bis vor Gibraltar. –

Die Erfolge bleiben nicht aus. Der erste Kommandant, dessen Versenkungsergebnis die Grenze von 100000 BRT feindlichen Handelsschiffsraums überschreitet und der dafür das Ritterkreuz verliehen bekommt, ist der Kapitänleutnant Herbert Schultze. Ihm folgen bald die Kapitäne Hartmann und Rollmann.

Zuvor aber brach der Herbst herein mit einer Folge schwerer Stürme, in denen die Boote draußen standen. Tage, Nächte und Wochen, überschüttet von Brechern und Gischt, stampfend, schlingernd und rollend, umpfiffen vom Sausen und Heulen der Sturmböen, behämmert und oftmals förmlich begraben von der Masse gigantisch und unendlich majestätisch heranrollender, schaumfleckiger und gischtstreifiger Wassergebirge – und mit dem Herbst kam die täglich wachsende Kälte, kam die unaufhörliche und durch nichts als Humor und Gewöhnung zu überwindende Nässe, und all das zusammengenommen bewirkte, daß jeder Erfolg hart und schwer und zähe erkämpft werden mußte.

Frisch gemalt und glatt und grau gingen die Boote hinaus; mit zerbeulten Türmen, fortgeschlagener, abgesplitterter und wegblätternder Farbe, streifig und fleckig von rotem Rost, tausendfach gewaschen von den salzigen Wassern der Nordsee und des Atlantiks, kehrten sie nach Wochen zermürbender Jagd, harter Wasserbombenschlachten und gefahrvoller, nervenzehrender Verfolgungen, oftmals um nicht mehr als Haaresbreite der Vernichtung entgangen, in ihre Stützpunkte zurück. »Da hat der liebe Gott mal wieder beide Daumen riskiert«, sagten sie dann, oder: »Er hat uns im richtigen Augenblick die Hand unter den Kiel gehalten« oder: »... eine Schaufel Sand unter den Kiel geschmissen.« Und sie lachten aus bartumstoppelten, windgeröteten oder blassen Gesichtern, in denen die Augen den Blick hatten, der durch alles Nahe hindurchzugehen schien und den nur die Weite gibt.

Sie kehrten zurück, und die Last der Gefahr fiel von ihren Schultern, was gewesen war, war gewesen, vor ihnen lag das Leben, neu geschenkt, lagen Urlaub und Erholung; aber wichtig war vor allem dies: Am ausgefahrenen Sehrohr flatterten die weißen Wimpel des Sieges.

Der Winter brach früh herein, ein harter Winter mit klirrendem Frost. Unter dem Eiseshauch der heranflutenden Kältewellen erstarrten die Flüsse und Seen, gefror die Ostsee, legten sich dicke, glasharte Eisdecken über die Häfen. Die Kieler Förde fror zu, der Nordostseekanal, die Elbe, die ihre treibenden, mahlenden Schollen aus der mühsam freigehaltenen Fahrrinne bis weit vor ihre Mündung hinausschwemmte.

Jedes Auslaufen und jede Rückkehr der grauen Boote wurde zu einem Kampf mit dem Eis. Hinter Schleppern, hinter Eisbrechern, hinter großen, zur Eröffnung des Eisweges eingesetzten Dampfern bahnten sich die Boote mühsam den Weg ins Freie. Eigens konstruierte Bugschutzhüllen aus Stahlblech wurden ihnen über das schnittige Vorschiff und die empfindlichen Mündungsklappen der Torpedorohre gezogen, und dennoch war es nie ganz zu verhindern, daß Eisschäden auftraten, daß die Klappen verbeulten und Tiefenruder und Schrauben Schaden nahmen. Die Boote selbst aber überzogen sich mit Panzern von Eis, die mit ihrem Gewicht auf ihnen lasteten, die Flutschlitze, Dieselauspuffs und Lüftermasten verschlossen und die Tauchfähigkeit gefährdeten. Schwer und hart war der Kampf, den der U-Boot-Mann kämpfen mußte, ehe er überhaupt die freie See erreichte, und manchesmal mußte ein Boot umkehren, um frische Eisschäden zu beseitigen, ehe es von neuem auslaufen konnte.

Zu dieser Zeit war Helgoland, der gute, alte Spritfelsen, der Treffpunkt der »U-Hähne«, den sie aus- und einlaufend ansteuerten wo sie im Päckchen Bord an Bord nebeneinander lagen und Abend für Abend zusammenhockten, bei Lotte Laube vor allem die sie treulich bemutterte, bei Pepi Reimers, bei Pinkus und überall sonst, Haus bei Haus. Sie bestimmten das Bild der Insel in diesen Monaten. Allenthalben sah man die dick vermummten Gestalten im grauen Lederpäckchen, den dicksohligen Filzstiefeln, dem doppelt um den Hals gewürgten Schal und den verwegen aufs Haar gestülpten Schiffchen oder Schirmmützen. Da tauschten sie ihre Erfahrungen aus, verabschiedeten die Auslaufenden mit »Heil und Sieg und fette Beute« und empfingen die Hereinkommenden, um dicht gedrängt ihren Berichten zu lauschen: »Wie war es? Was habt ihr umgelegt? – Haben sie euch gehabt? – Wie seid ihr ihnen weggekommen? – Wie tief wart ihr? Was? Hundertzwanzig? Keine Veränderung am Druckkörper? – Prima! Mensch, wer hätte den Booten das zugetraut?!«

Um diese Zeit, Anfang Dezember, kehrte U 49 zurück. Der Kommandant, Kapitänleutnant v. Goßler, brachte eine der wichtigsten Erfahrungen mit. Sein Boot war im Verlaufe einer Wabo-Verfolgung auf 148 Meter durchgesackt, ohne Schaden zu nehmen. So tief also konnte man gehen! Das übertraf jede Erwartung; es war unerhört. Im 1. Weltkrieg waren den Booten bei achtzig Metern die Nieten ins Boot gekommen; jetzt nietete man nicht mehr, die Nähte waren geschweißt. Man brauchte also nur in den tiefen Keller zu gehen, auf hundertzwanzig, hundertdreißig Meter, um sicher zu sein! Na ja, sicher; was man auf einem U-Boot so sicher nennt, aber immerhin ...

Aus dem Erfahrungsaustausch entwickelten sich dann ihre Feste, strahlende, unbändige Feste, und sie feierten sie im Glücksgefühl erfolgreicher Heimkehr oder angesichts der bevorstehenden Ausfahrt, die zu Sieg und Erfolg führen sollte, aber auch zu dem anderen führen konnte, zum letzten Abschied, zur Nimmerwiederkehr, zur Reise in das große Schweigen, das so viele umfängt, die die See behielt, die See, die so weit, so wild, so grausam und so verschwiegen ist und auf der sie ihren harten Kampf kämpften.

Man muß sie gekannt haben, wie sie dort zusammenkamen auf dem roten Felsen mit dem grünen Grasdach, das nun unter dichter Schneedecke schlief, die »Wegener«-Leute, die »Emsmänner«, die »Hundiusse«, die »Saltzwedels«, »Weddigens« und »Loos's«, die bis unter das prallsitzende Lederzeug voll Lachen steckten, voll überschäumender Jugend und brausender Kraft. Sie liebten ihr Leben, und sie liebten es doppelt, wenn sie es eingesetzt hatten oder weil sie es morgen einsetzen sollten im Kampf auf See. Sie kannten die Angst, jeder einzelne von ihnen, aber sie wußten auch, was die Angst von der Feigheit unterscheidet: daß man sie im Zaume hält, sie nicht zeigt und sie beherrscht, und sie hatten ein bezeichnendes Wort dafür: »Nicht auf die Hose kommt es an, sondern auf das Herz, das darin schlägt.«

Ihre Arbeit war hart – »Krieg ist ein grausam Ding« – und sie kannten die Quote der Verluste dieser ersten Kriegsmonate: Jeder zweite von ihnen blieb. Wer würde der nächste sein? Darum nahmen sie das Leben an die Brust ... rücksichtslos.

Die Unternehmungen, die sie fuhren, die Winterunternehmungen des Jahres 1939, hatten ihren typischen Verlauf. Wie der BdU vorausgesehen, führt die Verschärfung des Seekrieges durch den Feind deutscherseits zur Erklärung von »Gefahrenzonen« rings um England, in denen den Booten der warnungslose Angriff freigegeben wird. Der Handelskrieg nach Prisenordnung ist damit beendet, der Krieg der grauen Boote bekommt ein anderes Gesicht:

In der Dunkelheit eines bitterkalten Wintermorgens liegt ein »Einbaum« auslaufklar im Stützpunkt an der Pier. Es ist noch stockfinster, der Himmel bedeckt mit schwarzgrauen schneeschweren Wolken, und wo das Grau aufreißt und das Firmament sichtbar werden läßt, scheinen die Sterne zusammengeschrumpft vor Kälte, klein und scharf wie Nadelspitzen, und ihr Blinzellicht ist stechend und dünn.

Der Schnee unter den schweren, holzbesohlten Filzstiefeln der Posten jammert und knirscht, und das Singen der Räder eines Torffuhrwerks, das auf vereisten Straßen stadtwärts knarrt, ist meilenweit hörbar. Man mißt minus achtzehn Grad!

Häuser, Mauern, Stahltore, Drahtzäune, Straßenpflaster, Steinpier, Eisenpoller, die grauen Leiber der Bote, ja das schwarze, glitzernde, glucksende und dabei auf eine ungewöhnliche Weise stille Wasser, das Eis, das sich teils in großen, schneebedeckten Schollen, teils in grauem, raschelndem Eisschlamm knirschend und mahlend gegeneinanderschiebt – sie alle sind nicht nur einfach kalt und erstarrt, sondern unter dem viele Wochen währenden Anhauch dieses eisigen Winters wie zum Bersten geladen mit einer Kälte, die sie förmlich zu zerreißen droht. Bei jeder Bewegung, Berührung, Belastung schreien sie wie im Schmerz. Die Besatzung des Bootes stapft, dick in Wolle und Leder eingemummt, in loser Ordnung zur Pier, über die knirschende Stelling an Bord und verschwindet, einer nach dem ändern, im Boot. Auch hier unten ist es bitterkalt. Es ist eine verdammte Zumutung, bei solcher Temperatur zur See fahren zu sollen! Jeder Handgriff, schon beim Ablegen, wird zu einem Kampf mit den kältesteifen Stahlleinen.

Endlich ist alles bereit. Der Kommandant kommt, nimmt die Meldung entgegen und meldet seinerseits das Boot beim Flottillenchef ab. Trotz der frühen Stunde, trotz Dunkelheit und Kälte, hat sich ein stattlicher Haufe an der Pier eingefunden: Offiziere, Unteroffiziere, Mannschaften, Stützpunktpersonal und Flottillenstab. Diese Verabschiedungen sind eine Ehrenpflicht, der sich niemand ohne ernsthafte Gründe entzieht. Man läßt die Kameraden nicht sang- und klanglos bei Nacht und Nebel abhauen; sie sollen wissen, daß es nicht gleichgültig ist, ob sie draußen sind oder drinnen, daß die Flottille ihre Heimat ist, daß die besten Wünsche der Zurückbleibenden sie begleiten, und daß man ihnen die Ehren zuteil werden lassen will, die denen gebühren, die hinausfahren gegen den Feind.

In das Hafenbecken schiebt sich, widerwillig durchgelassen von knirschenden, knarrenden, splitternden und mahlenden Schollen, der Schlepper herein.

Leinen fliegen. – Die Verbindung ist hergestellt, die Reise beginnt.

Winken und Rufe: »Macht's gut! Macht's gut!«

Schnell wächst der Abstand. Die Hurras der Kameraden am Kai verklingen. Ihre Umrisse verschwinden auf kürzeste Entfernung schon in der Nacht. Die Fünfundzwanzig auf dem kleinen grauen »Einbaum« sind allein. »So«, sagt einer, »das wär's also wieder.« Er schüttelt damit etwas ab, etwas Unnennbares, das sie alle empfinden.

Wie »bescheiden« auch alles ist – Kälte, Eis und Abschied –, jetzt atmen sie auf, daß die Unruhe vorüber ist, die zu jedem Auslaufen und Abschiednehmen gehört. Was jetzt kommt, ist »Unternehmung«, und sei es auch der verfluchte, langweilige Weg zur Schleuse oder die öde Schlepperei hinter dem großen Geleitdampfer durch das dicke Treibeis jadeabwärts.

Drei Tage marschiert das Boot westwärts. Allmählich nimmt die Kälte ab. Von Zeit zu Zeit läßt der Kommandant tauchen, damit sich das Eis ablösen kann, das in dicker Schicht Turm und Oberdeck überzieht.

Endlich hört die Vereisung auf. Nur noch fünf Grad unter Null, das ist schon geradezu warm, und als das Quecksilber den Nullpunkt überschreitet und am dritten Tage auf plus fünf Grad ansteigt, ist die Besatzung richtig übermütig vor Wärme und Behagen.

Bis zu diesem Zeitpunkt hat das Boot nichts weiter gesichtet als das schwankende ferne Licht eines Fischerfahrzeuges.

Dann, überraschend, plötzlich: »Flugzeug querab!«

»Allarrm!!«

Mitten hinein in das Tauchmanöver gellt das Bersten der Fliegerbomben.

Uff, Herrschaften, das ging gerade noch mal gut …

Abends die englische Küste, schwarz und flach, kein Licht, kein Laut. Stundenlang nichts. Warten. Beobachten! Der feindliche Hafen ist nicht weit. Hier *muß* doch Verkehr sein!

Und dann plötzlich ein Schatten, lang und niedrig: ein Zerstörer, der, nachlässig abgeblendet, nahe an der Felsenkante entlangschnürt.

Angreifen? Vielleicht glückt's. Ran! – Immer mitdrehen, die spitze Silhouette zeigen, die Entfernung ist günstig!

Daneben hastiges Rechnen und Schätzen: Gegnerfahrt. Lage …

»Rohr Eins fertig …!« Dann läuft der Aal.

Er läuft vorbei. Glatter Fehlschuß, hinterm Gegner durch.

»Ruder hart Steuerbord!« Sie wissen alle: Wenn der uns sieht, ist dicke Luft!

Und da: »Rabamm!« Drüben an den Felsen geht mit brüllender Detonation und hoher, dunkler Wassersäule der Torpedo in die Luft!

»Verdammte Scheiße, nun hat er uns!« Beklommen blicken sie zu dem Zerstörer hinüber. Ja, er dreht auf. Von Sekunde zu Sekunde wächst der weiße Schnauzbart vor seinem Bug. Er morst! Er scheinwerfert! Grell sticht der weiße Lichtfinger durch die Nacht, tastend, suchend …

»Alarrrm!«

»Los! Runter! Schneller!!«

»Fluuten! – alle Mann voraus!«

Das Boot kippt an, schießt steil auf Tiefe. Gläsern klirren und mahlen die Zerstörerschrauben heran.

Auf einmal, unerfindlich warum, besinnt sich das Boot eines andern, es fällt stark achterlastig, hängt einige Sekunden … beginnt zu steigen.

»Runter, L. I.! Runter!« Siedendheißes Erschrecken: Nur jetzt nicht nach oben durchbrechen!

Gewaltmaßnahmen: Regler auf! Zufluten! Egal wie: Wir müssen runter! Endlich: »Boot fällt!« Es sackt wie ein Stein durch und setzt mit hartem, krachendem Stoß auf Grund auf.

»Frage Wassereinbruch?«

»Vorn alles dicht.«

»Achtern dicht. Kleine Mengen Wasser durch Sternbuchsen.«

Der Schreck ebbt ab. Nur etwas wie eine leichte Lähmung bleibt in den Gliedern zurück. Was wird jetzt? – Sie sind alle blaß und vermeiden es, einander anzusehen. Daß nur ja niemand denkt, man hätte Angst!

Oben klirrt der Zerstörer heran. Und dann ist es, als wollte die Welt untergehen: »Ramm! Bamm! Iiijiumm!!«

Das Boot tut einen Satz, wird geschüttelt, vom Grund abgehoben und krachend wieder aufgesetzt. Farbe spritzt von den Wänden. Wasserstandsgläser platzen. Helle, dünne Strahlen zischen in den Raum. Das Licht flackert, fällt teilweise aus. Preßluftleitungen blasen mit kaltem, schneidendem Ton …

Hastige Handgriffe. Halblaut, heiser fliegen Befehl und Antwort hin und her.

»Ziemlich genau«, sagt der Kommandant, ein bißchen schlukkend, mit einer ruckweisen Kopfbewegung nach draußen.

Der L. I. nickt. »Viel dichter dürfen sie wohl nicht liegen.«

Der Kommandant wirft einen flüchtigen Blick auf seine Armbanduhr. Du mußt was tun, denkt er, irgendwas, das die Besatzung ablenkt und beruhigt. Beschissene Situation …

Laut sagt er: »Koch soll Schokolade ausgeben, jeder Mann eine Tafel.«

Sie haben es alle gesehen: Er blickt auf die Uhr. Und nun Schokolade, wo eigentlich Essenszeit ist. Es wird also noch eine Weile dauern …

Da ist auch der Zerstörer schon wieder. Ganz plötzlich hören sie ihn, das Kurbeln und Klirren, wie er das Boot dicht hinter dem Turm überläuft.

Unwillkürlich ducken sie sich und ziehen den Kopf zwischen die Schultern, noch ehe sie zusammenzucken unter dem Ineinanderhämmern dreier brüllender Detonationen draußen an Steuerbordseite schräg über dem Maschinenraum.

In der gleichen Sekunde fegt das Boot unter einem schütternden Stoß zur Seite, als wäre es gerammt. Die Männer taumeln durcheinander. Deutlich sehen sie, wie der ganze Raum im Bootsinnern wie von einer mächtigen Klammer zusammengedrückt wird. Der Druckkörper ächzt und knackt, die Innenverschalung knistert. Laut und kalt blasen die undichten Preßluftleitungen.

Atemlos warten sie auf die Meldungen von vorn und achtern.

Da ist es schon: »Boot macht Wasser.«

»Alle Außenbordverschlüsse überholen.«

Ja, doch, sie sind ja schon dabei. Wozu haben sie das gelernt!

Endlich: »Wasser steht.« Gott sei Dank! Gott sei Dank, dann scharfen wir es.

»Los, L. I.«, sagt leise und drängend der Kommandant, »sehen Sie zu, daß Sie uns hier wegbringen. Dies scheint mir nicht ...«

Der L. I. grinst. »Nee«, antwortet er, während er sich mit den gespreizten Fingern unter die Mütze fährt, »mir auch nicht. Kein Klima für uns.«

Mühsam löst er das Boot vom Grund, mühsam schleicht es von dannen. Das achtere Tiefenruder ist schwergängig; es knirscht und weint bei jeder Bewegung, und die Schraubenwelle schlägt laut. Jeder denkt dabei, was doch keiner ausspricht, obwohl es »wie Bohrer in hohlem Zahn« an seinen Nerven frißt: Läßt sich denn das nicht abstellen, dieser Krach? Das *müssen* die doch hören da oben ...

Allmählich, ganz allmählich, mit dem entfernteren Fall der Bomben löst sich die Spannung, und sie wagen wieder tiefer zu atmen ...

Als das Boot endlich im Morgengrauen zum Rundblick auf Sehrohrtiefe geht, ist weit und breit nichts mehr zu sehen, nur an der Küste blinken ein paar Fenster im ersten Licht.

»Auftauchen zum Bootdurchlüften. – Beide Diesel. – Batterieladung anhängen.«

Hoch und klar ist der Himmel über ihnen. Tief dringt die frische, kalte Luft in die hungrig atmenden Lungen und braust durch die Lüfter in den letzten vermieften Winkel der Röhre hinab. Duft frischen Kaffees mischt sich hinein, würzig und lokkend. Dazu brutzelt Speck. »Spiegeleier für alle Mann«, hat der Kommandant befohlen. Geschirr klappert, Bestecke rasseln: die Backschafter decken auf. Herrlich, herrlich ist das Leben!

Der L. I. scheucht seine Männer. »Los, Kameraden! Rangeferzelt! Reparieren, reparieren!«

Nach einigen Stunden erscheint er ölverschmiert und schwitzend: »Druckluft aufgepumpt. Batterien nachgeladen. Blasende Luftleitungen und aufgetretene Undichtigkeiten gedichtet und schlagende Geräusche beseitigt. Boot ist wieder voll einsatzklar.«

»Danke«, sagt der Kommandant, »bravo, L. I. Das haben Sie fabelhaft gemacht«, und tippt seinem Leitenden bedeutungsvoll auf die linke Brustseite.

Der L. I. errötet ein wenig. »Meine Heizer sind eben auch prima.«

In der winzigen Funknische fliegt der Stift des Funkers über das Papier. Da sind Befehle der Führung, Meldungen anderer Boote über Lage, Erfolg, Wetter, beobachteten Verkehr und feindliche Abwehr. Dann ein Funkspruch für das eigene Boot: »Neues Operationsgebiet ...«

Der Kommandant kommt herunter, liest und zeichnet ab.

»Neuer Kurs ...«

Zwei Tage patrouilliert das Boot erfolglos an der Ostkante des englischen Minenwarngebietes auf und ab. Kein Verkehr.

»Jetzt stinkt es mir«, sagt schließlich der Kommandant, »so hat das keinen Zweck. Hier vergurken wir nur unsern Sprit. Mal sehen, was der Tommy *hinter* seinem Minengürtel macht. Wann ist Hochwasser? – Um zehn. – Gut, dann geht das Boot um zweiundzwanzig Uhr über die Sperre. Ohne Glück läßt sich unser Krieg nicht führen. Melden, wenn es Zeit ist.« Damit geht er hinunter und haut sich auf die Koje.

In dunkler, stürmischer Nacht, bei steiler, schaumköpfiger See dreht das Boot an: »Beide Maschinen AK voraus!«

Glasig und schwarz wogt das Wasser, die fahlbrechenden Wogenkämme blasen und zischen. Schwarz und sternenlos ist der Himmel.

Und da ist es wieder, dies verdammte Gefühl, das man schon kennt die dumpf drückende Leere im Magen, das höllische Kribbeln unter den Fußsohlen, das Blei in den Knien und das angespannt neugierige Frösteln zwischen den Schulterblättern. So war es als man die eigenen Sperren passierte, so ist es jetzt bei dieser Fahrt quer über das englische Minenbeet.

Jede See, auf der das Boot einherreitet und in der sein Bug hin und her giert, kann es ebensosehr über die Minen wegheben, wie beim Voranschieben und Eintauchen darauf hindrücken. Überall hat hier der Tod seine Fallen gestellt, lauern in der undurchsichtigen Tiefe, an ihren Ankerseilen schwankend, die schwarzen Teufelseier.

Kurz vor Morgengrauen sind sie durch. Dunkel und flach, drohend in ihrer Schwärze, erhebt sich die Küste vor ihnen.

An Steuerbord voraus kommen zahlreiche Lichter in Sicht, lässig abgeblendet, weiß-rot-grün.

»Offenbar Fischer«, sagt der WO, sein Glas absetzend, »werden aber schnell größer.«

»Zu schnell, um Fischer zu sein«, korrigiert der Kommandant, »lassen Sie mal sehn: Zwei an Backbord – das sind Dampfer!«

Zweifelnd blickt er achteraus, wo, weit noch hinter der Kimm, der Tag heraufkommen muß, und wo jetzt schon die tiefe Dunkelheit einem Schimmer von Grau weicht, der schnell wächst. Soll er angreifen? Schafft er es noch vor Tag? »AK voraus!« Man muß es versuchen! »Vielleicht holen wir noch einen, ehe es hell wird.«

Mit schäumenden Flanken brausen sie dahin im Wettlauf mit dem wachsenden Licht.

Der achtere Ausguck ist ein blutjunger Matrose, neunzehn Jahre, Pommer, Fischerssohn, seit Kindesbeinen auf See. Starr hält er seinen Sektor im Glas, den Sektor, in dem die abgeblendeten Laternen im wachsenden Licht verblassen. Er hat viele Fischer gesehen, hunderte, des Morgens, bei Tage, in der Nacht, bei Sturm und bei Stille, es gibt kaum etwas, das er besser kennt als die Bewegung von Fischerfahrzeugen in der See. Und wie er so steht und beobachtet, regt sich ein Argwohn in ihm: Sehen so Fischer aus?! Und plötzlich dreht er sich um und schreit: »Herr Oberleutnant, das sind keine Fischer! Alles Dampfer sind das!«

Der Kommandant fährt herum, Glas vorm Auge. »Mensch!« sagt er, »Goldjunge! Ein Geleitzug ist das. Und wir direkt davor!«

Er beugt sich über das Luk: »Besatzung auf Gefechtsstationen! – Boot taucht und geht sofort wieder auf Sehrohrtiefe.«

Als er dann, den Sehrohrgriff im Ellbogenwinkel, schwitzend in der Zentrale hinter dem Okular hängt, als er das gläserne Auge vorsichtig ausfährt und in dem fahlen Dämmerungsgrau nach dem Dampferpulk sucht, bleibt ihm zum Wählen nicht mehr viel Zeit: Der Geleitzug ist schon da, und der nächststehende Dampfer kommt ihm gerade richtig. Drei- bis viertausend Tonnen groß, schiebt er in günstiger Lage heran. Das Schiff ist nicht voll beladen, breit und frei ragt die rote Unterwasserfarbe über die Wasserlinie heraus. Neutralitätsabzeichen sind nicht zu erkennen.

Um so besser, denkt der Mann am Sehrohr, im übrigen: fährt im Geleitzug, und wer im Geleitzug fährt, ist selber schuld ... Rötlicher Anstrich, merkwürdig. Wird vom Morgenlicht herrühren. Richtig. Scheint auch von Mittelaufbau und Schornstein deutlich wieder. Siehst du, so, jetzt läufst du mir genau ins Fadenkreuz!

»Rohr Eins Achtung! – Rohr Eins ... los!«

Preßluft zischt auf, wölkt als feiner weißer Dampf in den Bugraum.

Mit offenen Mündern stehen die Männer unbeweglich da und warten. Nur der Kommandant weiß, wie weit der Gegner entfernt ist; es kann unter Umständen Minuten dauern, ehe die Detonation den Treffer anzeigt.

Jetzt? Jetzt? – Da! Rradangg! Das Boot bockt und steigt wie unter einer gutgesetzten Wasserbombe.

»Runter, L. I.!« – Das Sehrohr schneidet unter.

Als der Kommandant wieder frei sehen kann, ragt der Dampfer vor ihm mit dem ganzen Vorschiff bis zur Brücke aus dem Wasser. Ein Rettungsboot wird eilig gefiert und legt ab. Einige dunkle Punkte tanzen im Seegang auf und nieder: die Köpfe von

Schiffbrüchigen. Arme Schweine, denkt der Kommandant, für euch kann ich nichts tun.

Langsam dreht er das Sehrohr weiter. Aha! So ist es richtig: Der Hintermann des Torpedierten dreht auf und wandert ins Fadenkreuz ein. Er ist größer als der erste, ziemlich lang, schwarz und tief beladen. Auch er trägt keinerlei Neutralitätsabzeichen. Der Torpedo trifft ihn ziemlich mittschiffs und reißt eine ungeheure Feuer-, Wasser- und Rauchsäule gen Himmel. Als der Wasservorhang rauschend und prasselnd wieder in sich zusammengefallen ist, liegt das zu Tode getroffene Schiff schon mit schwerer Schlagseite gestoppt da, legt sich schnell weiter über und sinkt nach kurzer Zeit über den Vorsteven.

Ein kleiner norwegischer Frachter, groß bemalt mit den Farben seines Landes, dampft herbei, stoppt, setzt umständlich ein Boot zu Wasser und macht sich an die Rettung der Überlebenden. Sein Boot pickt allmählich, einen nach dem andern, die dunklen Punkte aus dem Wasser.

Arme Hunde, denkt der Kommandant wieder, aber was bleibt ihr nicht an Land!

Drei Tage lang geschieht nichts. Dreimal vierundzwanzig Stunden lang liegt das Boot bei Tage horchend auf Grund und steht bei Nacht vor der dunklen Kulisse der Küste. Doch dann, am vierten Morgen, meldet der Horcher: »An Kommandant: Schraubengeräusch von mehreren Fahrzeugen.«

Sachte steigt das Boot unter die Oberfläche. Im Sehrohr erscheinen acht Bewacher, die in breiter Formation unter starker Rauchentwicklung den Küstenstreifen ablaufen.

»Merken Sie was, meine Herren«, sagt der Kommandant, »soviel Aufwand nach drei Tagen Friedhofsstille?! Wetten? Es gibt bald was zu schießen.«

Und richtig: Kurz nach Mitternacht blinzelt ein Licht auf, ein zweites – Schatten werden sichtbar, die langen, hohen Schatten großer Frachtschiffe, die in dem grellen Mondlicht hervorragende Ziele bieten. Der erwartete Geleitzug ist da!

Sorgsam sucht und wählt der Kommandant. Der Entschluß, vor dem er steht, ist nicht leicht: Wenn er die großen Schiffe der

Spitze erreichen und nicht mit den kleineren Nachläufern vorliebnehmen will, muß er trotz des grellen Mondlichtes jetzt sofort und über Wasser angreifen. Aber: mindestens zwölf Bewacher rutschen vor und hinter dem Geleitzug herum; man kann sie bequem zählen. Und bei zwölf Bewachern ist eins gewiß: der Erfolg wird teuer erkauft werden müssen. – Soll ich? denkt der Kommandant, soll ich nicht? Eins zu zwölf, ein verdammt ungünstiges Verhältnis! Aber: Bewacher vor und hinter sich, werden die Dampfer sich gut gesichert fühlen und um so leichter zu überraschen sein. Darum: so schnell angreifen, daß der Torpedo läuft, ehe der Gegner das Boot überhaupt sieht, was bei dem knallhellen Mondlicht unvermeidlich sein wird. Ich werde also nicht *ungesehen* herankommen, wohl aber *ungehindert,* denn die Bewacher stehen zu weit entfernt, um mich abdrängen zu können. Und so entschließt er sich: »Voller Einsatz. Boot greift an!«

Das Opfer, längst gewählt, ist ein mindestens siebentausend Tonnen großer Frachter, gut hundertzwanzig Meter lang und tief beladen. Zwei weiße Ringe um den Schornstein sind deutlich erkennbar, ebenso die hellen, hohen Aufbauten.

»Keine Neutralitätsabzeichen«, flüstert der WO.

Aus voller Fahrt fällt der Schuß.

In der gleichen Sekunde kommt dem Kommandanten ein verwegener Einfall. Kann ich nicht, schießt es ihm durch den Kopf, anstatt abzudrehen, den Kurs durchhalten und noch vor dem nächsten Dampfer in den Geleitzug einbrechen?

Mit voller Fahrt braust er weiter.

Da! Der Aal! Etwas achterlicher als mittschiffs steigt die schwarzgraue Sprengwolke. Das Schiff erzittert unter der Gewalt des Schlages und beginnt sofort, achtern wegzusacken.

Der Kommandant sieht kaum hin. Er sieht nur noch, daß er vor dem nächsten Dampfer nicht mehr durchkommt. Nur ein Mittel bleibt, um dem sicheren Überkarrtwerden zu entgehen: tauchen!

»Alarrm!«

Wie die Steine fallen die Männer in die Zentrale.

Geduckt, mit stockendem Herzschlag wartet der Kommandant

unter dem zugeschlagenen Luk. Geht das klar? Kann das überhaupt noch klargehen? Da, jetzt hört man's. Wuchtig rumpelt und mahlt es heran. Sekündlich erwartet er den knirschenden Schlag, mit dem die Schraube des Gegners in Turm oder Achterschiff seines Bootes einschneidet.

Nichts ... Das stampfende Schlagen der Kolbenmaschine geht über ihn weg.

Keine Sekunde ist jetzt zu verlieren. Auftauchen kann er nicht, er würde sofort gesehen werden. Aber vielleicht ist ein Unterwasserangriff im Mondlicht möglich!

»Auf Sehrohrtiefe gehen! – Schnell, L. I.! Schneller!«

Endlich sieht er. Rasch ein Blick nach achtern. Frei! Und da: ein Dreieinhalbtausender, halb beladen, bietet sich zum Schuß an. Selbst jetzt, bei Nacht, ist er gut auszumachen. Hell beleuchtet vom verschwenderischen Mondlicht, das alle Einzelheiten der Rumpfform, der Masten, Ladegeräte und Aufbauten scharf hervortreten läßt, zieht er dahin, dicht neben ihm ein zweiter Dampfer und ein Bewacher, der mit schäumender, silbern schimmernder Bugsee dahinprescht.

Knapp dreißig Sekunden nach dem Losmachen trifft der Aal.

Die Wirkung ist ungeheuer. Dem Kommandanten, der das Bild der nächtlichen See, der mächtigen Schatten der dahinziehenden, magisch beleuchteten Schiffe und der himmelanschießenden, schwarzgrauen Treffersäule vollkommen klar und groß wie auf einer Bühne vor sich im Sehrohr hat, verschlägt es fast den Atem: Nach dem Zusammenfallen der Sprengwolke ist auch der Dampfer verschwunden! Das Schiff muß förmlich zerplatzt oder senkrecht untergeschnitten sein. Weder Trümmer noch Überlebende, nur ein großer, schäumender Strudel ist dort übrig, wo eben noch ein großes Schiff seine Bahn zog ...

Er klappt die Griffe neben dem Okular nachdenklich bei. »Sehrohr einfahren. Auf vierzig Meter gehen.«

Nach der Erregung des Angriffs ist die Stille unten doppelt fühlbar. Die Männer blicken wartend vor sich hin und folgen mechanisch den Mustern auf dem plattenbelegten Boden. Es ist, als sei das ganze Boot nur noch Ohr. Eintönig und gleichmäßig meldet der Horcher: »Schraubengeräusche voraus und an Backbord. Mehrere Kolbenmaschinen und Turbinen.«

Immer noch keine Abwehr?

Da! Rak ... boum ... borumm ...! Wasserbomben.

Wieder der Horcher: »Geräusche wandern nach Backbord. Werden schwächer!«

Noch einmal, in größerer Entfernung der harte Schlag und das weithin durch die Tiefe dröhnende Bersten einer Bombenserie, und von da ab Stille, auch die Schraubengeräusche verklingen.

Ohne Zwischenfälle erreicht das Boot zwei Tage später die Heimat. In dunkler Nacht, bei bitterer Kälte macht es im Innenhafen von Helgoland fest. Die Unternehmung ist beendet. Vier Schiffe mit zusammen zwanzigtausend Tonnen, das ist für den »Einbaum«, der nur fünf Aale mitnehmen kann, ein außerordentliches Ergebnis. Achtzig Prozent Treffer! Der Kommandant, hochgewachsen und schlank, trägt auf seinen Schultern einen Kopf mit klassisch kühn geschnittenen Gesichtszügen. Kaum zehn Monate später wird dieser Mann als Träger hoher Auszeichnungen in der Spitzengruppe der deutschen U-Boot-Kämpfer stehen. Es ist Oberleutnant z. S. Joachim Schepke. –

Den ganzen Winter über hält der stille und zähe Krieg der U-Boote an, immer dicht unter der Küste, vor den Hafeneinfahrten, an den Zwangswechseln des fremden Reviers, im Hausflur und an der Gartenpforte des Feindes. Trotz Eis und Nebel, Kälte und Sturm, Bewachung und Abwehr karren die Boote ihre Minen und Torpedos und erheben ihren täglichen Zoll. Weit über hundert Schiffe mit mehr als einer halben Million Bruttoregistertonnen, ungerechnet die nicht kontrollierten Minentreffer, fallen in den ersten drei Monaten des Jahres 1940 ihren Torpedoschüssen zum Opfer. Aber die Erfolge fallen ihnen nicht in den Schoß. Mancher, der gesund und lebendig, voll Zuversicht hinausfuhr, kehrt nicht mehr zurück, und vergebens gehen lange noch die sorgenvoll mahnenden Funksprüche hinaus: »U 53 Lage melden – U 53 Standort, Lage, Erfolg.«

Bis das Boot in der Liste einen Stern bekommt und – nach

weiterem Warten und Fragen – den zweiten. »Für Zweistern erklärt«, das heißt, daß nun nach menschlichem Ermessen, nach Aufbrauch von Brennstoff und Proviant, nach Ablauf der für die Unternehmung vorgesehenen Dauer und unter Berücksichtigung aller denkbaren Zwischenfälle mit der Rückkehr des Bootes nicht mehr gerechnet werden kann. Es ist vermißt, verschollen, und der Flottillenchef muß sich hinsetzen und an die Angehörigen schreiben, an die Eltern jedes einzelnen, die Frauen, die Bräute; Briefe, die ihm schwer vom Herzen gehen …

9.
HÖLZERNE SCHWERTER

Der Landkrieg ruht. In den Betonwerken des Westwalls liegt das deutsche Heer in Wartestellung. Späh- und Stoßtruppunternehmen, gelegentliche Artillerieduelle, das ist alles. Nur die Propaganda beider Seiten ergeht sich in homerischen Gesprächen vor der Schlacht.

Hinter dem täuschenden Mantel der Ruhe jedoch herrscht die unsichtbare Geschäftigkeit der Politiker, der Stäbe und Agenten.

In den ersten Apriltagen 1940 laufen allenthalben Kriegs- und Hilfskriegsschiffe die Häfen der deutschen Ost- und Nordseeküste an. Das ist an und für sich nichts Ungewöhnliches, aber dann beginnen sie, unter dem Schutze der Nacht in aller Heimlichkeit Truppen an Bord zu nehmen, Waffen, Ausrüstung, Gerät, Proviant, und wenige Stunden danach sind die Liegeplätze an den Piers wieder verlassen, der neu heraufdämmernde Tag findet die Häfen leer. Ein Stichwort ist gefallen: »Weserübung«.

Die Aktion Dänemark–Norwegen hat begonnen, in der die deutsche Wehrmacht, dem gemischten britisch-französisch-polnischen Expeditionskorps um Stunden zuvorkommend, die beiden Länder besetzt.

Den Unterseebooten sind hierbei Aufgaben der seeseitigen Sicherung Norwegens übertragen worden. Unsichtbar bei Tage, als schwer erkennbare Schatten des Nachts, mit versiegelter Ordre, sind sie nordwärts gezogen und haben die befohlenen Standorte besetzt. Der Handelskrieg ruht. Jetzt gilt es, britische Kriegsschiffe, britische Truppentransporter, Munitionsdampfer, Proviant- und Nachschubschiffe zu vernichten. Mit härtester Abwehr durch ein massiertes Aufgebot an Zerstörern, Kanonenbooten und bewaffneten Fischdampfern, mit pausenloser Überwachung des Küstenvorfeldes durch die Flugzeugschwärme englischer Träger und mit dem Auftreten der »Konkurrenz«, der englischen

U-Boote, ist von vornherein zu rechnen. Aber es wartet hier auch eine Chance, die sich sobald nicht wieder bieten wird, die Aussicht, auf britische schwere Einheiten zum Schuß zu kommen, der englischen Flotte empfindliche Verluste zufügen zu können.

So stehen sie und lauern, verteilt über die ganze Länge der kahlen, felsigen Küste Norwegens, deren vorgelagerte Klippen und Schären von der Salzflut des Nordmeeres glattgeschliffen sind und von deren hohen Bergen nur hier und da ein Leuchtturm weiß herüberglänzt oder ein dunkelrot gestrichenes Holzhaus hinausschaut in die windigen Weiten der See. Sie können nicht überall sein, dazu reicht ihre Zahl nicht annähernd aus, obwohl alle verfügbaren Schulboote herausgezogen und mit in die Front geworfen worden sind, aber sie stehen vor den Eingängen der Hauptfjorde, die tief in die Flanke des Landes einschneiden und sich bis weit in sein Herz hinein verästeln.

Ihre Aufgabe ist, die ungestörte Landung der deutschen Streitkräfte zu sichern, die des Feindes mit allen Mitteln zu verhindern. »Jeder Erfolg, den Sie hier erzielen, wird um sehr vieles schwerer erreicht sein als im Handelskrieg in Nordsee und Atlantik, aber er wird auch sehr viel schwerer wiegen.« Das hat ihnen der BdU gesagt, jedem einzelnen, bei der letzten Unterrichtung vor dem Auslaufen, ohne daß sie zunächst erfuhren, wohin die Reise ging. Nun stehen sie und warten.

Kurz zuvor ist der BdU, plötzlichem Befehl eilig folgend, in Berlin bei der Seekriegsleitung gewesen: Meldung beim ObdM.

Am Tirpitzufer empfängt ihn der Erste Admiralstabsoffizier, Kapitän z. S. Wagner, ein großer, grauhaariger Mann mit dunklen, buschigen Brauen über blauen, gerade blickenden Augen. Die beiden Offiziere sind einander seit Jahren bekannt. Die Begrüßung ist herzlich.

»Ich habe den Auftrag, Herr Admiral«, beginnt Kapitän Wagner, nachdem sie Platz genommen haben, »Sie über den Stand einer Planung zu informieren, die wir unter dem Kennwort ›Weserübung‹ vorbereiten für den Fall, daß der Gegner den Versuch macht, sich in Norwegen festzusetzen.«

Der BdU nickt. Er sitzt, ein wenig zurückgelehnt, auf dem

einfachen gelben Bürosessel, die langen Beine übergeschlagen, die Ellbogen aufgestützt, die Spitzen der gespreizten Finger aneinandergelegt und blickt sein Gegenüber aufmerksam an.

»Schon seit Ende September, Anfang Oktober«, fährt der Kapitän fort, »hat der ObdM durch den Generaladmiral Carls und durch laufend eingehende Abwehrmeldungen des Admirals Canaris Kenntnis davon erhalten, daß die Alliierten im Zuge ihrer Politik der Einkreisung Deutschlands die Besetzung von Stützpunkten in Norwegen erwägen, um uns die Erzzufuhr aus Skandinavien abzuschneiden. Das begann mit Meldungen über das Auftreten englischer Flugzeugbesatzungen in Zivil in Oslo, mit der Feststellung, daß alliierte Offiziere an norwegischen Bahnlinien, Viadukten, Brücken und Tunnels Vermessungsarbeiten vornahmen – und zwar in Richtung auf die schwedische Grenze – und daß uns die stille Mobilmachung schwedischer Truppen wegen der Gefährdung der schwedischen Erzfelder bekannt wurde. Der ObdM hat daraufhin den Führer unterrichtet und auf die Gefahren hingewiesen, die unserer Kriegführung durch ein Einnisten der Alliierten in Norwegen und möglicherweise sogar in Schweden drohen würden.

Wie Sie wissen, ist der Großadmiral der Ansicht, daß Norwegen und überhaupt ganz Skandinavien neutral bleiben sollten. Man darf einen neutralen Staat nicht ohne absolut zwingende Gründe in einen Krieg hineinziehen. Voraussetzung ist allerdings, daß der neutrale Staat selbst seine Neutralität auf das strengste wahrt.«

»Sehr neutral klingt das aber nicht, was Sie mir von Vermessungen durch alliierte Offiziere erzählen«, sagt der Admiral spöttisch.

Kapitän Wagner zuckt die Achseln. »Im Oktober und November«, fährt er fort, »bekamen wir dann laufend ähnliche Nachrichten herein, darunter die Mitteilung unseres Marineattachés in Oslo, des Korvettenkapitäns Schreiber, daß der norwegische Reederverband mit Zustimmung der norwegischen Regierung dem Engländer rund eine Million Tonnen Tankschiffraum zur Verfügung gestellt hat.«

»Also genau wie die Griechen«, sagt der Admiral.

»Ja. Im Laufe des Winters verdichteten sich dann die Nachrichten: Spionage des französischen und englischen Geheimdienstes durch norwegische Agenten und die englischen Konsulate in den Hafenstädten. Erkundungsziele: Landungsmöglichkeiten, Leistungsfähigkeit der Bahnen, besonders der Narvikbahn, Eignung von Land- und Seeflugplätzen. Und so weiter. Bemerkenswert für uns dabei, daß die Nachrichten, die aus zwei verschiedenen Quellen, von Admiral Canaris und vom Marineattache Oslo, stammten, sich genau deckten. Es war klar: In Norwegen bereitete sich etwas vor. Am 13. Dezember kam dann ein Brief von Rosenberg an den ObdM: Zwei Norweger, Quisling und Hagelin, seien bei ihm erschienen, um ihn vor einer alliierten Invasion in Norwegen zu warnen. Da es sich um rein strategische Dinge handele, bitte er den Großadmiral, sich mit den beiden Herren zu unterhalten.«

»Quisling?« unterbricht der BdU, »wer ist das?«

»Der Führer einer Art norwegischer NS.«

»Aha.«

Die Unterredung ObdM-Quisling ergab weitgehende Übereinstimmung mit dem uns vorliegenden Nachrichtenmaterial, so daß sich der ObdM veranlaßt sah, erneut den Führer zu unterrichten. Dieser sprach dann selbst mit Quisling und ordnete danach die erforderlichen Bereitstellungen für eine eventuelle vorbeugende Besetzung Norwegens an. Endgültige Termine wurden dabei noch nicht befohlen.

»In den letzten Tagen nun«, fährt Kapitän Wagner fort, »haben wir erneut sehr ernste Informationen darüber erhalten, daß feindliche Maßnahmen gegen Norwegen *und* Schweden unmittelbar bevorstehen. Stavanger, Bergen, Drontheim und Narvik sind uns direkt genannt worden. Wir wissen außerdem, daß das französische Oberkommando seit Januar an Plänen für die Besetzung Norwegens arbeitet sowie daß Mitte Februar französische und englische Generalstäbler unter Duldung durch die Norweger Landungsstellen besichtigt haben. Hinzu kommen die wiederholten Neutralitätsbrüche wie der Angriff des ›Cossack‹ auf die ›Altmark‹ im Jössingfjord und eine ganze Anzahl von bedrohlichen Äußerungen englischer Politiker, darunter Churchills, der am 27. Februar im britischen Unterhaus erklärt, er sei es ›müde, über die Rechte der Neutralen nachzudenken‹, und der jetzt in einer Rundfunkrede gesagt hat, es wäre ›nicht gerecht, wenn die Westmächte im Kampf um Leben und Tod an legalen Abmachungen festhielten‹. All das sieht nun doch so ernst aus, daß die notwendigen Befehle haben gegeben werden müssen, um schlagartig zuzugreifen und dem Gegner zuvorzukommen.« –

Wenige Minuten später meldet sich Konteradmiral Dönitz beim ObdM. Die Unterredung ist kurz, der Großadmiral sehr ernst. »Kapitän Wagner hat Sie über die Lage unterrichtet«, sagt er, »wir stehen vor der schwersten Aufgabe, vor die eine so kleine Marine wie die unsere überhaupt gestellt werden kann. Wir müssen versuchen, den Mangel an Zahl durch strikteste Geheimhaltung unserer Maßnahmen, durch schnelles, überraschendes Zupacken und durch rücksichtslose Kühnheit auszugleichen. Es geht um Sein oder Nichtsein. Nicht nur das Schicksal der Marine – das Schicksal Deutschlands steht auf dem Spiel. Sagen Sie das auch Ihren Kommandanten. Ob die schweren Opfer, mit denen die Marine rechnen muß, durch den Erfolg belohnt werden, weiß Gott allein.«

All dies ist dem Tage X vorausgegangen, an dem das Stichwort »Weserübung« fiel. In den ersten Apriltagen hat sich die Lage weiter verschärft. Am 5. April legen die Engländer Minensperren in norwegischen Küstengewässern. Am gleichen Tage erklärt der Earl de la Warr, weder Deutschland noch die Neutralen dürften sich darauf verlassen, daß »sich England die Hände auf dem Rücken binden lassen werde, indem es das Recht nach dem Buchstaben befolge.« Nur einen Tag später sagt der englische Arbeitsminister Brown, Deutschland und die Neutralen könnten nicht damit rechnen, daß »die Westmächte sich an den Buchstaben des Völkerrechts halten würden«, und vom gleichen 6. April datiert ein später erbeuteter geheimer englischer Operationsbefehl »betreffend Vorbereitungen zur Besetzung der nordschwedischen Erzfelder von Narvik aus«. Die Befürchtungen Großadmiral Raeders haben sich erfüllt: Norwegen wird nicht neutral bleiben. Nur die Verschiebung der alliierten Aktion vom 5. auf den 8. April sichert, wie gleichfalls die später erbeuteten Dokumente erweisen, die Priorität des deutschen Zugriffs.

Zu diesem Zeitpunkt aber marschieren die deutschen U-Boote bereits mit versiegelter Ordre im heulenden Frühlingssturm nach Norden. Windstärke acht bis neun aus Südwest. Hohe, schaumgeäderte Seen überlaufen immer wieder mit fürchterlicher Kraft die schwer arbeitenden Boote. Stockwerkhoch walzen die steilen Wasserwände über die angegurteten Ausgucks in den offenen Brücken herein. Zeitweilig scheint es, als schnitten die Boote einfach unter. Hier und da wäscht die See einzelne Männer glatt aus den Brücken heraus, so daß sie sich nur mit schneller Hilfe der Kameraden, dank der Haltbarkeit ihrer Gurte, zu bergen vermögen. Ein Kriegstagebuch weiß davon zu berichten:

»Gegen Abend nimmt der Wind so zu, daß das Boot bei vollem Sturm aus Südwest und orkanartigen Böen nicht länger über Wasser marschieren kann, zumal die knapp über dem Nullpunkt liegende Temperatur die vollkommen durchnäßte Brückenwache erstarren läßt, so daß sich die Männer kaum noch anzuklammern vermögen, wenn die Seen überkommen.«

Am anderen Morgen steht das Boot bei langsam abflauendem Sturm in der immer noch gewaltigen See westlich Mittelnorwegens. Und jetzt öffnet der Kommandant seinen Operationsbefehl. Er traut seinen Augen nicht: Norwegen wird besetzt!

Am Abend beginnt es zu regnen. Der Wind läßt weiter nach, die anfangs böigen Schauer ebnen sich zu einem glatten, eintönigen Rieseln ein. Die See nimmt schnell ab. Die Ausgucks halten die salzverkrusteten Gesichter und Hände gierig in das Regenwasser. Ah! Das tut wohl!

Wieder einen Tag später steht das Boot an der befohlenen Wartestellung in Sicht der Küste. Von drei Leuchtfeuern brennt nur eins. Kahl und unwirtlich liegen die Vorfelsen, die Schären und Klippen da. Weit öffnet sich die Einfahrt des Fjords.

In der Morgenfrühe, bei Hellwerden, hat sich der Himmel eingetrübt. Über dem Fjord braut grauer Dunst. Gespenstisch wehen lange Schleier mit der Frühbrise über das dunkle Wasser dahin. Zwei Bewacher liegen vor Anker, die Lichter gelöscht, die Decks ausgestorben. Das Fahrwasser läßt sich gerade noch übersehen.

Allmählich setzt der Fischerverkehr ein. Das »Toff toff« der Glühkopfmotoren hallt weit über das Wasser. Es kommt von allen Seiten, jeder Motor hat einen anderen Klang.

Plötzlich ein Funkspruch der Führung: »Mit Eindringversuchen feindlicher Streitkräfte in die Fjorde ist zu rechnen.« Dann ein weiterer: »Norwegische Kriegsschiffe sind als feindlich anzusehen.« Es geht also nicht alles glatt: Die Norweger leisten Widerstand! Ein dritter: »Eindringen von Feindstreitkräften in die Fjorde muß unbedingt vereitelt werden.«

Der Kommandant überlegt einen Augenblick, dann geht er und schaltet die Bordsprechanlage ein: »Alles mal herhören! Es scheint, als ob es jetzt bald etwas zu tun gibt für uns. Der Engländer will in die Fjorde einbrechen. Unsere Aufgabe ist es, das zu verhindern. Das Boot wird sich dabei voll einsetzen. Ich vertraue darauf, daß jeder unbeirrbar seine Pflicht tut und die Befehle schnell und exakt ausführt, wie er es gelernt hat. Dann geht alles klar. Es ist unsere Chance, Kameraden«, er spricht das Wort nach Marineart wie ›Schangs‹ aus, »daß wir dem Tommy erheblich einen verpuhlen. Darauf kommt es an, das übrige findet sich dann schon. Der liebe Gott verläßt keinen braven Seemann. Ich verlasse mich auf meine Besatzung.«

Klack macht es in den Lautsprechern. Er hat eingehängt. Die Männer sehen sich an. Es geht also los – bald! Na, Gott sei Dank, diese Warterei fing langsam an, öde zu werden, und an ihnen sollte es nicht liegen, an ihnen nicht!

Das Boot steht seit Tagesanbruch getaucht, der Kommandant hockt, den Schirm der Mütze ins Genick gedreht, hinter dem Sehrohr und wartet und beobachtet.

Weiter binnenfjords, in einer Seitenbucht, liegt ein Zerstörer. Vorsichtig bringt der Kommandant sein Boot näher heran, bis er plötzlich erkennt, daß das ein eigenes Fahrzeug ist, das hier vor Anker zu liegen scheint.

Auftauchen.

Erkennungssignal. Auch drüben ziehen die bunten Sterne mit bläulichweißem Rauchschweif in die Luft. »ES richtig beantwortet«, sagt der WO.

Mit kleiner Fahrt geht das Boot hinüber. Der Zerstörerkommandant kommt an Bord, und es gibt ein kurzes Zwiegespräch. »Was ich hier mache?« sagt der Gast mit einer Grimasse, »mir ist nach einem Bombenangriff so ziemlich das meiste in die Knie gegangen, ich habe den braven Bock befehlsgemäß auf Grund gesetzt und fungiere als ortsfeste Sperr- und Torpedobatterie. Komischer Krieg ist das hier, sage ich Ihnen. An Land teilweise Kämpfe, und wir rechnen jeden Augenblick damit, daß der Engländer aufkreuzt. ›Hipper‹ soll heute abend auslaufen. Legen Sie den bloß nicht aus Versehen um.« Sie lachen, sie rauchen eine Zigarette miteinander. »Wollen Sie bitte dem ›Hipper‹ mitteilen, daß ich hier bin«, sagt der Kommandant.

»Selbstverständlich. Gern.«

Verabschiedung. Grüßen. Winken! »Heil und Sieg, Herr Kap'tän!«

Die Schrauben schlagen zurück. Das Boot gleitet über das Heck hinaus in den Fjord.

Am Abend kommt der schwere Kreuzer mächtig und groß zwischen den Fjordwänden heraus, eine achtunggebietende Ballung artilleristischer Kraft, und schiebt mit langsamer Fahrt seewärts, seitlich vor ihm sein Begleitzerstörer.

Eine halbe Stunde später beobachten die U-Boot-Männer ein kurzes, heftiges Artillerieschießen, das auf dem Zerstörer beginnt, in das »Hipper« gleich darauf mit vollen Rohren einstimmt und das nach fünf Minuten schlagartig erlischt.

Kommt jetzt endlich der Feind?!

Die ganze Nacht durch patrouillieren sie mit angespannter Wachsamkeit die Fjordmündung ab. Nichts.

Dann, in der Morgenfrühe, plötzlich neun Landmaschinen, Doppeldecker, die auf Signalanruf nicht antworten, sondern nur freundschaftlich mit den Tragflächen wackeln. Und auf einmal, ehe der WO noch den Kommandanten Wahrschauen kann, ist der Teufel los, kurven die Maschinen, drei Ketten von Swordfish-Torpedoflugzeugen, herein, drücken, nehmen das überraschte Boot voraus, sind sekundenschnell mit röhrenden Motoren und singenden Propellern heran und überschütten es mit einem Hagel leichter Bomben. Backbord, Steuerbord, ringsum stehen fast gleichzeitig die weißen Detonationssäulen von zehn Einschlägen; es kracht, gellt und birst, und schon rauscht und pfeift eine neue Serie hernieder, ohne zu zünden diesmal, und reißt aufgeregt schäumende weiße Kreise in das stille dunkle Fjordwasser.

Windschnell, wie sie gekommen, sind die Engländer verschwunden. Die U-Boot-Männer sehen ihnen wortlos nach, wie gelähmt vor Schreck. Das ging um Haaresbreite, sie fassen es kaum, aber es ist ihnen nichts passiert.

»Irgendein englischer Admiral«, sagt beim Abendessen der Leitende, »hat mal behauptet, der Seekrieg bestünde zu neunzig Prozent aus Langeweile und zu zehn Prozent aus Angst. Der Mann hat recht.«

Zweimal vierundzwanzig Stunden vergehen. Die Gegend belebt sich. Englische Aufklärer in laufender Ablösung. Alarm, Auftauchen, Alarm, kaum eine Sekunde Ruhe. »Ihr englischer Admiral hat doch unrecht«, sagt der WO zum Leitenden, »die Prozente stimmen nicht.«

Ein neuer Funkspruch bereitet dem Lungern, Warten und Beobachten ein plötzliches Ende: »Sofort ins Lofot marschieren. Vorsicht vor Minen in Quadrat xyz.«

Mit höchster Marschfahrt macht sich das Boot auf den Weg, hinauf an der Westküste Norwegens bei schlechter Sicht, Diesigkeit und Regen- und Schneeschauern, hinauf durchs Frohavet bis zur Höhe der Träneninsel in Dreck und Nässe, und dann, kaum dort angekommen, wieder zurück mit neuer Ordre vor einen Fjord, in den der Engländer mit Zerstörern eingebrochen sein soll. Sie fluchen alle, vom Kommandanten bis zum kleinsten Heizer, auf diese elende Karrerei, bei der nichts zu erben ist als Alarme und Fliegerbomben, nasse Wachen und vielstündige Unterwassermärsche, dünner, immer wieder von hastigen Manövern unterbrochener Schlaf und das ewige angespannte Warten, was kommt jetzt?! Sie fluchen auf die Tage mit ihren langen Helligkeiten, die hier im hohen Norden nun schon fast vierundzwanzig Stunden währen, und auf die Nächte, deren Dunkelheiten nur noch aus Schattierungen zwischen leichter und tiefer Dämmerung bestehen.

Knapp drei Stunden, nachdem das Boot den befohlenen Standort erreicht hat, sichten die Ausgucks im Nordwesten drei Zerstörer, die mit mittlerer Fahrt, weit außerhalb des Waffenbereichs des Bootes, dahinbrausen, Alarm – und ran! Aber nach kurzer Zeit ändern sie Kurs und laufen aus Sicht.

Kurz darauf abermals ein Zerstörer, der langsam wie ein sicherndes Wild aus dem Fjord austritt. Angriff! Endlich Angriff! Zehn Minuten lang jagt das Boot mit wiehernden, singenden E-Maschinen auf den niedrigen Schatten zu. Frei von Landschutz beginnt es, sich in der langen Südwestdünung zu wiegen. Immer noch liegt der Zerstörer günstig, macht kaum Fahrt voraus, bietet die volle Breitseite. Dann fallen die Schüsse, und dann – geschieht ... nichts!

Der Kommandant fühlt, wie ihm schwach wird, zu Tränen schwach. Nach all der Mühsal das erste Ziel: nichts! Fieberhaft rechnet er die Schußwerte nach. Sie stimmen. Also kein Fehlschuß?! Und siedend heiß fällt ihm ein, was ein Kamerad vor wenigen Tagen sagte: »Dreierfächer: kein Erfolg! Doppelschuß: kein Erfolg! Einzelschuß: Frühdetonierer. Ich trau den Aalen nicht ...« Und nun erlebt er dasselbe!

Einen Lidschlag lang überlegt er, ob er noch einmal schießen soll. Aber da geht der Zerstörer hart an, dreht ab und prescht, quirlendes Selterswasser hinter dem Heck, in den Fjord zurück.

Nicht die Nerven verlieren, denkt der Kommandant, nicht die Nerven verlieren! Und dazwischen schießt ihm der Gedanke:

Aber das Boot braucht einen Erfolg! Die Männer brauchen einen Erfolg! – Gewaltsam reißt er sich zusammen: Was muß ich jetzt zuerst tun? Was muß ich jetzt als erstes wissen? Sind die Aale richtig geregelt und gewartet? – »Mechanikersmaat zum Kommandanten!« Ist die Zielanlage in Ordnung? »Zielanlage systematisch durchprüfen!« Und ich selbst? Habe ich auch bestimmt keinen Fehler in der Rechnung? »Torpedooffizier! Schußunterlagen nachrechnen!« Nein, es stimmt alles: Die Aale sind gewartet, die Zielanlage arbeitet einwandfrei, die Schußunterlagen haben gestimmt. Der Fehlschuß bleibt ungeklärt.

Es muß also an den Aalen liegen, denkt er, aber verdammte Scheiße, was sollen wir hier, wenn es die Aale nicht tun?! Karren, karren und Prügel kriegen für nichts und wieder nichts? Und beruhigt sich wieder und denkt doch an den anderen, den Kameraden, der ein tüchtiger Kerl ist und bewiesen hat, daß er sein Fach versteht, und der sagt: »Ich trau den Aalen nicht ...«

Dann die Nacht, die kurze Nacht. Das Boot an der Oberfläche. Aus Südost weht es frisch, die See läuft niedrig, steil und schäumend. Über den ganzen Himmel stehen graue Wolkenbänke verteilt, zwischen denen schwache Sterne herabblinzeln. Die Sicht ist gut. Im Westen steht schräg und schwachsilbern der Mond.

Und dann kommt, drei Stunden nach Mitternacht, ein schnelllaufender Schatten, kommt und verschwindet, ehe es zu einem Angriff reicht, kommt – schwarzes toddrohendes Kreuz vor dem tiefdämmerigen Himmel – ein großes Flugboot, kommen mit dem Morgen in knappen fünf Stunden sieben britische Blenheims – und jede ist ein Alarm mit seinen spannungsgeladenen Sekunden, jede kostet Energie, elektrische und persönliche, und jede Preßluft – kommt endlich ein Funkspruch, der dem Boot abermals eine neue Stellung vor einem Nachbarfjord zuweist, in dem sich ein Kreuzer und ein Flugzeugträger befinden sollen. Sollen. Der Kommandant glaubt nicht recht an diesen Träger, aber möglich ist ja vieles. Also kehrt: Befehl ist Befehl.

Am nächsten Abend: »Masten im Nordwesten. Getaucht. Unter Wasser viele Fahrzeuge in Sicht bekommen, die Zickzacks zwischen Ost und Süd steuern. Drei Transporter und zwei Schlachtschiffe, bzw. ein Schlachtschiff und ein Schlachtkreuzer, zwei bis drei Kreuzer, mehrere Zerstörer. Stehe nicht ungünstig, aber wegen spiegelglatten Wassers – Sehrohrstreifen! – nur geringe Fahrt möglich. Stehe vor der Seitensicherung auf der Stelle und muß bald vor einem Zerstörer und einem Kreuzer auf Tiefe, denn die Sicherung fährt wilde Zickzacks. Ab 19 Uhr schwere Wasserbomben, obwohl ich noch nicht zum Angriff gekommen bin. Horch- und Ortungsfahrzeuge an beiden Seiten. Ab 20 Uhr kommen die Wasserbomben näher. Im Boot vollkommene Ruhe. Oben stoppt Fahrzeug zum Orten. Ortungston. Horchfahrzeug fährt einmal übers Boot, wirft aber nichts. Allmählich tritt wieder Ruhe ein. Auf Sehrohrtiefe gegangen. Nichts mehr gesehen. Aufgetaucht. Konnte nicht mehr feststellen, wohin der Verband gegangen war. FT abgegeben.«

Und am nächsten Tag wieder: »Schlachtschiff verband wie gestern mit Kreuzern und Zerstörern. Dreierfächer auf Kreuzer. Sichere Schußunterlagen. Kein Erfolg. Fünf Stunden Wabos, teilweise sehr nahe.«

So wie diesem Boot geht es ihnen allen. Angriffe auf Schlachtschiffe, Angriffe auf Kreuzer, Transporter, Zerstörer. Kein Erfolg. Es ist, als kämpften sie mit hölzernen Schwertern. Und nicht besser als die anderen trifft es das Boot von Scapa Flow, das unter dem Befehl seines berühmten Kommandanten, des Kapitänleutnants Prien, im höchsten Norden, bei Harstad in der Helle der Polarnacht vor den kahlen Klippen der Fjordeinfahrt auf Wacht steht. Wie alle anderen ist es von seinem Kommandanten bis an die Grenze des Möglichen eingesetzt worden und hat trotzdem keinen Erfolg erzielen können. Nun steht es wieder und wartet.

Es ist der 13. April, und abends vermerkt Prien im Kriegstagebuch: »Nach eingehender Durchsicht der Karte komme ich zu der Ansicht, daß der Gegner beabsichtigt, die in Narvik befindlichen Truppen abzuschließen (Schlachtschiff im Rombakkenfjord) und im Vaagsfjord bei Gratangen und nördlich bei Skaanland Truppen zu landen, denn von dort führen gute Straßen nach Narvik und Evenäs.«

So läuft er in der Nähe Narviks in einen Fjord ein. Es ist völlig windstill, ein grauer Himmel wölbt sich über den schwarzen Bergen, die steil und hoch aus dem Wasser aufsteigen und deren Häupter mit Schnee und Eis bedeckt sind.

Am 15. März, nach Mitternacht, läuft vom BdU ein Funkspruch ein, der Priens Jägerinstinkt voll bestätigt. Er lautet:

»Feindliche Landungen in Gratangen und Lavangen zu erwarten. U 47 ab 15. März dorthin aufklären.«

Nun, Prien steht praktisch schon seit einem Tag dort, er braucht seine Position nur geringfügig zu verbessern.

Kurz nach Mitternacht passiert ein kleiner, abgeblendeter Küstendampfer. Auf kaum mehr als Steinwurfweite trödelt er in der schwachen Dunkelheit dahin. Auf dem Boot, das sich vor der schwarzen Kulisse der Felsen unsichtbar weiß, herrscht Totenstille. Unermüdlich durchforschen die Ausgucks mit scharfen Nachtgläsern das fahle Dämmergrau der Polarnacht. Auf den Höhen rings um den Fjord wird es schon hell, nur in der Tiefe, über dem Wasser, fehlen noch die Farben. Seltsam unwirklich ist das Licht.

Das Boot taucht. Von achtern kommt ein Fahrzeug auf. Bald darauf im Sehrohr ein zweites Schiff, das gestoppt zu liegen scheint, ein abgeblendeter Küstendampfer, und an der Stelle, wo Haupt- und Nebenfjord sich vereinigen, drei bewaffnete Fischkutter und ein Fischdampfer, die untätig herumliegen.

Das Frühlicht scheint von ihren Rümpfen und Aufbauten wider, es ist ein Bild tiefen Friedens: die dunklen Fjordwände mit den reglos stillen Bäumen, die träumenden Schiffe, das spiegelglatte stille Wasser, von dem ein dünner Silberdunst in den klaren Morgenhimmel emporraucht.

Reglos fast, mit kleinsten Fahrtstufen, wie ein Hecht in Lauerstellung, der kaum die Brustflossen rührt, verharrt das Boot den ganzen Tag über an seinem Platz, unbemerkt von Zerstörern, die in unregelmäßigen Zeitabständen die Fjorde abpatrouillieren, unbemerkt von den zahlreichen bewaffneten Fischkuttern, die pausenlos mit brummenden Schrauben das ganze Gebiet abkarren. Zeitweilig liegt es auf Grund.

Prien sagt sich, daß eine so starke Überwachung ihren Sinn haben muß, und wartet zäh und geduldig.

Am Spätnachmittag, als er gerade auftauchen will, um sich zum Aufladen der Batterie einen geschützten Nachtplatz zu suchen, dringen plötzlich fremdartige, nie gehörte, klirrende und metallisch rumpelnde Geräusche ins Boot.

Mit größter Vorsicht bringt Bothmann, der L. I., den grauen Fisch auf Sehrohrtiefe. Die Optik stippt drei Zentimeter frei.

Prien hält die Luft an bei dem Anblick, der sich ihm bietet: Genau voraus drei große Transporter, daneben ein französischer Kreuzer, ein weiterer Kreuzer und drei Frachtdampfer!

»An alle Stellen«, sagt er laut mit einer Stimme, die ihre Erregung nur schlecht verbirgt, »da oben liegt eine ganze Flotte, das Klirren, das wir eben gehört haben, muß von ihren Ankerketten herrühren. Kinder, hier treffen wir's dicker als in Scapa!«

Behutsam beobachtet er weiter. Was er sieht, bestätigt sehr rasch seine Erwartung: Hier werden Truppen ausgeschifft.

Fischkutter tuckern eifrig zwischen den Transportern und der Küste hin und her. Voll besetzt mit Menschen, Waffen, Material karren sie hinüber, leer kommen sie zurück.

Eiskalt setzt Prien seinen Angriff an. Wie die Teile einer Maschine arbeiten unten die Männer, exakt, kühl, konzentriert. Vier Aale verlassen die Rohre. Deutlich kann man sie im Boot laufen hören, den hohen, schwirrenden Ton ihrer Antriebsmaschinen.

Priens Auge verschmilzt fast mit dem Okular. Wenn das Treffer werden, wenn diese Dampfer absaufen, steht das bisher gelandete englisch-französische Norwegenkorps ohne Material und Nachschub an der felsigen Polarküste. Unausdenkbar wären die Folgen für den Verlauf des ganzen Feldzuges hier im Norden. Blitzartig schießt ihm das alles durch den Kopf. Sie müssen ja treffen, denkt es in ihm. Kinderspiel, lauter große, vor Anker liegende Schiffe!

Unter ihm lauern seine Männer. Laut zählt der Obersteuermann die Sekunden. Jetzt ... jetzt ... muß die Vernichtung drüben losbrechen. Noch nichts? Ungeduldig tritt Prien hin und her ...

Nichts. Stille ...

Fassungslos sehen sie sich an. Wie ist das möglich? Keiner weiß eine Erklärung, keiner spricht ein Wort. Fiebernd rechnet Prien mit Endraß die Schußunterlagen nach. Er befragt seinen Torpedomechanikersmaat in eindringlicher Weise. Die Aale waren nach menschlichem Ermessen in Ordnung. Es ist unfaßbar! Es ist doch nicht denkbar, daß in diesem Augenblick, der die Möglichkeit barg, die ganze Norwegenaktion des Gegners entscheidend zu unterbrechen, vier Torpedos gleichzeitig ausfallen! Und doch bleibt die Tatsache bestehen, daß die Ziele immer noch schwimmen, daß immer noch die Motorkutter hin und her eilen und an Land schleppen, was sie nur fassen können an Menschen und Material.

Prien weiß, daß er sich auf seine Männer verlassen kann wie auf sich selbst. Und Fehlschüsse? Er kann sich nicht entschließen, daran zu glauben, schon gar nicht, wenn er die auffällig gehäuften Funksprüche anderer Boote über ungeklärte Mißerfolge in Betracht zieht. Blaß vor Enttäuschung, kaum imstande seine kochende Wut, seine zornige Auflehnung gegen das Schicksal zu beherrschen, läßt er auslaufen. Er zwingt sich gewaltsam zur Ruhe, zwingt sich, das Boot mit aller Vorsicht an eine geschützte Stelle zu bringen, wo er auftauchen, die Batterie nachladen und seine letzten Torpedos in die Rohre schieben lassen kann. Bis Mitternacht dauern diese Arbeiten.

Er muß sich eisern zusammennehmen, um nicht unausgesetzt an seinen Mißerfolg zu denken. Und trotzdem kreisen die Gedanken immer wieder um diesen einen Punkt. Kann das Wasser der Fjorde in seiner eigentümlichen Zusammensetzung einen ungünstigen Einfluß auf die Funktionen der Aale haben? Versagt der Tiefenlauf? Spricht die Magnetzündung aus irgendeinem Grunde nicht an? Kann dies ...? Kann das ...?

Die Stunde des nächsten Anlaufs beendet endlich sein Grübeln, seine Selbstprüfung, seine Auflehnung gegen etwas, das er als widriges Geschick empfindet und dem sein Wille, sein an Klarheit und Tat gewöhnter Geist sich doch zu unterwerfen weigern. Ran, denkt er, und damit ist er bisher immer am besten gefahren.

Als er zum Überwasserangriff auftaucht, beginnt es bereits zu tagen. »Rohr Zwo bis Vier fertig! – Lloos!«

Die Aale laufen. Schnurgerade zieht der A-Torpedo aus Rohr IV seine Bahn auf einen der Kreuzer zu, unsichtbar laufen die beiden anderen, Etos, elektrische Torpedos. Diesmal scheint alles klarzugehen. Da, plötzlich sieht Prien, wie der A-Torpedo einen Knick nach rechts macht und um zehn Grad falsch steuert. Und die zwei anderen? Nichts! Versager. Es ist zum Verzweifeln!

Sekundenlang fühlt er sich wie überflutet von einer Welle der Hoffnungslosigkeit. Dann reißt er sich zusammen.

Hoch und ein wenig gedehnt wie immer, kommen seine Befehle für den weiteren Angriff auf die Transporter: »Neuer Kurs x Grad!« Ruhig bestätigt der Gefechtsrudergänger. Das Boot dreht an. Da – ein Knirschen, im Drehen kommt es auf einer Untiefe fest!

Das ist das Ende, schießt es Prien durch den Kopf. Hellgraue Dämmerung, glänzende Sicht, ich mit meinem Boot hoch und trocken vor aller Augen – tauchunklar! – und drüben die Geschütztürme der Kreuzer ...

In der gleichen Sekunde schlägt der fehlgelaufene Aal am Ufer auf einen Felsen auf und geht mit ohrenbetäubendem Krachen, eine gewaltige Sprengsäule himmelauf reißend, in die Höhe!

Nur eine Frage von Sekunden kann es jetzt sein, bis die Kreuzer das Boot aufgefaßt haben und mit ihren Granaten im Ziel liegen. Allein blitzschnelles Handeln kann vielleicht noch helfen.

»Beide Maschinen stopp! Beide Maschinen äußerste Kraft zurück. Alle nicht unter Deck benötigten Leute mit größter Beeilung an Oberdeck!«

Prien hofft, das Boot freischlingern zu können. Es ist ein letzter, ein verzweifelter Versuch, aber an welche Hoffnung klammert man sich nicht!

Der zweite Wachoffizier flitzt nach unten, um seine Geheimsachen zur Vernichtung vorzubereiten. Ein paar Mann schlagen Sprengpatronen im Boot an, unter keinen Umständen darf es dem Gegner in die Hände fallen.

An Oberdeck kommandiert Endraß die freie Besatzung: »Nach Backbord marsch-marsch! – Zurück marsch-marsch!« Und wieder nach Backbord – und wieder zurück.

Unten läßt Bothmann wie befohlen abwechselnd mit einer Maschine »Äußerste Kraft zurück«, mit der anderen »Langsame Fahrt voraus« hin und her eindampfen. Zugleich lenzt er die vorderen Torpedozellen und die Trimmzelle, um das Boot vorn

427 beim Auftauchen – durch das eigene Seerohr gesehen.

Der Tiefenruder-Steuerstand. Am vorderen Tiefenruder (hinten) sitzt der seemännische Unteroffizier, am hinteren Tiefenruder ein Seemann der Seewache.

ick durch das druckfeste Schott in die Zentrale eines Typ IX Bootes mit dem
ɔchdruckluftverteiler und Wasserstandsanzeiger.

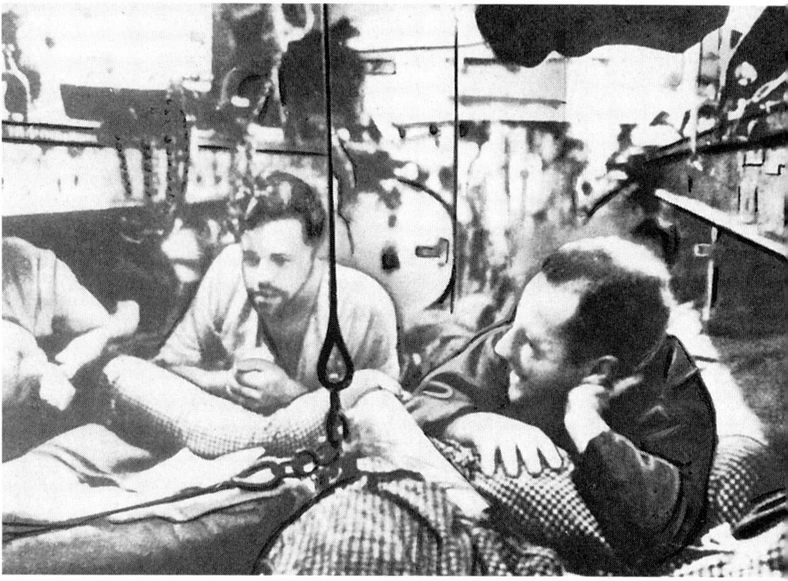

Eng, enger, U-Boots-Bugraum!

Der Torpedo läuft! Der Maat hat die Zeit gestoppt, um die Laufstrecke zu ermitteln.

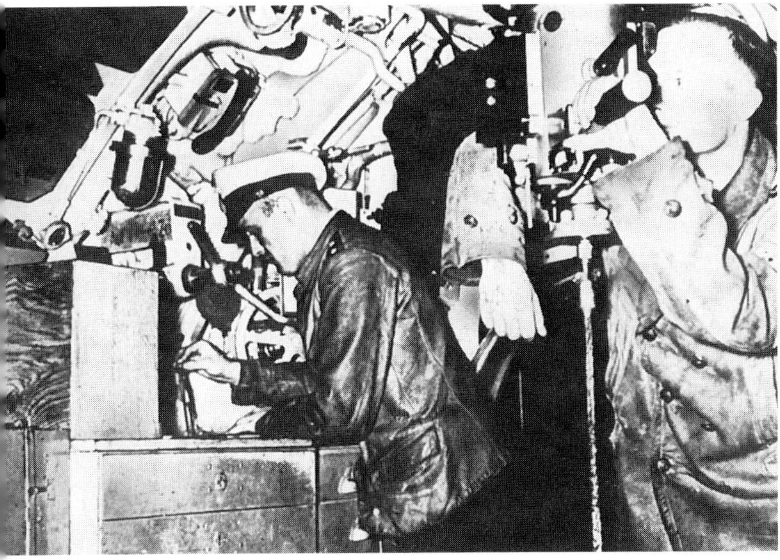

er Kommandant am Luftzielsehrohr; im Hintergrund trägt der Obersteuermann
en Kurs des Bootes ein.

Am vorderen Tiefenruder.

Auf hoher Fahrstufe, das Boot nimmt etwas Wasser.

Arbeiten in schwerer See – an der Antenne gesichert.

:r Geleitzug wird nicht aus den Augen gelassen, während das Boot mit großer
:hrt vor das Geleit läuft, um dort zum Angriff zu tauchen.

Selbst bei relativ ruhiger See konnte man sich auf dem Oberdeck eines U-Bootes
schon nasse Füße holen.

leichter zu machen, und flutet und bläst abwechselnd die Tauchzelle Eins aus. Es ist ein wilder Tumult von Befehlen, Getrappel, zischender Preßluft, fauchend und schütternd hochtourenden Dieseln, rauschend in die Tauchzelle Eins stürzenden Wassermassen, schlagenden Pumpen, bullernd und grummelnd an der Bordwand aufsteigenden Luftblasen und gurgelndem, zu Gischt gepeitschtem, in tiefen Wirbeln aufgewühltem Wasser hinter dem spitzen Heck.

Dahinein plötzlich Morsezeichen von einem Fischdampferbewacher. Auch das noch!

»Soll ich irgend etwas zur Irreführung hinübermachen?« fragt schnell gefaßt der Signalgast der Brückenwache.

»Um Gottes willen! Vielleicht hält uns der für einen Engländer oder ein Leuchtfeuer!« Prien glaubt ja selbst nicht daran, aber er hat schon so viel Sonderbares erlebt, so viel Unmögliches möglich werden sehen – man kann nie wissen ...

Unten gibt Bothmann wieder Preßluft. Singend und zischend, mit einem kalten, schneidenden Ton, der bis zur Unerträglichkeit an den Nerven reißt, drückt sie das Wasser außenbords. Es scheint dem Kommandanten in diesem Augenblick, als müßte man das durchdringende Geräusch meilenweit hören können. Unfaßlich aber ist ihm, daß niemand von der Torpedostation an dem Felsen irgendwelche Notiz genommen hat. Mit bloßem Auge kann er erkennen, wie drüben das Ausladegeschäft seinen Fortgang nimmt. Klar und groß liegen vor ihm die Transporter, klar und so deutlich, daß sich ihre Silhouetten im Wasser widerspiegeln, die Kreuzer, aber kein Rohr schwenkt auf ihn zu, es ist geradezu märchenhaft!

Wild wühlt achtern das Schraubenwasser. Immer noch sitzt das Boot eisern fest. »Nach Backbord marsch-marsch, – zurück marsch-marsch – und wieder nach Backbord!« Auf dem offenen Oberdeck rennen die Männer verbissen herüber und hinüber.

Ganz allmählich kommt das Boot ins Schlingern. In immer erneuten Manövern wühlen achtern die Schrauben tiefe Wirbel in das klare Fjordwasser. Vorn brodelt und bläst zu beiden Seiten in dicken bullernden Schwalls die Preßluft ...

Endlich, nach Minuten, ein Knirschen, ein Schlirren, ein Ruck – sie sind frei. Im gleichen Augenblick fällt mit hellem Knall der Steuerborddiesel aus.

»Steuerbord E-Maschine Halbe Fahrt zurück! Backbord Diesel Halbe Fahrt zurück! Mit Ausnahme der Brückenwache alle Mann unter Deck!«

Frei und ruhig, als hätte es nie eine Gefahr gegeben, schwimmt das Boot. Wie die Wiesel flitzen die Männer über die Brücke nach unten. Die Schrauben schlagen voraus. Mit Hartruder dreht Prien in tiefes Wasser, taucht, läuft aus und kommt erst außer Sicht seiner Gegner wieder herauf. Da liegt zwar gerade ein Fischdampfer, aber es ist jetzt keine Zeit mehr, sich mit ihm herumzuärgern, und wenn er auch noch so wild in der Gegend herumknallt.

Erst als sie draußen sind, fällt es Prien ein, daß er eigentlich drinnen noch hatte schießen wollen. Nachdenklich starrt er vor sich hin. Es gibt also eine Grenze ...

Zur Reparatur seines ausgefallenen Diesels setzt er sich erst einmal ein gehöriges Stück nach See hinaus. Hier erreicht ihn am nächsten Tag der Rückmarschbefehl.

Langwierig, immer wieder unterbrochen durch Alarme vor Fliegern oder Zerstörern, verläuft die Heimreise. Endlich sitzt Prien wieder vor seinem Befehlshaber.

Der BdU hat schwere Wochen hinter sich. In der Befehlsstelle in Sengwarden haben sich die Nachrichten gebündelt. Funksprüche über Funksprüche, und in einem haben sie fast ausnahmslos übereingestimmt: Die Kampfbedingungen vor Norwegens Küste sind härter, als sie die Boote bisher kennengelernt haben. Mühsam und mit letzter Zähigkeit erkämpfen sie sich ihre Angriffspositionen, schießen, und ... es erfolgt nichts. »Fehlschuß – ungeklärt«, »Fächerschuß auf Schlachtschiff – kein Erfolg«, »Doppelschuß auf Kreuzer – keine Wirkung am Ziel«, eine einzige eintönige Litanei des Mißerfolgs: zum Verzweifeln.

Der Admiral hört schweigend zu. Er will alles auf das genaueste wissen, und Prien hält nicht hinter dem Berge, es bleibt nichts ungesagt. Manche Situation muß er ein zweites Mal schildern, einzelne Entschlüsse nochmals begründen. Als er am Ende ist, sagt der Admiral: »Aus Ihrem Bericht, Prien, geht die dauernde Beanspruchung der Besatzung durch das Auftreten von Flugzeugen und die fortgesetzten Wasserbombendetonationen besonders anschaulich hervor. Das war früher anders. Diese Verhältnisse haben sich gegenüber dem Weltkrieg grundlegend geändert.«

Nachdenkliche Pause. Dann: »Eine gut durchgeführte, durch Torpedoversager um den Erfolg gebrachte Unternehmung. Die Versenkung auch nur eines Transporters im Vaagsfjord hätte die Entwicklung der Lage im Raum um Narvik entscheidend beeinflussen können.«

Er erhebt sich und legt, während sie zur Tür gehen, seinem Ersten Kommandanten die Rechte um die Schultern: »Also, Prienchen, das nächste Mal hast du wieder mehr Glück.«

»Jawohl, Herr Admiral«, antwortete Prien, »aber nur wenn wir richtige Torpedos mitkriegen und nicht bloß hölzerne Schwerter.«

Der BdU lächelt: »Verlaß dich auf mich. Ich schlage dazwischen!«

Und er »schlägt dazwischen«. Die Berichte, die von Sengwarden nach Berlin gehen, sind von schonungsloser Offenheit. Sie bewirken, daß die für die Torpedobewaffnung zuständigen Stellen endlich darangehen, in systematisch durchgeführten Versuchsreihen die Fehlerquellen zu ermitteln.

Folgendes war das Ergebnis:

Die Torpedos, ausgerüstet mit einer sogenannten Abstandspistole, sollten unter dem Gegner hindurchlaufen und durch das Magnetfeld, das um jedes Schiff liegt, gezündet werden, so daß sie unter dem Schiff detonierten. Die zerstörende Wirkung war dabei erheblich größer, als bei der Aufschlagzündung. Das Funktionieren der Abstandspistolen hing jedoch weitgehend davon ab, daß der Torpedo die eingestellte Tiefe auch wirklich steuerte. Lief er dagegen einige Meter tiefer als erwartet, so sprach die Zündung nicht an, er detonierte nicht – alle Mühe war vergebens. Und nun zeigte sich:

Die Torpedos hatten während der Norwegenaktion die eingestellte Tiefe *nicht* gehalten. Der Überdruck, der in jedem Boot bei längerer Tauchfahrt durch sogenannte »Schleichluft« entsteht, die aus der Preßluftanlage heimlich entweicht, hatte sich den Torpedos mitgeteilt und ihren Tiefenlauf verändert, sie steuerten zu tief. Hinzu kam, daß die Engländer erstmalig ihre Schiffe mit Vorrichtungen versehen hatten, die den Eigenmagnetismus stark herabsetzten. Sie hatten sie »entmagnetisiert«. Beide Tatsachen waren der deutschen Seekriegführung unbekannt; ihr Zusammentreffen rührte zu einer Häufung von Torpedoversagern, die an die Nerven der U-Boot-Besatzungen fast übermenschliche Anforderungen stellte.

Die Torpedofrage wurde in der Folge ganz energisch angepackt, die Krise, wenn auch erst nach längerer Zeit, überwunden; und die U-Boot-Fahrer schossen im späteren Verlauf des Krieges noch mit Torpedos, von denen sie 1940 nicht einmal träumten.

10.
GESPRENGTE RIEGEL

Das Norwegenunternehmen, das Churchill öffentlich eine der kühnsten Seekriegstaten aller Zeiten nannte, war mit schmerzlichen, aber doch unerwartet geringen Verlusten zum erfolgreichen Ende geführt, die bedrohte deutsche Nordflanke gesichert, die seestrategische Lage Deutschlands außerordentlich verbessert worden. Mit dem Gewinn der langen, an Häfen reichen Küste Norwegens sind für die U-Boot-Führung Folgen von höchster Wichtigkeit verknüpft: Die verkürzten Anmarschwege aus den neuen Stützpunkten erbringen eine Brennstoffersparnis, die den Booten längere Aufenthalte in den Operationsgebieten gestattet, und: der Ausbruch aus dem berüchtigten »Nassen Dreieck« der Nordsee ist vollzogen, der Zugang zu den Weltmeeren gesichert und dem Gegner die Möglichkeit genommen, wie im Ersten Weltkrieg die deutschen Seestreitkräfte hinter riesigen Minenfeldern einzuriegeln. Zugleich fällt die Nordsee als Operationsgebiet für die U-Boote aus, da dem Handel zwischen England und Skandinavien ein Ende gesetzt ist.

Nur die »Einbäume« lauern noch an den Routen zwischen den holländisch-belgischen Häfen und England, alle anderen Frontboote kehren in den Atlantik zurück.

Das vollzieht sich nicht schlagartig. Werfttermine, Reparaturen und Neuausrüstung bestimmen die Auslaufdaten, während noch immer einzelne Boote den englischen Norwegennachschub bekämpfen, ehe sie nach Aufbrauch ihrer Torpedos zurückkehren.

Da steht einer dieser Nachzügler, eine »Seekuh« des großen Typs, Kommandant Korv.-Kapt. Hartmann, an einem dunstigen, diesigen Tage nordöstlich der Shetlands. Eine leichte, kleine Brise fächelt aus Südwest, die See ist kaum gerippt, eine niedrige Altdünung wälzt sich träge nach Norden. Die Sicht ist schlecht, nicht gerade Nebel, aber es zieht ein grausilberner dampfiger Dunst. In der Höhe ist es hell, die Sonne kämpft gegen die zähen Schwaden, aber unten sieht man nicht viel weiter als fünfhundert Meter.

Der Kommandant steht eine Zeitlang an den Sehrohrbock gelehnt und schaut mit gekrauster Stirn und gekniffenen Augen in das ziehende Grau. Er hat eine unbestimmte Unruhe in sich. Dieses Wetter gefällt ihm nicht. Nebel birgt Überraschungen, und das Boot steht hier so gut wie blind. »Einsteigen«, sagt er schließlich, »wir tauchen. Sehen können wir doch nichts, und ich habe keine Lust, mich auf die Hörner nehmen zu lassen. Vielleicht horchen wir etwas, wenn wir unten sind.«

Aber sie horchen nichts, sie schleichen Stunden um Stunden in leerer Stille dahin. Die niedrige See läuft mattfarbig aus dem treibenden Dunst auf das Sehrohr zu. Es gibt keine Kimm. Ringsum ist die Meereslandschaft wie mit Tüchern verhängt.

Und dann plötzlich der Horcher: »An Kommandant: Starkes Schraubengeräusch. Geräusch wird schnell lauter. Scheint von mehreren Fahrzeugen herzurühren ...«

Wo sie gerade sind, schlafend in den Kojen, lesend in den Messen, an den Maschinen oder in der Zentrale, zucken die Männer empor, gespannt, halb erschreckt, nur noch Ohr. Schraubengeräusche? Zerstörer? Eine Suchgruppe?

Dazwischen leise und scharf die Stimme des L. I.: »Passen Sie gefälligst auf, Suchantke! Von unten fünf habe ich gesagt. Vorn unten fünf!«

»Schraubengeräusch jetzt sehr nahe.« Das ist wieder der Horcher. »Einwandfrei mehrere Fahrzeuge, darunter Zerstörer.« Leicht, vorsichtig, nun mit den Fingerspitzen bedient er sein Gerät.

»Geräusch liegt an Backbord voraus, wandert nach Steuerbord ...«

Da! Jetzt sieht der Kommandant: ein fahler Schatten löst sich wie ein Schemen aus dem Dunst. Hoch und mächtig hebt er sich heraus, anscheinend ein Kreuzer, Engländer, »Glasgow«-Typ. Zerstörer? Schneller Rundblick: Kein Zerstörer.

»Beide E-Maschinen AK voraus! Torpedowaffe Achtung!«

Mit Höchstfahrt läuft das Boot zum Angriff an. Vorübergehend deckt der ziehende Dunst das Ziel zu, dann wieder tritt es schemenhaft und in der unsicheren Beleuchtung noch gespenstisch vergrößert hervor, hinter ihm, an der anderen Seite jetzt auch die geduckten Umrisse eines Zerstörers.

Das Sehrohr schneidet unter. Eine Regenbö schluckt das Ziel auf.

»Weiterfahren nach Horchpeilung! Verfluchte Zucht, wir müssen ihn kriegen!«

Da ist er wieder. Hastig, mehr über den Daumen als nach Berechnung stellt der Kommandant die Schußwerte ein. Hier ist keine Sekunde zu verlieren.

Wo ist er jetzt? Verdammter Dunst! »Sehrohrtiefe halten, L. I., Sehrohrtiefe ...!«

Da kommt er noch einmal heraus, ziemlich weit entfernt. Egal, raus mit dem Dreierfächer, dies ist die letzte Chance.

Noch Zeit für einen Rundblick? Ausgeschlossen. Gerade wandert das Ziel ins Fadenkreuz ein.

»Fächerrrr ... llos!«

Und herum zum Rundblick.

»Alle Torpedos laufen.«

Na, Gott sei Dank, denkt der Kommandant, aber er denkt es kaum noch zu Ende, ein Zerstörer schäumt aus dem Dunst mit hoher Bugsee direkt auf das Sehrohr zu.

»Schnell auf hundert Meter, L. I.! Schnell: Der überrennt uns! Schneller.«

Hachelachelacheluchel ... Wie das heranmahlt!

Sinkt denn das Boot nicht? Runter um Gottes willen! Und daneben ein ganz dummer Gedanke: ›So ein Mist, nun kann ich nicht sehen, wie der Kreuzer hochgeht‹ – untergehend in dem Gedröhn, mit dem der Zerstörer wenige Meter über den Turm hinwegorgelt.

Geduckte Erwartung:

Bomben?

Nichts. Stille ...

Komisch. Hat der uns gar nicht gesehen gehabt? Und was machen unsere Aale? »Zentrale: Frage Laufzeit?«

In der gleichen Sekunde: Ramm … rabamm! Treffer!

Schleichende Sekunden der Stille. »Boot ist durchgependelt. Boot ist auf fünfundzwanzig Meter.«

»Zerstörergeräusch an Backbord querab, wandert voraus, steht … Ortungston …«

Sie hören es alle: pling, pling, pling – über das ganze Boot hin. Es klopft, es tastet und sucht.

Blasse Gesichter. Hier und da ein Schlucken in den Kehlen. Haben sie uns? Haben sie uns erfaßt? Wenn nur diese Scheißzerstörer nicht wären. Was für ein Idiot bist du, auf so 'ner Nazi-Angströhre zur See zu fahren. Raus kommt keiner, wenn's uns erwischt, raus kommt keiner. Faß dich am Schlips, Mensch, nimm dich zusammen. Verstohlener Blick zum Nebenmann. Der steht da, sieht aus wie immer, nur daß er die Lippen ein bißchen von den Zähnen zurückgezogen hat und mit dem Mittelfinger der linken Hand daran reibt. Sieht dämlich aus. Zu dämlich sieht das aus! Und Maat Knorr, der kleine schwarze Zentralemaat mit den Brombeeraugen? Der läßt seine Brombeeren wandern, von Ventil zu Ventil, von Schauglas zu Schauglas, als wäre gar nichts los. – Ober der Kreuzer wohl abgesoffen ist? Und der Alte, der Kommandant? Der lehnt am Zentralepult, breit und kräftig, die dreckige weiße Mütze in den Nacken geschoben, darunter das runde, windgerötete Gesicht mit den vielen weißen Falten um die Augenwinkel, und horcht und sieht so verschlossen aus wie ein Geldspind. Nun blickt er herüber, gerade als ob er einem quer durch die Wäsche sehen könnte, guckt und lacht. Eine Lache hat der, kannst' über den halben Stützpunkt hören. Ja, wenn wir man erst wieder drin wären, im Stützpunkt! Und dann sagt er: »Na, Siebje, killt da irgend was?«

»Nein, Herr Kapitän.«

»Dann hast du's besser als ich, mein Sohn. Mir killt was: die Hose.«

Nun grinsen sie alle. Der Alte hat also noch Zeit, Witze zu machen. Na, überhaupt, der Alte! Das ist euch ein Verrückter. Frau hat er, vier Kinder hat er, für jeden Ärmelstreifen eins, und jede Unternehmung läßt er sich 'n Fußsack wachsen, damit die

Kleinen was zu zausen haben. Aber wenn er schießt, dann knallt's, da gibt es nichts. Und als wir damals, bei Gibraltar, die Jacke so vollgesengt kriegten, daß schon beinah »Feuer aus« war, was hat er da gesagt: »Kinder, solange hier noch eine Schraube ganz ist, mischen wir kräftig mit. Ich hab 'n Stein im Brett beim lieben Gott; noch schwimmen wir. Was wollt ihr mehr.« –

Siebenundachtzig Minuten sind seit dem Losmachen der Torpedos vergangen, und immer noch klochern oben die Zerstörerschrauben, verstummen und springen wieder an. Es ist ein langer, zermürbender Kampf, List gegen List, Nerv gegen Nerv, und plötzlich grollt von fernher eine schwere, grollende Detonation durchs Boot. Genau fünf Minuten später folgt eine zweite, auch sie dumpf und langhin rollend, keinesfalls zu verwechseln mit dem hellen Bellen der Torpedos und dem Bersten von Wasserbomben.

»Unser Kreuzer säuft ab«, sagt jemand. Satt und zufrieden steht der Satz im Raum.

Der Kommandant nickt. »Wenn das innere Explosionen waren, ja.«

Danach ist es still. Sie warten. Atemzug für Atemzug, Minute um Minute. Endlich kommt die Stimme des Horchers. »Zerstörer scheinen abzulaufen. Geräusche werden schnell schwächer ...«

Nach dem Auftauchen läuft das Boot zur Schußstelle zurück. Schon von ferne bietet sich ein Bild, das jeden Zweifel ausschließt: Eine riesige Öllache bedeckt die See. Glatt und schillernd wie unter einer Decke wandern die Wellen unter dem Öl dahin. Weiter nach Lee, vom Winde schnell vertrieben, schaukeln zahllose Trümmer in der Flut. Bald steht das Boot mitten zwischen großen und kleinen Holzstücken, denen man ansieht, daß sie in einer übermächtigen Detonation zerbrochen, zerfetzt und aus ihrer früheren Form gerissen sind. Weißgestrichene, zerknickte und zerdrehte, aufgesplitterte Bootsplanken, daneben Matratzen, Kissen, lackierte Geländer von Niedergängen, Treppenteile, ganze und halbe Türen mit messingnen Beschlägen, graue Trümmer von Bootsbarrings, Kisten und Hängematten treiben in den graublauen, gleichmütig dahinwandernden Wellen. An manchen

Stellen haben sie sich zusammengefunden und ineinander verfilzt wie eine Herde erschreckter Schafe, an andern wieder schaukeln und drehen sie allein für sich hin. Wie sehr aber die U-Boot-Männer auch forschen und suchen, nirgends ist ein Anhaltspunkt für den Namen des versenkten Schiffes zu finden.

So lassen sie die Stätte der Vernichtung hinter sich und laufen, eingegangenem Funkbefehl folgend, einen westnorwegischen Hafen an, um Brennstoff und Proviant zu ergänzen …

Im Mai und Juni 1940 bricht das deutsche Heer aus den Werken des Westwalls hervor und stößt in stürmischem Marsch durch Holland und Belgien nach Frankreich hinein. Die Kriegsmarine nimmt kaum daran teil, ihre Kräfte sind noch in Norwegen gebunden. Für die U-Boote wird mit dem Fall Hollands und Belgiens auch der Südteil der Nordsee zum toten Raum. Kaum befreit aus den letzten Bindungen an das auslaufende Norwegen-Unternehmen, wechseln sie daher wieder hinüber in den Atlantik, über den in unverminderter Dichte, einzeln fahrend oder zu Geleitzügen zusammengefaßt, englische und durch hohe Verdienstmöglichkeiten angelockte neutrale Schiffe dem bedrohten Inselreich den lebensnotwendigen Nachschub heranbarren.

In diesen Verkehr stoßen die Boote mit neuer Wucht hinein. Sie operieren überwiegend einzelbootsweise im zugewiesenen Gebiet; für zusammengefaßte Arbeit mehrerer an Geleitzügen bietet sich noch kaum Gelegenheit. Die Kampfhandlungen vollziehen sich meist so nahe unter der feindlichen Küste, daß ein Boot, das einen Geleitzug erfaßt, seine Kameraden nicht mehr rechtzeitig herbeirufen kann. So führen die Kommandanten »Krieg auf eigene Rechnung«, nur gebunden an die Weisungen, die in den »Ständigen Kriegsbefehlen« zusammengefaßt sind, und die Funkbefehle des BdU. Das erste »Goldene Zeitalter« der U-Boot-Fahrer dieses Krieges dämmert herauf. Die feindliche Abwehr zeigt deutliche Schwächen. Die englischen Zerstörer und Bewacher liegen entweder an den Werften, um die Schäden, die sie im Norwegeneinsatz erlitten, zu reparieren, oder sie sind nach der katastrophalen Entwicklung der Lage in Frankreich an die invasionsbedrohte Küste Südenglands gebunden. Unter solchen Bedingungen ist gut jagen, und die U-Boot-Kommandanten lassen sich auch nicht erst nötigen. Ihre Kriegführung charakterisiert sich als eine Mischung aus Geleitzugangriffen, freier Einzeljagd und Handelskrieg nach Prisenordnung, je wie die Chancen sich bieten, und ihrer Initiative, ihrer Zähigkeit und Angriffsfreudigkeit ist dabei ein besonders weiter Spielraum gelassen. Sie nutzen ihn aus.

Das Beispiel einer einzigen Frühsommerunternehmung mag für alle gelten:

Da steht ein Boot des großen Typs westlich der britischen Inseln in frischen südwestlichen Brisen, gewiegt von der majestätischen Dünung des Nordatlantik und umschäumt von der neuen noch kurzen See, die der Wind vor sich hertreibt. Der Ausmarsch ist normal verlaufen, voll sind seine Ölbunker, die Rohre, Torpedolager und Reservetuben an Oberdeck, voll die Artillerielast, die Jagd kann beginnen.

Strahlend wölbt sich ein sommerlicher Himmel über tiefblauer Flut, die, so weit das Auge reicht, bedeckt ist mit den Schaumkrönchen perlend und schimmernd brechender Wogenkämme. Klar, hoch und warm ist die Luft. Scharf scheiden sich Himmel und Meer in der Kimm.

Die Ausgucks auf der grauen Brücke lehnen in bequemer Haltung am Schanzkleid, lassen sich die Wärme wohlig auf das Lederzeug scheinen und führen die Gläser langsam und sorgfältig durch ihre Sektoren. Sie sind alle alte Hasen, die manche Treibjagd und mehr als ein Kesseltreiben hinter sich haben, eine festgefügte Gemeinschaft, in der jeder jeden bis unter den Trojer kennt. Nur der Kommandant ist neu, und sie warten nun mit einer Mischung aus Mißtrauen, Nachsicht und sachlicher Neugier, wie er sich machen wird. Ein Kommandantenwechsel ist immer eine knifflige Sache. Der alte hat für Betrieb gesorgt und das Ritterkreuz gekriegt, nun ist er abkommandiert. Sie müssen noch lachen, wenn sie daran denken, wie er getobt hat: »Sind die verrückt? Ausgerechnet mich in den Stab? Verurteilt zum Tode durch Austrocknung mit Papier?!« Und dann hat er ein Bootsfest über die Bühne gerollt zum Abschied, Kinder und Leute, heute wakkelt die Wand! Auf Brustwarzen und Augenbrauen sind sie nach Hause gekrochen. Und dann kam der Neue: ruhig, freundlich, bestimmt, sehr bestimmt sogar. Scheint auch Schneid zu haben, aber was er kann, soll er erst mal zeigen ...

Durch den Turm weht der Duft frischgebrühten Kaffees herauf. Sie schnuppern und freuen sich auf die Ablösung. Gleichmäßig und vertraut brummeln die Diesel. So kann man die U-Boot-Fahrerei aushalten, jahrelang, wenn es sein muß ...

Der Leitende kommt auf die Brücke geturnt, er ist ein behender Mann, schmal und jung, immer zu Schnack und Schabernack aufgelegt, aber wenn's brenzlig wird, dann hat er's in sich. Er schwingt sich auf den Sehrohrbock, blinzelt in die Sonne und legt die Stirn in wichtige Falten: »Na, meine Herren Lords? Wo bleiben denn die kleinen Dampfer?! Hier so faul in der Sonne rumlungern, das mögen Sie wohl. Aber meine Heizer drehen die Kurbelwellen nicht zum Vergnügen. Da muß was fallen, da muß was passieren, aber ihr seht natürlich nischt.«

Die Ausgucks hinter ihren Gläsern feixen. »Wenn Sie mal gukken würden, Herr Oberleutnant ...«

»Turm: Gebt mir mal 'n Glas drauf«, sagt der WO, »der L. I. will uns 'n Dampfer besorgen. Der tut noch was für die Firma. Ja, ja, was wären wir ohne die Techniker.«

»Etwa nicht? Etwa nicht?! Wetten, daß jetzt bald was kommt!« –

Der Abend fällt mit feierlicher Pracht der Farben. Die Sonne sinkt groß und rotglühend. Aus dem Osten tastet sich die Dämmerung über den Himmel herauf und gleitet von Wellental zu Wellental näher heran. Sie überhaucht die See mit rötlichem Silber und vertreibt allmählich das letzte Tageslicht. Erste Sterne blinzeln, und der Obersteuermann erscheint mit dem Sextanten und nimmt ein paar Höhen für die Schiffsortbestimmung. Block, Stift und Uhr liegen klar zum Aufschreiben.

In der Kombüse sammeln sich die Backschafter, der Smut beginnt mit der Essenausgabe, und kurz darauf klappern in allen Messen die Bestecke.

Die Nacht schreitet fort. Es wird still im Boot. Die letzte Runde ist gespielt, Skat oder Doppelkopf, die letzte »Rosita«-Platte abgelaufen. Die Lichter verlöschen. Nur in Maschine und Zentrale hocken die Wachen und lesen »Der schwarze Rigo« oder »Annas große Liebe«, zerlesene abgegriffene Schmöker, die von Hand zu Hand gehen und in endlosen Fortsetzungen die leeren Stunden der Feindfahrt verkürzen. Auf dem »Wintergarten«, der Flakplattform hinter der Brücke, sitzen ein oder zwei Mann, denen der WO erlaubt hat, heraufzukommen. Sie flüstern leise miteinander und genießen den Feierabend und die laue Sommernacht.

Im Turm ist es dunkel, nur die Kompaßbeleuchtung wirft einen dünnen Schein auf das Gesicht des Rudergängers, und zuweilen glüht ein bärtiges Gesicht im Schimmer der Zigarette auf, das sind die Raucher, die ihre letzte Kippe stoßen, ehe sie zur Koje kriechen.

Nach Mitternacht geht der Mond auf. Eine Wolke segelt klein und hell unter dem großen, dunklen, sternbestickten Firmament dahin. Die See ist schwarz, die Nachtbrise kühler als der Wind des Tages, man zieht fröstelnd die Schultern zusammen.

Unter dem Monde liegt eine breite Bahn flüssigen Silbers. Das Licht der Nacht ist seltsam unwirklich, grau, gestaltlos und doch durchsichtig. Scharf wie am Tage sind Meer und Himmel in der Kimm getrennt, und rastlos suchen die vier Augenpaare diese Linie ab nach der Unregelmäßigkeit, dem kastenartigen Schatten, als der der Gegner in der Nacht erscheint.

Allmählich verschlechtert sich die Sicht. Es ist, als löse sich die Kimm langsam auf, man weiß kaum noch, wo man suchen soll, ob das Glas zu hoch gerichtet ist oder zu niedrig.

Ein einziges Mal erscheint der Kommandant auf der Brücke, steht schweigsam eine Weile, blickt in die Nacht, prüft den Himmel, spricht ein paar Worte mit dem WO, verschwindet wieder und sagt, schon halb im Luk stehend: »Eine Flasche Bier für den, der den ersten Dampfer sichtet.«

Dampfer? Bei der schmierigen Kimm? Aber die Ausgucks verdoppeln doch ihre Aufmerksamkeit. Eine Flasche Bier ist auf See ein seltener Genuß. Wann gibt es schon mal etwas zu trinken?

Wenn einer Geburtstag hat, und dann nur einen jeweils für die seemännische oder die technische Division ...

Gegen Morgen, als es wieder aufklart, kommt endlich der ersehnte Dampfer in Sicht. Der Matrosengefreite Jahnke, backbord achterer Ausguck, hat die Buddel Bier weg.

Unter Wasser läuft das Boot an. Die Helligkeit wächst schnell. Trotzdem ist anfangs im Sehrohr nicht viel zu erkennen, ein vager Schatten, der stark hin und her giert. Man weiß nicht: sollen das Zickzacks sein – oder wird da drüben nur schlecht gesteuert. Dann sieht man besser: ein Motorschiff, etwa fünftausend Tonnen. Farbe, Aufbauten, Lademasten und -geschirre treten mit dem wachsenden Tageslicht immer deutlicher hervor. Neutrale Abzeichen? Nicht erkennbar.

»Rohr Vier – los!«

Mein erstes Schiff, denkt der Kommandant, während er wartet, wird das mein erstes Schiff?

Ramm! – »Treffer!« jubeln drei, vier Stimmen unten im Boot.

Aber der Kommandant sagt ruhig und deutlich: »Leider kein Treffer. Frühdetonierer – diese Scheißaale!«

Ach, du lieber Gott, denken die Männer, wenn das so anfängt ...

Aber er läßt ihnen keine Zeit zum Unken und Grübeln.

»Auftauchen! Klar zum Artilleriegefecht!« Erst jetzt sieht er: der Dampfer hat gestoppt und abgedreht. Von seiner Bordwand, die nun im hellen Morgenlicht liegt, leuchten große blau-gelbe Abzeichen herüber. Ein Schwede.

Egal. Ran. Vorgehen nach Prisenordnung, schießt es ihm durch den Kopf.

Unten stolpern bereits die Geschützmannschaften in die Zentrale, das Singen der Preßluft widerhallt in den Tanks, und die Munitionsmänner reißen die Deckel von der Artillerielast. – Schnell und sicher gehen die Boote des Schweden zu Wasser. Der Kapitän kommt längsseits.

»Wie heißt Ihr Schiff?«

»Erik Frisell, 5066 t Brutto.«

»Wo sind Ihre Papiere?«

»An Bord. Vergessen. Das ging alles ßu snelll« Er spricht das singende Deutsch der Skandinavier.

»Holen. Rasch. Ich habe wenig Zeit. Und dann: nehmen Sie die zwei Mann mit, die da noch auf Ihrem Schiff herumrennen.«

»Aye!« Er fährt ab. Wartend dümpeln die anderen Boote in der leichten Dünung. Die Schweden sitzen auf ihre Riemen gestützt und schauen interessiert herüber.

Endlich die Papiere.

»Was ist Ihre Ladung?«

»Getreide.«

»Wohin bestimmt?«

»Irland für Ordre.« Er zuckt nicht mit der Wimper. Höflich, korrekt und blauäugig steht er da, obwohl er sicher weiß, was jetzt kommen muß: ›Irland für Ordre‹ ist sein Todesurteil, der irische Hafen ohne Zweifel nur ein Scheinhafen, die Ladung für England bestimmt. Mit dem Anflug einer Verbeugung nimmt er das Urteil entgegen.

»Ich bedaure außerordentlich«, sagt der Kommandant, »aber ich muß Ihr Schiff versenken. Bitte bringen Sie Ihre Boote aus der Schußlinie. Sind Sie mit allem versehen? Proviant, Wasser, nautische Hilfsmittel? Obersteuermann, geben Sie dem Kapitän Standort und Kurs zur nächsten Küste.«

Der Schwede grüßt und geht von Bord. Er protestiert nicht; er weiß, daß es keinen Zweck hätte: Er ist in einer international bekannten Sperrzone aufgebracht worden, seine Ladung ist Bannware: Das Kriegsrecht ist gegen ihn.

Schuß auf Schuß fährt nun aus dem U-Boot-Geschütz und reißt große Löcher in die Bordwand des Frachters. Rauch und Feuer quellen auf. Körner wirbeln mit der Luft, die aus hochliegenden Einschußlöchern entweicht, wie eine gelbe Wolke zutage. Gierig schluckt das Schiff, säuft sich voll, legt sich nach Backbord über, kentert endlich, verharrt so noch eine Weile und versinkt nach weiteren Treffern unter einer Wolke herausblasenden Korns.

Die Rettungsboote setzen Segel und nehmen Kurs auf die Küste. Das U-Boot läuft auf Scheinkursen ab.

Vorläufig bleibt es bei dem einen Erfolg.

Nach vier Tagen vergeblicher Suche dann mehrere Fehlanläufe auf einen mysteriösen Dampfer, die »Dunster Grange«, die einen Artillerieangriff mit gutgezieltem Feuer beantwortet und von der nie geklärt wurde, ob sie eine U-Boot-Falle war oder von einem besonders geschickten und kaltblütigen Kapitän geführt wurde.

Abermals vier Tage später vergebliche Jagd auf einen Einzelgänger gegen steile, brechende See, hartes mühsames Vorankämpfen, bis plötzlich eine Kühlwasserpumpe zusammenbricht und das Boot zurückfällt. Millimeter um Millimeter kriechen die Mastspitzen des großen Zweischornsteiners wieder hinter die Kimm. –

Nachts schlagen die Seeleute das Umladegerät an Oberdeck auf, um Torpedos aus den Reservebehältern ins Boot zu bringen. Das ist schwere und gefährliche Arbeit. Rasseln und Klappern, Kommandos, Arbeitsrufe und das Rollen der Torpedowagen auf den Oberdeckschienen erfüllen die Luft. Zuweilen geistert der Schein einer abgeblendeten Taschenlampe auf, huscht über schwitzende Gesichter, matt schimmerndes Metall und feuchtes Holz und verlischt wieder.

Auf der Brücke stehen die Ausgucks, stumm und unbeweglich wie schwarze Denkmäler. Ihre Augen bohren sich in das Dunkel. Sie wissen, daß das Boot jetzt nicht tauchklar ist, daß Überraschung durch den Gegner das Ende bedeuten würde ...

Durch die Mitte des Kreises in ihren Gläsern verläuft stumpf und ungenau die Linie der Kimm. Das Wasser, tiefschwarz und starr, gleicht einer schräggestellten dunklen Wand, der Himmel darüber ist von zäher dicker Undurchsichtigkeit, die Wolken heben sich nur schemenhaft davon ab.

Am andern Mittag ein Dampfer mit westlichem Kurs. Müßte aus Coruna oder Vigo kommen, denkt der Kommandant, während die hohen Rücken der Dünung immer wieder über das Sehrohr laufen und ihm die Sicht auf das Ziel versperren. Er erinnert sich eines Funkspruchs: »Auslaufen deutschen Blockadebrechers aus Spanien bevorstehend ...« Kann das dieser Dampfer sein? Aber warum dann Westkurs? Warum dies unruhige Zacken, jedesmal nur um wenige Grad, so daß es aussieht, als gierte das Schiff unter nachlässiger Steuerung?

»I. WO zum Kommandanten! – Sie sind doch Handelsschipper. Sie kennen sich doch in deutschen Schiffen aus. Sehn Sie sich den mal an.«

Der WO beugt sich vors Okular. »Könnte ein ›Levante‹-Dampfer sein«, sagt er nach einer Weile angestrengten Hinsehens, »aber ganz sicher bin ich auch nicht.«

»Hm. Na, danke.«

»Torpedowaffe Achtung!« Klar muß ich sein für alle Fälle, denkt der Kommandant, aber verdammt noch mal, ich darf mich unter keinen Umständen irren, eine üble Zwickmühle ist das ...

Er fährt das Sehrohr ein wenig höher aus. Der Dampfer wandert schnell ein, und da sieht er: am Heck ein Geschütz, etwa Siebenfünf, auf einer besonderen Plattform noch ein Geschütz, Fla-Maschinenwaffe oder etwas Ähnliches. Hurra! – »Llos!«

Der kann nicht mehr vorbeigehen. Sehrohr raus! Beobachten. Hinter dem Schornstein ein Verschlag aus Segeltuch und Holzlatten. Ist das womöglich noch ein getarntes Geschütz?

Rabamm! Treffer dreißig Meter hinter der Schiffsmitte.

»Obersteuermann: Frage Entfernung?«

»Dreihundertzwanzig Meter, Herr Kaleu!«

»Na, viel ist das nicht. Durchs Boot: Gegner sackt achtern sofort erheblich tiefer. Die Leute stürzen in die Boote. Bug hebt sich ... Sein Heck ist unter Wasser. Bug steigt höher. Jetzt sind die Boote zu Wasser. Das hat gut geklappt bei ihm! Ein Bild vollkommener Ordnung. Sie legen ab. Der Bug steht ganz hoch ...«

Plötzlich bricht die Stimme ab, denn jetzt sieht der Kommandant, wie drüben noch irgendwo zwei Mann aus dem Vorschiff herauskommen. Sie stürzen, sausen, Beine breit, das Deck entlang, dem schmalen Heck zu, nach unten. Das Heck geht weg. Ein Rettungsboot kentert. Dann: Roumms! Ein tiefes, tosendes Grollen: Kesselexplosion.

»Seine Kessel sind hochgegangen«, sagt der Kommandant mühsam, denn jetzt fliegen zwei menschliche Körper, die Glieder von sich gestreckt, hoch durch die Luft, Zugleich ein schreckliches Bersten und Krachen. Dann ist alles vorbei. Ein großer Trümmerhaufen schwimmt auf, die einzelnen Gegenstände schießen förmlich aus dem Sinkstrudel hervor. Die Schiffbrüchigen haben sich auf Trümmer und das gekenterte Boot gerettet.

Der Kommandant taucht auf und geht näher, um den Namen des versenkten Gegners festzustellen.

»Herr Kaleu, da treibt eine Boje.«

»Auffischen.« – Es steht kein Name drauf.

Ein Floß schwabbert in der Nähe, darauf ein paar nasse Gestalten.

»What is the name of your ship?«

Ein Mann antwortet, kaum den Kopf wendend: »Nix name ...« Die andern sehen dumpf und müde zu. Aus ihren Gesichtern spricht kalter Haß.

Soll ich etwas für diese Leute tun? denkt der Kommandant, kann ich etwas für sie tun? Mitnehmen? Kein Platz. Ich bin hier, um zu versenken. Die Kampfaufgabe geht vor. Auffischen und auf die anderen Boote verteilen? Dazu brauchen sie mich nicht. Es sind heile Boote da. Auf keinen Fall darf ich mein Boot gefährden. Also:

»Ablaufen!«

Am gleichen Abend noch versenkt das Boot einen kleineren Dampfer nach Prüfung der Schiffspapiere durch Sprengung. Ladung Getreide. Banngut, Irland für Ordre. Sorgfältig begründet der Kommandant diese Versenkung in seinem Kriegstagebuch.

Als er das nächste Mal an seinem Schreibtisch sitzt, liegen achtundvierzig Stunden gedrängten Handelns hinter ihm. Seine Niederschrift lautet:

»In der späten Morgendämmerung ein Schatten. Ich schaffe es gerade noch, mit dem Hellwerden so wegzulaufen, daß das Boot an der Grenze der Sicht steht und sich noch vor ihn setzen kann. Große Freude – Zweischornsteindampfer! Starke Zacks, alle sieben Minuten, auf unregelmäßigen Kursen. Ein Torpedoboot zackt seinerseits um den Dampfer herum. Zum Angriff getaucht. Sehr schönes Fahrgastschiff, hellgrau mit zwei Decks.

Schuß aus beiden Heckrohren. Beide Treffer.

Eine hellrote Flammengarbe, durchmischt mit weißem Qualm, schlägt hinter dem zweiten Schornstein hoch empor. In dem Qualm ist von dem zweiten Torpedo nur die Detonation zu hören. Fast augenblicklich sackt der Dampfer achtern tiefer und neigt sich nach Steuerbord über, so daß ich auf sein Deck sehen kann.

Mit großer Fahrt von der Schußstelle abgelaufen, dann gehorcht. Keine Verfolgung, nur dauerndes Bersten und Knacken mit sehr vielen Detonationen ist noch lange zu hören.

Der Versuch, an die Untergangsstelle zu gehen, gelingt erst nachmittags, da das Begleitboot – ›Amiens‹-Typ – noch lange dort auf und ab steht.

Alles voll Trümmer. Darunter ein Rettungsring, den wir fischen und mitnehmen – ›Brazza‹ – Le Havre – 10 337 BRT.

Gleichzeitig kommt ein Fischkutter in Sicht. Franzose. Besatzung aussteigen lassen, um nicht gemeldet zu werden. Kutter versenkt. Die Männer machen auf mich einen offenen, geraden und harten Eindruck. Fällt mir schwer, ihren sauberen und gepflegten Kutter in die Tiefe zu schicken. Ist sicher ihr einziger Besitz und Broterwerb. Meine Gedanken gehen immer wieder zu diesen Männern zurück …

Laufe Kurs Finisterre. Dabei einzelnen Fischerlichtern ausgewichen. Vier Uhr früh fängt es an, von Fischern zu wimmeln. Ihrer sieben bis zehn sind immer zu sehen. Ich laufe in acht bis zehn Meilen Abstand an der Küste entlang nach Süden.

In der Dämmerung kleiner Dampfer, könnte kleiner Tanker sein. Beleuchtet, also möglicherweise neutral. Ich vermute Küstenfahrer, will ihn aber doch anhalten.

Beim Draufzuhalten kommt ein größerer in Sicht. Jetzt auf diesen! Aus dem dunklen Horizont setzen wir ihm einen Schuß vor den Bug. Er dreht ab. Noch einen Schuß. Er funkt SSS. Feuer auf ihn selbst eröffnet. Fast jeder Schuß ein Treffer. Jetzt erkenne ich am Heck eine Kanone, später zwei doppelläufige Waffen, geschätzt vier bis fünf Zentimeter. Aber er denkt nicht daran, sie zu besetzen. Die Besatzung stürzt in die Boote, der Dampfer brennt.

Es wird bald hell, und ich will bis dahin fertig sein. Torpedo-Fangschuß, flach eingestellt. Treffer. Großes Loch zu sehen. Dampfer sinkt nach fünfzehn Minuten. Geschätzte Größe 2500 BRT.

Abgelaufen. Noch herrscht Dämmerung. Ein neuer Dampfer in Sicht. Zum Unterwasserangriff ist es noch zu dunkel. Mitlaufen will ich nicht, bei Finisterre könnten Bewacher stehen, die Wache glaubt, sie beobachtet zu haben. Zum mindesten würden die vielen Fischkutter störend sein. Daher Entschluß: Sofort ran!

Auf siebentausend Meter Schuß vor den Bug. Er dreht ab und läuft auf die Küste zu. Ich glaube, er hat ein Geschütz achtern. Mit höchster Fahrt ran, sonst ist er in den Hoheitsgewässern.

Dritten Schuß auf ihn gezielt. Er funkt: ›Dampfer Telena‹ SSS und Standort, hat 7406 BRT. Entfernung ist groß. Schüsse liegen kurz und weit, aber noch kein Treffer. Komme langsam näher. Er hat ein Geschütz, schießt aber nicht. Endlich Treffer im Mittelschiff, dann anscheinend vorn, dann im Aufbau achtern und noch einer in der Brücke. Jedesmal grelle graue Sprengwolke. Hinter ihm flackern Flämmchen auf dem Wasser, sein Öl läuft aus und brennt. Er stoppt. Mehrere Treffer. Er fängt Feuer. Sekunden später steht eine riesige Qualmwolke über dem Achterschiff, später auch über dem Vorschiff. Er liegt etwas auf der Nase und hat Schlagseite.

Torpedofangschuß nicht gelöst, da klar, daß der Tanker vernichtet ist. Die spanischen Fischdampfer und Boote steuern aufgeregt hin und her, meist von uns weg. Nach Westen abgelaufen, hinter uns die ungeheure Qualmwolke, in der dunkelrote Flammen emporschlagen ... Da das Boot entdeckt und gemeldet ist, Funkmeldung über Lage und Erfolg an BdU abgegeben.

Abends auf neue Rauchwolke zugedreht. Kleinerer Dampfer, der schon ziemlich weit weg vor uns steht. Vorsetzen würde langwierig werden, da ich die Dämmerung überbrücken müßte. Außerdem läuft er Kurs auf die Küste zu und ist klein, also wahrscheinlich neutraler Küstenfahrer.

Entschluß: Wir laufen mit hoher Fahrt direkt auf ihn zu und halten ihn gegebenenfalls mit Artillerie an. Er hat etwa fünfzehnhundert Tonnen, Schornstein weit achtern und hohe Back über langem Vorschiff. Auf der Back so etwas wie eine Winsch. Irrtum! Das ist ein Geschütz … Abstand noch sechs- bis siebentausend Meter. Abgedreht in Höchstfahrt. Aber er hat uns doch gesehen. Qualmt stark, dreht auf uns zu. Ist ›Boreal‹-Typ.

Entfernung nimmt langsam zu. Er dreht etwas ab, will wohl schießen, aber sein Geschütz schießt wohl nach vorn nicht über den Sprung der hochgezogenen Back weg.

Er eröffnet das Feuer. Erster Einschlag nicht beobachtet. Zweiter bis vierter Einschlag liegen, je zwei an Backbord und Steuerbord, hundertzwanzig bis zweihundert Meter vor dem Boot. Ich drehe mit wenig Ruder auf die Aufschläge zu. Sein Kaliber ist hochgeschätzt 7,5 cm. Der fünfte Schuß liegt dreißig Meter genau an Backbord querab. Ganz erstaunlich, wie gut er schießt. Die Entfernung ist jetzt neuntausend Meter. So hat das keinen Zweck.

Alarm! Beim Wegtauchen noch ein Einschlag in der Nähe, der besonders im Achterschiff deutlich gehört wird …

In der späten Dämmerung aufgetaucht. Alles frei. Nach Westen abgelaufen …«

Mehrere Tage lang plagt sich nun das Boot mit lebhaftem neutralem Verkehr herum. Immer wieder kommen Rauchfahnen in Sicht, immer wieder müssen Anläufe abgebrochen werden, so daß schließlich der Kommandant verärgert das Gebiet wechselt. Dabei gerät er an einen Geleitzug, greift nachts an und verschießt infolge Abkommfehlers und Klemmens der Abfeuerung seine drei letzten Aale. U-Boot-Pech!

»Wieviel haben wir denn insgesamt?« fragt er, während er das Boot auf Heimatkurs legt.

Die Antwort kommt prompt aus allen Ecken: »Neununddreißigtausend, Herr Kaleu!«

Der Kommandant lächelt ein wenig. Sie haben also alle genau mitgezählt!

»Na«, sagt er, »das langt denn ja für den Anfang. – Zentrale! Funkraum soll FT absetzen: Neununddreißigtausend. Verschossen. Rückmarsch.« –

An Land neigt sich zur gleichen Zeit das französische Drama seinem Ende zu. Auf Dünkirchen wälzt sich die Masse der zurückflutenden Engländer.

Ein »Einbaum« versucht, in die Evakuierung des britischen Expeditionskorps einzugreifen. Er hält sich mühsam in der Nähe der Leuchttonnen, die die Bänke und Flachs an den Wegen von Nieuport, Ostende, Zeebrügge und Dünkirchen nach England bezeichnen, in einem Hexenkessel von Überwachung. Unausgesetzt brausen Bomber von der Insel zum Festland, vom Festland zur Insel. Schnellboote kämmen das Gebiet ab, nie weiß man ob eigene oder feindliche. Zerstörer kurbeln schäumend herum, allein, zu zweit, in Gruppen. Einmal jagen drei Torpedolaufbahnen auf das Boot zu und ziehen haarscharf an dem hart eindrehenden Stahlfisch vorbei mit grünlichem Phosphoreszieren ins Leere.

An Land toben die Endkämpfe um die Absprunghäfen der fliehenden Engländer. Heftiger Geschützdonner grollt stundenlang deutlich herüber. In der Luft über der Küste kurbeln und kreisen Schwärme von Flugzeugen. Nachts greifen Scheinwerfer seewärts, und Sternsignale steigen bunt und zahlreich auf, klettern himmelwärts, stehen und verlöschen.

Bei Tage bezieht der Kommandant Sehrohrposition an einer Blinktonne, die schräge im Flutstrom liegt und ihm das Wechseln der Tiden anzeigt.

Zur Mitternacht taucht er auf und entdeckt schon beim ersten Rundblick einen lebhaften Morseverkehr zwischen einstweilen noch unsichtbaren Fahrzeugen, ein geheimnisvolles und lautloses Signalisieren, ein Aufblitzen und Verlöschen von winzigen weißen Blinzellichtern auf der schwarzen ölglatten Fläche der See. Dazwischen ziehen die gelben Lichter von Fahrtlaternen dahin, und im Minenwarngebiet sieht er sogar die grüne Topplaterne eines kleinen Fahrzeuges, das langsam durch sein Blickfeld wandert.

Die Nacht ist völlig still und sehr dunkel. Aus der Nordsee rollt eine leichte, niedrige Dünung in den Kanal herein.

Sachte, lautlos schleicht sich das Boot an die wandernden Lichter heran, als plötzlich in großer Entfernung *die* Laternen eines Dampfers aufleuchten: rot und grün, dazu je eine weiße an beiden Masten. Minutenlang stehen sie in der Nacht, ehe sie wieder verlöschen. Und im gleichen Augenblick kommt ein Schatten in Sicht, ein Schiff, das plötzlich mit unsichtbaren Fahrzeugen in seiner Nachbarschaft einen regen Morseverkehr beginnt. Es ist ein unheimlicher, geisterhafter Betrieb.

Lautlos beobachten die Männer auf dem schmalen, dunklen U-Boot-Turm.

Da: jetzt stoppt der Dampfer. Ankergeschirr rasselt, und dann fährt ein Handscheinwerfer mehrfach suchend an der Bordwand herunter und über das Wasser. In seinem Lichtkegel erscheinen hier und da und dort kleine, schlepperähnliche Fahrzeuge, die nun auf einen Schlag Fahrtlaternen setzen und – eine nicht übersehbare Schar – auf den Dampfer zuhalten, nach kurzem Lichterzeigen wieder abblenden, offenbar drüben längsseitgehen und nach kurzem Liegen eilig wieder abdampfen.

»Da werden Truppen verladen, Herr Oberleutnant«, flüstert aufgeregt der Brückenmaat.

Der Kommandant nickt.

Kurz vor Dämmerung schleicht das Boot näher. Der Dampfer liegt unverändert in der Nähe der Tonne. Im Frühnebel wirkt er gespenstisch groß. Unablässig kommen und gehen zahllose kleine Fahrzeuge. »Sieht fast aus wie ein Kriegsschiff«, sagt einer. »Daneben ein Zerstörer.« »Zwei«, verbessert der WO, »dahinter kommt noch einer heraus.«

Der Kommandant läßt schweigend sein Glas von einem zum andern gehen, setzt schließlich ab und blickt prüfend zum Himmel auf.

»Dann wollen wir mal«, sagt er. »Die Dunkelheit reicht gerade noch, um ungesehen heranzukommen, und die da drüben werden nun auch nicht mehr lange liegenbleiben, sonst kommen ihnen die Flieger auf den Hals.«

Die beiden Torpedotreffer reißen mächtige Sprengsäulen am Achterschiff des Transporters empor, die für Augenblicke alles verhüllen. Dann quillt dicker schwarzbrauner Qualm auf. Flammen züngeln dunkelrot. Eine unbeschreibliche Verwirrung ist drüben ausgebrochen. Das ganze Achterschiff brennt und sinkt rasch tiefer. Arme Schweine, denken die U-Boot-Männer, gerade aus dem Schlamassel heraus und nun ins Wasser …!

»Mensch!« sagt plötzlich einer, »die Zerstörer!«

»Alarrm!« Steil geht das Boot auf Tiefe.

Quirlen und Singen. Achtundzwanzig Mal gellen, bersten und krachen Wasserbomben ringsum. Das Boot bockt, es will ausbrechen, es krümmt sich und springt, mit knapper Not bleibt der L. I. Herr der Lage, bis endlich das tödliche Konzert verklingt.

Unangefochten erreicht der »Einbaum« nach Tagen den heimatlichen Stützpunkt, und hier erst erfährt die Besatzung, daß es sich bei dem versenkten Schiff wahrscheinlich um den französischen Transporter »Douaisien« gehandelt hat.

Und daß Frankreich kapituliert. Frankreich kapituliert!

»Mensch!« sagen sie geradezu erschüttert, »wer hätte das gedacht! Im Weltkrieg haben die das in vier Jahren nicht geschafft. Nun ist der Krieg bald aus. Allein macht der Tommy nicht weiter, allein nicht.«

Aber der Kommandant, der doch nur ein junger Oberleutnant ist, wiegt bedenklich den Kopf. »Abwarten, Herrschaften, abwarten …«

11.

AM ATLANTIK

Auf der Befehlsstelle in Sengwarden lastet sommerliche Hitze. Heuduft fächelt süß und würzig mit der leichten Vormittagsbrise zu den offenen Fenstern in das Lagezimmer des BdU herein. Unter dem blauen Himmel segeln weiße Haufenwolken stolz wie Schwäne dahin. Von irgendwoher aus der Nachbarschaft klingen gedämpft die Fanfaren einer Marschmusik herüber, reißen mit ihrem Rhythmus an den Nerven, brechen jählings ab. In der plötzlichen Stille ist das Summen der Fliegen um die grünen gläsernen Lampenschirme doppelt vernehmbar.

Der BdU steht sinnend vor der Lagekarte. Er kennt sie längst auswendig, aber er benutzt sie doch als festes Gegenüber, als Gedankenschlachtfeld, obwohl er sie beständig im Geist vor sich sieht, selbst wenn er nachts wach liegt und grübelt, und die Sorge, mit dem kommenden Entwicklungen Schritt zu halten, ihn nicht in Schlaf kommen läßt. Wie Stecknadelköpfe stehen seine Boote in dieser Weite. Selbst wenn er sie so nahe wie möglich an die feindlichen Küsten hinstellt, können sich ihre Sichtweiten nie auch nur annähernd überschneiden, immer bleiben riesige Lükken, die er nicht überdecken kann. Es bleibt dabei, »das Hemd ist zu kurz.«

Tausendmal hat er diese Gedanken gedacht: Ziehe ich die Boote auseinander, fährt der Feind zwischen ihnen hindurch, fasse ich sie zusammen, fährt er sicher an den Flügelpositionen vorbei. Auch jetzt denkt er automatisch wieder daran, während er den Worten seines Chefs des Stabes lauscht.

Der Kapitän Godt, wie der BdU im weißen, leicht gestärkten Sommerjackett, faßt noch einmal seinen Vortrag zusammen, während er die Spitze eines Zeigestocks mit kleinen, regelmäßigen Bewegungen zwischen seinen Fingern hin und her dreht.

»... Der Besitz der Biscayahäfen«, sagt er, »erspart uns demnach die langen An- und Rückmärsche, die bisher den größten Teil des Aktionsradius der Boote verschluckten.«

Der Admiral nickt. »Die Kapitulation Frankreichs ist für uns ein wahres Geschenk des Himmels. Gar nicht dankbar genug kann man dafür sein. Die englischen Seeverbindungen liegen jetzt sozusagen unmittelbar vor unserer Haustür. Das bedeutet, daß von nun ab jedes Boot den größten Teil seiner Seezeit im eigentlichen Kampfgebiet verbringen kann. Damit vervielfachen sich unsere Erfolgschancen, und wir können wenigstens zu einem kleinen Teil unseren katastrophalen Bootsmangel ausgleichen. Jetzt hundert Boote, Godt! Nicht auszudenken ...«

Er wischt den Gedanken mit einer zornigen Handbewegung weg. »Wie sind die Brennstoffbestände der Boote in See?«

Der Kapitän gibt die Zahlen.

»Wann kommen die ersten Boote nach Lorient?«

»Es ist sichergestellt, daß die ersten Boote nach Aufbrauch ihrer Kampfkraft bereits im Juli die Biscayahäfen zur Reparatur und Neuausrüstung anlaufen können. Arbeiter werden von der Germania-Werft abgestellt. Flottillenvorkommandos sind in Marsch gesetzt, Transporte angelaufen.«

»Schön!« Der Admiral wendet sich zum Fenster und blickt eine lange Weile schweigend hinaus in das weite, flache, sommerlich grüne Wiesenland, auf dem das Vieh im Schatten der wenigen Bäume ruht.

»Godt«, sagt er endlich, indem er sich, am Ende seiner Gedankenkette angelangt, dem Chef des Stabes wieder zukehrt, »diese französische Kapitulation ... ich glaube jetzt zum ersten Mal an die Möglichkeit eines günstigen Kriegsausgangs. Sie wissen, daß die Kriegserklärung Englands auf mich gewirkt hat wie ein Keulenschlag. Damals sah ich die Lage so an: Wir hatten kein ausreichendes Kampfmittel gegen England. Der Raum, den wir bei Kriegsbeginn beherrschten, reichte nicht aus, um eine totale englische Blockade auf die Dauer aushalten zu können. Wie sollten wir also den ohne Zweifel kommenden und ja auch sofort erklärten Wirtschaftskrieg Englands aushalten? Seither hat sich unser Raum als Kriegswirtschaftsraum im Osten durch die Einbeziehung Polens, dann durch Norwegen-Dänemark und jetzt im Westen um Holland, Belgien und den größten Teil Frankreichs vergrößert. Ich glaube, daß damit die wichtigste, die überhaupt unerläßliche Voraussetzung für einen guten Kriegsausgang geschaffen ist, wir sind blockadesicher geworden. Wenn wir diesen jetzigen Raum weiter beherrschen und ausnutzen können, wird die Festung Europa auch einen sehr langen Krieg aushalten. Voraussetzung dazu ist allerdings, daß wir das Eindringen des Feindes in diesen Raum dauernd verhindern und die Luftherrschaft darin aufrechterhalten können.«

Kapitän Godt nickt. »Ich bin hierin der gleichen Ansicht wie Sie«, sagt er und fügt nach einer kleinen Pause verhalten hinzu: »Und ich glaube, ich empfinde dabei ähnliches wie Sie, Herr Admiral.«

Vierzehn Tage später hebt sich vor den Ausgucks eines rückmarschierenden Bootes ein schmaler blaugrauer Strich aus der Kimm: Land, die französische Küste. Neugierig schauen sie hinüber, während sie durch Flotten von Fischkuttern dahingleiten, die überall mit ihren bunten Segeln und den langen, schräg abstehenden Angelbäumen wie im tiefsten Frieden ihrem Erwerb nachgehen.

Dann ein deutsches Minensuchboot. Signale hinüber und herüber. »Willkommen in Frankreich!« Wie seltsam das klingt: Willkommen in Frankreich! Der Gedanke ist neu und sonderbar, man muß sich erst daran gewöhnen zu denken, daß an der Biscaya von jetzt ab die Heimat des Bootes sein wird, die Flottille, die Werft ...

Den Einlaufenden bieten sich die freundlichen Bilder einer besonnten hellbraunen Felsküste, über der hohe Haufenwolken sich auftürmen und von der die Farben des Sommers, Grün aller Schattierungen, Gelb blühenden Ginsters und das Weiß, Rosa, Blau und Steingrau der dunkelbedachten niederen Häuser herüberleuchten.

Über dem Hafen freilich, der sich schon von fern durch ragende Kräne ankündigt, steht dunkel und drohend schwelender

Rauch, aber von den Forts an der Einfahrt winken deutsche Landser, und eine deutsche Signalstelle erbittet, erhält und bestätigt die Einlaufmeldung des Bootes.

Und nun, während sie noch schauen und staunen und das ungewohnte Neue in sich zu ordnen trachten, erkennt einer plötzlich die Männer, die auf einer Anlegerhulk zu ihrem Empfang bereitstellen. »Mensch«, sagt er fassungslos, »die Flottille!«

Wirklich, da stehen sie: der Chef, der Flo.-Ing., »Papa« Scheel, der VO, die ganzen Kumpels, sogar die Schreibstubenhengste sind mit da. So was! –

»Den heimkehrenden Kameraden ein dreifaches Hurra ...!«

Wirklich, »heimkehrend« sagen sie, es ist immer dasselbe: man kriegt jedesmal ein bißchen heiße Augenwinkel bei dem Wort.

Und dann brechen sich die Hurras an den Wänden der Arsenalbauten und Kasernen. Zünftig ist das, Kinder, zünftig ...

Die Flottille hat in der französischen Marinepräfektur mit ihrem Vorauskommando Quartier bezogen. Ungeheure Mengen an Beute, Uniformen, Schuhwerk, Ausrüstung, teilweise noch mit englischen und amerikanischen Firmenstempeln aus dem Jahre 1918, Tropenzeug, Waffen, Munition, Proviant, tausend Dinge, die der Gegner in der Überstürzung der Ereignisse nicht mehr hat vernichten können, sind in die Hand der besetzenden Deutschen gefallen.

Die Stadt selber zeigt kaum Schäden. Sie ist nicht schön, eine bretonische Provinzstadt wie viele, mit ungepflegten, vielfach seit langem reparaturbedürftigen Häusern, die in engen, schmutzigen grauen Straßen aneinandergedrückt stehen. Aber auf dem viereckigen Platz in der Stadtmitte stehen Palmen, und hinter mancher hoch und abweisend um vornehm-schweigsame Häuser gezogenen Mauer ragen ebenfalls die grünen breiten Wedel hervor.

Gefangene aller Truppengattungen der französischen Armee und Marine, Weiße und Farbige, ziehen, geführt von feldgrauen Wachmannschaften, durch die Straßen. Gutmütig schauen sie drein und gleichmütig, finden die U-Boot-Männer, nicht einmal besonders bedrückt. Und sie sind gut genährt; kein Wunder: Das Land ist reich, geradezu unvorstellbar reich! Man braucht nur in die Schaufenster zu blicken oder in die Restaurants und Estaminets zu gehen: Es fehlt an nichts, der Überfluß bietet sich in verschwenderischer Fülle an.

Und außerdem ist die Flottille da, mit allem, was das Herz begehrt. Pkws, Brennstoff, Geld, alles steht zur Verfügung, nur die sanitären Anlagen lassen zu wünschen übrig, aber: »Das wird bald anders«, sagt der VO, »darauf könnt ihr Gift nehmen!«

Die kurzen Tage der Überholung und Neuausrüstung des Bootes vergehen wie ein Fest.

Von Sengwarden kommt der BdU mit der Ju zur Besichtigung. Eilig, rastlos und knapp wie immer, wickelt er sein minutiös aufgestelltes Programm ab, sieht alles, spricht zu den Männern, inspiziert Werft und Arsenal, hört, fragt, erkundet, notiert. »Schreiben Sie, Fuhrmann, notieren Sie das, Fuhrmann ...« Der Flaggleutnant nimmt jede Einzelheit zu Papier, und schon rollen die Wagen wieder aus dem Tor, zurück nach Vannes, wo sie die Ju erwartet.

»Im Herbst, Fuhrmann«, sagt der BdU, während sie über die Brücke am Ortsausgang rollen und sein Blick auf den Hafen zurückfällt, »im Herbst siedeln wir hierher über. Ich muß nahe bei der Truppe sein, Fühlung haben, ihre Sorgen kennen ... darauf kommt es an.« –

Mit den fortschreitenden Tagen beginnt der laufende Wechsel der Boote. Ausgeschossen, mit leeren Bunkern kommen sie herein, reparieren, ruhen aus, ergänzen und gehen wieder in See. Die Versenkungsziffern steigen steil an. Auszüge aus der Funkkladde eines Bootes geben davon einen Begriff:

Während das Boot selbst noch sein Operationsgebiet ansteuert, meldet ein anderes »Verschossen, 35 000 BRT, Rückmarsch«, ein weiteres »Jagd auf schnellen Truppentransporter«, wieder das erste »Schlachtschiffverband«, kurz darauf »Schlachtschiffverband aus Sicht«, und ein drittes Boot »26 600 BRT, ein To-Versager«.

Am nächsten Morgen ein Einzeljäger des großen Typs aus dem Süden der Biscaya: »Drei Schiffe. Revier vergrämt. Erbitte Verlegung Op-Gebiet.« Zugleich meldet ein Boot 11 000, ein weiteres

32 000 BRT versenkt, dazu »6000 wahrscheinlich«, ein drittes seinen Standort nördlich der Shetlands, ein weiteres einen feindlichen Geleitzug mit Nordkurs aus der Biscaya.

Dieses Boot gibt nun mit kurzen Abständen immer neue Geleitzugmeldungen. Dazwischen teilt ein anderes aus dem Norden die Wetterlage mit. Folgen Weisungen und Befehle der Führung, und dann ist ein zweites Boot an dem Geleitzug: »Habe Geleitzug in Sicht«, und ein drittes meldet: »Aus Geleitzug zwei Dampfer mit 16 000, außerdem 7 000, vor zwei Tagen Schiff Typ ›Orion‹ torpediert. Sinken nicht beobachtet!«

Nun jagen sich die Meldungen. Mehrere Boote haben Fühlung und funken: »Feind in Sicht«, »Habe Fühlung am Geleit«, »Vom Zerstörer unter Wasser gedrückt. Feind aus Sicht ...«

Dazwischen ein Heimkehrer: 9 Dampfer 51 086 BRT. Und schon wieder der Funkspruch eines der Geleitzugkämpfer: »Wenigstens zwanzig Schiffe. Kurs Südwest. Sicherung schwach. Ein Dampfer versenkt.«

Gleich darauf ein anderer: »Angriffssehrohr ausgefallen. Rückmarsch. Drei Dampfer 15 000 BRT. Tanker ›Athellaird‹ torpediert, Sinken nicht beobachtet.«

In der Nacht meldet ein Boot 21 000 BRT, am folgenden Morgen ein anderes »Fünf Dampfer, 31 000 BRT«. Der Kommandant, aus dessen Funkkladde dieser Auszug stammt, versenkt 22 807 BRT, den Zerstörer »Whirlwind« und einen Marinetanker, ein anderer in der gleichen Zeit 30 000, der große Einzeljäger im Süden 23 600 BRT. Und so geht es fort. Die Boote jagen und schießen, jagen und schießen. Das »Erste Goldene Zeitalter« der U-Boote ist voll im Erblühen.

Was der BdU vorausgesagt hatte, der Vorteil der verkürzten Marschwege, wirkt sich aus. Die Dauer der Unternehmungen geht zurück, die Erfolge nehmen zu.

Eine Feindfahrt von nur elf Tagen Dauer, die als »vorzügliche, besonders erfolgreiche Unternehmung« beurteilt wurde, mag dafür als Beispiel dienen:

An einem windigen, regnerischen Morgen steht die Besatzung

im olivfarbenen Bordpäckchen zum Auslaufappell auf dem Platz vor der Präfektur angetreten. An dem runden, mit gußeisernen Schnörkeln verzierten Musikpavillon spielen und lärmen französische Kinder, und ihr helles Geschrei mischt sich in die Worte, die der Admiral, der gerade Lorient einen seiner Blitzbesuche abstattet, seinen Männern zum Auslaufen mitgibt. Immer wieder stößt seine Faust mit dem um den Daumen gekrümmten Zeigefinger unterstreichend und bekräftigend vor. Er kennt diese Besatzung. Er mustert sie nicht zum ersten Male, sie hat ihre siebente Feindfahrt vor sich, und manchen, der heute als Maat vor ihm steht, hat er als blutjunges Heizerlein lange vor dem Krieg auf den Einbäumen zum ersten Male gesehen.

Schlag neun legt das Boot ab.

Über das mit der Ebbe rasch ausströmende schlammgraue Wasser huschen Böen in dunklen Schatten und Streifen. Dünner Regen weht mit dem Wind daher. Die Menschen auf der »Ysère«, dem Anleger, frösteln.

Rasch wird das Boot kleiner, seine Silhouette spitz. Nur der Turm hebt sich noch ab, eine schmale, kleine Plattform, auf der sich ein Dutzend Männer drängt. Heimat, Sicherheit, Geborgenheit liegen hinter ihnen, sinken rasch achteraus. Vor ihnen aber dehnt sich, unendlich weit und wogend, von jagenden Böen und dahintreibenden Wolken überschattet, der wüste Atlantik.

Ausgerüstet mit elf Torpedos, achtzig Granaten, Proviant für sieben Wochen, Wassertanks, Treibölbunker und Schmierölbehälter voll. Besatzungsstärke einundvierzig Mann, marschiert das Boot mit brummenden Dieseln, sachte rollend und schlingernd in einer seitlichen Dünung, neuen Kämpfen entgegen.

Der Kommandant lehnt am Sehrohrbock. »Daß ihr mir gut aufpaßt, Kameraden! – Hier gibt's keinen faulen Schlendrian wie im Hafen. Jetzt wird wieder rangeferzelt, klar?«

»Jawoll, Herr Kaleu!«

»Bis auf die Wache wollen die Herren dann jetzt die Brücke räumen. Ein bißchen mehr Bewegung, wenn ich bitten darf. Dies ist keine Lustfahrt in See mit Außersichtkommen des Landes …«

Rasch, geschmeidig und behende fädeln sich die Freiwächter durchs Turmluk nach unten.

»Au, Mensch, du triffst mir ja uff die Jriffel!«

»Nimm se doch weg, du Dussel. Greif an die Handeisen ...«

Vor frischem Südwest und weiß überkämmender See zieht das Boot dahin. Der Himmel ist verhangen von tiefen, schnellreisenden Wolken. Von Zeit zu Zeit prasseln Schauer. Das Regenzeug der Wache blinkt und schimmert in der Nässe.

Am Abend kommt der L. I. »Herr Kaleu, das französische Öl, das wir übernommen haben, ist zu dünnflüssig. Die Abgas-, Öl- und Kühlwassertemperaturen liegen schon seit Stunden über der erlaubten Höchstgrenze. Wir haben laufend altes, dickes deutsches Schmieröl beigemischt und Reserve-Schmieröl- und -Kühlwasserpumpe mitlaufen lassen. Nützt nischt, der Verbrauch liegt weit über der Norm.«

»Ja«, sagt der Kommandant, »und ...?«

»Und? – Das bedeutet, daß unsere Geschwindigkeit bei Dauerhöchstfahrt stark herabgesetzt sein wird.«

»Scheiße! – Wieviel?«

»Schätze auf dreizehn Meilen höchstens, Herr Kaleu, mehr wird's nicht.« Der L. I. zuckt bedauernd die Achseln.

»So ein Mist. Vielleicht fällt Ihnen doch noch was ein.«

»Kaum, Herr Kaleu. Was uns einfallen konnte, haben wir schon probiert. Darum komme ich gerade zu Ihnen.«

Der Kommandant kaut einen Fluch hinunter. »Na«, sagt er schließlich, »das hilft dann nischt. Müssen wir 'n Funkspruch an BdU machen. Es genügt, wenn *ein* Boot durch ungeeignetes Öl behindert wird.«

Abermals vergeht ein Tag. Nichts kommt in Sicht, nichts außer ein paar Möwen, einer stark mit Muscheln bewachsenen Bohle, einem treibenden Faß ... Keine Rauchwolke. Keine Mastspitze. Kein Flugzeug. Dann ein Funkspruch: »Geleitzug mit Westkurs in Quadrat Anton Max zu erwarten.«

Geleitzug? Prima! Der Kommandant beugt sich über den Kartentisch in der Zentrale. »Hier«, sagt er, den Zeigefinger auf das Quadrat stellend, »der kommt uns günstig, können wir bequem erreichen.« Er steigt in den Turm, setzt sich auf den Sehrohrstuhl, tritt die Fußhebel und fährt versuchsweise rundum. Dann das Sehrohr: Aus, ein ... Er legt das Auge an das runde, gummigeschützte Okular, betätigt den Kipphebel, wischt, guckt wieder, richtet sich auf und beugt sich über das Luk im Turm: »Zentralmaat!«

»Herr Kaleu?«

»Was ist denn eigentlich mit dem Angriffssehrohr los? Sehen kann man nischt, drehen läßt sich's schlecht, als wäre die Buchse mit Sandpapier gefüttert, und pinkeln tut's wie 'ne alte Regenröhre.«

Er weist auf das Wasser, das, abgestoßen von der dünnen Fettschicht, perlend an dem blanken Schaft des Sehrohrs niederrinnt.

»Das hab' ich schon bei den Werftgrandis in Lorient reklamiert«, sagt der Zentralemaat, »wir haben alles aufgenommen und neu eingepaßt, weil es doch letzte Reise schon leckte, aber hingekriegt haben sie's nicht, Herr Kaleu. Das ist überhaupt noch nicht das richtige mit der Werft in Lorient, alles zu provisorisch. Da sind wir in Kiel besser bedient. Wenn wir zur Grundüberholung gehn, müssen wir nach Kiel, Herr Kaleu, sonst wird das nichts.«

»Klar«, sagt der Kommandant, »Kiel ist auch näher bei zu Hause, nicht wahr, mein Sohn? Kiel ist gesünder für die Verheirateten. Und überhaupt ...« Er lacht.

»Ich bin nicht verheiratet«, sagt der Maat ein bißchen pikiert.

»Aber verlobt, wenn ich nicht irre. Ich habe Sie doch gesehen, Schlieper, Holtenauer Straße, dicht vorm Dreiecksplatz vor dem Kinderwagengeschäft. Und mit einem sehr netten Mädchen. Die halten Sie nur gut fest.«

Der Rudergänger feixt. Schlieper wird rot bis über die Ohren.

»Im nächsten Urlaub vielleicht«, sagt er.

Einen Augenblick ist es still. Sie denken alle dasselbe: im nächsten Urlaub ... und jeder sieht ein anderes vor sich: Frauengesichter, alte und junge, Kindergesichter ... ein Haus, eine Wohnung, eine Stube, eine dunkle Straße mit Bäumen und Buschwerk und mattem Laternenschein. Nein, Laternen brennen ja nicht mehr, es ist alles verdunkelt. Im nächsten Urlaub, denken sie, wenn wir ihn erleben ...

»Na«, sagt der Kommandant, das Schweigen brechend, »wir werden's ja sehen. Zunächst wollen wir mal ein paar Tonnen unter Deck schieben. Sehen Sie zu, Schlieper, ob Sie das Scheißsehrohr nicht noch ein bißchen besser hinkriegen. Ist ja kläglich, wie schlecht das Ding funktioniert. Hoffentlich kriegen wir gute Changs für Nachtangriffe, sonst seh ich lausig schwarz.«

Der Zentralemaat untersucht, baut auseinander, reinigt, baut zusammen, probiert: Es hilft nichts. Aus irgendeinem Grunde ist das Rohr von innen verstaubt, und die Schwerdrehbarkeit läßt sich ebensowenig beheben wie das Lecken. Wütend keilt er schließlich das Werkzeug in die Kiste.

»Na, wie ist's?« fragt der Kommandant sanft, »geht's jetzt besser, Schlieper?«

»Alles Kacke, deine Elli«, sagt der Maat böse.

»Diese Meldung«, erwidert der Kommandant, sein Lachen verbeißend, »betrachte ich mehr als privat. Feixen Sie nicht, Jahnk. Passen Sie lieber auf Ihren Kurs. Ein großdeutsches Tauchboot ist kein Federhalter, mit dem man Liebesbriefe in den Atlantik schreibt.«

»Jawohl, Herr Kaleu!« Der Rudergänger glättet mühsam sein Gesicht. Der L. I. hockt auf seinem Bänkchen am Turmschaft in der Zentrale und wippt mit seinen pelzbesetzten Hausschuhen, den »Kaninchen«.

»Was das Sehrohr betrifft«, sagt er beiläufig, »ich hab mal wo gelesen, daß auch die größten Feldherrn ihre Erfolge *trotz* der auftretenden Widrigkeiten und Versager errungen haben.«

»Richtig, L. I. Aber ich darf Sie darauf aufmerksam machen, daß heute die Widrigkeiten und Versager ausnahmsweise im technischen und nicht im seemännischen Sektor unserer Seekriegsröhre auftreten.«

»Eins zu null für Sie, Herr Kaleu«, sagt der Leitende anerkennend und zugleich bemüht, ein kleines Rot zu unterdrücken, das ihm in die Ohrläppchen steigt, »eins zu null für Sie ...«

Die Nacht fällt spät. Das Boot steht nun schon so weit nördlich, daß die Helligkeit der Sommertage spät endigt und früh wieder beginnt, aber von Mitternacht bis gegen drei Uhr früh hängt doch die Dunkelheit wie ein schweres schwarzes Tuch über der weiten, wogenden Meereslandschaft.

Eintönig und schweigsam vergehen die Stunden der Wache nach Mitternacht. Die Doppelgläser zwischen den gespreizten Fingern beider Hände, zuweilen die Ellbogen auf das Brückenschanzkleid aufstützend, suchen die Ausgucks ihre Sektoren ab. Allmählich lichtet sich das Dunkel im Osten zu einem ersten fahlen Grau. In der Höhe reißt die Wolkendecke in schmalem Schlitz auf, hinter dem milchfarbenes Licht hervorschimmert und über die dunklen Täler und schäumenden Kronen der Seen hingeistert.

Der Wachoffizier, der den Platz an Backbord vorn in der Brückennock besetzt hält, schaut prüfend zum Himmel. Dann beugt er sich über das Turmluk. »An Kommandant: Dämmerung beginnt. Frage Prüfungstauchen?«

Im gleichen Augenblick sagt der Ausguck im Nordostsektor: »Herr Oberleutnant, ich glaube ...«

»Was glauben Sie?« fragt, herumfahrend, der Offizier.

»Da sind Rauchwolken, Herr Oberleutnant«

»Wo?«

»Weiter vorlich. Ja, jetzt hab ich sie ganz deutlich.« Er weist mit dem Arm hinaus, ohne das Glas abzusetzen.

Nun sieht es auch der Offizier. Zart, dünn, bräunlich, in winzigen, schnell zerflatternden Bällchen hebt sich der Rauch über die Kimm.

»An Kommandant: Rauchwolken in 80 Grad!«

Die Meldung schlägt wie ein Funke durchs Boot. Überall rappeln sich die Schläfer aus den Kojen, sie sind mit einem Schlage hellwach. Der Kommandant hat schon mit wenigen Sätzen durch Kugelschott, Zentrale und Turm die Brücke erreicht.

Das Boot dreht zu und vermehrt die Fahrt. Allmählich steigen zwei Fahrzeuge über die Kimm, sie haben westlichen Kurs. Das Boot dreht parallel mit. Wind und See stehen nun genau gegenan.

Gischt und Sprüh wischen über das Brückenkleid herein. Der Morgen erhebt sich grau und kühl. Tau fällt. Die Sicht ist mäßig.

Und dann steht plötzlich im Morgenlicht ein Wald dünner Rauchfahnen vor ihnen auf der Kimm, die sich – wie am Himmel über einer fernen Industriestadt – zu einer schmierigen Wolke vereinigen.

In weitem Abstand hält das Boot Fühlung. Mastspitzen und Schornsteine kommen heraus. Allmählich gewinnt der Kommandant einen Überblick: Es sind viele Fahrzeuge, und sie fahren in breiter Formation, zuweilen verdeckt durch starke Regenböen und Regenfronten aus Nordwest. Alle vier bis fünf Minuten zakken sie exakt und gut geübt um ihre Flügelmänner, und das Boot folgt ihnen, ein ferner, zäher Beobachter, wie ein Späher an der Grenze der Sicht.

»Geduld, meine Herren«, sagt der Kommandant, die erloschene schwarze Zigarre im Mundwinkel, »wer das Kind aus der Wiege stehlen will, soll sich vorher informieren, wo die Mutter ist.«

Endlich klärt sich das Bild: Zwei Kanonenboote, langgestreckte, niedrige, schnelle Rutscher mit weißem Schaumbart vor dem schwarzen Bug, und zwei Fischdampfer mit hohen, dünnen, qualmenden Schornsteinen kreisen wie Wachhunde um die wertvolle Herde.

Gegen Mittag steht das Boot vor dem Geleitzug, taucht und läuft zum Angriff an. In kurzen Abständen gibt der Kommandant seine Beobachtungen nach unten. Er allein sieht ja nun, wie die mächtige Herde der Schiffe allmählich hinter den hohen Wellenrücken herauskommt, eine breite imposante Front schwarzer und grauer Leiber, steil gereckter, weiß umschäumter Steven, ragender Masten, schräg abgewinkelter Ladebäume und wechselnd qualmender Schornsteine.

»Alle Fahrzeuge sind bewaffnet«, sagt er, »Durchschnittsgröße etwa sieben- bis achttausend Tonnen, darunter ein sehr großer Passagierdampfer, mehrere Tanker und große Frachter, gerade was der kleine U-Boot-Mann sich wünscht. Mehrzahl der Schiffe fährt in Ballast, breite Streifen Unterwasserfarbe sichtbar,

Schrauben schaufeln teilweise Schaum. Wenige beladen. Dampfer haben Bugschutzgerät gegen Minen ...«

Unten lauschen die Männer dem gleichmütigen Klang dieser vertrauten Stimme und empfinden, ohne daß es ihnen voll bewußt wird, die Ruhe und Sicherheit, die davon ausgeht.

»Setze Angriff an auf Passagierdampfer«, sagt jetzt die Stimme, »Passagierdampfer fährt in der Backbord äußeren Kolonne als Spitzenschiff. Ist modern mit drei Farben getarnt. Bewaffnet ... Zahl der Bewaffnung nicht genau zu erkennen ... ein Schornstein, zwei Masten, nehme an, daß es ein Hilfskreuzer ist; als Passagierdampfer würde er in der Mitte fahren ...«

Zwischen diesen Bemerkungen erklingt das leise Summen des Sehrohrmotors, fallen die kurzen, halblaut gegebenen Tiefenruderkommandos des Leitenden: »Vorn unten fünf ... Komm auf ...«

Deutlich, auch ohne Horchgerät hörbar, schwillt jetzt das Geräusch der vielen näherkommenden Dampferschrauben im Boot an. Es ist ein Rauschen und Schaufeln, ein Schlürfen und Mahlen und sausendes Stampfen, das das ganze Boot erfüllt.

Darüber, klar und trocken, die Stimme des Kommandanten; »Sind zwischen den Spitzenbewachern durchgesackt ... kommen ziemlich nahe an das Spitzenschiff der dritten Kolonne heran ... Spitzenschiff passiert uns ... stehen zwischen zweiter und dritter Kolonne ... Torpedowaffe ...! Dreierfächer aus Rohr Eins, Drei und Vier! Fächern ... los!«

Und dann das Warten, das Warten und fiebernde Lauschen, während die Sekunden verticken. »Alle Aale laufen«, hat der Horcher gesagt – laufen sie denn bis in alle Ewigkeit?!

Da! Rraddang ...! Das ist ein Treffer. Grell brüllt die Detonation auf die Außenhaut des Bootes. Treffer, Mensch!

Und wieder die Stimme des Kommandanten: »Torpedo hat genau mittschiffs getroffen. Und jetzt trifft der linke Aal einen Dampfer, der hinter dem Hilfskreuzer fährt! Sauber!«

Ramm! – Da ist schon die Detonation.

»Zweiter Dampfer ist kurz vor dem Heck getroffen. Entfernung etwa zweitausend Meter.«

Solch ein Schwein, blitzt es durch die Gehirne, solch ein Schwein! Ob der dritte auch noch ...?

Dumpfer grollender Schlag.

»Ist das der dritte, Herr Kaleu?«

»Nein, Schlieper, der erste. Offenbar Kesselexplosion. Schiff hat starke Schlagseite nach Steuerbord. Große Zerstörungen im Mittelschiff. Alle Rettungsboote unbrauchbar. Schiff sinkt allmählich achtern tiefer. Länge etwa hundertachtzig Meter, Größe siebzehn- bis zwanzigtausend Tonnen, schätze nahe an achtzehntausend ... Zweiter Dampfer könnte Blue-Funnel-Frachter sein. Hat zwei Masten, vier kurze Pfahlmasten, sechs Ladeluken. Schätze siebentausend Tonnen. Ist sofort mit dem Heck abgesackt bis über die Wasserlinie.«

Was der Mann am Sehrohr nicht sagt, ist, daß jetzt drüben auf dem sinkenden Hilfskreuzer zwischen zerrissenen Platten und verbogenen Davits, an denen die zersplitterten Reste von Rettungsbooten baumeln und in der Dünung hin und her schwingen, im Schwall ausströmenden Dampfes, in Qualm und Flammen die Besatzung sich um Flöße müht, daß Menschen kopflos hin und her rennen und einzeln die Reling erklettern, sich in die Luft hinausschnellen und in weitem Bogen ins Wasser springen.

Was er nicht sagt, ist, daß er auf den beiden Bewachern, von denen der eine kaum eine Schiffslänge entfernt sein Sehrohr passierte, in der Nähe des Hecks die Reihe der grauschwarzen Wasserbomben hat stehen sehen ...

Er hat auch keine Zeit jetzt, darüber nachzudenken und farbige Reportagen ins Boot zu geben, sein Denken konzentriert sich einzig darauf, dem Boot eine neue Angriffschance zu schaffen; er steht jetzt mitten im Geleit, es wimmelt ringsum von Schiffen, die aufgeregt signalisieren. Überall an den Schornsteinen steigen in kurzen und langen Intervallen die weißen Wolken der Dampfpfeifentöne auf, es muß ein wildes Konzert sein, das da im Gange ist.

Ein Tanker wandert ein. Schuß! Das Opfer dreht rechtzeitig ab, vorbei geht der Aal, ins Leere.

Und keine Zeit, ihm nachzutrauern, denn nun rauschen zwei

Frachter der nächsten Kolonne mit breiter, schäumender Bugsee mächtig und schwerfällig auf das Boot zu.

Sehrohr ein – und schnell auf zwanzig Meter! Rumpeln, Rauschen, Schaufeln und Schlagen, das anschwillt, über das Boot wegzieht und verklingt.

Wieder auf Sehrohrtiefe. Schade, nur noch die Schlußschiffe sind da, keine Chance mehr für weitere Schüsse. Aber Chance, sich der Horchverfolgung zu entziehen, indem man sich an die Nachzügler anhängt! Hell singen die E-Maschinen, beide »Große Fahrt«.

»Rohre nachladen!«

Vorsichtig, in kurzen Abständen, benutzt der Kommandant das Sehrohr, und er sieht nun, wie die Kanonenboote in die Nähe der ersten Schußstelle laufen, wie sie stoppen, horchen und, den roten Stander »Z« vorheißend, zum Wasserbombenwurf anlaufen. Er beobachtet auch, während schon die Schläge der Wabo-Detonationen weithin durch die Tiefe rollen, daß die Geleitschiffe ihre Fahrt erhöht und daß ihre Besatzungen Schwimmwesten angelegt und die Geschütze besetzt haben.

Die beiden getroffenen Schiffe liegen, langsam tiefer sackend, regungslos mit zunehmender Schlagseite da. Eine Stunde nach den tödlichen Treffern richtet der riesige Hilfskreuzer mühsam den Bug auf, wälzt sich schwerfällig auf die Seite und sinkt. Wenige Minuten später folgt der zweite. Ein Aufbäumen, eine Wolke von Wasserdampf, ein scharf umrandeter glatter Fleck inmitten der rauhen Seen – aus …

Unten im Bugraum schwitzen und schuften derweilen Seeleute und Torpedopersonal beim Nachladen der leergeschossenen Rohre. Die Kojen zu beiden Seiten der engen Röhre sind hochgeklappt, die schweren Doppel-T-Trägerschienen senken sich über die Torpedos. Ketten rasseln, Laufkatzen rollen, nackte Arme mit aufspringenden Muskeln kurbeln, schwerfällig schaukelnd heben sich die Aale aus ihren Lagern. Dick mit Fett eingeschmiert und mit frommen Wünschen begleitet, verschwinden sie langsam in den Rohren. Schon am Spätnachmittag hat das Boot, das nun wieder über Wasser marschiert, erneut Fühlung am Geleit. Weit nach Süden ausholend, braust es mit schäumenden Flanken an der Kante der Sicht nach vorn. Über den Schiffen zieht ein Flugboot weite Kreise und Schleifen.

Es dunkelt sehr langsam. Aus Nordwesten fächelt eine leichte Brise. Der Himmel ist wenig bewölkt und strahlt in den Gluten der Abendsonne. In den Tälern der leichten Dünung sammeln sich die ersten violetten Schatten der Nacht. Ein ungeheures Fluten von Rotgold, Gelb, Rosa und vielen Tönen zwischen Rot, Grau und zartem Lila umgibt das Boot. Die Sicht ist gut. Schräg voraus an Steuerbord steigen von Zeit zu Zeit Rauchbällchen über die Kimm. Dort steht der Geleitzug.

Eine Stunde nach Mitternacht hat das Boot seine Angriffsstellung erreicht, aber für einen Nachtanlauf über Wasser ist es zu hell, für den Unterwasserangriff zu dunkel. Sie müssen warten, bis der Mond aufgeht.

Achteraus ist der Geleitzug deutlich auszumachen. Die Sicherungsfahrzeuge stehen außen an den Seiten, die Kolonnen haben sich enger zusammengeschlossen. Um ein Uhr nachts macht die ganze Mahalla eine starke Schwenkung nach Süden, zackt aber kurz darauf auf Südwest zurück.

Endlich geht der Mond auf. Groß und rot erhebt er sich aus der Kimm, unrund wie ein Eidotter zuerst, dann allmählich immer heller und immer runder am nachtblauen Firmament emporsteigend.

Deutlich, scharf umrissen und schwarz heben sich die Umrisse des heraufziehenden Geleitzuges vor der Kimm ab. Lichtlos und lautlos kommen sie näher.

Das Boot taucht zum Angriff. Durch das verstaubte Sehrohr erscheint dem Kommandanten alles sehr dunkel. Aber er erkennt doch, daß die Kolonnen jetzt schnell näherkommen, von der Dunkelheit ins Gigantische verzerrte mächtige Schatten. Auch die Schraubengeräusche quellen nun, immer lauter rauschend und schaufelnd, aus dem Horchgerät hervor.

»Heckangriff auf Spitzenschiff der dritten Kolonne«, gibt er, seiner Gewohnheit nach, seine Stichworte nach unten. »Großer Frachter. Habe ihn heute nachmittag auf acht- bis zehntausend Tonnen geschätzt.«

In der Dunkelheit erscheint ihm das Schiff wie ein wandernder Berg. Zwei Drittel der Sehrohrbreite sind von dem hohen, breiten Schatten verdunkelt.

Dann läuft der Aal.

»Einundzwanzig – zweiundzwanzig ...«, zählt der Obersteuermann in der Zentrale laut mit.

»Torpedo trifft Achterkante Brückenaufbau«, sagt der Kommandant, und im gleichen Augenblick gellt die Detonation durchs Boot.

Das Schiff zuckt förmlich zusammen, verliert Fahrt und sinkt sofort achtern tiefer. Von Bord blitzen Morsezeichen zu den Bewachern hinüber. Die Decksbeleuchtung flammt auf. Hastig eilen Menschen an die Boote ...

Weiter drüben laufen – ein einziger überlanger Schatten – zwei überlappende Schiffe, ein Tanker und ein Frachter.

»Rohr Eins – fertig – Loos!«

Warten ... Nichts. Fehlschuß.

Fluchend sucht sich der Kommandant ein neues Ziel.

Im Geleitzug ist inzwischen ein ziemliches Durcheinander eingetreten Der Mann am Sehrohr kann die Lage nur schwer übersehen. Immer noch morst der getroffene Frachter mit einem Bewacher Dazwischen laufen die Geleitzugschiffe mit wechselnder Fahrt und unsicheren Kursen verstört dahin. Er muß haarscharf aufpassen um nicht unversehens überlaufen zu werden. Dann kommt ihm ein mittlerer Frachter günstig ins Schußfeld. Aber auch dieser Torpedo geht ins Leere, wahrscheinlich weil das Ziel noch langsamer war als geschätzt.

Ruhe! sagt sich der Kommandant, einen Fluch zerbeißend, jetzt nur Ruhe. Nicht nervös werden. Tief atmen. Bis zehn zählen: eins, zwei, drei ...

Unten sehen sich die Männer heimlich an. Na? Der Olle wird doch nicht durchdrehn?! –

Doch schon kommt seine Stimme wieder, hoch, langsam, genau. »Nächstes Ziel ist mittlerer Dampfer, dahinter zwei weitere Fahrzeuge. Entfernung achthundert Meter. Lage etwa 100 Grad. Ziel ist schlecht zu erkennen. Nur Umrisse ...«

Und, die Stimme beschleunigend: »Rohr Zwo Achtung! – Rohr Zwo: – loos!«

Stille …

Ramm! – Rradangg!

»Siehste, Fritz«, sagt jemand, »siehste …«

Der Kommandant sieht nichts von dieser Detonation. »Komisch«, sagt er, »zu sehn ist nischt …«

»Aber zu hören, Herr Kaleu!«

»Wie groß er war, weiß ich auch nicht. WO schreib' auf: Größe des Fahrzeugs nicht erkannt. Da – jetzt: starke helle … und dann dunkle Qualmwolke über neunzig Grad des Horizonts. Davor tief im Wasser liegendes Fahrzeug. Größe 6000 BRT angenommen … Schreib: Schiff als torpediert gemeldet …«

Und acht Minuten später, während derer der Leitende das Boot mit harten Fahrtstufen auf neue Angriffsposition bringt: »Schreib auf, WO: Fünfter Angriff auf einen schön anlaufenden, sehr großen Tanker, der Licht in der Brücke hat und die Fahrt stark ändert. Schuß mit großem Vorhalt aus stumpfer Lage. Fahrt auf sechs bis acht Seemeilen geschätzt. Entfernung neunhundert Meter, Tanker liegt auffallend tief, also wohl zwei Drittel beladen …«

»Rabamm …!« unterbricht die Detonation das Diktat.

»Sauber, Herrschaften! – Schreib weiter, WO: Treffer vorn mit hoher Wassersäule. Tanker geht sofort vorn tiefer. Größe mit … na, größer als normal ist er bestimmt … schreib: Größe mit neuntausend Tonnen angenommen …«

In dieses außergewöhnliche Diktat hinein, das er mit Unterbrechungen abgehackt nach unten gibt, beobachtet der Kommandant, immer wieder rasche Rundblicke nehmend, wie sich die Schiffe des Geleitzuges verhalten. Von ihm allein, davon, daß er – trotz des verschmutzten Sehrohrs – rechtzeitig alles erkennt, ist das Boot abhängig. Sieht er auch nur Sekunden zu spät, geht es um Kopf und Kragen.

»Schreib auf«, sagt er wieder, »zweiundzwanzig Minuten nach dem ersten Angriff ist der erste Dampfer noch zu sehen. Hat Achterschiff tief im Wasser, steht in Morseverkehr mit einem

Bewacher. Weiter hinten eine sehr breite Qualmwolke, aber ohne Fahrzeug davor. Von dem zuletzt getroffenen Tanker nichts mehr zu sehen. Muß gesunken sein. Geleitzug fährt jetzt wild durcheinander. Sicherungsfahrzeuge versuchen die Ordnung mit Scheinwerfersprüchen wiederherzustellen ...!«

Später, als alles vorüber ist, schreibt er, die Notizen seines Wachoffiziers zugrunde legend: »In diesem Durcheinander konnte auch die Geleitsicherung nichts sehen, und ich lief unterdessen mit großer Fahrt ab. Eine halbe Stunde später tauchte ich auf und sah noch den treibenden Rest eines Vor- oder Achterschiffs, der Morseverkehr mit einem in der Nähe liegenden Fahrzeug unterhielt. In der Frühdämmerung im Norden und in Westnordwest noch Rauchwolken auszumachen. Nachgestoßen ...«

In diesem Nachstoßen bemüht sich das Boot, von Süden wieder an den Geleitzug heranzuschleichen, aber nicht weniger als dreimal muß der Kommandant vor Einzelfahrern tauchen, die, offenbar Versprengte, zu ihrer Herde zurückstreben. »So wird das nichts« flucht er, »so kommen wir nie nach vorn. Vielleicht geht es drüben besser. Los, hinter ihm rum nach Norden.«

Mittags steht er querab von zwei Dampfern in der Flanke des Feindes. Die Luft ist fast still, die Sicht klar, der Himmel hoch und heiter. Es ist ein richtiger Sommertag, in langen Atemzügen wiegt die Nordatlantikdünung das vormarschierende Boot. In der Kimm stehen die Mastspitzen der beiden Schiffe wie Spitzen von Blumenstöcken, und zwischen ihnen puffen von Zeit zu Zeit runde Rauchbällchen empor.

Am Spätnachmittag Tauchen zum Angriff.

Zwanzig Minuten lang hängt der graue Stahlfisch lauernd unter seinem gläsernen Auge, und diese zwanzig Minuten genügen, um unter den dünnen, nadelscharfen Mastspitzen volle Schiffe hervorwachsen zu lassen. Schornsteine, Brücken und Rümpfe kommen heraus, jede Einzelheit liegt dem heimlichen Auge offen, das Gelb der Masten und Ladebäume, an den Spitzen säuberlich schwarz abgesetzt, das Weiß der Aufbauten und Boote, das kräftige Braun der Teakholztüren und der Brückenverkleidung, das Grau und Schwarz der Rümpfe, die Mennigplacken an den

Flanken und die Ziffern und Kreiszeichen der Tiefgangsmarken …

Der Kommandant erkennt nun, daß die beiden Schiffe weit auseinander liegen. Wahrscheinlich sind auch sie vom Geleit abgesprengt. Kurz entschlossen greift er den nächsten an, einen mittelgroßen in Ballast fahrenden Frachter ohne Hoheitsabzeichen.

Die See ist ölglatt, die Dünung kaum zu spüren. Die Torpedos liegen klar. Vorsichtig stippt er das Sehrohr aus und ein, rechnet, zielt, schießt und sieht dann erst mit jähem Erschrecken, daß der Dampfer viel kleiner als geschätzt und auf knapp zweihundert Meter an das Boot herangeprallt ist. »Scheiße«, murmelt er, »wieder einer in die Wicken«, und dann, ins Boot: »Fehlschuß. Ziel unterschossen. Dampfer heißt, warte mal … schwer zu lesen … Stol … Stolwijk. Seht mal im schwarzen Buch nach, was das für einer ist.«

Der Dampfer »Stolwijk« ist, so weist es das Schiffsregister aus, ein Holländer von 2894 BRT. Unbehelligt und ahnungslos zieht er von dannen.

Das zweite Schiff, ein großer Viermastfrachter, ist inzwischen weit weggelaufen. Bis zum andern Mittag jagt ihn das Boot bei aufkommendem Südweststurm und schnell wachsender, brechender See. Die Luft ist diesig, aus niedrig dahinjagenden Wolken peitscht dünner Regen herab. Das Glas fällt schnell. Schließlich, gerade als der Kommandant zum Angriff heranstoßen will, nimmt eine Regenfront die schöne, so hart umkämpfte Beute auf. Vergeblich bleibt die Suche, die Jagd ist aus, der Brennstoff verfahren, die Aale bis auf einen verschossen. Zeit zum Rückmarsch.

»Na ja«, sagen die Männer, als der Befehl ›Rückmarsch Kiel‹ eintrifft, »wer sagt's denn, daß der Löwe kein Schmalz frißt! Zweiundvierzigtausend versenkt, sechstausend torpediert, alles in noch nicht acht Tagen, damit können wir uns schon sehen lassen in Kiel. Und der letzte Aal, na, dafür findet sich schon auch noch was …«

Es findet sich. Für den sechsten Tag des Rückmarsches meldet das Kriegstagebuch aus der Nordsee:

»18 Uhr 17 kommt an Steuerbord voraus bei sehr guter Sicht an der Kimm ein schmaler Strich, ähnlich einem Sehrohr oder Mast heraus.

18 Uhr 19 getaucht. Erkenne bald direkt auf uns zu laufendes U-Boot. Der zuerst gesehene schmale Strich waren die hohen, in Deckung stehenden Sehrohrböcke, die über der Kimm zu sehen waren. Allmählich kommt der Turm des Bootes heraus. Gegner steuert etwa Nordwest. Der Typ des Bootes ist schwer auszumachen. Ich setze mich seitlich heraus zum Angriff und erkenne englisches U-Boot, Typ ›Sterlet‹ …

19 Uhr 04: Schuß über den Bug, nachdem ich zuvor noch mit großer Fahrt und äußerster Kraft voraus herangelaufen war, da die Entfernung zu groß. Torpedolaufzeit 1 Minute 46 Sekunden. Treffer vorn, zwanzig Meter vor Schiffsmitte. Sehr starke Detonationswolke. Trotz der großen Entfernung war der Schlag im Boot spürbar. Nehme an, daß dort die Torpedos mit hochgingen. Boot nach zwei bis drei Sekunden untergegangen. Große Trümmer fliegen durch die Luft.

19 Uhr 06: Sofort aufgetaucht und an die Untergangsstelle gegangen. Es schwimmt nur ein Mann, der 19 Uhr 10 an Bord genommen wird. 19 Uhr 08 kommt starke Luftblase an die Oberfläche. Beinahe kein Öl zu sehen. Nur Holztrümmer schwimmen herum. Das versenkte U-Boot war ›Spearfish‹, der Gefangene der Able Seamantorpedo Pester, William Victor …«

Sie sind still und nachdenklich an diesem Abend. Der Able Seaman Pester sitzt zwischen ihnen, einziger Überlebender einer U-Boot-Besatzung, ein Mann wie sie, und jetzt: gefangen. Alle andern tot.

Der eine oder andere sucht ein paar Brocken englisch zusammen … good fellow … sorry … Sie haben seine Kleider getrocknet, sie haben ihm zu essen vorgesetzt, ihm Schokolade gegeben, und er hat mit ihnen in den Turm gehen dürfen zum Rauchen. Nun achten sie sein verwirrtes Schweigen, indem sie selber still sind. Armer Hund, denken sie, so schnell kann das gehen, zwei, drei Sekunden: weg … Jeden Tag kann ihnen dasselbe begegnen, jeden Tag …

Während von den französischen Stützpunkten aus die großen und mittleren Boote im freien Atlantik Schiff um Schiff auf den Meeresgrund schicken, operieren die letzten »Einbäume« von Norwegen aus auf den Handelsverkehr, der die Nordwesthäfen der Britischen Inseln ansteuert. Das Seegebiet westlich der Orkneys um Sule Skerry, Stack Skerry, Cape Wrath und hinein in die North Minch, den breiten Meeresarm zwischen Schottland und den Islands of Harris and Lewis, ist ihr Hauptrevier. Zäh und schneidig, in ständigem, ununterbrochenem Kampf mit Flugzeugen, Bewachern und U-Jagdgruppen, jagen sie hier ihre Beute. Jeder ihrer Erfolge muß mit besonderer Härte erkauft werden. Langsam wie sie sind, erlaubt ihnen ihr geringer Fahrtüberschuß zumeist nicht, sich Zielen vorzusetzen, die in ungünstiger Lage in Sicht kommen, und ihr knapp bemessener Torpedovorrat läßt sie die strahlenden Versenkungsziffern ihrer größeren Brüder niemals erreichen. Zudem ist das Leben auf den Einbäumen besonders beengt und erfordert ein Höchstmaß an gegenseitiger Rücksichtnahme, an Takt, Kameradschaftlichkeit und Geduld. Trotzdem sind diese Stiefkinder des U-Boot-Krieges besonders stolz auf ihre winzigen Untersätze, lieben sie und fahren sie mit Meisterschaft und echter Besessenheit. Jung sind die Kommandanten, die jüngsten von allen, jung die Besatzungen, und jung und tatenhungrig fahren sie zur See.

12.
BLOCKADE GEGEN BLOCKADE

Am 17. August 1940, noch nicht ein Jahr nach Kriegsausbruch, beantwortet Deutschland die englische Blockade endlich mit der Erklärung der Gegenblockade. Für die U-Boote schafft diese Erklärung eindeutig klare Verhältnisse. Sie gibt ihnen das Recht zur warnungslosen Versenkung in einem Gebiet, das ziemlich genau der Gefahrenzone entspricht, deren Befahren Präsident Roosevelt den amerikanischen Schiffen seit dem 4. November 1939 verboten hat. »Cash and carry« lautete kühl und nüchtern die seither gültige Formel für den Seehandel mit den USA: »Barzahlen und abholen.« Wer bar bezahlt und die gekaufte Ware auf seinen eigenen Schiffen abfährt, ist als Kunde willkommen.

Die deutsche Blockadeerklärung spiegelt zugleich die Machtverschiebung wider, die in Europa seit Kriegsausbruch stattgefunden hat. Polen, Norwegen, Dänemark, Holland, Belgien, Luxemburg und Frankreich sind in deutscher Hand. An Land ruhen die Waffen. England ist der letzte Gegner, England, die Seemacht.

Bisher ist die deutsche Führung den seekriegsverschärfenden Maßnahmen der Engländer jeweils zögernd und mit großer Vorsicht gefolgt. Jetzt zieht sie gleichauf. Blockade steht gegen Blockade. Aber damit sind nur die Startlöcher einander angeglichen, nicht die Kräfte der beiden Gegner, die zu dem furchtbaren Rennen gegeneinander angetreten sind, das für einen von beiden tödlich sein muß. Englands Seemacht ist ungebrochen. Deutschland stützt sich auch jetzt auf nicht mehr als nur eine Handvoll Unterseeboote. Aber den U-Booten ist durch die Blockadeerklärung Freiheit gegeben, Freiheit des Kampfes und des überraschenden, warnungslosen Angriffs in einem gewaltigen Seeraum rings um die britischen Inseln und weit hinaus nach

Westen, Freiheit des Angriffs auf alles, was diesen Raum befährt, ausgenommen Lazarettschiffe und einige wenige Neutrale, auf bestimmten, vertraglich vereinbarten Routen wie dem »Schwedenweg«. Nichts mehr von »Krieg nach Prisenordnung«, Aufbringen, Kontrolle der Schiffspapiere, Durchsuchen und Banngutbestimmungen, von Selbstgefährdung durch Anhalten von U-Boot-Fallen und Selbstverrat durch die Notrufe der aufgebrachten Schiffe. – Nichts mehr? Bestehen bleibt, was die Grundlage langjähriger Ausbildung war, was der BdU ihnen immer wieder einschärfte, was der ObdM, Großadmiral Raeder, die »selbstverständlichen Gebote soldatischer Kampf Sittlichkeit« genannt hat: Bestehen bleibt das menschliche Gefühl für die schreckliche Lage der Schiffbrüchigen in den Rettungsbooten, das Bemühen, ihnen zu helfen, wo immer es ohne Gefährdung des eigenen Bootes möglich ist. Bestehen bleibt die Überzeugung, daß auch drüben, auf den Schiffen des Feindes, Männer fahren, die ihrem Lande selbstlos, treu und voller Hingabe dienen, bleiben Ritterlichkeit und Fairneß und das unverrückbare Gefühl für Anständigkeit und Sauberkeit der Kampfführung. Feind ist Feind, und den Feind zu schädigen, zu schlagen, zu vernichten, das erbarmungslose Gesetz des Krieges. Du oder ich. Heute du, morgen ich, niemand kennt das besser als der U-Boot-Mann. Handelsmatrosen, als Kanoniere ausgebildet, auf bewaffneten Schiffen sind keine Nichtkämpfer; es gibt keinen Grund, sie anders zu behandeln als die Besatzungen feindlicher Kriegsschiffe. Schiff und Besatzung sind eine Einheit, solange sie schwimmen. Aber der geschlagene Feind, der Schiffbrüchige im Wasser, im Rettungsboot, auf Flößen oder Trümmern ist nicht mehr, der er eben noch war, er ist nur noch der »arme Hund, der sein Schiff verloren hat«, genau der arme Hund, der man selbst vielleicht morgen ist, wenn es das Kriegsglück so will, und es gilt plötzlich über alle Völkerfeindschaft hinweg das uralte Gesetz der großen Seefahrerbruderschaft in aller Welt, den Schiffbrüchigen zu helfen, wo immer es möglich ist. Nach diesem Gesetz handeln die Kommandanten, die der deutschen U-Boote, die der englischen Zerstörer. Sie kämpfen Einheit gegen Einheit,

Schiff und Besatzung gegen Schiff und Besatzung, wechselnd in Angriff und Abwehr. Sie setzen sich und ihre Waffen rücksichtslos ein, aber den überlebenden Verlierer bekämpfen sie nicht; sie sind Krieger, keine Mörder.

13.

DIE ERSTEN RUDEL

An Bord U 47, Kommandant der »Stier von Scapa Flow«, Kapitänleutnant Prien. Ein Sommertag im August, hoch im Norden, westlich Schottland. Es herrscht völlige Windstille, spiegelglatt liegt die See, die Kimm ist dunstig. Eine Wache wechselt die andere ab, nichts kommt in Sicht. Dabei sind die Nächte so hell, daß man um Mitternacht auf der Brücke noch lesen kann.

Aus Morgen und Abend wird ein neuer Tag, verfahren, ergebnislos verfahren mit Suchstößen kreuz und quer.

Dann plötzlich Nebel, der das Boot zum Tauchen zwingt: Prien denkt nicht daran, sich überraschen zu lassen. –

Von Stunde zu Stunde nimmt er seinen Rundblick durchs Sehrohr. Immer das gleiche: Nebel, dicker, zäher, an der See haftender Nebel!

Erst in der Morgendämmerung klart es ein wenig auf, und diesmal, endlich, sieht er etwas, das ihn förmlich elektrisiert: ein Schiff, einen Dampfer!

»Auf Gefechtsstationen!«

Das Boot gleicht einem aufgescheuchten Bienenkorb. Na, also! Jetzt merken sie an ihrer Freude, wie hart sie im Grunde das Warten angekommen ist. Ein Dampfer!

Schon dreht das Boot zum Angriff auf, da – im letzten Augenblick zackt der Bursche hart zu. »Sehrohr ein! Schnell auf sechzig Meter gehen!«

Schaufelnd und rauschend hören sie das Schiff über sich hinwegmarschieren.

Prien aber sieht jetzt rot, es ist vorbei mit seiner Geduld. »Und wenn es junge Hunde regnet«, knurrt er, »den Kolcher will ich haben. Klar zum Artilleriegefecht!«

Wie ein Zündfunke läuft der Befehl durchs Boot.

»Auftauchen!«

Die Brückenwachen ziehen auf, die Geschützbedienung flitzt an die Kanone.

»Herr Kaleu«, meldet plötzlich der achtere Ausguck, »weitere Rauchfahnen achteraus!«

»Was? Wo? – Tatsächlich! – Funkraum: sofort FT absetzen. ›Kr Kr: Feindlicher Geleitzug mit Ostkurs in Quadrat ... Halte Fühlung.‹ Geschützbedienung unter Deck. Los, Beeilung, Beeilung! Brückenwache unter Deck! Auf Tauchstationen!«

Hals über Kopf rasseln die Männer nach unten. Dumpf knallt das Turmluk hinter Prien zu, ein paar rasche Handgriffe, es ist geschlossen. »Fluuten!«

Verdammte Zucht, denkt der Kommandant, während er die Mütze ins Genick schiebt und sich mit dem Handrücken die Haare aus der Stirn streicht, da haben wir gerade mal wieder Schwein gehabt. Die sind auch nicht dumm da drüben. Teilen einen als Lockvogel ab und schicken ihn vornweg, wahrscheinlich 'ne U-Boot-Falle ...

Das Boot hängt jetzt auf Sehrohrtiefe. Vorsichtig stippt Prien den Spargel zu kurzen Orientierungsblicken ins Freie. Er traut seinen Augen kaum: Zweiundvierzig Dampfer kommen da in loser Ordnung heraufgedampft, eine ganze Flotte von alten und neuen, großen und kleinen Kästen, sieben Reihen zu je sechs Schiffen. Am Ende zwei Zerstörer, der Klasse nach uralte, asthmatische Vögel. Drei andere, modernere kreuzen in den Lücken zwischen den dicken Frachtern umher.

Drei Stunden lang quält sich Prien, unter Wasser an den Geleitzug heranzukommen. Es ist aussichtslos, das Boot macht zu geringe Fahrt. Grad für Grad wandert die Peilung des Gegners aus, bis er endlich ganz verschwindet.

Sofort versucht Prien aufzutauchen, aber da läuft gerade ein Fischdampfer mit dickem weißem Schnauzbart auf ihn zu und drückt ihn wieder hinab. Beim nächsten Versuch stößt aus der Abendsonne wie eine dicke Hummel eine Sunderland auf das Boot herab und jagt es in den Keller, es ist wie verhext.

Prien schimpft sich gründlich die Wut aus dem Bauch: »Um jetzt wieder ranzukommen, müßte ich wenigstens zehn Stunden jagen, und wenn ich ihn wirklich wiederkriege, ist er so nahe an der Küste, daß wir vor lauter Fliegern und Bewachern nicht zum Angriff kommen. Nein, das hat keinen Sinn. So ein Bockmist, verfluchter!«

Während er noch so vor sich hinschimpft, die Chancen abwägt und dabei die Kimm absucht, tauchen plötzlich an Backbord Rauchfahnen und Mastspitzen auf, offenbar von einem Nachzügler des Geleitzuges, der in wilden aufgeregten Zacks sein schlechtes Gewissen und seine Angst verrät.

Getaucht wartet Prien. Es muß doch möglich sein, endlich wieder einen Aal an den Mann zu bringen! Unter ihm völlige Stille, sogar die Tiefenruderanweisungen des Leitenden hören auf. Es ist, als hielte das Boot selbst die Luft an wie ein lebendiges Wesen. Nur das leise Singen der E-Maschinen dauert fort, zuweilen kommt das schwirrende Geräusch des Sehrohrmotors und jetzt auch wieder, ganz gedämpft, die Anweisungen des Leitenden an die Tiefenrudergänger.

»Alle Rohre klar!« – Sie sind längst klar, die Männer auf allen Stationen lauschen in unbeschreiblicher Erwartung.

Wieder zackt der Dampfer. Verfluchter Mist! Und nochmals ran zur letzten Chance! Heraus aus den E-Maschinen, was drinsitzt! Laut jaulen und singen sie durch das ganze Boot, jitt – jitt – jitt – jitt.

Und dann, geradezu erlösend: »Rohr Fünf fertig! Rohr Fünf – los!«

Rabamm! –

»Treffer unmittelbar neben dem Schornstein«, sagt Prien triumphierend nach unten durch. »Schiff heißt ›Balmoral Wood‹, wir sind ganz nahe dran. Mal nachsehen unten, wie groß der ist, ich schätze fünf- bis sechstausend Tonnen. Das Schiff ist voll beladen. Riesige Kisten und Verschläge stehen an Oberdeck. Am Bug zwei Geschütze, am Heck sogar vier. Offenbar Pom-Poms, Flak mit Mehrfachlafetten. – Aha, das mögen sie nicht! Besatzung geht eilig in die Boote. Dampfer hat starke Schlagseite, legt sich schnell weiter über. Da, jetzt säuft er ab mit einem gewaltigen Strudel.«

Als sich die See glättet, schwabbern nur noch einige große Verschläge an der Untergangsstelle, teilweise aufgeborsten, so daß Prien ihren Inhalt erkennen kann: Flugzeugteile, Tragflächen, Rümpfe. »Schiff hatte Flugzeugteile in der Ladung«, gibt er nach unten und hört nach kurzer Stille die Stimme seines Zentralemaschinisten, des dicken Gustav Böhm, satt vor Befriedigung: »Die schleppen keine Bomben mehr nach Kiel.«

Am frühen Nachmittag eines der nächsten Tage bittet der Wachhabende Offizier den Kommandanten auf die Brücke. Da ist etwas ganz Seltsames in Sicht, eine einsame Bugwelle ohne das dazugehörige Schiff. Man sieht nur den Schaumbart, der mit hoher Fahrt dahinschiebt und nach geraumer Zeit des angestrengten Hinstarrens erst das Fahrzeug, das dazugehört: ein Schnellboot.

»Alarm!«

Vorsichtig tastet Prien sich wieder an die Oberfläche. Nichts zu sehen. Noch ein wenig höher hinaus: Aha! Da ist er ja. Wieder herein den Spargel und gewartet. Zu hören ist nichts. »Auftauchen!«

Verdammt, da hängt über ihm ein Flugzeug. »Allarrm!« Kaum sind sie unten, als die Bomben bersten und das Boot schütteln.

Wieder warten, wieder auftauchen und wieder, schon beim Durchbrechen der Oberfläche, Bomben: wumm, wumm und nach kurzer Pause noch einmal: wumm, wumm, wumm, wumm! – sechs Stück.

Nach Einbruch der Dunkelheit taucht er auf, entschlossen das Gebiet zu wechseln. Hier kommt nichts mehr. Hier ist er mit Sicherheit gemeldet.

Den ganzen nächsten Tag stößt er in Suchkursen kreuz und quer in alle Himmelsrichtungen. »Nichts in Sicht, der Atlantik ist wie leergefegt«, vermerkt das Kriegstagebuch.

Das ändert sich in der Morgendämmerung. Ein abgeblendeter Fünftausendtonner läuft in knapp fünftausend Meter Entfernung vorüber. Prien versucht, trotz der wachsenden Helligkeit, noch über Wasser zum Angriff zu kommen. Unmöglich, er muß unter Wasser heran, und diesen Entschluß erleichtert ihm eine Sunderland, die plötzlich über dem Dampf schwebt, so daß Prien schleunigst auf Tiefe geht.

Er bleibt aber nicht lange unten, denn jetzt will er unbedingt dranbleiben und seiner erfolglosen Fahrerei eine Wendung geben. »Auftauchen!«

Schon beim ersten Rundblick sieht er: voraus Masten, achteraus Masten. Nanu, findet hier ein Kesseltreiben statt? Bei näherem Hinsehen erkennt er, daß das da vor ihm Kriegsschiffsmasten sind. Und hinter ihm: Handelsschiffe! FT hinaus und »Allarrm!«

Durchs Sehrohr beobachtet er weiter, und allmählich formt sich ihm ein ganz klares Bild: ein Geleitzug trifft sich hier mit seiner Sicherung. Ran!

Die E-Maschinen singen auf, »Große Fahrt«, trotzdem kommt das Boot seinen Zielen nicht näher. Plötzlich sieht Prien: »Der ganze Verein macht einen Zack nach Norden.« Es sind zwanzig Dampfer und vier Begleiter vom Typ der Kanonenboote »Auckland« und »Bittern«, darüber die Sunderlandmaschine.

So ist kein Geschäft zu machen, also taucht er nach kurzem Warten auf und setzt sich weit ab, um von anderer Seite vielleicht mit mehr Glück wieder heranzukommen.

Wenn nur diese verdammte dicke Biene nicht wäre! Zweimal im Verlaufe dieses mühsamen Marschtages muß er vor ihr in die Tiefe. Er flucht wie ein Türke, denn jedesmal gehen ihm kostbare Zeit und hart erkämpfter Vorsprung verloren. Doch zäh wie er ist, klotzt er in großem Bogen wieder heran, und wirklich: im Abendlicht kommt der Geleitzug in Sicht, zuerst die Rauchfahnen, dann Bewacher, dann, wie Nadeln, die aus dem Horizont herausstechen, die Masten, danach Schornsteine, Brückenaufbauten, Rümpfe, und schließlich ist die ganze Mahalla frei heraus.

Ob sie ahnen, wer hier mit offenen Torpedorohren auf sie lauert?

Mit äußerster Vorsicht benutzt Prien sein Sehrohr.

Das Wetter ist günstig: Nordwestbrise, leichter Seegang, gerade so viel, daß auf den kurzen Wellen weiße Mützen sitzen, die das Erkennen von Sehrohren außerordentlich erschweren, dazu glatte Bewölkung und gute Sicht.

Einmal scheint es aber doch, als ob das Boot gesehen sei, ein Kanonenboot dreht langsam zu und kommt wie ein unsicher auf der Fährte witternder Hund immer näher. Prien bleibt trotzdem auf Sehrohrtiefe, wütend und entschlossen, sich nur im äußersten Notfall aus der mühsam erkämpften Angriffsposition herausdrücken zu lassen. Mit kurzen Sehrohr-Schnappschüssen hält er das Kanonenboot im Auge. Dreihundert, zweihundertfünfzig, zweihundert Meter Abstand, und noch immer macht der Spürhund keine Anstalten zum Abdrehen! Soll ich? denkt Prien. Soll ich? – Muß ich?

Als den Engländer noch knapp hundertfünfzig Meter von dem Boot trennen, als Prien sozusagen das Weiße im Auge seines Gegenspielers auf der Brücke des Kanonenbootes erkennen kann, dreht er drüben plötzlich mit Hartruder ab und läuft parallel zum Boot mit langsamer Fahrt nach vorn weg.

Phhh ... Prien schnauft einmal lang und tief durch die Nase. Dann kommt seine Stimme, wie immer, wenn er erregt ist und sich konzentrieren muß, ein wenig höher als sonst: »Rohr Eins fertig! Rohr los!«

Sein Ziel ist ein mächtiger Tanker, der tief beladen mit breiter Bugsee dahinschiebt. Dieser fette Brocken hat Prien schon am Vormittag ins Auge gestochen. Nun läuft das Verderben auf ihn zu. Aber Prien wartet den Treffer nicht ab. Er dreht das Boot bereits auf den nächstgrößten Dampfer ein, der etwas näher heransteht und schätzungsweise 7000 BRT groß sein mag.

»Rohr Zwo: los!«

Und weiter auf den nächsten, wieder einen Tanker, und dann hinunter auf Tiefe, denn nun steuert ein Dampfer, knapp sechshundert Meter entfernt, sicher ohne es zu ahnen, genau auf das Sehrohr zu.

Noch im Ankippen des Bootes sieht Prien plötzlich an einem Schiff, auf das er gar nicht gezielt hatte, eine Treffersäule mittschiffs hochgehen. »Wer hat da Mist gemacht?«

Im Bugturm ist inzwischen eine kleine Panne passiert: Der Torpedomechanikersmaat rutscht bei einem plötzlichen Überholen des Bootes aus, greift Halt suchend neben sich und löst einen Augenblick zu früh das Rohr Drei, so daß der Schuß fast gleichzeitig mit dem aus Rohr Zwei hinausgeht und das Abkommen auf den zweiten Tanker blind erfolgte. Und trotzdem ein Treffer, so ein Dusel!

Doch jetzt ist keine Zeit zu Untersuchungen! Das Boot steht mitten unter dem Geleitzug. Das Schaufeln und Rumpeln der Dampferschrauben hallt überlaut durchs ganze Boot. Dazwischen klingt, genau zur erwarteten Zeit, das helle Bersten der ersten Detonation. Kurz darauf ein Doppelschlag, ein wenig dumpfer, der muß von dem zweiten Aal herrühren ... Merkwürdigerweise fallen keine Wasserbomben.

Prien reibt sich die Hände. »Auf Sehrohrtiefe gehen!« Aber nach dem ersten Blick zieht er schnell den Spargel wieder ein. Die Sunderland schwebt genau auf ihn zu.

Eine Viertelstunde später durchbricht das Boot auftauchend die Oberfläche. Prien springt auf die Brücke. Rundblick. Der Nordwest hat zugenommen und gedreht, die See geht höher. Es ist noch immer nicht richtig dunkel, aber durch tiefhängende, schwere Bewölkung stark dämmerig. An Backbord voraus liegt der große Tanker mit starker Schlagseite, den Bug tief weggesteckt, eingetaucht bis ans Oberdeck. Er brennt. Gelbliche Rauchschwaden quellen an mehreren Stellen aus dem Schiff.

»An Zentrale: Bilderbuch auf die Brücke!« Und nun stellen sie an Hand dieser abgegriffenen, zerlesenen Schwarte fest, daß der Tanker die »Cadillac« sein muß, Größe 12 100 BRT.

Der andere Dampfer, von dem nichts mehr zu sehen ist und der nach seinem Treffer nun wohl schon auf dem Grunde des Meeres ruht, gehört zum Typ »Gracia«, 5600 BRT. Von dem dritten ist ebenfalls nichts mehr zu sehen ...

Nachstoßen!

Ein kurzer Sommersturm mit acht Windstärken aus Nordwest, steiler See und heftigen Regenböen hält das Boot zwei Tage lang auf. Der Geleitzug ist weg.

Dann, mitten in der Nacht: »An Kommandant: Schatten in Sicht!«

Prien wetzt auf die Brücke, in Strümpfen, ohne Lederzeug, wie er gerade aus der Koje kommt.

Schon dreht das Boot zu, und als er näher heran ist, sehen sie: ein einzelner Dampfer mit hoher Decksladung: Holz. Anlauf und Schuß.

Gespannt verfolgen sie den Lauf der Blasenbahn. Verfluchter Mist, vorbei!

Prien nimmt sich keine Zeit zum Schimpfen. Er will diesen Dampfer haben, und wenn es mit Torpedos nicht geht, dann eben mit der Kanone!

Der erste Schuß liegt kurz, der zweite weit, der dritte endlich im Ziel. Und nun geht ein richtiger Feuerzauber los. Mündungsfeuer. Sekunden der Stille. Aufschlag! Jedesmal ein kurzer Blitz, gleich danach der dumpfe Knall der Detonation. Drüben bricht Feuer aus. Das ganze Achterschiff brennt, das Vorschiff taucht ein. Schnell nimmt der Dampfer Backbordschlagseite, aber erst als er von vorn bis achtern brennt, kommt das »Feuer halt!«

Noch lange sehen sie im Ablaufen das hell brennende Wrack an der Kimm. Von Zeit zu Zeit stoßen riesige Qualmwolken hoch in den Himmel hinauf.

Am nächsten Tag ein holländischer Tanker. Langsam sinkt das Schiff achtern tiefer und sackt schließlich, in dem es sich schwerfällig aufrichtet, ab.

»Da schwimmen ja Leute«, sagt plötzlich einer der Ausgucks.

Tatsächlich! Wo eben das Heck des Dampfers verschwunden ist, schaukeln drei dunkle, runde Punkte in dem unruhig strudelnden Wasser, Köpfe von Menschen.

Sofort läuft Prien hin, zwei Mann der Geschützbedienung werfen sich platt an Deck, ein paar schnelle Zugriffe, ein wenig hilft auch der Seegang nach, und schon sind die drei Schwimmer geborgen.

Sie sind fast nackt und schlottern, wohl mehr vor Schreck als vor Kälte, an allen Gliedern.

»Gebt denen mal was zum Anziehen«, sagt Prien, und während seine Männer hilfsbereit entbehrliches Zeug aus ihren Spinden hervorkramen, läuft er zu den Rettungsbooten des Tankers hinüber.

»Wie kommt es, daß Sie nicht in den Booten sind?« fragt er

die Geretteten, den Dritten und Vierten Ingenieur und einen Heizer.

»Uns hat niemand etwas gesagt«, antwortet einer mühsam, »als wir aus der Maschine hochkamen, waren schon alle von Bord.«

Die Brückenwachen, denen der WO diese Antwort übersetzt, sehen einander wortlos an: feine Kameraden!

Prien aber, der selbst aus der Handelsschiffahrt kommt, beißt sich auf die Lippen. Und dann pickt er sich den Kapitän aus seinem Rettungsboot heraus und sagt ihm in aller Deutlichkeit, was er von ihm denkt. Da ist von »dirty« die Rede und von »not honest«, und auch diejenigen, die kein Wort englisch verstehen, wissen, was gemeint ist.

Im großen Bilderbuch macht der Zweite Wachoffizier mit dem Rotstift einen dicken Strich durch den Namen des Tankers »Leticia«, 2800 BRT, der mit Heizöl von Curaçao nach England unterwegs war.

Das Wetter wird schlechter. Wieder ein Sommersturm aus Süden, Windstärke acht, mit hoher, kurzer und steiler See. Mit dem Morgen nimmt das weiter zu, die schweren, niedrigen Wolken lösen sich, es beginnt zu regnen. Danach flaut es ab. Der Regen hat die See niedergebügelt. Die Bewölkung ist leichter geworden.

In der letzten Dämmerung Rauchwolken und Mastspitzen. Ein Geleitzug mit Westkurs.

Prien, der, wie so oft, hinter dem grünen Vorhang seiner Kommandantennische Brief um Brief aus dem dicken Postsack greift, der am Kopfende seiner Koje steht, und aus den vielen Briefen, die an ihn geschrieben werden, diejenigen aussucht, die als erste eine Antwort verlangen, läßt alles liegen und stehen, wirft sich in fliegender Hast in den bereithängenden Gummimantel, stülpt sich den Regenhut über und macht, daß er auf die Brücke kommt.

Oben weist ihn der Wachoffizier ein: »Dort drüben, Herr Kaleu, etwa fünfundzwanzig große Schiffe. Ich schätze die Fahrt auf zwölf Seemeilen.«

»Gut«, sagt Prien, »als erstes den FT: Standort, Gegnerkurs und Fahrt.« Er starrt hinüber auf die hohen, schweren Schatten, die sich da vorn, weit vor ihm, wie dicke Schachteln von der Kimm abheben. »So ein Mist«, sagt er, »da kommen wir niemals ran. Zu schnell.«

»Hier sind auch noch zwei«, meldet im gleichen Augenblick der eine der achteren Ausgucks.

Prien fährt herum: »Wo? – Prima, Mann!«

Nachts schreibt er ins Kriegstagebuch: »Auf sie! Alarm getaucht. Mit verhängten Hosen zum Angriff.«

Aber er kriegt sie nicht. Das Glück ist gegen ihn. Der eine Dampfer zackt hart ab, während der Torpedo noch läuft, und bei der Jagd auf den zweiten stampft er sich in der kurzen, steilen See dermaßen fest, daß er das Rennen nach kurzer Zeit aufsteckt.

Es ist aber diesmal, als ob ihn das launische Glück für die vielen Enttäuschungen dieser Unternehmung entschädigen wolle: Nach wenigen Stunden schon hat er wieder einen Dampfer in Sicht, einen Tanker von etwa 7000 BRT.

»Klar zum Artilleriegefecht!« Er will das Schiff mit ein paar Schüssen anhalten und dann in Ruhe erledigen.

»Nur noch fünf Schuß Artilleriemunition in der Last«, meldet der Bootsmann.

»Egal, die geben wir dran, die müssen reichen.«

Einige Zeit vergeht, kein Geschützführer meldet sich.

Prien beugt sich über das Luk: »An Zentrale! Wo bleibt Meier?«

Unten hastiges Gelaufe. Dann die ruhige Stimme Gustav Böhms, ein wenig schwankend, als verbisse er sich ein Lachen: »Meier liegt in der Koje und sagt, man soll ihn nicht auf den Arm nehmen von wegen Artilleriegefecht bei diesem Seegang.«

Prien traut seinen Ohren nicht. Die Brückenwache grinst verstohlen.

»Bestellen Sie ihm: dienstlicher Befehl vom Kommandanten: Maat Meier sofort auf die Brücke.«

Das hilft. Meier erscheint, aber er hält nicht viel von dem Vorhaben seines Kommandanten. »Bei der See – mit den paar Schuß?«

»Sie *müssen* treffen, Meier!«

»Jawohl, Herr Kaleu!« Achselzuckend geht er ans Geschütz.

»Feuererlaubnis.«

»Bwauu«, heult die erste Granate hinüber.

Hart dreht der Tanker ab, versucht zu fliehen.

»Bwau – bwauu!« Zwei Treffer. Meier übertrifft sich selbst.

»In die Maschine halten!«

»Bwauu ...« Treffer.

Immer noch flieht der Feind.

Die letzte Granate liegt im Rohr. »Bwauu!« ... »Wlubb ...« Grauer Rauch im Aufschlag und gelber Feuerschein: Treffer.

Meier kehrt naß wie eine Katze auf die Brücke zurück. Er sagt kein Wort, aber die ganze Haltung, in der er dasteht, ist eine einzige Frage.

In diesem Augenblick stoppt der Tanker. Die Besatzung verläßt fluchtartig ihr Schiff.

»Na?« sagt Prien und legt Meier die Hand auf die Schulter, »wer hat nun recht?«

»Sie, Herr Kaleu, aber das meiste dabei ist Dusel.«

»Kann sein, Meier, aber die Hauptsache ist: wir haben ihn. Man muß immer bis an die letzte Möglichkeit gehen. Dann schlumpt es auch. Dies ist Ihr Schiff. Tadellos haben Sie das hingekriegt, Meier.«

Mit ein paar kurzen Manövern bringt er sein Boot in die günstigste Schußposition.

Dann läuft der Torpedo.

Aber drüben auf dem Tanker sitzt ein Mann, dem Prien in seinem Kriegstagebuch ein Ehrengedenken setzt. Dort steht: »Der Aal traf nach 37 Sekunden Laufzeit anscheinend recht tief hinten 20. Schiff knickt ein. Bewundernswert der Funker des Dampfers, der trotz Artilleriefeuer und Torpedodetonation noch funkt: ›Empire Toucan‹, torpedoed in posu 49 r 20 N, 13 r, 52 W und einige Zeit später: ›Sinking rapidly by stern.‹ Zuletzt springt der Mann außenbords mit einem Rotfeuer und schwimmt von dem sinkenden Schiff weg.«

Sofort läuft Prien auf das Rotfeuer zu. Er findet nichts mehr, ein tapferer Mann ist gefallen ...

Wochen vergehen. Die Boote jagen, gerade wie Prien, ganz wie es der Tag bringt, in Einzeljagd oder am Geleitzug. Sie schlagen sich herum mit Fliegern und Bewachern, sie schießen und versenken, sie stehen die nervenfressenden Stunden der Horchverfolgungen und Wasserbombenschlachten durch, sie halten Tage und Nächte lang Fühlung an Geleitzügen, operieren auf die Fühlunghaltermeldungen, bis sie endlich die Dampferherde mit ihren ruhelos kreisenden Wachhunden über die Kimm heraufwachsen sehen und die Stunde des Angriffs schlägt, sie knüppeln in Dreck und Nässe gegen steil emporwuchtende blaugraue Wasserwände an, um dem schnellen Einzelfahrer den Weg abzuschneiden, sie lassen sich wiegen von windstillen Spätsommernächten, in denen das Licht des Vollmondes die weite See in einen riesenhaften silberglänzenden Teller verwandelt oder, wenn die Nachtbrise weht, in ein gewaltiges Becken, in dem die See wie geschmolzenes Metall unruhig auf und ab wogt, sie kehren endlich zu kurzer Erholung und Überholung nach Lorient zurück, um neu ausgerüstet und verproviantiert nach wenigen Tagen zurückzukehren in den Kampf. Während der kurzen Werfttage fahren sie hinaus auf die ersten »U-Boot-Weiden«, die Erholungsheime in Camac und Quiberon, nahe Lorient, liegen am Strande, baden, reiten und toben und hauen auf die Pauke. Was kostet die Welt?! Sie blitzen die Mädels an, die hübschen Töchter Frankreichs, und sie blitzen sich einen durch die Kehle, ganz wie es gerade kommt. Und ehe sie noch ganz zur Besinnung kommen, sind sie schon wieder draußen, die Diesel rasseln, und die Seen schäumen und poltern um Turm und Oberdeck.

Auch Prien geht wieder in See.

Gemeinsam mit anderen, einem knappen halben Dutzend Booten, kommt er in dunkler Regennacht an einen Geleitzug heran. Von allen Seiten greifen die Wölfe an; es kommt zu einer der ersten planmäßig angesetzten Rudelschlachten dieses Krieges, und es wird erbittert gekämpft. Es ist, als bräche das Jüngste Gericht über diesen Geleitzug herein.

Schuß um Schuß jagen die Kommandanten ihre Torpedos hinaus, wühlen sich die Aale durch die düster beleuchtete See, springen die Trefferfontänen auf, blitzen die grellen Detonationssäulen. Hier ein viele hundert Meter hoher weißglühender Feuerball, zehntausend Tonnen Benzin, die in einer einzigen Stichflamme aufblowen, dort ein Munitionsdampfer, der in einem ohrenbetäubenden Knall buchstäblich zu Stücken platzt und Trümmer und Wrackteile weithin um sich streut. Und hier und da und dort brennendes, glühendes, schwelendes Feuer! Schiffe, die sich aufrichten und steil auf Tiefe gehen, Schiffe, die sich schwer zur Seite wälzen und kieloben versinken, Schiffe, die einbrechen und einen mühsamen, harten Tod sterben. Und überall, wie die Wölfe, Unterseeboote am Geleitzug.

Leergeschossen und satt rechnet Prien endlich an Hand des Bilderbuchs seine Tonnage zusammen. Dann setzt er einen Funkspruch an den BdU ab: »Aus Geleit acht Schiffe, 50 500 BRT. Verschossen!«

Langsam graut der Morgen. Der harte Kampf ist vorüber.

Und gleich Prien rechnen die anderen Kommandanten, die Kretschmer, Schepke, Frauenheim, Endraß, Bleichrodt, Moehle, Liebe, die zwei Tage lang das große Spiel mitgespielt haben. Das Ergebnis ist überwältigend: 325 000 BRT in zwei Nächten!

Wenige Tage später trifft U 47 wieder im Stützpunkt ein. Mit seiner derzeitigen Versenkungsziffer hat Prien als erster U-Boot-Kommandant die 200 000-Tonnen-Grenze überschritten und erhält als fünfter Offizier der deutschen Wehrmacht das Eichenlaub zum Ritterkreuz, die zu jener Zeit höchste deutsche Auszeichnung.

14.

DER LÖWE UND DIE WÖLFE

Wenn die U-Boot-Kommandanten in diesen strahlenden, sonnendurchglühten Spätsommertagen unter flatternden Siegeswimpeln am ausgefahrenen Sehrohr aus Jagden und Schlachten in die Atlantikstützpunkte zurückkehrten, wenn sie, noch in Dreck und Speck, in der Messe vor Flottillenchef und Kameraden ihren ersten, erregenden Bericht gegeben, den Begrüßungstrunk genommen und das unbeschreibliche Gefühl plötzlichen Entlassenseins aus Verantwortung und wochenlanger Anspannung genossen – wenn sie die größte aller Wohltaten glücklicher Heimkehr, das erste warme Bad, in wohliger Erschlaffung ausgekostet hatten –, dieses erste Bad, das wie nichts anderes die Wärme des Wiedergeborgenseins symbolisierte, und in dem man so deutlich spürte, wie es lang aufgestaute Anspannung leise fortschwemmte, bis man ihm mit einem herrlichen Gefühl der Erquickung, der Befreiung und des Gelöstseins erfrischt und gereinigt entstieg, wenn sie, das Schmeicheln frischer Wäsche auf der Haut, in den duftenden, von Nickel, Marmor, Spiegeln und Mahagoni blitzenden Salons der französischen Coiffeurs sich hatten rasieren und das Haar stutzen lassen, wenn sie endlich mit »Papa« Scheel, dem Flo.-Ing., die notwendigen Werftarbeiten durchgesprochen, den Urlaub ihrer Besatzung geregelt und am Abend ein brausendes Fest über die Bühne gerollt hatten, dann bestiegen sie den Nachtschnellzug und fuhren »zum Löwen nach Paris«.

Mit dem 1. September 1940 ist der BdU von Sengwarden bei Wilhelmshaven, der »Schlickperle an der Jade«, in die Seine-Metropole übergesiedelt: Zusammenfassung der Befehlsstellen für »Seelöwe«, die geplante Landung in England.

Im Boulevard Suchet, einer der schönen, großzügig und breit angelegten, ruhigen Straßen am Bois de Boulogne, hat er sein Quartier aufgeschlagen. Er verlebt hier die vielleicht glücklichste

Zeit des ganzen Krieges, glücklich, weil reich an großen Erfolgen bei zeitweise fast völligem Aufhören der Verluste. Um ihn ist sein kleiner Stab, um ihn sind, alle paar Tage zur Berichterstattung von den Frontstützpunkten anreisend, die von See zurückgekehrten Kommandanten.

Wochenlang liegt Paris im strahlenden Licht der Herbstsonne. Leicht flimmert die Luft, wie erfüllt von unsichtbarem Silber. Morgen für Morgen erblaut in gleicher, unwandelbarer Klarheit; nur ein hauchfeiner Dunst hängt in der Frühdämmerung zwischen den Bäumen und über den Rasenflächen des Bois.

Das Haus Boulevard Suchet Nr. 18 ist ein modernes Etagenhaus von vier Stockwerken. Schmal, hoch, still und repräsentativ liegt es hinter einem mannshohen, schmiedeeisernen Gitter zwischen seinesgleichen. Es ist kein Palast, es reicht gerade aus, dem Admiral, seinem Stab und dem Funk-, Fernschreib- und Wachpersonal Unterkunft und Arbeitsraum zu gewähren.

Es ist, wie nicht anders zu erwarten, ein beschlagnahmtes Haus, aber das Verhältnis zu seinem Besitzer ist korrekt und höflich. In versiegelten Wandschränken ruht das Eigentum der französischen Wohnungsinhaber nicht weniger sicher als im Safe einer Bank. In den Korridoren und Gängen liegen nach wie vor die Teppiche, die Plüschläufer und Brücken, und von den Wänden blicken die Familienbilder der Herren von Forestà hochmütig auf das Treiben der fremden Eindringlinge herab. Sie sind Zeugen der täglichen, gemeinsam genommenen Mahlzeiten, Zeugen manch stürmisch-freudiger Begrüßung und manchen spontanen Festes, wenn die Frontkommandanten in den Morgenstunden zur Berichterstattung einpassieren, Zeugen mancher Ritterkreuzverleihung; denn in diesen glücklichen Monaten, da die Fanfaren der U-Boot-Sondermeldungen fast allwöchentlich die Erfolge der Grauen Wölfe ankündigen, mehrt sich die Zahl der Kommandanten, deren Versenkungsergebnis hunderttausend Tonnen übersteigt und die aus den Händen des Befehlshabers die hohe Auszeichnung empfangen. Unter ihnen befindet sich zum ersten Male ein Ingenieuroffizier, der Oberleutnant Gerd Suhren, Leitender Ingenieur, L. I. eines Unterseebootes.

Allmorgendlich Schlag neun Uhr betritt der BdU das Lagezimmer, elastisch, lebhaft, frisch: »Nun, Hartmann?« Und der A 1 beginnt mit dem Lagevortrag. Ereignisse des Vortages, der Nacht, Meldungen der Boote aus See, hinausgegangene Funksprüche, bevorstehende Ein- und Auslauftermine, Erfolge, Standorte, laufende Operationen, und es folgen die Referenten mit ihren Sachgebieten: Geleitanforderungen, Feindlage, Nachrichtenlage, Torpedolage, Nachschub, KBs, Kriegsbereitschaften, neue Boote ...

Zuweilen unterbricht der Admiral, fragt nach, diskutiert Einzelfragen, gibt Anweisungen. Und dann beginnt der Kampf um die Bootsaufstellung, das tägliche Ringen um den richtigen Entschluß. Was wird der Gegner tun? Wo wird der Gegner fahren? Wie müssen die Bote stehen, um ihn zu erfassen? Wie überdecke ich – immer dieselbe Frage! – mit meinen wenigen Booten selbst die doch verhältnismäßig schmalen Gebiete, in denen sich der Feindverkehr bündeln muß? Gehe ich nahe an die Küste, wo die Bewachung erfahrungsgemäß am stärksten ist, aber auch der Verkehr am häufigsten? Oder wie weit muß ich die Boote westwärts stellen, damit selbst weit entfernt stehende Kommandanten auf Fühlunghaltermeldungen und Peilzeichen operieren und rechtzeitig zum Angriff heran sein können, ehe der Geleitzug die feindlichen Küstengewässer erreicht? Was kann ich so, was so erreichen? Was muß ich in Kauf nehmen? Täglich eine Fülle von Fragen, die Entscheidung verlangen, täglich der gleiche zähe Kampf um den richtigen Entschluß. Und wie gering die Hilfsmittel, die solche Entscheidung erleichtern können! Einige Meldungen aus See. Einige entschlüsselte Funksprüche des Gegners, geliefert vom deutschen »B-Dienst«, der den feindlichen Funkverkehr überwacht und nach Möglichkeit entziffert. Einige spärliche Agentenmeldungen über Sammeln oder Auslaufen von Geleitzügen aus feindlichen Häfen. Hin und wieder eine Aufklärungsmeldung der Luft. Bitter rächt sich schon jetzt das Fehlen einer eigenen Seeluftwaffe. Die U-Boote können infolge ihrer geringen Augeshöhe nur sehr begrenzte Gebiete wirklich übersehen. Große Lücken klaffen, und ein fühlbarer Zufluß neuer Boote, die diese Lücken schließen könnten, ist nicht vor 1941 zu erwarten. Um so dringlicher wäre eine ständige und regelmäßige See-Fernaufklärung durch die Luftwaffe. Dem BdU am Boulevard Suchet bleibt eigentlich nicht viel mehr als der Appell an seinen sechsten Sinn und das Auskämpfen der richtigsten Maßnahmen mit seinen Mitarbeitern, dem Kapitän Godt und den »Astos«, den Admiralstabsoffizieren. Dann wandern die Fähnchen, die sechs bis acht blauen Pappfähnchen, die die operierenden Boote darstellen, auf der Karte von Quadrat zu Quadrat, nähern oder entfernen sich voneinander, und nicht selten genügt ein einziges Kurzsignal aus See – »Kr Kr Feind in Sicht ...«, um das eben so mühsam errungene Ergebnis zu entwerten oder zu bestätigen. Dann fliegen die Stifte, rennen die Läufer, jagen die FTs hinaus: »U 32, U 46, U 52, auf von U 48 gemeldeten Geleitzug operieren. U 48 Fühlung halten für Kameraden ...« Und den ganzen Tag über, den Abend hindurch, die Nacht und vielleicht auch den nächsten Vormittag oder noch länger liegt die geheime Spannung über dem Stab: Kommen sie heran? Wie ist das Wetter draußen? Sichtigkeit? Wind? Seegang? Mond? Bewölkung? Hat U 48 noch Fühlung? Wie stark ist der Geleitzug? Wo steht er jetzt? Wie ist sein Kurs? Was ist an Bewachung dabei? Zerstörer? Flugzeuge? Und aus den Funksprüchen, die von den Booten hereinkommen, formt sich Steinchen für Steinchen das Mosaikbild der Jagd und des Kampfes, die sich nun, weit draußen, viele hundert Meilen westwärts, abspielen. Und dann die ersten Meldungen, die zeigen, daß sich das Drama seinem Höhepunkt nähert, daß sich das Rudel sammelt und Fühlung aufnimmt: »Habe Feind in Sicht, Standort ...« »Abgedrängt durch Sunderland. Geleitzug steuert Südost ...« »Stehe Quadrat xy. Keine Fühlung. Erbitte Peilzeichen.« »Feindlicher Geleitzug in Sicht. Greife an ...«

Und dazwischen vielleicht eine neue Alarmmeldung: »Geleitzug in Quadrat AL 21 ...«

»AL? – Wieso AL – Anton Lude? Der steht doch AM – Anton Max!«

»Das FT ist von U 99, Mensch, der ist in Anton Max gar nicht beteiligt, das ist ein anderer Geleitzug!« Und schon hängt der

Asto vom Dienst am Telefon: »Vermittlung? Hallo, ja. Lagezimmer. Torfen Sie nicht, Mensch. Geben Sie mir ›C‹. Ja, ›C‹! – diese Verständigung! Hallo? Herr Kap'tän? Asto vom Dienst: Kretschmer meldet einen zweiten Geleitzug in Anton Lucie 21 ... Jawohl.«

Zwei Minuten später kommt der Kapitän Godt, wie ihn der Anruf aus dem Schlaf holte, in Pyjamas und Hausschuhen, den Bademantel übergeworfen, ins Lagezimmer. Es ist drei Uhr nachts.

»Soll der Befehlshaber geweckt werden?«

»Noch nicht. Erst wollen wir einmal sehen: Wen haben wir denn noch?« Und sie stehen vor der Lagekarte, »stecken« den Geleitzug und rechnen. Wie weit hat U 65? Wann könnte U 100 heran sein? Und Kuhnke? Der ist doch gestern morgen ausgelaufen. Hat er schon Passiermeldung gegeben?

Der BÜ-Offizier blättert die FT-Mappe durch. »Nein, Herr Kap'tän, noch nicht.«

»Machen Sie ein FT: Kuhnke Standort melden.«

Der Funkspruch geht hinaus.

Kuhnke meldet. Das dauert, wenn man Glück hat, nur wenige Minuten.

Sie rechnen: Gegnerkurs? Gegnergeschwindigkeit? Ja, es geht. Vielleicht knapp, aber es geht. Kuhnke bekommt einen zweiten FT: »Mit Höchstfahrt auf Geleitzug U 99 operieren.«

Und weiter: »Wie steht es mit U 38?«

Der Asto blättert in den Unterlagen. »Brennstoffschwach, Herr Kap'tän. Seit drei Tagen Rückmarsch. Letzter Standort ...« Er greift am Kartenrand die vermutlichen Etmale des Bootes ab, die Tagesdistanzen. »Nein, er käme auch nicht mehr heran, keinen Zweck mehr ...«

Und dann wird der Befehlshaber unterrichtet.

Am nächsten Morgen in der Lage zieht der A 1 die Bilanz der letzten vierundzwanzig Stunden.

Der BdU nickt befriedigt. »Winter, was haben wir noch im Körbchen?«

»Nicht viel, Herr Admiral. Zwei torpedierte mit zusammen

elftausend Tonnen, bei denen das Sinken nicht bestätigt ist, einmal viertausend und zwei kleinere Kolcher.«

»Reicht also noch nicht ganz«, sagt der Admiral, und jeder weiß, er meint eine Sondermeldung, für die er 100 000 »sichere« Tonnen haben will, »na, mal sehen, was bis morgen noch dazukommt.«

Von Zeit zu Zeit fliegt der Befehlshaber, begleitet von wenigen Offizieren, zu den Stützpunkten an die Biscayaküste. Aber die »Ju mit dem U-Boot-Abzeichen«, die BdU-Maschine, die ständig in Le Bourget bereit steht, ist regelmäßig bis auf den letzten Platz besetzt. Es hat sich schnell bei den Besatzungen herumgesprochen: Wenn Platz ist, nimmt »er« uns mit, und so halten sich Urlauber und Rückkehrer wartend in der Nähe des grauen Vogels, bis der alte blaue Mercedes »Zwodrei« des Admirals, gefolgt von dem ausgefahrenen Super-Klapper-Six oder einem der Citroëns über den weiten Rasen herangerollt kommt und der Flugzeugführer seine Meldung gemacht hat. Dann stehen sie plötzlich da: Matrosen, Gefreite, Maate, Oberfeldwebel, »bauen«, wie sie es nennen, »zackig einen weg« und fragen, ob sie mitfliegen dürfen. Und der Admiral dreht sich um: »Haben wir Platz? – Schön.« Und weiter: »U-Boot-Fahrer?«

»Jawohl, Herr Admiral?«

»Wieviel Fahrten?«

»Zwei, Herr Admiral.«

»Kommandant?«

»Oberleu'nt z' See Matz, Herr Admiral.«

»Was sind Sie an Bord?«

»Dieselheizer, Herr Admiral.«

»Dieselheizer. So. Seid ihr zufrieden? Sind eure Diesel in Ordnung?«

»Pico bello, Herr Admiral.«

»Sso – na, dann steigen Sie ein. Picobello.«

Und es steht da eines Tages auch ein junger Offizier und fragt ganz gehorsamst, ob er gehorsamst mitfliegen dürfe, und hat einen Bügel in der Mütze und ist überhaupt ganz im Sinne der BI, der Bildungsinspektion, der die Erziehung des Offiziersnachwuchses obliegt. Den sieht der Befehlshaber mit einem seiner langen Blicke an und sagt: »Mitfliegen können Sie. Aber das merken Sie sich: gehorsamst sind wir alle.«

Der Bericht eines seiner damaligen Begleiter schildert Tatsachen und Umstände eines solchen Fluges:

»Der Tag ist heiß gewesen, am tiefblauen Himmel stand eine unerbittliche Sonne. Das reiche französische Land, über das wir dahinflogen, lag unter Dunstschleiern. Zuweilen ein Schloß, zuweilen ein Dorf, eine Stadt, die silberne Perlenschnur der Dampffahne eines Zuges, selten ein Fluß, dessen zerstörte oder behelfsmäßig wiederhergestellte Brücken an den Krieg erinnern, der hier durchzog …

Wir erreichten den Stützpunkt. Unter den Brücken schob träge der Ebbstrom dem Meere zu. Nichts sonst deutete auf einen Hafen hin. Aber im Garten der Präfektur fanden wir uns plötzlich wieder mitten im Kriege, in einer der kurzen Rastpausen des U-Boot-Krieges zwar, aber die Kommandanten und Offiziere, die hier in bequemen Stühlen beisammensaßen, hatten ihn auch jetzt bei sich: Tonnageziffern und Schiffszahlen. Geleitzüge, Bewacher, Tag- und Nachtangriffe, Jagdgebiete, Glück und Pech erfüllten Gedanken und Gespräch. Aus ihren harten, klaren, durch ein gefahrenreiches Leben früh geprägten Gesichtern blickten die Augen scharf, jung und mit einer gespannten Ruhe, der nichts zu entgehen schien. Was sofort auffiel, war etwas ebensowenig Faßbares und zu Beschreibendes wie doch völlig Wirkliches und Vorhandenes: das ›Gesicht des U-Boot-Fahrers‹ war ihnen gemeinsam.

Am Abend nach Besprechungen und Unterkunftsbesichtigungen, die den Nachmittag ausgefüllt hatten, fuhren wir hinab zu den Liegeplätzen der Boote. Hier, im Gebiet des Hafens, aus dessen zahlreichen Armen das Meer immer noch den Ebbstrom absog, hatten die Franzosen im Abziehen zerstört, was ihrer Eile noch erreichbar war. Über die ausgebrannten Reste von Mauerwerk und Behältern hin, die wohl Öl enthalten haben mochten, schlängelten sich in groteskem Wirrwarr die in der Glut geschmolzenen und zusammengebogenen Träger der Dachkonstruktion des ehemaligen Schuppens.

Auf einem der Anlegepontons saß der Admiral, die Unterarme auf die Knie gestützt, und sah vor sich hin in das langsam vorüberziehende Wasser, das Holzstücke mitführte, ein Strohbündel, eine Flasche. Ringsum standen und saßen Gruppen von U-Boot-Offizieren. Ihre Worte und ihr Gelächter klangen über den Strom hin. Mit ihrem Befehlshaber warteten sie auf die Ankunft von zwei Booten, deren Einlaufen für diese Stunde gemeldet war. Niemals versäumten sie solche Gelegenheit. Wann auch ein Boot hereinkam, immer fand es eine Gruppe wartender U-Boot-Fahrer an der Pier. Jeder der Wartenden wußte, was es bedeutete, am Ende einer Feindunternehmung die Kameraden zum Empfang angetreten zu sehen. Es ist nicht nur die Heimat, es ist die große, unlösliche U-Boot-Familie, die so den Heimkehrer aufnimmt und ehrt. Ungeduldig spähten die scharfen, jagdgewohnten Augen stromab. Noch kein Boot in Sicht? – Noch nicht. Natürlich: sie haben den langsamen Lotsendampfer vor sich und den Strom gegenan, da können sie nicht so aufdrehen. –

Geduldig wartet der Befehlshaber. Er braucht sich nicht umzusehen, um seine Kommandanten, Offiziere und Besatzungen leibhaftig vor sich zu haben. Er kennt sie fast alle, und die, die leben und kämpfen, sind ihm um nichts näher als die, die im Kampfe geblieben sind. Er weiß um ihre Sorgen, und es sind die seinigen, um ihre Freuden, und er verschafft sie ihnen, wo immer der Krieg es erlaubt. Er kennt sie im Dienstlichen, und er kennt sie im Menschlichen, die nirgends untrennbarer sind als beim U-Boot-Fahrer. Und nun sitzt er, im sinkenden Abend, nachdenklich und geduldig auf dem Anlegeponton eines kleinen fremden Hafens und erwartet seine Heimkehrer, er, der ›Vater der U-Boote‹.

Mit der Dämmerung kamen sie herein, schlank, grau, verrostet die Geschützteile, verwaschen die Farbe: Frontboote. Auf den Decks standen, seit langem zum ersten Male ungefährdet in frischer Luft, die Besatzungen, bärtig, verwegen. Haut und Kleider voller U-Boot-Duft, Herzen und Augen erfüllt von dem unvergleichlichen Zauber der Heimkehr. Hinter ihnen lag der Tod, der, dem sie entgingen, der, den sie austeilten, beide umschattet vom gleichen Ernst – vor ihnen die unausdenkbar herrliche Ruhe der ersten Bauernnacht, die Sammlung und innere Auslastung nach dem Durchlebten, die Vorbereitung auf die nächste Unternehmung.

Langsam glitt das Boot heran: Unwirklich groß, so klein es tatsächlich ist, erschien es den Wartenden in dem engen Hafen. Auf der Brücke gab der Wachoffizier seine Anlegekommandos, schnell, sicher, geübt. Hell klangen die Hurras der Begrüßung. Leinen flogen und wurden festgemacht. ›Beide Maschinen zwomal Stopp!‹ Das Boot lag still.

Über das Deck kam, eilig, schmal, ein junger Offizier. Er schwang sich herüber auf den Ponton: ›Melde gehorsamst: U 38 von Feindfahrt zurück.‹ Wie die Meldung, so der Mann, nichts an ihm war zuviel. Er war so hager, daß er fast klein wirkte; in dem gespannten, schmalen und harten Gesicht glühten förmlich die großen, dunklen Augen.

Der Befehlshaber streckte ihm die Hand entgegen: ›Das hast du gut gemacht, mein Sohn.‹ Augenblickslang legte er seinem Kommandanten die Linke auf die Schulter. Eine echtere Geste der Väterlichkeit war nicht denkbar. Dann ein Wort: ›Zufrieden?‹

›Nein. Die Reise war schlecht. Nur zwanzigtausend Tonnen. Wir hätten viel mehr mitbringen müssen.‹

Der Admiral lächelte und schwieg. Endlich: ›Na, nun laß mal deine Männer antreten.‹

Eiliges Trampeln vieler Füße, Kommandos, Stille. Dann ging er an Bord.

›Heil, U 38!‹

›Heil, Herr Admiral!‹ Hell warf das Echo den Ruf über den Strom zurück.

Langsam, eindringlich wanderte der Blick des Befehlshabers von Mann zu Mann, die Front entlang. Jeder, auch der letzte Heizer im dritten Glied, fühlte sich angesehen und war angesehen. Dann, mit einer raschen Bewegung: ›Kameraden! Euer Boot hat auf nur drei Unternehmungen rund hunderttausend Tonnen versenkt. Diese ausgezeichnete Leistung ist in erster Linie eurem braven Kommandanten zu verdanken. Kapitänleutnant Liebe! Der Führer hat Ihnen dafür das Ritterkreuz verliehen. Ich habe die Freude, es Ihnen zu überreichen.‹

Dunkel schimmert im Licht das Rot des breiten Bandes, das nun der Flaggleutnant hinter dem schmalen Nacken des jüngsten Ritterkreuzträgers schließt. Ein langer Händedruck, dann tritt der Admiral einen Schritt zurück und legt die Hand an die Mütze. ›Kapitänleutnant Liebe: Hurra! Hurra! Hurra!‹ Dreimal, gedoppelt durch das Echo der Stadt, klingt der Ruf. Unbeweglich, die Hand am Mützenrand, steht der Kommandant. Es ist, als sei er mit seinen Gedanken noch draußen bei dem Geleitzug, der ihm entkam.«

Am nächsten Morgen, genau zur gewohnten Stunde, steht der Admiral schon wieder, als läge keine kurze Nacht, kein mehrstündiger Flug aus der Frühdämmerung in den strahlend anbrechenden Herbsttag hinter ihm, vor der Lagekarte im Boulevard Suchet 18 und kämpft, alle Unterlagen und in der Nacht eingegangenen Meldungen im Kopf, mit seinem Chef des Stabes und seinem A 1 um die »richtige« Aufstellung einer neuen »Harke« von U-Booten im Westen Englands.

»Mehr Boote haben, mehr Boote haben«, das ist das Stoßgebet seiner Nächte, »mehr Boote haben« der Gedanke, der ihn rastlos bewegt, den er wie Variationen eines unerschöpflichen Themas bei jeder Gelegenheit abhandelt, in der einsamen Stille seines Arbeitszimmers wie auf den täglichen Frühspaziergängen im Bois mit seinem Flaggleutnant, in Denkschriften, Besprechungen, Berichten wie in den Gesprächen mit seinen Mitarbeitern bei der Lage, bei Tisch, überall.

Im Oktober, als es entschieden ist, daß der »Seelöwe«, die Invasion der deutschen Wehrmacht auf die englischen Inseln, in diesem Jahre nicht mehr stattfinden wird, siedelt der Befehlshaber der Unterseeboote in sein Westküstenquartier in Kernevel bei Lorient in der Bretagne über.

Das »Schlößchen«, die Villa eines Sardinenfabrikanten, und die Nebengebäude, in denen Funkstelle, Lagezimmer, Fernschreibraum, Registraturen und Unterkünfte, Messen, Kombüsen und Kantine untergebracht sind, liegen zwischen Lorient und Lamorplage inmitten hoher, alter Bäume unmittelbar am Wasser.

Vom Lagezimmer aus, das seine breiten Fenster der See zukehrt, fällt der Blick hinüber nach Port Louis und dem Fort in der Einfahrt des Hafens, an dem die Grauen Wölfe, aus- und einlaufend, vorüberziehen.

Als der Befehlshaber einzieht, blühen in den dunklen Büschen rings um die Einfahrt des Schlößchens trotz des späten Herbstes die zartrosa und weißen Kamelien, und der feuchte, warme Wind des Atlantik weht um das Haus. Schwerbäuchige, tiefhängende Wolken wandern über die entlaubten Wipfel, in denen letzte Blätter wie unruhige Vögel flattern, dahin. Regen prasselt in Böen. Knisternd und klatschend schlagen die Tropfen gegen die Scheiben; doppelt behaglich spürt man die Wärme der geheizten Räume.

Draußen aber, im Atlantik, verrichten die grauen Boote in Dunkelheit und Nässe, inmitten der unendlichen, wüsten Weite wandernder grauer schaumgekrönter Gebirge ihren schweren Dienst.

Der Krieg dauert nun schon ein Jahr, und es ist ein Jahr von einer überwältigenden Fülle der Ereignisse gewesen. Dänemark – Norwegen – und der Westfeldzug mit seinem schnellen, über alles Erwarten glanzvollen Ausgang – dieser »Krieg auf den Landstraßen«, der Dörfer, um die 1914–18 erbittert gekämpft wurde und die mehr als ein dutzendmal den Besitzer wechselten, unberührt seitwärts liegen ließ –, sie haben den U-Booten als unschätzbares Pfand die Schlüssel zu den Meeren, die Stützpunkte im Norden und Westen Europas, in die Hand gegeben.

Aber der Kampf auf See ist auch härter geworden, und der BdU läßt, wenn er mit seinen Kommandanten und in den Stützpunkten zu den Besatzungen spricht, nie einen Zweifel darüber, daß er in Zukunft an Härte immer nur zunehmen wird. Rückhaltlos offen legt er den Kämpfern auf den grauen Booten seine Ansicht dar:

»Was ihr auch geleistet habt«, sagt er immer wieder, »es sind nicht mehr als Nadelstiche in die Adern des Gegners. Aber jeder Nadelstich zapft ihm Blut ab. Unsere Aufgabe, die Aufgabe der U-Boote ist es, den Gegner langsam, zähe und unbeirrbar zum Weißbluten zu bringen. Das wird nicht heute und nicht morgen geschehen, aber bald werden wir mehr Boote haben. Wenn ihr mich fragt: ›Wann ist dieser Krieg aus?‹ so sage ich euch: Ich glaube, noch lange nicht. Darauf stellt euch ein.«

Wenn er jedoch zurückkehrt in die Stille seines Arbeitszimmers im Stabsgebäude in Kernevel, wandert er oft lange um den großen, runden Tisch, getrieben von den Sorgen, die ihn selbst in dieser Zeit der großen Erfolge und kleinen Verluste nie verlassen.

Immer häufiger berichten zurückkehrende Kommandanten von wachsender Abwehr an den Geleitzügen, von mehr Zerstörern, mehr Bewachern, mehr Leuchtgranaten, in deren fahlweißem Schein, wenn sie an ihren Fallschirmen abwärts schweben, die angreifenden U-Boote dem Schutze der Dunkelheit entrissen werden. Welche Taktik wird man in Zukunft befolgen müssen, um die Geleitsicherung zu durchbrechen und zum Erfolg zu kommen? Kein Zweifel, der Kampf *wird* an Härte zunehmen, und das heißt, er wird Kommandanten und Besatzungen nervlich und körperlich immer höheren Belastungen unterwerfen. Wo ist da die Grenze? Ist alles getan für die Ausrüstung, die Bewaffnung und Ausbildung nach den letzten Erfahrungen? Für ihre Sicherheit, soweit von Sicherheit für einen U-Boot-Fahrer im Kriege die Rede sein kann? Er denkt an v. Friedeburg, den Chef der Organisationsabteilung U-Boote in Kiel: ein glänzend begabter Offizier, ein ungemein geschickter Verhandler auf dem eisglatten Parkett der Zuständigkeiten, ein Mann von Kraft und Schwung und rastloser Energie – und er weiß dann, daß seine Sorgen um Nachwuchs und Nachschub, um Qualität und Kampfkraft der neuen Boote den besten Händen anvertraut sind. Er weiß auch: Gegen England besitzt das Reich nur diese eine wirklich scharfe Waffe: die U-Boote. Aber: Wird das morgen auch noch so sein? Sind nicht Erfindungen denkbar, die die U-Boote in die Defensive drängen? Man braucht sie ja gar nicht zu vernichten. Es genügt ja, ihren Angriff zu vereiteln, indem man sie rechtzeitig erfaßt, sie lange genug unter Wasser drückt und ihnen dann ausweicht, um sie um den Erfolg zu bringen.

Trotzdem bohrt der Zorn in ihm, erfüllt ihn Bitterkeit und Auflehnung gegen das Geschick, das ihm jetzt, da er die größten Erfolge am leichtesten erringen könnte, die U-Boot-Zahlen vorenthält, die er braucht. Der Gedanke ›Jetzt mehr Boote‹ begleitet ihn wie der Kehrreim einer Melodie, die einen Tag und Nacht verfolgt.

Sein A 5, Kapitänleutnant Winter, hat ihm den Saldo des bisherigen U-Boot-Krieges, gezogen per 1. September 1940, vorgelegt. Er lautet:

U-Boot-Bestand bei Kriegsbeginn	57 Boote
Indienststellungen im 1. Jahr	28 Boote
Verluste im 1. Jahr	28 Boote
Bestand am 1. September 1940	57 Boote
Davon Frontboote 1939	39
Davon Frontboote 1940	27

Gründe für den Rückgang der Frontbootzahlen:

1. Es befinden sich mehr Boote in Erprobung und Ausbildung.
2. Es sind mit Rücksicht auf die für 1941 zu erwartenden vermehrten Neuindienststellungen mehr Boote in den Schulbetrieb überstellt.

Der BdU hat also nach einem Jahr Krieg nicht mehr, sondern weniger Boote für den Kampf verfügbar. Jeweils ein Drittel bis ein Viertel der Frontboote, durchschnittlich sieben bis acht, stehen gleichzeitig im Operationsgebiet. Und das, nachdem er, Dönitz, im Frieden Denkschrift auf Denkschrift, Papier über Papier nach Berlin gejagt hat, um den beschleunigten Ausbau der U-Boot-Waffe auf den höchsten zulässigen Stand zu erwirken. Man hat ihm nicht geglaubt. »Homogene Flotte« hieß das Programm. Er hat sich Feinde gemacht; man hält ihn für ehrgeizig, und daß er recht behalten hat, wird ihm am wenigsten verziehen, darüber gibt er sich keinen Illusionen hin. Niemand liebt es, Irrtümer einzugestehen. Aber Zahlen reden eine harte Sprache. Was hat die »überholte« U-Boot-Waffe, was haben die knapp fünfhundert Mann auf den sieben bis acht Booten, die jeweils in See waren, bisher erreicht? Auch darauf antwortet der Saldo per 1. September 1940:

Bei 46 Prozent Verlusten der eingesetzten U-Boote wurden folgende Versenkungserfolge erzielt:

1 Schlachtschiff	
1 Flugzeugträger	
3 Zerstörer	
2 U-Boote	
5 Hilfskreuzer	
etwa 440 Handelsschiffe	
mit zusammen	2 330 000 BRT.

Das ist ein Ergebnis, das alle Erwartungen weit übertrifft, wenn es auch hoch und hart hat bezahlt werden müssen. Fast jedes zweite Boot ist geblieben. Aber diese Verluste werden durch zwei Faktoren wesentlich mitbestimmt: die anfängliche Unerfahrenheit der Kommandanten und Besatzungen und das Auftreten technischer Mängel an den Booten, die nicht im Frieden, sondern erst in der harten Praxis der Wasserbombenschlachten erkannt werden konnten. Inzwischen hat sich gezeigt, daß die Summierung oft nur geringfügiger Leckagen und das Zusammentreffen technischer Ausfälle die Boote am meisten gefährden. Demgegenüber aber kann als erwiesen gelten, daß sie nicht »auszuhungern« sind, daß also selbst lang andauernde U-Boot-Jagd sie nicht zwingen kann, wegen Erschöpfung ihres Luftvorrats und ihrer Batterien aufzutauchen. Trotzdem blickt der Admiral voll Sorge und Mißtrauen in die Zukunft, trotzdem bohrt er andauernd in Berlin, um schnellere Bauzeiten für die Boote zu erreichen, und lehnt jeden Rückgriff auf seine Schulboote in der Ostsee, wie er ihm zur Deckung des akuten Mangels an Frontbooten vorgeschlagen wird, ab. »Der Handelskrieg gegen England«, antwortet er, »kann nur mit einer großen Anzahl von U-Booten entschieden werden.« Zugleich kämpft er unnachgiebig um Ausbau und personell ausreichende Besetzung der Werften in den französischen Stützpunkten, nicht allein um die Heimatwerften zu entlasten, sondern um kürzere Werftliegezeiten in Frontnähe zu erzielen, die Vorteile der verkürzten Anmarschwege voll auszunutzen und den Turnus zu beschleunigen, in dem die Boote an die Front zurückkehren. Die kurzen und überaus erfolgreichen Unternehmungen dieses Herbstes bringen es ohnehin mit sich, daß die wenigen verfügbaren Boote, nachdem sie sich an den Geleitzügen leergeschossen haben, ziemlich gleichzeitig in die Stützpunkte zurückkehren. Die Folge ist eine zeitweilige »U-Boot-Leere« im Atlantik, die sich, wie die Dinge nun einmal liegen, nur durch schnelle Arbeit der Stützpunktwerften und eine scharfe Beschränkung der Hafentage wenigstens drosseln läßt. Seit der Besetzung Frankreichs ist überdies der Engländer mit seinem Seeverkehr vom Ärmelkanal aus der unmittelbaren Nähe der »Wolfshöhlen« auf das Gebiet um die Rockall-Bank vor dem Nordkanal ausgewichen. Dort, dicht westlich des Nordkanals, teilweise in Landsicht, stehen nun die Boote zunächst einzeln, später etwas weiter abgesetzt, in Vorpostenstreifen, und harken auf der Suche nach Geleitzügen das Gebiet nach Breite und Tiefe in langen Zickzackschlägen ab. Die letzten »Einbäume«, U 137 – Lüth, und U 138 – Wohlfarth, zeichnen sich in unmittelbarer Küstennähe besonders aus. Aber für den Ansatz der größeren ergibt sich binnen kurzem ein systematisch nicht lösbares Problem: Wie weit von der Küste müssen sie stehen, damit die Flügelboote eines Vorpostenstreifens einen gemeldeten Geleitzug noch rechtzeitig erreichen? Die Praxis zeigt: Die meisten Sichtmeldungen führen nicht zu gemeinsamen Erfolgen, weil der Gegner meist schon im Nordkanal ist, ehe auch nur die Nachbarboote heran sind. Und dieselbe Praxis lehrt: weiter hinauszugehen nach Westen, bringt keinen Erfolg. Die Zahl der Boote reicht nicht aus, um den Gegner in der Weite des Atlantik zu finden. Was fehlt, ist die eigene Fernluftaufklärung, die den anlaufenden Verkehr schon weit draußen im Atlantik erfaßt.

Völlig auf sich selbst gestellt, müssen die Grauen Wölfe ihre Beute aufspüren. Freilich: zuweilen gelingt es, so am 20. September 1940, als Prien auf den Geleitzug HX 72 stößt, Fühlung hält, bis fünf andere Boote heran sind, und gemeinsam mit ihnen in zwei Tagen zwölf Schiffe versenkt und eins torpediert – so am 18. und 19. Oktober und in der darauffolgenden Nacht, als acht Boote aus zwei fast gleichzeitig erfaßten Geleitzügen nach englischen Angaben vierzig Schiffe versenken und vier weitere torpedieren.

Der BdU zieht daraus die Konsequenz: »Diese Operationen«, sagt er, »beweisen, daß das Ausbildungsprinzip und unsere Taktik seit 1935 richtig gewesen sind. Allerdings können Nebel, schweres Wetter und besondere Umstände zeitweise die Erfolgsaussichten völlig zunichte machen. Ausschlaggebend bleibt immer das Können der Kommandanten.«

Zu den besonderen Umständen, an die der Admiral in diesem Augenblick denkt, gehört die fühlbare Verstärkung der feindlichen Luftüberwachung im Operationsgebiet. Selbst weit draußen im Westen sind seit dem Spätsommer in zunehmendem Maße Sunderland-Flugboote beobachtet worden, und die mißtrauische Phantasie des Befehlshabers hat sich sogleich ausgemalt, was geschehen könnte, wenn eines Tages der freie Atlantik einer Luftkontrolle des Feindes unterläge. Fraglos, sagt er sich, würde das den U-Boot-Kampf außerordentlich erschweren, aber: die Nacht gehört uns! Die Nacht gehört uns in jedem Falle.

In seinem Streben nach Klarheit läßt der BdU allmonatlich für jedes Boot die versenkte Tonnage pro Seetag errechnen; das ist der beste Maßstab für die Wirksamkeit seiner Waffe, ein geradezu kaufmännischer Maßstab, der jeden Selbstbetrug ausschließt. Das Ergebnis dieser Rechnung ist in mehr als einer Hinsicht aufschlußreich: Im Oktober erfassen die Boote zwei Geleitzüge, den SC 7 und den HX 79, und das Versenkungsergebnis ist 920 BRT je Boot und Seetag. Im November mit seinen wilden Stürmen kommt es zu keiner Geleitzugschlacht, obwohl der B-Dienst um den 24. November vier Konvois meldet – die U-Boote kommen nicht heran. Folge: das Ergebnis sinkt auf 430 BRT. Im Dezember erfaßt U 101 unter seinem zweiten Kommandanten, Kapitänleutnant Mengersen, den Konvoi HX 90; andere Boote, auch Prien, kommen noch heran; 14 Schiffe sinken, 3 bleiben torpediert zurück, und sogleich steigt das Monatsergebnis wieder auf 697 BRT je Boot und Seetag.

Es ist also klar: Im Geleitzugkampf liegt der Erfolg, im Geleitzugkampf die Zukunft des U-Boot-Krieges. Aber wird man die Geleitzüge finden? Schon jetzt ist es deutlich, daß sie auszuweichen beginnen. In dieser Frage, nicht im Kampf, im Angriff selbst, sieht der Befehlshaber das Problem. Finden, finden, das ist der Gedanke, der ihn umtreibt, und er sieht nur die eine Lösung, immer die gleiche: mehr, mehr, mehr Boote, denn nur viele Boote bieten die Aussicht, den Gegner zu finden, zu stellen und zu schlagen. Wie hat der alte Admiral Bauer gesagt? »Man kann nicht U-Boote genug haben.« Nun erweist sich die Richtigkeit dieses Satzes. Maßgeblich für den Versenkungserfolg ist die Zahl der monatlichen Geleitzugschlachten!

Und wie sieht die Praxis aus?! Von November 1940 bis Januar 1941 stehen durchschnittlich vier bis sechs Boote im Operationsgebiet vor dem Nordkanal. Das sind zwei- bis dreihundert Mann gegen England! Und diese zwei- bis dreihundert Mann kämpfen obendrein unter den denkbar ungünstigsten, schwersten Bedingungen, kämpfen in Dreck und Sturm und Nässe. Sie wissen, was das bedeutet; schlechtes Wetter. Es bedeutet Begrenzung des Aufklärungsbereichs, man sieht nichts, ist blind von fliegendem Gischt; es bedeutet geringe Marschgeschwindigkeit und die Unmöglichkeit, schnell den Standort zu wechseln; es bedeutet Fehlschüsse durch schwere See, Versager wegen schlechter Tiefensteuerung der Torpedos; es bedeutet »Waffeneinsatz unmöglich«, wenn selbst erfahrene L. I.s in dem wütenden Gewoge das Boot nicht mehr auf Sehrohrtiefe zu halten vermögen; es bedeutet, daß nachts über Wasser kein Schießen möglich ist, weil schwere Brecher unablässig über die Turmverkleidung hereindonnern und weil das Boot trotz aller Rudermanöver so wild giert, daß es kein sicheres Abkommen mehr gibt.

15.
UNGLEICHE BRÜDER

Im Juni 1940, kurz vor dem Ende in Frankreich, ist Italien, der »Achsenpartner«, in den Krieg eingetreten und hat im Laufe des Sommers das Angebot nach Berlin gerichtet, vierzig U-Boote in den Atlantik zu entsenden.

Der BdU horcht auf. Bietet sich hier eine Gelegenheit, dem eigenen Bootsmangel abzuhelfen, die Kampfkraft zu steigern, die Zahl der Augen in See zu vermehren? Ihm ist jede Verstärkung willkommen.

Im Laufe des September treffen die ersten drei italienischen Boote im Stützpunkt Bordeaux ein. Italienische Kommandanten steigen als »Badegäste« auf deutschen Frontbooten ein, um sich über die Verhältnisse im Atlantik und die deutschen Kampfmethoden zu informieren. Ende September besucht der italienische Admiral Parona den BdU in Paris, ein kleiner, steiler, eisgrauer Herr von vollendet höflichen Formen, mit dem der Befehlshaber, seinen ganzen, wenn er will, außerordentlichen Charme entfaltend, alle Einzelheiten der künftigen Zusammenarbeit bespricht.

Die obere Führung, so vereinbaren sie, wird beim deutschen BdU liegen; doch soll der italienische FdU im Rahmen des Zusammenwirkens weitgehend selbständig und selbstverantwortlich sein.

»Die italienischen U-Boote«, sagt Admiral Dönitz, sein Gegenüber voll ins Auge fassend, »sollen nicht nur das Gefühl haben, von Italienern geführt zu werden, sondern es soll auch tatsächlich so sein.«

Admiral Parona verneigt sich in lächelndem Dank; er ist damit sehr einverstanden; er ist überhaupt voll besten Willens und Entgegenkommens; man versteht sich rasch, und es entwickelt sich hier eine Freundschaft, die den Krieg überdauern soll. Parona wird, wenn es dem BdU recht ist, einen jungen, tüchtigen Offizier, den Kapitänleutnant Sestini, als Verbindungsoffizier zum deutschen Führungsstab kommandieren, und er wird es dankbar begrüßen, wenn der Admiral Dönitz ihm einen erfahrenen, sprachkundigen, älteren Frontkommandanten zuteilen wollte, um mit seinen Kommandanten in der Biscaya die deutsche Kampftaktik praktisch zu üben; denn es leuchtet ihm ohne weiteres ein, daß die deutschen Boote den seinigen an Kriegserfahrung überlegen sein müssen …

Kurz darauf steht Korvettenkapitän Rösing vor dem BdU, um sich nach Bordeaux abzumelden.

»Ihre Aufgabe ist nicht leicht«, sagt der Admiral verabschiedend, »sie erfordert Takt und Einfühlungsvermögen. Wie die Dinge liegen, müssen die Italiener von uns lernen, und es ist verständlich, daß ihnen das bei ihrem stark entwickelten Nationalstolz und ihrem empfindlichen Ehrbegriff nicht leichtfällt. Ich glaube, daß Sie Ihr Ziel am besten dadurch erreichen, daß Sie sie an das, was ihnen fehlt, so heranführen, daß sie von selbst darauf kommen und aus sich heraus unsere Erfahrungen annehmen, anstatt hart und plötzlich von uns direkt darauf gestoßen zu werden. Und nun fahren Sie los, und versuchen Sie Ihr Glück.«

So läuft die Zusammenarbeit an, aber während sie sich zwischen den beiden Dienststellen an Land rasch und reibungslos einspielt und während sich der italienische Verbindungsoffizier beim BdU, ein hochgewachsener liebenswürdiger Lombarde, unter dem Spitznamen »Conte« bald die aufrichtige Zuneigung seiner deutschen Kameraden erwirbt, bringt die Zusammenarbeit der Boote in See trotz ehrlicher gegenseitiger Bemühungen nicht die erhofften Erträgnisse. Zu unterschiedlich sind Stand, Charakter und Grundsätze der beiderseitigen Ausbildung. Im Funkverkehr ergeben sich unerwartete Schwierigkeiten; die gegenseitigen Standorte enthalten teilweise erhebliche Besteckunterschiede, und die Nachrichtenverbindungen erweisen sich als zu umständlich, um die deutschen Boote an die gemeldeten Feindgeleite rechtzeitig heranzuführen. Der BdU erlebt eine Reihe von Fehlschlägen.

Anfang Dezember meldet er dem ObdM seine bisherigen Erfahrungen.

»Ich habe nicht erwartet«, sagt er, »daß die italienischen U-Boote sofort sehr hohe Versenkungsziffern erreichen würden. Dazu sind sie in diesem Operationsgebiet noch zu fremd. Sie haben noch nie unter ähnlichen See- und Wetterverhältnissen operiert und sind dafür auch noch unzureichend ausgerüstet.

Die Hauptursache ihres Versagens ist aber: Sie sind unter den Verhältnissen des Mittelmeeres für den Geleitzugkampf nicht ausgebildet und daher nicht in der Lage, im Nachtangriff über Wasser ungesehen anzugreifen und überhaupt ungesehen zu bleiben. Sie verstehen es nicht, sich vor einen langsameren Gegner vorzusetzen, und sie verstehen auch dementsprechend nichts vom Fühlunghalten und Melden. Meine Versuche, sie in gemeinsamer Operation mit uns nutzbringend einzusetzen, sind daher negativ verlaufen. Vom Standpunkt der Gesamtkriegführung ist das nur sehr zu bedauern.«

Trotz dieser klaren und ungeschminkt geäußerten Einsichten gibt der BdU jedoch den Versuch nicht auf, die Italiener in die atlantischen Kampfverhältnisse einzuweisen und sie in seine Kriegführung einzubeziehen, zumal ihm der Kapitän Rösing berichtet, daß sie sich mit großem Eifer bemühen, ihre Sache so gut zu machen, wie sie's vermögen, und ihr Chef, Admiral Parona, sie zur höchsten Leistung anspornt.

Erst im Frühsommer 1941, als der Zustrom neuer eigener Boote allmählich fühlbar wird, erhalten sie ihren eigenen, von dem deutschen getrennten Kampfraum zugewiesen, in dem sie selbständig operieren. Wohl kommt es gelegentlich noch zu Ansätzen gemeinsamer Operationen, wohl sucht der BdU, wo sich die Gelegenheit ergibt, deutsche Boote auf die Feind-in-Sicht-Meldungen italienischer Kommandanten anzusetzen, aber im ganzen betrachtet er die Bemühungen, die ungleichen Brüder unter die gleiche Kappe zu bringen, als gescheitert. »Was Hänschen im Frieden nicht gelernt hat«, sagt er, »kann Hans im Kriege nur sehr schwer und mühsam, wenn überhaupt, nachholen. Gelernt ist gelernt.«

Trotzdem erzielt die italienische U-Boot-Waffe im Atlantik im Laufe des Krieges nach und nach nicht unbeträchtliche Erfolge. Kommandanten und Besatzungen fahren sich ein, finden sich allmählich in den ungewohnten Verhältnissen zurecht und greifen mit Schneid und Zähigkeit an.

Etwa dreißig Boote versenken in der Zeit von September 1940 bis Juli 1943 insgesamt 105 namentlich bekannte Schiffe mit 588 553 BRT und beschädigen weitere 14 mit 117 646 BRT und einen Zerstörer. Ungeklärt bleiben darüber hinaus 22 versenkte Schiffe mit 151 000 BRT sowie 10 beschädigte mit 56 000 BRT und 5 Zerstörer.

Zehn Boote kehrten zu verschiedenen Zeiten ins Mittelmeer zurück. Von den verbleibenden 22 gehen 16 auf Feindfahrt im Atlantik verloren, fünf werden von den Deutschen beim Abfall Italiens 1943 übernommen, ein sechstes läuft Durban-Südafrika an und geht zum Engländer über.

Die erfolgreichsten Boote sind:

»Da Vinci« – versenkt 18 Schiffe mit 125 633 BRT, beschädigt eins mit 7176 BRT,

»Tazzoli« – 17 Schiffe mit 93 397 BRT, beschädigt eins mit 5222 BRT, ungeklärt zwei mit 10 000 BRT und eins mit 5000 BRT,

»Cappellini« – 6 Schiffe mit 31 563 BRT, beschädigt eines mit 5231 BRT,

»Barberigo« – 6 Schiffe mit 34 464 BRT, beschädigt 2 mit 12 123 BRT und 1 Zerstörer (ungeklärt), ferner

»Morosini«, »Finzi«, »Calvi« *und* »Archimede« mit je 5 Schiffen.

Seine beste Reise macht »Da Vinci« unter Kapitänleutnant Gianfranco Gazzana, dem Nachfolger der Kommandanten Calda und Longanesi Cattani, der, nach Versenkung von 97 000 BRT mit dem Ritterkreuz ausgezeichnet, im Mai 1943 mit seinem Boot bei Cap Finisterre den Tod auf See findet.

Der Kommandant »Tazzoli«, Kapitänleutnant Carlo Fecia di Cossato, erhält nach Versenkung von 11 Schiffen ebenfalls die begehrte Auszeichnung.

16.

ADLER OHNE FLÜGEL

Als das Jahr 1940, das Jahr der ersten großen Geleitzugschlachten, sich seinem Ende zuneigt, zu Weihnachten, hat der BdU ein einziges Boot in See stehen. Salman – U 52 – verkörpert am Heiligen Abend für sich ganz allein die U-Boot-Tätigkeit gegen England. Im Atlantik herrscht U-Boot-Leere. Die Boote, die Anfang Dezember aus dem Konvoi HX 90 vierzehn Schiffe versenkten und drei torpedierten, sind leergeschossen in ihre Stützpunkte zurückgekehrt, um neu auszurüsten und zu reparieren, und die wenigen, die noch draußen standen, sind in den wüsten Winterstürmen, in bergehoher See, in Nebel, Schneetreiben und Regenböen an keinen der gemeldeten Geleitzüge herangekommen.

Im Lagezimmer in Kernevel ist man sich über die Gründe für diese Entwicklung durchaus im klaren. Es hat sich gezeigt, daß außer dem Bootsmangel und der Ungunst des Wetters ein neues Moment mitwirkt: der Gegner weicht aus! Er führt seine Schiffe um festgestellte oder vermutete U-Boot-Aufstellungen herum. Es ist so gut wie sicher, daß er jeden Funkspruch der Boote in See einpeilt, auswertet und seine Geleitzüge danach umsteuert. Bei der Besetzung Frankreichs erbeutetes Dokumentenmaterial beweist, welche große Bedeutung der Engländer gerade dem Funkpeildienst zumißt. Der »Idealzustand«, daß Boote in See völlige Funkstille wahren, ist, wie alle Ideale, unerreichbar, da der BdU mangels anderer Aufklärung auf die Meldungen der Boote angewiesen ist. Der Befehl, täglich Lage zu melden, den er in seiner Unsicherheit über den feindlichen Verkehr an alle Boote herausgegeben hat, die westlich 15° West im Atlantik stehen, ist bereits nach wenigen Tagen aufgehoben worden. Nachdem man weiß, daß der Feind selbst sogenannte Kurzsignale, blitzschnell gefunkte Buchstabengruppen, deren Bedeutung sich aus der Zusammensetzung und Reihenfolge der einzelnen Buchstaben ergibt, mit mutmaßlich gutem Erfolg einpeilt, erhalten die Boote Befehl, nur dann noch auf die Taste zu drücken, wenn es zur Eröffnung einer Operation unerläßlich ist, oder wenn der Kommandant weiß, daß sein Standort dem Gegner schon bekannt ist.

Für den BdU bedeutet dieser Zwang zur Stille eine vermehrte Unsicherheit über die Maßnahmen des Feindes. Seine Lage ist überhaupt seltsam genug: In allem, was er tut, betritt er Neuland, nirgends kann er sich auf »Vorgänge«, auf die Erfahrungen früherer Seekriege stützen. Der U-Boot-Krieg, wie er ihn führt, wie er ihn, gedrängt durch die Entwicklung, rühren muß, ist ein Novum. Er ist ganz auf sich gestellt, ist darauf angewiesen, jede Erfahrung selbst zu machen; denn einen von Land aus zentral geführten Ansatz von U-Boot-Gruppen hat es bisher noch nicht gegeben.

»Der U-Boot-Führer«, sagt er, »weiß nie genau, wo seine Boote stehen und wie bei den einzelnen die Lage ist: ob sie getaucht sind oder aufgetaucht, ob sie in Wartestellung stehen oder marschieren, ob sie gerade angreifen oder verfolgt werden. Darum ist sein Bild über die Verteilung und Stärke seiner Kräfte immer lückenhaft, sind seine Befehle immer mit dem Risiko belastet, daß sie den Empfänger nicht rechtzeitig erreichen oder daß sie nicht ausgeführt werden können aus Gründen, die er aus der Ferne nicht übersehen kann. Er ist also darauf angewiesen, sich darauf zu verlassen, daß seine Kommandanten draußen das mögliche tun. Und durch Vielfunken ist daran im Grundsätzlichen nichts zu ändern. Unsichtbarkeit bleibt unsere stärkste Waffe.«

Er schweigt eine Weile, wie um seine Gedanken für die Schlußfolgerung aus diesen Sätzen zu ordnen. Dann fährt er fort:

»Führen kann ein U-Boot-Chef also nur, indem er den Booten einzeln oder – wohin wir künftig immer mehr kommen werden – gruppenweise ihre Angriffsräume zuweist und ihnen die Art der Aufstellung vorschreibt, also Bootsabstand, Breite, Tiefe und Marschrichtung. Führen kann er ferner durch Auswahl der Boote, die er für eine bestimmte Aufgabe abteilt, durch Befehle über Fühlung halten und, falls sie abgerissen ist. Wiedergewinnen. Endlich durch Bremsen oder Freigabe des Angriffs und den Befehl zum Abbruch einer Operation. Aber – und das scheint mir die wichtigste Erkenntnis aus den Geleitzugerfahrungen der letzten Monate: eine taktische Führung beim Angriff selbst gibt es für ihn nicht. Wenn es ihm gelungen ist, die Boote durch seine Maßnahmen an den Gegner heranzubringen, endet seine Aufgabe. Kämpfen müssen sie allein.« –

»Zur Aufstellung der Boote«, wirft der A 1 ein, »Breite oder Tiefe?«

Es war die Frage, an der sich täglich die Geister entzündeten.

Der Kapitänleutnant Oehrn ist ein kühler, scharfer Kopf, bedächtig und unbeirrbar in seinem Urteil. Er ist es, der die operative Arbeit des Stabes im Hinblick auf die kommenden Bootszahlen systematisiert. Nächst dem Befehlshaber und »C« trägt der BdU-Stab den Stempel seiner Persönlichkeit, seines starken, harten, unbestechlich geraden Wesens.

»Wenn man«, erwiderte der Admiral nach kurzem Überlegen, »– wie wir – nicht genug Boote hat, muß Breite vor Tiefe gehen. Je weiter wir von der Küste weg müssen, desto breiter müssen wir, in der Hoffnung etwas zu finden, unseren Bootsschleier auseinanderziehen. Und es fehlt uns an Aufklärung aus der Luft, um die dabei entstehenden Lücken zu schließen. Das Problem des Findens wird in kurzer Zeit unser Hauptproblem sein. Seit September befinden wir uns in einer deutlichen Wandlung unserer Kriegführung vom Einzelbootkrieg zum straff gerührten Gruppenangriff, und zwar nicht nur, weil wir das so wollen, sondern weil wir müssen. Unser Nachteil am Geleitzug ist die Abwehr durch die Bewachung, unser Vorteil, daß wir, wenn wir überhaupt finden, gleich eine Vielzahl von Zielen vor uns haben. Das Aufhören der Einzelfahrt bringt aber eine Schiffsleere im Atlantik mit sich, die uns zum rudelweisen Vorgehen zwingt. *Wenn* wir finden, müssen auch so viele Boote wie nur möglich heran.«

»Gegenwärtig«, wirft Kapitän Godt stirnrunzelnd ein, »haben wir so wenig Boote, daß es nicht einmal zur Aufstellung auch nur einer Gruppe langt.«

»Ja, leider«, nickt der Admiral. »Und damit sind wir wieder bei dem leidigen Thema ›Aufklärung‹.«

Er steht auf und geht, die Arme auf der Brust kreuzend, vor der

Lagekarte hin und her. Immer, wenn ihn etwas stark beschäftigt, braucht er Platz, um sich zu bewegen.

Der Kapitän Godt steht in seiner hellbraunen verwaschenen Leinenjacke mit dem steif wie gesträubt emporstehenden Kragen, beide Hände auf den Zeigestock stützend, breitbeinig da und wartet. Oehrn, fleckenlos reines weißes Jackett, lehnt am Tisch, dessen Kante seine Hände umfassen. Der A 2, Kapitänleutnant v. Daublebsky, ein schmaler dunkelhaariger Österreicher, hat das Kinn in die Hand gestützt; ein Zeigefinger liegt längs der Wange. A4, Kapitänleutnant Meckel, Referent für Nachrichten und Torpedos, geht nervös im Raume umher. Der Flaggleutnant flüstert mit A 5, der stirnrunzelnd zuhört und dann in ein lautloses Lachen ausbricht. Ihm, Kapitänleutnant Winter, untersteht die »Große Buchführung« des U-Boot-Krieges: Erfolgsstatistik, Kriegsbereitschafts-, Aus- und Einlauflisten, Verluste und Benachrichtigung der Angehörigen Gefallener. Er ist Schlesier, ein zum Rundlichen neigender, freundlicher Mann von unendlichem Humor.

So wie sie an diesem Morgen stehen und sich bewegen, tun sie es täglich. Jeder hat seine für ihn typische Haltung. Aber während ein Teil der Referenten im Laufe des Krieges an die Front zurückkehrte oder in andere Positionen überwechselte, hält der »C der U-Boote«, der Fregattenkapitän Godt, als Chef der Operationsabteilung und unmittelbarer Vertreter des BdU seine durch hohe Verantwortung und Arbeitslast gekennzeichnete Stellung vom Anfang bis zum bitteren Ende des Krieges inne. Achtung und Verehrung für ihn haben den Krieg überdauert.

Draußen braust der Wintersturm mit feuchtem Atem um das Haus. Die Bäume an der Auffahrt, im Park, ächzen und schwenken die kahlen Kronen. Schiefergrau breitet sich das Wasser vor den Fenstern des Lagezimmers, gegen die der Regen zuweilen in dünnen Flagen anknistert. Trübgrau hängt der Himmel.

An der breiten Rückwand des Raumes sind die Quadratkarten, durch Soffitten von oben beleuchtet, sorgfältig angeheftet. Das Netz von gröberen, feinen und feinsten Linien, Buchstaben und Zahlen strahlt in hellem Licht. Die unendlichen Äcker des Meeres sind hier sozusagen parzelliert, aber was auf der Karte ein winziges Quadrat mit einer Zahl ist, entspricht draußen vielen Quadratmeilen sturmgepeitschter, von schaumgekrönten Gebirgen durchwanderter oder in der öligen Stille der Flauten, unter Sonne und Wolken oder in der weißen Stille des Nebels gebreiteter See. Und hier und da, dünn und spärlich, verloren in der Weite selbst hier auf der Karte, stecken die blauen Fähnchen, die die Standorte der Boote bezeichnen.

Vor dieser Karte wandert der BdU hin und her. Schweigend stehen die Astos. Schweigend und wartend, bis der Admiral plötzlich anhält.

»Fünf Monate nach der Besetzung der französischen Stützpunkte«, sagt er grollend, »haben wir praktisch noch keine Unterstützung der U-Boote durch Luftaufklärung. Einige von Ihnen werden sich erinnern, daß wir im Frieden in der Nord- und Ostsee recht erfolgreich mit der Luft zusammengearbeitet haben. Für Atlantikreichweiten gab es damals noch keine Flugzeuge, es fehlte den vorhandenen Typen an Eindringtiefe. Die Seekriegsleitung hat dann ... Fuhrmann, geben Sie mal die Akte her ...«

Der Flaggleutnant flitzt auf, sucht einen Augenblick und kommt mit dem roten, diagonal gelb gezeichneten Aktendeckel zurück.

»Die Seekriegsleitung hat«, fährt der Admiral fort, »gleich nach der Besetzung Frankreichs, schon Anfang Juni, die Aufforderung an mich gerichtet, Vorschläge über die Zusammenarbeit zwischen BdU und Fd-Luft einzureichen. Was kam dabei heraus?«

Er blättert mit raschen, heftigen Bewegungen ungeduldig in der Akte hin und her.

»In diesem ganzen Sommer und Herbst haben uns niemals mehr als jeweils vier Maschinen zur Verfügung gestanden. Immer wieder hat man mir gesagt, daß diese oder jene Gruppe mit diesen oder jenen Typen demnächst für mich Aufklärung fliegen würde. Was ist daraus geworden? Nichts.«

Er bleibt stehen, fixiert die nächststehenden Offiziere; seine Augen sind jetzt klein, schwarz, hart.

»Die einzige Unterstützung, die wir haben«, fährt er, mit der geballten Rechten in die Handfläche der Linken schlagend, fort, »bekommen wir durch das KG 40, aber auch nicht auf Grund einer befehlsmäßigen Abhängigkeit, sondern dank persönlicher Fühlungnahme. Vom Kampfgeschwader 40 fliegt für uns täglich eine FW 200. Ein einziger Langstreckenbomber als Aufklärung für die U-Boot-Waffe!«

Er klappt die Akte zu, schlägt mit der flachen Hand darauf: »Ich weiß nicht, was die mit ihren Flugzeugen machen: ›technische Mängel‹, ›keine Kräfte‹ ... Für mich sind das Adler ohne Flügel.« –

Am Abend, als er sein Kriegstagebuch diktiert, stellt er erneut die Forderung nach einer starken, weitreichenden Luftaufklärung und legt eingehend seine Gedanken über die praktische Zusammenarbeit zwischen Flugzeug und U-Booten dar:

»Jede Waffe verfügt über ihr eigenes Aufklärungsmittel, nur das U-Boot nicht. Die Luftwaffe kann uns durch weiträumige Aufklärung Klarheit verschaffen, wo der Gegner fährt ...«

Wenige Tage später bereits liegt die Reaktion vor: Befehl zur Meldung beim ObdM.

Großadmiral Raeder stimmt den Ausführungen des BdU voll zu und erteilt ihm den Auftrag, seine Gedanken dem Chef des Wehrmachtführungsstabes, General Jodl, persönlich vorzutragen.

Am 2. Januar 1941 stehen sich die beiden Männer gegenüber, ohne zu ahnen, wie oft und unter welch dramatischen und tragischen Umständen sie sich in Zukunft wiedersehen sollen.

Aufmerksam hört der General zu. Kühl, klar und sachlich stellt er seine Fragen.

Der BdU betont die Notwendigkeit der Unterstellung von Flugzeugen in ausreichender Stärke. »Mindestens zwölf weitreichende Maschinen«, sagt er, »sollten gleichzeitig fliegen können.«

Und am 7. Januar geschieht, was er selbst insgeheim nicht als sicher erwartet hat: das KG 40 wird dem BdU zur Luftaufklärung für die U-Boote einsatzmäßig unterstellt.

Das KG 40 fliegt die FW 200, das einzige viermotorige

Flugzeugmuster deutscher Fertigung, das eine Eindringtiefe bis 20° West besitzt. Weit in den Atlantik hinein wird der BdU fortan die großen metallenen Vögel entsenden, weit draußen im Westen seine Augen haben und seine Boote nach den Meldungen der Flugzeuge vor den Geleitzügen zusammenziehen können.

Göring befindet sich in Jagdurlaub.

Noch nicht zehn Tage nach der Unterstellung setzt der BdU erstmalig seine Luftaufklärung an. Von ihrem Flugplatz in der Nähe von Bordeaux brausen die FW 200 ab, westwärts, in See. Und es währt nicht lange, da melden sie: Feind in Sicht! Und halten, einander ablösend, Fühlung den ganzen Tag. Die Operation läßt sich hoffnungsvoll an. Zum erstenmal kann der BdU seine Boote auf Fühlunghalter- und Standortmeldungen ansetzen, die weit draußen im Westen von Flugzeugen für ihn gegeben werden. Welche Aussichten für die Zukunft!

Der Abend fällt, und mit dem Abend kehren die FW 200 zurück. Noch sind die Boote nicht heran, aber morgen werden sie, herangeführt durch die Peilzeichen aus der Luft, den Gegner gleichfalls erfassen und in der folgenden Nacht angreifen. Wenn – und nun kommen die Wenns, die kühlen und nüchternen Einschränkungen: *wenn* die Luftnavigation und damit die angegebenen Standorte stimmen. *Wenn* die FW 200 den Gegner am zweiten Tag wiederfinden, denn es ist klar, daß er während der Nacht alle Anstrengungen machen wird, sich ihnen zu entziehen … *Wenn* endlich die FW 200 ihre Peilzeichen zu geben und die Boote sie aufzunehmen vermögen …

Die Nacht vergeht. Mit dem Morgengrauen, das kaum erst seine Schwingen rötet, kehren die FW 200 in den Atlantik zurück. In Kernevel herrscht Hochspannung. Wann wird die erste Sichtmeldung eingehen? Stunde um Stunde verrinnt. Keine Fühlung … Und dann ist es heraus: die Flugzeuge finden den Geleitzug nicht wieder. Als der Abend fällt, ist es klar: die Operation ist mißglückt.

Das gleiche wiederholt sich zehn Tage später.

Göring kehrt aus dem Jagdurlaub zurück. Wie es der BdU

erwartet, ist er mit der Unterstellung seiner Flugzeuge unter einen Marinebefehlshaber nicht einverstanden. Aber da ist dieser Führerbefehl, noch nicht vier Wochen alt ...

So lädt der Reichsmarschall den U-Boot-Admiral zu einer Unterredung nach Pontoise, einer kleinen Stadt nahe Paris, wo sein Befehlszug, ständig unter Dampf, auf dem Nebengleis vor einem Tunnel steht.

»Wetten«, sagt der BdU bitter, als er die Einladung empfängt, »der Dicke will mir die Flugzeuge abschnacken.«

Am 7. Februar 1941 findet er sich in Begleitung des Kapitäns Godt und seines Flaggleutnants in Pontoise ein. Stil und Zuschnitt des Stabszuges sagen ihm wenig zu; er verhält sich betont reserviert. Seine Vermutung stimmt, der Reichsmarschall will seine Flugzeuge zurück: »Was fliegt, gehört mir.« Er gibt sich leger, formlos, mit breiten Gesten, erklärt rundheraus, daß er die Unterstellung fliegender Einheiten unter irgend jemandes Befehl außerhalb seiner Luftwaffe aus grundsätzlichen Erwägungen nicht dulde.

Der Admiral wird nur förmlicher, kühler. Vorläufig, das weiß er, steht hinter ihm der Führerbefehl.

Göring versucht es mit Freundlichkeit, mit Überredung, der BdU bedauert. Göring wird deutlich, laut, schließlich massiv, um dem in schweigender Abwehr vereisenden Admiral die Zustimmung zur Aufhebung dieses Führerbefehls abzuringen. Der BdU bleibt bei seinem Nein. Und er gibt auch die Begründung dafür. »Jede andere Regelung«, sagt er, »wäre weniger erfolgversprechend.« Er hat den Führerbefehl hinter sich; er pocht nicht darauf, aber Göring weiß es.

Die Unterredung verläuft im Sachlichen ergebnislos. Schließlich droht Göring: »Ich würde Ihnen doch empfehlen ...«, sagt er, »Sie würden Ihre Absage bereuen ...«

Der Abschied ist frostig.

Eine Einladung zur Tafel – »wenn Sie Lust haben, können Sie danach mit uns einen Film ansehen« – lehnt der Admiral knapp ab: »Nein, meinen Wagen, bitte«, und geht. Kapitän Godt folgt ihm auf dem Fuße. –

Einen Tag später führt das Schicksal einen seiner kleinen ironischen Schachzüge:

U 37, das alte Boot der Kapitäne Hartmann und Oehrn, sichtet ein Gibraltargeleit, hält Fühlung und führt befehlsgemäß durch Peilzeichen das KG 40 heran. Was umgekehrt nicht funktionierte, jetzt klappt es! Am 9. Februar greifen fünf FW 200 den Geleitzug erfolgreich mit Bomben an. Am 11. schießt U 37 einige Dampfer heraus und hält dann weiter Fühlung für den schweren Kreuzer »Admiral Hipper«. »Hipper«, durch die Dänemarkstraße hoch im Norden ausgebrochen, führt Kreuzerkrieg im Atlantik. Mit 32 sm/st, das sind fast 60 st/km, braust und schäumt das schwere Schiff durch Nacht und Tag auf den Kampfplatz zu. Am 12. bekommt »Hipper« das Geleit in Sicht und schießt es schwer zusammen. Zum ersten Male in der Geschichte des Seekriegs haben Luft-, Unterwasser- und Überwasserstreitkräfte erfolgreich zusammengearbeitet.

Das hindert nicht, daß der Reichsmarschall im Führerhauptquartier seinen Willen durchsetzt. Das KG 40 wird, obwohl weiterhin ausschließlich für die U-Boote aufklärend, einer neu gebildeten Luftwaffenführungsstelle, dem Fliegerführer Atlantik, unterstellt, der in der Nähe von Lorient Quartier bezieht. Glücklicherweise ist der Fliegerführer, Oberstleutnant Harlinghausen, ein alter »Matrosenflieger«, der den Sorgen und Wünschen des BdU das aufmerksamste Verständnis entgegenbringt, so daß sich bald eine freundschaftliche und reibungslose Zusammenarbeit entwickelt. Aber die Zahl der flugbereiten Maschinen läßt weiterhin zu wünschen übrig. Nicht mehr als täglich etwa zwei FW 200 stehen für die Aufklärung im Hauptkampfraum der U-Boote vor dem Nordkanal zur Verfügung. Sie sind, das erkennt der BdU sehr bald, »nicht mehr als eine zusätzliche Hilfe«, und wenn sie auch ab Mitte Februar den ganzen weiten Seeraum zwischen Bordeaux und Stavanger abfliegen und am nächsten Tag den gleichen Weg zurückmachen, für ihn bleibt das Problem: »Wie finde ich am besten?« Und das heißt nichts anderes, als daß die Hauptlast der Aufklärung weiterhin auf den U-Booten liegt, daß die Unterstützung, die sie von der Luftwaffe empfangen, ungenügend bleibt, wenn auch mehrfach Meldungen der Luftaufklärung zu gemeinsamen Operationen führen, wenn auch Flugzeugbesatzungen und Bodenpersonal des KG 40 mit Begeisterung und Feuereifer bei der Sache sind und ihre Maschinen durch Einbau von Zusatztanks »bis an die Selbstmordgrenze« überladen, um die Eindringtiefe und Flugausdauer zu verbessern, so daß sie nur noch »wie schwangere Lerchen aus dem Platz schaukeln«.

Jeder Start der überlasteten Vögel geht auf Leben und Tod. Wenn sie über den Platz rumpeln, ächzen und knacken die Rümpfe, und die Flugzeugführer sitzen jedesmal wie auf Nadeln, bis, wenn schon der Platzrand auf sie zugerast kommt, die Kiste schwerfällig und unwillig vom Boden abhebt und langsam Höhe gewinnt. Dann erst merken sie, daß sie während der ganzen Rollzeit krampfhaft die Luft angehalten haben, und atmen tief und erleichtert aus …

Ihr Wagemut bleibt nicht ohne Früchte. Die ersten Versager, wie Ausfallen der Funkanlage gerade in dem Augenblick, in dem die Maschine Peilzeichen geben soll, sind überwunden. Am 23. Februar bekommt U 73 durch die Aufklärungsmeldung einer FW 200 Fühlung an dem Konvoi OB 288, und wenn auch die Flugzeuge den Geleitzug, obwohl er innerhalb ihres Flugbereichs bleibt, am nächsten Tag nicht wiederfinden, so bringt doch die Standortmeldung von U 73 vier andere Boote des Vorpostenstreifens im Laufe des 24. an den Feind, dessen schwerbeladene Frachter weit draußen im Nordwesten im schneidenden Februarsturm zwischen steilgereckten Marmorwänden in peitschenden Regen- und Schneeböen unter schwarzem, sternenlosem Himmel schlingernd und rollend dahinstampfen.

Schäumend und brodelnd steigen die fahlweißen Brecher an den massigen Leibern auf, brechen über die Schanzkleider, donnern in die Versauflöcher, hämmern über die Decks und brausen um Luken, Winschen und Aufbauten. In den Brückennocken lehnen, dicht eingemummt in Wolle und Ölzeug, die Ausgucks. Schwarz, heimlich, gespenstisch schiebt die Herde dahin. Kein Lichtschein dringt durch die peinlich genau abgeblendeten Bulleyes und Schotts. Im Brückenhaus ist die mattgelbe Kompaßbeleuchtung der einzige schwache Lichtfleck. Um die Aufbauten und durch Masten und stehendes und laufendes Gut, die Pardunen, Läufer, Geien heult, orgelt, schrillt und stöhnt der Sturm. Die schweren stählernen Wanten brummen, Leitern und Leinen pfeifen; es ist ein unablässig in Höhe und Lautstärke wechselndes An- und Abschwellen schauriger, unheimlicher Töne wie von einer Heerschar verdammter Geister. Es ist eine Nacht, so schwarz, daß man keine Hand vor Augen sehen kann, und es hat Zeiten gegeben, in denen man solche Nächte verfluchte. Aber jetzt, da zwischen den Häfen in den weiten Einöden der See die U-Boote lauern, ist man dankbar selbst für Sturm und Finsternis, die die Wölfe im Angriff behindern.

»Die armen Schweine auf den Zerstörern«, sagen die grauhaarigen Seebären und jungen Steuerleute auf den Dampfern, wenn sie an ihre Geleitfahrzeuge denken, »muß ja alles Kopf stehen auf den langen, schmalen Dingern. Müssen ja nicht wissen, ob sie leben oder sterben sollen ... Muß die See bald in die Schornsteine schlagen. Schneiden ja glatt unter, wenn sie zu hart in die Seen hineingehen. Massives Wasser bis an die Raa ... Lousy water, this Atlantic, in a real gale of wind.« Und sie denken daran, daß sie schon Verspätung haben, weil ein paar müde alte Kolcher den Dampf nicht haben halten können und in der schweren See nicht mitkommen. Und sie haben es eilig! Gestern hat eine deutsche Maschine an der Grenze der Sicht herumgegeigt und gefunkt, gefunkt, gefunkt. Damned bastard ...

Tief in den Bäuchen der Schiffe schuften Heizer, Trimmer und Schmierer hinter den Kesseln, in den Bunkern, an den Maschinen. Über die Flurplatten springen, wenn die Feuer gereinigt werden, die weißglühenden Schlacken, und der Dampf zischt blendend und fauchend auf, wenn sie mit dem Schlauch abgelöscht werden. Es ist ein unendliches, von wenigen Pausen unterbrochenes Roboten: der Dampf, die Fahrt, müssen gehalten, die Feuer zur Verminderung der Rauchentwicklung tadellos geführt werden. Je besser die Verbrennung, desto geringer der Rauch! Und rauchlos fahren ist in diesem verdammten Krieg die einzige schwache Sicherung gegen das Gesehenwerden, das weiß jeder hier unten in den Eingeweiden der Schiffe, und jeder weiß auch, daß für ihn und seine Kollegen die Chancen, bei einer Torpedierung mit heiler Haut davonzukommen, die geringsten sind. Hier bei ihnen, da, an der stählernen Wand, gegen die jetzt draußen die Wogen schäumen und brausen, oder unter den harmlos glatten, sicher scheinenden Flurplatten kann in dieser, in der nächsten, in jeder Sekunde der brüllende Tod sein Tor aufreißen und sie mit der zerreißenden Wucht, dem glühenden Atem der Sprenggase und tosend hereinstürzenden schwarzen Wassermassen anfallen. Keiner von ihnen, oder vielleicht nur derjenige, dem ein günstiger Zufall eine Deckung schenkt, wird dann in rasender Flucht über die stockwerkhoch an Deck rührenden Eisenleitem das Freie gewinnen. Sie wissen es alle: Außer der Tankfahrt, die schon, besonders, wenn die Ladung aus vielen tausend Tonnen Benzin besteht, in Friedenszeiten ein Himmelfahrtskommando ist, gibt es keinen verdammteren Job in diesem verdammten Krieg als den ihrigen. Aber bei aller Umsicht in der Behandlung ihrer Feuer können sie es nicht hindern, daß Rauch und Abgase von dem Sturm, der oben in den Schornsteinen heult und rumort, fortgerissen und über die nächtliche See getragen werden, können sie es nicht hindern, daß der wütende Wind diese Witterung der großen Schiffsherde niederdrückt auf die See …

Fluchend und frierend, bis auf die Knochen durchnäßt und immer wieder überschüttet von Brechern, die das ganze Boot der Länge nach überrollen, suchen die U-Boot-Ausgucks mit der Schärfe ihrer Gläser die pechschwarze Finsternis dieser Nacht zu durchdringen. Ihre Augen sind rot gerändert vor Müdigkeit und angegriffen von der Schärfe des Windes und dem hineingeschlagenen Salzwasser, ihre Ohren wie betäubt von dem Rauschen, Brausen und Gurgeln, dem donnernden Schwall, mit dem die Seen gegen den Turm anrennen, dem Heulen und Knattern des Windes, der wie mit kleinen Hämmern auf ihre Trommelfelle schlägt. Alle Gliedmaßen tun ihnen weh von dem unaufhörlichen An- und Entspannen ihrer Muskeln, mit dem sie die wilden Roll- und Schlingerbewegungen ihres Stahlfisches ausgleichen müssen. Längst ist an Brust und Nacken trotz des enggeschlungenen Frottiertuches, längst an den Handgelenken trotz der abdichtenden Gummizüge, das eiskalte Seewasser eingetreten und hat sich in rieselnden Bächen seinen Weg über Brust und Rücken und zu den Ellbogen gesucht.

Zuweilen schießt ein Schwall, eine »Stange« Seewasser durch das halb geöffnete Turmluk herab und zerprasselt auf den Flurplatten. Von Zeit zu Zeit summt und tickt die Lenzpumpe, um die Bilgen zu leeren. Die Schläfer in den Kojen haben sich mit Knien und Gesäß nach bestem Vermögen festgekeilt. An den Haken längs des Mittelganges schwingen die Kleidungsstücke im Rhythmus des Überholens her und hin, hin und her. Das Tosen der See, der Schlag der Brecher sind hier unten als gedämpftes Rummeln, Poltern und Brausen hörbar. In der Zentrale brütet der Kommandant über der Karte. Die gelben Lichter der umgitterten Glühbirnen spiegeln sich in vielfältigen Reflexen in seinem nässetriefenden Gummizeug.

»Nischt, Rottke«, sagt er, als er den fragenden Augen des Zentralemaaten begegnet, »wie weggeblasen die Brüder. So was von schwarzer Nacht gibt's gar nicht. Finster wie im Bärenarsch. Aber kriegen tun wir 'n doch.«

Und plötzlich sehen die Ausgucks: berghoch, schwärzer als schwarz, kaum hundertfünfzig Meter entfernt, einen Schatten, mehr noch: eine Wand.

»Hart Steuerbord!«

»Ruder liegt hart Steuerbord.«

Sie krampfen die Nägel vor Erregung in das Brückenkleid. Langsam, Zentimeter für Zentimeter wandert der Bug nach rechts aus, bis das Boot, keinen Steinwurf weit von dem mächtigen Schatten entfernt, auf Parallelkurs liegt.

In dieser Nacht zersprengen vier Boote den Konvoi OB 288 und versenken neun Schiffe. Torpedoversager – das alte Leiden – vereiteln weitere Erfolge.

Wenige Tage später erfaßt der Kapitänleutnant Topp, ein alter Einbaumfahrer, der mit seinem neuen Boot, U 552, zu seiner ersten Unternehmung in See steht, den OB 289, zieht zwei weitere Neulinge heran, hält drei Tage lang zähe Fühlung und wird trotz wiederholter Angriffe durch Torpedoversager um den Erfolg gebracht. Seine beiden Mitkämpfer versenken drei und torpedieren ein Schiff.

Dem nächsten, aus dem Nordkanal auslaufenden Geleitzug, dem OB 290, geht es um nichts besser; er läuft Prien vor die Rohre. Aber während U 99 unter seinem berühmten Kommandanten, dem Kapitänleutnant Kretschmer, nicht rechtzeitig heranzukommen vermag, greifen auf Priens Meldungen sechs FW 200 an und versenken neun Schiffe. Prien selbst, der »Erste Seewolf«, versenkt 15 600 BRT und läßt drei torpedierte Schiffe auf dem Kampfplatz zurück.

Und wieder Kernevel, wo der Kapitänleutnant Oehrn in nüchterner Beobachtung die Auswirkung der Luftaufklärung registriert.

»Die Luftaufklärung mit täglich etwa zwei Maschinen«, sagt er, »ist unzureichend, zumal der Gegner selbstverständlich bei Sichten des Luftfühlungshalters ausweicht. Die Ungenauigkeit der Luftnavigation hindert die Maschinen daran, die am ersten Tag gesichteten Geleitzüge am zweiten wiederzufinden. Der Vergleich zwischen den von der Luft und den vom B-Dienst gemeldeten Geleitzugstandorten hat Besteckunterschiede von bis zu siebzig Seemeilen ergeben. Die Boote stoßen also, wenn sie auf die Standortmeldungen der Luft operieren, ziemlich sicher an den Geleitzügen vorbei. Umgekehrt hat das KG 40 auf die Fühlunghaltermeldungen und Peilzeichen von U-Booten erfolgreich operiert. Die genauere Navigation liegt also bei den Booten.«

Er schweigt und blickt wartend auf den BdU, der nachdenklich und zuweilen mit dem Kopf nickend seinen Ausführungen gefolgt ist.

»Danke, Oehrn«, sagt der Admiral schließlich, »wir werden also in Zukunft keine Boote mehr auf die Meldungen des KG 40 ansetzen können. Eine Hoffnung weniger.« Und nach einer Pause des Schweigens: »Es zeigt sich also wieder, daß die Dinge, die im Frieden versäumt worden sind, im Krieg so oder so bezahlt werden müssen.«

17.

VERLORENE ASSE

Im Februar 1941 kehrten die drei Asse der U-Boot-Waffe nach Überholung ihrer Boote an die Front zurück: Kretschmer, Schepke und Prien.

Schepkes Boot – U 100 – ist in der Heimat gewesen; es marschiert den alten Weg durch die graue Nordsee und um die englischen Inseln herum ins Kampfgebiet. Kretschmer und Prien gehen von Lorient aus in See.

Priens Auslaufen verzögert sich um einige Tage, nachdem sich bei der Werftprobefahrt kleinere Restarbeiten herausgestellt haben. Am Abend vor dem Abschied lädt er seine Offiziere und die beiden neu an Bord kommandierten Fähnriche zum Essen ein. Einer der Teilnehmer hat darüber berichtet:

»Wir fuhren hinaus in ein kleines Dorf – Riec sur Belon –, in dem Mélanie, eine alte bretonische Meisterköchin, ein weithin berühmtes Gasthaus betreibt. Wir saßen dort einen langen Abend bei allerlei guten Dingen, leerten eine Flasche, noch eine und noch eine, schöne schwere Burgunder, und spannen ein langes Garn. Prien war in strahlendster Laune, erfüllt von dem Drang, nach Urlaub und Liegezeit wieder hinauszukommen in See.

Am nächsten Tage lief er aus. Sein Lederpäckchen, das frisch aus der Reinigung kam, saß ihm steif und glänzend am Leibe, die Hose zeigte sogar eine Andeutung von Bügelfalte.

›Sieht komisch aus, was?‹ lachte er, als er bemerkte, wie ich ihn kritisch betrachtete. Der Überzug seiner Mütze war frisch gestärkt und blendend weiß.

Wir fuhren hinunter zum Boot. Musik schmetterte. Alle Offiziere, denen der Dienst irgend Zeit ließ, unzählige Soldaten und Werftarbeiter drängten sich vor dem Boot. Ein junges Mädchen überreichte einen Strauß von Kamelien, die in der Bretagne schon früh im Jahr blühen.

Prien plauderte ein Weilchen mit ihr, nachdem er sich eine Blüte ins Knopfloch gesteckt hatte. Dann ging er an Bord, nahm die Meldung entgegen, meldete das Boot beim Flottillenchef ab, befahl ›Wegtreten auf Manöverstation!‹ und kam noch für einige Minuten zu uns her auf die Pier. Der Kreis der Kameraden nahm ihn noch einmal auf. Scherzworte und gutgemeinte Ratschläge schwirrten. ›Prientje‹, sagte Kretschmer, ›Otto der Schweigsame‹, lachend, ›in ein paar Tagen komme ich nach. Halt mir einen Geleitzug parat.‹

›Mal sehn, was sich tun läßt‹, versetzte Prien, ›mal sehn, was Papas Nase findet ...‹

Endlich war die Zeit des Abschieds gekommen. Er schüttelte zahllose Hände und ging über die schmale Gangwayplanke an Bord. Als letzter verabschiedete ich mich von ihm: ›Mach's gut, Günter. Leg um, leg um, und komm gesund zurück.‹

›Danke‹, sagte er, ›schade, daß du nicht wieder mitkannst, Ich habe ein prima Gefühl für diese Unternehmung. Ich glaube, das wird eine große Sache.‹

›Du weißt doch‹, sagte ich, ›das Papier ...‹

Er lachte: ›Na, laß man, es ist ja nicht aller Tage Abend. Wir fahren bestimmt noch mal zusammen.‹

Ein Händedruck. ›Mach's gut, Günter.‹

›Auf Wiedersehn.‹

›Auf Wiedersehn.‹

Ich ging an Land. Die Gangway wurde eingezogen, das Boot warf die Leinen los. Fauchend sprangen die Diesel an, es legte ab, zog ein wenig zurück und fuhr dann, während die Hurras hinüber- und herüberschallten, mit brausender Fahrt an uns vorbei, hinaus ...

Die Musik packte ein, die Menge verlief sich. Ich stand an der Pier und schaute dem Boot nach ...«

Das war am 20. Februar. Wenige Tage später schon meldete Prien: »Feindlicher Geleitzug in Sicht mit Westkurs, geringe Fahrt. Werde abgedrängt durch Flieger. Feind aus Sicht verloren.«

Nach fünf Stunden hat er ihn wieder, und von da ab folgen sich seine Meldungen die ganze Nacht hindurch und den nächsten Tag: »Feind in Sicht. Feind in Sicht. Feind steuert südwestlichen Kurs!« Und wieder in kurzen Abständen: »Feind in Sicht, Feind in Sicht.« Dann: »Beim Geleitzug eine Sunderland!« Am Abend:

»Wabo-Verfolgung. Habe Fühlung verloren. Stoße nach. Bisheriger Erfolg 22 000 BRT. Prien.«

Es ist jener OB 290, an den Prien sechs FW 200 heranzieht, auf den auch Kretschmer, der zwei Tage später ausgelaufen ist, operiert, und aus dem Prien nach überprüften Meldungen 15 600 BRT versenkt und drei Schiffe torpediert zurückläßt.

Tage darauf treffen sich die beiden Boote noch einmal. Das Wetter ist zu schwer, um sich auf Rufweite zu verständigen. Mit der Klappbuchs, der Morselampe, gehen ein paar freundliche Wünsche hinüber und herüber. Das ist im Seegebiet zwischen Irland und Island, das die Boote in einem Vorpostenstreifen abgekämmt haben.

Kurz darauf meldet Prien ein neues Geleit mit Generalkurs Nordwest. Andere Boote, auch Kretschmers U 99, stoßen herzu. Nachts greifen sie an.

Im Morgengrauen des 7. März, 4.24 Uhr, meldet Prien Geleitzugstandort, Fahrt und Kurs. Dann nichts mehr.

Auf die im Laufe des Tages hinausgehende Weisung des BdU »Alle Boote Standort, Lage, Erfolg melden«, antwortet U 47 nicht. U 70 – Matz – meldet schwere Turmschäden, U A – Eckermann –, daß es sich wegen bedenklicher Schäden vom Geleit absetzte.

Kretschmer hört diese Meldungen noch eben mit, ehe ihn Zerstörer unter Wasser drücken. Und dann hört er die Bombenserien, die U 70 gelten. Matz wird so schwer eingedeckt, daß er schließlich sein Boot verliert und mit dem größten Teil der Besatzung in Gefangenschaft gerät ...

Erst am Spätnachmittag wird es wieder ruhig.

U 99 taucht vorsichtig auf und empfängt kurz darauf Befehl, nach einem Schiff zu suchen, das es in letzter Nacht torpediert hat. Es handelt sich um die »Terje Viken«, eine Walkocherei, eines der größten Handelsschiffe der Welt. Der B-Dienst hat ihre Notrufe entschlüsselt. Das Schiff meldet: »Torpedotreffer mittschiffs. Machen sehr viel Wasser ...« Aber es schwimmt noch, und Kretschmer soll es endgültig unter Wasser drücken.

Während des Marsches aber hört er die Leitstelle nach Prien rufen. Immer wieder: »U 47 Standort, Lage, Erfolg melden ...«

Und keine Antwort. Kein FT. Nichts ...

Tagelang geht der Ruf hinaus. Von Tag zu Tag schwindet die Hoffnung, diese letzte Hoffnung, an die man sich schon so manches Mal geklammert hat, wenn ein Boot nicht mehr meldete: es könne einen FT-Versager haben. Senderausfall, Störungen nach einer Wasserbombenschlacht ... Noch immer hat diese Hoffnung getrogen.

In diesen Tagen des Wartens trifft der gleiche Offizier, der Prien als letzter verabschiedete, von einer Dienstreise zurückkehrend, im Boulevard Suchet 18 den zufällig dort anwesenden Kapitän Godt.

»Wie geht es Prien?« fragt er ahnungslos. Sie stehen im Speisezimmer, in der Nähe des Fensters, und das Bildnis eines längst verblichenen Herrn de Forestà in altertümlicher Pracht schaut gleichmütig auf die beiden Männer hinab.

Kapitän Godt zögert eine Sekunde mit der Antwort. Dann blickt er den Jüngeren voll an und sagt kurz, rauh und wie abwehrend: »Nicht gut. Wir haben Sorge.«

Spricht's, wendet sich jäh zum Fenster, blickt hinaus in den grauregnerischen Winterhimmel und wiederholt, mit den ein wenig verkrümmten Fingern der Linken an die Scheibe trommelnd: »Wir haben Sorge ... tja ...« Danach sagt er nichts mehr, nur das Trommeln seiner Finger auf der Scheibe dauert an. Endlich, über die Schulter unter verstärktem Trommeln: »Das Boot hat seit Tagen auf Anforderung nicht mehr geantwortet.«

Wie vor den Kopf geschlagen, steht der junge Offizier dieser Nachricht gegenüber. Schwer hängt das Schweigen in dem Raum, in dem so viele Ritterkreuzfeiern, soviel Lachen, der Widerhall so vieler fröhlicher Männerstimmen nachklingen. Wie vergnügt und unbeschwert ist gerade Prien hier oft gewesen! Und nun? –

Kretschmers Nachsuche nach der »Terje Viken« bleibt erfolglos. Er findet nichts mehr, nur kleinere Fahrzeuge, offenbar mit Überlebenden, und einen Zerstörer, der in der Nähe herumlungert und dem U 99 in größere Tiefen ausweicht.

In der folgenden Nacht empfängt das Boot über die Leitstelle ein FT von U 110, Kommandant Kapitänleutnant Lemp, dem »Athenia«-Lemp. U 110 meldet einen Kanada-Geleitzug mit Ostkurs im Raum Island. Sofort stößt Kretschmer auf den Konvoi zu. Schepke, U 100, tritt gleichfalls in die Suche ein.

In dunkler Nacht kommen sie heran, greifen an, schießen, würgen wie die Wölfe in der Herde. Kretschmer verschießt seine sämtlichen Torpedos. Als er von dem Geleit abläßt, steht er über den Lousy-Banks, den »Lausebänken«, westlich der Faröer.

In der Funkstelle in Kernevel hocken die Funkgasten unter den Kopfhörern, kurbeln sachte mit den Fingerspitzen ihre Empfänger durch, suchen den Feinempfang, die klarste Übermittlung. Hier und da fliegen eilig kritzelnde Bleistifte über die Konzeptblöcke: Boote melden aus See. Läufer kommen und gehen, es herrscht eine geschäftige summende Stille.

Mitternacht ist längst vorüber, die Wachen haben gewechselt. Die Wanduhr räuspert sich metallisch und schlägt einmal. Einer der wartenden Gasten blickt auf. Es ist halb vier Uhr früh. Er gähnt, richtet sich auf und reckt sich.

Plötzlich beginnt es in seinem Kopfhörer zu zirpen. Automatisch setzt sein Bleistift an. Aber während er die Buchstaben hinwirft, verändert sich sein Gesicht. Äußerste Konzentration tritt in seinen Blick, wie er nun versucht, sein Gerät zu korrigieren; denn nur zwei Worte stehen unheimlich und vielsagend vor ihm auf dem Papier, zwei Worte, dann riß die Verbindung ab, und so sehr er sich auch müht, er bekommt sie nicht wieder.

»Herr Oberfunkmeister!« ruft er, während er hastig weiterkurbelt, »Herr Oberfunkmeister ...!«

Eilig steuert der Gerufene herbei, beugt sich über die Schulter des fieberhaft die ganze Skala durchsuchenden Gefreiten und liest.

»bomben – bomben«, steht da, »bomben – bomben«, weiter nichts.

»Ach, du Scheiße!« sagt der Oberfunkmeister leise und rafft den Zettel an sich. »Weitersuchen! Alles versuchen, um den Rest des Funkspruchs reinzubekommen!« Dann läuft er zum Funkoffizier und von diesem durch die windige regnerische Nacht unter den sausenden Kastanienwipfeln hindurch ins Lagezimmer.

Minuten später sind »C«, die Astos und der B.Ü.-Offizier vor der Lagekarte versammelt. Minuten später geht die Anfrage in die Nacht hinaus: »Alle Boote an Geleit U 111 sofort Standort, Lage, Erfolg melden.«

Warten.

Nichts.

Erneute Anfrage.

Darauf vereinzelt Meldungen. U 99 und U 100 sind nicht darunter.

Erneute Aufforderung: »U 99, U 100 sofort Lage melden.«

Warten. Schweigen. Nichts ...

Nur dieser Zettel mit den zwei schicksalsschweren Worten liegt vor, hingeworfen in den dünnen, flüchtigen Buchstaben des schnell schreibenden Funkers: bomben – bomben ...

Regelmäßig, in kurzen Abständen, geht nun der Ruf an die beiden Boote hinaus. Doch in keinem der vielen Apparate auf den Plätzen in der Funkstelle erklingt eine Antwort.

Seit Tagen ist man in Sorge um Prien. Und nun dies!

Was ist draußen geschehen?

Im Jahre 1946 wurde in England im Auftrage der britischen Admiralität ein offizieller Bericht über den U-Boot-Krieg herausgegeben. Er trägt den Titel: »The Battle of the Atlantic« – »Die Schlacht im Atlantik«. In diesem Bericht heißt es auf Seite 26:

»Im Laufe des Monats März wurden jedoch sechs U-Boote im Atlantik vernichtet, unter ihnen die der drei bewährtesten Kommandanten. Priens Boot wurde durch Wasserbomben des Zerstörers ›Wolverine‹ am 8. März versenkt. Es gab keine Überlebenden. Am 17. März, 3 Uhr morgens, wurde Schepkes Boot nach einer Wasserbombenverfolgung zum Auftauchen gezwungen und von dem Zerstörer ›Vanoc‹ gerammt und versenkt. Schepke selbst wurde durch den Bug der ›Vanoc‹ zwischen der zerbeulten Brücke und dem Sehrohrbock eingequetscht und getötet. Eine halbe Stunde später erlitt Kretschmers U 99, das mit U 100 zusammen operierte, das gleiche Schicksal durch den Zerstörer ›Walker‹. Kretschmer selbst geriet lebend in Gefangenschaft.«

In jenen Märztagen des Jahres 1941 aber herrscht noch Ungewißheit über das Schicksal der drei Boote. Tagelang gehen die Rufe hinaus, die U 99 und U 100 zur Meldung auffordern, ehe sie in den Listen des Hauptbuchhalters der U-Boote, des A 5 – BdU, für »Ein Stern« erklärt werden. »Ein Stern«, das ist: Vermißt; und nicht lange danach folgt die »Zwei-Sterne-Erklärung«: Verloren ...

Schneller als gewöhnlich erfolgt diese Meldung im Falle von U 99 und U 100, denn sobald sich die Engländer darüber klar sind, daß der deutschen U-Boot-Führung der Verlust der Boote bekannt ist, zögern sie nicht länger, ihren großen Abwehrerfolg bekanntzugeben. Die englische Presse bringt es in Balkenlettern: »Kretschmer und Schepke vernichtet. Kretschmer in Gefangenschaft«, und bald liegt auch im BdU-Stab in Kernevel ein Zeitungsausschnitt vor, der den Korvettenkapitän Kretschmer zeigt, wie er den Zerstörer »Walker« verläßt und erhobenen Hauptes über die Gangway englischen Boden betritt.

Auch in Deutschland läßt sich das Ende der Asse der U-Boot-Waffe nicht verschweigen.

Admiral Dönitz drängt, da auch der Verlust von Priens U 47 inzwischen zur bitteren Gewißheit geworden ist, auf Bekanntgabe der vollen Wahrheit. Doch hier schaltet sich das Führerhauptquartier ein. »Der Führer«, teilt es mit, »behält sich ausdrücklich vor, den Termin der Bekanntgabe zu bestimmen.« Man könne der Moral des deutschen Volkes den gleichzeitigen Verlust seiner drei berühmtesten Kommandanten nicht zumuten.

Der BdU, obwohl entgegengesetzter Meinung, hat sich zu fügen.

Ende April gibt daher das Oberkommando der Wehrmacht zunächst bekannt, daß die von Korvettenkapitän Kretschmer und Kapitänleutnant Schepke geführten Unterseeboote von Feindfahrt nicht zurückgekehrt seien.

Wer sind diese beiden Kommandanten, von denen Kretschmer nun für viele Jahre das bittere Brot der Gefangenschaft am Tisch des Königs von England ißt?

Korvettenkapitän Otto Kretschmer, gebürtiger Schlesier, ist der zweite Eichenlaubträger der U-Boot-Waffe. Dönitz hat ihn mehr als einmal seinen »besten Schüler«, seinen »besten Kommandanten« genannt. Am 4. August 1940, nach Versenkung von 117 367 BRT und des britischen Zerstörers »Daring«, erhält er das Ritterkreuz, und bereits am 4. November heißt es im Wehrmachtsbericht: »Das unter Führung von Kapitänleutnant Kretschmer stehende Unterseeboot hat die beiden britischen Hilfskreuzer ›Laurentic‹ von 18 724 BRT und ›Patrocius‹ von 11 314 BRT sowie das bewaffnete britische Handelsschiff ›Casanare‹ von 5376 BRT versenkt. Mit diesem Erfolg hat Kapitänleutnant Kretschmer ein Gesamtversenkungsergebnis von 217 198 BRT erzielt und somit als zweiter U-Boot-Kommandant mehr als 200 000 BRT vernichtet.«

In der Verlustmeldung über den inzwischen mit dem Eichenlaub ausgezeichneten und außerplanmäßig beförderten Offizier heißt es endlich am 25. April 1941: »Korvettenkapitän Kretschmer hat nunmehr neben der Vernichtung von drei feindlichen Zerstörern ... insgesamt 313 611 BRT ... versenkt.«

313 611 BRT! Ein Boot von 500 Tonnen, ein Kommandant und vierzig Mann vernichten eine Tonnage, die der gesamten Handelsflotte einer mittleren seefahrttreibenden Nation entspricht.

Und Schepke? Der junge Kapitänleutnant, von dem seine Kameraden gern sagten, er sei »Seiner Majestät bestaussehender Offizier«, Sohn eines Korvettenkapitäns, aus Flensburg gebürtig, hatte sich schon als »Einbaum«-Kommandant einen Namen gemacht und sein neues Boot, U 100, mit verwegenstem, vor nichts zurückschreckendem Schneid gefahren.

Am 24. September 1940 mit dem Ritterkreuz ausgezeichnet, steigert er sein Versenkungsergebnis bis zum 20. Dezember auf 208 975 BRT und wird als dritter U-Boot-Kommandant mit dem Eichenlaub geehrt.

Nun, im April 1941, erfährt das deutsche Volk, daß Kapitänleutnant Joachim Schepke mit dem größten Teil seiner Besatzung im Kampfe auf See gefallen ist.

Im Stützpunkt Lorient, unter den Werftarbeitern und den Soldaten aber munkelt es: Und was ist mit Prien?

Sie haben sein Boot frontfertig gemacht, sie haben Kameraden und Freunde auf U 47, und sie wissen, wann das Boot längstens zurück sein müßte. Gerüchte beginnen umzulaufen, immer heften sich Gerüchte an die Fersen des Ruhms ...

Erneut stößt der BdU vor: Der Verlust Priens muß endlich eingestanden werden. Aber erst am 23. Mai 1941 gibt der Wehrmachtsbericht in der nun üblich gewordenen Formulierung bekannt, daß »das von Korvettenkapitän Prien geführte Unterseeboot von seiner letzten Unternehmung nicht zurückgekehrt« sei.

Der Befehlshaber ist in diesen Tagen und Wochen so streng, so verschlossen, so ernst gesammelt, wie ihn seine Mitarbeiter nur kennen, wenn ihn etwas im innersten Herzen berührt. Nach außen dringt nichts; was er denkt und fühlt, kann man nur ahnen. Aber die Offiziere seines Stabes wissen ohne Worte, was diese Verluste für ihn bedeuten.

Ein einziges Mal gibt er etwas von seinem Inneren preis: Das ist, als er dem Kriegsberichter seines Stabes den Nachruf auf Günter Prien aushändigt. Da geht er mit langen Schritten ruhelos um den großen, runden Tisch in seinem Arbeitszimmer herum, während er von Prien spricht. In wenigen knappen, klaren, scharf umrissenen Zügen zeichnet er den Prien, dem er Scapa Flow anvertraute und der einer seiner besten, einfühlsamsten Schüler, einer seiner kühnsten und begabtesten Kommandanten gewesen ist. – Das Blatt trägt seine klare, großzügige Handschrift. Es ist sein Tagesbefehl an die U-Boot-Waffe:

»Tagesbefehl des Befehlshabers der Unterseeboote.

Günter Prien, der Held von Scapa Flow, tat seine letzte Fahrt. Wir U-Boot-Männer neigen uns in stolzer Trauer und grüßen ihn und seine Männer. Auch wenn ihn der weite Ozean deckt, Günter Prien steht doch noch mitten zwischen uns. Kein U-Boot wird nach Westen fahren, das er nicht begleitet, das nicht von seinem Geist mitnimmt. Kein Schlag gegen England wird von uns geschlagen werden, den er nicht, zum Angriff drängend, mitführt. Überschäumend von Jugendkraft und Draufgängertum, ist er den U-Boot-Kämpfern ewiges Vorbild. Wir verloren ihn und gewannen ihn wieder, Symbol ist er uns geworden für unseren harten, unerschütterlichen Angriffswillen gegen England. Der Kampf geht weiter in seinem Geiste.«

Das Turmzeichen von U 47, der Stier von Scapa Flow, den Endraß, Priens I. WO, auf der Rückreise von Scapa, eine Zeitungskarikatur als Vorlage benutzend, an den Turm des ruhmreichen Bootes gemalt hatte, wird nun das Wappentier der 7. U-Flottille in St. Nazaire, der auch Prien angehörte. Jedes Boot der Flottille wird fortan den Stier tragen, der mit gesenkten Hörnern und dampfschnaubenden Nüstern, den Schweif erhoben, zum Angriff vorprescht.

Endraß auch und Niko Clausen sind es dann, die, aus See zurückkehrend, das geheimnisvolle Dunkel um jenen letzten Funkspruch Kretschmers lüften.

Was der Funkleitspruch beim BdU infolge technischer oder atmosphärischer Störungen entging, der volle Wortlaut von Kretschmers FT, sie bringen ihn mit. Ihre Funker haben ihn aufgenommen, wie ihn die Hand von U 99 in fliegender Eile über die Taste drückte, wenige Augenblicke, bevor das ruhmreiche Boot seiner Besatzung unter den Füßen wegsackte:

»zwei Zerstörer – wabos – 50 000 tonnen versenkt – gefangenschaft – heil – kretschmer.«

Etwas Typischeres ist kaum denkbar als dieser Funkspruch. Der Mann, der ihn aufgab, läßt sich bis zur letzten Sekunde das Gesetz des Handelns nicht aus der Hand nehmen.

Die Kameraden, die seine letzte Nachricht lesen, sehen »Otto den Schweigsamen« in diesen wenigen Worten wie leibhaftig vor sich: den hochgewachsenen, dunklen, schlanken und wortkargen Mann mit der kühnen Nase, den lebhaft blickenden, großen Augen und der schwarzen Zigarre, der nun für lange Jahre der ungekrönte König der in Gefangenschaft geratenen U-Boot-Männer sein und unbeugsam Ehre, Würde und Geist der gefangenen Wölfe verkörpert wird.

18.

VON GRÖNLAND BIS FREETOWN

Der Krieg der Grauen Wölfe – die Engländer nennen ihn mittlerweile die »Schlacht im Atlantik« – kennt kein Aussetzen, keine Pausen. Tagaus, tagein fliegen die Funksprüche, zirpen die Kurzsignale, huschen die Meldungen, Nachrichten und Weisungen zwischen den Booten und der Zentrale in Kernevel hin und her.

Der Gegner fährt weite Ausweichbewegungen nach Norden, und die Boote folgen ihm dorthin, bis hinauf über den 60. Breitengrad, fassen ihn, versenken fünf und torpedieren zwei Schiffe. Danach tritt Stille ein im Nordraum, aber die Rückmarschierer finden nun wieder Verkehr südwestlich der Rockall-Bank: Routenwechsel. Immer steht List gegen List, Witz gegen Witz, Vermutung gegen Vermutung in diesem tödlichen Spiel, in dem der eine zu finden, der andere sich zu verbergen trachtet.

Aber der BdU hat im Norden vier Boote verloren, darunter seine drei Asse. Er vermutet neue Abwehrmittel, neue, besonders gefährliche Abwehrmethoden. Oder handelt es sich doch um das zufällige Zusammentreffen normaler Verluste? Rückkehrer aus dem hohen Norden haben von besonders starker Bewachung berichtet. Von neuen Abwehrmitteln wissen sie nichts. Und die Erfahrung lehrt, daß auch auf fronterfahrenen Booten das Versagen eines einzigen Mannes, die vielleicht nur Minuten währende Unaufmerksamkeit eines Ausgucks, das Durchdrehen eines Zentraleheizers in kritischen Augenblicken, genügt, um den Verlust des ganzen Bootes herbeizuführen. Trotzdem verlegt der Admiral, dem augenscheinlichen Routenwechsel des Gegners folgend, seine Boote zunächst in zwei Schüben in südwestlicher Richtung in den offenen Atlantik hinaus, wo er mit minder starker Überwachung des Seeraumes und schwächerer Geleitsicherung rechnen kann. Und erst nachdem sie dort, westlicher noch als 25° West, den SC 26 aufgespürt und in nächtlicher Schlacht dreizehn Schiffe versenkt und ein vierzehntes torpediert – erst nachdem sie dort noch bis Mitte April gestanden haben und er nach den inzwischen gemachten Erfahrungen sicher glauben darf, daß die Märzverluste, obwohl in ihrem zeitlichen Zusammenfall auffällig, doch normale Verluste gewesen sind, läßt er sie langsam in die östlichen Gebiete zurückkehren, bis sie schließlich wieder im Räume zwischen Island und Rockall und bei St. Kilda ihre Suchformationen bilden.

Mit dem Frühjahr 1941 treten nun auch neue Boote von den Ausbildungsflottillen in die Front. Ganz allmählich beginnt das mit Kriegsbeginn angelaufene U-Boot-Programm sich auszuwirken. Neue Kommandanten, fronterfahrene frühere Wachoffiziere oder »Einbaumfahrer«, gehen mit neuen Booten zum ersten Male unter eigenem Wimpel an den Feind. Sie kennen ihr Handwerk.

Einer von ihnen – ein Fall, der einzig dastehend blieb – hat schon im Herbst 1940 als Wachoffizier und Torpedoschütze dreier erfolgreicher Kommandanten das Ritterkreuz erhalten: Teddy Suhren, jetzt Kommandant U 564. Ein anderer erwarb es als »Einbaum«-Kommandant: Päckchen Wohlfarth, genannt »Parzival«. Damals hat er mit einem seiner FT's eines Tages den ganzen Marinefunkverkehr in Überraschung und Verwirrung versetzt. »Ja, ja, die kleinen Boote«, lautete der Wahlspruch der Einbäume, und als ihn der BdU wegen einer Versenkug lobt: »An Wohlfahrt: Gut gemacht«, antwortet er: »An Löwe von Parzival: Ja, ja, die kleinen Boote!«

Danach herrscht im Äther zunächst ein Weilchen die Stille der Verblüffung, dann aber setzen die besorgten Nachfragen aufgeregter Führungsstellen ein: Welche etwa geplanten Unternehmungen verstecken sich hinter den Tarnworten »Löwe« und »Parzival«?

Nun also kamen sie heraus, und mit ihnen »Sawy« Krech, der erste und einzige Besitzer eines »Großdeutschen Tauchbootaquariums«, in dem sämtliche Fische die Namen von gekrönten Häuptern oder Ministerpräsidenten mit dem Deutschen Reich im Kriege liegender Staaten trugen, und in dem »Wilhelmintje«, ein hübscher, rundlicher Goldfisch, verstarb, als sie bei der Reinigung des Glasbehälters »leider vom Löffel in die Bilge huppte und fortan unauffindbar blieb«, während »Churchill«, ein kleiner temperamentvoller Raubfisch, drei Feindfahrten mitmachte und bei seinem Ableben ein standesgemäßes Begräbnis erhielt: Er wurde feierlich in Alkohol in eine Glasröhre eingeschmolzen und unter der Lampe in der Offiziersmesse aufgehängt. »Seitdem«, pflegte Sawy zu sagen, »ist er erst ganz in seinem Element.«

Um die gleiche Zeit kam Jochen Mohr, der ein neues As werden sollte und später fiel, kamen Hein Uphoff, Rosenbaum und Ringelmann, Lohmeyer, Kaufmann und Lehmann-Willenbrock, der »Recke«, kamen Mützelburg und Oesten »in Fa. Oesten u. Panknin«, Heßler, Schütze, Metzler, Schewe, Schnee, Kuppisch, Topp, Gysae, Scholz, Emmermann, Thurmann, Jochen Deecke und mancher andere noch, dessen Name mit den Kämpfen und Erfolgen der Grauen Wölfe verbunden bleibt.

Sie kamen nicht gleichzeitig, sie sickerten in längeren und kürzeren Abständen in die Front ein, und der Krieg, den sie vorfanden, war härter als noch im vergangenen Herbst, wie es der BdU vorausgesagt hatte. Aber aus den buchstäblich kaum mehr als tausend Mann, die seit Kriegsbeginn auf Front-U-Booten am Feind gefahren waren, erwuchsen nun doch allmählich die Wolfsrudel, die Geleitzugkämpfer, die der Admiral so ungeduldig erwartet hatte. Erst im Juli 1941 allerdings, zwei Jahre nach Kriegsbeginn, überstieg die Zahl der Frontboote die Gesamtzahl der Boote, mit der die U-Boot-Waffe in den Krieg gegangen war.

So dehnt sich denn auch im Laufe des Jahres die Kampfführung in mehreren großen Bewegungen über den ganzen Nordatlantik aus, im Frühsommer mehr im Nord- und Westteil, im Hochsommer bis Frühherbst noch einmal im Ostatlantik, und dann bis November in beweglicher Suche im Gesamtraum des Nordatlantik östlich der panamerikanischen Sicherheitszone.

Aber wann und wo in diesem Zeitraum ein Boot einen Konvoi erfaßte, griff es nicht mehr sofort an wie noch ein Jahr vorher, es meldete, hielt Fühlung, gab Peilzeichen und wartete, bis sich die anderen Wölfe, oft über weite Strecken, an den Geleitzug herangeboxt hatten, ehe es zustieß und seine tödlichen Aale abschoß.

Oft auch in diesen Schlachten, die nun anfingen, sich über Tage und Nächte zu erstrecken, ging die Fühlung von einem durch Flugzeuge oder Zerstörer abgedrängten Boot auf ein anderes und drittes über, einer sprang für den anderen in die Bresche, und es entwickelte sich eine immer wachsende Vervollkommnung des tödlichen Spiels, in dem Wind und Wetter, Wolken, Regenböen, Nebel, Tag und Nacht ebenso ihre Rolle spielten wie menschliche Intelligenz, Zähigkeit, Willenskraft und Härte, technische Daten und die Vollkommenheit oder Unvollkommenheit der Methoden von Angriff und Abwehr.

Es ist dabei kaum eine undankbarere Aufgabe denkbar, als sie den britischen Geleitzugführern gestellt war, die, wohl wissend, daß vom Nachschub über See das Leben Englands und der Ausgang des Krieges abhingen, ihre Schutzbefohlenen, die mit allen Gütern der Welt beladenen Schiffe, sicher und unter möglichst geringen Verlusten durch Gebiete rühren sollten, in denen auf Schritt und Tritt, unsichtbar und unheimlich, die Torpedos der U-Boote lauerten.

Noch stand England allein in diesem Kampf. Noch waren die USA neutral, wenn auch ihre Neutralität mehr der eines »Nichtkriegführenden« glich und die Sympathie für den englischen Vetter deutlich erkennen ließ.

Die smarte Formel »cash and carry« – bezahl und hol ab – war durch das »lend and lease« abgelöst worden, dem im weiteren Verlaufe des Krieges eine so außerordentliche Bedeutung zukommen sollte. Roosevelt hatte in seinen Kaminreden von der Klapperschlange gesprochen, der man den Kopf abschlägt, ehe sie sich erhebt und zustößt, und von dem Feuerwehrschlauch, den man dem Nachbarn leihen müsse, wenn es bei ihm brennt, und amerikanische Schiffe, amerikanische Waffen und amerikanische Ausrüstung flossen, nachdem das bestehende Waffenausfuhrverbot, das die Regierung der USA in ihrer Handlungsfreiheit einengte, durch einen schlichten Trick, die Einschaltung eines der amerikanischen Mammut-Stahlkonzerne, umgangen worden war, in Massen nach England, um die Verluste von Dünkirchen zu ersetzen. Für den aufmerksamen Beobachter war es daher schon in den ersten Monaten des Jahres 1941 klar, welchen Kurs der amerikanische Präsident steuerte.

Wenn bei den Mahlzeiten am langen Tisch im Schlößchen von Kernevel oder in den hohen Messeräumen der Präfektur in Lorient, wo die Kommandanten und WO's zwischen roten Sammetvorhängen, Spiegeln, Kristallüstern und dem vergoldeten Gips seemännischer Embleme und Tauwerkgirlanden in den tiefen Sesseln und auf den Sessellehnen beieinanderhockten, das Gespräch darauf kam, wie sich der Krieg vermutlich weiterentwickeln werde, so gab es, sobald das Stichwort »Amerika« fiel, nur eine Meinung: »Amerika«, so lautete sie, »ist nur deshalb noch nicht im Kriege, weil Roosevelt abwarten muß. Wird er wiedergewählt, so tritt Amerika früher oder später in den Krieg ein, darauf könnt ihr Gift nehmen.«

Auf den Werften Englands entstehen indessen in wachsenden Zahlen die als Spezialgeleitboote gebauten Korvetten und Fregatten, leichte, ziemlich schnelle und bewegliche Schiffe, die mit den modernsten Unterwasser-Horch- und -Ortungsapparaten und Wasserbombenwerfern ausgerüstet sind und den hohen Ansprüchen Genüge tun, die der harte Geleitdienst in den stürmischen Weiten des Atlantik an sie stellt.

Alle diese Maßnahmen jedoch vermögen die U-Boote nicht am Angriff zu hindern. Es gibt zu diesem Zeitpunkt noch kein Mittel, das dazu imstande wäre. Fliegerbombe, Wasserbombe, Leuchtgranaten eines neuen, strahlend hellen Typs wie »snowflake«, die Schneeflocke, Artillerie, der Rammstoß, die Mine, das Unterwasserhorch- und »Asdic«, das Unterwasserortungsgerät, sie alle sind im Grunde die aus dem ersten Weltkrieg bekannten, wenn auch verfeinerten Waffen der U-Boot-Abwehr, nichts umstürzend Neues ist dazugekommen. Radar steckt noch in den Kinderschuhen, wird an der Front noch nicht verwandt.

So geht der U-Boot-Krieg zunächst weiter, wie ihn der Bericht eines Kommandanten aus jenen Monaten schildert:

»Mitte März von Kiel ausgelaufen. Auf dem Marsch ins Operationsgebiet keine besonderen Vorkommnisse. Alarme vor Fliegern und Bewachern. In der Fair Island-Passage zwischen Shetlands und Faröern eine stark qualmende Gruppe von mehreren bewaffneten Fahrzeugen, Fischdampfertyp. Offenbar U-Jagd-Gruppe. Ausgewichen. Nordwestlich Nordkanal erfolglose Kringelei um Geleitzug. Wurde abgedrängt durch Zerstörer. Vorübergehend getaucht. Geleitzug aus Sicht. Nachgestoßen. Nächsten Tag wieder Zerstörer. Horchgerät stellt drei Fahrzeuge fest. Ich sehe: ein amerikanischer Zerstörer, Typ ›Churchill‹, ein englischer und ein großer Fischdampfer. Alarmtauchen. Im Boot laute Impulse von S-Gerät festgestellt. Dauert eine Zeitlang. Dann, 15.25 Uhr, lief Zerstörer an. Boot bekommt auf fünfzig Meter Tiefe Waboreihenwurf. 15.40 Uhr zweiter Anlauf. 16.07 … 16.21 … 17.55 Uhr je ein Anlauf. Leichte bis mittlere Schäden. – Nach einiger Zeit auf Sehrohrtiefe gegangen und, da oben Dämmerung und Nebel, aufgetaucht. Dieselreparatur …«

Auf jedem Boot haben die Diesel ihre Namen, die auf metallenen »Namenläppchen« an ihren Stirnwänden angebracht sind. »Max und Moritz«, »Hänsel und Gretel«, »Castor und Pollux«, »Jan und Hein«, »Thedje und Fietje«, »Tünnes und Schäal«, »Kaschumbo und Ratschipu«, »Romeo und Julia« – alle erdenklichen klassischen und unklassischen Paarungen sind hier vertreten, und welche Marken sie auch tragen, die drei Kreise der Krupp-Germania, das MAN der Augsburger oder das MWM aus Mannheim – jede Dieselbelegschaft schwört auf ihre »Böcke« und hegt sie wie das heilige Augenlicht.

Der Bericht des Kommandanten fährt fort:

»Am nächsten Tag Wolke in Sicht bekommen, von der nicht sicher war, ob Rauchwolke. Darauf zu. Getaucht zum Horchen. Ja, stimmt. Wieder aufgetaucht und zunächst nicht gefunden. Erneut getaucht und deutlich gehört. Also wieder hoch und gesucht, aber zuletzt doch nicht gefunden. Dafür neuen Dampfer gesichtet, der stark zickzackte. Vor ihn gesetzt und 14.55 Uhr zum Angriff getaucht: er zackte aber ungünstig, die Entfernung blieb zu groß. Daher aufgetaucht.

17.50 Uhr kommt eigenes U-Boot in Sicht. Der Dampfer benimmt sich auffällig und komisch, geht ganz plötzlich auf Nord- und dann auf Nordwestkurs. Sehr geschickt.

An das andere Boot auf Rufweite herangegangen: ›Ich lade Sie als meinen Jagdgast ein.‹

Drüben antwortet: ›Ich jage den schon seit elf Stunden.‹

›Also gut. Wohl dem, der besser kann.‹

Getrennt weiter auf den Dampfer operiert.

23.58 Uhr: Schuß! – Versager. Schußunterlagen gut, See aalglatt. Fehlschuß ist daher höchst unwahrscheinlich. Kurz danach noch einen zweiten Versager gehorcht, der von dem anderen Boot stammt.

Dritter Schuß – von uns! – trifft mit starker Detonation. Ich habe den Dampfer dann mit Artillerie beschossen und versenkt, nachdem Besatzung von Bord. Verbrauch: 86 Schuß Brand- und Sprengmunition. Dampfer fängt bald Feuer und brennt. Wir bepfeffern ihn auf ziemlich kurze Entfernung. Plötzlich explodiert er. Schwere Brocken prasseln über das Boot …

Wegen Brennstoff- und Torpedobestand Rückmarsch St. Nazaire angetreten. Unterwegs wundervollen großen Dampfer bekommen und todsicheren Angriff gefahren. Kein Erfolg! Aal lief nicht mehr, sondern wurde ›Toter Mann‹. Jammerschade, das war mein letzter Aal …«

Ein anderer Kommandant, ein junger Mann auf seiner ersten Fahrt, prallt in Dunkelheit und Dunst und Nebel, hinter denen in der Höhe geisterhaft das Nordlicht flackert, plötzlich Vierkant von vorn an einen Geleitzug heran. Hoch und drohend schiebt sich die erste Kolonne der Schiffe aus wehenden Schleiern gespenstisch auf ihn zu. Es bleibt ihm kaum die Zeit, im Alarm auf dreißig Meter zu gehen, da rumpelt der erste Kasten schon über seinen Turm hinweg.

Und Auftauchen und wieder hinab, denn zwei Zerstörer fegen quersee, umweht von weißen Gischtfahnen, hinter dem Boot aus der Milchsuppe hervor.

Aber er läßt nicht locker, klemmt sich zähe trotz Nässe, Kälte und Dreck an die ziehenden Schemen heran, schießt, schießt wieder … vorbei, wird gesehen, mit Artillerie beschossen, läßt sich achteraus sacken, dampft wieder auf, schießt zwei Aale … nichts.

Er weint fast vor Wut und Erschöpfung, weiß: er muß den Erfolg herbeizwingen; vierzig Mann warten darauf, vierzig Mann wollen Vertrauen fassen zu dem Können des einen, der sie führt. In diesen Stunden entscheidet sich, ob sein Boot ein gutes Boot sein wird.

Und dann läuft der letzte Aal, den sie im Rohr haben, läuft und … trifft, und dem Kommandanten wird heiß und eng in der Kehle, denn er ist noch jung, und dies ist sein erstes Schiff, an dem jetzt der Treffer breit und schwarz emporfährt.

»Treffer Mitte«, sagt er halblaut, »Treffer Mitte«, und sieht, wie der lange, niedrige Siebentausender plötzlich einbricht und stoppt, und im Ablaufen, wie er plötzlich Bug und Heck steil anhebt, wie der Schornstein umfällt, die Masten knicken … und dann ist die Stelle plötzlich leer. Nur eine dunkle, dünne Rauchwolke kräuselt da noch, die rasch verweht …

Ein anderer berichtet in diesen Tagen nach seinem ersten Einlaufen in Lorient beim BdU, auch er noch sehr jung und neu, gerade zum Kapitänleutnant befördert, der schmale Mittelstreifen an seinen Ärmeln hebt sich hell von den nachgedunkelten des Oberleutnantsjacketts ab. Er ist groß, fast ein wenig dick, und dick ist auch das schwarze Haar, sind die dichten Brauen über den vergnügt zwinkernden Augen in dem von Wind und Wasser geröteten, feinhäutigen Gesicht. Er sitzt, wie alle berichtenden Kommandanten, neben dem Befehlshaber, vor sich auf dem Tisch die Quadratkarte, auf der seine Kurse, die Tagesstrecken und Kursänderungen mit Bleistiftlinien und winzigen Uhrzeitangaben säuberlich eingetragen sind.

Er begründet jede seiner Maßnahmen und Überlegungen: »Hier war es so, hier so. Hier habe ich getaucht«, und die kleine Zeichnung zeigt, daß es ein Flugboot war, vor dem er getaucht ist, und die drei kleinen Pilze daneben, daß das Flugboot ihn mit drei Bomben »beglückt« hat. Ja, er sagt »beglückt« und knüpft sehr ernsthafte und klare Erwägungen daran, die darauf hinauslaufen, daß es für seine junge, unerfahrene Besatzung sehr heilsam gewesen sei, diese drei Bomben zu bekommen. »Von da ab wußten sie Bescheid«, sagt er zufrieden, »die drei Bomben waren besser, als drei Monate predigen.«

»Gut«, nickt der BdU, »schön. Weiter. Du hast doch was mitgebracht.«

»Jawoll. Herr Admiral. Aber erst ging's oben durch. Mistiges Wetter. Hohe See. Nordwest acht. Und dann kriegten wir eines Morgens um fünf Uhr zwei Dampfer, einen großen und einen kleinen. War komisch: der kleine immer hinter uns her, immer hinter uns her. Störte mich ziemlich. Der große war die ›City of Nagpur‹, auf den habe ich natürlich operiert. Keine Chance; die drehte ständig völlig unregelmäßig ab und zu. Schließlich hab ich vor lauter Ärger einen Aal auf den kleinen geschossen. Wurde ein Oberflächenläufer.«

Er fährt mit dem Finger die Karte entlang, auf der wieder sein Boot, seine Stellung zum Gegner und – in gestrichelter Linie – der Lauf des Torpedos eingezeichnet ist.

»Hier«, sagt er, »der Dampfer sah den Aal und drehte ab. Ich bin dann erst mal zurückgeblieben und habe mich seitlich herausgesetzt – hier herum.« Sein Finger beschreibt einen Halbkreis. »Immer an den Zacks der ›City of Nagpur‹ entlang. Die kam sehr unregelmäßig, aber wenn man aufpaßt, kriegt man eben doch das System raus, nach dem sie fahren. Nachts um zwei war ich endlich vorn und konnte aufdrehen. Angriff auf ›City of Nagpur‹. Sechshundert Mann an Bord. Um sechs Uhr soff sie ab. Ziemlich zur selben Zeit – um die Morgendämmerung – kamen dann gleich fünf Sunderlands, und ich kriegte zweiunddreißig Flugzeugbomben.«

»Sie ›beglückten‹ dich, wolltest du sagen«, lächelt der BdU und schießt, während er seinem jungen Kommandanten die Hand auf den Arm legt, einen kurzen Blick unter gesenkten Brauen hervor.

»Diese eigentlich weniger«, erwidert der Kapitänleutnant trokken, »dazu lagen sie zu weit ab.«

»Schön. Und wie ging die Reise weiter?«

»Von da ab kam nichts mehr. Wir sind mit hängender Zunge umhergekarrt und haben gesucht, bis uns der Brennstoff ausging, haben Rückmarsch gemeldet, Punkt ›Blau‹ angesteuert und sind im Geleit ohne Zwischenfälle eingelaufen.«

»Gut. Das war eine ordentliche und überlegt durchgeführte Unternehmung. Wie ist die Besatzung? – In Ordnung?«

»Jawohl, Herr Admiral. Die Besatzung hat sich gut in die ungewohnten Frontverhältnisse hineingefunden.«

»WO's? – L. I.?«

»Sind gut, Herr Admiral. Besonders hat der L. I. mich ausgezeichnet unterstützt.«

»Schön. – Und was hast du für Wünsche?«

Der junge Kommandant guckt ein wenig verdutzt, er ist zum ersten Male hier und weiß nicht, was sich hinter dem »Wünsche« versteckt.

»Die Auszeichnungen«, murmelt der Flaggleutnant, »die Auszeichnungen, Mensch!«

»Ach so – jawoll! Da bitte ich gehorsamst um acht EK II und zwei EK I.«

»Begründung?«

»EK Zwo's für zwei von meinen Seeleuten, die besonders gute und zuverlässige Ausgucks sind, für den Zentralemaat und zwei gute Leute aus der Maschine, einen E- und einen Dieselheizer. Diese vier sind neu, aber sie haben es verdient. Weiter haben der Koch und die seemännische Nummer Zwo jeder schon zwei Reisen auf kleinen Booten und sind beide bestimmt tüchtige Leute; der Schmutt ist sogar ausgezeichnet, sauber, pünktlich und bei der ganzen Besatzung sehr beliebt. Herr Admiral wissen selbst, wie wichtig der Koch an Bord ist.«

»Ja«, sagt der BdU, »weiß ich. Genehmigt.«

»Dann meine WO's«, fährt der Kommandant fort, »beide tadellos.«

»Gut. – Und die EK I?«

»Der Obersteuermann. Er hat drei kleine und jetzt diese Unternehmung und ist zuverlässig und gut. Und dann mein L. I., Herr Admiral. Der muß es haben.«

»Na, schön«, sagt der BdU schmunzelnd, »wenn du es sagst...«

»Jawohl, Herr Admiral.«

»Na, also. Nun setz dich da hinüber, und laß den nächsten ran.«

Am Ende des langen Tisches erhebt sich ein Offizier, jung wie sein Vorgänger, sehr schlank, wenig übermittelgroß, er wirkt fast wie ein Abiturient, aber was er berichtet, hat nichts mit Schule zu tun. Er erzählt es ohne Umschweife, einen Vorgang nach dem andern, herunter, und es unterscheidet sich nicht viel von den Berichten zahlloser Kommandanten, die hier Rechenschaft abgelegt haben, aber die Zuhörer in diesem Kreis verstehen auch das mitzuhören, was er nicht sagt, weil es zum Alltag des U-Boot-Krieges gehört und jedem geläufig ist.

»Gut hast du das gemacht«, sagt der BdU schließlich. »Weiter so.« Und es folgen wieder die Fragen nach Offizieren und Besatzung und endlich nach den »Wünschen«.

»Heute nachmittag will ich eure Männer sehen«, sagt der Admiral, als er die beiden jungen Offiziere verabschiedet. »Habt ihr schon was vor? Oder wollt ihr mit hier essen? – Fuhrmann, sagen Sie in der Messe Bescheid. Zwei Gäste. Die beiden Kapitäne bleiben zum Essen.«

»Jawohl.« Der Flaggleutnant geht zum nächsten Telefon.

»Ich sehe euch also später.« Der Befehlshaber geht, und die Referenten stürzen sich auf die beiden Kommandanten und stellen, jeder in seinem Fachgebiet, Sonderverhöre an: »Haben es die Torpedos getan? – Wieviel Fehlschüsse? – Wieviel Versager? – Wieviel Treffer? – Ursache oder vermutlich Ursache der Versager? – Pistole – Geradlauf – Tiefenlauf? Hat der Nachrichtenempfang einwandfrei funktioniert? – Irgendwelche Vorschläge für Verbesserungen? – Sie haben den Auspuffquerschnitt verkleinert, als Sie Wasser im Diesel fanden? – Wie hat sich das bewährt? Leistungsabfall? Interessant...«

Und der Kriegsberichter des Stabes: »Sagen Sie, können Sie mir nicht noch etwas ausführlicher erzählen? Es war ja sehr interessant, aber was ich brauche, verstehn Sie, was die Leute lesen wollen, ist ein bißchen Farbe! Die Kleinigkeiten, irgendwas

Besonderes, vielleicht von Ihren Männern. Wenn da ein ganzes Schiff hochgeht, sagen Sie bloß: ›er zerplatzte‹, oder wenn der HK Sie mit Artillerie beschießt, sagen Sie sehr hübsch: ›die Sachen heulten uns über den Turm.‹ Aber wie das *aussieht,* wenn ein Schiff zerplatzt, was dann da passiert, was Sie und was Ihre Männer denken und tun – davon sagen Sie nichts.«

»Ja«, versucht der eine Kommandant, »kann schon sein. Also schön: wie ist das, wenn 'n Schiff zerplatzt!? – Ja, dann bummst es, und wir freuen uns, weil wir getroffen haben, und gucken hin, ob er absäuft und dann plötzlich ... ja, dann ... zum Teufel noch mal, dann zerplatzt er eben.«

»Natürlich«, fällt der andere ein, »ein Knall, eine Wolke, weg is er. Weiter ist dazu nischt zu sagen. Er zerplatzt. Basta.«

»Aber«, sagt der Kriegsberichter ganz verzweifelt, »da *muß* doch noch mehr sein: Feuer – und die ganze Nachtstimmung! Wolken. Leuchtgranaten. Vielleicht, wie das Deck sich anhebt, wie der Schornstein wegfliegt, die Masten. Und da schreien doch sicher Leute. Und die See. Die Wellen. Vielleicht niedrig hängende, sturmgejagte Wolken. Oder Mondschein ...«

»Richtig«, sagt der eine Kommandant, »Mondschein. Mondschein war. Können Sie schreiben. Wissen Sie: so 'n blasser Schein hinter 'ner wattigen Schicht, unten ausgefranst wie ... wie der unordentlich genähte Rand von 'ner Steppdecke. Aber bei dem Schiff, da sagen Sie ruhig ›zerplatzt‹, das stimmt. Natürlich fliegt da allerhand um, dicke Brocken, aber sonst –: ein Knall – und weg. Da hören Sie keinen schreien, Gott sei Dank!«

»Ich glaub' auch nicht«, sagt der andere, »daß die noch viel merken. Daran darf man gar nicht denken. Die armen Hunde. Ich möcht' nicht auf so 'm Schiff sein; soviel ist gewiß. Aber wenn sie uns in der Mangel haben, das ist auch kein reiner Bienenhonig. Wie sagt doch der Engländer so treffend? – C'est la guerre! Nee, darüber schreiben Sie man am besten nischt.«

»Als ich noch WO auf einem kleinen Boot war«, fährt der andere fort, »da hatten wir mal unter der englischen Küste einen Tanker. Benzin. Blowte auf in 'ner einzigen Stichflamme. Knallte gar nicht mal so sehr, nicht mehr als ein normaler Aal. Aber die

Stichflamme war hoch wie 'n Kirchturm und oben drin ein riesiger hellroter Glutball. Im selben Augenblick sprang unten die Flamme wie ein Blitz nach vorn und achtern über das ganze Schiff. Man kann gar nicht beschreiben, wie schnell das ging! Und dann hörten wir so ein hohles Ächzen, wahrscheinlich barsten die Decks, und es schoß eine ganze Wand von Feuer in die Höhe, mit einem ganz gemeinen, heulenden, brummenden Fauchen, man kann das gar nicht so beschreiben, aber es lief einem kalt den Rücken herunter. Und dann kam ein Zerstörer, und wir mußten Hals über Kopf auf Tiefe und kriegten eine Serie Bierfässer ins Kreuz, daß uns Hören und Sehen verging.«

Er schwieg und schürzte nachdenklich die Lippen. »Es ist eben so«, fügte er endlich hinzu, »es gleicht sich alles wieder aus. Die riskieren ihr Fell, und wir unseres, und worauf es ankommt, ist schließlich nur, für wen von beiden der liebe Gott den Daumen dazwischen hält.«

Es entsteht ein längeres Schweigen nach diesen Worten. Sie sind ein bißchen verlegen, denn ihr Gespräch hat mit der letzten Wendung einen Gegenstand gestreift, der nach schweigender Übereinkunft zu den Dingen gehört, die jeder mit sich selber abmacht. Es gibt solche »tabus«, und die Auseinandersetzung mit der Frage: warum er und nicht ich? – warum ich und nicht er? gehört zu den obersten Rührmichnichtans ihrer Gemeinschaft. Es gibt keinen Befehl, der ihnen verböte, sich über diese Dinge zu unterhalten; sie tun es von selber nicht.

Nach dem Essen sitzt man auf der Terrasse. Die Astos unter Anführung des A 1 veranstalten ihren alltäglichen »Mittagsknobel«, »C« spielt mit dem Adjutanten seine Partie Puff, die Messestewards servieren den Kaffee.

Der BdU sitzt mit den beiden Kommandanten in der Sonne.

Und dann läßt er, wie er es gerne tut, die beiden jungen Offiziere ein wenig teilhaben an seinen Gedanken und Sorgen.

»Seit wir mehr große Boote haben«, sagt er, »habe ich meinen Kampfraum erheblich erweitern können. Zum erstenmal stehen jetzt Boote vor der Westküste Afrikas, in der Gegend von Freetown. Ich habe mir gedacht, daß da unten eine ganze Menge zu holen sein muß, und da der Gegner zunächst sicher nicht damit gerechnet hat, daß wir ihn da anfassen, wird die Abwehr noch nicht sehr stark sein. Es kommt ja für uns überhaupt darauf an, immer da überraschend stark zu sein, wo er schwach ist. Seine weichen Stellen herauszuknobeln, das ist eine unserer Hauptbeschäftigungen hier.«

Er wirft den beiden einen seiner kurzen, prüfenden Blicke zu. »Daß ihr nicht etwa denkt, wir sitzen hier den ganzen Tag in der Sonne und lesen Zeitung.«

Ein Weilchen schweigen sie, während der BdU über das Wasser hinausblinzelt, das in hellem Mittagslicht glitzert und blitzt.

»Hier«, sagt er endlich und zeigt auf ein Bild, das neben ihm an der Wand lehnt, eine auf etwa fünfzig mal fünfzig Zentimeter vergrößerte Photographie, aus der zwei Schweinchen freundlich-listig und munter den Beschauer anblicken. »Das ist das Symbol für unsere augenblickliche Operation. Wir haben im Südraum einen Geleitzug zu fassen, und Oesten und Schewe, die ich da hinuntergeschickt habe, unsere beiden Glücksschweinchen, knabbern abwechselnd daran herum.«

Die Kaptänleutnants Oesten und Schewe sind die Kommandanten von U 106 und U 105, beide erst vor kurzem mit neuen, großen Booten herausgekommen, nachdem sie sich zuvor als Einbaumkommandanten bewährt hatten. Und nun stehen sie tief im Süden unter der brennenden Sonne des Äquators, die auf die Stahlplatten ihrer grauen Haie herniederknallt.

Am 26. Februar ist Oestens U 106 ausgelaufen. Nach vier Tagen meldet sein Kriegstagebuch den ersten Unfall: ein Mann hat sich den Arm gebrochen. Er wird ordnungsgemäß versorgt, »nicht mehr wie bei der ›christlichen‹ im vorigen Jahrhundert«, sagt Oesten später, der solche Sprüche liebt, »wo der Kapitän vor dem Medizinspind mit geschlossenen Augen ein Vaterunser betete und dann Zugriff, und was er gerade erwischt hatte, war richtig! Nein, wir haben ja was gelernt bei der Grauen Dampferkompanie, und die Reederei gibt einem ja auch was mit und hat sich unsere Ausbildung was kosten lassen! Also Schiene und Gips und alles, wie es sich gehört und im schlauen Buch steht; Kam tadellos wieder hin, der Arm ...«

Tagelang marschiert das Boot nach Süden. Viele Neutrale passieren, hell beleuchtet, mit weithin sichtbaren Abzeichen in den Farben ihres Landes, ein beinahe friedensmäßiges, ungewohntes Bild. Portugiesen und Spanier überwiegen. Wie zu Anfang des Krieges, als die Boote ungesehen bleiben wollten, wenn sie ihre Positionen ansteuerten, weicht der Südmarschierer den Neutralen bei Tag in weiten Bögen aus. Nachts verläßt er sich auf den Tarnmantel der Dunkelheit.

Eines Mittags heben sich zart und blau die Umrisse von Bergen aus der Kimm, und in der Nacht schleicht der graue Fisch lautlos in den Hafen und macht an einem deutschen Dampfer fest, der bei Kriegsbeginn dorthin geflüchtet ist,

Es ist alles bis auf das I-Tüpfelchen vorbereitet. Kaum liegt das Boot längsseits der hohen Bordwand, als schon die Schläuche von oben kommen.

Halblaute Rufe, geheimnisvoll, eifriges Hin und Her, dann das Klicken von Metall auf Stahl.

»Alles klar?«

»Klar.«

Die Schläuche spannen sich; das Öl fließt …

Über die Jakobsleiter kommt ein Mann heruntergeturnt, füllig, heller Tropenanzug, randlose Brille vor grauen Augen, gelbe Schuhe; der Agent einer deutschen Reederei, klug, vielseitig erfahren und gewitzt. Er ist es, der die heimliche Versorgung vorbereitete, der an alles gedacht, der frisches Gemüse, Früchte, Frischfleisch, Eier, frisches Brot unauffällig herbeigeschafft hat. Jetzt, in der engen, heißen U-Boot-Messe beim eisgekühlten Bier, gibt er ihnen Ratschläge, Tips …

Lange vor Hellwerden schon steht Oesten wieder in See.

Tage später bekommt er seinen ersten Dampfer, ein großes Schiff, das stark zackend auf das lauernde Sehrohr zumarschiert. Blue-Funnel-Line.

»Memnon«, entziffert der Kommandant mühsam den Namen.

Doppelschuß … Beide Treffer. Nach fünfzehn Minuten säuft »Memnon« langsam und dann plötzlich schnell wegrutschend ab.

Einige Tage lang ereignet sich nichts. Die Sonne meint es gut.

Tief braun gebrannt stehen die Ausgucks mit bloßen Oberkörpern unter ihren Tropenhelmen. Die Turmwandung wirft kaum noch Schatten. Das Boot ist dem Äquator nahe. Und eines Tages, als es die Nullinie passiert, steigt ein Zug seltsamer Gestalten aus dem Turmluk hervor: Neptun und sein Gefolge – Thetis die Holde, mit ein wenig tiefer Stimme zwar und etwas zu stachlich behaarten Beinen, aber mit erregend echten Rundungen unter dem weißen Gewande – der Aktruaris – der Nautiker – die Seepolizei – die Neger: es ist alles da und dran, die feierliche Taufe kann vollzogen werden. Ein rauschendes Fest steigt, und wären nicht die Ausgucks, unter deren wachsamem Schutz die Feier abrollt – man könnte denken im Frieden zu sein, wie damals auf dem Auslandskreuzer – als Kadett, als Seemann, Heizer oder junger Wachleutnant.

Es ist sozusagen ein Tag Urlaub, den der Kommandant einlegt, ein Tag der Freizeit und der Ausgelassenheit, des guten Essens und sogar – ungewöhnlich für U-Boot-Verhältnisse – des handfesten Pokulierens.

Glück und Heiterkeit regieren die Stunde.

Einige Tage später finden sie unversehens im Dunst einen von Freetown kommenden, nach England bestimmten Geleitzug, den SL 68, und das Boot setzt sich in Sichtweite der Mastspitzen an Steuerbordseite des Konvois nach Westen vor.

Und jetzt haben sie das, wovor die Segelhandbücher warnen; Der Wind weht aus Nordosten – es ist der Passat – und trägt gelbe Schleier feinsten Staubes mit sich auf See hinaus. Sie fühlen ihn auf der Haut, sie schmecken ihn zwischen den knirschenden Zähnen, er legt sich auf die Okulare der Gläser, auf Oberdeck, Turmwandung und Brücke. Er überzieht das Geschütz und dringt mit dem Saugstrom der Luft ins Boot hinab.

»Behindert durch Staubdunst von Land. Wüste!« schreibt der Kommandant ins Kriegstagebuch. »Geleit geht auf Nordkurs. Sicherung: ein Zwei-Schornstein-Zerstörer, ein gelber Hilfskreuzer. Beschuß. Getaucht. Ganze Nacht herumgezerrt. In der Morgendämmerung wieder Alarm. Der Zerstörer war plötzlich hoch heraus. Zehn Minuten später im Dunst wieder aufgetaucht. Dunst zerriß. Wieder getaucht, wieder aufgetaucht. Geleit steht weitab.«

Und dann zählt er nach und nach mindestens vier Zerstörer, den Hilfskreuzer und das britische Schlachtschiff »Malaya«, das hier Konvoischutz fährt, nachdem kurz zuvor schwere deutsche Einheiten im Südatlantik einen Geleitzug, zusammen mit U-Booten, abgetakelt haben.

Der Konvoi, der wie alle »SL« – alle »Sierra Leone«-Geleitzüge – in Freetown gesammelt und zusammengestellt worden ist, hat zuerst westliche Kurse in Richtung der Kap Verdischen Inseln gesteuert, ist dann aber östlich der Inselgruppe auf nördliche Kurse gegangen.

Der Kommandant U 106 weiß, daß U 105 nicht unbeträchtlich westlich der Kap Verden steht, und führt nun durch Kurzsignale und Peilzeichen das andere Boot zum Geleitzug heran. Bei hartem Nordostpassat jagt er in schaumgekrönter, blauhügeliger See immer in knapper Sichtweite des Gegners dahin.

Der Zufall will es, daß dem Kommandanten auf dieser Reise ein hervorragend besetztes Navigationsressort zur Verfügung steht. An Bord befindet sich, zusätzlich eingeschifft, der Navigationsoffizier eines Hilfskreuzers, der Lloydkapitän Kamenz.

Kapitän Kamenz hat eine Prise des deutschen Hilfskreuzers Schiff 16, das unter Kapt. z. S. Rogge in Fernostgewässern gejagt hat, nach Japan gebracht, ist über Rußland nach Deutschland zurückgekehrt und befindet sich nun, entsprechend Berliner Weisung, auf der »Rückreise« zu seinem Hilfskreuzer. Wenn Kapt. z. S. Rogge demnächst das deutsche Versorgungsschiff »Nordmark« im Mittelatlantik anläuft, wird er seinen NO dort abholen. Zunächst aber steht der Kapitän Kamenz vom Lloyd, zusammen mit seinem jüngeren Kollegen Wunderlich von der Konkurrenz, der Hapag, als Navigateur auf U 106, und diese beiden Männer zaubern eine Navigation, die auf den Punkt genau stimmt und an der man sich, wie der Kommandant bewundernd sagt, »bestimmt Hände und Füße wärmen kann.«

Innerhalb von zwölf Minuten legen sie Bestecke aus ganzen

Bündeln von Standlinien vor, so daß der Kommandant U 106 jederzeit die genauesten Positionsmeldungen abzugeben vermag. Und der Kaptlt. Schewe auf U 105 macht ebenfalls eine überaus zuverlässige Navigation, so daß selbst, als durch unglücklichen Zufall auf dem einen Boot der Langwellensender für die Peilzeichen, auf dem anderen der Empfänger ausfällt, beide Boote trotzdem tagelang den Geleitzug sicher festhalten und ihn sich als gute »band of brothers« im Teamwork gegenseitig zuspielen.

Über eine Distanz von zwölfhundert Seemeilen – zweitausend Kilometer! – auf der Strecke zwischen Kap Verden und Kanaren, spielt sich dieser Kampf durch acht Tage und Nächte ab. Er beginnt mit der Versenkung eines Unbeteiligten, eines Holländers, der zufällig auf Gegenkurs daherkommt. –

Eine Zeitlang laufen die beiden Boote nebeneinander her, und die Kommandanten verabreden, in der nächsten Nacht gemeinsam anzugreifen.

»Also dann: Heil und Sieg und fette Beute!« – »Danke, gleichfalls!«

Schnell trennt sie der Dunst, in dem sie sich nun den ganzen Tag über, zustoßend und wieder abstaffelnd, an dem Geleitzug zu halten suchen, um den mindestens vier Zerstörer und ein unangenehm wachsamer gelber Hilfskreuzer vorn, zu den Seiten und achtern fegen, und in dem, gedeckt durch die Frachter als Mittelpunkt, die massige alte »Malaya« mit feuerbereiten Schlünden dahinschiebt.

Der Nordost weht frisch und setzt den tiefblauen Seen schäumende Kronen auf. Die Sonne brennt steil herab, und die Passatwolken ziehen.

Aber der Dunst! Jedesmal, wenn der Geleitzugführer einen Haken schlägt, ist der Konvoi in wenigen Augenblicken verschwunden. Und die Zerstörer, die unermüdlich in weiten Schlägen nach den Seiten ausbrechen, treten immer wieder unerwartet aus dem gelbbraunen Nebel hervor. Es ist ein unablässiges Versteckspielen und ein Umeinanderherumkringeln, ehe endlich U 106 mit der schnell hereinbrechenden Dunkelheit aus dem

Osten gegen die große Herde der Schiffe vorstößt, die sich noch klar und scharf von der letzten Helligkeit des Westhimmels abhebt.

Nun geht plötzlich alles sehr schnell! Große, einander überlappende Ziele. Ein Viererfächer – und vier Treffer – keine Zeit, das Sinken zu beobachten. Zerstörer! – Und schon krachen die Wabos, daß das Boot wie von gigantischen Fäusten geschüttelt wird. Die Serie lag genau über dem Vorschiff.

Stille. Sie horchen. Nichts. Nur das verklingende Geräusch der Zerstörerschrauben, das sich rasch entfernt.

»Nachladen!« Als sie auftauchen, ist der Geleitzug verschwunden.

Hinterher!

Aber während sie mit hoher Fahrt suchend dahinjagen, merken sie plötzlich, daß der Bug des Bootes unterzuschneiden beginnt.

»Nachblasen 8!« Gerade als das Boot zum selbsttätigen Tauchen ankippen will, können sie es fangen.

»Schweinerei! – was ist los?«

Es zeigt sich, daß in der Rückwand des Kettenkastens ein Riß klafft. Das bedeutet, daß sich die vordere Tauchzelle, die Zelle 8, selbständig flutet. Dadurch verliert das Boot vorn den Auftrieb und bekommt Neigung zu plötzlichem Tauchen. Alle zwanzig Minuten müssen sie die Zelle mit Preßluft ausblasen. Später alle fünfzehn, schließlich alle zehn Minuten: der Riß vergrößert sich. Aber: man kann noch damit fahren! –

Abend für Abend stehen nun die beiden Boote am Geleit. Der Konvoiführer fährt die verzweifeltsten Manöver. Er zackt nach Osten, neunzig Grad vom Kurs, wieder zurück nach Westen auf Gegenkurs, er läuft schließlich eine Strecke weit nach Süden zurück, gerade dorthin, woher er gekommen ist. Es nützt ihm nichts; die beiden Wölfe brechen Nacht für Nacht in seine Herde ein. Ist einer abgedrängt worden, hat einer tauchen müssen, ist einer durch Umladen von Torpedos aus den Oberdecksbehältern ins Boot um Stunden aufgehalten worden – immer bringt ihn der andere wieder ins Spiel. Und dann gellen wieder die Torpedodetonationen, Wassersäulen steigen, Brände wüten, und Leuchtgranaten erhellen die wüste nächtliche Szene unter dem dunklen, reinen, tausendfältig bestirnten Himmel.

Die »Malaya«, der dicke Brocken, die sonst nur tagsüber im Geleit marschiert und sich abends absetzt, weil sie nachts, selbst stark gefährdet, nicht viel für die Frachter des Konvois tun kann, bleibt nun unter dem Eindruck der Verluste, die der Geleitzug jeden Tag zwischen Sonnenuntergang und Sonnenaufgang erleidet, auch nachts bei der verstörten Herde.

Der Kommandant U 106 sieht sie, überlappt von mehreren Dampfern, in der letzten Angriffsnacht deutlich vor sich, als er zum Heckangriff mit seinen beiden letzten Torpedos abdreht und schießt. Er sieht auch die Treffer und hört kurz danach die Detonationen herüberklingen, aber was er getroffen hat, kann er nicht deutlich erkennen.

Doch dann hebt ein Feuerwerk von einzigartigen Ausmaßen an. Das Schlachtschiff schießt aus allen Rohren seiner leichten und mittleren Artillerie ganze Serien von Leuchtgranaten, die die weite nächtliche Landschaft von Kimm zu Kimm erhellen. Es ist ein ungeheurer Feuerzauber. Und mitten in dieses Aufzischen, Sprühen und Leuchten hinein fährt steil eine Rakete, die »star shell«, ein Geschoß, das sich in der Höhe wie ein Feuerwerkskörper nach allen Seiten in glühende Streifen zerlegt. Diese »star shell« ist ein Signal, und sie zeigt an, was nun geschehen wird: Der Geleitzug löst sich auf. Die Signalgranate befiehlt den Schiffen, nach allen Seiten auseinander zu laufen.

Der Geleitzugführer hat sein letztes Mittel eingesetzt, um den Konvoi vor weiteren Verlusten zu bewahren. Der Triumph der beiden Wölfe ist vollkommen: Zehn Schiffe versenkt, sieben torpediert! Satt, zufrieden und leergeschossen ziehen sie sich zurück, treffen sich noch einmal südlich der Kanaren und gehen dann getrennt ihren neuen Aufgaben entgegen.

U 106 marschiert zum Versorgungsschiff »Nordmark«, das auf 31° West 5° Nord, mitten im Atlantik in der Nähe des Äquators unter dem Kommando von Kapitän Grau an dieser Stelle im Verlaufe eines halben Jahres nicht weniger als 45 Versorgungen deutscher Kriegsfahrzeuge durchführt.

Hier steigt Kapitän Kamenz aus, um die Ankunft von Schiff 16 zu erwarten, und hier erhält U 106 Öl, Proviant, Torpedos und neue Befehle, Befehle, nach denen das Boot die Einfahrt von Rio de Janeiro aufsuchen und den deutschen Lloyddampfer »Lech« abholen und durch die panamerikanische Sicherheitszone geleiten soll. Endlich, im Laufe des Juni, läuft U 106 wieder in Lorient ein.

Vier Monate ist das Boot in See gewesen. Zerrupft, zerzaust, mitgenommen, streifig von Rost, bewachsen mit langen grünen Algen geht es an der alten »Ysère« längsseits. Und jetzt erst, in der Besprechung beim BdU, erfährt Kapitänleutnant Oesten, daß er seinerzeit an dem Schweinchengeleitzug mit einem seiner beiden letzten Aale das Schlachtschiff »Malaya« angekratzt hat. Mit einem Torpedotreffer im Vorschiff ist die »Malaya« im Geleit zweier Zerstörer mit kleiner Fahrt über den Atlantik nach New York gehinkt und dort ins Dock gegangen.

Wenn sich der BdU die sommerliche Zwischenbilanz seiner bisherigen Südkriegführung betrachtet, hat er allen Grund zur Zufriedenheit. Im Sommer und im Dezember 1940 sind U A und U 65 unter den Korvettenkapitänen Cohausz und v. Stockhausen erstmals versuchsweise dort unten gewesen, dann hat es eine Pause gegeben, weil die Boote im Nordatlantik bis Ende 1940 bei kürzerem Anmarsch je Seetag mehr versenken konnten, weil sie zum »Finden« dringend gebraucht wurden und weil er eine Zersplitterung seiner Kräfte zu vermeiden wünschte. Der Einsatz von mehr und größeren Booten im westafrikanischen Raum jedoch seit Februar/März 1941 hat sich außerordentlich gut bezahlt gemacht. Sie können, weit nach Westen ausholend, südwärts marschieren, vier bis fünf Wochen im Kampfgebiet vor Freetown stehen und dann geradewegs zurückkehren. Sie können unter Deck vierzehn und in den druckfesten Oberdecktuben weitere sechs bis acht Torpedos mitnehmen. Sie können, was er, der Befehlshaber, im Frühjahr 1941 noch nicht gewußt hat, in einer von den L. I. erst herausgeknobelten Fahrweise – dieselelektrisch – bei außerordentlich sparsamem Brennstoffverbrauch

7 sm/St. Marschfahrt laufen, indem sie etwa den Steuerborddiesel mit Umdrehungen für halbe Fahrt laufen lassen, dabei über die als Dynamo wirkende Steuerbord-E-Maschine die Batterie aufladen und die Backbord-E-Maschine die Energie für »Kleine« bis »Halbe« Fahrt aus der Batterie nehmen lassen. Sie können endlich – auch das lehrt erst die Praxis – bei Ergänzung ihrer Öl-, Proviant- und Torpedobestände aus Hilfskreuzern oder Überwasserversorgungsschiffen zwei Unternehmungen hintereinander in See bleiben und damit rund viertausend Seemeilen An- und Rückmarschwege sparen. Nächtliche Versorgung auf den Kanaren aus den dort liegenden deutschen Frachtern »Charlotte Schliemann« und »Corrientes« hat sich außerdem als möglich erwiesen. Und die Versenkungsergebnisse haben den Einsatz voll gerechtfertigt: U 58 versenkt acht, U 105 zwölf, U 105 zwölf, U 106 zehn, U 107 vierzehn, U 124 zwölf Schiffe. U 69, ein Fünfhundert-t-Boot, verseucht die Einfahrten von Lagos und Tacoradi mit Minen und versenkt außerdem sechs Dampfer. Die Kommandanten, Korvettenkapitän Schütze und Kapitänleutnant Liebe, werden mit dem Eichenlaub, die Kapitänleutnante Metzler, Schewe, Oesten, Heßler und die später U 105 bzw. U 124 übernehmenden Kapitänleutnante Winter und Jochen Mohr mit dem Ritterkreuz ausgezeichnet.

Der Gegner jedoch hat auf die U-Boot-Tätigkeit vor Westafrika sehr bald in doppelter Weise reagiert. Freetown ist der Hauptumschlagplatz für den Verkehr von Südamerika und Südafrika nach England, der durch die Schließung des Mittelmeeres für die englische Schiffahrt noch an Bedeutung gewonnen hat. Nun sammeln sich dort die langsameren Schiffe zu Konvois, während schnelle Einzelfahrer, weit nach Westen ausholend, auf immer wechselnden Routen nordwärts reisen, und von England kommende Geleitzüge ab Freetown auflösen und einzeln weiter südwärts gehen.

Sodann hat der Engländer Anfang Juni in einer großen Suchaktion nacheinander fünf deutsche Überwasserversorger, die »Beleben«, »Egerland«, »Lothringen«, »Esso« und »Gedania« erfaßt und vernichtet. Das ist ein empfindlicher Schlag, man wird neue Versorgungsmöglichkeiten für die Boote eröffnen müssen. Soweit dem BdU bekannt, sind Verhandlungen der Seekriegsleitung mit der französischen Regierung in Vichy wegen Dakar im Gange. Wie die Franzosen entscheiden werden, bleibt ungewiß, der Admiral hält es für sicherer, nichts von ihnen zu erwarten. An eigenen Versorgungsschiffen sind für die nächsten Monate nur die »Kota Pinang« und die »Python« zu erwarten. Bis sie im Mittel- und Südatlantik auftreten, werden die Boote in See nicht ergänzen können. Und ob sich die beiden Schiffe werden halten können, ist fraglich. Die Vernichtung ihrer fünf Vorgänger an ganz verschiedenen, entlegenen Plätzen, mitten im weiten atlantischen Seeraum, ist zu auffällig, als daß man nicht an Verrat denken müßte, oder daran, daß dem Gegner ein Einbruch in den deutschen Funkschlüssel gelungen ist. Im Hinblick auf die unsichere Versorgungslage wird der BdU, jedenfalls fürs erste, keine weiteren Boote nach Süden entsenden, zumal auch U 125, das unter seinem neuen Kommandanten, Kapitänleutnant Hardegen, eben dort eingetroffen ist, gänzlich veränderte Verkehrsverhältnisse meldet.

Im Nordatlantik hat indessen die Geleitzugbekämpfung mit wachsenden Bootszahlen ihren Fortgang genommen. In den Monaten März bis Mai verliert der Gegner nach seinen eigenen Angaben durch U-Boote 142 Schiffe mit 818000 BRT. Flugzeugangriffe, Versenkungen durch deutsche Überwasserstreitkräfte und Minentreffer steigern diese Zahl auf 412 Schiffe mit 1691499 BRT.

Der BdU arbeitet in diesem Zeitraum die seit Herbst 1940 begonnene Taktik der gruppenweisen Kampfführung immer schärfer heraus. »Wir müssen«, sagt er, »im jeweiligen Kampfraum immer nur so lange stehen, wie wir darin auch sammeln, marschieren und kämpfen können. Wenn sich in einem Raum die Abwehr so verstärkt, daß wir uns dort nur gerade halten, aber nicht mehr Rudel bilden und angreifen können, ist es sinnlos dort zu bleiben.« Er spielt damit auf die Tatsache an, daß die Boote an manchen Geleitzügen schon acht und mehr Zerstörer melden und daß sie schon weit draußen im Westen ständig um die Schiffsherden kreisende Luftsicherung beobachten.

»Wir müssen also Räume bevorzugen, in denen der Gegner, trotz seiner systemlosen Verkehrsstreuung über das gesamte Gebiet des Nordatlantik, zu einer gewissen Bündelung der Routen gezwungen ist. Der Nordkanal kommt schon nicht mehr in Frage, ist zu stark überwacht. Aber im Westen müßte sich der Verkehr etwa im Raume der Neufundlandbank bündeln. Und dort ist auch, mindestens anfänglich, mit starker Bewachung noch nicht zu rechnen . . .«

So entsendet er Anfang Mai aus dem Raum südlich Island, wo die Engländer trotz Protestes der isländischen Regierung seit Mai 1940 in Hvalfjord einen Stützpunkt besetzt halten, eine Gruppe von fünf Booten nach Westen, die einen Geleitzug erfassen, bekämpfen und, nacheinander über große Entfernung herangeführt, neun Schiffe versenken und drei torpedieren. Nahe Kap Farewell im Süden Grönlands verstärkt sie der BdU um zwei Boote und zieht diese siebenzinkige Harke durch die endlosen blauen Acker langsam nach Südwesten, wo er eine noch stärkere Bündelung des Verkehrs erwartet. Tatsächlich erfaßt sie einen Geleitzug, den HX 126, die Boote folgen seiner Ausweichbewegung nach Nordwesten, durchbrechen die Sicherung und versenken abermals neun Schiffe. Zu dieser »Westgruppe« gehört »Parzival« Wohlfahrt. Der alte Einbaumkapitän macht seine erste Reise mit dem neuen, größeren Boot, U 556.

In der Nordsee hat er nicht viel angetroffen, ein paar Flieger, zwei Zerstörer, die er austaucht, endlich, nördlich der Faröer, einen Bewacher, einen Dreimastschoner, der unter der britischen Kriegsflagge dahinschaukelt.

Das ist das richtige Hors d'oeuvre, nichts für Torpedos, aber schön für die Artillerie.

Auftauchen. Blitzüberfall mit rasch hinübergejagten, gut gezielten Schüssen. Zwanzig Granaten, da brennt er lichterloh . . .

Das Wetter ist schön, der Himmel von einer silbern leuchtenden Durchsichtigkeit, der Wind mäßig und frisch. Stetig und eintönig rauscht die Bugsee, sie schwillt auf und ab, auf und ab, und das Boot wiegt sich sachte im immer gleichen Rhythmus von Überholen und Aufrichten, Steigen und Sinken durch die windüberfeilten, wandernden Berge nach Westen.

Nirgends ein Zeichen von Leben, leer der Himmel, leer die unendlich wogende Wüste. Kein Fischer, kein Vogel. Ungebrochen zirkelt die scharfe Linie der Kimm.

Nach Westen, nach Westen …

Dann, durch das Horchgerät erfaßt, der Geleitzug, der Angriff – der Erfolg: vier Schiffe und … Wabos. Viele Wabos … »Nach dieser ›Edelrake‹«, sagt Parzival, »wird hier nicht mehr viel kommen«, und setzt sich ab.

Das Boot bekommt Befehl zu neuer Aufstellung. Tagelang schnürt es wie ein hungriger Fuchs nach Norden. Sieht nichts, hört nichts, sucht, sucht …

Weit ist der Raum zwischen Grönland und Neufundland, und weit stehen die Zinken der U-Boot-Harke auseinander. Schon steckt der L. I. ein doppeltes Reff in die Stirn und fängt an zu rechnen: der Brennstoff wird knapp.

Endlich entschließt sich Parzival zum Rückmarsch, und da, in letzter Stunde, wird nochmals ein Geleitzug erfaßt. Er kommt heran, schießt auf einen Tanker. Trifft. Schießt ein zweites Mal: Treffer vorn, Flammen brechen auf. Keine Zeit, das Sinken abzuwarten! Der Geleitzug zackt sofort; die Schiffe laufen strahlenförmig auseinander und werfen Nebelbojen, aus denen weiße Schwaden wie Vorhänge über die unruhige See hinziehen. In dem allgemeinen Gewühl rennt ihm ein Dampfer geradewegs vor die Rohre. Er macht los, versenkt das Schiff und tritt sofort danach, leergeschossen und mit dem letzten Tropfen Öl schon fast verhungernd, die Rückreise an.

Zu diesem Zeitpunkt steht er, wie die ganze »Westgruppe«, nur wenige hundert Meilen von der »Bismarck« entfernt, die in diesen Tagen ihren Ausbruch in den Atlantik unternimmt. Zu »Bismarck« unterhält Parzival besonders herzliche persönliche Beziehungen. Aber das ist ein Kapitel für sich.

19.

»BISMARCKS« KLEINER BRUDER

Anfang April hat in Paris eine Besprechung zwischen dem Flottenchef, Admiral Lütjens, und dem BdU stattgefunden, um die Zusammenarbeit der U-Boote mit der Flotte vorzubereiten für den Fall daß, wie beabsichtigt, die beiden neuesten Schweren Einheiten der Kriegsmarine, das Vierzigtausend-Tonnen-Schlachtschiff »Bismarck« und der Kreuzer »Prinz Eugen« im Mai in den Atlantik ausbrechen.

Seit dem 21. Mai läuft nun diese Operation, und die Engländer, die die ausmarschierende deutsche Kampfgruppe frühzeitig durch Luftaufklärung erfaßt haben, setzen alles daran, die beiden Schiffe zum Kampf zu stellen und zu vernichten.

Ihre Rechnung ist einfach genug: Die beiden Schlachtschiffe »Scharnhorst« und »Gneisenau« befinden sich bereits, wenn auch durch Bomben beschädigt, in Brest. Werden sie jetzt durch »Bismarck« und »Prinz Eugen« verstärkt, so würden die Deutschen einen Flottenverband von drei neuen, hochmodernen Schlachtschiffen und einem Schweren Kreuzer im Atlantik verfügbar haben. Die Folgen für die britische Geleitzugschiffahrt wären unabsehbar; denn selbst der starken englischen Flotte würde es schwerfallen, ihre Geleitzüge, wie es dann nötig wäre, ausreichend mit schweren Streitkräften zu sichern.

Der englische Flottenchef, Admiral Sir John Tovey, setzt alles in Marsch, was er an schweren Einheiten verfügbar hat, um »Bismarck« und »Prinz Eugen« zu stellen. Am Morgen des 24. Mai trifft die Kampfgruppe »Hood« – »Prince of Wales«, nach Fühlunghaltermeldungen der »Suffolk« operierend, auf die deutschen Schiffe.

Nach kurzem Artillerieduell schießt zwischen den Masten der »Hood«, des größten und schwerstarmierten Schiffes der englischen Flotte, eine himmelhohe Stichflamme empor wie ein einziger riesiger Feuerball. Zwei, drei Sekunden später fällt sie zusammen, und aus einer schweren schwarzen Wolke heben sich Bug und Heck der mittschiffs auseinandergerissenen »Hood« steil empor. Augenblicke danach ist das mächtige Schiff für immer von den Meeren verschwunden.

Aber auch »Bismarck« ist nicht ohne Schäden davongekommen; das Schiff zieht eine breite Ölspur, als es nun den Marsch in den Atlantik fortsetzt.

Ein Kesseltreiben ohne Beispiel setzt ein: Schlachtschiffe, Schlachtkreuzer, Schwere und Leichte Kreuzer, Flugzeugträger, Flugboote, Fernaufklärer, Zerstörer jagen die »Bismarck«, die nach einiger Zeit »Prinz Eugen« in den Atlantik entläßt, um selbst zur Reparatur nach St. Nazaire zu gehen.

Im Laufe des 24. Mai beantragt Admiral Lütjens die Aufstellung eines engen Vorpostenstreifens von U-Booten südlich von Cap Farewell, um, wenn möglich, seine Verfolger darüberzuziehen.

Sofort gehen die Boote der »Westgruppe«, die nur wenige hundert Meilen von »Bismarck« entfernt stehen, mit Höchstfahrt auf die befohlenen Positionen. –

Das Wetter verschlechtert sich. Der Wind wird stürmisch. Hohe See kommt auf.

»Bismarck« ändert ihre Absichten. Die Boote erhalten Befehl, weiter ostwärts zu gehen, um so vielleicht die Verfolger des großen Bruders zu erfassen.

Die See ist inzwischen rauh und hoch aufgelaufen. Der Wind nimmt stetig zu …

Als das Schlachtschiff ihr Gebiet verlassen hat, kehren die Boote der »Westgruppe« ohne Feindsichtung in ihre alten Positionen zurück.

Andere hingegen, alle Rück- und Ausmarschierer, sammeln nun befehlsgemäß 450 Meilen westlich St. Nazaire. Die Unterstützung der anscheinend doch ernster beschädigten »Bismarck« wird ihre augenblickliche Hauptaufgabe. Sechs Boote bilden einen Vorpostenstreifen vor dem vermutlichen Kurs der »Bismarck«; zwei von ihnen sind ohne Torpedos, fast ohne Brennstoff, verschossen an Geleitzügen, aber ihre Augen, die bloße Tatsache, daß sie eine Position besetzt halten, könnte von Nutzen sein.

Zu diesem Zeitpunkt sind sich weder Engländer noch Deutsche über die wirkliche Lage im klaren. Admiral Lütjens weiß nicht, daß die Funkmeßfühlung der »Suffolk« an der »Bismarck« abgerissen ist. Er weiß nicht, daß die Engländer in der Ansicht, »Bismarck« kehre nach Norwegen zurück, seit Stunden in völlig falscher Richtung suchen. Er hat, da er die »Bismarck« seit dem 25. Mai von den Ortungsgeräten der »Suffolk« festgehalten glaubt, auch keinen Grund, Funkstille zu wahren. Also setzt er am 25. Mai mittags ein ausführliches Lage-FT ab.

Die Engländer peilen den Funkspruch ein, erkennen ihren Irrtum und werfen ihre Schiffe herum. Sofort angesetzte Luftsuche führt zum Erfolg. Am 26. Mai entdeckt ein Catilina-Aufklärungsflugzeug unter Dunst und niedrigen Wolken den verdächtigen, dunklen Schatten, der durch die hohe, schwere See dahinpflügt: die »Bismarck«.

Danach ist sich Admiral Sir John Tovey über eines klar: nur wenn es gelingt, die Geschwindigkeit der »Bismarck« herabzusetzen, hat er selbst noch eine Chance, den Vorsprung des deutschen Schiffes einzuholen. Seine letzte Hoffnung beruht jetzt auf dem eilig nordwärts beorderten Gibraltargeschwader mit dem Schlachtschiff »Renown«, dem Flugzeugträger »Ark Royal« und den Kreuzern »Sheffield« und »Dorsetshire«, genauer gesprochen auf den Torpedoflugzeugen der »Ark Royal«, die allein die »Bismarck« vielleicht noch so rechtzeitig angreifen und durch Torpedotreffer lähmen können, daß sie ihren Vorsprung einbüßt und sich dem englischen Gros zum Kampfe stellen muß. Schlägt der Angriff der Torpedoflugzeuge fehl, so wird die »Bismarck« das Rennen gewinnen. Die Flugzeuge der »Ark Royal« sind die letzte Karte, die die Engländer im Spiel haben.

»Bismarck« steuert indessen den Nordwestflügel des U-Boot-Vorpostenstreifens an und meldet hier abends kurz vor sieben Uhr ihre Position.

Das Wetter hat sich womöglich noch verschlechtert, es weht stürmisch aus Nordwesten, die See geht steil und hoch. U 556,

Parzivals Boot, hat seine Position als zweiter Mann im linken Flügel des Vorpostenstreifens wegen des schweren Wetters noch nicht voll erreicht. Mühsam, schwer rollend, überschüttet von Brechern, brennstoffschwach und leergeschossen, knüppelt es sich dem befohlenen Standort entgegen. Und nun, in diesen Abendstunden des 26. Mai 1941, entwickelt sich die wohl tragischste Situation in der Tragödie der »Bismarck«.

Plötzlich melden die Ausgucks auf U 556: »An Kommandant. Feindlicher Kriegsschiffverband«, und Parzival, der auf die Brükke stürzt, alarmtaucht und sich ans Sehrohr klemmt, sieht zwei schwere Einheiten, »Renown« und »Ark Royal«, genau auf sich zukommen. Genau auf sich zu! Die mächtigen grauen Leiber wühlen sich tief in die steilen Seen hinein. »Renown« begräbt ihren Bug darin und bricht die gläsernen Gebirge schäumend von unten auf. Mauern von Gischt stieben vor den vorderen Türmen empor; das ganze Schiff ist wie in weiße Wolken gehüllt. »Ark Royal« taucht ihr Vorschiff oft bis an das Flugdeck ein, das bei Normallage stockwerkhoch über der Wasserlinie liegt.

Parzival sieht Flugzeuge mit laufenden Propellern oben stehen; es sind die Maschinen für den letzten Start dieses Tages, den letzten möglichen überhaupt, wenn die Chancen der Engländer, die »Bismarck« noch zu erreichen, nicht verlorengehen sollen.

Die Schiffe sind nun ganz nahe! Vor ihm und hinter ihm! Er brauchte nicht einmal anzulaufen zum Angriff, er brauchte nur auf die Tube zu drücken, vorn und achtern, um sie beide zu erledigen, wenn ... er jetzt Torpedos hätte.

Eine Angriffschance wie diese wird niemals wiederkehren, niemals: ein Schlachtkreuzer und ein Flugzeugträger ohne Zickzackkurs, ohne Zerstörer vor den Rohren eines U-Bootes. Und diese Rohre leer ...

In diesen Augenblicken wendet sich das Schicksal der »Bismarck« endgültig dem Untergang zu.

Mit brennenden Augen, Bitterkeit im Herzen, starrt Parzival zu den beiden mächtigen Gegnern hinüber, die ihm die hohen, brechenden Seen zuweilen im Dazwischenlaufen verdecken. Hohn des Schicksals! Ihr Los läge in seiner Hand, wenn er jetzt schießen könnte, und der »Bismarck« wäre vielleicht geholfen. Er ahnt nicht, wie sehr ihr damit geholfen wäre, weiß nicht, daß es die Torpedoflugzeuge der »Ark Royal« sind, die im scheidenden Tageslicht, nachdem sie einmal vorbeigestoßen, eingewiesen durch die »Sheffield«, die »Bismarck« finden, angreifen und einen, den entscheidenden Treffer landen. Einer dieser »Swordfish«-Torpedos trifft die Ruderanlage der »Bismarck«, so daß das Schiff, in denkbar schrecklichster Weise gelähmt und praktisch steuerlos, nur noch mit langsamer Fahrt mehr oder weniger im Kreise herumdampfen kann.

Einen Augenblick schweifen seine Gedanken ab, als nun die beiden Engländer seinen Blicken entschwinden, und fliegen zurück in eine Zeit, die doch erst wenige Wochen zurückliegt.

»Bismarck« und U 556 stehen in einem besonderen Verhältnis zueinander, das größte und modernste Schlachtschiff der Welt und die kleine Fünfhundert-Tonnen-Tauchröhre. »Bismarck« ist Parzivals »Patenkind«. Und das hat seine Bewandtnis.

Da übt die »Bismarck« in der Ostsee für ihren kommenden Einsatz. Und Parzival bildet gleichzeitig seine Besatzung und sein neues Boot aus. Eines Tages läuft der Kleine an dem Großen vorüber, und Parzival, der gern seinen Spaß hat in dieser Welt der Unzulänglichkeiten, macht einen Winkspruch hinüber: »Kommandant an Kommandant: Haben Sie aber ein schönes Schiff!«

Das wird drüben offenbar nicht so ganz gern vernommen. Die Antwort kommt prompt und streng dienstlich: »Eins O. an K.: Wie ist der Name Ihres Kommandanten?«

Oje, denkt Parzival, so ja nun nicht! Und läßt hinüberwinken: »K. an K.: Können Sie das auch?« Und taucht in Alarm weg …

Und dann malt er eine wunderschöne Patenschaftsurkunde, in der viel Lobendes und Freundliches zu lesen steht und in der U 556 dem großen Bruder die Patenschaft anträgt und sich verpflichtet, ihm allezeit tatkräftig zur Seite zu stehen, und, mit diesem Dokument bewaffnet, macht er dem »Bismarck«-Kommandanten, Kapitän z. S. Lindemann, seinen feierlichen Besuch.

So hat in großem Gelächter die Freundschaft der beiden Schiffe begonnen, und als er, Parzival, zum ersten Einsatz ausgelaufen ist, hat er auch die »Bismarck« passieren müssen und auch diesmal einen Widerspruch hinübergewinkt; »K. an K.: Wenn Sie nächstens nachkommen, keine Sorge. Ich passe schon auf, daß Ihnen nichts passiert.«

Daran denkt er jetzt, an dieses Versprechen, während er den beiden feindlichen Schiffen nachblickt, bis sie in Dunst und Dämmerung verschwinden: »Keine Sorge. Ich passe schon auf, daß Ihnen nichts passiert.«

Und jetzt? Jetzt wäre aus dem Scherz Wahrheit geworden, wenn er Torpedos gehabt hätte. Es ist zum Verzweifeln. –

Sobald der Gegner aus Sicht gelaufen ist, taucht er auf und jagt seine Funkmeldungen hinaus: »Feind in Sicht. Ein Schlachtschiff, ein Flugzeugträger, Kurs 115 Grad Quadrat BE 5382.« Das ist in 48 Grad Nord, 16 Grad 20 – West. Er versucht, Fühlung an dem Gegner zu halten, soweit sein letzter Brennstoff und die wilde See es zulassen. Schließlich taucht er, peilt die Engländer im Horchgerät, meldet die letzte Horchpeilung und sendet selbst Peilzeichen in der vagen Hoffnung, vielleicht einen Kameraden herbeiziehen zu können. Aber er weiß: in dieser wüsten Nacht, mit ihren tiefhängenden Wolken, ihren scharf daherfegenden Regenböen und der fahl kämmenden, brechenden See, können U-Boote nur wenig Fahrt laufen, können sie, schwer rollend und schlingernd, kaum ein Peilzeichen genau aufnehmen. Schließlich versucht er ein Letztes und stößt mit dem Rest des verfügbaren Brennstoffs hinter dem verschwundenen Gegner her.

Und dann, um 21 Uhr, empfängt er einen Funkspruch der »Bismarck«. Aus 47° Nord, 14° 50 West meldet sie »steuerunfähig nach Lufttorpedotreffer«.

Wenige Minuten später bereits kommt die Reaktion der Führung: Funkspruch höchster Dringlichkeit: Alle Boote mit Torpedos sofort mit Höchstfahrt zu »Bismarck« gehen.

Höchstfahrt. Was ist Höchstfahrt in dieser entfesselten Nacht?! Zwischen Mitternacht und 2.30 Uhr früh meldet ein Boot mit Torpedos vorübergehend »Fühlung an kämpfenden Schiffen«. Aber dann, in schweren Böen und Wänden niederstürzenden

Regens, verliert es das Mündungsfeuer wieder. Die Fühlung reißt ab ...

In dieser Nacht hält sich »Bismarck« angreifende Zerstörer mit Artilleriefeuer vom Leibe. Sie steht jetzt 420 sm westlich von Brest, knapp außerhalb des Bereichs der deutschen Luftwaffe.

Kurz vor Mitternacht meldet Parzivals Kriegstagebuch: »Alarm! Aus dem Dunst ist auf einmal ein Zerstörer heran. Als ich eben auf dreißig Meter bin, rauscht er oben vorbei. Im Boot sind die Schrauben zu hören. Da war wieder der Daumen dazwischen. Keine Wabos.«

Und in der Mitternacht zum 27. Mai: »Nordwest 5, Seegang 5, Regenböen, mäßige Sicht, sehr dunkle Nacht. Aufgetaucht. Was kann ich nur für ›Bismarck‹ tun? Ich beobachte LG-Schießen und Abwehrfeuer der ›Bismarck‹. Artillerieüberfälle. Es ist ein schreckliches Gefühl, in der Nähe zu sein und nichts tun zu können. Ich kann jetzt nur noch aufklären und Torpedoträger heranführen. Ich halte an der Grenze der Sicht Fühlung, melde Standort und sende Peilzeichen, um die anderen Boote heranzuholen.«

Und gegen 4 Uhr früh heißt es: »Ich ziehe mich an der Ostseite nach Süden herum, um in der Richtung des Treibens zu stehen. Bald ist die Grenze dessen erreicht, was ich aus Brennstoffgründen noch tun kann. Ich komme sonst nicht mehr nach Hause. Die See wird immer höher. ›Bismarck‹ kämpft noch. Ich melde Wetter für Luftwaffe und gebe 6.30 Uhr Fühlunghaltermeldung.

U 74 kommt in Sicht. Ich gebe durch Blinkzeichen mit Handscheinwerfer Aufgabe des Fühlunghaltens an U 74 ab, kann mich mit E-Maschinen Kleine Fahrt noch am besten auf der Stelle halten. Über Wasser brauche ich Brennstoff und muß Rückmarsch laufen ...«

Am 27. Mai gegen 7 Uhr früh bittet Admiral Lütjens um Abholung des Kriegstagebuchs durch ein U-Boot. Parzival, U 556, erhält den Befehl, zu »Bismarck« zu gehen. Aber er empfängt ihn nicht; er hat vor Flugzeugen alarmtauchen müssen. Erst um 10 Uhr nimmt er den Befehl auf, und um 10 Uhr ist es bereits zu spät. Um 8.47 Uhr beginnt »Bismarcks« letzter Kampf.

Die Schlachtschiffe »Rodney« und »King George V« eröffnen das Feuer. Schon die dritte Antwortsalve der »Bismarck« liegt deckend bei der »Rodney«, ohne jedoch zu treffen. Wenige Minuten später fällt die »Norfolk« ein. »Bismarck« liegt unter dem konzentrierten Feuer dreier Schiffe, ein kaum bewegliches, leichtes Ziel. Und so wird sie, bis zum letzten kämpfend und sich mühsam dahinschleppend, allmählich zusammengeschossen.

Die »Dorsetshire« kommt hinzu. Das Feuer der »Bismarck« wird schwächer. »Rodney« feuert Torpedos ab. Sie treffen nicht. Gegen 10 Uhr schweigt die »Bismarck«, sie ist ein zusammengeschossenes Wrack. Aber sie schwimmt. Mast und Schornstein sind verschwunden, die Aufbauten zersiebt und zerstampft. Ihre Rohre weisen nach allen Richtungen: tot.

Mittschiffs steigen schwarze Rauchwolken aus dem Schiff. Aber ihre Flagge weht noch. »Bismarck« ergibt sich nicht. Sie liegt im Feuersturm der schweren Artillerie von vier Schiffen. Sie hat zahlreiche Torpedos im Leibe. Aber sie schwimmt.

»Rodney« feuert neun Breitseiten aus naher Entfernung. Die Granaten schlagen zu dreien und vieren gleichzeitig ein.

»Rodney« feuert ihre beiden letzten Torpedos. Einer trifft. »Bismarck« schwimmt immer noch.

Um 10.15 Uhr muß der englische Flottenchef wegen Brennstoffmangels des »King George V« das Feuer abbrechen. Im Ablaufen befiehlt er, die »Bismarck« noch einmal zu torpedieren.

»Dorsetshire« feuert ihre Torpedos nacheinander von beiden Seiten in das bewegungslose Wrack hinein. Um 10.40 Uhr endlich legt sich die »Bismarck« schweigend auf die Seite. Mit wehender Flagge geht sie unter. Der Kampf ist aus. Zwei Offiziere und wenig über hundert Mann werden von englischen Schiffen aufgenommen. Bis zum 31. Mai, vier Tage lang, kämmen brennstoffstarke Boote planmäßig das Kampfgebiet ab. Drei Mann auf einem Floß, das ist alles, was sie finden.

20.
BLAUE WÜSTEN

Noch stehen Tanker in See, aus denen sich »Bismarck« während ihrer Atlantikunternehmung versorgen sollte. Nun benutzt sie der BdU, um die Brennstoffbestände seiner »Westgruppe« aufzufüllen. Hinter den schwimmenden Tankstellen hängen die ölhungrigen Boote. Aufgebojte Trossen und Schläuche führen von Bord zu Bord. Die Pumpen laufen, und das Öl fließt, fließt …

Das erste kommt – das zweite, das dritte …

Und da geschieht es: Cläuschen Korths U 93 hängt gerade am Schlauch, saugend und lutschend, als der Tanker plötzlich aufgeregt signalisiert:

»Feind in Sicht! Zerstörer …!«

Und schon orgeln die Granaten heran.

»Trosse los! Schläuche los!«

Steil geht U 93 auf Tiefe. – Und dann sieht Korth, wie der Zerstörer mit den Granaten ins Ziel kommt, wie die Tankerbesatzung in die Boote geht, wie drüben Feuer ausbricht … Es ist eine kurze, harte und einseitige Angelegenheit. Für einen Angriff steht der Feind viel zu weit ab – außerhalb des Torpedobereichs, und er kümmert sich auch nicht um die Überlebenden; mit hoher Fahrt verläßt er den Kampfplatz, sobald seine Aufgabe erfüllt, der Tanker gesunken ist.

Kann ich ihm nicht mal verdenken! überlegt Korth, während er ihm nachblickt, wie er rasch kleiner wird und, ein grauer Schatten, an der Kimm verschwindet, er hat mich ja bestimmt auch gesehen, wie ich an dem Dicken hing und schluckte …

Als die Luft rein ist, taucht er auf und nimmt die Tankerbesatzung an Bord. Fünfzig Mann! Es ist das erstemal in diesem Krieg, daß jemand etwas Derartiges unternimmt. Vierzig Köpfe zählt seine eigene Besatzung. Nun sind es plötzlich neunzig! Wohin man tritt, wohin man blickt, Menschen, Menschen. Kaum ein

Kubikfuß Platz bleibt zum Gehen, Stehen, Sitzen ... Und doch: es geht, weil es gehen muß. Und alle wollen sie essen, wollen sie schlafen, wollen sie irgendwann auf den Donnerstuhl ... Die rote Lampe brennt von morgens bis abends und die ganze Nacht.

Und dann, auf dem Rückmarsch, stößt das Boot auch noch auf einen Geleitzug, und sie hören in der Tiefe, wie die Schrauben schaufelnd und klirrend über sie hinwegmahlen.

Angreifen? denkt Korth, mit neunzig Pipels an Bord angreifen? – Ausgeschlossen – mit diesem Boot, in dem wir aufeinandersitzen und aneinanderkleben wie die Sardinen in der Büchse?

Und muß sich doch dann bei der Berichterstattung in Kernevel sagen lassen, daß das verkehrt war, daß er falsch gehandelt hat. Der Löwe knallt ihn regelrecht zusammen: »Was Schiffbrüchige! Zum Kämpfen sind Sie draußen! Den Gegner überhaupt zu finden, ist unsere allergrößte Sorge. Und Sie finden ihn und lassen ihn wieder laufen, weil Sie Schiffbrüchige an Bord haben. Wenigstens hätten Sie Fühlung halten müssen für die Kameraden ...«

Armes Cläuschen, denken die Kameraden, die dabeisitzen, *die* Zigarre hast du weg, die rauch' man, auch wenn du sie vielleicht nicht ganz zu Recht bezogen hast. Kein Vergnügen, dem Löwen zwischen die Zähne zu geraten. Kennen wir. Kennen wir! Wenn er die kleinen schwarzen Augen kriegt und langsam rot anläuft ... Diesmal hast du eben falsch gespurt; das passiert jedem mal. Aber du hast das vielleicht nicht so genau mitgekriegt draußen – wie wir hier nach Geleitzügen hungern. Daß unser Problem nicht das Kämpfen ist – keineswegs –, sondern das Finden. Und nun kommst du daher mit deinen fröhlichen blauen Augen und erzählst uns ganz treuherzig, daß du einen Geleitzug gehabt hast! Konntest ja nicht ahnen, wie der Löwe hier vor der Karte auf- und abstreicht und knurrt und grollt und faucht, weil sich die Boote draußen die Zunge aus dem Halse karren und nichts melden als: ›Rings um uns her Wellen und Meer ...‹

»So klein mit Hut, Cläuschen«, sagt der Flaggleutnant nekkend, als die Sitzung zu Ende ist, und das Maß, das er zwischen Daumen und Zeigefinger zeigt, beträgt nicht viel mehr als einen Zentimeter, »aber das nimm bloß nicht zu tragisch.«

Sie gehen zusammen hinüber ins Lagezimmer.

»Wir stellen uns buchstäblich auf den Kopf«, fährt der Flaggleutnant fort, »hier: sieh dir das an. Neu eingerichtet: Systematische Auswertung des feindlichen Kriegs- und Handelsschiffsverkehrs.«

Er führt den Kommandanten vor große Spezialkarten der einzelnen Seegebiete. »Alles, was wir hereinkriegen«, sagt er, »U-Boot-Funksprüche, FTs der Luftaufklärung, B-Dienst-, Bx-Dienst- und Astmeldungen, also Nachrichtenmaterial von den Agenten der Abwehr, Funksprüche unserer Wetterfischdampfer, alles, was eigene oder italienische Einheiten beobachten oder funken, alles, was aus dem Gegnerfunkverkehr entschlüsselt wird, werten wir hier systematisch aus. Und damit nicht genug: Auch was der Gegner über unsere U-Boot-Aufstellungen aus Torpedierungs- und SSS-Meldungen, U-Boot-Warnungen, FTs, Kurzsignalen und den Sichtmeldungen seiner Flugzeuge wissen und haben kann und was ihm seine Agenten aus unseren Biscayastützpunkten über Aus- und Einlaufdaten, Kommandantennamen und Ausrüstung der Boote mitteilen, haben wir hier berücksichtigt. – Und wozu diese ganze Mühe? Einzig und allein, um dahinterzukommen, warum die Boote den Feind nicht finden. Denn ihr findet ihn doch nicht! Zumindest doch nicht auf systematischen Ansatz, sondern im allgemeinen durch glückliche Zufälle. Und *wenn* ihr ihn findet, dann ist auch was los: dann hagelt es. Aber auf Glückszufällen kann man kein Erfolgssystem aufbauen.«

»Nee«, sagt Korth, »klar. – Wir haben den Eindruck, daß der Tommy um uns herumfährt. Darum finden wir nichts. Glaub mir: wir tun schon, was wir können.«

Fast wörtlich dasselbe sagt an einem dieser Tage der BdU auf einem der weiten Waldgänge, die er zu machen liebt und zu denen er sich einige gerade greifbare Offiziere seines Stabes mitzunehmen pflegt.

»Wollen Sie mit spazierengehen?« heißt es da, und dann marschiert der Admiral mit offenem oder über den Arm geworfenem Jackett schnellen Schritts durch die sommerliche Hitze und das wuchernde Grün der efeuumsponnenen alten Bäume in den

Waldstücken außerhalb Lorients, eine hohe, schmale, eilige Gestalt, mit der seine Begleiter schwitzend Schritt zu halten suchen.

Er braucht diese Ausläufe, die Bewegung und die Gelegenheit zu sprechen in der Bewegung, um in den Gesprächen Klarheit zu gewinnen über das, was ihn beschäftigt. Es ist, das wissen die Begleiter sehr bald, weniger die Zwiesprache, die er sucht, als der Monolog, aber es muß jemand da sein, der ihm zuhört, dem er seine Gedanken entwickelt, der mitdenkt und vielleicht Einwürfe macht, der anreizt und das Echo bildet, an dem er die Schlüssigkeit seiner Ideen gleichsam überprüfen kann.

»Die Kommandanten tun schon, was sie können«, sagt er an diesem Nachmittag zu den Kapitänleutnants Winter und v. Daublebsky, die ihn begleiten, »die Frage, die ich mir vorlege, ist:

Umgeht der Gegner systematisch unsere U-Boot-Aufstellungen? Wenn der Engländer uns so wichtig nimmt, wie ich glaube, wird er ein Peilnetz auf Island, Grönland, Neufundland, in Spanien und möglicherweise sogar auf den Azoren aufbauen und damit jeden Mucks von uns mit ziemlicher Genauigkeit einpeilen können. Wir müssen also damit rechnen, daß, wer funkt, seinen Standort verrät. Aber wenn wir Funkstille halten? Ortet er uns dann? Oder streut er nur einfach seinen Verkehr über die Weite des Raumes, so daß wir ihn nicht finden?

Daß der Gegner eine Funkmeßortung ähnlich unserem DT-Gerät haben muß, wissen wir aus den Erfahrungen der ›Bismarck‹. Und da liegt eine große Gefahr für unsere Unsichtbarkeit.«

Eine Weile wandern sie schweigend über den weichen Waldboden dahin. Das Licht flirrt und funkelt durch die dichten Baumkronen herab und malt zuckende Kringel auf den dunklen Grund.

»Ende Juni«, fährt er endlich fort, »haben wir dann diesen Geleitzug gehabt, den die Luft meldete, und mit dem Rest ›Westgruppe‹ und fünf frischen Booten darauf operiert und sogar zum ersten Male Kreuzpeilungen von den Luftfühlungshaltern nehmen können und dadurch einen annähernd genauen Geleitstandort bekommen. Und dann? Unsichtigkeit und Nebel – aus ... Und danach Stille. Ganze acht bis zwölf Boote zwischen Grönland und den Azoren. Was sollen die schon finden können?! Und als uns die Luft endlich wieder was brachte. Sie wissen, den Juligeleitzug südlich Rockallbank, da fand sie ihn am nächsten Tage nicht wieder, und unseren Vorpostenstreifen umging er ... Durch Einpeilen? Durch Zufall? Oder durch ein Ortungsgerät?

Was ergibt sich nun aus alledem? – Daß wir in einem Kopf-an-Kopf-Rennen mit der englischen Abwehr liegen und daß wir im Augenblick für die weiten Seeräume, in denen die Abwehr noch schwach ist, wieder bei weitem nicht genug Boote haben ...

Es bleibt dabei: Das Fehlen einer wirksamen Luftaufklärung ist ein entscheidender Nachteil für unsere Kriegführung. Wir haben nicht genug Augen in See ...«

Wieder bleibt es eine Weile still. Lautlos, mit raschen Schritten gehen sie über den weichen Waldboden, auf dem die Sonnenkringel spielen. Es ist warm. Zuweilen zwitschert ein Vogel; hell und süß hängt das kleine Lied zwischen den dunklen Stämmen. Aber die beiden Offiziere fühlen deutlich, daß dieser Waldfriede ihren Chef im Augenblick gar nicht erreicht, daß der stürmisch ausschreitende Mann ganz und gar auf seine Gedanken konzentriert ist.

Wenn er bloß nicht so rennen wollte, denken sie, bei der Affenhitze!

Aber schon ist da wieder seine Stimme: »Ich finde nichts, weil es mir an Augen fehlt, und da verlangt man auch noch von mir, daß ich zehn bis zwölf Boote an die Gruppe Nord abgeben soll, um Materialtransporte von England nach Rußland zu bekämpfen! Als ob ich auch nur ein Boot im Atlantik entbehren könnte!«

Grollend blickt er seine beiden Begleiter an. »Rußlandnachschub bekämpfen – was heißt das überhaupt? – Der bloße Gedanke beweist, daß die Führung in Landbegriffen denkt und nicht in Seekriegsbegriffen. Als ob nicht jede Tonne, die wir versenken, ›Rußlandnachschub‹ wäre! Schiffe vernichten, mehr Schiffe versenken, als der Gegner nachbauen kann, das ist unsere Aufgabe, und das müssen wir da tun, wo wir sie am billigsten kriegen. Wenn wir das wenige, was wir haben, auch noch zersplittern, müssen ja die Erfolge zurückgehen. Es ist ohnehin so, wie ich es von Anfang an befürchtet habe: Schon jetzt kann das einzelne Boot nicht mehr das versenken, was im Herbst 1940 die Norm war. Winter, wie war das? Sie haben mir da neulich eine Aufstellung hereingegeben ...«

»Jawohl«, erwidert der Kapitänleutnant bedächtig, »ich glaube, ich krieg's auch zusammen: Jedes Boot mehr hätte im Oktober 1940 28 000 BRT mehr gebracht, im Februar 1941 noch 16 000 BRT mehr, im April 13 500 BRT. Seit Juli sind es aber jetzt nur noch 5700 Tonnen mehr, also ...«

»Also«, fällt der Admiral heftig ein, »nur noch etwa ein Sechstel vom Herbst 1940!«

Am Abend ruft er Kapitän Godt zu sich.

»Hören Sie zu, Godt«, sagt er in kaum bezwungener Erregung, »es ist ja wohl offensichtlich, daß mit dem Absinken unserer Erfolge seit Juli die bei Kriegsbeginn zunächst U-Boot-freundliche Einstellung des OKM erheblich gesunken ist. Ich verstehe, daß geschworene Anhänger einer Überwassermarine, die im Frieden eine homogene Überwasserflotte bauen wollten und der Ansicht waren, daß das U-Boot durch die Abwehr grundsätzlich überholt sei, nun ihre starken Zweifel am Wert des U-Bootes angesichts unserer augenblicklich geringen Erfolge für bestätigt halten. Aber ich habe immer wieder schriftlich und mündlich die Gründe für diesen Erfolgsrückgang dargelegt, um den Leuten klarzumachen, daß wir nicht deshalb erfolglos sind, weil wir nicht kämpfen können, sondern weil wir den Gegner nicht finden. Trotzdem zeigt sich jetzt in den verschiedensten Maßnahmen des OKM, daß das U-Boot dort nicht mehr Schwerpunkt ist. Heute zum Beispiel erfahre ich, daß infolge angeblichen Kupfermangels das Bauprogramm von 21 bis 25 auf 15 Boote monatlich herabgesetzt worden ist.

Godt, jetzt langt es mir: Ich habe den Leuten wiedergeschrieben, solange es in Europa noch Kupferdächer und Erzdenkmäler von fraglichem Kunstwert gäbe, könnte ich an Kupfermangel nicht glauben.«

»Freunde«, sagt der Kapitän Godt langsam, »haben wir dort sowieso nicht«.

»Eben. Aber diese Benachteiligung beschränkt sich nicht auf das Bauprogramm. Das kann sich jeden Tag wieder ändern. Was schwerer wiegt, ist der Arbeitermangel auf den Reparaturwerften, sowohl bei den Frontflottillen wie in der Heimat. Die Reparaturzeiten der Boote sind geradezu unerträglich lang. Thedsen und Scheel klagen unaufhörlich. Nach ihrer letzten Aufstellung sind die Boote von 100 Tagen 55 in See und 65 in der Werft! Ich habe in verschiedenen Papieren darauf hingewiesen, daß das Verhältnis bei genügender Arbeiterzahl 40:60 sein könnte, daß aber 50:50 gefordert werden müsse. Was geschieht anstatt dessen? In Brest werden U-Boot-Arbeiter von der U-Boot-Werft abgezogen, um Bombentreffer auf ›Gneisenau‹ zu beheben. In Kiel setzt man achthundert – achthundert U-Boot-Arbeiter, Godt! – dafür ein, die Ölbunker von ›Hipper‹ umzubauen! Was soll man dazu sagen? Ich habe weitere Denkschriften gemacht. Ich habe dem ObdM persönlich mündlich vorgetragen, daß bei solcher Behandlung der U-Boot-Werftfragen der Mangel an Booten in See sich weiter vergrößern und damit das Finden des Verkehrs eine unlösbare Aufgabe werden müsse. Erfolg: Null. Und nun sehen Sie sich, bitte, dies an...«

Er schiebt dem Kapitän Godt ein Schriftstück über den Tisch hin zu. »Ein Fehlläufer, Godt, versehentlich zu uns zurückgekommen.«

Der Kapitän Godt liest. Er kennt das Dokument; es ist eine der letzten Denkschriften des BdU. Und dann fällt sein Blick auf eine Referentennotiz: »Wir wollen keine U-Boot-Marine werden«, steht da. »Wir wollen keine U-Boot-Marine werden ...«

Er schluckt einmal kurz herunter und wirft einen Blick auf seinen Befehlshaber. »Dazu, Herr Admiral«, sagt er, »erübrigt sich jeglicher Kommentar.« –

Zur gleichen Zeit stehen die kämpfenden Boote draußen in See. Woche um Woche karren sie umher im Eisnebel Grönlands, in der Hochsommerwärme der Azoren, gewiegt und gewaschen von den hohen Rollern, den zürnenden und zischenden, den glatten und gleitenden Seen des Nordatlantik. Der Mond kommt und geht im Wechsel der Tage und Nächte. Die Bärte wachsen. Dutzende von Gläsern wandern in unablässiger Suche um die Kimm. Leer, leer, leer ist die See.

Zur gleichen Zeit operiert ein Kommandant westlich Irland, im Hauptrevier der Wölfe.

Er bekommt bei sehr schwerem Wetter einen Tanker in Sicht, aber merkwürdig: dieser Tanker steuert Kurse, die eigentlich überhaupt keine Kurse sind. So fährt kein Handelsschiff, solche Zacks macht überhaupt niemand. Und ein Tanker, kein sehr großer überdies, der zuweilen stoppt? – Höchst argwöhnisch beäugt der Kapitänleutnant Mengersen diesen seltsamen Genossen. Wenn das keine Falle ist ...?!

Dabei herrscht ein Wetter, das jeden Angriff ausschließt. Das Boot ist nur mit größter Mühe und harten Manövern überhaupt auf Sehrohrtiefe zu halten.

Die ganze Nacht über beobachten sie ihn. Er benimmt sich weiter in höchst verdächtiger Weise. Er setzt in unregelmäßigen Zeitabständen verschiedenartige Laternen. Er spielt den Laien, den ahnungslosen, harmlosen Neutralen, den Hilflosen, der in schwerem Wetter beidrehen muß, den Havaristen, und man muß ihm bescheinigen, daß er über ein beachtliches Repertoire verfügt. Und morgens, bei Tagesanbruch, enthüllt er im jungen Morgenlicht sein Geheimnis! Er ist plötzlich kein Tanker mehr! Er hat umgebaut! Gestern noch Tanker, ist er jetzt Motorfrachter mit dicken, kurzen Pfahlmasten.

»Siehste, Minna«, sagt der Kommandant, »so schreibt's die Mode vor. jeden Tag ein anderes Kleid.«

Es ist völlig klar: das Schiff ist eine Falle, ein Q-Schiff, und es treibt sich hier draußen als Lockvogel herum, als harmlos aussehende, »leicht erreichbare« Beute, um dann plötzlich auf angreifende U-Boote loszugehen, sie mit Unterwasserortung und Bomben anzugreifen und Zerstörer und Flugzeuge herbeizurufen.

Gar nicht ausgeschlossen, daß auch ein feindliches U-Boot mit dem Burschen zusammen operiert! Hier ist größte Vorsicht und Umsicht am Platze.

Wer erinnerte sich nicht der U-Boot-Fallen des ersten Weltkrieges, der berüchtigten »Baralong« vor allem! Sind nicht damals eine ganze Anzahl Boote, die an den gestoppten, scheinbar kapitulierenden »Neutralen« herangingen, um seine Papiere zu prüfen, im plötzlichen Feuerüberfall vernichtet worden? – An all das denken, von all dem sprechen die Männer, als sie jetzt diesen Verwandlungskünstler vor sich haben, der mit ganz kurzen, kleinen Zacks, alle zwei bis drei Minuten den Kurs wechselnd, durch die aufgeregte See dahintrödelt.

Kurz vor elf Uhr vormittags steht das Boot einigermaßen schußgünstig, und der Kommandant versucht trotz der hohen See einen Angriff.

Die Entfernung beim ersten Schuß beträgt nur sechshundert, beim zweiten achthundert Meter. Aber kaum sind die Aale heraus, als der Dampfer stoppt. Hinter seinem Heck sprudelt und schäumt die See wie Selterswasser: Er geht zurück, und im gleichen Augenblick hört man im Boot die zuckenden Impulse des Asdic, der englischen Unterwasserortung. Und dann dreht plötzlich der Dampfer scharf zu, geht mit hoher Fahrt an, verfolgt das Boot und bleibt ihm hart an den Fersen. Wie oft auch der Kommandant nach oben geht und nachsieht, immer ist die Falle da! Endlich benutzt er eine schützende Regenbö, um aufzutauchen und abzulaufen.

KR! KR! – An BdU und alle Boote in See geht die Warnung hinaus: »U-Boot-Falle in Quadrat XY festgestellt. Schiff fährt abwechselnd als Tanker und kleiner Motorfrachter.«

Auch andere Boote machen zu diesem Zeitpunkt die Erfahrung, daß feindliche Handelsschiffe, auch wenn sie keine ausgesprochenen Fallen sind, Ortungsgeräte an Bord haben müssen.

So jagt der Kapitänleutnant Endraß, Priens erster Wachoffizier in Scapa Flow, der sich inzwischen in die Spitzengruppe der Kommandanten hineingeschossen hat, an einem lauen Sommertag einen schönen, großen Tanker.

Als es Nacht wird, bringt er sein Boot aus dem dunklen Osthorizont an den Gegner heran. Hinter ihm auf der Kimm lagern schwere blauschwarze Wolkengebirge, der Westhimmel dagegen glüht noch im Feuerbrand der untergehenden Sonne.

Endraß sieht seinen Gegner lang und deutlich vor sich und ist ganz überzeugt, selber nicht gesehen zu sein. Trotzdem fängt der Tanker, der bisher geradeaus lief, plötzlich an, kleine, aufgeregte Zacks zu steuern. Und als die Torpedos laufen, dreht er im gleichen Augenblick hart zu. Kein Zweifel, das Schiff muß ein Ortungsgerät besitzen!

Bis zur Morgendämmerung kringeln die beiden Gegner umeinander herum. Zu allem Überfluß reißt bei Endraß eine Dieselkupplung. Da hilft kein Fluchen; er muß den Tanker ziehen lassen.

Vierzehn Stunden lang wühlen die Techniker und »reißen das halbe Boot auseinander«, ehe der Schaden behoben werden kann.

Inzwischen verschlechtert sich das Wetter. Die Barographenkurve weist kurz und steil abwärts. Der Wind springt um und nimmt von Minute zu Minute an Heftigkeit zu. Nach kurzem weht es mit voller Sturmesstärke. Das Heulen und Schrillen der Böen, das Sausen und Stöhnen des Sturms, das Donnern und Branden und gurgelnde Schäumen der Seen, die über das Boot hereinfegen, mischt sich mit dem höllischen Zischen und Blasen und Brausen der brechenden Wogenkämme zu einem riesigen, wilden Chor.

Und in diesem Aufruhr entdecken zwei Ausgucks fast gleichzeitig querab zwischen den wandernden Wassergebirgen an der Kimm einen nadeldünnen kurzen Strich und eben daneben einen zweiten, noch kürzeren: Mastspitzen!

Der Kommandant entschließt sich, zu tauchen und trotz des wilden Seegangs einen Angriff zu versuchen, obwohl er innerlich nicht an einen Erfolg glaubt. Aber vielleicht – wenn er den Aal sehr flach einstellt und auf kürzeste Entfernung schießt, so daß der Gegner nicht ausweichen kann ...? Es muß jedenfalls versucht werden.

Im Sehrohr beobachtet er in den Augenblicken, wenn das kleine Auge zwischen den riesigen Wellenbergen frei wird, wie allmählich der Gegner sich näher heranschiebt. Es ist ein Tanker, ein schönes, langes, modernes Schiff, und er sieht, wie die Brecher drüben über die niedrige Bordwand steigen und tosend und schäumend über das Deck hindonnern. Er sieht, wie sich ein Mann, schräg gegen den Wind geneigt, von achtern über den langen Laufsteg zum vorderen Brückenaufbau durchkämpft und wie dicht unter seinen Füßen die schäumenden Brechseen wie Katarakte über das Deck des Schiffes hinfegen.

Dazwischen ist ihm für lange Sekunden die Sicht unterbrochen; nur glasig grünes Halblicht fällt durchs Okular herein. Dann ist das Sehrohr untergeschnitten.

Hart und mühevoll ist die Arbeit der Tiefenrudergänger unter ihm in der Zentrale. Der Leitende tut, was er kann, um das Boot zu halten, aber die gewaltigen Kräfte, die auf die langen Hebelarme von Vor- und Achterschiff einwirken, machen ein gleichmäßiges Fahren völlig unmöglich. Dabei ist doch ein L. I., der ein Boot in schwerer See auf Sehrohrtiefe fahren soll, ohnehin schon ein Rastelli der großen Gewichte.

Auf knapp vierhundert Meter Entfernung macht Endraß den Aal los. Er sieht noch, wie der lange, schimmernde Metallfisch einmal die Oberfläche durchbricht und sich in die nächste See einwühlt; dann schneidet das Boot unter.

Nach vierunddreißig Sekunden die Detonation, ein starkes, helles Krachen, das wie ein Schlag durchs Boot fährt.

»Hochkommen, L. I.! Ich kann ja nichts sehen! Los! Hoch!« ruft der Kommandant, aber es dauert eine gute halbe Minute, bis der Leitende das Boot so weit hinaufzwingen kann, daß das Sehrohr freikommt.

Schnell einen Rundblick! Der Motor schnurrt an, stoppt plötzlich: Dem Kommandanten bleibt der Atem in der Kehle stecken, das Herz in seiner Brust setzt einen Takt aus: Schiffswand, hoch, ragend, steil, grau und rot vor ihm. Er sieht überhaupt nichts anderes mehr als nur noch Schiffswand! »Runter!« schreit er, »runter L. I.! Schnell auf Tiefe! Weg!«

In die letzten Worte fährt schon der Stoß, ein harter, knirschender Schlag. Das Boot wird in allen Verbänden durchgeschüttelt. Reißen, Knirschen, Brechen, ein unheimliches Gepolter, es legt sich weit über. Dann Stille. Es sinkt. Bleich, atemlos starren die Männer auf ihren Kommandanten, auf den Leitenden, auf den Zeiger des Tiefenmessers. Dreißig Meter – vierzig Meter – fünfundvierzig – fünfzig …

»Boot steht. Boot ist durchgependelt. Frage Wassereinbruch?«

»Zentrale dicht. Bugraum dicht …«

Alles ist dicht! Sie sind von dem angeschossenen Tanker überrannt, gerammt!

Endraß wartet noch einige Augenblicke und taucht dann auf. Durch das vordere Sehrohr ist kaum etwas zu sehen, das achtere ist blind, schwarz, unbrauchbar.

Das Boot kommt heraus. Endraß will das Luk öffnen. Es geht nicht. Zwei Zentimeter läßt sich der Deckel heben, dann stößt er an.

Blitzschnell beratschlagen sie. Es ist keine Zeit zu verlieren. Das Luk über der Kombüse! Es liegt zwar fast ohne Rand im Oberdeck, und sie werden Wasser übernehmen, wenn sie es öffnen. Aber hier bleibt keine Wahl: Einer muß hinauf und versuchen, das Turmluk von außen zu öffnen.

Der I. WO macht sich klar, schlüpft hinaus, springt, die Pause zwischen zwei Brechern benutzend, in schnellen Sätze vor zum Turmaufstieg, zieht sich empor und erreicht die Plattform eben, bevor der nächste Brecher hereinschäumt.

Mit einem einzigen Blick umfaßt er die Lage. Der Tanker ist weg. Kurz hinter dem Boot liegt ein glatter, großer Ölfleck, der sich rasch ausdehnt und in dem ein paar Trümmer seltsam reglos treiben. Flugzeuge? Nein. Zerstörer? Keine. Und dann das Boot! Die Turmwand eingedrückt und umgelegt. Das achtere Sehrohr unmittelbar über dem Sehrohrbock abgebrochen. Das vordere in der »Flasche« verbogen. Das Geländer der achteren Plattform losgerissen, verbogen, zusammengerollt. Über dem Turmluk das umgewalzte Blech des Schanzkleids.

Er klemmt sich dazwischen, ruckt und stemmt und würgt, bis er das Blech so weit beiseite bringt, daß sich das Luk notdürftig öffnen läßt.

Der Kommandant kommt herauf, sieht sich um. »Na«, sagt er

stirnrunzelnd, »das ist ja eine schöne Bescherung. Ziemliche Verwüstungen. Meine Herren!« Und nach eingehender Untersuchung der Schäden: »Sakrament – haben wir ein Schwein gehabt!«

Und dann ziehen die Brückenwachen auf, der Leitende erscheint mit seinen tüchtigen Zyklopen, und nach einigen Stunden sind die Schäden so weit behoben, daß das Boot doch seinen Kriegsmarsch fortsetzen kann. Der Zentralemaat bringt es sogar fertig, das Angriffssehrohr wieder in halbwegs brauchbaren Zustand zu versetzen, und das lohnt sich; denn drei Tage später versinkt, getroffen von drei Torpedos, ein weiterer Tanker, und noch zwei Tage danach greift das Boot einen Frachter an und jagt ihm, als der letzte Aal durch Versagen der Zündpistole ohne Wirkung bleibt, einundsiebzig Schuß Brand- und Sprengmunition zwischen die Spanten und in die Aufbauten, bis das Schiff von vorn bis achtern lichterloh brennend, liegenbleibt und nach zwanzig Minuten in einer zischenden Wolke weißen Dampfes schwerfällig versinkt.

Als das Boot zu seinem Stützpunkt, St. Nazaire, zurückkehrt, wird es, schon ehe es festmacht, von einem Schlepper voll strahlender Kameraden abgefangen. Im Handumdrehen schmücken sie die zermanschte Brücke des grauen Fisches mit Eichenlaub, und so, bekränzt mit dem frischen, hellen Grün, läuft Endraß ein.

Und dann, als die Besatzung an Land geht, sind plötzlich die Mädels da, die Krankenschwestern in ihrer grauen Tracht mit den weißen Häubchen, die so eigenartig zu ihrer Jugend kontrastiert, und Kommandant und Besatzung haben auf einmal Blumensträuße in den Händen, Blumen im Knopfloch, und Endraß empfängt inmitten strahlender, lachender Gesichter den »Siegerkuß«.

Wie durch Zauberei sind Körbchen mit frischen, rotleuchtenden Erdbeeren zur Stelle. Kameraden von anderen Booten drängen sich herzu. Das große Begrüßen und Schulterklopfen, die »Umärmelungen« und das »Mensch, alter Junge! – Wie geht's?« verwandeln die Szene für eine Viertelstunde in ein wahres Volksfest.

Wie sie von Bord kommen, wie sie gehen und stehen, im

Douglashemd von dunklem Ubootston, bärtig und mit langgewachsenen Haaren, auf denen das dunkelbraune Schiffchen nur noch mühsam Halt findet, sitzen die Rückkehrer eine halbe Stunde später an festlich geschmückter Kaffeetafel. Und dann kommt ... die Post! Auf einmal ist es still an den langen Tischen. Gelächter und Stimmengewirr sind erstorben. Jeder ist für lange Minuten mit sich allein. Zuerst ein schnelles Durchsehen der kleinen, in der Flottillenschreibstube vorgebündelten Briefpakken: Mutters Schrift. Vater. Die Frau, die Braut, das Mädel ... Die Kollegen aus der Firma. Ein Päckchen! Von wem? Ah, vom Fußballverein ... Und dann erst beginnt das eigentliche Lesen, und es dauert seine Zeit, bis sie damit zu Rande sind und sich wieder an den Nebenmann wenden: »Du, Mensch, sieh mal ...« und sich von daheim zu erzählen beginnen:

»Hier, Mann, Puppe was? – Die hab' ich im letzten Urlaub kennengelernt ...« Und Max hält Paul das Photo eines dunklen Wuschelkopfs entgegen.

»Schneidig«, sagt Paul kennerisch, »schicke Frau, Max.«

»Sie fragt, ob ich nicht bald wieder in Urlaub komm'. Kann sie haben. Was meinst du, Paule, fahr' ich hin?«

»Mußt du selbst wissen, Mann. Wie is'se denn so? Ich meine, wo kommt sie her? Kennst du die Eltern? Ordentliche Leute? Wie 'ne Biene sieht die nicht aus.«

»Is sie auch nich. Die nich. Alles pieksauber, Paul, Bruder is aktiver Oberfeld bei der Luft. Eltern haben 'n Milchgeschäft in Castrop-Rauxel.«

»Na, Mensch!« Paul lacht. »Hätt' man sich beinah denken können nach dem Bild!« Freundschaftlich schiebt er Max den Ellbogen in die Rippen.

»Ja«, sagt Max stolz, »stimmt, da weißte, was de hast. Aber da läßt die sich gar nicht drankommen. Hände weg. Nicht dran zu tippen. Ohne Heirat is da nischt zu machen, und darum weeß ick nich recht ...«

»Na, kannst ja erst mal hinfahren. Drei Wochen ist 'ne lange Zeit ...«

»Richtig. Längsseitgehen werd' ich auf alle Fälle mal ...«

Und weiter oben bei den Feldwebeln: »Sag mal Hans, weißt du was das ist – ein Magenpförtner?«

»Nie gehört, Karl.«

»Meine Frau schreibt, sie hat den Kleinen in die Klinik gebracht. Wegen Magenpförtner. Du, das ist doch nichts Schlimmes, Hans?«

»Wird schon nicht, Karl. Frag mal den Stabsarzt. Du sagst ja selbst immer, deine Frau ist ein bißchen ängstlich. Magenpförtner – wahrscheinlich ist das was ähnliches wie 'n kleiner Mann im Ohr ...« –

Oben am Kopf der Tafel die Offiziere. »Na, Burgdorf? Gute Nachrichten? Alles gesund zu Hause? – Wann wollen Sie denn in Urlaub?«

»Ich bin erst im zweiten Törn dran, Herr Kaleu.«

»Ihr Pech. Da muß sich das Fräulein Braut noch ein paar Tage länger in Sehnsucht verzehren. Wie war das doch? – Wollten Sie nicht eigentlich heiraten?«

Der kleine II. WO wird flammend rot. »Wollen schon, Herr Kaleu, ich krieg' bloß die Papiere nicht zusammen. Die Großmutter meiner Braut ist in Brasilien geboren, deutscher Abstammung natürlich, aber beweisen Sie das mal. Die brasilianischen Behörden haben es nicht mit der Eile, und hier – ohne Ariernachweis, das wissen Sie ja, wie das ist ...« Er schweigt erbittert.

»Oh«, sagt der Kommandant, »das tut mir leid«, und nimmt sich vor, beim BdU zu fragen, was man für den Kleinen tun kann. Vielleicht, daß man auf diplomatischem Wege ... Na, er wird sehen; dem Kleinen muß jedenfalls geholfen werden. Wer das Recht hat, sein Leben zu riskieren, der muß auch das Recht haben zu heiraten, zum Teufel noch mal ...

Nach einer runden Stunde ist die Kaffeetafel beendet. Die heimgekehrte Besatzung schlendert hinüber in die Quartiere in den kahlen Stuben der früheren französischen Arsenalkaserne. Das Bootsgepäck, Wäsche, Privatsachen, blaues Zeug wartet schon auf seine Eigentümer. Während der Dauer der Unternehmung hat es in der Last unter Verschluß gelegen. Nun sucht sich jeder das seine heraus, und es beginnt das große Scheuerfest mit Duschen und Baden und Rasieren.

»Soll ich mir 'n Bart stehenlassen, Paule?«

»'n Bart? Du? – Aus dem Sauerkohl? Das möcht' ich sehen, was das für 'n Bart werden soll. Habt ihr das gehört? – Max will sich 'n Bart stehenlassen! Da kannst du deinem Milchmädchen aber nicht mit imponieren, was, Emil?«

Emil, ein breiter, untersetzter, kohlschwarzer Heizergefreiter mit Schultern wie ein Spind, steht schon, fingerdick eingeschäumt bis an die Augenwinkel, vor dem Spiegel und zieht sorgfältig sein Rasiermesser ab. »Ich wollte, ich hätte bloß so 'n paar Kartoffelkeimlinge ums Kinn wie Max«, sagt er, »und nicht so 'n Drahtverhau, wo man mit dem besten Messer nicht durchkommt. – Was machen wir denn heute abend?«

»Dumme Frage, Mann! An Land – einen blitzen! Mir juckt die Kehle, wenn ich bloß dran denke.«

»Die Kehle?« lacht Richard, ein kleiner Bayer, »die Kehle?«

»Das sowieso.«

»Wie wär's denn mit 'm Theater?« sagt Rudi, der Mechanikersmaat, der es mit den höheren Genüssen halt.

»Is 'n da heute was los, Rudi? Was gibt's denn?«

»Konzert, Mensch. Benda persönlich. Großes Plakat am Schwarzen Brett.«

»Benda? Nie gehört.«

»Aber ich. Klasse, mein Lieber.«

»Na, meinetwegen. Wer macht mit?«

Eine halbe Stunde später ziehen sie los, sieben Mann, Brust geschwellt, Taschen voll Geld – Vorschuß auf Löhnung, Wehrsold und Tauchzulagen ...

»Wieviel haben wir denn?« fragen sie, »jeder fünfzig Mark? Das langt für 'n Zug quer durch die Last.«

»Hier – Rudi! – Wie ist das nun mit deinem Konzert?«

»Kommt man mit, das ist hier gleich um die Ecke.«

»Na, schön. Aber nachher brausen wir uns anständig einen ins Jackett. Abgemacht? Und wenn wir auf Brustwarzen und Augenbrauen nach Hause kriechen ...«

Das Theater ist schon geschlossen, als sie hinkommen. Überfüllt.

»So eine Scheiße«, sagt Rudi und rüttelt an der Klinke, »da kommen wir schon mal, und dann ist die Bude dicht.« Er dreht sich um und bullert mit dem Absatz gegen die Tür. Kein Erfolg.

»Siehste«, hetzt Richard, »die jagen einen förmlich in den Puff.«

»Ach, du mit deinem Puff Olle Sau!«

»Aufbrechen!« sagt Rudi und sieht sich nach Werkzeug um.

»Quatsch. Mach keinen Mist. Mal sehen – vielleicht, daß hinten irgendwo 'ne Changs ist ...«

Ja, hinten ist ein Luk offen, und da ist auch eine Feuerleiter. Im Handumdrehen sind sie oben; mit Leitern wissen sie umzugehen.

»Ja«, sagt selbst Richard, »so macht das Laune. Den Eintritt haben wir gespart. Nun kann dein Benda kommen, Rudi.«

Sie müssen sich den Hals verrenken, um etwas mitzukriegen von dem, was auf der Bühne vor sich geht; die Galerie ächzt unter der Fülle der Besucher. Aber schließlich haben sie doch alle Platz, Rudi sitzt sogar. Soll ihm erst mal einer nachmachen bei der Sardinenfülle. Aber mit EK I und U-Boot-Abzeichen und Spanienkreuz ist man ja schließlich wer; da kann man schon eine Lippe riskieren ...

Auf der Bühne steht ein Mann im Frack und spricht.

»Nanu?« sagt Richard verdutzt, »ist das hier 'ne Parteiversammlung?«

»Schnauze, Mensch! Das ist der Benda!« zischt Rudi über die Schulter zurück.

Und dann erfahren sie, daß die Autobusse mit Bendas Orchester irgendwo zwischen Quimper und Quimperlé im Straßengraben liegen. Nur er selbst und ein paar Musiker sind in einem Pkw vorausgefahren, um ihr Publikum nicht warten zu lassen; die anderen Musiker kämen nach, und inzwischen werde also Herr Benda ein kleines Programm improvisieren ...

Aha – daher! Die paar Männeken, die da in kurzer Wichs, im Polohemd oder im Straßenanzug ihre Instrumente stimmen, sind nur der Vortrupp, und ihre Fräcke liegen noch im Straßengraben!

»Sache, Kinder, so ist's richtig. Prima Idee, Rudi, mit deinem Konzert.«

Und dann setzt die Musik ein. Ein kleines Stück von Mozart, etwas mit Nachtmusik. Hübsch ist das! Hübsch, Leute!

Aber während die Musik noch spielt, kommen in wechselnden Abständen immer mehr Musiker auf die Bühne, alle im Reisezeug, wie sie eben von der Landstraße aufgelesen sind, einer nach dem andern, Streicher, Bläser, alles durcheinander. Und wie sie kommen, fädeln sie sich in das Orchester ein, stellen ihre Noten auf, stimmen ein bißchen und spielen plötzlich mit; es ist großartig! Zuerst war ja die Musik ein bißchen dünn und zart, aber nun kommt sie in Gang und wird voll und stark, immer voller und stärker; man kann es förmlich hören, jedesmal, wenn wieder ein neues Instrument einfällt. Es ist wie ein kleiner Fluß, der immer neue Bäche aufnimmt und schließlich ein breiter Strom wird.

Ein Stück nach dem anderen geht vorüber. Herrschaftssachen, ist das schön. An Land sein – und solche Musik! Beifall über Beifall. So ein Konzert haben sie noch nicht erlebt. Zu einer Pause kommt es gar nicht. Ganz zuletzt erscheint der Brummbaß – schrumm schromm schrumm.

Auf einmal sagt Herr Benda, daß er nun noch ein Stück spielen wird, das sie alle kennen, Haydns Kaiserquartett – als Dank an die Soldaten ...

Das sie alle kennen? Kaiserquartett? Dank an die Soldaten ...?

Während sie noch mit den Köpfen schütteln und tuscheln, setzt das Orchester ein. Und dann – natürlich kennen sie das! Das ist ja das Deutschlandlied, ganz ungewohnt, ganz anders als sonst – es überrennt sie, und sie sitzen atemlos still und lauschen. So haben sie das noch nie gehört, so nicht. Es wird ihnen ganz heiß dabei ...

Als der Vorhang fällt, sitzen sie noch einige Augenblicke ganz still, ehe der Beifall wie ein Gewitter losbricht.

Und dann schieben sie sich langsam im Gedränge treppab und brauchen noch ein bißchen Zeit, um sich wieder zurechtzufinden.

»Na?« fragt schließlich Rudi, »war das was?«

»Schneidig! 'ne Wucht war das, sagt was ihr wollt!« Sie sind alle begeistert.

»Aber nun«, schließt Paul mit einem kurzen Rucken der Schultern, »so schön es war – mein Hals ist staubtrocken. Kinder, jetzt wird einer geblitzt.«

Ja, das versteht sich. Alles wohin es paßt; das eben war feierlich, der dunkle Ton der Celli liegt ihnen noch im Ohr, aber nun ist es vorüber, und sie steuern die nächste Kneipe an. Erster Abend an Land; das muß begossen werden.

»Hier – Madame – eine Runde. Aber vrai Likör, nix Sacharin! Likör sucré!«

Sie räkeln sich behaglich auf den Stühlen, die Beine weit von sich gestreckt, und sehen erwartungsvoll zu, wie der bunte Schnaps in die Gläser fließt.

Allein schon, daß man die Beine beliebig strecken kann, daß Platz ist, Raum, gehöriger Abstand zum Nebenmann, ist ein Genuß! Und daß man plötzlich frei ist: keine Sorgen wegen Fliegern und Wabos und plötzlichem Alarm! Und frische Wäsche auf der Haut! Und frisch rasiert sein! Man kennt sich kaum wieder: Die Gesichter sind plötzlich viel kleiner ohne Bart! Und morgen oder übermorgen geht es in Urlaub nach Hause …

»Herrgott, Kinder«, sagt Paul plötzlich, »ist das ein Leben!«

Ja, sie fühlen es alle. »Prost! – Prost, Paul!«

Sie kippen den ersten Schnaps mit einem Ruck hinter die Binde und setzen die dickwandigen Gläser mit einem Klack wieder auf den Tisch.

»Hier – Madam – öng puvong nus angkor«, sagt Rudi in seinem fließenden Französisch, »gluck-gluck bouteille, die Luft aus den Gläsern!«

Hach, wie schön das in der Kehle wärmt und kitzelt!

»Zigarette, Max? Hier – lang zu.«

»War das nun nicht prima?« fängt Rudi noch einmal an, »das Lied?«

»Ja, Rudi – war es. Wirklich schneidig. Prost Rudi!«

»Prost …«

»Los, Kameraden! Auf! Weiter! Wir haben noch viel vor heute

abend«, sagt schließlich Richard und wirft ein paar Scheine auf den Tisch, »hier – Madam – addition!«

Und so ziehen sie weiter, türaus, türein, es gibt Kneipen genug, und sie wollen ihr Geld gerecht verteilen.

Die Estaminets gleichen einander wie ein Ei dem andern: nüchtern-einfache Tische und Stühle, eine lange Tonbank, dahinter die bunte Batterie der Flaschen, der Wirt oder die Schankmamsell.

»Bon soir, messieurs ...«

»Bong soar – bong soar ... Nein, nicht mehr das süße Zeugs. Das pappt einem ja die Zähne zusammen. Einen Kognak für mich ...«

»Kognak – c'est entendu ...«

»W-wenn das Geld langt, s-saufen w-wir das ganze K-kaff lenz«, sagt Richard fröhlich, »p-prost Kumpels.«

»Prost, Richard, prost!«

Schließlich bleiben sie bei der schwarzen Marie hängen.

»Ah – les sousmarins! Bon soir, mes amis.«

»Bong soar, Marie, jawoll, wir sind wieder da. Gib uns schnell einen Kognak, vite, vite.«

Verdammt, ist die Zucker! Schlank und zierlich – schwarze Seide, weiße Schürze – schwarze Haare, weiße Haut. Ganz durchsichtige Haut, seht ihr das? Das ist echt, wenn ihr das Rot in die Wangen steigt.

Und die Augen! Blau, Mann, da ist mal 'n oller Normanne dazwischen gewesen. »Prost, Marie, votr sangté ...«

»Merci.« Sie lächelt mit Grübchen und blanken Zähnen, und die gestärkte bretonische Flügelhaube auf dem schwarzen Haar wippt freundlich mit.

»Kinder, sind wir schön in Fahrt! Wie spät is es denn? Halbe Stunde vor Zapfenstreich? Na, also: Masse Zeit. Los, Marie, gib uns noch einen. Haben wir denn noch Geld? Klar, Geld genug. Also dann: im Salventakt quer durch die Last: einen grünen, einen roten, einen gelben. Jetzt den braunen da. Und wieder grün. Brrr ... schmeckt das Zeug nach Sacharin. Schnell 'n Kognak, Marie, den Geschmack müssen wir runterspülen. – Glupsch der nicht so auf die Bluse, Richard, alter Bock; das ist nichts für dich. Mögen möchten wir das wohl alle. Komm, komm, benimm dich ... Noch siebzehn Minuten? – Einen allerletzten, Marie – öng dernié. Trinkt, Kameraden, die Kujambels müssen weg; morgen gibt es neue. Zwölf Minuten? Dann wird's lausig Zeit. Schnell noch einen im Stehen. Auf Wiedersehn, Marie. Au revoir.«

»Au revoir, mes amis, et bonne nuit.«

Draußen die Nacht, die warme Sommernacht. Peil mal die Lage. Alles frei? Gut. Nun aber Kurs Heimat. Hurtig, hurtig. Reiß dich zusammen, Richard, Mann! Reiß dich zusammen. Los, hak ihn unter, Max, so ... Kinder, haben wir uns einen ins Jackett gebraust! Feierlich, feierlich. Es geht doch nichts über 'n anständigen Kleister ...

Schlag Zapfenstreich passieren sie die Wache.

Draußen aber geht der Krieg weiter. Da reitet ein Boot mit kleinen Umdrehungen gegen die grobe Islandsee und hängt sich heimlich an eine Gruppe von sechs stark qualmenden Bewachern. Man kann nie wissen: vielleicht wollen die einen Geleitzug aufnehmen. Oder machen sie nur soviel Rauch, um die Wölfe auf sich zu ziehen? –

In der Nacht kommt Dunst auf, die Fühlung geht verloren. Dafür zwei Tage später vier schnelle, große Dampfer im Geleit von zwei Zerstörern. Kaum heranzukommen. Schuß aus großer Entfernung, als sich die Ziele überlappen. Kein Erfolg.

Funken? denkt der Kommandant, melden? Zwecklos. Außer uns ist hier niemand. Und dranbleiben? Aussichtslos bei der schweren See. Doch dann legt plötzlich der eine Zerstörer einen langen Schlag nach außen. Unter Kaskaden von Gischt, halb begraben von Brechern, schwer schlingernd und zuweilen das halbe Vorschiff in die Luft reckend, reitet er näher. Kopfschüttelnd sieht der Kommandant zu. Gott sei Dank, daß ich da nicht an Bord sein muß, denkt er, nee, vielen Dank. Daß die überhaupt noch leben in der See! Da – jetzt begräbt er den Bug in einer steilen Wand. Mensch, Mensch! Wenn das man gutgeht. Du läufst zuviel Fahrt, mein Freund! Sekundenlang ist von dem Zerstörer nichts mehr zu sehen, nur die Mastspitzen, ein Stückchen Schornstein und das Peildeck über der Brücke; die wandernde Wand mit der breiten, schäumenden Krone wuchtet erbarmungslos der Länge nach über das Schiff hin. Aber dann kommt doch der Bug wieder heraus. Breite Stürze weißen Wassers schießen zu beiden Seiten herab, die Brücke kommt frei, und nun läuft die gewaltige See steil gereckt, schimmernd und schäumend über das Achterschiff ab.

»Siehst du«, murmelt der Kommandant, als nun der Zerstörer ein wenig Kurs ändert und sichtlich mit der Fahrt heruntergeht, »das war zuviel für dich ...«

Und dann entwickelt sich die Lage sehr schnell. Der Zerstörer kommt breit und wandert langsam über die hohen Seen in das Fadenkreuz ein.

Schießen? Klar. Wenigstens versuchen! – Schuß!

Der Torpedo geht fehl.

Mühsam kämpfend, entschwindet der Gegner den Blicken.

»Das alte Lied«, sagt achselzuckend der Kommandant, »die Dinger sind zu flach. Einen besonderen Aal für die Schweine müßte man haben, einen Zerstörerknacker ... Ob wir das wohl noch erleben in diesem Krieg?«

Wochen später sitzt der Kommandant in Kernevel beim BdU zur Berichterstattung, ein kräftig gebauter, verschmitzt blickender Mann mit rötlich-krausem Haar, das breite Band des frisch verliehenen Ritterkreuzes um den Nacken. Ein halbes Jahr später wird er das Eichenlaub tragen: Kapitänleutnant »Recke« Lehmann-Willenbrock.

»Als nächstes«, berichtet er, »bekam ich durch Operieren auf gehorchte Schraubengeräusche einen Dampfer von zwölf- bis vierzehntausend Tonnen. Beim ersten Anlauf drehte er im Schuß ab und bekam die Aale nicht. Die Beleuchtung war wechselnd und milchig. Der neue Anlauf wurde wieder Fehlschuß, weil der Dampfer mit AK zurückging. Dann sah ich, wie er sein Geschütz besetzte, einen vollen Kreis drehte und abzackte. Gleichzeitig kam ein Zerstörer in Sicht und dann ein anderer Dampfer, der uns günstiger kam und mir nachlief wie ein Schäferhund. Den nahm ich nun. Erster Treffer Mitte. Er stoppte und schwamm weiter. Zweiter Treffer achtern unterm Mast. Trotzdem blieb er noch schwimmfähig und setzte Boote aus. Da es zu hell wurde, tauchte ich und fuhr einen dritten Anlauf. Treffer Brücke. Feuer bricht aus, aber das Schiff schwimmt weiter. Der Zerstörer ist aus Sicht. Ich tauche auf und gebe ihm achtundzwanzig Schuß mit der Kanone, davon fünfzehn Treffer. Überall lodern nun kleine Brände. Aber er sinkt nicht. Erst nach einem vierten Treffer vorn sank er. Sinkzeit drei Minuten.«

»Da sehen Sie es wieder«, sagt der BdU mißmutig, »vier Aale für ein Schiff. Es fehlt eben die sicher funktionierende, rückgratbrechende Abstandpistole. Bei der Aufschlagzündung reicht die zerstörende Wirkung nicht aus.«

»Einer meiner Dampfer«, erwidert der Kommandant, »sank aber nach zwoundvierzig Sekunden. Alles, was wir hörten, war ein vielstimmiger Schrei. Aber dies letzte war wohl ein sehr modernes Schiff.«

»Möglich. Aber wir werden es immer mehr mit modernen Schiffen zu tun bekommen. Darum drücke ich so auf die Entwicklung der neuen Abstandpistole. Na, schön. Weiter ...«

»Ich bekam dann drei Tage schweren Oststurm«, fährt der Kommandant fort. »Nach Abflauen operierte ich auf den gemeldeten Geleitzug. Zunächst vergeblich. Dann hörte ich eine entfernte Detonation und sah schließlich in der Nacht LG-Schießen und weiße Sterne, dann rotes LG-Feuerwerk. Im Heranstaffeln erkannte ich drei Zerstörer und einen Fischdampfer. Ich wartete eine Stunde, bis das LG-Schießen aufhörte und griff dann an. Mir fiel auf, daß ein Dampfer von einem Zerstörer besonders geschützt zu werden schien. Den griff ich an. Im Anlauf ging der Zerstörer weg. Schuß und Treffer Mitte. Der Dampfer sinkt nicht. Ich schieße noch mal. Darauf scheinwerfert er, und der Zerstörer schießt Leuchtgranaten. Ich liege taghell beleuchtet da, zeitweilig acht LGs gerade über mir. Dann kriege ich Beschuß von dem Zerstörer und schicke die Brückenwache nach unten, als die erste Granate über den Turm geht und mir den Südwester anlüftet. Ich schieße noch mal. Der Dampfer sackt weg bis zur Reling. Alarm.

Fünf Stunden Verfolgung und viele Wabos. Zum Teil erhebliche Schäden. Wassereinbrüche. Die Besatzung hält sich gut. Das technische Personal arbeitet hervorragend. Immer wenn der L. I. die Lenzpumpen anstellte, gab es neue Wabos. Dazwischen hörten wir unseren Dampfer untergehen: Brechen von Schotten, Reißen von Rohren, das Rauschen des Sinkens und dann ein ganz seltsames Läuten. Ich dachte an die Glocken von Vineta ... Und dann gab es wieder Wabos ...«

»Sie sehen«, sagt der BdU, nachdem noch zwei andere Kommandanten ihre Berichte gegeben haben, aus denen der Wechsel von Erfolg und vergeblicher Suche wieder einmal klar hervorgeht, »man kann nicht sagen, eine Gegend ist gut, eine andere schlecht. Das einzige, was wir wissen, ist, daß der Hauptverkehr, auch der von England auslaufende, in Geleitzügen läuft.«

Zugleich aber entschließt er sich, des fruchtlosen Suchens im weiten Westen müde, die Boote noch einmal in den Ostatlantik zu ziehen. Es scheint ihm besser, den Gegner unter erschwerten Bedingungen zu finden, als ihn in der minder bewachten Weite des Atlantik zu verfehlen.

»Außerdem«, sagt er, »haben sich die Aussichten auf wirkungsvolle Zusammenarbeit mit der Luft verbessert, seit täglich zwei bis drei Maschinen verfügbar sind.« –

Der Fliegerführer Atlantik, Oberstleutnant Harlinghausen, selbst ein erfahrener Seemann, hat sofort erfaßt, worauf es dem Admiral ankommt.

»Die Geleitzüge, die wir zu fassen suchen«, sagt er, »zur Zeit vor allem Out- und Home-Gibraltar- und Sierra-Leone-Konvois, holen so weit nach Westen aus, daß meine Maschinen aus Brennstoffgründen oft nur wenige Minuten lang Peilzeichen geben können. Für die U-Boote aber sind Peilzeichen wichtiger als Standorte, die erfahrungsgemäß nicht hundertprozentig verläßlich sind. Da die U-Boote ihrerseits Zeit brauchen, um ihre Apparate abzustimmen, kommen wir zu folgendem Handlungsschema: Flugzeug sichtet Geleitzug und kündigt Peilzeichen an. Fliegerführer Atlantik gibt die Ankündigung an BdU. – BdU gibt sie an die Boote weiter. Das beansprucht nur wenige Minuten. Dann geht das Flugzeug dazu über, Peilzeichen zu senden, und erst zuletzt gibt es seinen Standort.«

Der BdU nickt. »Einverstanden. Die Flugzeuge halten sich zum Schutz gegen Flakbeschuß und so weiter an der Grenze der Sicht, möglichst in Deckung durch Wolken, und senden so lange wie möglich Peilzeichen. Die Boote geben uns die Peilzeichen durch Funkspruch herein, wir ermitteln daraus den wahren Geleitzugsstandort und teilen ihn den Booten mit. Das ist eine klare Sache.« –

Tatsächlich kommt es diesmal zu fruchtbarer Zusammenarbeit mit der Luft. Mehrmals gelingt es, die Boote auf Peilzeichen der Flugzeuge an den Gegner zu bringen, und zwar nicht nur zu Anfang, sondern sogar wiederholt im Laufe einer Operation, so daß es zu Geleitzugsschlachten von bisher unbekannter Dauer kommt. Bis zu acht Tagen hängen die Boote in ständigem Kampf mit Flugzeugen und Bewachern, mit Wind und See zähe am Gegner in unablässigem Wechsel von Alarm und Auftauchen, von Heranstaffeln zum Angriff und Absetzen zum Nachladen, von Nachstoßen und Suchen, Wiederfinden und Verfolgtsein. Körperlich und seelisch ausgelaugt, lassen schließlich die Kommandanten nach einer vollen Woche vom Feinde ab. Aber die Schlachten lohnen sich: Dreizehn Schiffe mit 71 000 BRT und drei torpedierte – sechs Schiffe mit 25 000 BRT – fünfzehn Schiffe mit 90 000 BRT und fünf torpedierte – fünf Schiffe mit 30 000 BRT – so gehen die Meldungen ein.

Aber zugleich zeigt sich auch etwas Neues: Die Erfolgsmeldungen sind minder genau und zuverlässig als bisher. Unter dem Druck der verstärkten Abwehr, in der Schnelligkeit, mit der die Angriffsstöße sich abwickeln, bleibt den Kommandanten keine Zeit, die Torpedolaufzeiten mit der Uhr zu stoppen und die Größe der versenkten Schiffe im Nachtglas einwandfrei zu ermitteln. Es ergibt sich erstmals die Notwendigkeit von Berichtigungen in der inneren Buchführung des BdU, nachdem sich herausgestellt hat, daß in den Gibraltargeleiten im Durchschnitt kleine Schiffe fahren, die von den Kommandanten überschätzt worden sind.

Der Admiral blickt voller Besorgnis auf die Möglichkeiten zukünftiger Entwicklung. Da hat er eine Gruppe neuer Boote drei Wochen lang nordwestlich Irland hin und her gezogen, und sie haben den Gegner *nicht* gefunden! Anstatt dessen häufen sich die Meldungen über »starke Feindluft« aus Nord und Süd. Was ist da im Gange? Wieso ist der Engländer plötzlich in der Lage, seine Flugzeugzahlen im Atlantik so außerordentlich zu verstärken? Und was soll er davon halten, daß Boote, die sich einem Geleitzug nähern, immer wieder mit großer Regelmäßigkeit auf Zerstörer auflaufen, die ganz offensichtlich detachiert sind, um sie abzudrängen, ehe sie überhaupt dazu kommen, am Geleitzug Fühlung zu nehmen? Beide Erscheinungen – die überraschende Wirksamkeit und Stärke der Feindluft und die Zielstrebigkeit seiner Zerstörer – sind neu, die Möglichkeit, bis er Überwasser-Ortungsgeräte besitzt und die Boote frühzeitig erfaßt, ist nicht von der Hand zu weisen. Liegt darin etwa auch die Erklärung für das hartnäckige »Nichtfinden«?

Er läßt sich seinen Nachrichtenreferenten, den Kapitänleutnant Meckel, kommen.

Der A-4-BdU ist ein langaufgeschossener, hagerer, nervöser Mann von etwa dreißig Jahren, ein unruhiges Temperament, in dem sich Begeisterungsfähigkeit und persönlicher Schwung mit rascher Intelligenz und nüchterner Schärfe des Urteils mischen, ein unermüdlicher Arbeiter und außerordentlich befähigter Organisator, von dem seine Kameraden sagen: »Schorsch geht nicht und läuft nicht wie andere Leute, Schorsch ›weht‹.« Er ist, zu Anfang des Krieges als Einbaumkommandant eingesetzt, sehr früh in den Stab kommandiert worden und hat seither vor allem den Ausbau des komplizierten Funknachrichtennetzes der U-Boot-Waffe verantwortlich geleitet. Nun sitzt er seinem Befehlshaber gegenüber, das schmale Gesicht von frühen Falten gekerbt, und hört zu.

»Meckel«, sagt der Admiral, »ich habe Sorge um die Entwicklung unserer Kampfführung. Es verstärkt sich der Eindruck, daß der Gegner weitreichende Überwasserortungsgeräte einsetzt. Ich möchte Ihre Ansicht darüber hören.«

»Jawohl, Herr Admiral.« Der Kapitänleutnant schweigt einen Augenblick, um sich zu sammeln, räuspert sich nervös und beginnt:

»Der Kampf an den Gibraltargeleitzügen«, sagt er, »zeigt eine überraschende Vermehrung der Sicherungsfahrzeuge und Flugzeuge und eine Verbesserung ihrer Abwehrtaktik. Sie verstehen es besser als bisher, die Boote abzudrängen und von den Geleitzügen fernzuhalten. Die neue Fernsicherung hindert die Boote daran, die Nahsicherung richtig zu erkennen. In dem Raum zwischen den beiden Sicherungsgürteln können sie – wenigstens bei Tage – nicht in Angriffsposition marschieren. Nachts fällt die Fernsicherung zur Verstärkung der Nahsicherung auf den Geleitzug zurück. Unser Versuch, den Zerstörerkordon durch gleichzeitigen Angriff mehrerer Boote aufzusprengen, hat nicht zum Erfolg geführt. Die Geleitbekämpfung ist zeitraubender als bisher, und wir brauchen mehrere statt eines einzigen Fühlunghalters.

Ein sicherer Anhalt dafür, daß der Gegner bei dieser neuen Taktik weitreichende Ortungsgeräte einsetzt und die Boote damit frühzeitig erfaßt, ist bis jetzt *nicht* gegeben. Trotzdem halte ich es für richtig, die technischen Stellen des OKM über unseren Verdacht zu unterrichten und ihnen schon jetzt die Frage zu stellen, wie einer Ortung technisch zu begegnen ist. Denn möglich ist es natürlich, daß der Gegner zur Verwendung von Ortungsgeräten kommt, und dafür müssen wir Vorsorge treffen.«

»Wie denken Sie sich das?« schießt der Admiral dazwischen.

»Ich sehe dafür grundsätzlich drei Möglichkeiten«, erwidert der A 4 zögernd, »erstens, zu prüfen, ob es die Möglichkeit gibt, die Ortungsstrahlen zu absorbieren und die Boote auf diese Weise gegen Ortung zu tarnen, zweitens, festzustellen, ob man ein Empfangsgerät für Ortungsimpulse schaffen kann … Drittens …« Er zögert.

»Drittens?« drängt der BdU.

»Die dritte Möglichkeit ist grundsätzlich gegeben, aber für uns wohl von zweifelhaftem Wert. Ein DT-Gerät, wie es die Dickschiffe und Zerstörer haben, würde auf einem U-Boot wegen der niedrigen Anbringung der ›Matratze‹ – das ist Antenne – am U-Boot-Turm eine zu geringe Reichweite haben.«

Der Admiral schweigt eine Weile, in Nachdenken versunken.

»Glauben Sie, Meckel«, fragt er plötzlich, »daß eine Ortung von Flugzeugen aus möglich ist?«

»Nein, Herr Admiral«, kommt die spontane Antwort, »Jedenfalls nicht nach meiner Kenntnis. Die erforderlichen Apparaturen würden, soweit ich es übersehe, für den Einbau in Flugzeuge viel zu schwer und zu umfangreich sein. Aber ich werde diese Frage beim OKM mit aller Dringlichkeit anschneiden.«

»Gut, Meckel«, sagt der Admiral, »tun Sie das. Machen Sie Dampf dahinter. Es wäre katastrophal für uns, wenn die Flugzeuge eines Tages unsere Boote orten könnten. Wir würden völlig neue Wege gehen müssen.«

Als der A 4 in sein Arbeitszimmer zurückkehrt, liegt ihm immer noch die Frage des Befehlshabers im Ohr: »Glauben Sie, Meckel, daß eine Ortung von Flugzeugen aus möglich ist?« – Noch am gleichen Abend arbeitet er die Anfragen an die technischen Stellen des Oberkommandos aus …

21.
DIE DROHUNG AUS DEM WESTEN

Die Sorgen, die den BdU in diesen Sommermonaten bewegen, sind mannigfaltiger Natur. Es ist nicht das Problem des Findens allein …

Am 20. Juni, zwei Tage vor dem deutschen Angriff auf die UdSSR, meldet plötzlich Kapitänleutnant Mützelburg – U 203; »Amerikanisches Schlachtschiff ›Texas‹ im Blockadegebiet gesichtet.«

Was bedeutet das? Schwere US-Einheiten in einem Seegebiet, das von den Amerikanern selbst zur Sperrzone für ihre eigene Schiffahrt erklärt wurde und dessen Grenzen sich die deutsche Blockadeerklärung anpaßte, um jede Möglichkeit von Zwischenfällen auszuschalten? Provokation? – Wünscht, braucht Washington einen Vorwand, um die schon lange fragwürdig gewordene Neutralität aufzugeben?

Kaum vierundzwanzig Stunden später geht ein folgenschwerer Funkspruch an alle Atlantikboote hinaus:

»führer hat vermeidung jeden zwischenfalls mit u. s. a. für die nächsten wochen befohlen, in allen denkbaren fällen in diesem sinne handeln, darüber hinaus bis auf weiteres angriff auf kreuzer, schlachtschiffe, flugzeugträger nur, wenn diese einwandfrei als feindlich erkannt, abgeblendet fahren gilt bei kriegsschiffen nicht als beweis feindlichen charakters.«

Praktisch bedeutet das: totales Angriffsverbot gegen Sicherungsfahrzeuge an den Geleitzügen, U-Jagdgruppen und einzeln fahrende Zerstörer, da nachts die Nationalität abgeblendeter Schiffe nicht feststellbar und die Nacht, mehr noch als früher, die Hauptangriffszeit der U-Boote ist. Und dieses Verbot bleibt bestehen, auch als Roosevelt auf den »Greer«-Zwischenfall mit dem sogenannten »Schießbefehl« reagiert, und obwohl die Seekriegsleitung die Rede des amerikanischen Präsidenten vom 11. September 1941 als »lokal begrenzte Kriegserklärung« wertet.

Kommandanten und Besatzungen halten still, aber wer will es ihnen verdenken, daß sie in Zorn und wachsendem Haß auf ihre Stunde warten. Niemand von ihnen zweifelt noch, daß diese Stunde schlagen und daß sie nicht mehr lange auf sich warten lassen wird. –

Dem BdU bleibt keine Wahl, er muß seinen Kampf fortführen.

Entsprechend seiner Absicht, in die minder überwachten westlichen Räume zurückzukehren, setzt er fünf große gleichzeitige Suchbewegungen an, um sich einen möglichst umfassenden Einblick in den riesigen Raum des Nordatlantik zu verschaffen. Wie nach einem Fahrplan, in dem die großen Züge bestimmte Strekken bedienen, ihre Anschlüsse einhalten und einander kreuzen und ablösen sollen, wickelt sich diese Großsuche der U-Boote ab.

Ein unsichtbares Netz von Suchlinien spannt sich über den Nordatlantik, sicher immer noch lückenhaft, aber der Erfolg bleibt dennoch nicht aus; eine Anzahl von Geleitzügen fängt sich in seinen Maschen.

Anfang September fällt der erste Schlag. Dicht unter der Küste Grönlands stoßen Boote der ersten Welle auf den Geleitzug SC 42.

»Unsere Ahnung«, sagt der BdU, »der West-Ost-Verkehr ist so weit wie überhaupt möglich nach Nordwesten ausgewichen.«

Und dann kommen die Meldungen: »Konvoi ungewöhnlich stark gesichert.« – »Am Geleit auch nachts Flugzeuge.« Auch nachts …

Trotzdem lassen sich die Boote nicht abschrecken. Nacheinander brechen sie die Sicherung auf, stoßen an die Dampfer heran und versenken in mehrtägigen Angriffen zwanzig Schiffe, ehe sie endlich den schwer geschlagenen Gegner im Nebel verlieren.

Während die leergeschossenen Boote den Heimmarsch antreten, stößt die Restgruppe wenige Tage später auf einen zweiten Geleitzug, den SC 44. Sieben, nach englischen Meldungen vier Versenkungen sind das Ergebnis der zweitägigen Angriffe, bis Nebel und Dunst auch hier die Fühlung abreißen lassen. Dabei machen die Boote eine neue Erfahrung: der Funkverkehr ist plötzlich gestört! Schweigen in sämtlichen Empfangsgeräten in Kernevel. In höchster Unruhe erwartet der BdU die Meldungen über den Fortgang der Schlacht. Aber es kommt nichts, und später zeigt sich, daß von den beteiligten Booten nur fünf die FTs der Leitstelle aufgenommen haben. Atmosphärische Störungen! –

Kurz darauf fassen Boote der Welle Zwei den SC 46, auf den sie schon im Anmarsch angesetzt worden sind. In hartem Kampf gegen die außerordentlich starke Geleitsicherung und die schon weit draußen in 26° West, fast in der Mitte des Atlantik, einsetzende Feindluft fallen neun Schiffe ihren Torpedos zum Opfer. Eine andere Gruppe operiert derweilen auf ein ausgehendes Gibraltargeleit, und Restboote der Welle Eins überdecken gemeinsam mit Booten der Bewegung Drei den Großteil der Schiffahrtsrouten im nördlichen Nordatlantik.

Es ist eine Kampfführung von hoher Beweglichkeit, ein beständiges Hin- und Herschieben und Kreuz- und Querziehen von Bootsgruppen, ein Zuschlagen und Kämpfen, ein Rückmarschieren leergeschossener und brennstoffschwacher, ein Nachfließen frischer Boote.

Im Oktober verfolgen Boote der zweiten Welle, mit Höchstfahrt auf einen entschlüsselten Standort angesetzt, einen westgehenden schnellen Geleitzug bei herbstlich stürmischem Wetter über eine Distanz von achthundert Seemeilen. Der Feind läuft elf Meilen; der Fahrtüberschuß der Boote ist nur gering, die Sicherung stark und geschickt. Immer wieder werden sie abgedrängt, geht ihnen der mühsam erknüppelte Vorsprung verloren. So hart die Jagd, so schmal die Strecke: ein einziges Schiff.

Gleichzeitig führt die Bewegung Drei zwei kleinere Operationen in dem alten Kampfgebiet südwestlich von Fastnet Rock, dem Leuchtturmfelsen an der Südspitze Irlands, durch, faßt dann einen einlaufenden Verband von vier schnellen Schiffen, versenkt den Transporter »Aurania« und schickt wenig später aus einem anderen Geleit zwei Schiffe auf den Grund.

Im Vorpostenstreifen nach Neufundland marschierend, werden sie durch einen Fühlunghalter der Welle Eins an den SC 52 herangebracht. Wieder treten atmosphärische Funkstörungen auf. Das Wetter ist unbeständig, wechselt zwischen Klarsicht und Nebel. So reißt nach anfänglichen Erfolgen die Fühlung ab; sie finden den Feind nicht wieder. Die Ausbeute bleibt schmal: drei Schiffe versenkt, drei torpediert. –

Endlich, in der Endphase der fünf großen Harken, steht eine Vielzahl von Booten in der Mitte des Nordatlantik und operiert in schweren Herbststürmen vergeblich auf mehrere Konvois. Tief auf Tief zieht in diesen Wochen über den Atlantik. Die Luft heult und flackert. Orkanartige Böen türmen die See zu brausenden Gebirgen, vor denen die weißen Mähnen des Gischts einherfliegen. Donnern, Brausen und Zischen der Brecher dröhnt in den Ohren. Salz krustet in den Falten und Runzeln der Haut. Naß bis unter das Hemd, mit brennenden, rotgeränderten Augen stehen die Ausgucks, angegurtet und mühsam zwischen Turmwand und Sehrohrbock eingeklemmt, ihre Wachen durch. Dumpf und feucht klebt die Luft unten im Boot. Es ist kalt. Es ist naß. Proviant verdirbt. Das Brot in den Hängematten überzieht sich in wenigen Tagen mit einem dichten, langhaarigen Schimmelpilz. »Kaninchen«, sagen die U-Boot-Fahrer dazu, und Spaßvögel tragen die Laibe aufrecht, wie man Kaninchen trägt, »bei den Ohren« zu Tisch. Der Schlaf bringt keine Erquickung; man klemmt sich in der Koje fest, so gut es geht, und wird doch hin und her gerollt wie der Brotteig beim Bäcker. Alle paar Minuten schießt ein Schuß Atlantik schäumend durchs Turmluk herab und zerprasselt auf den Flurplatten der Zentrale. In den Spinden gammelt das Zeug, schimmeln die Zigaretten, zerfließen die Drops zu Matsch. Stiefel, Lederzeug, Tauchretterbeutel, Rangabzeichen, Ärmelstreifen, die Brieftaschen und die Photos darin – alles überzieht sich grau und grün. Von den weißgestrichenen Wänden der Röhre rinnt das Schweißwasser, zieht braune und gelbe Roststreifen und sickert ab in die Bilge. Holz quillt. Spindtüren klemmen. Die Kartoffeln faulen in den Säcken. Eine U-Boot-Fahrt ist keine KdF-Reise, schon gar nicht im Herbst und Winter. Man muß danach gebaut sein, und die Männer sind danach gebaut. Sie brummen und flachsen und fluchen, daß die Röhre bebt, aber die gute Laune kann ihnen auch das schwerste Wetter nicht abkaufen. »Die armen Engländer«, sagen sie mitfühlend, wenn das Boot fast kopfsteht, »möchtest du jetzt auf 'm Zerstörer fahren, Franz?«

Und wahrhaftig: die Geleitzüge sind fast noch schlimmer daran als die Boote. Die rasche Folge schwerer Stürme mit ihrer mörderischen See macht den Sicherungsfahrzeugen das Leben nicht weniger zur Hölle als den Frachtern. Ganze Geleitzüge werden einfach zersprengt: auseinandergeweht. Oder sie müssen beidrehen. Man stelle sich das vor, vierzig, sechzig Schiffe, alle verschieden groß, alle verschieden rasch treibend, weil sie den Orkanböen unterschiedliche Angriffsflächen bieten. Und Brecher. Und Nacht! Seeschäden. Wellenbrüche. Gebrochene Ruderketten. Schlingern von Reling zu Reling in den erbarmungslos hereinwuchtenden Wasserwänden. Weggeschlagene Boote. Umgelegte, mitsamt den Relingstützen einfach niedergewalzte Bordwände. Fortgerissene Lukenpersennige. Eingeschlagene Luken womöglich. Lecks. Maschinelle Zusammenbrüche. Viele fahren zudem in Ballast und sind schon deswegen in schwerem Wetter schlecht zu regieren. Und über alledem der Konvoiführer, dessen Aufgabe es ist, den sturmzerfledderten Haufen beisammenzuhalten und sicher in den Bestimmungshafen zu bringen. Eine infernalische Situation!

Im November tritt der Fall ein, daß ein Geleitzug von 43 Schiffen 26 Nachzügler zählt, die aus diesem oder jenem Grunde das Tempo nicht halten, zurückbleiben oder umkehren müssen …

Trotz alledem – die Engländer fahren, fahren weil sie müssen. Aber die Herbststürme drücken doch auf den U-Boot-Erfolg. Gegenüber 53 Schiffen mit mehr als 200 000 BRT im September zählt die Admiralität nur 32 Verluste im Oktober, 13 im November und 25 im Dezember 1941.

In diesem Augenblick erreicht den BdU ein Befehl der Seekriegsleitung: Mit Rücksicht auf die englische Libyenoffensive und die Lage im Mittelmeer Schwerpunkt des U-Boot-Einsatzes bis auf weiteres Gibraltar und Mittelmeer.

Der BdU erfaßt sofort, was das bedeutet: Abbruch des Kampfes im Nordatlantik auf unabsehbare Zeit.

Schon im November 1939 ist der Versuch, U-Boote ins Mittelmeer zu entsenden, gescheitert und später mangels Kräften nicht wiederholt worden. Im April und im Juni noch hat er sich gegen die von Hitler geforderte Abstellung von U-Booten fürs Mittelmeer erfolgreich gewehrt. Trotz seiner Einwände gegen die Aufsplitterung der U-Boot-Kräfte hat er aber dann doch im September sechs Boote abgeben müssen, die seither unter operativer Leitung durch das Marinegruppenkommando Süd von Salamis aus gegen den englischen Nachschubverkehr an der Küste Nordafrikas eingesetzt sind. Sechs Boote, eine kleine Zahl, und doch 25% der im September/Oktober durchschnittlich im Atlantik kämpfenden! Und nun dies! Weitere – zunächst – sechs Boote für das westliche Mittelmeer. Stützpunkte: La Spezia und Pola. Schwerpunkt des Gesamt-U-Boot-Krieges Gibraltar!

Noch vor wenigen Wochen, am 8. November, ist er zur Meldung beim ObdM in Berlin gewesen, um dem Großadmiral noch einmal seine grundsätzliche Auffassung von den Aufgaben der U-Boot-Waffe vorzutragen. Er sieht die Szene vor sich: der Großadmiral in dem preußisch-einfachen Arbeitszimmer hinter dem breiten Schreibtisch, auf dem sich die blauen und gelben, rotgestreiften Akten stapeln, er selbst, wider seine Neigung gezwungen stillzusitzen, und dann der Vortrag:

»Ich bin während des ganzen bisherigen Krieges uneingeschränkt der Ansicht gewesen, daß die Entscheidung des Krieges im Kampfe gegen Englands Einfuhr fallen muß.

Angesichts der Unmöglichkeit, das Kräfteverhältnis der Überwasserstreitkräfte zu verbessern, ist die U-Boot-Waffe der Hauptträger des Kampfes der Marine.

Dem Ziel der höchstmöglichen Versenkung feindlicher Tonnage muß alles andere weitgehend untergeordnet werden.

Ich bin daher scharf gegen alle Nebenaufgaben, die die Geschlossenheit des U-Boot-Einsatzes zersplittern, ohne zu zählbaren Tonnageerfolgen zu führen.

Ich sehe sehr wohl, daß sich die Seekriegsleitung öfters in

Zwangslagen befindet, die um augenblicklicher Vorteile willen zur Abzweigung von U-Booten führen. Auf die Dauer gesehen ist das aber doch nachteilig, weil die Boote dadurch ihrer eigentlichen Aufgabe, der Tonnagevernichtung, entzogen werden.

Bei solcher Häufung von Nebenaufgaben wie die Abgabe von sechs Booten für Geleitzwecke der Seekriegsleitung, vier Booten für Aufklärung im Rahmen der Sonderaufgabe Nord, vier Booten für das Polarmeer und sechs Booten für Salamis befürchte ich, daß der Tonnagekrieg im Atlantik zum Erliegen kommt, weil mit den verbleibenden fünf bis zehn Booten das Problem des Findens nicht mehr lösbar ist.«

Der Großadmiral bat diesen harten Sätzen seines U-Boot-Führers schweigend und aufmerksam gelauscht. Nun beugt er sich vor und streicht sich nachdenklich mit der Rechten über das glatt anliegende, in der Mitte gescheitelte Haar.

»Obwohl ich Ihnen im Grundsätzlichen zustimme, Dönitz«, sagt er, »muß ich doch noch andere Gesichtspunkte ins Auge fassen. Sie als U-Boot-Chef denken einseitig im Sinne der U-Boote, und ich verstehe das. Aber die Seekriegsleitung muß der Gesamtaufgabe der Kriegführung gerecht werden und alle Notwendigkeiten gegeneinander abwägen. In diesem Sinne war die Beschäftigung der Boote mit den von Ihnen erwähnten Nebenaufgaben leider unumgänglich.«

An diese Unterredung erinnert er sich, als ihn der Befehl der Seekriegsleitung erreicht. Und er ist sich darüber klar, daß der Gegner mit der Verschärfung der Lage im Mittelmeer, die die Verlagerung des U-Boot-Krieges nach Gibraltar herbeiführt, im Atlantik einen außerordentlichen zusätzlichen Erfolg erzielt hat. Auf unabsehbare Wochen wird er dort ungestört seinen Nachschub nach England fahren können ...

Er denkt an die zahllosen Fernschreiben und Denkschriften, die er nach oben, nach Berlin, gejagt hat, Anträge, Forderungen, Planungen, alle bestimmt, um das Tempo des Neubaus, der Ausbildung, die Verbesserung der Ausrüstung und der Waffen zu forcieren – an die Vorschläge, die er gemacht hat, um die Ausnutzung der vorhandenen Boote durch Verkürzung der Werftzeiten zu steigern, und er sieht, daß das alles ihm doch nichts anderes eingebracht hat als den Ruf eines störrischen, unbequemen Untergebenen, eines Mannes, der als kleiner Frontbefehlshaber in alles hineinredet, sich um alles kümmert und überall immer nur drängt und bohrt und treibt, der nie zufrieden ist, dem alles zu langsam geht und der am liebsten die ganze andere Marine einschrotten würde, wenn er sich für seine U-Boote einen Vorteil davon verspräche. So, so und nicht anders sehen und beurteilen sie ihn in Berlin.

Er denkt an die Zeit vor knapp einem Jahr. In Creil, einer kleinen Station ostwärts Paris, hat er in Begleitung Godts den Führerzug bestiegen, um Vortrag zu halten über den U-Boot-Krieg. Sonderwagen, breite Fenster, an einem Tisch, mit ganz anderen Gedanken beschäftigt und unverwandt aus dem Fenster blickend, Hitler, scheinbar unbeteiligt, geistesabwesend und doch, wie sich dann zeigt, jedes Wort des Vertrags auffassend. »Schön, Admiral Dönitz, aber wie denken Sie sich den Schutz Ihrer U-Boote gegen feindliche Luftangriffe? So einfach offen im Hafen liegenlassen – das geht nicht. Ich war einmal im Weltkrieg in Ostende und habe die U-Boote dort gesehen. Sie brauchen Bunker für Ihre Boote. Wollen Sie Bunker für die U-Boote?«

»Jawohl. Selbstverständlich. Wenn das möglich ist ...«

»Gut. Ich werde den Minister Todt beauftragen.«

Kurz darauf Todt in Kernevel. Groß, freimütig, von besten Manieren. Man bespricht die Pläne für die Bunker in Lorient. Auffallend der Ton zwischen Todt und seinen Mitarbeitern; lokker, freundschaftlich, zugleich sehr bestimmt. Ein imponierender Mann. Durch ihn lernt der BdU zum ersten Male ein großzügiges rationelles Bauen kennen. Das Verhältnis zu Todt ist offen, fast freundschaftlich.

Der BdU schlägt vor, mit dem Minister Todt zusammenzuarbeiten, der ohnehin bereits einen großen Teil der Rüstungsindustrie in der Hand hat, um aus dem ungünstigen Marine-Rüstungsmonopol herauszukommen.

Ergebnis? Es bleibt alles beim alten. Die Marinerüstung bleibt in Marineregie.

Aber in den westfranzösischen Häfen rollen die Baumaterialien an, Maschinen, Tausende von Kubikmetern Bauholz, Züge voll Zement und Moniereisen, Bauloks, Loren, Schienen. Und Tausende von Männern. In wenigen Monaten wachsen die gewaltigen Bunker aus dem Grund, Trockendocks, Werkstätten, alles bombensicher unter vielen Metern Betondecke. Da ist das Tempo, das er sich wünscht, das er in Berlin vermißt!

Er denkt an das Beispiel der Bunker von La Pallice, das typisch ist für das Tempo der Organisation Todt und ihres Chefs:

Die vorgesehenen Bunker in den anderen Häfen werden für die zukünftigen U-Boot-Zahlen nicht ausreichen. In La Pallice vor La Rochelle werden weitere Bauten notwendig.

An einem Sonnabend kommt Todt, um das Notwendige zu besprechen. Er kennt La Pallice nicht. Also fliegt er hin, sieht es sich an. Am Montag schon ist er zurück. »Möglich ist es. Aber ich muß das halbe Hafenbecken zubauen. Die Genehmigung dafür müssen Sie durchziehen, Herr Admiral.«

Und drei Tage später der Anruf eines der ersten Mitarbeiter Todts, des Ministerialrats Dorsch: »Wann haben Sie endlich die Genehmigung für La Pallice? – Ich stehe hier an der Kanalküste mit zwanzigtausend Arbeitern und dem gesamten Maschinenpark; die habe ich frei gemacht und will sie endlich in Marsch setzen.«

»Endlich«, sagt er; nach drei Tagen will er zwanzigtausend Mann »endlich« in Marsch setzen!

Der Admiral Dönitz lächelt in der Erinnerung. Das sind Kerle. Das ist das Tempo, das ihm auch für die U-Boot-Rüstung vorschwebt. Ihn kann man nach diesen Erfahrungen nicht mehr davon überzeugen, daß die Bauzeit für ein U-Boot einundzwanzig Monate betragen *muß.* Daß es nicht schneller geht. Todt würde das schneller schaffen! Der weiß, was Tempo ist. Amerikanisches Tempo. Amerikanisch: Da ist sie wieder, die Drohung aus dem Westen ...

22.
ATLANTISCHE ODYSSEE

Nach der Sommerpause entsendet der BdU erneut einige große Boote in den Südraum. Der Korvettenkapitän Heßler, Kommandant U 107, der in dieser Zeit den Rekord einer Einzelunternehmung mit 90 000 Tonnen erzielt, findet im September einen Sierra-Leone-Konvoi, und es hebt ein weiträumiges, zähes Jagen an: 1200 Seemeilen – 2200 km – entfernt stehen zum Teil die anderen Boote. Trotzdem kommen sie heran, versenken neun und torpedieren zwei Schiffe.

Aber danach wird es ruhig. Tag um Tag, Woche um Woche patrouillieren sie in der glutenden Sonne der Tropen, gewiegt von den tiefblauen Passatseen oder, weiter südlich, von der langen, glatten Dünung der Stillen um den Äquator. Schließlich zieht sie der BdU in einer Harke nach Norden und setzt sie zur Suche im Azorenraum ein. Nur U 68 – Merten, U 111 – Kleinschmidt und U 67 – Müller bleiben im Süden.

Merten hat ein Rendezvous mit Kleinschmidt verabredet; er will Torpedos von ihm übernehmen, um weiter hinunterzugehen nach Süden. Treffpunkt die Cap-Verden-Insel St. Antao, und an dieser Insel eine stille, entlegene Bai, die Bucht von Tarafal. Auch U 67 ist dort hinbeordert, aber erst vierundzwanzig Stunden später, um U 111 Öl abzugeben, denn U 111 ist brennstoffschwach und soll zurück in die Heimat. Merten, torpedohungrig, sagt sich: »Die Aale! Kleinschmidts Aale für mich.« So kommt dies Treffen zustande. –

Sachte schiebt sich U 68 an die fremde Küste heran. Aus dem Morgendunst haben sich zuerst zartblau die Umrisse der Insel hervorgehoben. Die See war still und dampfte seidig rollend und ölglatt, als liefen mächtige Walzen unter einer schimmernden Decke dahin. Dann traten an Land allmählich die Einzelheiten hervor, Bäume, tropisch üppiger Wald, unter Palmen eine Hütte ... irgendwo ein primitiver Turm, eine Art provisorischer Signalstelle.

Man sieht das alles ganz deutlich durchs Glas, wahrend das Boot mit kleinsten Umdrehungen vorsichtig in die Bucht einläuft.

»Zelte am Strand«, sagt plötzlich der WO, »hier drüben, Herr Kap'tän, eine ganze Reihe.«

Ja, da stehen sie, eine sauber ausgerichtete Zeile olivgrüner Leinwandhütten. Und plötzlich sind auch Soldaten da, ein Gewimmel von khakibraunen Gestalten, die aus dem Walde hervorkommen, bei den Zelten ihre Gewehre zusammensetzen und zu biwakieren anfangen.

»Komisch«, sagt der Kommandant, »na, uns können sie ja nicht meinen, die Portugiesen sind neutral.«

Nun ist das Boot an Land bemerkt worden. Aufgeregtes Gelaufe hebt an. Aber es geschieht nichts Feindseliges.

»U-Boot achteraus«, meldet der Ausguck.

»Aha, Kleinschmidt, das klappt ja bestens.«

Die Sterne des Erkennungssignals zischen mit weißem Rauchschweif in die Luft empor.

»Richtig beantwortet, Herr Kap'tän!«

Kleinschmidt kommt längsseits.

»Willkommen in Tarafal.«

»Danke gleichfalls.« Lachend schütteln sie sich die Hände.

Seite an Seite ankern die beiden langen Rümpfe in dem stillen, bis in die Tiefe klaren Wasser.

»Sind Sie klar zur Torpedoübernahme, Merten?«

Kleinschmidt, der auf U 68 übergestiegen ist, zeigt eine unruhige Eile. »Mir gefällt das hier nicht«, sagt er, »diese Kerle da an Land mit ihren militärischen Demonstrationen. Überhaupt: es liegt was in der Luft, Merten, es liegt irgendwas in der Luft.«

»Quatsch.« Merten lacht. »Die Männer machen jetzt Torpedoübernahme, und derweilen kommen Sie zu mir zum Essen. Ist schon alles vorbereitet. Mein Koch ist ganz prima. Sie werden sich wundern.«

»Ich weiß nicht.« Kleinschmidt zögert. »Jedenfalls möchte ich nicht lange hierbleiben.«

»Ach, seien Sie kein Frosch. Sie sind doch sonst nicht so! Was soll denn passieren! Neutrales Gewässer. Die paar Männeken da an Land mit ihren Flinten? Wär' ja gelacht.«

Schließlich gibt Kleinschmidt nach, aber er bleibt unruhig und nervös.

Ehe Merten mit seinem Gast in die Messe hinuntersteigt, schärft er seiner wachhabenden Nummer Eins ein, unter keinen Umständen jemand an Bord zu lassen.

Und dann essen sie.

Plötzlich oben Palaver und fremde Stimmen. Sie sausen auf die Brücke. Da steht die Nummer Eins und schaut interessiert hinter einem Boot her, das mit langsamen, unbeholfenen Ruderschlägen zum Strande zurückstrebt. »Die wollten einen Brief abgeben, Herr Kap'tän«, sagt er.

»Einen Brief?«

»Jawoll, Herr Kap'tän, da war einer drin, der sah aus wie der Portier vom Adlon, nichts wie Gold und Silber und Troddel am Hut, der schnatterte wie ein ganzer Wald voll Affen und schwenkte 'ne dicke gelbe Rolle, an der ein Siegel bummelte.

Nix, sagte ich, nix, nix, und als er das Boot anfassen wollte, hab' ich nur 'n bißchen ›du, du!‹ mit der M-Pi gemacht, da sind sie haste was kannste wieder abgehauen.«

»Warum haben Sie mich denn nicht gerufen, Mensch?«

»Wo Sie doch gerade essen, Herr Kap'tän, und der Kommandant U 111 an Bord zu Gast ist ...«

»Na ja – schade, den Brief hätt' ich gern meiner Sammlung einverleibt. Im übrigen bleibt's dabei: keinen an Bord lassen.«

»Keinen an Bord lassen. Jawoll, Herr Kap'tän.«

Am Abend ist die Torpedoübernahme beendet. Den ganzen Nachmittag hat Kleinschmidt gedrängt und getrieben. Er will nicht länger bleiben als unbedingt nötig, um so weniger, als er am nächsten Tage hier mit U 67 zusammentreffen soll. Er ist nicht dafür, den Treffpunkt zu kompromittieren. Bestimmt sind die Boote längst gemeldet, und wenn sie jetzt wieder auslaufen, wird der Gegner auch das in wenigen Minuten wissen. Auf Wiedersehen also, und ab in See!

Rasselnd kommen die Ankerketten herein. U 111 nimmt langsam Fahrt auf, schert ab, schlägt einen großen Kreis durch die Bucht und läuft aus. Merten folgt.

Es ist inzwischen vollkommen dunkel. Schnell, ohne die sacht gestuften Übergänge der Dämmerung, wie immer in den Tropen, hat sich die Nacht herabgesenkt. Der Himmel ist hoch und klar und voll funkelnder, glitzernder Gestirne, zwischen denen fernste Sternenwelten wie feiner Silberstaub ausgestreut sind. Um die Kimm liegt zarter Dunst. Trotzdem kann Merten den schwarzen Turmumriß von U 111 deutlich erkennen. Er hat ihn genau voraus. Dann schlägt Kleinschmidt einen Haken nach Steuerbord, und Merten, schon im Begriff ihm zu folgen, entschließt sich plötzlich und ohne daß ihm ein klarer Grund dafür ins Bewußtsein träte, seinen Kurs durchzuhalten und dann nach Backbord zu drehen. Dabei erhöht er die Fahrt.

Sekunden später passiert er die Stelle, an der Kleinschmidt nach Steuerbord gegangen ist. Die freie See liegt vor ihm. Mit schäumenden Flanken jagt er hinaus.

Und da – knapp eine halbe Minute später – zucken plötzlich an Backbord achteraus an den Uferfelsen zwei Stichflammen auf, und zwei helle, scharfe Detonationen zerreißen die Nacht. Eisiger Schreck: Torpedos! – Zickzackkurse. »Beide Maschinen AK voraus!«

»Die waren für uns«, sagt der I. WO ein wenig atemlos.

»Kein Zweifel, die waren für uns. Der hat gedacht, wir gehen hinter Kleinschmidt her.«

Und er denkt: Ich weiß gar nicht, warum bin ich eigentlich nicht hinter Kleinschmidt hergegangen?

Aber die Nacht von Tarafal ist noch nicht zu Ende.

Kapitänleutnant Müller von U 67 hat am Vortag über seiner Karte gesessen, überlegt und gezirkelt und Distanzen abgesteckt. Und das Ergebnis war der Entschluß, mit erhöhter Fahrt nach Tarafal zu gehen, um Kleinschmidt und Merten dort abzufassen und die Ölabgabe an U 111 mit der Torpedoübernahme von U 68 zu verbinden. Das ist ein Aufwaschen, hat er gedacht, wenn ich tüchtig loskurbele, kann ich es schaffen. Er hat es dann aber doch nicht geschafft; es wird Abend und Nacht, ehe er die Ansteuerung von Tarafal erreicht. Dunkel liegt die Silhouette der Insel vor ihm. Es ist vollkommen still, kein Laut in der Nacht, nur das Brummeln seiner Diesel und das eintönige Rauschen der See, die fahlschäumend an seinen Flanken achteraus gleitet.

Kurz vor der Ansteuerung meldet ein Ausguck plötzlich einen Schatten, dann noch einen: Bewacher.

Nanu? – Hier stimmt doch was nicht? Mißtrauisch, vorsichtig geht er mit der Fahrt herab, umschippert die beiden langsam auswandernden Gegner, geht wieder auf Kurs, langsam, langsam ... Schon öffnet sich die Bucht, schwarz und lautlos, da plötzlich sieht er weit voraus an den Felsen zwei grell aufberstende Flammensäulen. Rätselhaft!

Während er mit äußerster Vorsicht weitergeht und überlegt, ob es nicht zweckmäßig ist, wieder auszulaufen und die ursprünglich festgesetzte Treffzeit getaucht abzuwarten, hebt sich plötzlich wenige hundert Meter vor ihm eine lange, niedrige schwarze Silhouette aus den Fluten. Ein Wal? – Eine Insel? Gibt es hier eine Sandbank? – Nein: das ist ein U-Boot!

Und in der gleichen Sekunde die Erkenntnis: ein fremdes U-Boot! Der Umriß, der Turm, der hohe, doppelte Sehrohrbock! Zu genau kennt er die eigenen Typen, hier ist kein Zweifel möglich, er hat den Gegner voraus, in Rammposition voraus!

Rasch beugt er sich übers Luk: »Beide Maschinen AK voraus! Boot rammt englisches U-Boot vom Typ ›Clyde‹.«

Mit aufröhrenden Diesem schäumt U 67 auf den gestoppt liegenden Feind zu. Ruderkommandos, kleine Korrekturen ... in Sekunden schmilzt der Abstand, dann der Stoß! –

Gierig schiebt sich der Bug dem Gegner in die Flanke, schneidet ein, hebt sich, schiebt sich über ihn hin ...

Es knirscht. Stahl reißt. Verworrenes Schreien im Dunkeln. Und plötzlich gibt der gerammte Feind nach beiden Seiten nach. Er bricht mitten durch, und rechts und links neben U 67 heben sich steil und schwarz seine beiden Enden, Bug und Heck, und rauschen sekundenschnell in die Tiefe.

Die fünfzig Männer auf U 67 verharren eine Zeitlang wie erstarrt. Zu überraschend, zu gespenstisch schnell hat sich alles vollzogen.

Aber dann kommen die Meldungen: Schäden, Schäden … Sämtliche Bugrohre ausgefallen. Keine Mündungsklappe läßt sich öffnen. Durch die Rohrverschlüsse rieselt und sickert das Wasser.

U 67 macht ein FT an die Führung: »Vor Tarafal feindliches U-Boot gerammt, schwere Schäden am Vorschiff. Alle Bugrohre ausgefallen. Rückmarsch.« Und unter denen, die diesen Spruch auffangen, ist auch Merten, der sofort hellwach mitkoppelt.

»Wenn U 67 nach Hause geht«, sagt er, »können wir von Müller noch Brennstoff übernehmen und erheblich länger operieren. Los: FT an BdU: ›Erbitten Brennstoffauffüllung aus U 67‹.«

Er bekommt das Öl, und Müller, der mit schwer verbogener Schnauze am Treffpunkt erscheint, sieht mit einem lachenden und einem weinenden Auge dem glücklicheren Kameraden nach, der nun weit nach Süden stoßen wird, nach Walfischbai, nicht mehr weit von Kapstadt …

Ehe er aber dorthin geht, macht er einen Abstecher nach Ascension und St. Helena, die sozusagen am Wege liegen, steile Felseneilande in der Weite des Weltmeeres und – britische Stützpunkte.

Ascension liegt etwa auf der Mitte zwischen Pernambuco in Brasilien und dem Kongo. Man findet es kaum auf der Karte, es ist nicht größer als ein Fliegendreck, ein gottverlassenes Stück Fels im Meer, aber es leben Menschen dort, und es gibt eine Stadt, einen Hafen, eine Garnison und … Öl, später sogar einen Flugplatz, Stadt und Hafen Georgetown …

Langsam wandert U 68 südwärts. Tagaus, tagein gehen die Maschinen »Beide Kleine – dieselelektrisch«. Morgens steigt rotglühend die Sonne aus der klaren Kimm, fährt am Himmel empor, bis um Mittag »selbst der Schatten in den Schatten tritt« und sich unter den Sohlen der Männer versteckt, und fällt dann wieder abwärts, um endlich, wie erlöst von der eigenen Glut, in kupfern und golden flammenden Fluten unterzutauchen.

Das heiße Blech des Bootes atmet Wellen von Hitze. Den ganzen Tag sausen die Lüfter. Das Schott zwischen Kombüse und Dieselraum bleibt geschlossen, und die Diesel saugen ihre Verbrennungsluft über die Belüftungsrohre im Bugraum. Durch das Turmluk strömt die Frischluft nach. »Tropenlüftung« nennen sie das, und solange diese Zugluft durchs Boot strömt, steigt die Innentemperatur kaum über 33° C im Durchschnitt. Zu den »Verkehrszeiten« aber, wenn die Wachen wechseln, wenn der Schmutt das Essen klar hat und das Dieselschott geöffnet werden muß, steigt das Thermometer regelmäßig in wenigen Minuten auf 37 bis 38°. Im Dieselraum selbst aber zeigt es »für fest« noch einige Grad mehr, und wenn die Böcke vor dem täglichen Prüfungstauchen nicht rechtzeitig heruntergekühlt werden können, sind 65 bis 70° zwischen den Abgasleitungen keine Seltenheit.

Segeltuchschuhe, Badehose und der Tropenhelm mit dem als Nackenschutz darin befestigten Taschentuch – das ist ihr »Anzug«. Oder sie tragen die in Frankreich gleich fünfdutzendweise erworbenen breitkrempigen Strohhüte. Tief gebräunt, mit wuchernden Barten, die blanken, scharfen Augen vom Geflecht weißer Sonnenfältchen umzogen, stehen sie hinter ihren Doppelgläsern, lauernd, suchend ...

Aber die Kimm bleibt leer. Nirgends eine Mastspitze, nirgends das zarte Rauchbällchen, das fern hinter der Erdkrümmung ein Schiff verriete. Und Hitze, Hitze ...

Nachts, wenn die Sterne vom blausamtenen Himmelsgewölbe herniederstrahlen, kühlt sich die Luft ein wenig ab. Dann kommen die Freiwächter: »Frage: ein Mann Brücke?« Und der WO läßt sie herauf, vor allem die Heizer. In diesem an Verkehr und Überwachung gleich armen Seeraum ist das wohl zu verantworten, und so sitzen sie leise schwatzend im »Wintergarten« und staunen hinauf in die Nacht und zum Kreuz des Südens, das in der Höhe vor ihnen steht.

»Schön«, sagen sie, »wunderschön. Guck mal, wie 'n Bild an der Wand. Fehlen bloß 'n paar Schiffe ...«

Und dann, eines Morgens, läuft belebend die Meldung durchs Boot: »An Kommandant: Land rechts voraus!«

Um Mitternacht steht das Boot vor der Einfahrt. Schwarz und

schweigend liegt die Küste vor ihnen. Die Hafenfeuer sind gelöscht. Lautlos gleitet U 68 näher, ein niedriger, grauer Schatten, der mit der Dunkelheit in eins verschwimmt.

Die Gläser auf der Brücke suchen Zentimeter für Zentimeter das Land ab. Nah und groß steht der runde Ausschnitt vor den angestrengten Augen, vorn das Wasser, ein dunkelblinkendes Fließen, dahinter im Ungewissen Schummer das Land.

»Sind das nicht Baracken dort?« flüstert heiser vor Erregung die Nummer Eins. »Hier, Herr Kap'tän!« Er weist mit ausgestrecktem Arm hinüber.

Merten folgt. »Richtig«, sagt er, »klar, das sind Baracken. Da wohnen unsere armen, ahnungslosen Freunde, die diesen Hafen bewachen sollen. Die haben sogar die Bulleyes offen. Turm: Ein Dez nach Backbord ... recht so. Komm auf. Da müssen wir mal ein bißchen näher rangehen.«

Lautlos gleitet das Boot in die schweigende Bucht hinein. Jede Einzelheit an Land ist jetzt deutlich erkennbar. In den hell erleuchteten Barackenstuben sitzen Soldaten und machen Prösterchen.

»Hoch die Tassen«, sagt leise auflachend der I. WO. »Prost Kameraden. Wenn ihr ahntet, wer euch zuguckt!«

Klavierspiel! Abgehackte Jazzakkorde wehen mit der Landbrise herüber. Hin und wieder grölt eine Stimme dazwischen.

»Na«, sagt der Kommandant, »die sind vielleicht blau.«

»Hat sicher einer Geburtstag«, fügt die Nummer Eins verständnisvoll hinzu.

Langsam gleitet das Boot weiter. Die hellen Fenster, die Musik und die Stimmen bleiben achteraus.

Merten geht in großem Bogen langsam durch den ganzen Hafen. Er sieht Straßen und Häuser, Piers und Kräne, Schuppen und Tanks. Aber kein Schiff.

Enttäuscht und verärgert läuft er wieder aus und setzt Kurs ab auf St. Helena.

St. Helena kennt er. Da ist er einmal im Frieden mit einem Schulkreuzer gewesen, und er hat ein gutes Gedächtnis; er erinnert sich genau ...

Bald steht er vor der hohen Insel auf und ab, auf der Napoleon seine Tage beschloß, ein Gefangener Englands.

Und er sieht; es hat sich hier manches verändert, die Geschützstellungen, die die Bucht flankieren, gab es früher nicht. Sie sind schlecht getarnt; er hat sie deutlich im Sehrohr. Und hier ... da wird sogar geschanzt. Eifrig, eifrig, Leute, gerade als ob morgen eine Invasion käme!

Er setzt sich wieder ab, taucht auf, wartet. Keine Kreuzer, obwohl sie doch gemeldet sind.

Hol's der Satan! Wer weiß, wie lange das Boot hier warten kann, wie lange es unbemerkt bleibt. Keine neuen Anhalte über den Verbleib des Gegners. Auch der B-Dienst hat offenbar nichts aufgefangen.

Bei Dunkelheit geht er wieder heran, lautlos, sachte, da sind immerhin die Geschütze ...

»Herr Kap'tän«, sagt plötzlich der I. WO, »da liegt doch was.«

»Ja, schon gesehen, ein Tanker.«

»Aber ein großer, Herr Kap'tän.«

»Nicht durchdrehn, Freundchen, immer mit der Ruhe. Vater denkt schon nach.«

Vor ihm liegt das Schiff, im Glas ein endloser Schatten, tief und flach, ohne Zweifel voll beladen.

Sachte dreht das Boot auf die Hafeneinfahrt zu. Immer höher steigt die Insel ihnen entgegen. Stern auf Stern versackt hinter ihrem schwarzen Rand.

Verdammt, wo ist denn jetzt der Tanker? Eben war er doch noch da! Das Schiff ist verschwunden, als hätte es die Nacht verschluckt. »Näher ran; er muß hier doch irgendwo sein!«

Sie gleiten jetzt dicht unter Land dahin. Scheinwerfer- und Batteriestellungen heben sich scharf umrissen gegen den Himmel ab.

Nirgends der Tanker.

»Herr Kap'tän«, sagt plötzlich einer der achteren Ausgucks, »das Boot steht vor dem hellen Horizont.«

Verdammt auch, der Mann hat recht. Im Süden hinter dem Boot loht ein letzter Schein rötlichen Abendlichts. Wie ein Scherenschnitt muß es von der Insel aus vor der Kimm stehen. Geradezu ein Wunder, daß die Hafenwachen und die Posten auf den Batterieständen noch nichts gesehen haben.

Eilige Frage; »Zentrale! Wieviel Wasser unterm Kiel?«

»Zwölf Meter laut Echolot.«

Verdammt, das ist genug, um oben herumzukutschieren, aber nicht annähernd genug, um zu tauchen! Sie begreifen alle, was das heißt.

Nur eins kann sie jetzt retten: daß der Gegner schläft, nicht aufpaßt. Sonst müssen jede Sekunde drüben die grellen Mündungsfeuer aufspringen und die dicken Sachen herübergeheult kommen …

Herum das Boot! Und hinein in den Landschatten. – Endlos zerdehnte Sekunden … tatsächlich – es geht klar.

Aber »Himmel, Arsch und Zwirn, wo ist jetzt der Tanker, der kann doch nicht getaucht sein!«

Und dann plötzlich der II. WO: »Hier, Herr Kap'tän. Hier ist er ja.«

»Mensch, der liegt ja viel weiter draußen, als wir gedacht haben!«

Und zugleich der eisige Schreck: dann müssen uns die von Land ja auch jetzt noch vor dem hellen Himmel haben!

Beide AK voraus – Hartruderlage, so dreht das Boot ab, zeigt der Küste das schmale Heck und läuft ab. Hier gibt es nur noch eins: neu anlaufen und von See her angreifen.

Aber es ist seltsam: in dieser Nacht scheint alles schiefgehen zu wollen. Schon läuft das Boot auf sein Ziel zu, schon sind die Mündungsklappen geöffnet, und der I. WO beugt sich über die Zieloptik, als ihm Merten in der letzten Sekunde ins Kommando fällt: »Halt! Halt, Mensch! Wir sind zu nahe heran!«

Und in den Turm hinab: »Hart Steuerbord!«

Sekundenschnell wächst ihnen die hohe Bordwand des Tankers entgegen. Dann schwingt U 68 herum, passiert sein Ziel, dreht einen neuen Kreis …

Sieht sie denn niemand? Schlägt immer noch niemand Alarm? Können sie hier machen, was sie wollen vor dem hellen Nachthimmel mitten auf offener Reede unter den feuerbereiten Rohren der Batterien von Jamestown?

Schon dreht das Boot zum neuen Anlauf herein, da weht plötzlich die Stimme über das Wasser:

»Submarine! – Submarine!« Ein heller, gellender, entsetzter Schrei, der die Stille des Hafens zerreißt. Auf dem Tanker hat jemand das Boot entdeckt!

Sie sehen ihn jetzt auch, wie er da auf der Laufbrücke steht, zwischen Brücke und Heckaufbau, und wild die Arme schwenkt und schreit und schreit: »Submarine! – Submarine! – Submarine!!«

»Llooss!« sagt in diesem Augenblick der I. WO.

Drüben gellt immer noch diese einsame Stimme in die Nacht hinaus. Aber nun klappen Schotts mit gelbem Lichtschein auf. Männer stürzen heraus, rennen an die Reling, starren wie gelähmt in die Richtung, in die der Arm des Rufenden weist.

Und dann treffen die Aale. Einer vorn, einer im ersten Drittel, einer mittschiffs. Zwei Blitze und zwei schwere Kegel zuerst, dann ein blendend himmelwärts zuckender, ungeheurer Blitzstrahl, den krachender Donner rollend und berstend begleitet und der sich in einer einzigen Sekunde zu einem wohl hundert Meter hohen, fauchenden Feuerturm erhebt.

Keinen Lidschlag später steht das ganze Schiff von vorn bis achtern in Flammen, eine einzige gigantische Fackel, die den Himmel rötet, die Küste in zuckendes Licht taucht und wie eine grausige Fontäne, bald zurückfallend, bald in neuen Eruptionen aufwärtsschießend, vor dem schwarzen Nachthimmel steht.

Auf U 68 stehen die Männer wie gelähmt. Feuer fließt nach allen Seiten aus dem Tanker, läuft lodernd und wabernd mit Blitzesschnelle über das Wasser. Tank nach Tank bricht auf, das ganze Schiff wird von explodierenden Ölgasen zerfetzt, bricht auseinander und brennt in seinen Teilen weiter, wild und furchtbar.

Das Meer brennt. Merten muß sein Boot mit Höchstfahrt in Sicherheit bringen. Nur dies eine Kommando; niemand spricht sonst ein Wort. Sie frieren, alle …

Eine Viertelstunde vergeht. Mit höchsten Touren drücken die Diesel das Boot in die schützende Nacht hinaus. Der höllische Brand vor der schwarzen Küste sinkt langsam zurück.

Und immer noch liegt Jamestown wie tot. Nach vollen siebzehn Minuten erst springen unsicher tastende Scheinwerferfinger in den Himmel, schwenken abwärts und suchen. Noch drei Minuten länger brauchen die Batterien, ehe sie das Feuer eröffnen. Aber die Aufschläge liegen weit hinter U 68 ...

Merten geht weiter nach Walfischbai. Als er Rückmarsch meldet, stehen zwei weitere Schiffe, zwei Einzelfahrer, auf seinem Konto.

Seinen Kameraden von Tarafal aber, Kleinschmidts U 111, hat inzwischen das Schicksal ereilt:

Zweihundertzwanzig Meilen südwestlich Teneriffa von einem bewaffneten Fischdampfer überrascht, von der Unterwasserortung, dem Asdic, erfaßt, mit schweren Wasserbombenschäden zum Auftauchen gezwungen und, kaum daß sein Boot die Oberfläche durchbrochen hat, mit einem Hagel von Granaten aus allen Rohren überschüttet, liefert er dem Gegner ein verzweifeltes und wildes letztes Gefecht. Schutzlos, frei an Oberdeck stehend, richten die Artilleristen an der Zehn-fünf und der Drei-sieben ihre Waffen ein und jagen Schuß um Schuß hinaus. Dazwischen bellen die Maschinenwaffen, flitzen hinüber und herüber die Leuchtspuren. Aus der Artillerielast wuchten die Munitionsmänner Granate um Granate empor durch den Turm. Treffer schlagen ein, Splitter sirren und klatschen. Hier, da, dort sinken Männer stöhnend zusammen. Andere springen herzu, feuern weiter. Ihre Schüsse liegen deckend. Drüben auf dem Gegner platzen die scharfzackigen Sprengwolken der Treffer. Aber er schießt schneller. Aufschläge stanzen Löcher in Oberdecksumbauten und Turm des todgeweihten Bootes. Kapitänleutnant Kleinschmidt fällt. Sieben Mann seiner Besatzung fallen. Der Munitionsnachschub stockt. Unregelmäßiger wird ihr Feuer und schweigt schließlich ganz.

»Alle Mann außenbords!« Das ist das Ende. U 111 sinkt ...

Vierundvierzig Überlebende an Bord, kehrt die »Lady Shirley« nach Gibraltar zurück.

23.
MAHLTRICHTER GIBRALTAR

Tarafal – »Atlantis« – »Python«: Der BdU kann diese drei Begriffe nicht denken, ohne daß zugleich eine Kette von Fragen abrollt:

Tarafal: entlegene Bucht auf entlegener Insel. Nie zuvor von U-Booten angelaufen. Keines der Boote hat im Umkreis der Insel gefunkt. Schweigend, geheimer Weisung folgend, sind sie dort hinmarschiert. Und finden – ein britisches U-Boot. Ausgerechnet an dieser Stelle. Und »Schiff 16«? – Haargenau auf dem Treffpunkt der »Atlantis« mit U 126, haargenau zur richtigen Zeit erscheint der englische Schwere Kreuzer, der das Schiff vernichtet. Und eine Woche später »Python«: dasselbe Bild.

Der Gedanke an Verrat drängt sich geradezu auf. Schon einmal, im Frühjahr, hat sich dieser Verdacht erhoben, als der Gegner die U-Boot-Aufstellungen zu umfahren schien. Waren die Märzoperationen durch Verrat vereitelt?

Damals hatte er, Dönitz, den Kreis der Eingeweihten rücksichtslos eingeschränkt. Die Gruppe West in Paris, der Fliegerführer Atlantik, der Verbindungsoffizier zu den Italienern in Bordeaux bekamen von heute auf morgen keine Mitteilung mehr über die Standorte der Boote. Mehr noch: Er hatte den Ob. d. M. dazu bestimmt, jedes unnötige Mitschalten der U-Boot-Welle im Marinefunkbetrieb zu verbieten. Ein Sonderschlüssel für den Funkdienst der U-Boote war eingeführt worden. Und noch eine Quelle möglichen Verrats hatte er bei dieser Gelegenheit entdeckt und verstopft:

Das OKM hatte die Gepflogenheit, die täglich hereinkommenden Standortmeldungen der Boote zu vervielfältigen und an einen kleinen Kreis »im Hause« abzugeben. Warum? – Aus Gedankenlosigkeit. Aus lieber Gewohnheit. Aus Routine. Und nicht nur das: Es gab sie fernschriftlich an Admiral Südost und Marinekommando Italien, zwei Stellen, die mit dem U-Boot-Krieg im Atlantik in keiner Weise dienstlich befaßt waren.

Der BdU hatte geschäumt. Welche Fülle von möglichen Leckstellen, durch die dem Gegner Nachrichten zusickern konnten! Welch Tummelplatz für die menschlichen Schwächen: Eitelkeit, müßiges Geschwätz aus bloßem Mitteilungsbedürfnis, Vertrauensseligkeit und Wichtigtuerei!

Bei sich selbst im Stabe hatte er die Offiziere namentlich beistimmt, die das Lagezimmer betreten durften. Oehrn hatte sogar vorgeschlagen, den »Reinschiffdienst« im Lagezimmer durch die Astos erledigen zu lassen, um jeden Unbefugten auszuschließen, und sich erboten, selbst den Anfang zu machen. Und zur gleichen Zeit streute man in Berlin die geheimsten Nachrichten bedenkenlos um sich! Das mußte aufhören, sofort! Und es hörte auf.

Im September dann war er dazu übergegangen, die Quadratangaben in den Funksprüchen durch nochmalige Überschlüsselung mit Hilfe einer »Doppelbuchstabentauschtafel« noch dichter zu tarnen als bisher.

Dann war da diese heillose Geschichte mit U 570 passiert, von der er erst einige Zeit später genauere Einzelheiten erfahren hatte:

U 570 war einige achtzig Meilen südlich von Island beim Auftauchen von einem englischen Flugzeug gesichtet und im Sturzflug mit Wasserbomben angegriffen worden. Und der Kommandant, ein Neuling auf seiner ersten Fahrt, hatte völlig versagt. Er hatte die weiße Flagge gesetzt – sein Hemd als weiße Flagge! Und hatte sein Boot am andern Morgen – am anderen Morgen! – es war also schwimmfähig und keineswegs tödlich beschädigt! – in Feindeshand fallen lassen. Der gleiche Fall wie der des englischen U-Bootes »Seal« im Frühjahr 1940! Aber – von allem anderen einmal abgesehen –: waren wenigstens die Geheimsachen vernichtet worden? Oder besaß der Gegner auf Wochen hinaus die Schlüsselunterlagen für den Funkverkehr der Boote? Wie viele Leben von Kameraden hatte dieser Mensch auf sein Gewissen geladen, um das seine zu retten?!

Und nun Tarafal – »Atlantis« – »Python«. Was steckte dahinter? Verrat? Einbruch in den Funkschlüssel, vielleicht noch im

Zusammenhang mit U 570? Einpeilung von Funksprüchen? Zufall konnte doch das nicht sein, dieses in die Augen springende zeitliche Zusammentreffen, daß Feindstreitkräfte ausgerechnet dann da erschienen, wo deutsche Schiffe sich mit U-Booten trafen!

Der Chef des Marine-Nachrichtendienstes, Konteradmiral Maertens, ließ systematisch genaue Untersuchungen anstellen. Ergebnis: ein Schlüsseleinbruch lag nicht vor. Verrat? War nicht nachweisbar. Einpeilung schien möglich, war aber nicht mit Sicherheit der Grund für diese Vorfälle.

Damit war der BdU nicht klüger als zuvor. Wieder einmal tappte er im Dunkeln. –

In England hatte inzwischen der Erste Wachoffizier von U 570 versucht, aus dem Lager auszubrechen, um das eingebrachte Boot, das in einem benachbarten Hafen lag, an der Pier zu versenken. Ein tollkühner Plan ... Er war auch herausgekommen, dann aber gefaßt und bei einem erneuten Fluchtversuch erschossen worden. Er hatte, wenigstens soweit wie möglich, gutmachen wollen, was er gefehlt und dafür den höchsten Preis gezahlt; ihn traf kein Vorwurf mehr. Die Tatsache aber, daß ein Boot die weiße Flagge gezeigt und sich ergeben hatte, blieb bestehen. Man durfte gar nicht daran denken; es trieb einem jedesmal das Blut in die Stirn. Und dahinter erhob sich der Zweifel: Waren die neuen Kommandanten nicht mehr die Männer vom Kaliber eines Kretschmer oder Prien? – Die Frage stellen, hieß sie verneinen. Täglich neu bewiesen sie ihren Schneid, ihre Hingabe, ihre an die Grenzen der physischen und seelischen Leistungsfähigkeit gehende Zähigkeit. Der neue Hauptkampfraum, der »Mahltrichter von Gibraltar«, verlangte das Letzte an Energie und Einsatzbereitschaft. Und sie gaben es, alle.

Mit stündlich wachsender Sorge beobachtet der BdU die Entwicklung in diesem von Luft- und Seestreitkräften gleich stark überwachten Gebiet.

»Getaucht vor Zerstörer«, »Wabos von Flugzeug«, »Wabo-Verfolgung durch U-Jagdgruppe, mittlere Schäden, abgesetzt zur Reparatur«, »Überrascht von Flugzeug, Wabos, nach Auftauchen

Wabo an Oberdeck beseitigt«, »Sehr starke Luft- und Seeüberwachung«, »Elf Stunden schwere Wabos, schwere Schäden. Rückmarsch St. Nazaire«, – es ist eine ewige Litanei der Belemmerung, des Unterwassergedrücktwerdens, der überraschenden Angriffe von Flugzeugen, die aus der Sonne anfliegen, und kräftezehrender Wasserbombenverfolgungen.

Trotzdem passiert auch die zweite und dritte Welle der für das Mittelmeer bestimmten Boote Gibraltar. Aber eins von vier Booten der zweiten Welle und drei von vierundzwanzig der dritten gehen verloren. Und fünf müssen mit Fliegerschäden in die Biscayastützpunkte zurück! Eine bittere Bilanz! Das Mittelmeer frißt U-Boote. Die Transportkrise, hervorgerufen durch die Unaktivität der italienischen Marine, zwingt die Seekriegsleitung, erneut sechs Boote vom BdU anzufordern. Dann, präzisiert: Zehn Boote für das Ostmittelmeer, je fünfzehn beiderseits Gibraltar. Das ist mehr, als der BdU zu leisten vermag, auch wenn er alle kriegsbereiten Boote aus den Biscayahäfen und dazu Neulinge, die ihre erste Reise machen, und weiter solche, die aus der Heimat kommen, nach Gibraltar beordert. Er hat eine Ablösung der Boote in ihren Operationsgebieten, ein ständiges Aus und Ein durch die berühmte Felsenenge vorgesehen, die er aus seinen eigenen Kommandantentagen so gut kennt; nun erweist sich diese Absicht als undurchführbar. Der Engländer hat, wie kaum anders zu erwarten, die Kräfte, die durch das Nachlassen der U-Boot-Drohung im Atlantik frei wurden, sofort nach Gibraltar detachiert. Es wimmelt dort jetzt von Zerstörern, Fregatten, Korvetten und Bewachern aller Art, und seine Flugzeuge sind neuerdings auch nachts in der Luft und den Booten, vor allem in hellen Mondnächten, besonders gefährlich. An einen glatten Durchbruch, wie bei der ersten und zweiten Welle, ist nicht mehr zu denken; die der dritten müssen sich, dicht unter die Küste geklemmt, sprungweise an die Enge heranarbeiten, dann nachts, aufgetaucht, mit Höchstfahrt ein Stück weit durchbrechen und den Rest des Weges wieder unter Wasser marschieren, bis sie den dichten, beiderseits der Enge weit vorgeschobenen Sicherungsschirm überwunden haben. Es ist ein mühsames, nervenzermürbendes Geschäft. Die Nächte hell, die See glatt, die dunkle Silhouette der Küste wie eine Kulisse zur Seite ... Bei Tage hat man sich mühselig ostwärts gerobbt – Kap Espartel – Kap Trafalgar – immer wieder: »Alarm ... Flieger!« – und nun die Stunden des Durchbruchs in Überwasserfahrt mit röhrenden Dieseln, die jedes andere Geräusch übertönen – das ewigkeitenlange Aufdem-Sprung-Sein in der Suche nach Zerstörerschatten – das beklemmende Gefühl, daß auch nachts – nachts! – Flugzeuge da sind; Flugzeuge, die man nicht sehen kann, und die in jeder Sekunde als brüllendes schwarzes Gespenst über das Boot hinfegen können ... ein elender Krampf!

Ja, wenn man unter Wasser durchlaufen könnte! Aber »da sitzt gerade der Wurm drin!« Dazu reicht die Batteriekapazität nicht.

Gibraltar erweist sich als eine gefährliche Mausefalle. Boote, die nach Westen in den Atlantik zurückkehren wollen, bleiben in der starken Strömung, die ständig ins Mittelmeer hineinsteht, einfach hängen. Der BdU sieht: wer einmal drinnen ist, muß dort bleiben. Es gibt keinen Rückmarsch nach Brest, Lorient, St. Nazaire. Erfahrene, in harten Geleitzugschlachten erprobte Kommandanten und Besatzungen fallen damit aus für den U-Boot-Krieg im Atlantik. Die Mausefalle ist zu.

Aber der Einbruch der Boote ins Mittelmeer bleibt nicht ohne Erfolg. Die Boote der Kapitänleutnants Guggenberger und Reschke erfassen am 13. November einen Verband des englischen Gibraltargeschwaders: »Ark Royal«, einen weiteren Flugzeugträger und das Schlachtschiff »Malaya« mit Kreuzern und Zerstörern.

Guggenberger – U 81 – versenkt die »Ark Royal«, einen der modernsten englischen Träger mit einer Fassungskraft von 70 Flugzeugen. »Malaya«, schwer beschädigt, wird nach Gibraltar eingebracht.

»Ark Royal«, Baukosten 3,35 Millionen Pfund Sterling, Stapellauf 1937, Verdrängung bei voller Last 27 000 Tonnen, Bestückung zwei Torpedorohre, sechzehn schwere 11,4-cm-, zweiunddreißig mittlere 4-cm- und zweiunddreißig leichte 2-cm-Flakgeschütze, siebzig Bordflugzeuge und 1600 Mann Besatzung, war einer der Pfeiler der britischen Seeherrschaft im Mittelmeer. Nun ist sie gesunken.

In täglich wachsender Sorge verfolgt der BdU die fast unüberwindlichen Schwierigkeiten, mit denen die Boote an Gibraltargeleitzügen zu kämpfen haben. Erst vor kurzem ist zum Beispiel der Oberleutnant Suhren, einer der ältesten Hasen, zur Berichterstattung erschienen. Er hat an zwei Gibraltargeleiten gehangen, und was er berichtet, ist typisch für die gegenwärtige Lage:

»Die Schwierigkeit«, sagt er impulsiv und seine Ausführungen mit lebhaften Gesten unterstreichend, »die Schwierigkeit liegt in der starken Luftüberwachung. Bei klarer Sicht kann man nur noch auf Entfernungen von zwanzig bis fünfundzwanzig Seemeilen Fühlung halten. Dazu gehört ein sehr gutes Auge und eine hervorragende Optik. Etwa stündlich erscheint in Richtung des Geleitzuges eine ganz kleine, schwache Rauchwolke, wenn dort Rohre durchgeblasen oder Feuer gereinigt werden müssen. Diese Rauchwolke steht nur ganz kurze Zeit, und nur aus ihrer Färbung und Dichte kann man entnehmen, ob der Gegner Kurs geändert hat, ob man näher oder weiter weg steht als vorher, und danach den eigenen Kurs korrigieren. Aber nur um zehn bis fünfzehn Grad; starke Zacks sind unmöglich; denn regelmäßig nach dreißig bis vierzig Minuten kam ein Flugboot, vor dem ich tauchen mußte. Immerhin setzte dies jeweilig nur Minuten dauernde Tauchen die Vormarschgeschwindigkeit des Bootes auf zehn bis zwölf Meilen herab, so daß man nur noch sehr langsam in Schußposition kommt. Es muß aber sein; denn man darf unter keinen Umständen gesehen werden.

Der Kommandant tut während dieser ganzen Zeit überhaupt nichts anderes, als nach dieser Rauchwolke ausgucken. Das ist wahnsinnig anstrengend, Herr Admiral, aber wenn man sie nur einmal verpaßt, ist man den Geleitzug los. Dann gibt nur das Flugboot durch die Art der Kreise, die es zieht, einen neuen Anhalt über den Standort des Gegners. Beim Tauchen darf man nur ganz kurz auf Sehrohrtiefe gehen; denn man muß das Flugboot im Auge behalten und sofort wieder hochgehen, wenn es abdreht, und die Maschinen bis zum letzten Knopf ausfahren; sonst kommt man überhaupt nicht nach vorn.

Nachmittags muß man mindestens schon querab vom Geleit stehen, um die Dämmerung überbrücken zu können; denn bei Dämmerung muß man vorn sein. Unter diesen Umständen dauert jedes Vorsetzen zehn bis zwölf Stunden. Dann erst kommt die Auseinandersetzung mit der Sicherung: ein bis zwei Flugboote, dann, etwa sieben Meilen vom Geleitzug die Fernsicherung und am Geleit die Nahsicherung.

Die Fernsicherung klärt gegen Abend besonders dorthin auf, wohin der Geleitzugführer den Generalzack beabsichtigt. Das ist ein ganz sicheres Zeichen.

Auf keinen Fall darf man sich dann unter Wasser drücken lassen. Ich bin, wenn möglich, in die untergehende Sonne gelaufen oder habe spitze Silhouette gezeigt. Man muß dann eben die Nerven behalten, auch wenn die Zerstörer schon so hoch heraus sind, daß man die Geschütze erkennen kann. Man redet sich dann selbst allerlei Beruhigendes ein, bloß um nicht tauchen zu müssen. Aber innerlich steht man schwer auf Stützen, denn wenn man jetzt in den Keller müßte, wäre die ganze Vorknüppelei von zehn, zwölf Stunden für die Katz gewesen.« Er macht eine kleine Pause, um sich zu sammeln.

»Gut, Suhren«, wirft der Admiral ein, »weiter.«

»In der Dämmerung kommt dann das Wettrennen mit der Dunkelheit. Man muß einerseits rechtzeitig heran, damit man den Geleitzug nicht verliert, und darf andererseits nicht zu schnell sein, damit man nicht von den Flugbooten oder der Nahsicherung erfaßt wird.

An diesem Geleitzug war ich nun schon viermal in fünf Tagen im Dunkeln durch Zerstörer abgedrängt worden, im Dunkeln, Herr Admiral, obwohl ich rechtzeitig schmale Silhouette zeigte! Ich habe gestoppt, damit sie mich nicht horchen konnten, habe breit gelegen und spitz gelegen, und jedesmal kriegten sie mich trotz der Dunkelheit ganz sicher. Einmal riß die Fühlung für vierundzwanzig Stunden ganz ab, und ich bekam sie nur durch die

Luftmeldungen wieder. Anderen Booten ist es ja geradeso ergangen.

Dieser Geleitzug hatte überhaupt eine ganz erstklassige Sicherung, ein wirklich in sich geschlossenes System, ohne Lücke. Der Abwehrring war einfach zu.«

»Und?« fragt der BdU gespannt, »wie erklärst du dir das? Das prompte Erfaßtwerden durch die Zerstörer im Dunkeln?«

»In diesen Tagen«, erwidert Oberleutnant Suhren, »kam mir die Idee, daß die Zerstörer ein Gerät besitzen müssen, mit dem sie mich über Wasser orten konnten, ähnlich wie unser DT.«

»Und was hast du getan?«

»Langsam, Herr Admiral, das kommt erst noch.«

»Also gut – langsam.« Der BdU schmunzelt.

»Als ich mich am sechsten Abend der Verfolgung daranmachte, die Dämmerung zu überbrücken, wußte ich: wenn heute nacht nichts geschieht, kannst du nicht mehr, dann macht der Körper nicht mehr mit.«

Er wirft einen raschen Blick in die Runde: lauter gespannte, überraschte, beobachtende Gesichter, und fährt fort:

»Nach fünf Tagen Fühlunghalten und Vorrobben und Abgedrängtwerden und wieder Vorrobben macht der Körper schon alles mechanisch. Den Schlaf stiehlt man sich stundenweise zusammen. Man kommt ja praktisch von der Brücke nicht herunter. Langlegen fällt flach. Man hockt sich irgendwo einen Augenblick hin. Und auch dann schläft man nicht eigentlich; die Sinne bleiben vollkommen wach.

Von dem tagelangen Stehen kriegt man die blödsinnigsten Rückenschmerzen. Man mag nichts mehr essen. Der Körper ist so überreizt, daß man gegen regelrechte Mahlzeiten einen Widerwillen hat. Nur Tee mit Zucker und irgendwelche kleinen Schweinereien mag man, irgendwas Ausgefallenes, auf das man trotz der Müdigkeit Appetit kriegt, wenn man es sieht. Und dann kommt es eben, daß man weiß: wenn heute nacht nichts passiert, ist das die Grenze.«

»Ja«, sagt der BdU ruhig, »und was passierte dann?«

»In der sechsten Nacht stand ich sehr günstig im dunklen

Horizont, durch Wolken verdunkelt, ganz vermanscht und verschliert, überhaupt keine Kimm, und lief von schräg vorn an und stoppte schließlich, weil ich mich fragte: Suhren, bist du auch nicht zu dicht heran? Ist es auch dunkel genug? – Fassen tut es ja nie, Herr Admiral, man muß sehen, wie man hinkommt. Etwa achttausend Meter vom Geleitzug ab; ich sehe die Schatten ganz deutlich, und zwischen mir und ihm, in etwa viertausend Meter Entfernung ein Zerstörer, der plötzlich mit Lage Null auf mich zudreht. Inzwischen ist es völlig dunkel. Die Rohre habe ich schon klar. Vor mir habe ich eine ganze Anzahl von überlappenden Zielen. Aber außerhalb des Schußbereichs. Wenn ich nur noch tausend Meter näher herankomme, sage ich mir, dann schaffen's die Aale noch gerade am Ende der Laufstrecke. Bei den überlappenden Zielen müßte es Treffer geben, wenn die Aale es tun. Und damit wäre der Bann gebrochen ... Also: AK voraus auf den Zerstörer zu, bis er mir auf weniger als zweitausend Meter spitz gegenübersteht, und vier Einzelschüsse losgemacht. Schußunterlagen – wie Gegnerfahrt – nach dem tagelangen Fühlunghalten hundertprozentig.

Schon im Losmachen drehe ich an und zeige dem Zerstörer die Breitseite. Und da sehe ich plötzlich: er dreht nicht mehr nach. Er sieht mich auch nicht, obgleich er siebenhundert, achthundert Meter hinter meinem Heck passiert. Er läuft weiter, dreitausend, viertausend Meter. Dann wird er plötzlich unruhig, fängt an Schleifen zu fahren, zu stoppen, zu zacken und herumzusuchen.

Inzwischen laufe ich von ihm weg, um hinter dem Geleitzug herumzugehen und von der anderen Seite erneut anzugreifen. Ein zweiter Zerstörer sieht uns nicht. Wir passieren ihn auf tausend Meter. Zwei Aale werden Treffer, auf welchen Zielen ist nicht genau zu erkennen. Im Vorbeifahren sehe ich zwei dunkle Pulks von Rettungsbooten, um die sich ein Zerstörer bemüht. Die anderen jagen und suchen nach den Seiten.

Die Erfahrung mit dem ersten Zerstörer brachte mich dann auf die Vermutung, daß ich unter zweitausend Meter nicht mehr erfaßt wurde. Als ob sein Gerät einen toten Winkel hätte, in dem es mich nicht mehr zeigt.«

Er macht eine kleine Pause. Die Zuhörer lauschen atemlos. Es ist mäuschenstill im Raum.

»Ich ging dann an seiner Backbordseite nach vorn und lud nach«, fährt Suhren fort. »Ich sagte mir, daß ich neben so vielen Objekten von keiner Ortung zu erfassen sein würde, und blieb dicht dran.

Endlich war ich fertig und wollte wieder schießen.

Ich hatte schon ›Rohr Achtung!‹ gesagt und Luft geholt, um Los zu sagen, da seh ich plötzlich drei- bis vierhundert Meter vor mir ein anderes Boot, das gerade geschossen hat und nach Backbord genau in meine Schußbahn abdreht.

Ich konnte nur noch mein Kommando runterschlucken und die Hand meines Torpedooffiziers am Abzugshebel festhalten und einen Augenblick gar nichts sagen; sonst hätte er bestimmt losgemacht, weil auf ›Achtung‹ ja gar nichts anderes kommen konnte als ›los‹.

Dann mit Hart-Backbordruder, Steuerbordmaschine AK voraus, Backbord AK zurück, mitgedreht. Nach Steuerbord drehen konnte ich nicht; da war ein Zerstörer ...«

»Wer war denn der andere?« unterbricht der BdU.

»Ich, Herr Admiral«, antwortet laut der Kapitänleutnant Schnee, der ebenfalls zur Berichterstattung erschienen ist, »wir haben festgestellt, daß ich das gewesen sein muß. Gesehen habe ich selbst allerdings nichts, weil ich auf die Treffer achtete und an meiner Seite niemand vermutete, nachdem es vorher drüben geknallt hatte.«

»Da haben Sie aber unwahrscheinlichen Dusel gehabt, alter Freund.«

»Jawohl, Herr Admiral. Wir haben daraufhin auch schon Geburtstag gefeiert, Suhren und ich.«

»So? – Dazu hattet ihr auch Grund. Wann denn?«

»Gestern, Herr Admiral.«

»Aha.«

Ein Murmeln und Flüstern, Heiterkeit – dann spricht Suhren weiter:

»Ich ging also hart Backbord – das Boot kam auch gut herum –

und lief dann nach vorn. Hinter mir gingen Schnees Treffer hoch. Ein Tanker brannte hell auf, sehr unangenehm für mich; denn ich stand zwischen dem brennenden Schiff und der Sicherung. Schnee tauchte, aber das konnte ich nicht; denn dann hätte ich alle Vorarbeit verloren und wäre meine Aale nicht losgeworden. Darum ließ ich es darauf ankommen. Und, Herr Admiral, das Wunder geschah: keiner sah uns; wir entkamen ins Dunkle. Und da entdeckte ich den vorderen Feger, der quer vor dem Geleitzug hin und her sauste, und sagte mir, da er weniger als zweitausend Meter von mir ab war: Suhren, der kann dich nicht orten, und gesehen hat er dich auch nicht. Also ran! Ich bin dann mit AK zu ihm aufgedampft und habe mich in zwölfhundert Meter Entfernung in Staffel schräg achtern an ihn angehängt und bin mit ihm quer vor dem Geleitzug durch nach Steuerbord gegangen. Dort drehte er nach Backbord, und ich hielt in seinem Kielwasser durch, drehte nach Steuerbord, schoß, drehte sofort wieder auf Geleitzugkurs und blieb auf diese Weise vorn, bis mein Zerstörer wiederkam. Da hängte ich mich wieder an ihn an, ging mit ihm hinüber nach Backbord und, während unten nachgeladen wurde, wieder nach Steuerbord und wieder nach Backbord und schoß dort.

Natürlich vermutete mich niemand da, wo ich war.«

Die Zuhörer sitzen reglos; nur ihr Atem ist hörbar. Suhren lacht plötzlich.

»Wir hatten inzwischen richtig Vertrauen zu diesem vorderen Feger, Herr Admiral, er war unser Freund geworden. Wir fühlten uns ganz geborgen hinter ihm. Inzwischen gingen unsere Aale hoch, aber da waren wir schon wieder nicht mehr da, wo sie uns suchten.

Ich wollte dann dieses Manöver noch einmal von Steuerbord aus wiederholen, um meine letzten Aale zu schießen, aber dort schoß gerade ein anderer. Darum ging ich noch mal mit nach Backbord und schoß den Heckaal auf einen Dampfer. Und da passierte etwas, was ich gar nicht beabsichtigte: Mein Feger hatte diesmal nicht wie üblich gedreht, sondern kehrtgemacht und lief zu unserem Bedauern genau in unseren Aal hinein. Ein Knall, eine Wolke, dann sank er. Dabei hatten wir gar nichts von ihm gewollt! Es tat uns richtig leid. – Ich lief dann mit AK nach Osten ins Dunkel ab ....«

Er schweigt einen Augenblick. Die Erinnerung bringt ihm das Bild dieses Ablaufens plötzlich ganz stark zurück: das unbeschreibliche Gefühl wilden Triumphes, nach sechs Tagen der Zermürbung den Gegner dennoch niedergeritten zu haben. Die Erregung, die sich in endlosen Flüchen und Kraftausdrücken Luft machte. Es ist das Hochgefühl, daß man es geschafft hat, *daß* man die längere Puste gehabt hat, nachdem man noch Tage vorher fühlte: ich kann nicht mehr. Daß man im Ablaufen sieht, wie noch andere Kameraden schießen, wie Detonationen herüberrollen und Brände aufflackern und verlöschen. Daß man es fertig gebracht hat, diesen lückenlos geschlossenen Abwehrring dennoch aufzubrechen nach dem Motto: es muß erst mal Unruhe in den Laden; es muß was hochgehn. – Daß die Schlacht gewonnen ist, trotz aller Flugzeuge und Zerstörer, gewonnen in der sechsten Nacht, weil auch sie nicht mehr konnten, weil auch sie fertig waren. Dieses Hochgefühl, es geschafft zu haben, ist so groß, daß es für alle Anstrengungen entschädigt ...

Nach zwei bis drei Stunden Absetzen hinaus ins Dunkle hat er dann für vierundzwanzig Stunden tauchklar machen lassen und ist ganz sachte, geradezu genießerisch getaucht. Nur keine Hetze mehr; jetzt braucht keiner mehr zu rennen. Wir haben es hinter uns. Auf sechzig Meter gehen. Schleichfahrt, Kurs Heimat, und dann die vollkommene Erschlaffung, das Nachvibrieren der Nerven. Zwölf Stunden lang wachliegen, ehe endlich der wirkliche Schlaf kommt, der Tiefschlaf. Zwölf Stunden summen die Nerven nach, zwölf Stunden dauert es, bis die Schmerzen aus dem Körper abfließen, abebben und die Verkrampfung sich löst.

Die Stille der Tiefe dann, die lautlose Stille! Die Besatzung schleicht auf Socken. Keine Stecknadel fällt. Sie hüten sich, auch nur an den Filzvorhang vor der Kommandantennische zu rühren, damit die Ringe nicht klirren. Der Kommandant schläft! Der Kommandant und der Obersteuermann schlafen! »Stüerkorl« nennt ihn der Alte; er ist Reservist, Obersteuermann Limburg, Finanzbeamter, aber er macht eine Navigation wie eine Eins.

Auch er hat während der fünf Tage keine Koje gesehen. Wenn überhaupt, hat er in der Zentrale, auf den Tiefensteuerbänken zusammengekrümmt, ein Auge voll genommen. Von seinem Mitgehen, seiner Ehe mit dem Kommandanten, hängt der halbe Erfolg ab. Seine Unterlagen, das, was er beobachtet, errechnet, zu Papier bringt und vorauskalkuliert, schafft die Grundlagen für das taktische Denken und die Entschlüsse des Kommandanten. Und nun, endlich, schlafen sie, Obersteuermann und Kommandant.

Auch der L. I., der nun in der Zentrale das Boot fährt und an dem die Verantwortung hängt, ist ausgepumpt und übermüdet, aber er muß jetzt durchstehen. Schwarzer Kaffee für den L. I. und die Handvoll Wachgänger – bald nach dem Tauchen zieht der Duft durch das ganze Boot ...

All dies läuft dem Oberleutnant Suhren in der kurzen Pause seiner Berichterstattung in blitzschnellen Bildern durch den Kopf. Dann besinnt er sich; der BdU hat ihn etwas gefragt.

»Sie sind demnach überzeugt, Suhren, daß die Zerstörer orten?«

»Nach diesen Erfahrungen – jawohl, Herr Admiral. Die Zerstörer haben meiner Ansicht nach ein ähnliches Gerät wie unser DT.«

»Haben Sie irgendwelche Anzeichen für Ortung von Flugzeugen bemerkt?«

»Nein.«

»Fühlen Sie sich durch das Verhalten der Zerstörer stärker gestört und in Ihren Chancen beeinträchtigt als bisher?«

»Es ist schwerer, heranzukommen, Herr Admiral. Ich wäre vielleicht auch das letztemal nicht herangekommen, wenn mir nicht aufgefallen wäre, daß mich der Zerstörer verlor, sowie ich näher als zweitausend Meter an ihn heran war. Danach werde ich mich in Zukunft richten. Wenn erst einer die Sicherung aufgebrochen hat, Herr Admiral, dann kommen die anderen auch ran.« –

Mit schwerer Sorge sieht der BdU dieser Entwicklung zu. Sein Antrag, die Zahl der Boote bei Gibraltar zu verringern, ist vor kaum einer Woche abgelehnt worden; trotzdem jagt er Fernschreiben auf Fernschreiben nach Berlin: Die Massierung der Boote in einem Raum, in dem kaum Verkehr läuft, ist unökonomisch, die Entblößung des Atlantik, wo währenddessen nichts versenkt wird, falsch. – Im Gibraltarraum häufen sich Schäden und Verluste, ohne daß die Boote entsprechende Erfolge erzielen. – Die Boote müssen zurück in den Atlantik, ehe weitere nutzlose Verluste eintreten ... Allerdings im Mittelmeer versenkt U 331 – Kapitänleutnant v. Thiesenhausen – das Schlachtschiff »Barham« ...! Aber das ist nicht Gibraltar. Trotzdem glaubt die Seekriegsleitung mit Rücksicht auf die strategische Lage im Mittelmeer dem Drängen des BdU noch nicht nachgeben zu dürfen. –

Inzwischen gehen wieder Agentenmeldungen aus Gibraltar ein: ein Geleitzug sammelt. Ungewöhnlich starke Sicherung ist zu erwarten.

Tagelang stehen die Boote in Lauerstellung. Nichts geschieht.

Das Wetter ist ruhig, windstill, ölig dünt die See. In großer Höhe schwebt silbriggrauer Dunst.

Und dann kommt der Geleitzug in Sicht; das heißt, er kündigt sich an: Flugzeuge, mehrere schnelle einmotorige Maschinen, zirkeln in weiten Schwüngen um eine noch unsichtbare Mitte. Sie stechen weit hinaus nach vorn, nach den Seiten, und ihre Meldungen beweisen dem Geleitzugführer sehr bald, daß ein ganzes Rudel von Booten ihn erwartet.

Die Kommandanten melden; »Beim Geleitzug Flugzeugträger. Ständig schnelle einmotorige Jäger. Windstille, ölglatte See.« Und dann in eintöniger Folge: »Alarm vor Flugzeug.« – »Unter Wasser gedrückt durch Flugzeug.« – »Flugzeug bei Auftauchen. Wabos ...«

Und dann, nachdem doch einige näher herangeschlossen haben: »Geleit zweiunddreißig Schiffe, achtzehn Sicherungsfahrzeuge.«

Achtzehn Sicherungsfahrzeuge – das übersteigt jede bisherige Erfahrung.

Am frühen Morgen des zweiten Tages kommen FW 200 heran

und bestätigen die Meldungen. Inzwischen ist es klar: Dieser Geleitzug hat einen Flugzeugträger bei sich. Auch das ist neu.

Das Wetter bleibt still, ölglatt. Für die Boote ist kaum etwas Ungünstigeres denkbar. Versuchen sie mit hohen Fahrtstufen vorzulaufen, so sind sie bei dieser Stille weithin zu horchen. Werden sie zum Tauchen gezwungen, so hat die Unterwasserortung, das Asdic, abermals den Vorteil der Stille. Und für die Eskortflugzeuge sind die weiße Bugsee und die helle Schleppe des Kielwassers hinter dem Boot auf große Entfernung klar erkennbar.

Und dann die Nächte, rasch einfallend und pechschwarz, so daß die Boote sehr nah heran müssen, um überhaupt etwas zu sehen, während ein wachsamer Ring von zeitweilig achtzehn Zerstörern, Fregatten und Korvetten die Schiffe eng umgibt.

Mehrmals melden Boote: »Nachts Zerstörer mit Lage Null aus der Dunkelheit.« Also Überwasserortung!

Am Morgen des dritten Tages wird U 131 – Baumann einige zwanzig Meilen vor dem Geleit, nachdem es von einem Trägerflugzeug gemeldet ist, von fünf Sicherungsfahrzeugen nach vernichtenden Wasserbombenserien zum Auftauchen gezwungen. In einem Hagel von Granaten schießt die Besatzung noch ein angreifendes Trägerflugzeug ab, ehe ihr das Boot, von Treffern zersiebt, unter den Füßen versinkt.

Am vierten Tag ereilt U 434 – Heyda das gleiche Geschick. Das Boot wird beim Fühlunghalten von zwei Zerstörern erfaßt und nach einstündiger Verfolgung vernichtet.

Und immer noch kein Erfolg! Nur die Kette der Meldungen:

Abgedrängt – Unter Wasser gedrückt – Horchverfolgung – Wasserbomben – Fühlung verloren – Keine Fühlung – Nach Waboschäden abgesetzt zur Reparatur, stoße nach – Windstille, ölglatt ...

Sorgenvoll erwägt der BdU, ob er diese durch Witterungsungunst und das unerwartet erfolgreiche Auftreten des feindlichen Trägers so stark benachteiligte Operation abbrechen soll.

So kommt die Nacht, und wieder drängen die Boote in der schwarzen Stille aus ihren entfernten Positionen am Rande der Sicht auf ihre so bitter verteidigten Ziele zu.

U 574 – Gengelbach bekommt im Anlaufen einen Zerstörer vor die Rohre und schießt. In einer grellen Detonation fliegt der Gegner in die Luft. Aber im gleichen Augenblick ist das Boot von der Ortung eines anderen Zerstörers erfaßt und gesichtet. Die »Stork« mit dem Geleitzugführer an Bord setzt zum Rammstoß an und eröffnet das Feuer aus ihren vorderen Rohren.

U 574 weicht aus. Mit Hartruderlage zirkelt der Kommandant im engsten Kreise, immer knapp innerhalb des größeren Drehkreises der »Stork«, zehn Minuten, zehn ewige Minuten lang, während die Granaten des Gegners herüberheulen. Und dann, wohl als er versuchen will, diesem tödlichen Kreislauf zu entrinnen, trifft ihn der Rammstoß, und zehn Wasserbomben vollenden die Vernichtung.

Kurz darauf steht endlich an einem Dampfer der Blitz einer Torpedodetonation, und der schwarze Todesschatten der Treffersäule steigt auf. Endlich ein Schiff versenkt. Ein Schiff, nach vier schwer durchkämpften, verlustreichen Tagen!

Im Laufe des fünften Tages schießt der Gegner zwei FW 200 ab. Dann fällt wieder die Nacht über die endlose, immer noch glatte und windstille Weite. Und in dieser Nacht kommt der Kapitänleutnant Bigalk zum Zuge. Er versenkt den Flugzeugträger, dessen schnelle, wendige Maschinen den Booten das Herankommen an den Konvoi bisher fast unmöglich gemacht haben. Es handelt sich um die »Audacity«, ein zum Hilfsträger umgebautes früheres Handelsschiff. Mit der »Audacity« gehen ihre Flugzeuge in die Tiefe, und außer ihr ein weiteres Handelsschiff.

Durch die stille glatte Nacht aber, in der der enggeschlossene Haufen der Schiffe nordwärts zieht, dröhnen immer wieder die rollenden Explosionen von Wasserbombenteppichen, und unter ihren Schlägen fällt das fünfte Boot, U 567, fällt einer der besten und erfahrensten Kommandanten, der Eichenlaubträger Kapitänleutnant Endraß.

»Berti« Endraß – in Scapa Flow hat er neben Prien auf der Brücke von U 47 gestanden, ist dann selbst Kommandant geworden und hat mit U 46 Erfolg zu Erfolg gelegt, ein ruhiger, bescheidener junger Offizier, der von seinen Fähigkeiten kein Aufhebens machte. – Dies war seine erste Reise mit dem neuen Boot, das er erst kurz zuvor übernommen hatte, und nun war er geblieben …

Endlich, nach neun Tagen erbitterter Verfolgung, als schon die ersten Zerstörer eintreffen, die dem Geleitzug zur Verstärkung von England entgegengeschickt worden sind, lassen die letzten drei Boote vom Feind ab.

Der BdU gibt sich keiner Täuschung hin: Er hat eine schwere Schlappe erlitten. Fünf Boote – das ist der bisher höchste Verlust an einem Geleitzug. Fünf Boote, darunter Endraß! Das trifft ihn besonders hart. –

Mit Bitterkeit denkt er an seine furchtlosen Warnungen. Wer hat nun Recht behalten? Was hat der Gibraltareinsatz gebracht? Aber das Rechthaben macht ihm keine Freude; es ist allzu teuer bezahlt.

Am 30. Dezember 1941 stimmt die Seekriegsleitung seinem erneuten Antrag, die U-Boote aus dem Raum von Gibraltar zurückzunehmen, zu.

24.
YANKEE DOODLE

In den ersten Dezembertagen des Jahres 1941 kehrt der Kapitän Godt von einer Dienstreise aus Berlin nach Kernevel zurück. Er ist bei der Seekriegsleitung gewesen; nun meldet er sich beim Befehlshaber zur Berichterstattung. Es ist spät abends; das Arbeitszimmer des Admirals mit dem großen, runden, dunkel polierten Tisch liegt im Halbdunkel; nur die grünbeschirmte Schreibtischlampe wirft einen scharfbegrenzten hellen Kreis auf die Akten und Papiere, an denen der BdU arbeitet, und von einigen alten Stichen, die unter Glas in Mahagonirahmen an den Wänden hängen und auf denen altertümliche Seeschlachten und Schiffbrüche dargestellt sind, fallen schwache Reflexe in den Raum zurück. Draußen saust der Seewind mit feuchtem Atem durch die Baumkronen. Zuweilen knistern Regenböen gegen die Scheiben, und dann bauschen sich unruhig die Verdunkelungen an den Fensterritzen.

»Nun, Dodt?« sagt der Admiral nach der Begrüßung, »was bringen Sie mit?«

Der Kapitän nimmt den angebotenen steillehnigen Stuhl und setzt sich zurecht: »Vor allem eine sehr eingehende Lagebeurteilung in bezug auf die USA, Herr Admiral. Die Seekriegsleitung ist sich seit langem nicht mehr im Zweifel, daß die politische Haltung der USA eindeutig von dem Willen bestimmt ist, den angelsächsischen Partner mit allen Mitteln zu stützen und ihm zum Siege zu verhelfen. Siehe die etappenweise Intensivierung der Unterstützung.

Ich rekapituliere: Kriegsmateriallieferung, Erklärung der panamerikanischen Sicherheitszone durch Roosevelt, eine Maßnahme, die völkerrechtlich nirgends eine Stütze findet! – Beschattung deutscher Handelsschiffe durch Einheiten der amerikanischen Marine, Überlassung von Zerstörern und Bewachern an die

Engländer, Entlastung Englands durch Übernahme englischer Stützpunkte, Abgabe von Frachtraum an England, Reparatur britischer Streitkräfte auf nordamerikanischen Werften – Aktive Unterstützung der Feindseite von US-Kriegs- und -Handelsschiffen durch Fühlunghalten und Nachrichtengeben über unsere Kräfte – Besetzung Grönlands und Islands. Endlich die inzwischen bekanntgewordenen personellen Bereitstellungen der Amerikaner ...«

»Ja«, sagt der BdU, »eine ganz hübsche Latte für ein neutrales Land – die USA sind durch diese Maßnahmen praktisch ohne Kriegserklärung Englands Verbündeter geworden. Das Kräfteverhältnis hat sich erheblich zu unseren Ungunsten verschoben, ohne daß wir bisher zurückschlagen dürfen. Nach den Angriffen amerikanischer Flugzeuge und Sicherungsstreitkräfte auf unsere Boote, selbst im Ostatlantik, bin ich fest davon überzeugt, daß mittlerweile auch amerikanische Bewacher englische Geleitzüge sichern.«

»Das ist wohl kaum zweifelhaft, Herr Admiral.«

»Das heißt also, Godt, daß die USA stillschweigend in den Krieg gegen uns eingetreten sind, daß sie uns seit Monaten unter dem Schein der Neutralität offen bekämpfen, und daß wir uns bisher standhaft weigern, die Konsequenzen daraus zu ziehen. Das macht mir Sorge, Godt! Sind wir so schwach? Abwarten heißt doch hier nur noch, das Spiel des Gegners spielen.«

»Jawohl. Auch darin stimmt die Auffassung der Seekriegsleitung völlig mit der Ihrigen überein, Herr Admiral.«

Der BdU springt auf und beginnt, im Zimmer auf und ab zu gehen.

»Einmal wird dieser widersinnige Zustand der Rücksichtnahme auf eine offensichtlich feindliche Macht ja wohl ein Ende haben«, sagt er grollend. »Ich habe jedenfalls schon im Herbst im Führerhauptquartier um rechtzeitige Benachrichtigung gebeten, damit wir dann einen kräftigen Paukenschlag führen können. Überraschend mit starken Kräften gegen die USA – ich bin überzeugt, das würde sich lohnen, Godt. Aber der Himmel weiß, wann es dazu kommt ...« –

Vierundzwanzig Stunden später ist der erste grelle Blitz der fernöstlichen Entladung auf die amerikanische Flotte in Pearl Harbour niedergegangen.

Wieder stehen sich die beiden Männer in Kernevel gegenüber, der Admiral voller argwöhnischen Mißtrauens: »Warum hat man uns nicht beizeiten unterrichtet, Godt? – Wir könnten jetzt schon drüben sein und hätten wenigstens einen Teil unserer Boote aus dieser unsinnigen Bindung an Gibraltar gelöst!«

Aber der Kapitän Godt wiegt abwehrend den Kopf: »Es ist für mich unzweifelhaft, Herr Admiral, daß die Seekriegsleitung von diesem Ereignis ebenso überrascht ist wie wir; sonst hätte ich schon Weisungen für die Boote aus Berlin mitbekommen.«

»Meinen Sie?«

»Bestimmt, Herr Admiral. Wir sind trotz aller Meinungsverschiedenheiten bisher von SKL immer loyal behandelt worden.«

»Da haben Sie allerdings recht.« Der BdU nickt nachdenklich.

Dann, geradewegs zur Sache übergehend: »Wie stehen wir vor der neuen Lage, Godt? Der Kriegsausbruch im Pazifik muß sich in kürzester Zeit auf den U-Boot-Krieg im Atlantik auswirken. Ändern sich unsere Aufgaben?« – »Nein. – Die Hauptaufgabe bleibt, möglichst viel feindliche Tonnage zu versenken.«

»Jawohl, Herr Admiral. Aber eins ändert sich: das Ziel. Bisher handelte es sich darum, England militärisch auszuhungern. Von jetzt ab geht es um den Sieg in dem Wettrennen zwischen Neubau und Versenkung. Wir müssen in Zukunft mehr versenken, als die Alliierten zusammen nachbauen können. Gelingt uns das, so muß der Seekrieg zum Erfolg führen, sonst ...«

Eine Weile vergeht in Schweigen. Der BdU geht, die Hände auf dem Rücken, nachdenklich vor sich hinstarrend, hin und her, hin und her. »Wieviel haben wir 1941 tatsächlich versenkt, Godt?« – »Rund 250 000 im Monat, Herr Admiral, etwa ein Viertel der erforderlichen Menge.«

»Die Frage ist also, ob es möglich sein wird, die Versenkungen 1942 ganz wesentlich zu steigern.«

»Dazu müssen wir die Unterlagen einsehen, Herr Admiral.«

Folgendes ist dann das Ergebnis der Lageprüfung im BdU-Stab:

Im ersten Halbjahr 1941 sind jeweils durchschnittlich 18 Boote in See gewesen, im zweiten Halbjahr 33. Für 1942 ist mit einem Zufluß von monatlich 20 neuen Booten zu rechnen. Bei Gleichbleiben der über Erwarten niedrigen Verlustquote muß das Problem des Findens mit den größeren Bootszahlen in Zukunft besser lösbar sein als bisher. Vor allem aber warten im Westen jungfräuliche Kampfräume mit starken Verkehrsbündelungen und einer – wenigstens zunächst noch – unerfahrenen Abwehr.

Trotz dieser nicht ungünstigen Aussichten ist sich der BdU über eines vollkommen klar: Wenn er entscheidende Erfolge erringen soll, muß er streng ökonomisch kämpfen. Das heißt: bei geringstem Eigenverschleiß so schnell und so viel Tonnage wie möglich versenken. Es heißt weiter: Er muß die weichen Stellen des Gegners herausfinden, Gebiete, in denen keine oder noch keine Konvois laufen, Gebiete möglichst starken Einzelverkehrs und geringer Abwehr, in denen das Können und die Erfahrung seiner Kommandanten am schwersten ins Gewicht fallen. Ein solches Gebiet ist – als nächstliegendes Beispiel – der Raum vor den Küsten der USA.

All diese Momente in Betracht gezogen, muß eine wesentliche Steigerung der Versenkungen möglich sein, um so mehr, als das Erscheinen des ersten U-Tankers ab März 1942 auch den mittleren Booten erlauben wird, in die entlegenen Kampfräume des Westens einzudringen.

So bohrt der Admiral bei der Seekriegsleitung, um zunächst wenigstens seine großen Boote aus dem Gibraltarraum frei zu bekommen. Das gelingt. Sechs »Seekühe« verlassen ihre Positionen an den Rändern des berüchtigten »Mahltrichters«, das Gros aber bleibt bis Jahresende ohne nennenswerte Erfolge in der ubootsfremden Defensivaufgabe gebunden.

Die ersten Amerikaboote rüsten indessen in aller Heimlichkeit für den »Paukenschlag«.

»Was sollen wir denn mitnehmen, wohin geht es diesmal?« fragen die Kommandanten, die eine Nase fürs Besondere haben.

Der Chef der Zwoten, ein schwerer, fülliger Mann mit dem Eichenlaub und dem Ritterkreuz am Hals, der Korvettenkapitän Victor Schütze, zwinkert listig mit den Augen, zieht die Lippen von den vorstoßenden Schneidezähnen zurück und sagt vieldeutig: »Alles, meine Herren, alles. Packen Sie Ihre Boote so voll, wie Sie können.«

Ein wenig verblüfft sehen die Kommandanten ihren Chef an, der schon wieder die schwarze Zigarre zwischen den Zähnen hat und sie freundlich und undurchdringlich anlächelt.

»Eine Frage, Herr Kap'tän«, stößt einer mutig vor, »sollen wir für Süden oder Norden ausrüsten, warm oder kalt?«

»Ich sagte doch schon, daß Sie *alles* einpacken sollen«, erwidert der Kapitän Schütze, angelegentlich den Brand seiner Zigarre betrachtend, mit einem Unterton von leichter Ungeduld in der Stimme. »Haben wir uns verstanden?«

»Jawohl, Herr Kap'tän«, antworten sie in einem Tonfall, der deutlich darauf abgestimmt ist, ihm zu zeigen, wie sehr sie im düsteren tappen. Vielleicht, daß er dann doch noch ...

Aber so leicht ist der Chef nicht zu leimen. Er lacht sein berühmtes wohlhabendes Lachen: »Dann denken Sie einmal nach. Vielleicht kommen Sie ja von selbst auf das Richtige. Vielen Dank, meine Herren, für Ihren Besuch.« Er erhebt sich, strahlt sie an, eitel Wohlwollen.

»Zigarre? – Bitte! – Vorzügliches Kraut. Schneeweißer Brand. Kann ich aufrichtig empfehlen ...« Und schon sind sie draußen.

»Ja, wie rüsten wir denn nun aus?«

»Genau, wie er's befohlen hat. Alles. Nord *und* Süd. Woolworth zur See oder ›Das Großdeutsche Unterwasser-Warenhaus‹.«

»A propos Woolworth: die amerikanische Küste, die vom hohen Norden, wo jetzt Winter ist, bis zur Floridaküste reicht ... Golfstrom ... tropisch warm ...«

»Ei, das kluge Kindchen. Immerhin, naheliegend wär's ja.«

»Natürlich. Denk' ich schon die ganze Zeit.«

»Warum sagst es dann nicht?«

Plötzlich sind sie sich einig: »Alles« kann nur die Bedeutung haben, daß sie nach Amerika sollen. Als erste! Kinder, die Chance ...!

Und so packen sie ihre Boote voll bis zum Stift. Pelzwesten und Tropenzeug, zusätzliche Ventilatoren und elektrische Heizkörper, Proviant bis in die letzten Winkel, Filzstiefel, Khakihemden, Shorts, Tropenhelme. Dickflüssiges Schmieröl und dünnflüssiges. Torpedos, soviel die Rohre, Lager und Reservetuben nur fassen können. Und Brennstoff! Brennstoff in jeden Behälter, der sich auch nur halbwegs dafür eignet. Und Artilleriemunition! Nur nicht zu wenig Munition! Wenn das stimmt, was uns schwant, daß wir an die USA-Küste gehen – da muß ja noch mit der Kanone was zu machen sein. So schnell kriegt Roosevelt seine Abwehr nicht auf die Füße. Und lauter Einzelfahrer, keine Geleitzüge! Kinder, Kinder, wie im Frieden! –

Endlich stehen sie dem BdU zur Abmeldung gegenüber.

Knapp und klar umreißt er ihre Aufgabe. Es ist Amerika.

Schlagartiges gleichzeitiges Auftreten vor verschiedenen Häfen. Unbemerkter Anmarsch. Keine vorzeitigen Kampfhandlungen. Angriff nur auf wertvolle Ziele von mehr als 10000 BRT. Zeitpunkt der Freigabe des Angriffs folgt durch FT. Und dann: »Die Operation trägt den Namen ›Paukenschlag‹. Wie ein Paukenschlag sollt ihr reinhauen. Denkt an die Parole: Ran – Angreifen – Versenken! Ihr dürft nicht leer nach Hause kommen ...«

So gehen sie denn hinaus, und jetzt erst, nachdem sie das Geleit entlassen haben und unter Wasser weitermarschieren, unterrichten sie ihre Besatzungen. Amerika? – Ungläubig staunend hören die Männer zu. New York – das klingt so fern, so unwirklich – und da sollen die hin? Eine Wucht ist das. Schneidig!

In schweren Winterstürmen klotzen die Boote nach Westen; es ist ein hartes, nasses, mühsames Fahren, bergauf, bergab.

Zuweilen kommen Funksprüche, Seenotmeldungen: ein Grieche, der im Sturm sein Ruder verloren hat – »lost rudder ... need help ... position ...« – einmal ein Russe, leck geschlagen im Orkan – »SOS ... SOS ... sinking ... my position is ...«

»Gebt mal das Lloydsregister her«, sagt der Kommandant, »was sind das denn für Vögel?«

»Schon nachgesehen, Herr Kaleu. Uralte Kästen, 1904 und 1907 gebaut.«

»Na, dann gehen sie wohl von selber in den Keller. Einen Umweg machen wir ihretwegen jedenfalls nicht; wir brauchen unseren Sprit diesmal für bessere Sachen.«

Endlich der Funkspruch: »Freigabe Paukenschlag 13. 1.«

Am 12. Januar steht U 123 unweit seines Angriffsraums, der Einfahrt von New York. Es ist Nachmittag. Das Boot hat gerade einen kleinen Bewacher ausmanövriert, der in der groben See schwer rollend seinen Stremel herunterreitet, und der Kommandant ist eben zum Kaffeetrinken nach unten gegangen, als ihm die Meldung von der Brücke nacheilt: »An Kommandant! Rauchwolke zwo Dez an Steuerbord.«

Hinauf und zugedreht!

Allmählich kommen Masten, Schornstein und Aufbauten heraus.

»Großes Schiff, Herr Kaleu«, sagt lüstern der WO, »großes Schiff!«

»Ja. Anscheinend Blue-Funnel-Liner. Die haben alle ungefähr zehntausend Tonnen.«

»Nehmen wir doch mit, Herr Kaleu? Können wir doch nicht laufen lassen!«

Einen Augenblick zögert der Kommandant. Stichtag für »Paukenschlag« ist der dreizehnte. Eigentlich darf er vor morgen nicht zuschlagen. Aber zehntausend Tonnen, so ein schönes, fettes Schiff ...? Vielleicht kann man es so heimlich wegputzen, daß die Versenkung erst nach einigen Tagen herauskommt? – Was würde der BdU tun, wenn er selber hier wäre? Knapp einen Tag vor Null? Wahrscheinlich angreifen. Also: Angriff! –

Mit einem Treffer in der Maschine bleibt der englische Frachter »Cyclops« liegen. 9076 BRT. Er besetzt sein Geschütz. Kein Zweifel, daß er auch funkt! Erst nach dem zweiten Treffer geht er, den Bug steil emporrichtend, rauschend in die Tiefe. –

In den nächsten Tagen reißen die Radiomeldungen nicht ab. – Lebhaftes Echo in der Presse: So weit westlich, so dicht unter der kanadischen Küste ist noch kein Schiff versenkt worden. –

Mit dem Neumond erreicht U 123 seine Position vor New York. Fern glitzern die Lichter der Riesenstadt. Alle Leuchtfeuer brennen mit friedensmäßiger Kennung, und weit drüben blinzeln die Vororte auf Long Island. Kein Mensch scheint hier an Verdunkelung zu denken. Glückliches Amerika, das keine Bedrohung durch Bomben kennt!

Sachte und lautlos schleicht das Boot näher. Von Minute zu Minute nimmt die Wassertiefe ab. Nur noch wenige Meter unterm Kiel. An Alarmtauchen ist schon nicht mehr zu denken. Aber der Kommandant fährt weiter. Er vertraut darauf, daß keine Menschenseele ihn an dieser Stelle vermutet, und kostet das Gefühl aus, heimlich im Dunkeln hier zu stehen, vor sich die schwarze Küstenlinie und die strahlenden, blinzelnden Lichterreihen der großen Promenaden, dazwischen größere Lichtflecke, wohl von Hotels herrührend, und dahinter in der Ferne den Widerschein der Achtmillionenstadt mit ihren Wolkenkratzern und ihrem unabsehbaren Häusermeer. Ein triumphales Gefühl; nicht um ein Königreich würde er es hingeben ...

Zur Stunde des »Paukenschlags« steht er an Ort und Stelle:

»So, meine Herren, der Tanz kann beginnen.«

Die Nacht ist dunkel und klar, ohne Mond, aber in der Höhe breitet sich der Sternenhimmel wie ein mit unendlichen Mengen Juwelen bestickter Teppich. Von Land her weht es kalt und frisch. Das Boot liegt gestoppt an dem Zwangswechsel, der die Einfahrt nach New York bildet, und Kommandant und I. WO beobachten nach kurzer Zeit schon einen niedrigen, schwarzen Schatten, der Vierkant wie ein Klotz auf sie zukommt.

Nun hört man auch seine Maschine: ein Motorschiff, das Geräusch tuckert laut mit dem Winde herüber.

Langsam ändert er Kurs und steuert mit hoher Fahrt Nantukket-Feuerschiff an, ein großer, moderner Tanker, tief beladen.

U 123 geht an und dreht mit, die Rohre klar.

Und dann zerspaltet ein jäher Feuerschlag den Nachthimmel.

»Mittschiffs«, sagt der I. WO zufrieden.

Drüben fällt die Feuersäule zusammen. Unter einem schweren schwarzen Qualmpilz treibt das Schiff.

Sie beobachten schweigend durch die Gläser; Masten eingeknickt, Antennen zerrissen.

Im gleichen Augenblick eine Stimme aus der Zentrale: »Funkraum an Kommandant. Dampfer funkt Notruf. Geringe Lautstärke. Tanker ›Norness‹ südlich Long Island auf Mine gelaufen.«

»Mine«, sagt der Kommandant verächtlich, »an deutsche U-Boote scheint hier keiner zu glauben.«

Eine Weile wartet er noch; doch als der Tanker nicht sinkt, gibt er ihm den Fangschuß, und nun sackt er achtern, über den Maschinenraum vollaufend, schnell weg. Steil ragt sein Bug wohl dreißig Meter hoch aus dem Wasser.

»Liegt offenbar mit dem Heck auf Grund«, sagt der Kommandant. »Ob der immer noch Torpedos mit Minen verwechselt?« –

Tags darauf eine Schiffahrtswarnung im amerikanischen Rundfunk. »Wrack eines unbekannten Tankers südlich von Long Island ...«

Interessiert hört der Kommandant zu. Unbekannter Tanker? Dann sind die Überlebenden jedenfalls noch nicht aufgenommen, und die Amerikaner rechnen noch nicht damit, daß hier ein U-Boot steht. Um so besser für uns ...

»Das Radio bleibt von jetzt ab ständig besetzt«, ordnet er an, »ebenso die Sechshundertmeterwelle. Besser können wir ja gar nicht über die Lage unterrichtet werden.«

In der nächsten Nacht steht er wieder auf flachstem Wasser vor dem Zwangswechsel. Die Nacht ist heller als am Tage zuvor. Ringsum brennen zahlreiche Leuchtfeuer. Aber nirgends, so genau sie auch ringsum die nachtgraue Weite absuchen, die flachen, geduckten Schatten von Zerstörern oder Bewachern, die ihnen aus zahllosen Geleitzugkämpfen so vertraut sind.

Und dann, auslaufend wie am Vortage, abermals ein 10000-Tonnen-Tanker. –

Viele hundert Meter hoch zuckt der Flammenpilz nach dem ersten Treffer in den Himmel. Die Nacht wird buchstäblich zum Tage. Der Tanker lodert in seiner ganzen Länge, eine gigantische Fackel. Es geht alles »nach Vorgang«, der Anlauf, der Treffer, die

Flammen und nun auch der Fangschuß in den Maschinenraum, nachdem sich der Tanker wie sein Vorgänger mit dem Heck auf Grund legt und nur noch mit Bug und Masten aus dem Wasser ragt.

»Wenn das so weitergeht«, sagen die Männer von 123 zufrieden, »dann legen wir den New Yorkern noch eine ganze Bojenreihe vor ihre Einfahrt.«

Am Tage darauf erfahren sie über DNB Buenos Aires, daß achtunddreißig Überlebende der »Norness« geborgen sind, und wieder einen Tag später die Nachricht von der Versenkung ihres zweiten Schiffes. Das Geheimnis ist also gelüftet!

Jetzt werden die Amerikaner lebendig. Zerstörer fegen mit schäumender Bugsee in aufgeregten Zacks kreuz und quer durch die Gegend, und bei Tage hängt die Luft voller Flugzeuge.

Aber das Boot hält sich ungesehen, legt sich auf Grund, stellt sich tot und geht nur alle paar Stunden mit geringster Fahrt zu kurzen Rundblicken auf Sehrohrtiefe, bis mit der Abenddämmerung seine Stunde wiederkehrt.

Und nun zeigt sich das Gewicht der größeren Erfahrung. Im Vertrauen auf die Überlegenheit seiner Ausgucks geht der Kommandant ruhig wieder hinein auf das flache Wasser, wo er nicht tauchen kann, und er sieht bald: die Augen seiner Männer sind die besseren. Immer haben sie die schnellen schwarzen Schatten der Zerstörer im Glas, ohne daß das Boot selber gesehen wird. Es ist ein beständiges Katz- und Mausspiel, ein Umeinanderherumzirkeln, Ausweichen, Hakenschlagen und Bogenfahren, dem das Bewußtsein, nicht tauchen zu können und dem Gegner an Geschwindigkeit und Bewaffnung weit unterlegen zu sein, eine kitzelnde Spannung verleiht.

Das Boot geht nach Versenkung eines dritten Schiffes ein wenig weiter südwärts, nach Kap Hatteras. Und dort gerät es an die richtige Adresse. An dieser Ecke wimmelt es nur so von Schiffen. Den ganzen Tag über, während sie auf Grund liegen, hören die Männer das Schlürfen und Mahlen der Dampferschrauben im Horchgerät ...

Mit der Dunkelheit klemmt sich das Boot ganz nahe an die

Küste, direkt unter das Kap Hatteras, in dessen unmittelbarer Nachbarschaft in den nächsten Monaten das große Grab der Schiffe entstehen wird, der Friedhof für rund vierhundert Dampfer und Tanker aller Größen, die hier unter den Torpedos deutscher U-Boote einen harten Tod sterben. Dort also steht jetzt U 123.

Die Nacht ist sternklar, die See ruhig. Gegen 3 Uhr früh kommt im Süden ein Licht in Sicht.

Ran! Ein Frachtdampfer von etwa viertausend Tonnen, vier Lageluken, tief beladen. Fahrt neun bis zehn Meilen.

Vorsetzen. Schuß. Geradlaufversager. Vorbei.

Mit einem abgrundtiefen Fluch geht der Kommandant hinterher, dreht ins Kielwasser des Gegners ein, kontrolliert seinen Kurs – er läuft genau Nord – und wetzt dann mit Höchstfahrt wieder nach vorn. Er passiert eine Leuchtboje nordwestlich der Wimble-Shoal-Boje, seinen Dampfer querab.

Plötzlich Schatten voraus. Drei Schiffe auf Gegenkurs! Zielwechsel! Nein! Die nehmen wir später!

Er geht jetzt so nahe an seinen Dampfer heran, daß dieser nicht mehr ausweichen kann, auch wenn er das Boot sehen sollte.

Aus vierhundertfünfzig Meter fällt der Schuß, und dreißig Sekunden später fährt brüllend der Feuerschlag der Detonation hinter dem Schornstein des Frachters empor. Wie abwärts gesogen, sackt er achtern weg. Sein Heck stößt auf Grund. Der Bug bis zum Vormast ragt steil in die Nacht.

Herum das Boot und hinter den anderen her!

Da: ein Licht. Hin! Nur ein kleiner Küstenkolcher. Laufen lassen.

Wieder herum, und zurück zu den anderen. Das Fahrwasser ist gut durch Leuchtbojen gekennzeichnet; an ihnen schäumt das Boot mit höchsten Umdrehungen entlang.

Abermals ein Licht. Hingehen? Und wenn es nun wieder ein müder Küstenschipper ist? Egal. Nachsehen ... Nein, der hat vier große Luken, der lohnt sich ... Sein Kurs ist klar; er navigiert nach den Bojen. Bei der Wimble Shoal dreht er auf Süd. Dadurch fällt das Boot auf dem Außenboden ein wenig zurück.

»Wir müssen ihn noch vor dem Kap erwischen«, sagt der Kommandant, im Jagdfieber von einem Fuß auf den anderen tretend, »sonst kann er wieder wegdrehen, und wir sind wieder hinten. Los. Randrehen. Wieviel Wasser haben wir denn hier?«

»Sieben bis acht Meter nach Lot.«

»Na, viel ist das ja nicht, aber egal. Weiter. Unsere letzten drei Aale müssen wir sicher anbringen, und dazu müssen wir eben ran. – An Mechanikersmaat: Torpedo auf zwei Meter einstellen, damit wir keinen Grundgänger kriegen ...«

Schuß aus zweihundertfünfzig Meter, fast zu nahe. Zweimal springt der Aal wie ein riesiger spielender Thunfisch aus dem Wasser, dann der Treffer. Wie ein Schlag fällt die Druckwelle an das Boot zurück. Dicke Brocken brummen, und Splitter zwitschern und singen durch die Luft und klatschen rings um das Boot ins Wasser. Unwillkürlich geht die Brückenwache hinter dem Schanzkleid in Deckung.

»Junge, Junge, so was von eisenhaltiger Luft; das ist ja beinahe wie im Kriege.« Langsam stecken sie einer nach dem andern die Nase wieder über die Brüstung.

»Helden seid ihr«, sagt der Kommandant, »Turm, was liegt an?«

Er dreht eine Runde um den Dampfer, der langsam kentert und, Schornstein und Mast flach auf dem Wasser, wie ein großer unförmiger, aufs Trockene geworfener Fisch auf Grund liegenbleibt.

Das Boot dreht zur Bojenreihe zurück, und schon kommen achteraus neue Lichter in Sicht, eine ganze Reihe, fünf Fahrzeuge, die in weiter Kiellinie mit gesetzten Dampferlaternen von Süden heraufkommen.

Auf Nordkurs gehend, läuft der Kommandant mit, so daß die neuen Ziele zwischen ihm und der gutbefeuerten Küste stehen. Das Boot hat noch zwei Torpedos.

»Jetzt mehr Aale«, sagt er erregt, »ist es nicht zum Weinen? Alle könnten wir die noch umlegen! Zehn Boote müßten hier jetzt sein!« Und er überlegt: Wenn man mit Artillerie ...? Ja, das müßte eigentlich gehen. Den ersten, ein kleineres Schiff, mit

Artillerie, dann Torpedos auf die beiden nächsten, zwei größere Frachter ... Aber: dann muß ich für den Artillerieangriff mitten in den Verein hineingehen. Geht das? – Müßte eigentlich; der zweite steht fast dreitausend Meter hinter dem Vorreiter.

»v. Schroeter?«

»Herr Kaleu?« Der II. WO, der Artillerist des Bootes, hört sich die Vorschläge seines Kommandanten höchst skeptisch an. »Feuerüberfall im Aufdampfen von achtern?« sagt er, sich hinter dem Ohr kratzend, »da spricht rein artilleristisch diverses dagegen, Herr Kaleu. Vor allem aber wird der uns sehen, ehe der erste Schuß heraus ist, und dann kriegen wir gar nichts.«

»Ach, woher denn? Erstens passen die wahrscheinlich nicht auf, und zweitens wissen sie nicht, wie ein U-Boot-Turm aussieht. Ich verstehe zwar nichts von Artillerie, ich hab' nicht auf Kanone gelernt, aber ich spür's im Urin, daß das geht.« Und schon wendet er sich zum Turmluk: »Auf Artilleriegefechtsstationen. – Geschütz klar!«

Und wieder zu v. Schroeter gewandt: »Je frecher man die Sache anfängt, desto mehr verblüfft sie. Wenn die ersten Treffer sitzen, werden die da drüben, falls sie davon aufwachen, erst mal den Kopf verlieren. Diese Schrecksekunde müssen wir ausnutzen.«

»Jawoll, Herr Kaleu«, sagt der II. WO und macht sich sofort daran, Munition auf die Brücke mannen zu lassen. Er hält zwar nicht viel von diesem Husarenstück, aber der Alte muß es ja wissen. Und vielleicht klappt's ja; man hat schon Pferde kotzen sehen.

Nun geht alles blitzschnell.

»Beide Maschinen Halbe Fahrt voraus!«

»Entfernung tausend Meter.«

»An Besatzung: Zuerst Feuerüberfall auf Tanker, danach Torpedoangriffe auf Frachter. Wir stehen hinter dem ersten Tanker. Bis jetzt alles klar ... Kommen langsam in seinem Kielwasser auf ... Entfernung jetzt fünfhundert Meter ... Ruder Backbord zehn ... komm auf! – Mittschiffs! Setzen uns seitlich heraus zum Feuerüberfall ... Beide Maschinen Große Fahrt voraus!«

Und, übers Brückenkleid gebeugt: »Festhalten an Deck!«

Gischtumsprüht klammern sich die Männer an das Geschütz.

»Entfernung zweihundert Meter ... Beide Maschinen Halbe Fahrt voraus! ... Zehn Schuß! Feuererlaubnis!«

Rumms – rrumms – rawumm! Grelles Mündungsfeuer, scheibenrund aufflammend und verlöschend. Süßlicher Korditqualm, und drüben das Aufzucken von Einschlägen.

»Treffer! Weiter so!«

Granate auf Granate stanzt sich durch die dunkle Bordwand und krepiert in der Maschine. Das Schiff stoppt.

»Zielwechsel! – Jetzt in die Bunker halten!«

Rumms! – Arrumms! – Rumms!

Feuer bricht aus, zuerst ein roter Punkt, im Innern des Tankers aufblühend wie roter Mohn, dann eine kleine, züngelnde Flamme, und plötzlich der Ausbruch ...

»An Deck! – Die Geschützbedienung!! – In Brücke und Aufbauten halten!«

Spreng- und Brandmunition gemischt, machen ganze Arbeit. Der Tanker brennt jetzt von vorn bis achtern, und nun, als sie nahe daran vorbeischeren, erkennt der Kommandant, daß das Schiff weit größer ist als geschätzt.

»Mensch«, sagt er überrascht, »das ist ja ein anständiger Brokken! Da haben wir uns aber mächtig verhauen. Wenn der entsprechend seiner Größe bewaffnet gewesen wäre, hätte das bös ins Auge gehen können.«

»Tja, Herr Kaleu«, bemerkt v. Schroeter trocken, »mit die Dummen ist Gott!«

Der Kommandant schluckt einmal kurz, dann lacht er: »Vielen Dank!«

Dahinein kommen die Meldungen der achteren Ausgucks:

»Dampfer haben Lichter gelöscht – Dampfer drehen hart ab.«

Als wenn es bei ihnen selbst eingeschlagen hätte, spritzen sie auseinander.

»Ich glaube, unser Tanker hat erst mal genug«, sagt der Kommandant, »Feuer einstellen. Weiter, ehe sie alle weg sind.«

Das Boot dreht ab und nimmt sich den nächststehenden Frachter aufs Korn, ein großes, schnelles Schiff, 6000 BRT.

Im Hochfahren fällt der Backborddiesel aus, bleibt plötzlich stehen.

»Was ist denn los, L. I.?«

»Kühlwasserrohr gebrochen! Wird schnellstens geschweißt.«

Der Sechstausender entkommt; das Boot kann seine Geschwindigkeit nicht halten. Aber es hat ja Auswahl, Schiffe genug! Überall fahren sie; der Kommandant muß nur sehen, wie er sein flügellahmes Boot zum Schuß bringt.

Der Steuerborddiesel läuft mit AK, aber die Fahrt reicht nicht recht zum Vorsetzen. Die Zeit verrinnt in unfruchtbaren Anläufen. Lange wird die Dunkelheit nicht mehr vorhalten, und der Kommandant ist wild entschlossen, seine beiden letzten Aale noch vor Tag zu placieren.

Längst ist der brennende Tanker achteraus hinter der Kimm versunken, da plötzlich ein Funkspruch: »Tankschiff ›Malay‹ brennend nach Artilleriebeschuß durch U-Boot. Erste Marinestation benachrichtigen. Feuer unter Kontrolle. Kurs Norfolk.«

»›Malay‹ hat 8207 BRT«, fügt der Funkraum orientierend hinzu.

»Donnerwetter! So groß, das hätte ich nicht gedacht. Dann kriegt der unsern letzten Aal«, entscheidet der Kommandant, »das wär' ja noch schöner ... An L. I.: Frage, wann ist der Diesel klar?«

»Noch nicht zu übersehen, Herr Kaleu!« Also weiter auf dem lahmen Bein. Und dann plötzlich aus dem Dunkel ein hoher Schatten. Das Glück bleibt dem Boot treu.

Der Kommandant braucht nur zuzudrehen und zu schießen.

Treffer Achterkante Schornstein. Das Schiff bricht ein und sinkt. Aber hier sind nur zehn Meter Wasser. Bug und Heck ragen mit zueinander geneigten Masten als dunkle Inseln in die Nacht.

Über den Funknotruf bekommen sie auch den Namen; das Schiff hat 5000 BRT.

»An Kommandant«, meldet gleichzeitig der Funkraum, »Boot hat mit diesem Dampfer Zweihunderttausendtonnengrenze überschritten.«

Und ich selbst die hunderttausend, denkt der hagere, junge Kapitänleutnant dazu und faßt sich unwillkürlich an den Hals. Wo ist jetzt mein Tanker?

Nach einer Weile kommt ihnen die Küstenlinie bekannt vor. Hier muß es irgendwo gewesen sein. Wie rasch man vergißt!

Und dann auf einmal Brandgeruch. Aha! Wie auf Kommando heben sie die Nasen. Das Boot schwingt herum, läuft eine Zeitlang in der brandigen Witterung weiter.

Da! Schatten rechts voraus. Die »Malay«!

Im Osten graut der Tag. Die Kimm hellt sich rasch auf. Nicht mehr lange, und die »Malay« muß den Verfolger sehen.

Plötzlich drüben ein Handscheinwerfer: »ud – ud ...« Hart dreht der Tanker nach Steuerbord ab. Er hat das Boot erkannt. Die letzte Schußchance schwindet.

Schneller Entschluß: Direkt vor dem Boot steht noch ein Dampfer. Dann bekommt eben der den Aal.

»Hart Steuerbord!«

Und in diesem Augenblick dreht die »Malay« auf ihren alten Kurs zurück. Sie muß, sonst brummt sie auf. Das Wasser ist ja hier nur sieben, acht Meter tief.

Herum mit dem Boot noch einmal nach Backbord. Und Schuß!

Nach achtundzwanzig Sekunden fährt die graue feuerdurchmischte Treffersäule, die Vorkante der Maschine breit aufwärts wuchtend, gen Himmel. Die »Malay« sinkt.

Und dann der Befehl, auf den schon alle warten: »Hart Steuerbord. Kurs Heimat!«

Im Ablaufen wird das Boot von der norwegischen Walkocherei »Kosmos II« fast gerammt und stundenlang gejagt, bis es endlich nach Beendigung der Dieselreparatur seinem wild funkenden Verfolger davonlaufen kann.

Kaum aber ist die »Kosmos II« achteraus hinter der Kimm verschwunden, als U 123 hart Kurs ändert, auf tiefes Wasser geht und taucht, um erst in der Abenddämmerung wieder emporzukommen.

Als der Kommandant zum Rundblick auf die Brücke springt, sieht er als erstes eine blauschwarze Gewitterwand im Osten. Nichts kann ihm gelegener kommen; er läuft mitten hinein, und nun erlebt das Boot ein Unwetter von gespenstischer Heftigkeit.

Der Wind bleibt plötzlich weg. Stahlfarbene, blinkende Wogen recken regellos und unruhig die Häupter. Glasig brechen ihre Kronen; es entsteht keine rechte Gischt, nur ein kraftloses, gläsernes Perlen. »Wie abgestandenes Bier«, sagt jemand ganz treffend.

Und dann reist es heran: eine kleine, hellgraue, seltsam in sich zerfetzte Wolke jagt pfeilschnell unter dem Schieferschwarz der Wetterwand einher, und plötzlich, wie von selbst aus der Luft geboren, gesellen sich ihr weitere zu, bilden eine lose, in sich bewegte schwefelfarbene Walze und jagen mit unheimlicher Geschwindigkeit hinter der hellen Vorreiterin drein.

Die See, wild durcheinanderlaufend, reckt spitze Gipfel und Türme, und plötzlich erscheint, weit entfernt noch, ein weißer Streifen gerade unter der Wolkenwalze, die erste Bö! Wie ein Peitschenschlag knallt sie hernieder. Die See duckt sich. Gischt springt auf. Die Farbe des Wassers, eben noch düster blinkend, ändert sich mit einem Schlage in stumpfes Grau. Die Ränder der Wetterwand breiten sich in rasender Geschwindigkeit über den hellblassen Abendhimmel. Alles Licht wird violett, und dahinein wirft die sinkende Sonne aus dem Westen ihr glühendes Rot.

Mit gespenstischer Schnelligkeit gleitet der weiße Streifen näher, wehend wie ein Vorhang, durch den man in eine rasend kochende, quirlende, schäumende, wirbelnde Weite blickt, die nach hinten von einer violettgrauen Mauer abgeschlossen wird.

Und dann ist die Bö da, ein Schlag, ein Sturz heulender Luft, der atemberaubend hereinbricht, und in derselben Sekunde ist das Inferno los. Weiße Balken, weiße donnernde Bänke auf farblosem Grau, Fahnen, Mähnen von Gischt, auffliegend wie Bettlaken von der Bleiche, heransegelnd und die heulende, flackernde Luft mit Zischen und Prasseln und Klatschen erfüllend.

Und plötzlich Blitze! Grelle Schlangen, die herniederzucken und krachende Schläge hinter sich dreinreißen. Flammenwirbel, die vorher unsichtbare Wolkenkonturen aufleuchten lassen. Gezüngel und feurige Netze.

Die Kimm ist verschwunden in einem Chaos von wirbelndem Weiß und Grau, und nachdem die erste Bö vorübergeheult ist, rauscht plötzlich der Regen, ein Wolkenbruch stürzenden Wassers, herab und glättet die See nieder.

Immer noch weht es mit orkanartigen Stößen, aber der millionenfache Tropfenfall zerschlägt die Wellen; es entsteht plötzlich eine gischtüberstürmte, dünende Glätte, in der die Wogen vergeblich versuchen, ihre Häupter zu erheben. Niedrig, geduckt, wie geprügelte Katzen, die kaum noch zu fauchen wagen, rennen sie heran, um dann, kaum daß die Regenfront durchwandert ist, unter den Geißelhieben wilder Böen sich erneut zu donnernd brechenden, pechschwarzen Türmen emporzurecken.

Das halbe Dutzend Männer auf dem Turm von U 123 vergißt alles, Nässe, Kälte und Müdigkeit, über dieser Nachtfahrt.

In den frühen Morgenstunden meldet der Kommandant das Ergebnis seiner Unternehmung:

»Acht Schiffe, darunter drei Tanker – 53 860 BRT. U 123.«

Wenig später trifft die Antwort aus Kernevel ein:

»An den Paukenschläger Hardegen. Bravo! Sehr gut gepaukt ...«

Und dann hören sie es im Radio. Spanisch! – Wer kann spanisch? »Capitán tenente Hardegen ...«, und es ist die Rede von Schiffen und New York ...

»Das ist eine Sondermeldung, Herr Kaleu«, sagen die Männer strahlend, »bestimmt, das ist eine Sondermeldung!« –

Am Abend sitzt der Kommandant in seinem kleinen Schapp vor dem Kriegstagebuch. Der Erfahrungsbericht ist fällig, und er schreibt: »Es ist ein Jammer, daß in der Nacht, in der ich vor New York stand, nicht außer mir noch zwei große Minenboote da waren, die alles dicht warfen, und nicht bei Kap Hatteras statt mir allein zehn bis zwanzig Boote hier waren. Ich glaube, alle Boote hätten genügend Erfolge haben können. Ich habe schätzungsweise zwanzig Dampfer, z. T. abgeblendet, gesehen, dazu noch ein paar Kolcher. Alle klemmten sich dicht unter die Küste. Hier brannten alle Feuer, allerdings stark verdunkelt, so daß man sie nur auf zwei bis drei Seemeilen erkennen konnte.«

Der BdU nickt ärgerlich, als er das später liest. Man hätte vom ersten Tage an alles Verfügbare hinüberwerfen müssen, anstatt erfolglos in einem gefährdeten Gebiet zu verharren. Aber was nützt die bessere Einsicht, wenn man sie nicht durchzusetzen vermag! Dabei berichten alle Kommandanten übereinstimmend dasselbe: »Das Gebiet zwischen New York und Cap Hatteras ist reine Fettweide. Man hat dort jede Mengen Chancen, gar nicht auszuschöpfen ...«

Alle, die das »Gelobte Land« erreichen, versenken, versenken, versenken. Anfang März stehen die ersten mittleren Boote vor New York, vierzehn Tage später sogar bei Hatteras ... Zwanzig Tonnen Brennstoffeinsparung auf dem Marsch genügen, um den Booten zwei bis drei Wochen Aufenthalt im Operationsgebiet zu ermöglichen. Und sie nutzen ihre Chance!

Der BdU macht die unerwartetsten Erfahrungen.

So sehr er auch sucht und beobachtet, so genau er zurückkehrende Kommandanten befragt – nirgends finden sich in den ersten zwei Monaten handgreifliche Zeichen dafür, daß die Amerikaner auf die Kriegsverhältnisse umstellten. Die Dampfer fahren einzeln in nie versiegendem Strom. Die Kapitäne stoppen neben torpedierten Schiffen. Sie fragen über Funk an, was los sei, sie verschmähen es, selbst wenn sie torpediert sind und weiterlaufen können, Zickzackkurse zu steuern oder die Fahrtstufen zu wechseln, um so den U-Boot-Kommandanten den Fangschuß zu erschweren. Und sie kennen keine Geheimhaltung. Alles, was sie auf dem Herzen haben, vertrauen sie rückhaltlos der Sechshundertmeterwelle an. Aber damit nicht genug! Auch die Abwehrstellen veranstalten auf dieser Welle ein regelrechtes Informationsprogramm, in dem sie anlaufende Hilfsaktionen für torpedierte Schiffe, geplante Luftkontrollen und die Absichten ihrer U-Jagd freimütig bekanntgeben. Ab Mitte Atlantik schalten daher die anmarschierenden Boote diese ergiebige Welle ständig mit; sie wird geradezu das wichtigste Hilfsmittel für jede erfolgreiche Operation; denn jedesmal geben die Schiffe ihren Standort mit, so daß sich aus den Eintragungen ein guter Überblick über die Hauptkurse der Schiffahrt ergibt, und die Kommandanten nur an ihnen entlangzugehen brauchen, um mit Sicherheit auf Beute zu stoßen.

Das geht so weit, daß die Boote, wenn sie erst eine Weile in ihrem Operationsgebiet gestanden haben, Wahrscheinlichkeitsrechnungen darüber anstellen können, auf wieviel Frachter ein Tanker zu erwarten ist oder umgekehrt.

Viele Wochen lang beschränkt sich die amerikanische Abwehr auf den Patrouillendienst weniger, schwach bewaffneter Fahrzeuge, deren Besatzungen es an Selbstvertrauen ebenso mangelt wie an Erfahrung, so daß mehrere Boote, die sie auf flachem Wasser überraschen, sich der tödlichen Verfolgung entziehen können und entkommen, weil ihre unerfahrenen Gegner die Jagd zu früh abbrechen.

Die Zerstörer, die die Schiffahrtswege vor der Küste abkämmen, kommen und gehen mit so gleichmäßiger Periodizität, daß man die Uhr danach stellen kann und daß es für die erfahrenen, alten Hasen auf den Booten kein Kunststück ist, ihren Kontrollrhythmus zu erkennen und den »Zerstörer vom Dienst« mit wenig Mühe »auszubuffen«.

So kommt es, daß die Kommandanten frecher als selbst 1939 vor England mit der Artillerie herangehen und auf flachem Wasser in Sicht der Küste auch bewaffnete Schiffe rücksichtslos angreifen und zusammenschießen. Zu keiner anderen Zeit, weder vorher noch nachher in diesem Kriege, haben die Kanonen der U-Boote ein so großes Wort gesprochen wie hier.

Auch die Luftüberwachung, die stellenweise, besonders um Halifax, New York und Hatteras, eine sehr lebhafte Tätigkeit entfaltet, vermag dem Vordringen der Boote keinen Einhalt zu tun; denn es fehlt den Flugzeugbesatzungen die Erfahrung der Engländer, die den Booten im Ostatlantik das Leben so schwermacht.

Tagsüber in sicherer Tiefe auf Grund liegend, um Brennstoff zu sparen und der Besatzung Ruhe zu geben, gehen die Kommandanten mit der Dämmerung an die Dampferwege unter der Küste und tauchen auf. Aber nicht, um zu schießen, was da kommt! Sie können es sich leisten, wählerisch zu sein und picken sich die schwersten und wertvollsten Brocken heraus, Tanker vor allem, Tanker; denn der Transport des Grünen Goldes ist einer der wichtigsten Zweige der feindlichen Schiffahrt. Zahllose Fabriken an Land, Schiffe auf See, jedes Kraftfahrzeug überall in der Welt, jeder Panzer, der fahren, jedes Flugzeug, das fliegen soll – sie alle sind abhängig vom Öl. Daher sind Tanker die begehrtesten Ziele der U-Boote, genießt die Tankraumvernichtung Vorrang vor jeder anderen Versenkung.

Der BdU wirft alles hinüber, was er an Kräften verfügbar hat …

Was er an Kräften verfügbar hat …

Zwei Wellen aus der Heimat nachfließender Boote, die zur Geleitzugbekämpfung im Raum westlich der Hebriden gesammelt haben, sollen eben auf Grund der überaus günstigen Nachrichten von der USA-Küste in den Biscayahäfen ausgerüstet und nach Westen in Marsch gesetzt werden, als erneut die Seekriegsleitung eingreift:

Gefahr für Norwegen! Der Führer hat sich höchst besorgt über die Möglichkeit eines alliierten Angriffs auf Norwegen geäußert. Er hat Norwegen die »Schicksalszone des Krieges« genannt und den verstärkten Schutz der nördlichen Bastion durch Überwasserkräfte und U-Boote verlangt. In der Tat: *alle* U-Boote sollen als Aufklärung gegen den anmarschierenden Gegner in den norwegischen Bereich übergerührt werden!

Der BdU ist außer sich. U-Boote *sind* keine Aufklärer. Was können acht Boote, was könnten selbst alle seine Boote aufklären in einem Raum, in dem sie vergleichsweise nicht größer sind als Stecknadelköpfe auf einem Fußballplatz? Versenken ist ihre Aufgabe, versenken, und drüben, vor der USA-Küste, beginnt eben das Zweite Goldene Zeitalter zu tagen!

In diesem Augenblick treffen die ersten Erfolgsmeldungen aus dem Amerikaraum ein. Sie bewirken die Zurücknahme des Führerbefehls vom 22. Januar.

Dem BdU fällt ein Stein vom Herzen. Wenigstens das hat der »Paukenschlag« erreicht! Nicht alle Boote! Aber die Forderung, *überhaupt* Boote für Norwegen abzustellen, bleibt bestehen. Anfang Februar geht die Weisung der Seekriegsleitung ein:

Acht Boote für die Aufklärung Island-Faröer-Schottland.

Sechs Boote für das Nordmeer.

Jeweils zwei Boote in Bereitschaft in Narvik, bzw. Tromsö, in Drontheim und Bergen. Das sind insgesamt zwanzig Boote!

Für den Atlantik, für Amerika bleibt nichts übrig!

So setzt sich der BdU hin und gibt eine Lagebeurteilung an die Seekriegsleitung.

Er sagt: »Ich glaube nicht an eine Gefährdung Norwegens durch feindliche Landung.«

Er sagt: »Die Sicherung Norwegens ist auch durch Handelskrieg möglich. Jede Landung ist für den Gegner eine Schiffsraumfrage. Je mehr also versenkt, irgendwo versenkt wird, desto geringer wird die Gefahr einer Landung.«

Aber die Seekriegsleitung antwortet: »Der Gegner *hat* den nötigen Schiffsraum für eine Landung, wenn er will.«

Dabei bleibt es. Der BdU muß wohl oder übel die geforderten Boote abstellen, und so entwickelt sich in der Folge eine Anzahl kleinerer, kaum erfolgbringender Operationen. Mit gebundenen Händen sieht der BdU zu, wie sie in kräftezehrendem Einsatz ihre Zeit vergeuden.

Ende Februar muß er, da der Nachfluß an Heimatbooten unerwartet stockt, sechs Biscayaboote nach Norden schicken, darunter U 701 – Degen, U 553 – Thurmann, U 753 – v. Mannstein und U 569 – Hinsch, vier erfahrene Kommandanten, die damit für den Amerikaeinsatz ausfallen. Und der Erfolg? Ein kleiner Frachter und drei Bewacher vor Seidisfjord …

Inzwischen aber vollzieht sich ein Wandel in den Auffassungen der Seekriegsleitung. Ein wirkungsvoller Beitrag zur Kriegführung des Heeres ist nur von offensivem U-Boot-Einsatz zu erwarten, und für einen solchen bietet sich Gelegenheit im Polarraum gegen den Archangelsk- und Murmansknachschub. Die Unterstellung von vier Hebridenbooten unter den Admiral Nordmeer wird daher befohlen.

»Die Hebridenboote sind für diesen Zweck nicht ausgerüstet«, antwortet der BdU.

»Dann wird die Maßnahme aufgeschoben, bis Heimatboote verfügbar sind.«

So geschieht es, und mit dem Ende März scheiden die zwanzig

Nordmeerboote aus der operativen Führung durch den BdU aus. Es besteht kein Zweifel: er befindet sich nicht im Zustand der Gnade.

Aber damit reißt das Gespräch zwischen Seekriegsleitung und U-Boot-Führung nicht ab.

Die SKL tritt in Erwägungen über die Zweckmäßigkeit des Amerikaeinsatzes ein: Soll man nicht lieber den Englandverkehr und den Murmansknachschub angreifen, selbst wenn die Erträge weit geringer ausfallen?

Der BdU antwortet: »Die Feindschiffahrt ist ein Ganzes.«

Er sagt: »Der Ort der Versenkung ist gleichgültig, da jedes versenkte Schiff nachgebaut werden muß.«

Er sagt: »Die Entscheidung liegt – ich wiederhole es – in dem Wettrennen zwischen Versenkung und Neubau.«

Er erläutert: »Das Neubau- und Rüstungszentrum des Gegners liegt in den USA. Die Zufuhr, besonders die Ölzufuhr, muß aber in ihrem Zentrum angepackt werden. Jedes *hier* versenkte Schiff zählt nicht nur als solches; sein Ausfall schädigt zugleich den Schiffsneubau und die Gesamtrüstung in der Entstehung.«

Er wiederholt: »Hohe Versenkungsergebnisse, ohne Rücksicht darauf, wo sie erzielt werden, wirken als Verstärkung des Schutzes für Frankreich und Norwegen.«

Er hämmert erneut: »Tonnage, die ein Boot irgendwo versenkt, schützt Norwegen mehr, als wenn das Boot nutzlos in norwegischen Gewässern steht. Die Tonnage muß da genommen werden, wo sie am rationellsten hinsichtlich der Ausnutzung der Boote und am billigsten hinsichtlich der Verluste genommen werden kann. Es ist weitaus wichtiger, das überhaupt mögliche Maß an Versenkungen zu erreichen, als an einer bestimmten Stelle unter Inkaufnahme geringer Erfolge bestimmte Ziele anzugreifen.«

Er stellt fest: »Es ist also richtig, mit dem Schwerpunkt vor Amerika zu kämpfen, solange die Gelegenheiten dort so günstig sind ...«

Der Kampf der Boote vor Amerika geht unterdessen mit allen eben verfügbaren Kräften weiter. Die Bekämpfung von Geleitzügen im Atlantik tritt dahinter vollkommen zurück. Nur zweimal erfassen anmarschierende Boote einen Konvoi, Ende Januar ein schnelles Transportergeleit, wobei der britische Zerstörer »Belmont« versenkt wird, Ende Februar den ONS 67.

Zum ersten Male laufen jetzt Meldungen über die Verwendung von Torpedoschutznetzen ein. In einem Geleit sind zwei Tanker mit solchen Vorrichtungen erkannt worden, und auf der Neufundlandbank beobachtet ein Boot ein seltsames Fahrzeug, eine Art Kabelleger, der auf einen Treffer am Achterschiff in keiner Weise reagiert.

Erst nach dem Kriege wird bekannt, daß die Engländer im Laufe des Krieges siebenhundert Schiffe mit solchen Schutznetzen ausgerüstet und fünfzehn durch diese Maßnahme vor der Versenkung bewahrt haben, darunter einen Truppentransporter, der sechsunddreißig Stunden lang ahnungslos einen scharfen Torpedo im Netz mitschleppte, ehe er ihn nach Ankunft im Hafen entdeckte.

Der BdU mißt diesen Netzen nicht mehr Bedeutung zu, als ihnen zukommt; er beantragt vorsorglich die Entwicklung eines Gegenmittels.

Im Amerikaraum aber dauern die märchenhaften Erfolge an.

Mitte Februar ist die erste Gruppe großer Boote für einen Überraschungsschlag gegen die Karibik beschleunigt zusammengezogen, ausgerüstet und in Marsch gesetzt worden. Gleichzeitig gehen Merten – U 68 und U 505 – Löwe in den alten, seit längerem nicht mehr besetzten Kampfraum Sierra Leone-Freetown.

Die Kenntnis der U-Boot-Führung über die Lage in Westindien kann anfangs nur lückenhaft sein; sie gründet sich auf die spärlichen Aussagen portugiesischer und spanischer Seeleute, und es erscheint danach richtig, mit gewissen Abwehrvorbereitungen, mit Hafensperren, Seeüberwachung und besonders Luftsicherung von vornherein zu rechnen, zumal die Route, auf der die Amerikaner ihre Flugzeuge nach Südafrika überführen, entlang der Linie USA–Bahamas–Westindien–Brasilien verläuft.

Der Schwerpunkt der Erwartungen und damit des Einsatzes liegt vor den Hauptbunkerplätzen Port of Spain, Curaçao und

Aruba. Wie bei »Paukenschlag« sollen die fünf beteiligten Boote nach unbemerktem Anmarsch in der Februar-Neumondperiode schlagartig angreifen, und zwar je eins vor Aruba, Curaçao und der Nordküste der Halbinsel Paranagua, zwei vor Trinidad. In Aruba und Curaçao bieten ausgedehnte Tanklager an der Küste lockende zusätzliche Ziele für die Artillerie. Aber die Boote sollen mit Freigabe des Angriffs in erster Linie Schiffsziele und dann erst die Bunker an Land angreifen. Nur für den Fall, daß keine Schiffe da sind, sollen sie mit der Beschießung der Tanklager den Anfang machen dürfen. So ist es geplant; mit entsprechenden Weisungen treffen die Boote ein.

In diesem Augenblick erläßt der ObdM einen persönlichen Befehl: Nicht mit der Versenkung von Schiffen, sondern mit der Beschießung der Öllager an Land soll begonnen werden.

Inzwischen aber hat U 156 unter seinem harten und schneidigen Kommandanten, Kapitänleutnant Hartenstein, bereits zwei Tanker umgeblasen und läuft zum Artilleriekampf gegen die Tanklager an.

Die Nacht ist ruhig, dunstig und dunkel. Aruba, hügelig und bewaldet, holländischer Kolonialbesitz, hebt sich als langer Schatten mattgrau von der See ab. Seine Umrisse verschwimmen in der diesigen, drückend warmen Luft. Aber Hartenstein hat sich über die Örtlichkeit so genau wie nur möglich orientiert. Da sind die Ölpiers, zu denen die dicken Rohrleitungen von den Tanks gebündelt hinabführen. Da ist, in der Nähe des Hafens, gleich hinter dem Zollzaun beginnend, die ärmliche Negersiedlung mit ihren aus Wellblech, alten Oiltins und aufgeschnittenen Benzinkanistern zusammengeflickten Hütten, in denen die schwarze Bevölkerung, in grellfarbige Lumpen gehüllt, lärmend ihr Leben lebt. Da ist, weiter links, das Geschäftsviertel mit schreienden Reklamen in amerikanischem Stil, lauter einstöckige, flach gedeckte Häuser im breiten, quadratisch angelegten Straßennetz; Kneipen mit den typischen, fliegendrahtbespannten Schwingtüren, die in Kniehöhe beginnen und in Schulterhöhe enden, und in denen den ganzen Tag über die Grammophone plärren, während über der Bar der breitflügelige

Ventilator die drückend heiße Luft umrührt, wechseln mit Ladengeschäften aller Art. Aruba ist der Platz der bunten Seidenhemden; alle Tankerseeleute decken sich hier damit ein.

Einige mäßige Hotels, die Kirche, die englische Seemannsmission, Polizeistation, Verwaltungsgebäude. Weiter hinten im Land, an den bewaldeten Hängen, die hellen, mit roten Ziegeln gedeckten einstöckigen Bungalows der Weißen, der holländischen Regierungsbeamten, der Konsuln und der amerikanischen Ölleute. Voilà tout. – Ein Stück vom Hafen links die rostigen Reste einer Ölraffinerie, die von einem Brand vor Jahren vernichtet wurde. Darauf muß man achten; man darf sie nicht verwechseln mit dem neuen Tanklager, das ein wenig rechts hinter den Piers beginnt und sich an das Hüttenviertel der Schwarzen anschließt, Dutzende von silbergrauen Behältern …

Hartenstein hat sich das alles gelassen durchgelesen. »Rechts, wenige hundert Meter hinter der Pier beginnend und an das Hüttenviertel der Schwarzen anschließend, das Tanklager« – darauf kommt es an.

Lautlos, von seinen E-Maschinen sachte vorangetrieben, nähert sich das Boot der Küste. Die Piers, lange dunkelgraue Striche, werden im Glas sichtbar. Richtig – da sind auch die Tanks, trotz der Tarnung durch Farbe und Netze schwach zu erkennen. Hartenstein ist alter Artillerist; er reibt sich die Hände.

»Klar zum Artilleriegefecht!«

Die Geschützbedienung richtet ein: Höhe – Seite …

»Feuer frei!« Der Kommandant schließt die Augen in Erwartung des ersten Schusses, um nicht vom Mündungsfeuer geblendet zu werden und die Lage der Einschläge ungehindert beobachten zu können.

Und da geschieht es schon: ein einziger, ohrenbetäubender Knall!

Schreie. Stöhnen. Zwei Mann wälzen sich an Oberdeck.

Rohrkrepierer! blitzt es dem Kommandanten durchs Hirn. Mit wenigen Sätzen ist er am Geschütz. Zwei Mann schwer verletzt! Die Mündung der Zehnfünf auseinandergerissen, das Rohr fünfzig Zentimeter weit in breiten, zackigen Streifen auseinandergeborsten!

Er beugt sich über die Verletzten; es hat sie übel erwischt. Die Kameraden heben sie vorsichtig auf und schaffen sie mühsam unter Deck.

Das Boot läuft ab. Erst nachdem die Verwundeten versorgt sind, kann sich der Kommandant wieder um seine zerstörte Kanone kümmern:

»Die Geschützbedienung! Wie ist das passiert?«

Und nun stellt es sich heraus: sie haben in der Aufregung vergessen, den Mündungspfropfen herauszuschrauben ...

Hartenstein kocht: Zwei Schwerverwundete, das Geschütz zum Teufel, die Beschießung Arubas ausgefallen ... alles wegen einer Nachlässigkeit aus Übereifer und Erregung!

Er geht hin und besieht sich den Schaden und denkt eine Weile scharf nach. Endlich die Frage: »L. I.! Wieviel Stahlsägen haben wir an Bord?«

Der Leitende ist an mancherlei gewöhnt; Hartenstein ist das, was man in der Marine einen »verrückten Hund« nennt; für ihn gibt es kein Unmöglich; er schreckt vor nichts zurück. Und so begibt sich das Unwahrscheinliche: Er unternimmt es, das aufgeborstene Kanonenrohr mit der Metallhandsäge absägen zu lassen! Geschützstahl, das beste und zäheste, widerstandsfähigste Material, das sich denken läßt!

Stunde um Stunde geht die kleine Säge hin und her. Unermüdlich, angesteckt von der Idee ihres Kommandanten, sägen, sägen, sägen die Männer. Die Sonne knallt herab. Tropensonne! Sie sägen. Die Dämmerung kommt, der schnelle Übergang zur Nacht. Sie sägen, Ablösung nach Ablösung. Stumpfe Blätter müssen ausgewechselt werden. Und weiter: sägen, sägen! Aber sie schaffen es; mit dem letzten Blatt schaffen sie es; das Rohr ist ab.

Aber nun? Das Geschütz ist aus dem Gleichgewicht, und es muß genau ausgewogen sein, wenn man damit schießen will. Auch hierfür weiß der Kommandant Rat. Zusammen mit dem L. I. errechnet er das notwendige Ausgleichsgewicht, und nachts, durch ausgespannte Wolldecken gegen Sicht von außen geschützt, schweißen sie es unter dem verkürzten Rohr fest. Das

Geschütz ist wieder klar! Sie bewegen es; jawohl, es ist tadellos im Lot, tadellos. Und es schießt sogar!

Zwei Schiffe versenkt Kapitänleutnant Hartenstein auf dieser Unternehmung mit seinem abgesägten Geschütz. –

Der Versuch, die Beschießung von Aruba durch ein anderes Boot nachzuholen, mißlingt. Die Insel ist inzwischen vollkommen verdunkelt, und kaum daß die ersten Schüsse heraus sind, jagen Bewacher heran, so daß sich das Boot schleunigst schmal machen muß. –

Indessen steht U 161 – Achilles – vor Port of Spain – Trinidad. Der Kommandant kennt die Gegend; er ist vor Jahren einmal hier gewesen: Darauf baut er seinen Plan. Tags, unter Wasser, an einem Bewacher vorbei mogelt er sich in den Hafen hinein, wartet bis Dunkelwerden, taucht auf, versenkt einen Tanker und einen Frachter und – entkommt.

Acht Tage später wiederholt er den gleichen Husarenstreich im Hafen von Port Castries auf der amerikanischen Insel Sta. Lucia, passiert nachts unter den schwarzen Wänden drohender Brandung die schmale, flache Einfahrt, vernichtet einen Passagierfrachter und ein normales Frachtschiff und gewinnt, trotz heftigen Beschusses von Land, das Freie. Fortab heißt Achilles in der U-Boot-Waffe der »Lochkrieger von Trinidad«.

In den gleichen Tagen fallen dem ersten Schlag der U-Boote gegen die mittelamerikanischen Ölzentren eine Anzahl von Zubringertankern zum Opfer, die das Grüne Gold von den Fundorten an der Küste zu den Hauptbunkerplätzen an den Inseln befördern.

Aber der BdU merkt sehr schnell aus den FTs der Boote und dem entschlüsselten Gegnerfunk, daß der Feind hier anders reagiert als im Norden: Er stoppt kurzzeitig den Verkehr ab, er hält Schiffe in den Häfen zurück, er gibt Funkanweisungen an die Handelsschiffe in See, welche Gebiete sie meiden, welche gefährdeten Räume oder Punkte sie bei Tage oder nachts passieren sollen – er unterhält die erwartete starke und für die Boote sehr störende, hartnäckige Luftüberwachung, die auch nachts nicht aussetzt, so daß die Boote in der nun anbrechenden Vollmondperiode sich vor den Häfen nicht zu halten vermögen. So erhalten sie freies Manöver und gehen in ihrer Mehrzahl in die Karibik; nur U 129 – Nico Clausen – stößt an die Guayana-Küste vor, wo ihm die Versenkung mehrerer mit Bauxit, dem Aluminiumrohstoff, beladener Dampfer den Namen »Der Kämpfer von Guyana« einträgt.

U 126 – Bauer, der »Atlantis«-Bauer, versenkt wenig später in dem Gebiet zwischen Windward-Passage und altem Bahamas-Kanal in einem einzigen kurzen Raid neun Schiffe und tritt leergeschossen den Rückmarsch an.

Und Otto Ites, der fröhliche Otto, ehemals WO mit Teddy Suhren auf dem Rekordboot U 48, das unter Vatti Schultze, Rösing und Bleichrodt 468 000 BRT versenkte, Otto Ites holt sich in diesen Tagen – nach Zürn, dem L. I., als letzter der alten »Ehemaligen« von U 48 das Ritterkreuz.

Zur gleichen Zeit – im letzten Februardrittel – eröffnet U 504 unter Kapitän Poske die Saison vor der Floridastraße. Es ist die Gegend des alten, des reichen Südens vor den Häfen von Charleston, Savannah, Jacksonville, Jupiter und den Luxusbadeorten Palm Beach und Miami. Nie zuvor sind hier U-Boote gewesen; der Verkehr strömt reich und friedensmäßig. Alle Feuer brennen.

Kapitän Poskes Bericht ist in Stichworten erhalten:

»21. 2. eingetroffen im Operationsgebiet. Tanker in Ballast auf Südkurs. Doppelschuß. Treffer vorn und achtern. Schiff sackt über Heck ab. Nächsten Abend Frachter gejagt, in Regenbö verloren. Halbe Stunde später im Nachtangriff Viermastfrachter versenkt, Dampfer kentert. – Südlich gelaufen mit Kurs Jupiter. Großen Tanker getroffen. Angriff und ungeheure Detonation. Schiff steht sofort in Flammen. Ladung 12 000 Tonnen Benzin! – Anschließend Zerstörergeräusche bei hellem Mondschein. Gesehen und getaucht. Wasserbomben, dann drei Stunden Horchverfolgung. Keine weiteren Wabos trotz mehrfachen Überlaufens. Zerstörer läuft ab. Wenig später Tag-Unterwasserangriff auf Siebentausendtonnen-Benzintanker, der aufblowte. – Drei Tage darauf Tagangriff auf Norweger. Dreierfächer. Fehlschüsse. –

Von schwerer See Schäden an Oberdeck. Sehr hinderlich. Hinhaltender Rückmarsch. Dampfer mit Ladung für Bombay versenkt. Decksladung Automobile. Schiff flog in der Explosion auseinander…« Ein karger Bericht; wie gesagt, nur Stichworte, und doch … –

Mit dem Rückmarsch von Bauers U 126 aus dem Gebiet der Windwardpassage tritt auf dem karibischen Kriegsschauplatz eine kurze Stille ein. Die Kommandanten haben sich so schnell leergeschossen, daß ihre Ablösung nicht zeitgerecht zur Stelle sein kann.

Dem BdU stehen dafür einfach nicht genügend große Boote zur Verfügung. Erst ab April, wenn die zu Kriegsbeginn vorsorglich in Auftrag gegebenen U-Tanker, die »Milchkühe«, zur Beölung der Kampfboote in See stehen, wird er die aussichtsreichen Positionen vor und in der Karibik laufend besetzt halten können.

Bitter empfindet er es, daß ihm *wieder* in dieser Zeit größter Möglichkeiten die notwendigen Bootszahlen fehlen, während die Kraft der U-Boot-Waffe zersplittert und ein Teil der Frontboote in Seeräumen festgehalten wird, in denen sie nicht annähernd soviel versenken können, wie jetzt hier unter den Augen der ungeübten amerikanischen Abwehr erreichbar wäre. Er kann es nicht ändern: Seine Konzeption ist eine andere als die Berlins …

Ab 1942 hat er mit einem Zuwachs von zwanzig Frontbooten monatlich gerechnet; jetzt zeigt sich, daß der harte Winter und die Eisverhältnisse in der Ostsee fünfundvierzig Boote in der Ausbildung erheblich zurückgeworfen haben. Für Januar bis März kann er nur mit dreizehn, von April bis Juni nur mit zehn neuen Booten monatlich rechnen. Nach Abzug von zwölf Verlusten und den Abstellungen für Nordmeer und Mittelmeer bleiben ihm statt achtzig nur etwa dreißig Boote als Zuwachs, und erst für die zweite Hälfte des Jahres darf er einen verstärkten Ausstoß – etwa dreiundzwanzig Boote im Monat – erwarten.

Er wird sie brauchen, um den Geleitzugkampf im Atlantik mit Aussicht auf Erfolg wiederaufnehmen zu können; denn – das ist klar – ewig werden die idealen Verhältnisse an der Amerikaküste nicht andauern!

Alles was er an Booten verfügbar hat, wenig genug, sechs bis acht im Durchschnitt, wirft er an die USA-Küste. Aber es sind Boote mit erfahrenen, ausgefuchsten Kommandanten und Besatzungen, die die harte Schule der englischen Abwehr durchgemacht haben.

Da sind U 552 unter dem harten, klugen und nüchternen Kapitänleutnant Topp, einem der Asse des Konvoikrieges, U 203 unter Mützelburg, U 160 unter Lassen, die je ihre fünf bis sechs Schiffe vernichten, da ist zum zweiten Male Hardegen mit U 123, der elf Schiffe, und da ist Jochen Mohr – U 124 – der neun Schiffe auf einer Unternehmung versenkt und seinen Erfolg in vier in der U-Boot-Waffe berühmt gewordenen Zeilen zusammenfaßt, mit denen er dem BdU Meldung macht:

»In der Gewitter-Neumondnacht
bei Hatteras tobte die Tankerschlacht.
Der arme Roosevelt verlor
fünfzigtausend Tonnen.
Mohr.«

So lautet dieser Funkspruch. –

»Bei Hatteras tobte die Tankerschlacht ...«

Nacht für Nacht sterben die Schiffe, manche, indem sie aus voller Fahrt unterschneiden, manche, indem sie in einer einzigen ungeheuren Explosion in Fetzen fliegen, die weit umher, oft das angreifende Boot mit überschüttend, in die schwarze See klatschen – manche, indem sie langsam Feuer fangen und ausbrennen, düstere Glut an Bord, schwarze Wolken über sich, die die Sterne des Himmels verdunkeln – manche, indem sie sich auf den Kopf stellen oder auf das Heck und eilig in die Tiefe rutschen, manche, indem sie auf ebenen Kiel ganz leise immer tiefer gehen, bis sie plötzlich verschwunden sind – manche, indem sie zerbrechen und in zwei Teilen weiterschwimmen, bis die Artillerie sie einzeln erledigt – manche endlich, die schwer und widerwillig kentern, auf der Seite liegenbleiben oder rundum gehen und nicht sterben wollen, bis die letzte Luft durch die klaffenden Einschußlöcher einiger vollstreckender Granaten unter Pfeifen und hohlem Sausen entweicht und sie endlich doch hinabmüssen in die Tiefe.

Unter diesen fortgesetzten Schlägen beginnt der Amerikaner aber jetzt doch, allmählich seine Abwehr zu organisieren. Mehr und mehr gewinnen die Kommandanten den Eindruck, daß er dazu übergeht, seinen Verkehr nach einheitlichem Plan zu dirigieren. Die Schiffe kommen nicht mehr wahllos, sondern stoßweise zu immer wechselnden, aber pünktlich eingehaltenen Uhrzeiten; sie passieren Kap Hatteras nur mehr bei Tage, bald einzeln, bald in Pulks, und als die U-Boot-Kommandanten nicht minder dicht unter die Küste gehen als die Dampferkapitäne, beginnen die Amerikaner, wenn auch im bescheidensten Umfang, ihren Verkehr zu »streuen«, indem sie die Dampferpulks zu den verschiedenen Tageszeiten in unterschiedlichen Abständen von der Küste laufen lassen.

Gleichzeitig greifen sie in hellen Nächten die Boote mit Fliegerbomben an, so daß sich die Kommandanten mit Beginn der Vollmondphase von der Küste absetzen, um erst mit schwindendem Mondlicht zurückzukehren. Aber sie laufen nicht leer in der Zwischenzeit. Dreihundert Meilen ostwärts von Hatteras hat U 105 – Schuch das entdeckt, was die Kommandanten fortab eine »Goldader« nannten, einen Verkehrsschnittpunkt, so fruchtbar, daß der BdU sogleich mehrere Boote dorthin entsendet.

Hardegen – U 123 – macht inzwischen eine harte Erfahrung. Seine zweite Amerikaunternehmung hat glänzend begonnen. Am 22. März, kaum im Operationsgebiet eingetroffen, versenkt er den Siebentausend-Tonnen-Tanker »Muscogee« aus Wilmington. Nach kaum zwanzig Minuten ist das mehr als 135 m lange Schiff gesunken, und schon am nächsten Tag bekommt er einen zweiten. Aber – und das ist etwas Neues gegen die Erfahrungen der »Paukenschlag«-Zeit – das Schiff zackt. Raffiniert und unberechenbar zwischen langen und kurzen Schlägen und starken und schwächeren Kursabweichungen schwankend, rauscht es dahin. Und es ist – ebenfalls neu! – stark bewaffnet. Der Kommandant, der sich das Schiff mit überraschter Aufmerksamkeit betrachtet, zählt zwei Zehn-fünf auf dem Achterschiff, zwei Acht-acht mittschiffs und mehrere leichte Fla-Waffen auf der Brücke. Höchst bemerkenswert! Aber Hardegen ist nicht der Mann, sich einschüchtern zu lassen. Frech, ehrgeizig, gelegentlich tollkühn und mit dem unerklärlichen Instinkt für das gerade noch Mögliche begabt, hat dieser junge und nach einem Absturz als Seeflieger wegen eines Beinschadens leicht hinkende und eigentlich im strengen Sinne gar nicht borddienstfähige Offizier wenig Respekt vor der achtunggebietenden Armierung seines Gegners. Er klemmt sich in eine Gewitterbö, reist mit der Regenfront auf den ahnungslosen Gegner zu, stößt hervor und schießt.

Aber der eine Aal geht nicht hinaus! Er bleibt stecken, wird ein Rohrläufer. Wie verrückt rasen seine Propeller, daß es hell durchs Boot klingt, bis er endlich doch noch herausrutscht.

Gott sei Dank, daß ich einen Zweierfächer geschossen habe, blitzt es dem Kommandanten durch den Kopf. Was macht der zweite?

»Frage Laufzeit?«

Aus neunhundert Meter hat er geschossen; das Boot ist inzwischen noch näher an den schwerbewaffneten Gegner herangeprallt.

Da! Treffer vorn! Wenigstens der zweite Aal hat es getan!

Aus dem Vorschiff des Tankers bricht eine Benzinflamme steil in die Höhe. Die Besatzung rennt um ihr Leben. Jede Sekunde können neue Explosionen, durch die glutheißen Zwischenschotts übertragen, das Schiff weiter zerreißen. Niemand denkt an Schießen.

»Geschützbedienung an Oberdeck! – Sechs Schuß in die Maschine, zwei in den achteren Ölbunker.«

Mit dem ersten Treffer knallt auch hier ein weißer Feuerball senkrecht in den Himmel.

Nach fünfeinhalb Stunden versinkt das Schiff, immer noch brennend, einen riesigen Rauchpilz über sich, in den Fluten.

Gegen Abend sitzt der Kommandant mit baumelnden Beinen auf der Brückenwandung und hält einen kleinen Rees mit dem Leitenden und dem zur ersten Feindfahrt eingeschifften Fähnrich. Von Daytona Beach ist die Rede und von kleinen Abenteuern in guten, friedlichen Tagen, und der Fähnrich lauscht begierig den Erzählungen aus einer Zeit, die erst wenige Jahre zurückliegt und doch so unbegreiflich weit entfernt ist.

»Na?« sagt schließlich der Kommandant, indem er sich von seinem Sitz herunterschwingt, »wann kriegen wir den nächsten Dampfer, Fähnlein?«

»Heute nacht, Herr Kaleu?«

»Wetten? Bis 19 Uhr ist er da.«

Es ist kurz vor 19 Uhr, nichts in Sicht. Der Fähnrich nimmt die Wette an. Kann man kaum verlieren, denkt er.

Der Kommandant geht nach unten.

19 Uhr. Nichts in Sicht. Der Fähnrich meldet.

»Sie!« lacht der Kommandant, »mit Ihnen hab' ich das letztemal gewettet! Kein Schiff *und* die Wette verloren – das Geschäft ist mir zu schlecht!« –

19.59 Uhr meldet die Brücke: »Sieben dicke Rauchwolken an Steuerbord – Geleitzug!«

Geleitzug? denkt der Kommandant – das wäre der erste hier. Hin und ansehen! Im Glas erkennt er deutlich starke Rauchstöße, die in größeren Abständen über der Kimm stehen. Was aber dann herauskommt, ist doch nur ein einzelner Dampfer, etwa dreitausend Tonnen groß, der ganz harmlos mit geradem Kurs durch die Gegend wandert und von Zeit zu Zeit diese Rauchwolken in die Luft pustet, die im Winde rasch quer treiben und sich auseinanderziehen.

»Scheint unbewaffnet«, sagt der Kommandant, »sehen Sie was, Obersteuermann?«

»Nein.«

»Sie, Fähnlein?«

»Nein.«

»Sonst wer?«

Nein; niemand sieht etwas Verdächtiges. Keinem fällt es auf, daß die Aufbauten hinter dem Schornstein übernormal hoch sind.

Der Kommandant sieht nach dem Mond; er ist nicht zu hell, gut hinter der schlierigen Wolkendecke versteckt.

»Also ran«, sagt er, »Torpedowaffe Achtung! Einzelschuß aus Rohr Zwo – Entfernung sechshundertfünfzig Meter ...«

Der Aal trifft gut vorn mit hoher schwarzer Sprengsäule. Der Dampfer stoppt. Feuer bricht aus. Er funkt: »Caroline torpedoed – burning – not bad. Position ...« und liegt mit leichter Schlagseite. Ein Boot geht zu Wasser, ein zweites hängt noch in den Davits.

»Not bad?« – Nicht schlimm? Na, du wirst schon sehen!

U 123 ist indessen, mit Hartruder drehend, um das Heck des torpedierten Schiffes herumgegangen, um von drüben mit Artillerie anzugreifen. Der Kommandant sitzt auf dem Brückenschanzkleid und beobachtet. Auch das zweite Boot der »Caroline« wird jetzt besetzt; er sieht die Leute hineinklettern. »Laß die man erst mal von Bord«, sagt er, »ich möchte ihm nicht die Boote zerschießen.«

Plötzlich zeigt die »Caroline« zwei Rotlichter, und dann scheint es, als ob sie ein wenig Fahrt machte. Noch oder wieder? Das ist nicht ganz klar, aber die Entfernung wird auf einmal geringer, beträgt nur noch wenige hundert Meter.

Mißtrauisch geht der Kommandant mit der Fahrt an.

»Beide Maschinen Halbe Fahrt voraus! – Steuerbord fünfzehn!«

Da! »Caroline« dreht mit! Ist das noch Zufall?

»Beide zwomal Halbe Fahrt voraus! Hart Steuerbord!«

Das Boot dreht an, »Caroline« mit! Ihre Fahrt wächst, und plötzlich ist drüben Leben! Klappen fallen. Persenninge wehen, Mündungsfeuer zuckt mit greller, blendender Flamme, Maschinenkanonen hacken los!

»Beide Maschinen AK voraus!!« Schwarze Wolken ausstoßend touren die Diesel hoch. »Caroline« schießt aus zwei schweren Geschützen. Kurz hinter dem Heck, dann seitlich, steigen die

Einschläge. Dazwischen pfeifen und flirren Zwozentimeter-Leuchtspurgeschosse in drei verschiedenen Farben, zischen über den Turm, klatschen hell berstend in Brücke und Oberdeck.

Der Fähnrich stöhnt auf, sackt zusammen.

In der gleichen Sekunde eine schwere Detonation unten im Boot.

Torpedotreffer? zuckt es durch die Köpfe.

»Alle Schotten dicht! Frage Wassereinbrüche?« Das Boot scheint achtern tiefer zu gehen. Oder saugt es sich nur weg?

»An Brücke: Keine Wassereinbrüche! Boot ist dicht.«

»Brücke räumen! Los! Runter! Nur I. WO und Kommandant bleiben oben!«

Es ist eine unbeschreibliche Wuhling. Ringsum knallt und klatscht es. Neben dem Turmluk liegt der verwundete Fähnrich; sein rechter Oberschenkel ist zerschmettert, zerrissen. Der Obersteuermann versucht ihn abzubinden. Hinter ihnen rasseln die Brückenwachen nach unten.

Dazwischen wieder schwere Detonationen und aufwuchtende Wasserwände. Und nun sieht der Kommandant schwarze Koffer durch die Luft heransegeln und klatschend aufschlagen: die »Caroline« hat Wabowerfer! Die »Caroline« ist eine Falle! Und er ist wie ein blutiger Laie auf sie hereingefallen! Tauchen kann er nicht; der Obersteuermann müht sich eben noch, den Fähnrich durchs Turmluk nach unten zu bringen, während es unablässig weiter klatscht und pfeift und knallt. Und: er weiß nicht, ist das Boot auch oben dicht? Dann verliert er den Halt, stürzt: der I. WO hat ihn in Deckung gerissen ...

Der schwarze Dieselqualm legt so etwas wie eine Rauchwand zwischen das Boot und die »Caroline« und entzieht es ihren Blicken. Wie haben sie oft geschimpft, wenn die Diesel qualmten! Heute ist es ihre Rettung.

Der Abstand wächst. Die »Caroline« stellt ihr Feuer ein.

Der Kommandant fällt mehr nach unten in die Zentrale, als daß er hinabklettert: Was ist mit dem Fähnrich?

Sie haben ihn in die Offiziersmesse gelegt, die blutnasse Hose abgeschnitten; der Obersteuermann hat den zerfleischten Oberschenkel mit seinem eigenen Leibriemen abgeschnürt.

Der Fähnrich ist bei Bewußtsein, sein Gesicht fahl, wächsern, die Augen übergroß, dunkel geweitet, Wangen und Lippen fest umspannt. Er stöhnt nicht.

Sie haben ein Tuch über seinen Schenkel gelegt. Der Kommandant hebt es vorsichtig auf, blickt auf das schrecklich zerrissene Fleisch, sieht sofort: keine Hoffnung!

Die Augen des Fähnrichs hängen an seinem Gesicht.

»Ich gebe Ihnen jetzt eine Spritze«, sagt der Kommandant, »zur Sterilisierung. Damit keine Entzündung hineinkommt.«

Der Fähnrich nickt, lächelt ein dünnes, mühsames Lächeln.

»Starke Schmerzen?«

»Es geht.«

Der Kommandant bereitet die Spritze, Morphium, eine starke Dosis, senkt die Nadel ein, wartet.

Nach einer Weile: »Schmerzen?«

»Weniger, Herr Kaleu.«

»Ich muß jetzt wieder nach oben.«

»Der Dampfer muß weg, Herr Kaleu.«

»Ja, der muß weg. Liegen Sie gut so?«

Der Fähnrich nickt.

Der Kommandant wendet sich ab, geht in die Zentrale.

»L. I.: Unterdruckprobe machen. Wir haben Treffer im Oberdeck und müssen sehen, ob der Druckkörper dicht ist.«

Der Druckkörper *ist* dicht. Das Boot taucht, geht auf Sehrohrtiefe und läuft zur »Caroline« zurück. Sie liegt gestoppt, scheint einen neuen Angriff geradezu zu erwarten. Das Vorschiff ist nicht weiter abgesunken, der Brand gelöscht. Sie schwimmt, scheint Faßladung zu haben. Die »panic-party«, der Teil der Besatzung, der in die Boote gegangen war, scheint an Bord zurückgekehrt zu sein; die Boote hängen wieder in den Davits.

Kalt, mit äußerster Vorsicht bringt der Kommandant sein Boot in Schußposition. Diesmal bin ich dran, denkt er, den Fähnrich bezahlst du mir, du Hund! – und zielt lange und bedächtig, bis er sicher auf den Maschinenraum der »Caroline« abkommt.

Nach vierundzwanzig Sekunden schießt die Treffersäule unter dem Schornstein der »Caroline« auf, und mit einem Ruck sackt das Vorschiff bis zur Brücke weg, bis es unter Wasser liegt und das Heck mit der Schraube und dem Ruderblatt frei herausragt.

Im Sehrohr sieht der Kommandant, wie die Besatzung wieder zu den Booten rennt und sie zu Wasser bringt. Ihr könnt mich mal, denkt er, mit mir nicht mehr. Versaufen müßtet ihr, jeder einzelne. Verdammte heimtückische Hunde! – Und nach unten, leise: »Frage: wie geht es dem Fähnrich?«

»Hat den Treffer noch mitgekriegt. Schläft jetzt, Herr Kaleu.«

»Gut. Beide Maschinen Halbe voraus. Steuerbord fünfzehn.« Er zieht das Sehrohr ein, wartet eine Weile, schiebt es wieder hinaus.

Die »Caroline« liegt noch immer wie zuvor, das Vorschiff unter Wasser, das Heck frei herausragend. Boote sind nicht zu sehen.

»Was macht der Fähnrich?«

»Schläft. II. WO hält bei ihm Wache.«

Der Kommandant geht hinunter. Der Fähnrich liegt ruhig, wächsern bleich. Zuweilen bewegen sich seine Lippen. Der Puls ist schwach. Lange blickt der Kommandant schweigend auf ihn nieder. Meine Schuld? denkt er. Habe ich etwas versäumt? Bin ich zu leichtsinnig herangegangen an die verdammte Falle? Haben wir nicht alle nach anfänglichem Mißtrauen wegen ihrer blöden Qualmerei gedacht, daß sie *doch* ein gewöhnlicher Frachter wäre?

Er wendet sich ab und geht zurück in die Zentrale, klettert hinauf in den Turm, fährt das Sehrohr aus und blickt hinüber zur »Caroline«. Das Schiff liegt unverändert. Er sieht auf die Uhr. Es ist fast halb sechs, und er entschließt sich aufzutauchen.

Die Brückenwache zieht auf. Gut außerhalb des Schußbereichs der »Caroline« im dunklen Horizont wartet das Boot und beobachtet, mit kleiner Fahrt gegen die kurze See andampfend. Der Mond ist untergegangen, die Wolkendecke hat sich verdichtet, und der Wind weht frisch und böig.

Wenige Minuten vor sechs sehen sie, wie die »Caroline« sich plötzlich auf den Bug stellt. Heftige Detonationen, eine, zwei, eine dritte rollen ans Boot – dann ist das Schiff verschwunden.

Sie laufen hin. Es ist nichts mehr zu sehen, keine Wrackteile, nichts ...

Noch in der gleichen Nacht stirbt der Fähnrich. Er löscht aus, ohne Aufhebens, ohne Kampf. Es geht ganz rasch, ganz friedlich, sein Gesicht wird plötzlich kleiner; er streckt sich, das ist alles.

Der Bootsmann holt eine neue Hängematte aus der Last. Sie betten ihn hinein und nähen ihn ein, zwei Grundgewichte dazu.

Droben ist noch Nacht. Eine frische Brise weht, und aus dem Westen laufen kurze, schwarze Wellen mit schwach leuchtenden fahlen Schaumkappen auf das Boot zu, brechen rauschend und waschen schäumend durch die Hohlräume zwischen Druckkörper und Oberbau. Im Osten ist die glatte graue Wolkendecke dicht über der Kimm aufgerissen wie eine zerschlissene Seidentapete, bei der sich im Riß von Rand zu Rand noch dünne Fäden ziehen. Dahinter liegt ein zartes rosa und goldenes Geleucht und sendet erste schüchterne Lichter, nicht mehr als eine Ahnung des nahenden Tages, über die unruhige Flut, die hier und da metallen erglimmt.

Wie Statuen stehen die Ausgucks, die Gläser vor den Augen. Aber zwischen ihnen kommen nun andere herauf und sammeln sich im »Wintergarten« – ein paar Mann von jeder Division, blasse Heizer und Maschinenmaate, Zentralepersonal, Seeleute, seemännische Unteroffiziere, Feldwebel und alle Offiziere. Über der Reling des »Wintergartens« liegt eine Planke und darauf der gefallene Fähnrich in seinem letzten Bett, der Hängematte.

Sie haben sich in Reih und Glied gestellt, ohne Befehl, Seeleute und Heizer, Maate und Offiziere, und halten die Planke waagerecht.

Das Boot stoppt. Der Lärm der Diesel schweigt. Es ist plötzlich still; nur die See rauscht, und der Wind weht kühl um die Gesichter.

»Stillgestanden!«

Der Kommandant spricht das Gebet. Klar und langsam.

Und dann gibt er ein kleines Zeichen mit der Rechten; er hebt sie nur ein wenig, ehe er sie zur Ehrenbezeigung an die Mütze legt, aber er ist verstanden worden. Die Planke neigt sich, und der gefallene Fähnrich gleitet hinab in die Tiefe zur letzten Ruhe …

Während all dieser Zeit aber haben die Ausgucks die Gläser nicht von den Augen genommen.

»Rührt euch!«

Schweigend, langsam verschwinden sie einer nach dem anderen im Luk. Als letzter folgt der Kommandant.

Er steigt hinunter in die Zentrale und geht geradewegs an die Bordsprechanlage, schaltet ein und spricht. Klar und hell schallt die allen vertraute Stimme durch die Räume. Sie richtet auf, sie tröstet und verpflichtet: »Wir dürfen uns nicht niederdrücken lassen«, sagt sie, »der Kampf geht weiter. Tue jeder seine Pflicht.« –

Am 14. April buchen die Amerikaner ihren ersten Abwehrerfolg. U 85, Kommandant Oberleutnant z. S. Greger, fällt ostwärts von Kap Hatteras den Wasserbomben des Zerstörers »Roper« zum Opfer.

Trotzdem; die Abwehrkraft der Amerikaner ist immer noch gering.

Aber zahlenmäßig nimmt die Abwehr zu, und es entwickelt sich allmählich ein regelrechter Küstenwachdienst mit Zerstörern, Coastguard-Fahrzeugen und kleinen Vorpostenbooten, die die besonders gefährdeten Zonen ständig kontrollieren und die durchlaufende Schiffahrt im Nahgeleit sichern.

Auch an anderer Stelle erleidet der BdU in diesen Anfangsmonaten der Amerikafahrt drei seltsame und beunruhigende Verluste.

Am 6. Februar 1942 meldet das auf Rückmarsch befindliche U 82, Kommandant Kapitänleutnant Siegfried Rollmann, im Seegebiet westlich der Biscaya einen kleinen und anscheinend nur schwach gesicherten Geleitzug.

»Fühlung halten!« antwortet der BdU.

Kurze Zeit gehen die Fühlunghalterfunksprüche des Bootes ein, dann schweigt es. Keine Antwort auf Anfragen …

Am 26. März trifft U 587, gleichfalls auf dem Rückmarsch, im gleichen Seeraum auf einen schwachen und gering gesicherten Konvoi.

Der Kommandant, Korvettenkapitän Borcherdt, meldet, hält befehlsgemäß Fühlung, und wieder reißen die Fühlunghaltermeldungen nach wenigen Stunden ab ...

Als daher am 15. April der Kommandant von U 252, Kapitänleutnant Lerchen, der zu seiner ersten Unternehmung von Kiel ausgelaufen ist, im gleichen Gebiet wieder diesen merkwürdigen Geleitzug sichtet, der in keines der Schemen hineinpaßt, die BdU, Fliegerführer Atlantik und die Feindlagebearbeiter der Seekriegsleitung für den englischen Konvoi-Rhythmus erkoppelt haben, erhält U 252 Befehl, mit größter Vorsicht zu operieren und nur bei günstiger Gelegenheit nachts anzugreifen.

Bald darauf meldet U 252 sich nicht mehr.

Diese Häufung verdächtiger Verluste würde auch einen weniger mißtrauischen Mann als den BdU stutzig machen. Setzt sich etwa dieser mysteriöse Konvoi, der immer gerade die Aus- und Einlaufwege der Amerikaboote schneidet, aus U-Boot-Fallen zusammen? Operiert er gemeinschaftlich mit einer in der Nähe stehenden U-Jagdgruppe? Oder sind die zahlenmäßig schwachen Sicherungsfahrzeuge mit neuen, bisher unbekannten Abwehrmitteln ausgerüstet?

Als erstes befiehlt er den Booten, sich in dem gefährdeten Gebiet von allen Geleitzügen abzusetzen und zu melden. Sodann überprüft er mit mitleidloser Genauigkeit die Abwehrlage: Wo stehen wir? Nur keine Illusionen! Was wir hier nicht rechtzeitig erkennen und falsch beurteilen, kostet draußen das Leben braver U-Boot-Männer.

Gibt es neuartige Abwehrmittel?

Anlaß zu Sorge und schärfstem Mißtrauen gibt vor allem die wachsende Beunruhigung der Biscaya und der Stützpunkte durch die Royal Air Force. Im März kehrt ein Boot mit alarmierenden Nachrichten zurück: Über Wasser marschierend, hat es plötzlich, mitten in Nacht und Dunkelheit, in der Luft schräg achteraus wenige hundert Meter hinter seinem Heck einen Scheinwerfer aufflammen sehen, der sein Kielwasser kreuzte! Flugzeuge nachts? Das hat es in hellen Mondnächten schon früher gegeben, bei Gibraltar und neuerdings, wie die Boote von drüben melden, im Raum von Trinidad. Aber Scheinwerferanflüge noch nicht! Möglich, daß die Maschine durch phosphoreszierende Gischt und die leuchtende Kielwasserschleppe aufmerksam geworden ist und ein U-Boot nur vermutete. Möglich aber auch, daß das Flugzeug das Boot zuerst geortet, dann verloren und endlich mit seinem Scheinwerfer gesucht hat! Eine unbewiesene Vermutung? Der BdU will Klarheit haben. Sofort schickt er seinen A 4, den Kapitänleutnant Meckel, zum Nachrichten-Waffenamt nach Berlin.

Die Fragestellung ist eindeutig: Ist eine Ortung mit Funkmeßgerät vom Flugzeug aus mit solcher Genauigkeit möglich, daß das Flugzeug nachts einen Zielanflug auf U-Boote fliegen kann?

Die Spezialisten von NWa antworten zweifelnd oder ablehnend. Nein, sie glauben nicht, daß das möglich ist. Ein U-Boot ist doch nur ein sehr kleines Objekt, selbst aufgetaucht; es ist wenig wahrscheinlich, daß man es von oben gegen die Wasserfläche orten kann.

»Wenig wahrscheinlich«, sagt der Kapitänleutnant Meckel, »genügt uns nicht. Was der BdU wissen will, ist nicht, ob es wahrscheinlich, sondern ob es technisch möglich ist.«

»Mit Bestimmtheit können wir das auch nicht sagen«, antwortet NWa ausweichend, »aber nach dem Stand der Ortungstechnik und nach unserer Kenntnis ... eigentlich, nein.«

Der A 4 BdU muß sich vorerst mit dieser Antwort zufrieden geben. Seine eigene Kenntnis der Ortungstechnik ist zu diesem Zeitpunkt ebenso lückenhaft wie die der meisten seiner Kameraden und Vorgesetzten. Alles, was mit Funkmeßverfahren und Ortung zusammenhängt, ist als höchst geheim bisher nur einem kleinen Kreis von Offizieren der Flotte und der Erprobungsstellen zugänglich gewesen. Er beschließt, wie immer, wenn ihm technische Details nicht geläufig sind, seine rechte Hand, den »Meister«, Oberleutnant Grundke, zu Rate zu ziehen. –

Die Kommandanten beurteilen indessen auch jetzt noch, im Frühjahr 1942, die Lage nicht anders als bisher. »Nichts im Verhalten der englischen Maschinen«, sagen sie, »deutet auf Ortung hin. Sie benehmen sich ganz natürlich. Nur: ihre Maschinen waren bisher langsamer; wir hatten mehr Zeit zum Tauchen, ehe sie heran waren. Diese neuen Vögel, die sie jetzt draußen haben, sind verdammt gefährlich, weil sie heran sind, ehe man auf Tiefe kommt, selbst wenn sie der Ausguck schon an der Grenze der Sicht erfaßt. Hinzu kommt, daß auch der beste Ausguck einmal überrascht wird. Aber Ortung? Nein. Daran haben wir bis jetzt noch nicht gedacht. Die Biscaya ist ja schon seit 1941 kein besonders beliebtes Gewässer mehr, Herr Admiral, weil man da bei wechselnder Sicht und Bewölkung ständig mit Luftangriffen rechnen muß. Klares, sichtiges Wetter oder dunkle Nächte sind noch am besten.«

Dennoch beruhigt der BdU sich nicht: er hat zwar keine Beweise für Fortschritte und neuartige Methoden der Abwehr, aber er ist unruhig und hellwach; er riecht, daß auf der anderen Seite etwas im Gange ist, etwas Geheimnisvolles, Gefährliches, Ungreifbares, das seine volle Aufmerksamkeit verdient. –

Der Amerikaner hat inzwischen offensichtlich begriffen, daß er die Boote von dem Flachwasserstreifen vor seiner Haustür vertreiben muß. Seine Abwehr zur See und in der Luft verdichtet sich und wird steigend wirksamer. Häufiger und schneller wechseln seine Verkehrsmaßnahmen, und der BdU hat alle Hände voll zu tun, um zur rechten Zeit am rechten Ort zu sein, seine Anmarschierer frühzeitig in bisher unberührte Gebiete zu lenken und seine Angriffstaktiken dem jeweiligen Verhalten des Gegners anzupassen. All das ist jedoch nur möglich, wenn Stab und Kommandanten eng zusammenarbeiten.

Nach dem nächtlichen Raid der Engländer gegen den Hafen und die Schleusen von St. Nazaire hat der BdU auf ausdrücklichen Befehl aus dem Führerhauptquartier nach Paris zurückverlegt. Zwischen dem neuen Quartier am Boulevard Marechal Maunoury und den Booten an der anderen Seite des Atlantik fliegen daher jetzt die Funksprüche hin und her. Und es sind andere Funksprüche, als sie die Praxis des Krieges bisher gekannt hat, keine lakonischen Lage-Standort-Erfolg-Meldungen mehr, sondern in aller knappen Gedrängtheit ausführliche Frontlageberichte, wie sie der BdU braucht, um, über die ganze Breite des

Atlantiks von der Front entfernt, seine Maßnahmen rechtzeitig und richtig treffen zu können.

So meldet z. B. U 124 – Jochen Mohr:

»Bei Hatteras starker Verkehr. Viele Tanker stoßweise morgens und abends. Nachtstrecke von Hatteras bis Kap Fear. Von Kap Fear bis Charleston kein Nachtverkehr. Schiffe steuern geraden Kurs von Tonne zu Tonne. Keine Minen vor Hatteras. Umleitung wahrscheinlich wegen Wracks oder weil Amerikaner deutsche Minen vermutet. Auf Dampferweg zeitweise patrouillierende Einzelzerstörer. Luftüberwachung dort gegen Abend ...«

Und vierzehn Tage später U 203, Kapitänleutnant Rolf Mützelburg: »... Starker Verkehr bei Hatteras, größtenteils Buchten aussteuernd, hinter der 25-m-Linie. Passieren der Kaps meist bei Helligkeit. Ansteuerungstonnen brennen, durch U-Jäger bewacht. Diamond-Tonne wird dicht außerhalb bzw. innerhalb gerundet. Bewachung zahlenmäßig stark, aber völlig ungeübt. Keine Ortung festgestellt. Flugzeuge bei Tag und Nacht, Zerstörer, Fischdampfer. U-Jäger Typ PC 451 hat unangenehm flache Silhouette. Bei wertvollen Zielen Luftsicherung. Schreck-Wasserbomben und Fliegerbomben, einmal Leichtbomben. Horchverhältnisse stark wechselnd, jedoch stets weiter als Sehrohr. Wegen trüben Wassers keine Fliegereinsicht auf Sehrohrtiefe ...«

Zwei aus Hunderten von Informationsfunksprüchen! Sie unterrichten den BdU über den jeweils letzten Stand der Dinge.

Die Führung lebt von diesen FTs; den Nachteil vom Gegner eingepeilt zu werden, muß man dafür in Kauf nehmen, und die Kommandanten tun das; denn sie erhalten ihrerseits, im Anmarsch sowohl wie in ihren Angriffsräumen, jene zahllosen Details, die es ihnen erst erlauben, den Feindverkehr mitzukoppeln und aus kleinen Anzeichen richtige, erfolgbringende Schlüsse zu ziehen.

Wie weit reicht zum Beispiel die Luftüberwachung von den Landbasen der karibischen Inseln nach Osten? Wie ist die Bewachung, und wann sind die günstigsten Passagierzeiten für die Eingänge in die Karibik, die Anagada-, Mona-, Windward- und Floridapassage? Wo laufen Einzelfahrer, wie etwa auf der »Rostin-Ader«? Wo Geleite? Welches sind an der Küste die Tages- und Nachtstrecken im eigenen und in den Nachbarangriffsräumen? All diese Fragen beantworten die Lagefunksprüche des BdU und ergänzen damit die numerierten allgemeinen Operationsbefehle und die Spezialbefehle für den Amerikakampf »Paukenschlag« und »Westindien 1«. Jede für den Ansatz wichtige Information strahlt die Funkleitstelle im täglichen Atlantikwellenprogramm mehrfach aus, und die Funker auf den Booten ruhen nicht, bis sie ihre Funksprüche in laufender Numerierung vollzählig beisammen haben.

Der BdU aber erhält sich auf diese Weise über Tausende von, Meilen den engen Kontakt mit den Kommandanten der Front.

Drei volle Monate sind vergangen, seit das zweite Goldene Zeitalter des U-Boot-Krieges mit »Paukenschlag« begann, ehe sich eine Konzentration der feindlichen Abwehr im Raume Nantukket-Hatteras abzeichnet. Und genau zu diesem Zeitpunkt tritt der erste U-Tanker, U 459, unter Korvettenkapitän z. V. v. Wilamowitz-Möllendorf in Erscheinung. Die vorausschauende Planung des Admirals Dönitz, der diese Boote schon im Frieden forderte, trägt ihre Früchte.

Die »Milchkühe« des Typs XIV sind langsame, schwerfällige Boote von fast 1700 t mit einem Brennstoffbestand von 700 t, von denen sie 400 bis 600 t an die Kampfboote abgeben können. Sie haben keine Torpedoarmierung und sind nur mit zwei 3,7-cm- und einer 2-cm-Flak für die Abwehr von Luftangriffen bestückt. Das entspricht ihrer Aufgabe; denn sie sollen nicht kämpfen; sie sind reine Brennstoffbasen, und ihr Ölbestand reicht aus, um zwölf mittlere Boote mit je 50 t Öl für Vorstöße in die entlegensten Räume der Karibik oder fünf große Boote mit je 90 t für Operationen bis nach Kapstadt auszurüsten. Sie führen ein Lager von Verbrauchsstoffen und Reserveteilen, sie haben einen Arzt an Bord und verfügen über eine Anzahl von überplanmäßig eingeschifften Spezialisten, wie Torpedomechanikern, Funkern oder Maschinisten, um erforderlichenfalls Personalausfälle auf den Kampfbooten durch Umschiffung ersetzen zu können. Sie sind *das* Geschenk des Himmels in dieser Phase des Krieges und erfreuen sich alsbald uneingeschränkter Popularität. Der Kommandant U 459, Kapitän v. Wilamowitz-Möllendorf, ist überdies einer der wenigen U-Boot-Fahrer des Ersten Weltkrieges und wohl der ganz wenigen, der in dem zweiten Ringen der grauen Boote als Kommandant zur See fährt. Er ist ein hartgegerbter eisgrauer Herr von unverwüstlicher Jugendlichkeit, dem die Herzen der jungen Kampfkommandanten bald in Liebe und Bewunderung entgegenschlagen. Versorgung beim »alten Wilamowitz« ist bald bei den Booten der Inbegriff für ein Fest.

U 108, das Boot des Eichenlaubträgers Klaus Scholz, lutscht sich als erstes voll. Vierzehn Tage später ist U 495 ausverkauft. Zwölf mittlere und zwei große Boote marschieren aufgefüllt in das bisher wenig besuchte Gebiet zwischen Kap Hatteras und der Floridastraße. Sechzehn, zeitweise sogar achtzehn Boote verteilen sich zu diesem Zeitpunkt über das Gebiet von Cape Sable Island östlich Halifax bis Key West an der Südspitze Floridas. Das ist die bisher größte Zahl vor den USA, und der BdU erwartet voll Spannung den Erfolg dieses ersten, mit ausreichenden Kräften geführten Frontalangriffs.

Anfänglich läßt sich auch alles nach Wunsch und Voraussicht an, aber dann, mit dem Einsetzen der Vollmondperiode am 21. April, stockt plötzlich der bisher so unerschöpfliche Strom des Verkehrs. Wo vor wenigen Tagen noch die Pulks der in Sammelfahrt laufenden Schiffe die gefährdeten Kaps rundeten, wo die Einzelfahrer schwer beladen ihren Kurs zogen, herrscht plötzlich Leere und Stille. Hier und da sickern noch, wie die letzten Rinnsale in einem ausgetrockneten Flußbett, vereinzelt die Ziele dahin, aber nach wenigen Tagen schon häufen sich in Paris die Funksprüche: »Kein Verkehr. Erbitte Verlegung Angriffsraum.«

Der BdU steht vor einem Rätsel. »Wahrscheinlich der Vollmond«, sagt er zuversichtlich, »wenn es erst wieder dunkel wird, ändert sich das. Der Amerikaner muß fahren. Nur keine Nervosität.«

Aber diese Erwartung bestätigt sich nicht. Vor New York läuft bei Tage auf flachstem Wasser, für die lauernden Boote unerreichbar, weiterhin starker Verkehr. Bei Hatteras Stille. Bei Kap Lookout und Kap Fear Stille. Die Wolken ziehen, die Seen rollen, der Wind weht. Aber die Kimm bleibt leer, die reiche Weide verlassen. Der Mond rundet sich. Allabendlich steigt er orangefarben glühend aus den Fluten, fährt am Himmel empor, hüllt die schwarze Meereslandschaft in sein silberweißes Licht und versinkt.

Nirgends ein Schatten. Nirgends ein Schiff.

Die Wolken wechseln. Der Wind wechselt. Ein kurzer Sturm jagt vorüber, und die Seen glätten sich wieder ein. Der Mond wird schmaler; er kommt später und verschwindet früher; die Dunkelheit wächst. Die Boote kreuzen in Suchschlägen bis in die nächste Nähe der Küste.

In Paris wartet der BdU, von Tag zu Tag ungeduldiger. Der Amerikaner muß fahren. Es ist unmöglich, daß er den Verkehr an seiner Küste einstellt. Jetzt, da die Vollmondphase vorüber ist, muß der Verkehrsstrom wieder einsetzen.

Und da kommt die Meldung: Am 9. Mai 1942 passiert der erste Konvoi Kap Hatteras! Dicht unter Land. Stark gesichert. Auf flachstem Wasser!

Die Erfolge in der Floridastraße sind der einzige Lichtblick in diesen zweifelvollen Tagen. Drei Boote, darunter Teddy Suhrens U 564 und U 333 – Cremer, das »Boot der kleinen Fische«, versenken hier trotz starker Luft- und Seeüberwachung fast ein Dutzend Schiffe, während die vierzehn anderen Kommandanten, die auf fünfhundert Meilen Küstenvorfeld verteilt stehen, in der gleichen Zeit aus Mangel an Zielen kaum mehr als dasselbe erreichen.

Dabei leistet sich Ali Cremer ein Husarenstück erster Klasse. Nachtunterwasserangriff. Sicht eingeschränkt. Entfernungsschätzen schwierig. So kommt es, daß er zu nahe an den Gegner heranprallt, und daß ihm der eben torpedierte Tanker mit Donnergetöse sozusagen gerade auf den Kopf fällt. Schwer beschädigt, mit vollständig zerrissener Brücke und verbogenen Sehrohren kommt er von dem sinkenden Schiff frei, setzt sich ein Stück von der Küste ab, untersucht seine Schäden, läßt nachts, durch ausgespannte Wolldecken gegen Sicht von außen geschützt, mit dem Schneidbrenner das zermatschte Blech wegschneiden und ein paar provisorische Relingstützen an den Turmstumpf anschweißen, riggt mit dünnen Leinen eine Art Notreling auf und stößt in dieser Verfassung, sozusagen barfuß, sofort wieder auf das flache Wasser an der Küste vor. Und hier erwischen ihn nach einem erneuten Angriffserfolg die amerikanischen Zerstörer und decken ihn schwer mit Wasserbomben ein.

Es ist nicht viel mehr als ein Wrack, was die Besatzung nach diesem Kampf unter den Füßen hat. Theoretisch kann das Boot eigentlich überhaupt nicht mehr schwimmen. Aus Rissen in den Tauchzellen entweicht schleichend die Luft; alle paar Minuten muß nachgeblasen werden. Batteriezellen sind geplatzt und ausgelaufen, Dieselfundamentbolzen abgeschoren, Verdichter zusammengebrochen; es ist ein heilloser Zustand.

Das Boot muß ununterbrochen in Fahrt gehalten werden, und die vorderen Tiefenruder liegen beständig »hart oben«, die achteren »hart unten«, um ihm durch Fahrtstrom den notwendigen zusätzlichen Auftrieb zu geben, der es am Schwimmen erhält. Aber selbst mit diesem Wrack versenkt Cremer noch einen Dampfer, ehe er den Dreitausendmeilenmarsch nach Frankreich antritt. Und er kommt richtig an; er bringt es fertig, mit einem Boot, das eigentlich gar nicht mehr schwimmen kann, über den ganzen Atlantik nach Hause zu schippern.

Während sich der Schwerpunkt des U-Boot-Krieges aus den Flachwasserzonen der amerikanischen Nordküste mit zunehmender Dichte der Abwehr in den karibischen Raum verlagert, setzt der Admiral Dönitz seinen Kampf um den ökonomischen Einsatz der Boote zäh und unermüdlich fort. Seine Vorstöße werden immer dringlicher und schärfer.

Er sagt: »Die Erfolge der Eismeerboote sind, bedingt durch die Helligkeit der Polarnächte, gering. Im Amerikaeinsatz würden sie weit mehr erreichen. Der BdU beantragt daher, die Nordmeerboote wenigstens für die hellen Sommermonate in den Atlantik zurückzuverlegen.«

Berlin lehnt ab.

Der BdU wiederholt seine Anträge.

Berlin verharrt bei seiner Ablehnung.

Der BdU antwortet: »Nach Ansicht des BdU ist es richtig, die Boote nur für die Art von Kriegführung einzusetzen, für die sie am besten geeignet sind, den Tonnagekrieg. Und zwar dort, wo er am lohnendsten ist.«

Er sagt unbarmherzig fortargumentierend: »Die Abwehr im Nordmeer ist gefährlich und stark. Dadurch steigen die Verluste und die Zahl der Beschädigungen, ohne daß entsprechende Erfolge erzielt wurden. Bei der Dürftigkeit der Werftmöglichkeiten im Norwegenbereich entsteht ein außerordentlich ungünstiges Verhältnis von See- zu Hafentagen. Hohe Verluste und Schäden bedingen laufend erhöhten Nachschub an neuen Booten, um das befohlene Soll im Nordmeer aufrechtzuerhalten. Zwanzig Boote im Nordmeer bedeuten also den Ausfall von mehr als zwanzig Booten im Atlantik. Der Einsatz im Nordraum ist unrentabel.«

Die Antwort ist bestürzend. Der BdU schlägt zornig glättend mit den Fingerrücken auf das Papier, als er es Kapitän Godt zuschiebt.

»Jede Tonne Kriegsmaterial«, steht da, »die nicht nach Rußland gelangt, kommt einer Entlastung unserer im Entscheidungskampf stehenden Ostfront gleich.«

»Klingt nach Führerhauptquartier«, sagt Godt stirnrunzelnd.

Der Admiral nickt. »Lesen Sie weiter«, sagt er verkniffen, »es kommt noch besser.«

Kapitän Godt überfliegt die Seite, stockt, liest plötzlich mit halblauter Stimme: »Schließlich ist auch das Fühlunghalten für den Ansatz der Luftwaffe trotz dauernder Helligkeit bei der im Verlaufe der Operation häufig wechselnden Wetterlage von wesentlicher Bedeutung ...«

Er hebt den Blick. Sein Gesicht ist plötzlich gerötet. Er begegnet den Augen des Admirals; sie sind klein und pechschwarz. Aber er ist nicht zornig wie sein Chef, er ist rot vor Scham: U-Boote im Sommer, im arktischen Sommer, der keine Stunde

Dunkelheit kennt, als Fühlunghalter an schwer gesicherten Geleitzügen, für die ... Luftwaffe – und das im Aufklärungsbereich der eigenen Flugzeuge! Das ist so grotesk – es gibt keine Worte dafür. Der Maulwurf als Aufklärer für den Falken! Das ist es. Der Gegensatz, der die Auffassungen der U-Boot-Führung von denen Berlins trennt, tritt hier erbarmungslos nackt zutage. In der Seekriegsleitung dominieren »Überwasserleute«, und sie sind auf diesem Gebiet kühne Meister ihres Fachs. Aber sie sehen nicht, daß das U-Boot eine Waffe von absoluter Eigengesetzlichkeit ist und um so mehr an Wirkung verliert, als ihm Aufgaben zugewiesen werden, die seinem Wesen zuwiderlaufen.

All das fliegt Kapitän Godt in Sekundenschnelle durch den Kopf, während er schweigend auf den Maulwurferlaß niederblickt.

Er sieht auf und begegnet dem schwarzen Blick seines Chefs. Aber der Admiral explodiert nicht. »Wenigstens wissen wir einmal wieder, woran wir sind, Godt«, sagt er kalt. »Siebenhunderttausend Tonnen im Monat müssen nach den Berechnungen der 3/SKL versenkt werden, um den alliierten Schiffsneubau auszugleichen. Erst was darüber hinausgeht, verringert den feindlichen Tonnagebestand. Aber wir können es uns leisten, den besten Tonnagemarkt zu vernachlässigen und zwanzig Boote auf Eis zu legen.«

Er springt auf, beginnt mit langen Schritten auf und ab zu gehen.

»Nur wenn er genügend Tonnage hat, kann der Gegner daran denken, die von den Sowjets so dringend geforderte zweite Front zu errichten. Nur wenn der ungeheure Aufwand für den Tonnageneubau sinnlos wird, weil versenkt wird, was eben erst von den Helgen lief und in Fahrt kam, nur dann kann dieser Seekrieg für Deutschland ein gutes Ende nehmen.

Es hilft der Ostfront nicht, wenn zwanzig Boote im Nordmeer wenig oder nichts versenken. Aber es hülfe ihr, wenn zwanzig Boote mehr im Amerikaraum stünden. Jetzt – solange die Chancen dort noch gut sind!«

Zwischen achtzig und neunzig Prozent der Karibik-Boote füllen mittlerweile aus den »Milchkühen« auf. Kein Zweifel: ohne diese Versorgung, die schwimmenden Tankstellen unter v. Wilamowitz-Möllendorf, Schorn, Stiebler, Vowe und Wolfbauer, hätte der Schlag gegen die Karibik nie mit der Wucht und Härte geführt werden können, die er jetzt erreicht.

Dazwischen fallen Sonderaufgaben, die einzelne Boote am Rande miterledigen. U 202 – Linder – und U 584 – Jochen Deekke – setzen im Schutze dunkler Nächte bei Long Island und bei Jacksonville Beach Agenten des Unternehmens »Pastorius« im Schlauchboot an Land, die mit Spionage- und Sabotageaufträgen vom Amt Ausland-Abwehr II des OKW nach Amerika entsandt worden sind. Der BdU hat, widerwillig genug, seine Zustimmung zur Einschiffung der Leute erteilt; er hält nicht viel von dieser Planung, weniger weil sie die Boote besonders gefährdete, als weil er den Passagieren nicht über den Weg traut. Wer garantiert ihm, daß sie nicht, wenn es um Kopf und Kragen geht, alles mögliche ausplaudern, was sie auf der Überfahrt auf den Booten gesehen haben? Seiner geraden Art liegen undurchsichtige Charaktere nicht, und voll Mißtrauen verfolgt er den weiteren Verlauf der Dinge, bis das eintritt, was er erwartet hat: Unter den Abgesetzten befinden sich richtig ein paar Windeier. Beide Gruppen gehen hoch.

Aber neben dieser Episode dauert die mühevolle Suche nach dem Schiffsverkehr zwischen Cape Sable und der Floridastraße an. Ohne größeren Erfolg …

Es ist so. Der Amerikaner fährt jetzt im Geleitzug, dicht gesichert von Zerstörern und Patrouillenbooten, unter starkem Luftschirm. Und diese Sicherung hat zugelernt und greift an! Drei Boote, ein Drittel der von Halifax bis Hatteras jagenden Wölfe, fallen den Angriffen zum Opfer, U 215 mit Kapitänleutnant Hoeckner und U 576 unter Kapitänleutnant Heinicke als Totalverluste mit der gesamten Besatzung. Von U 701 geraten der Kommandant – »Degen, der tapfere Degen«, wie ihn der BdU einmal genannt hat – und ein Teil der Besatzung in Gefangenschaft.

Der BdU reagiert schnell. Solche Verluste gehen weit über das erträgliche Maß hinaus. Die Boote erhalten Befehl, sich aus dem Nahbereich von Kap Hatteras zurückzuziehen. Ein halbes Jahr lang haben die Grauen Wölfe hier gewürgt und gerissen; nun verlassen sie den Kampfplatz, auf dem mehrere hundert Schiffe, zu Tode getroffen, für immer in den Fluten versunken sind. Nirgends in der Welt liegen die Opfer so dicht wie hier: Auf der Versenkungskarte im Lagezimmer des BdU, wo jedes versenkte Schiff mit einer goldenen Nadel gesteckt wird, sitzen diese Zeichen der Vernichtung in dichten Büscheln nebeneinander. Nun tritt wieder Ruhe ein, die Ruhe des Friedhofs, auf dem Freund und Feind nebeneinander liegen. Droben aber rollen die Wogen, brausend und mächtig, unberührt vom Kampfe der Männer, wie seit eh und je. –

Mitte Mai meldet sich Vichy. Die Regierung des Marschalls Pétain hat Nachrichten erhalten, wonach Gewaltakte der Amerikaner gegen Martinique zu befürchten sind. Fort de France steht unter ständiger Bewachung durch leichte US-Seestreitkräfte und wird laufend von Flugbooten kontrolliert. Die französischen Kriegs- und Handelsschiffe im Hafen sind unzuverlässig; es besteht der Verdacht, daß sie versuchen werden, auszulaufen und sich dem Gegner anzuschließen.

U 156 – Hartenstein – und U 69 – Zahn – erhalten Befehl, die gefährdete französische Kolonie zu bewachen und amerikanische Seestreitkräfte und französische Schiffe, die einen Ausbruch versuchen, anzugreifen und zu versenken.

Als U 156 vor Fort de France eintrifft, strahlt heller Vollmond aus wolkenlosem Himmel herab. Es gibt keine wirklich dunkle Stunde. So weit das Auge reicht, liegt die See in silbern strahlender Helligkeit, kaum daß sich Himmel und Meer in der Kimm voneinander trennen. Das bedeutet Einschränkung der Überwasserfahrt auf das unbedingt Notwendige, auf die etwa vier Stunden, die das Boot braucht, um seine Batterien aufzuladen.

Stöhnend vor Hitze, in strömendem Schweiß, halten die Männer von U 156 täglich zwanzig Stunden bei Temperaturen von durchschnittlich 35° C unter Wasser aus. An Auftauchen – außer in der Nacht und abgesetzt von der Küste – ist nicht zu denken; jeder Blick durch das Luftzielsehrohr, vorsichtig gewagt, zeigt Flugzeuge, Viermotorer, Zweimotorer und schnelle Jäger und Flugboote.

Vor der Hafeneinfahrt patrouilliert ein amerikanischer Zerstörer vorsintflutlichen Typs regelmäßig wie ein Uhrpendel auf und ab. Sonst regt sich nichts, nur diese alte Blechschachtel, hin, her, hin, her.

Durchs Sehrohr sieht der Kommandant die Geschütze, die Wasserbomben, die achtern, eine Reihe schwarzer Tonnen, an Deck stehen, die Werfer, in denen die verfluchten Koffer bereitliegen.

Der erste Tag vergeht. Sechzig Sekunden machen eine Minute, sechzig Minuten eine Stunde, vierundzwanzig Stunden einen Tag. Zwanzig und eine halbe Stunde von diesen vierundzwanzig steht U 156 vor Fort de France unter Wasser, bald auf Sehrohrtiefe, bald tiefer, immer in der gleichen mörderischen Hitze.

Nur die E-Maschinen wicheln halblaut vor sich hin, und aus dem Horchgerät quellen die leise quirlenden, gläsernen Geräusche der Zerstörerschrauben, bald ferner, bald näher.

Niemand ißt. Keine Spiele, kein Rees und kein Gelächter. Dumpf und stickig steht die Luft in der Röhre. Von Zeit zu Zeit nimmt der L. I. eine Luftprobe mit dem Kohlensäureprüfer dicht über den Flurplatten und stellt die Luftreinigung an, die den verbrauchten Mief durch das Boot quirlt und ihn durch die Kalipatronen drückt, und nochmals gibt er einen Schuß Sauerstoff hinzu.

Schließlich reißt dem Kommandanten der Geduldsfaden. Längst hat er alle Unterlagen über den amerikanischen Veteranen ermittelt; nun greift er an. Die Luftüberwachung wird dadurch natürlich noch schärfer werden, aber die ausbruchslustigen Franzosen, falls sie überhaupt da sind, werden auch wissen, was sie erwartet, wenn sie sich von der Pier rühren.

Der Torpedo läuft. Ahnungslos trödelt die amerikanische Blechschachtel in ihr Schicksal hinein.

Da! Rabamm! Treffer vorn! Nach der Detonation ist das ganze

Vorschiff des Yankees mitsamt der Kanone verschwunden, weggerissen, in die Luft gefahren oder versoffen. Aber – das Schiff schwimmt! Da muß ein Schott sein, das hält! Mühsam, eine ungefüge Bugwelle vor sich herschiebend, rettet sich der Zweidrittelzerstörer in den Innenhafen von Fort de France. –

Der dritte Tag.

Der vierte.

Der fünfte, sechste, siebente. Hitze, Schweiß, Schlaflosigkeit. Die Besatzung nimmt rapide ab. Der Koch kommt zum Kommandanten: »Herr Kaleu, was soll ich zum Mittag geben? Es kommt alles wieder von der Back; ich kann's ebensogut gleich wegschmeißen. Bloß Kujambel wollen sie und Obst in Dosen. Aber alles kann ich das doch nicht ausgeben.«

»Tee und Kekse«, sagt der Kommandant.

Am Abend des siebenten Tages, nach einer Woche, in der die Besatzung hundertzwanzig Stunden bei Temperaturen um 35° C unter Wasser ausgehalten hat, macht er einen Funkspruch an den BdU: »Grenze der Leistungsfähigkeit«, und erhält sofort einen neuen Angriffsraum.

In Paris aber sitzt der BdU nachdenklich vor diesem Drei-Worte-FT. Hartenstein ist von allen Kommandanten, die er draußen hat, vielleicht der härteste, und seine Besatzung ist gut. Es muß schon einiges los sein, ehe dieser Kommandant einen solchen Funkspruch abgibt: Grenze der Leistungsfähigkeit …

Ziemlich um die gleiche Zeit macht der BdU eine andere wichtige Erfahrung: Drei Boote, auf dem Ausmarsch zur Brasilküste gegen einen Sierra-Leone-Geleitzug angesetzt, kommen nicht zum Erfolg. Sie sind nicht einmal mehr imstande, laufend die Fühlung aufrechtzuerhalten. Luft- und Seeüberwachung drängen sie so gleichzeitig ab, daß sie die Fühlung verlieren. Drei Wölfe genügen demnach nicht mehr, um einen Geleitzug zu bekämpfen. Was haben dagegen U 105 und U 106 noch vor Jahresfrist erreicht! Dabei gehört neben anderen U 161 zu diesen Booten, Achilles, der »Lochkrieger« von Port of Spain und Port Castries!

Die drei Brasilboote dirigiert er, nachdem sie bei St. Pauls Rock und vor der Küste Brasiliens nichts finden, in die Karibik um. Achilles – U 161 – geht nach Panama. Als er seinen Kampfraum erreicht, hat das Boot schon 8000 Seemeilen, die Meile zu 1852 m hinter sich!

Ein anderes Boot – U 159 – Kommandant Kapitänleutnant Witte, steht zu dieser Zeit auf flachem Wasser in der Nähe der Venezuelaküste. Fern in der dunstigen Kimm schummern die Umrisse von Kap de Vela. Die See flimmert und blitzt im Sonnenglast. Die Augen durch dunkle Brillen geschützt, lehnen die Ausgucks hinter den Gläsern. In langen, glatten Rücken läuft eine alte Dünung und wiegt das Boot sachte auf und nieder. In der Zentrale spielt das Radio: schräge Musik amerikanischer Sender, dazu eine Frauenstimme, klagend und sehnsüchtig.

Im Turm, rund um den Sehrohrschacht, hocken die Raucher, saugen schweigend an ihren Glimmstengeln und lauschen.

»Die hat's aber schwer nötig«, sagt einer.

»Würd' dir glatt an den Hals springen, wenn sie deinen Elfenbeinkörper sähe.«

»Mach keine Sachen, Mensch; ich bin verlobt!«

Sie lachen. Über ihnen wandert der kreisrunde Ausschnitt des Turmluks mit den leisen Bewegungen des Bootes in der Dünung hin und her; ein Stück blauer Himmel, der schimmernde Rand einer weißen Haufenwolke und wieder das tiefe, strahlende Himmelsblau.

»Sollt' man gar nicht glauben, daß Wolken so weiß sein können«, sagt einer besinnlich nach einem langen Blick in die Höhe.

Tage später, nach einem wilden Artillerieduell mit einem stark bewaffneten Frachter, tritt das Boot die Heimreise an. Die Bestandsaufnahme ergibt: keine Torpedos mehr – längst verschossen – und als Rest nach dem Feuergefecht in den Bereitschaftsbehältern an Oberdeck nur noch siebzehn Granaten, von denen man nicht sicher weiß, wie sie nach einer kürzlich überstandenen Horchverfolgung mit Tieftauchen und schweren Wabos funktionieren werden. Daneben noch etwas 3,7- und 2-cm-Munition, aber die 3,7 ist ausgefallen.

»Rückmarsch«, sagt demnach der Kommandant, »wir gehen

durch die Mona-Passage, und wenn wir unterwegs noch was treffen, sehen wir zu, daß wir unsere Reste noch an den Mann bringen.«

Zwei Tage später ist es soweit. In der Abenddämmerung kommen Mastspitzen heraus, ein größer Tanker, an dessen steilem Steven die stürmisch aufgelaufene See in weißen Kaskaden aufsteigt. Auf seinem Heck steht ein achtunggebietendes Geschütz.

»Was meinen Sie, I. WO?« sagt der Kommandant.

»Wenn der Benzin geladen hat ... ein einziger Treffer genügt ...«

»Richtig.«

Nach einer Weile hat der Kommandant seinen Entschluß gefaßt; das Boot wird angreifen. Ihm ist nicht ganz wohl bei diesem Unternehmen, aber den Tanker laufen lassen, so ein Riesenziel, das bringt er auch nicht übers Herz ...

Schon der dritte Schuß sitzt drüben in der Navigationsbrücke, und ihm folgt Treffer auf Treffer. Aber nur wenige Granaten krepieren; die Wasserbomben sind ihnen nicht bekommen; sie sind naß geworden ...

Der Tanker schießt nicht zurück. Er funkt: »E. J. Sadler – shelled by submarine« – und gibt seinen Standort.

Unmittelbar danach schwingt er sein erstes Boot aus; das Schiff verliert Fahrt, stoppt, fällt quer zur See. Das Boot setzt ab ... Niemand am Geschütz ...

Ran, denkt der Kommandant, jetzt hilft nur noch Frechheit!

Drei weitere Boote kommen drüben zu Wasser, drängen sich in der Nähe des Schiffes zu einem Huddel zusammen. Tot, verlassen dünt der Tanker in der See, ein dunkler schweigender Koloß.

»Brücke in Brand schießen«, befiehlt der Kommandant. »Feuererlaubnis!«

Alle Rohre donnern, hämmern und hacken los. Die Wirkung läßt nicht auf sich warten. Holzfetzen und Bretter fliegen. Blechverkleidungen klaffen, Feuer bricht aus, züngelt, greift rasch um sich, und bald steht die Brücke des Tankers in hellen Flammen.

Die Geschütze schweigen, verschossen bis zur letzten Granate.

Drüben faßt der Wind in die Flammen, jagt sie wie flatternde

Fahnen auf. Farbe, Lack und Holzverkleidung der Aufbauten brennen; das Blech glüht. Langsam frißt sich der Brand weiter.

»Hoffentlich brennt sich das nach unten durch«, sagt der Kommandant, »sonst stehen wir da mit 'm dummen Gesicht. Von selber sinken tut der nicht ...«

Sie warten eine Stunde – noch eine. Bald wird der Tag anbrechen, und das Feuer macht kaum Fortschritte. Es brennt zwar nun auch schon an Deck, aber es scheint nicht nach unten durchzuschlagen.

Während er, scheinbar geduldig und ungerührt, zuschaut, ringt der Kommandant mit einem gefährlichen Entschluß. Soll er ein Sprengkommando hinüberschicken, um so das Sinken des Tankers zu beschleunigen? – Du bist verrückt, denkt er zuerst, wenn den Männern was passiert ... Aber der Gedanke kehrt beharrlich wieder: Der Tanker brennt ja nur vorn. Sprengen müssen wir achtern, in der Maschine ... Aber wenn vorn das Feuer in die Ladung schlägt, und der Kasten explodiert, während wir achtern im Schiff die Sprengladungen anbringen?

»Der sinkt nicht, Herr Kaleu«, sagt plötzlich der I. WO, »das kann noch Stunden dauern, und wenn es erst hell wird, nehmen ihn die andern womöglich auf den Haken und schleppen ihn ein, und wir sind Neese. Sprengen müßte man den Burschen ...«

Der Kommandant brummt etwas Unverständliches. Beladener Zehntausend-Tonnen-Tanker, denkt er, was würde der Löwe sagen? Bestimmt ›voller Einsatz‹. Zweifelnd blickt er hinüber. Das Feuer frißt sich langsam an Deck nach vorn. Der Laufsteg brennt mit prasselnd heller Flamme.

Es muß sein, denkt er schließlich, wer A sagt, muß auch ... na, ja ... Aber wenn den Männern etwas passiert ... Es hilft nichts – das Risiko muß ich tragen; sonst kommt der verdammte Kasten nicht unter Deck.

»Klar bei Schlauchboot. Sprengkommando sich klarmachen!«

Wie der Blitz ist der I. WO an Oberdeck. Er hat auf diesen Befehl nur gewartet; das ist etwas für ihn, es kitzelt die Nerven!

Drei Mann stoßen zu ihm, die Nummer Eins, ein Obergefreiter, ein Gefreiter.

Vorsichtig stauen sie die Sprengpatronen, setzen das Schlauchboot aus, paddeln los …

Merkwürdig, das eigene Boot von außen zu sehen! Lang und niedrig, hebt es sich kaum vom Schwarz des Wassers ab. Nur in der Mitte bildet der Turm einen schwarzen Würfel, und um die Flanken sieht man etwas fahlen Schaum …

Vor ihnen wächst das Heck des Tankers riesenhaft in den Himmel. Die Blöcke in den Taljen, an denen die Kutter gehangen haben, schlagen donnernd an die Bordwand … bumm – bomm … und schwingen sausend hin und her.

»Vorsicht! Köppe weg! Hast ihn …?«

»Jawoll, hab ihn.«

Die Nummer Eins hat den heranschlenkernden schweren Block mit beiden Händen abgewehrt und dann blitzschnell zugegriffen und festgehalten; die Verbindung ist hergestellt.

Zu dritt hangeln sie sich hinauf an Deck und ziehen den Sack mit den Sprengpatronen an einer Wurfleine hinter sich her. Unter ihnen in der Tiefe reitet das Schlauchboot mit den Seen auf und ab, winzig, ein Käfer, hin und her geworfen in silbern phosphoreszierendem Gischt.

»Gut festhalten!« brüllt der I. WO hinab;, »paar Minuten bloß, wir sind gleich zurück!«

Drüben auf dem Boot steht der Kommandant, das Glas vorm Auge. Verdammte Hitze; mitten in der Nacht schwitzt man …

Er sieht sie aufentern, dann verschwinden. Wenn jetzt das Feuer im Vorschiff doch nach unten in die Ladung schlägt …

Verdammte Zucht! Dreimal verfluchte Sauzucht! Er steht wie auf Nadeln, setzt sich, steht wieder auf, schwingt sich auf den Brückenrand, schluckt trocken, wartet.

Da, drüben fällt Licht aus einem Schott im achteren Aufbau, ein gelbes freundliches Viereck. Na ja, brauchen sie wenigstens nicht im Dunkeln …

Vorn sprühen die Funken vom brennenden Laufsteg des Tankers. Rauch schwelt, und Brandgeruch treibt mit dem Wind herüber …

Herrgott, gib, daß das Feuer jetzt nicht nach unten durchschlägt! Ich hätte sie doch nicht fahren lassen dürfen. Aber der Tanker muß ja doch weg …! Wie lange sind sie jetzt drüben? Fünf – sieben Minuten. Wenn sie bloß nicht so lange machen würden! –

Inzwischen sind der I. WO und seine beiden Begleiter in das fremde Schiff eingedrungen. Wo ist der Niedergang zum Maschinenraum? Nein, das ist 'ne Kammer, hat anscheinend der Chief bewohnt. Auf dem Tisch liegt eine ölverschmierte Mütze, an der Wand hängt das Bild eines fünfzigjährigen Mannes und einer freundlich blickenden Frau im Sonntagskleid, flankiert von drei Kindern, zwei Mädels von zwölf und einem Jungen.

»Zwillinge«, sagt die Nummer Eins, »kiek mal an, nüdliche Krabben. Man gut, daß unsere Aale alle waren; sonst hättet ihr jetzt keinen Papa mehr.« Er nickt den kleinen Mädchen freundlich zu und klappt das Schott dicht. Hinter ihm ruft schon der I. WO.

Sie rasseln die eisernen Niedergänge hinunter. Pieksauberes, modernes Schiff. Nichts zu sagen! – Die Maschinen stehen. Matt glänzen die Kolbenstangen und Kurbelwellen. Unter dem einen Kessel brennen noch die Feuer; das Manometer zeigt hohen Druck. Durch Lüfter und Windhutzen dringt Brandgeruch herab.

Eilig machen sie die Sprengladungen fertig. Draußen gurgelt und wäscht die See, dröhnen die Blöcke der Bootstaljen gegen die Bordwand.

Auf U 159 tritt der Kommandant, mühsam seine Nervosität beherrschend, von einem Fuß auf den ändern. Das ganze Vorschiff des Tankers steht jetzt schon in hellen Flammen, und immer noch kann er nichts von seinem Sprengkommando erblicken. Zwölf Minuten sind vergangen, seit sie drüben verschwanden …

»Da!« entfährt es plötzlich dem II. WO, »jetzt kommen sie!«

In dem gelben Viereck drüben steht der I. WO, hebt den Arm, zeigt klar. Hinter ihm folgen seine zwei Getreuen. Der letzte schließt sorgfältig das Schott hinter sich, und die Dunkelheit schluckt sie auf.

Der Kommandant atmet unwillkürlich einmal tief durch; er

fühlt sich plötzlich leicht und frei. Wie hat es doch geheißen in dem alten Märchen? – »Heinrich – der Wagen bricht« – »Nein, Herr, der Wagen nicht. Es ist ein Band von meinem Herzen ...« Nun weiß er, wie das ist!

Aus dem Dunkel taucht der winzige Schatten des Schlauchbootes auf, kommt längsseits, und die Männer jumpen an Deck.

»Befehl ausgeführt. Sprengung vorbereitet!« Der I. WO strahlt und sprudelt förmlich. »Wunderschönes Schiff, Herr Kaleu. Durften wir auf keinen Fall fahrenlassen. Paar Sachen, die nicht unbedingt versaufen brauchten, haben wir noch mitgebracht.«

»Was habt ihr ...?«

»Paar Sachen mitgebracht, Herr Kaleu. War ja Zeit genug, und 'n Sack hatten wir auch. War ganz gut ausgerüstet, der Schlitten. Tadellose Pantry mit Whisky, Gin, Dosenbier ...«

»Und mir geht hier inzwischen der Arsch mit Grundeis«, sagt der Kommandant grob. Aber dann muß er doch lachen. »Ihr Brüder! Und wann gehen die verehrten Sprengpatronen hoch?«

»Jetzt« – der I. WO sieht kurz auf die Uhr – »genau in dreißig Sekunden«.

Pengg – rrengg – reng – pengg! Hart und trocken schlagen die Sprengungen wenige Augenblicke darauf ans Boot, und mit einem Ruck sackt der Tanker achtern tiefer.

Langsam, majestätisch und drohend hebt sich der Bug aus den Fluten, ein schwarzes Ungeheuer, dessen flammende Mähne im Winde quer ausweht. Endlich steht das Schiff senkrecht, ein gespenstisch ragender Turm, und so verharrt es lange, ehe es langsam versinkt. –

25.
HARTES BROT

Mit dem beginnenden Sommer 1942 kehrten die Wolfsrudel in ihre alten Jagdgründe an den Konvoi-Routen zwischen Amerika und England zurück, nachdem sie im ›Goldenen Westen‹ 400 bis 600 Schiffe – nach alliierten Angaben 495 Schiffe mit mehr als zweieinhalb Millionen Tonnen, darunter 142 Tanker – vernichtet haben. Harte, wilde, von Sieg und Abenteuern erfüllte Monate!

Der BdU jedoch hat diesen Abschnitt der leichten Erfolge nie anders betrachtet, denn als eine glückliche Episode, die notwendigerweise eines Tages ihr Ende finden muß.

Besorgt, keine der gewonnenen Erfahrungen veralten und verlorengehen zu lassen, hat er daher sehr bald, schon während der Zeit größter Erfolge vor den Küsten der USA, die auslaufenden Boote auf ihrem »toten« Anmarsch über den Nordatlantik gegen die britischen Nachschubgeleite angesetzt.

Aus vorliegenden B-Dienst-Meldungen scheint überdies hervorzugehen, daß der Gegner nicht mehr wie im Vorjahr seinen Verkehr über die ganze Breite des Nordatlantik streut, sondern jetzt dem Großkreis zwischen Nordkanal und Neufundland folgt. Das muß den Booten das Finden erleichtern.

Aber warum handelt der Engländer so? Ergebnis des Abbruchs der Geleitzugsoperationen seit November? Zeichen einer Schiffsraumknappheit, die ihn zwingt, auf Umwege zu verzichten? Folge der Schiffsverluste vor Amerika? Gleichviel, die Tatsache scheint gegeben, und Anfang Mai setzen sich acht gleichzeitig kriegsbereite Boote in Marsch, um die Ausgangspositionen für eine Großkreis-Harke nach Westen zu besetzen.

Aber schon auf dem Wege dorthin sichtet U 569 – Hinsch – einen südweststeuernden Konvoi, schreit fünf andere Boote heran und wartet fühlunghaltend die Nacht ab.

Im BdU-Stab lebt an diesem Tage zum ersten Male seit langer

Zeit wieder die altvertraute Spannung auf: Kommen sie heran? Können sie die Sicherung durchbrechen? Wann wird es draußen dunkel? Wie ist das Wetter? Was für Meldungen liegen vor?

Dann bricht das Rudel in die Herde ein. Sieben Schiffe sinken in der ersten Nacht.

Im Morgengrauen reißt die Fühlung ab. Ein Nachzügler kommt in Sicht. An ihn hängen die Boote sich an, finden den Geleitzug wieder, verlieren ihn erneut in schlechtem Wetter und brausen nun auf Weisung des BdU nach vorn, um sich in einem Vorpostenstreifen vor den Gegner zu stellen, so daß sie ihn während seiner errechneten Tagstrecke in Sicht bekommen müssen.

Es herrscht grobe See. Schwere Wolken hängen tief herab, aber die Sicht ist verhältnismäßig gut.

Dazwischen eine B-Dienst-Meldung: Ein weiterer Konvoi, oststeuernd, steht dreihundert Meilen westlich des Vorpostenstreifens der Gruppe »Hecht«. Der Karpfenteich scheint gut belebt.

»Hecht« erhält Befehl, seinem Geleitzug langsam entgegenzumarschieren, um Nordost machen, zuschlagen und anschließend den zweiten Gegner von vorn fassen und angreifen zu können.

Schwer rollend, überrascht von hoher, achterlicher See, gehen die Boote ab. Stunden verrinnen; sie finden die Beute nicht.

Niemand weiß, daß ein Boot, U 406, zurückhängt, daß der Harke ein Zinken fehlt, und daß der Gegner durch diese Lücke ungehindert passiert.

Als U 406 den Geleitzug schließlich sichtet, ist es für den Angriff zu spät.

»Hecht« macht kehrt und stampft langsam gegen hohe See wieder nach Westen, bekommt für Stunden richtig Fühlung an dem zweiten Geleit, verliert sie aber im Nebel und versucht danach vergeblich, zwei weitere planmäßige Konvois zu finden.

Endlich geht die Gruppe zur Versorgung zu dem großen Minenboot U 116, das als zusätzliche ›Milchkuh‹ südlich Cape Race aufgestellt ist.

Kaum daß die Boote ›Beölung beendet‹ melden, setzt sie der

BdU zu einer Nordostharke an, die schon in der ersten Nacht im schweren Neufundlandsturm bei himmelhoher See und gleißendem Mondlicht einen Geleitzug erfaßt.

Aber das sichtende Boot kommt nicht zum Angriff; zu hell ist die Nacht, zu schwer die See; die geisterhafte Herde der Schatten entschwindet im Dunkel. –

Sechs Tage karren die Boote mit kleiner Fahrt in stürmischer See dahin, ehe sie abermals auf einen Geleitzug stoßen. Und wieder reißt in der Schwärze plötzlicher Regenböen die Fühlung ab. Es ist ein hartes, nasses, trostloses Geschäft. Zwei mühsame Tage lang suchen sie erfolglos, ehe es gelingt, die Fühlung wiederherzustellen.

Aber jetzt stimmen die Standorte nicht. Seit Tagen haben die Obersteuerleute kein Besteck nehmen können. Ein Teil der Boote stößt ins Leere; nur zwei kommen heran.

Fünf Schiffe mit 28 000 BRT und ein Zerstörer sind das Ergebnis dieser Nacht.

Am nächsten Tag gibt der BdU dem »Hecht« einen Neuaufstellungsbefehl; er soll langsam nach Nordwesten marschieren. Noch haben einige Boote ihren vollen Torpedobestand. Sie sind nun fünf Wochen in See und haben nichts erlebt als Sturm, Nässe und vergebliche Jagden, aber unverdrossen karren sie weiter.

Wenige Tage später erfaßt der Nordflügel einen auslaufenden, also für Amerika bestimmten Konvoi.

»Ran!« sagt der BdU. »Keine Rücksicht auf Brennstoff. Ich sorge für Ergänzung.«

Und dann gehen die Meldungen ein:

»Geleit stark gesichert.« –

»Geleit hat doppelte Weitsicherung.« –

»Nach achtstündiger Wabo-Verfolgung schwere Schäden. Beide Verdichter ausgefallen. Brand in E-Maschine gelöscht. Tauchzelle 1 gerissen. Backborddiesel Fundamentbolzen abgeschoren. Welle schlägt. Beschränkt klar für Rückmarsch.« –

»Acht Stunden schwere Wabos. Batterie gast. Acht Zellen ausgelaufen.«

»Boot auf 2 A + 50 durchgesackt. Backbordaußenbunker beschädigt. Starke Ölspur. Rückmarsch.«

»Fühlung verloren.« –

»Keine Fühlung.«

2 A + 50 heißt 210 Meter! Da hat wieder einmal ein braver, unerschütterlicher L. I. mit seinen Heizern in letzter Sekunde sein Boot davor bewahrt, ›in die Ewigkeit durchzusacken‹!

Der BdU befiehlt Abbruch der Operation und Rückmarsch. Langsam, mit brennstoffsparender Fahrt machen sie sich auf den Weg.

Immer wieder, wenn sie in den Messen von Brest, Lorient und St. Nazaire, La Pallice und Bordeaux in den breiten, tiefen Sesseln beieinander hocken und ihre Erfahrungen austauschen, zeigt es sich, daß der erfolgreiche, der zum Angriff kam, unbehelligt ablaufen konnte, während sein Kamerad, den die Abwehr auf dem Marsch beim Fühlunghalten oder vor dem Angriff erwischte, die Schläge einstecken muß. Der Satz »Ich habe für dich die Wabos bekommen«, ist seit langem stehende Redensart, und mancher ist dabei um nicht mehr als die Breite eines goldenen Frauenhaars an jener Grenze entlanggeschrammt, die man nicht überschreiten darf, wenn man zurückkehren will …

Während »Hecht« im stürmischen Nordatlantik seine Harke zieht, setzt der BdU gleichzeitig fünf Boote als Gruppe »Endraß« gegen ein Gibraltar-Geleit an, nachdem durch Agentenmeldungen bekanntgeworden ist, daß diese Konvois im Augenblick mit schwacher Sicherung fahren.

Es ist seit Monaten die erste Operation dieser Art; man kann damit rechnen, den Gegner zu überraschen, und als aus Spanien Nachricht eingeht, daß der Konvoi Gibraltar verlassen hat, und eine FW 200 des Fliegerführers Atlantik ihn zwei Tage später erfaßt und meldet, brausen schon vier weitere Boote zum Nordflügel des Vorpostenstreifens, den der BdU vor den vermuteten Gegnerkurs gestellt hat.

Noch ehe sie dort eintreffen aber gehen Peilzeichen der Luftaufklärung ein. Der Gegner steht südlich der Gruppe »Endraß«! Herum und hin!

Auswertung der Peilungen, Beseitigung des üblichen Besteckfehlers – schon stoßen die Boote mit verbesserten Kursen auf den Konvoi zu.

Als die Nacht fällt, ist die Fühlung hergestellt. U 552 unter Kapitänleutnant Erich Topp, dem späteren Schwerterträger und Chef der »taktischen« Geleitzug-Lehrflottille in Gotenhafen, einem der erfahrensten, zähesten und kühlsten Geleitzugkämpfer des ganzen Krieges, bricht die unerwartet starke Sicherung auf und versenkt fünf Schiffe. Kein anderes Boot kommt auf Schußentfernung heran. – Abgedrängt, unter Wasser gedrückt – und schon am nächsten Tag übernehmen Boeing-Landbomber die Luftsicherung und behindern die heranfühlenden Boote so stark, daß sie in der folgenden Nacht erst sehr spät und nur einzeln nacheinander herankommen und keine Lücke finden, um die massierte Sicherung zu durchbrechen.

Der BdU weiß genug; er bricht die Operation ab und läßt in den folgenden Wochen die Erfahrungen der Gruppen »Hecht« und »Endraß« systematisch sezieren und auswerten, um sie als »taktische Erfahrungen« den Kommandanten und den Ausbildungs- und Frontflottillen zugänglich zu machen; denn eines ist mittlerweile angesichts der rückläufigen Entwicklung der Erfolge vor der USA-Küste klar: das Schwergewicht des U-Boot-Krieges wird sich von jetzt ab mehr und mehr in den Nordatlantik zurückverlagern; des BdU Voraussicht hat nicht getrogen.

Und ein zweites hat sich gezeigt: Die Abwehrverhältnisse an den Geleitzügen haben sich gegen 1941 nicht grundsätzlich verändert; jetzt wie damals sind Erfolge möglich, kommen Boote heran und zum Schuß.

Allerdings – das Versenkungsergebnis je Boot und Seetag beträgt nur noch ein Zehntel der Ausbeute von 1940, aber die Bootszahlen an der Front steigen mittlerweile doch so fühlbar an, daß das Problem des Findens leichter lösbar sein wird, und daß das Gesamtergebnis immer noch ausreicht, um den Vorsprung in dem Rennen zwischen Neubau und Versenkung zu halten und – vielleicht – zu vergrößern.

Dreißig neue Frontboote monatlich ab Mitte Mai 1942! Dreißig Boote mit dem dazugehörigen, hervorragend ausgebildeten Spezialpersonal! Das ist das Werk des BdU-org. in Kiel, des nunmehrigen Admirals von Friedeburg und seines kleinen, rastlos tätigen Stabes, der von Bord des U-Boot-Begleitschiffes »Erwin Wasner« aus den Nachschub mit seiner verwirrenden Fülle nebeneinander laufender und sich kreuzender Aufgaben dirigiert.

Um mit den Worten eines Frontflottillenchefs aus der Zeit nach dem Kriege zu reden:

»Es darf nicht vergessen werden, daß Dönitz zur Seite v. Friedeburg stand, der genialste Organisator, den die Marine hervorbringen konnte, v. Friedeburg ist der Schöpfer des ›Laufenden Bandes‹ der Neubauten und der dazugehörigen Besatzungen. Er hat die gesamten Stützpunkte in der Heimat und in den besetzten Ländern, sämtliche Schulen, Kurse, Baubelehrungen, Ausbildungsflottillen, Erprobungskommandos, Industrieverbindungen, die gesamte Personalwirtschaft usw. usw. buchstäblich aus dem Boden gestampft.«

Nun trägt also diese Arbeit Früchte. Im übrigen: die Erfolge zeigen ja, daß das U-Boot der Abwehr noch immer überlegen ist. Und jetzt kommen die großen Fertigungszahlen; da werden wir mehr und besser finden und mit großen Rudeln rangehen, und dann wird sich ja zeigen, ob der Tommy stark genug ist, uns alle abzudrängen! Einige kommen immer ran, und wenn wir nur rankommen, dann knallt's ...

Dennoch läßt den BdU die Sorge vor der Ortung nicht los. Seit jenem ersten Besuch des A 4 BdU, Kapitänleutnant Meckel, bei NWa in Berlin sind einige Monate vergangen, in denen jedes Anzeichen für neue Ortungsmittel des Gegners mit argwöhnischer Wachsamkeit verfolgt worden ist. Und das Gefühl, daß sich »drüben« etwas vorbereitet, die unbegründete, aber deutliche Ahnung, daß da etwas Drohendes im Werden ist, hat sich eher verstärkt als vermindert. Aber der Beweis fehlt!

Jeden rückkehrenden Kommandanten quetscht der BdU danach aus: »Hast du etwas von Ortung bemerkt? Von Zerstörerortung? Von Flugzeugortung?«

Und die Antwort ist regelmäßig die gleiche: »Nein.«

Vier Wochen später, als wieder eine Geleitzugoperation läuft, am 17. Juni, fragt er den besten der beteiligten Kommandanten, den Eichenlaubträger Jochen Mohr, indem er sich eines der modernsten Mittel der Funktechnik bedient, in einem Funkschlüsselgespräch:

»Haben Sie persönlich durch die Abwehr Überwasserortungsmittel erfahren?«

Und zwei Minuten später antwortet Mohr aus dem Atlantik:

»Ich mußte gestern im ganzen siebenmal mit AK vor Zerstörern ablaufen. Kopplung ergibt, daß die Sicherung in allen Fällen in spitzer Lage aus der Kimm herankam. Zweimal ist das Boot getaucht. Zerstörer haben Schreckbomben geworfen und sind wieder verschwunden. In den anderen Fällen glaube ich nicht gesehen zu sein. Ich halte Zacks für normale starke Schläge, weil Lage nie genau Null war und die Zerstörer bei meinem Ausweichmanöver nie nachdrehten ...«

Nachdenklich grübelnd sitzt der BdU vor dieser Antwort. Auch Mohr glaubt demnach nicht an Ortung. Und die Gründe, die er angibt, scheinen überzeugend ...

Was der Admiral Dönitz zu diesem Zeitpunkt nicht weiß und erst viel später herausfindet, ist, daß die Zerstörer sehr wohl orteten, aber absichtlich nicht genau auf die Boote zuliefen. Glaubte dann das Boot gesehen zu sein, so drehte es von dem Zerstörer weg und tauchte, wobei dieser eine letzte Ortung nahm und danach dem Boot von der Tauchstelle aus mit ziemlicher Wahrscheinlichkeit folgen konnte.

Die Schwierigkeit, zu erkennen, ob der Gegner ortet oder nicht, wird nicht geringer durch die Erfahrung, daß er Peilzeichen, die die Boote am Geleitzug senden, um ihre Kameraden heranzuholen, trotz raschen Wechsels der Peilwelle sehr schnell erfaßt.

Zweimal wird U 94 – Kuppisch, während es Peilzeichen sendet, aus der Kimm von Sicherungsfahrzeugen direkt angelaufen und mit Wasserbomben verfolgt; gepeilt oder geortet? Es ist eine seltsame Geschichte ...

Inzwischen haben sich überdies die Verhältnisse in der Biscaya besorgniserregend verschärft. Der Engländer befliegt das ganze Seegebiet mit einem starken Aufgebot schneller Maschinen, und das nicht nur bei Tage! Die überraschenden Angriffe, besonders in hellen Nächten, nehmen zu. Für die Boote, die hinausgehen oder von wochen- und monatelanger Unternehmung zurückkehren, wird der Marsch durch den stürmischen Golf, 1940 noch der Auftakt zu Urlaub und Erholung oder zur Wiedereingewöhnung in den Frontbetrieb, zu einem Alpdruck, zu der gefürchteten Wegstrecke höchster Gefährdung.

Aus der Sonne oder aus dem Schutz der Wolken plötzlich herabstoßend, greifen die Flugzeuge so überraschend an, daß die Boote nicht mehr rechtzeitig die schützende Tiefe erreichen. Bomben in die Tauchstelle auf das vorlastige Boot, das noch nicht 60 bis 80 Meter erreicht hat, sind die gefährlichsten.

»Unsere Ausgucks sind doch nicht schlechter geworden«, sagen die Kommandanten, »wir haben die Bienen doch früher rechtzeitig gesehen! Hier stimmt etwas nicht!« Und sie errechnen, daß die Ausgangspositionen dieser Maschinen, die regelmäßig im direkten Anflug mit Windesschnelle herandonnern, außerhalb des Sichtbereichs der Piloten liegen müssen. Es ist nichts anderes möglich: sie müssen die Boote auf große Entfernung, selbst durch die Wolken hindurch, erfassen können. Und wie anders wäre das möglich, als durch ein Ortungsgerät?

Während sie noch diskutieren und sich die Köpfe heißreden, kommen plötzlich alarmierende Meldungen herein, die die letzten Zweifel beseitigen.

Der Juni bringt eine Neumondperiode mit schwarzen Nächten. Die See ist ruhig. Leichte Brisen rippen kaum die Oberfläche der glatten Dünungsrücken, und das Wasser ist rußschwarz ohne Meeresleuchten. »Wie Neger im Tunnel«, völlig eingehüllt in Dunkelheit, ziehen die Boote durch die Finsternis. Es gibt nicht einmal Sterne; der Himmel ist von einer glatten, dichten Wolkenschicht überzogen, und plötzlich, während sie mit schulternden Dieseln durch die Nacht marschieren, flammt schräg über ihnen am Himmel, knapp zweitausend Meter entfernt, ein Scheinwerfer auf, und ehe noch die Fla-Bedienung ihre Waffe besetzen kann, heult die Feindmaschine mit geöffneten Bombenschächten heran, braust mit brüllenden Motoren über das Boot hin, und dann gellen die Detonationen, wuchten die Wasserglocken himmelan, und schon kurvt der Feind mit hämmernden Bordwaffen wieder herein …

Und nicht nur ein Boot meldet solche Vorfälle; die FTs häufen sich:

»In dunkler Nacht Flugzeug mit Scheinwerfer. Maschine fliegt Boot an, passiert hinter dem Heck …«

»Nachts Fliegerangriff mit Scheinwerfer aus dichten Wolken. Wabos …«

»Mittags Flugzeug aus Sonne und Wolken, Direktanflug mit Wabos und Bordwaffen. Schäden. Rückmarsch …«

»Nachts plötzlich Scheinwerfer in 2000 m querab kurz aufleuchtend. Nicht erfaßt. Sunderland überfliegt Boot. Keine Bomben …«

Aber es kommt auch vor, daß Boote, die schon das Einlaufgeleit bestellt haben, am Treffpunkt nicht erscheinen. Vergeblich warten Sperrbrecher und U-Jäger und fahren schließlich heim; die Boote kommen nicht, sie bleiben verschwunden, spurlos, ohne letzte Meldung, totgeschlagen aus der Luft beim Marsch durch die Biscaya. So U 502, v. Rosenstiel, der von erfolgreicher Amerikafahrt zurückkehren soll, so U 165, Hoffmann, auf der Reise von Kiel nach Frankreich, so U 578, Rehwinkel, nach dem Auslaufen von La Pallice, so U 705, Horn und U 751, Bigalk …

Auf das höchste beunruhigt, befiehlt der BdU den Kapitänleutnant Meckel zu sich.

»Meckel, was ist da los?« Er sitzt hinter seinem Schreibtisch, die Stirn gesenkt, einen der Grünstifte, mit denen er als Befehlshaber alles ein- und ausgehende Papier zu zeichnen hat, so fest zwischen den Fingerspitzen, daß sich die Nägel weiß abzeichnen.

Der lange, hagere A 4 mit den eckigen Schultern im abgetragenen Jackett, dem nervösen, von scharfen Linien gezeichneten, schmalen Gesicht und den dunklen, lebhaften Augen kerbt, wie immer, wenn er sich konzentrieren muß, die tiefe Falte über der Nasenwurzel in die Stirn.

»Ich halte es für Ortung, Herr Admiral«, sagt er, noch außer Atem nach den Treppen, die er vom Funkraum heraufgeweht ist.

»Warum?«

»Bis jetzt haben die Kommandanten – und wir auch – das Verhalten der Feindflieger für natürlich gehalten, Herr Admiral, weil die eingesetzten Maschinen langsam waren und den Booten Zeit zum Tauchen blieb. Dann kamen schnellere Maschinen, und es schien, als hätten sich die Ausgucks überraschen lassen.«

»Ja. Und ...?«

»Jetzt sind da plötzlich diese Scheinwerfer in der Nacht.«

»Dann sind die Boote durch Meeresleuchten oder ihr helles Kielwasser gesehen.«

»Das glaube ich nicht, Herr Admiral. Es sind Boote in völlig dunklen Nächten ohne Meeresleuchten angeflogen worden!«

»Sie glauben also, der Gegner schaltet die Scheinwerfer ein, wenn er glaubt, ganz nahe an dem Boot zu sein?«

»Jawohl, Herr Admiral, aus einem ganz bestimmten Grund.«

»Sso?!« Das klingt fast feindselig, aber im gleichen Augenblick nimmt der BdU diesem Einwurf die Schärfe: »Nehmen Sie einen Stuhl, Meckel, schießen Sie los.«

»Die Ortung, Herr Admiral, das sogenannte Funkmeßverfahren, das wir unter der Tarnbezeichnung De-Te kennen, ist seit 1925 in der Marine entwickelt worden, um Richtung und Entfernung von Zielen auf elektrischem Wege zu ermitteln. Es werden Wellenbündel über eine Antenne ausgestrahlt, das Ziel reflektiert die Ausstrahlung, und diese wird von der Antenne, die zwischen den einzelnen Sende-Impulsen auf Empfang umschaltet, aufgenommen. Der Empfänger zeigt dann Richtung und Entfernung des Ziels an.«

»Ja, bekannt. Weiter.«

»Unser De-Te-Verfahren arbeitet im sogenannten Dezimeterwellenbereich auf 80 Zentimeter. Die Anlage ist sehr umfangreich. Es schien ausgeschlossen, sie so zu verkleinern, daß sie in Flugzeuge eingebaut werden konnte. Außerdem ist ein U-Boot ein sehr kleines Ziel.«

»Hat der Gegner dieselben Geräte?«

»Dieselben wohl nicht, aber sicher ähnliche.«

»Ja, ich weiß –, die ›Bismarck‹.«

»Eine Eigenart der De-Te-Ortung ist nun, daß sie in einem gewissen Nahbereich nicht anzeigt; das Ziel muß also eine bestimmte Strecke vom Meßgerät entfernt sein, um aufgefaßt zu werden ...«

»Ah – und Sie meinen, die Flugzeuge schalten die Scheinwerfer ein, um diesen Totraum im Nahbereich zu überbrücken?«

»Jawohl. Sie fliegen die Boote nach Ortung an, bis das Gerät nicht mehr anzeigt, und schalten dann die Scheinwerfer ein, um das Ziel auf der letzten Strecke mit dem Auge aufzufassen.«

»Hm ...«

»Auch die überraschenden Tagangriffe finden so eine Erklärung«, stößt der A 4 nach, »das Flugzeug erfaßt das Boot durch die Wolken und jenseits des Sichtbereichs der U-Boot-Ausgucke; es fliegt nach Ortungsstrahl an, stößt durch die Wolken oder aus der Sonne heran und sieht das Boot, das bei direktem Anflug kaum noch die Möglichkeit zum Tauchen behält und dann ›überrascht‹ ist.«

»Meckel«, sagt der Admiral, »wenn das stimmt ...«

Dann nach kurzem Überlegen: »Ich muß den Admiral Stummel sprechen. Ich brauche endlich eine klare Antwort, ob es eine Flugzeugortung gibt oder nicht.« –

Wenige Tage später trifft der Chef des Marinenachrichtendienstes, Konteradmiral Stummel, in Le Bourget ein, ein schlanker, mittelgroßer Mann mit dünnem, dunklem Haar und einem schmallippigen, blassen, energiegeladenen Gesicht, in dem ein Glasauge den Zug der Härte und Spannung noch steigert. Er geht ein wenig schwerfällig, Folge einer Handgranate, die ihm einst zwischen den Knien explodiert ist, und er wirkt eher unauffällig, aber wer ihn kennt, weiß, welche Stoßkraft, welch preußische Härte gegen sich selbst und seine körperliche Behinderung, welche echte Religiosität und umfassende Bildung in diesem Manne vereint sind.

Er fährt direkt zum Boulevard General Maunoury und steht wenige Minuten nach seiner Ankunft dem BdU gegenüber. Seine

Redeweise ist knapp, kurz, präzise auf den Kern jedes Themas stoßend, telegrammartig.

»Frage eins: was ist?« fragt er, nachdem er den BdU begrüßt hat, den Kapitänleutnant Meckel, der zum Referat bereitsteht.

Der A 4 trägt vor, zeigt die Funksprüche, erläutert, wie sich die einzelnen Anflüge und Angriffe abgespielt haben.

Der Gast hört schweigend zu, prüft die FTs, schießt kurze Zwischenfragen: Kann das sein – das – das?

Dann, nachdem er jeden möglichen Einwand erhoben, fällt er sein Urteil: »Feststellung der Boote ist meines Erachtens durch Funkmeßortung erfolgt.«

Sekundenlang klingt der Satz im Raume nach. Jeder der drei Anwesenden weiß, was er enthält, was er für den Kampf der Boote, für die gesamte Seekriegführung bedeutet.

Der Konteradmiral Stummel blickt mit seinem einen starren und seinem anderen lebendigen Auge vom BdU zum A 4, vom A 4 zum BdU. Dann bricht er das Schweigen und referiert:

»Lage: Funkmeß-Beobachtungsstellen an der Küste, besonders Kanalküste, haben ermittelt, daß der Gegner über Funkmeß in Flugzeugen verfügt. Erfassung auch kleiner Ziele wie U-Boote durch Flugzeuge auf größere Entfernung auch gegen Wasseroberfläche ist, wie jetzt vorgelegtes Material zeigt, offensichtlich doch möglich. Funkmeß-Beobachtungsstellen haben außerdem gewisse Taktik der Flugzeuge festgestellt: Gegner fliegt offenbar in Schlangenlinien. Ortungston schwillt auf und ab in immer kürzeren Pausen, bis ein Dauerton da ist, der zeigt, daß Gegner sich auf sein Ziel eingependelt hat. Flugzeuge suchen also offenbar mit starr eingebautem Gerät, schwingen sich langsam nach Zu-und Abnehmen der Ortung auf ihr Ziel ein.«

»Gegenmittel?« fragt der BdU.

»Gegenmittel: zwei Möglichkeiten. Erstens: Boote bekommen FuMO – aktives Funkmeßortungsgerät, das Richtung und Entfernung des Feindes anzeigt. Nachteil: der ausgesandte Ortungsstrahl reicht weiter als sein Funkmeß-Echo ...«

»Bitte erklären Sie das«, wirft der BdU ein.

»Also ...«, der Admiral stockt, sucht nach der konzentriertesten Formulierung, fährt fort: »Angenommen, von Punkt A ausgesandte Energie reicht aus, um nach Reflexion von Ziel in Punkt B gerade noch meßbar zu sein; dann habe ich über eine Entfernung bis Punkt B Ortungsempfang. Über Punkt B hinaus wird der Empfang unzuverlässig, weil vom Ortungsziel zu schwach reflektiert. Die nicht reflektierte Energie ist aber über Punkt B hinaus noch mindestens ebensoweit feststellbar, wie die zurückgeworfene Energie, also noch mal die Strecke A–B. Sie kann von einem anderen Empfangsgerät wie ein Peilzeichen aufgenommen und ausgenutzt werden, ohne daß ich diesen Gegner feststellen und messen kann. Der Vorteil ist dann bei ihm.«

Der BdU nickt. »Klar.«

»Zweiter Nachteil: ein FuMO ist zwar vorhanden, es müßte aber erst noch eine für U-Boote geeignete Antenne entwickelt werden. Folge: großer Zeitverlust bis zum Einbau. Außerdem: keine hundertprozentige Sicherheit für die Boote.«

»Wir brauchen aber sofort etwas«, sagt der BdU ungeduldig.

»Zweite Möglichkeit«, fährt Admiral Stummel ungerührt fort, »FuMB, Funkmeß-Beobachtungsgerät, Empfänger für feindliche Ortungs-Impulse. Vorteile: das Verhältnis kehrt sich um. Das Boot erfaßt die Ortungs-Impulse des Gegners früher als dieser das Boot. Also Zeitgewinn für rechtzeitige Maßnahmen wie Tauchen. Weiter: solches Gerät wäre schnell lieferbar, da wir es im Metox, einem ursprünglich für andere Zwecke entwickelten französischen Gerät bereits besitzen. Fehlt nur die Antenne. Die ließe sich aber vorläufig provisorisch in kürzester Zeit herstellen.«

»Wann könnte das sein?«

»Vier bis sechs Wochen genügen.«

»Hm ...«

»Nachteile«, nimmt Admiral Stummel seinen Faden wieder auf, »dieses Gerät zeigt die Richtung des Gegners, wenn überhaupt, nur ganz roh und die Entfernung gar nicht an. Welches wollen Sie?«

»Erlauben Sie«, sagt der BdU, dieses direkte Ungestüm mit

einem Lächeln quittierend, »daß ich mir das noch einmal kurz überlege?«

»Bitte, selbstverständlich.«

Zwei Tage später ergeht die Entscheidung des BdU. Er verlangt das Funkmeß-Beobachtungsgerät, FuMB, das Warngerät gegen Feindortung als am schnellsten verfügbare Hilfe zum frühestmöglichen Termin – das aktive Funkmeßgerät – FuMG, das den Gegner selbst ortet und nach Richtung und Entfernung kontrolliert, für später. Die Entwicklung dieses zweiten Gerätes, läßt er den Admiral Stummel wissen, bitte er mit Hochdruck voranzutreiben, ebenso Versuche mit Anlagen, die geeignet sein können, die Boote vor Ortungsstrahlen zu tarnen, entweder indem diese absorbiert, aufgeschluckt, oder indem sie so »weggespiegelt« würden, daß der ausgesandte Ortungs-Impuls nicht zum Empfänger zurück, sondern ins Leere abgelenkt würde.

Der Admiral Stummel verspricht sein Bestes zu tun; er legt sich mit voller Energie ins Zeug, und als der BdU nach einigen Tagen beim Mittagessen nach dem Stand der Dinge fragt, antwortet der A 4 hochbefriedigt: »Der Chef MND hat überall einen gewaltigen Wirbel entfesselt, Herr Admiral; er hat den beteiligten Stellen Feuer unter die Hose gelegt, daß man den Rauch bis hierher riecht.«

»Das ist gut«, sagt der Admiral ernst, »hoffentlich ist das, was er uns liefert, nicht bloß Weihrauch. Es ist höchste Zeit, daß die Boote etwas bekommen, das sie wieder unsichtbar macht.«

Der Admiral hat Grund zu schwerster Sorge. Nicht weniger als drei Boote sind bisher allein im Juni in der Biscaya tauchunklar gebombt und haben zurückkehren müssen. Wenn das Ortungswarngerät nicht hält, was sich der Admiral Stummel davon verspricht, ist in der nächsten Zukunft mit untragbaren Ausfällen und Verlusten zu rechnen; um so mehr, als die Maschinen des Fliegerführers Atlantik weder zahlen- noch typenmäßig ausreichen, um beschädigten Booten die nötige Luftsicherung zu geben. Für U 71 am 5. Juni hat nur eine FW 200 für U 105 am 11. Juni gar keine Luftsicherung zur Verfügung gestanden, obwohl Fliegerführer Atlantik bei dem ausgezeichneten Verhältnis, das zwischen ihnen besteht, bestimmt alles getan hat, den angeschlagenen Booten in ihrer Hilflosigkeit beizuspringen. Was fehlt, sind Zerstörerflugzeuge, schnelle starke Kampfmaschinen, die den Raum über der Biscaya freifegen.

»Es ist traurig und für die Besatzungen von deprimierender Wirkung«, meldet der BdU nach Berlin, »daß tauchunklar geworfene, wehrlose Boote keinen Luftschutz bekommen, und daß die Engländer ohne Jagdschutz bis an die französische Biscayaküste Überwachung fliegen können. Da keinerlei Abwehr gegen Sunderlands und schwere Kampfflugzeuge besteht, ist die Biscaya der Tummelplatz der englischen Luftwaffe geworden, auf dem sie nach Meldung des Fliegerführers Atlantik sogar ihre ältesten Modelle an Sunderlands einsetzen kann.«

Und er fährt fort:

»Fliegerführer Atlantik hat mir gemeldet, daß alle seine Anträge auf Verstärkung durch Zerstörerflugzeuge bisher abgelehnt worden sind, und gebeten, daß sich der BdU selbst beim Oberkommando Luftwaffe für die Boote verwenden möge. BdU beantragt daher Genehmigung einer Dienstreise zum OKL nach Ostpreußen.«

Die Seekriegsleitung stimmt sofort und vorbehaltlos zu, wie sie auch die Vorschläge für verstärkte Fla-Bewaffnung der Boote billigt, die ihr der BdU unterbreitet.

Anfang Juli fliegt der BdU ins Hauptquartier der Luftwaffe nach Ostpreußen. Er erinnert sich seines ersten Zusammentreffens mit Göring im Befehlszug von Pontoise. Das ist eineinhalb Jahre her, und damals war nicht er, sondern der Reichsmarschall der Bittende, der etwas erreichen wollte.

Na, denkt er, nun wird sich ja zeigen, ob der Dicke nachtragend ist. Erreicht hat er ja damals doch, was er wollte, wenn auch gegen mich, und wir sind ja gar nicht einmal schlecht gefahren dabei – dank Harlinghausen.

Er denkt und sagt immer ›der Dicke‹, wenn von Göring die Rede ist; Aufwand und Eitelkeit des Luftwaffenchefs sind seiner preußischen Auffassung zuwider, aber es hilft nichts, er muß hin, er muß diese Flugzeuge haben; die Boote brauchen sie …

Mit eindringlicher Schärfe trägt er seine Nöte vor, lobt den Fliegerführer Atlantik (›der Mann hat das verdient!‹) und schildert die beschämenden Zustände vor der Küste der Biscaya. Der Engländer macht dort, was er will. Der U-Boot-Krieg ist in Gefahr. Die Boote werden einfach totgeschlagen, bei Tag, bei Nacht. Niemand hilft ihnen, wenn sie angeschlagen und wehrlos draußen herumschwabbern.

Aber es dürfen keine Boote ausfallen in der Biscaya, nur weil dieser Raum dem Gegner völlig widerstandslos überlassen bleibt!

Es gibt aber ein Mittel der Abwehr: starke eigene Luftstreitkräfte, die den U-Booten den Weg durch die Biscaya freihalten ... Darum, weil der Reichsmarschall helfen kann und helfen wird, ist der BdU mit seinen Sorgen persönlich hergekommen ...!

Göring und sein Stab haben aufmerksam zugehört. Nun herrscht Schweigen, das Schweigen der Überlegung.

»Ich kann Ihnen«, sagt endlich der Generaloberst Jeschonnek, »vierundzwanzig Ju 88 C6 für den Fliegerführer Atlantik zusagen. Mehr ist unmöglich; denn stärkere Kräfte oder bessere Typen sind zur Zeit leider nicht verfügbar.«

»Sie sehen«, fügt der Reichsmarschall lächelnd hinzu, »wir tun, was wir können.«

Der BdU verneigt sich, dankt. Für die Boote werden schon diese vierundzwanzig Maschinen – hoffentlich – eine Erleichterung bringen. Für die Zukunft, das bittet er gütigst im Gedächtnis vermerken zu wollen, wird eine weitere Verstärkung der Luftsicherung in der Biscaya unerläßlich sein.

Der Reichsmarschall nickt gedankenvoll, winkt leutselig verabschiedend, als der BdU sich abgemeldet hat, empfängt einen der schwarzen undurchdringlichen Blicke aus den Augen des U-Boot-Chefs und blickt dem Davonschreitenden mit einer plötzlich aufschießenden Mischung aus Neugier und Irritiertheit nach. Was lag in diesem letzten Blick? Beachtlicher Mann, denkt er, muß man sich merken.

In diesem Monat Juli stößt das von Amerika zurückkehrende U 202 unter Kapitänleutnant Linder zufällig auf den südsteuernden Convoi SC 34, hängt sich an der äußersten Sichtkante an, gibt Feind-in-Sicht-Meldung, hält Fühlung, sendet schließlich Peilzeichen und zieht so glücklich vier der für die Karibik bestimmten Boote, darunter U 564 – Teddy Suhren, heran, Suhren, einen der inzwischen wohl ältesten Hasen unter den Frontfahrern, der, wenn man von der Unterbrechung durch Kommandantenlehrgang und Ausbildungszeit für sein neues und nun schon wieder altes U 564 absieht, seit Kriegsbeginn fährt, fährt, fährt und inzwischen das Eichenlaub weit hinter sich gelassen hat.

Hart, lebendig und elastisch wie je, knüppelt er sich an die unverhoffte Beute heran. Er macht kein Hehl daraus: Es kostet ihn jedesmal eine Überwindung, die fast seine Kräfte übersteigt, den Befehl zum Herangehen zu geben. »Glaubt's oder nicht«, sagt er, »mir werden die Knie weich, und mir wird zum Kotzen übel, bis ich mich soweit habe, aber dann ist's auch vorbei ...«

Und nun jagt er bei leichter See unter einem von weißen Haufenwolken beflaggten, tiefblauen Himmel auf den erkoppelten Geleitzugstandort zu.

»Stüerkorl«, sagt er, »mach deinen Bauchladen klar, rechne aus, wann wir ihn kriegen müssen.«

Die Kimm liegt klar, die Sichtweite beträgt zwanzig bis fünfundzwanzig Seemeilen, und das erste, was sie, winzig klein, kleiner als eine Eintagsfliege, zu Gesicht bekommen, ist ein Flugzeug, das dahinten, weit, weit entfernt, seine Kreise zieht.

»Prima, Stüerkorl!« sagt der Kommandant, mit breitem Lachen auf die Armbanduhr tippend, »Präzisionsarbeit«.

»Wenn man auf 'm Finanzamt ist, muß man auch rechnen können«, lacht der Obersteuermann zurück, »wie bei Dorpmüller – alles nach Fahrplan.«

»Erst siegen – dann reisen, was?«

»Nee, Herr Kaleu, bei uns umgekehrt!«

»Eins zu Null für Sie, Stüerkorl!«

Während sie so flachsen, haben sie unablässig die kreisende Eintagsfliege im Glas, und nun kommen, zart hingeblasen und kaum sichtbar, auch Rauchwolken heraus, hauchdünne, nur ahnungsweise erkennbare Verunreinigungen in dem klaren Blau, mit dem sich der Himmel von der Kimm absetzt.

»Da ist er ja«, sagt der Kommandant, »hast 'n, Stüerkorl?«

»Jawoll, einwandfrei.«

Es ist neun Uhr vormittags, als sie diese Feststellung treffen, und nun sägen sie den ganzen Tag an diesen schemenhaften Signalen entlang, herandrehend, wegdrehend, wie immer der Geleitzug zackt, und das Flugzeug unablässig im Glas.

Das Flugzeug! Regelmäßig, in immer gleichen Schwüngen zieht es seine Kreise, eine viermotorige Landmaschine, anscheinend mit Ortungsgerät ausgerüstet; denn nun fliegt sie plötzlich alle am Geleitzug stehenden Boote der Reihe nach an, immer wieder.

Dreimal in zwei Stunden muß Suhren mit Alarm in den Keller, haargenau angeflogen, aber es fallen keine Bomben, und er hört auch in der Ferne keine Detonationen. »Wahrscheinlich hat sie gar nichts zum Schmeißen mit«, sagt er, »zu weit von Land. Braucht alles für Sprit. Aber daß wir da sind, hat sie offenbar spitz.«

So taucht er auch jedesmal auf, sobald er den großen Vogel absurren sieht; die Zeit drängt; er muß nach vorn, wenn er nachts zum Angriff kommen will. Es wird ohnehin verdammt schwer sein, bei dieser klaren Sicht die Dämmerung so zu überbrücken, daß der Geleitzug nicht verlorengeht.

Gegen Abend – er hat den Gegner gut querab – sieht er plötzlich ein anderes Boot, das mit hoher Fahrt, von Steuerbord seinen Kurs kreuzend, auf den Konvoi zuhält.

Er versucht, sich bemerkbar zu machen. Kein Erfolg. Flaggensignale sind zwecklos. Lichtzeichen mit der Klappbuchs könnten gesehen werden. »Sieht denn der verdammte Hornochse nichts?« Alles Schreien und Winken ist vergebens. Schließlich ist er nahe daran, den Kameraden mit der Kanone zu wecken, als er endlich bemerkt wird.

Der ›Hornochse‹ ist der Oberleutnant Forster, U 654; er hat den Geleitzug noch gar nicht gesehen.

»Da ist er doch, Mensch!« brüllt Suhren hinüber, als das

andere Boot auf Rufweite herangekommen ist, »schreiben Sie auf: Standort, Richtung, Entfernung … Oder kommen Sie mit mir; ich geh' auch nach vorn! Wenn die Biene Sie gesehen hätte, wär' ich nun meinen ganzen schönen Vorsprung losgewesen!«

Mit Höchstfahrt kurbelt das Boot wieder los, und Forster hängt sich an.

Noch ist die Dämmerung nicht da, aber im Osten verfärbt sich doch schon der Himmel zu einem tieferen, stumpfen Blau, als achteraus in etwa zehntausend Meter Entfernung ein weißer Punkt erscheint, ein Flugboot, schneeig schimmernd in den schrägen Strahlen der Abendsonne.

»Beide Halbe!« flucht Suhren, »beide Langsame! – Verdammte Scheiße, wenn der uns sieht, dann gute Nacht. Angriff!«

Das Boot geht jetzt langsamer; Bugwelle, Fankenschaum und Kielwasserstreifen sinken zusammen und verblassen. Forster zieht vorbei.

Ohne Absetzen hält der Kommandant das Flugboot im Glas. Es fliegt nicht an; er hat plötzlich das sichere Gefühl, daß er zwar gesehen ist, daß aber das Flugboot nur Fühlung hält, wohl in der Annahme, daß er den Geleitzug noch gar nicht erkannt hat, weil er zu weit ab steht. Wenn es so ist, denkt er grimmig, Irrtum meine Herren! Wir sehen weiter, als ihr denkt. Gleichzeitig erwägt er, ob er tauchen soll. Nein, das würde ihn nur blind machen. Also oben bleiben, so lange wie möglich.

Langsam, mit größter Vorsicht läßt er die Diesel wieder auf höhere Touren gehen, während er gleichzeitig seine Ausgucke ermahnt:

»Scharf aufpassen auf ortende Maschinen! Herrschaften, wir müssen vorsichtig sein, sonst ist unser Angriff im Arsch! Sofort melden, wenn ihr was seht!«

Das Boot läuft nun mit äußerster Kraft auf den Geleitzug zu; die kritische Stunde, die Dämmerung, in der so leicht die Fühlung abreißt, ist da.

An Steuerbord voraus schäumt Forsters Boot über die niederen Dünungsrücken dahin.

Plötzlich: »Viermot-Landflugzeug Lage Null!!«

Suhren sieht nicht erst hin; der Klang der Stimme genügt.

»Alarrm!«

Die Männer purzeln ins Luk.

Hundert Meter hinter dem Heck des Bootes röhrt und donnert die Maschine vorüber, kaum fünfzig Meter hoch. Mit dem letzten Blick sieht Suhren das Boot des Kameraden an Steuerbord voraus, dann reißt er das Turmluk hinter sich zu. Mein Gott, denkt er, wenn's den nur nicht hascht ...!

Nach fünf Minuten bläst er an; es ist jetzt keine Zeit mehr zu verlieren.

Forster ist noch da; er hat überhaupt nicht getaucht. Na, muß er wissen ...

Mit Höchstfahrt braust Suhren hinter dem Geleitzug her; das kurze Tauchmanöver hat ihn die Fühlung gekostet; er fährt blind dorthin, wo er in der wachsenden Dunkelheit den Gegner vermutet, und nach anderthalb Stunden hat er tatsächlich ganz schwach und flach in acht bis neun Meilen Abstand die Schatten in Sicht. Aber er braucht noch lange, bis er endlich vorn ist, 4000–8000 Meter vor dem Konvoi, so daß er kehrtmachen und nun dem Geleitzug mit Höchstfahrt direkt entgegenlaufen kann, ein ganz ungewöhnliches Verfahren. Den Kameraden hat er im Dunkel verloren.

Nun braust er dem Gegner entgegen, bis er die Konvoi-Kolonnen und die beiden Zerstörer der Vorder- und Seitensicherung deutlich im Glas hat.

Zwischen ihnen stoppt er, bis jetzt, wie ihm sein Gefühl sagt, ungesehen, und backst und geht an, immer mitdrehend, wie sie ihre Lage verändern, so daß das Boot ihnen die schmalste Silhouette zeigt.

Dabei sieht er, daß er zu nahe an seinen Zielen, den schwarzen Schatten der äußeren Dampferkolonne steht, und zieht sich ein Stückchen über den Achtersteven hinaus.

Es geht alles sehr schnell und glatt, unheimlich glatt. Er braucht jetzt nur noch mitzudrehen, bis die dicht aufgeschlossen fahrende Steuerbordkolonne des Geleitzugs sich zu einer einzigen, langen, schwarzen Wand überlappt, und sich die Ziele zu wählen, drei mittlere Frachter von je etwa 5000 BRT und einen Passagierdampfer von etwa 8000 mit zwei Schornsteinen und hohen Aufbauten.

Komisch, dieser zweite Schornstein, denkt er, könnte eine Attrappe sein, um einen stärkeren Hilfskreuzer vorzutäuschen. Na, egal …

Der Reihe nach, Ziel für Ziel, löst er vier Torpedos auf Entfernungen zwischen achthundert und elfhundert Meter und geht dann sofort mit Hartruder und hoher Fahrt an, um das Boot herumzubringen und den Heckaal auch noch zu schießen. Dabei schert er notgedrungen auf knapp fünfhundert Meter an dem großen Zweischornsteindampfer vorbei.

Und in diesem Augenblick passiert es: Zwei Stichflammen mit hoher, dunkler Sprengwolke an den ersten beiden Dampfern und Sekunden darauf ein dritter, ohrenzerreißender Knall: Der Achttausender, beladen mit Munition, geht in die Luft! In einer einzigen Sekunde glüht er weiß auf und speit Feuer in allen Farben. Da platzt es grün, rot, gelb. Blaue, rosa und violette Lichter zischen. Ein ungeheurer Feuerdom erhebt sich, und darunter liegt das geborstene Schiff, ein weißglühender Klumpen.

Dazwischen eine vierte Stichflamme, Sprengwolken: Treffer Mitte auf dem vierten Dampfer. Auch dieser explodiert. Wrackteile sausen, heulen, brummen; es klatscht und zirpt, es pfeift und flattert. Ringsum schlagen die Brocken aufschäumend in das bunt flackernde, magisch überglühte Wasser, knallen mit hartem Schlag an Oberdeck; die Nacht ist von Horizont zu Horizont grell erleuchtet.

Für eine Sekunde vielleicht stockt dem Kommandanten vor Überraschung der Atem. Dann brüllt er: »Einsteigen! Brücke räumen!«

Die Ausgucke rasseln in die Zentrale hinab. Er steht allein oben, deckt sich hinter dem Sehrohrbock. Das U-Boot liegt flakkernd beleuchtet in einem Wald weißer Fontänen. Achteraus, kaum zweihundert Meter entfernt, geblendet und blind durch das weißglühende Wrack, passiert langsam ein Zerstörer, und bei diesem Anblick fällt dem Kommandanten ein, daß er einen PK-

Mann mit hat, einen Filmfritzen, der mit schußfertiger Kamera im Turm bereitstellt.

Den Zerstörer muß er filmen, schießt es ihm durch den Kopf, überhaupt, das Ganze, diesen Glutdom, die absaufenden Schiffe, Herrgott, ja!

»PK-Mann!« brüllt er nach unten, »PK-Mann!!«

Im Turm hockt der Rudergänger. Er hat die Ausgucke vorüberrasseln sehen; er weiß, das Boot steht im Angriff. Wenn die Brückenwache einsteigt, kann nur noch eines kommen: Alarm!

Und so versteht er ›Alarm‹, als der Kommandant ›PK-Mann‹ brüllt, und legt die Glocke.

Schrill bellt sie durchs Boot. Die Zentrale, alle Nerven auf Spannung, reißt die Schnellentlüftungen auf.

Oben steht der Kommandant, starrt in das gigantische Feuerwerk des glühenden Achttausenders, auf dem immer noch in allen Farben glühende Explosionen hochgehen, und wartet auf den Filmmann, als er plötzlich vor sich die weißen Wasserdampffontänen der Entlüftungen aufsteigen sieht und fühlt, wie das Boot vorn ankippt.

Mit einem Satz ist er im Luk und reißt es hinter sich zu, gerade bevor die schwarze See nachschießt.

»Bist du verrückt?« schreit er den Rudergänger an, »der PK-Mann soll raufkommen, hab' ich gesagt!«

»Ich hab' Alarm verstanden, Herr Kaleu!«

»So? Beinah versäuft hast du mich!«

Aber dann fällt ihm ein, daß der Mann eigentlich recht hat, daß er gar kein anderes Kommando erwarten konnte, als ›Alarm‹ und daß es obendrein auch noch ähnlich klingt: PK-Mann – Alarm ...

Er legt dem Rudergänger kurz die Hand auf die Schulter, nickt und läßt sich in die Zentrale hinabgleiten. »Auf hundertfünfzig Meter gehen, Gabler. Ich habe keinen Überblick mehr, was jetzt oben los ist.«

Er holt tief Luft, lacht plötzlich. »Kinnersch, Kinnersch! So ein Feuerwerk hab' ich noch nicht gesehen. Herrgott noch mal!«

Dann schon wieder ganz sachlich: »Schraubengeräusche?«

»Schraubengeräusche wandern leise nach Süden aus.«

»Auf achtzig Meter gehen.«

Das Boot steigt langsam, und nun hören sie das verklingende Mahlen der Dampferschrauben und dazwischen das leise Zirpen von Asdic-Impulsen.

Trotzdem entschließt sich der Kommandant nach einer knappen Viertelstunde, wieder aufzutauchen. Er muß hoch, wenn er den Feind nicht ganz verlieren will.

Da – das seufzende Rauschen, mit dem das Boot die Oberfläche durchbricht! Er reißt das Luk auf, springt auf die Brücke.

Rundblick: Der Himmel hat sich vollkommen bezogen; die Wolken hängen niedrig, dicht und dunkel. Im Osten wie im Westen je ein Bewacher in tausend Meter Entfernung. Voraus ist der Weg frei. Voraus muß der Geleitzug stehen.

»Beide Diesel ...!«

Die Brückenwache zieht auf. Das Boot fährt an, beschleunigt, schütternd unter den schnell wachsenden Umdrehungen, und prescht los.

In diesem Augenblick dreht die eine Korvette nach. An ihrem Steven wächst der weiße Bart der Bugsee.

Suhren befiehlt: »Beide AK voraus! E-Maschinen zusetzen!«

Er weiß, mit äußerster Tourenzahl schafft sein Boot gut sechzehn Meilen, die Korvetten etwas weniger; vielleicht kann er ihnen ausrücken.

Drüben blitzt es: der Gegner schießt. Schräg vor dem Boot bildet sich eine fahle Ampel, wird heller, heller – Leuchtgranaten über den Wolken! Ein verhängtes gespenstisches Licht. Und dann plötzlich sehen sie den Leuchtkörper herabsegeln, wenige Meter nur, ehe er verlischt, aber dieser Augenblick genügt für die Korvette, um das Boot aufzufassen.

Phhiiiiüü! heult eine scharfe Granate über den Turm. Dann jähe Dunkelheit – und wieder eine Wolkenampel, diesmal genau über ihnen, zuerst nur ein mattheller Schein, dann heller, von bestimmterem Umriß, bis er hervortritt, strahlend hell.

Phiüüü! der scharfe Schuß.

Und Dunkel.

Die dritte Leuchtgranate liegt schon schräg achteraus; das Boot ist tatsächlich schneller als die Korvette.

»Nerven behalten!« mahnt der Kommandant scharf und hell, »nur nicht durchdrehen. Immer denken, wie die da drüben erst törnen mit dem Wechseln von LGs und scharfen Schüssen im Dunkeln an dem einen Geschütz!«

Wind und See nehmen zu. Gischtumweht, mit breiter weißer Schleppe stürmt das Boot dahin. Immer noch wechseln die Schüsse: Ampel – Leuchten – Phiiiüüü ... Aber der Abstand wächst.

Schon denkt der Kommandant, daß er gewonnen hat, und fängt an, die Kimm nach den Schatten des Geleitzugs abzusuchen, als plötzlich beide Diesel nachlassen, schnell an Touren verlieren und – stehen.

In der gleichen Sekunde dicker schwarzer Qualm aus beiden Ansaugschächten!

»Was ist los?«

Keine Antwort.

Die Maschinen stehen. Das Boot verliert schnell an Fahrt. Ein Blick genügt, um zu sehen: die Korvetten kommen auf!

»Alarrm!!«

Durch das Schrillen der Glocken Gablers Stimme: »Nicht tauchen! Tauchen unmöglich! Maschinenraum brennt!«

Aber Suhren wiederholt schneidend scharf: »Alarrm!! Los! Weg! Tauchretter auf! Feuer mit allen Mitteln löschen!«

Er reißt das Luk hinter sich zu; das Boot kippt an, schießt brennend auf Tiefe ... Vier Wabos fallen. Das Boot bockt, stößt, atmet, hält dicht.

Der Kommandant läßt sich in die Zentrale fallen und setzt hastig den Tauchretter auf.

Er kann buchstäblich die Hand nicht vor Augen sehen, ahnt nur, daß rings um ihn seine Männer fieberhaft arbeiten. Die Glühdrähte in den elektrischen Birnen glimmen als schwachrötliche Pünktchen in der schwarzverqualmten Röhre. Kein Manometer, keine Skala, keine Tafel ist zu sehen.

Aber nun zeigt sich, daß diese Besatzung aus den ältesten Hasen zusammengesetzt ist. Blind tastend, nur dem Gefühl folgend, arbeiten die Männer kühl und überlegt mit der Exaktheit von Maschinen.

Schon während das Boot noch abwärts stürzt, reißt der Obermaschinist Kräh kurzerhand Außenbordverschlüsse auf und setzt ohne Rücksicht auf Trimmzustand und Bomben die Dieselbilge unter Wasser. Rauschend und fauchend unter dem wachsenden Außendruck stürzt es herein und füllt die brennende Bilge, bis das Feuer unter den Flurplatten erstickt.

Rufe, Rennen, hastige Befehle: Es gelingt ihnen, sie meistern das Boot. Schon laufen die Lenzpumpen, und dann kommt irgendwo aus dem Qualm Krähs Stimme:

»Feuer gelöscht! Beide Räume klar!«

Es herrscht plötzlich Stille. Man hört wieder das leise Singen der E-Maschinen. Das Boot liegt auf ebenem Kiel, und ganz allmählich senkt sich der Qualm, der aus dem brennenden Maschinenraum bis in den Bugraum gequollen ist, wie der Ruß einer blakenden Petroleumlampe nieder. Die Glühbirnen werden wieder heller, die Skalen, die Umrisse der Geräte und Anlagen sichtbar, und die Gestalten der Männer treten aus dem Dunst hervor.

Der L. I. stellt die Luftreinigung an, gibt Sauerstoff ins Boot;

dankbar und erleichtert nehmen sie die Tauchretter ab, sehen sich gegenseitig an und brechen plötzlich in Lachen aus: sie sind schwarz wie die Neger.

Die Luftprüfung ergibt: es sind keine Kohlenmonoxydgase im Boot; man kann ruhig atmen. Aber was man nicht kann, ist, sich irgendwo hinsetzen, irgend etwas anfassen, ohne sich mit dem Ölruß zu schwärzen; das ganze Boot von vorn bis achtern ist mit einer dicken klebrigen Schicht überzogen.

Obermaschinist Kräh erscheint in der Zentrale und meldet:

»Durch die überhöhten Touren haben sich die Abgasleitungen so erhitzt, daß ein ölgetränkter Twist in der Nähe sich entzündet hat. Der brennende Twist ist in die Dieselbilge gefallen und hat sie in Brand gesetzt. Da die Bilge unmittelbar vorher gelenzt worden war und also nur sehr wenig Wasser mit einer verhältnismäßig dicken Ölschicht darauf enthielt, stand sofort die Bilge und der ganze Dieselraum in Flammen ... Ich habe dann geflutet.«

Er steht da, treuherzig aus geschwärzten Zügen blickend, die Hand am Mützenschirm.

»Ihnen verdanken wir, daß wir noch da sind«, sagt der Kommandant, »ja, das können Sie ruhig annehmen.« –

Noch vor Anbruch der Morgendämmerung taucht das Boot auf. Der Geleitzug hat viele Stunden Vorsprung, und so setzt der Kommandant den Marsch zur Karibik fort.

Inzwischen läuft die Ausrüstung der Boote mit den neuen Funkmeßbeobachtungsgeräten, den FuMB's, an. Der Admiral Stummel hält Wort; wenige Wochen nach der entscheidenden Pariser Sitzung treffen die ersten »Metox-Empfänger« in den Stützpunkten ein. Auf den Brücken der Boote erscheint die zunächst nur ganz primitiv zusammengehauene Antenne, das »Biscayakreuz«, ein einfacher, mit Drahtlagen umspannter Holzrahmen an einer Stange, von dem ein Kabel durchs Turmluk nach unten zum Empfangsapparat führt.

Das »Biscayakreuz« muß »vorläufig von Hand gedreht werden«, wie es in der Gebrauchsbelehrung heißt, und die U-Boot-Fahrer blicken mit einer Mischung von Hoffnung und Mißtrauen auf diese Apparatur, für die ein zusätzlicher Posten auf der engen Brücke aufziehen und die beim Tauchen samt ihrem Kabel durch das Turmluk nach unten gereicht werden muß.

»Wenn sich das man nicht im Luk bejemmt«, sagen sie stirnrunzelnd, »da können wir wüst in die Bedrullje kommen!« Und dann fangen sie an, die neue Rolle »Biscayakreuz« zu exerzieren. »Schnell muß das gehen, und klappen muß es; sonst hat das Ding mehr Nachteile als Vorteile!«

Aber bald haben sie den Bogen raus; im Turm steht ständig ein Mann bereit, der das Kreuz in Empfang nimmt, wenn der Metox anzeigt, daß die Ortung »steht«. Also: »Dauerton – Ortung steht!« – Weg das Kreuz! – Alarm! – das ist die Reihenfolge.

Und es funktioniert! Exerziermäßig und in der Praxis. Der Alpdruck der Biscaya weicht. Die Boote erfassen die Ortung, tauchen rechtzeitig und hängen tief unten im »sicheren Keller«, ehe die ortende Maschine heran ist.

Der Admiral Stummel peitscht die Produktion nur so heraus.

Für Boote, die noch ohne Metox in See stehen, richtet der BdU in der Anfangszeit Funkmeßgeleite ein. Sie hängen sich an ihre mit FuMB versehenen Kameraden an und erhalten Tauch- und Wiederauftauchbefehl durch UT-Signal über Unterwasser-Telegraphie. Auch das klappt; Beschädigungen und Verluste sinken; die Biscaya ist wieder sicherer.

Nach einiger Zeit dann wartet der Admiral Stummel mit einer Verbesserung des Funkmeßbeobachtungsgeräts auf; die Antenne ist nun wasserunempfindlich, wird für fest auf der Brücke einmontiert und bleibt beim Tauchen oben; das Gezerre mit dem Behelfskreuz und dem Kabel im Luk entfällt. Ein automatischer Wellenbereichssucher kommt hinzu, und ein »magisches Auge« am Empfänger erleichtert die Überwachung.

Bald beherrschen Kommandanten und Funkmeßpersonal die Funkmeßbeobachtung so sicher wie ein Pianist sein Klavier.

»Ortung«, heißt es von unten, »noch schwach – weit entfernt, ungenau«, und der Kommandant weiß: noch kann ich oben bleiben.

Dann plötzlich verringern sich die Intervalle, in denen der Ton an- und abschwillt; er wird lauter, kommt näher, ist schließlich als Dauerton, wie ein Zeitzeichen, durchs ganze Boot hörbar. Dann heißt es: »Alarrm!« –

Eines aber hat sich seit der Einführung des FuMB grundsätzlich geändert: Bis jetzt konnte allein der Kommandant die Gefahr abwägen; nur ihm und der Brückenwache war sie vielfach überhaupt bekannt. Jetzt hört jedes Ohr im ganzen Boot mit; jeder Mann weiß es, wenn das Boot geortet, und hört es, wenn die Ortung sich einspielt und lauter wird. An den Nerven jedes einzelnen sägt daher jetzt die Gefahr; die Belastung der Gesamtbesatzung hat außerordentlich zugenommen. Aber im ganzen sind sie doch erleichtert und zufrieden; sie fühlen sich wieder sicher und als Herren der Lage; der schreckliche Zustand der Ungewißheit, des Ausgeliefertseins an einen Feind, der mit rätselhaften und unheimlichen Mitteln plötzlich eine tödliche Überlegenheit bewies, ist vorüber.

Schon kurz nach Einbau der ersten Metox-Geräte melden zwei Boote nach einwandfreiem Empfang: der Gegner ortet auf 169 cm Wellenlänge. Ähnliche Feststellungen machen Geleitzugkämpfer mit Zerstörern, und damit löst sich ein weiteres Rätsel auf: Im Laufe des Hoch- und Spätsommers sind mehrfach Boote bei Nacht oder Nebel überraschend mit Artillerie überfallen worden. Nun ist kein Zweifel mehr: auch sie wurden geortet. Aber reicht diese Ortung aus, um bei Nebel blind und doch mit ziemlicher Genauigkeit zu schießen? Oder sind da noch andere, neue, unbekannte Geräte im Spiel? Schießverfahren nach Infra-Rot oder Ultra-Rot? Wärmeempfindliche Geräte, die heiße Dieselabgase registrieren? Was ist überhaupt noch unmöglich?

Rast- und rücksichtslos sitzt der BdU den Fachstellen in Berlin im Nacken. Jeder eingehende Funkspruch, der irgendwelche Anhalte für neuartige Abwehrwaffen enthält, wird bis auf die Gräten geprüft, mit ähnlichen Meldungen verglichen und jeder Verdacht sogleich nach Berlin weitergemeldet. Die Vermutung, daß der Gegner bedeutende Entdeckungen auf technischem Gebiet zu seinen Gunsten verwertet, lastet wie ein drohender Schatten.

Trotzdem stehen die Boote weiter im Angriff und – im Erfolg.

Mit den Worten des Engländers:

»Die Schlacht flaute zwar vorübergehend ab, aber die Initiative lag nach wie vor beim Gegner. Seine Energie, seine Findigkeit, seine Hilfsmittel waren immens, und die Erfahrung bewies, daß er die stetig anwachsende Zahl seiner U-Boote trotz steigender Verluste mit immer noch zunehmendem Einfallsreichtum und strategischem Können einzusetzen wußte. Ab August kamen neue Boote in weit rascherer Folge von den Bauwerften, als wir sie vernichten konnten. Der Feind hatte etwa achtzig U-Boote in See, und obwohl die USA-Küste kein fruchtbarer Angriffsraum war, konnte er bei Trinidad eine schwere zehntägige Angriffsschlacht schlagen und gleichzeitig einen, wenn auch minder heftigen Angriff in der Windward-Passage südöstlich von Kuba führen, Gebiete, in denen der Bauxit-Nachschub von Südamerika für die Rüstungswerke der USA lief, bzw. wo die Schiffe fuhren, die den Mittleren Osten auf der Route um das Kap der Guten Hoffnung mit Flugzeugen und Kriegsmaterial versorgten ... Andere U-Boot-Gruppen operierten im Mittelmeer und im Nord-Eismeer, weitere im Raum von Freetown, und einige stießen sogar zur Erkundung ›weicher Stellen‹ bis zum Kap der Guten Hoffnung vor ... Das Schwergewicht der deutschen Anstrengungen im August jedoch konzentrierte sich auf die im altbekannten Stil geschlagenen Angriffsschlachten von ›Wolfsrudeln‹ gegen Geleitzüge im Nordatlantik. In diesem Monat versenkten U-Boote 108 alliierte Schiffe mit mehr als einer halben Million tons. Tag- und Nachtangriffe wechseln; ein Konvoi verliert in viertägiger Verfolgung elf Schiffe, während vier U-Boote von im ganzen zwölf im Monat August vernichtet wurden.«

Schwerer, härter, erbitterter wird der Kampf der Wölfe an den Geleitzügen.

Noch vor Jahresfrist ging die Eindringtiefe der Feindflugzeuge nicht über 500 sm hinaus; das Loch in der Mitte des Nordatlantik, das »Todesloch«, der »Teufelsschlund«, in dem die Boote ungefährdet aus der Luft ihre Angriffspositionen aufsuchen und im nächtlichen Überfall reißen und vernichten konnten, war breit und tief. Jetzt, 1942, dringen die Maschinen von ihren Basen in England, Nordirland, Island und Neufundland schon 800 sm weit in den Atlantik vor; die Lücke verengt sich. Im September, wie schon einmal im Juli, muß der BdU Operationen abbrechen, weil die Luftsicherung am Geleit zu stark ist, die angreifenden Boote erfaßt, abdrängt und zu stark gefährdet. Mehr denn je sucht er die Ökonomie des Einsatzes durch geschmeidige Anpassung an die gebotenen Chancen. Überall an den Verkehrsadern, auf dem USA-England-Weg, an den Routen zum Mittelmeer, nach Kapstadt und Südamerika, vor der Windward-Passage, im Trinidad-Raum und bei Freetown lauern, suchen und jagen die grauen Boote. Achtundneunzig Schiffe mit 485 000 BRT fallen – nach britischen Angaben – im Monat September ihren Waffen zum Opfer.

In diesen Sommermonaten 1942 reicht der nunmehrige Korvettenkapitän Meckel Admiral Dönitz eine Denkschrift ein. Sie befaßt sich mit der Lage, die durch die Ortung geschaffen ist, und den Folgerungen, die daraus für den Krieg der grauen Boote zu erwarten sind. Sie sagt: »Das FuM Metox ist ein reiner Ortungsschirm; es gibt den Booten keine erhöhten Angriffschancen. Es ist ein rein passives Gerät. Dagegen verbessert die Aktivortung die Wirksamkeit der feindlichen Seeabwehr und vergrößert den Überwachungsbereich der feindlichen Luftwaffe um ein Vielfaches. Die Zerstörer – und noch viel mehr die Flugzeuge – erfassen die angreifenden Boote weit eher und weit sicherer als früher. Dementsprechend größer sind ihre Aussichten die Boote vor dem Angriff abzudrängen, unter Wasser zu drücken und damit ›stationär‹, unbeweglich zu machen. Das FuMB genügt also nicht, um den Booten ihre alte Beweglichkeit zu erhalten. Ihre Unsichtbarkeit des Nachts, die Grundlage des Erfolgs unserer bisherigen Taktik der Nachtüberwasserangriffe, ist aufgehoben. Folgerung: es müssen mit größter Beschleunigung und Systematik Versuche unternommen werden, um die Boote für die Ortung unsichtbar zu machen. Wir brauchen eine Tarnkappe, ein Netzhemd, das die Ortungsstrahlen absorbiert oder ablenkt ...«

Der BdU stimmt diesen Überlegungen Punkt für Punkt zu. Aber Versuche, die Boote mit einem ortungsabsorbierenden Gitterwerk um den Turm oder mit Ablenkungsflächen zu versehen, führen nur zu der Erkenntnis, daß die Ortbarkeit der Boote zwar abzuschwächen, aber nicht aufzuheben ist.

Die Denkschrift fährt fort: »Angesichts der ständig zunehmenden Zahlen von Sicherungsstreitkräften an den Geleitzügen ist die Notwendigkeit, schnellstens eine Waffe gegen die Zerstörer zu entwickeln, unabweisbar. Bisher haben sich die Boote den Zerstörern gegenüber, von wenigen, nicht ins Gewicht fallenden Fällen abgesehen, rein passiv verhalten. Für den Zerstörer bedeutet das U-Boot kaum eine Gefahr. Sein geringer Tiefgang und seine hohe Geschwindigkeit machen ihn zu einem schwer erreichbaren Ziel. Außerdem hat die bisherige Taktik der Boote darin bestanden, sich grundsätzlich den Zerstörern zu entziehen, um vor allem die Schiffe im Geleit anzugreifen. Für die Zukunft ist, besonders im Hinblick auf die Ortung, damit zu rechnen, daß sich die Boote mit den Zerstörern auseinandersetzen müssen, ehe sie überhaupt an die Handelsschiffe herankommen. Dazu brauchen sie eine Angriffswaffe, einen schnellen Horchtorpedo, der sich sein Ziel selbständig sucht. Ob sich Raketengeschosse mit rasanter Flugbahn und schwerer Sprengladung, wie sie sich in Peenemünde in Entwicklung befinden, als Waffe gegen Zerstörer eignen, wäre durch Versuch zu ermitteln ...«

Auch diese Überlegungen stimmen mit denen des Befehlshabers weitgehend überein. Es ist überhaupt so, daß die Offiziere seines Stabes durch den ständigen engen Kontakt, die täglichen Diskussionen, die Auseinandersetzungen und Kämpfe um die operativen Maßnahmen, in denen jeder frei ist und von jedem erwartet wird, seine Ansicht ungeschminkt zu äußern, in den Gedankengängen des Admirals weit über das anderweitig wohl übliche Maß hinaus zu Hause sind. Er will es nicht anders, und es versetzt sie in die Lage, auf Dienstreisen und bei fremden Dienststellen wirklich seine Ansichten und Forderungen vorzutragen und nicht nur das, was sie dafür halten. Sie sind in solchen Fällen seine Gesandten, und sie wissen es zu würdigen, daß sie trotz jugendlichen Alters und schmaler Ärmelstreifen als solche angesehen und geachtet werden. Wenn sie sagen: »Der BdU bittet ..., der BdU wünscht ..., der BdU fordert ...«, so weiß man, und so wissen sie, daß der Große Löwe hinter ihnen steht, und es gibt ihnen Selbstvertrauen und ihrer Jugend Würde. –

Sie fordern: »Anstatt des ursprünglichen Funkmeßgeräts, das ein reines Aktiv-Suchgerät gegen Seeziele darstellt, ein kombiniertes Funkmeß- *und* Funkmeßbeobachtungsgerät mit drehbarer Antenne für Aktiv- und Passivortung.«

Sie fordern: »Verstärkte Fla-Bewaffnung: je Boot zwo 3,7-cm-Kanonen und ein Doppel-MG 151, wie es in der Luftwaffe verwandt wird.«

Sie fordern: »Umbau der Bootstürme, Aufstellung von 2-cm-Vierlingsflak auf einer zweiten Plattform und Ausrüstung mit überschweren MGs.«

Sie planen: »Flak-U-Boote als Flugzeugfallen, die, von Flakwaffen starrend, in See stehen und Flugzeuge auf sich ziehen und abschießen sollen.«

Sie beantragen: »Verstärkung der Luftsicherung in der Biscaya durch weitere Ju 88 und durch die neue He 177, einen viermotorigen Zwoschrauber von 2200 km Eindringtiefe.«

Sie drängen: »Der Zerstörerknacker, der Torpedo zum Angriff gegen den Todfeind des U-Boots, muß her, schnellstens!«

Sie tragen vor: »Von Januar bis Juli sind für vierhundert versenkte Schiffe über achthundert Torpedotreffer erforderlich gewesen. Mit einer besseren ›Pistole‹, einer Abstandszündung mit rückgrat- bzw. kielbrechender Wirkung hätten wir mehr erreicht; ein Torpedo würde dann genügen, ein Schiff zu vernichten, und es gäbe keine vorzeitigen Rückmärsche wegen Aufbrauchs der Torpedos, obwohl das Boot noch Sprit hat ...«

Aber hinter all diesen Bitten, Anträgen, Forderungen steht sichtbar und Erfüllung heischend das harte, von Sorgen gekerbte Antlitz des BdU.

Und sie bekommen im Herbst 1942 die Pi 2, die langersehnte neue Torpedo-Gefechtspistole, die den Aal in dem Augenblick zündet und hochjagt, in dem er unter dem Ziel hindurchsteuert, die dem Opfer den Kiel bricht ...

Sie bekommen den G7a-FAT und kurz darauf auch den G7e-FAT, ein neues, mörderisches Instrument, schon fast ein Roboter, einen Torpedo, der nach geradem Vorlauf anfängt, in engeren oder weiteren Zickzacks eine bestimmte Fläche – etwa die eines Geleitzuges! – abzulaufen. Torpedoinspektion, Torpedoversuchsanstalt, Wissenschaftler, Erfinder und Techniker haben in rastlosen Versuchen dieses neue Wunderwerk der Vernichtungstechnik geschaffen. Und es wird, so sagen sie, nicht das letzte sein. Auch der »eigentliche Zerstörerknacker« wird kommen; sie arbeiten daran ...

Schon die erste Vorführung der FAT-Torpedos in Gotenhafen hat einen tiefen Eindruck hinterlassen. Der BdU, die Admirale v. Friedeburg, Ciliax, Backenköhler – es ist ein außerordentliches Aufgebot, das diesem übungsweisen Ansatz auf einen in der Ostsee versammelten Geleitzug beiwohnt.

Die Boote greifen an, und die FAT-Torpedos beginnen ihre Flächen abzulaufen, Zickzack, hin und her – mit Übungsleuchtkopf versehen, so daß jedes Schiff im Geleitzug den theoretischen Treffer sehen und durch Signalstern melden kann. Bald hängt die Luft voll bunter Sterne, denn viele Aale »treffen« mehrere Ziele, ehe sie das Ende ihrer Laufzeit erreichen. Aber selbst diese »Mehrfachtreffer« abgezogen, bleibt das Ergebnis imponierend.

Befriedigt und erwartungsvoll kehrt der BdU nach Paris zurück. Ab Oktober wird er diese neuen FAT-Torpedos in größeren Zahlen verfügbar haben.

Überhaupt: die Lage hat sich seit Juli über Erwarten günstig entwickelt. Die Erfolge steigen von 504 000 auf 650 000 BRT im August und die gleiche Zahl im September. Die Verluste der Boote in See hingegen sind von 15% im Juli auf 9,5% im August und 6% im September abgesunken. Für 1941 waren über 11% »normal«; trotz Verstärkung der Abwehr und Einsetzen der Luftortung sind sie also zurückgegangen! Wahrscheinlich wirken sich nicht zuletzt die schiffbaulichen Verbesserungen aus: Seit Beginn des Jahres werden Maschinen und wichtige Teile der Boote auf Schwingmetall, Packungen aus Gummi und Stahl, aufgesetzt, die die Erschütterungen der Wabo-Detonationen auffangen. Und gegen Unterwasserortung haben sich die seit dem Frühjahr eingeführten »Bolde« recht gut bewährt.

Die Kommandanten haben sie, wie alles Neue, zunächst mißtrauisch aufgenommen, aber ihre Ablehnung ist schnell geschwunden. Nun diskutieren sie in den Messen über die beste Taktik der »Bold«-Abwehr.

Der »Bold« ist ein etwa 40 cm langes und 15 cm dickes, mit einer chemischen Substanz gefülltes Gefäß. In der Tiefe durch den »Bold«-Ausstoß im Dieselraum ausgestoßen, entwickelt er im Wasser ein Perlen- und Bläschenfeld von ziemlicher Ausdehnung und Dichte, das für das feindliche Asdic als »Körper« im Wasser erscheint und daher den Ortungsstrahl reflektiert, so daß der Zerstörer den »Bold« für das Boot nimmt, während sich das Boot in Wahrheit im Schatten des Bläschenfeldes absetzt.

Um die Taktik des »Bold«-Ausstoßes geht der Streit der Kommandanten. »Möglichst viele auf einmal«, sagen die einen, »das gibt einen dichten Schirm und verwirrt den Gegner.«

»Nein«, erwidern die andern, »dichter Schirm – alles ganz schön. Aber der Gegner merkt schneller, daß er kein U-Boot vor sich hat; die Täuschung ist nicht so vollkommen. Lieber nur einen ›Bold‹ hinter sich setzen; der macht Schirm genug, dann in Schleichfahrt weg, so lange die ›Bold‹-Wirkung vorhält, also etwa eine Viertelstunde, und nachher Kursänderung. Dann sollen sie einen erst mal wiederfinden.«

Die Schlacht im Atlantik erreicht in diesen Spätsommer- und Herbstmonaten eine neue gesteigerte Härte und Wucht. Boote und Führung stehen auf dem Höhepunkt ihres Könnens.

Drei bis vier Tage Marsch mit dem Metox durch die Biscaya, einige weitere, bis das Einsatzgebiet erreicht ist – von da ab rechnet der BdU mit dem Boot und reiht es in eine der Suchgruppen ein, die, so nahe es die Luftsicherung erlaubt, an die Küste herangestellt, im Vorpostenstreifen vor den Routen der auslaufenden Konvois lauern.

Die Abstände von Boot zu Boot haben sich gegen früher verengt; sie betragen jetzt fünfzehn bis zwanzig gegenüber früher durchschnittlich dreißig Seemeilen, und die Boote stehen vielfach bei Tage getaucht, um auf alle Fälle ungesehen zu bleiben, und horchen aus der Tiefe nach dem breiten, mahlenden Geräuschband, das die vielen Schrauben eines Geleitzuges hervorrufen. Sie funken nicht; absolute Funkstille ist unerläßlich. Schweigend wechseln sie ihre Positionen nach den Weisungen der Führung.

Ihre Ausgangsstellungen liegen nun fast schon routinemäßig in den Räumen südlich und nördlich von Irland, die die westgehenden Geleitzüge auslaufend passieren müssen, entweder, um mitten durch den Atlantik direkt nach Halifax zu laufen oder um über Island–Grönland–Neufundland nach drüben zu gehen, während der Verkehr aus der Irischen See mit südwestlichen Kursen, an die Azoren anlehnend, nach den Bermudas steuert. Das sind die auslaufenden Routen, und wenn auch die westgehenden Geleite nicht die gleiche wertvolle Ladung schleppen wie die ostgehenden – angegriffen werden sie doch; denn Ziel des Kampfes ist und bleibt in erster Linie der Schiffsraum.

Tagelang oft stehen die Boote wartend und lauernd auf Position, gewiegt und hin- und hergeworfen von der wogenwandernden, auf und ab schwingenden Weite, oder umfangen von der regungslosen Stille der Tiefe, und die Männer essen und schlafen, spielen und lesen, während in der Zentrale die Tiefenrudergänger die Steuerknöpfe bedienen und das leise Summen der E-Maschinen durchs Boot klingt.

In Paris aber koppeln und rechnen derweilen die Astos und werten die B-Dienstmeldungen, dic entschlüsselten Gegnerfunksprüche, und alles verfügbare Nachrichtenmaterial aus. Den »Kreuzworträtslern« sind tiefe Einbrüche in den feindlichen Funk-Schlüssel gelungen, aus denen sich genaue Anhaltspunkte für Rhythmus, Auslaufdaten und Geschwindigkeit der Konvois ergeben.

Da sind die schnellen Geleite mit 9 sm Durchschnittsgeschwindigkeit, da sind die langsamen mit 7,5 sm. Da sind gewohnheitsmäßig genommene Umwege zu berechnen, Verzögerungen durch Wetter und Havaristen zu berücksichtigen und während der Laufzeit der Konvois auftretende Dispositionsänderungen einzubauen. Keine Braut kann die Reise des fernen Geliebten eifersüchtiger und liebevoller verfolgen als die beiden Koppel-Astos beim BdU die Konvois von Sydney, Gibraltar und Freetown, von New York, Halifax oder dem Nordkanal.

Ihr Ziel ist dabei immer das gleiche: die Boote so rechtzeitig am richtigen Platz in einem möglichst luftsicheren Raum vor einen Geleitzug zu stellen, daß sie ihn finden, fassen und schlagen können.

Und es gelingt ihnen häufig genug, ihre Vorpostenstreifen dank der B-Dienstmeldungen so zu verschieben, daß die Schlacht zustande kommt.

Der Gegner selbst erleichtert ihnen das Finden. Nicht mehr wie 1941 streut er seine Geleitzüge über die ganze Breite des Atlantik; er fährt jetzt stur in einem schmalen Streifen und meist auf dem kürzesten Weg. Zeichen beginnender Schiffsraum-Verknappung? Oder im Gegenteil des sicheren Zutrauens, daß alle Versenkungen den Tonnnagezuwachs durch Neubau nicht verhindern können? Daß seine Abwehr den angreifenden Wölfen mehr und mehr überlegen werden wird?

Der BdU weiß, er steht in einem Kopf-an-Kopf-Rennen mit der Zeit; er muß den Versenkungskrieg rastlos voranpeitschen, um den errungenen Vorsprung halten zu können. Zeitersparnis ist sein zweites Wort; er gönnt sich selbst keine Ruhe; er kennt keinen Urlaub. Nur die Bach-Konzerte auf der großen Orgel von Notre-Dame de Paris besucht er, wenn sich die Gelegenheit dazu bietet; die mathematische Klarheit, die Kraft, die Größe dieser Musik tun ihm wohl.

Aber außer dieser Entspannung kennt er nur die täglichen Gänge im Bois de Boulogne, die erfüllt sind von Diskussionen und Monologen, in denen er Klarheit für seine Entschlüsse sucht. Der Flaggleutnant begleitet ihn oder Heßler, der A 1, sein Schwiegersohn, der eine oder andere Asto oder Rösing, der neue FdU West, dazu oft Kommandanten, die zur Berichterstattung anwesend sind. Und immer geht es um die Boote.

Er stellt sie jetzt in die erkoppelte Tagstrecke der Geleitzüge, damit sie leichter finden. Er läßt sie, falls sie nichts sichten, in der Nacht mitlaufen und mit dem neuen Morgen gegenandampfen, einzig um Zeit zu gewinnen und »den Raum zum Kämpfen zu vergrößern«; denn das eigentliche Schlachtfeld hat sich auf eine verhältnismäßig schmale Lücke in der Mitte des Atlantiks verengt, die der Gegner noch nicht mit seinen Flugzeugen überbrückt.

Überhaupt: wie hat sich das Kämpfen für die Boote erschwert!

Tagelang stehen sie im Suchstreifen. Erstes Gebot: Funkstille. Zweites Gebot: unbedingt unentdeckt bleiben, vor allem vor den Suchgeräten der Flugzeuge!

Dann endlich kündigt sich vielleicht der Geleitzug durch weit ausholende Flugboote an. Rechtzeitig tauchen! Rechtzeitig wieder auftauchen! Allmählich nimmt die Zahl der Flugzeuge zu. Also steht man richtig; es kommt ein Konvoi! – Und zuletzt sieht ein Boot des Streifens – oder auch zwei – die Rauchwolken über der Kimm oder die Mastspitzen der Zerstörer der Außensicherung.

Und jetzt erst brechen sie die Funkstille, lassen ein punktartiges Kurzsignal heraus, dem die Führung Gegnerkurs und Standort entnimmt. Darauf erhält das sichtende Boot oder eins von ihnen – und nur dies eine – den Befehl, Fühlung zu halten und weiter zu melden. Die anderen bekommen die laufend berichtigten Standorte und jagen in weitem Bogen mit hoher Fahrt ohne Rücksicht auf Wind, Wetter und See nach vorn, um sich in Angriffsposition zu bringen. Die Jagd hat begonnen. Der Vorpostenstreifen wird aufgelöst, es beginnt das »einzelbootweise Operieren« durch Tage und Nächte mit plötzlichen Alarmen, mit Ausmanövrieren von Zerstörern, mit zähneknirschend hingenommenen Zeitverlusten nach mühsam und hart erknüppeltem Vorlaufen.

Zehn bis zwanzig Boote sägen jetzt durchschnittlich an jedem solchen Geleit, alle bemüht, weit weg vom Gegner nach vorn zu kommen. Und dann reißt womöglich die Fühlung ab. Womöglich? Oft. Zu oft. Bleibt die Fühlunghaltermeldung aus, und kehrt sie innerhalb von zwei drei Stunden nicht wieder, so übernimmt dasjenige Boot, das gerade Fühlung hat, automatisch die Meldungen – und nach ihm ein drittes, ein viertes.

Tagelang dröhnt die See unaufhörlich von näher oder ferner krepierenden Wasserbomben. Aus dem Horchraum kommen laufend die Metoxansagen: »Ortung! – Ortung leise. – Ortung zunehmend!«

Und dann hört man es schon im Boot: uiuiuiuiu … uuuiiiii … »Ortung steht!!«

»Alarrm!!«

Und das Fauchen und Rauschen und Zischen, die Befehle, das Gellen der Glocken. Trampeln und Rasseln, – alles, was in solchen Sekunden an den Nerven sägt und frißt …

Die Ungewißheit: Sind wir gesehen? Hat er uns gehabt? Wie lange müssen wir unten bleiben? Können wir schon wieder hoch?

Und wieder, je näher man an den Geleitzug herankommt, die

Ortung, nicht nur von Flugzeugen, auch von den Zerstörern jetzt. Manche Kommandanten gewöhnen es sich an, am Geleitzug den Metox abzuschalten, weil sie nicht wollen, daß ihre Besatzungen durch das ununterbrochene »Ortung! – Ortung!«, das Gezirpe und Gepfeife, nervös gemacht werden.

Tage und Nächte zieht sich dieser Kampf hin. Die Fühlunghalter wechseln. Reißt die Fühlung längere Zeit ab, so harkt ein rasch gebildeter Suchstreifen los und sucht. Das altbekannte »Mitlaufen an der Grenze der Sicht« hat sich überlebt, ist nicht mehr möglich; der feindliche Luftschirm reicht zu weit. Ein Sprung-auf-Marsch-Marsch-Krieg ist das jetzt, ein behendes geschmeidiges Abspiel von Mann zu Mann. Es heißt nicht mehr abwarten bis die Nacht kommt; nur die Nacht gehört der Jagd! Es heißt: Tag-Unterwasserangriff, wenn du tags vorn bist und schießen kannst, Nacht-Überwasserangriff, selbst auf große Entfernung auf überlappende Ziele, wenn sich die Chance bietet. Es heißt: FAT-Fächer mit verschieden eingestellten Winkeln in die Fläche schießen, die der Geleitzug durchfährt, und warten, ob sie etwas treffen!

Das bedeutet natürlich leicht Doppelmeldungen von Erfolgen, wenn zwei oder mehrere Boote gleichzeitig Aale laufen haben und nicht mehr wie früher ganz bestimmte Ziele beschießen; der BdU weiß es und wird in seiner Versenkungsbuchführung womöglich noch zurückhaltender als bisher; denn »wir sind eine solide Firma und wollen es bleiben«.

Aber er kann es bei aller Vorsicht nicht verhindern, daß mit der fortschreitenden Zeit, den immer schwereren Kampfbedingungen und den minder genauen Angaben, die die Kommandanten machen können, die Kurve der angenommenen die der tatsächlichen Erfolge übersteigt.

Die Boote funken ihre Meldungen nach dem Angriff baldmöglichst und mit Standort, um, falls die Fühlung abgerissen ist, den Kameraden die letzte Position des Geleitzuges zu geben. Und schon beginnt wieder die Suche, der weit ausholende Vormarsch, der Kampf um die neue Angriffsposition gegen den vollen, brausenden Atem der Herbststürme, die gewaltige, unbarmherzige

See und die Korvetten und Fregatten, die Zerstörer und Flugzeuge, die die Schiffe in doppeltem Ring, weit abgesetzt, in einem dritten Nahsicherungskreis und aus der Luft schützen, bewaffnet mit allen Mitteln der Vernichtung, mit Ober- und Unterwasserortung, Horchgeräten, Artillerie, automatischen Schnellfeuerkanonen, Flak, mehrläufigen MGs, Wabos der verschiedensten Tiefeneinstellungen und Wabo-Werfern vom Einzelwerfer für die schweren Koffer bis zum »Hedgehog«, dem »Igel«, der mit zwei Dutzend in verschiedener Tiefe gleichzeitig detonierender Bomben rund 350 kg Sprengstoff in dem »Wasserwürfel« zur Explosion bringt, in dem die Ortung das Boot vermutet.

Trotz alledem aber bleiben die Wölfe im Angriff und im Erfolg, und die eigenen Verluste dieser Herbstmonate sind gering.

Nach wie vor geben die Kommandanten der Nacht den Vorzug vor dem Tag. »Die Luft ist dann schwächer«, sagen sie, »wir brauchen nicht so weit auszuholen, um nach vorn zu kommen, und sacken nach dem Angriff nicht so weit achteraus wie bei Tage, wo wir den Gegner dreißig bis vierzig Meilen vorlassen müssen, ehe wir wieder auftauchen können.«

»Natürlich«, sagen sie, »bedeutet jede Geleitzugschlacht eine enorme Beanspruchung für Boot und Besatzung, aber unsere Männer halten es aus – und wir auch.«

»Und wir auch«, das heißt, daß die Kommandanten während der sechs bis acht Tage, die eine »Rake« quer über den Atlantik dauert, nicht eine einzige Nacht und kaum einmal ein paar zusammenhängende Stunden Schlaf bekommen. Entweder sind sie auf der Brücke. Oder in der Zentrale. Oder im Horchraum am GHG. Die Glieder schmerzen, die Augen brennen, die Füße quellen und brennen in den filzgefütterten Lederstiefeln, das Rückgrat strahlt dumpfen Schmerz aus und ist steif wie ein Stock. Sie sind oft tagelang naß bis auf die Haut und nehmen sich nicht die Zeit, sich umzuziehen, und selbst wenn sie einmal für kurze Augenblicke im vollen Lederzeug, Glas und Mütze griffbereit neben sich, auf die Koje fallen, ist ihr Schlaf unruhig und leicht wie eine Flaumfeder, und sie haben immer »ein Ohr im Boot«, das jedes Geräusch kontrolliert; das Rauschen und Waschen und Poltern der See am

Turm, das Summen der Pumpen, wenn der Zentralemaat die Bilgen lenzt, das Geklapper in der Kombüse, das Murmeln der Raucher im Turm, das Zählen und Reizen der Skatspieler in der OF-Messe, die losgekommene Sardinenbüchse, die in einem Spind hin und her arbeitet – klick ... klack ... das ständige, ferne Dröhnen von Explosionen ... ijumm ... Und sowie sich das kleinste ändert, sind sie hellwach und meist schon auf dem Wege nach oben, ehe die Meldung »An Kommandant ...« sie erreicht.

Und nicht selten geschieht es, daß sie nach sieben durchwachten, durchkämpften Nächten ihren Geleitzug im Raume Neufundland verlassen und zu Tode übermüdet und nach dem Fortfall der Überspannung plötzlich erschlaffend, auf ihre Koje taumeln, um endlich, endlich zu schlafen, tief, traumlos, bleiern, einen Schlaf, der sich erst nach Stunden widerwillig einstellt – und dann kommt plötzlich ein FT: »Geleit oststeuernd«, oder eine Sichtmeldung von der Brücke, und sie taumeln wieder hoch, schütteln die Müdigkeit ab, reißen sich zusammen und gehen mit dem neuen Gegner unter Ortung und Wabos, Alarmen und Angriffen, im Hinundhergezerre mit den Sicherungszerstörern den ganzen Weg nach Osten wieder zurück.

Es ist hartes, steinhartes Brot, die U-Boot-Fahrerei in diesem Herbst im Nordatlantik. Verfluchte, verfluchte Scheiße!

Aber die Erfolge dauern an! Am 16. Oktober fallen elf von etwa vierzig Schiffen eines Geleitzuges der Vernichtung anheim; ein eigenes Boot geht dabei verloren, ein zweites kehrt schwer beschädigt zurück.

Kaum zehn Tage später, in der Zeit vom 24. Oktober bis zum 6. November, wird der SC 107 in harten, erbittert geführten Angriffen von einer Gruppe mit dem sinnigen Namen »Veilchen« schwer angeschlagen und zerrupft. »Dem kleinen Veilchen gleich, das im Verborgenen blüht ...«, so war diese Aufstellung gedacht, und aus dem Verborgenen schlugen die Boote zu ...

Auf 93 Schiffe mit über 600 000 BRT beziffert der Gegner seine Oktoberverluste in einer amtlichen Veröffentlichung nach dem Kriege, darunter fünf große Passagierdampfer, die mit 15 bis 21 Seemeilen Geschwindigkeit als Einzelfahrer liefen und bisher als für die U-Boote praktisch unerreichbar galten ... Ein nach Sierra Leone bestimmter Konvoi lief in eine Konzentration deutscher und italienischer U-Boote im Azoren-Madeira-Raum hinein, und es wurde ihm übel mitgespielt: in vier aufeinanderfolgenden Nächten verlor er dreizehn Schiffe ...

26.
HOHER NORDEN

Die zwanzig U-Boote der Nordmeerflottillen mit dem Wahrzeichen des Eisbären führen seit ihrer operativen Trennung vom BdU ein Eigendasein. Von ihren Stützpunkten in Bergen und Drontheim, Narvik und Kirkenes nordwärts stoßend, kämpfen sie einen schweren und undankbaren Kampf gegen den Rußland-Nachschub des Gegners. Der hohe Norden, das Eismeer zwischen Spitzbergen und dem Nordkap, Novaja Semlja und der südlichen Packeisgrenze, ist ihr Kampfraum, eine Landschaft von äußerster Verlassenheit und öde, ohne Nacht im Sommer, ohne Tag im Winter.

Sie patrouillieren an der Kante der jungen Eisfelder entlang, die am Südrand der Polarwüste mit den Jahreszeiten wachsen und schwinden, sie suchen ihre Beute bei Jan Mayen und Spitzbergen, den Inseln, wo noch vor einem Jahrhundert Holländer und Engländer, Russen, Dänen, Franzosen und Deutsche sich bei der Ausbeutung der »Goldminen des Nordens«, der reichen Vorkommen an Grönlandwalen, erbitterte Gefechte lieferten, jeder gegen jeden, bis sie den Reichtum dieser entlegenen Meereswüsten gemeinsam ausgerottet hatten und das bunte, abenteuerliche Leben in den Walfängersiedlungen auf den Inseln wieder erlosch.

Sie jagen, selber Raubwalen ähnlich, auf die Geleitzüge, die die amerikanischen Leih- und Pachtlieferungen zu den nördlichsten Häfen Rußlands bringen, nach Murmansk und Archangelsk, die von den letzten Ausläufern des Golfstromes das ganze Jahr hindurch, für Archangelsk wenigstens den Sommer über, eisfrei gehalten werden, und ihre Torpedos zischen unsichtbar durch das eisige Polarwasser, wenn es ihnen nach oft wochenlanger vergeblicher Suche endlich gelingt, den Gegner in der Öde des Eismeers aufzuspüren.

Aber nicht nur der Gegner ist hier ihr Feind; die Natur selbst scheint sich ihm mit wütenden Stürmen, mit Eisnebeln und Schneetreiben zu verbünden. Ohne Begrenzung scheint eben noch die Sicht in der niemals endenden weißen Helle des arktischen Sommers, in der die Sonne nicht untergeht und Tag und Nacht bald blaß, bald gleißend um die Kimm kreist, und plötzlich wallen weiße Nebelschwaden, steigen dichte Dunstbänke wie aus dem Nichts empor, vermauern den Blick und hüllen das Boot in dichte, nasse Tücher …

Eben noch liegt die See, ein metallener Spiegel, perlmuttweiß schimmernd, glatt wie Seide vom klaren hellen Himmel überwölkt. Kaum der Atem einer alten Dünung hebt und senkt das Boot – und plötzlich schiebt sich's über die Kimm herauf: blaßviolett jetzt noch, fern, so fern, und dann, unfaßlich schnell, auf einmal drohend grau, und es springen die ersten Böen, die Vorreiter des Sturms, mit eisigem Atem heran, und in wenigen Minuten brodelt die See, Schaum weht auf und prasselt mit Eisesschärfe auf die Gesichter, und dichtes Flockentreiben umhüllt das Boot.

Dann tappen sie hilflos, geblendet durch den weißen Wirbel, tauchen vielleicht, um im Horchgerät den der Sicht entzogenen Gegner weiter festzuhalten, kommen wieder herauf und stoßen blind voraus, jeden Augenblick gewärtig, auf Sicherungsstreitkräfte, Zerstörer und Korvetten oder auf den Geleitzug selbst zu stoßen – gewärtig, daß der weiße Wirbel sich plötzlich teilt und sie der Sicht des Feindes preisgibt oder ihnen, vielleicht nur für Sekunden, die Schußchance bietet.

Für sie gibt es keine Nachtangriffe im Sommer, nichts als Nachtangriffe im Winter.

Die Helligkeit ist ihr Feind, wenn sie sich ungesehen heranpirschen wollen an ihr Wild, das von Trägerflugzeugen aus der Luft gesichert ist – die Dunkelheit, wenn sie in endlosen, lichtlosen Wintermonaten die Schatten des Gegners in der Schwärze der Nächte, die nur das Nordlicht erhellt, und im fahlen Dämmerschein des Tages ausmachen sollen.

Sie arbeiten mit der Luftwaffe zusammen wie ihre Kameraden im Mittelmeer, dem anderen Kriegsschauplatz in »landnahen

Gewässern«, und das heißt, daß der Zweifel bei jedem Flugzeug von neuem an ihren Nerven reißt: Freund oder Feind?! Irrtum heißt Tod. Es bedeutet »Alarm!« und vielleicht den Verlust der mühsam erkämpften Angriffsposition nach wochenlanger Suche, es sei denn, daß vielleicht ein eigener Kampffliegerverband, durch FT angesagt, zur richtigen Zeit aus der erwarteten Richtung anfliegt.

Sie arbeiten zusammen – das heißt nicht selten: sie halten Fühlung für die Flieger und werden von ferne Zeuge der Bombenangriffe, des Abwehrfeuers, der Explosionen, die mit hartem, hellem Schlag an das Boot hämmern – es heißt nicht selten: daß sie das Nachsehen haben, wenn ihnen die schnellen Brüder aus der Luft die Ziele vor den Augen wegbomben.

Es heißt aber auch: herangeführt werden aus der Luft, wenn die Fühlung verloren war, neuen Anhalt für den Standort des Gegners nach Funkmeldung der Luft, neue Chance, endlich doch selbst noch zum Angriff zu kommen.

Das sind die Sommer …

Aber rasch längen sich die Schatten in den hohen Breiten. Die Sonnenscheibe, die monatelang um die Kimm kreiste, sinkt täglich tiefer und entschwindet schließlich ganz, und es ist viel, wenn mittags bei klarer Sicht ein schwacher rötlicher Schein für kurze Zeit die Horizontlinie ein wenig deutlicher hervortreten läßt. Dann wandern die Gedanken sehnsüchtig nach Süden, dorthin, wo allmorgendlich, das ganze Jahr hindurch, das Himmelslicht den lebendigen Tag erhellt. Hier aber herrscht Nacht, Finsternis ohne Ende, wechselnd in bestem Falle zwischen tiefer Dunkelheit und schwerem, fahlem Dämmer, und die ewige Schwärze legt sich wie mit bleiernen Gewichten auf das Gemüt, bis endlich, spät im Februar, der Sonnenball zum ersten Male wieder ein Bündel rotglühender Strahlen flach über die Kimm sendet, »und wenn dann zufällig kein Schneetreiben die Sicht hindert, dann kommt eine fast feierliche Hoffnung über die Besatzungen der einsamen Boote: Dann können Licht und Wärme und Leben nicht mehr weit sein …«

Dazwischen aber liegt der Polarwinter …

Tagebuchblätter eines Eismeerfahrers lassen etwas ahnen davon, was das heißt: Winterunternehmung im Nordeismeer:

»Gestern war Heiligabend. Wir lagen im Fjord, nichts als nackte Felsenberge ringsum, glattgeschliffen von den Gletschern der Eiszeit. Riesenhafte Blöcke lagen herum. Nur wenig Schnee, aber bittere Kälte und ein eisiger Wind den Fjord herauf. Kurzer, kabbeliger Seegang. Der graue Bootsrumpf trug ringsum eine weiße Halskrause von Eis ...

Nachmittags packten Obersteuermann und Funkmast die Festgeschenke aus: Schokolade, Pralinen, Keks, Bonbons, Marzipan, Äpfel.

Der Obersteuermann zählte ab, der Funkmaat teilte zu. Im Bugraum war eine lange weißgedeckte Tafel aufgeschlagen, und die Lords waren kaum von den Süßigkeiten wegzuschlagen; der Kommandant mußte einen ›Posten Weihnachtstisch‹ aufziehen lassen, um die allzu frechen Langfinger zu scheuchen.

Unser Weihnachtsbaum trug keine Kerzen – Explosionsgefahr durch Abgase der Batterie – und so brannte nur eine elektrische Birne in einer bunten Laterne am Ende der Tafel, aber auch so war es schön und feierlich. Post war nicht gekommen – die wird uns wohl erst zu Ostern erreichen ...

Gegen Mittag haben wir abgelegt, noch in Lee der Berge. Es wehte Katzen und junge Hunde, und der Wind jaulte und heulte in allen Tönen. Das schwache Grau der Mittagsstunden erlischt immer sehr rasch, und die Umrisse der Berge ragten düster und mächtig aus dem grauen Wasser hervor ...

›Zwote Seewache – sich klarmachen! Anzug, Badehose und Regenschirm!‹

Aha – es ging wieder los. Unsere seemännische Nummer Eins hat eine unnachahmliche Art, Befehle auszusingen, halb Befehlston, halb: Auf, auf zum fröhlichen Jagen! – es erleichtert einem den schwersten Entschluß des Tages, das Hochkommen aus der schönen, warmen Koje, Seemanns liebstem Aufenthalt. Und schon ging es auch weiter im alten Marineweckgesang: ›Komm hoch, komm hoch! Lüft' das Gatchen, schnall' an das Holzbein, setz' ein das Glasauge, hack' ab das Blei vom A ... e!‹ (Wobei das ›r‹ wie ein Triller zu rollen ist.)

Anzug ›Badehose – Regenschirme‹ – Anzug ›Großer Seehund‹, da weiß man schon: es ist was los oben. Na, schön ...

Hastig den letzten Bissen hinuntergewürgt und hinein in die Lederkombination. Gummistiefel an die Füße – jeden Tag dieselbe Zerrerei, während die Röhre wie betrunken hinüber und herüber holt! Jedesmal ein Kampf ums Gleichgewicht, eine schweißtreibende Arbeit. Steh' mal auf einem Bein und hab' das andere halb in der Hose, und dann neigt sich dein Zimmer auf 45 Grad! – Endlich den dicken Schal doppelt um den Hals und mit Abstützen rechts und links zur Zentrale, wo schon das olivgrüne blanke Gummizeug bereitliegt.

Hier der zweite Kampf: widerstrebende Gummihose über die Gummistiefel gezogen. Gummijacke über das Lederzeug und den Kopfschutz auf, der eng anliegt, nur Augen, Mund und Nase freiläßt und bis über die Schultern hinabreicht. Dann der breite Anschnallgurt mit Drahtstropp und starkem Karabinerhaken, die Sicherung gegen das Außerbordgehen, wenn die Seen über die Brücke hinwegwaschen. Der Zentraleheizer hilft dir beim Anlegen und zieht den Verschluß sorgfältig zu. Endlich quält man sich noch ein paar gelbe Gummifäustlinge über die Wollhandschuhe und zieht die Stulpen über die Jackenärmel herauf. Fertig! – Blick auf die Uhr: Noch zwei Minuten bis Wachablösung. Na – nicht kleinlich sein. Rauf!

Da: Rrums – brruch! Donnern, Schüttern – und pschscht! stürzt eine weiße Säule, massives Eismeerwasser, durch den Turmschacht in die Zentrale, reichlich eine halbe Tonne, schwappt über die Flurplatten und verläuft in die Bilge.

Rrums – pschscht! – Bruch – pschscht! – der zweite ... der dritte.

Es war klar: oben war, wie der L. I. sagte, ›wettertechnisch die totale Schweinerei im Gange‹.

Er hatte recht; es herrschte pechschwarze Finsternis, der eisige Sturm fuhr einem wie ein Dolch in den Schlund. Aus dem Dunkel schrie der WO sein ›Achtung! Festhalten! Brecher!‹ Und schon rauschte die See über uns hinweg, stürzte über Gesicht und Schultern, benahm uns für einen Augenblick den Atem, füllte die Brücke bis zur halben Höhe, stieg zwischen Hosenbeinen und Stiefelschäften empor und füllte uns die Stiefel. Nun waren wir im Bilde.

›Die neue Wache – Karabinerhaken sorgfältig einpicken!‹ schrie er wieder, ›hier kommt einiges rüber!‹

Das hatten wir mittlerweile selbst gemerkt und ließen die Haken rasch in die Griffstangen an Sehrohrbock und Brückenkleid einschnappen.

›Herrlich, was die uns mal wieder anbieten‹, knurrte jemand im Dunkel.

Die Erste Seewache steht in dem Ruf, schlechtes Wetter zu machen. Kaum ist sie aufgezogen, fängt es an, aus allen Knopflöchern wie verrückt zu wehen.

›Weißt du, was die Erste Seewache ist?‹ fuhr die Stimme aus dem Dunkel fort, ›die Erste Seewache ist eine Scheißhauswache! Wer soll denn das wieder glattbügeln, was ihr hier aufrührt? Ihr geht jetzt filzen, aber wir ...? Lieber Mann ...! Gar nicht auf die Brücke lassen sollte man so was wie euch!‹

Es stand fest: die Zwote Seewache war die Kronenwache an Bord, die immer das gute Wetter machte, immer zuerst den Gegner sah, immer rechtzeitig Alarm gab, eine wahre personelle Blütenlese, mit einem Wort: wir.

Die abgelösten Wachgänger waren viel zu erschöpft und erfroren, um noch an etwas anderes zu denken, als an die Wärme und Geborgenheit unten im Boot. Sie brummten nur einiges Unmißverständliche und verschwanden einer nach dem anderen schwerfällig im Turmluk.

Wir klemmten uns indessen, so gut es ging, im Brückenumgang fest. Hinter der Winddüse, die sich rund um die Oberkante des Brückenkleides zieht, merkten wir fast nichts von dem Sturm, der über uns hinwegbrauste. Das Boot benahm sich großartig in der schweren See. Mit weichen Bewegungen wälzte es sich über die hohen Berge hinweg. Wenn der Mond zuweilen durch die Wolken brach, lag ringsum eine schwarzsilberne Wüste von grausig-wilder Schönheit, eine Dünenlandschaft mit sechs bis acht Meter hohen, zackigen Gipfeln. Glitten wir zu Tal, so stiegen zu beiden Seiten schwarze Hänge empor, deren Kämme weiße Gischthäupter trugen und mit scharfem, bösem Zischen brachen, als wollten die Wände einer steilen Schlucht über dem Boot zusammenbrechen. Oft stiegen sie so nahe der Turmwand, daß man mit einer Tasse Wasser daraus hätte schöpfen können. Dabei steht man bei ruhigem Wetter etwa vier Meter über dem Meeresspiegel! – Schwebten wir auf dem Kamm einer See, so bot sich für Sekunden ein wunderbares Bild rollender schwarzer Wassergebirge, die oft in mehreren hundert Metern Breite donnernd und blasend brachen und auf denen das Mondlicht glitzerte und zwischen den Schatten schnell ziehenden, zerfetzten Gewölks breite Äcker fließenden, wogenden, schimmernden Metalls hervorzauberte.

Aber es blieb einem kaum Zeit, das alles zu bemerken; die Sekunden auf dem Gipfel jeder See vor der nächsten Talfahrt boten die einzige Gelegenheit zur Suche mit dem Glas. Wir waren schließlich auf einen Geleitzug angesetzt und nicht zur Naturbetrachtung ...

Während wir noch wieder talwärts glitten, sahen wir die nächste Wand emporwuchten. Schaumgekrönt, fast senkrecht hing sie über uns, wuchs, wurde hohl und brach herein mit dem Donnern eines schweren D-Zuges, der über eine Brücke rast. Gischt peitschte auf die Haut, als hätte man uns eine Handvoll Gartenkies ins Gesicht geworfen. Für Minuten waren wir geblendet. Das Salzwasser auf der Haut brannte in der eisigen Luft, und von jetzt ab paßten wir besser auf. Jedesmal, wenn Neptun unten mit der Faust gegen die Turmwand hämmerte, machten wir ihm oben eine tiefe Verbeugung und nahmen Deckung hinter dem Brückenkleid.

Allmählich drang nun doch die Kälte selbst durch unseren dicken ›Taucheranzug‹ mit seinen verschiedenen Schichten aus Wolle, Leder und Gummi. Wohin wir faßten, Eis. Die Brücke wie eine Torte mit blankem Zuckerguß überzogen, das Geschütz auf dem Vordeck zu einem bizarren Monstrum aus der Waffenkammer einer Eiskönigin umgeschmolzen. Von den Netzabweisern auswehend, lange Eisfahnen nach Lee. Über der Stirn, vom Rand des Kopfschutzes herabbaumelnd, Eiszapfen, die die Sicht behinderten, und Eiskrusten in Augenbrauen und Bart. Erstarrt die Füße und Unterschenkel in den Stiefeln, in denen das Wasser gluckst. Dazu das widerliche Gefühl, wenn es beim Auftreten zwischen den Zehen nach oben steigt ...

Plötzlich wurde es so dunkel, als sei ein schwarzer Vorhang gefallen. Der Mond verschwand in einer heranziehenden Schneebö. Sekunden später wilder, rasender Flockenwirbel in heulenden Böen. Die Seen wurden merklich schwerer und höher, und das schrille Pfeifen des Sturms um den Turm stieg um eine halbe Oktave an. Sicht? – Keine Sicht mehr. Selbst in die eng eingekniffenen Lidspalten schlug der feine Schneestaub schmerzhaft hinein. Blind! – Und zugleich hatte man das Gefühl, in einer Luftschaukel zu sitzen, so rasch stieg und fiel jetzt das Boot. Der Turm pendelte in wilden Kreisen; die Bewegungen des Bootes waren plötzlich nicht mehr weich und ausgeglichen wie bisher; man spürte, es konnte den Seen nicht mehr folgen. Und dann stand plötzlich ein gigantischer Brecher vor uns, überschlug sich und brach herein, die Brücke brusthoch mit seiner Eisflut füllend, während wir noch rasch das Turmluk dichttraten, damit die unten nicht absoffen. Und ehe noch das Boot, in der Talfahrt begriffen, folgen konnte, war der zweite da, rollte mit vielen Tonnen brausend und donnernd über Vor- und Achterschiff, rollte über die Brücke – und die dritte See folgte gleich hinterher. Für kurze Zeit ragte nur noch die Oberkante des Turmes wie ein schwarzes Hufeisen aus dem weißen, kochenden Gischt. Das Wasser riß an uns, saugte, wirbelte, zerrte, und wir klammerten uns an, bis an die Brust, an die Schulter in eisige Flut getaucht. Vorschiff und Achterschiff? – Nicht mehr zu sehen! Das ganze Boot verschwunden, bis auf das kleine Stück schwarze Brückenverkleidung, an dem wir uns festklammern. Eine Sekunde lang denkt man: jetzt säuft es ab. Ein verdammtes Gefühl, wenn man oben angeschlossen auf der Brücke hängt und schon anderthalb Meter Wasser über dem Turmluk stehen. Und dann springt vorn eine weiße Fahne von Wasserstaub senkrecht aus dem Gebrodel: Der Bug wühlt sich durch nach oben! Langsam folgt das Vorschiff. Das ganze Boot bebt und schüttelt sich; man spürt es unter den Fußsohlen. Das Wasser auf der Brücke verläuft sich. Da atmet man einmal halbtief und dann ganz tief durch: verdammt, verdammt! Und dann zeigte sich, daß die ›Taucherausrüstung‹ fast vollkommen dicht gehalten hatte: am Leibe waren wir praktisch trocken; nur in den Stiefeln schwappte das Wasser jetzt über knöchelhoch.

Kurz darauf flaute es ab; die Wolken rissen wieder auf, und es wurde sichtiger. Aber die Kälte nahm womöglich noch zu; sie fraß sich durch bis ins Mark der Glieder, die allmählich steif und fühllos wurden. Müdigkeit fiel wie Blei auf die Lider, spannte sich wie ein dumpfer Reif um die Stirn. Man mußte alles in sich zusammenreißen, um nicht weich zu werden und nicht nur rein mechanisch das Glas anzusetzen. Den Gischt, der einem zuweilen ins Gesicht fuhr, empfand man geradezu als erfrischende Wirkung starker Reize auf abgestumpfte Sinne.

In immer kürzeren Abständen ging die Frage nach unten: ›Turm: Frage Uhrzeit?‹ Aber die Zeiger schlichen. Wahrscheinlich war das Öl in der Kälte zähflüssig geworden. Es ist nicht wahr. daß die Zeit gleichmäßig hingeht! Für Romeo und Julia war die ganze Nacht nicht lang genug; sie erschien ihnen als kurzer Augenblick. Uns waren vier Stunden Brückenwache im Wintersturm der Polarnacht endloser als die Ewigkeit.

Aber einmal nimmt auch die längste Wache ein Ende. Mit froststarren Fingern pickten wir die Karabinerhaken aus und kletterten schwerfällig abwärts. Es hatte abgeflaut, die See lief weniger hoch; die Zwote Wache hatte mal wieder ihre Schuldigkeit getan.

Und dann, nach solcher Wache, die Zentrale! Das helle Licht blendet. Kameraden ziehen einem das Gummizeug vom Leibe, da man selbst zu verfroren und verklammt ist, um sich davon zu befreien, und die Finger den Dienst versagen. Dicke Eisschalen platzen dabei von dem Zeug ab. Man sagt zunächst nicht viel, reibt sich das Gesicht, pflückt sich auftauendes Eis aus Bart und

Brauen und wischt sich die Salzkrusten aus Nase, Mund- und Augenwinkeln. Man wundert sich nur, wie warm, wie hell und trocken es unten im Boot ist. Von oben dringt das Brausen von Sturm und See gedämpft herab. Das ist weit, weit weg. Weit weg sind Kälte und Dunkelheit. Hier unten ist es warm und hell, und man fühlt sich plötzlich wunderbar geborgen. Und dann – endlich – kommt als erstes die unvermeidliche Frage: ›Was gibt's denn zu essen?‹ …

Unten im Boot sah es wüst aus. Die Freiwache schlief, aber die toten Gegenstände waren dafür um so lebendiger. Heute morgen sauste bei hartem Überholen eine Ein-Kilo-Gemüsedose haarscharf an meinem Kopf vorüber, und auf dem Kokosläufer am Boden führten Seestiefel, Zitronen, Taschenlampen, Teller, Bestecke, eine Illustrierte und ein zerbrochenes Honigglas einen tollen Reigen auf. Eine Eierkiste rutschte dazwischen hin und her. Dann schoß eine armlange Hartwurst in die Suppenterrine, die noch halb gefüllt auf der Back stand, und nahm sie mit über Stag; es war idyllisch, und der Backschafter, ein neu zukommandiertes Bürschchen, das ohnehin erbärmlich unter Seekrankheit litt, kehrte würgend und schluckend das ganze Zeug zusammen. Der arme Kerl war kreidebleich. Schweißperlen standen ihm auf der Stirn, und man sah ihm an, daß er Essen nicht einmal von fern riechen konnte. Aber er hielt durch und machte seinen Dienst; Essen aus der Kombüse heranschleppen, stürzende Teller aufhalten, Geschirr spülen, über Stag gegangene Essensreste auflesen, den Inhalt der Terrine von unserem Kokosläufer entfernen … Es war zum Gotterbarmen, aber er hielt sich wie ein Held.

Auf der Back waren die Schlingerleisten angebracht. Jeder Teller stand in einer kleinen Box auf einem feuchten Lappen, um, wie der II. WO sagte, ›ein besseres Ausschließen des Rutschens und Vom-Tische-Fallens des Geschirrs zu gewährmöglichen‹. Anspielung auf das Marine-Dienst-Deutsch! – Wir nennen die Boxen unseren Zoologischen Garten. Immer wenn der Zoo aufgeriggt wurde, stand das Barometer auf Sturm.

Heute mittag, natürlich gerade wieder, als wir uns zum Essen gesetzt – oder besser eingeklemmt – hatten, kam die beliebte Meldung von der Brücke: ›Boot ändert Kurs – Geschirr festhalten!‹

Und schon ging es los! Die schlanken Würstchen auf den Tellern wurden als erstes lebendig. Ehe man sich's versah, glitten sie aalglatt über die Tellerränder, nahmen elegant wie Rennpferde im Sprung die Schlingerleisten, brachen aus den Boxen aus, sausten über den Kokosläufer und versteckten sich in rosiger Unschuld unter einer Koje.

›Pferd bleibt Pferd‹, sagte der I. WO dazu, nachdem er sich seine Ausreißer gelassen wiedergeholt hatte, ›die Holsteiner sind besonders gute Springer. Was ist Ihnen, L. I.? Haben Sie etwas gegen Pferde? Ich mag sie.‹

Aber der L. I. hatte plötzlich dicke Backen und konnte nicht antworten; er verschwand eiligst, und als er nach einiger Zeit wiederkam, sagte er nur: ›Sie sind ein ganz widerlicher Mensch!‹

Die Koje. Ein Loblied auf die Koje! Aber das Schlafen wird zur Kunst, wenn sich das Körbchen abwechselnd um 45° nach rechts und nach links neigt! Wir erfanden die raffiniertesten Stellungen, um uns nach allen Seiten gleichzeitig abzustützen, zogen die Knie an den Bauch, stemmten sie gegen die rechte – und den gekrümmten Buckel gegen die linke Seite der Koje. Sehr bequem war es nicht, aber man gewöhnt sich daran, wie an alles.

Einen halben Meter neben dem Ohr donnerten die Seen gegen den Bootsrumpf, und eine Konservendose irgendwo in einem Spind, die mit dem Überholen hin- und herfuhr, schlug den Takt dazu: bum-klack, bumm-back ... Dazu klapperte Geschirr und schepperten Bestecke. Das Radio spielte; Rositas allen vertraute Stimme schwebte leicht wie ein zwitschernder Vogel daher, und ein Schwall von ›Kolibri‹, dem Duft aller Düfte, verstärkte die Illusion südlich-tropischer Landschaften, wo es warm war und wo die Sonne schien, eine Vorstellung, der man sich nur allzugern hingab.

Zum Abend ließ der Kommandant tauchen, um die Außenbord-Verschlüsse aufzutauen und der Besatzung wenigstens eine ruhige Mahlzeit zu ermöglichen. Viele hatten seit Tagen fast nichts gegessen. Ein Mann war aus der Koje gestürzt und hatte sich das Gesicht an den Scherben eines Tellers zerschnitten, ein anderer war mitsamt seiner Hängematte von oben gekommen und in eine Ecke geschleudert, wo er mit einer Gehirnerschütterung liegenblieb.

›Wenn das so weitergeht‹, sagte der Kommandant, ›sind wir bald ein Lazarettschiff und kein U-Boot mehr ...‹

Gestern hatte es ausgeweht; der Himmel wurde hoch und klar, und die See beruhigte sich. Luft und Wasser wurden kälter. Wir maßen Minustemperaturen von ein, zwei Grad.

Heute mittag standen über uns ein paar Sterne. Die nördliche Hälfte des Himmels war dunkelgrau, und die Kimm verschwand in blaugrauen Schatten. Nach Süden zu wurde der Himmel hell; ein gelber Schein stand dort über dem Horizont und kurze Zeit sogar ein rötlicher Schimmer. Wir ahnten die Sonne, die dort unten irgendwo über fernen Ländern leuchtete, wo die Menschen gar nicht wissen, welchen Schatz sie besitzen.

Nachmittags entdeckten wir, weithin gebreitet, seltsam ölige Flecken, die sich allmählich zu großen Flächen vereinigten. Es sah ähnlich aus wie nach einem versenkten Tanker. Als wir hineinfuhren, sahen wir: Öl war es nicht; es fehlten die schillernden Farben. Und dann auf einmal erkannten wir winzige Eiskristalle, die wie Stäubchen auf dem unterkühlten Wasser schwammen und, gerade wie eine Ölschicht, keinen Seegang aufkommen ließen.

Bald wuchsen die Kristalle, wurden zu sichtbaren weißen Pünktchen, vereinigten sich zu kleinen Gruppen und bildeten eckige Täfelchen, zuerst wie Seerosenblätter, dann, mit wachsender Dichte, wie Pfannkuchen und Tonnendeckel, die sich leise scheuernd aneinander rieben. Hier hörte die Seefahrt auf, und die Polarforschung begann. Wir änderten Kurs und liefen wieder hinaus in freies Wasser ...

Silvesterabend! Meine Wache umfaßte die vier letzten Stunden des Jahres. See und Wind hatten nachgelassen, und es war etwas wärmer geworden. Der Mond hinter den Wolken verbreitete ein dämmerig-milchiges Licht, und dichter Flockenwirbel hüllte uns ein. So mochte der Altjahresabend auch zu Hause aussehen.

24 Uhr. Wachablösung. Wir schüttelten uns die Hände.

Als ich unten in der Zentrale ankam, war das neue Jahr da. Helles Licht – und aus dem Lautsprecher dröhnten die Glocken eines deutschen Domes und klangen so klar und voll, so rein und stark, als ob sie gar nicht weit von uns über eine stille Stadt hinläuteten. Sie erfüllten das ganze Boot mit ihren schweren, wuchtigen Klängen. Ich konnte lange nichts sagen. Nie in meinem Leben werde ich diese Glockenklänge vergessen …«

Tage später, nachdem das Boot zwei Einzelfahrer versenkt hat, fährt das Tagebuch fort:

»Heute war ›Bergfest‹; die Hälfte der Reise liegt hinter uns.

Wir wechselten die Wäsche. Herrlich, das frische weiße Unterzeug! Fast wie ein halbes Bad! Man fühlte sich der Zivilisation plötzlich um 50 Prozent näher. Unwillkürlich eilten die Gedanken den Tatsachen voraus: Wie wird es sein, sich wirklich die Beine vertreten und einmal wieder richtig ausschreiten zu können! Auf festem Boden, wo man gehen kann, unbeschränkt gehen, so weit man will …

Näher rückt nun auch schon der Tag, an dem wir zum ersten Male wieder die Sonne sehen werden; es war des Mittags schon ein paarmal verdächtig rot im Süden …«

Und dann:

»Heute hob sich gegen Mittag plötzlich die Wolkendecke im Süden ein wenig von der Kimm. Ein heller Streifen Himmel wurde sichtbar, dann ein blutroter Schein, der eine lange Feuerbahn über die wandernden Seen warf. War es die Sonne selber oder nur ihr Abglanz, während sie selbst noch unter der Kimm stand? Plötzlich wurde es ganz deutlich: ein Drittel des roten Glutballs stand über dem Wasser.

›Meldung an Kommandant‹, sagte der WO ins Luk hinunter, ›die Sonne‹.

Der Alte machte uns um eine Illusion ärmer: ›Was Sie da sehen, ist noch nicht die Sonne, sondern erst ihr Spiegelbild. Die Sonne selbst steht noch unter der Kimm. Richtig sehen werden wir sie erst, wenn sie so hoch heraus ist, daß ein Dackel mit erhobenem Schwanz drunterdurchlaufen kann. Das dauert noch ein paar Tage. Wir sehen die Sonne und sehen sie doch noch nicht.‹

Sprach's, schaute noch eine Weile schweigend hin und verschwand wieder.

Trotzdem löste das Ereignis freudige Erregung aus. Alle paar Minuten erschien ein Kopf im Turmluk: ›Frage: ein Mann Brükke?‹

›Was wollen Sie?‹

›Die Sonne sehen.‹

Wie gebannt schauten wir alle in das ferne rote Licht, und der Gedanke erschien uns plötzlich nicht mehr unmöglich, daß nach dem ewigen Dunkel des Polarwinters vielleicht doch noch ein Frühling kommen könnte …

Ständige Verstopfung unseres WC und die damit zwangsläufig verbundenen Unstimmigkeiten über die Frage ›Wer war der Täter?‹ brachten den L. I. endlich auf einen genialen Gedanken.

Ein U-Boot-WC ist ein Ding mit 'm Pfiff. Jeder muß seine Liebesgaben vermittels Pumpens persönlich außenbords drükken. Ähnlich wie bei einer Orgel müssen dabei nach den Vorschriften einer komplizierten Bedienungsanweisung zahlreiche Register, Pedale und Manuale gleichzeitig oder nacheinander betätigt werden; ähnlich wie beim Orgelspiel gehören dazu Hingabe, Aufmerksamkeit und Geschick. Unähnlich dem in der Orgel, weht der Wind in diesem Instrument nicht immer in gleicher Richtung; es hängt von der Ventilstellung ab … Über Wasser pumpt man von Hand; das geht noch hin und bedarf nur mäßiger technischer Vorkenntnisse. Unter Wasser dagegen hat man gegen den mit wachsender Tiefe steigenden Außendruck anzupumpen, bei vierzig Meter immerhin schon gegen vier Atmosphären, was anstrengend ist und zur Lässigkeit verführt, wenn man nicht mit

Genehmigung höchster Stellen das Preßluftverfahren anwendet, bei dem wiederum bei falscher Ventilstellung und dementsprechender falscher Windrichtung höchst unerwünschte Ergebnisse erzielt werden können. Da überdies für die rund vierzig Mann Besatzung nur eine einzige ›Orgel‹ vorgesehen ist, die selten zur Ruhe kommt, ist der Schuldige, dessen Angebot das Instrument nur unvollkommen verarbeitet hat, meist nicht mehr zu ermitteln.

Dem half nun die Erfindung des L. I. ab. Er führte die Wählscheibe ein, auf der alle Namen vom Kommandanten bis zum jüngsten Dienstgrad verzeichnet waren. Wer fortab auf die Orgelbank wollte, mußte zuvor seinen Namen drehen, so daß er in einem Sichtschlitz der Scheibe erschien. Dieses System des ›bekannten Vordermanns‹ bewährte sich glänzend, um so mehr, als gemäß Anschlag an der Tür des Kabinettchens ›acht Tage WC-Dienst ohne Rücksicht auf Dienstgrad‹ angedroht war …

Unser vorletzter Tag auf See. Mittags sagte der WO auf der Brücke: ›Übermorgen um diese Zeit liegen wir schon in der Badewanne.‹

Wir schwelgten eine Weile in genießerischen Vorstellungen. Eine volle Stunde mindestens wollten wir in der Wanne bleiben, eine volle Stunde! Und einer sagte: ›Aber 'ne schwarze Wanne muß es sein; sonst muß ick mir ja vor mir selber schenieren.‹ Er hatte nicht unrecht; jeder von uns trug längst seine Dreckschicht und seinen Privatgeruch mit sich herum – alle merkten ihn, nur man selbst nicht –, und wenn man auf der Brücke stand und seinen Sektor absuchte, schnüffelte man häufig und dachte: ›Donnerwetter, da ist doch ein Neuer heraufgekommen!‹ Man drehte sich um, und richtig – da stand er! Man hatte ihn zwar nicht gehört, aber – gerochen …

Im Nebel eingelaufen. Auf See war es verhältnismäßig warm. In Festlandnähe fiel das Thermometer in wenigen Stunden um 20 Grad. Ein eisiger Wind stürzte von den Felsenbergen herab, brach aus den langen Schläuchen der Fjorde hervor und warf eine kurze, kabbelige See auf. Spritzer zischten über Deck und Brücke. Die Kanone legte im Handumdrehen wieder ihren Polarschmuck an. Dichte Dunstschwaden stiegen von dem rauchenden Fjordwasser auf, die der Wind in wechselnd ziehenden Schleiern vor sich hertrieb. Über unseren Köpfen aber war der Himmel hell und blau … Plötzlich voraus hohe, dunkle Felswände, daran, auf einem Vorsprung, ein winziges weißes Häuschen, das Feuer am Eingang des Fjords. Wir mogelten uns hinein, oft nur auf Steinwurfweite von den Felsen entfernt. Auf der Reede ragten die Masten ankernder Dampfer aus dem Nebel hervor, und dann wurde es plötzlich klar. Wir erkannten Häuser an Land und blickten hin wie verzaubert. Im Süden am Himmel lohte ein feuriger Brand, und auf den Schneehängen der Berge lag ein rosiger Schimmer …

Unser Stützpunkt in Kirkenes, dem gottverlassenen Nest, an dem doch so viele Erinnerungen hängen, war die ›Südmeer‹, ein altes norwegisches Walfangmutterschiff, das jetzt als Wohn- und Werkstattschiff der U-Boote am Ende des Fjords lag, neben sich in Päckchen die Boote wie einst vor dem Kriege am anderen Ende des Globus die erlegten Wale. Sie war kein Luxusschiff. Wir krochen durch die hohen, düsteren Hallen der Kocherei mit ihren riesigen Kesseln, Behältern und Separatoren und einem Gewirr von Rohrleitungen, bis wir schließlich die Messen, die Unterkünfte und … die Bäder fanden. Wer macht sich einen Begriff davon, welche Wohltat. solch erstes Bad ist nach wochenlanger Feindfahrt?!

Die ›Südmeer‹ belieferte uns mit Dampf für die Bootsheizung. Sie beherbergte die ›Werft‹, Werkstätten und Personal, und so lagen die Boote neben ihr wie Küken um die Glucke, durch schmale Laufplanken miteinander verbunden.

Täglich kam das Routineboot, ein uralter, kleiner Küstendampfer, und brachte Post aus dem benachbarten Hafen, aber jede Nacht fror der Eisbrei im Fjord erneut zusammen, und die Schollen wurden immer dicker, die sich übereinanderschoben und knirschend, krachend und widerwillig vor seinem Bug zur Seite wichen.

Vom Land sahen wir nicht viel, nur die schneebedeckten Berge, die rings um den Fjord in den blauen Frühlingshimmel stiegen. Urlaub gab es diesmal nicht. Zu weit; wir sollten nur kurz überholen und dann wieder hinaus. Urlaub gab es erst Wochen später, nach der nächsten Unternehmung, in der U-Boote, Luft- und Überwasserstreitkräfte einen Großgeleitzug nach Murmansk erfaßten und gemeinsam abtakelten, wir mitten dazwischen. Es war endlich ein lohnender Schlag ...«

Vier Jahre lang, bis zum bitteren Ende, führten die Nordmeerboote diesen ihren harten, entsagungsreichen Krieg.

Wie auf den anderen Kriegsschauplätzen wechseln auch hier die Methoden der Kampfführung, wachsen Härte und Erbitterung des Kampfes, steigern sich die Schwierigkeiten für die Boote, an den immer stärker gesicherten Geleitzügen zum Erfolg zu kommen, wachsen die Verluste. Aber nie erlahmt ihr Kampfgeist, nie ihre Einsatzbereitschaft.

Oft und oft von plötzlichen Seenebeln und Schneeböen um den Erfolg betrogen, jagen sie dennoch mit unermüdlicher Zähigkeit weiter und kämpfen, bis ihnen zuletzt das große Halt geblasen wird, bis zuerst das Angriffsverbot durchkommt und dann jener letzte Funkbefehl, den sie schweren Herzens nur darum befolgen, weil sie wissen, wie schweren Herzens er erteilt worden ist, und weil der Mann, der ihn gegeben hat, ihr ganzes Vertrauen besitzt. Es ist der Kapitulationsbefehl, der ihnen die Selbstversenkung ihrer Boote untersagt, und er lautet:

»... Befehl Großadmiral: U-Boote in Norwegen weder versenken noch zerstören, weil nur dadurch Hunderttausenden von deutschen Menschen im Osten das Leben gerettet werden kann ...«

Unter Führung des FdU-Nordmeer, des Schwerterträgers und nunmehrigen Fregattenkapitäns Teddy Suhren, zur Verlegung von Narvik nach Drontheim ausgelaufen, werden sie in See von englischen Zerstörern aufgehalten und zum direkten Marsch nach England, in die Gefangenschaft, umdirigiert. Das ist das Ende der Nordmeerboote. Teddy Suhren, mit seinem Führungsschiff, der ›Grille‹, allein nach Drontheim entlassen, blickt ihnen schweigend in bitteren Gedanken nach. Er weiß noch nicht, welcher Weg der Erniedrigungen in norwegischen Zuchthäusern vor ihm liegt, er sieht nur die Boote, seine Boote, wie sie in langer Kiellinie, bewacht von ihren alten Todfeinden, den Zerstörern und Korvetten, denen sie so manche Schlacht geliefert, allmählich kleiner und kleiner werden, bis sie zuletzt im Dunst des nordischen Frühlingstages verschwinden.

27.
NEUE WEGE

Im Herbst 1942 lädt der BdU zu einer Sitzung in Paris ein; die außerordentlichen Erfolge der »Wölfe« an der Front vermögen ihn nicht über die Gefahren hinwegzutäuschen, die den U-Boot-Krieg in der bisher gewohnten Form durch die Fortentwicklung der Ortungsmittel bedrohen.

Schon die Meckelsche Denkschrift hatte zwei Forderungen von gleicher Dringlichkeit gestellt:

1. der Ob. d. M. möge befehlen, daß tatkräftiger als bisher alle Mittel eingesetzt würden, um Ortung und Ortungsabwehr mit größter Beschleunigung aufzubauen,
2. er möge sein ganzes Gewicht dafür einsetzen, die Entwicklung zum totalen U-Boot zu forcieren.

Das »totale« U-Boot? – Bei ihrem Aufkommen um die Jahrhundertwende waren die neuartigen Unterwasserfahrzeuge sehr zutreffend als »Tauchboote« und erst später als »Unterseeboote« bezeichnet worden. Jetzt, 1942, da die Entwicklung der U-Boot-Abwehr, besonders aus der Luft, eine radikale Hinwendung zu neuen Typen reiner Unterwasserboote erzwang, wurde der begriffliche Unterschied zwischen »Tauchboot« und »Unterseeboot« zum ersten Male richtig deutlich. Alle bisher bekannten Typen in allen Marinen waren Tauchboote, schnell auf der Oberfläche, schwerfällig, langsam und nur sehr begrenzt aktionsfähig unter Wasser. Erst ein unter Wasser schneller und ausdauernder Typ würde die Bezeichnung »Unterseeboot« wirklich verdienen.

Auch die Antwort auf die Meckel-Denkschrift hatte wieder gelautet, es »geschehe alles«, und der Antrag des Admirals Dönitz, eine Kommission OKM-BdU zur gemeinsamen Bearbeitung aller Ortungsfragen einzusetzen, damit alle Fronterfahrungen schnellstens zu den technischen Stellen kämen, war wie so viele seiner früheren Anträge der Ablehnung verfallen.

Die Antwort, das Oberkommando bedürfe der ständigen Mitarbeit des BdU nicht; falls nötig, würde er von Fall zu Fall herangezogen werden, war nicht geeignet, seine Sorgen zu verringern.

Und nun also hatte er, angesichts der drohenden Gefahr für den U-Boot-Krieg, diese Einladung nach Paris ergehen lassen, um sich mit den Herren des Konstruktionsamts, mit den hochverdienten U-Boot-Konstrukteuren Schürer und Bröcking, und Professor Walter, dem Konstrukteur des Walter-U-Boots, über seine Sorgen auszusprechen.

So also stehen die Dinge, als Admiral Dönitz an diesem hellen Herbsttag des Jahres 1942 seine Gäste empfängt. Er bewillkommt den hochgewachsenen, dunklen, leicht vornüber gebeugten Ministerialdirektor Schürer, der ein wenig eingefallen wirkt und dessen blasses Gesicht auf den ersten Blick den Wissenschaftler verrät; er begrüßt den kleineren und beleibten Ministerialdirigenten Bröcking, von dem man weiß, daß er Junggeselle ist und lieber Zivil trägt als die anspruchsvolle Uniform mit den vielen Silberknöpfen und -streifen und der fremdartig wirkenden goldenen Kordel über dem Mützenschirm; Bröcking, der, obwohl die erste Kapazität seines Faches und überhäuft mit Arbeit und Verantwortung, dennoch Zeit findet, das zu sein, was man in der Marine einen »beliebten Messekameraden« nennt, und von dem – ebenso wie von Schürer – Mitarbeiter und Untergebene noch Jahre nach dem Krieg in höchster Achtung sprechen – er begrüßt Professor Walter, den erfindungsreichen Kopf, der von sich selber sagt, er sei weniger ein Erfinder, als vielmehr ein technischer Experimentator, der aus der Verbindung und Weiterentwicklung bereits entdeckter Dinge neuartige Wirkungen ziehe; er begrüßt Baurat Waas, den Referenten für die Walterboote, und die anderen Vertreter des K-Amts.

Nachdem die Herren an dem großen Tisch Platz genommen, geht der BdU geradewegs auf sein Ziel los. »Wir haben mit den bisher üblichen U-Boot-Typen große Erfolge erzielt. Sie sind erreicht worden, weil es immer noch möglich ist, zur rechten Zeit dort stark zu sein und zu schlagen, wo der Gegner zahlreich ist: an den Geleitzügen. Der Fahrtüberschuß der Boote reicht bisher gerade noch aus, um selbst bei weit abgesetzter Sicherung nach vorn zu kommen und anzugreifen. Diese Rudeltaktik ist, wie Sie wissen, zur Hauptsache ein Kämpfen über Wasser. Die Boote tauchen nur, um sich feindlicher Verfolgung zu entziehen, oder zum Tag-Unterwasser-Angriff. Diese Form der Kampfführung steht und fällt mit zwei Voraussetzungen: der Unsichtbarkeit und der Beweglichkeit.

Beide, Unsichtbarkeit und Beweglichkeit, sind durch das Aufkommen der Ortung, besonders der Ortung durch Flugzeuge, in Frage gestellt. Wenn wir auch im Augenblick durch das FuMB die Boote gegen überraschende Angriffe aus der Luft haben sichern können – das Prinzip der Unsichtbarkeit des U-Bootes ist dennoch durchbrochen. Jederzeit, bei Tage und bei Nacht, solange es über Wasser marschiert, kann der Gegner das U-Boot auf große Entfernungen mit anderen als optischen Mitteln feststellen. Er fliegt es an und zwingt es zum Tauchen.

Auch in seiner Beweglichkeit ist dadurch das U-Boot gehemmt. Während es unter Wasser gedrückt wird, wo es mehr oder weniger stationär ist, erleidet es Zeitverlust; der Gegner kann abdrehen, und der Angriff des U-Boots wird vereitelt oder mindestens erheblich verzögert. In stark luftüberwachten Räumen, wie etwa in der Biscaya, ist es überdies während der drei bis vier Stunden, die es über Wasser marschieren muß, um seine Batterien aufzuladen, in besonderem Maße gefährdet.«

Der BdU unterbricht sich einen Augenblick und blickt seine Besucher, die ihm an dem großen Arbeitstisch schweigend und aufmerksam gegenübersitzen, langsam der Reihe nach an, wie um die Wirkung seiner Worte zu überprüfen.

»Zusammenfassend«, fährt er fort, »können wir sagen, daß unsere bisherigen U-Boot-Typen Tauchboote sind, die meistens über Wasser operieren, aber *auch* unter Wasser fahren können. Über Wasser sind sie beweglich und waren wenigstens bis vor kurzem nachts praktisch unsichtbar; unter Wasser sind sie unsichtbar, aber praktisch unbeweglich.

Für den Gegner genügt es also, zum Angriff aufmarschierende Boote dieses Typs rechtzeitig durch Ortung zu erfassen, sie unter Wasser zu drücken und sie dadurch festzunageln, um die Nachschubgeleite sicher durchzubringen, von denen der Erfolg seiner Kriegsanstrengungen letztlich abhängt. – Daß das leichter gesagt ist als getan, beweisen die unvermindert hohen Versenkungsziffern.

Trotzdem habe ich mir seit langem meine Gedanken gemacht, was ich tun soll, falls ich die Überwassertaktik eines Tages aufgeben muß.

Mit der Einführung der Ortung ist dieser Zeitpunkt in sehr greifbare Nähe gerückt; denn alle Versuche, die wir im Laufe der Jahre durchgeführt haben, um dem U-Boot sozusagen eine Tarnkappe überzuziehen, haben nur zu der eindeutigen Erkenntnis geführt, daß wir bestenfalls eine Minderung, aber keine totale Absorbierung der Ortungsstrahlen erreichen werden. Das U-Boot über Wasser ist also nicht mehr unsichtbar und damit einer seiner wichtigsten Eigenschaften beraubt.

Werde ich durch die Entwicklung auf See gezwungen, von der Oberfläche zu verschwinden und mit den Booten ganz *in* das Wasser zu gehen, so sinkt das U-Boot heutigen Typs zu einem rein stationären Kampfinstrument herab, und das würde zwangsläufig den Verzicht auf die große Wirkung durch Konzentration der Kräfte zum richtigen Zeitpunkt am richtigen Ort bedeuten. Und das können wir uns nicht leisten!«

Abermals macht er eine Pause, um seine Worte wirken zu lassen, und fährt dann eindringlich fort:

»Noch ist der U-Boot-Angriff im allgemeinen der Abwehr überlegen, aber der Zeitpunkt ist abzusehen, an dem ich mit den Booten ganz in das Wasser hinein muß. Und dann müssen neue Boote da sein, *unter* Wasser *schnelle* Boote, reine Unterseeboote, die zwar *auch* über Wasser fahren können, aber den weitaus größten Teil jeder Unternehmung unter Wasser fahren und einen so großen Aktionsradius besitzen, daß ich mit ihnen unter Wasser weiterhin beweglich kämpfen kann.

Wir müssen uns jetzt schon darauf einstellen, die Überwassertaktik zu verlassen. Wir müssen den Schritt vom Tauchboot zum echten Unterseeboot tun.

Das ist die Lage, meine Herren. Um Ihnen das selbst zu sagen, habe ich Sie hierher gebeten. Ich brauche das schnelle Unterwasserboot, und ich bitte um Ihre Vorschläge.«

Ein Weilchen bleibt es still. Der Admiral, der seine letzten Sätze akzentuiert hat, indem er mit dem Bügel seiner zusammengelegten Brille auf den Tisch klopfte, lehnt sich in seinem Stuhl zurück und blickt die versammelten Fachleute schweigend an. Nach seiner Gewohnheit hat er das Kinn ein wenig gegen die Brust genommen; sein Gesicht ist unbewegt, nur die dunklen Augen wandern kurz und ruckartig von einem zum andern.

Endlich räuspert sich Professor Walter. »Es ist Ihnen bekannt, Herr Admiral, daß die Entwicklung meines Wasserstoffsuperoxyd-Antriebs für ein unter Wasser schnelles U-Boot an und für sich zeitraubend und von einer Anzahl von Rückschlägen begleitet war. Sie wissen auch – und ich brauche das in diesem Kreis nur kurz zu rekapitulieren –, daß dieses zuerst als ›Utopie‹ abgelehnte Projekt dennoch verwirklicht wurde und daß das erste, mit diesem Turbinenantrieb ausgerüstete Versuchsboot, V 80, bei der Vorführung eine Unterwassergeschwindigkeit von 23 sm/st gegenüber höchstens 8 bis 9 sm der bisherigen Typen entwickelte. Weitere Versuche mit dem gleichen Boot zeigten dann, daß wir die äußeren Formen dieser reinen Unterseeboote ändern mußten, um zu den günstigsten Ergebnissen zu gelangen. Ein bereits in Auftrag gegebener Typ V 300, der als Versuchstyp für ein Atlantikboot gedacht war, wurde später zugunsten eines Typs V 301 zurückgezogen, bei dem die neuartige Form bereits berücksichtigt war. Dieser Typ, der ein atlantikfähiges Boot von hoher Unterwassergeschwindigkeit werden soll, befindet sich im Bau, ein weiterer eines 250-Tonnen-Bootes im Entwurf.

Angesichts dessen nun, was Sie, Herr Admiral, uns eben vorgetragen haben, kann ich nur bedauern, daß wir nicht weiter sind. Bei rechtzeitiger voller Unterstützung durch das Oberkommando könnte ich um wenigstens ein Jahr weiter vorgeschritten sein. Hätte man die Entwicklung rücksichtslos und so energisch vorangetrieben, wie es möglich gewesen wäre, so hätten die ersten Erprobungsboote wohl schon diesen Herbst in Dienst gestellt werden können und nicht erst Ende 1943.«

»Das OKM hat alles mögliche getan«, erwidern die Vertreter des K-Amtes ablehnend.

»Eben«, schlägt Walter zurück, »alles mögliche, aber nicht alles, was möglich war.« Er zuckt die Achseln und lehnt sich geröteten Gesichts in seinen Sessel zurück.

Walter ist verstimmt, denkt der Admiral, während er unbewegten Gesichts zuhört. Walter ist Partei – natürlich ist er Partei, aber das eine ist wohl leider richtig; bei mehr Wagemut und mehr Aufgeschlossenheit für das Neue hätte viel Zeit, vielleicht entscheidende Zeit, eingespart werden können. Und so bittet er Schürer und Bröcking, Walter mit ihrem ganzen Gewicht zu unterstützen, um die Entwicklung der schnellen Walter-Boote mit allen Mitteln rücksichtslos voranzutreiben.

Er ist niedergeschlagen, als er die Sitzung zum Mittag unterbricht. »Das traurige Ergebnis dieses Vormittags«, sagt er zu Godt und Thedsen, als sie die Treppe zur Offiziersmesse hinabgehen, »ist jedenfalls, daß wir in absehbarer Zeit mit einem totalen Unterwasserboot nicht rechnen können.«

Am Nachmittag, als die Herren ihre Sitze wieder eingenommen haben, hält er ihnen abermals einen kurzen Vortrag. Er nimmt kein Blatt vor den Mund. Von der rechtzeitigen Bereitstellung schneller Unterwasserboote in genügenden Zahlen – das sagt er ihnen mit rückhaltloser Offenheit und Eindringlichkeit – wird vielleicht eines Tages das Schicksal des Seekrieges und damit der Ausgang des Krieges überhaupt abhängen.

In Feuer geraten, erklärt er ihnen mit knappen Worten, was mit dem Besitz von Seeverbindungen auf dem Spiele steht, warum z. B. Malta fallen muß: eben um der Sicherheit der Seeverbindungen willen, die den Kampf Rommels und seines Afrikakorps nähren müssen, wenn er seine strategischen Ziele erreichen soll – wie verhängnisvoll es ist, die unumgängliche Besetzung der monatelang zu Schutt gebombten und von aller Versorgung abgeschnittenen Insel hinauszuschieben, und mit welcher Folgerichtigkeit die Engländer handeln, nachdem sie durch die Beschädigung schwerer Einheiten in Alexandria und Verlust der »Ark Royal«, der »Barham« und »Eagle« die Seeherrschaft im Mittelmeer zeitweilig verloren haben: Sie setzen jetzt ihre U-Boote ein, die Waffe des Nicht-Seeherrschers, um die Seekontrolle im Mittelmeer aufrechtzuerhalten und durch die Vernichtung des deutschen Nachschubs für Rommel die tödliche Bedrohung Ägyptens zu mildem.

»Die Seeverbindungen, meine Herren«, sagt er, »es ist so klar: die Seeverbindungen entscheiden den Krieg. Ehe der Kampf um die Seeverbindungen nicht entschieden ist – solange es unseren U-Booten möglich ist, den feindlichen Schiffsraum kurz genug zu halten, können Amerikaner und Engländer nicht daran denken, auf europäischem Festlandsboden gegen uns anzutreten.

Was aber, wenn die Boote eines Tages *nicht* mehr an den Feind heran und *nicht* mehr zum Erfolg kommen, *ehe* das Walter-Boot frontreif und in genügenden Zahlen vorhanden ist? – Dann verlieren wir den Vorsprung in unseren Rennen zwischen Versenkung und Neubau, den wir auf keinen Fall verlieren dürfen. Und da wir das Walter-Boot in absehbarer Zeit nicht bekommen – welche Möglichkeit sehen Sie, um diese Lücke zu schließen?«

Er schweigt, und es herrscht Schweigen.

Der Flaggleutnant kommt, bringt eine Meldung und geht wieder.

Immer noch hängt die Frage des BdU im Raum: »Welche Möglichkeit sehen Sie …?«

»Man könnte«, sagt Thedsen nach einer Weile, »auch durch Vergrößerung der Batterie zu einem schnellen Unterwasser-U-Boot kommen, in der Hoffnung, daß die zwangsläufig damit verbundene Vergrößerung des Bootes selbst nicht den Energievorteil wieder verschluckt, den wir durch die Batterievergrößerung gewinnen.«

»Das bedeutet sehr viel mehr Stahl«, wirft Schürer ein – »und das heißt Verringerung der Bootszahlen.«

»Trotzdem liegt darin vielleicht eine Möglichkeit«, sagt Brökking, »wir werden es schleunigst durchrechnen.«

»Man müßte also«, überlegt Schürer bedächtig weiter, »einen Zwischentyp herausbringen, ein Boot, das prinzipiell den bisher bewährten Typen in den Grundelementen gleicht, das aber durch eine außerordentlich verstärkte elektrische Batterie und eine veränderte, mehr wasserschlüpfrige Form ausreichend lange unter Wasser mit erheblich gesteigerter Geschwindigkeit laufen kann. Ein solches Boot müßte sich, da es in allem auf Bekanntem und Bewährtem beruht, verhältnismäßig rasch konstruieren und bauen lassen.«

Thedsen nickt.

»Wir werden diesen Vorschlag sofort prüfen«, fährt Schürer fort, »und Sie über das Ergebnis unterrichten.«

Der BdU verneigt sich dankend. »Gut, aber ich bitte, dabei eines von vornherein zu berücksichtigen: Bei einem Boot mit so großer Batteriekapazität würden auch die Aufladezeiten – und damit auch die Gefährdung während des Auflademarsches an der Oberfläche – erheblich steigen.«

»Dann müßte man dafür etwas konstruieren«, wirft Professor Walter ein, indem er gleichzeitig mit dem Bleistift eine Skizze auf sein Konzeptpapier wirft, »eine Art Luftschlauch, wenn ich so sagen soll, mit einem Ventil oben – etwa nach dem Prinzip des Lokusventils im Wasserkasten, das sich durch den Schwimmer selbsttätig schließt und öffnet, je nachdem der Wasserspiegel – wie bei Seegang – steigt oder fällt. Durch einen solchen Luftschlauch, der nachgeschleppt werden müßte, würde der Diesel auf Sehrohrtiefe seine Verbrennungsluft anziehen und seine Abgase abstoßen können und dabei gleichzeitig die Batterie aufladen.«

Und nach einer kleinen Pause: »Das wäre auch etwas für Ihre Boote in der Biscaya, Herr Admiral; sie könnten unter Wasser aufladen, und ein so kleines Objekt wie der Ventilkopf des Luftschlauchs dürfte doch nur sehr schwer zu orten und nachts zu entdecken sein.«

»Sie meinen eine Art Rüssel?« sagt der BdU lebhaft, »einen Schnorchel, durch den der Diesel unter Wasser atmet und auflädt?«

»Jawohl«, nickt der Professor sofort bestätigend, »so könnte man es nennen.«

Sie diskutieren noch eine Anzahl weiterer Probleme, ehe der BdU mit der Dämmerung des Herbstabends die Sitzung beschließt.

»Immerhin, Godt«, sagt er abends, nachdem er die Gäste verabschiedet hat, »wir haben die wichtigsten Leute einmal zusammen an einen Tisch gebracht. Wir wissen, so schmerzlich das ist, daß wir mit dem Walter-Boot vorläufig nicht rechnen können, aber die Anregung zu einem unter Wasser schnellen Elektro-Boot ist gegeben, und dann diese Idee mit dem Schnorchel ... So hat sich die Einladung doch gelohnt. Der direkte Weg war wieder einmal der beste.«

28.

FEUER UND WASSER

Die Sitzung in Paris trägt zwiefältige Frucht. Hitler, durch den Kapitän z. S. v. Puttkamer über die Waffensorgen des BdU unterrichtet, befiehlt alsbald Vortrag über den U-Boot-Bau. Der Tag ist festgelegt, der BdU zum Abflug nach Berlin bereit.

Da plötzlich: Terminverschiebung auf Veranlassung des OKM.

Vier Tage lang wartet der BdU vergeblich auf den telefonischen Abruf. Vier Tage lang wundert er sich, wozu diese Verzögerung dienen soll. Was zu sagen ist, hat er im Kopf. Er begreift erst, als er, zu der Besprechung in der Reichskanzlei eintreffend, das Aufgebot von Vertretern der technischen Stellen des OKM erblickt, die den Großadmiral begleiten, und als er die zahlreichen Zeichnungen und Tabellen sieht, die sie nun Hitler vorlegen, um das U-Boot-Programm des Oberkommandos zu erläutern und zu begründen.

Der BdU steht dabei und hört zu, für sich allein, schweigend und schon räumlich seinen Abstand zu diesen Darlegungen andeutend, die ihm, besonders was die Förderung des Walter-U-Bootes durch das OKM betrifft, eine recht günstige Darstellung zu geben scheinen.

Endlich kommt er selbst zu Wort. Endlich hat er Gelegenheit, Hitler selber zu sagen, was ihn bedrückt:

»Die Luftüberwachung im Atlantik mit genau arbeitenden, weitreichenden Ortungsgeräten nimmt dauernd zu. Ich mache mir schwerste Sorgen, wie lange die U-Boote des heute üblichen Typs, die hauptsächlich über Wasser operieren, noch Erfolge erzielen können. Die U-Boot-Führung wird in absehbarer Zeit vor die Notwendigkeit gestellt sein, mit den Booten von der Oberfläche weg ganz in das Wasser hineingehen zu müssen, weil die U-Boote sich oben nicht mehr halten und oben nicht mehr kämpfen können. Für den reinen Unterwasserkrieg aber sind diese

Bootstypen zu langsam, so daß, falls die befürchtete Entwicklung eintritt, die U-Boot-Erfolge stark absinken müssen. Die Folgen für die Gesamtkriegführung würden unabsehbar sein. Es ist daher notwendig, die Entwicklung von ganz neuen Typen schneller Unterwasser-U-Boote unverzüglich mit aller nur möglichen Energie voranzutreiben, damit sie zur gegebenen Zeit der Front in genügenden Zahlen zur Verfügung stehen. Die Dringlichkeit dieser Forderung kann gar nicht stark genug betont werden. Es ist keine Zeit mehr zu verlieren ...«

Er spricht mit drängender Schärfe. Hitler hört aufmerksam zu, stellt Zwischenfragen an den Großadmiral, an den BdU, läßt sich über Einzelheiten unterrichten und verharrt dann lange in abwägendem Schweigen.

»Ich danke Ihnen, Admiral Dönitz«, sagt er endlich, »aber ich glaube doch nicht, daß der ganze Atlantik und jeder einzelne Geleitzug durch Flugzeuge als Ortungsträger überwacht werden könnten. Dazu sind die Entfernungen zu gewaltig.«

Damit steht er auf, verabschiedet den ObdM, dann den BdU und wendet sich dem nächsten Vortragsthema zu; die Besprechung ist beendet.

Enttäuscht, nicht mehr Unterstützung und Verständnis gefunden zu haben, meldet sich der BdU ab und fliegt nach Paris zurück.

Unterwegs, auf dem Platz neben dem Flugzeugführer sitzend, wie er es gern tut, sinnt er der Entwicklung nach, die sein Verhältnis zum Oberkommando genommen hat. Wie begann es, wie ging es weiter, und wie war es heute? Die persönliche Berührung mit dem ObdM hatte ihm immer wieder den Eindruck großer Klugheit gegeben, jedoch gepaart mit Kälte; sie waren nie recht warm geworden miteinander; die Luft, die zwischen ihnen wehte, blieb immer um ein paar Grad kühler, als es das Verhältnis des Vorgesetzten zum Untergebenen verlangt hätte. Warum eigentlich? Hatte er selbst es an etwas fehlen lassen?

Die Ju orgelte über das Ruhrgebiet hin. Abgeerntete Felder lagen überall zwischen rauchenden Schloten und hohen Halden. Die Städte drängten sichtlich zueinander; das dicht besiedelte

Land sah von oben schon jetzt fast aus wie eine einzige riesige Stadt, durch die sich dichte, blinkende Schienenstränge wie verbindende Kabelbündel hinstreckten. Der Rauch unzähliger Schlote hing unter dem Himmel wie eine dünne, bräunliche Dekke. Buschwerk und Wälder zeigten den ersten Schimmer herbstlicher Färbung.

Sorgenvoll kehrten die Gedanken des Admirals zu ihrem Ausgangspunkt zurück. Wie stand es um sein Verhältnis zu seinem eigenen Oberbefehlshaber?

Als er Chef der U-Flottille Weddigen geworden war, hatte er eine für den Aufbau der neuen Waffe ungeeignete Organisation vorgefunden. Als Sonderwaffe hätten die U-Boote seiner Ansicht nach auch eine Sondervertretung beim OKM bekommen müssen; sie konnten für ihre speziellen Bedürfnisse bei den mit Nicht-U-Boot-Fahrern besetzten allgemeinen Ressorts das notwendige Verständnis gar nicht finden. Aber das geforderte U-Boot-Amt wurde abgelehnt. Das Ergebnis? Reibungen, Spannungen, Erschwernisse im Dienstbetrieb. Klar, daß der Oberbefehlshaber davon erfuhr; er griff jedoch nicht ein. Er fragte andererseits aber auch nicht, was Kapitän Dönitz mit dieser ersten U-Boot-Flottille nun eigentlich anfinge; darin ließ er ihm völlig freie Hand.

Gott sei Dank, dachte der nunmehrige BdU in seinem Flugzeugsitz, in der Erinnerung zufrieden vor sich hinnickend, Gott sei Dank! An Selbständigkeit hatte es ihm nicht gefehlt. Nur in organisatorischer und materieller Hinsicht gab es weder Sondervollmachten, noch -mittel. In der Weimarer Republik war jeder Wehrpfennig zigmal umgedreht worden, ehe er ausgegeben werden durfte; das wirkte nach, und es hatte lange Kämpfe gekostet, ehe ihm z. B. das dringend beantragte Führungsschiff für seinen U-Boot-Verband bewilligt worden war.

Weiter die Auseinandersetzungen um die Typen der neu zu bauenden Boote. Zugegeben, auch hier hatte ihm der Großadmiral ein für die Verhältnisse der übrigen Marine ungewöhnliches Maß an Einflußnahme zugestanden. Aber welche Kämpfe, welchen Zeitverlust hatte es gegeben, ehe es gelungen war, gemeinsam mit Thedsen die inzwischen tausendfach bewährten Typen VIIc und IX durchzusetzen!

Wie fragte damals der Amtschef der Seekriegsleitung halb zweifelnd, halb entsetzt? – »Sie wollen doch wohl nicht mit so kleinen Booten in stürmische Gewässer wie die Biscaya gehen?« – »Selbstverständlich will ich das«, hatte er geantwortet, »ich muß es sogar, wenn die Boote ihren Zweck erfüllen sollen.« Zugleich aber war ihm der Zorn aufgestiegen, daß Leute mitreden durften im U-Boot-Bau, die, obwohl auf *ihrem* Gebiet erstklassige Fachleute, vom Wesen des *U-Boots* keine Vorstellung besaßen und infolgedessen auch nicht wissen konnten, was ein U-Boot zu leisten imstande war.

Er hatte daher jede Gelegenheit ergriffen, um mündlich und schriftlich auf den ObdM direkt einzuwirken und sein Verständnis für die besondere Aufgabe der U-Boote zu suchen. Jedesmal, wenn er ihn anläßlich einer Besichtigung »an der Front« gehabt hatte, ihn sah, ihn sprach und beeinflussen konnte, hatte der ObdM auch seinen Vorstellungen zugestimmt, aber die Reserve gegenüber dem hartnäckigen Antragsteller und Denkschriftenverfasser war nicht geringer geworden.

Es war schon so damals: Die neue deutsche Flotte sollte ein verkleinertes Abbild der englischen werden. Und die englische Flotte legte auf U-Boote wenig Gewicht.

Klar, dachte der BdU, an diesem Punkt seiner Erinnerung angelangt, die englische Flotte ist ja auch dazu da, Englands Seeverbindungen zu *schützen,* nicht Seeverbindungen *anzugreifen,* wie es unsere U-Boote tun. Die Konzeption bei uns war falsch. Gegenüber den Seeverbindungen, die wir im Kriegsfalle anzugreifen haben, sind die, die unsere Flotte zu schützen hätte und schützen *könnte,* immer von geringerem Gewicht. Folglich hätten *wir* U-Boote bauen müssen noch und noch, auf jeder grünen Wiese in grün getarnten Schuppen, an jedem deutschen Fluß, wie es Densch richtigerweise verlangte. Aber bei uns war man ja so glücklich über den Flottenvertrag, der alle möglichen Gegensätze zu England endgültig auszuschalten schien, daß es in der deutschen Marine als »Sünde wider den Heiligen Geist«

galt, England als möglichen Gegner auch nur in Betracht zu ziehen.

Wie dem auch sei: ich bin es gewesen, der rechtzeitig eine große U-Boot-Waffe verlangt hat, und das OKM ist es gewesen, das diesen Forderungen nicht stattgegeben hat, selbst dann nicht, als es zwischen England und uns politisch dicke Luft gab. Dreihundert U-Boote habe ich damals verlangt, um gegebenenfalls erfolgreich kämpfen zu können. Aber man hat mich abgewiesen, abgewiesen, abgewiesen. Was haben wir denn heute? Heute, nach drei Jahren Krieg, haben wir noch immer die Zahl von 300 Front-U-Booten nicht! Aber den Krieg, den damals jedermann für unmöglich hielt, haben wir seit drei Jahren.

Zwar wurde das U-Boot-Amt im OKM eingerichtet, wurde das größere Bauprogramm aufgestellt, ganz wie ich wollte, was die Typen betraf. Was trotzdem blieb, war der Zweifel, ob das Oberkommando auch wirklich alle Möglichkeiten für den U-Boot-Bau voll ausschöpfte. Und als ich diese Zweifel äußerte, kamen Fachleute vom K-Amt und Wirtschaftsspezialisten und hielten mir Vortrag über Engpässe in Kupfer und Blei für die Akkus und erklärten, daß die Heeres- und Luftausrüstung große Anforderungen stelle, und 15 bis 20 Boote monatlich als Endzahl – immerhin, das sei doch eine ganze Menge und wirklich das äußerste Mögliche.

Und dann, wie ging es weiter? – Ab Ende 1940 hub wieder das Fragen und Zweifeln an: ob das U-Boot auch alle Hoffnungen erfüllen würde? Das wußte natürlich niemand, aber eine andere Seekriegswaffe, die *überhaupt* Hoffnungen gewähren konnte, gab es eben für uns nicht, und durch Verringerung der U-Boot-Bauzahlen leistete man den Hoffnungen sicher keinen Vorschub.

Lag es denn nicht klar auf der Hand, daß bei der Waffe, mit der sich die größten Wirkungen erzielen ließen, auch der Schwerpunkt der Kriegführung liegen mußte?

Er hatte in diesem Sinne dem Großadmiral eine Denkschrift eingereicht – *gegen* die Schwerpunktbildung bei den Überwasserstreitkräften, für die Verlagerung des Schwerpunktes der Kriegführung auf die U-Boote.

Der Chef des Stabes des ObdM hatte dieses Papier gelesen und sofort Godt angerufen: »Das kann ich dem Oberbefehlshaber nicht vorlegen; das könnte zur Ablösung des BdU führen.«

Und Godt, von gleichen Sorgen bewegt, hatte dem zugestimmt.

Die Ju orgelte inzwischen über die Vogesen dahin. Der Pilot war in größere Höhe gegangen; unter ihnen lag eine Wolkenschicht, hier und da unterbrochen, so daß waldige Höhen und tief eingeschnittene Täler mit Dörfern, Kirchtürmen und kleinen, gewundenen Flüssen sichtbar wurden. Zuweilen stießen Böen mit kurzen, harten Stößen unter den Boden der Maschine, bis sie, langsam weiter steigend, eine ruhige Schicht erreicht hatte. Nun lag das Wolkenmeer weiß und schimmernd unter ihnen wie ein endlos gestrecktes Daunenbett.

Der BdU, schweigend in seinen Sitz gekrümmt, nahm es mit halbem Auge wahr.

Er hing indessen weiter seinen Gedanken nach. Wie war es möglich, daß der ObdM an seiner fühlbaren Reserve gegenüber der U-Boot-Waffe so zähe festhielt? Er war – als Angehöriger des Stabes Hippers in der Skagerrakschlacht – ein Mann der großen Schiffe, des Schlachtgedankens. Und es war gewiß nicht seine Schuld, sondern eher persönliche Tragik, daß der Krieg die Flotte in den Anfängen ihres Aufbaues getroffen hatte und daß er die Schweren Einheiten nicht besaß, die er jetzt gebraucht hätte. Aber er besaß sie nun einmal nicht. Das einzige verfügbare Mittel, um den Gegner in großem Stil zu schädigen, waren die U-Boote, die alte Waffe des kleinen Mannes zur See. Aber er vermochte kein rechtes Verhältnis zu ihnen zu gewinnen; es war rätselhaft.

Die U-Boote ... Mit einem wütenden Rucken der Schultern setzte sich der BdU erneut in seinem Flugsitz zurecht.

Nie war eine so gut ausgebildete Truppe wie die U-Boot-Besatzungen mit einer so miserablen Waffe in den Krieg geschickt worden wie dem U-Boot-Torpedo. Und wie widerstrebend und schrittweise hatten sich die verantwortlichen Waffenstellen bereit gefunden, die Fehler der Torpedos anzuerkennen, und immer wieder versucht, sie auf Fehlschüsse der Kommandanten abzuschieben, bis endlich der Admiral Kummetz eingesetzt worden war und reinen Tisch machte.

Nein, wie er es auch drehte und wendete, ständig war er in all diesen Jahren statt auf Ermunterung, Unterstützung und Anspornung auf Widerstände gestoßen, die letztlich in der Tatsache ihren Grund hatten, daß der BdU fortgesetzt mehr fordern *mußte,* als der Großadmiral ihm im Rahmen der Marine-Gesamtausrüstung geglaubt hatte, geben zu *können,* darin, daß der Großadmiral seine sehr festen Ansichten von den Notwendigkeiten und Möglichkeiten der Marinerüstung besaß, von denen er sich durch keine Vorstellungen hatte abbringen lassen.

Der schroffe Gegensatz in der Rüstungsfrage hatte denn auch seit 1941 ihr Verhältnis zueinander ständig verschlechtert. Grundverschieden von Wesen und Charakter, schienen sie von Natur dazu bestimmt, sich zu verhalten wie Feuer und Wasser, und es bedurfte der klaren, strengen Rangordnung, die dem einen den Befehl und die Verantwortung, dem anderen den Gehorsam zuteilte, um ihre Zusammenarbeit zu ermöglichen.

Trotz ihrer scharfen sachlichen Meinungsverschiedenheiten hatte der BdU aber doch erwartet, daß mit den stetig steigenden Erfolgen des Jahres 1942 sein Verhältnis zum ObdM sich bessern würde. Merkwürdigerweise war das nicht der Fall gewesen, er fand nicht das Ohr seines Chefs; ihr Verhältnis zueinander blieb kühl. Nicht nur das; es wurde gespannt. Mehr als einmal hatte er es zu fühlen bekommen: er befand sich in Ungnade.

Warum? dachte er nochmals. Habe ich selbst es an etwas fehlen lassen? Sachlich? Dienstlich? Persönlich? – Ich glaube, nein. Sondern: wir sind grundsätzlich zu verschieden, zu gegensätzlich in unseren Ansichten, zu unterschiedlich in unserem Wesen; daran liegt es. Aber unter keinen Umständen darf die Kriegführung der Boote darunter leiden.

Wenn der BdU gedacht hatte, daß der wiederholte Vortrag seiner Sorgen, sein Drängen und Vorwärtstreiben in der technischen Entwicklung, den Bau des schnellen Unterwasserbootes beschleunigen würde, so belehrte ihn die nächste Zukunft eines anderen; denn beim OKM riefen diese Vorstöße nur eine trotz allem unerwartete und ganz außergewöhnliche Wirkung hervor: sie führten lediglich zu einem kurzen schriftlichen Befehl.

Berlin bestimmte: Dem BdU ist jede Befassung mit technischen Fragen untersagt. Er hat sich lediglich auf seine operative Kriegführung zu beschränken. Der Befehl trug die Unterschrift des Großadmirals, das große, schwungvolle Initial und dahinter die sauber und korrekt hingesetzten Kleinbuchstaben.

Der BdU ließ Godt bitten und schnippte ihm das Papier über den Tisch zu: »Was sagen Sie dazu?«

Kapitän Godt las es aufmerksam; auch er errötete. »Der ObdM scheint Ihre Motive zu verkennen, Herr Admiral«, sagte er endlich.

»Der Befehl ist unsachlich«, erwiderte der BdU erregt, »schon aus sachlichen Gründen kann ich ihn nicht ausführen; denn selbstverständlich wird der BdU tagtäglich mit einer Fülle von technischen Fragen aller Art befaßt, die zur Reparatur, Ausbildung, Verbesserung und Erprobung der unterstellten Boote gehören. Wer soll denn das machen, wenn nicht der BdU? Wie soll ich wissen, wann Boote einsatzbereit sind, wenn mir verboten wird, mit der Werft zu reden?«

Er griff zum Telefonhörer und nahm ab: »Befehlshaber. Geben Sie mir Admiral Schulte-Mönting in Berlin ...«

Ein Weilchen herrschte Schweigen; dann kam das Gespräch; Admiral Schulte-Mönting meldete sich am anderen Ende der Leitung.

»Schulte-Mönting? – Dönitz.« Die Stimme des BdU klang jetzt wieder vollkommen ruhig. »Ich habe heute einen persönlichen Befehl des ObdM bekommen.« Er nahm das Papier her, glättete es mit einer ungeduldigen Bewegung auf dem Tisch und verlas es.

Er sagte: »Ich bitte, dem ObdM zu melden, daß ich diesen Befehl nicht ausführen kann. Zumindest der Verkehr mit den Werften und die Waffenfragen gehören zum Aufgabenbereich des BdU.«

Er fügte etwas Persönliches an, dankte, hängte ab.

»So, Godt«, sagte er, »wenn ich er wäre, würde ich mich jetzt wahrscheinlich hinausschmeißen. Aber wir werden ja sehen.«

Gegen alle Erwartung jedoch kam nichts mehr in dieser Angelegenheit aus Berlin, nichts ...; es vergingen einige Wochen, in denen der BdU seine Tätigkeit in gewohnter Weise fortsetzte.

Doch dann, im Spätherbst, zu einer Zeit, als der BdU durch den erneuten Einsatz der Atlantikboote vor Gibraltar inmitten schwerster operativer Sorgen und Entscheidungen stand, kam es zu einer Entwicklung, die diesmal geeignet schien, den Gegensatz BdU-ObdM voll ausbrechen zu lassen.

Wieder erhielt er einen Befehl des Großadmirals:

»Ich habe mich entschlossen, die U-Boot-Waffe, die in einer Hand zu groß ist, aufzuteilen. Die Einzelheiten der Neugliederung sind dem anhängenden Organisationsplan zu entnehmen. An der Neugliederung selbst ist im Grundsätzlichen nicht mehr zu rütteln; sie ist unabänderlich und wird so durchgeführt. Falls jedoch der BdU in kleineren Einzelheiten Verbesserungsvorschläge zu machen hat, möge er die entsprechenden Anträge stellen.«

Und dann kam der Organisationsplan:

Der BdU behält nur die operative Kriegführung im Atlantik.

Die Ausbildung und Bereitstellung der Boote in der Heimat wird dem Kommandierenden Admiral der Ostsee unterstellt ...

Admiral Dönitz las zunächst gar nicht erst weiter. Er kochte. Die Neuorganisation nach diesem Plan bedeutete die Zerschlagung der U-Boot-Waffe, die Selbstzerstörung des einzigen und letzten Instruments, mit dem die deutsche Seekriegführung hoffen konnte, einen erträglichen Frieden zu erkämpfen.

»Der BdU behält nur die operative Kriegführung im Atlantik.

Die Ausbildung und Bereitstellung der Boote in der Heimat wird dem Kommandierenden Admiral der Ostsee unterstellt.«

Da stand es, schwarz auf weiß. Kommandierender Admiral Ostsee war Guse. Nichts gegen Guse; der Gedanke zu dieser Regelung stammte gewiß nicht von ihm, aber von wem er auch stammte, er war verhängnisvoll im höchsten Grade, mehr, er war mörderisch; denn die Ausbildung würde leiden und demzufolge die Verlustquote steigen. Nichts gegen Guse, aber er war kein U-Boot-Fachmann; und – die Einheit der U-Boot-Waffe unter sachkundiger Führung mußte erhalten bleiben! Denn in ihrer Einheit lag ihre Stärke.

Sie lag darin, daß Ausbildung und Front ein eng zusammenhängendes Ganzes waren, darin, daß die besten und erfahrensten Frontoffiziere in einem beständigen Strom zwischen Front und Ausbildung hin und her wechseln konnten, darin, daß jede neue Fronterfahrung in fast täglichen Fernschreiben an die Ausbildung gelangte und hier sofort ausgewertet werden konnte.

Mehr als irgendwo anders waren in der U-Boot-Waffe Front und Heimatdienststellen Glieder eines einzigen großen Ganzen. Diese Organisation war aus kleinsten Anfängen natürlich und nach den Bedürfnissen der Waffe gewachsen; sie hatte sich bisher aufs beste bewährt, hatte eine frontnahe, sehr gute Ausbildung der neuen Boote sichergestellt und dadurch Verluste an der Front erspart. Und dieses Band sollte jetzt plötzlich zerschnitten werden, noch dazu in einer Zeit großer U-Boot-Erfolge, die doch in sich selbst schon für die Richtigkeit der bisherigen Organisation sprachen?

Und solche Änderung, die auf das tiefste in die jahrelange, erfolgreiche Tätigkeit des BdU einschnitt, sollte Platz greifen. ohne daß er vorher auch nur mit einem Wort um seine Ansicht befragt worden war?

Der BdU war sich vom ersten Augenblick an darüber klar, daß diese Neugliederung entweder nicht stattfinden oder seine Tätigkeit als BdU ein Ende haben würde.

Entgegen seiner Gepflogenheit rief er den Kapitän Godt diesmal nicht sofort zu sich, um sich mit ihm zu besprechen.

Es kam jetzt, das war ihm klar, nachdem er sich über den ersten Schock und den ersten roten Zorn hinweggehoben hatte, vor allem darauf an, nicht unsachlich vorzuprellen. Unter allen Umständen mußte er sicherstellen, daß die Antwort, die der ObdM erhielt, von jedem Schatten persönlichen Gekränktseins frei war. Hier war die Prüfung, hier die Probe auf den Charakter, vor die ihn das Schicksal stellte. Er wußte, er war nicht frei von Ehrgeiz, und er hielt es für einen Teil seiner Pflicht, die volle Entwicklung seiner Fähigkeiten anzustreben und die größeren Aufgaben zu suchen, an denen er sie erproben konnte. Jeder Mann mußte das aus sich machen, was in ihm steckte, und er mußte das auf anständige Weise tun; das war sein Begriff von Ehrgeiz. So gab er Abschriften des Organisationsbefehls an drei Männer, deren Sachkunde für ihn über jeden Zweifel erhaben war: v. Friedeburg, den Chef der Organisationsabteilung U-Boote, Godt, den Chef der Operationsabteilung, und Rösing, einen seiner ältesten U-Boot-Offiziere aus Kriegs- und Vorkriegszeiten, den nunmehrigen FdU-West, den Führer und unmittelbaren Vorgesetzten der U-Flottillen im Westraum.

Indem er ihnen die Abschriften zugänglich machte und sie zur schriftlichen Stellungnahme aufforderte, verbot er ihnen gleichzeitig, wegen dieser Sache untereinander Fühlung zu nehmen. So waren Sachlichkeit und Selbständigkeit des Urteils gewährleistet.

Godt indessen, gewissenhaft in allen Dingen, rief das U-Boot-Amt im OKM an, um zu erfahren, ob man dort zu Rate gezogen worden sei. »Jawohl«, antwortete der Sachbearbeiter eifrig, »haben wir bekommen, aber da ja grundsätzlich nichts geändert werden darf, haben wir immerhin einige Kleinigkeiten verbessert. Der Befehlshaber der U-Boote wird künftig Oberbefehlshaber der U-Boote heißen.«

»Oberbefehlshaber?« antwortete Godt ironisch, während er den Stolz am anderen Ende der Leitung förmlich vor sich sah, »sieh an, das ist ja allerhand, das wird den BdU bestimmt freuen.« Dankte und hängte ab. –

Die schriftlichen Stellungnahmen v. Friedeburgs, Godts und Rösings enthielten übereinstimmend die eindeutige Ablehnung der geplanten Neuorganisation.

Der BdU seinerseits setzte sich nunmehr hin und schrieb einen Brief an den Chef des Stabes für den ObdM, in dem er die Nachteile der befohlenen Neuorganisation und ihre unausbleiblichen Folgen für den U-Boot-Krieg nüchtern und klar darlegte und zugleich bat, der Chef des Stabes möge dem ObdM melden, falls er bei seiner Entscheidung bliebe, der BdU um seine sofortige Ablösung bitte, weil er einen solchen, die Kriegführung schädigenden Schritt nicht mitmachen könne.

Dabei blieb es. Kapitän Godt, dem der BdU Einblick in seinen Brief gegeben hatte, las ernst und schweigend und bat anschließend um Urlaub. In seiner Sorge, daß beide, ObdM und BdU, auf ihren Entscheidungen bestehenblieben und damit der BdU tatsächlich abgelöst werden könnte, verabredete und traf er sich mit dem Marine-Adjutanten Hitlers, dem Kapitän zur See v. Puttkamer, und unterrichtete ihn über die kritische Lage, damit er im Ernstfall Hitler ins Bild setzen könne.

Aber dazu kam es nicht. Der Chef des Stabes machte dem ObdM den Brief des BdU zugänglich, der Großadmiral las, und die Neuordnung unterblieb.

29.
ARGONAUTENZUG

Was niemand gedacht, die »Einbäume« kommen noch einmal zu kämpferischen Ehren. Im Herbst 1942 verlegen sechs von ihnen von Gotenhafen nach Kiel. Dort gehen sie in die Werft und stellen zunächst einmal außer Dienst. Aber nicht, um als Hulken ihr Dasein zu beschließen oder abgewrackt zu werden, obschon man diesen Eindruck haben könnte, wenn man sieht, wie sie auseinandergepflückt, wie ihnen Batterien, Diesel und E-Maschinen aus dem Leibe gerissen und die Türme abgeschnitten werden. In Wahrheit ist all dies nötig, um sie für eine weite und unglaublich anmutende Reise vorzubereiten, und so werden die »ausgeschlachteten« Rümpfe eines Tages auf Pontons verladen; Schlepper fassen an, und eine der seltsamsten Kavalkaden der Seekriegsgeschichte beginnt, ein neuer, abenteuerlicher Argonautenzug: U-Boote reisen über Land! Durch den Nord-Ostseekanal und die Elbe hinauf geht die Fahrt nach Dresden. Und von dort über die Reichsautobahn nach Ingolstadt. Dann wieder auf Pontons die Donau hinab bis nach Galatz in Rumänien.

Quer über den europäischen Kontinent reisen so die sechs Einbäume mit ihren Begleitkommandos, um endlich, neu montiert, eines Tages den provisorischen Stützpunkt in Galatz zu verlassen, auf eigenem Kiel weiter donauabwärts zu gehen in den Marinehafen von Constanza und hier die »Schwarzmeerflottille« zu bilden, ein kleines, fest in sich geschlossenes Korps von fünfhundert Mann, die mit ihren Einbäumen den russischen Nachschub- und Küstenverkehr angreifen sollen.

Ihr Chef ist der junge, frische und schneidige Kapitänleutnant Rosenbaum, der noch vor wenigen Monaten als Kommandant von U 73 im Mittelmeer fuhr, dort u. a. den englischen Flugzeugträger »Eagle« versenkte und danach, »mit bedeutend mehr Glück als Verstand« sein schwer zusammengebombtes Boot, tauchunklar und eigentlich gar nicht mehr fahrfähig, am hellichten Tag quer über das Mittelmeer in den Stützpunkt zurückgebracht hatte, ohne unterwegs gesehen und vollends vernichtet zu werden. Ein reines Wunder in einem Seegebiet, das weit mehr als der freie Atlantik und selbst die Biscaya von feindlichen Flugzeugen wimmelte.

Ein Hotel, eine Schule und ein Wohnhaus bilden fortan den neuen U-Stützpunkt Constanza. Zehn Minuten Weges durch das bunte Gewimmel der Hafenstadt, und man steht am Liegeplaz der Boote, einer langen Pier mit flachen Schuppen, die durch Tarnnetze gegen Fliegersicht einigermaßen abgedeckt ist.

Im Januar 1943 läuft das erste Boot, U 9 unter Kapitänleutnant Schmidt-Weichert, zur Unternehmung aus; U 9, bei den alten U-Boot-Fahrern »U Kreuz« genannt wegen des Eisernen Kreuzes, das es in Erinnerung an Weddigens U 9 als Traditionsboot der Flottille am Turm führt. Es ist eines der ältesten Boote der U-Boot-Waffe überhaupt, und es hat viele Kommandanten gesehen seit 1935, Looff, der gefallen ist, Lüth und Schonder, unter denen es im ersten Kriegsjahr in der Nordsee kämpfte, und manchen Schulbootkommandanten hernach, ehe es nun wieder seinen Bug seewärts richtet zur Fahrt ins Schwarze Meer.

Der Krieg wird hier ein anderer sein als auf irgendeinem anderen Seekriegsschauplatz, kein Krieg der großen Geleitzugschlachten wie im Atlantik, kein Kampf gegen endlose Nacht oder ewigen Tag wie im Nordmeer, kein Lauern und Passen unter immerwährender Luftbedrohung inmitten suchender Zerstörer und Bewacher wie an den Verkehrsrouten des Mittelmeers, sondern ein Krieg, der seine Gesetze aus den besonders gearteten Verhältnissen des Schwarzen Meeres und dem Verhalten der Sowjets auf See erst allmählich entwickelt.

Vier bis fünf Wochen dauern die Unternehmungen im Durchschnitt, und sie richten sich gegen den Küstenverkehr, der sich in unmittelbarer Landnähe, oft nur wenige hundert Meter vom Ufer entfernt, abwickelt, und der von kleinen Frachtern zwischen 500 und 2000 Tonnen getragen wird.

Da lauern denn die »Einbäume« auf dem flachen Wasser vor

den Flußmündungen und an der Küste. Meist ist es windstill und sichtig, die See bleiern ruhig und glatt wie Öl, der Himmel wolkenlos blau, und die Sonne sticht unbarmherzig hernieder. Wenn es aber zu wehen anfängt, kommen die Stürme überraschend und mit großer Heftigkeit und jagen in kurzen Stunden eine schwere, steile See auf.

Von ihren Beobachtungsposten aus sehen die Kommandanten vor den dichtbewaldeten, steilen Hängen der Uferberge die Küstenbahnen fahren; sie sehen die Fischerfahrzeuge und mancherlei von dem Leben an Land, und allmählich lernen sie die festen Wege kennen, auf denen der Verkehr hier läuft, so von Batum nach Noworossisk, dreihundert Meilen weit, oder den Betrieb vor dem russischen Umschlaghafen Tuapse.

Sie liegen viel auf Grund und horchen und steigen erst wieder auf Sehrohrtiefe, wenn die mahlenden, klirrenden Geräusche im Horchgerät das Herannahen eines der kleinen Geleitzüge ankündigen, die meist aus nicht mehr als zwei stark gesicherten Frachtern bestehen. Sie lernen die Abwehr kennen: Motorkanonenboote mit 4-cm-Kanone und MGs, Minensuchboote, Zerstörer, Flugzeuge russischer Muster und an den Geleitzügen meist zwei Flugboote.

Das alles klingt leicht und einfach und erscheint als ein U-Boot-Krieg im Kleinformat. Aber es wird ihnen nichts geschenkt, nicht die Tonnage, die hier mühsam in kleinsten Raten »zueinandergelegt« werden muß, nicht der überraschende Fliegerangriff aus der Sonne, nicht die Nöte der Wabo-Verfolgung und nicht die quälend langen Zeiten unter Wasser – im Sommer oft bis zu 19 Stunden täglich – bei drückender Hitze – 35° C – und Feuchtigkeit in der Enge und Primitivität ihrer Röhre.

Es ist ein einförmiger, in seiner Eintönigkeit zermürbender Krieg, den sie zu führen haben, ein wochenlanges Auf und Ab an den Verkehrssträngen, das nur selten durch Angriffschancen unterbrochen wird, und es dauert seine Zeit, mehr als ein Jahr, bis der Kommandant U 18, Oberleutnant z. S. Fleige, nach seiner zwanzigsten Fahrt für seine Leistungen und Erfolge mit dem Ritterkreuz belohnt wird. –

Kehren sie von Unternehmung zurück, so stehen hier wie in all den anderen Schlupfwinkeln der Wölfe die Kameraden zum Empfang an der Pier. Dann sind plötzlich Drangsal und Enge vergessen, und am nächsten Tage fahren sie hinaus auf die »U-Boot-Weide«, in den Badeort Mamaia, wo die Flottille eine Villa hat, und baden und aalen sich im Sande. Sie unternehmen Ausflüge zu den Rumäniendeutschen nach Kronstadt und Hermannstadt, wo man sie aufnimmt wie die verlorenen Söhne und wo der Wein fließt und der Tuica, der »Zwicker«, der Zwetschgenschnaps. Sie sitzen des Abends im Freien zwischen den kugelförmigen Beleuchtungskörpern im Garten *ihres* »Freßlokals« Cantiowitz, »speisen nach der Karte« und lauschen den ungarisch-französischen Weisen der Zigeunerkapelle und lassen sich's wohlsein und genießen das Dasein. Sie gehen ins Soldatenheim und werden von den Schwestern bewirtet und verwöhnt. Oder endlich: sie besuchen die Vorstellung einer herumreisenden Wehrbetreuungstruppe, die mit Musik, mit Späßen, Tänzen und Sketchen auf dem improvisierten Podium im Freien vor ihnen spielt.

So verfließen nur allzu schnell die Tage der Ruhe und der Erholung, die ihnen gegönnt sind, bis ihr Boot wieder klar ist und der Auslauftermin festgesetzt und sie zurückkehren zu ihrem harten Handwerk vor den steilen Küsten des Kaukasus.

Am 9. Mai 1944 fällt ihr Chef, Kapitänleutnant Rosenbaum, einem Flugzeugunfall zum Opfer. Sein Nachfolger für die letzten Monate des Kampfes wird Kapitänleutnant Petersen, der, als die Schwarzmeerküste aufgegeben werden muß und als die Russen kommen, die drei im Stützpunkt liegenden Boote vor dem Hafen versenkt. Die drei anderen, die in See sind, sprengen sich selbst. Das geschieht am 10. September 1944 in der Nähe der Türkenküste, nachdem sich gezeigt hat, daß ein Ausbruch durch die Dardanellen nicht möglich ist. Die Besatzungen gehen in türkische Internierung. Die »Schwarzmeerflottille« hat damit zu bestehen aufgehört.

30.

SCHWARZE LOSE – WEISSE LOSE

Starke Konzentration von Schiffen und eine gewisse Unruhe in englischen und amerikanischen Häfen im Laufe des Oktober blieben der deutschen Abwehr und der Seekriegsleitung nicht verborgen; Gerüchte schwirrten wie Heuschreckenschwärme: Der lange erwartete Stoß des Feindes, die Errichtung der Zweiten Front, konnte stündlich erfolgen.

Als der Schlag jedoch fiel – bei Casablanca, Oran und Algier in der Morgenfrühe des 8. November 1942 – zeigte sich, daß es den Alliierten diesmal gelungen war, ihre Gegner vollkommen zu täuschen.

Die Deutschen erwarteten zwar einen Angriff auf Afrika, aber sie erwarteten ihn bei Dakar, an der Senegalküste.

Im Azorenraum war eine Anzahl von »Wolfsrudeln« aufgestellt worden, von denen man erhoffte, daß sie eine feindliche Invasionsflotte schon in der Annäherung schlagen könnten, aber der Gegner landete nicht bei Dakar; er landete im Mittelmeer und an der Marokkoküste, und er erlebte dabei einen der seltenen, schier unglaublichen Glücksfälle des Krieges: Er brachte sieben große Geleitzüge mit einigen achthundert Schiffen, sein ganzes Expeditionskorps, mangels ausreichender deutscher Luftaufklärung unbemerkt und unbehelligt über den Atlantik. Und selbst als sich ein starker Schiffsverband bei Gibraltar sammelte, glaubte man deutscherseits zunächst, es handele sich um Zusammenziehung eines Großkonvois zur Versorgung Maltas, und dementsprechend wurden die U-Boote aufgestellt.

Dann jedoch, als der Riesengeleitzug mit seinem Schirm an Zerstörern, Schweren Einheiten und Flugzeugschwärmern erfaßt und gemeldet, sich teilte, als er hart nach Steuerbord auf die afrikanische Küste zu abdrehte, als die ersten Wellen des Invasionskorps in seinen Landungsbooten mit der Brandung auf den

Strand liefen, als die Absichten der Alliierten plötzlich klar zutage traten, wurden alle verfügbaren Mittelmeerboote mit höchster Dringlichkeit in den Landungsraum, wurde der größte Teil der Atlantikboote zur Bekämpfung des Nachschubs in das Seegebiet westlich Gibraltars gezogen.

Gerade ein Jahr nach der ersten Mittelmeerkrise sog damit der Mahltrichter Gibraltar die Boote zum zweiten Male an unter Verhältnissen, die noch schwieriger geworden waren und mehr Opfer forderten als 1941.

Wieder standen sie, nahe der Küste, in diesem verdammten Seeraum, der von Bewachern aller Typen und von Flugzeugen wimmelte, und in dem sie sich nicht bewegen und nicht entfalten, sondern nur auf die eine zufällige Chance hoffen konnten, daß ein Nachschubgeleit in ihren Schußbereich geradezu hineinlief, während zugleich die Mittelmeerboote mit unvergleichlichem Schneid versuchten, die feindliche Landungsflotte anzugreifen, sich zwischen die kreisenden Ringe der Zerstörer und Bewacher schoben, frech und verwegen »mitmischten« und eine Anzahl Kriegsschiffe und Transporter vernichteten.

»Torch« – Fackel – hieß das Marokkounternehmen der Alliierten, von dessen Erfolg oder Mißlingen – das war sofort klar – das Schicksal Italiens und der ganzen deutschen Mittelmeerposition abhängen würde. Die U-Boote taten, was sie konnten, um ihrerseits ihre Fackeln zu entzünden.

Aber das U-Boot ist nicht das Mädchen für alles im Seekrieg. Den Gegner stören, einzelne durch Schneid und Glück errungene Erfolge erzielen, Kriegs- und Transportschiffe vernichten. Abwehrkräfte beschäftigen und binden, Unruhe schaffen, all das konnte das U-Boot im Invasionsraum auch jetzt noch – Mittelmeerboote wie etwa Brandi, vor Gibraltar operierende Atlantikboote wie U 130 – Kals und U 515 – Henke, der den Transporter »Ceramic« mit Truppen an Bord vernichtet, bewiesen es –, aber eine Invasion *stören* und eine Invasion *verhindern,* ist zweierlei. Und das war es, was der BdU seinen Oberen klarzumachen suchte, wenn er, genau wie ein Jahr zuvor, zunächst für die Freigabe der großen Boote aus dem Gibraltarraum eintrat. Diese

Boote gehörten nicht dorthin, weniger noch als vor Jahresfrist, auch wenn Kals und Henke vor der atlantischen Marokkoküste an Nachschubgeleiten zu Erfolg gekommen waren. Endlich, am 26. November, erhielt er die Zustimmung der SKL, die großen Boote als Gruppe »Westwall« wieder weiter in den offenen Seeraum hinauszustellen.

Die Erfolge im Nordatlantik sprachen überdies dafür, die Geleitzugkampfboote so kurz wie möglich ihrer eigentlichen Aufgabe zu entziehen. Obwohl die Eindringtiefe der alliierten Flugzeuge mittlerweile auf 800 Meilen gestiegen war, hatten die Wölfe nach englischen Angaben im August 108 Schiffe mit mehr als einer halben Million Tonnen, im September 98 Schiffe mit 485 000 BRT versenkt.

Im September übrigens war erstmalig nach britischen Meldungen ein Hilfsflugzeugträger mit alten Swordfish-Maschinen als Konvoischutz eingesetzt worden; im gleichen Monat hatten neue U-Jagd-Gruppen ihre Tätigkeit in Zusammenarbeit mit Flugzeugen aufgenommen und erste Erfolge gegen deutsche U-Boote erzielt, aber – der Oktober wies immer noch die Versenkung von 93 Schiffen mit mehr als 600 000 BRT aus, und im November erreichte die Versenkungsquote nach deutschen Angaben annähernd die Millionengrenze, nach englischen belief sich der Verlust auf 117 Schiffe mit mehr als 700 000 BRT allein durch U-Boote.

Das waren Ziffern, die an die Schreckenszeit von 1917 erinnerten – die Boote versenkten schneller als die Alliierten bauen konnten, und Churchill sah sich veranlaßt, unter dem Eindruck dieser Verluste einen Ausschuß zur Koordinierung der alliierten Abwehrmaßnahmen gegen die U-Boot-Drohung zu bilden, an dessen erster Sitzung übrigens neben zuständigen Ministern und Vertretern der alliierten Mächte die Chefs der britischen Marine und Luftwaffe, Admiral Sir Dudley Pound und Luftmarschall Sir Charles Portal, persönlich teilnahmen. Das hieß: der Kampf gegen die U-Boote ging allem andern an Dringlichkeit vor.

Der Verlust von fünfzehn Schiffen eines Geleitzugs während

dreier stürmischer Angriffsnächte im novemberlichen Atlantik sprach eine deutliche Sprache, und die bloße Tatsache, daß die Dezemberverluste mit 61 Schiffen und 336 000 Tonnen gegenüber den Schreckensziffern des November bescheiden wirkten, hatte an und für sich noch nichts Tröstliches, da die Wölfe in den letzten Tagen des Jahres mit einem Rudel von zwanzig Booten einen Neufundland-Geleitzug angegriffen und in viertägiger Schlacht vierzehn Schiffe herausgeschossen hatten. Außerdem war das Wetter im Atlantik während dieses vierten Kriegswinters wenn möglich noch infernalischer als in den Jahren zuvor. Schwere Stürme, schwere See, eine einzige Kette von Unwettern! 116 von 140 Tagen Sturm! Die Engländer waren Seeleute genug und nüchtern genug, um zu sehen, wo sie die Ursache für die abgesunkenen Versenkungszahlen des Dezember zu suchen hatten. Sie lag nicht in der Überlegenheit ihrer Abwehr. Noch nicht.

Der Saldo des Jahres 1942 war bitter genug, wenn er auch hinter den deutscherseits veröffentlichten Ziffern zurückblieb: 1942 hatten die U-Boote an 6¼ Millionen Tonnen alliierten Handelsschiffsraums versenkt, fast dreimal soviel wie 1941! Die U-Boot-Verluste hingegen hatten sich keineswegs verdreifacht.

In der Biscaya und in den Passagen nördlich der britischen Inseln bekamen die Wölfe den stetig zunehmenden Druck der englischen Abwehr am deutlichsten zu spüren. Dort standen und operierten die Spezial-U-Jagd-Gruppen, dort hing die Luft voller ortender Flugzeuge, dort wir es immer »zappenduster«.

Aber auch im Atlantik selbst dehnten sich die Flugbereiche der Alliierten immer weiter aus. Es blieb nur noch ein schmaler Streifen frei, in dem man unbehelligt marschieren und kämpfen konnte, und in letzter Zeit begann der Gegner selbst dort seine Hilfsflugzeugträger einzusetzen, deren Maschinen die Luftsicherung an den Geleitzügen übernahmen.

Es war jetzt nicht mehr das Problem des Findens wie noch vor einem Jahr – es war das Problem des Kämpfens, das den U-Boot-Fahrern zu schaffen machte.

Wie sollte man überhaupt noch an den Gegner herankommen,

wenn jeder Geleitzug vom Auslaufen bis zur Ankunft im Bestimmungshafen von immer einander ablösender Luft- und Seesicherung gedeckt war? Wenn die Luft das anlaufende Boot mit Sicherheit entdeckte und unter Wasser drückte und der Geleitzug dann abdrehte und nach den Meldungen des Luftgeleits die Suchstreifen und Harken der Boote einfach umfuhr? Wenn die Luft die Boote unter Wasser drückte, die Tauchstelle mit Farbbeuteln kennzeichnete und dann die U-Jagdgruppen durch Funkspruch herbeizog, so daß mehr und mehr nach Alarm vor Fliegern mit anschließender Verfolgung durch Zerstörergruppen gerechnet werden mußte?

Ortende Zerstörer und Korvetten, die die Boote bei Nacht und Nebel überraschend angriffen, waren mittlerweile auch in abgelegeneren Seegebieten festgestellt worden, so im Freetownbereich, wo Ali Cremers U 333, das »Boot der kleinen Fische«, nur um Haaresbreite der Vernichtung entging.

Cremer, der sich in der Absicht, in den Hafen von Freetown einzudringen und dort liegende Truppentransporter anzugreifen, schon bis über die Fünfzigmeterlinie an die Einfahrt herangepirscht hatte und eben dabei war, sich in der Zentrale Karte und Unterlagen noch einmal einzuprägen, hörte plötzlich den Schrei: »Kommandant auf die Brücke!« schoß durch den Turm hinauf und – »da war's auch schon soweit«:

Aus der pechschwarzen Nacht stößt eine Korvette heran, weiße hohe Bugsee, keine hundert Meter entfernt, und schon zuckt und flammt es drüben: Mündungsfeuer aller Waffen, und ein wüster Glut- und Eisenwirbel rast über die Brücke des Bootes hin.

»Beide AK voraus! – Hart Steuerbord!« – Das kommt alles längst zu spät... Während ringsum die Leuchtspuren zischen und es knallt und hämmert und spritzt von Einschlägen und Splittern, während die Brückenwache, niedergemäht von der ersten Feuerbö, sich auf dem engen Brückenboden stöhnend in ihrem Blute wälzt, während der Kommandant seine Befehle brüllt: »Klar bei Tauchretter! – Klar zum Aussteigen!« – wühlt sich der Bug der Korvette, die immer noch wie rasend schießt, in das Achterschiff des Bootes ein, schiebt sich hinauf ... hinüber – drückt es unter sich, so daß es zu kentern scheint – und dann sind sie doch wieder voneinander frei ...

Das Boot geht mit AK und Hartruder an; sein Druckkörper ist nicht verletzt; es schwimmt; die Schrauben drehen – unbeschädigt! –, und es gehorcht dem Ruder.

Letzter Mann auf der Brücke im Wirbel des Beschusses, der von der immer sofort nachdrehenden Korvette herüberfetzt, ist der Kommandant. Notdürftig gedeckt durch Sehrohrbock und Turmluk, ficht er das Duell um den zweiten Rammstoß allein aus, auch er bereits verwundet: Oberarmschuß links, Serie von Splittern im linken Unterarm, Splitter überall im Körper – Bruststeckschuß. Verschmiert und überronnen von Blut, steht er oben und gibt seine Befehle an Ruder und Maschine.

Ringsum klatschen Aufschläge, dröhnt das Blech der Turmverkleidung und des Bootsoberbaus unter Einschlägen und Durchschüssen. Grelle Detonationen zucken, und stinkender Sprengstoffqualm zieht mit dem Lüfterstrom ins Boot.

Dazwischen Meldungen von unten: »Heckrohr beschädigt. Macht stark Wasser.«

Seht zu, wie ihr klarkommt mit dem Wasser, denkt der Kommandant flüchtig, während er nach der Korvette äugt, wenn ich den Kerl doch nur vorausbekommen könnte und einen Torpedoschuß versuchen ...

Aber der andere bleibt hinten; er läßt sich nicht vorausnehmen, sondern versucht, von achtern auflaufend, einzudrehen und zu rammen, und schießt und schießt ohne Pause und Erbarmen; es klatscht, es spritzt, es pfeift und schrillt ...

Mit der gesunden Rechten zerrt der Kommandant zwischen Beobachten, Fahren und Befehlen einen nach dem anderen seiner zusammengeschossenen Brückenwächter übers Turmluk und staut sie hinab, bis der Obersteuermann sie ihm abnimmt. Tot? – Lebendig? – Nicht festzustellen in der Finsternis. Unglaublich, wie schwer menschliche Gliedmaßen sein können, wie schlaff, wie unbeweglich. Kaum von der Stelle zu bringen!

Der I. WO, Hermann, ausgefallen; der II. WO, Pohl, zusammengefetzt, kommt noch einmal wieder zu sich und rappelt sich auf. Er ist gespickt mit Splittern und hat einen Schuß durch den Hals, so daß er nicht mehr sprechen kann; trotzdem hilft er noch, die bewußtlosen Kameraden hinunterzumannen ins Boot.

Ohne Pause heult und hagelt indessen das Eisen von drüben herein.

Der Kommandant zieht sein Boot in kurzen Abständen hart kurvend von einem Bug auf den anderen, um aus der Feuerbahn herauszukommen, aber das gelingt immer nur für Sekunden, und er wird sich während dieser verzweifelten Kringelei sehr rasch klar: entkommen kann er nur, wenn er Zeit gewinnt, um überraschend zu tauchen.

Zugleich schleppt er weiter zum Turmluk, was er in der Dunkelheit und blutklebrigen Nässe an Leibern findet, bis endlich die Brücke geräumt ist.

Plötzlich ein Schlag an den Schädel und ein scharfer Schmerz. Blut stürzt ihm übers Gesicht. Kopfverletzung! Er *muß* nun nach unten; die Tiefe ist seine letzte Chance.

So geht er mit der Fahrt herab und spielt den Lahmgeschossenen, um den Gegner zum Rammen zu reizen. Er weiß, das ist Vabanque, aber er muß es riskieren. Und es gelingt! Als der Gegner feuernd und schäumend heranprescht, jagt er die Diesel noch einmal auf höchste Touren, und ehe die überraschte Korvette das Spiel durchschaut, zieht er sein Heck unter gleichzeitigem Abdrehen vor ihrem drohend heranrauschenden Steven weg, so daß sie es nur eben noch berührt und hinter ihm hindurchstößt ins Leere. Das ist die erhoffte Chance!

»Alarrm!!«

Wie er das Turmluk geschlossen hat, wie er hinuntergekommen ist – all das weiß der Kapitänleutnant Cremer später nicht mehr. Er fällt halb ohnmächtig durch den Turm hinunter in die Zentrale, in das Wasser, das hier schon über den Flurplatten schwabbert, und dann verliert er das Bewußtsein und kommt erst im Gellen berstender Wasserbomben wieder zu sich.

Da liegt das Boot schon auf Grund. Es ist gleich wie ein Stein durchgesackt und rührt sich nicht vom Fleck.

I. WO und sechs Mann der Besatzung sind gefallen, II. WO und Kommandant schwer verwundet. Der dritte Offizier, ein überplanmäßig kommandierter blutjunger Leutnant, und der Obersteuermann müssen das Boot weiterfahren.

»Weiterfahren ...« Es bleibt nur die Möglichkeit anzublasen, darauf zu vertrauen, daß man nicht gesehen wird, und dann mit schmaler Silhouette ins Dunkel abzulaufen. »Also, los, blast an. Wir müssen hier weg, ehe es Tag wird«, drängt der Kommandant.

»Preßluft auf alle Tanks! Nun wird sich zeigen, ob das alte Glück dem Boot treu bleibt.«

Sie kommen hoch, schwabbern schwerfällig in der leichten See mit dem vielen Wasser in der Röhre.

Obersteuermann und Dritter springen auf die Brücke.

Drüben, ein gutes Stück weit ab, liegt die Korvette. Sie hat gestoppt und sucht mit dem Scheinwerfer die dunkle See ab.

»Die glauben, sie haben uns«, sagt der Obersteuermann gedämpft, »die suchen Überlebende.«

Der Dritte nickt. Vorsichtig bringen sie das Boot herum, schleichen fort in die Nacht und wagen erst nach geraumer Zeit, die Diesel anzuwerfen, während hinter ihnen in der Ferne die Korvette weitersucht und Leuchtgranaten in den dunklen Himmel schießt. –

Der Rest ist kurz erzählt; Sie reparieren notdürftig in See. Sie dichten ihr Heckrohr ab und pumpen ihr Boot leer. Sie setzen, eingenäht in Hängematten nach Seemannssitte, sieben gefallene Kameraden in See bei, und der L. I. ruft ihnen das letzte Wort der Ehre nach und spricht ihnen das Vaterunser. – Sie geben FT an den BdU und erhalten Befehl, dem alten Wilamowitz entgegenzugehen, um einen Arzt und Ersatzpersonal an Bord zu nehmen. – Sie marschieren befehlsgemäß nach Norden, tags auf Sehrohrtiefe, da sie tiefer nicht gehen können, weil sonst das Boot durch das beschädigte Heckrohr zuviel Wasser macht, nachts über Wasser. – Das geht so vier Tage lang, und sie halten ihren Kommandanten und ihren II. WO während dieser Tage mühsam am Leben. Der Kommandant hat u. a. einen Kaumuskelschuß, der ihm den Kiefer blockiert, so daß er die Zähne nicht auseinanderbekommt und kein Wort sprechen und nichts essen kann. Er ist überdies plötzlich einseitig gelähmt – wie sich später herausstellt, durch einen Rückenwirbel-Streifschuß, der einen Erguß und damit einen Druck auf irgendwelche Nervenbahnen ausgelöst hat –; er ist mehr als halbtot vor Blutverlust, und außerdem hält ihn der L. I., überzeugt, damit etwas sehr Richtiges zu tun, unter Morphiumdosen, die genügen würden, einen andalusischen Kampfstier fertigzumachen.

All das überlebt Ali Cremer, und als die Krise einsetzt, als das Herz und der durch Blutverlust und Überanstrengung geschwächte Organismus nicht mehr mittun wollen, sitzt bereits der von U 459 übernommene Arzt an seiner Koje und weicht nicht Tag und nicht Nacht von seiner Seite, bis das Boot glücklich La Rochelle erreicht, wo Ali ins Lazarett kommt und sich rasch und gründlich kuriert. –

Aber diese Geschichte von Ali Cremer vor Freetown und seinem knappen Entwischen vor den Kanonen, den Wabos und den Rammstößen der HMS. »Crocus«, so wunderbar sie ist, war keineswegs die wunderbarste Errettung in der an abenteuerlichen »Wir-sind-noch-einmal-davongekommen«-Geschichten reichen Chronik des Zweiten U-Boot-Krieges. Es gibt andere, weitaus unwahrscheinlichere, die man nicht erzählen kann, ohne für einen üblen Lügenbold gehalten zu werden, und die gleichwohl wahr sind, die dennoch im wirklichen, mit allem Ernst und allen Ängsten erfüllten Leben tatsächlich und unbezweifelbar stattgefunden haben. Hier ist eine von ihnen:

Im Azorengebiet auf einen Geleitzug operierend, wird ein Boot aus dichtem Nebel heraus überraschend von einem Zerstörer angegriffen: Artillerieüberfall und Rammstoß. Die Lage erscheint hoffnungslos. Der Kommandant befiehlt, während er dem Rammstoß auszuweichen sucht, »Klar bei Tauchretter – Alle Mann klarmachen zum Aussteigen«. So hören es ein Maat und ein Mann der Brückenwache, und als der Zerstörerbug das Heck des Bootes faßt und hineinschneidet, springen diese beiden, ohne ein weiteres Kommando abzuwarten, im Hechtsprung außenbords, weg von ihrem Boot, das ja nun jeden Augenblick sinken muß.

Als sie wieder hochkommen und sich umblicken, sehen sie, wie es mit klaffender Wunde am Heck steil auf Tiefe geht.

Der Zerstörer schleicht vorlastig mit starker Schlagseite und aufgerissener Schnauze mühsam von dannen; das Selterswasser halb ins Leere schlagender Schrauben quirlt unter seinem Heck; binnen weniger Sekunden ist er im Nebel verschwunden.

Damit scheint ihr Schicksal besiegelt; sie fassen es nur noch nicht; zu schnell hat sich alles abgespielt: Angriff, Rammstoß, Befehle, Außenbordspringen.

Und nun? Das Boot? Die Kameraden? Weg. Es schüttelt sie bei dem Gedanken, daß fünfzig Männer, die eben noch Kumpels, Freunde, Vorgesetzte waren, in diesem Augenblick im abwärtsschießenden Boot den Todeskampf kämpfen.

Aber sind sie nicht vielleicht doch glücklicher daran als die zwei, die oben blieben und die nun ohne irgendwelche Hilfsmittel in der unendlichen öde des Atlantiks paddeln, eine Stunde, vielleicht zwei, um dann um so sicherer abzusinken in die Tiefe, in die die Kameraden nur vorausgegangen sind?

Sie denken zunächst nicht viel; sie machen mechanisch ihre Schwimmbewegungen, und die Seen heben sie an, nehmen sie ein Stückchen weit mit und lassen sie wieder los.

Wenn sie auf dem Gipfel einer Welle sind, versuchen sie, einen Rundblick zu tun. Es gibt ja verrückte Sachen; vielleicht kommt die Korvette zurück …

Doch da ist nur der Nebel, vornean noch ganz durchsichtig, aber je weiter er fort ist, desto dichter, und aus dem Undurchsichtigen kommen die Wellen als dunkle Schatten herausgewandert, und jedesmal gibt es dann einen kleinen Stoß im Herzen: Da! – Die Korvette! – Und jedesmal ist es nichts.

Der eine verliert nach einer Weile die Nerven. Er schreit, er brüllt laut um Hilfe. Es tönt ein Stück weit; dann erstickt die Stimme im Nebel.

»Halt's Maul!« pfeift der andere ihn an. »Halt's Maul, Idiot! Hört dich doch keiner.«

Eine Weile paddeln sie schweigend dicht nebeneinander auf der Stelle.

»Gar keinen Zweck«, sagt der eine schließlich, »ersaufen tun wir so und so. Warum nicht gleich?«

»Ist ja nicht kalt«, sagt der andere, »ich halt's noch aus; ich ersauf nicht eher, als ich muß.«

Wieder paddeln sie eine Weile. Sie wissen nicht, wie lange, aber sie merken, daß der Wind auffrischt und daß Bewegung in die gleitenden Silbervorhänge des Nebels kommt. Die Kämme der blaugrauen Wogen beginnen sacht und ganz leise blasig zu perlen: plisch – plisch – plisch ...

Und dann sehen sie plötzlich, als der Wind eine Gasse durch den Nebel schiebt, in der aufgerissenen Kulisse, gar nicht weit weg, etwas Dunkles treiben, ein Ding wie eine Kiste, und sie erkennen es gleichzeitig und schreien beide gleichzeitig: »Ein Floß!«

Ja, es ist ein Floß, und sie finden es gerade rechtzeitig, denn als sie hingeschwommen sind und sich hinaufgezogen haben, sagen sie nach dem ersten Verschnaufen: »Junge, Junge, viel später durfte das aber nicht kommen; lange hätten wir's nicht mehr gemacht.«

Sie untersuchen ihr seltsames Fundstück. Es ist ganz offensichtlich ein Rettungsfloß von einem versenkten Frachter, Gott weiß, wie lange es schon in der See treibt! Es ist dicht bewachsen mit Muscheln; die Proviant- und Wassertanks sind leer. Es schwimmt mehr im als auf dem Wasser, aber es trägt sie doch, und es ist immerhin mehr als gar nichts; ihre Chancen sind durch diesen Fund erheblich gestiegen.

Nicht lange danach merken sie, daß es zu dämmern anfängt; die Nacht bricht herein, und mit der Dunkelheit nimmt der Wind zu, und die Seen wachsen und erheben sich steiler neben dem Floß mit den beiden frierenden und erschöpften Männern, die sich mühsam daran anklammern.

»Lange mach' ich's nicht mehr«, sagt der eine.

»Ach was, quatsch nicht«, antwortet der andere, »meinst du, wir haben dies Floß gefunden, damit wir jetzt schlapp machen? Ich nicht. Ich kann noch lange.«

»Wenn wir bloß was zu trinken hätten!«

Während der Nacht nehmen Wind und See weiter zu. Zeitweilig kommt der Mond durch und beleuchtet das heftige Auf und Nieder der schwarzen Wogenhänge, deren Kronen sich breit und schimmernd im fahlen Silberglanze brechen und mit immer erneuter Wucht über die beiden Männer auf dem Floß hinwegschäumen.

Der scharfe Muschelbewuchs zerschneidet ihnen die Kleider, die Hände, die Knie. Der Hunger höhlt ihre Mägen aus; sie fühlen sich schwach, zerschlagen, todmüde.

»Nicht loslassen«, sagt der Maat, »daß du mir nicht losläßt, du Sack. Morgen früh ist die Nacht rum. Dann ist alles bloß noch halb so wild.«

Und dann ist es plötzlich doch soweit: eine See verrauscht, und als sie gegangen ist, ist der Platz neben ihm leer …

Er schreit, einmal, zweimal – und wirklich: aus dem Dunkel kommt die Antwort.

»Hierher!« schreit er, »hierher! Hööi! Wo bist du? Ich hol' dich!«

»Hier …« Verweht und matt klingt es, und er läßt das Floß fahren und schwimmt hin und findet den anderen wirklich, packt ihn und hält ihn und bringt ihn zurück auf das Floß. Ja, auch das Floß findet er wieder; er erblickt es als dunklen Klotz inmitten eines weiß phosphoreszierenden Schaumfeldes; es ist geradezu, als würde es eigens für ihn beleuchtet …

Die Extratour hat ihn mitgenommen. »Paß gefälligst auf, du Blödmann«, schnauzt er, »wenn wir das Floß verlieren, sind wir im Arsch!«

»Sind wir so und so.« Der andere spuckt und keucht.

»Ach, Schnauze! Ich weiß gar nicht, was du hast! Was willst du eigentlich?! Von Rechts wegen hätten wir längst das Zündloch dicht.«

»Ja, das hast du gestern abend schon mal gesagt.«

»Ach, leck mich kreuzweis …«

Eine Weile schweigen sie. Von Zeit zu Zeit tastet der Maat vorsichtig hinüber: »Du bist doch noch da?«

»Ja, Mensch, ich bin noch da«, sagt der andere gereizt, »aber verdammt müde bin ich; die Klüsen fallen mir egal dicht. Zum Anbinden müßte man was haben, damit man schlafen kann.«

»Sonst noch was? Vielleicht 'n Lehnstuhl? Oder 'ne Zentralheizung? Meinst du vielleicht, ich bin nicht müde?«

»Ach, Mensch ...«

Wieder ist es lange still. Die Nacht geht über sie hin mit ihren dunklen, wiegenden Schritten. Der Mond ist untergegangen. Tiefe schwarze Wolken ziehen, und wo sie aufgerissen sind, blinzeln einzelne Sterne hernieder. Rings um sie sind die Stimmen des immer mehr auffrischenden Windes und das Rauschen und Zischen und schäumende Waschen der See. Das Wasser ist nicht kalt; es fühlt sich eher angenehm an, wenn es über sie hinspült; aber die Nachtluft schneidet.

»Du«, sagt der Maat, der sich darüber ertappt, daß er einnickt und fast den Halt verliert, »paß auf, daß du nicht einpennst, sonst bist du weg.«

Höher und höher wachsen die Seen, die sich aus der Dunkelheit heranwälzen und das Floß mit den beiden halberstarrten Männern mit sich reißen und immer öfter unter schäumenden Strudeln begraben. Zweimal werfen sie es um, und der Maat vermag nur im letzten Augenblick seinen schon völlig apathischen Kameraden zu packen und wieder heraufzuzerren. Das dritte Mal greift er einen Augenblick zu spät zu.

Er ruft, er schreit ... keine Antwort; er ist allein, allein mit der Nacht, allein mit dem Sturm und den unbarmherzigen Seen, und die Versuchung fällt ihn an, ob er nicht auch loslassen soll, nachgeben, sich fallen lassen, aber er krallt sich nur fester: ich nicht! Ich nicht freiwillig! Ich nicht, solange ich den Kopf noch über Wasser halten kann! –

Die Zeit geht dahin; er weiß längst nicht mehr, wie spät es ist; seine Armbanduhr steht; der Mond ist lange untergegangen, und vom Stand der Sterne, die zuweilen durch das treibende Gewölk blinzeln, versteht er nichts. Er fragt auch nichts danach; sein ganzes Interesse, sein ganzer Wille sind auf das Floß gerichtet, von dem ihn die Seen wegreißen wollen und an das er sich anklammert mit zerschundenen, blutenden Fingern.

Von Osten her schleicht ein erstes fahles Grau über die See, der Himmel hinter den Wolken zeigt eine hellere Färbung, und wie so oft frischt der Wind mit der Frühdämmerung weiter auf. Grau und wild, mit weiß brechenden Häuptern wandern die Seen dahin.

Der einsame Mann auf seinem Floß freilich sieht nur die ringsum sich türmenden und drohend schwankenden Häupter. Er reist lange und steile Hänge hinauf und hinab, und auf einmal, ehe er begreift wie, ist er von seinem Floß losgerissen; es wirbelt ihn ein paarmal herum, und als er wieder zu Luft kommt und sich umschaut, sieht er's schon mehr als dreißig Meter entfernt, und er weiß plötzlich, daß er es nicht mehr schaffen wird, diese dreißig Meter zu schwimmen.

Da gibt er sich geschlagen und sagt sich, daß es jetzt nur noch kurze Zeit dauern kann, bis ihn seine letzten Kräfte verlassen, zwanzig Minuten vielleicht, gerade genug, um die Sonne noch aufgehen zu sehen, und er nimmt sich vor, daß er so lange noch kämpfen und durchhalten will, bis die Sonne herauskommt …

Und während er so wartet und sich, nur eben auf der Stelle paddelnd, von den Seen auf und nieder tragen läßt, teilt sich plötzlich, kaum einen Steinwurf weit von ihm entfernt, die See! Ein U-Boot taucht auf! Ja, tatsächlich! Das Einmalige, völlig Unwahrscheinliche tritt ein: Ausgerechnet an dieser Stelle des weiten Atlantik, an der ein Mann nach hart durchkämpfter Nacht auf den Sonnenaufgang wartet, um zu sterben, nachdem er das rettende Floß verloren hat – ausgerechnet an dieser einen von Millionen möglicher Stellen taucht ein U-Boot auf!

Der Kommandant kommt auf die Brücke und nimmt sorgfältig seinen morgendlichen Rundblick über Himmel und See, und da sieht er plötzlich, gerade als er den Befehl zum Anlassen der Diesel geben will, durch verwehte Schreie aufmerksam gemacht, einen einsamen Mann in den Wellen treiben.

Er fährt hin und nimmt ihn auf und erfährt, daß dieser Mann, »der da völlig allein zu Fuß im Atlantik herumging«, der letzte Überlebende eines tags zuvor durch Rammstoß vernichteten Bootes ist.

Er meldet das pflichtgemäß durch FT an den BdU.

Der BdU bestätigt den Empfang. Die Geschichte scheint damit zu Ende.

Aber am gleichen Abend meldet sich das vernichtete Boot: »Ich bin gar nicht tot! Ich lebe noch. Mir fehlen die zwei Mann. Nach Beschädigung durch Rammstoß am Heck bin ich im Alarm getaucht und glücklich entkommen ...«

Der BdU fragt zurück. Jawohl – es verhält sich alles wie gemeldet!

Was soll der BdU tun? Er bestimmt einen Treffpunkt für die beiden Boote, und der so wunderbar gerettete »letzte Mann« steigt wieder auf sein Boot über und nimmt hier am weiteren Verlauf der Unternehmung bis zur glücklichen Heimkehr teil.

Durch die Reihen der Wölfe aber, die in See oder in den Stützpunkten von dieser Geschichte erfahren, geht ein kopfnikkendes Anerkennen: daß der liebe Gott für die U-Boot-Fahrer gelegentlich einen Daumen riskiert, wissen sie alle, und wissen es zu schätzen. Aber daß er soviel investierte wie im Falle dieses »letzten Überlebenden«, hatte nicht seinesgleichen. Und sie sagten, mit allem gebotenen Respekt, daß der liebe Gott mit diesem Mann ja noch einiges vorhaben müsse, nachdem er soviel Aufwand trieb, um ihn aus dem großen Atlantik wieder auf sein kleines U-Boot zurückzubringen. –

Nicht alle Zwischenfälle verliefen so glücklich. Nicht alle nahmen ein gutes Ende. Für so manches Boot gab es keine Wiederkehr, und wo immer U-Boot-Männer in den Stützpunkten in aller Welt zusammenkamen – der entlegenste wurde seit Dezember 1942 in Penang gebaut! – wo immer und aus welchem Anlaß sie ihre wilden, ausgelassenen Feste feierten, immer wuchs ihr Ungestüm, ihre Glut, ihre Lebensfreude und ihr schäumender Überschwang aus dem Wissen, daß nur wenigen von ihnen ein langer Lebensfaden gesponnen war, und daß es galt, die Stunde an sich zu reißen und sie auszutrinken bis auf den Rest. –

Nicht alle Kämpfe verliefen glücklich ...

Und wo kämpften sie nicht?

Im Oktober erschien ein erster Pulk von ihnen überraschend

vor Kapstadt, ein halbes Dutzend Boote, denen später die »Monsun-Gruppe« folgen sollte, die den Krieg der Wölfe bis in den arabischen Golf, in den Indischen Ozean, nach Penang, Singapore und endlich selbst bis an die Australküste vortrieb.

Vorerst aber handelte es sich um den Überraschungsschlag gegen Kapstadt. Im Sommer war U 68 – Merten – schon einmal bis Walfischbai nach Süden vorgestoßen; jetzt stand es am Kap der Guten Hoffnung, den Tafelberg und Lions Rimp, den charakteristischen Löwenrücken, vor sich, und zur gleichen Zeit lauerten dort U 159 – Witte, U 172 – Emmermann, U 504 – Poske, denen kurz danach die ersten übergroßen, die IX-D2-Boote folgten: U 179 – Sobe, U 177 – Gysae, U 178 – Ibbeken, U 181 – Lüth und der Italiener »Cagni«.

Es wurde ein Jagen und Schlagen wie in der »guten alten Zeit«. Merten versenkt 9 Schiffe mit 61 649 BRT, Emmermann 8 mit 59 801, Witte, der über die Brasilküste zurückmarschiert, 10 Schiffe mit 55 917, Poske 6 mit 36 505, Gysae 8 mit 49 371, Lüth, der diesmal offenbar immer die kleinen Kolcher erwischt, 12 mit 38 381, Ibbeken 6 mit 47 097 und einen torpedierten von 6000.

Einen aber ereilt dort unten das Geschick: Sobe, der mit Höchstfahrt nach Kapstadt hinuntergestoßen ist, um nur rechtzeitig hinzukommen, fällt nach Versenkung seines ersten Schiffes der Verfolgung durch zwei Zerstörer zum Opfer. Anfang des Krieges ist er Chef der Siebten gewesen und hat dann lange, mit seinem Schicksal hadernd, an Land gesessen, ehe er endlich das ersehnte Boot bekam, U 179, einen der ersten U-Kreuzer. Nun, vor Kapstadt, findet er nach seinem ersten Erfolg den Tod. –

31.

WACHWECHSEL

Als das Jahr zu Ende ging, als zu Lande in Stalingrad und Nordafrika die Wende sich abzuzeichnen begann, hielt die U-Boot-Waffe den Gegner so fest an der Gurgel wie je. Ungebrochenen Geistes, überzeugt, der feindlichen Abwehr trotz immer zunehmender Schwierigkeiten gewachsen zu sein, trat sie in das neue, das vierte Jahr des Krieges ein.

Immer ging es ums Ganze: Erfolg oder Tod.

Sie kannten die offiziellen Verlustziffern nicht, aber sie wußten, wer mit ihnen am gleichen Geleitzug operierte, wer wiederkam und wer nicht.

Und sie wußten, daß von denen, die 1939 hinausgegangen waren, nur noch einige wenige eisgraue Kämpen überlebten.

Wenn man sie fragte, sagten sie, falls sie überhaupt etwas sagten: »Unsere Chancen waren von Anfang an fifty-fifty. Mindestens jeder zweite Mann ist weg.«

Derjenige aber, der die wirklichen Ziffern kannte, der BdU, hatte sie im August 1942 befehlsgemäß ans Führerhauptquartier gegeben. Seine Aufstellung lautete:

»U-Boot-Verluste bis 24. August 1942:

1. Bootsverluste:

Gesamtzahl der Front-U-Boote seit Kriegsbeginn	304 Boote
Gesamtzahl der U-Boot-Verluste seit Kriegsbeginn	105 Boote
Monatlicher Durchschnittsverlust	2,9 Boote
Monatlicher Durchschnittsverlust der in See befindlichen Front-U-Boote	4,9%.

2. Personalverluste:

	Offiziere	Feldw.	Maate	Mannschaften	Total
Gefallen	185	184	515	1075	1959
Gefangenschaft	112	113	423	600	1148
Vermißt	63	59	192	382	696
Total	360	356	1030	2057	3803

Dies bedeutet den Verlust von 38% des in der Front eingesetzten Personals in jedem Jahr.«

So der BdU. –

Achtunddreißig vom Hundert; die Tatsachen blieben also hinter den Vermutungen der Frontfahrer zurück, aber zu dem Gefühl für Fairneß, das die Grundlage ihres Kampfes bildete und seine harte Praxis bestimmte, zu dem ritterlich-sportlichen Geist, der sie beherrschte, paßte die Ausgewogenheit der Chancen, die sich in dem fifty-fifty ausdrückte.

Während so die Frontfahrer zwischen Kirkenes und Kapstadt, Tuapse und Trinidad getrost und zuversichtlich in die erste Nacht des neuen Jahres hinüberfuhren und unter dunklem Himmel den mitternächtlichen Wachwechsel vollzogen, bahnte sich »auf höchster Ebene der deutschen Kriegsführung« eine interne Entwicklung an, die die Nächstbeteiligten, nicht nur Hitler und den Großadmiral Raeder, sondern vor allem auch den BdU und die ganze Kriegsmarine vollständig überraschte.

Es begann mit dem 31. Dezember 1942.

Noch am 22. Dezember hatte Hitler dem Vortrag des Großadmirals Raeder über die strategische Lage im Mittelmeer mit der achtungsvollen Aufmerksamkeit gelauscht, die er seinem Marinechef gegenüber an den Tag zu legen pflegte; er hatte sich auch gegenüber den dringenden Beschwerden Raeders über mangelnde Stahlzuteilungen an die Marine offen und verständnisvoll gezeigt und die Gründe im Detail dargelegt, die ihn daran hinderten, ihr einen größeren Anteil an der gesamtdeutschen Stahlproduktion zuzugestehen als bisher. Nach Rücksprache mit Speer sehe er zwar im Augenblick keinen Weg, der

Marine zu helfen; doch hoffe er auf eine Besserung in baldiger Zukunft.

In dieser Formulierung lag Wohlwollen und eine halbe Zusage.

So sehr er dazu neigte, alle Dinge an sich zu reißen, hatte Hitler sich in Angelegenheiten der Marine nur selten und mit großer Zurückhaltung eingemischt. Intelligenz, strategische Einsicht und Klarblick Raeders nötigten ihn immer wieder zu Anerkennung und Hochachtung.

So klar also das Verhältnis des Staatsführers und seines Marinechefs noch zwei Tage vor Weihnachten zu sein schien – vierzehn Tage später ist es dennoch unheilbar zerrüttet.

Folgendes ist geschehen:

Für den Jahreswechsel ist eine gemeinsame Operation von U-Booten und Überwasserstreitkräften gegen ein nach Murmansk bestimmtes PQ-Geleit geplant, ähnlich dem Angriff auf den PQ 17 im Sommer 1942. Die Luftwaffe allerdings kann wegen der Dunkelheit des arktischen Winters diesmal nicht einbezogen werden; aber die Operation »Regenbogen« läßt sich trotzdem erfolgversprechend an: Die angesetzten U-Boote erfassen und melden den Geleitzug; die Überwasserstreitkräfte, der Schwere Kreuzer »Admiral Hipper« und das Panzerschiff »Lützow«, begleitet von sechs Zerstörern, laufen aus, bekommen am Morgen des 31. Dezember Fühlung und machen Klarschiff zum Gefecht.

Am Geleitzug stehen zu diesem Zeitpunkt nur fünf englische Zerstörer, zwei Korvetten und ein Fischdampfer, aber es gelingt ihnen, durch Nebeln und ständig wechselnde Angriffe aus der Nebelwand, die deutschen Schiffe, die ihrerseits kaum ein Ziel für ihre überlegene Artillerie finden, über eine Stunde lang hinzuhalten, lange genug, um die Kreuzer »Sheffield« und »Jamaica«, die drei Tage vorher durch schlechtes Wetter vom Geleit abgekommen sind und fünfundzwanzig Meilen nördlich stehen, auf den Kampfplatz zu rufen.

In Befolgung des strikten Befehls, größeren Gefechtshandlungen mit auch nur annähernd gleichstarken Feindstreitkräften auszuweichen, um den Verlust der großen Schiffe mit Sicherheit zu vermeiden, bricht der deutsche Admiral das Treffen ab, in dem auf englischer Seite der Zerstörer »Achates« vernichtet und die meisten anderen mehr oder weniger schwer getroffen werden, während »Hipper« erhebliche Beschädigungen davonträgt und ein eigener Zerstörer verlorengeht.

Der Konvoi erreicht ohne Verluste sein Ziel; auch die U-Boote kommen nicht heran. –

Das ganze ist ein klarer Erfolg der gegnerischen Abwehr und ein eindeutiger deutscher Mißerfolg, da das Hauptziel der Operation – Vernichtung des Geleitzugs – nicht einmal teilweise erreicht worden ist.

Das Ereignis, so unbedeutend es erscheint, ist symptomatisch für die Lage einer Marineführung, die aus Mangel an Schiffsmaterial den Gesichtspunkt, ihre wenigen kampffähigen Einheiten zu erhalten, allen anderen Notwendigkeiten überordnen muß.

Die Reaktion Hitlers auf die Schlappe der Kampfschiffe im Nordmeer geht, wohl unter dem Eindruck, daß nun außer in Stalingrad und in Nordafrika auch noch bei der Marine Rückschläge eintreten und die Mißerfolge sich häufen, weit über die Wichtigkeit des Anlasses hinaus.

Am Morgen hat ihn Vizeadmiral Krancke, der neuernannte Vertreter der Marine im Hauptquartier, von dem bevorstehenden Treffen unterrichtet und gegen Mittag die Meldung hinzugefügt, das das Gefecht inzwischen stattgefunden habe und beendet sei. Nach einer vorliegenden U-Boot-Meldung sei »nur ein roter Glutschein in dem arktischen Zwielicht erkennbar gewesen«, woraus man wohl schließen könne, daß der Angriff erfolgreich verlaufen sei.

In dieser Hoffnung vergeht der Tag, ohne daß weitere Nachrichten eintreffen; die Schiffe sind noch in See und halten Funkstille, um ihren Standort nicht zu verraten.

Hitler wartet mit wachsender Ungeduld. Ein erfolgreicher Schlag der Marine würde ihm als Auftakt des neuen Kriegsjahres gerade im Hinblick auf Stalingrad hoch willkommen sein.

Aber es kommt nicht ... außer – später am Abend – eine Meldung des englischen Reuter-Büros: es habe in der Arktis eine Gefechtsberührung mit deutschen Seestreitkräften gegeben, doch sei der angegriffene Konvoi unbeschädigt entkommen. Ein deutscher Zerstörer sei versenkt worden, ein deutscher Kreuzer beschädigt.

Enttäuscht, nervös, gereizt durch die Ungewißheit und das andauernde Schweigen der deutschen Kampfgruppe, verlangt Hitler, der Ob. d. M. solle die Schiffe zum Bericht auffordern.

Großadmiral Raeder lehnt das ab: zu gefährlich. Funkstille unerläßlich.

So wartet Hitler weiter, die ganze Silvesternacht hindurch; erst am Neujahrsmorgen geht »Hipper« an seinem Liegeplatz in Norwegen zu Anker.

Und nun geschieht etwas Lächerliches: Irgendwo zwischen Drontheim und dem Hauptquartier fällt eine Fernschreibleitung aus; zur Mittagslage liegt der so dringend erwartete Gefechtsbericht immer noch nicht vor.

Hitler ist außer sich. »Es ist eine Unverschämtheit«, bricht er los, »daß der Oberste Befehlshaber vierundzwanzig Stunden nach einem Gefecht noch keinen Bericht darüber hat, während der Engländer ihn bereits am Abend vorher veröffentlicht!«

Und er fügt, rot vor Zorn, zu Admiral Krancke gewandt, hinzu;

»Schicken Sie sofort einen Funkspruch, und fordern Sie die Kampfgruppe auf, unverzüglich ihre Meldung zu machen.«

Auf das höchste erregt, läßt er eine Anzahl weiterer Bemerkungen folgen, spricht von der Nutzlosigkeit der Großen Einheiten, von Unfähigkeit und mangelndem Schneid bei den älteren Seeoffizieren, und so weiter ...

Admiral Krancke muß jeden Versuch einer Erklärung, eines Widerspruchs aufgeben.

Am Nachmittag endlich liegt der Bericht vor, ein höchst lückenhafter, eilig zusammengestellter Bericht, und in der Abendlage bricht Hitler erneut in zornige Vorwürfe aus.

Erst vor kurzem hat er einen Kompetenzstreit über Seetransportfragen im Mittelmeer zwischen Göring, Kesselring und Raeder zu schlichten gehabt; die Sache schien erledigt; nun bricht sie wieder auf wie eine schlecht verharschte Wunde: Kleinlicher Streit über Bagatellsachen hier, Mißerfolg an der Front dort; es langt ihm; er hat genug von dieser Marine! Er wird alle diese unnützen großen Schiffe, die ganze Flotte, mit Ausnahme der Fahrzeuge, die für die Ausbildung der U-Boot-Besatzungen gebraucht werden, außer Dienst stellen und alle größeren Einheiten verschrotten lassen! Jawohl, verschrotten! Unwiderruflich! Es ist unökonomisch, mit Großkampfschiffen erreichen zu wollen, was Bombenflugzeuge ebenso gut oder besser und mit geringerem Aufwand leisten! Der Stahl der Schiffe wird dem Beauftragten für den Vierjahresplan eine willkommene Zugabe sein!

Noch in der gleichen Nacht diktiert er den Verschrottungsplan zur Aufnahme in das offizielle Kriegstagebuch als seine unwiderrufliche Entscheidung in der Flottenfrage. Zugleich erhält Großadmiral Raeder den telefonischen Befehl, unverzüglich zur Berichterstattung im Hauptquartier zu erscheinen.

Aber der Ob. d. M. erwidert kühl, er bitte ihn entschuldigen zu wollen, bis er die erforderlichen stichhaltigen Unterlagen über den tatsächlichen Sachverhalt habe zusammenstellen können.

Er hat auf den ersten flüchtigen Blick erkannt, daß Hitler über einen ganz bedeutungslosen und unzulänglichen Bericht in diese außerordentliche Erregung geraten ist, die anscheinend durch gewisse Bemerkungen des Admirals Krancke noch gesteigert wurde. Nun, das wird sich legen; jede Erregung klingt einmal ab …

Erst am 6. Januar meldet er sich daher im Führerhauptquartier, nicht wissend, daß Göring inzwischen die Gelegenheit benutzt hat, sein Eisen zu schmieden und u. a. darauf hinzuweisen, welch wertvolle Luftwaffengeschwader in Norwegen gebunden seien durch die bloße Notwendigkeit, die untätig herumliegende Flotte zu schützen. Tja …

Über den Verlauf der nun folgenden Unterredung in Wolfsschanze, dem Hauptquartier bei Rastenburg, gibt der Ob. d. M. anschließend eine zusammenfassende Darstellung:*

»Der Führer spricht anderthalb Stunden über die Rolle, die die preußischen und deutschen Marinen seit ihrer Entstehung ge-

* Rückübersetzt; ebenso in folgenden mit * bezeichneten Stellen.

spielt haben. Die deutsche Marine war ursprünglich nach dem Muster der englischen geplant und erwies sich in den Kriegen von 1864, 1866 und 1870/71 als bedeutungslos ...

Die U-Boote bildeten den wichtigsten Zweig der deutschen Marine während des letzten Krieges und müssen im gegenwärtigen als ebenso wichtig angesehen werden. Die Hochseeflotte hat während des letzten Krieges nichts Nennenswertes geleistet. Es ist gang und gäbe, den Kaiser für diese Tatenlosigkeit verantwortlich zu machen, aber diese Ansicht ist ungerechtfertigt. Der wahre Grund ist, daß es der Marine an tatkräftigen Männern fehlte, die entschlossen waren, mit oder ohne Unterstützung durch den Kaiser zu kämpfen ...

Die Revolution und die Versenkung der Flotte in Scapa Flow haben nicht dazu beigetragen, den Ruf der Marine zu verbessern. Die Marine ist immer sorgsam darauf bedacht gewesen, die Zahl ihrer eigenen Schiffe und die Stärke ihrer Besatzungen mit denen des Gegners zu vergleichen, ehe sie sich auf einen Waffengang einließ. Die Armee verfährt nicht nach diesem Prinzip. Als Soldat fordert der Führer, daß, wenn Seestreitkräfte ein Gefecht begonnen haben, sie dieses auch bis zur Entscheidung ausfechten.

Angesichts der gegenwärtigen kritischen Lage, in der die gesamte Kampfkraft, personell und materiell, in den Kampf geworfen werden muß, können wir es uns nicht erlauben, unsere großen Schiffe monatelang untätig vor Anker liegen zu lassen ...

Bis jetzt haben die Leichten Seestreitkräfte die Hauptlast des Kampfes getragen. Immer, wenn die Schweren Einheiten in See gingen, brauchten sie die Begleitung leichter Streitkräfte. Nicht die großen Schiffe geben den kleinen Schutz, sondern es ist eher das Gegenteil der Fall ...

Die Küstenverteidigung würde von den Kanonen der großen Schiffe einen sehr wirkungsvollen Gebrauch zu machen wissen. Schwere Schiffsgeschütze, montiert an Stellen, wo Landeoperationen größeren Umfangs stattfänden, könnten solche Landungen eventuell verhindern.

Es solle daher nicht als Degradation aufgefaßt werden, wenn

der Führer entscheidet, daß die großen Schiffe zu verschrotten sind ...

Die Kriegsmarine möge folgende Fragen prüfen:

Wo sind die schweren Geschütze der Schiffe am zweckmäßigsten an Land zu montieren?

In welcher Reihenfolge sollen die Schiffe außer Dienst gestellt werden? ...

Kann das U-Boot-Programm erweitert und beschleunigt werden, wenn die Schweren Einheiten fortfallen?

Der Ob. d. M. möge ein Memorandum ausarbeiten, in dem er zu obigem Stellung nimmt. Diese Stellungnahme werde geschichtlichen Wert besitzen, der Führer das Dokument sorgfältig prüfen ...«

Anderthalb Stunden lang muß sich der Ob. d. M. diesen Vortrag anhören, er, der Repräsentant einer alten und mit Stolz und Ehrfurcht gepflegten Tradition und nicht nur dieser, sondern zugleich der Tausende, die jetzt, in dieser Stunde, und seit Jahren in der Marine ihrem Lande dienen, er, ein Offizier aus dem Stabe Hippers in der Skagerrakschlacht, er, ein Mann, dessen wissenschaftliche Leistung auf marinegeschichtlichem Gebiet ihm den Titel eines Doktors ehrenhalber eingetragen hat, er, der glänzende Taktiker und bedeutende Stratege, dessen Kopf eine der kühnsten Planungen der Seekriegsgeschichte entsprungen ist, und der Risiko und – Ruhm ihres Gelingens trägt – der Norwegenaktion –, er, unter dessen Führung und Verantwortung die deutschen Schweren Einheiten seit Kriegsbeginn zahlreiche verwegene Durchbrüche in den freien Atlantik unternommen haben, der den Krieg der Hilfskreuzer und Blockadebrecher führte, der für jedes Schiff vom Schlachtschiff bis zu den »Zwergen«, den kleinsten Sicherungsfahrzeugen an der norwegischen Westküste, die Sorge und Last der Verantwortung trägt.

Er ist von diesem Vortrag, der ihm die geheimen Ansichten seines höchsten Vorgesetzten so jäh enthüllt, im tiefsten verletzt und beleidigt und empört über die plumpe Entwertung eines Lebenswerkes, das von Jugend auf der deutschen Marine gegolten hat. Er ist fast siebenundsechzig Jahre alt geworden, alt genug, um die Last der Jahre zu spüren, zu alt, um sich über den Wert oder Unwert von Einrichtungen belehren zu lassen, denen er jahrzehntelang die Bemühungen einer glänzenden Intelligenz gewidmet hat.

Nicht er ist es gewesen, der diesen Krieg zur Unzeit hat möglich werden lassen; nicht seine Schuld ist es, daß die deutsche Marine gegen die englische hat antreten müssen wie ein nackter Mann mit einem Messer gegen einen Panzer. Aber daß die eigene Führung ihm dieses Messer nun auch noch fortnimmt, selbst wenn es zu nicht viel mehr nütze ist, als damit zu drohen – dazu wird er seine Hand nicht reichen; soviel steht fest.

Er macht sich nicht die Mühe, und es wird ihm auch gar nicht die Gelegenheit geboten, die Fehler und Irrtümer dieses anderthalbstündigen Vertrags zu berichtigen.

Als Hitler endlich verstummt, bittet er mit der Andeutung einer Verbeugung um den Vorzug einer Unterredung unter vier Augen, und da Hitler Gewährung nickt, verlassen Feldmarschall Keitel und die beiden Debattenstenographen den Raum.

»Nachdem Sie, mein Führer«, sagt der Ob. d. M. eisig, kaum, daß sich die Tür geschlossen hat, »wie Sie es in Ihrem Vortrag zum Ausdruck brachten, mit meiner Art der Führung der Kriegsmarine nicht einverstanden sind, bitte ich um meine Ablösung, da ich meine Aufgaben nicht länger erfüllen kann, wenn ich Ihr Vertrauen nicht besitze. Ich möchte hinzufügen, daß ich fast siebenundsechzig bin und meine Gesundheit nicht die beste ist, so daß meine Ablösung durch eine jüngere und kraftvollere Persönlichkeit ebenso natürlich wie zweckmäßig wäre.«

Der Ob. d. M. hat noch nicht zu Ende gesprochen, als Hitler schon mit beschwichtigender Geste die Hände hebt.

»Es war keineswegs meine Absicht, Herr Großadmiral«, sagt er eilig, »die Marine insgesamt zu verurteilen, sondern lediglich, die großen Schiffe zu kritisieren. Das Alter meiner Mitarbeiter hat als solches keinerlei Bedeutung; das hat sich bei vielen Gelegenheiten erwiesen. Ihr Rücktritt in diesem Augenblick würde nur bedeuten, daß ich selbst eine weitere schwere Bürde auf mich nehmen müßte.«

Es entstand eine Pause.

Der Großadmiral schwieg und wartete. Er wußte sehr wohl, was gemeint war: bei Stalingrad tobten schwere Kämpfe; stündlich drohte die Niederlage. Und im Mittelmeer ging es bergab ...

Endlich, da Hitler gleichfalls schwieg, nahm er wieder das Wort:

»Trotzdem«, sagte er mit Festigkeit, »kann ich, nachdem Sie mir in dieser Weise vor Zeugen Ihre Ansichten dargelegt haben, nicht im Amte verbleiben, dazu ist meine Autorität zu sehr erschüttert. Und sie würde es vollends durch die Außerdienststellung der Flotte.«

Er starrte blaß und erbittert geradeaus, und während er noch sprach, ging es ihm durch den Kopf, daß bei dem Rücktritt, zu dem er mit jeder Sekunde fester entschlossen war, in jedem Falle das Gesicht gewahrt werden mußte. Das lag im beiderseitigen Interesse. Weder durften in diesem Augenblick, da so vieles auf des Messers Schneide stand, Hitler neue Lasten aufgebürdet werden, noch durfte man zulassen, daß die Marine durch das Bekanntwerden eines Zerwürfnisses zwischen Führer und Ob. d. M. in ihrem Gefüge erschüttert wurde. Nach außen hin wenigstens galt es, den Schein des alten, ungetrübten Einverständnisses aufrechtzuerhalten.

Die Gelegenheit dazu bot sich geradezu an.

»Der 30. Januar als der zehnte Jahrestag der Machtergreifung«, fuhr er daher in geschäftsmäßiger Kühle fort, »würde ein günstiges Datum sein, um Ihnen mein Abschiedsgesuch einzureichen. Ein solches Arrangement hätte den Vorzug, völlig natürlich zu wirken und den Verdacht von Meinungsverschiedenheiten gar nicht erst entstehen zu lassen. Im übrigen würden auch Form und Inhalt meiner Abschiedsadresse an die Marine hier den entscheidenden Einfluß ausüben.«

Eine Weile war es still. Dann hob Hitler, der mit fest zusammengepreßten Lippen vor sich hingestarrt hatte, den Kopf: »Also gut. Ich bin einverstanden. Benennen Sie mir schriftlich zwei Offiziere, die Sie für befähigt halten. Ihre Nachfolge anzutreten.« –

So kommt es, daß Admiral Dönitz in Paris zu seiner vollständigen Überraschung einen persönlichen Anruf des Großadmirals empfängt, den zweiten seit Kriegsbeginn.

Trifft ihn schon diese Tatsache unerwartet, so weit mehr noch der Inhalt des Gesprächs, in dem ihn der Großadmiral von seinem bevorstehenden Rücktritt informiert und mit den Worten schließt: »Ich beabsichtige, den Admiral Carls und Sie, Dönitz, vorzuschlagen. Bitte melden Sie mir binnen vierundzwanzig Stunden, ob Sie sich gesundheitlich in der Lage fühlen, mein Nachfolger zu werden.«

»Jawohl, Herr Großadmiral.«

Es knackt in der Leitung. »Ende«, sagt die Vermittlung.

Mechanisch legt der BdU den Hörer auf die Gabel.

Er, Dönitz, Ob. d. M., Oberbefehlshaber der Kriegsmarine ..., es braucht Zeit, diesen Gedanken zu Ende zu denken. Es gibt ältere Flaggoffiziere als ihn; der Admiral Carls ist ein hervorragender Mann, und nicht der einzige; er selber, Dönitz, mit seinen einundfünfzig Jahren für eine solche Stellung außerordentlich jung.

Aber: tausendmal hat er die Beschränktheit seines Einflusses, seiner Befehlsgewalt verflucht und sich gewünscht, »an einem längeren Hebelarm zu sitzen«. Jetzt wird ihm der längste angeboten, den die Marine zu vergeben hat, alle Machtfülle, jeglicher Einfluß, das Recht unbeschränkter Verfügungsgewalt über den ganzen Wehrmachtsteil. Jetzt! Aber ist das nicht überhaupt für ihn schon zu spät? Zu spät für die U-Boote? Wird die Macht, die ihn erwartet, ihm gestatten, den U-Boot-Bau so anzukurbeln, daß die neuen Boote, die kommen müssen, noch rechtzeitig kommen? Wird sie ihm gestatten, verlorene Zeit einzuholen? Läßt sich verlorene Zeit überhaupt einholen? Aber – ob ja oder nein – muß er nicht wenigstens den Versuch dazu machen, wenn ihm das Schicksal die Gelegenheit bietet? Darf er den Zipfel des Mantels, der ihn in diesem Augenblick streift, vorüberwehen lassen, ohne ihn zu ergreifen? – Andererseits: wird ihn die Fülle der Anliegen, die das neue Amt mit sich bringt, nicht der einen, seiner wichtigsten Aufgabe über Gebühr entziehen, dem U-Boot-Krieg, auf den er sich wie kein anderer versteht, und dessen Erfolge – darüber ist kein Zweifel – allein ihm diese Nominierung eingetragen haben?

Im Grunde seines Herzens ist er vom ersten Augenblick an entschlossen, aber er erspart sich keins der Argumente, kein Dafür und Dawider, ehe er am folgenden Tag dem Großadmiral meldet, daß er seine Gesundheit für ausreichend erachte, den Beschwerlichkeiten des Oberbefehls gewachsen zu sein. –

Unter den beiden zur Wahl gestellten Admiralen, Carls und Dönitz, entscheidet sich Hitler für Dönitz. Mit dem 30. Januar 1943 wird der zum Großadmiral beförderte U-Boot-Chef den Oberbefehl über die Kriegsmarine übernehmen.

Zwischenzeitlich unternimmt Raeder, der mit seinem Rücktritt zum Generalinspekteur der Kriegsmarine ernannt werden wird, einen letzten Versuch, die Flotte vor der Verschrottung zu bewahren. Befehlsgemäß läßt er ein Memorandum abfassen; es umfaßt über fünftausend Wörter und ist mit größter Sorgfalt ausgearbeitet; er selber arbeitet an der Formulierung der endgültigen Fassung mit und fügt ihr einen Begleitbrief bei, in dem er sich ein letztes Mal für die Erhaltung der großen Schiffe einsetzt.

»Die Außerdienststellung der Flotte«, schreibt er, »wäre gleichbedeutend mit einem Siege, der unseren Gegnern ohne eigene Anstrengung zufällt. Sie würde Freude im feindlichen Lager und tiefe Enttäuschung in dem unserer Verbündeten erwecken, besonders bei den Japanern. Man würde sie als ein Zeichen der Schwäche ansehen und als einen Mangel an Verständnis für die überragende Bedeutung, die der Seekriegführung in dem bevorstehenden Endstadium des Krieges zukommt ...«

Am 15. Januar, fünfzehn Tage bevor Raeders Rücktritt wirksam wird, hält Hitler Brief und Memorandum in Händen, aber schon zwei Tage darauf teilt der Admiral Krancke der Seekriegsleitung telefonisch mit, Hitler sei nach wie vor zur Außerdienststellung der Flotte entschlossen, und tatsächlich ergehen am 26. Januar die diesbezüglichen Befehle:

1. Alle Arbeiten an im Bau oder Umbau befindlichen großen Schiffen sind unverzüglich einzustellen ...
2. Soweit nicht für Ausbildungszwecke benötigt, sind Schlacht-

schiffe, Panzerschiffe, Schwere und Leichte Kreuzer außer Dienst zu stellen …

3. Marinepersonal, Arbeiter usw., die infolge dieser Maßnahmen verfügbar werden, sind zur Beschleunigung des U-Boot-Bau- und Reparaturprogramms einzusetzen …

Der Befehl bekommt außerdem eine besondere Geheimhaltungsklausel mit auf den Weg. Sie lautet:

»Mit Rücksicht auf seine politische und psychologische Wirkung ist dieser Befehl nur einem auf das engste beschränkten Kreise von Offizieren zugänglich zu machen.«

Es konnte nicht ausbleiben, daß er trotzdem wie ein Lauffeuer die Marine durcheilte, und allenthalben außerhalb der U-Boot-Waffe erhob sich das Geraune: das ist Dönitz – der neue Besen kehrt – alle Macht den U-Booten! – Und vor einem Bilde, das in vielen Messen und Unterkünften hing und auf dem nichts zu sehen war als wogende blaue See, entstand der erste Witz der neuen Ära, ein bitterböser Witz: Wißt ihr, was das ist? – Die deutsche Flottenparade 1950. Wieso? Nichts als U-Boote – alle getaucht!

Ehe noch der neue Dirigent das Pult betritt, hat er bereits einen Teil des Orchesters gegen sich. –

Im BdU-Stab in Paris schlägt die Nachricht von der Ernennung des Großen Löwen zum ObdM wie eine Bombe ein.

Sie sind unbändig stolz darüber, geradezu ein wenig betrunken vor Stolz und Freude. Und sollen sie nicht? Sie haben ihn ja, wie einer von ihnen sagt, »ein bißchen mit da hinauf torpediert«, die ehemaligen Kommandanten, die jetzt hier für ihn die Operationen bearbeiten, sie, und die anderen, die da draußen den harten Kampf kämpfen und – den langen Schlaf schlafen …

Und dann kommt der Tag, an dem es »offiziell« wird, an dem draußen an den Flaggenmasten vor dem großen Haus am Boulevard General Maunoury neben der Reichskriegsflagge die Flagge des Großadmirals, das weiße Tuch mit dem blauen Kreuz und den diagonal gekreuzten goldenen Marschallstäben, sich leicht und vornehm im grauen Licht des Morgens bläht, der Tag, an dem der

FdU-West, Kapitän Rösing, mit vier blitzendneuen Kolbenringen zum Frühstück erscheint und, mit dem Zeigefinger in das kleidsam frühe Grau seiner dichten Haare fahrend, die Glückwünsche entgegennimmt.

Kurz darauf Godt, das breite Gold seines neuen Ranges, des Konteradmirals, an den Unterarmen, verlegen und heftig errötend, jeden Glückwunsch mit kurz geknurrtem »Danke« und einem geraden, forschenden Blick beantwortend.

Im Grunde seines Herzens paßt ihm diese Beförderung nicht; wenn er in einem Punkte mit dem Schicksal und dem Löwen hadert, der in seinem Leben das Schicksal ist, so in diesem, daß er ihm nie – und sei es auch nur für kurze Zeit – ein Frontboot gegeben hat. Und es widerstrebt ihm, »im Papier etwas zu werden ...«

Mittags empfing der neue ObdM die Glückwünsche seiner Mitarbeiter.

Am Morgen des anderen Tages übersiedelte er nach Berlin.

Vor dem Stabsquartier stand die Truppe zur Abschiedsbesichtigung angetreten.

Und während er Blick für Blick der in Reih und Glied stehenden Männer einfing und erwiderte, fragte er sich, ob diese Betrauung mit der höchsten Befehlsgewalt der Marine im gegenwärtigen Augenblick nicht einem Pyrrhussieg vergleichbar sei: Sie bedeutete zwar endlich die Anerkennung der überragenden Bedeutung des U-Boot-Krieges, aber sie erfolgte zu einem höchst ungünstigen Zeitpunkt, der die Ausnutzung des »Sieges« kaum noch erlaubte: Menschenmangel, Materialknappheit und das Fehlen der notwendigen Luftunterstützung für die Boote standen allen Maßnahmen, die er anordnen konnte, wie unüberwindliche Hürden gegenüber.

Es ist Mitte Januar, als er in Berlin eintrifft, und die vierzehn Tage, die ihm bis zur vollen Übernahme der Amtsgeschäfte bleiben, bringen ein gerüttelt Maß angespannter Arbeit.

Am 31. Januar 1943 verabschiedet sich Großadmiral Raeder mit einem letzten Tagesbefehl von der Kriegsmarine, die er fünfzehn Jahre lang in guten und schweren Zeiten geführt, der er seine Liebe, seine ganze Arbeitskraft und die reichen Gaben seines Geistes gewidmet hat und zu deren Generalinspekteur er mit seiner Verabschiedung ernannt worden ist. Generalinspekteur: Er weiß sehr wohl, diese Ernennung besitzt rein dekorativen Charakter und hat nur den Zweck, den Anschein guten Einvernehmens zwischen ihm und Hitler aufrechtzuerhalten; Funktionen überträgt sie ihm nicht. Er erwartet auch nichts Derartiges. Er ist selber viel zu sehr und viel zu entschieden der Oberbefehlshaber der Kriegsmarine gewesen, als daß er von seinem Nachfolger, dessen Tatkraft und Eigenwilligkeit er so genau kennt, etwas anderes erwartete.

So zieht er sich in sein Dahlemer Heim zurück, fortab ein bloßer Beobachter der schicksalhaften Ereignisse, auf die er nur noch in selten erbetenen Audienzen bei Hitler Einfluß zu nehmen sucht.

Kaum eine Woche nach Übernahme des Oberbefehls, am 8. Februar 1943, meldet sich der Großadmiral Dönitz zur ersten Führerbesprechung, bei der die gesamte Seekriegslage zur Betrachtung steht. Sie ist kritisch genug:

Die U-Boot-Führung, eben im Begriff von Paris nach Berlin in das Hotel am Steinplatz zu übersiedeln, hat im Januar die neue und vorläufig unerklärliche Erfahrung machen müssen, daß der Gegner überraschend die U-Boot-Aufstellungen im Nordatlantik erkannt und umgangen hat.

»Wie ist das möglich?« fragt Hitler kurz.

»Entweder durch Verrat – und was das betrifft, sind alle erforderlichen Maßnahmen bereits getroffen – oder durch unbemerkt gebliebene Aufklärungsflugzeuge, die die Formationen festgestellt haben.«

»Ich muß in diesem Zusammenhang bemerken«, fährt der Großadmiral fort, als Hitler nur nickt und ihn erwartend anblickt, »daß die Feststellung von Geleitzügen weitgehend Glückssache ist. Wenn wir eine Luftaufklärung besäßen, würde es ein leichtes sein, diese Geleitzüge zu stellen und anzugreifen. Deshalb ist das vollständige Fehlen jeglicher Aufklärung für den Seekrieg der schwächste Punkt unserer Kriegsführung. Einzig durch Vergrößerung der Bootszahlen können wir diese Schwäche einigermaßen ausgleichen. Diese Steigerung der Bootszahlen in See ist jedoch abhängig erstens von sehr kurzen Werftliegezeiten, zweitens davon, daß die im Bau befindlichen Boote so schnell wie möglich fertiggestellt werden. Die Frage der Reparaturwerften ist also von höchster Bedeutung für die Intensivierung des U-Boot-Krieges. Ich muß daher darum bitten, die U-Boot-Waffe einschließlich alles dessen, was zu ihrer Rüstung gehört, also besonders die Werftarbeiter und ebenso alle Überwasserschiffe, die für den U-Boot-Krieg eingesetzt sind, vollständig von allen Personalabgaben an das Heer auszunehmen.«

Hitler wiegt bedenklich den Kopf. »Können wir das, Speer?« fragt er.

»Da es offensichtlich notwendig ist«, antwortet der Rüstungsminister langsam, »müssen wir es können – unter der Voraussetzung allerdings, daß keine zusätzlichen Leute als Ersatz für Verluste an Marinepersonal verlangt werden.«

»Gut«, sagt Hitler, da der Großadmiral zustimmend nickt, »ich bin grundsätzlich einverstanden und werde einen entsprechenden Schutzerlaß herausgeben. Ich behalte mir jedoch vor, die Angelegenheit noch einmal mit Generalfeldmarschall Keitel durchzusprechen. Sie, Herr Großadmiral, bitte ich versichert zu sein, daß ich alles nur eben mögliche für die U-Boot-Waffe tun werde. Bitte fahren Sie fort.«

Der Großadmiral gibt sich einen kleinen Ruck; es fällt ihm nicht leicht, den nächsten Punkt anzuschneiden. Dann jedoch legt er den Terminplan vor, nach dem die befohlene Außerdienststellung der großen Einheiten der Flotte vor sich gehen soll. Es erscheint ihm nicht zweckmäßig, in diesem Augenblick schon eine Lanze für die dicken Schiffe zu brechen, und so wartet er schweigend, während Hitler das vorgelegte Papier überfliegt. Die Termine sind so gewählt, daß ihm genügend Frist bleibt, bei späterer Gelegenheit für die Aufhebung des Verschrottungsbefehls einzutreten. Für den Augenblick gilt es, Zeit zu gewinnen.

»Ich habe keine Einwendungen, Herr Großadmiral«, sagt Hitler, das Papier zurückgebend. »Meine Ansicht über den Wert der großen Schiffe kennen Sie; die Ihrige wollen Sie mir bitte später melden.«

Der Großadmiral verbeugt sich unbewegten Gesichts.

Spät am Abend meldet er sich zum Rückflug nach Berlin ab. Das heikle Thema, über das sich Hitler und Raeder entzweit haben, das Thema der Schweren Einheiten, ist nicht wiederaufgenommen worden. Am nächsten Tage meldet Vizeadmiral Krancke Hitler die Auffassung des Großadmirals:

»Da die Frage des zukünftigen Einsatzes der Großen Einheiten gestern nacht nicht wieder angeschnitten worden ist, bin ich beauftragt zu melden, der ObdM erachte es als seine Pflicht, die Schweren Einheiten ins Gefecht zu schicken, sobald sich Erfolgschancen gegen ein Ziel abzeichnen, das den Einsatz lohnt. Einmal in See, werde der Flottenbefehlshaber völlig nach eigenem freiem Ermessen entsprechend der taktischen Lage handeln und kämpfen, ohne besondere Weisungen von höherer Stelle abzuwarten. Unter solchen Umständen würden allerdings Verluste eintreten.«

Hitler, der schweigend zugehört hat, antwortet: »Übermitteln Sie dem Großadmiral Dönitz, daß ich mit dieser Auffassung vollkommen und ein für alle Male einverstanden bin.«

Der erste Schritt für die Erhaltung der großen Überwasserstreitkräfte ist damit getan.

Knapp drei Wochen später, am 26. Februar 1943, bei seinem zweiten Besuch im Führerhauptquartier unternimmt nun Großadmiral Dönitz den zweiten, entscheidenden Vorstoß in der Flottenfrage. Meinung steht hart gegen Meinung, ehe das Ungewöhnliche geschieht: Hitler zieht den Außerdienststellungs- und Verschrottungsbefehl wenigstens teilweise zurück; der Großadmiral hat sich durchgesetzt.

In der Folge taucht das Problem der großen Schiffe zwischen Hitler und dem Großadmiral nicht wieder auf; der ObdM behält freie Hand, nach eigenem Ermessen zu handeln, und er handelt, wie es Einsicht und Notwendigkeit ihm vorschreiben. Die Flotte ist gerettet.

32.
SIEGE UND SORGEN

Während so die Wachablösung an der Spitze der Kriegsmarine sich vorbereitet und vollzieht und der neue Chef am Tirpitzufer die Zügel in die Hand nimmt, stehen draußen die grauen Boote in einer Kette ununterbrochen wütender, schwerer Winterstürme im Atlantik. Tage, Nächte und Wochen, kaum einmal in kurzen Pausen Atem holend, heulen, brüllen und rasen die Windriesen; es ist, als fände die gnadenlose Erbitterung, in die sich der allmählich entartende Krieg überall hineingesteigert hat, auf der wüsten Weite der winterlichen See ihr schreckliches Gegenbild. Über Tausende von Meilen ungehemmt dahinfegend, brausen die Sturmtiefs nach Osten, kochende Wirbel, zischender Wogenschnee, wehende Fahnen von Gischt, steingraue marmorgefleckte Wogengiganten, gepeitscht und behämmert vom Ungestüm der jagenden Böen, die wie massive Wände von allen Seiten in die Tiefdruckzonen hineinstürzen, angesogen von der Leere vor sich, lastenden, treibenden Druck im Rücken.

Bleigrau hängt der Himmel; Schnee peitscht in nadelscharfen Kristallen; Hagel rasselt wie MG-Feuer und hämmert die Seen nieder, so daß sie sich ducken wie geschlagene Tiere, um, kaum befreit, nur noch wilder aufzurasen, wie Feuer, das plötzlich neue Kraft und Nahrung findet.

Eisig schneidet die Luft, messerscharf. Sie zerrt, sie hackt und flackert, sie heult und singt und schrillt, sie brummt wie der tiefste Baß einer riesigen Orgel, sie pfeift und lacht und johlt; ein wüster Chor entfesselter, gepeitschter, tobender Geister rast um die engen Plattformen der Boote, auf denen erstarrte, übermüdete, durchnäßte Männer im Schutt der Brecher und im Prasseln des Gischts halb blind nach dem Gegner suchen, während andere Männer, ebenso erstarrt, ebenso übermüdet und durchnäßt, geschüttelt und geschlagen von den gleichen Gewalten, sich verzweifelt bemühen, die Schiffe, die ihrem Schutz anvertraut sind, zusammenzuhalten, sie voranzutreiben, dem tödlichen Angriff ihrer lauernden Gegner zu entziehen und die angreifenden Wölfe zu vertreiben und zu vernichten.

Unter gleich grausamen Bedingungen, inmitten einer unbarmherzig und seelenlos tobenden, von unvorstellbar und unberechenbar gewaltigen Kräften bewegten toddrohenden Welt steht Zähigkeit gegen Zähigkeit, Erfahrung gegen Erfahrung, List gegen List. Es ist ein Kampf ohnegleichen.

Schiffe fallen aus der Ordnung der Geleite –: Ruderschäden, maschinelle Zusammenbrüche, Seeschlag. Oder die See wütet mit derartiger Wucht, daß dreißig, vierzig Dampfer, verstreut über ein Gebiet von vielen Quadratmeilen, beidrehen müssen und nun treiben, dieser schneller, jener langsamer, während die Geleitfahrer überall sein sollen, schützend, ordnend, anfeuernd – und doch selbst kaum das Leben haben, zerschlagen, überwalzt und geschüttelt vom Hammerschlag der See, immer gewärtig, den verhaßten und gefürchteten Schlag der Torpedodetonation und die graue Säule aus Rauch und Wasser irgendwo aufsteigen zu sehen, die ihnen anzeigt, daß der Feind da ist, allgegenwärtig und tödlich.

Siebenunddreißig Schiffe mit mehr als 200 000 Tonnen zählen die Engländer als Verlust des Monats Januar, versenkt im Nord- und Mittelatlantik, im Mittelmeer und vor Brasilien, darunter acht von neun Tankern eines reinen Tankergeleits, das die U-Boote in siebentägigen Angriffen zwischen Trinidad und den Kanaries fast völlig aufreiben.

Das scheinen gute Ergebnisse zu sein, aber im BdU-Stab verfolgen Admiral Godt und seine Astos an den Lagekarten voll aufmerksamer Sorge das Verhalten einiger englischer Geleitzüge im Nordatlantik.

Sie haben ihre U-Boot-Gruppen auf Grund einwandfrei entschlüsselter Feindfunksprüche trotz aller Wetterschwierigkeiten rechtzeitig vor dem Kurs der Geleitzüge aufstellen können. Sie erwarten die ersten Fühlunghaltermeldungen. Sie kennen mit ziemlicher Genauigkeit die Zahl der Schiffe im Geleit, sein Auslaufdatum, seine Geschwindigkeit, seine Bestimmung und seinen Kurs, und sie haben danach ihre Maßnahmen getroffen. Nach aller Erfahrung müßte wieder ein Schlag glücken.

Aber dann gehen, anstatt der Fühlungshaltersignale der Boote, neue B-Dienstmeldungen ein: Der Geleitzug hat radikal Kurs geändert – und das offenbar nicht zufällig, sondern zu wiederholten Malen in einer Weise, die nur eine Deutung zuläßt: der Gegner ist über die Aufstellung der U-Boot-Gruppen unterrichtet. Und wenn anfangs noch ein Zweifel möglich war, so machen ihn die Eintragungen auf der Karte hinfällig, die das weitere Verhalten der Geleitzüge festhalten. Es ist völlig klar: der Gegner kennt und umfährt die Aufstellungen der Boote.

Wieder erhebt sich, wie schon einmal vor zwei Jahren das schwarze Gespenst des Mißtrauens: Verrat? Gibt es irgendwo in den vielverzweigten Leitungen, im eng begrenzten und scharf bewachten, ausgeklügelt geflochtenen Netz der Mitwisser zwischen Lagezimmer, Funkstelle und Booten eine Leckstelle, den einen unzuverlässigen Mann?

Oder haben im Toben der Winterstürme, unbemerkt von den Booten, feindliche Aufklärungsflugzeuge die Rudel gesichtet, die vor den Geleiten auf die Stunde des Angriffs harren? Haben einzelne Boote trotz befohlener Funkstille gefunkt und sind eingepeilt worden? Sind sie geortet worden, ohne es zu bemerken? Ist vielleicht gar ein Boot in Feindeshand gefallen, ehe es möglich war, die Schlüsselmittel zu vernichten, so daß der Engländer den eigenen Funkverkehr mithört?

Ehe noch der Großadmiral die erforderlichen Maßnahmen befehlen kann, läuft schon eine Welle der Prüfungen durch den ganzen U-Boot-Bereich, werden die Fesseln der Geheimhaltung noch enger gezogen als bisher, die Boote erneut zu striktester Einhaltung der befohlenen Funkstille beim Aufmarsch in die Angriffsstellung ermahnt.

Und trotzdem, wieder und wieder die Erfahrung: der Gegner umfährt die mühsam und heimlich aufgestellten Gruppen! Er weiß, wo die Gefahr lauert; er weiß, wann und wohin er Kurs ändern muß, um ihr zu entgehen. Das ist das Neue, beunruhigend genug; denn was nützen die größten Bootszahlen, die geschicktesten Aufstellungen, die besten Feindnachrichten, wenn die Boote nicht mehr an die Geleitzüge herankommen?

Im Augenblick, ungewiß über die wahren Gründe dieser ungünstigen Entwicklung, kann der BdU nichts weiter tun, als die Boote weiter auseinanderzuziehen in der Hoffnung, auf diese Weise den Gegner über die Schwerpunkte der Aufstellungen zu täuschen und selbst einen erweiterten Überblick und die Chance des zufälligen Findens zu gewinnen.

Was fehlt und jetzt dringender als je gebraucht würde, ist Luftaufklärung, sind standfeste, weitreichende Seeaufklärer, um den Gegner aufzuspüren und die Boote heranzuführen.

Das Ergebnis des Besuchs jedoch, den der Großadmiral Dönitz dem Reichsmarschall deswegen macht, ist denkbar mager.

»Solche Typen, wie Sie sie brauchen, haben wir zur Zeit leider nicht«, sagt Göring, der seinen Gast mit ausgesuchter Höflichkeit empfängt, mit einer Geste des Bedauerns, »die BV 222, die sich für Ihre Zwecke eignen würde, ist erst ab Oktober in größeren Zahlen verfügbar. Vorgesehen sind weiter die viermotorige Ju 290 und die Me 264, unser Amerikabomber.«

Amerikabomber, denkt der Großadmiral spöttisch, du lieber Gott, Tauben auf dem Dache!

»Was ich brauche, Herr Reichsmarschall«, sagt er kalt, »und zwar jetzt brauche, damit mir die Engländer nicht völlig gefahrlos meine Boote zerbomben, ist einmal eine wirklich fühlbare Verstärkung der Luftjagd über der Biscaya, und zweitens ein nachhaltiges Bombardement der Flugplätze des Coastal Command.«

Und mit bohrender Eindringlichkeit: »Der Gegner, Herr Reichsmarschall, kann die Zweite Front, die Stalin schon so lange fordert, nur dann errichten, wenn es ihm gelingt, der U-Boote Herr zu werden. Je näher uns der Amerikaner mit seinem Material auf den Leib rückt, desto wichtiger wird es, daß die U-Boote weiter Erfolge haben. Wenn Schiffe, die gestern gebaut sind und heute zum ersten Male auslaufen, morgen versenkt werden und das Jahr um Jahr immer so weitergeht, – das kann sich auch das reichste Volk der Welt nicht leisten. Je mehr

Fernaufklärer Sie uns geben können, desto mehr Schiffe können wir versenken.«

Der Reichsmarschall nickt geschmeichelt. »Sie dürfen überzeugt sein, Herr Großadmiral, daß ich die Entwicklung der benötigten Typen mit größter Beschleunigung vorantreiben werde.« Er zögert einen Augenblick, massiert sein Kinn: »Um Mißverständnisse von vornherein auszuschalten. Alle fliegenden Verbände, auch wenn sie für die Marine arbeiten, bleiben natürlich mir unterstellt.«

Der Großadmiral verbeugt sich zustimmend. Auf diese Frage hat er gewartet. »Angesichts des großen Verständnisses«, sagt er daher, »das der Fliegerführer Atlantik den Bedürfnissen der U-Boot-Führung jederzeit entgegengebracht hat und des tapferen, selbstlosen Einsatzes seiner Flugzeugbesatzungen – selbstverständlich.« –

Als der Großadmiral nach Berlin zurückkehrt, weiß er: das Gespräch mit dem Dicken hat nichts gebracht. Alle diese Versprechungen sind Wechsel auf die Zukunft, faule Wechsel überdies. Es wird also nichts übrigbleiben, als die fehlende Luftaufklärung durch noch größere Zahlen von U-Booten zu ersetzen. Wodurch denn, wenn schon nicht durch eine starke und gut geschulte Luftaufklärung, soll der Gegner gefaßt und bekämpft werden als durch immer mehr U-Boote?

Nach Berlin zurückgekehrt, erscheint er nun täglich Schlag 9 Uhr zur U-Boot-Lage im Hotel am Steinplatz, wo die U-Boot-Führung unter ihrem neuen Namen – 2. Abt. SKL – BdU – op – ihr Quartier aufgeschlagen hat.

Die Lage in See macht ihm Kopfzerbrechen genug. Die Kette der Stürme reißt nicht ab, die Boote sehen nichts und versenken nichts. Vierzehn Tage vergehen, ohne daß eine der angesetzten Operationen zum Erfolg führte. Dagegen zeichnet sich eine neue Verschärfung der britischen U-Boot-Bekämpfung ab. Nicht nur die Biscaya, auch die Ausgänge der Nordsee auf der Linie Shetland-Faröer-Island wimmeln von Flugzeugen, Fernaufklärern, Trägermaschinen, Flugbooten und Langstreckenbombern, darunter nun auch amerikanische Liberators. Und diese Flieger arbeiten zusammen mit Spezialsuchgruppen von Zerstörern, Fregatten und Korvetten, drücken die Boote mit Bordwaffen und Bombenwurf unter Wasser, markieren die Tauchstellen mit Gelbbeuteln und rufen die Seeabwehr herbei. Die Ausfälle an U-Booten auf dem An- und Rückmarsch sind größer als die Verluste an den Geleitzügen. Auch scheint der Gegner neuerdings überschwere Wasserbomben mit großer Tiefeneinstellung zu verwenden, so daß die Taktik der Kommandanten, auf größter Tiefe in Schleichfahrt sich der Verfolgung allmählich zu entziehen, nur noch bedingt erfolgversprechend ist. Und immer noch sind die Boote dieser Verfolgung wehrlos ausgeliefert, immer noch fehlt die Angriffswaffe gegen die verhaßten Wasserbombenschlepper, der »Zerstörerknacker«. Nun, wenigstens das wird sich demnächst bessern; im März sollen die ersten »Falke«-Torpedos frontreif sein.

Was der Großadmiral, der die verschärfte Abwehrlage nur aus den Funksprüchen der Boote und den Berichten der Kommandanten ablesen kann, nicht weiß, ist, daß die Alliierten auf der Casablanca-Konferenz im Januar seine U-Boote zum Feind Nr. 1 erklärt und beschlossen haben, die U-Boot-Bekämpfung zur Hauptaufgabe ihrer vereinten See- und Luftstreitkräfte zu machen. Das bedeutet nichts anderes, als daß sie in den U-Booten diejenige Waffe sehen, die mehr als alle anderen den Erfolg ihrer Kriegsanstrengungen gefährdet, daß sie mit angelsächsischer Nüchternheit anerkennen, was er selbst der Marine seit Jahren vergeblich gepredigt hat. Es bedeutet zugleich die Bestätigung seiner Ansicht, daß die Westmächte nicht siegen können, ehe sie nicht die U-Boot-Gefahr beseitigt haben, und *nur* siegen können, wenn es ihnen gelingt, der U-Boote Herr zu werden. Vorläufig spricht noch nichts dafür, daß sie nahe daran wären, dieses Ziel zu erreichen. –

Im Monat Februar kommt es inmitten schwerer Stürme zu erbittert und rücksichtslos geführten Angriffen starker Rudel gegen Nachschubgeleitzüge auf dem Amerika-England-Weg im Nordatlantik.

U 187, ein neues, erst vor drei Wochen von Kiel in See gegangenes Boot, Kommandant Kapitänleutnant Münnich, bekommt nachts Fühlung mit einem starken, in dem schweren Seegang weit auseinandergerissenen Konvoi. Vierundsechzig Schiffe und zwölf Bewacher in einem Raum von fünfzig Seemeilen im Quadrat. Heulender Sturm, himmelhohe, brüllende See, Wolkenfetzen, Wolkenwände, Schneeböen, Eishagel, Diesigkeit, zuweilen das fahle Licht des halben Mondes trübgelb hinter jagendem Gewölk, zuweilen ein einsamer Stern, niederblinzelnd durch eine Wolkenlücke aus nachtschwarzem Firmament.

Und nun zeigt sich der Wert der kriegsmäßigen Ausbildung in der taktischen Flottille in Gotenhafen.

Geführt von zwei der ältesten, erfahrensten Geleitzugkämpfer, den Kapitänen Topp und Suhren, setzt sie den neuen Booten als Abschluß der Schulung in der Ostsee so genau wie nur möglich die Verhältnisse vor, unter denen sie später im Atlantik zu operieren haben. Fühlunghalten, Melden, Tag- und Nachtangriff, Abwehrtaktik, alle Erfahrungen eines dreijährigen U-Boot-Krieges, sorgfältig durchdacht und ausgewertet, werden hier dem Nachwuchs vermittelt, und kein Boot verläßt diese Schule, ehe es nicht nach Topps und Suhrens Urteil bewiesen hat, daß es frontreif ist.

Nicht anders geht es in der Ausbildungsgruppe-Front zu, der »Agrufront«, wo Tauchtechnik, Leckwehr, Schadenbekämpfung und Bootsbeherrschung bis zum Weißbluten geübt werden, damit L. I.s und technisches Personal in den Wasserbombenschlachten, die sie erwarten, auf alle denkbaren Kombinationen von Ausfällen vorbereitet und einexerziert sind. –

Kapitänleutnant Münnich, der in dieser Februarnacht in der Mitte des Nordatlantiks seinen ersten Geleitzug erfaßt, hängt sich daher schulmäßig an, meldet durch Kurzsignal und bringt es fertig, zwei volle Nächte und Tage hindurch, achtundvierzig Stunden lang, die Fühlung aufrechtzuerhalten und etwa zwanzig andere Boote heranzuführen, bis endlich der BdU den Angriff freigibt und einmal mehr das nächtliche Würgen anhebt mit dem hellen Schlag der Torpedodetonationen, mit Feuer und Vernichtung und dem bitteren Todeskampf vieler Männer in der tosenden Schwärze der Nacht –

dem Blitzen der Mündungsfeuer und dem fahlen Aufleuchten der LGs über dem tiefen Gewölk –

dem schneidenden Gleißen suchender Scheinwerfer, dem Flackern von Notfeuern auf sinkenden Schiffen und dem roten Blinzeln der Rettungslämpchen an den Schwimmwesten –

mit dem Aufwuchten ganzer Wasserwände dort, wo Zerstörer ihre Wabo-Serien abgeladen haben, und dem Bersten und Klirren und den Erschütterungen der Explosionen in der reglosen Tiefe. –

mit der jagenden Hast des Alarmtauchens unter dem schrillen Gellen der Glocken, dem fieberhaften Kampf gegen Wassereinbrüche, E-Maschinenbrände, Zerstörungen und Zusammenbrüche in den Bootsanlagen –

und dem schaurigen Knirschen reißender Schotten und Wände, das das Sinken von torpedierten Schiffen begleitet –

mit dem jähen Tod in der Tiefe endlich, der das Geheimnis derer bleibt, die ihn erleiden.

Neun Schiffe des Geleitzugs trifft die Vernichtung in dieser Nacht. Drei U-Boote, darunter U 187, melden sich am anderen Tag nicht mehr …

Als der Februar zu Ende geht, zählen die Engländer den Verlust von 63 Schiffen mit etwa 360 000 Tonnen. Das ist wenig im Vergleich zum November, zu wenig auch nach Ansicht der U-Boot-Führung, aber doch um 160 000 Tonnen mehr als im Januar.

Im März 1943 stehen zum ersten Male sechs große U-Kreuzer im Indischen Ozean im Raum von Madagaskar verteilt, nachdem die Japaner seit November in Penang einen Stützpunkt vorbereitet haben. Eine Gruppe IXc-Boote soll gegen Ende der Monsunzeit folgen.

In diesem März wird endlich der langerwartete neue Torpedo, der erste Typ des »Zerstörerknackers« – G7s – »Falke« – verfügbar. Der Kommandant U 221 erzielt damit bei der Doppelschlacht gegen zwei Geleitzüge im Nordatlantik den ersten Erfolg gegen Zerstörer.

In diesem März 1943 erreicht der U-Boot-Krieg den Gipfel seiner Erfolge mit einem Versenkungsergebnis von über 1 Million BRT.

In diesem März ergeben sich aber auch die ersten Anzeichen dafür, daß der Gegner nicht durch Verrat, nicht durch unbemerkte, den Geleitzügen vorausgeschickte Luftaufklärung, sondern durch Funkmeßortung die Aufstellung der Boote feststellt.

Am 10. März findet die Gruppe »Neuland« einen vom B-Dienst gemeldeten und laufend festgehaltenen Halifax-Geleitzug und versenkt in dreitägiger Verfolgungsschlacht ein halbes Dutzend Schiffe mit fast 50 000 BRT. Kapitänleutnant Hans Trojer, ein neuer Mann unter den Kommandanten, jung, dunkel, drahtig und verwegen, ist an diesem Erfolg hervorragend beteiligt.

An diesem 10. März steht er in der Mitte des Nordatlantiks in 30 Grad West, 51 Grad Nord im berüchtigten Black Pit, dem »Schwarzen Loch«, der einzigen Stelle, die die feindliche Luftabwehr noch nicht vollständig überdeckt.

Das Wetter ist hundsmäßig; es weht hart, und mächtige Seen wälzen sich in unendlicher, eintöniger Folge auf das Boot zu. Der Himmel ist von einer glatten Schicht blaßgrauer Wolken überzogen; nur in der Windecke an der Kimm, die schmierig ist und sich kaum vom Himmel abhebt, verdunkelt sich das Gewölk zu drohend kaltem Bleigrau.

»Da steckt Schnee drin, Herr Kaleu«, sagt der WO, nachdem er eine Weile angestrengt hinübergestarrt hat.

Trojer, der gerade die entgegengesetzte Kimm absucht, wo nadeldünn die Mastspitzen eines Zerstörers der Außensicherung sichtbar sind, an denen er seit Stunden Fühlung hält, Trojer, nur noch Auge, schmaler, langer Nasenrücken und Lippen im Schwarz des wuchernden Bartgestrüpps unter dem Regenhut, wendet sich langsam um und blickt hinüber in das stumpfe Bleigrau der heraufziehenden Bö. Er spuckt die herabgebrannte, erloschene Zigarette, an der noch ein Streifen schwarz verkohlten

Papiers vorragt wie immer, wenn »den halben Stengel der Wind raucht«, nach Lee über Bord und fährt sich mit kratzenden Fingernägeln unter den Südwester.

»Wenn die Bö kommt – mit der stoßen wir ran«, sagt er rasch entschlossen.

Und dann kommt sie, dunkle Windschatten, fliegender Gischt und plötzlich weißes Gewimmel, ein Tarnmantel, der unsichtbar macht und blind zugleich, und U 221 dreht ein und schießt mit schnatternden, röchelnden Dieseln, immer wieder von achtern überlaufen von steilen, zischend brechenden Seen, senkrecht auf den Kurs des Gegners zu.

»Boot geht auf Angriffskurs. Auf Gefechtsstationen. Alle Rohre klarmachen. Melden, wenn klar. – L. I.?!«

»Herr Kaleu?«

»L. I., es kann jeden Augenblick Alarm kommen; ich stoße in einer Schneebö heran und sehe nischt. Bitte darauf einzurichten.«

»Jawohl, Herr Kaleu.«

»Horchraum! Frage Ortung?«

»Keine Ortung.«

»Gut. Metox abstellen.«

»Metox abstellen.«

Wie viele Kommandanten, die die Erfahrung gemacht haben, daß die laufenden Meldungen über feindliche Ortung in der Nähe von Geleitzügen die Besatzung nervös machen, schaltet Trojer den Metox ab, sobald er zum Angriff anläuft. »Fickerige Besatzung, das hat mir gerade gefehlt«, sagt er.

Von unten kommen die Klarmeldungen. »Rohr Eins bis Vier klar!« – »Rohr Fünef klar!«

»Danke. – L. I., geben Sie an Besatzung; Kommandant erwartet, daß jeder sein Krämchen prima macht. Angst braucht keiner haben. Angst übernimmt Kommandant für alle.«

Die Brückenwachen hinter ihren Gläsern grinsen. Der Alte! Immer neue Schnäcke!

»Boot hat allerbeste Schangs«, fährt Trojer fort, »egal, was passiert; so dick, daß wir durchdrehen, kann es gar nicht kommen.«

Er hört das Lachen, das von unten heraufdringt, nachdem der

L. I. die Botschaft über die Befehlsanlage gegeben hat. Na denn, denkt er, hinein!

Mit der heulenden Schneebö braust das Boot vorwärts ins Blinde.

Sekundenlang hat er ein Gefühl der Unsicherheit: Bin ich auch richtig? Hab' ich meine Position auch nicht verschätzt? Brumm' ich auch nicht plötzlich so 'nem dicken Zossen in die Seite? Kann ich auch nicht gerammt werden? Riskier' ich nicht vielleicht doch zuviel?

Aber in diesem Augenblick der Unsicherheit und des Zweifels, da er das Gefühl hat, daß ihm die Dinge über den Kopf wachsen, kommt plötzlich die ruhige, tiefe Stimme des Obersteuermanns: »Boot stand bei Kursänderung 45 Grad vorlich sechs Meilen quer vom Geleit. Erkoppelte Gegnerfahrt übereinstimmend mit B-Dienstmeldungen 9 sm. Eigene Fahrt 15 Meilen. Boot muß in 24 Minuten ab Kursänderung 2,4 Meilen vor dem Gegner stehen.«

Im gleichen Augenblick fühlt der Kommandant, wie eine Welle von Ruhe und Zuversicht ihn überflutet. Da unten gibt es überhaupt keinen Zweifel an der Richtigkeit dessen, was er tut. Alle Arbeit, die er in der Ausbildung in die Besatzung hineingesteckt hat, in jeden einzelnen Mann, um sie hinter sich zu bringen, trägt ihm in diesem Augenblick Zinsen.

Indessen braust das Boot vorwärts ins Blinde. Die Sicht reicht kaum zweihundert Meter über den schwerfällig hin und her gierenden Bug hinaus.

Zäh, unendlich langsam verrinnen die Minuten, bis plötzlich seitlich das Schneetreiben dünner wird und im gleichen Augenblick die Spitzenschiffe des Geleitzugs schemenhaft aus der Bö hervortreten.

»Alarrm!« Die Glocken schrillen. Männer stürzen rasselnd durch den Turm in die Zentrale hinab; das Boot kippt an.

»Auf Sehrohrtiefe gehen, L. I.! Schnell auf Sehrohrtiefe!«

Endlich stippt das gläserne Auge frei, und was der Kommandant nun sieht, sind hohe graue Schatten, die gierend und rollend mit weitem Seitenabstand, taumelnd und schlingernd in der hohen See, mächtig und bedächtig heranrollen.

Er läßt die ersten vorbei. »Boot steht im Geleit. Rohr Eins bis Vier Achtung!«

Es war also doch richtig, was du gemacht hast, denkt er triumphierend, während er die Ziele mustert, die sich massig und schwer in sein Blickfeld schieben. Es war doch richtig! –

Der erste Schuß geht fehl; zu hastig geschossen. Aber der zweite trifft. Deutlich sieht er die Treffersäule an einem Dampfer in dreitausend Meter Abstand aufsteigen, und im gleichen Augenblick schießt er einen Zweierfächer auf zwei große, überlappende Schiffe. Da kann nichts schiefgehen; die müssen treffen!

Blitzschneller Rundblick: nein, kein Zerstörer in der Nähe; die jagen außen, vermuten ihn hier, mitten im Geleitzug, nicht. Zurück zu den Zielen!

Da geht der erste Aal hoch!

»An alle: Treffer Mitte!«

Aber dann verschlägt es ihm die Sprache: dieser Treffer löst den Dampfer in einer einzigen Sekunde vollständig auf! Ein jäher Feuerschlag, eine schwarze und schwefelfarbene, himmelwärts springende Rauchwolke, ein riesenhaftes Feuerwerk grellweißer und farbiger Blitze, und dann segeln Eisenplatten zu Hunderten wie Papier durch die Gegend, und Munition spritzt, knallt und schwirrt rings um sein Sehrohr aufschäumend ins Wasser.

Im gleichen Augenblick trifft der zweite Aal.

Ebenfalls Explosion!

Das Vorschiff des Dampfers versinkt ruckartig bis an die Brükke. Leer dreht die Schraube in der Luft. Menschen rennen, stolpern, klettern die wachsende Schräge des Achterdecks hinauf.

Und dann ein harter, metallischer Schlag. Schwere Trümmer, dreitausend Meter weit durch die Luft geschleudert, haben das Sehrohr getroffen, so daß es sich plötzlich nur noch schwer drehen läßt.

Trotzdem will Trojer sein letztes Rohr schießen. Für einen Augenblick schneidet das Boot in der schweren See unter, aber der L. I. bringt es gerade so rechtzeitig wieder empor, daß der Kommandant die Lage übersehen kann: das Ziel für seinen letzten Aal, ein moderner Fünftausender mit mehreren Doppelmasten, geht eben mit schäumender Schraube mit AK zurück, um nicht in seinen explodierenden Vordermann hineinzufahren; bei der immerhin großen Entfernung ist ein sicherer Schuß nicht möglich.

Und dann ist plötzlich das Sehrohr schwarz beschlagen, so daß der Kommandant kaum noch etwas sehen kann, während es gleichzeitig im ganzen Boot kracht und donnert und immer noch schwere Brocken herunterpoltern.

»Der Lärm ist so ungeheuerlich«, schreibt Trojer später in sein Kriegstagebuch, »als würde das Boot dauernd von Schüssen getroffen. Nach starken Sinkgeräuschen ist es plötzlich still ...

Ich versuche, das Sehrohr einzufahren, um dadurch die Optik abzuwaschen. Es geht aber nur anderthalb Meter hinein, ist also verbogen.

In diesem Augenblick meldet der Horchraum schnelle Zerstörerschrauben. Ich fahre das Sehrohr aus, kann jedoch infolge der Dünung und Beschlagenheit der Optik nichts Genaues feststellen.

Im selben Augenblick höre ich die Zerstörerschrauben im Turm, befehle ›Runter – Beide AK voraus!‹

Die Bomben – zweimal vier – fallen jedoch bereits, und zwar ganz nahe. Das Turmluk atmet und läßt eine Menge Wasser eindringen. Das Boot bockt und hüpft, gewinnt aber Tiefe ...« –

Nach dem Doppelschlag gegen die SC 121 und HX 228 zwischen dem 10. und 13. März formiert der BdU die Boote, da sie noch hinreichend mit Brennstoff und Torpedos versehen sind, sogleich zu zwei neuen Gruppen, »Stürmer« und »Dränger«, da genaue Einpeilung eines weiteren Geleitzugs durch den BX-Dienst neue Beute in Aussicht stellt, den HX 220, der am Abend des 13. März im mittleren Nordatlantik mit Ostkurs seines Weges zieht. Die Gruppe »Dränger« erhält Befehl, diesem neuen Gegner entgegenzumarschieren.

Fast gleichzeitig, keine vierundzwanzig Stunden später, liefert der B-Dienst dem BdU bis ins einzelne gehende Entschlüsselungen über einen weiteren Geleitzug, den SC 122.

Am Abend des 13. März hat dieser Geleitzug, der mit Sicherheit wenigstens fünfzig Schiffe umfaßt, die Weisung erhalten, von einer bestimmten Position im mittleren Nordatlantik aus Ostnordost zu steuern.

Für die U-Boot-Führung, die außer »Stürmer« und »Dränger«, die dem Gegner mit westlichen Kursen entgegenlaufen, noch eine dritte Gruppe, »Raubgraf«, nordnordostwärts von Neufundland in Operation stehen hat, gibt es nur eine Entscheidung: »Raubgraf« steht so günstig zu dem zuletzt ermittelten SC 122, daß die Gruppe Befehl erhält, die Suche auf den vermuteten ON-Geleitzug im Neufundlandraum abzubrechen und sofort mit Höchstfahrt neue Positionen vor dem nach Standort und Kurs bekannten SC 122 einzunehmen, Fühlung zu suchen und »Stürmer« an die neue, lockende Beute heranzuziehen.

Ab 14. März abends knüppeln daher die »Raubgraf«-Boote bei wechselnder Sicht in hartem Wind und hoher See in breiter Suchformation auf ihre neuen Standorte zu, und am Abend des 15. sichtet ein Boot am Südflügel das Streifens in schwerem Sturm einen nordost laufenden feindlichen Zerstörer – Voraussicherung, Seitensicherung, Achteraussicherung des gesuchten Verbandes?

Meldung an BdU und neue Ordre: Die drei südlichsten »Raubgraf«-Boote sollen selbständig das Gebiet nach dem SC 122 absuchen, die übrigen weiter ostwärts marschieren, damit sie keinesfalls hinter den Geleitzug geraten.

Die ganze Nacht hindurch kämmen die drei abgeteilten Boote das Gebiet ab – ohne Erfolg.

Aber am Morgen des nächsten Tages, des 16. März, sichtet ein viertes Boot, das, in der Sorge, zu weit nach Osten vorgeprellt zu sein, kehrtgemacht hat, in der Ferne plötzlich den Konvoi nur wenig südöstlich von »Raubgraf«.

Seine Meldung trifft beim BdU fast gleichzeitig mit einer neuen Entschlüsselung des B-Dienstes ein.

Völlig neue Lage: Der zuerst gemeldete Halifax-Geleitzug, auf den »Dränger« angesetzt werden soll, wird nicht, wie gemeldet, Ostkurs steuern, sondern über die Ostküste Neufundlands umgelenkt, offensichtlich, um das ubootgefährdete Gebiet zu umgehen.

Damit wird auch »Dränger« frei für die Bekämpfung des soeben erfaßten SC 122, und alle drei Gruppen, »Raubgraf«, »Stürmer« und »Dränger«, insgesamt nicht weniger als vierzig Boote, erhalten Befehl, sofort mit Höchstfahrt auf den SC 122 zu operieren.

Schon am Mittag desselben Tages melden die ersten »Raubgraf«-Boote Fühlung am Geleit; bis zum späten Abend kommen acht von ihnen heran, darunter drei alte, erfahrene Kommandanten, die das Überraschungsmoment, das den Anfang jeder Operation begünstigt, zu schätzen wissen.

Nur eins erschwert den Angriff: der Mond geht früh auf und steht groß und hell am Himmel; in wenigen Tagen wird Vollmond sein.

Beide, der englische Geleitzugkommodore und die Kommandanten auf den lauernden grauen Booten verfluchen den himmlischen Nachtwächter. Schwarz und silbern, in einem fahlen, unwirklichen Licht, liegt die wogende Weite. Jeder Schatten hebt sich in scharfumrissener Silhouette vor der Kimm ab, und der Engländer hat das schreckliche Gefühl, wie auf einem silbernen Tablett dazustehen, meilenweit sichtbar ausgerechnet in diesem verfluchten Loch im Mittelatlantik, in dem die U-Boote seit Jahr und Tag ihre schlimmsten Schläge ausgeteilt haben.

Die Kommandanten aber fluchen, weil der helle Mond sie im Angriff behindert und sie zwingt, auf große Entfernungen zu schießen, weil sie sonst gesehen würden.

Trotzdem nutzen sie rücksichtslos die große Chance dieser ersten Nacht, und als der Morgen des 17. März über dem Schlachtfeld aufgeht, ein schöner, klarer Frühlingsmorgen mit weißen Wölkchen am lichten Himmel, mit dampfenden Nebelbänken, die die aufgehende Sonne mit ihren Strahlen durchzittert, so daß sie schneeig-golden aufschimmern, und mit mäßiger See, der die Morgenbrise weiße Mützen aufsetzt, da hat der SC 122 vierzehn Schiffe mit 90 000 BRT verloren, und weitere sechs sind waidwund geschossen liegengeblieben.

Sechs Boote haben, teilweise in wiederholten Angriffen, diesen Erfolg erzielt, unter ihnen, wie nicht anders zu erwarten, die drei alten Hasen.

»Bravo!« macht der BdU zurück, »dranbleiben. Weiter so.«

Es kommt zu aufregenden Jagden an diesem zweiten Tag. Die Sicht zwischen den Nebelbänken, die wie angeleimt auf der See liegenbleiben, wechselt jäh zwischen fünfhundert und fünf tausend Meter.

Aber die Kommandanten halten trotz der Ungunst der Sicht und der radikalen Kursänderungen, mit denen der Geleitzugkommodore sich frei zu machen sucht, trotz der Flugzeuge, die er angefordert hat und trotz der vermehrten Abwehr durch zusätzliche Bewacher, die im Laufe der Operation zum Geleit stoßen, ihre Beute zähe fest.

Auch »Stürmer« und »Dränger« haben jetzt mit einzelnen Booten Fühlung, aber nur sechs Kommandanten gelingt es, im Laufe des Tages die starke Luftsicherung, die immer wieder Boote abdrängt und unter Wasser drückt, auszuspielen und den Geleitzug unter Wasser anzugreifen.

Zwölfmal an diesem Tage steigen die Todessäulen der Torpedotreffer an den Schiffen des SC 122 auf. Acht Dampfer, vier davon torpedierte der vorangegangenen Nacht, sterben einen jähen Tod und gehen rauschend, knackend und gurgelnd hinab in die Tiefe. Vier andere bleiben torpediert auf der Strecke. Fünf beteiligte Boote melden die Versenkung von 41 500 BRT.

Auch an diesem Geleitzug bestätigt sich wieder die alte Erfahrung, daß die Chancen der zweiten und dritten Angriffsnacht nicht annähernd so gut sind wie die der ersten.

Rings um diesen SC 122 »schäumt« die See nun wirklich einmal von U-Booten, wie es sich der BdU einst erträumt hat, aber während in der ersten Nacht sechs von acht Booten vierzehn Schiffe versenken und sechs torpedieren, kommen in den folgenden Tagen von den jeweils fünfundzwanzig bis dreißig Booten, die an dem Geleitzug herumsägen, nur noch drei in jeder Nacht zu Angriff und Erfolg.

In der Nacht zum 18. empfängt dann die U-Boot-Führung eine Meldung aus dem Atlantik, die zunächst ungläubige Überraschung und dann einiges Kopfzerbrechen verursacht, bis sich herausstellt, daß tatsächlich 120 Meilen vor dem SC 122 ein zweiter Geleitzug marschiert, ebenfalls mit Nordostkurs, zu dem der erste allmählich aufschließt.

Kurze Diskussion: Soll man die Boote auf die beiden Gegner getrennt ansetzen?

Nein, das hat wenig Zweck. Hundertzwanzig Meilen Abstand sind im Atlantik kaum eine Entfernung. Beide Ziele nähern sich ohnehin einander.

Also bekommen die Boote Befehl, nach Lage auf den nächststehenden Gegner zu operieren.

Wind und See nehmen zu, die Sicht verschlechtert sich zusehends. Schneeböen und Hagelschauer ziehen immer wieder ihre Vorhänge zwischen die Boote und ihre Beute. Von Stunde zu Stunde verstärkt sich die Abwehr.

Am Steinplatz in Berlin häufen sich die FTs: Alarm vor Flugzeug. –

Unter Wasser gedrückt durch Flugzeug. –

Nach Angriff durch Flugzeug schwere Schäden. Repariere. –

Aus Schneebö Zerstörer. Wabos …

Und immer wieder: Alarm vor Flugzeug. – Abgedrängt durch Zerstörer …

Am Abend des zweiten Tages geht die Fühlung an beiden Geleitzügen verloren. Nur ein einziges Boot kommt in der folgenden Nacht an dem vorderen Geleitzug, der bisher noch keine Verluste erlitten hat, zu einem Erfolg. Alle anderen stoßen vergeblich in Suchschlägen durch die Dunkelheit, um wieder Fühlung aufzunehmen, nachdem die Flugzeuge mit der letzten Dämmerung zu ihren fernen Horsten in Neufundland, auf Island, in Schottland oder Nordirland abgeflogen sind.

Mit dem Morgengrauen des 18. springt der Wind auf Nordost, steigt rasch an zu Sturmesstärke und jagt in kurzer Zeit eine schwere, steile See empor, die den Booten das Vorarbeiten außerordentlich erschwert.

Übermüdet, mit rotgeränderten Augen, ausgelaugt, das hohle Gefühl der Überanstrengung im Körper, dicke Salzkrusten im Bartgestrüpp, fortwährend gepeitscht von flackernden Böen und fliegendem Gischt, stehen die Kommandanten neben ihren Ausgucks auf den Brücken der Boote, mancher seit mehr als dreißig Stunden ohne Schlaf, viele von ihnen auf ihrer ersten oder zweiten Unternehmung, jung, zu jung eigentlich für das, was dieser Krieg von ihnen verlangt, mancher seiner Sache noch nicht ganz sicher, mancher fast erdrückt von der Verantwortung für die fünfzig Mann, die auf ihn blicken, auf ihn vertrauen und von ihm erwarten, daß er das Boot zum Erfolg und sie selber gesund wieder nach Hause bringt. Irgendwann kommt dann der Punkt, an dem sie glauben, am Ende zu sein, einfach nicht mehr zu können, an dem die leise, listige Stimme in ihnen zu flüstern beginnt: brich ab, Mensch, du erreichst ja doch nichts. Geh zur Koje, schlaf, ein paar Stunden nur, dann bist du wieder frisch, und die Fühlung ist jetzt sowieso abgerissen. Es ist schon hell, in einer Stunde sind die Flugzeuge wieder da. Weißt du denn, ob sie dich nicht erwischen? Denk an deine Besatzung. Die armen Kerle sind genau so fertig wie du. Der da achtern pennt ja wohl schon hinterm Glas...

Ein Satz, ein Rippenstoß: »Kerl, Mensch, Sie schlafen doch nicht?«

Und ein verwundertes, hellwaches Gesicht, das sich blitzschnell herumdreht: »Nein, Herr Oberleutnant.«

»So? Sah aber lausig so aus.«

»Nein, Herr Oberleutnant.«

»Ich hab' Sie doch eine ganze Zeit beobachtet. Warum suchen Sie nicht Ihren Sektor ab?«

»Ich weiß nicht, Herr Oberleutnant, ich hatte da was, aber ich war noch nicht sicher.«

»Wo?«

»Hier drüben, Herr Oberleutnant!« Er weist mit dem Arm schräg achteraus, und nun suchen sie beide, und der Kommandant fühlt in diesem Augenblick, daß er plötzlich den »Punkt« überwunden hat, daß ihm auf einmal neue Kräfte zuwachsen, als wäre er in ein anderes Stadium seiner Existenz eingetreten. Eine merkwürdige Erfahrung!

Der Mann hat recht; da drüben ist etwas, kaum mehr als ein Punkt in der Kimm; der Westhimmel ist noch zu dunkel, um es klar auszumachen.

Der Geleitzug? schießt es dem Kommandanten durch den Kopf, der Geleitzug *hinter* mir? Herrgott, wäre das ein Dusel!

»Hin!« sagt er, »nachsehen. Eine Dose Obst für dich, wenn das der Geleitzug ist. Hart Steuerbord. Beide AK voraus!« –

Es *ist* der Geleitzug. Die Sicht wird besser, und sie erkennen, daß der Punkt, den sie vorher nur ahnungsweise ausmachen konnten, zu einer dünnen Nadel emporwächst.

Abdrehend, um noch weiter nach vorn zu kommen, drückt der Kommandant seine Meldung hinaus: »Geleitzug in Quadrat … Halte Fühlung.«

Mit Höchstfahrt, rücksichtslos gegen die immer gröbere See anknüppelnd, überrauscht von Brechern, die in unbarmherziger Folge mit schäumenden Kämmen am Netzabweiser heraufsteigen, eingehüllt in Wolken, Fahnen und explosionsartig aufstiebende Kaskaden von Gischt, bringt er sein Boot vor den Geleitzug, ehe die ersten Sicherungsflugzeuge eintreffen, und taucht.

Eine halbe Stunde später hat er es geschafft. Das Boot ist trotz der schweren See von vorn in den Geleitzug hineingesackt, ohne bemerkt zu werden. Zwischen den hohen Wasserbergen, die ihm immer nur für Augenblicke das vorsichtig gefahrene Sehrohr freigeben, hat der Kommandant die Frachter vor sich, schwer beladene, große Schiffe, die ihre Steven immer wieder rauschend in die anrennenden Wellenberge hineinschieben und sich rollend und schwankend wieder anheben, während weiße Güsse übergenommenen Wassers aus ihren Klüsen schießen.

Er sieht auch die Abwehr, eine Korvette drüben hinter der nächsten Kolonne, eine zweite achteraus, die verdächtig spitz liegt und langsam, als ob sie etwas suchte, zwischen den Schiffen mitfährt, ganz drüben endlich einen Zerstörer, Ping, klingt es an den Bootskörper, ping, ping, ping. Asdic.

Jetzt dreht die zweite Korvette zu, nimmt mehr Fahrt auf, kommt rasch näher.

Und dann, gerade als er sein »Schnell in den Keller!« brüllen will, dreht sie weiter, wird breit, läuft ab, und er hat gewonnen.

Und dann macht er eiskalt und bedächtig auf zwei große überlappende Frachter seine Aale los.

Acht Boote außer diesem bekommen im Laufe des 18. März wieder Fühlung am Geleit; fast zwei Dutzend weitere sägen zäh und erbittert an ihm herum, immer wieder abgedrängt von Zerstörern, Fregatten, Korvetten, Trawlern, unter Wasser gedrückt von der dichten Luftsicherung, die in pausenloser Ablösung um den Geleitzug ihre weiten Kreise zieht, gebombt, verfolgt, in der Tiefe mit Hunderten von Wasserbomben eingedeckt und zermürbt. Und wenn sie mit der letzten Luft anblasen müssen, um nicht durchzusacken ins Bodenlose, empfängt sie beim Auftauchen der wütende Feuerhagel aus den Geschützen und Maschinenwaffen der Zerstörer und den Bordkanonen der Flugzeuge.

Ein Boot kommt nie wieder empor an das Licht; andere hinken angeschlagen und kampfunfähig geworden von dannen, aber als die Nacht fällt, eine stürmische Nacht, die von der weißen Mondscheibe zwischen ziehenden Wolken geisterhaft erhellt wird, sind doch immer noch einige da, um anzugreifen, zwei an dem Hauptgeleitzug, drei an dem später entdeckten, und sie versenken in dieser Nacht und am folgenden Tag noch einmal acht Schiffe und einen Zerstörer. –

Am Morgen des 20. März bricht der BdU diese bisher größte und schwerste aller Geleitzugschlachten ab. Alle Funksprüche zeigen: es hat keinen Zweck mehr. Nachts ist der fast volle Mond so hell, daß die Boote nicht ungesehen herankommen, bei Tage die Sicht so schlecht und die Luftabwehr so stark, daß ihnen kaum noch möglich ist, sich vorzusetzen.

Der Bericht über die Dreitageschlacht schließt mit den Worten: »Insgesamt wurden 32 Schiffe mit 186 000 Tonnen und ein Zerstörer versenkt, außerdem auf 9 weiteren Schiffen Treffer erzielt. Das ist der bisher größte Erfolg einer Geleitzugschlacht und um so erfreulicher, als fast 50 Prozent der Boote an dem Erfolg (ein Verlust) beteiligt waren ...«

Als der März endet, hat die U-Boot-Waffe 15 Boote gegenüber 19 des Vormonats verloren, ein leichter Rückgang, gewiß, aber mit 13,4 Prozent der Boote in See immer noch über der bisher als unvermeidlich angesehenen »normalen« Verlustquote.

Der Verlauf des März und des beginnenden April gibt jedoch einem Verdacht neue Nahrung, der seit Januar aufgetaucht ist und wie eine düstere Drohung auf ihnen lastet: es sind wieder, wie schon einmal im Vorjahr, Boote spurlos verschollen, Boote in Nacht und Nebel vom Feind überfallen und gebombt, Boote bei Tag vom Gegner schnurstracks angeflogen worden. Und der Metox, das Funkmeß-Beobachtungsgerät, das FuMB, hat nichts angezeigt!

Sind das Einzelfälle? Versager einzelner Geräte? Niemand weiß das mit Sicherheit zu sagen. Hunderte von Fällen, in denen das Gerät ordnungsmäßig angezeigt hat, sprechen gegen die Annahme, daß der Gegner ein neues Ortungsprinzip anwendet. Und dennoch, der Verdacht besteht, und der BdU zögert nicht, eine Welle von Aktionen einzuleiten, um sich Gewißheit zu verschaffen.

Der Kapitän Meckel, von dem es schon seit Jahren heißt, daß er »nicht geht, sondern weht«, ist fortab sozusagen nur noch per Momentaufnahme sichtbar. Keine Stelle der Marine, der Luftwaffe, der Rüstungsämter, der Entwicklungskommandos, der Industrie, der Wissenschaft, die mit Ortungsfragen befaßt ist, wo er nicht auftauchte, die er nicht anstieße, ermahnte, beschwörend vorantriebe. Das Schicksal der U-Boote steht auf dem Spiel, die Entscheidung des Seekriegs! U-Boote ohne ausreichenden, sicher wirkenden Ortungsschutz in diesem Stadium des Krieges – unausdenkbar! Sie würden totgeschlagen werden wie die Fliegen an der Wand. Der Ortungsschutz muß her! Die eigene Aktivortung muß her!

Einmal mehr zeigt sich der Unsinn des Nebeneinanderhers der Entwicklungen in den einzelnen Wehrmachtteilen. Bei der Luftwaffe entdeckt er das Lichtenstein-Gerät, eine Entwicklung, von deren Vorhandensein in der Marine bisher niemand etwas geahnt hat.

Der Metox ist im vorigen Jahre vor seinem Einsatz auf den Booten eingehend überprüft worden. Nun laufen neue Prüfungen an. Was leistet er wirklich? Ist er absolut zuverlässig? In welchem Bereich? Ist er ganz bestimmt frei von Abstrahlungen, die der Gegner empfangen und ausnutzen könnte? Gibt es andere, noch nicht erforschte Möglichkeiten, die Boote festzustellen?

Meckel zermartert sich das Hirn, sie alle zermartern sich die

Gehirne, diskutieren endlos, bieten, alte Praktiker, die sie ohne Ausnahme sind, ihre ganze Erfahrung, ihre ganze Phantasie auf, um jede Möglichkeit zu erschöpfen. Angenommen, es wäre etwas ganz anderes als die bisherige Ortung? Was könnte es sein? Abstrahlung welcher Art? Nichts lassen sie unerörtert. Sind es vielleicht Wärmewirkungen der Auspuffgase, die der Gegner auf irgendeine unbekannte Weise aufnimmt? Wie ist es mit Ultra-Rot, Infra-Rot, Ultra-Schall oder wie diese Dinge heißen? – Und jeder vagen Möglichkeit wird nachgegangen, systematisch, in unerbittlichem Drängen. Nichts ist so phantastisch, daß sie es nicht der Prüfung für würdig befänden; der U-Boot-Krieg, das Leben der Kameraden, die Entscheidung selbst hängt davon ab, daß dies Rätsel gelöst wird, und es darf ihnen nicht passieren, daß sie sich später sagen müssen: wären wir nur *darauf* verfallen, so würden viele brave Kerle noch am Leben sein. –

Auch der Großadmiral, dem sie täglich ihre Sorgen und Befürchtungen vortragen, zögert nicht, sofort mit dem ganzen Gewicht seines Einflusses seine Maßnahmen zu treffen. Was er tut, ist wieder einmal unorthodox, den Gepflogenheiten der Marine widersprechend.

Er ruft die bedeutendsten Köpfe der Wissenschaft und Industrie zusammen, stellt sich hin und hält ihnen einen Vortrag, in dem er ihnen mit klaren Worten sagt, daß der U-Boot-Krieg und damit der Seekrieg zum Erliegen kommt, wenn sie, die Wissenschaftler und Techniker, nicht ein Gegenmittel gegen die Ortung finden. Sie sollen sich nicht täuschen lassen durch die hohen Versenkungserfolge der letzten Zeit. Es brennt, und das Feuer muß gelöscht werden, solange das noch möglich ist. Alle Eifersüchteleien, alle Eigenbrötelei müssen zurückgestellt werden. Einzig das Ziel, das erreicht werden muß, gilt. Nüchtern, eindringlich, schonungslos legt er ihnen dar, was es bedeuten würde, wenn die U-Boote nicht mehr kämpfen könnten. Daß der Gegner dann in der Lage sein würde, immer wachsende Mengen von Menschen und Kriegsmaterial heranzuführen, nach Italien, nach Rußland, an eine Invasionsfront, die zu errichten und zu nähren ihm dann niemand mehr verwehren würde. Und er sagt ihnen, um ihnen einen Eindruck davon zu verschaffen, welche gewaltigen Mengen von Kriegsmaterial ein einziger Frachter von 5000 BRT zu schleppen vermag, und was an Kräften und Opfern erforderlich ist, um dieses Material zu vernichten, wenn es einmal die Front an Land erreicht hat.

Das Ergebnis dieses Vertrags ist die Gründung des wissenschaftlichen Forschungsrats der Kriegsmarine unter Vorsitz des Professors Küpfmüller. –

Am 11. April steht der Großadmiral wieder in »Wolfsschanze« vor Hitler. Inzwischen ist er in Italien gewesen, bei Mussolini und bei Admiral Riccardi, dem Chef der Supra Marina, um auf verstärkten Einsatz der italienischen Flotte im Kampf um Tunis zu drängen, die Verbindung zur italienischen Marine enger zu gestalten und die Kommandoverhältnisse beim deutschen Marinekommando Italien neuzuordnen. Aber nicht das ist es, was ihn heute hierher führt in den langen Raum, dessen Wände und dessen riesiger Tisch mit Karten von allen Fronten bedeckt sind, sondern die Absicht, über Stand und Entwicklung der Schlacht im Atlantik zu berichten.

Schon die Meldung über das Ergebnis seiner italienischen Reise am 14. und 18. März hat er dazu benutzt, in einer Unterredung unter vier Augen Hitler die geplanten Maßnahmen zur Steigerung des U-Boot-Baues vorzutragen; heute will er erneut in diese Kerbe hauen. Es bleibt ihm gar keine andere Wahl; denn selbst bei steigenden Verlusten sind U-Boote im gegenwärtigen Stadium des Krieges das einzige Mittel, mit dem er hoffen kann, den alliierten Nachschubverkehr ernstlich zu schädigen. Die Konstruktion der neuen Elektroboote vom Typ XXI und XXIII ist im Gange, und Stahlzuteilungen, die er jetzt erlangt, braucht er später nicht erst zu erkämpfen.

So ergreift er auf ein Zeichen Hitlers das Wort.

»Die U-Boot-Verluste«, sagt er, »im Februar 19, im März 15, im April bisher 13 Boote, sind zu hoch; der U-Boot-Krieg ist außerordentlich schwierig geworden. Das ändert aber nichts daran, daß es unser Ziel bleiben muß, mehr Schiffe zu versenken, als der

Gegner nachbauen kann. Wenn wir dieses Ziel nicht erreichen, würde der Gegner sicher fortlaufend empfindliche Verluste an materieller Substanz erleiden, aber es würde uns nicht gelingen, ihn durch Dezimierung seiner Tonnage zum Weißbluten zu bringen. Schaffen wir es aber nicht, mehr Schiffsraum zu versenken, als der Gegner bauen kann, so befürchte ich, daß der U-Boot-Krieg als Ganzes fehlschlägt.«

»Fehlschlägt? Wieviel, glauben Sie denn, daß die U-Boote mindestens versenken müssen?« fragt Hitler erregt.

»Ich glaube«, erwidert der Großadmiral vorsichtig, »daß der Gegner einen Aderlaß von monatlich 100 000 bis 200 000 Tonnen in allen Seegebieten auf die Dauer nicht ertragen könnte.« Und da Hitler aufmunternd nickt, fährt er, seine Worte mit Gesten der halbgeballten, nach oben gekehrten Linken pointierend, eindringlich fort: »Sowohl Deutschland mit seinen U-Booten und Schnellbooten und seiner Luftwaffe, wie auch seine Verbündeten, Japan und Italien, müssen jede nur mögliche Anstrengung machen, dieses Ziel zu erreichen. Wir dürfen nicht in die Lage geraten, uns den Vorwurf machen zu müssen, daß wir den Feind nicht niedergerungen haben, weil wir es versäumt haben, den Kampf gegen seine Schiffahrt noch ein wenig schärfer zu führen. Heute ist aber eine Vielzahl von U-Booten erforderlich, um das zu erreichen, was *ein* Boot 1940 leisten konnte. Wir müssen daher unser U-Boot-Bauprogramm vergrößern, soweit es unsere Werftkapazität nur eben zuläßt, damit das Verhältnis zwischen U-Boot-Verlusten und -Neubauten nicht zu ungünstig wird. Eine Ausarbeitung über die Erweiterung des U-Boot-Programms habe ich mitgebracht.« Er schweigt einen Augenblick und wartet.

»Lassen Sie sehen.« Hitler nimmt das Papier, das der Kapt. z. S. von Puttkamer ihm überreicht, mit einem kurzen »Danke« entgegen und vertieft sich in die Kolonnen von Zahlen und technischen Daten.

Endlich lehnte er sich zurück und setzt die Lesebrille ab. Seine Hand ruht auf dem Dokument, und er pocht ein paarmal mit dem Finger darauf, ehe er spricht.

»Ich stimme vollständig mit Ihnen überein, Herr Großadmiral«, sagt er, »wir müssen es möglich machen, das U-Boot-Programm zu vergrößern. Wie – darüber werde ich noch mit Minister Speer sprechen müssen.«

Damit wendet das Gespräch sich anderen Themen zu, den Sorgen des Großadmirals um die Aufrechterhaltung der Nachschublinien und des Überseehandels, für die weitaus zu geringe Kräfte verfügbar sind.

Vom ersten Tage an hat er es sich zur Gewohnheit gemacht, Hitler alle Dinge, besonders die unangenehmen, rückhaltlos und ungeschminkt so vorzutragen, wie er sie sieht, nichts zu beschönigen, nichts zu verschlimmern, alles sachlich zu untermauern und durch einwandfreies Zahlen- und Kartenmaterial zu veranschaulichen, zugleich aber in jedem Falle vorzuschlagen, was zur Abhilfe getan werden muß. Dies Verfahren hat sich bisher ausgezeichnet bewährt.

Karten und Tabellen unterstützen seinen Vortrag, und Hitler hört aufmerksam zu, nur hin und wieder durch ein kurzes Wort oder ein Neigen des Hauptes seine Zustimmung bekundend.

»Die Aufstellung«, sagt der Großadmiral endlich, »die ich Ihnen vorgelegt habe, mein Führer, enthält keine künstlich aufgeblasenen Zahlen, sondern ausschließlich das, was wir unbedingt brauchen, um den Seekrieg weiterführen zu können.«

»Ihnen glaube ich das, Herr Großadmiral«, erwidert Hitler mit dem Anflug eines Lächelns. »Das Problem bleibt: wo bekommen wir den Stahl her? Natürlich kann ich als Chef eines totalen Staatswesens befehlen, daß die erforderliche Menge verfügbar gemacht wird, aber das würde nur bedeuten, daß wir sie einem anderen Wehrmachtsteil entzögen. Der drängende Bedarf des Heeres an Panzern und Pakgeschützen und der Luftwaffe an Flakkanonen würde das, wenigstens für längere Zeit, nicht erlauben. Meine Hauptsorge muß es sein, das Heer mit den neuesten Waffen auszurüsten, um übermäßige Menschenverluste zu vermeiden. Damit wir den Luftkrieg nicht verlieren, muß ferner das fliegende Material der Luftwaffe enorm vergrößert werden. Und schließlich muß die Kriegsmarine genügend Material zugeteilt bekommen, nicht nur um ein Absinken der U-Boot-Erfolge zu verhindern, sondern um die Wirksamkeit des U-Boot-Krieges noch zu steigern. Endlich muß auch für die Handelsmarine noch etwas getan werden, um ihr bei der Lösung des Nachschubproblems zu helfen.

Ich habe daher den Minister Speer und die Herren Roechling und Duisberg für die nächsten Tage zu einer Besprechung zu mir gebeten, um mit ihnen die Frage zu erörtern, wie wir die Stahlproduktion von 2,6 auf 4 Millionen Tonnen monatlich steigern können. Ich bin mir dabei der Tatsache vollkommen bewußt, daß ein solches Programm zunächst erhebliche Stahlzuteilungen sowohl für den Bau neuer Anlagen, wie Hochöfen, wie auch für die Modernisierung der vorhandenen Anlagen in den Stahlwerken voraussetzt. Ich bin aber überzeugt, daß das der einzige Weg ist, um die Eisenknappheit endgültig zu überwinden.«

Er ist während dieser Rede aufgestanden und nach seiner Gewohnheit, die Hände auf dem Rücken, ein wenig vornübergebeugt und wie zu sich selber sprechend, umhergegangen. Nun bleibt er stehen, wischt sich mit einer langsamen, nachdenklichen Bewegung das Haar aus der Stirn und blickt seinen Marinechef plötzlich voll an.

»Ich betone ausdrücklich, Herr Großadmiral«, sagt er, mehrmals nickend, »daß ich mit Ihrem Programm des Baues kleiner Schiffe, Zerstörer eingeschlossen, ganz und gar einverstanden bin, daß ich jedoch den Bau schwerer Einheiten ablehne.«

Und da der ObdM nicht antwortet, sondern sich nur schweigend verneigt: »Sagen Sie mir noch eins, Großadmiral Dönitz: Umfassen diese Zahlen, die Sie mir gegeben haben, den gesamten Bedarf der Kriegsmarine, oder kommt noch etwas hinzu?«

»Beide Bauprogramme zusammen«, erwidert der Großadmiral, ohne zu zögern, »erfordern eine Stahlzuteilung von monatlich 30000 Tonnen über den gegenwärtigen Bedarf der Marine hinaus.«

»Mehr nicht?«

»Nein. Mehr nicht.«

»Nun, ich bin sicher, daß Sie diese zusätzlichen 30000 Tonnen infolge der Ausweitung unserer Stahlproduktion bekommen werden. Sie brauchen in dieser Angelegenheit fürderhin nichts mehr zu unternehmen. Ich nehme das selbst in die Hand.«

Als der Großadmiral sich abgemeldet und mit Konteradmiral Voß und Kapitän z. S. v. Puttkamer den Raum verlassen hat, steht Hitler noch einen Augenblick sinnend da. Merkwürdig, diese Marineleute. Irgendwie gleichen sie einander alle. Sprache, Haltung, Bewegung, Ansichten – aus einem Guß.

Er wendet sich noch einmal der Aufstellung zu, die ihm der Großadmiral hinterlassen hat. Da steht:

Die stufenweise Vergrößerung des U-Boot-Bauprogramms ist wie folgt geplant:

1943 2. Jahreshälfte	1944 1. Jahreshälfte	1944 2. Jahreshälfte	1945 1. Jahreshälfte	1945 2. Jahreshälfte
Steigerung des Ausstoßes auf 27 Boote monatlich	27 Boote im Monat trotz Übergang zu Typ VII/C 42	27+3 Typ XX monatlich	27+3 Typ XX monatlich	30 Boote monatlich

Stahlbedarf für obiges Programm:

Für U-Boot-Bau monatlich	4500 Tonnen
Für Steigerung der Torpedoproduktion	1500 Tonnen
Gesamt:	6000 Tonnen

Nachdenklich überliest Hitler diese Zahlen. Dreißig Boote im Monat, denkt er, das hätten wir schon 1939 tun sollen …

33.
TÖDLICHE WENDE

Die Hoffnung, daß der April mit Einsetzen leichteren Wetters die Erfolge des März wiederholen möge, erfüllt sich nicht. Sechsundfünfzig Schiffe mit 328 000 BRT geben die Engländer als Verlust dieses Monats an.

Zugleich aber mehren sich die beunruhigenden Meldungen von den Booten aus See:

»Gebombt nach Überraschungsanflug, tauchunklar ...«

»Nachts trotz Metox Bomben von amerikanischer Liberator, schwere Schäden, tauchklar für 30 m, Rückmarsch ...«

»Qu. BE 2763 aus Nebel Zerstörer mit Lage Null, schwere Wabos ...«

»Mehrfach bei Tage Direktanflug, keine Anzeige im FuMB ...«

Und dagegen die Berichte zurückkehrender Kommandanten: »Doch, jawohl, das FuMB hat in einer Reihe von Fällen einwandfrei angezeigt, so daß ich rechtzeitig tauchen konnte.« Oder:

»Es scheint, daß der Gegner sein Gerät nur noch kurz und so sparsam wie möglich einschaltet, um uns die Aufnahme der Impulse zu erschweren. Man muß höllisch aufpassen. Ich gehe jetzt grundsätzlich auf Tiefe, sowie ich Ortung bekomme.«

»Also eine Art Kurz- oder Spar-Ortung?«

»Jawohl, das ist mein Eindruck.«

»Aber Ihr FuMB arbeitete einwandfrei?«

»Einwandfrei.«

Oder: »Ich weiß nicht, ich habe einen ganz erstklassigen Funkmaaten, auf den ich mich hundertprozentig verlassen kann. Trotzdem bin ich zweimal überraschend angeflogen worden, beide Male aus der Kimm direkt auf mich zu. Wenn meine Ausgucke nicht so auf Zack gewesen wären ... Halten Sie es für möglich, daß das FuMB tote Löcher hat, oder daß der Gegner jetzt auf Frequenzen ortet, die wir nicht hören können?«

»Tja, wir wissen es noch nicht. Es scheint, daß der Metox tatsächlich solche ›toten Löcher‹ hat. Es wird mit Hochdruck daran gearbeitet, das festzustellen. Und unhörbare Frequenzen? Bisher liegt die weitaus größte Zahl der Ortungen im 120- bis 125-cm-Bereich. Wenn man der Sache auf den Grund geht, gibt es kaum ungeklärte Anflüge. Trotzdem – *wissen* kann man es nicht. Der einzige Rat, den wir im Augenblick geben können, ist: Vorsicht, in jedem Augenblick äußerste Vorsicht, schärfster Ausguck, größtes Mißtrauen ...«

Und so fahren sie denn weiter »mit schärfstem Ausguck und größtem Mißtrauen«, während in der Heimat in Werften und Werkstätten unter dem pressenden Drängen und Bohren der Flottillen, des FdU-West und der Referenten des BdU und dem unablässigen Nachstoßen des Admirals v. Friedeburg die neuen Fla-Waffen geschaffen werden, automatische Zwozentimeter-Zwillings- und Vierlingsflak, 3,7-cm-Zwillinge und überschwere MGs, die den Booten gegen die tödliche Drohung aus der Luft mitgegeben werden sollen.

Aber es gibt auch Lichtblicke in diesen Wochen, in denen wie vor dem Losbrechen eines schweren Wetters jedermann in der großen U-Boot-Familie bedrückt ist von dem Vorgefühl einer unheimlichen, unfaßbaren Drohung. Die Zwozentimeter-Zwillinge versprechen wirksamen Schutz und einwandfreies Funktionieren. Ab Juni werden neuartige Brand-Sprenggeschosse mit verdreifachter Wirkung zur Verfügung stehen, Hexogen-Minengranaten. Die »Aphrodite«, ein Ballon, der Silberpapierfolien trägt, und den die Boote steigen lassen, um die feindliche Ortung irrezuführen; die »Thetisboje«, die dem gleichen Zweck dient und besonders in der Biscaya ausgesetzt werden soll, werden in absehbarer Zeit einsatzbereit sein. Und: in Blankenburg am Harz rechnen und zeichnen die Schiffbauer des von Dönitz geschaffenen Konstruktionsbüros in engster Zusammenarbeit mit alten Frontfahrern an den Plänen für die neuen, schnellen Unterseeboote, die Typen XXI und XXIII.

Freilich, diese Boote, mit deren Einführung der Krieg unter Wasser sich grundlegend ändern wird, sind nicht vor Ende 1944 an der Front zu erwarten, aber die bloße Gewißheit, daß sie geschaffen werden, daß ein Zeitpunkt abzusehen ist, an dem die Grauen Wölfe wieder so unsichtbar wie früher, horchend, lauernd und mit bisher unbekannten Geschwindigkeiten durch die Tiefen jagend, ihre Gegner werden anspringen können, unsichtbar für die Flugzeuge, schwer erfaßbar für die begleitenden Zerstörer an den Geleitzügen, diese sichere Aussicht genügt, um der Härte des gegenwärtigen Kampfes, dem Ausbleiben greifbarer Erfolge, dem Gefühl der Ohnmacht gegenüber einer allgegenwärtig drohenden tödlichen Gefährdung wenigstens einen Teil ihres Gewichts zu nehmen. Denn dies Gewicht ist schwer. Es lastet auf allen, und auf jedem in anderer Weise. Es lastet auf denen, die Verantwortung tragen, mit der Frage, ob es noch Sinn hat, die Boote an Geleitzüge zu schicken, an die kaum noch heranzukommen ist, – ob es vertretbar und Kommandanten und Besatzungen zuzumuten ist, in See zu gehen, solange keine Klarheit darüber besteht, ob der Gegner neue Ortungsmittel einsetzt.

Es lastet auf denen, die als Flottillenchefs an der Pier stehen und ihre Boote verabschieden: Was soll ich ihnen sagen, was ihnen mitgeben? »Heil und Sieg und fette Beute« wie früher? Das hat seinen Sinn verloren. *Daß* sie fahren sollen, ist befohlen, aber *wie* sie fahren sollen, wollen sie von mir wissen, von mir als einem alten Hasen. Und was ist richtig? Obenbleiben, die Flak besetzt, klar zur Abwehr? Oder tauchen vor jedem Flugzeug wie bisher? Was ist richtig? Es sind doch *meine* Jungs, und sie erwarten mit Recht von mir, daß ich ihnen das Richtige mit auf den Weg gebe. Aber was, um des Himmels willen, ist das Richtige? Verdammte, verfluchte Ungewißheit!

Am schwersten aber lastet dieses Gewicht auf den Kommandanten und den Besatzungen, die den Kampf mit sich selbst zu bestehen haben, mit dem Zweifel in der eigenen Brust, mit der leisen, unablässig flüsternden Stimme, mit dem Berg, der sich in der Nacht auftürmt und bezwungen werden muß – und bezwungen wird. Durch das Beispiel der Kameraden, die laut und fröhlich sind wie immer, vielleicht eine Spur zu laut und zu fröhlich ...

Und dann kommt der Monat Mai.

Fünfzig Schiffe mit 265 000 BRT buchen die Engländer in diesem Monat auf ihr Verlustkonto, aber nicht, daß diese Ziffer kaum ein Viertel des Märzerfolges ausmacht, gibt ihr ihre Bedeutung in den Augen der U-Boot-Führung – schlechte Monate hat es schon oft gegeben –, sondern die unerträgliche, furchtbare Schwere der U-Boot-Verluste, mit denen dieser mäßige Erfolg erkauft worden ist. Achtunddreißig Boote im Atlantik kostet dieser Schwarze Mai des Jahres 1943, achtunddreißig Boote, fast dreimal soviel wie der April, mehr als 30% aller Boote in See! Der Blitz, seit langem vorausgeahnt und mit heimlichem Bangen erwartet, der Blitz ist gefallen.

Achtunddreißig Boote, weit mehr als eine Monatsbauquote der Werften, achtunddreißig Kommandanten und Besatzungen, weit mehr als die U-Boot-Waffe selbst in den guten Zeiten vergangener Jahre in See gehabt, geschweige zu Kriegsbeginn überhaupt besessen hat, verloren, in einem einzigen Monat vernichtet! Über zweitausend Mann – geblieben, nach aller Wahrscheinlichkeit und bisherigen Erfahrung nur zu einem geringen Teil aufgefischt und gerettet!

Und keine, keine stichhaltige Erklärung für diese Katastrophe, keinerlei Gewißheit, warum dies so hat kommen können, was der wahre, der wirkliche Grund dafür ist, daß täglich, einunddreißig grausam lange und mit jeder Stunde schrecklichere Tage hindurch, ein Boot nach dem andern verstummt!

Draußen blüht der Frühling, prangen Baum und Flur im jungen Grün, segeln die leichten weißen Wolken unter einem Himmel dahin, der wie eine blaue golddurchwirkte Flagge leuchtet und strahlt, und die linde Luft führt selbst im Herzen Berlins den Duft von Blüten und Erde, von Leben, das sich allenthalben entfaltet und erneuert, in die weit geöffneten Fenster hinein, auch in das Lagezimmer am Steinplatz, wo mit jedem Tage die Marter wächst, wenn wieder, wieder ein Boot verstummt ist, oder wenn die Hilferufe hereinkommen:

»Fliebos. Tauchunklar.«

»Fliegerabwehr.«

»Zwei Zerstörer.«

»Flugzeug abgewehrt. Schäden.«

»Gebombt. Kommandant und sechs Mann gefallen. Boot sinkt.« Oder scheinbar ganz harmlose Funksprüche:

»Fühlung an Geleit.«

»Zerstörer versenkt.«

»500 Tonnen aus Geleit. Waboschäden. Rückmarsch.«

»20 Grad West passiert.«

»Mar. Qu. xy Suchgruppe.«

»BF 2763 SW 6, See 4, mäßige Sicht. Regen.«

»Ergänzt aus Schnorr, 14 Aale, Proviant für 60 Tage. Gehe op-Gebiet.«

»Flugzeug abgewehrt. Kdt., II. WO, 3 Mann verwundet. Rückmarsch.«

Und dann nichts mehr ... Kampfmeldungen, Passiermeldungen, Wettermeldungen als letzte Lebenszeichen ...

Hinter jedem dieser Funksprüche steht die Kampfkraft und das Leben von fünfzig bis sechzig U-Boot-Männern. Das Leben und das Ende. Und das Rätsel, warum diese Boote, so über alle Erfahrung viele Boote, plötzlich nicht mehr antworten.

Dabei ist es ja nicht so, daß man mit dem 1. Mai vor vollendeter Tatsache stünde, keineswegs. Die Aprilverluste liegen mit etwa 11% der Boote in See unter den Märzverlusten; sie sind für die gegenwärtigen Verhältnisse »normal« gewesen, und niemand erwartet eigentlich, als das Jahr in den Mai hineingeht, daß sie über das Normalmaß ansteigen würden. Erst ganz allmählich, von Tag zu Tag zunehmend, enthüllt sich die Katastrophe in ihrem ganzen Ausmaß, zuerst am Steinplatz, wo allein alle Meldungen vollständig zusammenlaufen.

In den Flottillen weiß man noch nichts Gewisses, aber es kann nicht ausbleiben, daß das Gerücht seine schwarzen Schwingen entfaltet und von Stützpunkt zu Stützpunkt fliegt. Bei den Treffen der Chefs, den »Things«, die Rösing, der FdU-West in Angers, von Zeit zu Zeit veranstaltet, gibt es keine Geheimnisse. Da kommen sie zusammen, die Eichenlaub- und Ritterkreuzträger der ersten Kriegsjahre, die jetzt die Flottillen führen, »Peddl« Winter und der »Recke« Lehmann-Willenbrock von der Ersten und Neunten aus Brest, Kals und Kuhnke, Zwote und Zehnte aus Lorient, Sohler und Emmermann, Siebte und Sechste aus La Baule, Zapp, Dritte, aus La Rochelle und Scholz, Zwölfte, aus Bordeaux, um Gedanken, Sorgen, Erfahrungen auszutauschen und sich aneinander auszurichten, und diesmal heißt es: wie viele bei dir? Wie viele bei dir? Und sie diskutieren, was zu tun sei, alterfahrene, harte, gewitzte Kommandanten, die gewohnt sind, klar zu denken, wechselnde Lagen rasch und kühl zu erkennen und schnelle Entschlüsse zu fassen. Aber hier stehen sie vor dem gleichen Rätsel wie die Führung in Berlin. Man weiß nicht, was los ist; man kann nur Vermutungen anstellen und nach der Wahrscheinlichkeit handeln. Und das Wahrscheinliche, was ist das Wahrscheinliche? Hat der Gegner eine neue Ortung? Niemand weiß es. Was spricht dafür, was dagegen? –

Auch am Steinplatz, in dem kleinen Kreis, der den Krieg der U-Boote führt, prallen die Meinungen hart aufeinander:

»Der Tommy *muß* eine neue Schweinerei erfunden haben.«

»Wieso? Wir haben seit März über tausend Fälle von Ortungen in Wellenlängen von 120 bis 125 cm gemeldet bekommen. Die Zahl der ungeklärten Anflüge liegt unter 5% der Fälle.«

»Ja, vielleicht von denen, die nachprüfbar waren. Aber was ist mit denen, die niemand mehr nachprüfen kann?«

»Bei denen kann es prozentual nicht anders liegen als bei denen, die wir nachprüfen konnten. Die Verhältnisse sind doch für alle Boote die gleichen.«

»Aber die Verluste! Plötzlich die dreifachen Verluste! Das ist doch kein Zufall. Da steckt doch was dahinter! Wenn das so bleibt, das halten wir doch keine drei Monate aus; dann sind wir fertig.«

»Richtig. Aber wir können doch den U-Boot-Krieg nicht aufgeben! Das können wir doch nicht!«

»Vielleicht sollten sie einmal versuchen, tags über Wasser durchzubrechen und jeder Biene ordentlich was vor die Kanzel zu rotzen. Das kennen die nicht, und wenn es sich erst herumspricht, daß die Boote schießen und so einige Dutzend Flugzeuge nicht zurückkommen, werden sie wohl etwas vorsichtiger werden mit ihren Angriffen, und die Boote bekommen Zeit zum Tauchen.«

»Das wäre immerhin möglich. Und das haben ja auch schon einige Kommandanten mit Erfolg exerziert.«

»Vielleicht sollte man auch die Boote nur in Gruppen durch die Biscaya marschieren lassen, so daß eine stärkere Feuerkraft auf einem Haufen ist, und die Boote sich gegenseitig decken und unterstützen.«

»Ja, auch das könnte man erwägen. So, wie es jetzt ist, geht es jedenfalls nicht weiter. Seit März haben die ungeklärten Verluste in der Biscaya ständig zugenommen; diesen Monat sind es allein neun Boote, und weitere sieben sind nur eben mit einem blauen Auge davongekommen und liegen, zum Teil für Wochen, in der Werft.«

»Wie lange kann es denn dauern, bis wir sie durchgehend mit der verstärkten Fla-Bewaffnung ausgerüstet haben?«

»Zwei bis vier Monate.«

»So lange? Ist es dann nicht richtiger, zunächst einmal alle Boote aus dem Nordatlantik zurückzurufen?«

»Nein. Ausgeschlossen. Das geht schon deshalb nicht, weil wir nur hundertzehn Bunkerplätze haben und der Tommy uns die ungeschützten Boote nach wenigen Tagen zu Klump schmeißen würde. So leicht dürfen wir ihm die Sache nicht machen.«

»Überhaupt, wenn ich mir vorstelle, was da beim Gegner an Kräften frei würde, wenn wir den U-Boot-Krieg auch nur unterbrächen ...«

»Einige tausend Flugzeuge bestimmt.«

»Na, dann gute Nacht, Deutschland. Wenn die es mit unseren Städten machen, wie sie es mit St. Nazaire und Lorient gemacht haben – in zwanzig Minuten alles, aber auch alles flach, die ganze Stadt ein einziger Trümmerhaufen – Teppichwurf nennen sie das ja wohl – eine Mordsschweinerei! Ich hab' sonst nicht so furchtbar viel übrig für die Franzosen, aber da haben sie mir leid getan.«

»Ja, weiß Gott! Das haben sie.«

»Zur Sache, meine Herren, zur Sache. Eins ist doch wohl klar: der ›Alpdruck der U-Boote‹ darf nicht aufhören. Wir müssen dem

Gegner an der Klinge bleiben. Und wenn im Augenblick nicht mehr im Nordatlantik, dann überall anderweitig in beweglicher Operation mit kleineren Gruppen, und zwar da, wo wir länger nicht gewesen sind, und der Gegner uns daher nicht vermutet. Die Verluste, so schwer sie in diesem Monat gewesen sind, müssen wir doch im größeren Rahmen sehen. Und da ist nicht *der* U-Boot-Krieg verloren, sondern eine Schlacht *im* U-Boot-Krieg verloren ...«

So und ähnlich gehen hitzige Debatten im BdU-Stab am Steinplatz hin und wider, während in den letzten Maitagen alle brennstoffarmen Boote an den Nordatlantikrouten Befehl erhalten, sich nach Südwesten in den Azorenraum abzusetzen und dort zu ergänzen. Das geht in aller Stille vor sich, und danach bilden sechzehn Boote südwestlich der Azoren, fünfzig bis hundert Meilen auseinandergezogen und tief gestaffelt, die Gruppe »Trutz«, der in den ersten Junitagen die Gruppe »Geier« folgt.

Wieder zeigt sich dabei – auch hier, in diesem »ruhigen Seegebiet« – Aufwand und Wucht der feindlichen U-Boot-Bekämpfung aus der Luft. Flugzeuge des südlich der Azoren patrouillierenden Trägers »Bogue« verursachen Verluste. Gehetzt, gejagt, keine Stunde ihres Lebens sicher, streichen die Wölfe durch die blauen Wüsten, die sie vor Jahresfrist noch ungefährdet befuhren. Ihre Brücken, der obere und der neu aufgebaute untere »Wintergarten« starren von schußfertigen Fla-Waffen mit angesetzten Magazinen und von schweren MGs mit eingeführten Gurten, aus denen die gelben Zahnreihen der Geschosse glatt und böse hervorblecken, und es kommt vor, wie heimkehrende Kommandanten von einem Geleitzug im Mai berichtet haben, daß einzelne Korvetten gleichzeitig vier bis sechs Boote vor sich herjagen und sie abdrängen.

Und was sagen sie dazu, diese hageren, jungen Kapitäne mit den überwachen, harten Augen? »Es ist keine Liebe mehr unter den Menschen«, sagen sie und lächeln dazu ein kleines, ein wenig schiefes Lächeln.

Und wenn der Löwe sie fragt: »Schafft ihr es noch? Mir könnt ihr es sagen. Schaffen eure Männer es noch?«, dann nageln sie ihn mit ihren ernsten, geraden Blicken, stehen steil aufgerichtet vor ihm und sagen: »Jawohl, Herr Großadmiral.« Und hin und wieder ist da einer, emporgejagt durch die Ausbildung wie eine Treibhausfrucht zu allzu früher Reife, der setzt langsam und bedächtig wägend hinzu: »Die Männer, Herr Großadmiral? Wenn die Männer nicht so wären – die sind ganz prima! Mein L. I. ist älter als ich. Mein Obersteuermann ist Reservist und könnte fast mein Vater sein. Meine beiden Obermaschinisten haben jeder doppelt soviel Dienstjahre wie ich. Aber wie die mich unterstützen! Dabei haben die sich bestimmt ihre Gedanken gemacht über einen so jungen Kommandanten. Da muß man sehr behutsam sein und sehr bescheiden. Aber wenn man erst eine Reise zusammen gemacht hat, wissen die schon, woran sie mit einem sind. Worauf es jetzt ankommt, ist ja, die erste Reise zu überstehen. Dann hat man als Kommandant gewonnen und hat sie auch hinter sich. Nein, die Männer sind absolut in Ordnung.«

»So«, sagt der Großadmiral mit einem Lächeln um die Augenwinkel, »ihr meint also, daß ihr noch weiter fahren könnt mit den alten Bootstypen? Und eure Männer meinen dasselbe?«

»Fahren, jawohl, Herr Großadmiral. Nur mit dem Versenken ist es jetzt schlecht. Man kommt nicht mehr heran. Man kann sich nicht mehr vorsetzen. Sie haben einen, kaum daß man auftaucht. Jedes Aufladen ist eine Angstpartie. Wenn wir mehr Fla-Waffen bekämen, daß man sich wenigstens wehren kann ...«

»Die bekommt ihr. Und sobald die Erprobungen durch sind, bekommt ihr den Schnorchel. Dann könnt ihr aufladen, ohne aufzutauchen.«

Er gibt ihnen die Hand und geleitet sie so bis an die Tür, und wenn sie dann gegangen sind – jetzt so häufig zum letzten Male gegangen, kaum daß er Gelegenheit gefunden hat, sie richtig kennenzulernen – dann steht er sinnend und fragt sich, was für eine Zeit das ist, die aus halben Kindern in wenigen Wochen Männer macht. –

Mitte des Monats ist er nach einem viertägigen Italienaufenthalt zum Bericht in »Wolfsschanze« gewesen, und als er darauf hingewiesen hat, daß den Alliierten nach ihrem Sieg im Mittelmeer nun zwei Millionen Tonnen Schiffsraum mehr zur Verfügung stünden, hat ihn Hitler unterbrochen mit der fraglos als Vertrauensbeweis gemeinten Bemerkung: »die unsere braven U-Boote nun zu versenken haben werden.« Aber das ist leichter gesagt als getan.

Mehr und mehr festigt sich jetzt in den Überlegungen des Großadmirals der Gedanke, daß es in diesem vorgeschrittenen Stadium des Krieges nicht länger zu verantworten ist, die Marinerüstung in eigener Regie zu betreiben. Nur Speer, der Mann, der über das gesamte deutsche Industriepotential verfügt, kann in Katastrophenfällen, wie sie angesicht der zunehmenden Luftangriffe auf das Reichsgebiet täglich eintreten können, die Maßnahmen treffen – und ohne Zeitverlust treffen –, die eine Kontinuierlichkeit der Marinerüstung gewährleisten. Und darum, so scheint es ihm, ist es richtig, sie Speer zu übertragen – ohne Vorbehalt –, und ihn andererseits ständig drängend zur Einhaltung der zugesagten Leistungen zu zwingen. Mit dieser Erkenntnis und dem daraus resultierenden Entschluß fliegt der Großadmiral am 31. Mai 1943 nach Süden, um auf dem Berghof über die U-Boot-Lage zu berichten.

»Die zahlenmäßig starke Zunahme der feindlichen Luftstreitkräfte«, sagt er, »ist der Grund der augenblicklichen Krise im U-Boot-Krieg. Wir haben festgestellt, daß jetzt täglich so viele Maschinen zwischen Island und den Faröern U-Boot-Abwehr fliegen wie vor kurzem noch in einer ganzen Woche. Außerdem sind zusätzlich Flugzeugträger an den Nordatlantikgeleitzügen eingesetzt, so daß jetzt sämtliche Geleitzugrouten ununterbrochen unter Luftüberwachung stehen. Trotzdem würde die Verstärkung der feindlichen Luftstreitkräfte allein nicht genügt haben, um die gegenwärtige Krise im U-Boot-Krieg herbeizuführen. Der entscheidende Faktor ist vielmehr ein neues Ortungsgerät, das offenbar auch von den Geleitzerstörern eingesetzt wird und durch das die Flugzeuge jetzt wieder in der Lage sind, die U-Boote unbemerkt zu orten. Bei niedriger Bewölkung und schlechter Sicht oder zur Nachtzeit können sie daher ihre Überraschungsangriffe fliegen. Ohne ein solches Ortungsgerät wären die Flugzeuge außerstande, die U-Boote bei Nacht oder in schwerem Seegang zu finden. Das beweisen auch unsere Verluste, die in der großen Mehrzahl durch Flugzeugangriffe auf dem Marsch entstanden sind. Die Überwasserstreitkräfte dagegen haben keine außergewöhnlich großen Erfolge erzielt, obwohl verhältnismäßig viele Boote überraschend von ihnen angegriffen wurden. Aber auch hier gilt: ohne das neue, unbekannte Ortungsgerät wären Überraschungsangriffe bei Nacht oder dichtem Nebel nicht möglich gewesen.

Bezeichnenderweise treten annähernd 65% der Verluste ein, während sich die Boote auf dem Marsch befinden oder in Wartestellung liegen; nur etwa 35% der Verluste entstehen im eigentlichen Geleitzugkampf. Das ist auch nicht anders zu erwarten; denn ein U-Boot verbringt die meiste Zeit seiner sechs- bis achtwöchigen Operationsdauer auf dem Marsch oder in Wartestellung. In diesem Monat nun sind unsere Verluste von vierzehn Booten oder annähernd 13% der Boote in See auf sechsunddreißig oder gar siebenunddreißig Boote oder annähernd 30% emporgeschnellt. Derartige Ausfälle sind unerträglich und absolut zu hoch. Wir müssen unsere Kräfte erhalten, sonst spielen wir dem Gegner in die Hände.«

Er macht eine kurze Pause, als erwartete er eine Antwort. Sein Gesicht ist tiefernst, als er fortfährt: »Ich habe daher den Nordatlantik verlassen und mich in den Raum westlich der Azoren abgesetzt in der Hoffnung, dort weniger Feindluft anzutreffen. Ich stehe dort in Erwartung eines nach Gibraltar bestimmten Geleits; es wird jedoch sehr schwer sein, diesen Geleitzug in einem so großen Gebiet zu erfassen. Ferner werde ich mit neuen Booten, die jetzt verfügbar werden, in entferntere Seegebiete vorstoßen in der Hoffnung, daß dort die Flugzeuge noch nicht so vollständig mit dem neuen Ortungsgerät ausgerüstet sind. Ich beabsichtige jedoch, die Geleitzugbekämpfung im Nordatlantik mit dem nächsten Neumond wiederaufzunehmen, vorausgesetzt, daß die Boote bis dahin über verstärkte Abwehrbewaffnung verfügen.«

Wieder macht er eine Pause, und wieder bleibt es still. Hitler neigt nur einmal langsam den Kopf. Fühlt er, was es für den Großadmiral bedeutet, diesen Satz aussprechen zu müssen: »Ich habe den Nordatlantik verlassen«? Daß es zum ersten Male seit Kriegsbeginn keine deutschen U-Boote im Nordatlantik mehr geben wird, und sei es auch nur für kurze Zeit?

Dönitz setzt indessen seinen Bericht fort.

»Folgendes an Ausrüstung für die Boote muß nunmehr gefordert werden. Erstens: ein wirksamer Ortungsempfänger, das heißt ein Gerät, das die Frequenz anzeigt, auf der das Flugzeug ortet, und das U-Boot vor einem bevorstehenden Angriff warnt. Wir haben kein solches Gerät. Wir wissen nicht einmal, auf welcher Wellenlänge der Gegner uns ortet. Ebensowenig wissen wir, ob er Hochfrequenz oder andere Ortungsmittel anwendet. Alles nur Mögliche wird getan, um herauszubekommen, um was es sich handelt. Es wird außerdem zur Zeit geprüft, ob es möglich ist, einen Geräuschempfänger auf dem U-Boot-Turm einzubauen, der tauchsicher und seefest ist.

Eine zweite Möglichkeit liegt darin, die feindlichen Ortungsstrahlen zu stören oder zu zerstreuen. Wir haben aber nichts, um den feindlichen Empfang zu stören, weil die Reichweite eines Störgeräts auf einem U-Boot zu begrenzt ist.

Drittens: Bis jetzt ist noch keine befriedigende Lösung gefunden, die es dem U-Boot erlauben würde, Feindflugzeuge durch eigene Funkmessung festzustellen. Die Schwierigkeit liegt darin, daß der Suchstrahl des U-Boots sehr schmal ist – etwa vergleichbar dem engen Lichtkegel eines Scheinwerfers – und daß es daher viel zu lange dauert, den Himmel damit abzusuchen.

Viertens: Versuche, die wir durchgeführt haben mit dem Ziel, die U-Boot-Türme gegen Ortungsstrahlen abzuschirmen, haben gezeigt, daß es möglich ist, die Reflexion des Turmes auf 30% zu reduzieren. Ob diese Abschirmung aber für alle Wellenlängen wirksam ist, kann erst die Praxis lehren. Im Augenblick sind wir noch weit davon entfernt, sie allgemein in Gebrauch nehmen zu können.

Fünftens: Ab Juli werden Zwozentimeter-Vierlingsflaks in steigenden Zahlen eingebaut und die U-Boot-Türme entsprechend umgebaut werden.

Sechstens: Es wird den Booten nicht viel nützen, die Flugzeuge mit der Vierlingsflak abzuwehren, wenn sie nicht gleichzeitig den Anti-Zerstörer-Torpedo, den ›Zerstörerknacker‹, bekommen; denn sonst kann ein durch das Flugzeug herbeigerufener Zerstörer immer noch das Boot zum Tauchen zwingen. Es muß daher alles nur Mögliche getan werden, um auch den sogenannten ›Zaunkönig‹ bis zum Herbst frontverwendungsfähig zu machen. Dieser Torpedo arbeitet akustisch und erlaubt den Angriff auf alle Ziele bis zu achtzehn Meilen Geschwindigkeit. Ich werde mit Minister Speer darüber sprechen, welche Schritte getan werden müssen, um den ›Zaunkönig‹ zum Herbst in genügenden Zahlen an die Front zu bringen, und ich erbitte dafür Ihre Unterstützung, da ich es für absolut notwendig halte, daß die Boote vor Einsetzen der günstigen Kampfperiode im Winter den Zerstörerknacker bekommen.«

»Selbstverständlich«, sagt Hitler und hebt langsam den Kopf, »selbstverständlich muß alles getan werden, um den ›Zaunkönig‹ rechtzeitig herauszubringen. Ich werde selbst mit Speer sprechen«, sagt er, »und wo es nötig ist, berufen Sie sich darauf, daß ich wünsche, daß die U-Boote ihren Zaunkönig so schnell wie irgend möglich bekommen.« Es entsteht eine kleine Pause.

Der Großadmiral blickt kurz auf seinen Vortragszettel. Da ist es.

»Punkt sieben: Es ist unbedingt notwendig, eine konzentrierte Luftjagd in der Biscaya aufzuziehen, wo der Feind die U-Boote beim Aus- und Rückmarsch völlig ungehindert angreift. Die Unterstützung durch die eigene Luftwaffe ist zur Zeit völlig unzureichend. Die Ju 88 kann nur im Verband fliegen, da sie sonst ihrerseits das Opfer würde. Meiner Ansicht nach ist es daher notwendig, so bald wie möglich die Me 410 über der Biscaya einzusetzen. Hierin stimme ich mit den Forderungen der Luftflotte 3 und des Fliegerführers Atlantik überein.«

»Ich bin im Zweifel, Herr Großadmiral«, antwortet Hitler, »ob sich die Me 410 für diesen Zweck eignen wird, aber ich werde mich mit der Angelegenheit beschäftigen.«

Und plötzlich wird er lebendig und beginnt, in dem großen

Raum, dessen breite Fenster den Blick auf ein gewaltiges Alpenpanorama freigeben, mit raschen, kurzen Schritten auf und ab zu gehen und den verfehlten Produktionsplan der Kampfflugzeuge heftig zu kritisieren.

»Wenn wir Langstreckenbomber verfügbar hätten, müßte ich jetzt entscheiden, ob wir sie für den Seekrieg oder für Angriffe auf England einsetzen sollten.«

Erregt, mit gerötetem Antlitz, geht er auf und ab. »Aber ich komme gar nicht in die Lage, eine solche Entscheidung zu fällen, weil es versäumt wurde, die richtigen Typen zu entwickeln.«

Schweigend rennt er eine Zeitlang hin und her, und der Großadmiral wartet ein wenig, ehe er weiterspricht.

»Meiner Ansicht nach«, sagt er schließlich, »hätte mit der Entwicklung geeigneter Flugzeugtypen für den Seekrieg spätestens in dem Augenblick begonnen werden müssen, als der Entschluß gefaßt wurde, eine große U-Boot-Flotte zu bauen.«

»Recht haben Sie!« gibt Hitler heftig zurück. »Recht haben Sie. Aber damals hat mir niemand das gesagt!«

»Auch jetzt ist es nicht zu spät, eine Marineluftwaffe zu schaffen«, sagt der Großadmiral langsam, »als Aufklärer, zum Schutz der Boote gegen Feindmaschinen und zum Angriff auf Schiffsziele. Es würde sich sicher lohnen und ...«

»Jawohl, Herr Großadmiral«, fällt Hitler abermals zornig ein, indem er seinen heftigen Lauf unterbricht, »jawohl, ich teile vollkommen Ihre Ansicht. Wir brauchen Seeflieger, und wir müssen Wege finden, um sie zu beschaffen.«

»In diesem Falle wird es notwendig sein, mit der gründlichen Schulung der Flugzeugbesatzungen baldmöglichst zu beginnen – und zwar in direkter Zusammenarbeit mit den Schulflottillen der U-Boot-Waffe, damit wir kein Luftpersonal bekommen, das vom Seekrieg keine Ahnung hat, sondern sicher navigiert, sicher Fühlung hält, Peilzeichen gibt und den Gegner findet, festhält und auch *wiederfindet.* Kurz gesagt: die Fliegen müssen in der Ostsee zusammen mit den U-Boot-Besatzungen geschult werden, damit sie beide lernen, die gleiche Sprache zu sprechen und nachher zusammen kämpfen können.«

»Richtig«, sagt Hitler, »richtig, Herr Großadmiral.« Er ist plötzlich geradezu aufgeräumt.

»Zu den Aussichten des U-Boot-Krieges in Zukunft«, fährt der Großadmiral fort, »habe ich folgendes zu bemerken: Gegenwärtig werden unsere Anstrengungen durch ein technisches Gerät des Feindes zunichte gemacht. Dafür werden Gegenmittel gefunden werden. Unmöglich jedoch ist es, vorauszusagen, in welchem Umfange der U-Boot-Krieg seine alte Wirksamkeit wiedererlangen wird. Die feindliche U-Boot-Abwehr zur See und in der Luft wird weiter verbessert werden. Darin liegen große Unbekannte und Unsicherheiten. Trotzdem bin ich der Überzeugung, daß der U-Boot-Krieg weitergeführt werden muß, auch wenn er sein Ziel, größere Erfolge zu erringen, nicht mehr erreicht; denn die Kräfte des Gegners, die er bindet, waren schon im Weltkrieg beträchtlich.«

»Es kommt gar nicht in Frage, daß der U-Boot-Krieg etwa einzustellen sei«, unterbricht Hitler, energisch den Kopf schüttelnd. »Der Atlantik ist mein Vorfeld, und wenn ich dort in der Defensive kämpfen muß, so ist das besser, als wenn ich mich an den Küsten Europas verteidige. Das, was der U-Boot-Krieg binden würde, auch wenn er nicht zu großen Erfolgen kommt, ist so außerordentlich groß, daß ich mir das Freiwerden dieser Mittel des Gegners nicht erlauben kann.«

Der Großadmiral deutet eine Verbeugung an. Hitler hat seine eigenen Auffassungen nachdrücklich bestätigt. »Ich bin daher der Ansicht«, fährt er langsam fort, »daß es bei dem seinerzeit gemeldeten Nachziehen der Boote bleiben muß und glaube sogar, daß die Zahl von dreißig Booten monatlich nicht ausreicht. Selbst für einen rein defensiven U-Boot-Krieg werden wir große Bootszahlen brauchen. Ich halte es daher für richtig, mit der Zahl auf vierzig Boote monatlich zu gehen. In Übereinkunft mit Minister Speer habe ich inzwischen die Vorbereitungen zum Bau von dreißig Booten monatlich sowie der früher gemeldeten leichten Seestreitkräfte bereits getroffen. Ich bitte daher um Unterzeichnung dieses Befehls.«

Damit legt er ein vorbereitetes Dokument vor. Hitler liest, ändert die Zahl 30 in 40 und unterschreibt. »Ich befehle daher«, heißt es in dem Schriftstück, »der U-Boot-Bau ist beschleunigt auf eine Zahl von mindestens 40 U-Booten monatlich hochzuziehen ...«

Ehe aber die Unterredung endet, kommt er noch einmal auf die U-Boot-Krise zurück. »Es muß doch möglich sein«, sagt er, indem er sorgenvoll zu dem soviel größeren Marinechef aufblickt, »es muß doch möglich sein, Mittel zu finden, die den augenblicklichen Vorsprung des Gegners auf dem Gebiete der Ortungstechnik wettmachen. Wenn ich nur wüßte, wie man da helfen könnte ...«

»Dazu kann ich nur erklären, daß jede Hilfe, so bedeutungslos sie auch erscheinen mag, uns hochwillkommen wäre; denn ein Zusammenwirken mehrerer Maßnahmen könnte im Endergebnis dazu führen, daß die U-Boote wieder offensiv werden können.«

Langsam, nachsichtig schüttelt Hitler den Kopf, als wolle er andeuten, daß er an diesen Trost nicht zu glauben vermag. »Ich mache mir Sorge«, sagt er, »schwere Sorge, Herr Großadmiral, daß dieses neue Ortungsgerät nach Prinzipien gebaut ist, mit denen wir nicht vertraut sind. Trotzdem: diese Krise muß unter allen Umständen überwunden werden.« Damit reicht er dem ObdM verabschiedend die Hand, und Dönitz geht.

Noch am gleichen Tage führt er seinen Entschluß aus, die gesamte Marinerüstung Speer zu übertragen. Er hat zu dem jungen Rüstungsminister in kurzer Zeit ein fast freundschaftliches Verhältnis gefunden; er vertraut ihm, und überdies hält er es für falsch, noch länger neben dem großen, von Speer gesteuerten Rüstungsblock der Luftwaffe und des Heeres eine kleine marineeigene Rüstung weiter zu betreiben. Im Frieden mag das richtig sein – im Kriege, zumal in diesem Stadium des Krieges, nicht. Und so zieht er die Konsequenz. Er soll es nicht zu bereuen haben.

34.
AUF BIEGEN UND BRECHEN

Unter dem Eindruck der Luftgefahr und der Maiverluste erhalten die Kommandanten mit dem 1. Juni Befehl, nur noch gemeinsam durch die Biscaya zu marschieren, auslaufend in Gruppen bis zu fünf Booten, einlaufend zu zweit oder zu dritt, um sich durch zusammengefaßtes Flakfeuer wirkungsvoller verteidigen und gegenseitig schützen zu können. Anweisungen für ihr Verhalten im einzelnen werden sie vor dem Auslaufen bzw. bei Annäherung an die Biscaya vom BdU oder FdU-West durch FT übermittelt bekommen.

Sie haben kein gutes Gefühl bei dieser Regelung, aber sie wissen, und sie sehen ein, daß sie fahren müssen, und anfangs läßt sich das neue Verfahren auch recht gut an. Mit hoher Zickzackfahrt dahinpreschend, jagen sie den anfliegenden Feindmaschinen, aus allen Rohren feuernd, einen dichten Geschoßhagel entgegen.

Die englischen Piloten merken rasch, was hier gespielt wird – mancher kehrt nicht zurück –, aber ebenso rasch finden sie auch eine neue Taktik für ihre eigenen Angriffe; sie halten sich außerhalb des Feuerbereichs der U-Boot-Flak, funken Verstärkung herbei und greifen dann gleichzeitig von mehreren Seiten mit Bordwaffen und Bomben an.

Dann gibt es kurze, harte, von beiden Seiten mit Wildheit und Erbitterung geführte Gefechte. U-Boot-Flak und Flugzeugkanonen hämmern gegeneinander an, Motoren heulen und donnern; rings um die Boote schnellen die schmalen Gischtsäulen der Granateinschläge, wuchten die Wasserglocken der Bombenwürfe empor, kracht und gellt das Bersten der Detonationen in das Blaffen und Bellen der eigenen Waffen hinein, klatschen Treffer und surren, singen und pfeifen die Splitter.

Es gibt Verwundete. Es gibt Tote. Es gibt Ladehemmungen,

Feuerpausen, verklemmte, glühheiße Magazine und Verschlüsse, an denen rücksichtslos zugreifende Hände, der Verbrennungen und Wunden nicht achtend, die Störung zu beheben trachten, und – neue Feuerstöße.

Und es gibt den Augenblick, in dem ein Boot plötzlich zurückfällt, liegenbleibt, zu sinken beginnt. Und dann schwimmen sie plötzlich nach dem »Alle Mann aus dem Boot!« und sehen, während vielleicht noch die letzten über Bord springen, wie ihr Boot sich steil aufrichtet und wegrutscht oder langsam auf ebenem Kiel absackt, nichts hinterlassend als einen glatten, öligen Fleck, der sich rasch ausbreitet ...

Und wenn sie Glück haben, werden sie von den Kameraden der Gruppe gefischt ...

Aber nicht alle haben Glück.

Um das angebombte U 563 zu schützen, läßt der Fliegerführer Atlantik seine ganze Streitmacht starten, dreiundzwanzig Ju 88. Vier Gegner schießen sie ab; das Boot geht dennoch verloren.

Vierzehn Tage später wird Teddy Suhrens altes, ruhmreiches U 564 unter einem neuen Kommandanten in der Nähe von Kap Ortegal getroffen. U 185 stößt zur Hilfeleistung heran – der Versuch, das beschädigte Boot heimzugeleiten, mißlingt; es sinkt, und dem Kaptlt. Maus von U 185 bleibt nur noch übrig, die Überlebenden aufzufischen und sie an die von Royan ausgelaufenen Zerstörer Z 24 und Z 25 abzugeben.

Zwei Monate später nimmt Maus noch einmal Überlebende auf, Schiffbrüchige von U 604 – Höltring, und zwei Wochen danach fällt er selbst den Flugzeugen des amerikanischen Trägers »Core« zum Opfer.

Glücklicher ist U 758. Der Kommandant, Kaptlt. Manseck, operiert am Abend des 8. Juni an der Sichtgrenze eines Geleits. Zwei winzige schwarze Punkte, sieht er Trägerflugzeuge über den Schiffen kreisen. Der Abend ist hell, die Sicht klar, und der Himmel im Westen beginnt sich golden zu verfärben.

Dann kommen zwei Rauchfahnen und die Mastspitzen von Zerstörern heraus, und er staffelt ein wenig ab.

U 758 ist eins der ersten Boote, die mit der neuen Zwozentimeter-Vierlingsflak ausgerüstet sind, und Manseck wird der erste sein, der Gelegenheit bekommt, sie zu erproben. Nüchtern und sachlich berichtet sein Kriegstagebuch:

»19 Uhr 18: Angriff im Tiefflug durch einmotoriges Trägerflugzeug, Typ Lysander, von Steuerbordseite. Wehre mit Bordwaffen ab und erziele während des Anflugs größere Zahl von Treffern. Maschine dreht vor dem Wurf ab und löst vier etwa 80–100-kg-Bomben im Notwurf. Diese liegen 200 m an Steuerbord querab. Flugzeug wirft Rauchboje in der Nähe ab und kehrt zum Verband zurück. Setze mich mit Höchstfahrt auf Südwestkursen ab. Zwei Maschinen, Typ Lysander und Martlet, lösen die beschädigte Maschine ab. Sie kreisen in 4000–5000 m Entfernung und 3000 m Höhe um das Boot, ohne zum Angriff anzusetzen. Zeitweise schießen sie mit Bordwaffen, ohne zu treffen.

19 Uhr 45: greift eine neue Maschine, Typ Martlet, mit Bordwaffenbeschuß im Tiefflug von Steuerbord an. Erziele zahlreiche Treffer. Maschine dreht am Heck hart nach achtern ab und wirft vier Bomben. Diese liegen etwa 25 m hinter dem Heck. Flugzeug zieht breite schwarze Rauchschwaden nach und stürzt in flachem Bogen ab. – Kann die Bombenflugzeuge durch Abwehr mit Bordwaffen etwa 3000–4000 m entfernt halten. Mehrere Maschinen, die zum Anflug ansetzen, drehen in 2000–3000 m ab.

20 Uhr: greifen zwei Jäger, Typ ›Mustang‹, im Tiefflug mit Bordwaffen an. Auf beiden Maschinen werden mehrere Treffer beobachtet. Eine beschädigte Maschine fliegt zum Verband zurück und wird durch neuen Jäger abgelöst. Zwozentimeter-Automaten haben Störung durch direkte Trefferwirkung. Beide Spindeln der Einzellafetten sind durch Einschüsse blockiert, elf Mann der Fla-Waffen-Bedienung bzw. Ausgucke sind leicht verwundet. Entschließe mich zum Tauchen …«

Mansecks Bericht ist typisch für diese Zeit. Wie Hornissen, einzeln oder zu mehreren, fallen die Flugzeuge die grauen Boote an, werfen ihre Bomben, jagen aus allen Rohren ihre Flachbahngeschosse gegen die Türme, auf denen die U-Boot-Männer, fast deckungslos, eng zusammengedrängt stehen, und schießen, schießen.

Und so geschieht kurz über lang, was geschehen muß: Es gibt Ausfälle an den Waffen und – Verwundete.

Der Großadmiral kommandiert Ärzte an Bord, eine viel kritisierte Maßnahme. Aber er läßt sich durch diese Kritik nicht beirren. »Keiner Truppe irgendeines Wehrmachtteiles«, antwortet er, »wird zugemutet, unter Gefahr der Verwundung zu kämpfen, ohne daß in kürzester Zeit die Möglichkeit ärztlicher Betreuung besteht – mit Ausnahme der deutschen U-Boot-Besatzungen! Es ist für mich unerträglich, den U-Boot-Leuten Fla-Waffen zu geben und von ihnen Abwehr der Flugzeuge unter großer Verwundungsgefahr zu verlangen – und dann die Verwundeten gegebenenfalls *wochenlang* ohne ärztliche Hilfe zu wissen. Ärzte müssen daher zunächst kommandiert werden, bis die erweiterte chirurgische Ausbildung der Sanitätsfeldwebel abgeschlossen ist.«

Als der Juni beginnt, stehen die Gruppen »Trutz« und »Geier« im Azorenraum, um noch einmal auf USA-Gibraltar-Geleitzüge zu operieren. Aber die sorgsam geplante und mühsam eingefädelte Operation bringt keinen Erfolg. Wieder erfassen hochfliegende Feindflugzeuge den Vorpostenstreifen und lenken die Geleitzüge um. Nicht ein Schiff wird gesichtet, geschweige versenkt. Aber zwei Boote gehen in der Operation, drei auf dem Rückmarsch verloren. Es hat keinen Zweck mehr, diese Art der Kampfführung fortzusetzen. Mit der Operation »Trutz« geht daher der Rudelkrieg im Raum südlich und westlich der Azoren zu Ende. –

Nicht nur hier dauern die Rückschläge an. Dreizehn Boote laufen in den ersten zehn Junitagen von deutschen und norwegischen Häfen aus. Zwei fallen der dichten Überwachung in der Islandpassage zum Opfer, zwei gehen im Operationsgebiet verloren, zwei weitere erreichen, schwer gebombt, nur mühsam die Stützpunkte an der Biscaya.

Damit nicht genug. Auch die U-Tanker-Flotte erleidet schwere Verluste. Bis Mai einschließlich haben U-Tanker der Typen XIV und X im Raume südlich und nördlich der Azoren annähernd vierhundert Kampfboote beölt und versorgt und dabei nur einen Verlust erlitten. Zwölf Tage später, am 12. Juni, ist von vier U-Tankern in diesem Gebiet nur noch einer übrig, und die U-Boot-Führung ist genötigt, große Kampfboote als Hilfstanker einzusetzen, die ihre brennstoffarmen Kameraden auf primitive Art durch von Boot zu Boot gegebene Feuerlöschleitungen notdürftig beölen, damit sie ihre entfernten Kampfräume in der Floridastraße und weiter südwärts bis nach Rio, oder an der Westküste Afrikas bis ins Innere der Guineabucht überhaupt erreichen können. Dort ist lange kein U-Boot gewesen, und so hofft der BdU auf schwächere Abwehr und den Erfolg der Überraschung. –

Das Tankersterben dauert auch in den folgenden Wochen an. Bis August sind von zwölf »Milchkühen« nur noch drei übrig.

Trotz all dieser Rückschläge aber zeigt sich mit Juni-Ende eine Verbesserung der Lage. Nur sechzehn Boote sind verlorengegangen, 18½ Prozent der Boote in See, gegenüber mehr als 30 Prozent im Mai ...

Am 15. Juni steht der Großadmiral wieder vor Hitler. Es gilt, die Personalzuteilungen für die neue U-Boot-Waffe durchzusetzen, und er ist auf einen harten Kampf gefaßt. Erst vor kurzem hat er 90 000 Werftarbeiter verlangen müssen; heute geht es um die Besatzungen für die Einheiten, die im nächsten Jahre die Werften verlassen sollen.

»Seit 1942«, beginnt er, »haben die Personalzuteilungen für die Kriegsmarine darunter gelitten, daß die Masse der Eingezogenen dem Heer zugeteilt worden ist. Gegenwärtig ist die Lage so, daß die 30 000 Mann, die die Marine bekommt, gerade die Verluste decken. Seit 1942 haben die Indienststellung neuer Schiffe, die Ausdehnung der Küstenverteidigung und Marineflak und die Abgabe von Personal ans Mittelmeer zusätzliche Personalprobleme geschaffen. Den Erfordernissen läßt sich aber schwerlich durch Verweigerung jeden Ersatzes und bloße Zuteilung weiblicher Hilfskräfte begegnen. Diese Quellen sind auch bereits erschöpft.

Wird das gegenwärtig übliche System der Personalzuteilung an die Marine aufrechterhalten, so ist der Zeitpunkt, an dem der Marine 200 000 Mann fehlen, schon jetzt absehbar. Diese Zahl beruht auf der Annahme, daß der U-Boot-Bau von 25 auf nur 30 neue Boote monatlich gesteigert, und daß die Marineflak an Land wie auf See beschleunigt ausgebaut wird, um mit den neuen Taktiken des Gegners Schritt zu halten.

Durch die Vergrößerung des U-Boot-Programms auf vierzig Boote monatlich und den Bau zusätzlicher leichter Einheiten, der bereits befohlen ist, wird der herrschende Personalmangel noch fühlbarer und erfordert einen unverzüglichen Wechsel in der Personalzuteilung für die Marine.«

»Ich habe aber diese Leute nicht«, unterbricht Hitler mit rauher Stimme. »Die Flak und die Nachtjagd müssen zum Schutze der deutschen Städte vergrößert werden. Die Ostfront braucht gleichfalls Verstärkungen; d. h. das Heer verlangt mehr Leute zum Schutze Europas. Woher soll ich sie also nehmen?«

Er schweigt abrupt und blickt seinen Marinechef grollend an.

»Unter diesen Umständen«, antwortet der Großadmiral ruhig, »muß ich auf die Folgen aufmerksam machen, die entstehen würden, wenn der U-Boot-Krieg aufhört. Zur Zeit überwiegen die Verluste den Ersatz.

Gesetzt den Fall, daß der Gegner seine ganze materielle Kraft gegen Europa würfe, so würden auch noch unsere Nachschublinien in den Küstengewässern bedroht. Kommt aber der Seekrieg zum Erliegen, so ist der Krieg als Ganzes für die Masse des englischen Volkes praktisch entschieden, da dann ihr eigenes Leben nicht mehr bedroht ist. Was nun die Personallage der Marine betrifft, so ist beim Offiziersersatz die unterste Grenze bereits erreicht; selbst die Offiziersanwärter von 1939 werden jetzt schon U-Boot-Kommandanten.«

Der Großadmiral hält inne, und es entsteht ein betretenes Schweigen. Hitler, der nach seiner Gewohnheit ein wenig zusammengesunken in seinem Stuhl sitzt, starrt angestrengt nachdenkend vor sich hin.

»Ein Aufhören des U-Boot-Krieges kommt gar nicht in Be-

n winddichten Lederzeug sucht die Brückenwache vier Stunden lang See und uft ab.

Ein Boot läuft aus zur Unternehmung im Eismeer

Nach dem Auslaufen wird das Oberdeck tauchklar gemacht.

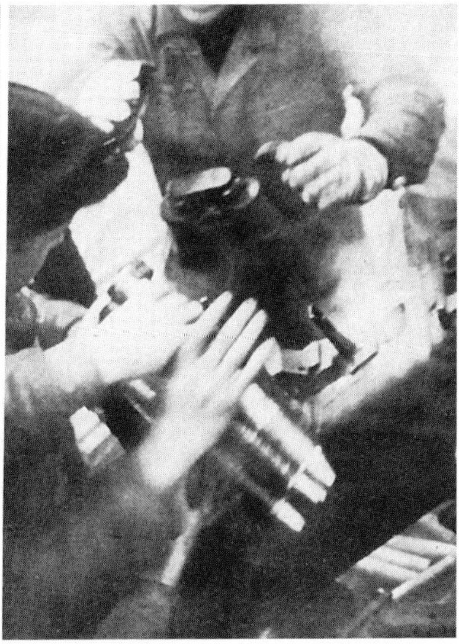

Bei der Abwehr eines Flugzeugangriffs.

Start eines Aphrodite-Luftballons mit darunterhängenden Alu-Folien zur Radar-Irritierung.

ersorgung in See von Boot zu Boot: Proviant kommt über eine Leinen-
rbindung.

ück für die abgeschossene Flugzeugbesatzung, ein U-Boot nimmt sie auf.

Der Autor Wolfgang Frank, als PK-Berichter nach einer Feindfahrt 1939.

tracht«, erklärt er plötzlich kategorisch, »wir werden Ihnen daher das erforderliche Personal zuteilen, und zwar so, wie es jeweils verfügbar wird. Machen Sie mir also eine Aufstellung, die die Zahl der benötigten Leute und den Zeitpunkt enthält, zu dem sie gebraucht werden, und legen Sie sie mir vor. Ich werde dann dafür sorgen, daß die entsprechenden Maßnahmen ergriffen werden.«

Aber der Großadmiral ist damit noch nicht am Ende. »Der Vergrößerung des U-Boot-Programms«, setzt er seinen Vortrag fort, »und der vermehrte Bau von Minensuchern, Schnellbooten usw. verlangen außer der Erfüllung des Personalbedarfs der Marine selbst auch noch weitere Zuteilungen von Arbeitskräften und Stahl für die Werften. Leider ist aber festzustellen, daß im Augenblick die geforderten größeren Arbeiterzahlen nicht nur nicht zur Verfügung gestellt werden, sondern durch die zweite Auskämmungswelle sogar noch Arbeiter abgezogen worden sind. Das geht nicht.«

»Nein«, fällt Hitler erregt ein, »das geht allerdings nicht. Abzug von Arbeitern aus der Marinerüstung kommt nicht in Frage.«

Und zu Keitel: »Herr Feldmarschall, unternehmen Sie, bitte, die nötigen Schritte. Das vergrößerte Bauprogramm der Marine muß um jeden Preis durchgeführt werden.«

Damit wendet er sich Dönitz wieder zu und sagt beschwichtigend: »Ich werde die Angelegenheit selbst mit Minister Speer besprechen, Herr Großadmiral, und Sie anschließend unverzüglich unterrichten.« –

Während so »auf höchster Ebene der Kriegführung« die Maßnahmen getroffen werden, um den »reinen Krieg unter Wasser« vorzubereiten, geht draußen der schwere Kampf der alten Wölfe mit unverminderter Heftigkeit weiter. Aber schon Ende Juni zeigt sich, daß der Gruppenmarsch über Wasser den Booten die ersehnte Sicherheit nicht geben kann. Die Engländer setzen jetzt so große Zahlen von Flugzeugen, besonders auch von viermotorigen ein, daß praktisch kaum noch ein Boot oder eine Gruppe die Biscaya unentdeckt passieren kann.

Da ist die »Monsun«-Gruppe, die Ende Juni ausläuft, um nach

Versorgung aus einem U-Tanker in der Nähe der Insel St. Paul und aus einem Überwassertanker weiter unten im Süden, in den Indischen Ozean zu gehen, insgesamt elf Boote, teils »Seekühe« vom Typ IXc, teils große U-Kreuzer vom Typ IXD 2. Fünf von diesen elf Booten gehen verloren, und verloren gehen auch der Tanker, U 462 – Vowe, und der Ersatztanker, U 487 – Metz, wodurch wieder zwei Kampfboote, als Notversorger von den Kameraden »leergelutscht«, für die Operation ausfallen und umkehren müssen. –

Englische, amerikanische, kanadische, australische Maschinen, Sunderlands, Liberators, Catilinas, Halifaxes, Wellingtons, gepanzert, waffenstarrend und vollbeladen mit Bomben, sind ununterbrochen über der Biscaya unterwegs, und wo sie Gruppen marschierender U-Boote sichten oder orten, sammeln sie sich wie die Geier, kreisen und warten in sicherem Abstand, bis ihrer genug zur Stelle sind, und greifen dann von mehreren Seiten gleichzeitig an, um das Abwehrfeuer der U-Boot-Flak zu zerstreuen.

Zugleich rufen sie die am Rande der Biscaya und in der Nähe der Hauptmarschstraßen der U-Boote stationierten U-Jagdtruppen aus Zerstörern, Fregatten und Korvetten herbei, und was sie nicht selbst vernichten, nehmen sich diese ausgekochten, erfahrenen Jäger in Ruhe vor, nicht immer, aber doch oft, allzu oft mit Erfolg.

Sie haben dabei eine neue Taktik entwickelt. Nicht mehr wie früher überlaufen sie das Boot, nachdem sie es im Asdic erfaßt haben, auf gut Glück und Ungefähr – sie arbeiten jetzt zu zweit, wobei der eine Jäger den Ortungskontakt hält und den anderen durch Signale über den Standort des U-Boots dirigiert. Langsam, unhörbar für die U-Boot-Männer, die bei zweihundert Meter in der Tiefe lautlos dahinschleichen, nähert sich oben der Verfolger und wirft seine tödlichen Lasten nach Signal über Bord. Und nicht selten kommt dann zuerst ein Ölfleck und nach weiteren Serien mit einem Luftschwall einiges Wrackgut ans Licht herauf, »ein deutsches Uniformjackett, einige Packungen Lebensmittel, als Ergebnis der Angriffe ...«

Im Juli trifft es den »alten Wilamowitz«, den Senior der Versorger. Angegriffen von einer Wellington, setzt er sich mit allen Rohren zur Wehr, und sein Feuer liegt gut, zu gut, möchte man fast sagen: durchsiebt von Geschoßgarben stürzt die angreifende Maschine ab und … genau auf das Deck von U 459, im Aufschlag die Fla-Waffen zerstörend und explodierend, so daß binnen Sekunden das Boot in Flammen steht. Aus den Trümmern der durch Vorfluten gelöschten Maschine bergen die U-Boot-Männer den Heckschützen der Wellington, der, unbegreiflich wie, den Todessturz seiner Kameraden überlebt hat.

Aber sie finden noch mehr, als sie das Flugzeugwrack beseitigt haben: Zwei Wasserbomben stecken in den Holzgrätings des Oberdecks. Vorsichtig wuchten sie sie los.

Fälle, in denen Wasserbomben direkt auf dem U-Boot-Deck landeten, hat es schon früher gegeben, und sie wissen, wie man sich in solcher Lage verhält, um die tödlichen Fässer loszuwerden. Das Boot geht dann auf Höchstfahrt, und man läßt die Teufelseier übers Heck abrollen, so daß man weit genug von ihnen weg ist, ehe sie hochgehen.

Aber gerade hierbei geschieht es: eine der beiden Bomben geht verfrüht los und verursacht so schwere Schäden am Heck, daß der »alte Wilamowitz« sehr bald weiß: sein Boot ist tauchunklar. Und was das heißt bei der gegenwärtigen Luftlage in der Biscaya, darüber braucht ihn niemand aufzuklären.

So läßt er die Schlauchboote aussetzen und gibt seiner Besatzung Befehl, das Boot zu verlassen.

Und dann, nachdem sie alle dichtgedrängt zwischen den dicken Gummiwülsten hocken, mitten unter ihnen der gerettete englische Flieger, und nachdem er also in Ordnung und Gelassenheit getan hat, was er für sie tun konnte, winkt er noch einmal hinüber, langsam die Kommandantenmütze schwenkend, die er so lange getragen hat, und steigt dann ohne Hast hinunter in die Zentrale und zieht die Entlüftungen …

So endet der »alte Wilamowitz«.

Ohne ihren Kommandanten wird die Besatzung von U 459 kurze Zeit später von englischen U-Jägern an Bord genommen. –

Fünfundvierzig Schiffe mit 244 000 BRT versenken, nach englischen Angaben, die U-Boote trotz aller Schwierigkeiten im Juli 1943, aber ihre eigenen Verluste liegen nach der vorübergehenden Besserung im Juni mit 33 Booten prozentual höher als selbst im Mai, obwohl seit dem 1. Juli nur noch mit Vierlingen ausgerüstete Boote die Häfen verlassen und alle anderen Auslaufverbot bekommen haben.

Damit ist es klar, daß selbst die verstärkte Flak-Armierung nicht ausreicht, um die Durchfahrt durch die Biscaya zu erzwingen.

Allein in den ersten drei Juliwochen gehen in der Biscaya sieben Boote verloren; drei kehren schwer beschädigt heim.

Die Flakfalle des Kapitänleutnants v. Hartmann, U 441, wird von Beaufightern mit Bordwaffen in heißem, erbittertem Gefecht allmählich zusammengeschossen. Mit zehn Toten und dreizehn Verwundeten an Bord, darunter dem schwerverwundeten Kommandanten, bringt der eingeschiffte Marinestabsarzt Dr. Pfaffinger, der als alter Segler und Inhaber eines »Mahagonipatents« glücklicherweise etwas von Navigation versteht, das von Durchschüssen und Splittern zersiebte Boot als Ersatzkommandant glücklich zurück nach Brest.

Es sind harte, bittere Wochen, in denen die grauen Boote nach Jahren größter Erfolge ohnmächtig die Schläge eines übermächtig gewordenen Gegners hinnehmen müssen, ohne daß es bis jetzt gelungen ist, Klarheit darüber zu schaffen, ob dieser Gegner andere als die bisher bekannten Ortungsmittel einsetzt.

Trotzdem fahren sie weiter, unerschütterlich auf Biegen und Brechen kämpfend, um den freien Atlantik oder, zurückkehrend, die sicheren Bunker in den Stützpunkten zu erreichen.

Im letzten Julidrittel erreicht dieser Kampf seinen Höhepunkt. Zehn von siebzehn nach dem 20. Juli ausgelaufenen Booten kehren nicht zurück.

Indessen, auch die dunkelste Nacht ist nicht ohne Stern. Am 8. Juli meldet der Großadmiral auf dem Berghof, daß der Entwurf des Elektrobootes vom Typ XXI geglückt und die Konstruktionsarbeiten abgeschlossen sind. »Völlig neue Möglichkeiten«, sagt er, »ergeben sich daraus, daß es dem U-Boot nun möglich ist, unter Wasser schnell an den Geleitzug heranzustoßen und sich ebenso schnell wieder von ihm abzusetzen. Die gesamte U-Boot-Abwehr der Gegenseite wird dadurch zur Wirkungslosigkeit verurteilt; denn die Konstruktion ihrer Geleitfahrzeuge, Fregatten und Korvetten ist auf U-Boote mit geringer Unterwassergeschwindigkeit berechnet. Andererseits wird der Vorteil, den wir durch die hohe Unterwassergeschwindigkeit von 19 sm gewinnen, uns auf lange Zeit zugute kommen; denn die Geleitzüge können ihre Geschwindigkeit von annähernd 10 sm nicht wesentlich steigern.

Die Konstruktion des neuen Typs hält überdies an dem altbekannten und erprobten Antriebsprinzip fest und übernimmt vom Walter-U-Boot nur die Form des Bootskörpers, die für die Unterwasserfahrt besonders vorteilhaft ist. Ich bin von dem Entwurf außerordentlich befriedigt, und ich glaube, daß unverzüglich und mit größter Beschleunigung mit dem Bau begonnen werden sollte.«

Hitler hat mit gespannter Aufmerksamkeit zugehört. Nun stellt er eine Reihe technischer Fragen und läßt sich bis in alle Einzelheiten unterrichten. Wieder einmal tritt dabei der staunenswerte Umfang seines technischen Wissens zutage. Wie ist der Aktionsradius der Boote? Wie ihre Höchstgeschwindigkeit über und unter Wasser, ihre maximale Tauchtiefe, wie die Beschaffenheit ihrer Nachladevorrichtungen, wie ihre sonstige Bewaffnung, Panzerung, Ortungsausrüstung? – Vieles andere noch …

Punkt für Punkt beantwortet der Großadmiral jede einzelne der gestellten Fragen und fährt dann fort: »Der neue Typ bietet bedeutende Vorteile in der Offensive sowohl wie in der Defensive. Die große Tauchtiefe und die gesteigerte Unterwassergeschwindigkeit gestatten ein viel schnelleres Tauchen und bieten damit erhöhte Sicherheit bei Zerstörer- oder Fliegerangriffen. Das Boot kann weite Strecken unter Wasser zurücklegen, ohne auftauchen zu müssen, und daher die gefährdeten Küstengewässer in kurzer Zeit passieren. Im Vergleich mit dem Walter-U-Boot hat es den zusätzlichen Vorteil, seine Batterien unterwegs aufladen zu können und damit eine erheblich größere Seeausdauer zu besitzen. Es erfüllt also den größten Teil unserer Wünsche und beseitigt die Mängel, die es den Booten alten Typs unmöglich machen, weiter mit Erfolg zu kämpfen und sich in See zu halten.«

»Wann«, fragt Hitler, »können die ersten von diesen Booten fertig sein?«

»Ich habe diese Frage bereits mit Minister Speer besprochen und das Konstruktionsamt der Kriegsmarine angewiesen, sich dazu zu äußern. Der Termin von November 1944 für das erste Boot, den das K-Amt errechnet hat, erscheint mir als viel zu spät. Das ist ein Ohnmachtsprogramm. Ich habe daher bereits mit Minister Speer über Mittel und Wege gesprochen, wie man den Bau beschleunigen kann. Nach meiner Überzeugung muß alles versucht werden, um den Bau im Dreischichtenverfahren, wenn nötig sogar in Tag- und Nachtschichten, durchzuführen, da der neue U-Boot-Typ geeignet ist, einen revolutionierenden Umschwung im Seekrieg herbeizuführen ...«

Endlich, am Schluß der Besprechung, bittet er um die Erlaubnis, die Feindlageberichte des Auswärtigen Amtes einsehen zu dürfen.

Hitler zögert einen Augenblick. »Ich bin damit einverstanden«, sagt er schließlich, »aber ich betone, daß diese Berichte ausschließlich zu Ihrer persönlichen Unterrichtung bestimmt sind.«

»Jawohl.« Der Großadmiral dankt mit einer leichten Verneigung. »Ehe ich gehe, mein Führer«, sagt er, »möchte ich noch einmal auf die Dringlichkeit hinweisen, die dem Bau des neuen U-Boot-Typs beizumessen ist.«

Im gleichen Augenblick, während Hitler noch mit einer bei ihm ungewohnten Herzlichkeit zustimmt, tritt Minister Speer ein.

»Der Wolf in der Fabel!« sagt Hitler, sich ihm sofort zuwendend, »der Bau der neuen U-Boote ist von höchster Wichtigkeit, Herr Minister!«

Und Speer antwortet: »Daran besteht kein Zweifel. Ich habe daher auch den neuen U-Booten bereits die höchste Dringlichkeitsstufe gegeben.« –

In den nächsten Wochen überstürzen sich die Ereignisse.

Die Alliierten landen in Sizilien, nicht wie erwartet in Sardinien oder Griechenland. Der Großadmiral wird von den verschiedensten Aufgaben fast erdrückt. Er wird zu einer Art Mädchen für alles. Die italienische Marine ist unzuverlässig, ihre Moral sinkt von Tag zu Tag. Untätig liegen ihre Schiffe in den Häfen. Die Haltung ihrer Führung findet nicht das Vertrauen des jüngeren Offizierskorps, besonders nicht der Kommandanten der italienischen U-Boot-Waffe.

Täglich spitzen sich die Dinge weiter zu. Wird es möglich sein, die italienische Marine bei der Stange zu halten? Oder wird es notwendig werden, sie im Handstreich zu nehmen, damit sie nicht zum Gegner übergeht?

Am 31. Juli Anruf des Admirals im Führerhauptquartier. Die Lage in Italien hat sich erneut verschärft, nachdem weitere Anzeichen darauf hindeuten, daß die Regierung Badoglio doppeltes Spiel treibt. Der 1. Admiralstabsoffizier der Seekriegsleitung wird daraufhin mit Weisungen für den Admiral Rüge nach Rom entsandt.

Nachts abermals Anruf aus dem Führerhauptquartier: Hitler wünscht den Ob. d. M. zu sprechen. In der Frühe des 1. August fliegt der Großadmiral von Berlin ab.

Nach der Lagebesprechung am Morgen des 2. August bittet ihn Hitler zum Frühstück unter vier Augen.

Der Großadmiral lenkt das Gespräch auf die Luftkatastrophe von Hamburg. Seit Tagen liegt die Stadt unter schwersten Angriffen. Das Ausmaß der Zerstörungen ist noch nicht in vollem Umfange zu übersehen. Wie wird sich eine Wiederholung solcher Ereignisse auf die Kriegswirtschaft auswirken?

»Trotz der vielen verheerenden Angriffe auf das Ruhrgebiet«, antwortet Hitler beruhigend, »ist die Produktion nur um 8 Prozent abgesunken. Eine Gefährdung der Produktion besteht also nicht.

Die Arbeiter im Ruhrgebiet haben sich übrigens in bemerkenswerter Weise selbst geholfen, indem sie Bunker für ihre Familien gebaut haben. Natürlich sind Bergleute besonders zähe und hart.«

Nachdenklich schweigt der Großadmiral, entschlossen, selbst so bald wie möglich nach Hamburg zu fahren und sich ein Bild von der Lage dort zu machen.

»So schmerzlich die Zerstörungen in Hamburg auch sind«, sagt er endlich, »wir müssen dennoch versuchen, Werften und Fabriken in Gang zu halten; dazu müssen wir vor allem für die Arbeiter neue Wohnungen schaffen.«

»Ja«, nickt Hitler, »eine Art Behelfsheime.« Und er schildert, wie er sich diese Häuser vorstellt.

Dem Großadmiral wird das Ausmaß der Hamburger Katastrophe zahlenmäßig nicht in vollem Umfange bekannt, aber was er mit eigenen Augen sieht, als er – anders als Göring – selbst nach Hamburg fährt, spricht in furchtbarer Weise für sich selbst.

Zur gleichen Zeit empfängt er eine Nachricht, die ihn wie kaum etwas vorher mit zornigem Schmerz und Empörung erfüllt. Im Juli sind die U-Boot-Verluste wieder in erschreckender Weise emporgeschnellt. Im letzten Julidrittel ist es zu einem Massensterben der Boote gekommen. Zweiundzwanzig Verluste in wenig mehr als zehn Tagen! Dabei gibt es trotz der fieberhaft, fast verzweifelt betriebenen Nachforschungen und Untersuchungen immer noch keine *Beweise* dafür, daß der Gegner ein völlig neues Ortungsverfahren anwendete.

Und nun, in diesem Stadium höchster Unsicherheit und ratlosen Herumtastens meldet plötzlich der Funkmeß-Lehrtrupp der Marinegruppe West, der zusammen mit dem Fliegerführer Atlantik vor Bordeaux Versuche mit dem Metox durchführt, daß dieses Gerät, das die U-Boote vor feindlicher Ortung warnen soll, sie im Gegenteil verrät! Der Metox besitzt – entgegen den Untersuchungsergebnissen des Jahres 1942 – eine so starke Eigenstrahlung, daß man ihn bei einer Flughöhe von 500 m auf 12 Seemeilen, bei 1000 m auf 18 sm und bei 2000 m sogar aus 25 sm Entfernung wie den Peilstrahl eines Funkfeuers im Zielflug anfliegen kann! Es ist niederschmetternd! Und als ob das Schicksal diese endlich erworbene Erkenntnis höhnisch lächelnd bestätigen wollte, sagt jetzt auch ein gefangener englischer Pilot im Dulag Oberursel, dem Vernehmungslager der Luftwaffe, aus, daß die englischen Flugzeuge ihr ASV, das Dezimetergerät, bei der U-Jagd kaum noch benutzten, da sich in Flughöhen von 250 bis 1000 m die Empfängerabstrahlungen der U-Boote auf 90 sm Entfernung für Zielflüge als brauchbar erwiesen hätten.

Mit einem Schlage scheinen alle Rätsel der vergangenen Monate gelöst, das spurlose Verschwinden so vieler Boote, die unerklärlichen Nacht- und Nebelangriffe, alles.

Strahlend wie die Weihnachtsbäume sind die U-Boote zur See gefahren: Hier bin ich! Wer mich sucht, hier bin ich! Und keine Menschenseele, weder an Land noch an Bord, hat eine Ahnung davon gehabt!

Im Vertrauen auf die Erprobungsergebnisse des Jahres 1942 hat die U-Boot-Führung selbst den Booten in dem Warner den Verräter an Bord gegeben, und so sind sie totgeschlagen worden, eines nach dem anderen. Es ist grotesk, es ist grausig, aber – es ist geschehen. Niemand macht die Toten wieder lebendig.

Der Großadmiral wirkt wie versteinert, unnahbar, fast unansprechbar in den Tagen, die dieser furchtbaren Entdeckung folgen. Er hat ab sofort die Metoxbenutzung verboten, er hat die Nachrichten- und Ortungsspezialisten der Marine losgejagt, um die Meldungen des Funkmeß-Lehrtrupps zu überprüfen. Und nun liegt ihre Antwort vor; jawohl, es stimmt, der Metox strahlt!

Am 19. August steht er wieder vor Hitler. Er hat um eine Unterredung unter vier Augen gebeten, und sie ist ihm gewährt worden. Nun sagt er, was zu sagen er sich für verpflichtet hält:

»Es ist jetzt durch Überprüfung der vorjährigen Erprobungsergebnisse festgestellt worden, daß der Metox, das Gerät, das die U-Boote vor feindlicher Ortung warnen soll, sie im Gegenteil dem Gegner verrät. Der Metox besitzt, wie wir erst jetzt wissen, eine starke eigene Abstrahlung, die wie ein Peilzeichen wirkt und vom Gegner als Wegweiser benutzt wird. Das ist eine traurige und für uns tief beschämende Entdeckung, die rückwirkend all das Unheimliche und Unerklärliche erklärt, worüber wir uns solange vergeblich den Kopf zerbrochen haben. Zum Beispiel das Umgehen unserer Angriffsaufstellungen durch den Feind, die hohen

Verluste im freien Seeraum und die vergleichsweise geringeren Verluste an den Geleitzügen selbst, weil dort die Kommandanten den Metox abzustellen pflegten. Die Zukunft muß nun lehren, ob die Annahme gerechtfertigt ist, daß der Metox für die Mehrzahl unserer Verluste verantwortlich gemacht werden kann, oder ob es außerdem noch eine Ortung gibt, die wir nicht kennen ...«

Hitler, der dieser Meldung seines ObdM mit wortloser Spannung und bewegter Anteilnahme gefolgt ist, sitzt lange schweigend. Kein Wort des Vorwurfs kommt von seinen Lippen. Er, der sonst überall und immer bis ins einzelne unterrichtet zu werden wünscht, stellt keine Frage. Auch in den folgenden Wochen nicht der Hauch einer Anklage!

»Ich glaube«, sagt er endlich, »daß die Theorie, die Sie soeben vorgetragen haben, Herr Großadmiral, uns den Schlüssel für viele unerklärliche Rückschläge liefert, etwa für die Tatsache, daß der Gegner häufig in der Lage war, die genaue Zahl der U-Boote in einem Vorpostenstreifen festzustellen. Und ich glaube sogar, daß wir mit Ihrer Feststellung in unseren Kenntnissen von der Ortung ein großes Stück vorwärtsgekommen sind.«

Wenige Tage später steht der Großadmiral vor den Chefs seiner West-Flottillen. »Wir haben schwerste Verluste gehabt«, sagt er unumwunden. »Dank der Metox-Strahlung hat der Gegner unsere Bootsaufstellungen umgehen können. Aus dem gleichen Grunde sind unsere Erfolge auf ein Minimum zurückgegangen. Selbstverständlich ist der Metox im vergangenen Jahre, ehe wir ihn den Booten gegeben haben, von Sachverständigen auf seine Strahlungsfreiheit hin geprüft worden, und man hat mir gemeldet, er sei strahlungsfrei. Jetzt, ein Jahr später, meldet man mir, daß das Gegenteil der Fall ist. Sie wissen, was uns dieser verhängnisvolle Irrtum gekostet hat.«

Ja, sie wissen es. Auch der Großadmiral hat im Schwarzen Mai den einen seiner beiden Söhne als U-Boot-Offizier verloren. Und sie kennen ihn und sehen die Linien in seinem harten, durchfurchten Gesicht, die mehr als alles, was er ihnen sagen könnte, von dem inneren Kampf der vergangenen Monate sprechen, von dem Ringen um die Entscheidung darüber, ob der

U-Boot-Krieg unter solchen Verlusten überhaupt fortgesetzt werden darf.

»Wir werden«, fährt er indessen fort, »den Metox jetzt durch ein neues Gerät, die ›Wanze‹ ersetzen. Die Wanze hat nach genauesten Untersuchungen nur ein Fünftel der Abstrahlung des Metox. Auch sie werden wir nur mit äußerster Vorsicht benutzen; denn wir wollen lieber eine bekannte Gefahr bewußt in Kauf nehmen, als durch eine in ihrem Ausmaß unbekannte Gefahr die Boote in unübersehbarer Weise zu gefährden. Im übrigen steht jetzt dank der tatkräftigen Hilfe des Ministers Speer mit dem T 5 ›Zaunkönig‹ endlich der Zerstörerknacker zur Verfügung.

Speer liefert uns die ersten fünfundachtzig Stück schon jetzt anstatt erst 1944, woraus Sie ersehen können, was möglich ist, wenn man hinter einer Sache richtig Dampf setzt. Ebenso sind die besonderen Nachregelungstrupps mit Spezialmechanikern bereits verfügbar, nachdem der Minister Speer auch hierfür die erforderlichen Feinmeßgeräte aufgetrieben hat. Es sind also die Voraussetzungen gegeben, den Kampf unter neuen Bedingungen in alter Härte und Entschlossenheit wiederaufzunehmen.

Weiter kommen die Kommandanten zur gemeinsamen Unterrichtung zum BdU, um Richtlinien über den künftigen Geleitzugkampf zu bekommen, wie sie von der Operationsabteilung in Zusammenarbeit mit erfahrenen Kommandanten aufgestellt worden sind.«

So fahren denn die Kommandanten kurz darauf zur Unterrichtung nach Berlin, um bei den Kapitänen Heßler und Schnee »in die Schule zu gehen«.

»Das Ziel, meine Herren«, belehrt sie Schnee, der nun schon fast seit Jahresfrist die Geleitzugoperationen bearbeitet, »sind nach wie vor die Handelsschiffe.

Die Mittel sind: Überraschung, unbemerkte Annäherung und notfalls der offensive Gebrauch der neuen Waffen zur Öffnung einer Bresche.

Dazu sollen die Boote möglichst gleichzeitig den Kampf gegen die Luftsicherung des Geleits aufnehmen. Die zeitliche Zusammenarbeit wird also jetzt wichtig. Es ist daher geplant, das Angriffssignal des ersten angreifenden Bootes, ein FT: ›Bleibe zum Angriff oben‹, zum allgemeinen Angriffssignal für alle Boote zu machen …

Bei Tage setzen Sie nötigenfalls den T 5 ›Zaunkönig‹ gegen angreifende Zerstörer ein, nachts kämpfen Sie sich damit den Weg zu den Schiffen frei.

Dieser Kampf, der vor Ihnen liegt«, schließt er endlich, »verlangt mehr als früher an Mut, Einsatzbereitschaft und taktischem Können. Darüber sind wir hier uns vollständig im klaren. Indem Sie sich den Weg an die Handelsschiffe in der Auseinandersetzung mit den Bewachungsstreitkräften erst freikämpfen müssen, haben Sie eine Schlacht zu schlagen, ehe die eigentliche Schlacht beginnt.«

Am 15. August gehen die ersten großen Boote von Lorient in See. Wenige Tage später folgen ihnen die Geleitzugkämpfer, jeder mit vier »Zaunkönigen« an Bord.

Überall, beim BdU wie in den Flottillen, herrscht die Spannung höchster Erwartung.

Zur Entlastung der Boote entfaltet der Fliegerführer Atlantik mit allen verfügbaren Maschinen eine starke Aktivität. Zum ersten Male wird dabei eine neue Waffe, das »Kehlgerät«, eine Gleitbombe, von einer FW 200 gegen feindliche U-Jagdstreitkräfte eingesetzt und der Zerstörer »Egret« versenkt sowie ein Kreuzer beschädigt.

Der Engländer reagiert prompt durch Rückverlegung seines Blockadegürtels nach Westen.

Weiter lauten die Nachrichten günstig. Obwohl die Boote auslaufend nahe Kap Ortegal passieren müssen, gehen die Verluste im letzten Augustdrittel auf das normale Maß zurück. Trotz schärfster Luftüberwachung laufen nur wenige Meldungen von Fliegerangriffen ein.

»Seht ihr«, geht es wie ein Aufatmen durch den Stab, »das ist die ›Wanze‹.«

Aber es dauert nicht lange, bis sich zeigt, daß auch die »Wanze« den Booten keinen zuverlässigen Schutz bietet. Erst mit dem

»Naxos«-Gerät, das noch für 1943 erwartet wird, werden die letzten Unklarheiten über den wahren Charakter der feindlichen Ortung beseitigt werden.

Trotzdem bleiben die U-Boot-Verluste in der Biscaya von jetzt ab normal: Den 15 Bootsverlusten vom Juli 1943 stehen nur je 2 in den folgenden Monaten bis zum Mai 1944 gegenüber.

Nimmt man alles in allem, so darf man, ohne allzu optimistisch zu sein, mit dem Herbst eine allgemeine Besserung der U-Boot-Lage und ein erneutes Ansteigen der Versenkungserfolge erwarten. Die Wölfe haben wieder Hoffnung.

Immer neue Praktiken, den Gegner zu überlisten, werden von den alten Füchsen am Steinplatz herausgeknobelt. Die Boote, die sich noch vor kurzem gruppenweise ihren Weg in den Atlantik freizukämpfen suchten, schleichen jetzt plötzlich einzeln und weit gestreut durch die Biscaya. Sie suchen weit entfernte, lange verlassene Operationsgebiete auf, die erwartungsgemäß schwächer und »harmloser« bewacht sind. Sie verseuchen die Hafeneinfahrten mit neuartigen Minen und greifen danach den Schiffsverkehr an, wo sich eine Gelegenheit dazu bietet.

Gleichzeitig entfesseln die Funkstellen mehrere Wochen lang mit gutem Erfolg einen Scheinfunkverkehr, der dem Gegner mit künstlich konstruierten »Funkbildern« Geleitzugoperationen vortäuscht, die gar nicht stattfinden, aber doch Beunruhigung schaffen.

Auf dem fernen Kriegsschauplatz beiderseits Madagaskar sind mittlerweile 20 Schiffe den Torpedos deutscher U-Boote zum Opfer gefallen, und im Laufe des August kehren zusammen mit einer Welle heimkehrender Westafrikaboote zwei dieser Fernostkämpfer, darunter der Korvettenkapitän und spätere Brillantenträger Lüth, nach Bordeaux zurück.

U 181, Lüths Boot, hat damit nach 220 Seetagen die längste Unternehmung des zweiten U-Boot-Krieges glücklich beendet. Zweihundertzwanzig Tage lang hat keiner dieser Männer einen Fuß an Land gesetzt, haben sie, zumeist in tropischer Hitze, in ihrer engen Blechröhre »aufeinandergesessen«, abgeschnitten von der Welt, aneinandergeschmiedet durch ihren Kampfauftrag, bedroht nicht nur durch den Gegner, sondern fast ebensosehr durch das endlose Einerlei der Bordroutine, durch die »Blechkrankheit«, die Einsamkeit, die Gefahr des Abstumpfens und Einanderüberdrüssig-Werdens. Aber als sie nun die Leinen fest haben und an Land steigen, adrett und mobil, nur durch die Pracht wohlgepflegter Bärte die Dauer ihrer Unternehmung andeutend, merkt man ihnen nichts an, unterscheiden sie sich in nichts, außer vielleicht in der für U-Boot-Verhältnisse betonten Sauberkeit ihres Anzugs, von den Besatzungen der anderen Boote, mit deren Rückkehr aus dem Raum Dakar-Freetown die letzte mit einem starken Aufgebot geführte Operation in diesem Seegebiet ihr Ende gefunden hat. –

Im Nordatlantik sammeln sich indessen die Geleitzugkämpfer.

Die Operation läuft an; die Atmosphäre am Steinplatz ist mit Spannung geladen.

Da, am Morgen des 19. September, gelangt eine entschlüsselte englische Flugzeugmeldung in die Hände der U-Boot-Führung: »Angriff auf westgehendes U-Boot. Vermutlich vier Treffer.«

Der angegebene Standort liegt dicht ostwärts der Aufstellung der Boote. Ist damit der Gegner gewarnt? Niemand weiß es; man kann nur warten und hoffen.

Aber noch in der Nacht melden vier Boote Fühlung am Geleit, und eins von ihnen greift bei Tagesanbruch unter Wasser an und torpediert zwei Schiffe. Der Anfang ist gemacht! Fiebernd vor Hoffnung und Spannung warten die Astos am Steinplatz, die den ganzen Tag über das Lagezimmer kaum verlassen und in stundenlangen Diskussionen die Chancen und Möglichkeiten erwägen, auf weitere Meldungen von See.

Und dann kommen die FTs: »Am Geleit starke Luft- und sehr starke Seesicherung.« – »Abgedrängt. Fühlung verloren.«

Ja, die Fühlung reißt ab.

Dann plötzlich am Nachmittag, allzu früh für die meisten Boote, das Angriffssignal, ausgelöst durch U 338: »Bleibe zum Angriff oben.«

Der Kommandant, Kapitänleutnant Kinzel, »Mac« Kinzel, wie er im Kameradenkreise genannt wird, gilt als Draufgänger, aber er ist zu erfahren, als daß er am hellichten Tage einen solchen Funkspruch absetzte, wenn er nicht durch die Lage dazu gezwungen wäre. Nein, es ist nicht schwer, sich auszumalen, was sich jetzt da draußen um U 338 abspielt; der gleiche erbittert geführte Kampf, dem so viele schon erlegen sind, der Kampf der U-Boot-Flak gegen von allen Seiten zugleich angreifende Flugzeuge.

Ja, so wird es auch mit »Mac« Kinzel gewesen sein, der noch vor wenigen Wochen in La Baule im »Ker Argoë« und »Pen Avel« so fröhlich und unbeschwert zu feiern wußte, und der sich nun mit seinem »Bleibe zum Angriff oben« mit seiner ganzen Besatzung für immer abgemeldet hat. –

Am gleichen Abend stellen fünf Boote die Fühlung wieder her. Weder der BdU noch die Kommandanten wissen, daß der Gegner inzwischen zwei Geleite zu einem zusammengefaßt hat, das nun überstark gesichert durch den klaren Abend dahinstampft, eine unabsehbare Herde von Schiffen, um die, bis auf viele Meilen nach außen abgesetzt, Zerstörer, Fregatten und Korvetten sichernd ihre Kurse ziehen.

Und dann beginnt ein Kampf, wie ihn noch keine Sicherung eines Geleitzuges in vier Kriegsjahren geboten bekommen hat, der Angriff der U-Boote mit dem neuen T 5 »Zaunkönig«, dem Zerstörerknacker, auf die verhaßten Sicherungsfahrzeuge.

Da steht z. B. der Kapitänleutnant Bahr mit U 305 in der Nähe des Geleits. Er ist zum Horchen getaucht, um so vielleicht das Geleit zu finden; nun hängt er am Horchgerät und lauscht in das dünne Klirren, Rieseln und Rauschen hinaus, die Mütze in den Nacken geschoben, die eine Muschel des Kopfhörers ans Ohr gepreßt, während der Funkmaat neben ihm sachte die Skala absucht.

Lange Zeit ist da nichts, nur gläsernes Klicken und Knistern, aber dann schiebt sich plötzlich ein anderes Geräusch dazwischen, ein fernes, singendes Mahlen, immer deutlicher: Schraubengeräusche, Zerstörerschrauben.

»Auf Sehrohrtiefe gehen!« Der Kommandant rennt in den Turm, gibt seine Torpedobefehle und hört, wie unten die Besatzung auf ihre Gefechtsstationen hastet. Neben ihm bezieht die seemännische Nr. 1 den Posten am Torpedovorhaltrechner.

»Zerstörer, Herr Kaleu?«

»Scheint so. Zu sehen ist noch nichts.«

»War ja Sache, wenn wir einem von den verdammten Ästern einen verpuhlen könnten!«

So denken sie alle. Seit Jahren haben sie die Schläge der Zerstörer wehrlos hinnehmen müssen; nun fiebern sie darauf, es ihnen heimzuzahlen.

Eine halte Stunde verrinnt in lautlosem Warten, das nur unterbrochen wird von den halblauten Befehlen an die Tiefensteuerer und den gleichmäßigen Meldungen des Horchers: »Zerstörergeräusch in 275 Grad, wandert langsam voraus, wird lauter ...«

Und dann sieht der Kommandant endlich Mastspitzen, die hinter den Dünungsrücken heraufwachsen, Schornsteinrauch, eine Brücke, den Rumpf ...

Der Zerstörer kommt genau auf das Boot zu, ist jetzt vielleicht sechs- bis achttausend Meter von dem lauernden Sehrohr entfernt und kommt ziemlich rasch näher.

Dem Kommandanten schlägt das Herz im Halse. Es ist ein eigenartiges Gefühl, einen Gegner anzugreifen, der für die bisherigen Torpedos zu wenig Tiefgang und zuviel Schnelligkeit besaß. Schüsse auf Zerstörer haben bis jetzt nur selten zum Erfolg geführt und galten als mit großem Risiko belastet; zu leicht wurde der laufende Torpedo vom Gegner gehorcht und ausmanövriert und danach das Boot stundenlang in die Zange genommen. Und nun sollte das plötzlich anders sein? Nicht nur was Treffsicherheit und Erfolgschance, sondern auch was das Schießen selbst betrifft! Man sollte nicht mehr aus seitlicher Position anzugreifen brauchen, um den Feind in die Flanke zu treffen; man sollte die besten Erfolge erzielen, wenn er direkt auf einen zulief! Es ist zu märchenhaft, als daß man anders als mit Mißtrauen an den ersten Angriff dieser Art herangehen könnte.

Aber nun ist der Gegner klar heraus, jede Einzelheit deutlich erkennbar, und der Entschluß unumgänglich.

Achtzehn Minuten sind vergangen, seit der Feind in Sicht gekommen ist. Der Kommandant hat ihn fest im knapp gezeigten

Sehrohr, als er jetzt seine Befehle gibt: »Zum Schuß mit T 5 aus Rohr Zwo: Rohr Zwo fertig – llos!«

»Schuß ist gefallen, Torpedo läuft!« echot es aus der Tiefe.

»Schnell auf hundertachtzig Meter gehen!«

Sicher ist sicher; der Kommandant will den Erfolg dieses ersten T 5-Angriffs lieber im Keller abwarten, und schon geht es abwärts mit starker Lastigkeit wie im Fahrstuhl; es glickert und klickert in den Decksumbauten.

Der L. I. hat das Boot fest in der Hand, fängt es sicher ab, läßt es durchpendeln und steuert es ein.

Und dann warten sie wieder mit halb offenen oder fest geschlossenen Mündern und Gesichtern, aus denen jeder Ausdruck gewichen ist, weil sie nur noch Ohr sind und mißtrauisches, höchst gespanntes Lauschen.

Rings um sie ist tiefe, lautlose Stille; nur die E-Maschinen singen leise – wiesdiwieschwiesch – und der Obersteuermann sagt flüsternd die Sekunden an: »Laufzeit eine Minute – Laufzeit eine Minute fünfzehn Sekunden – Laufzeit zwei Minuten ...«

Und der Horcher meldet: »Zerstörergeräusch in 260 Grad. Peilung steht. Wird lauter.« Da – nun hören sie es auch schon, ganz leise, mit bloßem Ohr. Wenn es nur der Aal tut, wenn es nur der verdammte Aal tut!

Und dann bricht die Detonation ans Boot, grell, ein heller und gleich darauf ein dumpfer Knall und danach eine sehr laute Explosion, der in kurzen Abständen einige weitere folgen.

»Wahrscheinlich sind dem mehrere Wabos gleichzeitig hochgegangen«, sagt der Kommandant.

»Jawoll, und noch 'n paar einzelne hinterher. Hoffentlich hat's den richtig erwischt, das Schwein!« Die Nummer Eins lacht ein leises, ein wenig nervöses Lachen. Die ändern stehen stumm, blicken unwillig auf ihn. Was hat er hier zu reden; man kann nichts hören, wenn einer redet.

»Horchraum: Frage Schraubengeräusche?«

»Schraubengeräusche sind verstummt.«

Nun atmen sie auf und blicken einer den ändern an, und hier und da wagt sich ein Lächeln hervor und ein geflüsterter Scherz.

»Wollen wir nicht wieder auf Sehrohrtiefe gehen?« fragt der L.I.

»Noch nicht.«

Der Kommandant wartet volle vierzig Minuten, ehe er sachte den Spargel mit dem gläsernen Auge wieder herausstreckt wie eine Schnecke ein vorsichtig tastendes Horn.

Und er sieht: oben ist es bereits dämmerig, und in dem violettgrauen Licht, das zwischen den milchig-metallenen Hängen der Dünung schwankende, schaukelnde Schatten bildet, liegt gestoppt und stark qualmend mit leichter Backbordschlagseite der Zerstörer, einer der Veteranen der Churchill-Klasse, von denen die Engländer kurz nach Kriegsbeginn vierzig Stück gegen die Bermudas von den USA einhandelten. Der achtere Mast liegt nach hinten geneigt. Also Treffer im Achterschiff. Über dem Zerstörer kreist ein Flugzeug.

Der Kommandant fühlt wilden, bitteren Triumph in sich aufsteigen. Sie tun es also wirklich, die neuen Aale; das wird den Herren Tommies wenig Freude machen, denkt er, na, warte, dich schieb' ich noch ganz unter Deck!

»Zerstörer liegt gestoppt, hat Treffer im Achterschiff«, gibt er nach unten, »Boot läuft an zum Fangschuß.«

»An Kommandant! Schraubengeräusch in rechtweisend 280 Grad!« kommt es im gleichen Augenblick aus dem Horchraum.

Richtig! In etwa 6000 m Entfernung kommt ein zweiter Zerstörer in Sicht. Jervis- oder Hunter-Klasse.

Jetzt heißt es aber Beeilung, denkt der Mann am Sehrohr, der ist bald hier, der hat den weißen Knochen zwischen den Zähnen.

Sofort nach dem Fangschuß dreht er ab, um wenn möglich den zweiten Zaunkönig aus dem Heckrohr gegen den neuen Gegner zu schießen.

Inzwischen krepiert der Fangschuß »hinten zehn« an dem Gegner Nr. 1. Ein roter Feuerpilz schießt empor, und dicker Qualm quillt aus der Trefferstelle; von dem Achterschiff ist nichts mehr zu sehen.

Aber der Gegner Nr. 2 ist jetzt heran, ein schmales, nach oben ausladendes, von Brücke und rahbewehrtem Vormast überragtes

Viereck, vor dem die weiße Bugsee mit dem Einsetzen und Auftauchen abwechselnd schwillt und schwindet.

Der Kommandant wartet, bis die Entfernung auf 1500 m zusammengeschrumpft ist, dann schickt er den zweiten Zaunkönig auf die Reise.

Er ist seiner Sache ganz sicher; der Erfolg gegen den ersten Feind hat ihn ruhig gemacht.

Da dringt plötzlich Unruhe von unten herauf, und im gleichen Augenblick sieht er einen Schaumstreifen hinter seinem eigenen Heck. Der zweite Zaunkönig ist ein Rohrläufer! Halb ausgestoßen, ist er im Rohr steckengeblieben.

Schon dreht der neue Gegner heran!

Der Abstand schmilzt rasend schnell zusammen.

Mit dem halb ausgestoßenen Aal kann das Boot nicht auf Tiefe gehen.

Aus! denkt der Kommandant, vorbei. Jetzt rammt er uns! Das ist das Ende …

Nur noch 500 m trennen das Boot von dem heranschäumenden Zerstörerbug, da schießt der Aal plötzlich aus dem Rohr.

»Schnell auf große Tiefe gehen!« schreit der Kommandant, »Runter, L. I.! Weg!«

Der L. I. stellt das Boot förmlich auf den Kopf.

Während sie noch abwärts stürzen, bricht die Torpedodetonation ans Boot. Und keine Wabos! Nur in 20° und in 145° sind nach kurzer Zeit Sinkgeräusche im Horchgerät festzustellen, und als der Kommandant nach langer Sicherheitsfrist leise und vorsichtig Nachschau hält, ist die See leer …

Am gleichen Geleitzug steht U 666, Kommandant Oberleutnant d. R. Willberg. Das Boot hat sich eine gute Position vor dem Konvoi ermogelt, und der Kommandant ist nicht gesonnen, sie sich streitig machen zu lassen, als er in der Nacht die Schatten zweier Zerstörer in Sicht bekommt.

Kurz entschlossen schießt er, nach Backbord abdrehend, einen T 5 im »Achterstich« auf den ersten, nach Steuerbord herausgestaffelten Gegner und dreht sofort weiter, um auch den zweiten mit Zaunkönigschuß im Buganlauf anzugreifen.

Im gleichen Augenblick Meldung aus dem Horchraum: »Ortung auf einhundert vierzig Zentimeter!« und schon dreht auch der Zerstörer auf U 666 zu. Sein greller Scheinwerferkegel zerschneidet die Nacht; er faßt das Boot sofort auf und deckt es mit dem Hagel seiner Granaten ein.

Wenn ich jetzt nicht schieße, fährt es dem Oberleutnant Willberg durch den Kopf, dann hat er mich. Hier gibt's nichts als durchstehen auf Biegen oder Brechen.

Bug gegen Bug, mit hoher Fahrt jagen die beiden Todfeinde in diesem Augenblick aufeinander zu; die Entfernung zwischen ihnen verringert sich zusehends. Zwei Granaten schlagen in die Turmwand des Bootes. Die Splitter rasseln wie Trommelschlegel gegen die Wände.

Trotzdem hält der Kommandant an seinem Entschluß fest. Durchdringend hell übertönt seine Stimme den Gefechtslärm: »Lage Null. Gegnerfahrt fünfzehn Meilen. Entfernung fünfzehn Hektometer. Tiefeneinstellung vier Meter. Steuerung Weitschuß ...«

Und dann fällt der Schuß, und das Boot geht trotz seines zerlöcherten Turms mit Alarm auf Tiefe.

Im Abwärtsgleiten reißt der Kommandant das Sicherheitsluk zwischen Turm und Zentrale hinter sich zu.

Sie sind kaum auf zwanzig Meter angekommen, als von Steuerbord voraus eine laute, heftige Detonation ans Boot schlägt, der nach weiteren acht Minuten eine zweite folgt. Und dann sind an Steuerbord im Boot und an Backbord im Horchgerät, klar voneinander unterschieden, deutlich Sinkgeräusche zu hören: Gluckern und Gurgeln und Rauschen und das knarrende, scharfe Reißen von Stahl, vermischt mit dem Knacken brechender Spanten und Schotten; die Schraubengeräusche dagegen sind verstummt ...

Dann die Detonation von fünf Wabos.

»Nun machen die sich selber fertig«, kommentiert dazu eine Stimme, und dann bleibt es still ...

Drei Stunden später taucht U 666 auf. Und da finden die aufziehenden Ausgucke auf der Brücke und an Deck einige seltene Beweisstücke ihres Erfolgs: eine Konservenbüchse mit englischer Aufschrift und englisches Hartgeld mit den Jahreszahlen 1942/43.

»Dunnerkiel«, sagen sie und betrachten nachdenklich diese Trophäen, »da kann aber nicht viel gefehlt haben, daß uns der auf den Kopf fiel.«

»Quatsch! Dazu war er doch zu weit ab!«

»Dann ist er eben in die Luft geflogen. Irgendwie muß das Zeugs ja schließlich zu uns an Bord gekommen sein.«

»Man gut, daß nicht noch 'n halber Engländer daneben lag.«

»Hör auf, Mensch! Scheid' aus. Die tun doch auch bloß, was sie müssen.«

»So? Und Bomben schmeißen auf Frauen und Kinder, das müssen die auch? Geh' mir weg, Mann! Als ich's letzte Mal in Urlaub war, was meinst du, was ich gefunden hab? Da war nischt übrig von der ganzen Stadt, in der ich aufgewachsen bin. Haus bei Haus, Straße bei Straße, nischt als Ruinen. Nee, mein Lieber, das ist nicht mehr anständig, da gibt es nichts.«

»Na, Hermann seine haben ja wohl auch ganz schön dazwischen gehalten in London.«

»Aber nicht mit Absicht auf Wohnhäuser.«

»Na, ich weiß nicht ...«

»Schluß jetzt mit dem Gereese«, unterbricht der Obersteuermann, der die Wache führt, »das schmeckt mir gerade. Kümmern Sie sich gefälligst um Ihre Sektoren. Daß die Tommies Armlöcher sind, weiß ich schon lange.«

Am gleichen Vormittag geht am Steinplatz ein Funkspruch von U 666 ein: »Soeben zwei Zerstörer versenkt ...« –

Die ganze Nacht hindurch schlagen sich die Wölfe, an den Geleitzug herandrängend, mit den Sicherungsstreitkräften herum. Bis zum Morgen liegen fünfzehn FTs über Zaunkönigangriffe am Steinplatz vor, wonach sieben Zerstörer sicher, drei weitere wahrscheinlich versenkt sind. Aber an den Geleitzug selbst sind die Boote nicht herangekommen.

Und dann kommt Nebel auf, der den ganzen Tag die wogende Weite des Kampfplatzes mit undurchsichtigen, nassen Schleiern verhängt, so daß die Boote nur noch durch ihre Horchgeräte und Beobachtung der feindlichen Ortung aus der Ferne Fühlung halten können.

Erst am nächsten Morgen, dem dritten Tage der Schlacht, lüftet der Himmel hier und da seine weißen Tücher; stellenweise bessert sich die Sicht. Sofort sind auch die Flugzeuge wieder da, und es beginnen wieder die erbitterten Duelle zwischen den kurvenden, herabstoßenden Metallvögeln und den schäumend dahinjagenden, ausweichenden und aus allen Rohren feuerspeienden Stahlfischen. Nur ein einziges Boot wird dabei schwer beschädigt, den anderen gelingt es, gezielte Bombenwürfe durch ihr Abwehrfeuer unmöglich zu machen und im Laufe des Tages die erstrebten Angriffspositionen vor dem Geleitzug tatsächlich zu erreichen.

Kurz bevor die Nacht fällt, stehen fünf Boote in unmittelbarer Nähe des Geleits, und jetzt klart es plötzlich auf. Scharf und deutlich heben sich die Silhouetten der Schiffe und der Geleitzerstörer der starken Nahsicherung im letzten Licht von der klaren Kimm ab. Die Stunde der Wölfe ist gekommen. Noch einmal haben sie es geschafft, sich den Weg nach vorn, den Absprung für den Angriff auf die Dampferherde freizukämpfen, und nun stoßen sie heran, schießen rücksichtslos ihre »Zaunkönige« auf die Zerstörer, die ihnen den Weg verlegen wollen, und feuern ihre Fächer auf die überlappenden Ziele, die wie eine wandernde niedrige Mauer im fahlen Nachtlicht an ihnen vorüberziehen. –

Am Morgen sammelt sich die Ernte der Funksprüche auf den Tischen im Lagezimmer am Steinplatz, eine gute Ernte: fünf Dampfer und fünf Zerstörer sind in dieser Nacht torpediert worden. Zugleich aber melden die Boote, daß wieder Nebel aufgekommen ist, und so bricht der BdU diese nun schon neunzig Stunden dauernde Jagd ab; Kommandanten und Besatzungen sind bis an die Grenze menschlichen Leistungsvermögens beansprucht worden; sie haben sich ihre Ruhe sauer verdient. Mit einer Herzensstärke ohnegleichen haben sie die Schlacht vor der Schlacht und die Schlacht selbst geschlagen und Erfolge erzielt, wie sie unter Kampfbedingungen von derartiger Schwere und Härte nicht besser erwartet werden konnten. Sie melden die

Vernichtung von zwölf Zerstörern, die Versenkung von neun Schiffen mit zusammen 46 000 BRT und die wahrscheinliche Versenkung von drei weiteren Zerstörern. Zwei eigene Boote antworten nicht mehr.

Der Kommandant U 584, Kapitänleutnant Jochen Deecke, bei dem eine B-Dienst-Gruppe eingeschifft ist, gibt den Funkkommentar, wie der Schlag gegen die Zerstörer auf den Gegner gewirkt hat; denn seine Gäste hören den Gegnerfunk mit, und was sie an diesem Tage auffangen, ist aufschlußreich genug: »Niedergeschlagenheit im feindlichen Funksprechverkehr.« Niedergeschlagenheit – begreiflich! –

Deeckes älterer Bruder, Jürgen, ist bereits im April 1940 als Kommandant U 1 gefallen; fünf Wochen nach diesem Funkspruch, am 31. Oktober 1943, fällt Jochen selbst mit seiner Besatzung einem Flugzeugangriff zum Opfer. Totalverlust …

»Niedergeschlagenheit im feindlichen Funksprechverkehr« – die alten U-Hähne am Steinplatz reichen sich den Funkspruch gegenseitig zu: »Da! Hast du das gelesen? Das will ich glauben, jetzt, wo's ihnen endlich auch ans Leder geht!«

»Bis jetzt war ja auch Zerstörerfahren die reine Lebensversicherung.«

»Na, ich weiß nicht …«

»Was denn! Wer sollte denen denn was tun? Die Boote? Nee, nee, laß man: das ist denen sehr gesund. Die sollen das ruhig mal kennenlernen, wie das ist, wenn einem derselbe mit Grundeis geht …« –

In den fernen Kampfgebieten wirken indessen die großen Boote; sie legen Minen vor Colon, vor St. Johns, Trinidad und Tacoradi. U 68, das alte Boot des Eichenlaubträgers Fregattenkapitän Merten, unter seinem neuen Kommandanten, Kapitänleutnant Lauzemis, und U 515 unter Eichenlaubträger Kapitänleutnant Henke, der später in Amerika im Gefangenenlager – angeblich wegen eines Fluchtversuchs – am hellichten Tage mitten auf dem Gefängnishof erschossen wird, versenken in der Guineabucht je drei Schiffe, ein weiteres Boot außerdem einen bewaffneten Fischdampfer, und U 516 bringt es vor Panama gar auf fünf Schiffe mit

30 000 BRT, ehe es schwer beschädigt den Rückmarsch antritt, eine dramatische, durch planmäßige Luftüberwachung erschwerte Reise, die der BdU am Steinplatz auf Grund hervorragender B-Dienst-Entschlüsselungen in allen Einzelheiten verfolgt, ohne dem Boot doch helfen zu können. Aber U 516 entkommt.

Zusammen mit U 129 soll es aus U 544 versorgen. In der Nähe des Treffpunktes angekommen, hört es plötzlich eine schnelle Folge von Bombendetonationen und anschließend Zerstörerschrauben. Von U 544, seinem Kommandanten, Kapitänleutnant Mattke, und seiner Besatzung wird seither nichts mehr gehört; nur U 129 meldet noch, daß das Boot von Fliegern angegriffen worden sei...

Die Monsunboote, soweit sie nicht vernichtet oder durch Ergänzungsaufgaben zur Umkehr gezwungen worden sind, haben mittlerweile nach abermaliger Beölung im Seeraum von Mauritius ihr fernes Ziel erreicht und erhalten Angriffserlaubnis auf alle Ziele mit Ausnahme von U-Booten, da neuerdings auch die Japaner in diesem Gebiet operieren.

Die Erfolge lassen nicht auf sich warten. U 532 unter Fregattenkapitän Junker versenkt zwischen dem Chagos-Archipel und der Südküste Vorderindiens fünf Schiffe, U 188 – Lüdden drei an der Südküste Arabiens und im Golf von Oman. Kurz darauf greift das Boot einen Geleitzug an, wird aber durch Zersetzung der Säure in den Torpedozellen um den sicheren Erfolg gebracht.

U 533 – Henning geht verloren; bis November 1943 laufen vier Boote der Monsungruppe im Hafen von Penang ein.

Es ist eine fremdartige Welt, die sie hier antreffen; die japanischen Bundesgenossen verhalten sich korrekt, aber mißtrauisch; die Zusammenarbeit klappt trotzdem verhältnismäßig gut.

Den Besatzungen öffnet der Hafen alle Wunder und Lockungen der indisch-asiatischen Welt, aber für die Kommandanten bringt er Belastungen und Probleme bisher unbekannter Art. Mehr als irgendwo sonst kommt es darauf an, die Truppe, die »Bootsfamilie«, fest in der Hand zu halten und für die Dauer der Hafenzeit alle Maßnahmen zu treffen, um ein »Vergammeln« der Besatzungen zu verhindern. Der Verführungen und Gefahren an Land sind viele, und der Kommandant, der nicht Dienst und

Freizeit seiner Männer straff und unnachsichtig regelt, muß damit rechnen, in kurzer Zeit Ausfälle durch Krankheiten zu bekommen, die auf der langen Heimreise zur unerträglichen Belastung werden würden. Aber die Kommandanten sind lehnig genug, diese Aufgabe zu meistern; nicht umsonst haben sie Ärzte mit, die auch das »Thema Eins«, die Liebe, zu regeln haben und zu regeln wissen.

Jede Besatzung wohnt daher geschlossen; sie haben ihre eigenen Klubräume, ihre Dancings und ihre »Weiden«, die Erholungsstätten hoch im Gebirge, wo es kühler ist als in der drückenden Schwüle der Hafenstadt. –

Im Nordatlantik bricht mit dem Oktober der Herbst herein, mit längeren Nächten, mit ersten Stürmen und erneuten Versuchen, die Boote mit Hilfe eigener Luftaufklärung an die Geleitzüge heranzuführen. Aber »da ist irgendwie der Wurm drin«; der Funker der ersten angesetzten BV 222 vergißt, als die Maschine wirklich den Gegner erfaßt, den Booten seine Peilzeichen anzukündigen, so daß die halbe Stunde Peilfühlung ungenutzt verstreicht, und das ist die erste von mehreren Operationen der Gruppe »Roßbach«, die bei drei eigenen Verlusten ohne Erfolg enden. So erhält die neugebildete Gruppe »Schlieffen« nach hitzigem Kampf um das Für und Wider im BdU-Stab eine Woche später noch einmal den Befehl, sich den Weg an den Geleitzug gegen die starke Luftsicherung mit Fla-Waffen freizukämpfen, und es entspinnen sich wilde, erbitterte Gefechte, deren Härte sich in den FTs spiegelt, die nun in rascher Folge am Steinplatz eintreffen. Funksprüche der Boote und B-Dienst-Entschlüsselungen in bunter, erregender Folge, Kurzmitteilungen über Abschuß und erfolgreiche Abwehr, englischer Flugzeugfunk über Angriffe und Erfolge, FTs beschädigter Boote, die sich absetzen, um zu reparieren, Vier-Worte-FTs »Bleibe zum Angriff oben«, hinter denen sich der Kampf einer Besatzung auf Leben und Tod verbirgt. Zwei-Worte-FTs »Flugzeug abgewehrt« oder »Abgedrängt, Zerstörer« – all das in schneller Steigerung bis zum tragischen Höhepunkt des Notrufs von U 964 – Hummer: »Bin im Sinken«

und der kurz darauffolgenden Mitteilung des Kapitänleutnants Wenzel von U 231: »Vier Überlebende von U 964 gefischt.« –

Am Nachmittag des zweiten Tages gelingt wenigstens einem Boot ein Anlauf, dem ein Sechstausender zum Opfer fällt; aber am nächsten Tag reißt die Fühlung ab und wird nicht oder nicht mehr rechtzeitig wiedergewonnen, obwohl die Boote, fächerförmig verteilt, günstig vor den Gegner gelangt sind.

Ein Schiff versenkt, drei Boote verloren; auch die Operation »Schlieffen« ist ein Fehlschlag gewesen; da gibt es keinen Zweifel. Aber die Boote sind in See und gehen nun noch ein letztes Mal in den alten Aufstellungsraum ostwärts Neufundland, wo sie in den folgenden Tagen die Gruppe »Siegfried« bilden, die sich kurz darauf in drei kleinere Gruppen teilt, aus denen die Gruppen »Körner« und »Jahn« und kurz darauf die Gruppen »Tirpitz« eins bis fünf entstehen, bis sich auch diese Anfang November zu Suchkursen nach Osten und Nordosten zerstreuen. –

Die Geleitzugkämpfer, die zur Berichterstattung zum Steinplatz kommen, sind im allgemeinen von der Feuergeschwindigkeit und Betriebssicherheit der neuen Vierlinge begeistert. Weniger gut sind ihre Erfahrungen mit den See-Eigenschaften der umgebauten Boote, die durch die doppelten Plattformen mit den schweren Vierlingen topplastig und so rank geworden sind, daß sie von 60° zu 60° überholen und manchmal nahe daran sind zu kentern, ganz abgesehen davon, daß die ungefügen Türme die Unterwassergeschwindigkeit auf drei bis vier Meilen bei Höchstfahrt herabsetzen und daß die Besatzungen durch die wilden Bewegungen über Gebühr angestrengt werden.

Und dann kommen Kommandanten, wie der Kapitänleutnant Tinschert von U 267, die berichten, daß auch die Minengeschosse der Vierlinge gegen die neuerdings eingesetzten gepanzerten Viermotorer keinen Schutz mehr bieten.

»Das Flugzeug«, sagt er, »hat beim Angriff ganze Magazinladungen in den Rumpf bekommen, ohne Wirkung zu zeigen. Ich glaubte mehrfach, 2-cm-Geschosse von der Flugzeugkanzel abspringen zu sehen, und dieselbe Beobachtung wurde von meinem ältesten seemännischen Unteroffizier gemacht ...«

Das klingt bedenklich genug, und bald bestätigen andere Kommandanten Tinscherts Beobachtung.

Trotzdem fahren die Boote weiter, unbeirrbar und unerschütterlich. Der Tag wird kommen, darauf setzen sie ihre Hoffnung, an dem sie mit neuen Booten dem jetzt so überlegenen Gegner wieder zu Kleide gehen werden. Bis dahin muß man sehen, wie man zurechtkommt. Bis dahin muß man die Hafenzeiten genießen und die Unternehmungen überstehen. Das eine ist kein Kunststück, aber das andere ...

Daran darf man nicht denken; darüber muß man sich hinwegspielen oder hinwegzwingen, je nachdem, wie es kommt.

In den Hafenzeiten jedenfalls muß das Leben in jeder Minute brennen, sei es bei den Festen mit den Kameraden in den Flottillenmessen oder auf den »Weiden«, in Le Trésir und Schloß Logonna, dem alten Steinkasten bei Brest – in der Mühle des meisterhaft getarnten Barackenlagers von Lorient, in der Moulin de Rosmadec von Pont Aven, wo die Austern noch ebenso frisch und die Omelettes souflées noch ebenso duftend sind wie dermaleinst, als Günter Prien hier feierte und vor dem brennenden Kamin die Beaujolais und Chauteau Neuf du Pape de Belle et Douce France trank – bei Mélanie in Riec sur Belon oder im Maison Bleu bei La Baule, in Gennes bei Angers, wo man den leichten weißen Wein der Vendée zu Champignons trinkt, die in Rotwein gesotten sind und in Steingutgefäßen serviert werden, oder in den altberühmten Speiselokalen von La Rochelle und Bordeaux.

Brennen, mit heller Flamme brennen, muß das Leben in der einen Nacht des Aufenthalts in Paris, in der »Ratze«, im »Monseigneur«, im »Maxim«, in der Bar des Plaza Athenée oder wohin immer einen die Kameraden und Freunde verschleppen, zu Suzy Solidor in der Rue St. Arme oder in die Rue Chabanais, ins Claridge oder ins »Tanagra«.

Brennen muß das Leben in den kurzen Urlaubstagen, bei der Frau – das geht niemand etwas an – und bei den Kindern, den süßen Fratzen – wie sind sie zuerst scheu, und wie schnell laufen sie einem entgegen! – brennen muß es bei der Begegnung mit der unbekannten Schönen, die einem vor den Bug läuft, in der Bahn, auf der Straße, in der Dienststelle X oder Y. Da sitzt sie, und man kommt, um ein Papier stempeln zu lassen – da steht sie in der überfüllten Straßenbahn, und man sieht nicht mehr, als ein wenig krauses Haar unter einem Hut und ein feines Profil, und es springt etwas über, und am Abend sitzt man sich gegenüber in einem Restaurant oder einer Weinstube, wo Uniform, EK I und U-Boot-Abzeichen Wirt und Kellner auch jetzt noch zu letzten Anstrengungen bewegen, und es geht das wortlose Fragen hin und her von Blick zu Blick, und es kommt der Heimweg, der lange Heimweg zu Fuß durch die dunkle Herbstnacht, und man bleibt zusammen und verspricht sich am Morgen ein Wiedersehen, das es vielleicht niemals gibt.

Oder es heulen die Sirenen, und man sitzt im Luftschutzkeller zwischen den verängstigten Kindern und den Frauen, unter denen immer eine ist, die die anderen zusammenhält und ihnen Mut macht, schmal oder dick, jung oder alt, das fällt ganz verschieden aus; aber sie vollbringt das Wunder, diese Schar am Rande der Panik entlangzusteuern, und hinterher, wenn die Entwarnung da ist, steht man vielleicht ein paar Stunden neben ihr auf brennenden Dachböden, und alles, was geschieht, wenn der Brand gelöscht ist, ist ein Kognak in einer fremden Wohnung, die keine Fenster mehr hat und in der die Gardinen im Nachtwind wehen. Und plötzlich erzählt man in diese lebendigen, klaren Frauenaugen hinein alles, was schwierig ist, alles, was man erhofft und erwartet, und weiß, daß man verstanden wird, und der Abschied ist ein Händedruck und ein Dank.

Sei es, wie es sei, brennen muß das Leben.

Vielleicht sitzt man auch den ganzen langen Abend bei seiner Mutter, und es fällt kaum ein Wort, aber das Unaussprechliche fliegt lautlos hin und her. Sie fragt nichts; sie versteht sich auf die große Kunst des Wartens; alles, was sie selbst bedrängt, verschließt sie in sich und sendet es nur lautlos herüber, während ihre Stricknadeln klappern und sie kaum aufsieht und nur manchmal etwas vor sich hinmurmelt, wenn sie die Maschen zählt. Und zuweilen kommt ein Blick, immer dann, wenn man es gar nicht erwartet, der alles in sich schließt, die Liebe, die Sorge, das uralte Einhüllende, das nur die Mütter haben und können. Man raucht seine Zigarre, entspannt, endlich einmal wirklich entspannt, und sie sagt: »Wie gut das riecht.« Weiter sagt sie vielleicht den ganzen Abend nichts, aber es heißt: ich denke an deine Besuche im Frieden mit deinen lustigen Kameraden, wenn ihr hier tanztet; wer lebt denn wohl noch von denen; und was ist aus den Mädchen geworden? Mütter und – Witwen ...; ich denke an deinen Vater, der nun schon so lange tot ist – wie gut, daß er das nicht mehr erlebt hat, diesen zweiten Krieg! – ich denke an all die Männer, die durch dich und ihn in dieses Haus und in mein Leben gekommen sind, an die erste verbotene Zigarre, bei der ich dich erwischte, mein kleiner Junge, und nun bist du schon längst groß, und für jeden Tag, den du lebst, muß ich Gott danken und dich, wenn du draußen bist mit deinem Boot, mit meiner Liebe schützen. Das Boot, dies schreckliche, unbegreifliche Boot! Wie kommt es nur, daß du daran so hängst?! Wenn ich doch das nur verstehen könnte! Und dann nickt sie irgendwann ein; ihr Kopf sinkt über das Strickzeug, das die Finger noch im Einschlafen bewegen, und sie erwacht wieder, reißt sich zusammen, lächelt entschuldigend, weil sie doch wachbleiben will, bis es dich selbst nach dem Bett verlangt, und wehrt ab: »Nein, nein, das geht gleich vorüber; ich bin gar nicht müde.«

Ja, brennen muß das Leben, und wo brennt es heißer und tiefer als da, wo du ganz ohne Worte am tiefsten zu Hause bist?

Vielleicht triffst du auch den Freund deiner Jugendtage, und er trägt die Uniform der Flak, des Heeres oder der SS, und ihr fachsimpelt eine Weile, über den Krieg natürlich, und du stellst fest: ebenso wie er alles von dir erwartet, von den U-Booten, die den Krieg gewinnen müssen und gewinnen werden, erwartest du die Wende zum Guten von ihm, von seiner Waffengattung, von seinem Wehrmachtteil. Und wenn ihr beide ehrlich zueinander seid und euch reinen Wein einschenkt, geht jeder erschreckt und tief nachdenklich nach Hause. Und du, der U-Boot-Mann, nimmst plötzlich eine Ahnung mit von unheimlichen und schrecklichen Dingen, die sich irgendwo in der Ferne abspielen, von Verhältnissen, die dir unfaßlich sind und die du nicht glauben würdest, wenn nicht dieser Mann sie dir erzählt hätte, dein Freund, den du von Kindesbeinen an kennst und von dem du weißt, daß er weder lügt noch aufschneidet. So fährst du nachdenklich zurück aus dem Urlaub zu deinem Boot, auf dem inzwischen die Werft die Schäden der letzten Unternehmung beseitigt hat, und du fährst so rechtzeitig, daß noch zwei Tage Paris dabei herausspringen; denn brennen muß das Leben in der kurzen Zeit an Land ... –

Die Fachstellen der Post, der Industrie und der Marine, die sich unter ständigem Antreiben durch den Kapitän Meckel mit der Erforschung der feindlichen Ortungsmethoden beschäftigen, haben indessen nach der »Wanze I« eine verbesserte »Wanze II« und den »Borkum«-Empfänger entwickelt, aber erst als die Boote mit Ende Oktober ein erstes primitives »Naxos«-Gerät bekommen, lüftet sich allmählich das Dunkel im Gebiet der Ortung, und ehe das Jahr zu Ende geht, weiß die U-Boot-Führung, was sie längst vermutete, aber bisher nicht beweisen konnte: Der Gegner ortet auf Zentimeterwellen; das Rotterdam-Gerät, benannt nach dem halb zerstörten Apparat, der vor Jahresfrist, im Winter 1942/43, aus einem bei Rotterdam abgeschossenen Großbomber geborgen und in mühevoller, monatelanger Kleinarbeit repariert wurde, ist nicht, wie zuerst angenommen, ein neuer Zielapparat, sondern ein Ortungsgerät von bisher nicht für möglich gehaltener Vollkommenheit, das mit seiner rotierenden Antenne selbst kleinste Objekte sicher ausmacht und zuverlässig auf dem Bildschirm reproduziert.

Monatelang haben die Wissenschaftler, wenn sie Kapitän Mekkel bekniete, ob nicht doch eine Hochfrequenz-Kurzwellenortung aus Flugzeugen denkbar sei, den Kopf geschüttelt und geantwortet: »Selbst wenn das theoretisch möglich wäre, was wir nicht glauben, so ist es doch praktisch ganz und gar unwahrscheinlich. Die Zentimeterwelle bringt nichts. Die Umrüstung von Flugzeugen auf Zentimetergeräte würde überdies viel zu schwierig sein, als daß wir sie für möglich halten könnten.«

Jetzt, da das Gegenteil erwiesen ist, geben sie die Begründung für ihre Ansicht: »Vor dem Krieg haben deutsche Stellen bei Pelzerhaken in der Lübecker Bucht Versuche mit Zentimetergeräten angestellt. Die Ergebnisse waren im Gegensatz zum Dezimeterbereich so unbefriedigend, daß der Zentimeterbereich danach vollständig unergiebig schien und verlassen wurde. Daß jetzt die Angloamerikaner im Zentimeterbereich derartig verblüffende Ergebnisse erzielen, konnte bei uns niemand voraussehen.«

Dem Kapitän Meckel ist mit diesen Entschuldigungen wenig geholfen. Betriebsblindheit, mangelnde Beweglichkeit des Geistes, Konservatismus, wie man es nun nennen will, sind Fakten, mit denen man rechnen muß; hier sind sie teuer bezahlt worden.

Man hat wohl überhaupt von Anfang an nicht genügend getan, um Wissenschaft und Forschung in den Dienst der Kriegführung zu stellen, obwohl doch klar sein mußte, welche entscheidende Bedeutung ihnen in einem Krieg dieses technischen Zeitalters zukam …

Die Erkenntnis, daß der Feind im Zentimeterbereich ortet, fällt grell wie ein Blitz in das Dunkel, das seit 1942 und besonders seit der Maikatastrophe 1943 das ganze Ortungsproblem eingehüllt hat. Nun ist es klar, daß nicht nur die Abstrahlung der eigenen Geräte für die hohen Verluste des Frühsommers verantwortlich zu machen ist, und warum das FuMB, Metox, Grandin, Wanze und Borkumgerät nicht jede Ortung registriert haben, warum Boote trotz abgestellter Empfänger bei Nacht und Nebel angegriffen, warum die Aufstellungen umgangen werden konnten, obwohl im Vorpostenstreifen keine Ortungsimpulse empfangen worden waren.

Es ist eine bittere Erkenntnis, für Front und Führung in gleicher Weise bitter, aber es gibt doch niemand, dem sie nicht lieber wäre als das Rätselraten und Im-Dunkeln-Tappen der vergangenen Monate.

Mit »Wanze II«, »Borkum« und »Naxos« können die Boote fortab feindliche Ortung jeder Frequenz aufnehmen. Das allein ist bereits eine große Beruhigung. Später werden verfeinerte Geräte, »Fliege« und »Mücke«, neben eigener Aktivortung an Bord kommen, die jeden Impuls vom Pfeifen und Kreischen der Hochfrequenzortung bis in die niedrigeren Bereiche der Dezimeterwellen sicher aufnehmen.

Ab November kommen außerdem die seit 1942 in Konstruktion befindlichen automatischen 3,7-cm-Flaks an die Front, mit denen bis Mitte Dezember alle Boote ausgerüstet sein sollen, so daß sie selbst gegen gepanzerte Viermotorer wieder eine echte Chance besitzen. –

Eines wird in diesen Tagen klar: der Seekrieg hat sein Gesicht in der bemerkenswertesten Weise verändert; zu der Auseinandersetzung der Schiffe ist der Wettlauf der Hochfrequenztechniker hinzugetreten. Unsichtbare, schwer faßliche Kräfte beeinflussen das Kampfgeschehen in bisher unvorstellbarer Weise. Nicht mehr der Mut, nicht mehr das Können und die Geschicklichkeit eines Kommandanten, nicht mehr die Zähigkeit, Zuverlässigkeit und Nervenstärke einer Besatzung, sondern der unsichtbar ausgesandte elektrische Kurzwellenimpuls und das Sichtbarwerden seines Echos auf dem Radarschirm entscheiden über Erfolg und Mißerfolg einer Operation, über Leben und Tod.

Trotzdem fahren die Boote weiter und behaupten sich in See. Aber sie sind nun heimlich und mißtrauisch geworden wie alte, vielbeschossene Füchse, die wissen, daß Sorglosigkeit in jeder Sekunde den Tod nach sich ziehen kann; denn die Gefahr ist allgegenwärtig, und der Gegner wartet mit immer neuen Angriffswaffen auf.

Ein Kommandant trifft auf dem Versorgungspunkt, wo er sich zur Beölung einfinden soll, statt des erwarteten Tankers eine feindliche U-Jagdgruppe an, und die Ölung, die er empfängt, wird um Haaresbreite zu seiner letzten. Das Boot sackt dabei unfreiwillig auf 230 m durch; das ist die größte Tiefe, die bisher ein U-Boot erreicht und – überstanden hat. Der Druckkörper hält ...

Der Kapitänleutnant Schröteler, »Möhrle« Schröteler von U 667, meldet Abwehr von acht Fliegerangriffen, »worunter Sturzangriffe mit Raketenbomben«. Das hat es bisher nicht gegeben; es ist eine neue Masche, die man sich merken muß.

Aber auch die eigene Seite hat etwas Neues zu bieten. Mitte November steht das erste viermotorige Großflugzeug, die mit Aktiv-Funkmeßgeräten ausgerüstete Ju 290, zur Verfügung, und die U-Boot-Führung versucht noch einmal, mit Hilfe dieser Maschine, die nun ihrerseits den Gegner orten und die Boote durch Peilzeichen heranziehen kann, westlich Spaniens eine Operation in Gang zu bringen.

Das ist die Gruppe »Schill«, und sie müßte aller Berechnung nach am fünften Tage klar und sicher vor dem Geleitzug stehen, der aus zwei kleineren Konvois zusammengefaßt ist und nach den Flugzeugmeldungen jetzt 67 Schiffe umfaßt.

Ein halbes Dutzend Boote fängt auch die Peilzeichen der Ju 290 richtig auf; der Geleitzug steht danach nur 20 sm weiter südlich, aber sie kommen dennoch nicht heran und müssen bei Tagesanbruch unverrichteterdinge wieder tauchen; denn nun setzt der Gegner auch bei Nacht seine Flugzeuge an, so daß sich die Boote praktisch überhaupt nicht mehr unbehindert bewegen können.

Am nächsten Tag fällt die Luftaufklärung aus, nachdem eine FW 200 und eine Ju 290 von Zerstörerflugzeugen der feindlichen Luftsperre abgeschossen worden sind, aber am Morgen des übernächsten fliegen fünfundzwanzig He 177 überraschend einen Angriff auf das Geleit, versenken zwei Schiffe und beschädigen drei weitere.

Zwei der angreifenden Maschinen gehen verloren. Es ist das Debüt der »Reichsfeuerzeuge«, die nach diesem einmaligen Gastspiel im Atlantik unverzüglich ins Mittelmeer verlegen.

Die Boote, die in der Nacht gegen aufkommenden Sturm und steile See auf den Geleitzug zugestoßen sind, sehen aus der Ferne starkes Leuchtgranatenschießen. Sie legen auch einen Zerstörer um und schießen eine Sunderland und einen Viermotorer der Nachtluft ab; den Geleitzug selbst erreichen sie nicht.

Es nützt kein Drehen und Deuteln: Auch diese so sorgfältig angelegte und mit so großen Hoffnungen begonnene Operation hat nichts gebracht, und nicht viel mehr bringt der Einnachteinsatz westlich England Ende November. Einzig der Kapitänleutnant Franke, U 262, der, vom Geleitzug überlaufen, alles auf eine

Karte setzt, zwischen den Schiffen auftaucht, vier Torpedos in die wandernde Wand überlappender Ziele hineinfeuert und sofort wieder auf Tiefe geht, hört kurz darauf vier Detonationen und dann das so gut bekannte Ächzen und Stöhnen, das Brechen, Knacken und Rauschen, den schaurigen Todesgesang, der das Sterben der Schiffe begleitet. –

Mit derartigen kleinen, bald hier bald dort angesetzten Operationen zieht sich der Kampf der U-Boote in das fünfte Kriegsjahr hinein. Hießen die Gruppen früher einmal »Raubgraf«, »Stürmer«, »Dränger«, »Seydlitz« oder »Ziethen«, hießen sie noch im letzten Ansturm dieses Kampfes auf Biegen und Brechen »Roßbach«, »Leuthen« oder »Schill«, so heißen sie jetzt »Feldwache«, »Coronel«, »Sylt«, »Amrum«, »Föhr« oder »Borkum«, und diese letzte Gruppe ist es, die noch einmal im alten Jahr unter den verhaßten Bewachern aufräumt. Am 24. Dezember sichtet sie einen Flugzeugträger, erreicht ihn jedoch nicht, vernichtet aber zwei Zerstörer, und am 27., als eigene Zerstörer bei dem Versuch, das Einlaufen eines Blockadebrechers zu decken, mit feindlichen Kreuzern und Zerstörern ins Gefecht kommen, als einer von ihnen und ein T-Boot verlorengehen, retten U-Boote 55 Überlebende und vernichten Boote der Gruppe »Borkum« fünf feindliche Zerstörer. –

Im Februar 1944 gibt die U-Boot-Führung den Geleitzugkampf westlich England auf. Alle Bemühungen, die Boote des alten Typs wieder zu einer scharfen Waffe zu machen, sind fehlgeschlagen. Die letzte Operation im Atlantik hat abermals zu einer klaren Niederlage geführt, und so gelangt der Großadmiral nach sorgenvollen Überlegungen und eingehenden Beratungen im BdU-Stab zu dem Entschluß, den Gruppenkrieg in der bisherigen Form einzustellen; denn – so sagt er – »es ist endgültig bewiesen, daß alle Waffenverbesserungen zusammen nicht vermocht haben, den Booten ihre alte Kampfkraft wiederzugeben.«

Zugleich aber legt er die Richtlinien für das künftige Verhalten der Boote fest. »Weiter fahren müssen sie, um die Bedrohung des Gegners aufrechtzuerhalten und seine Kräfte wie bisher zu binden, aber ich wünsche, daß sich die Kommandanten darüber klar sind: Es kommt in der gegenwärtigen Phase des Kampfes nicht so sehr auf den Erfolg an wie auf die Erhaltung der Boote und Besatzungen. Wir brauchen sie später; sie werden, wenn die neuen Typen da sind, noch Gelegenheit genug bekommen, Erfolge zu erzielen. Im Augenblick heißt es, jedes unnötige Risiko zu vermeiden. Also nicht mehr rangehen auf Biegen und Brechen; das hat keinen Sinn mehr ...«

35.

VERWIRKLICHTE TRÄUME

Der Zwang, seine U-Boot-Fahrer immer wieder hinausschicken zu müssen, nur damit sie draußen sind und dadurch den Gegner binden, lastet schwer auf dem Großadmiral. Immer wieder, allein mit sich selbst oder in langen Gesprächen mit Godt, dessen unbestechliches Urteil er herausfordert, mit Heßler und Schnee, ringt er um die richtige Entscheidung: Darf ich von ihnen verlangen, daß sie weiterfahren, obwohl keine ins Gewicht fallenden Erfolge zu erzielen sind, obwohl ihre technische Unterlegenheit klar zutage liegt und obwohl die Übermacht des Gegners sie fast mit Sicherheit erschlägt? Dann sieht er vor sich die Tausende von Flugzeugen, die über die gemarterte Heimat herfallen, die vielen Hunderte von Zerstörern, Fregatten und Korvetten, die in das Küstenvorfeld von Norwegen bis Bordeaux einbrechen und mit der Lähmung der Nachschubwege die Niederlage herbeiführen würden, und dies Bild vor Augen, zwingt er sich zur Kühle des Abwägens: Wann ist die Zahl der unvermeidlichen Opfer geringer? Wenn ich die opfervolle U-Boot-Fahrt einstelle und das Leben derer schone, die mir am nächsten stehen? Oder wenn ich sie weiterfahren lasse?

An diesem Punkte wird die Entscheidung unausweichlich: Keine andere Waffe bindet mit einem so geringen Aufwand an Material und Personal so unverhältnismäßig viel stärkere Kräfte des Feindes wie die U-Boot-Waffe, keine legt ihm mit einem Sowenig an eigenem Potential ein. Soviel an Zwang und Lasten auf, keine schränkt mit gleich geringen Kosten seine Handlungsfreiheit auch nur annähernd ähnlich ein. Darum müssen die Boote weiterfahren, so bitter es ist, sie müssen weiterfahren und den Anschluß halten, bis mit den neuen Typen der revolutionierende Umschwung im U-Boot-Krieg eintritt, den die Elektroboote XXI und XXIII und das Walter-U-Boot versprechen.

Der Typ XXI wird trotz seiner Größe von 1500 t das Geleitzugkampfboot der Zukunft werden, das – ob Gegnerkonzentration oder nicht – den freien Atlantik sicher erreicht; die Vorbereitungen laufen auf vollen Touren.

Den Vorschlag des OKM – die ersten 30 Boote zum Herbst 1945 – hatte der Großadmiral bissig als »Ohnmachtsprogramm« bezeichnet und Speer um einen Gegenvorschlag gebeten. Der ließ denn auch nicht auf sich warten, und was er enthielt, war nicht minder revolutionierend als das, was sich der Großadmiral von den neuen Booten versprach.

Speer schlug vor – und das war im August gewesen! –: das erste Boot wird gewissermaßen als Vorläufer gebaut und zum 1. April 1944 geliefert. Acht Monate früher also! Anschließend beginnt sofort der Serienbau – ohne Erprobung! – und zwar als Sektionsbau im Taktverfahren, in dem die Boote in einzelnen Sektionen – sogenannten »Schüssen« – im Binnenland bei den Zulieferfirmen bis in jede Einzelheit der Ausrüstung und Inneneinrichtung gebaut und montagefertig gemacht, um dann an die Küste transportiert und dort in den Werften nur noch zusammengesetzt zu werden.

Die Entscheidung über diesen Vorschlag ist mit außerordentlicher Verantwortung belastet. Aber da Ministerialrat Schürer, der hochverdiente U-Boot-Konstrukteur zweier Kriege, keine Bedenken äußerst, stimmt auch der Großadmiral zu, und nun entwickeln sich die Dinge in dem Tempo, das der BdU seinerzeit bei Todt bewundert hatte, als die Bunker an der Biscaya aus dem Boden schossen.

Kaum, daß die Entscheidung gefallen ist, übernimmt der Hauptausschuß Schiffbau unter Leitung des ebenso hochbefähigten wie energischen Generaldirektors der Magirus-Werke, Merker, die Durchführung dieses Gewaltprogramms, das noch einmal wesentliche Teile der deutschen Rüstungsindustrie zu einer mächtigen Anstrengung für die U-Boot-Waffe zusammenfaßt und durch seine Leistungen inmitten eines täglich zunehmenden Bombenterrors und militärischer und politischer Krisen schwerster Art beweist, was bei einer entschlossenen Konzentration der

Kräfte auf den U-Boot-Bau möglich ist und – früher versäumt wurde.

Merker übernimmt dabei eine Verantwortung von allergrößter Schwere. Sektionsbau und Taktverfahren hat es bisher in der Schiffbauindustrie nicht gegeben, wenigstens nicht in Europa, und nun gar bei einem U-Boot, das nicht einmal die übliche Erprobung durchlaufen hat!

Im neugegründeten Konstruktionsbüro für U-Boot-Bau in Blankenburg im Harz entstehen alsbald die Detailzeichnungen, und ab Spätherbst 1943 gehen die ersten Aufträge an die Industrie hinaus, frisch vom Zeichentisch weg, als ob es sich um Zeichnungen eines alterprobten Typs handelte.

Aber nicht nur das neue Programm muß anlaufen; es muß auch das alte noch für ein halbes Jahr fortgeführt werden. Das bedeutet Bereitstellung der doppelten Materialmengen und der doppelten Kapazität, also eine erhebliche Steigerung der Lieferung von Schiffsblechen; es bedeutet die Vergabe des Sektionsbaus an den Stahl-Hochbau im Binnenland, der mit 50 Prozent seiner Leistungskraft eingespannt wird; bedeutet die Fertigung der geradezu überwältigenden Mengen von Akkumulatoren in Fabriken, die dafür erst noch gebaut werden müssen, die Bereitstellung großer Mengen komplizierter Werkzeugmaschinen unter Hintanstellung der dringenden Bedürfnisse anderer Wehrmachtteile und Rüstungsprogramme; es bedeutet eine Vervielfältigung der Produktion von Elektromotoren und der vielen verschiedenartigen elektrischen Anlagen der neuen Boote durch Heranziehung der gesamten Kapazität der deutschen Elektroindustrie zum Nachteil des Lokomotivprogramms, des Elektroexports, des Neubaus von Kraftwerken und der Bereitstellung des überschweren Porsche-Elektro-Panzers.

Der Großadmiral ist sich nicht eine Sekunde darüber im unklaren, daß nur der Entschluß, Speer die Marinerüstung zu übergeben, diese gewaltige industrielle Anstrengung für die U-Boote möglich gemacht hat. Ohne die staunenswerte Wendigkeit, mit der Speer immer wieder durch rasche Umdispositionen die Ausfälle nach den fast täglichen Bombenangriffen auffängt, würde die Marinerüstung als Ganzes, nicht nur das U-Boot-Programm, wahrscheinlich längst gelähmt und zum Erliegen gekommen sein.

Statt dessen liefert Merker pünktlich zum 1. April 1944 das erste Boot des neuen Typs XXI. Ab Juli soll eine Serie von 30 weiteren folgen. Der kleine Typ XXIII von 200 t, der außerdem sozusagen am Rande mitkonstruiert und -produziert worden ist, soll mit 20 Booten im Monat sogar schon ab April zur Verfügung stehen.

Was viele für unmöglich hielten: das Wagnis gelingt! Merker und sein Stab haben das Unmögliche möglich gemacht, trotz systematischer Bombardements und täglich neu sich türmender Schwierigkeiten nicht nur die Rohstoff-Engpässe zu überwinden, Blei und Gummi und Schiffsbleche von höchster Qualität in genügender Menge bereitzustellen und neue Fabrikationsanlagen wo notwendig förmlich aus dem Boden zu stampfen – sie haben auch der ohnehin bis zum letzten angespannten Industrie die geforderten Produktionsziffern abgezwungen; die vielerlei Maschinen und Aggregate für die neuen Boote stehen termingerecht bereit.

Termingerecht: Es ist nicht ohne Sorgen, nicht ohne Schwierigkeiten und harte Auseinandersetzungen zwischen Merkers Hauptausschuß Schiffbau, dem OKM und den Werften abgegangen; immer wieder reißt der Bombenkrieg Lücken in Fertigung und Werkstätten. Aber Merker hält zäh und unerbittlich darauf, daß die Termine gehalten werden.

Dann zeigt sich: manche Werke haben mit zu hohen Toleranzen gearbeitet, das erste halbe Dutzend Einundzwanziger weist schwere Mängel auf; die Boote sind nur im Schulbetrieb verwendbar.

Aber auch diese Schwierigkeiten werden behoben; die Schiffbaukommission, unter der ruhigen und sachlichen Leitung des Admirals Topp vom Großadmiral eingeschaltet, glättet die Wogen zwischen den streitenden Parteien; das Programm läuft.

Es läuft so, daß trotz der wachsenden Behinderungen und Ausfälle durch Bombenangriffe nicht nur mehr Boote geplant, sondern auch, wie sich später erweist, im Lauf des Jahres 1944 mehr U-Boot-Tonnage abgeliefert wird als im bombenfreien 1942.

Es läuft so, daß selbst im Januar, Februar und März 1945, als bereits weite Teile Deutschlands in Feindeshand sind, inmitten wachsender Trümmerberge und unablässiger Luftangriffe bei Tage und bei Nacht, monatlich mehr als 28 000 t U-Boot-Tonnage gebaut werden gegenüber nur wenig über 30 000 t im ganzen Jahre 1941.

Eines aber erweist sich als unvermeidbar: Trotz aller Kunst des Auffangens, Ausgleichens, Improvisierens und Umdisponierens, trotz der unvergleichlichen Leistungswilligkeit und Leistungskraft der Arbeiterschaft in Werften und Betrieben, hängt das U-Boot-Programm infolge des Bombenkrieges schließlich um mehr als ein Vierteljahr hinter der Planung zurück. Alle Beweglichkeit der Führung, alle Anstrengung, alle Selbstverleugnung der Arbeiterschaft in der Erfüllung ihrer Pflicht haben es nicht vermocht, dem Gegner diesen wichtigen Erfolg zu entwinden.

Erst im Oktober, statt schon im Juli 1944 ist das erste halbe Hundert Einundzwanziger vom Stapel, sind rund dreißig große und fünfzehn kleine Boote in Dienst gestellt.

Die U-Boot-Waffe selbst ist inzwischen nicht müßig. Die Kapitäne Topp und Emmermann erproben je den ersten Einundzwanziger und Dreiundzwanziger in der Ostsee, und der BdU-Stab beschäftigt sich eingehend mit Erwägungen über die Art ihres taktischen Einsatzes an der Front.

Das Ergebnis der Zusammenarbeit von operativer Führung und Versuchs-, Erprobungs- und Ausbildungsstellen sind die »Kampfanweisungen für Typ XXI und XXIII«.

Wie die Boote selbst, so ist auch ihre neue, in diesem Dokument niedergelegte Kampftaktik revolutionierend, in nichts mit der Kampfesweise der alten Typen vergleichbar.

Bisher hat man, wenn möglich, um beweglich zu sein, im Schutze der Nacht über Wasser, bei Helligkeit unter Wasser mit dem Sehrohr seine Angriffe gefahren, in beiden Fällen sich also auf das Auge gestützt. Damit ist es jetzt vorbei. An Stelle des Auges sind eine Anzahl hochempfindlicher Instrumente getreten, deren Zusammenwirken die Orientierung über Standort und Kurs des Gegners und den Ansatz des Angriffs aus der Tiefe gestattet.

Nicht mehr wie bisher ist der Kommandant der allein sehende, allein rechnende, auf seine eigene Sinneswahmehmung gestützte Angreifer; nicht mehr sind sein Platz am Sehrohr im Turm oder nachts auf der Brücke die Nervenzentren des Angriffs; weit mehr dagegen, als man es früher je für möglich gehalten, werden Kommandant wie Besatzung zu einem Kollektiv von Funktionären des Bootsmechanismus oder, man kann fast sagen, des Bootsorganismus; denn diese neuen Unterwasserriesen haben, wenn sie auch für den Raub gebaut sind, doch eine merkwürdige Ähnlichkeit mit den größten Lebewesen der Schöpfung, den Walen. Wie die Wale fristen sie ihr Leben in der Tiefe. Wie die Wale sind sie genötigt, von Zeit zu Zeit an die Oberfläche zu kommen, um Luft zu schöpfen und so die Kräfte für ihren Antrieb zu erneuern. Wie die Wale besitzen sie diejenigen Organe, die ihrem Lebenszweck entsprechen, vielfältige und komplizierte Apparaturen, die Tauchtiefe, Geschwindigkeit und Kraftreserve, Bedrohung durch den Feind und seine Anwesenheit, seinen Standort und seine Zugrichtung, seine Zahl und seine Fahrt, ja, sogar nach dem Unterschied der eingehenden Geräusche seine Art, ob Zerstörer, Bewacher oder Handelsschiff, exakt und getreulich mitteilen.

Der Besatzung fällt die Funktion des Gehirns zu, das die Meldungen der Sinnesorgane verarbeitet und daraus seine Schlüsse zieht und seine Entschlüsse faßt, und der Kommandant entspricht derjenigen Zelle oder Zellengruppe, von der die Willensimpulse, die Entscheidung über Handeln und Verhalten des Ganzen ausgehen.

Aus der Tiefe, unabhängig vom Auge des Kommandanten, wird das U-Boot in Zukunft seine Angriffe fahren, nachdem es zunächst durch das Balkonhorchgerät, je nach den Horchbedingungen, die von ständig wechselnden Umwelteinflüssen abhängig sind, auf Entfernungen bis zu 50 Seemeilen den Gegner aufgefaßt und sich ihm genähert hat.

Gelingt es ihm, unter Ausnutzung der Horchpeilungen, an den Gegner heranzuschließen, so tritt auf Entfernungen von 5 bis 8 Seemeilen, das sind 10 bis 15 Kilometer, die eigene Unterwasserortung, das S-Gerät, in Aktion, das über Zahl und Art der Ziele und Kurs und Geschwindigkeit des Gegners präzise Auskünfte liefert, nach denen der Kommandant seinen Angriff ansetzt.

Aber er schießt nicht mehr den gezielten Einzel- oder Fächerschuß früherer Tage! Weit bessere Waffen als der alte, geradeaus oder bestenfalls im Winkelschuß gefeuerte Torpedo stehen ihm zur Verfügung. Blind, aus 50 bis 60 Meter Tiefe legt er ein ganzes Feld von Torpedolaufbahnen kreuz und quer vor und durch den Kurs des Geleitzuges, während er selbst unmittelbar an oder *unter* diesem Geleitzug steht, wo er für die Horchgeräte der feindlichen Bewacher nicht erkennbar, für ihre Wasserbomben nicht erreichbar ist, weil diese sonst die Geleitzugschiffe selbst gefährden würden.

Und die Torpedos, die er feuert, einen Sechserfächer, ein halbes Dutzend auf einmal, besitzen Eigenschaften, von denen Kommandanten früherer Tage kaum zu träumen wagten. Ohne Rücksicht auf den Winkel des Angreifers zum Ziel geschossen, steuern sie in langen Zickzackschlägen quer zum Geleitzugkurs hin und her, LuT, Lagenunabhängige Torpedos, die um den Generalkurs des Gegners zacken, theoretisch jedes Ziel zwischen 60 und 100 Meter Länge einmal treffen und, wie die Erprobung in der Ostsee erwiesen hat, 95 bis 99 Prozent Treffer erzielen.

All das klingt märchenhaft, zu schön, um wahr zu sein, und ist doch Tatsache. Und neben dem LuT wird es einen verbesserten Zaunkönig geben, den Tu, der nicht mehr auf die Geräuschbojen reagiert, die der Gegner inzwischen gegen den T 5 entwickelt hat und die seine Zerstörer nachschleppen, sondern nur noch auf seine Schraubengeräusche oder, falls er stoppt, selbst auf Hilfsmaschinen, die in seinem Innern laufen.

Die fronterfahrenen Kommandanten, Offiziere und Unteroffiziere, die als Rückgrat der jungen Besatzungen die neuen Boote übernehmen und mit Feuereifer einfahren, finden alle ihre Erwartungen weit übertroffen. »Schneidige Dampfer sind das«, sagen sie, »mit denen kann man was anfangen. Na, warte.«

Und sie gehen voll fachmännischen Staunens durch die Boote, die sich, obwohl ihre Antriebselemente grundsätzlich denen früherer Typen gleichen, doch so sehr von den alten 7c- und 9c-Booten unterscheiden.

Da gibt es kein Wohnen mehr in der Enge des Bugraums hinter den Rohrverschlüssen und auf den Reserveaalen; der ganze Bugraum ist eine Maschinenhalle, vorn ein Sechserrohrsatz, dahinter zu beiden Seiten auf schwenkbaren Armen die Reservetorpedos, alles mechanisiert, alles handig; man kann in fünf bis fünfzehn Minuten Abstand seine Sechserfächer hinausjagen, und das heißt, daß man an einem einzigen Geleitzug in kurzer Zeit sämtliche Aale loswerden kann. Mit beinahe 100 Prozent Trefferchance, Junge, Junge!

Und die Unterkünfte! Backbords und steuerbords des Mittelganges in kleinen Kabuffs zu je etwa vier Mann, komfortabel! Herrschaften; da läßt sich's leben!

Die Techniker streichen mit hohen Augenbrauen durch das Boot. Das ist etwas; sie sehen es auf den ersten Blick. Diese Batterien in dem Trog, der als »zweiter Druckkörper« unter den ersten gehängt ist! Das Herz lacht ihnen im Leibe, wenn sie daran denken, was für »Jonnies« diese Batterie zu fassen vermag, und wenn sie sehen, wieviel Raum für den Batteriepfleger vorhanden ist; da läßt sich's arbeiten!

Sie beäugen die vielen neuartigen Geräte im Ortungsraum, der nun anstatt des Sehrohrsitzes im Turm das Nervenzentrum des Bootes beim Angriff sein wird, das Horch-, das S-Gerät, den Koppeltisch, die verschiedenen Passiv- und Aktivortungsapparate, und sie fassen Vertrauen. Ja, mit diesen Booten wird man wieder zur See fahren können. Mit diesen Booten ist etwas zu machen!

»Hast das gehört, Willy? Mit dem S-Gerät kann man auf Tiefe operieren und nach mathematisch genauen Unterlagen schießen, ohne daß auch nur ein Schwanz irgendwas sieht. Hier, guck her! Das neue TEK-Gerät für Programmschießen! Das verarbeitet automatisch die Ergebnisse aus dem S-Gerät und leitet sie zu den Torpedos, und die stellen sich automatisch richtig danach ein. Ist das Sache?«

»In vier Tagen von Norwegen bis südlich Island nur fünfmal

schnorcheln! Und auf 'm Schnorchel nach 'n Ortungsempfänger, damit du weißt, wenn da einer ist. Sache, Mensch, Sache!«

Tatsächlich trägt der Schnorchel, der Dieselluftmast, außer dem Schaumgummiüberzug, der die Ortungsstrahlen absorbiert, noch das »Schnorchel-Runddipol«, einen »Tunis«-Allwellenempfänger, der dem Boot beim Schnorcheln das größte Maß an Sicherheit gibt.

Auch was sie während der Einfahrzeit erleben, stärkt das Vertrauen der Besatzungen zu den neuen Booten von Tag zu Tag.

Die Fahrten in der Meile bei Hela allerdings zeigen, daß die Höchstgeschwindigkeit mit 16,5 bis 17,5 sm/std für 60 bis 80 Minuten hinter der Forderung von 18 sm/std für 100 Minuten nicht unerheblich zurückbleibt, aber 8 bis 14 Seemeilen Fahrt bei mittlerer Maschinen- und Batteriebeanspruchung sind immer noch günstig genug und weit mehr als sie von den alten Booten her gewöhnt sind. Und bei langsamer Fahrt mit der geräuschlosen Schleichfahrtanlage kann man 80 bis 100 Stunden unter Wasser bleiben, ohne zu schnorcheln! Ja, das alles ist über Erwarten zutrauenerweckend, und so machen sie mit Begeisterung und Hingabe ihren Dienst, ziehen die »unbedarften Jungs«, den unerfahrenen Nachwuchs, heran, und pumpen ihn voll mit dem Geist, der von jeher in der U-Boot-Waffe geherrscht hat.

Die Erprobung des kleinen Dreiundzwanzigers, der mit nur dreizehn Mann Besatzung und nicht mehr als zwei Torpedos für den küstennahen Einsatz konstruiert ist, verläuft ähnlich zufriedenstellend.

Neben den Typen XXI und XXIII ist das Walter-U-Boot nicht aufgegeben worden. Außer zwei großen atlantikfähigen Versuchsbooten – U 796 und U 797 – vom Typ XVIII befinden sich vier kleinere Boote des Typs XVII im Bau, von denen U 792 und U 794 im November 1943, U 793 und U 795 im Februar 1944 in Dienst stellen und ihre Probefahrten, besonders die beiden letzteren bei Blohm & Voß, sehr rasch und zufriedenstellend beenden.

Im März 1944 schifft sich der Großadmiral zu einer solchen

Probefahrt auf U 793 ein. Das Boot läuft unter Wasser einwandfrei 22 sm/std.

Als der Großadmiral von Bord geht, sagt er für jedermann vernehmlich, Zorn und Bitterkeit in der Stimme: »Das hätten wir bei mehr Vertrauen und Wagemut im OKM schon ein bis zwei Jahre früher haben können!«

Wenig später erfährt er, daß U 792 bei der UAK-Erprobung in der Meile eine Höchstfahrt von 25 sm/std erreicht hat, und daß das Boot ebenso wie U 793, das nun in Hela Ausbildungszwecken dient, sehr gute Tiefensteuereigenschaften aufweise.

Nach Beseitigung der Erprobungsmängel wird eine erste Serie dieser Boote, der Typ XVII B, in Auftrag gegeben, deren Fertigstellung sich jedoch durch die Überbeanspruchung der Werftindustrie mit dem Einundzwanziger-Programm um ein halbes Jahr verzögert, so daß das erste Boot, U 1405, erst im Dezember 1944 in Dienst stellt.

Daneben aber läuft ab Mai 1944 der Bau einer Großserie von 100 Walter-U-Booten des Typs XXVI W an, die bei einer Größe von 850 t eine Unterwasserhöchstfahrt von 25 sm/std zehn bis zwölf Stunden lang halten sollen. Das ist eine enorme Leistung; niemand hätte bis vor kurzem gewagt, von etwas Derartigem auch nur zu träumen!

Diese Boote werden nicht nur im Angriff auf den gemeldeten Gegner größere Entfernungen leicht und schnell überbrücken können, sie werden auch den Fregatten und Korvetten einfach davonlaufen. Mehr noch: sie werden wie die Einundzwanziger bei der Abwehr verfolgender Zerstörer mit hoher Fahrt und schnellem Tiefenwechsel durch die Tiefe jagen und es dadurch dem Gegner sehr schwer machen, exakt zu horchen, zu orten und seine Wabos richtig einzustellen.

Die gewaltigen Energien, die ihnen solche Leistungen erlauben, werden in der Brennkammer der Walter-Antriebsanlage erzeugt, die im Heckraum des Bootes, gasdicht abgeschottet, untergebracht ist. Zwar fällt damit die Hecktorpedoarmierung weg, aber dafür bekommen diese Boote, die am reinsten den Typ des neuen »Schnellen Unterwasserbootes«, des reinen Unterseebootes verkörpern, außer den üblichen vier Bugrohren die »Schnee-Orgel« eingebaut, sechs mittschiffs angebrachte, nach achtern zeigende Rohre, so daß sie imstande sind, Vierer- und Sechserfächer, einen Teppich von zehn tödlichen Laufbahnen, vor dem Kurs des Gegners auszubreiten.

Und diese gefährlichsten unter den neuen Kampfmaschinen der Tiefe werden nicht irgendwann in nebelhafter ferner Zukunft, sie werden ab Herbst 1945 in Serien verfügbar sein und das dann auslaufende Einundzwanziger-Programm ablösen; und hinter ihnen wartet bereits wieder ein neuer Typ, der die Eigenschaften der Einundzwanziger und Sechsundzwanziger vereinigen und vor allem seine hohe Unterwassergeschwindigkeit für noch wesentlich längere Zeit halten soll. Alles in allem: der schwere, mühselige Schritt vom Tauchboot zum Unterseeboot ist getan und gelungen.

36.
EINSAME WÖLFE

Einunddreißig, fünfunddreißig, ja selbst über fünfunddreißig von hundert ausgelaufenen Booten sind in den schweren Monaten seit Mai 1943 nicht wieder in ihre Stützpunkte zurückgekehrt. Anfang 1944 fällt dieser furchtbare Zoll auf etwa 20 Prozent zurück. Aber das Leben für die Männer, die sich mit ihren überalterten Wölfen hinauswagen auf das Meer, das der Gegner nun vollkommen beherrscht und mit seiner Abwehr lückenlos überdeckt, ist zu einem Dahinfristen des Daseins geworden wie bei Vogelfreien.

Acht, zehn, zwölf Tage schleichen sie durch die Biscaya dahin, ehe sie den Atlantik erreichen, täglich zwanzig und mehr Stunden unter Wasser, in jeder Sekunde gefährdet. Vier oder auch nur drei zu fünf – das wissen sie – stehen ihre Chancen für glückliche Wiederkehr.

Die Luft im Boot ist schlecht; sie schlafen viel, aber selbst in ihren Schlaf hinein begleiten sie die hämmernden Detonationen, das Grollen und Krachen der Wabos und Fliebos, und ihre Gedanken kreisen auch im Traum noch um die Frage: wann müssen wir nach oben zum Aufladen? Werden wir unbemerkt die zwei Stunden oben bleiben können, die wir zum Aufladen brauchen? Und wenn es dann soweit ist, wenn das Waschen der Seen um Oberdeck und Turm verkündet, daß die Stunde des Überwasser-Auflademarsches geschlagen hat, dann lauern sie, fiebernd wie die Läufer im Startloch auf den Pistolenschuß, auf das schrille Rasseln der Alarmglocken oder das trockene Schnarren der Hupe, die bei Fliegerangriffen Gefechtsalarm gibt.

Und wenn das Gefecht vorüber ist mit dem Lärm der Waffen und dem Krachen und den Erschütterungen der Bomben, wenn sie das Glück gehabt haben, es zu überstehen, und die Gelegenheit, sich in einem günstigen Augenblick in die schützende Tiefe zu stürzen, wenn die Erregung abklingt, die das Blut in der Halsschlagader klopfen und in den Ohren sausen läßt und die Stimme heiser macht, dann folgt unten der Kampf gegen die Ausfälle an Maschinen und Geräten, es folgt für Kommandant und L. I. die schwere Entscheidung: weitermarschieren oder umkehren, und diese Entscheidung verlangt von beiden das höchste an gegenseitigem Vertrauen. Und wenn sie weitermarschieren, weil es der Zustand des Bootes noch eben erlaubt und sie vor allem das eine nicht wollen: vor sich selbst und voreinander das Gefühl haben, sie hätten vielleicht doch ein ganz klein wenig zu früh, nicht ganz und gar gezwungenermaßen abgebrochen und aufgegeben, dann folgt wieder das ewigkeitenlange Dahinschleichen in der Lautlosigkeit der Tiefe, die nur vom Schreck des Bombendonners immer wieder unterbrochen wird. Aber jetzt liegen vielleicht in einzelnen Kojen Verwundete, die im Fieber reden, mit blutigen Verbänden, und es riecht neben allem anderen auch noch nach Medikamenten, Eiter und Blut, und die Gesunden müssen sich mehr noch als bisher zusammennehmen, damit ihnen die Nerven nicht durchgehen ...

Die Aussichten, Erfolge zu erringen, sind inzwischen noch geringer geworden, seit der BdU die Suchgruppentaktik aufgegeben, die Rudel aufgelöst und die Boote als Einzelkämpfer in See verteilt hat, so daß nun jedes ganz auf sich allein gestellt seinen Kampf führen und sich gegen den allgegenwärtigen und übermächtigen Gegner behaupten muß, obwohl sie, besonders was den Ortungsschutz angeht, immer noch nur sehr unzulänglich gesichert sind.

Da ist zum Beispiel im Januar in den Wracks abgeschossener Bomber ein neues Gerät gefunden worden, das auf 3-cm-Welle ortet, das Medo-Gerät, auf das eine »Antwort« wieder erst entwickelt werden muß. Es ist die »Mücke«, die nun ab März den Booten mitgegeben wird und die »Wanderausstellung elektrischer Hochleistungsgeräte an Bord der Großdeutschen Tauchröhren« um ein weiteres bereichert.

In der Tat, es ist eine stattliche Versammlung von Ortungsapparaten, die nacheinander auf den engen Türmen der Boote montiert werden, angefangen vom Metox oder Grandin unseligen Andenkens über »Wanze 1« und »Wanze 2«, »Hagenuk«, »Borkum«, »Naxos«, »Fliege« und »Mücke« zum kombinierten »Tunis«, zum »Gema« und endlich zum »Hohentwiel«-FuMO, dem eigenen Aktivortungsgerät, das Kapitän Meckel schon seit 1942 propagiert hat und das nun im März 1944 wirklich an Bord kommt und den Booten durch genaues Anmessen der Richtung und Entfernung des Gegners die Möglichkeit gibt, ihre Fla-Waffen rechtzeitig zu richten und den Gegner am gezielten Bombenwurf zu hindern.

Nervenkrieg ist inzwischen in täglich stärkerem Maße das Kennzeichen dieses Kampfes geworden, in dem die U-Boot-Männer die zahlenmäßige und technische Unterlegenheit ihrer Waffen durch die Unerschütterlichkeit ihrer Kampfmoral ausgleichen müssen.

Selbst in Unterwasserfahrt gibt es für sie kaum noch einen Augenblick der Ruhe, der Stille, des Sich-geborgen-Fühlens. Nicht nur, daß Bombendonner unablässig die Tiefen erschüttert, fast mit jeder Woche treten neue, unbekannte akustische Erscheinungen auf und vereinigen sich zu einem zermürbenden Konzert.

Geräuschbojen, die die feindliche U-Jagd mitführt, um den »Zaunkönig« irrezuleiten, rasseln und schrillen; Ortungsimpulse zirpen, flöten, singen und knallen, klopfen tastend über den Bootskörper dahin, verlieren sich und kehren mit drohendem Anschwellen zurück. Die »singende Säge« mischt sich darein, tief brummend wie eine Hummel zuerst, dann ansteigend im Ton, bis es dünn und hoch wie das Singen einer Mücke durchs Boot klingt, um endlich stehenzubleiben und metallisch weiterzugeigen und an den Nerven der Männer zu zerren, die nicht wissen, was für eine neue Teufelei sich unter diesem bösartigen Klingen verbirgt, und die in der Tiefe, zur Sauerstoffersparnis in ihre Kojen verwiesen, nichts tun können als warten, was nun geschieht, warten, warten ... oh, wenn dies verfluchte Warten nicht wäre! –

Jedesmal, wenn Boote zurückkehren, bringen ihre Kommandanten stirnrunzelnd neue Erfahrungen mit:

»Der Feind setzt in See Geräuschbojen aus, die Schraubengeräusche und Asdic-Impulse aussenden. Es handelt sich um schwarze Kästen mit einem Stachel darauf. Wahrscheinlich wollen sie uns damit einschüchtern ...«

»Es gibt eine neue Art von Knallortung ...«

»Ich bin von einem Flugzeug mit Raketengeschossen angegriffen worden ....«

»Auch die Flugzeuge haben jetzt Leuchtschirme mit ...«

»Ein Zerstörer hat mich auf eine Entfernung von zehn- bis fünfzehntausend Meter einwandfrei mit seinem S-Gerät erfaßt und angelaufen; es muß also jetzt Unterwasserortung von viel größerer Reichweite geben als früher, vielleicht mit Ultraschall oder elektromagnetischer Arbeitsweise ...«

»Es scheint neuerdings drüben außer den überschweren Wabos noch eine neue, erheblich verstärkte Wasserbombe vorhanden zu sein. Die Detonation war weit lauter als bisher, die Wirkung so, daß ich am Druckkörper Beulen davongetragen habe, obwohl das Boot auf zwo A plus sechzig hinuntergegangen war ...«

Zwo A plus 60 – das ist die gesprächsübliche Tarnung der Tauchtiefe und bedeutet 220 Meter Tiefe. Da die Tiefeneinstellung der Wabos, wie man weiß, nur bis 180 Meter reicht, muß tatsächlich ein neuer, schwerster Bombentyp verwandt worden sein, der auf 50 Meter oder mehr Meter Entfernung noch Beulen in den Druckkörper drückt. Es handelt sich, wie man später erfährt, um den »Killer« mit einer Sprengstoffladung von 450 Kilogramm.

»Ich habe den Verdacht, daß der Gegner zielsuchende Geschosse besitzt ...«

»Ja, den Verdacht haben wir auch; was uns fehlt, ist der Beweis ...«

»Ich habe festgestellt, daß man auch im Operationsgebiet jetzt ständig mit Ortung rechnen muß. Es bleibt einem gar nichts anderes übrig, als ständig nach Ortungslage zu fahren.«

»*Nur* nach Ortungsempfang zu fahren, halten wir für falsch. Sie sollen sich von dem Gerät zwar helfen, aber sich nicht von ihm leiten lassen.«

»Jawohl. Aber wo hört das Helfenlassen auf, und wo fängt das

Leiten an? Ich bleibe sowieso solange oben wie möglich, schon um meine Jonnies in die Batterien zu kriegen. Wann man tauchen muß, wann nicht, das ist reine Gefühlssache. Meistens muß man ...«

Darauf gibt es nichts zu erwidern.

Die U-Boot-Führung hat es überhaupt zunehmend schwerer, da die Boote nur noch funken, wenn es unbedingt notwendig oder befohlen ist; sie sind FT-scheu geworden; sie wollen keinesfalls eingepeilt werden, und der BdU-Stab, der im Januar in das Lager »Koralle« bei Bernau in der Nähe Berlins übergesiedelt ist, bekommt oft nur das Notwendigste an Informationen, manchmal mehr über den B-Dienst als durch den eigenen Funkverkehr, so daß eine richtige Beurteilung der Lage zum ersten Male seit 1939 ausgesprochen schwierig geworden ist.

Selbst die Frage, ob ein Boot überhaupt noch »da ist«, läßt sich oft tagelang nicht sicher beantworten; denn es kann sein, daß es die Aufforderung zur Meldung bei den jetzt üblichen langen Tauchzeiten noch nicht mitbekommen – oder daß es zur Antwort noch keine Gelegenheit gefunden hat. Wenn es noch lebt ...

Die Boote stehen jetzt weit verstreut im Atlantik; der Gegner soll ihre Anwesenheit spüren; sie sollen ihm lästig bleiben und ihn zur Beibehaltung des zeit- und kräftebindenden Geleitzug-Systems zwingen und – natürlich – angreifen, wenn sich eine Gelegenheit bietet. Aber das ist selten genug – die letzten Geleitzugoperationen im Februar sind wieder fehlgeschlagen –, und die Vorsicht wird jetzt ganz bewußt vor den Erfolg gesetzt, so sehr, daß den Booten sogar die Durchfahrt durch Gebiete untersagt wird, in denen besonders starke Bewachung beobachtet worden ist.

Ja, es gilt mittlerweile zu sparen! Seit dem vergangenen Herbst sind 7c-Boote in verstärkter Zahl ins Mittelmeer entsandt, seit Januar über dreißig Atlantikboote für den Kampf gegen die Murmansk-Geleite ins Nordmeer abgegeben worden, und nun mehren sich seit Februar die Anzeichen dafür, daß der Gegner eine neue Großlandung auf dem europäischen Kontinent plant, so daß auch für diesen Fall Vorsorge getroffen werden muß.

Wo aber wird er landen?

Die U-Boot-Führung beordert vorsorglich einige zwanzig Boote unter Führung des Eichenlaubträgers Fregattenkapitän Schütze als Gruppe »Mitte« nach Norwegen für den Fall einer Invasion in Jütland; sie stellt überdies, als sich im März die Verdachtsmomente verdichten, fünfzehn Typ 7c als »Gruppe Landwirt« in den Biscayahäfen bereit, die von nun an laufend durch alle aus der Heimat eintreffenden und alle in den Westwerften fahrbereit gemeldeten Boote verstärkt wird.

Etwa zum gleichen Zeitpunkt werden die ersten Schnorchel verfügbar, mit deren Hilfe die Boote auf Sehrohrtiefe ihre Diesel laufen lassen, ihren Luftvorrat erneuern und ihre Batterie aufladen können. Der Klappschnorchel der Anfangszeit wird nach einiger Zeit durch den ausfahrbaren Schnorchel ersetzt.

Das Ziel dieser neuen Einrichtung, die alsbald in aller Welt Aufsehen erregt, ist dabei nicht, wie vielfach angenommen wird, die Wiederherstellung der Kampfkraft der alten Boote – das Ziel ist, ihnen den Aufenthalt, die Bewahrung des nackten Lebens in See zu erleichtern, ihnen die tägliche Furcht vor dem unvermeidlichen Auflademarsch über Wasser, das Gefühl hilflosen Ausgeliefertseins zu nehmen und ihnen mit dem Mehr an Sicherheit zugleich neues Zutrauen zu geben.

Die Ausrüstung indessen geht nur zögernd vonstatten, da die überlasteten Werften zusätzlichen Anforderungen einfach nicht mehr gewachsen sind und durch Bomben auf einen Transport und zunehmenden Zerfall der Verkehrsverbindungen in Frankreich Ausfälle und Zeitverluste eintreten, so daß im Mai noch keine zehn Atlantikboote mit dem neuen Luftmast versehen sind.

Die Erfahrungen der ersten Schnorchelboote sind wenig geeignet, Kommandanten und Besatzungen Zutrauen zu dem neuen Apparat einzuflößen! Das erste Boot, U 264 unter Kapitänleutnant Looks, ist im Februar durch britische Zerstörer vernichtet worden, Kommandant und L. I. des zweiten, das gleichfalls verlorengeht, haben sich ausgesprochen ablehnend geäußert; ihre Kameraden neigen daher zunächst dazu, lieber die alten, bekannten

Gefahren in Kauf zu nehmen, als sich neuen, unbekannten auszusetzen.

Die Diskussion um den Schnorchel reißt in den Messen an der Biscaya in den nächsten Wochen nicht ab.

Der BdU seinerseits ordnet die Einrichtung einer Schnorchelschule in Horten am Oslofjord an, wo die aus der Heimat kommenden neuen Boote eine gründliche Schnorchelausbildung durchmachen, ehe sie in den Atlantik hinausgelassen werden. Täglich sieht man nur die dunklen Schnorchelköpfe qualmend und schäumend durch den stillen Fjord ziehen. Befehlssprache, Bedienung, Fahrweise und Verhalten bei Störungen werden dabei ausgiebig geübt.

Trotzdem blicken die Kommandanten auch weiterhin voll mißtrauischer Ablehnung auf das seltsame Ding, das ihnen das Leben erleichtern soll und ihnen doch vorerst das Leben nur erschwert.

In der Folgezeit wird der Schnorchelkopf mit einem Ortungssumpf aus Schaumgummi überzogen, der seine Ortbarkeit erheblich herabsetzt, und mit einer Hohentwiel-Antenne versehen, so daß das Boot beim Schnorcheln selber orten und sich nötigenfalls vor dem Gegner in die Tiefe verziehen kann.

Alles in allem – die Schnorchelei ist kein Vergnügen! Schneidet der Schnorchelkopf oben bei Seegang unter, so schließt sich das Ventil, und die Diesel saugen die Luft aus dem Boot, daß einem die Augen aus dem Kopfe quellen und die Trommelfelle sich nach außen beulen.

Dauert das Unterschneiden lange genug, und schaffen die Diesel es nicht mehr, ihre Abgase gegen die Wassersäule im Luftmast nach außen zu drücken, so treten die Gase mit ihrem hohen Gehalt an giftigem Kohlendioxyd ins Boot, und es gibt Verqualmungen mit Vergiftungserscheinungen aller möglichen Art, vom bloßen Kopfschmerz und Brechreiz über Mattigkeit und Gliederschmerzen bis zu Erbrechen, Ohnmächten und Schlimmerem.

Nein, sie sind sich alle ziemlich einig: Es ist nichts mit der Schnorchelei ...

Aber dann kommt eines Tages Möhrle Schröteler zurück,

U 667: »Was? – Das ist nichts mit der Schnorchelei? Versteh' ich nicht! Ich bin neun Tage nach Hause geschnorchelt, ohne ein einziges Mal aufzutauchen, und kann nur sagen, es hat großartig funktioniert. Man muß nur erst den Bogen raus haben, vor allem mit dem Dieselabstellen, sowie das Boot unterschneidet, damit man möglichst keine Verqualmungen bekommt. Und man muß den ganzen Bootsbetrieb auf die Schnorchelei umstellen, dann geht es prima.«

»Na ja«, sagen die Kameraden zögernd, »was man so ›prima‹ nennt. Nee, nee, laß uns in Frieden mit dem verdammten Ding!« Aber sie hören trotzdem aufmerksam zu; denn kurz über lang werden sie ja doch diesen Rüssel eingebaut bekommen und sich damit abfinden müssen, wie die Versuchskaninchen in der Unterdruckkammer zur See zu fahren, mit herausquellenden Augen, ewig in Atemnot, täglich stundenlang durch Tauchrettermundstück und Kalipatronen atmend bei einem Kohlendioxydgehalt in der Luft, der das erlaubte Maß fast ständig weit überschreitet.

In den fernen Operationsgebieten jagen indessen immer noch einige Boote; sie erringen den Großteil der überhaupt erzielten Erfolge. U 66 unter seinem dritten Kommandanten, dem Kapitänleutnant Seehausen, versenkt 5 Schiffe in der Guineabucht, U 518 unter Oberleutnant z. S. Offermann 8 von 11 Schiffen im Indischen Ozean.

Aber als der BdU daraufhin drei weitere Boote in das Gebiet von U 66 entsendet, finden sie die See leer, den Verkehr abgestoppt oder umgeleitet. Seit der Mittelmeerweg für die Alliierten wieder frei ist, hat die Route ums Kap der Guten Hoffnung erheblich an Bedeutung verloren.

Dann erfährt die U-Boot-Führung etwas sensationell Neues: Der Gegner versucht, getauchte U-Boote durch ausgeworfene Schwimmkörper, sogenannte Gonio-Bojen, vom Flugzeug aus zu orten! Diese Bojen scheinen das Resultat ihrer Unterwasserortung an das suchende Flugzeug weiterzugeben!

Bald liegt auch die Entschlüsselung eines Fliegerfunkspruchs aus der Karibik vor, der »sound contact« – Geräuschfühlung – an einem U-Boot meldet, die nur durch ein Mittlergerät, eben die

Gonio-Boje, erzielt sein kann; denn Direktortung vom Flugzeug auf getauchte Boote gibt es nicht.

Sofort erhalten die Kommandanten Befehl, bei Feststellung solcher Bojen mit hoher Fahrt abzulaufen.

Je mehr die U-Boote ihre Tätigkeit in abgelegene Seeräume verlegen, desto stärker setzt dort bald auch die Abwehr ein. Es gibt keinen Raum mehr, den der Gegner nicht kurzfristig mit einem dichten Bewachungsnetz überziehen könnte.

Am 12. März sollen U 168 – Pich, U 532 – Junker und U 188 – Lüdden, zwischen Madagaskar und Mauritius zur Versorgung mit dem Tanker »Brake« zusammentreffen. Der Treffpunkt, streng geheim, liegt weitab aller Dampferrouten; es ist irgendein gottverlassener Punkt in der Weite des Ozeans, den vielleicht in den nächsten hundert Jahren kein Schiff wieder berühren wird.

Und dennoch – gerade hat U 188 wegen aufkommenden schlechten Wetters die Beölung unterbrochen und die Schlauchverbindung zu »Brake« gelöst, als die Ausgucke plötzlich querab ein Flugzeug sichten! Dann eine Rauchwolke!

»Alarm!« Steil geht das Boot auf Tiefe.

Vierzig Minuten lang bleibt es still; nur aus 140 Grad, der Peilung der Rauchwolke, klingt leises Schraubenmahlen im Horchgerät auf.

Und dann geht es los! Schlag auf Schlag krepieren die Artilleriesalven, hundertachtundvierzig Aufschläge werden im Boot gehört, untermischt mit vierzehn schweren Detonationen, die U 188, das in unmittelbarer Nähe der »Brake« steht, zum Teil heftig erschüttern.

Ziemlich genau eine Stunde lang hält dieser Gefechtslärm an; dann plötzlich folgt Rauschen, Brechen und Knacken – die »Brake« sinkt – und danach noch etwa eine halbe Stunde lang eine Anzahl mittlerer und leichter Detonationen. Endlich wird es still …

Der Kapitänleutnant Lüdden wartet noch geraume Zeit, ehe er nach sorgfältigem Rundblick vorsichtig auftaucht.

Von »Brake« ist nichts mehr zu sehen. Ein Ölfleck, breit und stark dünstend, ein paar Trümmer, zersplittertes Holz, Grätings,

Planken und – in einiger Entfernung – die überfüllten Boote mit den Überlebenden auf der rauhen See ... Die Sonne ist inzwischen untergegangen; schnell wie immer in den Tropen fällt die Nacht. Kapitänleutnant Lüdden beeilt sich, die Besatzung der »Brake« an Bord zu nehmen. Später gibt er sie an U 168 – Pich, ab.

Einen Monat danach – April 1944 – sollen drei nach Westafrika bestimmte Boote und das rückmarschierende U 66 im Mittelatlantik aus dem letzten U-Tanker, U 488, Öl nehmen. Am 30. März hat der Kommandant, Oberleutnant z. S. d. R. Studt, zum letzten Male gemeldet. Aber das gibt unter den gegenwärtigen Verhältnissen keinen Anlaß zu der Annahme, daß dem Boot etwas zugestoßen sei; drei Wochen Schweigen – das ist jetzt durchaus normal.

Als Beölungstermin für U 66 ist der 26. April vorgesehen; Kapitänleutnant Seehausen hält sich daher schon seit dem 25. April in der Nähe des Treffpunkts auf. Er findet dort den ganzen Tag über starke Trägerluft vor und hält sich vorsichtig in der Tiefe.

In der Nacht zum 26. bricht plötzlich das krachende Hallen vieler Wasserbombendetonationen ans Boot. Dann Sinkgeräusche ...

»Jetzt haben sie U 488«, sagt jemand.

Am anderen Tag meldet U 488 sich nicht mehr.

Langsam, nur nachts für kurze Stunden zum Aufladen auftauchend, setzt U 66 seinen Marsch nach Norden fort. Seine Bunker sind fast leer, die Ergänzung unumgänglich.

Am 29. April erhält daher der ausmarschierende Eichenlaubträger Kapitänleutnant Henke, U 515, Befehl, zu U 66 zu gehen.

Aber Henke meldet nicht mehr. Auch ihn, den eisenharten und zähen Draufgänger, hat es erwischt. U 515 ist, wie sich später herausstellt, schon bei den Azoren durch Flugzeuge des amerikanischen Trägers »Guadalcanal« und vier Zerstörer vernichtet worden, der Kommandant und ein Teil der Besatzung gefangen.

Darauf erhält U 68 – Lauzemis, Befehl, U 66 zu treffen.

U 68 meldet sich nicht mehr.

Nun soll U 188 einspringen; U 66 braucht dringend Ergänzung.

Am 5. Mai gibt es noch einmal einen Funkspruch, der die Lage in seinem Gebiet grell beleuchtet: »Mitte Atlantik schlimmer als Biscaya.«

In der folgenden Nacht horcht der Kapitänleutnant Lüdden auf U 188 in der Nähe des befohlenen Treffpunktes eine schwere Waboverfolgung. Am nächsten Tage wartet und sucht er vergeblich nach U 66.

U 66 meldet sich nicht mehr ...

Nach diesen bitteren Erfahrungen laufen in der Ostsee Versuche an, die Boote unter Wasser zu beölen. Wie der Kampf selbst muß auch die Versorgung in die Tiefe verlegt werden. –

Im Norden gehen indessen einzelne Boote wieder unter die englische Küste. Dort ist seit Jahr und Tag niemand gewesen; ihr sporadisches Auftreten wird die Gegend ähnlich beunruhigen wie etwa das Auftreten vereinzelter Wölfe die Bauern einer deutschen Provinz.

Zugleich stehen jeweils vier bis fünf Wetterboote im Raume westlich Englands, dort, wo vor wenigen Jahren noch die großen Asse der U-Boot-Waffe ihre nächtlichen Geleitzugschlachten schlugen.

Jetzt können sie sich dort kaum noch halten, ständig gejagt und systematisch gehetzt von der übermächtigen Meute ihrer Verfolger.

Aber nicht eine einzige Besatzung zögert, in See zu gehen, wenn die Werft ihre Arbeiten beendet hat und der Auslauftag gekommen ist ...

Ende Mai kehren dann die ersten Schnorchelboote nach einwöchigem Aufenthalt im englischen Kanal in ihre Stützpunkte zurück. Sie haben keine Erfolge erzielt und doch etwas erreicht, das als außerordentlicher Erfolg angesehen wird; sie haben bewiesen, daß sie sich unter den Augen des Gegners in engen, flachen Gewässern in unmittelbarer Nähe seiner Küsten haben halten können, und das ist im Augenblick wichtiger als die eine oder andere Versenkung; denn es eröffnet die Aussicht, in Zukunft mit Hilfe des Schnorchels an den Verkehrsbündelungen des Gegners auch mit den alten Wölfen vielleicht wieder zu Erfolgen zu kommen.

Die Bilanz der Versenkungen am Ende des Maimonats 1944 ist mager genug: 13 Schiffe mit 92 000 BRT nach englischen Angaben für Januar, 18 mit 93 000 BRT für Februar, 23 mit 143 000 BRT für März, 9 mit 62 000 BRT im April und nur 4 Schiffe mit 24 000 BRT im Mai, alles in allem 67 Schiffe mit 414 000 BRT in allen Operationsgebieten zwischen Nordkap und Indischem Ozean, Biscaya und Karibik, dazu ein paar Zerstörer, das sind ganze 13 Schiffe mit wenig über 80 000 BRT im Monatsdurchschnitt, und das heißt, daß seit fünf Monaten roh gerechnet nur jeden zweiten Tag ein Schiff versenkt worden ist; der Vorsprung, den der Gegner im Rennen zwischen Neubau und Versenkungen inzwischen errungen hat, muß enorm sein, und die eigenen Verluste waren, wenn auch niedriger als im Sommer 1943, immer noch hoch.

37.

»VOLLER EINSATZ!«

Seit Jahr und Tag hat Stalin von seinen westlichen Partnern die Errichtung einer Zweiten Front verlangt – nicht in Afrika, nicht in Sizilien oder Italien, in Westeuropa – und ebensolange reichten die Kräfte der Angloamerikaner dazu nicht aus, die U-Boote hatten zu viel versenkt; der Schiffsraum fehlte.

Auf 30 Millionen Tonnen per Ende Mai 1943 berechnet die zuständige 3/SKL die feindlichen Schiffsverluste durch alle Seekriegsmittel, Überwasserstreitkräfte, Luftwaffe und vor allem die U-Boote. 15,5 Millionen davon dürften durch Nachbau ersetzt sein, so daß auf alliierter Seite ein Nachholbedarf von 14,5 Millionen Tonnen anzunehmen ist.

Seither sind nach dem Aufhören des Kreuzer- und Hilfskreuzerkrieges und der kaum ins Gewicht fallenden Angriffe der Luftwaffe auf Seeziele auch die U-Boote in die Defensive gedrängt und die Schiffsverluste auf ein Minimum reduziert worden, während gleichzeitig auf den Werften der USA in schwindelnder Schnelle Liberty- und Victory-Schiffe entstehen und daneben eine mächtige Flotte von Spezial-Landungsfahrzeugen vom Stapel gegangen ist.

Kein Zweifel, die Schiffsverluste der Alliierten sind seit dem vergangenen Mai so weitgehend durch Nachbau ersetzt, daß es ihnen möglich geworden ist, nach und nach die gewaltigen Massen an Waffen, Munition und Gerät aller Art, an Menschen, Maschinen und Öl, an Flugbenzin und Kraftfahrzeugen vom Jeep bis zum schwersten Laster, an Panzern, Flugzeugen und Lastenseglern, an Lazaretten und Verpflegung in England zu konzentrieren, ohne die eine Landung auf dem Kontinent nicht gewagt, ein Angriff nicht genährt und zum Erfolg geführt werden könnte.

So steht die deutsche Führung, seit Februar 1944 aus vielerlei Quellen von den Vorbereitungen des Gegners unterrichtet, vor der an Sicherheit grenzenden Wahrscheinlichkeit, im Laufe des Jahres einem alliierten Großangriff im Westen begegnen zu müssen.

Die Länge der Küsten, die sich in ihrem Besitz befinden, ihre vielfältigen Bindungen auf anderen Kriegsschauplätzen, die verhältnismäßige Schwäche der eigenen Kräfte, die sich aus dem Zwang ergibt, überall stark zu sein, der immer fühlbarere Mangel an Menschen, Waffen, Ausrüstung, Treibstoffen und vor allem eigenen Flugzeugen stellt sie vor die kaum lösbare Frage, wie sie die verfügbaren Kräfte ordnen soll, um zur gegebenen Stunde den Ansturm des Gegners abzuschlagen.

Der Großadmiral ist sich nicht einen Augenblick darüber im Zweifel, was eine Landung des Gegners auf dem Kontinent, wenn sie gelingt, bedeuten würde: den Sturm auf die Ruhr, um die deutsche Rüstung lahmzulegen und so den Krieg zu entscheiden. Die Ruhr in Feindeshand – das wäre der verlorene Krieg, wie auch das Kriegsglück an anderen Fronten sich wenden möge.

Er sagt das seinen Soldaten, vorab seinen U-Boot-Besatzungen, als er zum letzten Male die Stützpunkte an der Biscaya besucht. »Wenn es nicht gelingt«, sagt er, »den Gegner ins Meer zurückzuwerfen, wenn er das Ruhrgebiet erreichen sollte, ist der Krieg entschieden. Jede Truppe und jeder einzelne Mann muß sich daher bewußt sein, daß nur unerschütterlich zäher Kampf zum Erfolg führt und uns hilft, die entscheidende Phase des Krieges zu überstehen, die vor uns liegt. Wir haben keine Gnade zu erwarten. Europa ist eine Festung, die wir mit äußerster Entschlossenheit verteidigen müssen.«

Und noch einmal, mit aller Eindringlichkheit: »Es geht um die Entscheidung, wenn der Gegner landet. Euch, meinen U-Boot-Männern, muß ich dann rücksichtslosen letzten Einsatz befehlen. Jeder Mann und jede Waffe, die vor der Landung vernichtet werden, verringern die Aussicht des Feindes auf Erfolg. Das Boot, das dem Feinde bei der Landung Verluste beibringt, hat seine höchste Aufgabe erfüllt und sein Dasein gerechtfertigt, auch wenn es dabei bleibt.«

Er steht mitten zwischen ihnen; sie umdrängen die kleine Kiste, auf die er gestiegen ist, um allen sichtbar und verständlich zu sein, und er sieht in den vielen Augenpaaren, die auf ihn gerichtet sind, den Ernst, die Entschlossenheit und die Zustimmung; man hat noch nie vergeblich an sie appelliert, wenn es sich darum handelt, zu kämpfen. –

Als er wieder abgefahren ist, kehren sie langsam und nachdenklich in ihre Quartiere zurück. Letzter Einsatz, hat er gesagt, rücksichtslos. Na, viel mehr, als sie ohnehin gewohnt sind, kann es kaum werden. Aber vielleicht ist es gut, noch einmal nach Hause zu schreiben; vorläufig geht ja die Feldpost noch; man kann nie wissen ...

Keiner von ihnen will sterben. Keiner von ihnen ist ohne Angst. Aber sie glauben, daß es notwendig ist, zu tun, was von ihnen verlangt wird, auch, wenn es dann keine Wiederkehr gibt.

Und nachdem sie den Umschlag zugeklebt und den Brief auf Schreibstube abgegeben haben, schütteln sie die nachdenkliche Anwandlung ab: »Gehst du mit an Land, Willy? Einen blitzen?«

»Nee. Keine Kujambels mehr. Is ja auch nichts los in dem Kaff!«

»Och – U-Boot-Heim ist doch ganz orndlich.«

»Ja, letztes Mal hab' ich da 'n ganz schneidige Puppe kennengelernt, aber die is jetzt leider weg.«

»Vielleicht find'st du 'ne andere. Marinehelferinnen gibt's jetzt ja genug. Also, machst du mit?«

»Ich sag' doch: keine Marie mehr.«

»Schad't doch nischt. Ich pump' dir was. Ich geb' auch einen aus ...«

Und so ziehen sie denn los, ins U-Boot-Heim, ins Soldatenkino, unterwegs schnell einen mitnehmen, ein bißchen schäkern, ein bißchen flachsen – großen Bogen um jeden Blechschildbullen – kannst nie wissen, ob dich der nicht verschütt gehen läßt – auf einen Kurzen ins Soldatenheim – nette Schwestern sind da, besonders so 'ne junge, blonde, proper, proper; bei der siehst du trotz der Zementuniform noch, was sie für hübsche Sachen hat, und Augen hat dir die – Junge, Junge! Und dann noch mal zurück ins U-Boot-Heim, denn nun ist es langsam Zeit, daß man zu Stuhl kommt; sonst ist nachher alles besetzt, wenn das Tanzen losgeht …

Der Flottillenchef hat inzwischen beim Kaffee nach dem Essen die übliche Frage gestellt: »Wer fährt mit nach Logonna? Um 1 Uhr fährt der Holzgaser. Drei Plätze sind frei. Wenn mehr Herren Interesse haben, kann er ein zweites Mal fahren.«

Ein paar Kommandanten melden sich, einige WOs.

»Also schön«, sagt er, »um 17 Uhr am Haupttor.«

Logonna, ein altes bretonisches Schloß, hat die OT für die Flottille als Kommandantenweide hergerichtet; dort feiern sie nun ihre Feste und ihre Kaminstunden. Es ist still dort und friedlich; der Wind der nahen See rauscht und braust in dem dichten Efeu, der das altersgraue Gemäuer bis an das Dach hinauf bewächst; im Kamin krachen die Scheite, und die Rotweinflasche steht in Griffnähe neben den tiefen Sesseln. Es ist wirklich, als wäre der Krieg nicht bis hierher gedrungen; man kann ihn vergessen, wenn man lange genug in die lodernde Flamme starrt oder in die knisternde Glut, und sich von den zuckenden Lichtern verzaubern läßt.

Rode, die braunlockige, gelbäugige Pudelhündin des Chefs, seufzt und jifft im Schlaf und zuckt mit den Pfoten. Allmählich verflackert die Flamme im Kamin, und lange Schatten senken sich von der gewölbten Decke herab.

Es knistert und raschelt; oben im Schloßturm klagt das Käuzchen, und zuweilen kratzen und knispern Mäuse hinter den kostbaren Gobelins, mit denen die Halle ausgespannt ist.

Man sieht die verblichenen Bilder kaum noch – Parforcejagden, Hirschhatz und zärtliche Tête-à-têtes im schützenden Waldesdunkel, aus dem volles Fleisch doppelt verlockend hervorschimmert – ja, ja, die alten Franzosen!

»Und die jungen Französinnen!« fügt einer berichtigend hinzu.

»Recht hast du! Prost! Sie sollen leben.«

Und dann gehen Geschichten um, die keiner erzählt, aber jeder hat die seinige in seiner Erinnerung.

Als der schicksalhafte Monat Juni des Jahres 1944 anbricht, liegen zweiundzwanzig U-Boote als »Gruppe Mitte« in Erwartung des feindlichen Ansprungs in Bergen, Stavanger und Christiansand, sämtlich ohne Schnorchel. Die Gruppe »Landwirt«, inzwischen auf sechsunddreißig Boote angewachsen, verteilt sich auf die Biscayastützpunkte: fünfzehn in Brest, davon sieben mit, acht ohne Schnorchel, die übrigen einundzwanzig in Lorient, St. Nazaire, La Pallice, darunter nur ein einziges Schnorchelboot.

Sie liegen in sechsstündiger Bereitschaft, voll ausgerüstet, verproviantiert und gebunkert; der Urlaub ist gesperrt, jedermann spürt, es liegt etwas in der Luft. Einmal sind sie sogar schon irrtümlich alarmiert worden. Seit Wochen bombardieren angloamerikanische Fliegerverbände das bisher unversehrte, 1940 so wenig zerstörte Frankreich und hacken eine breite, furchtbare Trasse von der Küste landeinwärts bis in das Vorfeld von Paris; sie besorgen die Erdarbeiten für die Straße ihrer zukünftigen Siege.

Bahnhöfe und Brücken, Gleisanlagen, Straßenkreuze, hinderliche Ortschaften, Flugplätze, das gesamte Verkehrsnetz Nordfrankreichs versinkt in einem Wirbel der Vernichtung. –

Längst hat Hitler seinem Großadmiral, dessen Frontdrang er kennt, die regelmäßigen Frankreichflüge untersagt. Tausende von Kilometern ist seither die Kraftfahrstaffel des FdU-West über die Straßen Frankreichs gebraust, eine Kolonne großer schwarzer Wagen, die in höllischem Tempo von Flugplatz zu Flugplatz jagte, um zur Stelle zu sein, wo immer die Maschine des Großadmirals zur Landung ansetzte, bei Metz, bei Reims, in Belgien, in Paris – es spielte keine Rolle. Hauptsache, sie war da.

Nun ist auch das zu Ende; der Chef der Staffel, der lange Diercks, liegt mit zerschossenen Knochen in Angers, fluchend, ächzend und lästerliche Kommentare zur Lage um sich streuend.

Aus ist es mit den schnellen Reisen kreuz und quer durch Frankreich, aus mit den Pirschgängen auf Rehe, Hasen, Fasanen und Tauben. Man ist seines Lebens nicht mehr sicher; den Adjutanten des FdU-West, Neumann, haben neulich am hellichten Tag mit Maschinenpistolen bewaffnete Franzosen auf dem Feld angehalten, ihm die Doppelflinte abgenommen und ihn nach Hause geschickt. Er kann von Glück sagen, daß es so abgelaufen ist; überall regt sich die Resistance, machen die Maquisards das Land unsicher. In dem waldreichen Gebiet zwischen Lorient und Vannes kann sich praktisch kaum noch ein Deutscher sehen lassen, und so ist es in manchen Gegenden Frankreichs. Die eigenen Kräfte reichen vielerorts nicht aus, um die Partisanen in Schach zu halten, die nachts von alliierten Flugzeugen durch Fallschirm mit Waffen versorgt werden.

Aber, heißt es, laßt nur erst die Invasion kommen – der Atlantikwall! – Laßt sie nur erst anrennen – für den Tag X stehen Tausende von eigenen Jägern bereit – Düsenjäger, Turbojäger – ganz neue Sachen, da werden die verdammten Bomber und Jabos das Wiederkommen vergessen! Wartet nur, auch den Partisanen wird das Lachen noch vergehen ...

Und dann kommt die Landung.

Es beginnt mit einer Häufung von Zacken in den Funkmeßgeräten an der Küste und mit vereinzelten. Meldungen im Kanal patrouillierender Vorpostenboote; von der englischen Küste her ist etwas im Anmarsch, mehr, als nur ungewöhnlich starke Bomberverbände, die sich vor dem Einflug über dem Kanal sammeln.

Es sind Schiffe in Sicht, ein Wald von Masten, eine unübersehbare Menge von Fahrzeugen aller Typen, vorneweg zahllose Minensucher, dann Zerstörer, hundert Zerstörer, danach Frachter, Kreuzer, Spezlallandungsschiffe, Truppentransporter, all das zu Tausenden, endlich, als Rückgrat im Hintergrund, die mächtigen Silhouetten von Schlachtschiffen, die gewaltigste Flotte, die je die Häfen Englands verlassen und zwischen Themsemündung und Isle of Wight in See gestanden hat. Und darüber, donnernd, heulend und orgelnd fünftausend Jäger und dreitausend Bomber, davon zweieinhalbtausend Fliegende Festungen, ein unabsehbarer Strom stählerner Vögel, ihnen vorauf Transportflugzeuge ohne Zahl mit motorlosen Lastenseglern im Schlepp.

Es ist ein Aufgebot an Menschen und Material, das in dieser stürmischen, wolkenverhangenen Juninacht über die steilen, schäumenden Seen des Kanals nach Süden rückt, wie es die Welt noch nicht gesehen hat.

Gegen 01.00 Uhr am 6. Juni gehen die ersten Alarmnachrichten bei der deutschen Führung ein; sie kommen aus dem Raum um Calais, sie kommen von der Seinemündung, von Le Havre und aus dem Contentin: Sie sprechen von vereinzelten Fallschirmlandungen westlich Caën an der Ornemündung, bei St. Mère Eglise nördlich Carentan, an der Ostseite des Contentin, an der Viremündung.

Das Gros der Invasionsflotte befindet sich noch auf dem Marsch, ist soeben erst entdeckt und verrät durch seinen Kurs noch nicht, ob und an welcher Stelle der Küste die Landung erfolgen wird.

Das Führerhauptquartier denkt: die Fallschirmabsprünge und Landungen von Lastenseglern sind vielleicht Versorgungslandungen für den Maquis, oder sie sollen uns ablenken. Wir erwarten den Hauptstoß bei Calais.

Der Admiral Krancke in Paris dagegen sagt sofort: »Dies ist der Beginn der Hauptlandung.«

Kurz darauf erfolgt der erste schwere Feuerüberfall mit Bomben und Schiffsartillerie aller Kaliber auf die Stellungen und Befestigungsanlagen in der Bucht von Carentan an der Ornemündung und anschließend die Landung von Truppen aus einem Schwarm von Booten an fünf Stellen des Strandes bei Carentan, St. Mère Eglise, Vierville, Arromanches und Courcelles.

Nachts 03.05 Uhr erhält der BdU von der 1/SKL die erste Nachricht über die Vorgänge in Frankreich: »Große Mengen von Fallschirmtruppen«, heißt es jetzt bereits, »Landung großer Mengen von Fallschirmtruppen und Lastenseglern in der westlichen Normandie.«

Fünf Minuten später ergeht der Alarmbefehl an die Gruppe »Mitte« in Norwegen, eine halbe Stunde später an »Landwirt« in den Biscayahäfen, wenige Minuten darauf an Boote, die kurz zuvor von Norwegen ausgelaufen sind; sie sollen stehenbleiben und weitere Ordre abwarten, zwei Stunden danach der Befehl an fünf Schnorchelboote im Atlantik, mit höchster Dauerfahrt nach Westfrankreich zu marschieren. Sie werden dort eilig neu ausrüsten und unverzüglich wieder in See gehen.

Acht Schnorchelboote aus Brest, ein neuntes aus Lorient sind für den Kampf nördlich Cherbourg bestimmt. Die Brester ohne Schnorchel erhalten Angriffsräume zur Bekämpfung britischer Nachschubgeleite aus der Irischen See zwischen Lizard Head und Hartland Point an der Südwestspitze Englands; die übrigen schnorchellosen Boote der Gruppe »Landwirt« aus Lorient, St. Nazaire, La Pallice marschieren zur Aufklärung in die Biscaya; die Gruppe »Mitte« in West und Südnorwegen verharrt in Sofortbereitschaft.

Es ist noch Nacht, als sie auslaufen; dunkel liegt die See vor ihnen, mit fahlen Kämmen, die wie schmale Dolche leuchten, und dunkel wälzen sich schwere Wolken unter dem Himmel einher. Die Luft ist frisch; es weht scharf aus Nordwesten.

»Letzter Einsatz«, lautet der Befehl des BdU, »aufgetaucht mit Höchstfahrt marschieren, angreifende Flugzeuge abwehren.« Sie wissen, was das heißt. –

Fünfunddreißig »Landwirt«-Boote jagen mit hämmernden Dieseln diesem letzten Einsatz entgegen.

Der Wind flaut ab. Die Wolkendecke reißt auf und verteilt sich. Mondlicht fließt breit über die dunkel rollenden Dünungsrücken.

Mond – auch das noch! Nun wird es nicht mehr lange dauern, bis der Gegner da ist ...

Sie haben recht, es dauert nicht mehr lange. Hundert Maschinen, Sunderlands und Liberators, sind von England aus gegen die U-Boote in der Biscaya unterwegs.

Das Kriegstagebuch des Kommandanten U 415, Oblt. z. S. Werner, weiß von dem zu berichten, was sich dann abspielt:

»1 Uhr 40: Mondhell, gute Sicht. Vor Brest von Geleit entlassen, Kurs 270°. Höchstfahrt.

1 Uhr 45: Hintermann, U 256, wird von Flugzeug angegriffen. Wir schießen mit. U 256 schießt Maschine ab. Ortungen im ganzen Umkreis bis Lautstärke 3–4.

2 Uhr 20: Ortung an Steuerbord hört auf. Annahme: Flugzeug fliegt an.

Flugboot Sunderland 40 Grad an Steuerbord im Anflug. Feuererlaubnis.

Vier Bomben vor den Bug, die unter dem Boot detonieren. Gleichzeitiger Anflug einer zweiten viermotorigen Maschine, Liberator, von Steuerbord querab. Bordwaffenbeschuß in die Brükke. Keine Bomben.

Durch Bomben der Sunderland bleiben beide Diesel stehen. Boot wird hochgeworfen, sinkt mit dem Heck tief ein, so daß Wasser in das Turmluk (!) kommt.

Befehl: Alle Mann aus dem Boot! Schlauchboote an Oberdeck!

Da Anflug überraschend kam und Sende-Umformer durch den Bombenwurf ausfiel, Abgabe eines FT nicht möglich. Notsender auf die Brücke.

Schlauchboote und Marx-Rettungsboje werden klargemacht. Da Boot sich hält, Befehl: Alle Munition auf die Brücke!

Munition wird angeschlagen und aufgestapelt.

Boot liegt gestoppt mit Hart-Steuerbord-Ruderklemmer.

2 Uhr 28: Erneuter Anflug von Steuerbord voraus. Sunderland. Bordwaffenbeschuß. Bombenwurf aus geringer Höhe. Bomben liegen Steuerbord und Backbord mittschiffs.

Unmittelbar darauf Anflug von Backbord voraus. Liberator. Bordwaffenbeschuß.

Durch gutliegendes Feuer der beiden Zwillinge wird Maschine in Brand geschossen und stürzt achteraus ins Wasser.

Da sämtliche Anflüge von voraus, ist 3,7-cm-Kanone erst beim Abflug zum Schuß gekommen. Beide Zwillinge erzielten bei allen Anflügen Treffer in Kanzel und Motoren. Sehr gutes Feuer.

Durch Bordwaffen ›Wanze‹ und ›Fliege‹ abgeschossen. Schlauchboote werden hochgebracht und klargemacht.

Nach einiger Zeit meldet L. I. Boot tauchklar mit einer E-Maschine. Befehl: Einsteigen, Rückmarsch ...« –

Vier Großkampfflugzeuge schießen die U-Boote auf dem Marsch zum Kanaleinsatz ab; über fünfzig Angriffsmeldungen gehen innerhalb vierundzwanzig Stunden beim BdU ein; fünf Boote ohne, eines mit Schnorchel tragen schon in der ersten Nacht so schwere Beschädigungen davon, daß sie nach Brest zurücklaufen müssen. U 970, Kapitänleutnant Ketels, aus La Pallice und das aus dem

Atlantik zurückkehrende U 955, Kommandant Oblt. z. S. d. R. Baden, gehen verloren.

Trotz ihres eigenen Befehls »Letzter Einsatz« stellt es daraufhin die U-Boot-Führung den Kommandanten schon am Morgen des 7. 6. frei, nur noch nachts zu marschieren, obwohl dadurch Zeitverlust entsteht und die Boote ihre Kampfräume wesentlich später erreichen werden. Aber es kann nicht Sinn ihres Auslaufens sein, sich auf dem Marsch aufreiben zu lassen. »Letzter Einsatz« – diese Erwartung gilt für den Fall, daß sie zum Angriff auf Schiffsziele kommen. Sinnlose Opfer müssen auf alle Fälle vermieden werden.

Trotzdem gehen bis zum Morgen des 8. 6. zwei weitere Boote verloren; zwei andere werden so schwer gebombt, daß auch sie zur Umkehr gezwungen sind, und am 10. liegen von den Brester Booten ohne Schnorchel nicht weniger als zehn wieder unter den Betondecken der Bunker; eins kehrt nicht mehr zurück.

Man kann also nicht mehr ohne Schnorchel in den Kanal gehen; Verluste und Beschädigungen beweisen es überdeutlich; aber die beiden letzten Kommandanten in See, denen daraufhin der Rückmarsch freigestellt wird, antworten nicht mehr.

U 984 – Sieder, steht zu dieser Zeit sechs Seemeilen westlich des »Preußischen Grenadiers«, des großen, schwarz weiß gestreiften Leuchtfeuers von Quessant, an der Westspitze der Bretagne. Seit zweiundvierzig Stunden ist die Luft im Boot nicht mehr erneuert worden. Längst liegen alle Männer auf ihren Kojen, um Sauerstoff zu sparen. Längst atmen sie mühsam durch die Mundstücke ihrer Tauchretter, an die die Kalipatronen angeschlossen sind, in denen sich die ausgeatmete Kohlensäure bindet.

In immer kürzeren Pausen wiederholt der L. I. seine Luftkontrollen, gibt er Sauerstoff aus den Vorratsflaschen ins Boot. Trotzdem jappen die Männer seit dem Morgen, einen endlosen Tag lang, nur so nach Luft.

Seit Mitternacht des 6./7. 6. ist das Boot von einer U-Jagdgruppe verfolgt und mit Bomben behämmert worden; immer noch summt und tickt das Ortungsgeräusch, mit bloßem Ohr vernehmbar, an die dünne Stahlhaut des Druckkörpers, aber es ist nun der

Zeitpunkt gekommen, an dem auch die Batterie, bis auf die letzten Jonnies leergefahren, einfach nichts mehr hergibt, so daß dem Kommandanten keine andere Wahl bleibt, als zum Schnorcheln an die Oberfläche zu gehen. Er weiß, es ist oben noch nicht einmal richtig dunkel, aber er *muß* nun handeln, er muß das Boot durchlüften und seine Batterie aufladen; es geht nicht mehr anders.

Und er hat Glück, das Glück, das seine Zähigkeit verdient: er bleibt unentdeckt.

Aber seine Besatzung ist so erschöpft, er selbst so am Ende und seine Batterie so heruntergefahren, daß er sich entschließt, nach Brest einzulaufen, um dort aufzuladen, Torpedos zu ergänzen und, ja, und zu schlafen. –

Die schnorchellosen »Landwirt«-Boote der südlicheren Stützpunkte bilden indessen für einige Tage einen dünnen Aufklärungsschleier zwischen Brest und Bordeaux in der Biscaya, um gegebenenfalls anzugreifen, wenn der Gegner hier eine zweite Landung unternehmen sollte.

Als mit dem 12. 6. als sicher anzunehmen ist, daß der Gegner in Frankreich keine Nebenlandungen außerhalb der Normandie vorgesehen hat, erhalten sie Rückmarschbefehl, während die »Mitte«-Boote vor Norwegen noch bis Ende des Monats draußen bleiben, da die deutsche Führung bis dahin immer noch mit der Möglichkeit einer alliierten Teillandung zwischen Drontheim und Undesnäs rechnet.

Ab Ende Juni stellt der BdU, nachdem auch jetzt noch eine Landung in Norwegen nicht erfolgt ist, nur noch ein letztes halbes Dutzend Boote in See als »Augen« und »Ohren« auf; die übrigen erhalten Befehl, außer Dienst zu stellen; ihre Besatzungen kehren zur Bemannung der neuen Einundzwanziger nach Deutschland zurück.

So steht denn schließlich von fünfundsiebzig für den Landungsfall bereitgestellten Booten nur noch gerade ein Dutzend zur wirklichen Bekämpfung der Invasionsflotte im Kanal zur Verfügung. Es ist die kleine Schar der Schnorchler, und sie macht sich mit kaltem Schneid und letzter Entschlossenheit an diese Aufgabe, die angesichts der Massierung der Abwehr mit den Selbstmordeinsätzen der japanischen Kamikaze-Flieger eine verzweifelte Ähnlichkeit besitzt.

Ihr schwerstes Handicap liegt im Mangel an Erfahrung mit dem neuen Dieselluftmast; die kleine Chance, die sie sich errechnen, in der Anhäufung von wertvollen Zielen im Seeraum nördlich Cherbourg, wo man, wenn man nur herankommt, vielleicht doch zum Schuß kommen kann.

Sie machen dabei bald die Erfahrung, daß der Gegner auch den Schnorchelkopf orten kann, aber die ersten Kommandanten, die am 22. 6. aus dem Invasionsraum zurückkehren, äußern sich doch überraschend zuversichtlich. U 621 – Stuckmann hat nach ersten Angriffen, die durch Frühdetonierer um den Erfolg gebracht worden sind, ein Panzerlandungsschiff versenkt, U 764 – v. Bremen nördlich Jersey einen Zerstörer vernichtet. Und der Schnorchel hat sich im ganzen gut bewährt.

Ähnliche Erfahrungen machen vier andere Boote, die, beladen mit 8000 Schuß Pak- und 350 000 Schuß MG-Munition, nach Cherbourg gehen und auch richtig bis vor die Haustür kommen. Einlaufen allerdings und ihre dringend angeforderte Ladung löschen können sie nicht mehr; als sie am 23. 6. eintreffen, ist Cherbourg bereits blockiert, und es bleibt ihnen nichts anderes übrig, als umzukehren und ihre ungemütliche Fracht nach Brest zurückzubringen. –

In den gleichen Tagen operiert U 218, Kommandant Kapitänleutnant Stock, in der Nähe von Landsend. Das Boot soll dort Minen legen; Stock wird noch im Frühjahr 1945 beweisen, daß er sich auf dieses heikle Geschäft besonders gut versteht, als er bis an die große Clyde-Brücke in den Firth of Forth hineingeht und dort seine Eier ablegt.

Jetzt, in der Frühdämmerung des 20. Juni, steht er unter Wasser in der Nähe von Landsend an der südenglischen Küste. Er benutzt gerade noch die letzte Dunkelheit, um seine Batterien vollzuschnorcheln, als, wohl infolge von Wabo- oder Fliebo-Erschütterungen, am Backborddiesel ein Kipphebel bricht.

Sofort läßt der L. I. den Steuerborddiesel anstellen, aber der

Abgasdruck reicht nicht aus, um die Wassersäule aus dem Schnorchel zu drücken, und die Abgase blasen über das Sicherheitsventil ins Boot ab. In wenigen Sekunden sind alle Räume mit dickem Dieselqualm gefüllt.

»Tauchretter anlegen!«

»Rauf!« sagt der Kommandant, »auftauchen. Den Qualm absaugen und durchlüften; so können wir nicht weiterfahren.«

Er sieht auf die Armbanduhr; sie zeigt 5 Uhr, also klare Morgenbeleuchtung!

Das Boot ist kaum oben, der Steuerborddiesel hat eben begonnen, den Qualm aus den Räumen abzusaugen, als der Horchraum auch schon drei verschiedene Naxos-Ortungen meldet – »brüllend laut, Herr Kaleu, Lautstärke vier bis fünf!« –, so daß »Stöckchen« eilig wieder von der Oberfläche verschwinden muß.

»Ist fertig durchgelüftet, L. I.?«

»Das meiste ist raus, Herr Kaleu.«

»Dann nichts wie weg! Einsteigen, Herrschaften! Alarm!«

Es geht wie der Blitz: Turmluk ist zu! Fluuten! Auf hundert Meter gehen!

Mit dem Schnorcheln ist es vorerst vorbei, zu hell. Die Freiwächter legen sich auf ihre Kojen; es beginnt wieder der lange, langweilige, nervenzermürbende Tag unter Wasser. Schleichfahrt, Horchen, Ortungsticken, ferne Schraubengeräusche, das Rasseln der Schleppbojen ...

Auch Kapitänleutnant Stock hat sich in seine Koje gelegt; er döst, er liest ein wenig, döst wieder mit geschlossenen Augen, das aufgeschlagene Buch auf der Brust, ein Weilchen vor sich hin und hat dabei doch immer »ein Ohr im Boot«, das alle Geräusche aufnimmt und sie vor allem auf Veränderungen kontrolliert.

Plötzlich ist da eine solche Veränderung; eilige Schritte – Klopfen an der Holzverkleidung – »Herein!«

Der grüne Vorhang rasselt beiseite. »Herr Kaleu, da sind mehrere Leute ausgefallen, zwei Drittel der Besatzung klagt über starke Kopf- und Magenschmerzen, Übelkeit und Brechreiz.«

»Ach, du heiliger Strohsack! Kohlensäurevergiftung.«

»Wahrscheinlich.«

Der Kommandant springt auf, begibt sich eilig in den Bugraum. »Na, wo fehlt's?«

Die Männer liegen bleich und teilnahmslos in den Kojen; die meisten sind als Wachgänger völlig ausgefallen, reagieren kaum auf Ansprache, fühlen sich totschlaff und sterbenselend.

Stock kennt seine Besatzung; das sind keine Simulanten; hier ist wirklich etwas los. Über Kopfschmerzen klagen nun mittlerweile alle; auch ihm selbst ist nicht recht wohl.

Er pickt die noch arbeitsfähigen Leute heraus, läßt sie die ausgefallenen Kameraden ablösen und hält mit ihnen mühsam den Bootsbetrieb aufrecht.

Er läßt sofort wieder über Tauchrettermundstück und Kalipatronen atmen und kontrolliert Schlafende, daß ihnen nicht das Mundstück aus dem Munde rutscht.

Trotzdem fällt nach kurzer Zeit der erste Mann um. Ohnmächtig. Andere folgen. Klarer Fall: Überanstrengung plus CO-Vergiftung!!

Der L. I. versucht, den CO_2-Gehalt in der Luft durch Saugen über Kalipatronen zu binden. Das genügt nicht.

So geht der Kommandant nach kurzer Zeit auf Schnorcheltiefe, um das Boot über den inzwischen reparierten Backborddiesel durchzulüften. Die Maschine springt auch an, aber ihr Abgasdruck reicht wieder nicht aus, um die Wassersäule im Schnorchelmast zu überwinden. Abermals blasen die Abgase über das Sicherheitsventil ins Boot ab, und es treten neue, schwere Vergiftungsfälle in der Besatzung auf.

Der Kommandant läßt nunmehr die E-Verdichter anstellen, um die kranke Luft in die Druckflaschen abzusaugen. Den Unterdruck im Boot, der dadurch entsteht, will er über das Schnorchelventil ausgleichen und so versuchen, dem Boot frische Luft zuzuführen.

Das ungewöhnliche Experiment glückt auch in gewissem Umfange, aber da sich der Zustand der Besatzung in der nächsten Stunde weiter verschlechtert, entschließt er sich endlich am frühen Nachmittag, trotz der schweren Gefährdung zur Lufterneuerung aufzutauchen. Alles hängt in den wenigen Minuten, die dafür nötig sind, vom Glück ab, und er hat dieses Glück! U 218 wird nicht gesehen. Zischend, mit tiefem Seufzen dringt bei Druckausgleich der erste Luftstoß in die verseuchte Röhre. Dann ist das Turmluk offen; die Lüfter brummen und sausen und jagen Ströme köstlich frischer, feuchter Meeresluft durch die Räume, in denen die gemarterten Männer gierig atmen.

Wenige Minuten nur bleibt der Kommandant oben, allein den Himmel und die Kimm nach Flugzeugen und Zerstörern absuchend; er läßt gar nicht erst eine Brückenwache aufziehen, und das Boot macht nur soviel Fahrt, wie es braucht, um bei Alarm sofort auf Tiefe gehen zu können.

Er sieht den Himmel über sich, die wandernden weißen Wolken, die Sonne, die leichte, freundlich-sommerliche See, und er ist dankbar für jede Sekunde, in der die brausenden Lüfter den frischen Lebensstrom durch das Boot pumpen.

Trotzdem, die Minuten dehnen sich zu Ewigkeiten, ehe die Stimme des Leitenden herauftönt: »Lufterneuerung beendet. Boot ist durchgelüftet.«

Ein letzter rascher Rundblick noch: kein Flieger, kein Zerstörer! Weg also, ehe die Glückssträhne abreißt.

»Boot taucht! – Turmluk ist zu! Fluuten!«

Sie haben es wirklich geschafft!

Aber der Gesundheitszustand in der Besatzung bessert sich bis zum Abend nur wenig, obwohl der Kommandant Milch ausgeben läßt, um die Vergiftungen im Blut zu neutralisieren. Sechs Mann sind so völlig ausgefallen, daß er ihnen Spritzen geben muß, um die Herztätigkeit wieder anzuregen. Lobelin-Sympathol ...

Als der Juni zu Ende geht, haben die Schnorchelboote nach englischen Angaben fünf Schiffe mit zusammen 30 000 BRT und zwei Fregatten versenkt, einen Siebentausender beschädigt und eine dritte Fregatte torpediert, ein mageres Ergebnis, das mit dem letzten Einsatz von fünfhundert U-Boot-Soldaten teuer bezahlt worden ist, und doch nicht so teuer, wie wenn Truppen und Material dieser fünf Schiffe an Land hätten bekämpft und vernichtet werden müssen.

An Land stehen die Dinge nicht gut! Es ist nicht gelungen, den

Feind ins Meer zurückzuwerfen. Dem Korvettenkapitän Brandi von den Mittelmeerbooten, der zum Empfang der Brillanten zum Ritterkreuz in den ersten Invasionstagen im Führerhauptquartier war, hat Hitler noch gesagt: »Es ist gut, daß wir nun wissen, woran wir sind. Jetzt können wir dem Gegner im Westen zeigen, was es heißt, den europäischen Kontinent anzugreifen«, aber seither ist der feindliche Landekopf täglich vertieft und verbreitert worden und füllt sich über die künstlichen Häfen, die vor der Küste durch Verankerung riesiger Pontons geschaffen worden sind, mit immer neuen Divisionen, Waffen, Panzern, Fahrzeugen und Munition.

Die Aufgabe der U-Boot-Führung – operative Lenkung und Unterstützung der Boote in See – ist durch die Verhältnisse im Invasionsraum oft bis an die Grenze des Unmöglichen erschwert. Die Nachrichtenverbindungen sind schlecht, die eingehenden Nachrichten zu dürftig, um in »Koralle« ein klares Bild der Lage zu gewinnen, und die Boote selbst können häufig zu den sogenannten »Programmzeiten« nicht auf Empfangstiefe gehen, so daß sie die Längstwellen-FTs, die auch unter Wasser hörbar sind, nicht mit Sicherheit mitbekommen und Befehle, Weisungen und Erfahrungen nicht erhalten, die der BdU ihnen zu übermitteln wünscht. Einzig auf die Entschlüsselungsmeldungen des B-Dienstes und die Berichte zurückgekehrter Kommandanten angewiesen, ist daher die U-Boot-Führung zum ersten Male in fünf Kriegsjahren in ihrer Lagekenntnis ernstlich eingeschränkt.

Die Erfahrungen der Schnorchler im Kanal sind so, daß es der BdU vorzieht, keine unerfahrenen Nachschubboote aus der Heimat mehr dorthin zu entsenden; das Bild, das die rückkehrenden alten Hasen des Invasionskampfes entwerfen, zeigt in voller Schärfe die ungeheuren Schwierigkeiten, die größeren Erfolgen entgegenstehen.

»Die englischen Konvois«, sagen sie, »sind auf dem Wege zwischen der Insel und den Invasionshäfen seitlich durch starke Sicherheitskräfte geschützt. Der Weg selbst ist durch ausgelegte Bojen gekennzeichnet. Nachts findet kein Verkehr statt. Bei Tage ist kaum heranzukommen; man wird zu schnell erfaßt. Wir liegen viel auf Grund und horchen, meist bei abgeschaltetem Licht, die

Besatzung in der Koje. Das Liegen und Lauschen im Dunkel ist nervenzermürbend. Ununterbrochen hört man im ganzen Boot das Summen und Kreischen von Geräuschbojen, Fliebos und Wabos in allen Entfernungen, das Ticken und Klopfen der Asdics und ein ständiges An- und Abschwellen von Schraubengeräuschen. Dabei besteht keine Möglichkeit, den eigenen Abstand von den Geräuscherzeugern zu ermitteln, so daß man in jedem Geräusch eine Gefahr vermuten muß. Die vielen verschiedenen Geräusche zusammen sind oft so laut, daß man darüber die Zerstörer nicht mehr hört. Ganz plötzlich sind sie dann da, mahlen hell über das Boot hinweg, und ehe man weiß, wie einem geschieht, fallen auch schon die Wabos. Es fallen überhaupt unausgesetzt Wabos oder Fliebos in den verschiedensten Entfernungen. Gerade denkt man noch: ungefährlich, die tun dir nichts – da sind sie auch schon ringsum über und neben einem. Es fallen jetzt erstmalig Teppiche von schweren Koffern, die das werfende Fahrzeug offenbar ziemlich weit voraus und gleichzeitig schießen kann. Es ist ein ganz widerliches Fahren; unsere Besatzungen werden wirklich bis aufs letzte beansprucht. Es kann nicht ausbleiben, daß sie von diesem ewigen Geräuschkrieg beeindruckt werden und in ihrer Widerstandskraft nachlassen. Das ist keine Feigheit – es ist einfach ein Zuviel an Dauerbelastung, dem sie ausgesetzt werden. Hinzu kommt der ewige Luftmangel; man kann kaum noch in Ruhe Schnorcheln; der Schnorchelkopf wird ja auch geortet, und es ist derartig viel Abwehr da, daß man kein Bein mehr an Deck kriegt. Außerdem stinkt das ganze Boot nach wenigen Tagen nach Verwesung, weil die Essensreste vergammeln und wir sie nicht außerbords werfen können. Wir haben versucht, sie kleinzuhacken und über die neuen Lokusse außenbords zu pumpen; das geht zur Not. Wir haben sie auch über den Bold-Ausstoß hinausgedrückt ... Bei täglich rund zwanzig Stunden Tauchfahrt ohne Lufterneuerung ist der Verwesungsgestank oft fast unerträglich. Das Problem ist fast ebenso wichtig wie das ständige Zuviel an Kohlensäure in der Luft, die Vergiftungsgefahr, die dadurch entsteht, und die allgemeine Schlappheit und Müdigkeit, von der die Besatzung befallen wird, so daß Nachlässigkeiten im Dienstbetrieb vorkommen, ohne daß man den Übeltätern deshalb Vorwürfe machen kann. Man kann ihnen nur immer wieder sagen: ›Freund, wenn du willst, daß wir aus diesem Schlamassel heil wieder herauskommen, reiß dich zusammen; sonst sind wir auf einmal in den Kinken getreten, und es geht ab nach England, oder wir marschieren zu Fuß nach Hause.‹«

»Wir haben die gesamte Bordroutine auf den Schnorchelrhythmus umgestellt«, berichten sie weiter. »Die Hauptmahlzeit liegt in der Schnorchelzeit. Alle Arbeiten werden während der Schnorchelzeit erledigt, weil sonst der Sauerstoffverbrauch sofort zu hoch anstiege.«

Endlich, im Juli, kommt einer und sagt: »Wir haben den ›Müllschuß‹ erfunden. Wir schießen die Abfälle nachts außenbords. Wir haben dazu ein Torpedorohr zum ›Müllrohr‹ ernannt; das fällt nun natürlich für den Angriff aus, aber den Pestgestank sind wir los.«

Diese »Erfindung« macht wie ein Lauffeuer die Runde; genial einfach wie sie ist, wird sie fortab von allen Schnorchlern übernommen.

Die Kommandanten, die diese Berichte geben, sind junge Kerle, selten älter als 23 bis 25 Jahre, und die fahle Farbe ihrer Haut, die von dem wochenlangen Leben in künstlicher Beleuchtung, in der dumpffeuchten, sauerstoffarmen, mit Kohlensäure überladenen Luft eine tiefe Blässe angenommen hat, spricht deutlicher fast noch als ihre Worte von den Entbehrungen, die sie ausgestanden haben. Wo gibt es eine Truppe, die wochenlang das Tageslicht nicht sieht, die wochenlang an die schmale Koje gefesselt oder auf einen Raum beschränkt leben müßte, der zu eng ist, um auch nur aneinander vorüberzugehen, ohne sich gegenseitig zu berühren?

»Wir haben außerordentliche Schwierigkeiten mit der Navigation«, berichten die Kommandanten weiter. »Wir wissen oft nicht mehr, wo wir sind, weil wir notfalls Elektrolot und Kreiselumformer abstellen müssen, um nicht gehorcht zu werden. Bei den starken Gezeitenströmen im Kanal wird man im Handumdrehen weit vertrieben. Wenn wir uns auf Grund fallen lassen und über Grund treiben, besteht dauernd die Gefahr, daß Tiefenruder und

Schrauben durch Steine oder Wracks beschädigt werden, ganz abgesehen von dem widerlichen Lärm, der einen geradezu verrückt machen kann, wenn das Boot über Grund schliert und alle Augenblicke aufprallt, daß man meint, es stößt sich leck. Hinzu kommt, daß man dann selber praktisch nichts mehr hört. Es ist zum Kotzen ...«

Immer kehren diese beiden Klagen wieder: Luftmangel und Navigationsschwierigkeiten. Das Kriegstagebuch des Kommandanten U 763, Oberleutnant z. S. Schröter, gibt davon ein anschauliches Beispiel:

6. 7. 44

16 h 45: Südlich Insel Wight. Boot wieder auf Grund. Man hat uns immer noch. Wir wollen bis zur Nacht warten. Wabo-Serien werden kleiner und seltener.

20 h 00: Von 16 bis 20 Uhr fallen vierunddreißig Wabos in geringer Entfernung. Der Schleichlüfter beginnt zu klappern und muß abgestellt werden. Trotz Sauerstoffzusatz und Kalipatronen ist die Luft spürbar dünner geworden. Wegen »lebenden Trimmgewichts« (Vor- und Achterauslaufen der Besatzung im Boot zur Veränderung des Längstrimms) ist der Luftverbrauch während der Versuche, uns zu verholen, sehr groß gewesen. Die Besatzung wird matter. Vor fast dreißig Stunden wurde das Boot zum letzten Male durchgelüftet. Als die ersten Männer sich übergeben, lasse ich jedem eine Kalipatrone verausgaben. Die Notatmung beginnt. Oben ist die Suchgruppe immer noch unermüdlich bei der Arbeit ... Die Wurfpausen werden größer. Aber wenn die Wabos fallen, dann liegen sie fast alle gut ...

24 h 00: Von 20 bis 24 Uhr vierundzwanzig Wabos in geringer Entfernung ... Beinahe dreißig Stunden hat die Horch- und Waboverfolgung gedauert. Gezählt wurden 252 Wabos in geringer, 61 in mittlerer und 51 in größerer Entfernung ...

Am nächsten Mittag hat das Boot die Verfolgung glücklich überstanden, aber es befindet sich inzwischen in einer kaum geringeren Gefahr:

7. 7. 44

12 h 00: Nach fast 30stündiger Horch- und Wabo-Verfolgung macht die Feststellung des Schiffsortes uns größte Sorge. Während dieser Zeit konnte keine Lotreihe genommen und infolgedessen keine Position ermittelt werden. Das Boot hatte, mit wechselnden Kursen und im Strom treibend, größere Strecken über Grund zurückgelegt. Der nachgekoppelte Schiffsort ist 20 bis 30 Seemeilen nördlich Cherbourg …

16 h 54: Boot hat Grund berührt (40 Meter) …

19 h 02: Boot auf Grund gelegt (40 Meter). Boot liegt sehr schlecht trotz Vorlastigkeit. Sollten wir wegen der geringen Wassertiefe noch weiter im Süden stehen? Dort setzt ein Strom bis zu 9 Seemeilen …

Boot von Grund gelöst. Auf Sehrohrtiefe gegangen. Kurs 330 Grad. An Backbordseite ist in rechtweisend 300 Grad Land auszumachen …

22 h 58: Beginn der Dämmerung. Da an Steuerbordseite schlechte Sichtverhältnisse herrschen, ist eine weitere Schiffsortkontrolle nicht möglich. Sterne sind nicht da. Ein Vergleich mit der Karte läßt es als sicher erscheinen, daß uns der Strom zwischen die Kanalinseln gesetzt hat. Durch dauerndes Loten und unter Ausnutzen des nach Norden setzenden Stromes versuche ich, wieder nach Norden hinauszuschnorcheln. Sicht voraus ist ausreichend.

00 h 41: Die Lotungen wollen nicht richtig hinkommen. Der Versuch, ein Funkpeilbesteck zu nehmen, ergibt nur eine Standlinie – Brest. Sie verläuft durch das in Frage kommende Seegebiet und scheint mir die geloteten Tiefen unseres angenommenen Schiffsortes zu bestätigen.

Solange noch genügend Wasser unter dem Kiel vorhanden ist und ausreichende Sicht herrscht, wird ein Auftauchen auch nichts bringen. Weiter geschnorchelt, um bei Hellwerden mit genügend Batterieladung auf Sehrohrtiefe eine Standortbestimmung zu ermöglichen …

03 h 56: Fast windstill. Mondschein. Diesige Sicht. Auftauchen … Achteraus liegen im Mondlicht vier Zerstörer – Entfer-

nung etwa 4000 bis 5000 Meter. Backbord und Steuerbord querab ist Land. Ferner sind an Backbordseite die Schatten mehrerer Dampfer gut auszumachen. Mit nordwestlichen Kursen abgelaufen in der Annahme, daß sich an Steuerbordseite die vom Feind besetzte Halbinsel Cotentin befindet ...

04 h 33: Boot auf Grund auf 35 Meter. Nachdem ich die Zeit finde, das oben Gesehene zu verdauen, kommt mir erst jetzt die Erkenntnis, daß das Boot nur unter der englischen Küste gelandet sein kann. Wo aber sind wir? ... Der verlängerte Brester Peilstrahl und die Karte lassen mit großer Wahrscheinlichkeit die Annahme zu, daß das Boot vor Portsmouth auf Spithead-Reede auf Grund liegen muß, so unwahrscheinlich das auch klingt ...

Der Kommandant hat recht. Er befindet sich weder, wie zuerst angenommen, 20 bis 30 Seemeilen nördlich Cherbourg, noch, wie dann geglaubt, zwischen den Kanalinseln, sondern wirklich und wahrhaftig auf der berühmten Kriegsschiffreede von Spithead, wo die Engländer in friedlichen Zeiten ihre Flottenparaden abhalten.

Über eins ist er sich klar: es wird nicht leicht sein, aus dieser Löwenhöhle ungesehen zu entweichen.

Zunächst bleibt er nach seiner grotesken Entdeckung bis zum Morgen mucksmäuschenstill liegen. Dann menguliert er mit größter Vorsicht eine Zeitlang zwischen geballasteten alten Dampfern, eilig herumwuselnden kleineren Fahrzeugen und Lazarett- und Landungsschiffen herum, bis er sich plötzlich auf flachstem Wasser wiederfindet, das Lot zeigt weniger als zwanzig Meter Tiefe, als der Bug Grund berührt, und nun besteht die Gefahr, daß er »trockenfällt«, also bei Tiefebbe nicht mehr ganz vom Wasser bedeckt und über dem Wasserspiegel sichtbar wird. Das wäre das Ende, und die Besatzung könnte fast trockenen Fußes in England an Land gehen, »zur Gegeninvasion«, wie der II. WO mit unsterblicher Leutnantsfrechheit erklärt.

Dem Kommandanten ist nicht zum Lachen zumute. Mühsam bringt er das Boot so weit ins Tiefe, daß es auf 20 Meter die Ebbe abwarten kann, um dann mit dem nächsten Hochwasser einen neuen Auslaufversuch zu machen.

Endlich ist es soweit. Der L. I. löst das Boot mit größter Vorsicht vom Grunde, und dann läuft es unter Wasser »an der rechten Fahrwasserseite aus, während einlaufend auf Gegenkurs mehrere Landungsfahrzeuge und wahrscheinlich zwei Zerstörer passieren ...«

Während des Monats Juli operieren jeweils drei bis vier Schnorchelboote in der Mitte des englischen Kanals. An der Küste entlangkriechend, von der sie sich für die Ortung weniger abheben, Schnorcheln sie sich bis in ihre Angriffsräume vor, ein winziges Häuflein, insgesamt etwa zweihundert Mann, und vernichten, was ihnen in Torpedoreichweite kommt. Es ist wenig genug. Am 5. Juli versenkt Oberleutnant Sieder, U 984, aus einem Transporterverband nördlich Barfleur drei Schiffe mit 21 550 BRT und eine Fregatte und torpediert einen Siebentausender.

In den fernen Kampfräumen kommt es gleichfalls noch zu einigen Erfolgen, so daß der Monat nach englischen Angaben mit 63 000 BRT abschließt.

Im ersten Augustdrittel kehren zwei weitere Boote aus dem Seine-Raum zurück und melden die Versenkung eines Tanklandungsschiffes und die Torpedierung zweier weiterer mit 17 000 BRT.

»Verkehr ist da genug«, sagen sie mit einem etwas schiefen Lächeln, »die Chancen sind nicht schlecht, aber die Abwehr ist außerordentlich verschärft worden. Der Kommandant U 309, Oberlt. z. S. Mahrholz, hat sich nur eine knappe Woche dort halten und dann wegen Erschöpfung der Besatzung den Rückmarsch antreten müssen, einen Rückmarsch, der es in sich gehabt hat.«

Er legt sein Kriegstagebuch vor:

»12. 8. 44.

03 h 45: Zusammen mit U 981 – Keller, den Geleitaufnahmepunkt vor La Pallice angesteuert.

04 h 15; Minentreffer auf U 981. Da drüben an Bord alles ausgefallen, selbst FT abgesetzt: ›KrKr U 981 hat Minentreffer. Tauchunklar. Alles ausgefallen. Erbitte sofort Geleit. Stehen auf Treffpunkt. U 309.‹

06 h 20: Flugzeug Typ Halifax fliegt an. Liege mit U 981 gestoppt, da Boot noch nicht fahrklar. Werde von Flugzeugen dreimal überflogen. Dabei drei Leuchtbomben.

U 981 mit E-Maschinen wieder fahrklar.

Mit E-Maschinen Langsame Fahrt. Kurs 90 Grad an der Bojenreihe verholt.

06 h 24: Bombenangriff auf U 981 ... Ein weiterer Bombenangriff von der Halifax. Flakfeuer beider Boote liegt am Ziel.

Bei U 981 eine weitere Minendetonation. Erneuter Bombenangriff bei U 981 durch zweimotorige Maschine. U 981 geht plötzlich mit beiden Dieseln Große Fahrt an und schert aus dem Kurs.

06 h 43: Auf dem Oberdeck werden Schlauchboote klargemacht. Das Boot beginnt, bei Tonne B zu sinken. Besatzung springt außenbords. Ich drehe sofort auf die Sinkstelle zu und nehme vierzig Überlebende an Bord. Kommandant und zwölf Mann sind gefallen ...«

Minentreffer ... Der Gegner hat, während er an Land seine Kräfte zum entscheidenden Durchstoß vorbereitet, in nächtlichen Flügen die Aus- und Einlaufwege der Boote vor den Stützpunkten kräftig verseucht. Er hat auch, wie zurückkehrende Kommandanten melden, in den verhältnismäßig flachen Gewässern des Kanals wieder zu den alten, aus dem Ersten Weltkrieg bekannten Mittel des U-Boot-Drachens gegriffen, eines Grundschleppgeräts, von dem Boote, selbst solche, die auf 80 Meter am Grund lagen, erfaßt worden sind. Deutlich hat man die Stahltrossen beim Überlaufen des Bootes an der Außenhaut entlangkratzen und -schrammen hören. Und dann hat es geknallt ...

Damit nicht genug. Zwischen dem 9. und dem 13. August greifen starke Bomberverbände die U-Boot-Bunker in den Stützpunkten an. In Bordeaux erzielen sie 26 Volltreffer mit 500-kg-Bomben – ohne jeden Erfolg! Sechseinhalb Meter Beton und die als Verstärkung darübergezogenen Fangroste von weiteren dreieinhalb Meter fangen die Treffer glatt ab.

In Brest, wo der Gegner Fünf- bis Sechs-Tonnen-Bomben einsetzt, wird ein Bunker durchschlagen; das Loch mißt 10 Meter im

Durchmesser, und über den Zwischenwänden zeigen sich kleine Stellen, aber der angerichtete Schaden ist gering.

Seit 1941 hat die OT diese gewaltigen Betonklötze errichtet. Monatelang haben Tausende von Festmetern Holz als Baugerüste wie sorgfältig gebaute Scheiterhaufen förmlich nach dem Brandstifter gerufen; nichts ist erfolgt. Jetzt ist es zur Beseitigung der Bunker zu spät. Sicher liegen die Boote in ihrem Schutz, sicher sind die Becken, die Werkstätten und Lager, sicher die Werftarbeiter, die die Kampfschäden der Boote reparieren. Aus der Luft ist den Bunkern nichts anzuhaben.

Aus der Luft nicht, aber von Land aus.

Schon Anfang August hat der FdU-West von Angers nach La Rochelle verlegt. Nun folgen ihm die Boote, da die nördlicheren Stützpunkte Brest und Lorient mehr und mehr in Gefahr der Einschließung geraten, und dieser letzte Marsch der alten Wölfe, die noch ohne Schnorchel sind, wird bitter und verlustreich.

Der Gegner, offenbar von ihrer Verlegung unterrichtet, greift mit vielen Flugzeugen an; sieben von fünfzehn Booten gehen verloren.

Als dann Brest nach dem Durchbruch amerikanischer Panzerverbände bei Avranches zum letzten Widerstand rüstet, ergießt sich ein Strom auf die Festung zurückfallender Heeresverbände in die Bunker, und es gelingt nur ganz allmählich, des wilden Wirrwarrs so weit Herr zu werden, daß die Arbeiten an den Booten fortgesetzt werden können.

Von den Chefs der beiden U-Flottillen in Brest, der Ersten und der Neunten, wird nur Korvettenkapitän Winter in Brest bleiben. Der Kapitän Lehmann-Willenbrock greift sich daher U 256, das schwer beschädigt und außer Dienst gestellt im Bunker liegt, läßt es notdürftig instand setzen, von der Werft einen Schnorchel konstruieren und einbauen und läuft mit einer aus der Flottillenreserve gebildeten Besatzung aus.

Wochen später, bei Führung und Flottille schon halbwegs aufgegeben, läuft er mit seinem fragwürdigen Untersatz heil und gesund in Bergen ein. Dort wird U 256 endgültig außer Dienst gestellt …

Für die U-Boot-Waffe bedeutet der Durchbruch von Avranches den Verlust ihrer Stützpunkte Brest, Lorient und St. Nazaire. Die Boote, soweit sie fahrklar waren, haben nach Süden verlegt; die Besatzungen der anderen sollen, wenn möglich, nach Deutschland marschieren, um dort auf Einundzwanzigern einsteigen zu können.

Aus Norwegen haben inzwischen einige Boote zurückgezogen werden müssen, um in der nun ernstlich gefährdeten Ostsee bei Libau gegen die Russen Verwendung zu finden, und die Schnorchler aus Bordeaux und La Pallice gehen jetzt vermehrt an die englische Westküste, in den Bristolkanal und den Nordkanal, wo sie Erfolge gegen den ein- und auslaufenden Atlantikverkehr erhoffen und zum Teil auch finden.

U 667 – Schröteler, das seit Ende Juli an der Nordwestküste von Cornwall operiert hat, meldet Anfang des letzten Augustdrittels die Versenkung von 15 000 BRT und eines Zerstörers, fünf andere Boote, die nach Beendigung ihres Kanaleinsatzes den Rückmarsch nach Norwegen antreten, die Vernichtung von 5 Schiffen mit 22800 BRT und gleichfalls eines Zerstörers sowie die Torpedierung eines weiteren Schiffes.

Unter ihnen befindet sich der Oberlt. z. S. Förster mit U 480, einem Boot, das mit dem »Alberich«, einer ortungsabsorbierenden Gummihaut, überzogen ist.

Am 17./18. August nachts steht das Boot nördlich der Seinebucht. Der Kommandant beabsichtigt, mit dem Weststrom an den ausgebojten Geleitweg der Engländer zu gehen und sich dort auf Grund zu legen, um am Nachmittag, zur Kaffeezeit, wenn erfahrungsgemäß dort der stärkste Verkehr läuft, auf Sehrohrtiefe in Sicht der Boje gegen den Strom zu stehen und eine Chance gegen größere Dampfer abzupassen.

In der Morgendämmerung legt er sein Boot planmäßig eine Seemeile südwestlich der Boje, vierunddreißig Meilen nordwestlich Barfleur, auf Grund. Träge verrinnen die Stunden des Wartens.

Am frühen Nachmittag wird er plötzlich von einem Süd-Nord-Geleit überlaufen und gibt dazu bezeichnende Erläuterungen im

Kriegstagebuch: »Zum Verständnis der Lage im Op-Gebiet sei nochmals gesagt: es vergeht kaum eine Zeit von nur wenigen Minuten ohne mehr oder weniger entfernte Wasserbombendetonationen. Horchpeilungen um das Boot herum sind laufend zu hören. ›Kreissägen‹ und ›Rabatzbojen‹ erschweren die Horchbeobachtung und machen vielfach eine taktische Nutzanwendung unmöglich. In der Nähe des Weges laufend Horchpeilungen von Bewachern, dazu sehr nahe anmutende Wasserbombendetonationen. Sehr oft MG- bzw. Fla-Waffengeknatter; anscheinend schießen die Bewacher häufig ihre Waffen ein, bzw. treiben Allotria. Landungsprähme sind überall, nicht nur auf den Wegen anzutreffen. Aus diesem Grunde ist es bei Tage nicht möglich, ein Geleit durch Hochortung rechtzeitig zu erkennen …

15 h 30: Boot von Grund gelöst, auf Sehrohrtiefe gegangen …« Und dann, nach mehr als fünfstündigem, vergeblichem Lauern:

»Da meine Erwartung und Hoffnung auf ein fettes Abendgeleit heute nicht erfüllt wurden, abgelaufen und zum Schnorcheln mit dem Strom nach Osten abgesetzt …«

Am nächsten Tag glückt es ihm besser. Er versenkt die »St. Enogat«, drei Tage darauf »HMS Loyalty« und am 25. August den Dampfer »Orminster«. Nun bekommt er die Quittung:

»15 h 08: Boot wird von vier U-Jagdfahrzeugen verfolgt, davon zwei mit Kolbendampfmaschinen, zwei mit Turbinen. Ein Kolbendampf- und ein Turbinen-U-Jäger arbeiten dabei mit Asdic. Ein Turbinenfahrzeug, offenbar ein spezialisierter Wabo-Werfer, läuft jeweils nach Pausen von 5 bis 6 Minuten an, wirft eine Wabo-Serie und stellt mit Fallen der letzten Wabo die ›Säge‹ an. Das letzte Kolbendampffahrzeug, anscheinend Horcher, wird nur mit geringen Umdrehungen laufend beobachtet …«

Sechseinhalb Stunden später folgt die nächste Eintragung:

»21 h 40: Dämmerungsbeginn.

Horchverfolgung dauert bis 22 Uhr. Hierbei steuert das Boot jeweils fünf Meter über Grund, bei Anläufen zum Wabo-Wurf leicht vorlastig. Der Kreiselumformer ist abgestellt, die Tiefenruder werden nicht benutzt, die Tiefensteuerung mit ›lebendem Trimmgewicht‹ durch Männer der Besatzung gemacht. Häufig liegt der Kolbendampfmaschinenjäger mit geringen Umdrehungen oder gestoppt direkt über dem Boot. Jede Kleinigkeit bei ihm ist dann im Boot mit Lautstärke 5 mit bloßem Ohr zu hören. Dabei brüllende Asdic-Impulse. Wenn das Boot in solcher Lage auch nur einen kleinen Krachschaden hat, muß es unbedingt erfaßt und bestens verarztet werden ...«

Aber Förster und sein Boot werden nicht erfaßt und verarztet, diesmal noch nicht. »Alberich« tarnt sie. Erst Ende Februar 1945 ereilt sie das Geschick. Am 6. Januar sind sie von Bergen ausgelaufen, wieder in ihr altes Operationsgebiet, den Kanal. Sechseinhalb Wochen hält sich Förster, schnorchelnd und kämpfend, in See. Dann fällt er den Bombenserien zweier Zerstörer zum Opfer.

Als der August zu Ende geht, haben dreißig Schnorchelboote fünfundvierzig Kanalunternehmungen durchgeführt und dabei seit Anfang Juli zwölf Sicherungsfahrzeuge und zwanzig Schiffe mit 112 800 BRT als versenkt und ein Sicherungsfahrzeug und sieben Schiffe mit 44 000 BRT als torpediert gemeldet. Über 100 000 Tonnen Ladung, d. h. Dutzende von Güterzügen mit Kriegsmaterial, haben also ihr Ziel auf den Schlachtfeldern nicht erreicht. Aber auch zwei Drittel der Kanalboote sind nicht zurückgekehrt, und nur wenig über ein Viertel der tausend Mann, die sie an Bord hatten, sind gerettet worden.

Mehr und mehr verlegen die Biscayaboote von jetzt ab nach Norwegen, und als sich an Land die Ereignisse zu überstürzen beginnen, als die amerikanischen Panzerkeile nach Avranches tief ins Land hineinstoßen und nun auch La Pallice und Bordeaux bedrohen, verlassen auch die letzten Wölfe ihre alten Schlupfwinkel an der Biscaya.

Vier von ihnen, die keine neuen Batterien mehr bekommen können, werden gesprengt, ruhmreiche alte Kämpen darunter: Niko Clausens U 129 – längst deckt den »Kämpfer von Guayana« inzwischen die See –, Hardegens U 123, das einst den Paukenschlag vor New York rührte, U 178, das Willem Spahr aus Ostasien zurückbrachte, und Lüddens U 188.

Am 25. August läuft das letzte Boot aus Bordeaux aus. Ein Teil des Flottillenpersonals wird zur Verstärkung der Festungsbesatzung nach La Rochelle in Marsch gesetzt, ein anderer verläßt zusammen mit 20000 Soldaten, Werftarbeitern und Angestellten der Garnison, zu Regimentern formiert, die Stadt an der Gironde, um nach Deutschland zu marschieren.

Quer durch das von feindlichen Panzern überrollte, in hellem Aufruhr stehende Frankreich führt dieser Weg; für einige wenige, denen es gelingt, sich durchzukämpfen, endet er wirklich zu Hause, für die Mehrzahl nicht: Man hört erst nach dem Kriege wieder von ihnen ...

Unter denen, die nicht zurückkehren, die irgendwo in Frankreich in Gefangenschaft geraten, befindet sich auch der ehemalige Kommandant U 108 und letzte Flottillenchef der Zwölften, der Eichenlaubträger Klaus Scholz ...

In den »Atlantikfestungcn« bleibt je ein Flottillenchef zurück, in Brest Winter, in Lorient Kals, in St. Nazaire Piening, in La Rochelle Zapp. Ihre U-Boot-Soldaten zeichnen sich bei der Verteidigung der alten Stützpunkte durch besondere Tapferkeit aus. Sie führen ihren Krieg weiter, »wie an Bord gehabt«. Als eines Tages ein General die vorderste Linie besichtigt, findet er eine Zwei-Zentimeter-Flak ohne jede Tarnung im freien Gelände montiert, dahinter, völlig ungedeckt, die Bemannung: U-Boot-Männer. »Warum grabt ihr euch nicht ein?« fragt er.

»An Bord konnten wir uns auch nicht eingraben«, antwortete der Geschützführer, ein Obermaat.

In der Heimat laufen indessen eilige Maßnahmen an, um den zurückkehrenden Biscayabooten, die Norwegen nur zu einem Drittel aufnehmen kann, Platz und Unterkunft zuzuweisen. In Flensburg entsteht als Auffangflottille die 33. U-Flottille.

Für die überlasteten Werften bringen die zusätzlichen Reparaturaufträge neue, nur noch unter letzter Anstrengung lösbare Aufgaben. Längere Wartefristen sind dabei unvermeidbar, und sie wiegen um so schwerer, als die Boote nach dem Verlust der Biscayahäfen ohnehin durch die Fahrten zwischen Norwegen und der Heimat und den um 600 bis 1000 Seemeilen verlängerten

Anmarsch zum Operationsgebiet starken Zeitverlust erleiden; das Verhältnis von See- und Hafentagen wird ausgesprochen ungünstig. Luftangriffe auf die Werften in Hamburg, Kiel und Bergen, Verminung der Belte und Vermehrung der feindlichen Flugzeuge auf den Aus- und Einmarschwegen tun ein übriges, um die Auslaufzeiten der Boote zu verzögern und die seit jeher angestrebte Ökonomie ihres Einsatzes zu beeinträchtigen.

Trotz aller Schwierigkeiten aber gehen sie immer wieder hinaus, in den Kanal und ab Mitte August auch wieder zur Islandküste, in die Minch im Nordwesten Schottlands, in den Moray-Firth und den Nordkanal. Widerwillig erkennt es der Gegner an: Sie sind nicht zu brechen, sie geben nicht auf, obwohl ihre zählbaren Erfolge nicht mehr ins Gewicht fallen, obwohl sie sich kaum noch eine Stunde über Wasser halten können und, in die Tiefe gezwungen, ein Leben führen, das mehr dem von Molchen und Kellerasseln gleicht als dem von Menschen.

Sie beherrschen den Schnorchel mittlerweile mit völliger Selbstverständlichkeit. Wochenlang sehen sie keinen Himmel mehr außer beim Schnorcheln im Sehrohr. Wochenlang trifft sie kein Sonnenstrahl, wochenlang kein Hauch frischer Luft, der nicht durch den Schnorchelmast, diesen Luftrüssel des neuen, seltsamen Unterseetieres, zu ihnen herabgezogen würde. Was selbst Zuchthäuslern in den zivilisierten Ländern der Welt nicht versagt wird, die tägliche Stunde im Freien, und sei es auch nur ein mauerumschlossener, gepflasterter Gefängnishof, sie müssen darauf verzichten, und sie verzichten darauf, freiwillig und selbstverständlich, weil es zu ihrem Krieg gehört, den sie anders nicht führen könnten.

Da gibt es ein Kriegstagebuch – Bootsnummer und Name des Kommandanten sind nicht genannt, und das ist vielleicht kein Zufall; denn sie erlebten alle dasselbe –, und in diesem Kriegstagebuch steht:

12. 9. 44.

05 h 11: 300 Seemeilen westlich Irland. Nach vierzig Tagen Unterwasserfahrt zum ersten Male aufgetaucht.

Boot stinkt bestialisch nach Verwesung und Fäulnis, ist überall mit phosphoreszierenden Teilchen bedeckt. Jeder Schritt auf der Brücke hebt sich leuchtend ab. Streicht man mit der Hand gegen das Brückenkleid, so erscheint die Handbahn als helle, flimmernde Leuchtspur. Oberdeck, Schnorchelausnehmung und sämtliche Flutschlitze phosphoreszieren ebenfalls stark.

Da sich infolge der starken See – Brücke wird von achtern laufend überspült – die Männer auf dem glitschigen Holz nicht halten können, kann ich die Waffen nicht auswechseln bzw. abmontieren lassen. Schutzschilde an den Zwillingen lassen sich nicht ausklappen. Störung ist in der Dunkelheit weder zu beheben, noch Grund zu erkennen; anscheinend Scharniere festgerostet. 3,7-cm-Plattform wegen Seegangs nicht besetzbar.

Da unter diesen Umständen das Boot mit unklaren Waffen über Wasser fahren müßte, entschließe ich mich, nach Abgabe einer Lagemeldung zu tauchen, und beabsichtige, Unterwassermarsch mit Schnorchelgebrauch so lange fortzusetzen, bis eine günstige seegangfreie Wetterlage angetroffen wird, die Auftauchen am Tage oder in heller Nacht für kurze Zeit zum Auswechseln oder Abbau der Ha-Waffen oder zu ihrer Instandsetzung im Boot erlaubt. Wegen des Phosphoreszierens will ich erstmalig am Tage auftauchen, um mir ein Bild über den äußeren Zustand des Bootes machen zu können …

Viele endlos lange Tage später fährt das gleiche Kriegstagebuch fort:

17 h 10: Westnorwegische Küste. Aufgetaucht. Alle Fla-Waffen in unbrauchbarem Zustand. Schutzschilder, von den Waffen gerissen, blockieren die Zwillinge. Alles ist stark bemoost, mit Algen bewachsen und verrottet, die 3,7 cm ebenfalls in diesem Zustand.

17 h 20: Da ich mit diesen Waffen nicht, ohne dazu gezwungen zu sein, oben bleiben will, getaucht …

Getaucht, getaucht, getaucht. Wochen und Wochen unter Wasser, das ist das Leben der U-Boot-Männer auf den alten Wölfen. Die Zeiten der Rudelangriffe, des Kampfes vor Amerika und Afrika, in der Karibik, im Golf von Mexiko, bei Kapstadt und vor Brasilien – wie lange liegt das zurück? Hat man das selbst noch erlebt? Oder nur davon gehört wie von Sagen und Geschichten aus verschollener Zeit? – Und hat man es sich Jemals träumen lassen, daß man einmal so zur See fahren würde, wie es heute selbstverständlich ist? Nie. Aber da es anders nicht mehr geht, geht es eben so, lebt man eben in der Tiefe, bleich, zähe und unverwüstlich wie ein Kartoffelkeim im dunklen Keller.

Mitte September 1944 geht der Kanaleinsatz gegen die Invasionsflotte zu Ende.

38.

DER RING SCHLIESST SICH

Mitte September endet der Kanaleinsatz gegen die Invasionsflotte. Acht Tage später verläßt Kapitänleutnant Tinschert mit U 267, dem letzten der Biscayaboote, den alten Stützpunkt der Sechsten und der ruhmreichen Siebten, St. Nazaire.

Zur gleichen Zeit meldet U 482, Kapitänleutnant Graf v. Matuschka, aus dem Nordkanal die Versenkung von vier Schiffen mit 23 000 BRT und einem Zerstörer, und in dieser Meldung deutet sich etwas Bezeichnendes an: Ein Ring schließt sich; die Wölfe sind in ihre alten Kampfgebiete aus der ersten Kriegszeit zurückgekehrt.

Es sind nicht mehr dieselben wie einst; kaum einer von denen, die damals im Nordkanal, im St. Georgs- und Bristolkanal auf die einlaufenden Geleitzüge operierten, ist noch am Leben; einige sind gefangen, ihre Boote, mit wenigen Ausnahmen, die heute als Veteranen in den Schulflottillen Dienst tun, seit langem dahin – aber die jungen Kommandanten und Besatzungen, die nun wieder die Verkehrsbündelungen unter der englischen Küste umschleichen, sind vielleicht noch zäher, noch ausgekochter und gerissener als ihre Vorgänger von damals.

Vor Englands Küsten hat der Krieg einmal begonnen – zu Englands Küsten kehrt er jetzt zurück, und erst die neuen Boote, die nun in der Heimat in monatlich wachsenden Zahlen von den Werften gehen, werden ihn wieder hinaustragen in die Weite der Ozeane. Wenn die Festung Europa hält …

Vorerst aber geht auch der Krieg der Wölfe in den entfernten Seegebieten, vor Nova Scotia, in der Karibik, bei Dakar, Freetown und in der Guineabucht zu Ende.

Von den Ereignissen des 20. Juli, dem Attentatsversuch des Obersten Graf v. Stauffenberg auf Hitler und den daraus erwachsenen

Folgen ist die U-Boot-Waffe, ebenso wie die Kriegsmarine überhaupt, praktisch unberührt geblieben.

Der Löwe hat nicht mitgemacht; das genügt ihnen. Was da oben gespielt worden ist und gespielt wird, übersehen sie nicht. Sie sind Soldaten der Front. Sie haben einen Eid geschworen.

Und der Großadmiral?

Er ist der Ansicht, daß der Soldat dazu da ist, mit allen Kräften für den Sieg seines Landes zu kämpfen, ob er den Krieg gewünscht hat oder nicht. Er jedenfalls hat ihn nicht gewünscht, aber Halbheit, Lauheit, Einsatz »mit halbem Herzen« sind nicht seine Sache. Alles Halbe ist ihm in der Seele verhaßt. Er hat sich eidlich zum Einsatz seiner ganzen Kräfte verpflichtet, und es ist ihm selbstverständlich, diesen Eid ebenso vorbehaltlos zu halten, wie er es auch von seinen Soldaten verlangt, die täglich ihr Leben dafür einsetzen.

Damit ist seine Stellung zu den Ereignissen des 20. Juli klar: Er lehnt sie ab. Seine U-Boot-Männer, seine Marinestreitkräfte und -landkommandos stehen seit dem Beginn der Invasion in schwerstem, opfervollem Einsatz im und am Kanal. Der gesamte Kampf der Wehrmacht im Westen, persönlich und materiell, gilt nur dem einen Ziel, den gelandeten Gegner zurückzuschlagen. Die Beseitigung der obersten Spitze, Hitlers, in diesem kritischen Augenblick kann die eigene Kampfkraft nur schwächen.

Er kennt die Forderung der Alliierten: Bedingungslose Kapitulation. Er glaubt nicht, daß sie im Falle der Beseitigung Hitlers davon abgehen würden. Und er besitzt Phantasie genug, sich auszumalen, was das bedeuten würde.

Auch der erbeutete britische Geheimbefehl »eclipse« ist ihm bekannt, der die geplante Zerstückelung Deutschlands kartenmäßig festlegt. Also glaubt er, daß es besser ist, alle Kräfte zur Abwehr des äußeren Feindes zusammenzufassen und zu versuchen, die »Festung Europa« zu halten.

Gelingt es, die Invasoren zurückzuschlagen, so kommt, das ist seine feste Hoffnung, doch noch der Tag, an dem die neuen U-Boote den Seekrieg wieder offensiv führen und den Gegner verhandlungsbereit machen können. Selbst die alten Typen beginnen ja nun, da sie sich mit dem Schnorchel eingefahren haben, wieder Erfolge zu erzielen.

In einem Punkt teilt er, der Nichtpolitiker, die Ansicht des Führerhauptquartiers: Auch er sieht das Bündnis zwischen Rußland und den Westmächten als unnatürlich an. Polens wegen, der Balance of Power wegen ist England in den Krieg gegangen. Die totale Niederlage Deutschlands, Rußland in Mitteleuropa, würde das Ende dieser Politik des Europäischen Gleichgewichts sein. Das kann England nicht wollen. Es gilt also, an dem Tag, an dem England verhandlungsbereit ist, selbst noch verhandlungs*fähig* zu sein. Darum muß der Abwehrkampf fortgeführt werden. –

Die U-Boote setzen ihn fort, die 9c-Boote vor Neufundland, an der amerikanischen Küste, vor dem St.-Lorenz-Strom, die 7c-Boote an der englischen Küste, im Firth of Moray, in der Minch, im Nordkanal und vor Reykjavik. Bis zur Kapitulation im Mai 1945 bleiben diese Positionen mehr oder weniger dauernd besetzt. –

Inzwischen fällt die deutsche Front in Frankreich immer weiter zurück, und da die Landverbindungen zusammengebrochen und unpassierbar geworden sind, entsinnen sich die Führer der eingeschlossenen, auf verlorenem Posten kämpfenden Truppenteile der U-Boote, von denen sie um so größere Wunder erwarten, je weniger sie mit ihrem Charakter und ihren Möglichkeiten vertraut sind. Es gehört zu den unbegreiflichen Geheimnissen um die U-Boote, daß man ihnen einfach alles zutraut.

So gehen denn im Laufe des September und Oktober die unmöglichsten Forderungen in »Koralle« ein:

Seekommandant Loire erbittet Versorgung mit kriegswichtigen Stoffen, besonders Benzin. –

Marinegruppe West Versorgung der Atlantikfestungen und ihrer Besatzung von 80 000 Mann mit Vorräten für zwei bis drei Monate.

Festungskommandant Dünkirchen fordert Arri-Munition an.

Generalquartiermeister Heer benötigt U-Boote für den Nachschub der Heeresgruppe Nord.

Marineoberkommando Norwegen erbittet Abstellung von fünf

U-Booten zum Schutz der nach Deutschland bestimmten Truppengeleite und zur Bekämpfung feindlicher Seestreitkräfte, die die Eismeerstraße unter Feuer halten.

Kaum eine dieser Forderungen kann der BdU erfüllen. U-Boote sind keine Transporter, Kampf-U-Boote schon gar nicht. –

An allen Fronten sind indessen die deutschen Waffen eindeutig in die Defensive gedrängt, aber die U-Boote greifen wieder an. Mit der unglaublichen Anpassungsfähigkeit des menschlichen Organismus haben sich die Besatzungen vollständig auf das Kellerleben unter Wasser umgestellt. Kommandanten, die im Oktober aus dem Kanaleinsatz zurückkehren, fahl von Farbe, schmal und hohläugig, berichten gelassen und zuversichtlich von ihren Erfahrungen und Erlebnissen, als sei eine Unterwasserfahrt von sechs bis acht Wochen Dauer eine Selbstverständlichkeit.

Die alten Hasen in »Koralle« hören ihnen zunächst abwartend, dann mit respektvollem Staunen zu, und wenn sie unter sich sind, fast ausnahmslos mit dem »Halseisen« geschmückte, frühere Kommandanten, nicken sie anerkennend: »Herrschaften, Herrschaften! Was diese jungen Schlipse leisten müssen und leisten ...! *Wir* haben damals schon gedacht, wir hätten es schwer ...«

Und da die Kommandanten erklären, daß die Erfolgschancen im Kanal immer noch die besten von allen seien, entschließt sich der BdU, die Boote ungeachtet des langen Anmarsches von Norwegen wieder in den Kanal zu entsenden.

»Wenn Sie südlich Irland stehen«, sagt der A 1, Kapitän Heßler, zu den Kommandanten, »melden Sie, ob die Gesundheit der Besatzung und der Zustand Ihrer Maschinen zwei bis drei Wochen Kanaleinsatz als möglich erscheinen lassen. Falls ja, dann gehen Sie in den Kanal. Aber übernehmen Sie sich nicht. Die Chancen sind um so besser, als die B-Dienst-Entschlüsselung zeigt, daß der Gegner jetzt seine Konvois nicht mehr hauptsächlich zum Nordkanal, sondern wieder direkt zu den südenglischen Haften leitet. Im übrigen, wenn Sie uns hier in der Führung einen Gefallen tun wollen, melden Sie möglichst oft Lage. Wir sitzen jetzt manchmal mangels Meldungen einfach auf dem Proppen.

Und schließlich: wie sollen wir führen und Ihnen helfen, wenn wir nicht im Bilde sind!«

»Tja«, sagen dann die Kommandanten. »Herr Kap'tän! Fahren wollen wir ja, aber funken? Jedes FT ist glatter Selbstmord. Sobald wir auf die Taste drücken, sind wir eingepeilt, und das vermeidet man ja lieber.« Sie lächeln treuherzig bei dieser Bemerkung; denn sie wissen: darauf läßt sich nicht viel erwidern.

Im Oktober siedelt der FdU-West nach kurzem Aufenthalt in Deutschland nach Bergen/Norwegen über. Die Dreizehnte in Drontheim und die Elfte in Bergen werden nun die Flottillen der alten Biscaya-Boote, von denen Anfang Oktober achtundzwanzig auf dem Rückmarsch sind, zwei auslaufend und nur insgesamt sechs in den Op-Gebieten.

Eine solche U-Boot-Leere auf den Meeren hat es seit drei Jahren nicht mehr gegeben, und so entschließt sich der BdU, zusätzlich ein halbes Dutzend Boote der Gruppe »Mitte« in See zu stellen, um den operativen Druck aufrechtzuerhalten, der den Gegner zur Fortsetzung seiner Abwehranstrengungen nötigt. U 1006 – Voigt geht dabei verloren, U 246 – Rabe kehrt nach Wabos zurück, U 978 – Pulst erreicht den Kanal und meldet von dort die Versenkung von drei Schiffen.

Im Mittelmeer ist der U-Boot-Krieg nach Verlust der drei letzten Boote zum Erliegen gekommen. Der FdU, Admiral Kreisch, und sein kleiner Stab kehren nach Deutschland zurück. Ein ruhm- und opfervoller Kampf ist zu Ende.

Überraschend genug steigen die Erfolge der Schnorchler in den Herbstmonaten und zum Winter noch einmal an. Nach englischen Meldungen gehen im November 7 Schiffe mit 30 000 BRT, im Dezember 9 Schiffe mit 59 000 BRT durch U-Boot-Angriffe verloren. Die fieberhafte Suche der Bomber des Coastal Command dagegen führt nicht mehr zu den gewohnten Erfolgen. Die Boote kommen einfach nicht mehr an die Oberfläche; sie kriechen in der Tiefe an den Küsten entlang, sie verlegen, immer lauernd und beobachtend, ihre Standorte längs der Verkehrsstränge so lange, bis sie günstige Positionen an den Tagstrecken der Geleite ermittelt haben und angreifen können. Sie suchen den Schutz der Küste, des flachen Wassers, der Tidenkabbelungen, des Meeresgrundes auf, vor denen sie für die feindlichen Asdics schwerer erfaßbar sind, und greifen nun, nach der langen Periode des Hinhaltens, mit plötzlich erneuter Schärfe an.

Der BdU erfährt davon aus den Entschlüsselungen des B-Dienstes und den Meldungen der deutschen Besatzungen auf den Kanalinseln, die Explosionen und nächtlichen Feuerschein beobachten und angetriebene Trümmer von Rettungsbooten und Wrackteile am Strande finden und deren Geschütze die feindlichen U-Jagdgruppen im Kanal unter wütendes Feuer nehmen, sobald sie in den Bereich der Festungsartillerie hineinlaufen.

Gleichzeitig sinkt die Kurve der U-Boot-Verluste plötzlich ab auf 10,5% der Boote in See. Achtzehn Boote in vier Monaten, das ist seit langem der weitaus niedrigste Stand, nicht höher als im zweiten Halbjahr 1942, und die Quote dessen, was ein Boot per Seetag versenken kann, wird noch einmal wieder so günstig wie damals.

Was niemand mehr erwartet hat – als Schnorchler kommen die alten Tauchboottypen ein letztes Mal zum Erfolg; der Tiefpunkt der Krise scheint überwunden, und Kommandanten und Besatzungen gehen mit neuem Schwung und neuem Vertrauen zu ihren Unternehmungen hinaus.

»Wenn schon die alten Böcke noch wieder an den Drücker kommen«, sagen sie, »wie wird das erst flutschen, wenn die Einundzwanziger da sind. Und das dauert nun ja nicht mehr lange.«

Tatsächlich wird die Ausbildung der neuen Boote in der Ostsee mit Hochdruck vorangetrieben. Alte, bewährte Kommandanten und L. I.'s, junge WO's und ein Stamm erfahrener Unteroffiziere und Mannschaften bilden auf jedem Boot das Rückgrat der jungen Besatzungen, und sie alle wetteifern unermüdlich, es einander zuvorzutun, um so schnell wie möglich frontklar zu werden und hinauszukommen. Jede neue Erfahrung, die die Schnorchler aus See mitbringen, wird ihnen sofort zugänglich gemacht.

Da ist der Kapitänleutnant v. Morstein – U 483, der aus dem Nordkanal kommt, und da ist der Oberlt. z. S. Nollmann –

U 1199, der nach Rückkehr aus dem Moray-Firth berichtet. »Flaches Wasser«, sagen sie, »schützt gegen S-Geräte. Das Boot wurde nie erfaßt, und wir fühlten uns auf Grund absolut sicher. Man kann auf Grund in aller Ruhe reparieren. Zwischen den Felsen und den Wracks, die da herumliegen, erfassen sie einen nicht. Im übrigen muß man sich grundsätzlich anders verhalten, als es der Gegner erwartet, also nicht auf tiefes, sondern auf flaches Wasser ausweichen. Schlecht ist nur, daß man selbst die U-Jagdfahrzeuge oft erst hört, wenn sie das Boot schon überlaufen und die Bomben bereits fallen.«

Und andere Kommandanten berichten:

»Wenn man in solchen Lagen aber einen Achterstich mit LUT oder Zaunkönig schießt, passiert es gar nicht selten, daß es nach fünf bis zehn Minuten noch rummst, wenn man es schon gar nicht mehr erwartet.«

Sie sagen: »Meine Sehrohr- und Horchreichweite beträgt etwa sechs- bis achttausend Meter. Was sich in diesem Bereich bewegte, habe ich erfaßt und bin auch zum Erfolg gekommen ...«

Oder: »Meine Sehrohr- und Horchweite ist genau so groß. Ich habe an derselben Stelle gestanden, weil dort erfahrungsgemäß bisher immer etwas fuhr. Aber ich habe nichts gesehen und nichts gehorcht ...«

Sie sagen: »Da der Gegner nachts über die Tiefwasserstrecke geht, muß man so lange hin und her verlegen, bis man die Tagstrecke gefaßt hat.«

Und der BdU antwortet: »Fühlt euch an zugewiesene Räume nicht zu sehr gebunden. Alle Überlegungen, die von Verantwortung, Angriffsgeist, Schwung und unbedingtem Willen zur Vernichtung des Gegners getragen sind, werden jederzeit von der Führung gebilligt.« –

Auch in den entfernten Op-Gebieten ist der U-Boot-Krieg indessen noch nicht völlig erloschen. U 862 unter Korvettenkapitän Tinun geht von Penang aus an die Australküste und versenkt am Weihnachtsabend 1944 südlich Sidney ein Libertyschiff und Anfang Januar ein weiteres 700 sm westlich Perth.

Zur gleichen Zeit setzt der Kapitänleutnant Hilbig mit U 1230 in der Nähe von Boston heimlich zwei V-Männer der Abwehr an Land.

Etwa zur gleichen Zeit operieren durchschnittlich zwei große Boote südlich Neufundland bei Nova Scotia und im Golf von Maine, und der Oberlt. z. S. Roth – U 1232 versenkt dort aus zwei Geleitzügen sechs Schiffe und einen Zerstörer, während seine Kameraden vier Sicherungsfahrzeuge in die Tiefe schicken und mehrere Schiffe torpedieren, von denen später zwei als versenkt bestätigt werden.

Vor Gibraltar lauert ab Mitte Oktober U 1227 – Altmeyer und später der Kapitän Hechler mit U 870, der hier kurz vor Weihnachten aus einem Geleitzug, der ihn direkt überkarrt, zwei Panzerlandungsschiffe und eine Korvette herausschießt und in den folgenden drei Wochen aus mehreren Geleitzügen drei Schiffe und eine französische Korvette versenkt.

Man kann sich also wieder halten vor Gibraltar! –

Die Japan- und Penang-Boote haben inzwischen Befehl, bis Mitte Januar zur Heimreise auszulaufen. Sie sind noch ohne Schnorchel und zum Teil ohne moderne Ortungsempfänger und sollen deshalb das gefährdete Gebiet südlich Island möglichst in der dunkelsten Jahreszeit passieren.

Zwei von ihnen fallen auslaufend feindlichen U-Boot-Torpedos zum Opfer. Zwei weitere teilen ihr Schicksal, obwohl Arado-Seebienen, von Hilfskreuzern früher zurückgelassen und vom Stützpunktpersonal unter Anleitung des alten Heinkel-Einfliegers Nitschke flugklar gemacht, nach Kräften für sie Aufklärung geflogen haben.

Der Korvettenkapitän Oesten, U 861, nach dessen Ansicht sich der Erfolg des U-Boot-Fahrers aus der richtigen Mischung von Frechheit, Vorsicht und Voraussicht zusammensetzt, exerziert mit seiner Besatzung so lange Probealarme, Sofortbereitschaften und Scheinauslaufen, bis er die feindliche Spionage hinreichend verwirrt hat, um eines Tages ungeschoren die gefährdeten Engen passieren und das freie Meer gewinnen zu können. Eines schönen Tages im Frühling 1945 läuft er heil und gesund in Drontheim ein.

Ohne Schnorchel, ohne brauchbaren Ortungswarner, die entlegensten Routen bevorzugend, hat er sich unbemerkt über Tausende von Seemeilen nach Hause gemogelt in einer Zeit, in der selbst in den Gewässern um Südafrika eine einzige Versenkung genügt, um zwei Flugzeugträger mit ihren Flugzeugen, vier Fregatten, zwei indische und einen englischen U-Boot-Jäger, zwei Korvetten und eine Staffel an Land stationierter Flugzeuge in Bewegung zu setzen und in einer über tausend Meilen ausgedehnten Verfolgung nach 871 Flugstunden und nächtlichen Kontrollflügen durch Catilinas endlich einen U-Kreuzer zu stellen und zu vernichten. –

Im Norden greifen indessen die Schnorchler, ermutigt durch ihre Erfolge und das neugewonnene Gefühl größerer Sicherheit, beharrlich und heftig an.

Nach wie vor, zähe und unverdrossen, gehen sie auf ihre entbehrungsreichen Reisen, lungern und lauern und passen sie, Wegelagerer der Tiefe, an den Verkehrsbündelungen, sammeln sie Tonnage und Erfahrungen, und dieses letztere ist fast wichtiger als der zählbare Erfolg; denn nun ist das erste neue Boot, U 2511, unter Führung des Eichenlaubträgers Korvettenkapitän Schnee und eines der erfahrensten L. I.'s des Ritterkreuzträgers Kapitänleutnant Ing. Suhren, in das Endstadium der Ausbildung eingetreten.

Rücksichtslos, gestützt auf Sonderbefehle des Großadmirals, haben die beiden Boot und Besatzung durch alle Stufen der Ausbildung hindurchgepeitscht, und hinter ihnen in kurzem Abstand folgen andere. Anfang März werden die ersten Einundzwanziger an die Front gehen, schon im Februar die kleinen Dreiundzwanziger.

Die Gesamtkriegslage hat sich inzwischen entscheidend verschlechtert. Die Ardennenoffensive im Dezember, letzte Hoffnung des Heeres gegen den Westen, ist gescheitert. Nun fällt Schlag auf Schlag. Im Januar russischer Durchbruch bei Baranow, endend mit Errichtung eines Brückenkopfes bei Wriezen. Das ist nicht mehr als 30 km von »Koralle« entfernt.

Der Großadmiral befiehlt daraufhin die Auflösung des Oberkommandos und die Verlegung der Führungsstäbe nach Sengwarden bei Wilhelmshaven. In der Baracke am Toten Weg nahe Sengwarden hat er einst den U-Boot-Krieg begonnen, dorthin kehrt jetzt die U-Boot-Führung zurück. Auch hier schließt sich der Ring, wendet sich alles seinem Ausgang wieder zu.

Zum ersten Male in sechs Kriegsjahren ist damit der BdU – und das ist der Großadmiral immer noch – von seinem Führungsstab getrennt. Zum ersten Male leitet er nicht mehr selber den Einsatz seiner Wölfe, sondern bleibt mit wenigen Offizieren seiner engsten Umgebung in Berlin.

Seine Hoffnung, daß der Krieg der neuen U-Boote das Schicksal Deutschlands werde wenden können, ist mit dem Verlust der Ardennenoffensive endgültig dahin. Aber die Erfolge der letzten Zeit, der augenfällige Rückgang der Verluste und die Notwendigkeit, die Kräfte der feindlichen U-Boot-Abwehr weiterhin zu binden, bestimmen ihn doch, die Boote weiterfahren zu lassen. Niemand weiß heute, welche politischen Entwicklungen sich morgen anbahnen, welche Veränderungen sich ergeben können. Sicher ist, daß nur derjenige, der diese Ereignisse stehend erlebt, den möglichen Nutzen aus ihnen ziehen kann. Nur wer sich selber verloren gibt, ist ganz und gar verloren.

Ein echter offensiver Druck – darüber ist sich der Großadmiral vollständig im klaren – wird sich erst mit den neuen Booten erzielen lassen, aber die kleinen Typ XXIIIer werden immerhin ab Februar, die XXIer im März verfügbar sein, und schon jetzt sprechen Agentenmeldungen ebenso wie die Presse und die Stimmen führender Persönlichkeiten im feindlichen Lager von den Problemen, die mit dem Wiederaufleben der U-Boot-Angriffe zu meistern, von neuen Abwehrmethoden, die dann zu entwickeln, von neuen Verlusten, die dann zu erwarten sein werden.

Serien schwerster Bombenangriffe auf U-Stützpunkte und Werften leiten die neue Abwehrphase der Alliierten ein. Das versprochene »Dach über Deutschland« ist nicht gebaut, die nach Tausenden von Maschinen zählende Jäger-Luftwaffe nicht rechtzeitig geschaffen worden. Eine Anzahl von Einundzwanzigern wird in den Werfen beschädigt oder vernichtet.

Aber: was niemand für möglich halten würde: inmitten von Trümmern, Schuttbergen und fensterlosen, abgedeckten, brandverwüsteten Werften stellt Boot auf Boot neu in Dienst, drehen sich weiterhin die Räder der Maschinen, schaffen weiterhin Ingenieure und Arbeiter, ungebrochen und unverdrossen trotz Bombenterror und mangelhafter Ernährung und liefern mehr ab, als man in ruhigeren Zeiten auch nur zu planen gewagt hatte. –

Für die U-Boote tun sie alles, ob Direktor, Angestellter oder Arbeiter. Für die U-Boote sind sie immer da, ohne Rücksicht auf Zeit und Stunde. Für die U-Boote wird ihnen nichts zuviel. Auf die Taten und Leistungen *ihrer* U-Boote ist jede Werftbelegschaft stolz; das ist den ganzen Krieg hindurch so gewesen; jetzt, im Hagel der Bomben, bewährt sich diese Freundschaft in überragender Weise. In vielen Fällen dauert sie über den Krieg hinaus.

Im Februar 1945 gehen die ersten kleinen Dreiundzwanziger hinaus unter die englische Ostküste. Gleichzeitig aber setzt der BdU noch einmal ein halbes Hundert Schnorchelboote an, gegen Cherbourg, Portsmouth, Quessant und die Südwestküste Englands, bei der Isle of Man, vor Liverpool und bei den Skerries, im St.-George- und Bristolkanal, auf den England-Schelde-Weg, im Nordkanal und Firth of Clyde, in der North Minch, vor dem Pentland Firth und an der englischen Ostküste im Firth of Moray und Firth of Forth.

Einmal noch lauern sie wieder vor den Küsten des Feindes, einmal noch krachen hier und da und dort die Detonationen ihrer Aale, kämpfen sie in der Tiefe gegen Schäden, Finsternis und Ausfälle, wenn die Wabos zu Hunderten herniederrauschen.

Kehren sie zurück, so berichten die Kommandanten auch jetzt noch zuversichtlich. Sie haben gesehen, daß sie sich mit dem Schnorchel wieder in See halten, mehr, daß sie sogar zu Erfolgen kommen können.

Trotzdem: in der U-Boot-Führung herrscht Mißtrauen und Unbehagen. Die gegenwärtige Lage erscheint doch zu günstig, als daß sie von Dauer sein könnte. Der Rückschlag kann nicht ausbleiben. Schon vor längerer Zeit haben V-Mann-Meldungen von neuen Minenfeldern unter der englischen Küste berichtet, und die Schnelligkeit, mit der der Gegner neuerdings dort auf jeden Funkspruch reagiert, ist verdächtig.

Da die Boote ohnehin kaum noch die Funktaste anrühren, ist kein klares Bild der Lage zu gewinnen; manche von ihnen sind bereits seit mehr als zwei Monaten in See; Grund genug zur Besorgnis.

Endlich meldet Kapitänleutnant Becker – U 260, daß er auf 80 m Tiefe, 20 m über Grund fahrend, durch Minentreffer schwer beschädigt worden sei. Er ist dann aufgetaucht und mit seiner Besatzung nach Verlust des Bootes an der irischen Küste gelandet. – Also tatsächlich Minen!

Bald zeigt sich denn auch, daß die Kurve der Verluste wieder ansteigt, so daß der BdU die Boote von der Küste fortnimmt und ihnen neue Räume weiter im Westen zuweist oder ihnen, falls die Abwehr zu stark ist, den Rückmarsch freistellt.

Ein halbes Dutzend großer Boote harkt in diesen Wochen zum letzten Male als Gruppe »Seewolf« über den Großkreis nach Westen in der Hoffnung, überraschend auf Geleitzüge zum Schuß zu kommen, an denen nach der langen Angriffspause mit leichteren Abwehrbedingungen zu rechnen ist, und »Seehunde«, ein neuer Typ von Zweimann-Kleinst-U-Booten, der im Kommando der Kleinkampfmittel des Vizeadmirals Heye entwickelt worden ist, gehen, achtzehn an der Zahl, von holländischen Stützpunkten aus zu ihrem ersten Einsatz in See. Es sind winzige U-Bötchen, nicht länger als neun Meter, ausgerüstet mit einem Lastwagen-Diesel und einer Torpedo-E-Maschine, und sie tragen ihre zwei Aale außerhalb des Bootskörpers. Die beiden Männer an Bord, Kommandant und L. I., bestimmen durch das Maß ihrer körperlichen Ausdauer die Reichweite des Bootes, in dem sie, halb sitzend, halb liegend, eingeschlossen sind.

Bei ihrem ersten Einsatz überrascht sie ein plötzlicher schwerer Sturm, der Besatzungen und Material der härtesten Erprobung unterwirft und ihre Grenzen eindeutig offenlegt. Die wichtigste Erfahrung ist dabei, daß die »Seehunde« weder von Flugzeugen, noch von Bewachern gesehen und daß sie selbst über Wasser nicht geortet worden sind, sowie, daß sie sich als sehr unempfindlich gegen Wasserbomben gezeigt haben. Sie sind so klein, daß sie im Detonationsschwall der Wabos als Ganzes beiseitegefegt werden, ohne Belästigungen davonzutragen.

Ihre Seeausdauer übertrifft jede Erwartung. Von zehn ausgelaufenen »Seehunden« kehrt der letzte nach sechstägiger Unternehmung in den winterlichen Kanal wohlbehalten zurück. Sechs Tage lang haben die zwei Mann, die sich praktisch kaum von ihrem Sitz rühren konnten, in See ausgehalten!

Neben den »Seehunden« ist der »Biber«, ein Einmann-U-Boot, das durch Pkw-Benzinmotor und E-Maschine angetrieben wird und seine beiden Torpedos gleichfalls außenbords befestigt hat, durch das Zurückfallen der deutschen Front im Westen stark benachteiligt. Sein Aktionsradius ist so beschränkt, daß die Boote zwar noch an den Feind, aber nicht mehr zurückkommen können. Für den »Biber« ist daher nur noch der »Selbstmord-Einsatz« möglich. Trotzdem stehen dem Schöpfer und Chef des »Biber«-Verbandes, Korvettenkapitän Bartels, Freiwillige über Freiwillige zur Verfügung. Männer jeden Alters, ja selbst Frauen melden sich, weil sie glauben, mit ihrem Selbstopfer ihr Vaterland vor dem Letzten, Furchtbarsten retten zu können, der völligen Vernichtung, die sich nun täglich deutlicher abzeichnet.

Wie die letzten deutschen Jäger, die dazu übergingen, die feindlichen Maschinen im Fluge zu rammen, so gehen diese Kleinst-U-Boot-Fahrer hinaus in dem Bewußtsein, daß es für sie keine Wiederkehr gibt, daß aber ihr Leben geringer wiege als der Schaden, den sie dem Gegner zufügen. –

Der Großadmiral, allein mit einem kleinen Kreis engster Mitarbeiter in Berlin zurückgeblieben, nimmt von Mitte Januar ab fast täglich an den Führerlagen und Führerbesprechungen im Hauptquartier teil.

Zu seinen anderen Aufgaben übernimmt er nun auch noch das Kohlekommissariat, die Kohlebewegung und -Verteilung in Norddeutschland.

Seetransportprobleme, die Bewaffnung und Ausrüstung der

neu aufgestellten Marine-Infanterie-Divisionen, Flak für die Transportschiffe, Kohlen- und Öl-Engpässe, Nachschub und Truppenrückführung Norwegen, Flüchtlingsevakuierung aus den verstopften Häfen von Danzig, Gotenhafen, Pillau, Swinemünde, Kolberg, Verwundetentransporte aus dem Osten, die Räumung Memels, der U-Boot-Krieg, der Minenkrieg in der Scheidemündung, die Minengefahr in der Ostsee, das Auftreten russischer U-Boote in der Ostsee, die Bedrohung Jütlands und Zeelands durch eine englische Landung, die Eis- und Eisbrecherlage auf der Oder und im Frischen Haff, Abtansport und die Versorgung der Kurland-Armee, Flakschutz für Stettin, Swinemünde und das Hydrierwerk Poelitz, Munitionsmangel hier, Waffenmangel dort, Personalabgaben an das Heer, rücksichtsloser Widerstand gegen Übergriffe des Reichsverteidigungskommissars Dr. Goebbels – und wieder Flüchtlinge, Flüchtlinge, Verwundete, Verwundete, Kohlenmangel, Ölmangel, Luftschäden – die Kette der Aufgaben reißt nicht ab.

Schiffe liegen da für den Nachschub nach Osten, und es fehlt an Ladung; das Heer hat sie nicht bereitgestellt; Keitel muß das nach hitziger Debatte endlich zugeben.

Schiffe liegen da, in Oslo, aber das Heer hat nicht genügend Truppen herangerührt, um sie auszulasten. Sie könnten mehr transportieren. Die Lage verlangt, daß jede verfügbare Tonne voll ausgenützt wird ...

U-Boote im Nordmeer haben ein PQ-Geleit angegriffen. Die Erfolge je Boot in See sind im Dezember 9000 BRT, im Januar 11 000 BRT gewesen; das ist soviel wie in der erfolgreichsten Zeit des Krieges, aber die Zahl der Boote ist zu klein, der Anmarschweg zu lang ...

Es sind jetzt 237 U-Boote in Vorbereitung, 111 alte, 84 Typ XXI und 42 Typ XXIII. Außerdem stellen monatlich 60 Boote in Dienst; das ergibt total 450 Boote, die größte je vorhanden gewesene Zahl.

Göring will seine Fallschirmjäger bei Stettin durch Marinetruppen ablösen lassen? Ausgeschlossen; es handelt sich bei den fraglichen Einheiten vorwiegend um hochqualifizierte Techniker, ungeeignet, da ohne Erfahrung für den Landkampf, zu kurz ausgebildet und schlecht bewaffnet …

Steigerung der Seetransporte Kurland wäre nur auf Kosten der Norwegentransporte möglich. 35 Transporter würden zum Abfahren der 300 000 Kurlandkämpfer einschließlich Arbeitsbataillonen und OT neunzig Tage benötigen.

Das OKM ist personalmäßig von 8000 auf 2800 Mann reduziert worden. Nur die unentbehrlichen Abteilungen arbeiten weiter. Darüber hinaus sind 4000 Mann für Eingreifkommandos freigestellt worden …

In Stettin stauen sich 35 000 Flüchtlinge. Weitere 22 000 sind im Anmarsch auf die Stadt. Sie müssen abtransportiert werden …

Bei Angriffen auf PQ-Geleite im Nordmeer haben die alten Typen kaum Angriffschancen, da sie unter Wasser zu langsam sind.

»Die Beweglichkeit der neuen Typen unter Wasser und ihre unbegrenzte Tauchdauer werden umwälzend für den U-Boot-Krieg sein. Der Typ XXI kann von Deutschland nach Japan marschieren, ohne aufzutauchen. Alle bisher bekannten Kampfmittel zur Behauptung der Seeherrschaft werden von den neuen Booten umgangen oder in ihrer Wirksamkeit aufgehoben. Die Intensivierung des U-Boot-Krieges ist ausschließlich eine Frage des U-Boot-Baues. Daher müssen die Werften bevorzugt mit Personal, Material, Kohle und Energie versehen werden …«

An der englischen Küste konzentriert sich die Abwehr. Höhere Verluste sind daher zu erwarten, denn der Engländer wird alles tun, um die plötzlich wieder akut gewordene U-Boot-Gefahr zu meistern. Grundsätzlich neue Abwehrmittel sind nicht festgestellt worden. Die U-Boot-Führung hat wegen Mangels an Funksprüchen aus See ernsthafte Führungsschwierigkeiten …

Danzig muß gehalten werden. Gotenhafen muß gehalten werden; sie sind die Endpunkte der Lebenslinie der 2. Armee! …

Erfolge der U-Boote dürfen propagandistisch nicht ausgeschlachtet werden, um nicht falsche Hoffnungen zu erwecken. Der U-Boot-Krieg befindet sich noch im Übergangsstadium …

Der Kohletransport im Inland wird wegen Sperrung des

Rheins und Zerstörung an Inlandwasserwegen, wie dem Dortmund-Ems-Kanal, immer schwieriger. Die Kohle wird inzwischen auf behelfsmäßig gebauten Feldbahnen umgeleitet. Kommt genug zu den Häfen, so wird auch genug Kohle über See verschifft.

Flüchtlingstransporte müssen in Zukunft in Kopenhagen gelandet werden. Allein 50 000 warten in Kolberg; der Hauptstrom kommt aber aus Gotenhafen-Danzig …

Die ersten beiden Boote vom Typ XXIII haben sich gut bewährt, obwohl der Typ ohne Erprobung sofort in die Serie gegangen ist.

In Norwegen verschärft sich die Kohlenkrise. Es fahren nur noch zwei Züge täglich; die Bahn wird auf Holzfeuerung umgestellt …

Das erste Boot Typ XXI ist auslaufklar; weitere sechs folgen im April.

60 000 Flüchtlinge sind mit improvisierten Mitteln in zehn Tagen von Kolberg aus über See abtransportiert worden …

Der Bericht des Oblt. z. S. Heckel, Kommandant eines der ersten Dreiundzwanziger, lautet sehr günstig. Heckel hat sich nach dem Angriff mit 9 Seemeilen Fahrt unter Wasser abgesetzt und ist dann auf Schleichfahrt übergegangen. Die Wasserbomben der Abwehr haben wirkungslos weitab gelegen; das Boot ist unbeschädigt entkommen …

Es ist nicht möglich, 150 000 Mann der 4. Armee in fünf Nächten von Pillau abzufahren …

Artillerie von Kurland wird nach Bornholm gebracht werden …

Der Kapitänleutnant Thomsen, U 1202, hat bei Neufundland einen auf dem Großkreis fahrenden Geleitzug erfolgreich angegriffen …

Aus der Ruhr sind keine Kohlen in die Häfen gekommen. Der Bestand beträgt 900 Tonnen, gegenüber einem Bedarf von 6200 Tonnen. Es kann daher Kohle nur noch für Kurland und die Nordgruppe und die Kohlenbewegung im Reich selbst freigegeben werden. Für Flüchtlings- und Verwundetentransporte stehen nur noch ölfeuernde Schiffe zur Verfügung. Das bedeutet eine Schiffsraumschrumpfung um 50 Prozent …

U-Boote zur Versorgung Kurlands einzusetzen, ist sinnlos; um wirklich etwas auszurichten, müßten zu viele dafür eingesetzt werden ...

63 000 Mann Marine, einschließlich der Besatzungen außer Dienst gestellter Schiffe, sind ohne Handwaffen ...

Seit dem 30. März sind 24 U-Boote in den Werften durch Luftangriffe vernichtet, 12 weitere beschädigt worden. Das Panzerschiff »Admiral Scheer« ist gekentert, der Schwere Kreuzer »Admiral Hipper« in Brand geworfen, die »Emden« beschädigt ...

So geht das fort, ohne Ende.

Am 12. April 1945 schlägt der Großadmiral Hitler vor, ihn nach Norddeutschland zu entsenden, falls es notwendig werde, Berlin zu verlassen. In Norddeutschland, in der Nähe seiner Truppe, der Häfen und der See liege dann seine Aufgabe.

Hitler stimmt dem zu.

Vorerst aber bleibt der Großadmiral noch in »Koralle«. Er ist in den vergangenen Monaten mehr und mehr das Mädchen für alles, der Reichsfeuerwehrmann und Nothelfer Nr. 1 geworden, der mit einer täglich schrumpfenden Zahl von Schiffen der Kriegsmarine und des Reichskommissars für die Seeschiffahrt die täglich steigenden Truppen-, Verwundeten- und Flüchtlingszahlen befördern, der als Reichskommissar für die Kohleverteilung das unlösbar gewordene Kohleproblem nach der stündlich wechselnden Dringlichkeit lösen, der Personal, Material und Waffen hergeben, beschaffen, verteilen soll. All das vor dem Hintergrund der hereinbrechenden Katastrophe ...

Franco hat Churchill gewarnt, die gegenwärtige westalliierte Politik der totalen Zerstörung Deutschlands ziehe die Russen an den Atlantik.

Vergebens.

Und Eisenhower hat auf den Vorschlag des englischen Premiers, zur Sicherung der Position des Westens auf dem Balkan zu landen und Wien und Budapest zu besetzen, geantwortet, er habe keine derartige Weisung. Man dürfe das Mißtrauen der Russen nicht wecken.

Seither vollzieht sich das Schicksal des Reiches mit grausamer Konsequenz. Keine Macht der Welt vermöchte mehr, die hereinbrechende Sintflut aufzuhalten. Man kann nur noch versuchen zu retten, was zu retten ist. Von Osten branden die roten Armeen, von Westen strömen Tausende von Bombern in das Reich ein. Wo sie hinkommen, gellen die Verzweiflungsschreie der Angegriffenen, lodern die Fackeln brennender Städte gen Himmel.

Dresden, das ist die Lektion, dem deutschen Volke zu lernen aufgegeben von den alliierten Mächten, und sie ist einfach genug: Es gibt keine Gnade. Es gibt keine Schonung, auch nicht im Westen.

Aber den Flüchtlingen auf den Straßen erscheint es noch gnädiger, in den Bomben und durch die Bordwaffen der Tiefflieger einen schnellen Tod zu sterben, als in russische Hand zu fallen. Alles ist besser als Sibirien. Also: weiterkämpfen, weitertrecken, weiterleiden, während an manchen Tagen die alliierten Bomber ihre Sprengstofflasten fünftausendtonnenweise, ganzen Dampferladungen entsprechend, über den deutschen Städten abladen. Ja, so sieht der Krieg jetzt aus.

Abermals interveniert Churchill bei Eisenhower: Warum läßt man Montgomery nicht auf Berlin marschieren? – Eisenhower hat dazu keinen Auftrag ...

Am 12. April stirbt Roosevelt. Eine letzte Hoffnung flackert in Deutschland auf: Hat nicht der Tod seiner erbitterten Feindin, der russischen Zarin, Friedrich den Großen in letzter Stunde vor der sicheren Niederlage bewahrt? Wiederholt sich die Geschichte? Dämmert aus der tiefsten Nacht der Ausweglosigkeit doch noch ein Morgen neuer Hoffnungen? – Nein. Alle Hoffnungen sind Illusionen. Der Ring des Schicksals schließt sich, nun auch um Berlin ...

39.

RAGNARÖK ...

Die Festung Europa fällt, ehe die neuen U-Boote die erhoffte Wende des Krieges herbeiführen können. Nur eines – U 2511 – Schnee – kommt noch hinaus in den Atlantik. Am 16. März ist es von Kiel nach Norwegen ausgelaufen, voller Zuversicht und in gespannter Erwartung auf seine Eigenschaften und Fähigkeiten.

Admiral v. Friedeburg kommt zur Verabschiedung in die Wik hinaus, hager geworden, abgehärmt und überanstrengt. Sechs Jahre einer ungeheuren Arbeitsleistung haben ihre Linienschrift in sein Gesicht gegraben. Neben ihm »Papa Thedsen«, der Ing.-Admiral, Vater seiner L. I.s, auch er ernster, als man ihn für gewöhnlich kennt; das zwinkernde Lächeln um die hellen, freundlich und aufmerksam blickenden Augen ist verschwunden, seine behäbige Fülle dahingeschmolzen. Aber was die neuen Boote betrifft, ist er voller Zuversicht.

Zur gleichen Zeit laufen die Dreiundzwanziger, U 2324 – Rapprad und U 2322 – Heckel, von Christiansand zur Feindfahrt an die englische Ostküste aus, Schwerpunkt Firth of Forth mit Begrenzung Aberdeen und Newcastle.

Es ist ihre zweite Unternehmung; U 2321 – Barschkies, hat inzwischen südlich St. Abbs Head einen Frachter versenkt, und bis Mai fahren noch sechs Dreiundzwanziger ihre Unternehmungen in dieses Gebiet und in den Raum von Lowestoft.

Die zurückkehrenden Kommandanten sind einstimmig des Lobes voll: Der Typ XXIII ist das ideale Boot für kurze Unternehmungen in Küstennähe. Die Boote sind schnell, Höchstfahrt unter Wasser 13 sm/std, wendig, unkompliziert in der Bedienung, besonders der Tiefensteuerung, und wenig empfindlich gegen Ortung und Wabos, da sie nur eine geringe Angriffsfläche bieten.

Der Kommandant U 2336, Oberlt. z. S. Klusmeier, früher lange Jahre Obersteuermann und nautischer Sachbearbeiter im

BdU-Stab, versenkt noch am 7. Mai, drei Tage nach Erlaß des Schießverbots, das er, ständig getaucht fahrend, nicht aufgenommen hat, südlich May Island im Firth of Forth zwei Schiffe und fährt danach, während heftige Abwehr einsetzt, bald mit wechselnden Fahrtstufen manövrierend, bald das Boot treiben lassend, um die ganze Insel herum. Sein Urteil, als er zurückkehrt, lautet: »Der Gegner ahnt mehr, daß ein Boot da ist, als daß er den klaren Beweis und die Position erhielte«, und etwas Besseres kann man einem U-Boot angesichts der Gefahren, die es von allen Seiten umlauern, sicher nicht nachsagen. Der Typ XXIII darf als voll gelungener Wurf betrachtet werden. Und nicht nur geht keines der eingesetzten Boote verloren, es erweist sich auch, daß sie nicht, wie vorausberechnet, nur zwei bis drei, sondern daß sie vier bis fünf Wochen in See bleiben können.

Die Sorge des Großadmirals hat sich indessen in täglich wachsendem Maße den Seetransportproblemen zugewandt.

Im Sommer 1944 ist er für Weiterkämpfen gewesen; denn die »Bedingungslose Kapitulation«, die der Gegner verlangt, hätte Millionen deutscher Soldaten dort getroffen, wo sie standen: immer noch tief in Rußland. Sie hätten nicht abmarschieren, nicht zurückgenommen werden dürfen und wären ausnahmslos in russische Hand gefallen. Jedermann wußte inzwischen, was das bedeutete. Und dem Großadmiral, dem das schon damals klar war, schien es unmöglich, diese Millionen kämpfender Männer preiszugeben. Darin war er mit Hitler einer Meinung.

Nach dem Scheitern der Ardennenoffensive aber wäre die Lage *aller* Soldaten noch verzweifelter gewesen; denn es war Winter. Es mußte also zunächst im Interesse der Erhaltung möglichst vieler Menschenleben im Osten, so paradox das klang, weiter Leben geopfert werden, bis die wärmere Jahreszeit da war – und selbstverständlich auch Besitz; denn Leben war wichtiger als Besitz.

Die Verpflegung und Versorgung von Millionen Gefangener war schon im Sommer eine fast unlösbare Aufgabe; die Wehrmacht hatte damit 1941 ihre Erfahrungen gemacht. Jetzt, im Winter, wäre eine vollständige Katastrophe daraus geworden, ein

Massensterben in Hunger und Kälte, für das niemand die Verantwortung übernehmen, dem niemand ohne äußersten Zwang zustimmen konnte.

Alles, was ihm inzwischen über die Entwicklung auf der Gegenseite bekannt wird, bestärkt ihn überdies in der Überzeugung, daß der Gegner nur dann verhandeln wird, wenn es gelingt, ihn zu Verhandlungen zu zwingen. Und da dieses Ziel offensichtlich nicht mehr erreichbar ist, muß, so schmerzlich es ist, der Krieg fortgeführt werden, bis die wärmere Jahreszeit den Soldaten, die dann notwendigerweise in Gefangenschaft fallen, eine Chance gibt, den Stacheldraht unter erträglichen Verhältnissen zu überleben.

In der Zwischenzeit wird er, der Großadmiral, das Menschenbergen zu seiner Hauptaufgabe machen. Die Millionen von Flüchtlingen, Soldaten und Verwundeten dem Zugriff der vorrückenden Roten Armee zu entziehen, wird daher jetzt sein Hauptanliegen.

Alles, was an Schiffen überhaupt schwimmt, einigermaßen fahrklar und verfügbar ist, setzt er für diesen Zweck ein, hin und zurück, hin und zurück in rastlosem Einsatz, und als sich die Gelegenheit bietet, durch Übernahme des »Treibstoff- und Kohlekommissariats« für Norddeutschland diesen Rettungsdienst zu sichern, greift er ohne Besinnen zu.

Dem reibungslosen Ablauf seines Rettungs- und Versorgungsdienstes gilt seine ganze Sorge, seine rastlose Anstrengung während des ersten Vierteljahres 1945 sind sowohl während seiner letzten Tage in Berlin, als auch nach seiner Übersiedlung in das Lager »Forelle« bei Plön, wohin er von Hitler »für den Fall der Spaltung des Reichs« als »Oberbefehlshaber des Nordraums« entsandt worden ist, wie Kesselring in den Süden.

Operative Befugnisse sind vorderhand mit diesem Oberbefehl nicht verbunden, aber die zivile Gewalt liegt in seiner Hand, nachdem er am 21. April, von Hitler »zur Verteidigung des Nordraums entlassen«, auf Nebenstraßen glücklich nach Plön gelangt ist.

Er ist auch entschlossen zu dieser Verteidigung, um den grauen

Strom des Elends, dem er auf seiner Fahrt mit Zorn und Erschütterung aus nächster Nähe erlebt hat, das Einfließen in den Westen zu ermöglichen. Man darf diese Menschen nicht den Russen ausliefern!

Auf seinem Schreibtisch liegt ein Dossier mit Protokollen, die Marine-Kriegsrichter teils in Befragung von Flüchtlingen, teils durch Augenschein in Ortschaften aufgenommen haben, die nach zeitweiliger russischer Besetzung im Gegenstoß von deutschen Truppen zurückerobert wurden.

Was diese Niederschriften an Entsetzlichem enthalten, an Mord, Brandschatzung, Marterung, Plünderung und Vergewaltigung, das ist so haarsträubend und blutgefrierend, daß man nicht einen einzigen Deutschen freiwillig den Russen überliefern, daß man ihnen um jeden Preis den Weg nach Westen solange wie nur irgend möglich offenhalten muß. Und zugleich muß man Lebensmittel für diese Massen heranführen! So organisiert er in diesen Tagen auch noch den Kartoffeltransport von Mecklenburg nach Schleswig-Holstein.

Mit keinem Gedanken denkt er daran, daß ihm, dem reinen Soldaten, die Nachfolge Hitlers übertragen werden könnte. Auch dann nicht, als am 23. April Göring, offenbar in der Annahme, daß Hitler in Berlin nicht mehr handlungsfähig sei, geglaubt hat, handeln zu müssen und dafür als »Verräter« aller Ämter entsetzt worden ist.

Am 28. April trifft der Großadmiral in Rheinsberg, wohin das OKW ausgewichen ist, noch einmal mit Jodl, Keitel und Himmler zusammen. Jodls Vortrag zeigt ihm eindeutig, daß der Kampf endgültig aussichtslos geworden ist.

Am Nachmittag des 20. April ist er mit seinem Adjutanten, dem Korvettenkapitän Lüdde-Neurath, noch einmal bei Hitler gewesen. Lüdde-Neurath schildert später den Hitler dieses Tages:

»Sprache und Augen Hitlers sind eindrucksvoll wie je. Seine geistige Spannkraft scheint erhalten. ›Wahnsinnig‹ im landläufigen Sinne des Wortes ist er keineswegs. Doch körperlich macht er den Eindruck eines geschlagenen und gebrochenen Mannes; aufgeschwemmt, gebeugt, kraftlos und nervös.«

Das ist vor acht Tagen gewesen. Jetzt geht der Kampf um Berlin seinem Ende entgegen.

Auch die »Verteidigung des Nordraums« – davon ist der Großadmiral inzwischen überzeugt – ist, auf die Dauer gesehen, ausgeschlossen. Trotzdem lehnt er Einzelaktionen, die seinen Menschenrettungsdienst gefährden, energisch ab. So soll Hamburg nicht selbständig kapitulieren, damit den Flüchtlingen der Weg nach Schleswig-Holstein nicht versperrt wird.

Wer der Nachfolger Hitlers im Falle seines Todes werden wird, ist nach Görings »Verrat« nicht mehr geklärt worden; der Großadmiral rechnet mit Himmler als dem stärksten Mann im Staate, und Himmler selbst ist offenbar der gleichen Ansicht, jedenfalls ließ sein Auftreten in Rheinsberg am 28. April darauf schließen.

Um so mehr ist der Großadmiral überrascht, als er am 30. April früh einen Funkspruch aus der Reichskanzlei erhält, wonach Himmler »Verrat durch Anknüpfung von Verhandlungen über Schweden« begangen habe.

Der Großadmiral solle, so lautet die Weisung, »blitzschnell und stahlhart« gegen den Reichsführer SS vorgehen.

Das ist leichter gesagt als getan. Himmler, nicht Dönitz, hat praktisch alle Machtmittel in der Hand. Außerdem glaubt der Großadmiral nicht recht an diese zunächst dem feindlichen Rundfunk entstammende Meldung, und Himmler, mit dem er noch am gleichen Nachmittag in Lübeck zusammentrifft, streitet sogleich jede Fühlungnahme mit dem Feinde energisch ab.

Endlich sieht der Großadmiral seine Aufgabe auch nicht in der »Bekämpfung von Verrätern«, sondern darin, den verlorenen Krieg »mit Anstand und möglichst geringen Opfern schnellstens zu beenden.«

Nachdem der vollkommene militärische Zusammenbruch unabwendbar geworden ist, Göring und Himmler ausgeschaltet sind, und er mit einer Regelung der Nachfolge Hitlers von Berlin aus nicht mehr glaubt rechnen zu können, faßt er für sich und seine Marine die notwendigen Entschlüsse.

Sobald der Tod Hitlers ihn seiner Eidespflicht entbindet, wird er »für die ihm unterstellen Verbände kapitulieren, selbst aber den Tod in einer letzten Kampfhandlung suchen, um jeden Verdacht persönlicher Feigheit auszuschalten und mit seinem Opfer den jeder eigenmächtigen Kapitulation anhaftenden Makel des Verrats für sich und seine Soldaten zu sühnen.«

Diejenigen seiner engsten Vertrauten, denen gegenüber er diese Absicht äußert, sein Schwiegersohn Heßler, sein langjähriger vertrauter Mitarbeiter Godt, sein Adjutant Lüdde-Neurath wissen, daß das keine bloßen Worte sind.

Heßler und die U-Boot-Führung, die inzwischen von Sengwarden nach Plön ausgewichen sind, verlegen in den nächsten Tagen weiter nach Flensburg. Der Großadmiral bleibt weiterhin in »Forelle«.

In dieser Lage trifft ihn am Abend des 30. April, als er von seiner Zusammenkunft mit Himmler in Lübeck zurückkehrt, völlig überraschend die funkentelegraphische Mitteilung, daß er selber, der Großadmiral, von Hitler zu seinem Nachfolger bestimmt worden sei.

Speer ist in diesem Augenblick bei ihm, sonst niemand, als der Kapitän Lüdde-Neurath eintritt und den inhaltsschweren Funkspruch vorlegt:

»FRR Großadmiral Dönitz: An Stelle des bisherigen Reichsmarschalls Göring setzte der Führer Sie, Herr Großadmiral, als *seinen Nachfolger ein. Ab sofort sollen Sie sämtliche Maßnahmen verfügen,* die *sich* aus der *gegenwärtigen Lage ergeben. Bormann.«*

Die drei Männer sehen sich an. Speer versucht so etwas wie einen Glückwunsch. Alle drei sind sich klar: das ist das Ende. Hitler ist entweder schon tot, oder sein Tod steht unmittelbar bevor. Es besteht auch kein Zweifel an der Echtheit des Funkspruchs; er kommt über die einzige noch verläßliche Nachrichtenverbindung, die mit besonderen Schlüsselmitteln versehenen Marine-Funktrupps.

Der Großadmiral ist von dieser Wendung vollständig überrascht.

Die unerwartete Ernennung kann nur den einen Sinn haben, das zu tun, wozu Hitler selbst nie bereit war: zu kapitulieren. Und er, Dönitz, ist mit dieser Aufgabe betraut worden, weil der Gegner mit ihm, dem politisch unbelasteten Soldaten, am ehesten verhandeln wird.

Aber ist es überhaupt zumutbar, mehr, ist es richtig, diese Erbschaft Hitlers anzutreten? Der Krieg ist total verloren, die Niederlage vollkommen. Bedarf es da überhaupt noch einer Kapitulation? Wird nicht der Kampf mit der vollständigen Besetzung des Reichsgebiets, die nur noch eine Frage von Tagen ist, ohnehin zum Erliegen kommen? Muß gerade ihm, dem Soldaten, der bittere Kelch gereicht werden? Soll er vor dem ganzen deutschen Volke seinen Namen unter die schrecklichste aller Kapitulationen setzen?

Der Großadmiral ist in dieser Stunde in die schwerste Entscheidung seines Lebens gestellt. Der Funkspruch aus Berlin hat ihm mit der vollen Freiheit des Handelns zugleich die volle Schwere der Verantwortung aufgebürdet.

Aber jetzt geht es einzig noch darum, den »politisch und militärisch verlorenen Krieg so schnell wie möglich zu beenden und hierbei noch soviel wie möglich deutsche Soldaten und Flüchtlinge aus dem Osten in den deutschen Westraum zu retten«.

»Das liegt«, sagt er, indem er seine Gedanken entwickelt, »im Interesse des Lebens dieser Menschen, das in russischer Hand aufs höchste gefährdet, in angloamerikanischer Hand aber sicher ist.

Entsprechend ist meine Absicht, im Westen Frieden zu machen, im Osten aber noch so lange weiterzukämpfen, wie es für die Aufnahme der Soldaten der deutschen Ostarmee und möglichst vieler Flüchtlinge in den Westraum erforderlich ist. Daneben müssen gleichzeitig die Seetransporte aus Kurland und Ost- und Westpreußen weiterlaufen.«

Das also, die Sorge um Hunderttausende deutscher Soldaten und Millionen Flüchtlinge, die sich, teils kämpfend, teils treckend auf dem Wege nach Westen befinden, ist es, was den Großadmiral bestimmt, die Nachfolge Hitlers anzutreten.

Er weiß um den Zwiespalt, der in diesen Tagen durch das

deutsche Volk geht: Macht Schluß, sofort Schluß! heißt es im Westen. Jeder Tag Kriegsverlängerung ist Verbrechen und Wahnsinn.

Aber im Osten erwarten Millionen mit der gleichen Einseitigkeit und Unduldsamkeit, daß weitergekämpft wird, zumindest so lange, bis sie selbst der russischen Gefahr entronnen sind.

Noch am gleichen Tage zitiert er Jodl, Keitel und Himmler zu sich, um die innere Lage zu klären.

Inzwischen ist Ali Cremer zu ihm gestoßen, der mit der Besatzung seines ausgebombten Einundzwanzigers vor den Toren Harburgs mit Dreirad-Lieferwagen und Panzerfäusten eine Anzahl englischer Panzer vernichtet und sich dann nach Plön begeben hat, »weil der Großadmiral jetzt Leute um sich haben muß, auf die er sich verlassen kann, also U-Boot-Männer ...«

So entsteht unter v. Bülow und Cremer das »Wachbataillon Dönitz«, dem der persönliche Schutz des Großadmirals obliegt, und an diesem Abend bekommt es seine erste Aufgabe gestellt: Hinter jedem Busch an der Anfahrt zum Lager »Forelle« lauern U-Boot-Soldaten mit schußbereiter Maschinenpistole, als Himmler am späten Abend mit einer Eskorte schwerbewaffneter SS-Offiziere zu der Unterredung mit dem Großadmiral eintrifft.

Dönitz selbst hat für alle Fälle seine entsicherte Pistole, von Papieren verdeckt, vor sich auf dem Schreibtisch liegen, während Lüdde-Neurath sich in der Messe bemüht, die Begleiter Himmlers abzulenken und zu beschäftigen.

Die Unterredung im Arbeitszimmer des Großadmirals findet unter vier Augen statt. Dönitz legt dem ahnungslosen Himmler das Telegramm Bormanns vor.

Der Reichsführer SS liest, wird blaß, überlegt eine Weile. Dann steht er auf, verbeugt sich: »Ich beglückwünsche Sie, Herr Großadmiral.« Und, nach einer kleinen Pause, zögernd: »Lassen Sie mich dann der zweite Mann im Staate sein.«

»Das ist nicht möglich.«

»Warum nicht?«

»In der möglichst ›unpolitischen‹ Regierung, die ich zu bilden beabsichtige, ist für einen politisch so stark hervorgetretenen Mann wie Sie kein Platz. Sie würden für den Feind in der jetzigen Situation als Verhandlungspartner indiskutabel sein.«

Anderthalb Stunden lang zieht sich die Diskussion der beiden Männer hin. Schließlich erhebt sich Himmler resignierend und Dönitz begleitet ihn zum Ausgang.

Um 2 Uhr 30 nachts fährt er mit seiner Begleitung wieder ab. Er hat die Entscheidung des Großadmirals ohne Aufbegehren hingenommen.

Am Vormittag des 1. Mai kommt wieder ein Funkspruch von Bormann:

»Testament in Kraft. Ich werde so schnell wie möglich zu Ihnen kommen. Bis dahin meines Erachtens Veröffentlichung zurückstellen.«

Also ist Hitler tot! Wie er gestorben ist, geht aus dem FT nicht hervor. Aber das deutsche Volk darf diese Nachricht nicht vom Gegner erfahren. Daher veröffentlicht sie der Großadmiral sofort und erläßt am gleichen Tage seinen Aufruf an das deutsche Volk, in dem es heißt:

»Meine erste Aufgabe ist es, deutsche Menschen vor der Vernichtung durch den vordrängenden bolschewistischen Feind zu retten ... In der kommenden Notzeit werde ich bestrebt sein, unseren tapferen Frauen, Männern und Kindern, soweit dies in meiner Macht steht, erträgliche Lebensbedingungen zu schaffen. Zu alledem brauche ich eure Hilfe. Schenkt mir euer Vertrauen, denn euer Weg ist auch mein Weg ...«

»Soweit es in meiner Macht steht ...« Der Großadmiral ist sich keinen Augenblick über die Zweifelhaftigkeit dieser »Macht« im unklaren. Alles, was er versuchen kann, ist, durch Verhandlungen über die Kapitulation Zeit zu gewinnen, um weitere Menschen aus dem Osten nach Westen zu bringen. Es ist vor allem keineswegs sicher, ob der Gegner ihn als rechtmäßigen Nachfolger

Hitlers anerkennen, ob es nach der Kapitulation überhaupt noch eine deutsche Reichsregierung geben wird. –

Am 1. Mai nachmittags geht ein dritter Funkspruch Bormanns ein:

»Führer gestern 15.30 Uhr verschieden. Testament vom 29. April überträgt Ihnen das Amt des Reichspräsidenten, Reichsminister Dr. Goebbels das Amt des Reichskanzlers, Reichsleiter Bormann das Amt des Parteiministers, Reichsminister Seiß-Inquart das Amt des Reichsaußenministers ...«

Der Großadmiral ist durch diese Lage zunächst überrascht. Doch dann zeigt sich erneut seine Fähigkeit, sich von Vergangenem unvermittelt zu lösen, jede neue Aufgabe sogleich auszufüllen.

»Ab sofort«, hat es in dem ersten Funkspruch geheißen, »sollen Sie sämtliche Maßnahmen verfügen, die sich aus der gegenwärtigen Situation ergeben.« Das heißt, daß er unbeschränkt ist in seinen Befugnissen. Und nun, da Hitler tot ist, bindet ihn kein Eid mehr; er ist nur noch seinem Gewissen verantwortlich. Diesen »Befehl nach dem Tode«, der ihn in der Sache einschränkt und mit Personen belastet, die er für untragbar hält, wird er nicht mehr ausführen. Nicht auf Personen kommt es jetzt an, sondern allein darauf, unter Rettung der höchstmöglichen Menschenzahl den Krieg schnellstens zu beenden.

Im Interesse seiner Aufgabe »unterschlägt« er das letzte Telegramm, läßt er die mitwissenden Funker kriegsrichterlich auf spezielle Verschwiegenheit vereidigen. Nur der erste Funkspruch hat für ihn Gültigkeit, der ihm volle Handlungsfreiheit gewährt und ihn einzig an sein Gewissen bindet.

In dem Bewußtsein, für die kommenden Verhandlungen eines Außenministers zu bedürfen, der im Ausland Resonanz und persönliches Ansehen genießt, hat er Lüdde-Neurath bereits am Vortage beauftragt, den Aufenthalt des früheren Reichsaußenministers, Frhr. v. Neurath, zu ermitteln.

Von Ribbentrop, der von dieser Maßnahme unterrichtet wird, bittet daraufhin um eine Unterredung, und der Großadmiral empfängt ihn und versucht ihm klarzumachen, warum er sich nicht seiner, sondern einer anderen Person bedienen müsse. Er bittet schließlich den sichtlich Gekränkten sogar, doch selber einen Vorschlag zu machen.

Am Morgen des 2. Mai geht das Telefon. Am Apparat v. Ribbentrop. Der Großadmiral kommt, nimmt den Hörer auf, lauscht.

Plötzlich sieht Lüdde, wie er rot anläuft und den Hörer auf die Gabel knallt. »Wissen Sie, wen er vorschlug? – Den Herrn v. Ribbentrop.«

Unverzüglich wird daraufhin Hitlers Außenminister seines Amtes enthoben.

In immer schnellerem Tempo rollen mittlerweile die Ereignisse ab. Die Engländer sind in Lübeck; das ist kaum eine Panzerstunde von Plön. Lüdde-Neurath, der mit dem Kapitänleutnant Maus bei Draeger telefoniert, kann das Rasseln ihrer Panzerketten durch die Leitung gut hören. Jetzt ist keine Zeit mehr zu verlieren. In aller Eile verlegt der Großadmiral nach Flensburg.

In Italien hat die Heeresgruppe Südwest kapituliert. Bei Wismar sind nun auch die Amerikaner an die Ostsee durchgestoßen. Damit kann auch Hamburg kapitulieren; seine Bedeutung als Flüchtlingsschleuse hat sich erledigt; die Fluchtstraße aus dem Osten ist doppelt abgeriegelt.

Aber es kommt nicht mehr zu dieser Sonderkapitulation, da noch an diesem Abend Generaladmiral v. Friedeburg im Auftrag des Großadmirals mit Montgomery die Verhandlungen über die Kapitulation ganz Norddeutschlands aufnimmt.

Speer ist inzwischen unermüdlich tätig, um mit Dönitz' Einverständnis die sinnlose Zerstörung von Industrieanlagen, Häfen und Brücken zu unterbinden. Die Schleusen und Anlagen des Kaiser-Wilhelm-Kanals haben sie schon früher durch Sonderbefehl Hitlers vor einer Zerstörung gerettet, die halb Dithmarschen unter Wasser gesetzt haben würde. Der Großadmiral prüft indessen noch einmal in schwerem Kampf mit sich selbst die Frage, ob es nicht doch zweckmäßiger und ehrenhafter sei, den Krieg durch stille Kampfeinstellung zu beenden als durch Kapitulation.

»Für ihn selbst«, berichtet Lüdde-Neurath später über diese

Stunden, »wäre der Tod die einfachste Lösung gewesen. Zu verlieren hatte er nichts mehr. Beide Söhne im Kampf auf See gefallen, sein Lebenswerk, die U-Boot-Waffe, gescheitert, sein Besitz dahin.«

Aber Selbstmord? Er hat sich selbst einmal dazu geäußert: »Dem Selbstmord haftet zu leicht das Odium des Eingeständnisses eigener Schuld an; davon fühle ich mich frei ...«

»Die Nachfolge Hitlers«, sagt er, »betrachte ich als eine Pflicht, der ich mich keinesfalls entziehen durfte – ohne die geringste Rücksicht auf meine Person. Ich muß den Weg gehen, den ich nach besten Wissen und Gewissen als den richtigen für Volk und Truppe erkenne, auch wenn er für mich persönlich entehrend oder diffamierend wirkt.«

Und so kommt er in bitterem Ringen zu der Einsicht, daß die offizielle Kapitulation unumgänglich ist. Er hat von der Truppe den Übergang der Eidespflicht von Hitler auf sich, Dönitz, gefordert; nun darf er ihr nicht die Entscheidung über die Einstellung des Kampfes aufbürden. Er, kein anderer, ist der Truppe verantwortlich, daß kein Chaos entsteht, dem Volke, daß weitere Opfer an Blut und Gut vermieden werden, daß der Bombenkrieg, daß sinnlose Zerstörungen im eigenen Lande aufhören. Er muß endlich verhindern, daß die besetzten Gebiete, soweit sie noch nicht verheert sind, nicht jetzt womöglich noch Kriegsschauplatz werden.

Für alles das gilt es nur den einen Weg: die »von oben gesteuerte Kapitulation«. Und dazu hat er v. Friedeburg zu Montgomery entsandt.

Der Abschluß einer Teilkapitulation im Westen wird außerdem seinem Hauptziel, der Rückführung von Truppen und Flüchtlingen, zugute kommen und die einseitige Verewigung des Kriegszustandes verhindern.

In diesem letzten Argument bestärkt ihn besonders auch der bisherige Reichsfinanzminister, Graf v. Schwerin-Krosigk, den er auf Anregung Speers zu sich gebeten und durch drängenden Appell an seine Pflicht gegenüber der Nation dazu bewogen hat, die Ämter des Kanzlers und Außenministers in der Geschäftsführenden Reichsregierung zu übernehmen.

»Die Kapitulation, auch die bedingungslose«, legt ihm der neue Kanzler dar, »ist ein zweiseitiger Vertrag, und jeder Vertrag, auch der bitterste, ist in der gegebenen Lage besser als die bloße Willkür. Und: es kapituliert die bewaffnete Macht, nicht der Staat, die Regierung. Damit besteht die vage Hoffnung, wenigstens vielleicht das ›Deutsche Reich‹ als wenn auch noch so schwachen politischen Faktor durch die Katastrophe hindurchzuretten.«

Am 3. Mai verhandelt v. Friedeburg zum ersten Male mit Montgomery, am 4. Mai berichtet er dem Großadmiral in Flensburg und fliegt noch am gleichen Tage zur Unterzeichnung zurück.

Mit dem Morgen des 5. Mai tritt die vereinbarte Teilkapitulation im norddeutschen Raum in Kraft.

Wichtigste Punkte: die Niederlande und Dänemark sind eingeschlossen, ebenso die deutsche Flotte im Kapitulationsbereich.

Diese letzte Bestimmung ist für den Großadmiral besonders bitter; entgegen aller Tradition dürfen keine Selbstversenkungen stattfinden.

Aber Montgomery hat durchblicken lassen, daß er die Fortsetzung der Seetransporte aus dem Osten billige und daß einzelne Soldaten, die sich zu ergeben wünschten, an der Demarkationslinie in englische Gefangenschaft genommen werden würden.

Mit Rücksicht auf sein Hauptziel, Menschen zu retten, stimmt der Großadmiral schweren Herzens zu. Waffenzerstörung und Selbstversenkung von Schiffen wird ausdrücklich verboten, und im wesentlichen kommt die Kriegsmarine diesem Befehl ihres Großadmirals auch nach.

Nicht aus Gleichgültigkeit, sondern in schweigender Erbitterung und einem letzten vertrauenden Gehorsam gegenüber ihrem Chef.

Selbst in der engsten Umgebung des Großadmirals ruft diese Forderung Montgomerys hitzige Debatten hervor.

»Wir haben doch Zeit bis morgen früh«, sagen die Marineoffiziere. »Erst morgen tritt die Kapitulation in Kraft. Was bis dahin sinkt, sinkt.«

Aber der Großadmiral lehnt ab. »Was würden Sie sagen, meine Herren, wenn Montgomery heute nacht noch einmal seine Bomber losjagte und Hamburg, Kiel, Glückstadt, Flensburg angriffe? – Nein. Wir müssen Fairness mit Fairness beantworten. Montgomery verhält sich anständig; also tun wir das auch. Wir dürfen nichts tun, was die Engländer veranlassen könnte, uns Bruch der Waffenstillstandsbedingungen vorzuwerfen.«

»Regenbogen« heißt das Stichwort, auf das die vorbereiteten Selbstversenkungen der deutschen Kriegsschiffe erfolgen sollten.

Der Befehl: »Regenbogen entfällt«, löst eine Flut von Rückfragen und Protesten aus. Hat der Großadmiral das wirklich befohlen? Das kann er doch überhaupt nicht befohlen haben! Nicht freiwillig, unter Zwang vielleicht, aber nicht freiwillig! Erwartet er im Ernst, daß wir solche Befehle befolgen?

Lüdde-Neuraths Telefon steht nicht einen Augenblick still. Alles, was er antworten kann, ist immer nur wieder: »Doch, es ist so. ›Regenbogen‹ fällt aus. Jawohl, ich hafte dafür; der Großadmiral hat es befohlen. Er braucht die Schiffe noch. Rücktransporte aus dem Osten gehen weiter.«

Da endlich begreifen sie. Ja, dann allerdings. Die Rücktransporte ... und fügen sich, zähneknirschend.

Spät in der Nacht, als der Großadmiral sich bereits zurückgezogen hat und der Korvettenkapitän Lüdde-Neurath noch die Eintragungen in das Kriegstagebuch erledigt, wird plötzlich die Tür aufgerissen; eine Gruppe Offiziere, ein Admiral, ein Eichenlaubträger, eine Anzahl U-Boot-Kommandanten, stürmt herein: »Wo ist der Großadmiral? Wir müssen ihn sprechen, sofort!«

»Der Großadmiral schläft«, antwortet Lüdde-Neurath, indem er sich vor die Tür zu den Wohnräumen seines Chefs stellt. »Sie können ihn jetzt nicht sprechen.«

»Ach was! ›Regenbogen‹ fällt aus! Das ist doch Quatsch. Das soll er uns selbst erklären! So was gibt's ja gar nicht. Die Kapitulation gilt erst ab morgen.«

Es sind genau die Argumente, die der Kapitän Lüdde-Neurath seit Stunden gehört und beantwortet hat.

»Meine Herren«, sagt er deshalb, »ich verbürge mich dafür: Der Großadmiral *hat* diesen Befehl gegeben. Er hat es Ihnen oft genug erklärt, worum es geht: er braucht die Flotte noch.«

»Die Flotte, ja, aber nicht die U-Boote. Mit U-Booten wird nicht evakuiert.«

»Aber so nehmt doch bloß Vernunft an!« sagt Lüdde wütend, »der Großadmiral kann doch gar nicht anders! Er ist jetzt zugleich Staatschef! Für ihn geht es um das Ganze. Nicht mehr nur um die Marine. Die Verhandlungen mit den Engländern sind gut gelaufen. Soll er sie dadurch stören, daß er die Waffenstillstandsbedingungen bricht und das Stichwort ›Regenbogen‹ ausgibt?«

»Und wir?« fragt einer der jungen U-Boot-Kommandanten scharf zurück, »was sollen wir jetzt tun? Die Boote ausliefern? Was denkt er sich eigentlich?«

»Mehr, als ihr offenbar begreift; das kann ich euch versichern. Das eine steht fest: Wenn ich U-Boot-Kommandant wäre, ich wüßte, was ich zu tun hätte.«

Sie starren ihn an, fragend, wortlos.

Dann macht plötzlich einer auf dem Absatz kehrt und stürmt hinaus; es ist derselbe, der eben gefragt hat: »Was sollen wir tun?« Jetzt scheint er es zu wissen, und seine Kameraden folgen ihm auf dem Fuße.

Wenig später zirpen die U-Boot-Sender im norddeutschen Küstenbereich: Regenbogen! ... Regenbogen! ... *Regenbogen!* ...

Und in den Kasernen und Unterkünften der U-Stützpunkte schrillen die Bootsmannsmaatenpfeifen: Alarm! Alles herantreten! Regenbogen!

Und auf den Booten, deren Besatzungen an Bord wohnen, kommen die Kommandanten an Bord und rufen ein einziges Wort durch die Turmluks hinab: »Regenbogen!«

Und dann legen sie ab, nachdem sie das Notwendigste an persönlicher Habe noch von Bord gegeben haben, und überall an der Küste, in Flensburg, Eckernförde und Kiel, in Lübeck-Travemünde, Neustadt, Hamburg und Whaven, dem alten Schlicktown, lösen sich die langen, dunklen Silhouetten von den Piers, stottern und fauchen zum letzten Male die Diesel, laufen die Wölfe aus zu ihrer letzten kurzen Fahrt in die Geltinger, die Lübecker, die Eckernförder und Strander Bucht, auf die Elbe, die Weser, in die Jademündung. Sie setzen die Flagge, unter der sie sechs lange, harte Jahre hindurch so unerschütterlich gekämpft haben, und dann versenken sie sich, sprengen sie sich, und es ist mancher unter ihnen, besonders unter den alten Unteroffizieren, der aus freiem Entschluß mit seinem Boot in die Tiefe geht, weil ihm alles, was nun noch kommen kann, nicht mehr lebenswert erscheint.

Als am Morgen des 5. Mai die Teilkapitulation in Norddeutschland in Kraft tritt, liegen 221 U-Boote vor den Einfahrten der deutschen Nord- und Ostseehäfen auf dem Meeresgrund, Boote aller Typen, Einundzwanziger und Dreiundzwanziger, unter schwersten Opfern in schwerster Zeit geschaffen und doch nun nicht mehr zum Schlagen gekommen. Kampfboote der alten, ruhmreichen Typen VIIc und IXc, U-Kreuzer, Transporter, Minensondertypen und Einbäume, und in Cuxhaven, versenkt von dem Ingenieuroffizier, dem sie unterstanden, zwei Walter-U-Boote.

Während aber die Repressalien ausbleiben, die der Großadmiral nach dieser eigenmächtigen Selbstversenkungsaktion seiner U-Boot-Männer befürchtet, wird dieser eine Offizier als einziger von allen, obwohl er bei Empfang des Stichworts »Regenbogen« in gutem Glauben gehandelt hat, nach dem Kriege vor ein englisches Militärgericht gestellt und zu fünf Jahren Gefängnis verurteilt.

Um die anderen Typen ist es offenbar den Engländern nicht so zu tun – sie hätten, ihren Verabredungen entsprechend, eine unerwünscht hohe Zahl an die Sowjetunion ausliefern müssen –; mit den Walter-U-Booten aber – das ist etwas anderes …

Mit dem Abschluß der Teilkapitulation mit Montgomery ist dem Großadmiral der erste Teil seines Aktionsprogramms geglückt. Tag und Nacht laufen die Seetransporte aus dem Osten und überführen Tausende und aber Tausende von Menschen, Soldaten und Flüchtlinge nach Westen, nach Schleswig-Holstein und

Dänemark, die Nachhut eines ins Unvorstellbare gesteigerten Elends.

Weit über zwei Millionen Menschen sind seit Beginn der Verschiffungen im Januar nach Westen in Sicherheit gebracht worden, und trotz der Katastrophe der »Gustloff«, »Steuben« und »Goya«, die mit 12 000 Menschen an Bord von russischen U-Booten versenkt wurden, liegt die Verlustquote unter einem Prozent der verschifften Personen.

Selbst U-Boote sind nach der Abschnürung von Memel, Pillau, Danzig und Gotenhafen als Transporter eingesetzt worden, und wie einst die Überlebenden vom Feind versenkter Versorger und Hilfskreuzer, so haben sie jetzt ihren Teil der Fracht des Jammers an Bord genommen, erschöpfte, ausgemergelte, überanstrengte Menschen mit eiternden Verwundungen unter verschmutzten, durchbluteten Verbänden, mit Erfrierungen und scheußlichen, brandig gewordenen Verletzungen, vergewaltigte Frauen, mißhandelte Kinder.

Dicht gedrängt, daß man kaum noch einen Fuß zwischen sie setzen konnte, haben sie sich den U-Booten anvertraut. Was konnte ihnen schon noch geschehen, was sie noch erschüttern? Dankbar und geduldig, befreit und erlöst in dem Gedanken, nun in Sicherheit gebracht zu werden, nahmen sie hin, was ihnen die U-Boot-Männer an Fürsorge und Verpflegung boten, befolgten sie jede Weisung und ließen sie alles mit sich geschehen, während ihre Augen unruhig und verwundert die enge Röhre mit ihren zahllosen Leitungen und fremdartigen Apparaturen abtasteten.

»Nach der dritten Geburt«, schildert das Kriegstagebuch eines Kommandanten die U-Boot-Fahrt dieser Tage, »hatte ich immer ein Knäuel Kabelgarn in der Tasche, damit ich nicht erst suchen mußte, wenn es wieder einmal nötig wurde, bei einer Frühgeburt zu helfen ...« –

Jetzt, in den ersten Maitagen, fahren keine U-Boote mehr in der Ostsee; die meisten von ihnen haben sich selbst vernichtet. Eine andere Gruppe, die beschlossen hat, als »Faustpfand« nach Norwegen zu verlegen, wird vom Gegner im Abmarsch entdeckt.

21 von diesen Booten fallen zwischen dem 2. und 5. Mai seinen Angriffen zum Opfer. –

Inzwischen ist Generaladmiral v. Friedburg unterwegs zum Hauptquartier Eisenhowers, um auch dort den Abschluß einer Teilkapitulation zu versuchen.

Der Großadmiral ist sich darüber klar, daß das bei dem politisch stärker gebundenen Amerikaner schwerer sein wird als bei dem Europäer Montgomery. Aber der Versuch muß gemacht werden.

Während v. Friedeburg noch unterwegs ist, um mit Eisenhower zu verhandeln, verbietet der Großadmiral den »Werwolf«. Der Kampf soll aufhören, sinnlose Opfer, sei es durch Heckenkrieg, sei es durch die Repressalien, die er hervorruft, müssen unter allen Umständen vermieden werden.

Aus dem gleichen Grund erteilt er schon am 4. Mai den Befehl, der ihm von allen vielleicht am schwersten fällt: Er erläßt Schießverbot für die U-Boote, ohne dazu durch die Kapitulationsbedingungen schon verpflichtet zu sein. Nach fünf Jahren und acht Monaten eines unerhört harten und erbitterten Ringens, in dem die Wölfe alle Höhen des Erfolgs und alle Tiefen der Niederlage ausgekostet und überwunden haben, stellen sie ihren Kampf ein.

Zur gleichen Zeit bildet der Großadmiral in Flensburg nach eingehenden Besprechungen mit Schwerin v. Krosigk ein aus reinen Fachministern zusammengesetztes Kabinett, die »Geschäftsführende Reichsregierung«. Er glaubt nicht, daß diese Regierung Dauer haben, daß der Gegner sie anerkennen wird, da sie »aus dem Naziregime hervorgegangen« ist, aber er will eine eigene Regierung parat haben, falls Bormann und Goebbels mit Hitlers Testament zur Unzeit in Erscheinung treten. Er will durch sie dokumentieren, daß er sich so lange als legitimen Vertreter des deutschen Volkes betrachtet, bis dieses in der Lage ist, sich selbst eine Regierung zu wählen. Er will durch die Regierungsbildung wenigstens versuchen, dem Gegner gegenüber die Souveränität des Reiches darzustellen und damit das Instrument zu schaffen, um die kommende Not nach Möglichkeit zu verringern.

Wieder ist ihm dabei die Personenfrage nebensächlich. Nicht *wer* die Vorarbeit leistet, um das zu erwartende allgemeine Elend einzudämmen, ist ihm wichtig, sondern *daß* sie geleistet wird, und zwar so schnell und so gut wie nur möglich, selbst wenn es unter alliierter Leitung oder gar in Gefangenschaft geschehen muß. –

Am 6. Mai früh erscheint General Kinzel, um über v. Friedeburgs Verhandlungen bei Eisenhower zu berichten. Die Nachrichten, die er bringt, lauten düster. Eisenhower verlangt die sofortige bedingungslose Kapitulation an allen Fronten, Stehenbleiben der Truppe, Verbot der Beschädigung und Zerstörung von Waffen, Flugzeugen und Schiffen und – Garantien des OKW für die Einhaltung dieser Bedingungen.

Schon dieses letzte erscheint unmöglich. Kein Soldat im Osten wird sich freiwillig dem Russen ausliefern, ein entsprechender Befehl würde nicht ausgeführt werden.

Der Großadmiral entsendet Jodl zu Eisenhower mit der Vollmacht, nur nach Westen bedingungslos zu kapitulieren. Bedingungslose Kapitulation nach Osten soll von seiner ausdrücklichen Genehmigung abhängig bleiben.

Schon in der Nacht zum 7. Mai jedoch funkt Jodl aus Eisenhowers Hauptquartier, Eisenhower drohe mit Abbruch aller Verhandlungen und Schließung der alliierten Fronten gegen alle einzeln Aufnahmesuchenden, falls nicht noch heute, am 7. 5., die bedingungslose Gesamtkapitulation unterzeichnet werde.

Was nicht in dem Funkspruch steht, ist, daß der amerikanische Oberbefehlshaber mit Fortsetzung der Bombenangriffe, selbst auf das bereits kapitulierte Norddeutschland, gedroht hat. Er sei hinsichtlich seiner Bewegungsfreiheit den Briten gegenüber in keiner Weise gebunden, erklärte er, kalt wie Stein. Entweder sofortige bedingungslose Kapitulation nach allen Seiten, einschließlich der Sowjets, oder Fortsetzung des Kampfes überall und mit allen Mitteln.

Hat Eisenhower wirklich nichts gehört und erfahren von den unvorstellbaren Greueln, die sich seit Januar tagtäglich auf dem

Wege der Roten Armee von Ostpreußen bis Berlin ereignet haben? Die sich täglich weiter ereignen? Er, Dönitz, der um diese Dinge weiß, kann doch nicht alle Deutschen östlich der amerikanischen Linien den Russen ausliefern!

Während er noch um seinen Entschluß ringt, funkt Jodl, daß die Gesamtkapitulation am 9. Mai um 00.01 Uhr wirksam werden könne. Also muß auch Jodl, der noch in der sicheren Hoffnung, Eisenhower umstimmen zu können, abgeflogen ist, inzwischen der Überzeugung sein, daß es keine Wahl mehr gibt. Und: Gesamtkapitulation am 9. Mai, das heißt, daß Jodl noch eine Frist von 48 Stunden herausgeschunden hat, Zeit, um wenigstens einen großen Teil der Osttruppen und Flüchtlinge noch zu retten.

So gibt der Großadmiral, da er keinen anderen Ausweg mehr sieht, Jodl die Vollmacht zur Unterzeichnung der bedingungslosen Gesamtkapitulation der deutschen Wehrmacht.

Am 7. Mai 1945 um 02.41 Uhr findet die Unterzeichnung statt, und am Mittag des gleichen Tages gibt Schwerin v. Krosigk über den Flensburger Sender den Waffenstillstand bekannt.

Der Kampf ist aus. –

Nicht alles, was der Großadmiral zu erreichen hoffte, hat er erreicht, aber in den neun Tagen, seit er die Nachfolge Hitlers angetreten hat, sind 2½ bis 3 Millionen Menschen nach Westen gelangt, Reste der Armeen Busse, Wenck, Heinrici, Teile der Heeresgruppen Mitte und Süd, Kurlandkämpfer und Scharen von Flüchtlingen aus Ost- und Westpreußen, Schlesien und Pommern. Die Verluste auf See betragen dabei trotz der »Gustloff«-, »Steuben«- und »Goya«-Katastrophen noch nicht ein Prozent der auf Schiffen evakuierten Personen. –

Als er das Schießverbot erließ, hat der Großadmiral anschließend seinen U-Booten in See folgenden Funkspruch gesandt:

»Meine U-Boot-Männer!
Sechs Jahre U-Boot-Krieg liegen hinter uns. Ihr habt gekämpft wie die Löwen. Eine erdrückende Materialübermacht hat uns auf engstem Raum zusammengedrängt. Von der verbleibenden Basis aus ist eine Fortsetzung unseres Kampfes nicht mehr möglich.

U-Boot-Männer! Ungebrochen und makellos legt Ihr nach einem Heldenkampf ohnegleichen die Waffen nieder. Wir gedenken in Ehrfurcht unserer gefallenen Kameraden, die ihre Treue zu Führer und Vaterland mit dem Tode besiegelten.
Kameraden! Bewahrt Euren U-Boot-Geist, mit dem Ihr lange Jahre tapfer und unbeirrt gekämpft habt, auch in Zukunft zum Besten unseres Vaterlandes.

Es lebe Deutschland!
Euer Großadmiral.«

Inzwischen liegen die alliierten Kapitulationsweisungen vor, und so wendet er sich ein letztes Mal an seine Männer in See:

»9. Mai 1945, 0140-2026/k20 An alle Boote.
U-Boot-Männer, nach einem heroischen Kampf ohnegleichen habt ihr die Waffen niedergelegt. Das höchste Opfer müßt ihr jetzt eurem Vaterland bringen, indem ihr bedingungslos folgende Weisungen durchführt. Zahlreiche Opfer werden dadurch in der Heimat vermieden. Der mit FT 341/324/316/319 auf Küste erteilte Befehl zum Rückmarsch nach Norwegen ist aufgehoben.

Euer Großadmiral.«

Und es folgt die detaillierte Weisung der U-Boot-Führung, wie sich die Boote von jetzt ab auf See und bei dem befohlenen Marsch nach englischen und amerikanischen Häfen zu verhalten haben.

Aufgetaucht und eine dunkelblaue oder schwarze Flagge zeigend, sollen sie zur Übergabe in die Häfen des Feindes einlaufen, den sie so lange und so erbittert bekämpft haben.

Wie dieser Befehl aufgenommen und – ausgeführt wurde, zeigt die Antwort des Kommandanten U 1023, Schröteler.

Möhrle Schröteler steht an diesem 9. Mai im Atlantik westlich Englands, und als er den Befehl und die nachfolgenden Weisungen bekommen und gelesen hat, sitzt er zuerst eine Weile still und allein in seiner Kommandantennische und überlegt, was nun zu geschehen hat. Er weiß, daß er von allen Kommandanten in See der älteste ist, daß – wie er – jetzt keine jungen Kameraden auf ihren Kojen sitzen und grübeln, wie sie sich zu diesem Befehl stellen sollen, und daß einer jetzt die Initiative ergreifen muß, sei es zur – Eigenmächtigkeit, sei es zum Gehorsam.

Als er soweit gekommen ist mit seinen Gedanken, weiß er, daß einer das Beispiel geben muß, er, der älteste Kommandant.

Und so setzt er einen Funkspruch ab, von dem er hofft, daß er für alle anderen richtunggebend sein wird:

»0125/10/ad 77 An Großadmiral.
Auf letzter 46tägiger Schnorchelunternehmung aus Geleiten versenkt 1 Dampfer 8000 BRT und 1 Zerstörer. Ferner 1 Großfrachter 10 000 BRT torpediert, 3 Wendefehl. Verschossen. Voller Glauben und im festen Vertrauen auf Sie, Herr Großadmiral, führen wir nun den schwersten Befehl aus.
Schröteler-U 1023.«

Und dann taucht er auf und fährt sein Boot in die Gefangenschaft, gehorsam bis zuletzt, weil der »Löwe« es so befiehlt, er, der nie etwas von ihnen verlangt hat, was nicht auch ihrer eigenen Einsicht nach notwendig war. Und also wird auch dieses notwendig sein.

Er fährt sein Boot in die Gefangenschaft, in die Bitterkeit der Übergabe, die Erniedrigungen und Demütigungen der Vernehmungen und Verhöre und die nachfolgenden Jahre hinter Stacheldraht. Und erst hier erfährt er, daß ihm der Großadmiral noch mit Wirkung vom 1. 5. das Ritterkreuz verliehen hat.

Wie er es vorausgesehen, folgen ihm die anderen. Aber ehe sie einlaufen und ihre Wölfe für immer an die Kette legen lassen, drücken sie noch einmal auf die Taste und melden sich bei ihrem Großadmiral für immer ab.

43 Boote stehen zum Zeitpunkt der Kapitulation in See. 23 gehen in englische, 3 in amerikanische, 4 in kanadische Häfen, 7 nach Norwegen und Kiel. Ein Boot strandet bei Amrum, ein anderes läuft in der Elbe auf eine Mine, ein drittes und viertes

stranden oder vernichten sich vor der portugiesischen Küste, zwei gehen nach Argentinien.

Der Kommandant U 1277, Oberleutnant zur See Stever, der sein Boot vor Oporto selbst versenkt hat, wird nach seiner Auslieferung vor ein britisches Militärgericht gestellt und schwer bestraft von den Richtern derselben Nation, deren seemännische Tradition nichts anderes vorschreibt, als was Stever getan hat.

Mit dem Vollzug der bedingungslosen Kapitulation ist über das weitere Schicksal des Großadmirals und seiner Geschäftsführenden Reichsregierung nichts ausgesagt. Die Alliierten dulden sie zunächst. Stillschweigend respektieren sie die »Enklave Mürwik«.

Der Großadmiral selbst ist es, der sich jetzt mit Rücktrittsabsichten trägt, nachdem seine Mission, den Krieg zu beenden, erfüllt ist.

Für die Fachminister mag es eine Weiterverwendung geben, für einen »Reichspräsidenten« nicht. Die Vorbereitungen der Fachminister zur Wiederingangsetzung von Wirtschaft und Verkehr sind bereits angelaufen. Speer und Dorpmüller glauben, das Verkehrsnetz binnen sechs Wochen wieder in Gang setzen zu können, die Post noch schneller. Wenn man sie läßt ...

Backe hat einen genauen Plan ausgearbeitet, wie sich eine Ernährungskatastrophe vermeiden läßt. Nur für den »Reichspräsidenten« gibt es nichts zu tun. Warum also warten, bis die Alliierten eingreifen? Es gibt viele Gründe für einen Rücktritt: die totale Besetzung, den völligen Mangel an Selbständigkeit, an Wirkungsmöglichkeiten und andere mehr.

Aber der Reichspräsident verkörpert Einheit und Souveränität des Reiches; er darf sein Schicksal nicht von dem des Volkes trennen; er muß jede Möglichkeit, zu wirken, solange wie möglich bewahren, dem Sieger, der unter Umständen sogar ein Interesse daran hat, die Möglichkeit bieten, sich seiner zu bedienen. Die Abdankung darf daher nicht vorzeitig, aber sie muß gegebenenfalls rechtzeitig erfolgen.

Man darf auch den Siegern nicht die Gelegenheit geben, zu sagen, die Regierung sei weggelaufen, sie hätten gar nicht anders können, als handeln, wie sie es tun. Endlich – so legt Schwerin v. Krosigk dar – sei das Erlöschen der Funktion des Staatsoberhauptes rechtlich überhaupt ausgeschlossen. Also bleibt Dönitz, voller Skepsis, aber er bleibt.

Am 11. Mai trifft die »Alliierte Kontrollkommission beim OKW« in Flensburg ein, der amerikanische Generalmajor Rooks und der englische Brigadier Foord mit ihren Stäben, und alsbald entwickelt sich ein kühl-korrekter Verkehr mit der Geschäftsführenden Reichsregierung.

Am 13. 5. bestellt Rooks den Großadmiral auf die »Patria«, auf der die Kontrollkommission Quartier genommen hat. Er bedauert mitteilen zu müssen, daß ein Befehl zur Verhaftung Keitels vorliege. Die Verhaftung wird in höflichen Formen vollzogen.

Kurz darauf erscheint Eisenhowers politischer Berater, Mr. Murphy, in Flensburg, um sich über die politische Legitimation des Großadmirals als Staatschef zu unterrichten. Eine Stellungnahme seinerseits, als ihm die Bormann-Funksprüche vorgelegt werden, erfolgt nicht, wird auch nicht erwartet.

Ein drittes Mal sieht der Großadmiral die Generale Rooks und Foord bei sich in Mürwik und benutzt die Gelegenheit, ihnen die seiner Ansicht nach im Innern Deutschlands notwendigen Maßnahmen vorzutragen. Außerdem erfüllt ihn das Ost-West-Problem mit tiefer Sorge. Es besteht unter dem Eindruck der ersten ungezügelten Besatzungsmaßnahmen der Angloamerikaner eine gewisse Tendenz des radikalen Umschwenkens zum Osten, nicht nur in Offizierskreisen, auch in der Bevölkerung. Darin sieht der Großadmiral eine große Gefahr. »Die Freiheit der Person und die Heiligkeit des Rechts, zwei Grundbedingungen, ohne die Deutschland auf die Dauer nicht existieren kann, scheinen nur in der demokratischen Welt des Westens gesichert«, und er weist auf die politischen Gefahren hin, die die Teilung Deutschlands heraufbeschwört.

Trotz dieses gewissen Einspielens mit den Siegern, die sich inzwischen um eine sowjetische Kommission vermehrt haben, verliert er jedoch nicht sein Mißtrauen gegen die Lebensdauer seiner Geschäftsführenden Reichsregierung. In der Auslandspresse und im Rundfunk der Sowjets erscheinen heftige Polemiken, die bald auf die Forderung nach Beseitigung der Regierung Dönitz hinauslaufen.

»Solange sie uns zur Durchführung der Kapitulationsbedingungen brauchen«, sagt er zu Lüdde, »bleiben wir unbehelligt. Länger nicht.«

Und er behält recht.

Auf die Meldung Lüdde-Neuraths, daß er am nächsten Morgen, dem 23. Mai, zusammen mit v. Friedeburg und Jodl auf der »Patria« erwartet werde, antwortet er nur: »Koffer packen.«

Er hat mit dieser Wendung seit Tagen gerechnet. Auf der Ebene der offiziellen alliierten Politik hat man von ihm und seiner Regierung bisher keine Notiz genommen, auch Churchill nicht. Seine Eingaben an Eisenhower sind unbeantwortet geblieben, auch das Ersuchen um Zustimmung zu einer Anweisung, wonach das Reichsgericht die Mißstände in den Konzentrationslagern untersuchen und aburteilen soll, weil es die Ehre des deutschen Volkes erfordere, die Sühne für die in den KZs begangenen Verbrechen durch seine eigenen Gerichte herbeizuführen.

Aber Eisenhower antwortete ihm nicht.

Am Morgen des 23. Mai fährt er pünktlich vor der »Patria« vor.

Niemand zum Empfang am Fallreep wie bei den früheren Besuchen! Nur eine Schar zudringlicher Pressefotografen. Es ist klar: die Verhaftung steht bevor.

So ist es. Generalmajor Rooks teilt mit, er habe Befehl, beide, die Regierung und das OKW, zu verhaften. Er gibt Einzelheiten der Prozedur bekannt, bietet dem Großadmiral an, sich dazu zu äußern.

»Das ist überflüssig. Hier erübrigt sich jedes Wort«, antwortet der Großadmiral kalt, steht auf und geht. –

Was dann bei der Verhaftung der Regierung und des OKW folgt, ist eine wüste, auf Schau berechnete Gewaltaktion, bar jeder Würde.

Als ob sie eine Bande von Schwerverbrechern hochnehmen sollten, fahren britische Soldaten mit Panzerwagen auf, »stürmen« die Quartiere der Regierung und des OKW, platzen in die tägliche Lagebesprechung Schwerin v. Krosigks mit Handgranaten und schußfertigen Maschinenpistolen hinein, brüllen »Hände hoch!« und »Hosen herunter!« und führen danach in corona eine Leibesvisitation durch, die vor nichts haltmacht, eine Untersuchung, wie sie zur gleichen Stunde der Großadmiral im Flensburger Polizeipräsidium über sich ergehen lassen muß, nachdem zuvor bei der Durchsuchung seines Gepäcks neben rein privatem Eigentum auch sein kostbarer Feldmarschallstab und sein Interimsstab verschwunden sind.

Damit nicht genug: Im OKW werden selbst die anwesenden Sekretärinnen, zusammen mit den Offizieren, dieser schamlosen Untersuchung unterworfen, die Verhafteten dann auf dem Hofe zusammengetrieben und dort mit erhobenen Händen stehengelassen, zur Freude der Reporter, deren Ausbeute bald darauf in den alliierten Zeitungen zu finden ist mit der Bemerkung, man habe »das Herrenvolk in den Betten überrascht«.

Auch hier ist das Gepäck bereits gründlich gefilzt, Uhren, Ringe, Füllhalter, private Fotos, Kriegsauszeichnungen, Aktentaschen verschwunden ...

Generaladmiral v. Friedeburg, der ähnliches im Gegensatz zu Dönitz erwartet und Zweifel geäußert hat, ob er »den nun beginnenden Zirkus mit allen seinen entehrenden Begleiterscheinungen« auf sich nehmen soll, nimmt kurz vor dem Abtransport in seiner Wohnung Gift.

Am Abend des 23. Mai befinden sich die Verhafteten nach kurzer Luftreise bereits in dem zum Gefängnis umgebauten Palasthotel in Bad Mondorf in Luxemburg.

Die Regierung Dönitz, das letzte Symbol der Einheit des Deutschen Reiches, ist beseitigt.

40.
DAS FINALE

Am Abend des 1. Mai 1945 sitzt eine Gruppe von U-Boot-Offizieren in Bergen im Offiziersheim beisammen. Der Flottillenchef der Elften, Fregattenkapitän Lehmann-Willenbrock, hat zu einem Glas Bier eingeladen. Wer weiß, wie oft das noch möglich sein wird; die spärlichen Nachrichten aus der Heimat lauten täglich düsterer.

Plötzlich klopft es. Der Heimleiter, ein Heeresoberfeldwebel, kommt herein, blaß, verstört. »Herr Kap'tän ...«

Und dann beugt er sich vor und flüstert dem Flottillenchef etwas ins Ohr, und die Offiziere sehen, wie auch der Chef plötzlich die Farbe wechselt und tief betroffen zu dem nickt, was er hört.

Dann erhebt er sich. »Meine Herren! Es kommt eben durch, daß der Führer heute in Berlin gefallen ist.«

Pause. Es ist totenstill, so still, daß man plötzlich das Rauschen des Springbrunnens auf dem Platz vor dem Hause hört.

»Er hat vor seinem Tode den Ob. d. M. zu seinem Nachfolger ernannt!«

Die Worte fallen schwerfällig und langsam.

Jeder weiß, was diese Nachricht bedeutet: Es ist aus. Der Führer tot. Berlin gefallen. Der Krieg endgültig verloren.

Sie haben sich bisher, je mehr sich der Himmel über der Heimat verdüsterte, um so mehr an ihre Pflicht als Soldaten gehalten. Sie haben gekämpft und gehofft und auf das Wunder gewartet. Nun wissen sie, daß dieses Wunder nicht eingetreten ist.

»Wir brechen jetzt selbstverständlich auf«, sagt der Chef noch.

Schweigend gehen sie auseinander.

Wenige Tage später wissen sie, daß der Kampf in Norddeutschland beendet ist, und es erreicht sie das Schießverbot.

Am 7. Mai geht schließlich das Fernschreiben der Führung ein:

»Befehl Großadm.: UUU-Boote in Norw. weder versenken noch zerstören, weil nur dadurch Hunderttausenden von dt. Menschen im Osten das Leben gerettet werden kann.«

In allen Stützpunkten begibt sich daraufhin das gleiche: Die Kommandanten treten zum »Thing« zusammen und beraten. Und sie stellen die gleichen Fragen, die ihre Kameraden in Deutschland gestellt haben, ehe sie eigenmächtig handelten und ihre Boote versenkten.

Es sind hitzige Debatten, die sich hier hinter verschlossenen Türen abspielen. Kann der Großadmiral ernsthaft wollen, daß wir unsere Boote dem Engländer übergeben? – War er frei in seinen Entschlüssen, als er dies FT losließ? Erwartet er nicht insgeheim von uns, daß wir diesmal dem Befehl zuwiderhandeln?

Hin und her wogt der Streit der Meinungen. Endlich entscheidet das Urteil der älteren, besonnenen Kommandanten: Die Boote werden nicht versenkt. Der Großadmiral würde nichts befehlen, selbst unter Zwang nicht, was gegen die Ehre geht.

Admiral Godt und Kapitän Heßler, die noch einmal per Flugzeug und U-Boot nach Bergen heraufkommen, bestätigen die Richtigkeit dieser Entscheidung. Die Boote müssen übergeben werden, so verlangt es die Urkunde über die Bedingungslose Kapitulation. Man merkt es Godt an, wie schwer es ihm fällt, das auszusprechen; sein Blick ist unstet, seine Sprache heiser und rauh; die Worte kommen ihm mühsam vom Munde, während seine Farbe ständig wechselt. Es ist, als hielte er sich nur mit großer Anstrengung aufrecht. Aber er behält sich in der Gewalt.

Die letzten operativen Befehle werden fotokopiert. Vielleicht braucht man sie noch einmal als Beweismittel für irgend etwas. Schon nach dem ersten Krieg hat es eine Kriegsverbrecherliste gegeben. Wer weiß, was diesmal kommt ...

Heßler berichtet, daß die Engländer in Flensburg deutschen Soldaten die Auszeichnungen herunterreißen. »Denkt daran, wenn ihr nach Hause kommt. Steckt auch Uhren und Ringe weg; sonst seid ihr sie los.« Auch er ist blaß und wirkt übermüdet und nervös und spricht überschnell.

Nach kurzem Aufenthalt fliegen die beiden wieder ab.

Die Boote in Bergen liegen in drei Stützpunkten in Päckchen an der Pier, in der zerstörten Offenen Werft, am Marineholm und am Dokkeskärkajen, den die U-Boot-Männer sogleich in »Dobbaskai« umtaufen.

Dort richten sich Kommandanten und Besatzungen provisorisch ein, so gut es geht.

Am 8. Mai versammelt Kapitän Lehmann-Wülenbrock sämtliche Offiziere der Flottille im Speisesaal des Stützpunktes. Was er zu sagen hat, ist kurz:

»Morgen, am 9. Mai, tritt die bedingungslose Kapitulation in Kraft. Weder Sie noch ich machen sich wohl den richtigen Begriff davon, was das heißt: bedingungslose Kapitulation. Aber ich rate Ihnen: Machen Sie sich auf *alles* gefaßt. Dann brauchen Sie sich über nichts zu wundern.

Was die Flottille betrifft: die Disziplin ist unter allen Umständen aufrechtzuerhalten. Sie müssen Ihren Männern klarmachen, daß es jetzt vorbei ist mit der Kriegsseefahrt. Bedingungslos. Ich weiß, daß das nicht einfach ist bei einer so auf Angriff eingestellten Truppe. Aber es muß sein.

Was unsere Haltung gegenüber den Norwegern und den Engländern betrifft, die nun in den nächsten Tagen hier zu erwarten sind, so gilt für uns: Würde und Gelassenheit. Befehle waren immer sinngemäß auszuführen. Genauso werden wir es mit den englischen Befehlen halten.«

Kurz darauf spricht er zu den angetretenen Soldaten der Flottille. Wieder fällt das Wort Disziplin, wieder der Grundsatz: Würde und Gelassenheit.

Es kommt der 9. Mai.

Im Morgengrauen dieses 9. Mai tritt der Flottilleningenieur, Kapitänleutnant Ing. Jacobsen, aus der Messe auf die Freitreppe vor dem Offiziersgebäude des Prienlagers hinaus. Er hat die Nacht hindurch mit ein paar Kameraden zusammengesessen und seinen Rotwein getrunken, schweigsam und abweisend. Nun steht er da und blickt hinaus in einen strahlend schönen Morgen, in dem sich Stadt und Hafen in der Tiefe vor seinen Blicken breiten. Der Himmel ist von durchsichtig hellem Blau. Von den Berghängen leuchten Flecken hellen Birkengrüns. Im Tal dampft silbriger Dunst, und die weite Fläche des Byfjords liegt blank und unbewegt unter den ersten Strahlen der Morgensonne.

Der Kapitänleutnant Jacobsen ist stocknüchtern; es ist ihm nicht gelungen, sich zu betrinken, und so steht er eine Weile schweigend, die Hände auf das Geländer gestützt, die Augen starr geradeaus gerichtet, ohne auf seinen Nebenmann zu achten, und sucht nach Worten für das, was ihn bewegt, womit er sich die ganze Nacht herumgeschlagen hat und womit er doch nicht fertig geworden ist: Krieg verloren. Bedingungslose Kapitulation. Sechs Jahre Kampf, Opfer, Verluste. Und nun dies.

Er ist aus dem Mannschaftsstand emporgestiegen; man hat ihm nichts geschenkt, und er hat sich nichts schenken lassen. Er ist mit Leib und Seele bei der Sache gewesen, all die Jahre, und nun dies; er begreift es einfach nicht und weiß doch, daß er es bereits begriffen hat: bedingungslose Kapitulation! Das heißt, auf Gnade und Ungnade ausgeliefert sein!

Er denkt an die Heimat, die Jahre vor dem Kriege, schöne Jahre, da gibt es nichts, Jahre, in denen er vorwärtsging, in denen man gewußt hatte, wofür man da war, und an das gute Recht seiner Sache geglaubt hatte, ebenso wie in dem verdammten Krieg, der dann kam.

Er denkt an die Kameraden und Freunde, die vielen guten Kameraden, die ihm begegnet sind und dann wegblieben, einer nach dem andern. Wofür? Wofür letzten Endes? – Bedingungslose Kapitulation.

Er denkt an die von Bomben verwüsteten Städte, an das ganze Deutschland, das, von fremden Armeen überschwemmt, von Bomberströmen umgepflügt, heute, an diesem unbegreiflich klaren, schönen Morgen kapituliert. Bedingungslos kapituliert. Es ist gar nicht zu begreifen, daß es einen solchen Morgen geben kann, während das in Deutschland geschieht.

Am Vormittag dieses Tages zieht eine schneeweiße Sunderland sehr niedrig ihre Kreise über Hafen und Stadt Bergen.

Aber es heult keine Sirene mehr, und die Batterien schweigen. Unangefochten, Symbol des Sieges, donnert sie dahin, daß der

Orgelton ihrer vier Motoren von den Bergen zurückdröhnt und alle Täler erfüllt.

Unten stehen die U-Boot-Männer auf den Decks ihrer Boote und schauen hinauf. Eine Sunderland und kein Alarm!! Eine Sunderland und keine Bomben! Es ist also wirklich wahr: der Krieg ist aus.

Es dauert seine Zeit, bis die Engländer kommen, Schotten zunächst, ein außerordentlich korrekter, deutschsprechender Oberstleutnant und seine Truppe.

Und dann kommen Befehle aus Oslo.

Die Boote haben ihre Besatzungen zu reduzieren.

Die Boote haben ihre Waffen, Torpedos und Munition bis zum nächsten Morgen von Bord zu geben.

Die Boote haben ... die Boote haben ...

Alle diese Weisungen werden korrekt und – sinngemäß ausgeführt.

In Bergen sind nicht annähernd genug Torpedo-Übernahmegeräte vorhanden, um die Abgabe zum befohlenen Termin sicherzustellen. Also legen die Boote nachts ab, gehen in den Fjord hinaus und versenken ihre Aale.

Die Freiheit nimmt ab. Die Deutschen haben sich streng an ihre Stützpunkte zu halten. –

Dann, eines Tages, läuft ein Schwerer englischer Kreuzer ein, geleitet von einer Handvoll Korvetten. Er macht am Skoltegrunnskajen fest, dort, wo seit 1940 die »Königsberg« in der Tiefe liegt.

Nun wird es ernst. Der FdU-West, der seit der Kapitulation ins Prienlager gezogen ist, wird zum Engländer befohlen. Der Korvettenkapitän Schnee wird zum Engländer befohlen. Der Kapitänleutnant Stock wird zum Engländer befohlen. Weisungen. Vernehmungen. Weisungen. Vernehmungen.

So? Der Kapitän Schnee hat doch das erste neue Boot, Typ XXI. Er ist das und das gewesen, dann und dann, da und da. Sie wissen alles.

So? Der Kapitänleutnant Stock ist Kommandant U 218 und hat noch gerade vor Kriegsschluß Minen in den Firth of Forth gelegt. Wo da? Genau bitte. Hier ist die Karte. Da? Das ist wohl kaum möglich, so weit drinnen.

»Doch, doch«, lächelt Stock freundlich, »genau da. Versuchen Sie mal, da ein Schiff drüberweg fahren zu lassen.« Er versteht und spricht gut englisch, aber seit dem 9. Mai hat er das leider alles vergessen. Der Dolmetscher muß jedes Wort übersetzen. –

Ehe die Engländer kamen, haben die Boote in einer letzten feierlichen Flaggenparade außer Dienst gestellt. Kommandanten auf den Brücken, Besatzungen an Oberdeck angetreten, FdU-West, Flottillenchef und Offizierkorps auf dem Pier.

Einmal noch die alten Signale, gegeben von dem ältesten seemännischen Unteroffizier der Boote, das Schrillen und Zwitschern der Pfeife und die Kommandos: »Hol nieder Flagge und Wimpel!«

Und dann sind überall auf den Booten die Kriegsflaggen niedergeholt worden und die weißen schmalen Kommandantenwimpel mit dem schwarzen Kreuz, Hand über Hand, ganz langsam, zum letzten Male nach sechs Jahren Kampf, zum letzten Male und für immer ...

Kurz darauf melden sich die Engländer erneut an. Sie wollen die beiden Einundzwanziger besichtigen, Schnees U 2511 und U 2506 – v. Schröter. Kommandanten und L. I.s sollen sich bereithalten.

Vermutlich eine Besichtigung; die Engländer haben einige ihrer eigenen U-Boot-Fahrer aufgebracht, die sich die neuen Boote voll unverhohlener Bewunderung angesehen haben.

Doch nein, dies wird keine Besichtigung. Ein Jeep rast heran; es wimmelt plötzlich von Marinesoldaten mit Maschinenpistolen und Gewehren mit aufgepflanztem Bajonett. Überfallartig sind die beiden Einundzwanziger umstellt und besetzt. Unnötiger Aufwand!

Schon stehen die Engländer im Boot, mit ihren MPi's über die ganze Länge der Röhre verteilt. Schon beginnt das Plündern. Die Bilder des Löwen und v. Friedeburgs zersplittern am Boden ...

Ablegen. Verholen zum Skoltegrunnskaj, wo der Kreuzer und die Zerstörer liegen.

Aussteigen. Warten. Dann: wenige Minuten Frist zum Einpacken der notwendigsten Privatsachen.

Am Abend rufen Schnee und Suhren von einem weit in den Schären liegenden Lager aus an, wo man sie mit ihren Männern abgeladen hat, und der Chef hat Mühe, die Erlaubnis zu erwirken, daß sie zu ihrer Flottille zurückkehren dürfen.

An einem der letzten Maitage kommt der Marschbefehl für die übrigen Boote. Seit Tagen spricht man davon. Die Engländer haben versichert, daß die Besatzungen sogleich nach Überführung der Boote von Schottland nach Deutschland transportiert und entlassen würden. Auf manchen Booten sind daher unverheiratete gegen verheiratete Soldaten ausgetauscht worden, die es eilig haben, nach Hause zu kommen.

Es ist ein trüber, windiger Tag, an dem die Boote auslauten. Die Zurückbleibenden starren ihnen nach, bis sie um die Ecke zum Kvarven verschwunden sind, bewacht und geleitet von ihren alten Todfeinden, den Korvetten, eine lange Kiellinie grauer schlanker Silhouetten, die plötzlich, wenn sie das Heck zeigen, zu einem Punkt zusammenschmelzen.

Der Chef steht auf der äußersten Nock des Kais, die Hände in den Manteltaschen vergraben, neben ihm der FdU-West. Keiner von beiden spricht ein Wort.

Endlich, als das letzte Boot verschwunden ist, wenden sie sich langsam um und gehen über die leere Pier davon. Der Wind zerrt an ihren Mänteln, und Regen prasselt hernieder. –

Von allen norwegischen Stützpunkten, von Horten und Christiansand, aus Bergen und Drontheim gehen in diesen Tagen die alten Wölfe hinaus zu ihrer letzten Reise nach England. Der FdU-Nordmeer, Teddy Suhren, der mit der »Grille« und den Eismeerbooten nach Süden unterwegs ist, wird auf hoher See von einer Gruppe englischer Zerstörer angehalten, die die Boote übernehmen und direkt nach Schottland umleiten. Von den Besatzungen, die aus Norwegen nach England fahren, getreu dem letzten Befehl ihres Großadmirals, um ihm seine schwere Aufgabe zu erleichtern und mitzuhelfen. Hunderttausenden ihrer Landsleute im deutschen Osten das Leben zu retten, von diesen

Besatzungen, denen die Engländer versprochen haben, daß sie gleich nach Übergabe der Boote nach Hause transportiert werden würden, kehrt die Mehrzahl erst nach Jahr und Tag in die Heimat zurück. Die Engländer in England wissen nichts von dem Versprechen der Engländer in Norwegen. –

Von Stund an rückt auch für die Zurückgebliebenen der Stacheldraht näher. Die Norweger wollen die verhaßten Deutschen nicht mehr in der Nähe ihrer Städte haben. Reservationen auf dem Lande, auf einsamen Schären oder an entlegenen Stellen über den Fjorden sollen die Deutschen aufnehmen.

Dort sprechen sie von Gott und der Welt, von dem, was gut war und von dem was falsch war, von den Russen, von den Engländern, von den Amerikanern, von dem, was nun werden soll, von der Heimat, aus der nur noch wilde und verworrene Nachrichten heraufgelangen.

Wie mag es dort aussehen? Wer lebt dort noch? Hungern sie? Ist es wirklich wahr, daß es kein Deutschland mehr gibt?

Sie hören, daß Hitler nicht gefallen ist, sondern seinem Leben selbst ein Ende gemacht hat, und glauben es nicht.

Es wird ihnen von grausigen und entsetzlichen Dingen erzählt, die bei der Besetzung deutscher KZs zutage gekommen sind, und sie glauben auch das nicht. Solche Verbrechen sollen hinter ihrem Rücken geschehen sein, jahrelang? Das ist unmöglich!

Als sie später, in die Heimat zurückgekehrt, lernen und einsehen müssen, daß all diese Dinge doch wahr sind – und noch manches mehr, brauchen sie lange, um damit fertig zu werden, obwohl sie inzwischen so viel erlebt und gesehen haben, daß sie nicht mehr viel erschüttern kann. Wie hat der Chef gesagt? »Machen Sie sich auf alles gefaßt ...« Sie finden Gelegenheit genug, diese Worte zu beherzigen.

41.
NÜRNBERG

Im August 1945 treten führende Rechtsgelehrte und hohe Justizbeamte der Alliierten in London zusammen, Amerikaner, Sowjetrussen, Franzosen und Engländer, um das Statut für einen Prozeß zu schaffen, wie er in der Geschichte nicht seinesgleichen hat, die neue Rechtssatzung, die einer empörten Welt die Handhabe bieten soll, über den schuldigen Besiegten zu Gericht zu sitzen, das Gesetz, das dazu bestimmt ist, ihnen die materiellen und prozessualen Fundamente für das geplante Verfahren zu liefern, in dem sie das deutsche Volk vor aller Welt zur Rechenschaft ziehen und bestrafen wollen für alles, was in den Jahren des Nationalsozialismus, in Frieden und Krieg, an Schrecklichem geschehen ist.

Es ist ein sorgsam ausgehandeltes und wohlüberlegtes Instrument, das hier in London geschaffen wird, um im Namen des Rechts der künftigen Politik der Sieger gegenüber dem Besiegten ihre Grundlage zu geben, und es stützt sich bewußt nicht nur auf allgemein bekannte und anerkannte internationale Rechtsvorschritten und -übereinkünfte, sondern es setzt auch da, wo es an solchen fehlt, dem Zwecke des Verfahrens dienliches neues Recht. Es führt Begriffe in das Völkerrecht ein, die es bisher nicht gegeben hat, die »Verschwörung gegen den Frieden«, das »Verbrechen gegen den Frieden« durch Planen, Vorbereitungen und Führen von Angriffskriegen und das »Verbrechen gegen die Menschlichkeit«.

Großadmiral Dönitz sitzt nun schon seit geraumer Zeit in einer Einzelzelle im Anklageflügel des Nürnberger Untersuchungsgefängnisses, der durch einen eigens gebauten, überdachten Gang mit dem Justizpalast verbunden ist, um die Angeklagten absolut sicher zu isolieren. Der ganze große Gebäudekomplex an der Fürther Straße ist durch Panzer und dreifache Postensperren gegen Gewaltstreiche der Deutschen gesichert; die Richter dürfen nur einzeln fahren, und ihre Pkw's werden durch Voraus- und Achteraussicherung motorisierter Militärpolizei geleitet; denn man kann nie wissen, was das Volk der Werwölfe im Schilde führt. Schließlich liegt das SS-Lager Langwasser nicht weit von Nürnberg entfernt, und überhaupt: es wäre dumm, nicht auf der Hut zu sein; diesem Volk von Verbrechern ist alles zuzutrauen, auch wenn es gerade erst furchtbar geschlagen worden ist und sich im Augenblick sehr zahm gebärdet. Zahm. No, you can't trust a German except a dead German.

Die Zelle des Großadmirals enthält nichts als ein Klappbett, einen Tisch, der zu leicht ist, um das Gewicht eines Mannes zu tragen, damit man sich nicht hinabstürzen und sich dabei das Genick brechen kann, und ein Toilettenbecken in einem offenen Verschlag. Keinen Augenblick weicht das Auge des Postens von dem Guckloch in der Zellentür, und nachts wirft ein greller Scheinwerfer sein weißes Strahlenbündel auf den Schlafenden, den der Posten mit dem Stock anstößt, wenn er sein Gesicht vor dem Licht zu verbergen sucht, damit er sich wieder voll sichtbar hinlegt und nicht vielleicht doch irgendeinen Weg findet, seinem Leben heimlich ein Ende zu machen.

Und dann wird Großadmiral Dönitz, der Löwe, vor dem Tribunal der Sieger in Nürnberg angeklagt …

Lassen wir die offiziellen Gerichtsakten* sprechen:

1. Okt. 46

PROF. DONNEDIEU DE VABRES:

Dönitz.

Dönitz ist unter Punkt Eins, Zwei und Drei angeklagt. 1935 übernahm er das Kommando über die erste U-Boot-Flottille, die seit 1918 in Dienst gestellt worden war, wurde 1936 Befehlshaber

* In Auszügen zitiert nach: Der Prozeß gegen die Hauptkriegsverbrecher vor dem Internationalen Militärtribunal, Bd. XXII (Nürnberg, 1948)

der Unterseebootwaffe, 1940 Vize-Admiral, 1942 Admiral und am 30. Januar 1943 Oberbefehlshaber der deutschen Kriegsmarine. Am 1. Mai 1945 wurde er als Nachfolger Hitlers Staatsoberhaupt.

Verbrechen gegen den Frieden

Obwohl Dönitz die deutsche U-Bootwaffe aufgebaut und ausgebildet hat, ergibt die Beweisaufnahme nicht, daß er in die Verschwörung zur Führung von Angriffskriegen eingeweiht war oder solche vorbereitete und begann. Er war Berufsoffizier, der rein militärische Aufgaben ausführte. Er war bei den wichtigen Besprechungen, in denen Pläne für Angriffskriege verkündet wurden, nicht zugegen und es liegt kein Beweis dafür vor, daß er über die dort getroffenen Entscheidungen unterrichtet war. Dönitz hatte jedoch Angriffskriege im Sinne des Status geführt. Der Unterseebootskrieg, der sofort bei Ausbruch des Krieges einsetzte, wurde mit den übrigen Wehrmachtsteilen völlig in eine Linie gebracht. Es ist klar, daß seine U-Boote, deren es damals nur wenige gab, für den Krieg vollständig vorbereitet waren.

Es ist richtig, daß er bis Januar 1943 kein »Oberbefehlshaber« war. Mit dieser Feststellung wird jedoch die Bedeutung von Dönitz' Stellung unterschätzt. Er war kein bloßer Armee- oder Divisionsbefehlshaber. Die U-Bootwaffe war der Hauptteil der deutschen Flotte, und Dönitz war ihr Führer. Die Hochseeflotte unternahm einige kleinere, wenn auch aufsehenerregende Angriffe während der ersten Kriegsjahre, der Hauptschaden jedoch wurde dem Feind fast ausschließlich von ihren U-Booten zugefügt, wie die Millionen Tonnen alliierten und neutralen versenkten Schiffsraumes beweisen. Dönitz allein war mit der Führung dieses Krieges beauftragt. Das Oberkommando der Kriegsmarine behielt sich lediglich die Entscheidung über die Anzahl der U-Boote in den einzelnen Gebieten vor. Im Zusammenhang mit der Invasion Norwegens zum Beispiel machte er im Oktober 1939 Vorschläge für U-Bootstützpunkte, von denen er jetzt behauptet, daß sie nicht mehr als eine Stabsstudie gewesen seien, und im März 1940 gab er die Operationsbefehle für die Nachschub-U-Boote heraus, worüber an anderer Stelle des Urteils gesprochen wird.

Dönitz wird beschuldigt, einen uneingeschränkten Unterseebootkrieg unter Verletzung des Flottenabkommens von 1936 geführt zu haben, dem Deutschland beigetreten war und das die in dem Londoner Flottenabkommen von 1930 niedergelegten Vorschriften für den Unterseebootkrieg neuerlich bestätigte …

Dönitz besteht darauf, daß die Marine sich stets an das Internationale Recht und das Abkommen gehalten habe. Er hat bekundet, daß bei Ausbruch des Krieges maßgebend für den Unterseebootkrieg die Deutsche Prisenordnung war, die fast wörtlich dem Flottenabkommen entnommen war, daß er, gemäß der deutschen Auffassung, die Unterseeboote angewiesen habe, alle in Geleitzügen fahrenden Schiffe, sowie alle Schiffe, die sich weigerten, anzuhalten oder die bei Sicht eines Unterseebootes Funkmeldungen abgaben, anzugreifen. Als dann ihm zugehende Berichte erkennen ließen, daß britische Handelsschiffe zur funktelegrafischen Nachrichtenübermittlung verwandt wurden, daß sie bewaffnet wurden und Unterseeboote bei Sicht angriffen, befahl er seinen U-Booten am 17. Oktober 1939, alle feindlichen Schiffe im Hinblick auf den zu erwartenden Widerstand ohne Warnung anzugreifen. Bereits am 21. September 1939 waren Befehle erteilt worden, sämtliche Schiffe, einschließlich der neutralen, die nachts im Kanal ohne Licht fuhren, anzugreifen …

Kurz nach Ausbruch des Krieges bewaffnete die Britische Admiralität in Übereinstimmung mit ihrem Handbuch für Anweisungen an die Handelsmarine vom Jahre 1938 ihre Handelsschiffe, ließ sie in vielen Fällen unter bewaffnetem Geleit segeln, gab Anweisung, bei Sichtung von Unterseebooten Positionsbereiche zu funken, und baute somit die Handelsschiffe in das Warnsystem des Marinenachrichtendienstes ein. Am 1. Oktober 1939 verkündete die Britische Admiralität, daß die britischen Handelsschiffe angewiesen worden seien, U-Boote wenn möglich zu rammen.

Auf Grund dieses Tatbestandes kann der Gerichtshof Dönitz für seine Führung des Unterseebootkrieges gegen bewaffnete britische Handelsschiffe nicht schuldig erklären …

In Anbetracht, daß im Pazifischen Ozean von den Vereinigten Staaten vom ersten Tage des Eintritts dieser Nation in den Krieg der uneingeschränkte U-Bootkrieg durchgeführt worden ist, ist die Dönitz zuteil werdende Strafe nicht auf seine Verstöße gegen die internationalen Bestimmungen für den U-Bootkrieg gestützt.

Dönitz wurde ferner der Verantwortlichkeit für Hitlers Kommandobefehl vom 18. Oktober 1942 beschuldigt. Dönitz hat zugegeben, daß er den Befehl erhalten und von ihm gewußt habe, als er Befehlshaber der U-Boote war, hat jedoch die Verantwortung abgelehnt. Er betont, daß der Befehl im Verlauf von Seekriegsaktionen gefangengenommene Personen ausschließt, daß die Marine keine Truppen auf dem Lande hatte und daß U-Boots-Kommandanten niemals auf Kommando-Soldaten treffen würden.

In einem Falle, als Dönitz Oberbefehlshaber der Kriegsmarine war, wurde 1943 die Besatzung eines alliierten Torpedobootes von deutschen Marinestreitkräften gefangengenommen. Sie wurde für den zuständigen Admiral zu Informationszwecken vernommen und dann auf seinen Befehl hin dem SD überstellt und dann erschossen. Dönitz hat erklärt, daß, falls die Besatzung von der Marine gefangengenommen worden sei, ihre Hinrichtung eine Verletzung des Kommandobefehles darstelle, daß die Hinrichtung nicht im Wehrmachtsbericht erwähnt worden und daß er niemals von dem Vorfall unterrichtet worden sei. Er hat darauf hingewiesen, daß der betreffende Admiral ihm befehlsmäßig nicht unterstand, sondern dem General des Heeres, der Befehlshaber der norwegischen Besatzungskräfte war. Dönitz duldete jedoch, daß der Befehl weiterhin in vollem Umfange in Kraft blieb, als er Oberbefehlshaber wurde und insofern ist er verantwortlich.

Dönitz hat auf einer Konferenz am 11. Dezember 1944 erklärt, daß »12 000 Kz-Häftlinge als zusätzliche Arbeitskräfte in den Schiffswerften beschäftigt werden würden« (C-195, GB-211). Damals hatte er keine Befehlsgewalt über den Schiffsbau und behauptet, daß dies lediglich ein Vorschlag während der Konferenz gewesen sei, damit die verantwortlichen Personen wegen des Schiffsbaus etwas unternehmen, und daß er selbst keine Schritte unternommen habe, um diese Arbeitskräfte zu erhalten, da dies nicht unter seine Befehlsgewalt fiel. Er erklärt, daß er nicht wisse, ob sie jemals beschafft worden seien. Er gibt zu, daß er von den Konzentrationslagern wußte. Ein Mann seiner Stellung mußte notwendigerweise wissen, daß Bewohner aus den besetzten Ländern in großer Anzahl in Konzentrationslagern gefangengehalten waren.

Im Jahre 1945 bat Hitler Jodl und Dönitz um ihre Meinung darüber, ob die Genfer Konvention gekündigt werden solle. Gemäß den Notizen, die über das Treffen der beiden militärischen Führer am 20. Februar 1945 gemacht worden sind, äußerte Dönitz sich dahingehend, daß die Nachteile eines solchen Schrittes die Vorteile überwiegen würden. Die Zusammenfassung von Dönitz' Einstellung, die sich aus den Notizen eines Offiziers ergibt, enthielt folgenden Satz:

»Es sei besser, die für notwendig gehaltenen Maßnahmen ohne Ankündigung zu treffen und nach außen hin auf alle Fälle das Gesicht zu wahren.« (C-158, GB-209.)*

Die Anklagevertretung hat darauf bestanden, daß mit den erwähnten »Maßnahmen« gemeint war, daß die Konvention nicht gekündigt, sondern einfach gebrochen werden solle. Die Erklärung der Verteidigung ist, daß Hitler die Konvention aus zwei Gründen brechen wollte: um den deutschen Truppen den Schutz der Konvention zu nehmen und sie auf diese Weise daran zu verhindern, sich in großen Gruppen den Briten und Amerikanern zu ergeben; und dann, um Repressalien wegen der alliierten Bombenangriffe gegen alliierte Kriegsgefangene zu gestatten. Dönitz behauptet, daß er mit »Maßnahmen« Disziplinarmaßnahmen gegen deutsche Truppen meinte, die verhindern sollten, daß sie sich ergaben, und daß sie sich nicht auf Maßnahmen gegen die Alliierten bezögen, daß dies lediglich ein Vorschlag gewesen sei und daß auf jeden Fall keinerlei derartige Maßnahmen weder gegen Alliierte noch gegen Deutsche jemals getroffen worden seien. Der Gerichtshof glaubt diese Erklärung jedoch nicht. Die

* Korrigiert nach dem Originaldokument

Genfer Konvention ist allerdings von Deutschland nicht gekündigt worden. Die Verteidigung hat mehrere Affidavits vorgelegt, die beweisen sollen, daß gefangene britische Seeleute in unter Dönitz' Befehlsgewalt stehenden Lagern streng nach den Bestimmungen der Konvention behandelt worden sind. Der Gerichtshof trägt dieser Tatsache Rechnung und betrachtet sie als mildernden Umstand.

Schlußfolgerung

Der Gerichtshof erklärt Dönitz nicht schuldig nach Punkt Eins der Anklage, jedoch schuldig nach Punkt Zwei und Drei.

Endlich, am 31. August 1946, erhebt sich der Großadmiral, um, bevor sich Gerichtshof zur Beratung zurückzieht, sein Schlußwort zu sprechen. Abgemagert, aber gerade steht er da und hebt nach seiner Gewohnheit einmal kurz die Schultern, ehe er anhebt:

»Ich möchte drei Dinge sagen:
Erstens: Mögen Sie über die Rechtmäßigkeit des deutschen U-Boot-Krieges urteilen, wie es Ihnen Ihr Gewissen gebietet. Ich halte diese Kriegführung für berechtigt und habe nach meinem Gewissen gehandelt. Ich müßte das genau so wieder tun.
Meine Untergebenen aber, die meine Befehle befolgt haben, haben gehandelt im Vertrauen auf mich und ohne auch nur einen Schatten des Zweifels an der Notwendigkeit und Rechtmäßigkeit dieser Befehle. In meinen Augen kann ihnen kein nachträgliches Urteil den guten Glauben absprechen an die Ehrenhaftigkeit eines Kampfes, in dem sie freiwillig bis zur letzten Stunde Opfer über Opfer gebracht haben.
Zweitens: Man hat hier viel von einer Verschwörung geredet, die unter den Angeklagten bestanden haben soll. Ich halte diese Behauptung für ein politisches Dogma. Als solches kann man es nicht beweisen, sondern nur glauben oder ablehnen. Große Teile des deutschen Volkes werden aber niemals daran glauben, daß eine solche Verschwörung die Ursache ihres Unglücks ist. Mögen

Politiker und Juristen darüber streiten. Sie werden es dem deutschen Volke nur erschweren, aus diesem Verfahren eine Lehre zu ziehen, die entscheidend wichtig ist für seine Stellungnahme zur Vergangenheit und für seine Gestaltung der Zukunft; die Erkenntnis, daß das Führerprinzip als politisches Prinzip *falsch ist.*
Das Führerprinzip hat sich in der militärischen Führung aller Armeen der Welt aufs beste bewährt. Auf Grund dieser Erfahrungen hielt ich es auch in der politischen Führung für richtig. Besonders bei einem Volke in der trostlosen Lage des deutschen Volkes 1932. Die großen Erfolge der neuen Regierung, ein nie gekanntes Gefühl des Glücks in der ganzen Nation, schienen dem Recht zu geben. – Wenn aber trotz allem Idealismus, aller Anständigkeit und aller Hingabe der großen Masse des deutschen Volkes letzten Endes mit dem Führerprinzip kein anderes Ergebnis erreicht worden ist als das Unglück dieses Volkes, dann muß das Prinzip als solches falsch sein. Falsch, weil die menschliche Natur offenbar nicht in der Lage ist, die Macht dieses Prinzips zum Guten zu nutzen, ohne den Versuchungen dieser Macht zu erliegen.
Drittens: Mein Leben galt meinem Beruf und damit dem Dienst am deutschen Volke. Als letzter Oberbefehlshaber der deutschen Kriegsmarine und als letztes Staatsoberhaupt fühle ich mich dem deutschen Volke gegenüber verantwortlich für alles, was ich tat und ließ.«

Totenstille herrscht im Gerichtssaal, Totenstille und eine fast unerträgliche Spannung, als der Gerichtsvorsitzende, der englische Lordrichter Lawrence, den ersten Angeklagten aufruft: Hermann Wilhelm Göring …

Im gleichen Augenblick öffnet sich in dem Paneel hinter der Anklagebank eine bisher unsichtbare Tür, und heraus tritt Göring, flankiert von zwei Militärpolizisten im weißen Stahlhelm. Er tritt vor in die Anklagebank und setzt die Kopfhörer auf.

Kein Mensch wagt zu atmen.

Dann die Stimme des Lordrichters Lawrence, monoton, leise:

»Angeklagter Hermann Wilhelm Göring. Gemäß den Punkten der Anklageschrift, unter welchen Sie schuldig befunden wurden, verurteilt Sie der Internationale Militärgerichtshof zum Tode durch den Strang.«

Ruhig, ohne ein Wort nimmt der ehemalige Reichsmarschall die Kopfhörer ab, tritt zurück und verschwindet in Begleitung der beiden Militärpolizisten wieder hinter der Tür, die sich lautlos hinter ihm schließt.

»Rudolf Heß«, sagt Lordrichter Lawrence, während noch der Klang des schrecklichen, leisen »Death by hanging« im Saale nachschwingt.

Ein bis zwei Minuten vergehen in Totenstille, ehe sich die Tür wieder öffnet und Heß in die Bank tritt. Das Urteil lautet auf lebenslängliches Gefängnis.

Und abermals die lautlose Stille, das atemlose Warten, bis der nächste heraustritt, die Kopfhörer umnimmt und auf die leise, ungerührte Stimme wartet, die ihm sein Schicksal bekanntgibt: Death by hanging, dieses Urteil, das kein Dolmetscher zu übersetzen braucht.

Siebenmal nacheinander spricht der Lordrichter Lawrence die gleichen furchtbaren Worte: Death by hanging. Death by hanging. Death by hanging ... Tod, Tod, Tod. Siebenmal. Es ist, als ob eine Maschine arbeitete, gleichmäßig und unerbittlich, und es geht ein hörbares Aufatmen durch den Saal, als danach die Strafe für Funk bekanntgegeben wird: Lebenslänglich. Nur lebenslänglich. Nur. So grotesk es klingt, diese Reaktion stellt sich ein.

Und dann sagt die Stimme: »Karl Dönitz«.

Und als der Großadmiral eingetreten ist und die Kopfhörer übergestreift hat, fährt sie fort: »Angeklagter Karl Dönitz. Gemäß den Punkten der Anklageschrift, unter welchen Sie für schuldig befunden wurden, verurteilt Sie der Internationale Militärgerichtshof zu zehn Jahren Gefängnis.«

Und dann fügt die Stimme noch etwas hinzu, womit niemand gerechnet hat, am wenigsten Kranzbühler und Meckel. Sie erklärt ausdrücklich, daß diese Strafe nicht im Zusammenhang stünde und nicht verhängt worden sei wegen Regelwidrigkeiten in der Führung des Seekrieges und des U-Boot-Krieges.

Der Großadmiral blickt zu ihnen hinüber, ehe er die Anklagebank verläßt, und sie wissen, was er denkt; er hat es noch in der Mittagspause ausgesprochen: »Was mit mir passiert, ist jetzt egal, wenn nur die U-Boot-Waffe freigesprochen wird und sauber dasteht.«

In letzter Stunde, selbst vor diesem Gericht und vor der Öffentlichkeit der ganzen Welt, ist das jetzt geschehen. Die U-Boote sind freigesprochen.

DAS VOKABULAR DER »WÖLFE«

Abstandspistole	=	nicht durch Aufschlag, sondern beim Untersteuern des Ziels auf Abstand funktionierende Zündvorrichtung des Torpedos. Vorteil: stärkere (rückgratbrechende) Wirkung am Ziel.
Achterstich	=	Heck-Torpedoschuß.
A 1, A 2 usw.	=	erster, zweiter usw. Admiralstabsoffizier.
AK – AK voraus	=	Äußerste Kraft voraus.
A + 20: A	=	Tarnausdruck für 80 m Tauchtiefe. A + 20 also = 80 + 20 = 100 m; 2 A + 60 = 220 m.
Araberkursus	=	Marineausdruck für sich braun brennen lassen.
Asdic	=	englisches Elektro-Unterwasser-Ortungsgerät, entsprechend deutschem S-Gerät.
Asto	=	Admiralstabsoffizier.
A-Torpedo	=	»atmosphärisch«, durch Preßluft-Ölgemisch getriebener Torpedo mit Blasenbahn.
aufriggen	=	auftakeln, aufzäumen.
Back	=	Vorderdeck.
Backschafter	=	Essenträger, Geschirrspüler.
backsen	=	mit der Maschine rückwärts gehen.
Balkweger	=	Längsbalken im Schiff.
Bauernnacht	=	Marineausdruck für erste Nacht im Hafen.
BdU	=	Befehlshaber der U-Boote.
Bedrullje	=	Klemme, Schwierigkeit.
bejemmen	=	steckenbleiben, sich verklemmen.
Bilge	=	tiefstgelegener Teil des Schiffsinnern.
Bulleye	=	Bullauge.
»C«	=	Abkürzung für Chef des Stabes.

Changs	=	Chance.
Davits	=	Galgen zum Aufhängen der Rettungsboote.
Dez	=	10 Grad; 3 Dez = 30 Grad usw.
Ducht	=	Ruderbank.
»Eins« – »Eins nachblasen«	=	Tauchzelle Eins nachblasen.
Eto	=	elektrisch angetriebener, daher blasenbahnloser Torpedo.
FAT	=	»Falke«-Torpedo; flächenabsuchender Torpedo, Schleifenläufer.
Fender	=	»Kissen« zum Abmildern von Stößen zwischen zwei Booten oder Boot und Pier usw.
Fladi(s)	=	Untiefe(n).
Flage	=	Regenbö.
Flax	=	Frozzelei, Scherzrede, Witze reißen.
Fliebo	=	Fliegerbombe.
Fulbraß	=	Abfallbehälter.
FuMB	=	Funkmeß-Beobachtungsgerät.
FuMO	=	(spr. Fumo) =Funkmeß-Ortungsgerät.
Gast	=	für Soldat, Seemann, etwa: Signalgast, Pantrygast, Messegast.
GHG	=	Unterwasser-Horchgerät.
»hinten 20«: »Treffer hinten 20«	=	Treffer 20 m hinter Schiffsmitte.
HK	=	Hilfskreuzer.
Huddel	=	unordentlicher Haufe.
Hulk	=	außer Dienst gestellter, ausgeschlachteter, zu Wohn- oder Liegezwecken benutzter Schiffsrumpf.
Jam	=	Marmelade.
»Jonnies«	=	U-Boots-Ausdruck für elektr. Energie.
I. WO	=	(spr. Eins We O) = Erster Wachoffizier.
Kapt.	=	Abkürzung für Kapitän.

Kaptlt. = Abkürzung für Kapitänleutnant.
Kaleu = Abkürzung für Kapitänleutnant.
Kaleu'nt = Abkürzung für Kapitänleutnant.
Kdt. = Abkürzung für Kommandant.
killen = flattern, im Winde schlagen.
Kinken = Bucht, Schlaufe in einer Leine; »aus den Kinken treten« = sich einer Gefahr entziehen – näml. der Gefahr, daß sich die Bucht plötzlich zuzieht und den Fuß einfängt und verletzt; auch: falsche Einstellung zu etwas; »er hat einen Kinken«.
auch: eine Sache hat einen Kinken = ist verdächtig, hat einen Fehler, birgt eine Gefahr.
Klappbuchs = Handscheinwerfer für Morsezwecke.
Klüsen = »Augen« in der Bordwand für die Ankerkette. Übertragen auch für Menschenaugen: »Ich schieb' ihm die Klüsen dicht.« Oder: Die Klüsen dichtmachen = schlafen.
»Kolibri« = stark und lieblich duftendes U-Boots-Standard-Parfüm.
Kolcher = kleines, wenig wertvolles Schiff.
Kugelschott = druckfester Verschluß zwischen 2 Abteilungen des Bootes.
Kujambel(s) = Fruchtsaft, »Saft«-Batteriestrom, auch Geld.
Lage = für Lagewinkel = der Winkel, in dem ein anderes Schiff zur Blickrichtung des Beobachters fährt.
lehnig = schmiegsam, im übertragenen Sinne = anpassungsfähig, gewandt, geschmeidig.
L. I. (spr. L. 1.) = Leitender Ingenieur.
Lord = für Seemann, verstümmelte Übersetzung von englisch sailor.
Lt. = Leutnant.
LUT = Lagenunabhängiger Torpedo, der aus jeder Lage, auch auf den direkt heranstoßenden Gegner geschossen werden kann.

Mahalla	= Ansammlung von Schiffen.
Maling	= Zeichnung, Gemälde, Messe = Aufenthaltsraum.
O-Messe	= Offiziers-Messe.
OF-Messe	= Oberfeldwebel-Messe.
Uffz.-Messe	= Unteroffizier-Messe.
Milchkuh	= Versorgungs-U-Boot.
Mittelwächter	= um Mitternacht gereichter starker Kaffee.
Mixer	= Torpedomechaniker.
MND	= Marine-Nachrichten-Dienst.
Nock	= Ecke, Vorsprung, Brückennock, seitlicher Vorsprung der Schiffsbrücke.
No. Eins	= ältester seemännischer Unteroffizier.
NWa	= Nachrichten-Waffenamt.
Ob. d. M.	= Oberbefehlshaber der Marine.
Oblt.	= Oberleutnant.
Peilwelle	= die Welle, auf der Funk-Peilzeichen gegeben bzw. empfangen werden.
Peilzeichen	= Funksignale, ausgestrahlt, um anderen Feststellung des Standorts des Zeichengebenden zu ermöglichen.
peilen	= Richtung nehmen.
Pom-Poms	= Schnellfeuerkanonen.
Presse-prop.	= Abkürzung für Presse- u. Propaganda- bzw. PK-Mann im BdU-Stab.
Pulk	= Schiffsansammlung.
Q-Schiff	= engl. Bezeichnung für U-Boot-Falle.
rank	= zum Seitüberlegen neigend. Gegenteil von »steif«. Rank sind Seefahrzeuge, deren Schwerpunkt hoch liegt.
Rees	= Seemannsgarn, übertreibende Erzählung. »Er reest, daß die Turmverkleidung Wellen schlägt.«
riggen	= auftakeln.
slippen	= loslassen, fahrenlassen; die Ankerkette geslipt

	= Anker und Kette verlorengegeben, was nur in Notlagen geschieht.
scheren	= abscheren, vorbeischeren = fahren, gleiten, von etwas ab, an etwas vorbei usw.
Schleichluft	= die aus der Preßluft heimlich entweichenden Luftmengen.
Stelling	= Arbeitsplanke für Außenbordsarbeit.
Stern	= Heck des Schiffes.
SKL, Skl.	= Seekriegsleitung. 2. Skl.-BdU-op. Zwote Abt. Seekriegsleitung, Befehlshaber der U-Boote, Operationsabteilung.
Talje	= Flaschenzug.
Tauchretter	= Sauerstoffgerät für U-Boot-Fahrer.
Tide	= Gezeiten, Ebbe und Flut.
Tidenkabbelung	= unruhiges Wasser durch gegeneinanderlaufende Strömung.
To	= Abkürzung für Torpedo; To-Versager, To-Mixer usw., aber TO = Torpedo-Offizier.
törnen	= drehen (der Schraubenwelle), aber auch durchdrehen, den Überblick verlieren.
touchen	= spr. tötschen) berühren, leicht anbumsen.
Trawler	= Fischdampfer.
Troier	= Sweater, Wolljumper, in der Marine = Hemd.
UZO	= Uboots-Ziel-Optik (für Nachtschießen).
Versaufloch	= Unterbrechung im Schanzkleid des Schiffes.
V-Mann-Meldungen	= Agentenmeldungen.
VO	= Verwaltungsoffizier.
Wabo	= Wasserbombe.
Wahrschauen	= warnen, Bescheid sagen. Wahrschau! = Achtung!
wegfieren	= Gegenstand an einem Tau abwärts lassen, z. B. Rettungsboote.
Wendefehl	= Fehlschüsse eines schleifenlaufenden Torpedos.

Werftgrandi = ziviler Werftangestellter oder -arbeiter. Grandi allgemein für Zivilist.

Wuhling = Gewühl, Durcheinander, Unordnung.

Zaunkönig = Horchkopf am Torpedo, auf Schraubengeräusch usw. reagierend, daher »zielsuchend«, d. h. den Gegner ansteuernd und verfolgend.

Zentralemaat = techn. Unteroffizier in der Zentrale des U-Bootes.

II. WO = (spr. Zwo We O) Zweiter Wachoffizier.

Zündpistole = Zündvorrichtung am Torpedo.

LITERATURVERZEICHNIS

Bauer, *Als Führer der U-Boote im Weltkriege.*

Bauer, *Das Unterseeboot.*

Beumelburg, *Jahre ohne Gnade.*

Brassey's Naval Annual 1948, Führer Conferences on Naval Affairs.

Busch, *Jagd im Atlantik.*

Churchill, *World Crisis (1916–1918).*

Dönitz, *Die Ubootwaffe.*

Dönitz, *Persönliche Aufzeichnungen des Großadmirals aus der Haft in Bad Mondorf und dem Untersuchungsgefängnis in Nürnberg* (unveröffentlichte Originale).

Famhan, Bishop, *The Story of the Submarine.*

Frank, *Prien greift an.*

Frank, in »Nauticus« 1943, *Drei Jahre Ubootkrieg.*

Frank, *Notizen während der Kommandantenbesprechungen im Kriege* (nicht veröffentlicht).

Frank, *Auszüge aus den amtlichen Kriegstagebüchern der Uboote im Kriege* (nicht veröffentlicht).

Frank/Meckel, *Was war wirklich mit Prien?*

Görlirz, *Der Zweite Weltkrieg 1939–1945,* Band 1.

Grenfell, *The Bismarck Episode.*

Hardegen, *Auf Gefechtsstationen.*

Hartmann, *Feind im Fadenkreuz.*

Hubatsch, *Die deutsche Besetzung von Dänemark und Norwegen 1940.*

»Illustrierte Woche«, Jahrgang 1953.

Jellicoe, *Der Ubootkrieg, Englands schwerste Stunde.*

Kuglenstierna, *Babels Tom.*

Lloyd George, *Mein Anteil am Weltkriege.*

Lüdde-Neurath, *Regierung Dönitz, die letzten Tage des Dritten Reiches.*

Lüth/Korth, *Boot greift wieder an.*

Martienssen, *Hitler and his Admirals.*

Ost, *U-Boote im Eismeer.*

Prien, *Mein Weg nach Scapa Flow.*

Prozeß, Der, gegen die Hauptkriegsverbrecher vor dem IMT Nürnberg.

Reich, Das, Beiträge des Verfassers im Kriege.

Rogers, *Wunderliche Schiffe.*

Rohwer, *Verluste der deutschen Kriegsmarine im 2. Weltkriege* (in: Seemannskalender 1952).

Rose, *Auftauchen.*

Rumpf, *Der Hochrote Hahn.*

Schmidt, *Statist auf diplomatischer Bühne 1923–1945.*

Standard Oil Co., *Ships of the Esso Fleet in World War II.*

Stettinius, *Welt in Abwehr,* Leih-Pacht.

Techel, *Der Bau von Unterseebooten.*

The Battle of the Atlantic, Official Account of the Fight against the Uboats 1939–1945.

v. Tirpitz, *Erinnerungen.*

Uboot, Das, Jahrgang 1917, Organ des deutschen Ubootvereins.

Ubootsverluste, Deutsche, während des Krieges 1939–1945, zur Verfügung gestellt von Kapt. z. S. a. D. Gießler, Stand Januar 1947.

Verg, in »Illustrierte Post«, Jahrgang 1953.